THE COLLECTED WORKS OF DULU WANG

王 度 廬 選 集

Crane-Iron Pentalogy (Book Five)

武 俠 小 說 鶴—鐵 五 部 之 五

Adapted for Crouching Tiger, Hidden Dragon film
and won four Oscar Academy Awards

Iron Knight
Silver Vase

鐵 騎 銀 瓶

DULU WANG

王 度 廬

Edited and Modified by Hong Wang

校 訂 者 : 王 宏

JIANGHU PUBLISHING 江 湖 出 版 社

In Memory of My Father
Dulu Wang (1909−1977)
who wrote the original books

Crane−Iron Pentalogy Book Five
THE COLLECTED WORKS OF DULU WANG
王度廬選集，鶴−鐵五部 第五部，鐵騎銀瓶

ISBN: 9781-7772674-2-1 (Paperback)
ISBN: 978-1-7772674-6-9 (eBook-Kindle)
ISBN: 978-1-7772674-3-8 (eBook-epub)
Library of Congress Control Number: 2020914518

汇 湖 出 版 社
JIANGHU PUBLISHING

Jianghu Publishing
PO Box 35075 Fleetwood Postal Outlet
Surrey, BC Canada V4N 9E9
www.jianghubooks.com

出版說明 （PREFACE）

Dulu Wang (1909 −1977), was a famous Chinese Chivalry (Martial Art) novelist in the nineteen thirties and forties who wrote many novels including Crane-Iron Pentalogy (Dancing Crane, Singing Phoenix 舞鹤鸣鸾记 aka 鶴驚昆侖 , 1940; Precious Sword, Golden Hairpin 寶劍金釵 , 1938; Sword Spirit, Pearl Light 劍氣珠光 , 1939; Crouching Tiger, Hidden Dragon 臥虎藏龍 , 1941; and Iron Knight, Silver Vase 鐵騎銀瓶 , 1942) which was adapted into a film under the title "Crouching Tiger, Hidden Dragon"by Ang Lee and his colleagues in 2000. Its spectacular action, rhapsodic landscapes and tragic romance have touched audiences in Asia, North America and around the world and won over 40 awards and was nominated for 10 Academy Awards, including Best Picture, and won Best Foreign Language Film, Best Art Direction, Best Original Score and Best Cinematography. In 2019, the film was ranked the 51st in 100 best films of the 21st century list by Guardian.

Dulu Wang is considered one of the five greatest wuxia (which literally means "martial hero") fiction writers of the Northern School in the Republican. He was less interested in writing about ruthless killings; instead he focused on his characters' development, their emotions, friendship, and passions. Wang had great sympathy for women who suffered cruel oppression by the society and its feudal system, and his novels featured many strong female characters, warriors, and heroines. Most of his stories featured tragic endings. His perfect combination of chivalry, romance and tragedy in his novels have thrilled many critics and readers and this style have influenced many authors.

During 1925 −1949 Wang published more 90 novels and thousands of articles and poems.

This book, Iron Knight, Silver Vase, is Volume 5 of Wang's Crane-Iron Pentalogy and was published in 1942 and edited and modified by Hong Wang in 2020.

More Wang's books will be in the Collected Works of Dulu Wang series.

Jianghu Publishing 江湖出版社
www.jianghubooks.com

出版說明 (PREFACE)

　　王度廬是中國著名的武俠言情小說作家，在上個世紀三四十年代曾發表过大量小說、雜文、詩詞等作品。《鶴驚昆侖》、《寶劍金釵》、《劍氣珠光》、《臥虎藏龍》、《鐵騎銀瓶》是王度廬創作的五部內容相互關聯，又各自獨立的武俠悲情小說，通常被合稱為"鶴—鐵五部"。2000 年李安導演根據該系列改編的電影《臥虎藏龍》，曾獲得 40 多個國際電影大獎，並榮獲了第 73 屆奧斯卡最佳外語片等四項大獎。

　　《鐵騎銀瓶》是"鶴—鐵五部"的第五部，原名《鐵騎銀瓶傳》，初載於 1942 年的《青島新民報》，後由上海勵力出版社印行，改題《鐵騎銀瓶》。

　　本社出版的《王度廬選集》，收入了王度廬先生的包括"鶴—鐵五部"在內的不同時期不同類型的部分作品，王宏並對其做了一些必要整理和訂正，該選集中的各部小說將在近期陸續出版。

Jianghu Publishing 江湖出版社
www.jianghubooks.com

序 (Foreword)

徐斯年

　　王度盧是位曾被遺忘的作家。許多人重新想起他或剛知道他的名字，都可歸因於影片《臥虎藏龍》榮獲奧斯卡獎。但是，觀賞影片替代不了閱讀原著，不讀小說《臥虎藏龍》（而且必須先看《寶劍金釵》），你就不會知道王度盧與李安的差別。而你若想了解王度盧的"全人"，那又必須盡可能多地閱讀他的其他著作。這部選集收錄了他的一些代表作，這篇序文裏還會提及他的另一些作品，都有助於讀者認知全人。

　　王度盧，原名葆祥，字霄羽，1909 年生於北京一個下層旗人家庭。幼年喪父，舊制高小畢業即步入社會，一邊謀生、一邊自學。十六歲開始，先後在《平報》和《小小日報》發表雜文和連載小說（包括武俠、偵探、社會言情等類別），並曾在《小小日報》開闢個人雜文專欄"談天"，就任該報編輯。1933 年往西安，與李丹荃結婚，曾任陝西省教育廳編審室辦事員和西安《民意報》編輯。1936 年返回北平，繼續賣稿為生。次年赴青島，淪陷後始用筆名"度盧"，在《青島新民報》及南京《京報》發表武俠言情小說，同時發表的社會小說則署名"霄羽"。1949 年赴大連，任大連師範專科學校教員。1953 年調瀋陽，任東北實驗學校（即遼寧省實驗中學）語文教員。文革後期以退休人員身份隨夫人下放昌圖縣農村。1977 年卒於鐵嶺。

　　早在青年時代，王度盧就接受並闡釋過"平民文學"的主張。他的文學思想雖與周作人不盡相同，但在"為人生"這一要點上，他們的觀念是基本一致的。

　　從撰寫《紅綾枕》（1926 年）開始，王度盧的社會小說就把筆力集中於揭示社會的不公，人生的慘淡，以及受侮辱、受損害者命運的悲苦。

　　戀愛和婚姻是五四新文學的一大主題。那時新小說裏追求婚戀自由的男女主人公，面對的阻力主要來自封建家庭和封建禮教，作品多反映"父與子"的衝突——包括對男權的反抗，所以，易卜生筆下的娜拉尤被覺醒的女青年們視為楷模。到了王度盧的筆下，上述衝突轉化成了"金錢與愛情"的矛盾。

　　正如魯迅所說：娜拉衝出家庭之後，倘若不能自立，擺在面前的出路只有兩條——或者墮落，或者"回家"。王度盧則在《虞美人》中寫道："人生"、"青春"和"金錢"，"三者之間是相互聯係着的"，而在當時的中國社會裏，金錢又對一切起着主導性的作用。他所撰寫的社會言情小說，深刻淋漓地描繪了"金錢"如何成為社會流行的最高價值觀念和唯一價值標準，如何與傳統的父權、男權結合而使它們更加無恥，如何導致社會的險惡和人性的異化。

　　王度盧特別關注女性的命運。他筆下的女主人公多曾追求自立，但是這條道路充滿兇險。范菊英（《落絮飄香》）和田二玉（《晚香玉》）付出了生命的代價；

虞婉蘭（《虞美人》）終於發瘋，生不如死。惟有白月梅（《古城新月》）初步實現了自立，但她的前途仍難預料；至於最具“娜拉性格”，而且也更加具備自立條件的祁麗雪，最終選擇的出路卻是“回家”。

這些故事，可用王度廬自己的兩句話加以概括：“財色相欺，優柔自誤”（《〈寶劍金釵〉序》）。金錢腐蝕、摧毀愛情，也使人性發生扭曲。人是“社會關係的總和”，他的社會小說正是通過寫人，而使社會的弊端暴露無遺。

在社會小說裏，王度廬經常寫及具有俠義精神的人物，他們扶弱抗強，甚至不惜捨生以取義。這些人物有的寫得很好，如《風塵四傑》裏的天橋四傑和《粉墨嬋娟》裏的方夢漁；有些粗豪角色則寫得並不成功，流於概念化，如《紅綾枕》裏的熊屠戶和《虞美人》裏的禿頭小三。

上述俠義角色與愛情故事裏的男女主人公一樣，也是現代社會中的弱者。作者不止一次地提示讀者：這些俠義人物“應該”生活於古代。這種提示背後隱含着一個問題：現代愛情悲劇裏的那些曠男怨女，如果變成身負絕頂武功的俠士和俠女，生活在快意恩仇的古代江湖，他們的故事和命運將會怎樣？這個問題化為創作動機，便催生出了王度廬的俠情小說，這裏也昭示着它們與作者所撰社會小說的內在聯繫。

《寶劍金釵》標誌着王度廬開始<u>自覺地</u>把撰寫社會言情小說的經驗融入俠情小說的寫作之中，也標誌着他自覺創造“現代武俠悲情小說”這一全新樣式的開端。此書屬於厚積薄發的精品，所以一鳴驚人，奠定了作者成為中國現代武俠悲情小說開山宗師的地位。繼而推出的《劍氣珠光》《鶴驚昆侖》《臥虎藏龍》《鐵騎銀瓶》[1]（與《寶劍金釵》合稱“鶴—鐵五部”）以及《風雨雙龍劍》《彩鳳銀蛇傳》《洛陽豪客》《燕市俠伶》等，都可視為王氏現代武俠悲情小說的代表作或佳作。

作為這些愛情故事主人公的俠士、俠女，他們雖然武藝超群，卻都是“人”而不是“超人”。作者沒有賦予他們保國救民那樣的大任，只讓他們為捍衛“愛的權利”而戰；但是，“愛的責任”又令他們惶恐、糾結。他們馳騁江湖，所向無敵，必要時也敢以武犯禁，但是面對“廟堂”法制，他們又不得不有所顧忌；他們最終發現，最難戰勝的“敵人”竟是“自己”。如果說王度廬的社會小說屬於弱者的社會悲劇，那麼他的武俠悲情小說則是強者的心靈悲劇。

王度廬是位悲劇意識極為強烈的作家。他說：“美與缺陷原是一個東西。”“向來‘大團圓’的玩藝兒總沒有‘缺陷美’令人留戀，而且人生本來是一杯苦酒，哪裏來的那麼些‘完美’的事情？”（《關於魯海娥之死》）《鶴驚昆侖》和《彩鳳銀蛇傳》裏的“缺陷”是女主人公的死亡和男主人公的悲涼；《寶劍金釵》《臥虎藏龍》《鐵騎銀瓶》裏的“缺陷”都不是男女主角的死亡，而是他們內心深處永難平復的創傷；《風雨雙龍劍》和《洛陽豪客》則用一抹喜劇性的亮色，來反襯這種悲愴。

王度廬把俠情小說提升到心理悲劇的境界，為中國武俠小說史作出了一大貢獻。正如佛洛伊德所說：“這裏，造成痛苦的鬥爭是在主角的心靈中進行着，這是一個不同

1　這裏敘述的是發表次序。按故事時序，則《鶴驚昆侖》為第一部，以下依次為《寶劍金釵》《劍氣珠光》《臥虎藏龍》《鐵騎銀瓶》。

衝動之間的鬥爭，這個鬥爭的結束決不是主角的消逝，而是他的一個衝動的消逝"[2]。這個"衝動"雖因主角的"自我克制"而"消逝"了，但他（她）內心深處的波濤卻在繼續湧動，以至遺恨終身。

李慕白，是王度廬寫得最為成功的一個男人。

有人說，李慕白是位集儒、釋、道三家人格於一身的大俠；這是該評論者觀賞電影《臥虎藏龍》的個人感受。至於小說《寶劍金釵》裏的李慕白，他的頭上決無如此"高大上"的絢麗光環。古龍說得好：王度廬筆下的李慕白，無非是個"失意的男人"。

在《寶劍金釵》裏，李慕白始終糾結於"情"和"義"的矛盾衝突，他最終選擇了捨情取義，但所選的"義"中卻又滲透着難以言說的"情"。手刃巨奸如囊中取物，李慕白做得非常輕易；但是他又投案伏法，付出的代價極其沉重。他做這些都是自願的，又都是並不自願的。出發除奸之前，作者讓他在安定門城牆下的草地上作了一番內心自剖，這段自剖深刻地展示着他的"失意"，這種心態可以概括為三個字——"不甘心"。

早期王度廬曾以"柳今"為筆名發表雜文《憔悴》，其中寫及自己當時的心態，與上述李慕白的自剖如出一轍。而在《紅綾枕》中，男主角戚雪橋為愛人營墓、祭掃時的一段內心獨白，其心態又與柳今極其相似。於是，我們看到了王度廬、柳今、戚雪橋（還有一些其他作品裏的男性角色）與李慕白之間的聯係——李慕白的故事，是戚雪橋們的白日夢；戚雪橋、李慕白們的故事，則是柳今、王度廬的白日夢。

不把李慕白這個大俠寫成一位"高大上"的"完人"，而把他寫成一個"失意的男人"，這是王度廬顛覆傳統"俠義敘事"，在中國武俠小說史上作出的一大貢獻。

玉嬌龍，是王度廬寫得最為成功的一個女人。

玉嬌龍的性格與《古城新月》裏的祁麗雪有相似之處，但是她的叛逆精神更加決絕、更加徹底。為了自由的愛情，她捨棄了骨肉的親情；同時，她也捨棄了貴胄生活，選擇了荊棘江湖，捨棄了"城市文明"，選擇了草莽蠻荒。

對玉嬌龍來說，最難割捨的是親情；最難獲得的，是理想的婚姻。她發現自己選擇羅小虎未免有點莽撞，所以又離開了他。她獲得了自由的愛情，卻在事實上拒絕了自由的婚姻。這與其說反映着"禮教觀念殘餘"、"貴族階級局限"，不如說是對文化差異的正視。儘管如此，這位"古代娜拉"並未"回家"，而是毅然決然地踏上一條不歸路。這條路是悲涼的，同時又是壯美的。

――――――――

2　佛洛伊德：《戲劇中的精神變態人物》（張喚民譯），《二十世紀西方美學名著選》（上），第 410 頁，復旦大學出版社，1987，上海。

玉嬌龍和李慕白都是"跨卷人物"。《劍氣珠光》裏的李慕白寫得不好，因為背離了《寶劍金釵》中業已形成的性格邏輯。《鐵騎銀瓶》裏的玉嬌龍則寫得很好，她青年時代的浪漫愛情，此時已經昇華為偉大的、無私的母愛。她青年時代的夢想，終於在愛子和養女的身上得以成真，但是他們攜手歸隱時的心態，也與母親一樣充滿遺憾。

　　王度廬的上述成就，都是對於傳統武俠敘事的揚棄，這使他的武俠悲情小說擁有了現代精神。

　　王度廬又是一位京旗作家。

　　清朝定都北京之後，即將內城所居漢人一律遷出，由八旗分駐內城八區。王度廬家住地安門內的"後門裏"，其父是內務府上駟院的一個小職員。王氏一族當屬擁有滿洲旗份的"漢姓人"，雖無滿族血統，卻浸潤着滿族文化。

　　滿人崛起於白山黑水之間，民族性格剛毅尚武，自立自強，粗獷豪放。入關定鼎之後，宴安日久，八旗制度的內在弊端開始呈現，"八旗生計"問題日益突出，以至最終導致嚴重的存亡危機。王度廬出生時，恰逢取消"鐵杆莊稼"（即旗人原本享受的"俸祿"），父親又早逝，全家陷於接近赤貧的境地。他的早期雜文經常寫到"經濟的壓迫"，"身世的飄泊，學業的荒蕪"，疾病的"纏身"，始終無法擺脫"整天奔窩頭"的境況。他的許多社會小說及其主人公的經歷、心境，也都寄託着同樣的身世之感和頹喪情緒。這種刻骨銘心的痛楚，蘊含着當時旗人不可避免的噩運，漢族讀者是難以體會這種特殊苦痛的。

　　同時，王度廬又十分景仰滿族優秀的民族精神。他的作品，明確書寫旗人生活的有十多部；他所塑造的許多旗籍人物身上，都寄託着對民族精神的追憶和期許。

　　從這個角度考察玉嬌龍，首先令人想到滿族的"尊女"傳統。這一傳統的形成至少出於四點原因：一、對母系氏族社會的清晰記憶；二、以採集、漁獵為主的傳統經濟，決定了男女社會分工趨於平等；三、入關之前未經歷很多封建過程；四、旗族少女在理論上都有"選秀入宮"機會，所以家族內部皆以"小姑為大"。[3] 玉嬌龍那昂揚的生命力，正是滿族少女普遍性格的文學昇華。《寶刀飛》可能是第一部把入宮前的慈禧，作為一位純真、浪漫而又不無"野心"的旗族姑娘加以描繪的小說。作者以"正筆"書寫入宮前的她，用"側筆"續寫成為"西宮娘娘"之後的她，沉重的歷史感裏蘊涵幾分惋惜，情感上極具"旗族特色"。

　　在《寶劍金釵》和《臥虎藏龍》裏，德嘯峰雖非主人公，卻可視為旗籍"貴冑之俠"的典型。他沉穩、老練，善於謀劃，善於掌控全域，比李慕白更加"拿得起、放得下"。他的身上比較完整地體現着金啟孮所說京城旗人遊俠的三個特徵：一、凌強而不欺下，一般人對他們沒有什麼惡感。二、多在八旗人居住的內城活動，沒什麼民族矛盾的辮子可抓。三、偶或觸犯權勢，但不具備"大逆不道"的證據，故多默默無聞。[4] 鐵貝勒、邱廣超和《彩鳳銀蛇傳》裏的謝慰臣都屬此類人物。

━ ━ ━ ━ ━ ━ ━ ━

3　參閱關紀新《多元背景下的一種閱讀——滿族文學與文化論稿》，第 219 頁，遼寧民族出版社，2013，瀋陽。

4　參閱關紀新《老舍與滿族文化》第 80 頁所引，遼寧民族出版社，2008，瀋陽。

進入民國之後，由於政治、經濟原因，京中旗人的精神狀態呈現更趨萎靡甚至墮落之勢（《晚香玉》裏的田迂子即為典型），但是王度盧從閭巷之中找到了民族精神的正面傳承。《風塵四傑》實際寫了五個"閭巷之俠"——那位"有學有品而窮光蛋"[5]的"我"，也算一個"不武之俠"。作者清楚地認識到：雖然如今早非"俠的時代"，但是天橋"四傑"[6]身上那種捍衛正義，向善疾惡，剛健、豁達、堅韌、仗義、樂觀的民族精神，卻是值得弘揚光大的。這已不僅僅是對旗族的期許，更是對重振中華民族傳統美德的期許。

　　凡是旗人，都無法回避對於清王朝的評價。王度盧在雜文裏認為，"大清國歇業，溥掌櫃回老家"[7]乃是歷史的必然，人民期盼的是真正實現"五族共和"。他更在兩部算不上傑作的小說中，以傳奇筆法描繪了兩位清朝"盛世聖君"的形象。《雍正與年羹堯》裏的胤禎既胸懷雄才大略，又善施陰謀詭計。他利用"江南八俠"的"復明"活動實現自己奪嫡、登基的計劃，又在目的達到之後斷然剪除"八俠"勢力。但是，他對漢族的"復明"意志及其能量，卻日夜心懷惕懼，以至"留下密旨，勸他的兒子登基以後，要相機行事，而使全國恢復漢家的衣冠"。書中還有一位不起眼的小角色——跟着胤禎闖蕩江湖的"小常隨"，他與八俠相交甚密，又很忠於胤禎。"兩邊都要報恩"的尖銳矛盾，導致他最終撞牆而殉。作者展示的絕不限於"義氣"，這裏更加突出表現的是對漢族的負疚感和對民族殺伐史的深沉痛楚。王度盧對歷史的反思已經出離於本民族的"興亡得失"，上升為一種"超民族"的普世人文關懷。《金剛玉寶劍》中的乾隆，則被寫成一個孤獨落寞的衰朽老人，這一形象同樣透露着作者的上述歷史觀。

　　滿族入關後吸收漢族文化，"尚武"精神轉向"重文"。有清一代，湧現出了納蘭性德、曹雪芹、文康等傑出滿族作家，其中對王度盧影響最大的是納蘭性德。"搖落後，清吹那堪聽。淅瀝暗飄金井葉，乍聞風定又鐘聲。"[8]納蘭詞的淒美色調，融入北京城的撲面柳絮和戈壁灘的漫天風沙，形成了王度盧小說特有的悲愴風格。

　　旗人的生活文化是"雅""俗"相融的，王度盧繼承着旗族的兩大愛好：鼓詞（又稱"子弟書"、"落子"）和京劇。他十七歲時寫的小說《紅綾枕》，敘述的就是鼓姬命運，其中還插有自創的幾首淒美鼓詞。至於京劇，據不完全統計，僅在《落絮飄香》《古城新月》《晚香玉》《虞美人》《粉墨嬋娟》《風塵四傑》《寒梅曲》

———————————

5　見王度盧早期雜文《中等人》，原載於北平《小小日報》1930 年 4 月 5 日"談天"欄，署名"柳今"

6　民國初年，"天壇附近的天橋大多數的女藝人、說書人、算命打卦者都是滿人。"轉引自關紀新《老舍與滿族文化》第 122 頁。

7 見王度盧早期雜文《小算盤》，原載於《小小日報》1930 年 5 月 20 日"談天"欄，署名"柳今"

8　納蘭性德詞：《憶江南》——當年王度盧與李丹荃相愛，曾贈以《納蘭詞》一冊，李丹荃女士七十余歲時猶能背誦這首詞。

七部小說中，寫及的劇目已達96折[9]之多！作為小說敘事的有機內涵，王度廬寫及崑曲、秦腔、梆子與京劇的關係，"京朝派"（即京派）與"外江派"（即海派）的異同，"京、海之爭"和"京、海互補"，票社活動及其排場，非科班出身的伶人、票友如何學戲，戲班師傅和劇評家如何為新演員策劃"打炮戲"，各色人等觀劇時的移情心理和審美思維……。他筆下的伶人、票友對京劇的熱愛是超功利的，而她（他）們的社會角色和物質生活則是極功利的——唯美的精神追求與慘淡的現實生活構成鮮明反差，映射着人性的本真、複雜和異化。他又善於利用劇情渲染故事情節和人物情感，例如《粉墨嬋娟》中，憑藉《薛禮歎月》和《太真外傳》兩段唱詞，抒發女主人公不同情境下的不同心緒，展示着戲如人生、人生如戲的微妙契合，極大地增強了小說的詩意。

　　入關以後，旗人皆認"京師"為故鄉，京旗文學自以"京味兒"為特色。王度廬的小說描繪北京地理風貌極其準確，所述地名——包括城門、街衢、胡同、集市、苑囿、交通路線等等，幾乎均可在相應時期的地圖上得到應證。《寶劍金釵》《臥虎藏龍》主人公的活動空間廣闊，書中展示清代中期北京的地理風貌相當宏觀，又非常精細。玉嬌龍之父為九門提督，府邸位置有據可查，作者由此設計出鐵貝勒、德嘯峰、邱廣超府第位置，決定了以內城正黃旗、鑲黃旗（兼及正紅旗、正白旗）駐區為"貴冑之俠"的主要活動區域。李慕白等為江湖人，則決定了以"外城"即南城為其主要活動區域。兩類俠者的行動則把上述區域連接起來，並且擴及全城和郊縣。《落絮飄香》《古城新月》《晚香玉》《虞美人》等社會小說中，主人公的活動空間相對狹小，所以每部作品側重展示的是民國時期北平城的某一局部區域：或以海澱——東單——宣內為主，或以西城豐盛地區——東單王府井地區為主，等等。拼合起來，也是一幅接近完整的"北平地圖"。上述小說之間所寫地域又常出現重合，而以鼓樓大街、地安門一帶的重合率為最高。作者故居所在地"後門裏"恰在這一區域，在不同的作品裏，它被分別設置為丐頭、暗娼等的住地。這反映着作者內心深處存在一個"後門裏情結"，他把此地寫成天子腳下、富貴鄉邊的一個小小"貧困點"，既體現着平民主義的觀念，又是一種帶有幽默意味的自嘲。

　　王度廬小說裏的"北京文化地圖"，是"地景"與"時景"的融合，所以是立體的、動態的。這裏的"時景"，指一定地域中人們的生活形態，包括節俗、風習。無論是妙峰山的香市、白雲觀的廟會、旗族的婚禮儀仗、富貴人家的大出喪、"殘燈末廟"時的祭祖和年夜飯、北海中元節的"燒法船"，以至京旗人家的衣食住行，王度廬都描寫得有聲有色，細緻生動。這些"時景"與故事情節融為一體，成為展示人物性格、心理的重要手段；它們同時也頗具獨立的民俗學價值。王度廬在小說裏常將富貴繁華區的燈紅酒綠與平民集市裏的雜亂喧鬧加以對比，他對後者的描繪和評論尤具特色。例如，《風塵四傑》裏是這樣介紹天橋的："天橋，的確景物很多，讓你百看不厭。人亂而事雜，技藝叢集，藏龍臥虎，新舊並列。是時代

9　由於現存《虞美人》和《寒梅曲》文本均不完整，所以這一數字是不完整的。而未列入統計的《寶劍金釵》《燕市俠伶》等作品中，也常含有京劇演出、觀賞等情節，涉及劇目亦復不少。

的渣滓與生計的艱辛交織成了這個地方，在無情的大風裏，穢土的彌漫中，令你啼笑皆非。”他筆下的天橋圖景，噴發着故都世俗社會沸沸揚揚的活力和生機，嘈雜喧囂而又暗藏同一的內在律動；它與內城裏的“皇氣”、“官氣”保持着疏離，卻又沾染着前者的幾分閒散和慵懶。這又是一種十分濃厚，相當典型的“京味兒”！

　　“京味兒”當然離不開“京腔”。王度廬的語言大致是由兩部分組成的：敘事以及文化程度較高角色的口語，用的是“標準變體”，即經過“標準化處理”的北京話，近似如今的“普通話”；底層人物的語言，則多用地道的北京土語，詞彙、語法都有濃厚的地域特色，比一般的“京片兒”還要“土”。故在“拙”“樸”方面，他比另一些京派作家顯得更加突出。

　　筆者認為，1949 年前促使王度廬奮力寫作的動力當有三種：一曰“舒憤懣”；二曰“為人生”；三曰“奔窩頭”。三者結合得好，或前二者起主要作用時，寫出來的作品品質都高或較高；而當“第三動力”起主要作用時，寫出來的作品往往難免粗糙、隨意。當然，寫熟悉的題材時，品質一般也高或較高，否則，雖欲“舒憤懣”、“為人生”，也難以得到理想的效果。是否如此，還請讀者評判、指正。

　　　　　　　　　　　　斯年於姑蘇香濱水岸，2020 年 6 月 [10]。

10　本文原係作者為北嶽文藝出版社《王度廬作品大係》所撰總序，移入本選集時作了一些刪改。

目录

第一回　旅店天寒移鸞換鳳　邊城春早走馬飛龍

　　名門閨秀蓋世之女玉嬌龍，自與大盜羅小虎結不解緣後，風浪迭生，兩情彌篤，只以身分懸殊，難相配合。又因玉曾挾技橫行，結怨江湖，致使家門迭起驚變，父因之失官，母亦飲恨而終。骨肉情乖，閨門難住，不得已，借往妙峰山還願，投崖以遁。出京之後，雖難忘舊情，又至羅小虎處，於草廬內，明月良宵，一溫綺夢，然翌晨即絕裾而去。蓋心雖猶戀，而母命難違，殊不能以千金之軀永為盜婦也。由此南下，飄流大江南北半載，孤劍單騎，到別處亦落落無偶。其後又因事西往，擬於草原沙漠間作久隱之計。本書即係由其途中敘起。

　　在中國西北部的甘涼大道上，處處是雄關要隘，大山長河，地極遼遠，路極難行。當地的人民大都依山鑿穴而居，貧窮殊甚。只有張掖（甘州）、武威（涼州）兩個地方，因係商旅麇集之所，所以還比較殷富。但在清朝中葉的那幾年，此地又遭大旱，且因邊疆多事，盜賊蜂起，以致這兩個地方也荒涼不堪。

　　時在嚴冬，連日大雪，靠近甘峻山的張掖城天氣極為寒冷。北風呼呼，觸面如割，連那最不怕冷的駱駝，全都臥在店房的圈裏縮成了一團。然而這時的人，無論是城裏城外，是窮人是富人，卻都有點兒興奮，都在忙忙碌碌，因為是新年快到了。市街舖戶都擺出了香燭供果，牛羊肉、米麵等等都比往日預備得特別豐富。購主也特別的多，一般人披着老羊皮襖，腳下踏着深雪，無論如何也拿出點錢採辦一些，且有的手裏提着幾掛爆竹——這是平常絕不買的，現在因為是新年快到了，大家才這樣忙忙碌碌。

　　可是開店的人倒顯得清閒，因為平常往來的客旅此時早已各自回家度歲，買賣也都結帳了。除了街上那些應時的買賣，誰也不再交易。所以東門外最大的那家店房“來安店”，現在只住着不到十個客人。說個准數目吧，連那在這兒已住了半年多，貧無可歸，早先住北房，現在被店房把他趕到存馬糞的小屋裏的韓秀才都算上，一共還有五個人。

　　韓秀才會看病，店裏今年的春聯也得要他書寫，所以大概暫時還不至於被攆出了。還有那個倒霉的拉駱駝的黑三，因為他的四隻駱駝倒有兩隻生了病，死也不死，走又不能走，他也只好蹲在這兒過年了。好在他跟店主人是鄉親，又不是白住着，掃雪、鏟煤、挑水都是他的事，他還能幫着包餃子。此外就是北屋了，這可了不得，住的是一家官眷，是一位太太，帶着個僕婦，老爺沒跟着。還有一位老家人，是另住在一間屋裏。

　　不過要提到了這家官眷，說這店裏只住着五個客人可又不對了，因為那位太太的屋裏還常常“哇啦哇啦”的，有才滿月的小孩兒哭。這時太太反倒罵：“該死的！不要你你偏來！把你拋在雪裏凍死去吧！你不會給我帶來什麼福氣！”

　　僕婦卻總是勸着。太太說的是南幾省的話，聲調極高極尖，又極難懂，她半夜裏也是這麼嚷嚷，鬧得店主人時常睡不着。這位太太很年輕，在本地可找不到這麼風流俊俏的。

黑三隻看見過一回，他就有點色迷迷的，連他的病駱駝也都忘了。而其餘的幾個夥計也都不敢在當院裏撒尿了。

　　老家人是姓方，由他們太太呼他時知道，他叫方福。方福是個五十多歲的又矮又瘦的老頭兒，鬍子都快白了，鼻子卻是通紅的，又好飲。他幾乎整天在櫃房裏坐着，因為他怕冷，櫃房比他住的屋子暖得多。他離不開酒，而這裏的店主人是酒泉縣的人，又有個外號叫"醉老財"，所以兩人總在一起喝酒。方福常發牢騷，說："要不是我跟了我們這位二太太，哪能夠在這地方過年呢？"

　　原來方福的主人是方知府，河南人，舉人出身，做了兩年安西州，新近升任涼州府。方知府有兩位太太，大夫人是原配。因為夫妻都有四十多歲了，只有五位千金，卻沒有一個男孩，所以就納了一妾，希望能得一位公子，好接續香煙。

　　這位二太太本是甘肅撫台劉大人家裏的丫鬟，而且是由劉大人家鄉江南徽州府帶來的，平日侍候撫台，甚為得賞。因為方知府是劉撫台的門生，而且官運甚旺，膝下正虛，所以撫台便把最得力、最美貌的丫鬟給了他，為的是給他延嗣。

　　這個丫鬟就是現住在店房裏的太太。她在撫台家裏得寵慣了，而且又有這個有勢力的後台，一跟了方知府，就想把那正太太壓下去。可是那正太太有五位小姐助威，她卻沒一個親近人，她就只好極力拉攏僕婦。僕婦秦媽三十來歲，是個很誠實的人，受過她的幾次小恩，就已對她很好了。但是她想指揮秦媽來跟正太太打架，人家卻又不幹，因此她還是敵不過，還是壓不下去那正太太。

　　所幸今年她已身懷有孕，她心中很歡喜，求神拜佛保佑自己生個男孩。因為那樣一來，她的地位無形中就高了起來，那專會生養姑娘的正太太，自然得退避三舍，而讓她擅寵專房。所以她自證明有孕之後，就特別地謹慎防護，連大步兒也不敢邁。

　　方知府也很喜歡，仿佛二太太的懷裏放着個寶貝，不幾時就要掏出來了，就可以光耀全家了。並且這胎兒在母懷七八個月時，他多年沒升，如今忽然又升任了涼州府的美差，這更是大喜之兆，更得算是二太太肚裏的那個小孩給帶來的福。

　　不過倒因此又產生了一個難題，就是方知府必須去上任，但安西離涼州這條路程有幾百里，坐騾車穿山越嶺的，實在容易傷了胎，傷了這未出世的寶貝。方知府非常作難，倒是二太太自己出的主意，她願意一人留在這裏，等着生了兒子之後，過年春天，她再抱着小少爺去到任上。

　　她一點兒也不嫉妒，眼看着正太太帶着一群小姐隨老爺去赴新任，她這兒就留下女僕秦媽、老家人方福，預備到時給她接喜。她天天打卦占課，都說是必定生一位小少爺，而且是文曲星轉世，將來能中狀元。但是一日一日她的肚子往上膨，肚皮往下墜，及至到了落生的那一天，卻大失所望，原來她製作的這個跟正太太所製作的那五位一樣，是老爺所最討厭的，還是一個姑娘！

　　二太太真傷心極了，同時又很生氣，就想："要知道是她，我早就跟老爺上任去啦！在半道要小產了，這倒省得她現世氣人。我還有什麼臉抱了她去見老爺呀！一見了老爺的面，他還不得立時就皺眉跺腳！"可是她又沒那狠心把親生的女兒掐死。

　　但是新年將近了，她不甘心孤零零的在這兒過年，她嫉妒正太太在那邊新任上的歡樂、團聚，於是她也不顧寒風、長途，就叫方福雇了車，帶着秦媽，用棉被包裹着才滿月的小女孩，離了安西州，要於年前趕到涼州。不想，走在這裏就為大雪所阻。這雪彌天蓋地，已經連下了二日，他們由安西州坐來的那輛車放在當院中，院子的雪又時時有黑三在掃除，可是還是將車輪埋沒下半尺。騾子是跟四隻駱駝趴在一塊兒，那裏上面雖有草棚，可是也快被雪給壓塌了。

　　趕站的人是往本城住的親戚家裏過年去了，他知道這場雪再下三天也未必停，路上別說騾子拉站，就是讓象來拉站也是走不動；就是雪消了之後，也是滿路泥濘，行人稀少，往東邊祁連山那一帶又不平靜，賞他十兩金子他也不敢走。所以趕站的安心過年去啦，拿着支用的一半車錢賭去啦。

這裏只有方福在發牢騷，店主人醉老財跟他一邊飲酒一邊談閒話，炕頭上三個夥計都是盤腿大坐，在那兒鬥紙牌。裏首就通着廚房，黑三在那兒給下麵條，有個十二三歲的小孩子名叫禿子的，坐在地下拉風匣。風匣"呼哧呼哧"的響，爐裏燒的炭就發出青色的火焰，照得那煙熏了的牆一亮一亮的。外屋櫃房已點上燈了，並且因為年底的關係，醉老財也不在燈油上打算盤了，他又加點了一隻燈，所以屋中是相當的亮。但外面也不太黑，因為天上還在降着陣陣的白雪。

這時甘州城顯得格外荒涼，所有鋪戶都已上了門板，街上幾無行人。偶然有一兩聲爆竹響，也不知發於何處。由此往東的那股大道，更已被雪封埋，白天連烏鴉都不往那裏飛，此時，連隻狐狸也不往那裏走，那邊已如一條死徑。但是，忽然有匹馬從那邊來了。這匹馬的背上還馱着幾件東西，走得雖然慢，可是仍能看得出這是匹極矯健的馬。牠四蹄撓起了地下的厚雪，飄濺起來如霧一般；牠嘴裏噴着一片一片的白氣，並發出吁吁的聲音。天這麼冷，牠卻全身流汗，鵝掌大的雪花落到牠的身上能立時融化。這馬倒不足為奇，馬上的人卻更堪令人驚異。本來這大雪之下，簡直沒有人從遠路來，何況天色又這麼晚，又是個單身人。這人在馬上這一陣陣的哼哼，像染着重病似的，馬就漸漸地來到臨近了。

這東門外大街上，十家倒有八家是店房，而以這來安店的門面最大，最為顯眼。所以這騎馬的人來到門前就停住了。她呻吟着喘了喘氣，然後慢慢地下了馬，牽着馬進了半扇還沒關的店門。看見了櫃房中的燈光，她就大聲喊："店家！店家！"喊了幾聲，屋裏沒人聽見，她便急喊，她的聲音是尖而急。

此時櫃房裏，方福剝着鹽煮的蠶豆，就着白乾喝，說："掌櫃的你說是不是？人一世無兒都不要緊，就是千萬別弄個小婆子，弄上了小婆子，家中永沒個安靜！"醉老財也笑着說："都不怪，就怪你們老爺。他命中無子就別強求，這樣，我看他再娶上八個，也還是淨生女兒。家裏就成了女兒國啦！"

正說到這裏，他仿佛聽見窗外有人說話，趕緊就擺手說："黑三！禿子！你們停一停，聽聽！"

黑三手裏拿着面發怔，禿子又響了兩下風匣，就也停住了燒火。炕上坐的那三個人也各自拿着牌，往外去聽。方福卻笑着說："沒有人說話吧！"

可是這時窗外就又叫着："店家！夥計！"聲音細弱，一聽就知是個女子。黑三一吐舌頭，把面就放下了。醉老財卻親自起身，把屋門推開。

一陣寒風吹了進來，借着屋裏的燈光，只見那牽馬的人，是細高的身材，披着個黑色的大斗篷。醉老財也沒細看是男是女，就說："要住店嗎？不行啦！到了年底啦，夥計們都回家啦！到隔壁去吧！"

他剛要閉上屋門，外面卻急躁地說："快！快！給我一間乾淨的房子！"接着是一陣呻吟。這時連炕上的三個人都站起來了，一齊驚愕着說："是怎麼了？是受傷了吧？"

醉老財一鬆手，屋門吧"的一聲被風吹得大開，燈光全都射到外面，就見那穿黑斗篷的人已撒了馬韁，坐在雪地上。醉老財真大吃一驚，他簡直不敢出屋子了。那黑三兩隻手沾着麵粉，卻抄了燈跑出來，屋裏的人，連方福全都跑出來看。黑三大聲問道："喂！你是怎麼啦？"北屋的孩子又哭起來。

風吹着燈，呼呼地起了半尺多高的火苗，只見雪地上坐着的這人，卻是一個婦人。頭上蒙着的青綢帕上，斗篷上，全都落滿了雪。她驀地把頭一抬，厲聲說："你們這些個人出來瞧我幹嗎？快給我找間房子！我有病！"

手拿着燈的黑三，眼睛都直了，因為他離着這婦人最近，他瞧出來這婦人是瘦臉纖眉大眼，喝！這份模樣比北房住的那位官二太太可又俊得多啦。他就問醉老財說："人家是個屋裏人，又有病，就留下吧，你們這兒又不是沒有房子！"

醉老財擺着雙手說："你別多說話！留住個人倒不要緊，可是……"他彎着腰，向地下坐着的少婦說："你是從哪兒來的呀？得的是什麼病呀？現在是年底，誰也不願討麻煩！"

地下坐的少婦突然一挺腿就站起身來，她直瞪着圓亮的眼睛，以更急更尖的聲音說："你們就不必多問！趕快給我找一間房子！我也用不着你們這兒的夥計伺候，附近有收生婆沒有？快給請一個來！"她這樣直着腰清清脆脆的說着話，可就顯出來她那隆起的腹部，連肥斗篷似乎都遮不住，真得快請收生婆了！說完了話，她又一陣腹痛，急忙將腰彎下。

醉老財心說：不好！我這兒要雙喜臨門，又得添個攪我睡覺的！黑三上前要攙，可又怕自己的這隻麵手髒了人家的斗篷，斗篷是青綢面的，裏子大概是火狐。

大家都更發怔，誰也不是收生婆，這號兒買賣誰都不敢接。這時那位官兒太太跟秦媽都一齊聞聲出屋了，秦媽冒着雪跑來問："誰要請收生婆？"

有個夥計說："得啦！來了堂客就好辦啦！"秦媽趕緊過來攙着少婦的胳臂，問說："幾個月？夠月份了嗎？怎麼就是你一個人呀？"

少婦卻歎了口氣，一手捂着肚子，一手仍拿着馬鞭，她臉如白紙，搖搖頭說："不必多問，快給我找房子吧！"

方福勸着醉老財說："反正這件買賣你今天是推不出去啦！快給人家找房子得啦，如果在你這兒養個胖小子，過年你的買賣必定更得興旺！"醉老財皺了皺眉，歎了一口氣，就只好叫夥計給東屋裏點上燈，燒上炕。

禿子上前卸馬，黑三去搬行李，馬上是兩隻大包裹，上面滿掛着雪。黑三用手一搬，卻吃了一驚，原來裏邊真沉，心想：裝的都是些什麼好東西呀？禿子也嚷了一聲："寶劍！"原來鞍邊確實是有一口寶劍，鯊魚皮鞘，青穗子。此時秦媽已攙着那少婦往東屋走去。一看背影，醉老財卻又吃一驚，只見這少婦雖然身孕好重，但踏雪邁步，一點兒也不像秦媽那樣的扭扭捏捏，原來是大足。這人是男是女此刻都成了疑問，而胭脂色的馬、寶劍、大包袱，更令人驚異。

一個夥計進那屋去點燈燒炕，黑三提着兩隻沉包裹，把燈交給了另一個夥計，而禿子去搬鞍韉、牽馬。剩下的一個夥計跟方福、醉老財，卻都面面相望，覺着這人的來歷實在可疑，他們就進了櫃房，悄聲談論去了。

此時院中的雪仍然落着，那秦媽已將少婦攙到東屋裏。東屋是很小的一間屋子，四壁皆是黃土壘成的。牆上掏了幾個方形的深洞，是為客人存放東西之用，就仿佛是壁櫥似的。四壁蕭然，除了炕上的一張蘆席、一塊磚頭，壁上掛着一隻半明不滅的油燈之外，就別無什物。外邊有個窟窿通到炕裏，炕裏早就堆好了曬乾的馬糞，從窟窿塞進燃着了的乾草，立時炕裏就着起火來。從炕縫冒出了烏煙臭氣，一霎就充滿了室內，刺激得秦媽不住地咳嗽。

那少婦卻發起怒來，嚷着說："這是什麼屋子？我本來住在東邊的村裏，因為那村裏的人家都太窮，請收生婆得走出七八十里地，我才到你們這兒來。聽說是什麼金張掖、銀武威，說你們這兒是個大城，店房寬綽，辦什麼事也都方便，沒想到你們這兒……"

店夥也在濃煙裏咳嗽着，就回答說："這條街上數我們這家店最大了！城裏還有幾家，比我們這兒好，可是太貴！"

少婦說："只要房子好，無論多麼貴我也住，你們這是什麼店呀？"

此時黑三提着兩隻沉包裹衝進濃煙來，他色迷迷的打算跟這位將要生產的少婦套套近，就笑着說："大嫂！你就將就些吧！這大年底的，店裏本來就不收住啦。我也是這兒住的客，剛才我給您說着，才……才叫您在這兒住。房子又是間青龍房子，最吉利，准保叫你平平安安在這兒生下個胖娃娃，跟個小老虎似的。"

卻不料吧"的一聲，一個嘴巴打在他的臉上了。他雖然沒想到少婦會打他，可是剛才他看見少婦的兩隻細手兒，心裏就曾一動，想着：若叫這樣的細手兒拍在臉上一下，那才解癢癢呢！可是沒想到這一下拍得太厲害了，就像他早先被駱駝踢過一下的那般疼。他不由得"哎喲"一聲喊，一隻包裹才擱在炕上，另一隻包裹可就拋在地下了，把他打得捂着臉發怔。

禿子送進那口寶劍來，擱在炕上，拉着他就走，說："麵都煮爛啦！這種事用得着你忙嗎？"黑三就被禿子拉出去了，大門開着，倒使屋中的煙氣漸漸散出。

這少婦已能看出服侍她的這個婦人衣飾很是整齊，並且勸她息怒，說：“身子重的人不應當生氣，這兒的店房都是這樣。您要什麼，他們都能預備，可是都得另外出錢。”說話溫和而有禮貌，不像是這店裏的內掌櫃的，或是什麼村野的婦人。

少婦遂也溫和地說：“你是這店裏幹嗎的？”

秦媽說：“我是個伺候官太太的，我叫秦媽，跟着我們太太上路，就被雪阻在這兒了，住了兩天啦。這位太太……”她掀開這少婦胸前緊掩的斗篷，看了看，就問說：“快了吧？您覺得怎樣？”

少婦面容愁蹙，微微地歎氣，說：“既然咱們在此相遇，也算有緣，你們幫助我……唉！我想不到我竟至於此！事後我一定要重謝你！”

秦媽連連說：“不算什麼！您放心吧！我一定能服侍您。我們老爺有兩位太太，我都服侍過她們三個月子啦。”

秦媽忽然看到了這位少婦是一雙大足，青鞋上沾着許多泥雪，她就問說：“您是北京人吧？您是在旗吧？這樣重的身子，家裏怎叫您一個人出門呀？”她帶着驚奇地問。

少婦卻自稱婆家姓春，娘家姓龍，她皺着眉沉吟了一會兒，說：“我的男人是個當官差的，因往迪化上任，半路上遇着風雪，走迷失了！我也無處去尋找他們了；又因身懷有孕，分娩在即，所以才來到這裏。勞你駕吧，你先把我的包裹打開，那裏邊有一床被，給我鋪在炕上吧！”

秦媽聽了歎息着，就把炕上的這隻包裹打開，只見裏邊盡是一些黑色的衣服鞋襪，不像是婦女穿戴的。裏邊還有個沉重的小包兒，像是有許多銀兩。秦媽往旁推了推，不防“叭噠”一聲，從衣服裏掉下來一個東西，卻是一隻很小的弩弓。秦媽也沒介意，連寶劍帶包裹全都推到一邊，又由地下提起那隻包裹來。這隻包裹更沉，秦媽打開一看，見有一床很新的綢面而且是布裏的棉被，被裏也裏着個小包裹，特別重，也像是銀兩。秦媽把棉被平鋪在炕上，用一隻包裹作為枕頭，就服侍這位春龍娘子在炕上臥好。

此時炕已燒得漸熱，屋裏也漸暖。秦媽剛要去關屋門，就見她們的二太太踏着雪走來，悄聲向她問說：“生了沒有？是男孩子是女孩子？”

秦媽笑着說：“哪能這麼快呢？看這樣子得一些時候。這位太太姓春，是旗人……”

二太太進屋來，面上含笑，似乎特別地喜歡，尤其特別注意這少婦的模樣，和身孕的情形。秦媽隨手帶上門，就給她們二太太向炕上臥的人引見。春龍娘子也沒起身，只是口中道謝，又求秦媽快去給她找個收生婆來。

二太太坐在炕邊，笑着跟春龍娘子說閒話。她拂手命秦媽出去，吩咐她去做三件事：第一，由她的屋裏再取一床棉被來，給這位太太蓋上；第二，快叫店家燒一碗熱麵湯，打上兩個雞子最好；第三，趕快去請個本地最有名的收生婆。她又安慰春龍娘子，說：“不要害怕！有我們幫助，一定能叫你平平安安地生下孩子。”

秦媽在旁也說：“我們二太太也是剛出月子。”二太太卻瞪了她一眼，說：“我剛才吩咐你什麼？你就快辦去吧！這時候你還在這兒閒搭言，耗工夫？快去！”秦媽趕緊出了屋，她先取來一床很厚的紅緞棉被，上面還有小孩的尿跡，然後又出去了。

這時櫃房裏大家都正在吃麵，並亂猜着突來的這個有孕少婦是什麼人。黑三也不下麵了，他蹲在廚房的一角，拉長着臉生氣，禿子在笑他。方福還照舊地飲酒，醉老財卻又頓腳，又摔酒杯，他說：“這絕不是一件喜事。她若真是個女強盜，不等出月子她就會犯案。若叫我在大正月的再陪着吃上一件官司，那才，那才，倒霉極啦！”

韓秀才永遠抱着火爐子不肯離開，因為他的夾大褂太為單寒了，他搖着頭說：“不至於！你們別胡亂疑惑。剛才我在窗外偷聽見了她跟秦媽說話，她說她是個旗官的太太，因為走迷了路才來此。千萬別胡亂疑惑，也別怠慢她，明天她的男人就許找了來。大午底的，你們叫她出雙份的房錢才行。我還想送她一副喜聯呢，也要跟她要點喜錢。”

這時秦媽就走進來了，叫去找收生婆。醉老財卻又跺腳說：“這時候，哪兒給她找收生婆去？人家都預備過年，家裏供上神啦！人家還能為幾個錢，又出來？大年底的誰不討吉利？誰能像我這樣倒霉？黑三那王八蛋要不是他在旁邊多嘴，我絕不會留下！」

旁邊方福倒是明理，他連連擺手說：「這可使不得！你要是不去找收生婆，倘或那女人生得不順利，連娘帶子死在你們這店裏，可又是一回事兒！」

醉老財嚇了一跳，又跺腳說：「這可怎樣辦呀？收生婆上哪兒去找呀？我要是個收生婆那可就好啦！反正我也倒霉啦，我可以給她去接生嗎？這時候，除非生孩子的是熟人，早就跟人家收生婆說好了，不然，你出八兩金子人家也是不肯來呀！我開的是店，我賣飯，不管人家養孩子！」

這時那給方太太趕車的人又來了，手裏拿着個寶盒，他是想來這兒贏上幾寶，轉轉運氣，好回到他那親戚家裏再去撈本兒。他一進屋，聞說了這件事，他也插言亂說，還不住地擺手說：「請不着收生婆！家家都供了神，誰還出來？」又向秦媽說：「這件事，只要是姑娘們或是養過孩子的就能幹得，不必要什麼內行。」

韓秀才在旁也說：「對！我給開一劑催生的藥，叫禿子到藥舖裏去買來；有藥一幫助，大嫂你再幫幫忙，就算行啦！收生婆的錢是你的，大夫的錢是我的。」

秦媽急得頭上流汗，說：「我倒是……但是我膽子小，沒接過生！」方福又說：「沒有什麼的，瓜熟自然落地！」於是秦媽首肯了。女人向來是同情女人的病苦的，尤其是關於這生產的事，她覺得沒法子，只好自己振作點兒精神，幫幫人家那位可憐的太太。而這裏的一些人也都不必冒着雪出去找收生婆去啦，賭錢的照舊可以賭錢，喝酒的照舊可以喝酒。

秦媽又叫黑三燒一碗熱麵湯，黑三卻蹲在那裏搖頭說：「不管！她打了我一個嘴巴，我還管？」秦媽只得求禿子給燒火，她自己給做湯下麵，並跟夥計要雞蛋，說：「你們別太狠心！你們也都是父母養的！人家也是位官太太，行李裏也不是沒銀子，人家平平安安地生下來，什麼都不會少給你們！」

她跟夥計要了兩個雞蛋，韓秀才已借着櫃上的紙筆寫了一張藥方，交給秦媽。秦媽一手拿着雞蛋，一手拿着藥方說：「誰去一趟？黑三你去一趟吧！這是件好事兒，你給買回藥來我會給你求賞錢呢！」黑三依然搖頭說：「不管！她把兩個包裹都給我，我也不管！」

這時炕上的那些人依然大賭，那趕車的把身邊僅有的兩串錢，開了兩寶就輸光啦。一聽說這裏有賞錢，他就趕緊跳下炕來，說：「我去！反正我兩隻鞋也交代啦，我去給買一趟藥，可是回來時，得給我一吊錢的賞錢才行！」

秦媽說：「錢一定有，人家不是沒錢的人，你快給買去吧！藥錢我先墊上，連一吊錢我也給你。」秦媽由她的小棉襖裏拿出兩張本省通用的錢票，交給這趕車的，又歎了口氣，說：「沒法子！人家一個落難的人，難道咱們真能夠忍着心看着不管嗎？」

那趕車的接了錢和藥方，就回頭向炕上那幾個賭伴招呼了一聲，說：「等會兒我！買了藥回來我再撈！」他提上了鞋跟，慌忙地往外走，不想幾乎撞在一個女人的身上，原來是方二太太剛要進屋來叫秦媽。那趕車的就說：「喲！差點兒沒撞着您！那屋裏的娘們生了沒有？叫她等會兒，我給她買催生藥去！」說着往店門外就走。

方二太太卻想起了一件事，就叫着說：「趕車的你回來！我跟你說一句話！」

趕車的止了步，回首問說：「什麼事兒？」

二太太卻聲音不大的說：「看這個雪，一半天也許能住。我還是想走，你要在這兒聽着點兒吩咐，別淨不照面兒！」

趕車的說：「太太您給我十兩金子，我也不能拉您走！多大的雪呀？」

二太太笑了一笑說：「窮瘋啦！十兩金子？送我們到了涼州府，給你添十兩銀子的賞錢就算不錯啦！」

趕車的一聽，心說：啊？十兩？多給五兩我也幹呀！在這兒過年倒是不錯，可是錢都輸光啦！他遂就笑着說：「得啦！太太放心吧！只要路上能走，我也不願意在這兒乾蹲着，蹲一天得賠一天的嚼裹兒！」說着就買藥去了。

這裏二太太先跟趕車的安下了話，就拉開門縫兒去叫秦媽，秦媽說：「你等等！我把這一碗麵湯下好了我就去！不是暫時還不急嗎？」

二太太說：「暫時倒是不急，也許今天生不了。」又說：「你回頭到咱們屋裏去一趟，小姐又醒啦！」

秦媽答應了一聲，二太太把門縫掩上，就踏着雪回到她住的屋。她的鞋都已濕了，但她的屋裏卻很暖，炕是熱的，地下還放着個炭盆。她來回地走着，仿佛是忽然受了一種刺激，產生了一個新的企圖，這企圖又使得她歡樂之中夾着害怕，像她第一次發覺有孕時一樣。

她想：「假若別人生的這個，正是自己所希望生而沒有生成，那麼把自己所不喜歡的這個換了，那不也是很好嗎？自己這個女孩子，雖已過了滿月了，可是長得又瘦又小。把她的小衣裳剝了，拿去充那新落生的小孩，那個產後昏暈的女人大概也不能察覺。大雪寒天，殘年旅店之中，誰還管這閒事？明天或後天一定走，只要是把秦媽跟方福買好了，誰也不能給點破了這件事……」她越想越是興奮，並望着炕上熟睡的親生女孩流了幾滴眼淚。

此時秦媽在那屋裏服侍着那位春龍娘子吃過了麵湯，就來到了這屋，問二太太有什麼吩咐。二太太先關嚴了屋門，然後拉着秦媽到了自己的近前，用極低的聲音說了自己的祈望，並說：「假若她生的也是個女孩兒，那就算是我空想了一回，都不用再提了！萬一她生的是個小子，那……你幫我！我給你十兩金子，也給方福十兩，你們得永遠給我瞞着，見了老爺就說是我生了一個小子！」秦媽一聽，嚇得渾身哆嗦。

這時二太太就給她跪下了，哭着求她，說：「我願把自己的親生女兒換人家的孩子嗎？只是沒有法子，你可憐我，你答應我吧，我就放心了！要是人家也生了女兒，我白做了夢，可我也不怪你！」

在此緊張的情形之下，秦媽只好答應了，然而她也受了極大的刺激，仿佛將要幫助人去行兇作惡似的。她唯一的希望就是盼那春龍娘子也生下一個女的，即使生下來就死了，也比生男孩子好。她提着心，更見她的二太太兩眼瞪得特別大，精神極度的興奮，仿佛要瘋似的。

少時二太太拉着她又到了那東屋，此時藥已煎好，秦媽顫着雙手給春龍娘子服了下去。春龍娘子腹痛得一陣陣地呻吟，又兼萬般的傷心，多日的疲憊，她緊閉着眼睛，如同昏暈了過去。炕邊寶劍無光，弩弓如棄，誰能想到這春龍娘子即是名門閨秀，風塵俠女，翰林的妻子，大盜的情人；名震京師，投崖後生死莫卜的玉嬌龍？她此時失去了一切的勇武，一切的智慧，所有的親人。

外面雪已漸停，寒風更緊，爆竹聲也聽不見了。櫃房裏也燈光昏昏，方福跟韓秀才都已回屋睡覺去了，醉老財又歎了兩聲倒霉，也回到自己的舖上睡了。黑三則臥在櫃台上睡覺，做着夢，他夢到兩隻沉重的包裹，兩個漂亮的娘兒們，還有幾隻病駱駝。

那趕車的把剛才的一吊錢也輸淨了，他無精打采地，可還看着那三個夥計在鬥紙牌。鬥紙牌又不像開寶那麼需要吆喝，並因掌櫃的都已睡了，大家都不敢高聲說話，所以室中甚為寂靜。只有窗外的風陣陣聲，聽得很是清楚。那趕車的越聽越煩，就坐在炕上，抱着兩腿兒打盹兒。

這時已然過了三更，連那三個賭錢的人也都相繼着打呵欠。忽然有一種聲音刺到這趕車的耳裏，他由夢中驚醒，就推着個夥計的肩膀說：「你們聽！聽聽！」此時卻有很真切的小孩的哭聲：「哇啦！哇啦！」像小蛤蟆叫喚似的。趕車的不由瞪大了眼睛，笑着說：「快聽！生啦！真生啦！」三個夥計也都停住牌，靜聽了一會兒，然後有個就說：「管他呢！又不是咱的婆娘生孩子，鬥牌吧！」

趕車的卻仍然側耳去聽，可是他漸漸聽出來有異。他先聽到不知是哪間屋的門響，又聽院了裏也有小孩兒的哭聲。這哭聲他可是聽熟了，那個方二太太自安西州抱着這孩子坐他的車來到這兒，直直哭了一道兒，連她媽都罵她是「號喪鬼」、「氣人的東西」。但這趕車的聽了很是詫異，心說：為什麼那位太太半夜裏把孩子抱出來了？於是更注意去聽，卻聽東屋裏兩個孩子一齊哭了起來，聲音混雜在一起，叫人聽着心亂。

這趕車的說了聲：「怪事！」他又找着他那雙濕鞋下了炕，開了門縫往外去瞧，只見那東屋和北屋全都有明亮的燈光，東屋的窗上並且人影搖搖。這趕車的並且看出那人影兒就是方二太太，心說：在路上看着這娘們像是頂刁惡，原來她的心腸倒不錯。

正在看着，忽然那東屋的門又開了，只見一個人雙手抱着一個東西出來。這趕車的剛要細看看這人是誰，是抱着個什麼，卻聽炕上的人說：「喂！喂！你還嫌屋裏不冷呀？還開着門縫兒讓牠往裏灌風？你想看人家屋裏養孩子，為什麼不到人家的屋裏去呀？不開眼！混蛋！」人家這樣一罵，他只好將屋門關嚴，心裏卻有點兒疑惑；但是又上了炕靠牆臥着，想起來所輸的錢一陣煩惱，他也就睡啦。

他越睡越冷，由夢中把他凍醒，只見燈已滅，身旁睡着三個夥計，人家棉被上還蓋着棉襖，呼嚕呼嚕的睡得都挺香。他卻凍得哆哆嗦嗦的，想下炕撒尿去。不料才一坐起身來，拿腳向炕下找鞋，卻見門的那邊蹲着一個黑東西，像是個人，把他嚇得哎喲」了一聲，趕緊問說：「你是誰啊？」那蹲着的人卻直起身來，說：「是我！我是黑三。」

趕車的問：「你不睡覺，你可在這兒蹲着幹嗎呀？」黑三說：「我要出去到院裏看看，剛才我做了個夢，夢見我那兩個駱駝死了！」趕車的說：「你睡糊塗了吧？吃多了吧？」黑三卻一聲不語，悄悄地走回廚房櫃台上又睡覺去了。趕車的嚇得尿也不敢去撒了。

他們剛才大聲說了幾句話，就把那個睡在最舒服的床舖上的店主人給吵醒了。店主人醉老財，先罵黑三，再罵趕車的，說：「看你們熟面子，叫你們在這兒住着，也就夠交情的啦！半夜裏還他媽窮吵，想欺負我嗎？瞧我今年的時運不好嗎？媽的！再窮吵都給我滾出去！我這店裏不白住人。明天拿着元寶進來的人，我也他媽的不留啦！」

趕車的一聲也沒敢言語，心裏卻覺着黑三那小子可疑又可怕，他簡直更不能睡了。東北兩屋的孩子也哭，大人也不睡，他也摸不清是怎麼一回事。

直到次日天色發亮之時，忽聽那秦媽向着南屋在叫方福，又待了一會，方福彷彿起來了，咳嗽，門響，院中有腳步踏雪之聲，彷彿是方福被叫到他們二太太住的屋裏去了；半天也沒聽着動靜。又半天，二太太住的屋子的門又響了，方福一邊踏着雪，一邊咳嗽着，就來到了這櫃房的窗前，向裏面問說：「趕車的在這兒沒有？」趕車的答應了一聲，隔着窗戶問說：「我在這兒啦，您有什麼事呀？」方福卻說：「快着點兒！套車去！趁着雪微一點了，咱們再趕點路，能夠在初三以前趕到涼州才好！」

趕車的在窗裏聽着，不由皺了皺眉，可是又一想到，昨天那二太太答應得給他外加十兩銀子，他又有些高興。在這兒是囊空如洗，再說黑三那小子不定是安着什麼心，昨夜被自己無意之中發現，倘若他幹出點什麼來，再被抓住，他疑惑是我給賣的底，反咬一口，那我可真吃不消。況且這店裏淨出怪事，大年底啦，我趕緊離開這個是非窩吧！於是他就立時答應了一聲，穿上鞋下炕，把門開了。外面一陣冷風幾乎將他吹倒，那店主人醉老財也被凍醒，他又罵着：「王八蛋！這麼早你開什麼門？」

這時方福進屋來了，穿着灰布面子的羊皮襖，青布面子的皮坎肩，頭戴貓毛帽子，足蹬氈鞋，鬍子上沾的哈氣、鼻涕，都結成了一串一串的冰疙瘩，手裏可托着很沉重的銀子，先給了趕車的一塊，說：「這是六兩，不信你平一平。先給你一半，快點把我們送到涼州，到了那兒還給你這麼多一半呢。我知道你這小子是輸光啦，倘若你在這兒過這個窮年，還不如咱們在路上過去呢！」他又向醉老財笑着說：「掌櫃的！請您起來把賬算一算，開發完了，我們就動身。這兩天多有打擾，到正月我再給您來拜年！」

醉老財臥在被窩裏，吸了吸氣，說：「本來這年底我們不願留客，可是……雪這麼大，你們怎麼走？」趕車的聽了，也有點猶豫，就說：「等一等好不好？我到店門口看一看，要是有人往東去咱們再走好不好？若光是咱們，倘或在路上出了事可怎麼辦？」

方福搖頭說：「不能不能！別瞧你久趕車，這條路你還許沒有我走的次數多呢！我保沒有事！」又咳嗽了一聲，說：「因為我們那位二太太，實實在在是想老爺，昨兒，東屋來的那個又生了個孩子，使她更覺得孩子的要緊，恨不得立時就把自己的孩子抱到涼州給老爺看看，才安心！"

　　醉老財聽了，卻又皺了皺眉，叫方福把桌上的算盤拿過來，他躺在被窩裏就算帳。方福把店飯費全都給了，餘外還賞了各夥計每人一兩銀子的節錢，並叫店裏給他預備一罐子酒，好在路上喝，使身體暖和。

　　趕車的一看，那位二太太花錢不打算盤，他就趕緊跑去套車。一出屋子，見北屋裏還有燈光，那二太太跟秦媽大概是正在收束行李。他心說：侍候人家生孩子，一夜沒睡覺，一清早還要趕路，娘們的心可真怪！又見東屋陰慘慘的，聽不見小孩兒哭啼。他趕緊踏着雪到圈裏去牽騾子，卻見昨天那女人騎來的胭脂馬還真不錯，昨天那麼重的身孕上馬下馬的，也真難為她！又見黑三的那兩匹病駱駝，脖子都直不起來了，好像過不了年的樣子。

　　這趕車的就咬牙打戰，凍手凍腳地牽了騾子，到院中把車套上。他披上那光板無毛的老羊皮襖，戴上兩隻兔子皮的耳朵套，揣着手兒拿着鞭子，有個夥計已經起來給開了大門。此時秦媽提着行李出來了，那太太穿着絳色的裙子、紅緞皮襖，懷裏抱着個紅被褥裹成的很厚的卷兒，裏邊有哇啦哇啦"的小孩兒哭聲。趕車的聽着卻覺得不大熟，不由心說：怪呀？怎麼聲兒變了？

　　二太太卻臉色慌張，急急忙忙叫秦媽攙着上了車，坐在緊裏邊，緊緊抱着孩子；她頭髮都沒梳整，就催着趕車的說："快點兒走！快點兒把我們送到涼州！你要多少錢我給你多少錢！"小孩兒又在被裏"哇哇"地哭着。趕車的摘下一個耳朵套兒來細聽，越聽心裏越納悶。秦媽臉色不大好，眼角還掛着眼淚，也上了車。二太太又急急叫着說："方福！方福！你幹什麼啦？快走呀！該死的！磨煩什麼呀？"

　　半天，二太太都快急死了，方福才托着一罐子酒出來，放在車上，放在秦媽盤着的腿兒旁邊，囑咐說："別叫罐子倒了！"小孩更哭得厲害。趕車的先是發呆，繼而又害怕，終至於"哈"的冷笑了一聲。他瞪了方福一眼，咱們到半路再說吧，你們作鬼兒咱也得發一筆財！

　　這時方福向夥計拱手說："再會！"又向櫃房裏高聲說："掌櫃的，過年再見！"他跨上了車轅，趕車的也跨上左邊的車轅，鞭子一響，車輪軋開了雪，"咕隆隆"走出店門去了。小孩兒的哭啼聲從車裏傳出，聲音很是洪亮，二太太拍着說："好孩子不要哭！"聲音卻有些哀慘。秦媽又長歎了口氣，方福卻點上了一袋旱煙。

　　這時雪還沒有完全停止，風力卻漸緩了。天光才亮，家家還都緊緊閉着雙門。雪地上潔白平坦，連狗爪子的痕印都沒有，路上無人走，天邊也沒有鳥兒飛，只有這輛車緩緩地軋着雪，向着那白茫茫的遼遠前程奔去。

　　那輛車走去之後，來安店裏只剩下了春龍娘子一個女人，她疲憊昏暈，直到午後方才睡醒，一睜開眼時，這間荒涼敝陋的店房裏，昨天夜裏的那兩位好心的婦人也沒在屋裏。她忽然想起昨夜自己是產了一個小孩，趕緊向身旁去看，看見旁邊與自己同被臥着一個小孩兒，稀稀的有點兒頭髮，緊閉着眼，模樣既不像自己，可也不像自己的情人——那可恨又可憐的情人。

　　她伸了臂細一看，見是一個女孩兒，而那臍帶之處卻叫她吃了一驚，因為不像是新剪斷的。棉被旁扔着一把剪子，一定是那秦媽剪完了臍帶扔下的，但是自己身上穿的紅羅小衣的衣襟，卻被剪去了一塊。她不由驚得瞪大了眼，心說：這是怎麼回事？一翻身，覺得身體發酸，但她掙扎着坐了起來，卻見頭前的寶劍弩弓之旁，放着一個小小的花瓶，發着光亮，是銀製的，瓶下還壓着個紅紙封套。她伸手拿過來，抽開一看，見裏邊卻裝着二十兩的銀票。

　　她不由打了個冷戰，呆住了。又扭頭看看那小孩兒，越看越覺可疑。自己雖是初次生小孩，但早先親戚家也有人生小孩，自己也見過，才落生的小孩絕不能像這樣，這至少是已經過了滿月的了。

　　她想起來昨夜的情景，自己生養之後，昏昏沉沉之間仿佛看見秦媽跟那二太太，主僕二人低聲爭吵，記得秦媽的眼睛還掛着眼淚。她又恍惚曾聽見屋中有過兩個孩子的哭聲似的，那時自己心裏還以為是一對雙生，但無力問，也顧不得細看。如今這分明是……

　　她氣了，便扭頭向窗外大聲叫着：“來人！來人！店家店家！秦媽秦媽！”她叫了十幾聲，才有個夥計隔着窗子問說：“什麼事？”春龍娘子玉嬌龍急聲說：“進來！不要緊！”同時把棉被和斗篷掩緊。夥計進來，可不敢近前，玉嬌龍又急說：“快把昨天幫助我的那什麼二太太跟那秦媽請進來，有要緊的話我要問她們！真是豈有此理！”夥計嚇了一跳，就說：“人家……人家一早就都走啦！這時走出有四五十里地了！”

　　玉嬌龍聽了，一咬嘴唇，就要掙扎着跳起來，但她周身無力，就趕緊又說：“你們快去給我追！這……”她指指旁邊說：“這不是我的孩子，我親生的孩子被她們給換去了，搶走了！你們快去給我追，追回來，抓她們來見我，我有重賞。不然你們店家必是與她們共同作弊，我都饒不了你們！快追去！”她伸手又去摸寶劍。

　　夥計嚇白了臉，說：“這是哪兒的事？太太您別着急！您等着，我把我們掌櫃的請來，您再跟他說吧！”說畢，這夥計趕緊轉身出屋去了。他跑到了櫃房，這時醉老財才吃完了飯，又喝了些酒，正跟韓秀才談說今天早晨那方二太太匆匆而去，很有些可疑，又罵着說：“他媽的！我過年一定要倒霉！年前淨遇見他媽的這樣的怪事情！”忽然這個夥計跑進了屋來，急匆匆說了這件事，並說：“掌櫃的！你快去看看吧！那娘兒們真兇，說話就要抄寶劍，挨她一劍我合不着；把她氣死我去打人命官司，那更合不着！”

　　櫃房裏的人一聽了這件事，全都怔了。醉老財跳起來頓着腳，大嚷：“想不到的事，大年底的全都出在我這兒啦！他媽的天下還有換孩子的事情？”他急匆匆往外就走，韓秀才在後跟着他，走到了玉嬌龍的屋裏，醉老財就跺腳嚷嚷着說：“你可別來訛人！昨兒，收留下你那就是可憐你！誰家的婆娘不養娃子？我們不忍心叫你在雪地裏去養，才叫你住下。人家，那是新任涼州府方大人的家眷，人家無論多麼無根基，也不能拿親生的孩子換個外人的孩子呀！你別想借着這件事訛詐我們開店的！”

　　玉嬌龍是披着斗篷坐着，芳容跟紙色一般。她很生氣，但產後體力衰弱，沒法兒像醉老財這樣嚷嚷，她只啐了一口，喘着氣說：“你別倒跟我大鬧，我也訛不着你們。不過你們看，這二十兩銀票，跟這銀打的小花瓶，都是她們留下的。你想想，她們這是什麼意思？”

　　醉老財說：“是人家賞給你孩子的禮物，花瓶兒是保佑你的孩子平安。人家官太太遇見你這件事，服侍你生了個孩子，臨走時難道連點禮物也不留下？”

　　玉嬌龍生着氣，驀地一掀被褥，露出身裹着尿布的小孩，說：“你們看！這是我的孩子嗎？昨天生下來的孩子，今天就能長這麼大？”

　　醉老財等人一看，可又都直了眼，尤其是其中有個夥計，前兩天往方二太太住的屋送茶送飯的都是他，他認得這個孩子。他知道這孩子在那北屋的炕上哭，被那位太太罵該死的時候，炕上坐的這位還沒騎着馬來呢！他就拉了他們的掌櫃的一把，悄聲說了兩句話；韓秀才在旁連連搖頭，另外兩個夥計也直笑。醉老財張着嘴發了半天怔，才說：“這不要緊呀，姓方的太太不是沒名沒姓的。你，你可以到涼州府去找她呀！問問她！”

　　玉嬌龍卻擦了擦眼淚，發着淒慘的聲音說：“我現在哪能動一步兒？哪能騎馬？煩勞你們，無論是誰，快去把她追上，把我的孩子換回來。我也不願難為她們，只要把我的孩子還給我，把這個孩子她們帶走就行！我願賞你們五十兩銀子！”

　　兩個夥計聽了，就說：“這好辦！我們就去！”一個就要由炕上抱起孩子好追上去換，孩子這時又被凍得直哭。醉老財倒是把他的夥計攔住，說：“得得！你們先追去！把車追着了叫他們回來再兩下交換。這孩子先存在這兒作押賬，你們要是抱走，一出門給凍死了，那，可就更不能換回來啦！快去快去吧！你們都能發筆外財，就是我倒霉！”說着又跺了一下腳。

　　兩個夥計跑出去了，韓秀才卻連連搖頭，說：“我看可是不容易換回來。就是能夠追上，那位官太太來個翻臉不認帳，誰又能夠把她怎樣了？孩子的身上又沒刻着字，大小也相差不多。我瞧這件事不如等雪停一停，路上好走了，這位太太給我點兒路費，我去到涼州府私下去見那位太太，替您慢慢地換回來！不然，絕不能成功，他們是官。”醉老財趕緊推他出去，說：「得啦！得啦！你就別想在這裏頭找錢了！快走！快走！」他歎着氣，跺着腳，也出去了。

這裏還留下一個夥計，給玉嬌龍燒了一盆木炭，又送來一碗稀粥。玉嬌龍喝着粥，心裏還非常生氣、急躁，旁邊的孩子又啼哭不止，玉嬌龍也不理她。半天孩子的哭聲止了，可又吮着小嘴兒仿佛要索吃食似的。玉嬌龍又不由得可憐她，把她抱在自己的懷裏並用斗篷掩住，孩子就用頭頂着要奶吃，玉嬌龍不由流下淚來了。喝完粥，夥計就把空碗拿走了。

因為她是一個產婦，夥計也不能常來服侍她。時值年底，連個肯來臨時服侍她的婦人都找不到，這小屋裏只有她，跟身旁這可恨又可憐的孩子。天又晚了，那韓秀才送來兩丸子藥，說是補血的，跟她討了一兩銀子的藥錢。韓秀才並把那方二太太的來頭詳細告訴了她，這都是他聽方福說的。玉嬌龍這才知道自己生的那必定是一個男孩，不然也不至於被那方二太太換去。方二太太留瓶贈銀，可見她也是不忍拋下親生女，但她為了得寵，才不得不出此下策。至於為什麼又剪下自己的一塊裏衣，其用意可又難測。

玉嬌龍對於方二太太又有點同情，並想：我是個什麼人？我借死脫身，父兄、姪男女、友好，我全都拋下了；我在江南走了半年多，無人認識我。我此次去往新疆，也是想找繡香和那哈薩克女子美霞，從此我將在馬群中，在蒙古包裏，隱居一世，終身也不想再見羅小虎了，我又何必弄個孩子做累贅呢？姓方的婦人既肯用親生女把孩子換去，諒她必不會錯待，就由着她去育養吧，比跟着我還許好呢！這個女孩子也是個可憐蟲，我也不必帶着她。過兩天，問問這裏有誰肯要，就隨便叫人把她抱走，我在這裏再歇幾天就往西去。

想到這裏，她就把牙一咬。但忽然又感到一陣心痛，剛才的那種想法，不過是一股英雄意氣，並制不住她天然的母愛愛，她又擔心起她那孩子。她自離開了五回嶺到江南，她就發覺已然身懷有孕。她曾到九華山找江南鶴未遇；尋李慕白去索書，也沒有尋着。她走遍了大江南北，先用「龍錦春」之名，後改為「春龍氏」，曾因不可避免的爭執，戰敗了許多豪俊。但她的身孕日重，卻不欲為人所知，所以要投到這西部遼遠之地來生養。

一路上馬顛雪打，也受了不少辛苦；投村覓店，也受了不少彆扭，生了不少的閒氣。腹中的無父之兒，她恨，可又覺得可憐。她對一切人，對羅小虎，甚至對現在身旁這個孩子，都覺得可憐。她不明白怎麼變成了她這個性情，如今，別說親生的孩子叫人抱走了她不甘心，就是這個在她懷裏的孩子被換回去，也難保她將來不想啊！所以她心裏很急：「那兩人怎麼還不回來？難道連一輛車也追不上？」她連叫了幾次，也沒有人應聲，如果她身上還有力氣的話，她早就立時爬起，騎上馬連夜去追了。

當晚，天黑了很久，那兩個夥計才回來，說是追不上；東邊路上的雪太深，他們沒追上那輛車，可是還要討賞錢。玉嬌龍大怒，將他們斥將出去。晚飯她又只喝了一碗粥，因為她把夥計給罵了，火盆滅了再沒人給添，燈也沒人給點；天又冷，孩子哭了幾陣，停了聲音，仿佛已然死了，玉嬌龍又急又氣。

時夜已深，外面毫無動靜，她掩被側臥着，想睡又睡不着。正在這時忽然聽得屋門一響，響聲雖然不大，但她立刻警惕起來，身子依然靜臥着不動，可是手已摸到了劍柄。斜眼去看，卻見是一個黑糊糊的人影，躡足潛蹤地往近走來。玉嬌龍的心中不由騰起來怒火，暗想：我生平肯受何人的欺負，到如今全都來欺負我？她氣急了，眼看着這個小賊已摸摸索索的到了面前，就見這人伸手要拿那兩隻包裹，玉嬌龍忍不住把身子一抬，厲聲問說：「你要做什麼？」

不料這個賊人反伸手將她的左胳膊抄住，恫嚇說：「不許你嚷！你要敢嚷一聲，我就要你的命！」玉嬌龍抽出寶劍來，「鏘」的一聲，那賊人將她的左臂松了手，提起兩個包裹來回身就逃，玉嬌龍卻劍已落下。只見一道寒光追在那賊人的背後，賊人就一聲慘叫，連包裹帶人全都摔倒在地，「哎喲哎喲」地呼號。

這時把櫃房裏的人又全都驚起來，一霎時院中亂哄哄的，都向屋裏問：「什麼事兒？什麼事兒？是黑三的聲兒！」有人喊叫點燈，有人就主張去叫官人。玉嬌龍真急了，也不顧得身上有力無力，就披着斗篷，提劍下了炕。一腳踏着那尚在呻吟的受傷的人身上，她就直闖出門去，向外面怒喊說：「都不許鬧！你們這店中住着賊人要暗算我，已被我殺死！」

店主人醉老財戰戰兢兢，說：「那不是我們店裏的人，那，那大概是那拉駱駝的黑三，他許是見財起意。太太你別着急，我們把官人叫來，你再跟他說吧。要是，他真偷了你的東西，你殺了他你也沒罪，我們可不能受這連累！咳！真倒霉！你先回屋裏等着去吧。」又向夥計們說：「看着她，別叫她跑了，我到衙門去！」

他由夥計的手裏要過一隻燈籠，就要走出店門。玉嬌龍卻急得趕緊奔上前去，把劍一橫，厲聲說：「不許走！誰都不許走！誰想走，我就殺死誰！不許你們去報官！」寶劍離着醉老財的鼻子不過二寸。醉老財嚇得一屁股坐在雪地上，燈籠也拋了，呼呼的燒着了。夥計都嚇得往牆角跑去，屋中那黑三的慘呼和呻吟之聲也忽然停住。

玉嬌龍此時是鬢髮蓬鬆，一手掩着皮斗篷，一手伸在斗篷之外，橫着寶劍。她的雙眼瞪得很圓很大，如天空的寒星一般。她並不怕官，為自衛而殺賊，她知道自己無罪，但至少她要到府衙門去一趟。知府倘見她是個旗人婦女，必要追問她的來歷；萬一被官方追出或猜出她就是玉嬌龍，那時消息很快就會傳到京師，必又為父兄之累！所以她絕不肯去見官。

到此時無法，雖然產後體弱，但事逼得她也不能不走了。她就先說自己原是那九華山的俠女，名叫雲中龍，專在四方遨遊，行俠仗義，把店主人和夥計全都嚇得呆如木雞。然後她就逼着一個夥計給她備馬，她提劍進屋，穿上鞋，拿起包裹來要走。這時炕上的小孩又在亂啼，她更加生氣，真想揮劍結果了這個與自己無干的小生命，但又於心不忍，她就抱起來掩在斗篷裏，弩弓、銀瓶全都塞在包裹之內。她左臂掛着一隻包裹，手裏還拿着一隻包裹，右手拿着寶劍與皮鞭，還抱着嬰兒。匆匆收拾完畢，無意之中又踏了地下的死屍一腳。玉嬌龍跳出屋去，卻覺得頭一陣暈，腿一發軟，她幾乎倒在地下。

天已晴，寒風吹來房上的雪屑，銀星亂迸，愈顯得淒冷。院中有一個夥計打着個晃晃悠悠的紙燈籠，連醉老財都連凍帶嚇，縮肩拱背，哆哆嗦嗦的，既不敢出店門，又不敢回櫃房。此時，一個夥計跟那禿子，已將玉嬌龍的馬由圈中牽出來，在院中備好了鞍韉。玉嬌龍將包裹交給他們，命他們放在馬上，夥計跟那禿子全都順從地去辦，誰的嘴裏也不敢哼一聲。

玉嬌龍從身邊拿出一兩銀子，交給這夥計說：「給你！這是我的店飯錢！」夥計手顫顫地接了過來，說聲：「謝謝！」玉嬌龍又厲聲囑咐說：「就是你們去報官，也不准說出我的本來面目！有人要問你們，只許你們說我是四十來歲，南方口音；方姓的婦人換去我的小孩之事也不准告訴人！否則若被我知道了，我回來就用寶劍要你們的性命！聽見了沒有？」連醉老財帶夥計齊都應聲說：「聽見了！」聲音都發着抖顫。玉嬌龍將劍入匣，扳鞍上馬，夥計將店門敞開，她就揮動皮鞭，催馬出了店門。

此時街道淒冷，沒有一隻燈，更是聽不見半點兒聲音，她猜度着這時至早也有四更天了。雪雖已住，但地的表面是一層薄冰，冰下還是深雪，馬蹄踏上咯吱咯吱的，並且甚滑，玉嬌龍也不敢叫馬快走。

此時她是向東去走，意欲追趕上方二太太的車，將自己親生的兒子換回。這小孩藏在自己的懷裏也不哭了，直用小臉兒拱奶，她的小身子倒很暖和，小脾氣也很乖。玉嬌龍用一條綢帶將她繫在腰上，所以小女孩藏在懷中掉不下來。她騰出雙手來，一手挽住韁繩，一手搖着皮鞭，款款地向着灰茫茫的前途走去。

北風自側面吹來，夾着冰雪，打得臉發疼；同時她周身的力氣也不太濟，走了不多遠就發喘了，抬手揮鞭都沒有力。小女孩把她的內衣都尿得很濕，並且直動直哭，玉嬌龍心煩、發恨，不理她，努着力催馬又走。直到天色發曉之時，她才投了一個離開大道較遠的小村莊，找了個農家歇下。

雖然這農家看她的情形很可疑，都用驚慌的眼睛看着她，並且向她尋根究底。她一面支吾着，和藹地應付着，同時也感到處境的不安。但她身體太疲憊了，什麼也顧不得啦，就在此整整地睡了一天。醒來已天晚，她見沒有什麼事出來，她就懶得走，又宿在這裏。

這一天一夜的休息，她可恢復了體力，次日覺得非常的精神，但心裏更是急躁。給女孩換了尿布，自己也更了裏外衣，紮束利便，包裹繫緊，馬匹備上，寶劍掛好。衣服外仍披着大斗篷，就給了這農家謝銀，出村上馬，揮鞭走去。

此時天已大晴，路上冰雪盡皆融化，雖然滿地泥濘，但馬已可以快奔。她就催馬如飛，一直向東去追。這時，她往日的威風復振，身手復活，「叭叭叭」急急地抽着皮鞭響，「嗒嗒嗒」馬蹄濺起地上的泥漿，也顧不上小女孩在懷裏哭。她頭罩青巾，身披皮氅，目瞪着前面，恨不得即時就追上那輛車；越走馬越快，心越急，怒氣更往上湧。

她連過了許多村鎮，村鎮裏雖然滿地泥水，可是家家戶戶都貼着春聯。老婆兒、少婦們都穿着新衣，小孩在碾磨子上放着爆竹。即使那住在沿山辟成的蜂窩似的土洞裏的人，也都歡歡樂樂地，見了面都互相道着「新禧」。

玉嬌龍逢人就駐馬詢問：「借光！這兩天你們看見有一輛騾車走過去了沒有？車上是一個僕婦、一位太太，抱着個新生不久的小孩兒。」她問的許多人，都說是「不知道」，或是「沒看見」，可是又有人說：「不錯，有你說的這樣一輛車，車上有小孩哭聲，昨天早晨由這兒走過去的！」玉嬌龍一聽，心裏更急了，趕緊又催馬去追。

這一天她走至深夜，方才找到了村舍，捶開門，一面威嚇，一面央求地宿了一晚。次日清晨又往東走，除了找地方匆匆用點飯，依然馬不停蹄、人不緩氣的去追，追。又追了一日，就聽路上的人說：「那輛車走過去半天啦！」她再追再問，又聽人說：「在前面頂多走過去三十里。」她更急了，又追了一陣，就聽人說：「剛走過去！快走！一會兒就能趕上！」於是她咬着牙，鞭子連聲的發響，馬奔跑如飛龍；那小女孩在她懷裏是一會哭，一會睡。

其實這時方二太太坐的車在前面只有二十多里，因為路上淨搗麻煩，所以她才走得這麼慢。那秦媽是個軟心腸的人，又迷信，她懺悔自己幫助二太太做了一件壞事，相信老天爺那裏一定已給她記上了一筆賬，至少得削減她十年的陽壽，所以她憂愁得跟病了似的。不過她心裏還有一點點安慰。那晚在來安店中，她給那春龍娘子接了生，發現是個男孩。二太太當時叫她依着那計劃去做，她那時倘若拒絕不做，二太太就能夠一頭碰死，她不得不依。

然而她也安了個心眼，就用剪臍帶的剪子，將春龍娘子的內衣剪下來一塊，是一塊三角形的紅羅，自己把它貼身藏着，連二太太都不讓曉得。她是預備將來多少年之後，這孩子那時也許中了狀元做了大官了，倘若天緣湊巧，令他遇見他的生身母親，那這一塊紅羅也可以算是個表記；而自己，不是只會拆散人家的母子，也會成全，那就也能減少自己一點罪惡——秦媽就是存着這個心。

而那位太太呢？她把這男孩子永遠不離懷，吃着她的奶。她見男孩子長得細眉毛、大眼睛，很像他的娘；可是嘴很大，哭聲很猛，小手兒跟個小釘錘兒似的，小腳亂踹人，很有點力氣。她愛這孩子勝似親生。她又想起那隻銀瓶兒，那原來是一對，是劉撫台的夫人贈給她的，是她的陪嫁之物，現在另一隻還在行李裏。她換子留瓶，也是存有深心，也是未嘗不想對瓶認女。

她這都是跟劉撫台的夫人學來的辦法。劉夫人知書識字，早先閑着沒事兒的時候，常把丫鬟僕婦們招到一間屋內，聽她說故事，說什麼「狸貓換太子」、「一對銀盃巧團圓」等故事。這位二太太在那時就中了迷，如今全實地做出來了。

但男孩子雖比女孩子好，可是人家的孩子究竟不如自己的孩子親，她抱着這個孩子親着，叫着「小寶貝」、「親兒子」，但她卻遙念着那個親生的被拋棄的女兒。她不能同時要兩個孩子，她才只得忍着痛掉換，但她總是女流，只祈禱着那春龍娘子能了解自己的心，能甘心忍受，且比自己更愛那女兒。

她幹這件欺神瞞鬼的事，錢可也真花了不少。她手中原有老爺留給她的五十兩銀子，自己還有貼己的幾十兩。她贈給春龍娘子二十兩，賞秦媽十兩，賞方福十兩。因見方福不大樂意，又添了幾兩；買住他是最要緊的，只有他跟秦媽才知道自己在安州所生的並不是這男孩，而且方福還應得，萬一將來那春龍娘子找到了涼州府，他可以給擋蔽一切的麻煩。

還有，為了叫趕車的加快，賞錢也由十兩增加到十五兩。趕車的可還不知足，那意思是非得二十兩金子他才能滿意。沿路他還故意不快走，跨着車轅自言自語說："我這哪是趕車呢？簡直是趕命呢！走不到涼州府，騾子也累死啦！我也累死啦！誰來當當我這份差使才好呢！可惜我大了，半大小子沒人要啦！不然，我要是個才生下來的胖小子，也許有官太太拿女兒來換我，叫我去當少爺，叫她的女兒來趕車！"分明這傢伙是把方二太太幹的那件事看出來了，有意來要脅。秦媽害怕，二太太又着急，都恨不得跟趕車的叫"大哥"了。

方福在其中調停，天天晚上投店，他跟趕車的在一塊兒喝酒。趕車的是沿途都熟，到了一個地方，就有許多人跟他開玩笑；只要一停住車，他就找地方去賭錢。他的賭運又不佳，連車資帶十五兩額外的賞銀，被他先後支用都輸光了。他更加甚地勒索，二太太不敢惹事，又特別賞了他幾兩銀子，其實二太太現在手中的銀子真連五兩也不夠了。

可是趕車的卻生了異心，他見二太太拿銀子不當一回事，而且方福跟秦媽肯跟她共同作弊，兩個人的袋裏大概也都肥啦。知府的姨太太嘛，行李裏還不得趁一兩千？把她送到了涼州府，她一進衙門，給個全不認帳，別說錢不能再跟她多要了，車、騾子都許扣下。

這天是來到了山丹縣的一個小鎮，北邊是長城，南邊是祁連山，地極險惡。頭一天在一家店房裏他就會着了幾個熟人，全都是窮兇極惡的賭棍。他先跟二太太借銀五十兩，二太太說沒錢，拒絕他啦。他當時一句話也沒說，卻秘密地邀那幾個賭棍出去，到一個土娼的家裏商量了一會兒。

第二天，清晨起身，他把車趕得特別快，方福在車上說："喂！路走得不對，你怎麼往南去呀？"趕車的笑着說："沒錯兒！這條路我由十二歲時就跟着我爸爸跑，車都跑壞了三輛啦！跑了沒有三百個來回，也有二百個啦，還會走差了路？你就放心吧！"

車越走越往南，南邊就是高巍巍、黑壓壓的祁連山。路窄無人，天又陰，風又緊，地上的泥水重又結成了冰，眼看着還要下雪。這時趕車的心裏卻又歡喜又害怕，仰面看山，山已在面前。可是方福已看出不對頭，他一把將趕車的抓住，渾身亂抖地說："你要怎樣？二哥，咱們好說！到涼州府你要多少都行！千萬別……咱們平日無冤無仇！"趕車的微微地笑着，剛要向方福說："老哥別慌！沒你什麼事！"

忽聽後面傳來一聲喊叫。他趕緊回頭去看，卻見遠遠有一匹馬飛似的馳來。他認得這匹胭脂色的馬，並隱隱看出馬上的人是披着斗篷，手中揮舞着閃閃的一道白光，不是刀就是寶劍。他嚇了一大跳，魂都幾乎丟了，但他又想：不要緊，反正山上有咱約的夥計，把她也誘上山去，連她那兩隻包裹帶一匹馬一併打劫。於是他就把方福一推，說："你快看！人家都追來了！咱們還不快跑！"方福回頭一看，也嚇得失了魂。車中的小孩又哭，二太太也知道外面的事不好，就吩咐說："快走！"趕車的連連揮鞭，騾子就如同瘋了一般，狂奔起來。後面的胭脂馬越追越近，馬上的人並尖聲呼叫："站住！否則我殺盡了你們！"

趕車的拼命往前去趕，一霎時來到山前，闖進了山路。山路之中除了堅冰就是厚雪，坎坷難行，但車夫對這條山路卻極熟，把車催得更速。忽然見前面山巒拐角之處發出了呼哨之聲，二太太卻還在車上喊着："快走！別叫她追上！"

方福在車輛顛動之間，驀然向下一躍。可憐他老了，躍得不遠，兩腿整整被車輪軋了過去，疼得他一聲慘叫，車子險些翻了。但趕車的打了一鞭子，騾子又向前狂奔去了，少時轉過了山。

此時，後面的追騎已然趕到。玉嬌龍來到臨近收住馬，見冰雪裏趴着被車軋得傷了雙腿的老人，真可憐，看樣子像是個跟官的僕人，她就問說："你們跑什麼？前面那車上坐的是方二太太不是？她是抱着我的小孩不是？"方福面如白紙，慘切呼痛，哪裏答得出一句話？

玉嬌龍不敢停留，就棄下方福，策馬再去追趕，卻聽得前面傳來了一聲慘叫。她吃了一驚，趕緊又將馬收住，怔了一怔，接着又聽得幾聲呼救。她疾忙催着馬走去，轉過了山巒，卻見是個下坡路，冰雪甚滑，馬極難行，可是卻沒有見車跟人的影兒。她覺得十分詫異，又低頭細看，只見地下有車子滑走的痕跡，好像是剛才那車來到這裏，因為趕得太急了，騾子跟車都一時收不住，就都整個的滑下去了。

這樣陡而窄的山路，車子滑下去，車裏的人是准死無疑，她擔心着親生兒子的性命，又後悔自己剛才不該追得太急，並且不該抽出寶劍來嚇他們。如今她恨不得一下子也滑下山去。她座下的胭脂馬才行了幾步，就幾乎打了個前失，把她又嚇了一跳。她只好下了馬，牽着慢慢地向下走去。馬蹄下有鐵，一走一滑，所以還需要她用力扶住馬，因此走得極慢，半天才下了這極陡的山坡。

出了這條山路之後，就見地下摔壞了一輛車，臥着跛了腿的騾子，趕車的人已壓在車底下了。有三個穿着破爛的人，還在那裏亂搜尋。玉嬌龍就高舉寶劍，說：“你們都是幹什麼的？”

三個人嚇了一跳，但看見玉嬌龍只是一個人，又看見了她馬上的包裹。他們的手裏都拿着帶鏽的鐵刀或燒火的通條，就一齊持着這些兵刃發威，一個就掄着通條向前，問說：“怎麼樣？你還想要跟我們分點肥嗎？拿寶劍來嚇誰？我們是黑山熊吳三太爺手下的，吳三太爺也才走，我們今天這件買賣本來就作賠啦！你還想給我們找補點兒嗎？”

後面那兩個賊人掄着鐵片刀逼過來，一齊瞪着眼說：“快把寶劍拋下！連包裹帶馬都獻上來！滾到一邊好好站着，不許動，回頭我們給你找個好丈夫。”又笑着罵說：“哪兒來的你這麼個娘們，自投羅網？”那拿通條的就說：“別跟她說這些廢話！把她抓下就是了！”

當下兩個賊人都挺着刀逼近前來，氣勢極兇。玉嬌龍卻早從懷中掏出了弩弓。她這隻弩弓是今年秋天時在江南找匠人製作的，弓並不比早先的那個大，可是箭頭子加倍的尖銳。三個賊人都沒大留神，她可就嗖嗖”地放了出來。她射得極準確，每個賊人都中了一枝。賊人一齊慘叫，兩個拿刀的掉頭就跑。那使通條的卻瞪着大眼，腮上插着箭、流着血，他也不顧，就掄着一根三尺長、大拇指粗的通條，如一桿鐵棍似的向玉嬌龍打來。

玉嬌龍想犯不上跟這樣的笨賊動劍，她就又將弩箭射出了兩枝，一枝射中賊人的大腿，一枝射中賊人的右臂，這個賊就疼得不能邁腿也不能掄臂了，他倒在雪地上，通條也“噹啷”一聲撒了手。玉嬌龍不要他的性命，就又一箭射在賊人的背上，索性叫他趴在地下別動彈。賊人便“哎喲哎喲”的不住呻吟，並且聲聲求饒。玉嬌龍並不理，將韁繩松了手，寶劍入了匣，弩箭仍舊揣在懷裏。她把斗篷一敞開，寒風吹入懷中，那小女孩又“哇哇”的哭啼起來。

玉嬌龍心中一驚，因為想着自己那親生的小孩也必然摔出車去了，可是聽不見哭啼，她疑惑那孩子可能已經被車壓死了。她不忍去看，但又身不由己地走了過去。只見那地下的冰雪之上有一灘鮮血，車已被摔得非常破碎，並且離開山坡很遠，可見得這輛車由上滑下來的時候力量之猛！那趕車的被壓在車下，頭破血流，鞭子拋得很遠，已然死了。

可是地上除了這趕車的，兩旁還拋着車墊子和上車的板凳，竟不見那二太太、那秦媽、那小孩和行李，此時也全都不見了。玉嬌龍就料到剛才必是已有一幫賊人，連婦孺帶財物全都被搶去了，這裏的三個都是窮賊，他們沒有跟着跑，大概是還要拿走那車墊，抬走那車跟騾子。

玉嬌龍就趕忙過去問那賊人，賊人一邊慘叫着，一邊求饒。玉嬌龍說：“我不殺你，我只問你，那車上的人和小孩都被你們給搶到哪裏去了？快說，你們的賊窩是在哪裏？”

那個賊“哎喲哎喲”的叫着，並說：“我是山南邊黑山熊那裏的，都是因為這趕車的，他說那知府的太太有許多金銀，其實，任什麼也沒有！剛才……那趕車的！笨蛋！他自己送了命，毀了車，娘們兒也都叫……吳三太爺……”這個賊就臥在冰雪上，臉朝下，呼吸漸漸短促，再也說不出話來。

如今，玉嬌龍知道方二太太連小孩帶秦媽已俱為強人所搶走。這亂山之中，通着西邊倒是有一股小路，那雪上留着許多人的腳印，可見賊人是從那邊跑去了。現在距車碎之時並不久，諒賊人們還沒跑去多遠，於是玉嬌龍又趕緊上座騎去追，只想將那方二太太主僕救出，將小孩換回來就是。她感到作母親的生個小孩兒不容易，因此融化了她一向驕傲狠辣的性情，更懺悔自己過去所做的事。

當下馬繞着山走出了很遠，但是沒看見一條賊影，不過見地下拋着一個很小的花緞子的棉被。玉嬌龍又大吃一驚，她跳下馬去，將小被袱拾起來再上馬去追，只見冰雪沒徑，山路陡峭，她又須時時的謹慎，不敢快走。又過了許多時，方才出了一道山口。離開了山，就看見一片漠漠的雪原，中間有一股彎彎曲曲的大道，這裏就是祁連山陽了，這地方是還屬甘肅省管轄不屬，都是個問題了。

此時天愈陰沉，雪花落得更大，地下的腳印都被新下的雪給蓋住了，十分模糊難辨。四顧茫茫，並無村舍，更看不見一條人影。玉嬌龍不由勒馬站住，她的臉覺得很冷，身子覺得發酸，腹部且疼，尤其心中又湧上來一陣悲痛，就想：這樣我可往哪裏去尋賊人呢？去找回我的親生兒呢？那孩子若死了倒也乾淨，萬一不死，隨着那姓方的婦人，被強盜佔據了，他就作了強盜的兒子……

一想到這裏，她不由得發恨，恨強盜，恨那騙去了她的兒子的方二太太，兼恨及懷中這小女孩，這小女孩也是個騙子！她幫助她的媽媽騙了我們母子。天下之事，絕無此理，我玉嬌龍生平從沒受過這樣的欺騙、迫害！這時女孩子又在她的懷中直動，小腳兒直踢她，玉嬌龍的心裏更上火，她就驀然由懷中拿出小孩往地上下一放，連瞅也不瞅，就策馬走去。

但是才走了幾步，卻又聽得身後小孩的哭啼聲，她的心中又不由生出了一陣惻憫。她收住了馬，轉回頭去，只見那雪地上臥着那小小的紅被卷兒，小女孩的一隻小腳兒已露出來了。她哭啼得跟個小羊兒似的，上面的大雪落得極緊，都落在了小女孩的頭髮上和臉上。玉嬌龍又心說：我也太狠了！不應當這樣！於是她趕緊又跳下馬來，跑回去把小女孩抱起，抖抖雪，又掩在了自己的懷裏溫暖着。小孩兒還仍然哭啼，她自己的眼淚也不禁流下來了，只得擦淨了淚，並拍了拍小孩，依然上馬走去。

她往西走去，打算覓到一戶人家，問一問那黑山熊和吳三太爺的來歷和他們窩藏之處；只要得到消息，自己還是得去尋。此時風雪交加，山高路曠，馬疲人乏，兒啼已停，她的淚卻還未止。胭脂馬已經變成了白色，兩隻包裹上都落着很厚的雪，越顯得大而且沉，她寶劍無聲，皮鞭徐動，就茫然地走去了。

原來這地方已屬於青海管轄，人家稀少，烏蘭木倫河就在南邊不遠，此時也都結了冰。雪滿大地，山壓沉雲，她玉嬌龍縱有一身高強武藝，可也捉不着一個賊人。連問了幾個人家，都是游牧的人，能聽得懂她的話的人極少，黑山熊、吳三太爺之名竟無一人知道。她那親生的、連模樣也沒看過一回的小孩，竟似石沉大海，蹤跡毫無，使她的心裏真真的難受。

玉嬌龍在附近百里之內連尋了十天，竟是毫無所得。她在一個蒙古人的牛棚中住了很多日子，之後她又沿着祁連山東去，進到甘肅省，越過雪山直奔涼州。及至到了涼州城內，找了店房歇下，住了兩天，她就打聽出來本地新任的知府，是姓方，是由安西州調了來的，並且有一位二太太因有身孕是留在那裏，如今大概已然生了；可是至今還沒見那邊的人來送信，也不知生的是兒是女，平安不平安。又聽說這位方知府很不放心，正要派人往安西州去接，只因路上的冰雪還沒化，所以還沒走。

玉嬌龍還夢想着，這裏的知府能夠派人去把他的太太和孩子找回來，到那時自己再想法把孩子換回。所以她就又換了一家比較不為人注意的店房居住。她又在本地找了裁縫，給自己做了兩身普通女人穿的衣裳，就在這兒住着，假說是在等人。她天天發愁，有時又很急躁，但是，那小女孩卻一天天的跟她親近了，她也就覺得這是自己的孩子了。她倒有些害怕了，萬一方知府把他的太太和孩子找回來，那時當然是得互相交換了，可是親兒子還許沒有這個非親生的女兒熟呢！

她在涼州城住了一個多月，天氣已漸暖，是二月的天氣了。聽說方知府派去迎接二太太的人已然回來了，人沒有接回來，卻帶來一個怪消息，聽說那裏的二太太、秦媽，連方福，是早於年前就離了安西往這兒來了，到現在全無下落，都不知去向和生死。涼州城本來不大，這又是知府家裏的事情，所以一傳十，十傳百，尤其是店房裏的人都愛閒談天，簡直鬧得無人不知。玉嬌龍住的這間屋子的窗外，就常常有人談着這件怪事。她心中非常的悲痛，這件事的情由自己是知道的，然而卻不能對別人去說。

她這時，身體精神已然全都養好。小女孩已經三個月了，都會笑了，她也更愛了。又住了幾天，卻又聽店家傳來了一件新聞，說是昨天由甘州來了一個窮秀才，姓韓，這人自稱曾與府台的二太太住在同一店內。那時正是去年年底，方二太太帶着家人方福、秦媽，抱着小孩，路上大概是出了事，遇着了強盜。二太太他們的生死，他雖不知，可是他確知方知府的親生女現尚安然無恙，是在一個旗裝少婦的手裏了；只要是將那少婦捉着，必可以尋回來小姐。其中的緣由是：少婦投店產子，二太太暗中將女換男，次日清晨，風雪之中逃遁。那少婦大鬧店房，揮劍殺了拉駱駝的黑三，騎馬帶女孩逃走甘州府，張掖縣正在嚴拿……

玉嬌龍一聽就曉得，必是那來安店中住的那個會開藥方子的窮小子，來這兒找方知府報信邀功求賞錢來了。自己現在雖然不怕，但在此地已經住不了！她遂就收束行李，要即日離開此地。行李她想是越簡單越好，便叫來店中的夥計，拿出她的一部分現銀，叫店夥拿到外面去，換幾張由此地到伊犁通用的銀票；她又拿出幾件穿不着的衣服，叫店夥拿出去給當。

她原是為使包裹減輕、縮小，可是店夥卻面現驚疑之色，他猜不出這位堂客哪兒來的這些銀兩？既然這麼闊，可又當當？玉嬌龍還叫店夥給她去買一隻竹籃，並指着炕上的小孩說：“只要能容下我這小孩就行，不要太大的。”店夥計發着怔答應，心裏疑惑可又不敢問，就只好走了。

玉嬌龍在屋裏又匆匆收拾了她的東西，就聽窗外有客人跟店掌櫃在閒談，說：“人不能不信命！咱們這裏府台的二太太，要不是在店裏看見人家養了個小子，要不是她生心把男孩子換去，她在路上也許不會出錯兒呢！這叫作命中無子莫強求，強求來反饒上了自己兩條命！真不值！”又聽有人說：“別多說話！叫府台那邊的人聽見了，可是了不得！只盼你這店裏別出那事就得啦！”店掌櫃哈哈大笑。玉嬌龍在屋中聽了，卻一陣陣的覺得刺耳驚心。

待了半天，那店夥才回來，手裏拿着許多銀票，進門來賊眉鼠眼的說：“太太！給你換來了！那幾身衣裳當舖本來不肯要，說男不男，女不女，長不長，短不短，賣到估衣舖人家也不要，統共才當了一兩銀子。我也給您換成了票子啦！”玉嬌龍就說：“把那一兩銀子就賞給你吧！”店夥像是吃了一驚，趕緊說：“謝謝您啦！”

玉嬌龍又問：“那隻籃子你給我買來了沒有？”店夥說：“買竹籃得上柴耙市，離得太遠，我沒有工夫去。我把錢交給了馬棚的傻張，叫他替我去買，待會兒就能夠給送來。”玉嬌龍點了點頭，就問說：“現在是什麼時候了？”店夥說：“快到四點鐘啦。”玉嬌龍說：“你快給我預備晚飯，吃完了飯我還要動身，請你到櫃上把我的賬算一算。”店夥發着怔，好像沒聽見，玉嬌龍又重復着說了一遍，他才連聲答應，又出了屋。

玉嬌龍覺得這店夥的神態很可疑，暗想：自己在此住了這些日，也沒有人來找，自己帶着個孩子又不常出門，本來就已招店家疑心了；如今又來了個韓秀才，指明了方知府的女兒是落在一個騎馬的旗裝婦女之手，他們店家還能不疑到我嗎？我若不走，當日就會有事。

於是她將包裹緊緊繫好，顛了一顛，果然不像剛才那樣沉重了。又給孩子換了一身新做的小衣裳，孩子也不哭，還直望着她笑。她拍了拍孩子，然後將地下放的馬鞍搬出屋去，就叫店夥給她備馬。店夥說：“太太，你不是要吃完飯才走嗎？”玉嬌龍點頭說：“是呀！可是你先給我備馬夫吧！將馬備好了等着我，吃完了飯我就起身，因為我聽說我家裏的人現在到了蘭州啦！”

這時，門外進來了那馬棚中專門刷馬、打掃馬糞的傻張，只見他提着買來的籃子，直眉瞪眼地問說：“買這，幹麼用呀？裝果子嗎？”玉嬌龍說：“你別管！”店夥也說：“你快給太太備馬去吧！”傻張點頭，哼哼地答應着。

　　玉嬌龍拿着竹籃進屋，將籃子裏墊上了小被褥，把孩子平平穩穩地放在裏邊，她倒不禁失笑。因為早先，她在作新娘的那天逃出，喬裝打扮，偕同侍女繡香出走。那時她就用一隻竹籃裝過她的愛貓，可是後來那隻貓又丟失了。如今……她望着籃子裏跟貓一樣大的小女孩，又不禁一陣難過，就想：這孩子能夠永遠跟我在一塊兒嗎？她長大了，叫我什麼才對呢？我現在尚無家可歸，孤身飄零，真如同鬼魂一般啦，我還有能力將這孩子撫養長大嗎？如此一想，不由得又落下淚來。

　　此時忽然聽見窗外又有人說話，她趕緊側耳去聽，只聽是男子聲，北京的口音，說：“甘州府來的那位太太是住在哪間屋裏？我們是府衙派來的。掌櫃的，快領我們去見見那位太太！就是那位帶着個小孩來的。”末兩句話聽得很模糊，好像是外邊來的人走進櫃房見店掌櫃去了。

　　玉嬌龍大驚，暗想：萬一這衙門的人闖進屋來，必然先盤問我，我可對他們說什麼？孩子就憑着他們抱走嗎？不行！於是她急匆匆地挾起裝孩子的籃子，拿起了包裹、馬鞭，另一胳臂就挾着寶劍，她先將屋門踢開了一道縫兒，往外看去，見院中並沒有官人，她就一溜煙兒似的跑到了馬棚。

　　只見那傻張正在備馬，可是他備得太慢，這半天還沒有備好。玉嬌龍就搶過來，自己勒鞍、套轡頭、上包裹、繫籃子、掛寶劍。她雙手忙着，同時悄悄地問傻張說：“剛才來了衙門的人，到櫃房裏去了，你看見了沒有？”傻張的厚嘴唇掀動着，說：“我看見啦！是衙門的老爺，是剛才李夥計到衙門給請來的！”

　　玉嬌龍又不由得憤恨，因為知道李夥計就是剛才出去給她換錢、當當的那個店夥。那東西真可惡，怪不得剛才他的神色很可疑，原來他上街時就乘空到衙門報信去了！又聽傻張說：“他們說有個娘們兒拐了知府的女兒……”玉嬌龍瞪眼說：“不要說啦！”她將收束好的東西和馬匹都交給了這傻張，她想叫傻張先牽馬出門，她隨後再溜出去。不料籃子裏的孩子偏偏在這時又哭了起來，她就催着傻張牽着馬快出去，傻張直眉瞪眼的還是莫明其妙，一點兒也不忙。

　　這時由櫃房就出來了幾個人，掌櫃的在前，後面是兩個穿官衣的人，還有一個就是那韓秀才。拱肩縮背的，二月天氣他已然穿上一件很舊的紡綢大褂。還有兩個夥計，他們都一起往自己住的那間屋子去了。他們的腳步都輕而且緩，神情很嚴肅，好像是去捉人的樣子；因為馬棚是在牆角，他們並未往這裏注意。玉嬌龍乘勢推開了傻張，奪過來韁繩，牽馬向外就跑。馬一顛，籃子裏的小孩更“哇哇”地哭。那邊的幾個人一回頭，韓秀才就發出一聲驚叫，說：“啊！就是她！快捉拿呀！”

　　玉嬌龍急急牽馬出了店門，騎上了就走。她用鞭子抽打着馬，驅逐着街上的人，並尖銳地喝着：“快躲開！快躲開！小心馬撞着！”路人全都紛紛逃奔。她就催馬疾行，連頭也不回，可是籃子顛得很厲害，幾乎把孩子給顛出來，她又不得不將馬勒住一些。還沒有出西門，就聽身後遠遠地有人大喊：“站住吧！我們不拿你！只問你幾句話……別害怕！別跑！”

　　可是玉嬌龍最怕的是別人問她話，所以她更催馬緊跑，並騰出一隻手按着籃子。籃內的小孩卻拼命地大哭，雜以馬蹄緊響，行人亂避，身後追的人又大喊，亂哄哄的，這條大街立時沸騰起來了。

　　但一霎時玉嬌龍就闖出了西門，出得城來她的馬更快，可是身後也有一匹快馬追趕來了。玉嬌龍跑出了一里多地，身後的馬頭已追上了她的馬尾，她就大怒起來，“鏘”的一聲抽出了寶劍，回首瞪眼厲聲說：“你追我來幹嗎？若再敢追，我可就要殺你了！”

　　她看出來騎馬追她的這人是穿着官衣，年有四十多歲，好像有點兒面熟。這官人也看清了玉嬌龍的模樣，他立時就跳下馬來，屈着一條腿請安。玉嬌龍很是詫異，趕緊也將馬勒住了，扭轉頭看，就見這個官人站在地下恭恭謹謹地說：“三小姐！我沒想到是您。您是從京裏來嗎？老大人，少大人，二少大人，近日可都好？”

玉嬌龍愈是愕然，就問說："你是誰？"

這官人說："三小姐您不記得我啦？我是跟舅老爺的，我叫保善。前幾年您跟姑太太在伊犁住着的時候，我也侍候過您。"

玉嬌龍一見，竟遇見了自己舅父手下的官人，就不由得更羞愧、焦急，想走既不能，想不承認也辦不到，遂就急聲問說："你到這兒幹什麼來啦？"

這保善也有些恐慌，他就說："我們大小姐不是去年出的閣嘛，給的是迪化孫撫台的大少爺，就把我撥過去啦，保舉了我一個千總的差使。姑老爺放了咸寧縣，現在是去上任，我們撫台派我給保護上任。現在姑老爺跟我們大小姐都在涼州府衙住着，因為方府台的夫人是我們姑老爺的表嫂……"

玉嬌龍也不耐煩聽這些親戚關係，但是她已知道自己的表姐玉清現在就在涼州府門，未免更窘，心說：這可怎麼辦？人都知我在北京是投崖摔死了，如今怎麼會又到這裏？而且是這副模樣，又有這麼個孩子。此事一傳到北京，京城中必又得轟動了，娘家婆家就許又派人來找我，那豈不是往日心機都枉費，而糾紛、煩惱又都一齊來了嗎……

又聽保善急急地說："昨天有個姓韓的人說……方知府的女兒落在了別人的手裏。他說的那人模樣，我就想着許是您。因為京裏的事我也都聽說了。我知道您有一身大本領，您一定是借着那個事情出來啦！"

玉嬌龍將馬一撥，往回走了幾步，更急聲地說："你們姑奶奶也知道我出來嗎？"保善點頭說："我們大小姐也知道！很多的人都知道您投下崖去，一定不會傷着一點兒筋骨。"玉嬌龍不禁歎了口氣。

又聽保善說："剛才又有店家報告了您住的地點，我們大小姐怕府衙門的人去了胡攪，就叫我跟了去，原是想請您！方府台也說，您要喜歡這小孩，就叫您帶了走，只是要跟您打聽打聽方二太太的下落！"

玉嬌龍怒喝一聲："我不知道！難道還是我害死她的嗎？"保善連連往後退着說："方府台大人也沒那麼想，只是請您，請您……"玉嬌龍說："我不能去！"

說出了這話，卻見遠處又有幾名官人跑來，玉嬌龍便上了馬，將劍一掄，說："你說的這些話我都聽不明白！我姓春，我也不認得你是誰，你們姑奶奶是誰！什麼投崖的事你更是混說！胡說八道！你認錯人了！從此以後無論是當着人或在背地裏，你若再敢說出一個字，我隨時可以取你的首級！"

保善嚇得身子發顫，連連請安，說："不敢說！"玉嬌龍又厲聲囑咐說："也不許別人說！否則……"嗖的一枝弩箭射出，正射在保善的官帽上，保善嚇得又幾乎跪下。

玉嬌龍催馬就走，一直向西，當日投宿於永昌縣境，竟不見有人追趕來。玉嬌龍經過這一次事情，心中越發煩惱，雖然自己滿口不認以前的事情，但畢竟難以掩得住眾口。她就想：此次西去投荒，連個熟人也不必見了，就在新疆無人的深山之中，廣闊的草原上，隨便找一個地方棲身；有這個孩子也不至寂寞，永遠也不與熟識的人見面。她雖然咬着牙，心中暗暗決定了主意，但那股辛酸的眼淚卻仍然不時地由眼角湧起，使她惆悵欲絕。

次日繼續西行，因為在張掖縣惹下過一場糾紛，出過一次人命，她不得不避着路走。她離開了驛路，專沿着祁連山脈去走，心中還希望能遇着一兩個強盜，如什麼黑山熊之流。但她所走的這條路極偏僻，人家很少，飛鳥亦稀，竟沒有一個人招呼她、追趕她，或是攔她的路，使她倒覺得失望。小孩在竹籃裏睡得平平穩穩，玉嬌龍又在籃子上面攔了幾條細繩，無論馬怎樣快跑，小孩也不至於傾覆出來了。

暖暖的春陽撫慰着大地，麥苗已青，祁連山頂的積雪也開始融化了，如疋練似的自崖上流來，潺潺地響，化成了無數的小溪，從馬蹄下流去。小女孩兒像春花一般的小臉兒，時時仰望着陽光，發着天真的笑，她並且會轉着眼珠兒看人了。玉嬌龍也不禁展開了愁顏，孩子一笑，她就也不由得笑。每晚投人家、投旅店，玉嬌龍總像親媽媽一般地看顧小孩，按時給她乳吃。

她想以後連自己帶她都姓春，但是得給她起一個名字，叫她什麼呢？她看山，山太雄壯；看雲，雲太飄浮；看水，水太無情；看花，花又易落；看飛鳥盤雕，都覺得與她這孩子不相像，都不能藉以命名。

一夜，她投宿於敦煌縣旅店內，預計明日就要出玉門關。客舍夜深，獨對孤燈，她翻閱着自己隨身攜帶的一本書，這是以九華劍法為根底，加上自己三年來研習歷練拳、劍、飛行、長撾、短打種種武藝的心得，着成的一書，題名曰《春龍新著》，又寫上了"留授瓶女"四個字。

她又撫摸着那隻銀瓶，並一手掣出了寶劍，一陣傲然發嘯，又一陣低首尋思，便決定了叫這孩子為"雪瓶"。雪是象徵着劍光，兼志那天張掖店房中的雪夜；瓶是跟這孩子同時來的，不能不保存，不能不紀念。於是她就自言自語地唸着："春雪瓶！春雪瓶！春雪瓶！"雖然唸着仿佛有點不順嘴似的，但她也不管了。

翻憶起自己的往事，又想：這孩子將來不知道怎麼樣？她長得很好，將來也許出落得比我還好看。我攜着她遠去邊荒，授她以全身武藝。她當然能夠不務浮華，而免去女子的柔弱；跟男子一樣的健壯，跟熊、彪、牡鹿一樣的活潑。但她長到十來歲時，能夠不生出一點情心嗎？萬一她在那大漠、草原，遇見什麼雄健美貌，唱着昂壯的歌兒的男子，她能夠不動情嗎？她不會因此生出許多痛苦、悲痛，挫折和惆悵嗎？

她是我的女兒了，便不能不遵承我的意志。我因為放縱，才致貽害家門，落得聲名破碎，身世淒涼，我不能也叫她這樣。於是取出筆又在書的背面寫上：

訓我瓶女，切記切記： 勿生私情，勿近強盜。
寶劍自玩，花月自賞。 勿與他人，徘徊惆悵。
心應如刃，智應如水。 森嚴明澈，不為俗累。
沙草為家，熊鹿是友。 終於此地，勿戀他鄉。
天涯俠女，不求人知。 銀瓶寶劍，日月永照。

寫完了，身體也倦乏了，她就熄了燈上床抱着小孩兒睡去。次日收束了一切，起身離店，傍午就到了玉門關。這玉門關是邊塞一座偉大的工程，一出了這關口，再往北或西走去，那就是黑海子、甜水泉、白龍堆，都是鹹水湖、莽莽的草原，和萬里無垠的大漠。唐人詩云："羌笛何須怨楊柳，春風不度玉門關。"這裏連春天都是肅殺恐怖的。

這裏有個風俗，就是在關口外，立有一塊大石頭，凡出關人必要由地下撿起一塊小石，向這塊大石頭投擊一下，然後就再也不回頭，一直去了。這種意思，大有去而不返，投石示絕之意。因為大凡出這關口的人，都是些征夫、遠客或被流放的罪人，一出關口，實未必再能生還。因此，幾千年幾百年以來，天天有許多人這樣做，打得那塊石頭上面斑斑點點，數不出來有多少坑兒。

玉嬌龍來此，正見有一群客商約四五十人，個個由地下撿起碎石來拋打，"叭叭叭"如雨點似的。玉嬌龍在旁看着，心裏一陣難受。等到許多人打完了，她便取出弩弓，安箭，向着那塊大石"叮"的一聲射去，心說：絕不再進此關！回身策馬就走，馬蹄騰起塵土。天連遠漠，雲聚邊荒，她的俏影、青衣、紅馬、劍響、鞭聲，越走越遠，漸漸消逝。從此嘉峪關內永不見了玉嬌龍，新疆大漠草原之中也難尋她的蹤跡。

第二回　琵琶巷把花憐遠嫁　望山莊扳石慨前塵

　　沙塵時時滾揚，星斗年年轉移，一連幾年過去了，像煙一般飄飛，夢一般易醒。但在這期間，草原荒山之中的小牛兒、小鹿兒都長大了，而紛紜的人世之中，也出來幾個嶔崟磊落的少年英雄，與那矯捷風流的俠女。

　　在玉嬌龍投入邊荒之後一十九年，此時早先的一般豪俊皆已垂老，而江湖後起之秀又俱登場。是時江湖技擊共分四派，北派為楊健堂之梨花槍，俞秀蓮之鳳翅雙刀，他們所傳弟子最多；南派為武當山諸道士，門徒皆為羽士；東派為九華山江南鶴、李慕白所傳，因功深技奧，且不輕授人，故後起者最為寥寥；西派則出於蜀地，以蜀北閬中俠所傳的弟子最眾。

　　蜀南四川虎高隆技精術邃，不下於東派，但傳人也不多；三十年來，只有柳穿魚韓文佩、金剛趺趙華升、一提金蕭仲遠、連枝徐廣梁這四個人，是屬於西派的豪俠。高隆的門徒本來最雜，良莠不齊，有的只跟老師學過三四手兒，便在江湖廝混，喪名取辱的事情很多。獨有這四個人，不屑與那些同行中的敗類為伍，且羞為西派弟子。

　　各人走了幾年江湖，都已略有積蓄，便各自返里務農。四個人於分手時，且拋開師兄弟的稱呼不算，重新磕頭結盟，並各發宏願：第一，願永為人間除不平，行俠仗義；第二，願永遠潔身自愛，不做非義之事，不取非義之財；第三，到了五十五歲須一齊洗手，不准再事爭強鬥勝，讓江湖於後進。立誓之後，各自分手，天南地北，弟兄四人很少見面，外間人也不大知道他們的詳情。

　　四人之中以柳穿魚韓文佩年最老，技最高，可是也最厭煩武藝。他到了六十多歲的時候，身體變成碩胖，連拳也不能打，劍也不能提了，並且他的名號已久無人知。

　　只是在河南府洛陽縣城東望山莊內，有一位韓老善人。韓老善人是村中三百餘家之中的首富，他本不是此地的人。據他自稱他原籍是隴西涼州府，在青海販過鹽，在新疆販過牛馬，所以發了大財。因為久慕洛陽是個大地方，是周朝的東都，所以全家搬到這裏來。

　　其實他的全家人口也很簡單，只是老夫婦帶着一兒一女，統共才四口。十年前遷到這裏來的時候，他先是在城內開設了一家米糧店，字號是"義佩公"，雇用的司賬和夥計全都是本地的人，沒有人看見過一個他的同鄉跟親戚。這米糧店生意很好，第二年這老人家就在望山村一帶買了十頃良田，在村中蓋了很大的莊院。又過兩年，老婆死了。再過了幾年，兒子到了十六歲，他就給娶了一房媳婦；女兒也訂給城裏的大財主劉家，可是還沒娶過去。

　　這位老人家的性情極為耿直，不和藹，小有不如意他就大發雷霆，但心卻最善。凡有窮苦孤寡，他必慨然資助；有人爭訟毆鬥，他也必力為排解。如遇遠方人困在這裏，不用人來親自求他，只要他知道了，必派人送去銀兩助人還鄉。他並且放賬不收利，修橋造路不出名，遇有荒年歉收之時，他也必拿出許多資財賑濟。因此，河南府十九縣，無人不知"韓老善人"之名，千里之外的人也常慕名來求他救濟，他也不暇細察，多多少少讓人不空手回去。自然，也有不少人故意做出死母喪父的樣子來求他可憐，騙取他的銀錢，可是他也不在乎。

"義佩公"米糧店早先在城中不過開着一家，現在已發展了四家分號，而且他的田地也一年比一年增多，現在望山莊的田地多一半是屬於他的了。人家都知道他是財神爺，是行善而得的好報，可是惟獨他對待一個人的態度，大家卻不明白。

那人是自他遷來此地之後，惟一由遠方來找他的人。此人姓蕭，年有四十來歲，極窮極瘦，人都叫他瘦老鴉"。他初來到這裏時，韓老善人對待他非常之好，給他換了新衣服，給他打掃出一個小院來叫他住，並令少爺叫他為"蕭三叔"。他似是韓老善人舊日的好友。可是他在韓家住了不到十日，就與韓老善人爭吵起來，爭吵的原因也不知道是為什麼事。他是很無賴的，韓老善人發起脾氣也是沒人敢勸，所以兩人就此絕交。

瘦老鴉脫了韓老善人給他置的衣裳，怒衝衝地摔在地下，換上他原來的破舊衣裳就走了。可是他並沒去遠，天天就在洛陽城東關的街上混，每天蹲在街頭，跟個乞丐似的。凡是附近店房有客人來了，他就上前幫助卸車、遛馬，臨完了討上五文六文的賞錢。每天他頂多也只能掙上三四十文，遇着風雨年節的日子旅客稍少，還可能一個錢也得不到，所以他度的是饑一頓飽一頓的生活。

晚間他就在東關外的一間草屋內睡覺。那草屋僅能容一人居住，並且一進到房裏，連頭都不能抬，躺下連腿也不能伸。但房後卻是一塊平坦的荒地，聽說那裏本來是一座大廟，後來被火燒了，殘磚破瓦、爛木碎石，都已陸續被人盜走，倒成了一塊寬敞的平地。

此地離市街有里許，又不靠近大道，平日就沒什麼人到這裏來。後來有個行腳僧，來到這兒結廬棲居，天天往附近募化，化了點兒錢打算將廟重新蓋起。可是還沒有找人動工，那行腳僧就病死在這屋裏了，錢也都叫小偷給偷了去。聽說那行腳僧的陰魂不散，天天夜裏在這兒哭號，說："給我錢！叫我修廟！給我錢！叫我修廟！"因此本地人都管這小屋叫"鬼洞子"，即使白晝，也無人敢來這裏。

瘦老鴉自從得罪了韓老善人，困頓於洛陽城，他就把這個鬼洞子占住了，作為他睡覺的地方。果然那鬼不肯饒他，雖然他沒得病，也沒死，可是卻受窮，而且越來越瘦。他在這裏也住了五六年，有時在街上與韓老善人相遇，二人也互相不理，竟如路人似的；並且韓老善人沒資助過他一文錢，他也不要。有人問過他說："喂！你不跟韓老善人是好朋友嗎？他那麼闊。"瘦老鴉卻說："他闊是他有福，我窮是我沒命，彼此不相干！好朋友若是一旦絕了交，就連路人也不如。"這是韓老善人和瘦老鴉的關係。

至於韓老善人之子韓大相公，早先呼瘦老鴉為"三叔父"，後來見了面也是像不相識似的。冬天瘦老鴉在舖子的門前蹲着，身上穿着單衣。韓大相公騎着棗紅色的大馬，穿着火狐皮的袍子、青緞帽，帽花都嵌着大塊的寶石、大粒的珍珠；同着他三三兩兩的朋友，進城去逛琵琶巷。隨帶着的僕從都穿着兩皮筒兒，沿路把成串的錢捨給乞丐，但瘦老鴉是一個錢也摸不着。

韓大相公本年整二十歲，是個漂亮的少年，身高腰細，但肩背很寬，面白貌秀，可又雙目炯炯。他是兼有龍虎之姿，既清秀，且威猛。性情也跟韓老善人一樣，極為寬厚，可是若發起脾氣也真難惹。他的名字叫韓良驥，號叫鐵芳，從小就讀書，五經四書，諸子百家，詩詞歌賦，無所不通。但是他卻沒有下過試場，沒博過功名，因為像他那樣的家道，不必做官，也可以享福；而且韓老善人最見不得官兒，他說他一見了官兒，就不由得又生氣，又害怕，所以也就不叫兒子去做官。

韓鐵芳是四年前結的婚，娶的是登封縣巨紳陳家之女。小夫婦的感情並不壞，可是結婚不多日，在蕭三叔瘦老鴉走了之後，韓鐵芳就把他父親為蕭三叔騰出來的那個小院落，重新佈置了一番，獨自居住。白天雖也許夫妻見面，可是晚間絕不同房。但若說他是性喜孤獨，厭嫌女子，他卻又常往琵琶巷裏去遊玩，琵琶巷的那些名妓，沒有一個不認得韓大相公的，所以韓大相公也是個怪人。好在韓老善人只要知道兒子不與作官的往來，不與那些保鏢的、教拳的江湖混混為友，他就放心，就什麼事兒也不管。尤其聽說他見了瘦老鴉竟如不識，他更是喜歡。

日子一天一天的過去，瘦老鴉越瘦越窮，韓老善人鬍子越白，身體越胖，大相公韓鐵芳是越發出落得英俊瀟灑。這時，繁華的洛陽城，綠禾如海，紅花如錦，又到了春天了。望山村裏的桃花最盛，這時開得滿村的紅雲，都像美人的臉兒。向東望去，遠遠的就是青色的嵩山，像婦人的眉黛一般。兩邊碧綠的田禾隨風起伏，如一幅麗人着的衣裙，而那細細的宛轉的道路，兩旁點綴着藍的、白的、紅的小朵野花，又像是女子身邊垂下來的汗巾。小溪的流水像姑娘的眼波，柳絲像嬌娥的頭髮，黃鶯藏在柳葉底還清麗地唱着，東風輕拂，似女人的溫情。

這天午後一時許，小廝長慶就喊人給大相公備好馬。大相公雖是唸書人，可是最愛騎馬，家中有馬十匹，他輪流着騎。今天備的是一匹白毛，隻臉上有一條紅的駿馬，大相公給牠取的名字叫「雪中霞」，與那「棗色彪」、「烏煙豹」並為大相公所喜愛。這匹馬一備在莊門前，許多在門前坐在磨盤上繡活計、做衣裳、閒話談天的少婦姑娘們，就都跑進各自的門裏去了。因為韓大相公要出來了，她們都怕臉紅，都不敢看。可是躲到門裏，她們又都向着門縫兒或隔着柴扉偷偷地瞧，要瞧瞧大相公今天換的是什麼樣的衣裳。

待了一會，韓大相公就走出來了，手裏提着一條細皮子纏成的馬鞭子，來回掄動着。他白中透着紅潤的臉兒，真比姑娘媳婦兒們擦脂粉的臉還漂亮，比桃花也俊美，他雙眉斜挑，兩目閃爍發光。不過今天他似乎有些異樣，臉上沒有往日那常泛的笑容，穿的是淺灰色綢子的夾袍，沒戴帽子也沒穿坎肩，青綢褲子、青緞的雙臉鞋、雪白的羅襪。今天他出門特別匆忙，向長慶說了幾句話就上了馬。

馬高人也高，短牆裏的一些姑娘們都藏不住了，就拿着針線活計，又都往屋裏去跑，還有的互相推着笑着。韓鐵芳在馬上看得清清楚楚地，在往常他見此情形，心中必很歡喜，但今天他卻覺得厭煩。出了村子他就策馬向西走去。在道旁正在耕作的一些農夫齊都雙手拄着鋤耙，高聲笑喊說：「大相公進城去麼？」若是往日，他就是不駐馬，也會扭着頭向人笑笑，但今天他竟如沒聽見，頭也沒轉，一直地走過去了。

這條小徑路平坦，平日往來的車馬不多，地下的土也很堅硬，昨夜剛下過一場細雨，土已濕潤，馬蹄都蕩不起一點煙塵，只有蹄聲「嘚嘚」地緊響着。前面飛着一對蝴蝶，一紅一白，見馬頭快要衝過來時，就翩然地避開，又飛舞在左邊的田禾之上。韓鐵芳的目光隨着蝴蝶向左邊一望，田禾的盡頭是一排楊柳，還有幾十株不太高的松樹，韓鐵芳的母親就葬埋在那裏。他不由得心中一陣淒然，催馬再走，就踏上了大道。馬再往西，路上的人、車子就多了，許多人都招呼着他，他只管點首，卻不用眼看人，仍然自顧自走着。

忽然路旁走來個窮婦人，見了他就跪下磕頭，說：「大相公！上回老善人給的那二兩銀子，我們又花完了。我男人的病還沒好，柴米又沒啦，我正要到莊上再求求老善人。可憐可憐我們！大相公⋯⋯」韓鐵芳趕緊下了馬，急忙從身旁袋裏掏出一塊銀子來，也不計多少，就拋在那婦人的眼前。婦人一頭磕在地下，韓鐵芳擺擺手，又上馬走去。

馬更快，一霎時來到東關，他就收住馬了，輕輕策馬，緩緩而行。這時，正有一幫客人把車馬停在個麵飯舖的門前，進往裏邊去用午飯。那敝衣襤褸的瘦老鴉從遠處跑來，嚷嚷着說：「老爺們！老爺們！馬交給我遛吧！讓我得幾文錢吃飯吧！」他往過來一跑，正從韓鐵芳的馬旁擦過去，韓鐵芳的鞭子一抬，鞭梢幾乎掠在他的臉上。他把臉一揚，韓鐵芳的臉也一轉，兩雙眼睛瞪在一起，可是兩人的面上全無表情，也各不說話。韓鐵芳將馬稍停了停，就見那瘦老鴉一邊嚷着，一邊跑過去，直着眼睛把那幾個往飯舖裏走的人，仔細地打量着。韓鐵芳卻暗自笑了笑，便不再回顧，一直策馬進城。

他進了城，也有不少人認識他，他卻有意躲着一般人的視線。走到義佩公老號的門前時，以往他常要下馬，進那櫃房裏跟掌櫃的侯大肚子談談天，今天他卻匆匆走過。轉過了十字大街，進了一條小巷，又轉了兩個彎，便來到一條極幽僻的胡同。

這條胡同連車都進不來，但對門開着的小門戶卻都很新。胡同口向陽蹲着兩個賣花的人，就把花藍放在地下，旁邊還有兩三個閑漢蹲在一塊兒談天。一見馬來到，就有個閑漢趕緊立起跑過來，齜牙笑着說：「韓大相公！我們紅姑娘正在想你呢！」韓鐵芳的臉上卻連一點喜色也沒有，就下了馬，把馬交給這閑漢。

他便急匆匆地走入胡同，到路東的第二個門戶，他就一直走進去了。裏邊的老鴇跟毛夥齊聲迎着說：「大相公來得早。今天天氣還不錯，您請進吧！」老鴇的怪嗓子像個破嗩吶似的向裏院喊着：「我的紅寶貝兒呀！你快出來瞧瞧，是誰來啦？」

月亮門兒的裏院，正北房的門就開了。這屋的窗上還糊着粉紅色的綾羅，那姑娘小小的身量、鵝蛋臉兒、兩隻眼睛不笑也像的。這是琵琶巷裏最出色的名妓，花名叫作「蝴蝶紅」。她一見韓鐵芳來了，倚着門把眼睛一斜，抿着嘴兒又一笑。韓鐵芳仍然沒有笑，他走到臨近，蝴蝶紅就拉了他一把，說：「你怎麼才來呀？叫我好等！」

韓鐵芳進到屋裏，將馬鞭子往鋪着紅絨墊子的床上一扔，隨即將身半躺半坐，說：「家裏有點事，所以我這時候才來。怎麼樣，我給了你兩天的時間叫你細想，你還沒拿定主意嗎？」

蝴蝶紅本來是笑着，拿起茶杯來要斟茶，聽得韓鐵芳的這一問，她忽然把身子轉過去，把一個窈窕的背影向着韓鐵芳。她臉對着紅窗，低下了頭去，默默無語，良久才頓了頓繡鞋，說：「我沒主意！叫我……不如叫我死！」

韓鐵芳歎了口氣，把聲音壓小一點，說：「你聽我說！你今年十八歲了，你應當嫁人。這煙花柳巷不是個好地方，在這裏的人絕沒有好下場。是聰明的就應當擇人而事，若等到你一過二十歲，漸漸年長色衰，那可就……」

蝴蝶紅轉過臉來，含着淚嫣然一笑，又頓着腳說：「說過多少回啦？還說！嫁人、從良，還不是我先說出來的麼？什麼年長色衰，擇人而事，我背也背過啦！現在就是……唉……」

這時鴇母進來了，銅盤子托着蓋碗茶，先笑着說：「我知道大相公快來啦，我早就叫小子掐了兩朵茉莉花放在茶碗裏啦。以後，我們紅姑娘到了大相公的莊裏，茉莉花還歸我採辦。」說着倒了小碗的茶，用錫盤端着，雙手敬給韓鐵芳。鴇母送來了大相公平日最愛喝的加茉莉花的香茶，桌上原放着的那一壺紫陽紅茶，蝴蝶紅也就不再斟了。她由背後掠過黑亮的辮子，解開那紅絨辮梢又重新繫好。鴇母在屋裏待了半天，他們二人都不說話，等到鴇母走出屋去之後，蝴蝶紅的眼波就又掠在韓鐵芳臉上。

韓鐵芳喝了一口茶，又接着之前的話說：「我也知道你的意思。咱們相識二三年了，你是願意跟我。但我前天跟你說的，那也並非假話，我也早想娶你。我家裏的妻子，你沒見過，她簡直是個木頭人，什麼情意她都不懂，她嫁了我，只知道我是她的丈夫，我是韓大相公。至於我是個什麼脾氣，愛好什麼，厭煩什麼，她全都不知道，也不想知道。所以我自認識你之後，確實就有娶你的心，但是……」

他說到這裏發呆一會，忽然又爽快地說：「我告訴你吧！不成，絕不成！我的身世有種種的隱情，也很難對你說。最近，我一定要離開這洛陽城，此去也許永不回來……」又擺手說：「這話你可千萬莫對別人去說，說出來關係重大！」

蝴蝶紅一聽，現出驚慌之色，韓鐵芳又悄聲說：「五年之前，我就預備要走，直到今日，現已事不可再緩了！這件事我就是跟你說出來，你也是不明白，總之，我就告訴你吧，我並不是什麼大相公，我原是另一個人！」蝴蝶紅嚇得臉色都白了。

韓鐵芳又說：「因為你不同別個妓女，我才告訴你這些話，但你也不必細問。我將來一走，將田莊地畝、買賣金銀、妻子家人，全都拋下，但我全不留戀，全放心。只是你，你要不嫁人，依然這樣沒有着落，我是得永久惦念的。」

蝴蝶紅擦擦眼淚，說：「我可以等着你！」韓鐵芳慘然，急着說：「我沒告訴你嗎？我此去之後，也許永遠不能再返洛陽。」蝴蝶紅索性哭了，抽抽噎噎地說：「我跟着你走！」

韓鐵芳搖頭說：「除了我的馬，我的……什麼我也不能帶。」又說：「我給你想的主意很好，你就跟那范彥仁去。范彥仁是個唸書人，你一個娼妓能嫁一唸書的人做正室夫人，真是一件難得的事！他為人又忠厚，暫時雖然落拓不遇，將來必定得志。他在涇陽縣家中也有幾畝田地，以後帶你回家去度日，絕無饑寒之憂。他手邊尚有四五十兩銀子，你別叫他動用，預備回家去想個生計。我現在已為你預備下了三百兩銀子，一百五十兩做你自己贖身之用，一百兩算是我贈給你的奩資，其餘五十兩做你夫妻還鄉的盤纏。」

說時，他從身邊掏出來一個紅封套，慨然說：「收好了！這裏邊是一張三百兩的銀票，憑此隨時可以到西大街利通亨去取現。你儘快把范彥仁找來，今日就離開這院子，我也許還能來一趟，給你們賀賀喜！」說着，痛快地大笑了兩聲。

他拿起馬鞭站起來，拱手又笑說：「從今你就是我的范嫂夫人。我少年荒唐，在煙花中遨遊，無意中遇着你這麼個不凡俗的妓女。如今我為事所迫，你又遇着范彥仁那樣一個老實人，我花上一點極少的銀錢，使你有了安穩的歸宿，這比我把你攬到自己手裏還強。」說到這裏，他仰望着壁間的一副對聯，是他去年寫贈給蝴蝶紅的：「願從夢裏尋蝴蝶，徒望天涯試劍鋒」，不禁一陣感慨。

蝴蝶紅卻一手拿着紅封套，一手又把他拉住，說：「可是還有一件事。群雄鏢店的獨角牛他可說過，不到二十五歲他不許我從良！」韓鐵芳瞪着眼問說：「憑什麼？」蝴蝶紅慘悽悽地說：「早先我沒敢告訴你，他也常到我屋裏來，我不敢不接他。他也說過要娶我，但得等他三五年，他存足了銀子時，我也不敢不答應他。我要是跟了你，他不至於怎麼樣，他也是在本地混的，不敢得罪財東；但我若跟了范彥仁，那可就不行了。他一定來打鬧，誰敢惹他們？昨天他還派人來這兒打聽⋯⋯」

韓鐵芳冷冷一笑，搖頭說：「不要緊，我有法子。我走了，我回家還有緊急的事。」蝴蝶紅卻把他死死地拉住，仰着可憐的臉兒說：「你還能來一趟嗎？」韓鐵芳想了一想，就說：「明天我還能來，可是，我剛才說的那番話，你必須照辦！」蝴蝶紅答應着，這才緩緩地將韓鐵芳的胳臂放開了，韓鐵芳卻頭也不回，邁着大步走至外院。

那鴇母從屋裏出來，截住他說：「大相公，您先別走，我跟您還有幾句話說！」韓鐵芳就站住身。這鴇母就滿面帶笑地說：「大爺！我可不是催您，您既是要把我們紅兒接過去，您就先訂下個大概的日子。錢呢，三兩五兩的也行，您先撥過來一點，我好把紅兒先送到我家裏去，就不叫她接客啦。」

韓鐵芳不禁笑了笑，說：「你到現在原來還不明白，我並不想接她，是她要跟那范彥仁從良，明天范彥仁就把她接出去。」鴇母發怔，就「哎喲」了一聲，鐵芳擺手說：「你別不放心！她的身價你不是要一百五十兩嗎？一分一厘也不會短少你的，你就別管她跟誰了！」

鴇母搖頭說：「身價我倒是不爭，由五六歲時我把她買來，到現在十幾年，她給我賺的銀子、爭的光，也不少啦。銀子我現在是絕不多爭，就是⋯⋯我也不是貪圖什麼，我也不缺親短友，就是得瞧見她跟個靠得住的人，那我就放了心啦！」

韓鐵芳說：「范彥仁那個人也很好，我曾向幾個認識他的人打聽，都說他為人忠厚老實，而他又願聘娶紅姑娘作嫡室夫人。你們煙花中人能夠給人做正太太，不是件榮耀的事嗎？范彥仁雖然沒多少錢，但也能養得一個老婆，我將來還要叫他們去做生意。這件事可以說是我做的媒，你就只等着拿銀子，別的事你就全都不必過問了！」

鴇母忽然臉色發白，探着頭悄聲地說：「既然大相公的主意這麼辦，我還有別的不喜歡的嗎？可就是⋯⋯那獨角牛！」韓鐵芳冷笑着搖頭，說：「有我做主，你難道還怕他嗎？」鴇母發愁地說：「因為他早先真說過那惡話，他們什麼事情做不出來呀？」韓鐵芳搖着鞭子說：「不要怕！無論什麼事情都有我呢！」說着轉身而出。

他出了這琵琶巷，那個閑漢趕緊把他的馬牽過來，並笑着說：「大相公，您大喜啦！」韓鐵芳也不哩他，騎上馬，拐了兩個彎兒就到了大街上。街上很熱鬧，車來人往，但像他這樣在大街上騎着馬行走的人，還沒有第二個。街上的人很多都認識他，很多人特意避路讓他的馬過去。

他才走到了東大街，就見路南的那群雄鏢店的門首有幾個穿短衣的，站在那裏大聲說話，撇着嘴狂笑；有靠着牆的，有把兩隻胳臂交叉在胸前把手抱着肩膀的，還有雙手叉着腰的，都長着一臉橫肉。其中有一人身材高大，臉色黑紫，腦門子上歪長着一個核桃大的瘤子，這就是洛西一帶有名的鏢頭，本地的惡霸，煙花巷裏的魔王獨角牛。他像是正在跟幾個人商量什麼事情。他認識韓鐵芳，但向來不說話，如今他只向韓鐵芳望了一眼，沒什麼表情。

韓鐵芳的馬走過去了，他卻在心裏想主意，在馬上稍微一凝神，他的主意就決定了。於是他緊走，一霎時就出了東門。這裏就是東關了，有一條胡同叫作舉人巷，巷裏卻都是一些小門戶。韓鐵芳來到一家門前，下了馬就上前打門，從門裏出來個抱孩子的中年婦人，見了韓鐵芳就說：「韓大相公，您進裏邊坐吧？」

韓鐵芳搖頭，只問說：「申師傅在家裏沒有？」婦人說：「他在家。」鐵芳就說：「趕快請他出來，我有幾句話要跟他說。」婦人遂抱着孩子又進到院裏，就嚷嚷着說：「韓大相公找你來啦！」裏邊有男子答應了一聲，急匆匆地就跑了出來。

這男子有三十來歲，身體也頗為健壯，披着汗衫，趿拉着鞋，小辮盤在頭頂上。他見了韓鐵芳就連連打躬，笑着說：「大相公！想不到今天您的大駕來此！您看我這樣子，屋裏也亂七八糟，我也不敢往裏讓您。」鐵芳說：「我不進去，今天我來是有一件事要求申師傅幫忙。」

姓申的挺起胸來，說：「大相公有什麼事情您就自管吩咐吧，您要說求我，我可是不敢當。我拐子申飛，當年在江湖上吃了虧，八百兩的鏢車貨物都被賊劫去，名聲掃地，賬主子逼命。若不是您慨然解囊，救了我那步饑荒，那時我就一定得上吊，我的老婆孩子，也不一定成了誰的老婆孩子了。我受了您的大恩，無可報答，現在無論什麼事，只要大相公一句吩咐，赴湯蹈火下油鍋，我也去，您就說吧。」

韓鐵芳就說：「也沒什麼要緊的事情，只是我叫你幫我個忙，把獨角牛給我打了！」

拐子申飛一聽這話，他卻發了怔，要吐舌頭，趕緊又閉上嘴；韓鐵芳就把實話都對他說了。拐子申飛發着怔想了半天，然後一頓腳，說：「得啦！大相公既然託付了我，說不定我得跟獨角牛幹一幹了，什麼叫素日的交情，什麼叫鏢行的義氣，我也都不能管了。您放心吧！明天一早我一定到琵琶巷，只要獨角牛他敢滋事，敢發威，我就敢請他吃拐子。可是我那隻拐子……我也不是減低自己的威風，真怕到時敵不過獨角牛的單刀，我還得趕緊去請上幾個朋友。」

韓鐵芳說：「你就請去吧，請的人越多越好。無論到那時，那個架打得起來打不起來，我每人給一吊錢；若不幸受了傷，也由我出錢買藥。只是千萬別向人說出是我找你們的。」拐子申飛笑着說：「我知道！連我朋友我都不會跟他們講實話，只叫他們打獨角牛就是了。」韓鐵芳又說：「明天他們若是不下手，咱們也不要打。」

拐子申飛點頭，又笑着說：「我知道！保了十年鏢，走江湖，爭強鬥勝，難道連這個小架全都不會打？大相公您就放心吧！明天您就瞧着，我一定會把事辦得漂亮、乾淨，外帶着麻利、脆快！」韓鐵芳笑着，上馬拱了拱手就走了。

他在東關的街上沒再遇見瘦老鴉，就一直回到望山莊。到莊門前，夕陽已斜照進村來，映得桃花益發嫣紅。他下了馬，就有僕人接過去遛。他摸了摸馬毛，覺得有些發濕，又見馬的鼻子跟嘴，都噓噓地喘氣，他不禁有點兒皺眉，就想：這匹「雪中霞」，還是自己最喜愛的馬，怎麼才跑了這一趟，就累成了這個樣子呢？若是騎着牠走江湖，仗着牠去追殺仇人，或是踏雪登山，牠還能夠勝任？因此決定再牽出一匹馬來試一試。

韓鐵芳一共有十匹馬，以前他是以皮毛、顏色和姿勢，來品評馬的良劣，但如今卻是要以馬的力氣強弱來分一分了。他興致勃勃地由通着馬的偏門，就走進了裏，這馬內有馬棚五間，看馬的人和打更的住屋兩間，院子很大。此時九匹馬都正在槽邊吃草，白色的、棗紅色的、鐵青色的，其色不一，從外表看都頗為矯健，叫韓鐵芳頗難取捨。他自恨不是善於相馬的伯樂，手扶着石頭馬樁，不禁為難。

這院裏栽着的石樁一共四根，石頭全有碗口粗，栽在地下很深，這是幾年前韓老善人親自瞧着叫人刻的、栽的。四根石椿像桌子腿兒似的列成兩排，兩根椿子的距離都有一丈，假若上邊再蓋上一塊一丈見方的扁平石頭，那麼正好是個高腿兒的石頭桌子了。這四個東西怪模怪樣的立着，可是因為年久了，也就沒有人覺得它怪。

韓鐵芳在此看了半天，覺着還是他那匹烏煙豹強健；別看黑色的馬不值錢，但牠雄健、高大，無論哪一匹馬都比不上牠。旁邊有管馬的兩個人，都笑着和他說話，一個就說：「大相公您看！烏煙豹那傢伙拿頭亂頂，就許牠吃，不許別個吃。這傢伙一天半包料都不夠，真是個大飯桶。大相公這幾天也不常騎牠，要叫牠長了膘，可就更跑不動呀！」

韓鐵芳剛要叫人把烏煙豹牽出去，想繞着村子跑上一回，這時忽聽看馬的人說：「老員外來啦！」韓鐵芳疾忙將手離開了石椿，回身一看，只見他父親身穿着灰布的夾褲襖，嘴裏叼着旱煙袋，邁着大腳步走過來了；他肥大的腦袋，寬闊的紫臉，蒼白蓬鬆的連鬢胡，又高又肥的身子昂然直立着，直跟一隻巨象似的。而且這幾天來他就沒有笑容，如今更為可怕。

他不看兒子，卻先看那幾匹馬，就說：「養活這些匹馬幹嗎？有人牽了來就買，買了來又沒用；將來越聚越多，又不叫牠們下田耕地，豈不是養一大群廢物嗎？再說，我看這些馬，沒有一個看得過去的，毛三！」

他叫着那個管馬兼打更的人，就發號施令地說：「明天把這些馬挑一挑，留下兩匹拉到田裏去耕地，其餘的一塊都賣了。換來銀子，我要把城裏的財神廟修修呢。」毛三答應着。

韓鐵芳在旁邊一聲也不言語，臉上氣得變了色。他父親忽然過來拉了他一下，他覺得他父親的力量極大，幾乎把他摔了一跤，就聽他父親說：「你來！」韓鐵芳就隨着他父親由偏門進到正院裏。

韓家的院落空大，但人口稀少，鳥兒在地下啄着被風搖落的桃花，見了人來都不大躲避。西屋是鐵芳之妹玉芳小姐的閨閣，有丫鬟在屋裏說笑。東屋就是少奶奶的屋子，韓鐵芳輕易也不到那屋裏去。他卻隨着他父親進到了北屋。

北屋內供着佛，香煙繚繞，而屋中的器具陳設都很簡單，只有幾隻鎖得很嚴的大木箱，和紅木的大靠椅。韓老善人坐下，又滿滿地裝了一鍋子煙，打着了火鐮，點着了抽，就他慢慢地問說：「前天你說是你要走，可是，你現在拿定了主意沒有？我的話你可別當作耳邊風！走江湖，覓仇家，絕不是一件易事，別說你嬌生慣養地慣了，連隻雞你也打不過；就說我，我敢說我是川陝甘涼、青海新疆闖過了幾十年的英雄好漢，手下殺……」

韓老善人瞪起兩隻大眼，流露出逼人的兇氣，忽然又長歎了一聲，臉上現出幾條皺紋，竟又跟個老菩薩似的了。他的聲音也緩和了，就擺動着肥大的手掌，說：「不行呀！黑山熊他神力無敵，武藝沒有對手。當年我正年輕力壯，尚且鬥他不過，何況你？」又表示出一種輕視的樣子。

站立在他眼前的韓鐵芳卻忿忿地說：「兒子雖然不會武藝，但是這個仇，我也是一定要報！我的母親臨死之時曾對我說：你本來不是我生的！我本是一個僕婦，真正的太太，方二太太是被黑山熊給搶了去了，現在她八成已喪了命……」

韓老善人才聽兒子說到這裏，他就又暴跳起來，大聲嚷嚷說：「她胡說！我想不到她臨死時，還背着我跟你說那些混帳話！」罵了幾句，他可又把聲音降低了，站起身探着頭，啞着嗓子說：「她不是你的親娘，那為什麼她是我的老婆，你是我的兒子呢？」

韓鐵芳說：「據我想，她是我的後母，只可惜她臨死時只說了那幾句，她後來就不能說了。但爸爸你既不願意告訴我實情，我也不願問你，反正我是要到青海去找黑山熊，我要知道我的親娘到底是生是死？有我那母親臨死時給我的表證在此。」說時他由身邊取出一件東西來，原來是個桑皮紙的包兒，扁扁兒的。

打開了紙包，韓老善人驚奇地瞪直眼睛，一看，原來卻是個極平凡的東西，是一塊三角形的紅羅。一邊是參差不齊的，好像是用剪子匆匆忙忙剪下來的衣服邊，卻還都鑲着窄窄的花邊，可見是由一件女人身上剪下來的。韓老善人就問說：「這東西你是從哪兒得來的？這麼一塊破爛布，我怎麼沒見過這東西？」

韓鐵芳悲傷地說：「這塊紅羅，我那母親收藏了不止一日，她臨死之時才將這交給了我……」韓老善人又忿怒地罵着：「媽的！這些年她連我也瞞着！」韓鐵芳又說：「我那母親說這是我親生母親的東西，她現在如在世間，她看見了這東西，就必能認我。」

韓老善人冷笑着說：「那你就把這塊破紅布，快些縫在你的帽子上吧。不然，你難道見了女人就掀人家的裹邊衣裳看？你那個死娘，臨死還給你出這壞主意，你也真相信她的話？這幾年也真難為你，藏着這塊破布沒丟，只不知她臨死時告訴過你沒有，我是你的親爸爸不是？」

韓鐵芳卻搖頭說：「她沒說，我也不打聽這些事，爸爸你既把我從小養大，即使不是親的，這種深恩也是跟親的一樣。爸爸對待我的深恩我不會忘！我此去只是去訪查我的親娘生死，並去找黑山熊。」說到這裏，胸中的怒焰又起，他又忿忿地說：「黑山熊擄去我的親娘整整一十九年，並且連爸爸也不敢惹他，近日且聽說他要來找爸爸？他來時必定沒存着好意，還許想把我也擄走呢？不如我先去找了他去！」

韓老善人卻冷笑着，說：「現在我倒不怕黑山熊。他來了，我也不跟他拼鬥，我只跟他去打官司。而且當年把好女人歸他，賴女人歸我，他還有什麼不服氣呢？」說到這裏，他急忙又把話止住，似乎是自悔失言，而且對往事有些懺悔。

他長歎了口氣，又坐下用力磕了幾下煙袋鍋兒，問說：「你知道黑山熊住在什麼地方嗎？」韓鐵芳說：「最近我聽說他仍住在祁連山陽。」韓老善人又問：「你是聽誰說？」韓鐵芳遲疑了一會，才說：「這是聽一個由祁連山來的人說的。」

韓老善人又問說：「你可知道祁連山有多麼高嗎？」韓鐵芳搖搖頭。

韓老善人把煙袋高高舉起，說：「祁連山的高啊，令人不敢仰着臉去瞧！你看咱們這裏望得着的嵩山，人說嵩山是五嶽中的中嶽，但你不知道，那祁連山比十個嵩山還要高。無冬無夏，那山上永遠有雪，山路曲折，連一條寬平的道兒都沒有。

「山南就是青海，那裏住着喇嘛和許多番人，牛羊成群。咱們說的這種話，到那裏無人能懂；咱們這點銀錢，到了那裏也算不着數。他們都闊極了，而且個個身強體壯，有的人且會妖術邪法，我的這點兒武藝拿到那裏，一點兒也施展不開。

「你說的那個黑山熊吳鈞，就是三十年來祁連山一帶第一個大財主，第一位綠林好漢，由秦州、蘭州、涼州、甘州起，直到新疆伊犁、迪化，北過長城，南到青海，提起來吳大太爺之名，無人不膽戰心寒。假若在那裏有人敢批評吳大太爺一句，立時這個人就得沒命，因為那幾千里之內的腳夫、車戶、店家、酒保，所有的人全都是黑山熊的手下。黑山熊這個人，家住在哪一縣都沒有人曉得，也沒有人敢說。不過當年我卻見過此人一面，此人的年歲與我相差不多，但論起武藝來……」

說到這裏，韓鐵芳不由得注意往下去聽，韓老善人卻臉色變了，他搖了搖頭，說：「我真不是他的對手！二十年前，那時我尚跟你的二師叔同在一處，我們一同在青海一帶做買賣……」韓鐵芳就問：「做什麼買賣？」

韓老善人搖手說：「這你不要問，你那二師叔名叫金剛跌趙華升……」說到這裏，韓老善人的臉色忽然一陣煞煞的白。他翻着兩隻眼睛，把黑眼珠完全翻上去，只露着兩顆白眼珠，十分的可怕。他就這樣，呆子似的，又像老和尚唸經似的，嘴裏叨叨唸唸地說：「他是一條好漢子！武藝超群，生平沒做過半件虧心事。他與我，跟你四師叔徐廣梁，還有那瘦老鴉，我們不但是師兄弟，還是盟兄弟。可是現在，我們三個好歹還都活着，只有他死了，而且死得甚慘！」

韓鐵芳聽了，不禁皺了皺眉，又問說：「他就是被黑山熊給殺死的嗎？」

韓老善人見問，當時並不答話，臉色卻變得更為淒慘，眼裏並且滾下幾顆豆子一般大的淚水。半天他才說道：「不錯，他死得真是慘！但也不能全怪殺他的那個人。」

韓鐵芳卻忿忿地說：「我雖沒見過我那趙叔父之面，但我真佩服他，他必是一位正人君子，俠義英雄。想當年他們三人跟父親一同結拜，雖不同生願同死，你們在神前發過誓。現在他被黑山熊殺死二十年了，你老人家卻在這裏享福，竟把他忘了。我蕭叔父來找你，要請你同去給盟兄報仇，你不但不管，反倒與他翻了臉，讓他窮困在此地。幾年來他飢寒交迫，你從來不看顧他……」

韓老善人一聽兒子說話袒護瘦老鴉，就勃然大怒，霍然又站起身來，暴躁着說：「休要再提他！我知道他在這裏裝窮，誠心使我的面子難看！」

韓鐵芳急急地說：「他怎麼是裝窮？他又不會偷盜，他哪裏來的錢？」

韓老善人冷笑着說：「他只是不敢來偷盜我家罷了！爽快說一句吧，無論什麼親故，我早已一概不認了。但是如果有人來求我，不管他是多生疏，我都能好好待承他，花多少錢我也不計較。江湖的事兒我早已洗手不幹，別說黑山熊只殺過我的盟弟，就是黑山熊曾殺過我的爸爸，我也不管他了。今天我跟你說明白了，我不是不許你走……」

說到這句話時，他聲如霹雷，又大聲嚷嚷着說：「我養你長大成人，為你娶妻納室，錢由着你花，我待你並不算錯。我，誰不知我柳穿魚韓文佩？可是二十年來我都在黑山熊的眼前甘認低頭，憑你，你連雞都鬥不過的一個文弱書生，你還敢去找黑山熊？」

韓鐵芳也忿然說：「我一定要去！不但是為找尋我生身母親的下落，報十九年來的欺凌侮辱之仇，我還要替我那二師叔復仇！」

韓老善人卻冷笑着，他眼內迸出了兇光，就點點頭說：「好！隨你去辦吧！但是我告訴你，你若是敢走，就許不容你再回洛陽縣，那時你可千萬不要後悔，你這爸爸可是救不了你！」

韓鐵芳一聽，不由打了一個冷戰，因為他父親說的這句話，分明是個嚴重的警告。他的臉色白了一陣，又把他父親瞪了一眼，就見韓老善人坐在那把大靠椅上，又裝上了滿滿的一袋煙，閉着眼睛微微地側着頭。韓鐵芳覺得非常奇怪，不知他父親為什麼反倒袒護着黑山熊？然而，這樣殘忍無情的父親如何能攔得住自己千里尋母的一片孝心？他遂就將那塊紅羅揣在懷裏，扭頭就走。

他並不到他妻子的屋中去，卻回到小跨院裏。這院裏只有三間房屋，這幾年來全是他一個人住着。白天有小廝伺候着，一到天黑，他怕有人攪他睡覺，就把小廝也趕出去。他閉上院門，獨自在院裏，有時聽他讀書、吟詩、彈琵琶，有時又靜靜地，一點兒聲音也沒有，也不知他整夜是做什麼事。

他的屋中，四壁都是圖書，琳琅滿目，但也掛着一口寶劍。普通讀書的人都要有一口寶劍，為是鎮邪，也絕無人想到他會武藝。劍旁並掛着一隻琵琶，他本是個風流公子，聲色犬馬，無所不好。他又常出入平康，那琵琶巷裏的妓女都會彈唱，所以他也就還請過一位教師，教過他幾手兒琵琶。有時他也彈起來，據聽過的人說，他比琵琶巷裏的姑娘彈得好呢！但近日因為煩悶，也久已不彈了。

當下他回到屋中，就叫小廝給他開飯。匆匆地用完了飯，他就把小廝趕出去，將門閉好。他在屋中咄咄書空，時而發笑，時而頓腳，時而又把拳頭向桌子上擂，如此直到了天黑。他的屋中也不點燈，他只焦急地等待着。

等過了初更，又等過了二更。這時外面天色已然漆黑，萬點銀星在那漆黑的天幕上亂迸。韓鐵芳就將長衣換了短衣，紮束利便，將劍抽出插在背後，隨後就出了屋。他從西牆一越而過，其身如燕，其疾如貓，四五年來，無人知道韓大相公竟有這一身本領。他一越過了這道牆，牆外就有一個人在那裏等着他，這人就是打更兼管餵馬的毛三。他可以說是唯一知曉他家大相公行跡奇秘的人。四五年來，每天是如此，一到了二更天以後，他就給他家的大相公完全預備好了。

當下他見大相公跳過了牆，就悄悄地走過去，低聲說了一句話。韓鐵芳點了一點頭，走到外牆的近前又一縱身，上了牆頭，然後向下一跳，他就到了莊外，輕輕地跑了十幾步，就在一棵桃花樹下找着了他的烏煙豹。解將下來，他先牽着慢慢地走，走出約半里，道旁已沒有什麼人家了，他就跨上了馬，只用手向馬胯骨上一拍，這匹馬真好，當時四蹄飛起，嘚嘚地發出清亮而緊快的響聲，不用怎樣引導牠，一口氣兒就跑到了韓鐵芳的目的地。

這裏原是一片荒地，四周漆黑，只有孤零零的一間小草屋。屋裏有一盞豆子大的綠色燈光，忽明忽滅地，好像是鬼火一般。這地方原來就是當地人所謂鬼洞子。韓鐵芳來到這裏，就跳下馬來，同時把韁繩撒了手。他的這匹烏煙豹就別轉脖子，噗嚕了兩聲，轉過頭來慢慢走了幾步，就去吃那地下的草根，韓鐵芳卻直到草屋前低頭進去。

屋裏，炕上半蹲半臥的一個餓鬼似的人，就是那瘦老鴉。韓鐵芳卻開口就叫他師父，說：「師父，我們真得走了，我想咱們明天晚間就走。馬匹一切，到了時候我一定都能給你預備好，咱們最好能在十天之內，就趕到祁連山！」

瘦老鴉這時卻不像白天那樣頹靡不振，如同個大煙鬼，又像是個叫化子似的；這時他的頭髮雖仍蓬鬆如亂草，但他的神氣改變了，瞪起兩眼來非常精神、英爽，且表現出一種堅忍不移的意志。他就說：「我也想要走！五年來我把武藝傳授給你，你已可助我去給我盟兄報仇，並去尋找你的母親了。但你那伏地追風、騰步反舞幾手劍法還沒有學熟，如何能夠隨我去闖江湖呢？再說你那四師叔連枝徐廣梁也快要來了，我們還要共同去逼一逼你的父親，讓他也去幫一幫我們才好，不然那黑山熊實恐難敵！」

韓鐵芳卻擺手說：「千萬不要再提他，今天我們父子幾乎反目！」遂把今天他父親韓老善人所說的那話重述了一遍，瘦老鴉也不由吃了一驚。韓鐵芳又說：「我看他那樣子，非僅是畏懼黑山熊，簡直是袒護黑山熊。我只是納悶，十九年前，不知道他們到底是怎麼一回事？」

瘦老鴉說：「十九年前，你父親與你二師叔遨遊至祁連山內，正遇上黑山熊吳鈞和他的弟弟吳錫搶了一家官眷。你父親與你二師叔就拔刀相助，上前與吳鈞兄弟交起手來，你二師叔當場即死，你父親也被殺得逃走；但是他救走了一個女人，就是你那死去的母親秦氏！」

韓鐵芳搖頭說：「我覺着這話不對，當時的事絕不是這樣。」

瘦老鴉又說：「這是你父親自己對我說的，當時的事我們並未眼見。不過你父親從那時可就成了家，把他救了的那婦人作為他的妻室了，同時他可也就有了你這個兒子。趕到過了三四年，才又生了你那妹妹。黑山熊也似是由那時候起就也洗了手，現在甘涼一帶橫行的卻是他的兄弟吳錫，和他的兒子吳元猛……」

韓鐵芳氣得冷笑，說：「那是自然，想那家官眷一定是連人帶錢全都被他們分了，他們當然都各自洗手，享了福，充了善人了！」瘦老鴉又擺手說：「也不是，黑山熊他這些年所以不再走江湖，並非是因為有了錢，有了美妾。」韓鐵芳握拳忿忿地問說：「那他為的是什麼？他當了一世的強盜，怎會又洗了手？」

瘦老鴉說：「江湖人都知道，黑山熊這些年徘徊於祁連山一帶，連一定的住所也沒有，就是因他懼怕一個人。」

韓鐵芳又趕緊問：「他怕的是什麼人？請師父快些告訴我！」

瘦老鴉說：「這個人是一個女的，原本是名門小姐出身，名叫玉嬌龍，又名龍錦春。二十年之前，這人與李慕白、俞秀蓮齊名，曾在北京幹出過許多驚人之事，武藝之高，舉世無匹。二十年來，黑山熊時時托人打聽此人的下落，聽說懼之甚深，可又不知是為什麼緣故。」

韓鐵芳聽了，心中不由產生一種欽羨，便問說：「不知道這一位玉小姐現在還活着沒有？」瘦老鴉搖頭說：「這可就不知道了！不過這個人已多年沒有下落，因為她的兄長現在都做着大官，對這事也諱莫如深。此人是在北方還是在南方，並無人知道。」韓鐵芳聽了，默然了一會，心中卻幻想着，若能得到這位女俠相助，能有多好！還愁不能把黑山熊捉住、殺死，還愁自己與母親不能見面嗎？

這時瘦老鴉也沉思了一會，就說：「這樣吧！因為前些日我聽說黑山熊又派人來打聽你父親韓文佩的下落，也許他們還有舊債未清，他還許會找到這裏來跟你父親見上一面。如果他來到這裏，我們就不必長途跋涉找他們去了，在這裏就可把他收拾了；並不是為幫助你父親，卻還是為咱們這幾年來時刻未忘的那仇恨！再說，你四師叔也將來此，他若來到，咱們又可得到一個幫手，憑咱們三個人的武藝，足可以應付黑山熊那一群。所以，我想咱們再在洛陽住十天，十天內他們若仍然不來，那咱們倆人就走，先進函谷關。」

韓鐵芳點了點頭，說：「就依師父之命吧！師父吩咐何時起身，我就何時跟隨師父走，現在我把私事已全都安頓好了。」瘦老鴉忽然帶着笑問說：「怎麼樣？琵琶巷裏你沒有什麼割捨不下的人嗎？」韓鐵芳的臉紅了一陣，搖頭說：「沒有！我出入琵琶巷，也不過是逢場作戲，並且我是要在那裏認識些人，以便打聽黑山熊的確實下落。」瘦老鴉點頭說：「我知道！我曉得！你家中的那位夫人也難怪你不滿意。出去走走也好，一來辦辦咱們的正事；二來如遇江湖上的俠女，風塵間的標緻姑娘，你還可以招一門親事！」韓鐵芳低着頭，連連地搖着。

瘦老鴉把他的肩頭一拍，笑着說：「你別以為這事情辦不到，你還別不信江湖間真有俠女。玉嬌龍她現在就是活着也一定老了；假如你早生二十年，或是二十年前我有現在這樣的本事，人物再像如今你這樣的英俊，安知那時不……」瘦老鴉說到這裏，不禁眉飛色舞。他這人是嚴厲時極端的嚴厲，但一開起玩笑來就忘了形，不顧什麼長幼尊卑了。

當下韓鐵芳覺得這樣說是侮辱了心中所欽羨的那位過去的女俠，他恨不得閉上耳朵，不想聽他的師父往下說了。可是這時瘦老鴉也沒把下邊的話說出來，他就下了炕，又拍了徒弟的肩頭一下，說：「出來把那幾手兒再練練吧！走到江湖上，武藝就是隨身寶，須得都預備好了才能出門，不能臨時現湊，到時現學。這幾手兒『伏地追風』、『翻身反砍』、『騰步撩雲』你若學得熟了，雖然未必能戰勝當年的俠女玉嬌龍，可是眼前那對頭黑山熊，我包你足足能夠敵得過。」說着師徒二人就低着頭走出了草屋。

韓鐵芳自背後抽出了寶劍，劍身與天上的星光相映，閃爍奪目。自從瘦老鴉與韓老善人反目的那一年，他就已與鐵芳暗中約好，每夜二更以後，就來此從他學習武藝。在四五年中，瘦老鴉已將自己三十年來所學的武技，一絲不遺的盡皆傳授給了他，只是這最精巧的幾個招數，他雖都已會使了，可是瘦老鴉覺得他運用得還是不大嫻熟。當下在星光之下，由瘦老鴉指導着，韓鐵芳就又舞起劍來。只見劍身閃閃，身隨劍挪，砍撩摸刺，抽提橫倒，割風撩月，起鳳回鸞，眼視四方，身飛上下，一口劍舞得真是鬼神出沒，風雲變幻，使人肉眼迷離。然而瘦老鴉竟還能挑尋出幾個錯處來，在旁改正着，又叫韓鐵芳練了一遍，他才點頭。

此時由天上星光的稀密來看，瘦老鴉就知道天色已過了三更，遂叫韓鐵芳把劍勢收住，說：「不用再練啦，這幾手劍法回去天天關上小院子的門熟一熟，也就行啦。無論你爸爸他怎樣吵，你暫且都不要作聲，反正剛才我也說過了，咱們至多在此再住十天。十天之後，連我也會叫洛陽城平常看不起我的那些人嚇一大跳，叫他們都猜不透我這個瘦老鴉是何許人！」

當下韓鐵芳又把寶劍插在背後，便打躬向師父告別。瘦老鴉自己回到小草屋裏，吹滅了燈。韓鐵芳又牽過來馬，騎上去就走，他依舊循着來時的大道，不多時就回到了望山莊。他的馬還沒來到桃花林下，就有一個黑糊糊的人影迎着他過來，並且走三步跳兩步。這是特意約好的暗號兒，韓鐵芳就曉得是毛三，下了馬，將馬交給他，自己就一直回返到莊內。

他仍是跳牆進去，但一進小院卻非常的驚訝，想起自己臨走之時，屋中並未點燈，但這時屋內竟燈光熒然。他不禁嚇了一跳，急忙自背後抽出寶劍，躡着腳步兒走近窗前，扒着窗縫兒往裏一看，見屋中只在桌上並擺着兩隻燭台，紅焰呼呼的燃燒着，卻沒有一個人。韓鐵芳又急忙回身到小院門前去查看，見門也閉得很緊，而且上下的插關還插得很結實，可見那個進屋點燈的人一定是越牆進來的。他忽然心裏明白了，趕緊又挺劍進屋，四下查看，見屋中所有的東西全都沒動，只是椅子旁邊的地上留着兩小堆煙灰，可見進屋來的那個人是在椅子上坐了半天，抽完了兩袋煙才走的。

韓鐵芳呆了半晌，旋又想：反正我已決定要走了，就是父親知道了我會武藝，他又能將我奈何？於是他吹滅了一枝燭，只留下一枝，寶劍並不放手，出了屋子在小院裏又練。室內燭光搖搖，院中劍光閃閃，天空星光爍爍。一直到星光漸隱，燭光漸微，韓鐵芳這才收住了劍勢。回到了屋中，上床傍劍，掩衾而臥，心中已然突突的，感到十分不安。

直到隔牆雞聲已鳴，窗上的顏色已發白，韓鐵芳這才睡着。一覺直睡到正午，醒來後，他開了小院的門，小廝才進來。韓鐵芳就問他說：“老員外昨天是什麼時候睡下的，你知道嗎？”小廝搖頭說：“我不知道！”韓鐵芳就叫小廝給他開飯。小廝去後，他就開了箱，又拿出一些銀兩和銀票。少時，小帶着廚役進來擺列茶飯。韓鐵芳又叫小廝傳話到裏，立時給他備馬，並說，還備那匹雪中霞，因為烏煙豹昨日他騎了一夜，怕牠太累了，所以他不忍得騎。

當時他用飯很是匆忙，仿佛心裏有一件急事。吃完了，扔下筷子，他嘴裏一邊還嚼着飯，一邊就叫小廝服侍他更衣。今天他所換的衣服與往日不同，穿的是一身青布的短衣褲，外罩着青布大褂，一洗往日的奢華，反襯出他人物更為英俊、精悍。

今天他並且帶上了寶劍，他挾着寶劍，出了小院就往外跑。不想他父親拿着旱煙袋，那肥胖高大的身體，正堵住了二門。他不由得止住步了，他父親卻扭頭看他，把身子斜了一斜，韓鐵芳就趁着這個隙兒低着頭往外就跑。就聽他父親在身後忿忿地罵着，說：“瘦老鴉那王八蛋！教壞了我家裏的人！遲早我非宰了他不可！”韓鐵芳頭也不回，話也不說，就急急走出了莊門。

此時那僕人長慶又牽着備好了的雪中霞候在門外，可是他站的地方離着門口有十多步遠，仿佛他也怕被門裏的韓老善人看見似的。一見了他的大相公，他就悄聲說：“您快快上馬吧！”還驚驚慌慌地不住轉頭去看。

韓鐵芳把身邊一口連鞘的寶劍掛在鞍旁，接過皮鞭跨上了馬，卻見旁邊的短牆裏，正有兩個小姑娘笑顛顛地往屋裏跑去，他不由得想笑。這時卻聽身後有人“哈哈哈哈”發出一陣狂笑。他吃了一驚，就見他父親韓老善人已走出了大門，他身軀昂然地站立，手裏拿着旱煙袋，就像拿着刀的姿勢。韓老善人瞪着大眼睛又向他哈哈大笑，連長慶的臉全都嚇白了，韓鐵芳卻忿然揮鞭去走。

馬出了望山莊，田裏有幾個做活的人都帶笑招呼他，他也沒有看見。鐵劍磨着銅鐙，馬蹄踏着泥塵，“鏘鏘喌喌”，有節奏地疾快地響。韓鐵芳想着，將來馬走祁連山之時，必也是這般情景。

此時他雖不顧得看旁邊的東西，可是那桃花林的一片嫣紅色，如美女的長袖，不住地從他的眼前撩着。他心中不禁生出一些悲感，就想：洛陽城什麼都不好，只是有幾個標緻的妓女，第一個就是蝴蝶紅……自己雖然覺得應當激昂慷慨，把事情全都辦好，但究竟心中還是非常留戀。他緊緊催着馬走，要以蹄聲劍響這雄壯的聲音，打破心中難捨的柔情。

馬又到了東關了，只見瘦老鴉捧着一大碗熱氣騰騰的麵條，正蹲在一家店門旁吃着。韓鐵芳只用眼掃了他一下，便驅馬走了過去。進了城，又見東大街那群雄鏢店的門首站着許多人，有的手中提着刀，有的拿着梢子棍。韓鐵芳就吃了一驚，馬更發急，少時就來到了琵琶巷。只見這巷口今天也是特別的人多，拐子申飛率領他的七八個朋友跟徒弟，個個拿着木棍鐵尺和明晃晃的鋼刀。有個人且替申飛拿着他的那枝三尺長、鐵棍兒上邊有個橫梁兒的“拐子”，申飛的雙腿並沒有殘疾，可是他的拐子卻是江湖馳名。

韓鐵芳下了馬，有閑漢將馬接了過去往遠處遛去了。韓鐵芳手提寶劍走過去，悄聲對申飛說：“預備一下，我看他們鏢店門前的人可不少！”

申飛淡然地一笑，說：“不要緊！獨角牛他也知道我在這兒啦，所以他也得先斟酌斟酌才敢來，要不然能等到這時候？早就他媽的來啦！今天若能把他們嚇回去，那我們還省了事啦。”一低頭，見韓鐵芳拿着寶劍，他就笑着說：“怎麼大相公今天還帶來了防身的兵器？”

他擺擺手兒，又說：“其實用不着！大相公您是千金之軀，我雖是個俗人，可是也懂得兩句古語，俗語說：千金之子不站在……什麼高山底下，我可不大記得清了！反正您跟他們合不着，別說您不會武藝，就是武藝高強，也跟他們犯不上。您到時千萬別管，全都交給我們辦。獨角牛是個潑皮，我也不是個老實人，我們倆是烏龜抬轎子——硬碰硬，不定誰把誰碰碎了為止。您大相公千萬別管，請您到胡同裏邊歇着去吧，紅姑娘一定正在等着您呢！”

　　韓鐵芳就向申飛等人拱了拱手，他遂走進巷去。巷裏，那賣花兒的人在地下蹲着，他仰着臉望着韓鐵芳笑了笑，叫聲：“大相公！”韓鐵芳見他的花籃裏紅紫繽紛，除了桃花、丁香，就是一種比桃花朵大，而帶着嫩綠的葉兒的榆葉梅。

　　往常在這琵琶巷至少尚有兩個賣花兒的，他們在各妓院串一串，吆喝幾聲，便到巷口外一蹲，跟閑漢們談天。各妓院裏的姑娘要是想買花兒，自然會派人把他們叫進去。但今天也許都知道事情不妙，都不敢來了，只剩下這一個人，他還是躲在巷口裏。

　　韓鐵芳身掛寶劍進了那家妓院，就見鴇母和夥計們也全都慌慌張張的，齊說：“大相公這可怎樣好？獨角牛把拐子申飛勾來啦。您沒看見巷口外嗎？他們都拿着傢伙呢！”

　　韓鐵芳連連擺手說：“不要怕，拐子申飛是個好人，剛才我問他啦，他說他今天勾了人來，是為來打不平，是為護着你們的。大概有他們在此，獨角牛必不敢來；即或來到，也得叫他們打走。”又說：“你們放心吧！”

　　他往月亮門裏就走，鴇母從身後追了過來，悄聲說：“范大爺在屋裏了，他本想待會兒就叫車來，把紅姑娘接了出去，可是這麼一來，鬧得他們也不敢走啦！”韓鐵芳聽說范彥仁現在屋中，他就止住了步，但屋中的蝴蝶紅和范彥仁早聽見他的語聲兒了，就一齊迎了出屋。

　　范彥仁是一個年在四十歲上下的文弱書生，身穿着一件灰色緞子的夾袍，腰間繫着青緞帶子，他向韓鐵芳深深地打躬，往屋內恭請。蝴蝶紅是滿頭的紅絨花，臉上擦着很濃的紅胭脂，上身穿着紅緞襖，下身穿着裙子，真是做了新娘啦。她倚着門，倩目流波地說：“大相公請進，我們正候着您呢！”

　　韓鐵芳拱手笑說：“我正是給你們道喜來！”他被范彥仁、蝴蝶紅讓進了屋，一眼又看見壁間掛的那副對聯，他就說：“可以把這副對子摘下去了！”

　　蝴蝶紅笑着說：“我們還沒顧得摘呢！今天由一清早起就忙，直忙到這個時候，心剛安定一點，外頭可又……”

　　韓鐵芳擺手說：“外頭的事你們不要怕，只要我一來到，就准保什麼事都不會有。什麼人，天大的膽，也不敢鬧進這胡同來，我來……”又笑着向范彥仁和蝴蝶紅拱手，說：“我來此是專為給范兄台和嫂夫人賀喜！”蝴蝶紅低着頭說：“不敢當！”

　　范彥仁又一揖到地，說：“大相公這樣慷慨好義，使我們……”韓鐵芳一手把他拉住，一手向他擺着，說：“不要再提！一件小事。只要我能看見你們夫唱婦隨，花好月圓，白首偕老，我就很高興了。”

　　落了座，韓鐵芳又向范彥仁說：“范兄雖然不認識我，叮是在街上我卻見過范兄，也托許多人打聽過，深知范兄是一位老成的人，而且才學絕高！”

　　范彥仁又連連打躬，說：“大相公太謬獎了！我來到洛陽本是投奔舍親，舍親是府衙中的幕賓。但是，不幸得很，我來到這裏不到一個月，舍親就被兩江總督之處聘去。但在這裏還有一兩個同鄉，他們就給我在府衙裏安頓了一個很小的事情。我因所遇不合，自歎潦倒，就常常到這裏來遊逛，因此認識了……”他指一指蝴蝶紅，又說：“我雖愛花有心，但繫鈴無力。幸承大相公慨解義囊，助我二人成為夫婦，我夫婦實沒齒不忘！”

　　韓鐵芳又擺手說：“不要客氣了！我只問你們夫婦將來是還想在洛陽再住着呢？還是打算往別處去呢？”

　　范彥仁說：“這件事我剛才也跟她商量好了，只是還要向大相公稟明一下……”韓鐵芳正靜着心要聽他們的辦法，忽見鴇母驚驚慌慌地跑了進來，她的兩眼發直，喘着氣悄聲兒說：“獨角牛手下的人來了足有二十多個！都拿着刀槍，拐子申飛正在那兒攔他們，跟他們講理呢！大相公，這可怎麼好呀？”蝴蝶紅跟范彥仁都又驚慌失色。

　　韓鐵芳就擺着手，從容鎮定地說：“不要緊，別怕！范兄你往下說。”

　　范彥仁嚇得直哆嗦，眼睛不住地向屋門去看，他就說：“我現在這裏本來就是沒有事，長此以往，一定也要受窮；再說如今又有了這件事，我更不能……”

　　這時鴇母驚慌慌地跑出去，又更驚慌地跑了回來，這回她並不悄聲兒說了，她扯着那隻怪嗓子嚷着：「打起來啦！申飛拿拐子把人的頭給打破啦！那個血呀，可真怕死人！」范彥仁嚇得臉色慘白，但是韓鐵芳卻神色不變，依然叫他往下去說。蝴蝶紅抖抖顫顫，鴇母把門敞開，直着脖子嚷嚷。別的屋裏的妓女也都如受驚的鶯燕亂飛，有的嬌聲嚷嚷着，有的由自己的屋裏跑出來，又跑到別人的屋裏去躲藏；有的就拍着手兒說：「這可怎麼好？待一會就許打到院裏來啦！」有的彼此拉扯着，一半像怕，一半又像是有意裝嬌。

　　韓鐵芳卻不管不顧，又問范彥仁說：「你想的都是很對的！這地方你們不能再住了，只是你要帶她往哪裏去呢？到了別處是否有投奔？有着落？」

　　這時候范彥仁哪裏還能答得出話來？他的臉色一陣白，又一陣灰。蝴蝶紅在旁邊是乾着急，她此時與韓鐵芳的關係不同了，所以也不敢說什麼話。范彥仁結結巴巴地又說：「我想帶着她，離開這個地方，到……」

　　忽然又有兩個毛夥由外面跑來，急急地說：「大相公，您快拿出張名帖來，我們到衙門去叫官人去吧！」韓鐵芳冷笑說：「我們平日又不結交官府，官人們哪裏能聽我調動？」毛夥說：「不好！獨角牛雖沒親身來，可是他派的手下人都很兇，看這樣子拐子申飛他們敵不過……」

　　正說着，那賣花的人又提籃跑進來，幾枝桃花掉出了籃子，都顧不得撿啦，他也驚喊：「拐子申飛受了傷啦！」韓鐵芳的臉色一變，但仍然坐着不動。

　　此時外面一片吵鬧之聲，已然傳到了門前，鴇母就給韓鐵芳跪下了。韓鐵芳這才忿然立起了身，隨手抽出寶劍，一躍而出屋，就直往門外跑去。蝴蝶紅追出屋來，驚喊着說：「大相公！您哪能打得過他們呀？您還是不要出去吧！」她急急地追着，要把韓鐵芳拉回來，毛夥們也喊着說：「大相公您賞給我們一張名帖，我們請官人去就得啦，您何必要自己出頭呢？」

　　但這時已有兩個獨角牛的手下掄刀進來了，其中一個橫眉瞪眼他說：「姓范的在哪兒啦？我們倒要看看蝴蝶紅的新郎官，他是怎麼樣個人才？」

　　韓鐵芳橫劍過去，說：「休往裏邊走！」這兩個人嚇了一大跳，一齊止住了步，一個就笑着說：「韓大相公，這件事您別管！您是個貴人，我們櫃上跟您的幾個櫃上也都有來往，我們也知道姓范的那窮小子由窰裏接姑娘，是借您的錢。」韓鐵芳搖頭說：「這倒不是，范彥仁本來有錢，他們這件事是我做的媒，你們要是欺負他，就如同是欺負我了！」

　　兩個人一齊搖頭，同時可都冷笑着，一個說：「沒有的話！十年來我們跟您寶莊上從沒有一點過節，無論怎麼說，我們也不敢跟大相公翻臉。」另一個卻跟韓鐵芳發兇了，罵着說：「你這小子快滾開！除非蝴蝶紅是你的姐姐，你可以護着你的姐夫，不然，你娘的小子就休管閒事！」旁邊那個又趕緊勸。

　　他們的身後又有獨角牛手下的人打進來了，一共來了五六個。又有三個拐子申飛的朋友全都臉上帶傷，奮勇地追來。韓鐵芳卻怒喝道：「申師傅的朋友都請閃開！獨角牛手下的小子都滾蛋！」他向來沒有這樣罵過人，如今他真氣極了。

　　申飛的三個朋友一齊喘吁吁的躲開了，獨角牛手下的幾個人卻都彼此相望着大笑。其中有一個黑大個，手持一杆梢子棍，他把梢子棍抖動得嘩啦啦的亂響，大聲狂笑着說：「想不到韓老善人的兒子會給蝴蝶紅當叉杆！」

　　這人身後的另一個年輕漢子，也指着韓鐵芳說：「憑你這一陣風就刮倒的樣子，我戳你一指頭你也得爬下，你還敢耍着一口小寶劍兒，來跟我們發威嗎？」

　　他一言未了，這裏溫如處子一般的韓鐵芳，竟如虎豹一般的兇猛了。他挺身前進，寶劍翻飛，幾個人齊用刀棍上前招架，只聽得「喀喀喀」、「嗆嗆嗆」一陣亂響，雜以慘呼聲、大罵聲，他只掄了十餘劍，硬將五六個人齊都劈出門去了。那個剛才罵他給蝴蝶紅當叉杆的人受傷臥在當院；那個說蝴蝶紅是他姐姐的人是頭向外腳向里地趴在門檻上，不住抽顫着，右臂已被斬斷了半截，血水像小河一般順台階流下來。

　　鴇母追出來一看，就頓着腳說：「這可怎麼辦呀？弄出人命來啦！哎喲我的媽呀！」

其餘的毛夥，各屋中的妓女，連那賣花兒的，全都不敢出這月亮門了。

韓鐵芳的英俊臉上卻露出煞氣來，雙目炯炯發出怒焰。他的劍鋒上已染了血，但還怒猶未息，直追出了琵琶巷口。就見獨角牛手下的那些人已都跑淨，連受傷的幾個都叫他們搶走了，地下卻臥着拐子申飛跟他的兩個朋友。

拐子申飛是左肩上受了一刀，雖然爬不起來了，可是他連眉都不皺。一見韓鐵芳來了，他就談笑自若地說：“韓大相公！這真是‘真人不露相，露相不真人’。恨我肉眼凡胎，這麼些年來，會沒看出大相公竟有這身武藝？好！今天我申飛受的這點傷算是值得！韓大相公總算是我的患難朋友了。可是，大相公，今天獨角牛還沒有出頭呢！不給那小子一個虧吃，洛陽城就沒有好人走的道兒了。你不去找他，待會兒他也會來找你，不如大相公索性到群雄鏢店的門前去罵罵陣，殺死了他，我拐子申飛替您給他抵命，我只要立時就出這口氣。”

韓鐵芳一頓腳說：“好！”遂就先吩咐那幾個傷得不重的人說：“煩勞你們幾位，把申師傅送回家去吧。趕緊請醫治傷，無論多少錢都可以到我的櫃上去拿。”那幾個人齊聲答應，就過去把申飛攙抱起來。

那蝴蝶紅又從巷裏跑了出來，淚痕已沖壞了她臉上的胭脂，她就哭着央求着說：“大相公您千萬別去啦！別弄出人命來！”

韓鐵芳卻搖頭說：“你不要管我！我也不能胡亂殺人，我只是非得把獨角牛打服了我心裏才能痛快。反正，我學武藝的事如今也瞞不住人了，我倒要在我臨離開洛陽城之前，將本地的惡霸土豪全都除盡！”說着，他輕輕一推，就將蝴蝶紅推開，掀掀長衣，挽挽袖子，又說：“你們快叫車去！快收拾東西，等我打完了獨角牛就保護你們離開此地。”說着他提劍匆匆走去，蝴蝶紅還在身後哭着，他也不回頭。

他才走了十幾步，就見那個熟識的閑漢牽着他的那匹雪中霞來了，見了他就一吐舌頭說：“我的大相公！你老人家快躲躲吧，待會兒就是官人不來，那獨角牛可也得來。”韓鐵芳忿然說：“我正要找他去！”遂就搶了馬騎上，連鞭子也不接，他手裏提着寶劍，一放轡就來到大街上。

此時大街上的人比往日多，但一見韓大相公催馬提劍，滿面的煞氣，衣服上還沾着血跡，就齊都驚得止住了步，車也都停住了。韓鐵芳的馬尚未走到群雄鏢店的門首，恰好那獨角牛正走來，又不知他又從哪裏勾來了十幾個人，個個全都持着刀槍，由他率領着。

待韓鐵芳的馬一來到，獨角牛就把刀向懷中一捧，左臂平掄了半圈兒，說道：“站住！”接着他便冷笑着說：“嘿嘿！這麼幾年我還不知道韓大相公會使劍，還不知道韓大相公原來在琵琶巷裏還當着一份差事。早要知道是這麼回事，剛才我就去了，何必叫別的朋友們受傷、吃苦？現在你來了很好，別叫旁人上手，咱們兩人來鬥鬥吧！”

韓鐵芳已跳下馬來，挺劍迎上，忿然說：“好！好！別人都不准上手，只咱們兩個鬥鬥！”獨角牛擺手說：“別忙別忙！你再聽我說幾句話。”韓鐵芳點頭說：“好，你說！”

獨角牛又把胳臂平掄了一個圈兒，向着在道旁圍觀的百十多個人說：“請諸位睜大了眼睛看着，現在我要跟大相公比武了！刀槍無眼，難免死傷，我獨角牛是久走江湖的，命本來就不值錢；他韓大相公卻家趁萬貫，這是諸位都知道的。如今我們二人動手拼命，可是不管誰貧誰富，刀劍之下絕沒有客氣。我們先說好了，一不驚官，二不動府。官人這時來了，我們作揖把他請回去；受了傷自己花錢治，喪了命也自家去買棺材，除非有一方叩頭認了輸，才能住手。他要是輸了，我不許他再進洛陽城，只要他再敢進城，我就要他的命；我若是輸了，我自己打斷了腿，永遠我不保鏢了……”

韓鐵芳卻一劍刺來了，說：“誰聽你瞎囉嗦？打就是了！”

獨角牛卻又退後了一步，說：“別忙呀，別忙呀！既是拼命嘛，那麼我這口刀可又覺着不大合手了。”說着，從他身後頭的一個人手中把兵器換了，換的是一杆丈許的長槍。這長槍本來是兵器中之王，最為難惹，而且最能制壓短劍。獨角牛是想在兵器上占一點便宜。因為他也猜着了，韓鐵芳平日不露形跡，今天突然顯出武藝，而且把他剛才派去的那些人全都打了個落花流水，他就知道韓鐵芳的武藝絕非等閒。所以他處處謹慎，運用着心機。

剛才說了那些廢話，也是為使韓鐵芳平一平氣，減低一點兇猛之氣，如今他卻要先發制人了。他站定了腳步，陡然抖起了長槍，向韓鐵芳的胸前刺去，真如一條惡蛇一般。但韓鐵芳用劍"叭"的一撩，他的槍尖可就偏了，接着韓鐵芳將劍順着他的槍桿推去，極快，目的是要去削他的五個手指。但獨角牛雙臂高高抬起，身子向後連退，躲開了劍，他一換手，向旁緊走幾步，突地又抖起了槍花，使了個鳳點頭"，打算將對面的劍法攪亂。然而韓鐵芳一步也不肯讓，劍隨身進，一劍緊似一劍，獨角牛只好用槍桿去迎劍，他的槍法卻施展不開了。

他手下的夥計們拿刀驅開旁邊圍觀的人，為的是騰出地方來好使獨角牛施展開槍法。這些人齊都氣勢洶洶的，逼得一些好熱鬧的人都退出了兩丈多遠。這些人裏有的是擁護獨角牛這面兒的，齊都大聲喊着給助威；還有的是認識韓家的，和義佩公櫃上的夥計們，這些人都驚慌慌的喊着："別打啦，別打啦！有事情可以好說好辦！"但他們又怕受誤傷，都不敢近前。

此時，圈子裏的劍光槍影越殺越緊，如一條三尺長的白蛇在鬥一條丈許長的黑蟒，"嗖嗖嗖"風聲抖了起來，閃閃的劍鋒和槍纓使人看着眼亂。獨角牛的槍法，始終是被劍壓着，雖然也掄得開，然而應付得卻不夠精密，常有破綻之處。韓鐵芳的劍法卻越使越熟、越猛，只見他疾如追風，迅若掣電。

前後交手不到二十回合，旁邊的人誰也沒有看出來是怎麼一下子，獨角牛就如同一塊石頭似的，忽然"咕咚"摔倒。他手下的人全都急了，一齊掄起刀槍，向着韓鐵芳撲去。韓鐵芳撤步倒劍，足尖點地，左膝稍彎，腰直胸挺，眼視四方，等待着這群人上來，只要有人再進前兩步，他就要殺。

此時臥在地下的獨角牛，手中的槍並未撒手，他用槍桿一拄地就站了起來，他那高大的身軀上血順着左胯往下流，褲腿都染紅了。他的大黑臉已變成煞煞的白，頭上黃豆大的汗珠往下滾。他痛的瞪眼咧嘴的，加上他額間的那個疙瘩，樣子真跟惡鬼似的，十分的恐怖。獨角牛大聲急喊着："算了算了！我都不行，你們還送什麼鳥命！算了吧！從今洛陽城的好漢，河南府的英雄，我讓給他姓韓的當就是了！拿刀來！"

他拄着槍桿跳蹦了幾步，由他一個夥計的手裏奪了一口刀，就要砍自己的腿，以踐將才的誓言。但被他的夥計一齊上前，把他的刀奪過去，把他的腰抱住。他的胯上劍傷極重，痛極了，他忍不住"哎喲"了一聲，身子又向後一倒，被他手下的人抬起來送往他的鏢店裏去了。

此時圍觀的人，有的目瞪口呆，臉色都嚇白了，有的卻拍掌大笑，說："痛快！洛陽城的這個魔王，算是被韓大相公打回去了！"人群之中忽然有一個人一躍而出，踏着連枝步兒直奔韓鐵芳，此人是南方口音，說："朋友你先別走，我要領教領教！"他把雙手一拍，表示手無寸鐵，挺腰站立，又現出他的氣度不凡。這時旁邊想要回身走的人也都不走了，人圍得更密，大家的眼睛更發直了。

韓鐵芳刺傷了獨角牛之後，剛喘了一口氣，才要轉身去上馬走開，不想又出來了這麼一個人。他急忙又將劍撩起，以劍斜對着這個人要刺，這人卻擺手笑笑說："別動兵器！"

他又拱拱手，臉色沉下，腮下的黑髯不住的飄動，這人又說："兩下無仇，不必動刀動劍。兄弟自幼學武，近年來又下過一番苦工，如今是出來訪友，路過貴處，不想就遇着兄台。常聽人說洛陽城除了獨角牛再無第二個英雄，我不信！我知道這地方還有幾位老師傅，可是沒想到此地竟有年少的英雄。剛才我看了半天，心中頗為欽佩。兄台既會使劍，拳法必然更是精絕，兄弟今天要冒昧一下，領教領教。請放下寶劍，跟兄弟我對一套拳；我若輸了，雖不能像獨角牛那樣輸腿，可是你打死了白打，來！指教兄弟吧！"

這人雖年已過四旬，但極為氣盛，突的就一拳打來。韓鐵芳卻退後一步，冷笑說："我跟你並不相識，鬥什麼氣？"四周圍就有人過來要拉他，不想這個人更逼進了一步，右手橫挑，左手攻臍，好厲害的拳法！但韓鐵芳又躲開了，並氣忿忿地說："我今天沒有工夫，改訂個日期，我們再比武！”不料這人更連進了兩步，拳像鐵錘，不住地左擊右打。旁邊看的人都不平了。

韓鐵芳也真捺不住氣了，就把劍“噹啷”一聲扔在地下。他借勢用手一粘，對方把身疾忙一閃；韓鐵芳拳又吐出，反進了一步。那人的拳勢突變，發若疾風，同時腳起身挪；韓鐵芳也拳法加速，捺頸摳襠撈腳搶腿，二人如雙虎搏鬥，兩鶚齊飛。

相擊約二十回合，韓鐵芳一拳擂在此人的胸上。這人的身子向後一仰，但他的雙腿來得很便利，站得很穩，幸而沒有倒下。可是韓鐵芳已然得了勝，他拾起劍抓住馬，騎上了向西就走，連頭也不回。後面卻有許多人議論着、亂笑着，並聽那挨了一拳的人仍高聲喊着：“朋友留下名姓！下回再比……”韓鐵芳哪管他說什麼，催馬飛似的又回到了琵琶巷。

此時巷裏巷外所有受傷的人，都已被人抬走了，雖然地下還印着幾片血跡，幸而沒有死人。已有官人來此查看，韓鐵芳就下了馬，跟官人說：“因小事而相毆，各方都有兩三個人受傷，都願自己去調治，也不必驚官動府。下次我擔保，絕不會再出這樣的事，就完了。”官人們本來都認得韓大相公，不好傷面子，因此笑了笑，也就都走了。

韓鐵芳看見這裏已停着一輛跑遠程的騾子車，他很喜歡，覺得范彥仁倒還很會辦事，把馬和寶劍都交給那閑漢，抖了抖衣裳，就又進到妓院的裏院裏。此時倒是十分寧靜。他一進到屋中，見蝴蝶紅仍然滿面的憂容，見他來了，便翻着眼睛把他審視了半天。見他臉上身上全都沒有傷，連衣服也沒被人撕破，她便又噗哧地笑了。范彥仁又打了一躬，說：“為我們的事，使大相公跟那些市井小人惹氣，我們的心中真……”

韓鐵芳又擺手止住他，一邊喘着氣，一邊很快地說：“你們到底是打算往哪裏去？快說明了！”

范彥仁依然磕磕絆絆地說：“我打算，打算……只好上南京，金陵去，投靠我那個親戚，以後再謀生計。”

韓鐵芳點頭說：“很好！金陵是個富庶的地方，你到那裏一定會大有發展。萬一謀事不成，我望你趕緊攜妻回鄉去務農，或是隨便擇個城市，做個小本經營；千萬別捧着你的書本死讀，也千萬別穿着你的長衫，自命為風流才子。還有，她……”他指着那別意黯然的蝴蝶紅，說：“你一定得把她看作你的原配，當作你的賢妻！”范彥仁又一躬到地說：“這不勞大相公多囑，我絕不會負義無情！”

韓鐵芳又向蝴蝶紅囑咐說：“你也應當恭謹的侍奉丈夫，跟着人家好好過日子，要能受貧，要學吃苦，在這裏所染的一些習氣，都應當痛改。”蝴蝶紅拿手帕擦着眼睛點點頭。

韓鐵芳見炕上的行李包裹等等都已收束好了，他就點點頭說：“好！你們現在就走吧，現在天色尚早，出城還可以走一二十里，我可以保護你們一程。”

這時那鴇母又走進來了，她拍着手兒笑說：“大相公，您的本事真大！”韓鐵芳指揮着說：“趕快叫人來幫忙搬東西，范大爺跟范夫人即刻就起程！”鴇母搓着雙手，說了聲：“噯喲！”表示出又失望，又難捨的樣子。

韓鐵芳由身邊取出銀票來給了她一張，她就笑了，說：“得啦！”走過去拍着蝴蝶紅的柔肩，說：“也算是你的福氣，也是咱們琵琶巷的一件體面事，咱們娘兒倆將來再見吧！等將來范大爺升了官，我再被一陣暴風吹到南京，那時我再給你們道喜去吧。一路平安！再見再見！到了那裏，有順便的人，千萬要給我帶封信！”

這時毛夥們也都進來道喜，搬行李，並全以驚詫的眼光兒仰着臉來瞧韓鐵芳，有人還說：“獨角牛已經被大相公給打癱了，還怕什麼呢？范大爺跟紅姑娘多住幾天，找個飯莊子辦辦喜事，好不好？”韓鐵芳卻不許眾人說閑話，只催着快往外搬行李。他又給了范彥仁兩張銀票，約二百兩，並說：“這種票子往東至開封府，無論什麼地方都可兌現。”范彥仁幾乎要跪下叩頭，他連聲地稱謝，韓鐵芳又將他攔住。

這時同院的姐妹又都來給蝴蝶紅送別，屋門口站滿了鶯鶯燕燕，有的把親手做的花鞋贈給她，有的說着吉祥話兒，還有的帶着妒意，說：“你是有福氣啦！我們誰比得了你呢？”又有的自感身世，倚着窗子擦眼淚。蝴蝶紅卻悲哽不勝，淚眼時時望着韓鐵芳。韓鐵芳卻是毫不動色，仿佛已忘記了二三載的花月柔情，他竟像是個鐵石的人兒一般。

少時行李都搬出去了，大家擁着范彥仁跟蝴蝶紅走出屋去。蝴蝶紅的兩隻手被鴇母和姐妹許多人拉着。韓鐵芳此時已然走出了門，他忽見那個賣花的人又在巷口蹲着，籃子裏的嫣紅的桃花正如飄零無主的妓女；榆葉梅的紅衣裳綠襖兒卻又如新婚婦似的；丁香的深紫淺白，又帶有一種閨閣氣派，不，它更像一個才脫風塵，未減嬌豔，可是神態已是很正經了的女子。

他便俯身拿起兩枝丁香來，給了賣花的一小塊銀子，回轉身來，見范彥仁邁着方步在前走着，蝴蝶紅低着頭，跟着他。那幾家妓院的門首，都有人站立着以目相送。韓鐵芳就把兩枝丁香分開了，一枝白的贈給范彥仁，一枝紫的贈給蝴蝶紅，並笑着說：「我無物可贈，看這丁香還好，開得正旺盛，又鮮豔又芬芳，以此略表薄意，這也可說是『聊贈一枝春』吧！」

范彥仁又深深地打躬。蝴蝶紅的纖手拿着紫丁香，她又用眼波掠了韓鐵芳一下，嫣然地微笑着。韓鐵芳一陣淒然，臉色也變了。那鴇母又跑了過來，把蝴蝶紅的那枝紫丁香要過去掐下一小枝來，笑着說：「我給你掛在衣襟上吧！」說着，她在蝴蝶紅的紅襖鈕扣上掛了一小枝花，又瞧着笑着，直送蝴蝶紅跟范彥仁上了車。

此時韓鐵芳也騎上了馬，寶劍入鞘，鴇母跟毛夥們又都喊着：「一路平安！」蝴蝶紅扒着車窗向外點首，車輪就動了。這裏有些人還在站立着、呆望着。鐵芳又分給毛夥們一些賞錢，才策馬走去。

雪中霞在車後一箭之遠，緩緩地行着。走過了大街，出了北門，范彥仁就下了車，又向韓鐵芳打躬，說：「不敢再勞大相公遠送了。那獨角牛已經受了傷，諒他手下的人也不會再逼迫我們了。我們現在已經離開了此地，就請大相公放心吧！沿途我們一定會托人給大相公來信。」

韓鐵芳擺手說：「不必不必！你們走後不到三五日我也就走了，將來咱們在異地再見吧！」范彥仁又深深地打躬，說：「將來我們夫婦必報大德！」韓鐵芳又笑着擺手，說：「這話更談不着。」

此時那蝴蝶紅又從車上探出頭，向這裏來看，她強作出笑容兒來，其實掩不住她惜別的悲哀之情。韓鐵芳又向蝴蝶紅拱拱手，笑了笑，然後同范彥仁說：「好吧，沿途須要謹慎，不到天黑就須投店。好，後會有期！」范彥仁又向他打了一揖，那裏的蝴蝶紅卻用手絹捂着眼睛，退身到車裏，范彥仁也回到車上走了。

韓鐵芳在馬上發呆了半天，眼看着漸走漸遠的車身，漸紅的雲霞，漸漸發出金光的滾動的麥浪，和遠處漸漸變成紫色的桃林，心中又惆悵了一番。忽然他又疾轉馬頭，抄着便道，揮鞭往回緊走，不多時就回到望山莊內。

第三回　　散資財俠少走風塵　　遭蹂躪村姑投古剎

　　莊裏像是有什麼事似的，個個人的臉上全都鋪着一層驚疑之色，他們三五個聚在一起，低着聲兒談話。一見了韓鐵芳，都招呼了一聲"大相公"，眼珠兒卻翻着，望着他不住發呆。韓鐵芳只和藹的向眾人點了點頭，他一句話也不說，下了馬，將雪中霞交給了長慶。

　　可是他也頓然怔住了，眼珠也突然發直，因為他見門前的一根木椿子上拴着一匹馬。馬是黑色，不大好，可是自他小時起，他這莊子裏就沒來過別人的馬。可以這麼說吧，假若把他家裏的十匹馬一賣出去，他這莊子裏，就連一點馬糞都難得了。如今竟有外人的馬來到這裏，可真是一件異事。

　　韓鐵芳正在想：這是誰來了呢？沒容他發問，那毛三就跑過來了，跟他悄聲地說："剛才來了一位徐四爺，是騎着這匹馬來的。那人有鬍子，帶着刀，見了咱家的老員外，一點也不客氣，一見了面兩人就吵。後來瘦老鴉蕭三爺又來了，幫助那個人氣咱們的老員外。他們說的話我雖聽不懂，可是大概也不是什麼好話……"

　　韓鐵芳不容他說完，就趕緊問說："現在他們走了沒有？"毛三搖頭說："都沒走！待會兒就許打起架來。大相公！您想想您是進去給勸一勸呢？還是先……躲躲呢？"

　　韓鐵芳又問說："他們是在裏院嗎？"毛三搖頭說："哪兒？咱們老員外不許人家進大門，把人家讓到馬圈裏。現在三個人大概還在馬圈裏站着說話呢！不然我為什麼不敢在那裏邊待着呢？"

　　韓鐵芳聽了這話，就急急地順着便門走入了馬廄，只見那四根石頭馬椿的旁邊，他父親韓老善人蒼髯飄灑，怒目圓睜，正在那裏忿忿地談着。瘦老鴉坐在地下，他兩手交叉着抱着他的瘦肩膀兒，仰着臉發着冷笑。另外的一個人是個背影，但韓鐵芳往前走了幾步，這人驀然一回頭，四目交射在一起之時，倒使韓鐵芳吃了一驚；這人正是剛才在城中逼着他比拳，後來也吃了他一拳的那個人，韓鐵芳不由把腳步止住。

　　這人，也就是今天騎着馬到這莊裏來找韓老善人爭吵的徐四爺，他黑胡掀起，滿面笑容，迎過來就說："好，好，你回來了。剛才在城裏我被你打了之後，我就問旁邊看熱鬧的人，我才知道，你原來是我的盟姪，又是師姪。啊！真好真好！老賢姪你的劍法拳法，果然高強，想不到他……"

　　他指指在地上坐着的瘦老鴉，說："想不到他竟會教出你這樣一位好徒弟來，這真叫做青出於藍……得啦！咱們先別撰文，反正貓兒雖小，牠卻會教出老虎徒弟。我就是你的四盟叔連枝箭徐廣樑。

　　"自十九年前，你二師叔金剛跌趙華升喪命於黑山熊之手，我跟你的師父便發下大誓，立志要為二師兄報仇。我們在江湖走了十年，到處尋找，曾兩次到祁連山，也沒找着仇人黑山熊。後來我們也不敢找他啦，因為聽說他名頭太大，武藝高強，他的兄弟、兒子，和他手下的那些嘍囉們個個都極為難惹。我們自知武藝有限，打狼不成丟一根杠子還不要緊，若是把命再送上一條，那才太不值得。所以我們二人商量好了，重新再下幾年功夫，學習功夫。

「不瞞賢姪說，我是才練得自覺得可以敵得過黑山熊了，不想才來到洛陽，一遇到你的手裏便先吃了虧。可是我並不因此灰心，我倒更喜歡了，本來我跟你師父我們都不行了，都快老了。拳劍的招數雖說都懂，可是力氣已弱，手腳都不大聽調動了。我們也就只能教人，不能自己出場運用了，這就是俗語所說，有狀元徒弟沒有狀元老師！我跟你師父今天前來，並無別事，還就是叫你的令尊跟我們一同走，到祁連山畔為二師兄報當年的仇恨；並聽說你的母親……」

此時韓老善人已氣忿忿的握着拳頭走過來了，徐廣梁卻毫不介意，依然面對着韓鐵芳說：「詳情也不必細講，你也全都知道了，現在就是你令尊若是不願意跟我們去，你就隨同我們走。英雄豪傑講的是大義分明，盟兄的大仇不能不報，你親母至今仍在黑山熊之手，你若不急速去救那位老太太出來，不報十九年的仇恨，你也枉是男兒！你打獨角牛、打我，就是你把天下聞名的李慕白、玉嬌龍，那些男男女女的英雄豪傑全都打敗了，你也稱不上好漢，抬不起頭來見人。老賢姪，你當着師叔說一句乾脆話吧，說！說！說聲走！」

韓鐵芳義憤填胸，幾乎要跳起來，他點頭說：「好！我跟師叔……」他的「走」字還沒說出來，韓老善人已「咚」的一拳將徐廣梁打倒了。韓鐵芳氣極了，恨不得要掄拳打他的父親。卻見徐廣梁在地下一滾便站了起來，順手由腰間抽出了短刀；那瘦老鴉也挺身而起，跑了過來，掄拳對着韓老善人。眼看着這幾十年的師兄弟，立時就要反目、絕交、毆打、拼命了。一時的情緒極為緊張，韓鐵芳居中倒很是作難。

不料韓老善人的臉紫漲了一陣，眼睛瞪了半天，忽然又仰臉理鬚，哈哈地大笑，說：「初生的犢兒不怕虎，鵪鶉還敢鬥公雞？你們大概也不知道黑山熊是個何等的人，何等的武藝！你們只說我不敢替師弟報仇是因為膽怯，不錯！我是吃過黑山熊的虧，是不敢惹他，但是其中還另有原因……」

說到這裏，他那張寬闊的臉又變成了紫色，鬍鬚越發抖得厲害；他又一笑，但這種笑卻與剛才那種狂笑不同，是一種慘笑，他就伸着大拇指說：「我都佩服你們！大丈夫應當替兄弟報仇，好男兒應當救母脫難，你們要走，對！可是我不准你們走！無論怎麼樣，我也不能准你們走呀！」這句話他喊得聲音極大，把嗓子都喊劈了。

瘦老鴉跟徐廣梁，連韓鐵芳都很驚詫，不由問說：「為什麼？」態度卻都有些緩和了，都覺得其中必然大有隱情，就把目光都盯在韓老善人的臉上。韓老善人卻又慘笑了一笑，就點手說：「來吧！」

他把這三個人帶到那四根怪模怪樣的粗笨的石頭馬椿旁。韓老善人過去抱住了一根石頭椿子，渾身用力，就像跟一個人打架似的，「咕咚」一聲，就把一根石椿連根搬倒，地下的土掀起來很深，旁邊的幾匹馬齊都驚奔。韓鐵芳、徐廣梁、瘦老鴉雖然都沒往後退，可是也都一齊變色。

老善人喘了喘，微笑着，嗓子更發啞了，說：「你們若有這樣大的力氣，才能……哼！也不配去找黑山熊！」他呼呼地吹着鬍子，又腆起胸脯來，說：「我跟你們說，明人不做暗事！十九年前的事情現在我自己招認；你們若有本事就隨你們辦，我早已想到有這一天！」

他重重地又喘了口氣，便一邊翻着眼睛回憶，一邊指手劃腳地說：「十九年前……那時我跟金剛跌趙華升分別以後，又在西安府重聚。因為各人手裏有點錢都花光了，不得不再找營生。我們先在西安府保鏢，又因為幹那事兒發不了財，我們兩人就湊了一點本錢，走青海去做買賣；不想又做賠了，我們都弄得少衣無飯。

「新年正月，才降過一場大雪，我們路過祁連山，想到肅州去再設法謀生。那天我們倆都穿着破皮襖，背着各人的破行李，帶着各人護身的傢伙。走在深山裏，趙華升還跟我說着笑話。因為我那時已經四十多歲，還沒有娶過妻房，我時常想着發上一點兒小財，娶房老婆，他媽的這輩子就知足啦！

“趙華升他就笑我窮困到這步田地，還做這媳婦夢。他說他將來是一定去當和尚，就是積蓄下了錢，也必拿它救濟窮人，或去修廟。他想做個善人，或當一個老方丈，我又笑他傻。我們倆正踏着尺多深的厚雪，往前走着。祁連山的山路是陡得很，並且曲曲彎彎的，不想他媽的對面就來了一群賊人。”

他緩了一口氣，又說：“賊人倒是不多，只他媽的有六七個，為首的是個歪脖子，原來那傢伙就是黑山熊的兄弟吳錫。後來我才知道，他是勾串了一個趕車的，把一家官眷誘進了山。本想要打劫，卻不料那趕車的慌了神，自己就順着冰雪的高山坡子滑下來了，把車摔了個粉碎，趕車的也死了。這事兒咱可沒看見，我們遇見的時候，吳錫正率領着幾個嘍囉，提着人家的幾隻包袱，背着人家的兩個婆娘，正在跑。趙兄弟一見，他就抱打不平，抽出刀來把那幾個賊殺了個落花流水。吳錫也抱頭鼠竄了。雪地上扔下兩個婆娘，還有個小胖娃娃……”

瘦老鴉就扭頭看了韓鐵芳一眼，韓鐵芳的心中是既悲憤，又感慨，欽佩師叔趙華升的為人，徐廣梁在旁卻冷笑着。忽見韓老善人用拳頭向另一根椿上一擂，石屑紛落，他就又說：“不瞞天，不瞞地，不瞞你們！我那時就起了歹心啦！那個年紀輕的是個官太太，什麼官的太太咱可也記不清啦，我當時就沒顧得細問。她雖然臉上擦傷了點肉皮兒，有點血淋淋的，可是長得真好看，那小娃娃是她才生下來的兒子，我就……我就想跟趙兄弟把她們背走，一個人分一個。我自然是想要那年輕的，還想要那兒子；不料趙兄弟卻跟我發了脾氣，他要自己在那兒看守着，叫我出山去雇車，把人家平平安安送回家去。他那時候不放心我，怕他一離開，我就把兩個婆娘全背走，媽的，我還不放心他呢！我們倆多年的兄弟，由那次起就反了目，現在我想起來也覺得不對。”

這時韓鐵芳跟徐廣梁還在出着神往下去聽，瘦老鴉卻憤怒起來，他握着拳頭，幾乎要撲上韓老善人。韓老善人卻又向石椿踹了一腳，石椿雖然沒有倒下，可是地下已經裂了很大的縫子。

韓老善人的紫臉忽然漸漸變為灰白，跟他鬍子的顏色差不多了，他又繼續說：“幸虧那年紀大一點的婆娘還能夠走路。她姓秦，原是伺候那個官太太的。我就壓着她抱着那小娃娃，我卻背起那年輕的太太來就走。那個太太很聽話，叫我背着，她連哭也不哭，她那使喚的人也乖乖地隨我走。只是我那二師弟卻向我大罵，我也不理會他，我們就分途走了。我把兩個婆娘跟一個小孩帶到了山凹裏，投到一個在山窟住的獵戶人家裏，我就在那裏跟那太太成了親。那太太對我沒有別的話，她知道我是條好漢，她也明白她脫不了我的手，所以情願跟着我好好地過日子，只是她求我得待那孩子好。這我有什麼不高興的呢？那孩子……”

他瞪着大眼睛望着韓鐵芳說：“那孩子就是你！”韓鐵芳不由心中襲上了一陣悲痛，拭了拭眼淚。瘦老鴉卻發急地問說：“我二哥就從此跟你分了手嗎？他後來就死於黑山熊之手嗎？”

韓老善人靠着石椿喘氣，擺手說：“你不要急！容我慢慢地跟你們說，我一點都不隱瞞。”出了長長的一口氣，他又急急地說：“我帶着兩個婆娘在那石窟裏面住了七八天，可就出了事。原來二弟趙華升他離開我，氣走之後，獨自去找黑山熊。黑山熊本來在祁連山鬼眼崖有一座山寨，手下的嘍囉一百多；趙華升找了他去，憑仗單刀幾乎將山寨鏟平。趙華升真是好漢子，武藝比我強百倍！他把黑山熊打得藏起來之後，就又找着我了，逼着我把兩個婆娘放手，不然就要與我劃地絕交。我當時沒有話說，絕交就絕交吧，叫我捨了婆娘我可不能夠！當時我就抽出刀來在雪上劃了一個道兒，從此把同師同盟的交情割斷。但是，原來趙華升卻不是跟我絕了交就完了，他翻了臉，罵我是強盜，掄刀來砍我；我自然也不客氣，就也拿刀相迎。我們在雪地裏大戰一場，四十餘回合，殺得冰雪亂飛，天昏地暗。我不行，我就曳刀而逃……”

他又連喘了半天氣，嗓子更是發啞，就又說：“我逃到什麼地方去呢？我就也去找黑山熊。見了他，我請他相助。我說只要把趙華升打敗，奪回來我的婆娘，我願意入夥給他們效力……”瘦老鴉和徐廣梁聽到這裏，齊都用鼻子“哼”了一聲，韓鐵芳也沒想到他父親在早先原是這樣的一個卑鄙的小人。

又聽韓老善人腆着厚臉說：“黑山熊待我如同兄弟，答應助我奪回婆娘，他並給我出了一條妙計。我就離了黑山熊的山寨，又追趕上了趙華升。原來他正是要出山雇車，好送那兩個婆娘到什麼涼州府。我見了他就放聲大哭，自認做錯了事。他也流淚，依然叫我為大哥。我們兩人就一同出山去雇車，隨走隨談，恢復了舊交。還沒有走出山口，黑山熊親率嘍囉趕到，自然我們得一同上前抵擋。趙華升刀法如飛，只顧了大戰黑山熊，卻沒提防我自他的身後猛砍了一刀……”

他這話一說出來，瘦老鴉立時躍起，要撲打他，徐廣梁也晃起了短刀。不料韓老善人又“咕咚”一聲推翻了一根石椿，使他這兩個烈火暴騰的師弟，不由都向後退了兩三步。韓老善人哈哈大笑，說：“我早就想到你們早晚要跟我翻臉，與其叫你們去找黑山熊問明了當年的事，回來再跟我拼命，不如現在我就跟你們說出來！愛拼命咱們當下就拼。可是你們先得算計算計，你們有這石頭椿子結實沒有？能夠奈何我不能？”

他喘了口氣，又接着說：“當時，我殺死二師弟之後，心裏不是不後悔，我結果也沒落着好兒。因為黑山熊也是個好色之徒，他見了我那太太竟生了歹心，硬把我那太太搶上山寨去了，給我留下那僕婦和孩子。我去找他們不依，但我又不是黑山熊的對手，就只好認了倒霉。好在那姓秦的婆娘還不錯，她抱着孩子跟我投到肅州，又奔到新疆，很受了一些苦。

“又過了幾年，我就在玉門關外發了一筆大財，這筆財你們也就不必管我是怎麼發的。我有了錢，更覺得我做的那事不對，我就搬到這裏來，開買賣，置田莊，養老婆，拉扯小孩。秦氏跟我做了幾年夫妻，又給我生了個女兒，她也死了。韓鐵芳現在也長成這麼大。我對早先的事簡直都不敢想，想起來，我就恨不得殺了我自己。但我也不願你們都知道此事，所以我也不許你們去找黑山熊。

“那黑山熊，聽說他得了那年輕佳人之後，他也沒得安居，因為這件事又與玉嬌龍有關。聽說在我們殺人爭婆娘的時候，玉嬌龍正在祁連山那一帶踏雪搜找呢！只是因為山太深，峰嶺太多，她沒有碰到我們。可是黑山熊卻知道了，那傢伙天不怕，地不怕，可真怕玉嬌龍。從那時起，他就不敢在一定的地方住了……”

韓鐵芳驚詫着問說：“玉嬌龍與這些事到底是有什麼相干？”

韓老善人狠狠地搖了一下頭，說：“咱不知道！黑山熊此刻是否還在人間不在，也不一定。街上傳說他要來找我，那是我叫人造的謠，就為的是不叫你們到祁連山。現在咱把話都說明了，你們愛怎辦就怎辦吧！你們要想替趙華升報仇，不如就先動手殺了我，可是……”

他發出一聲獰笑，用雙臂又抱住了一根石椿，“咕咚”一聲又扳倒了，但他已是滿臉的汗水，氣喘得如老牛似的，嗓子越發啞。他走了兩步，又抱住那隻僅存的石椿，用力狠狠地拔、推、拽、搖，把他的兩隻棉襖袖頭全都磨破了，並且自臂間流下血來，他還咬着牙拽着。忽然大喊了一聲：“開！”立時見地根裂了，椿子歪了，“咕咚”一聲，連椿子帶韓老善人全都倒下。那椿子正正壓在他的肚子上。老善人又大叫一聲，口中流出鮮紅的熱血。

韓鐵芳、瘦老鴉、徐廣梁齊都要上前將椿子扶住，但已然來不及，並且用盡他們三個人的力量也無法搬開這石椿。老善人柳穿魚韓文佩，用力又嘶喊了一聲：“你們來拼拼吧！”便由嘴中噴出滿鬍鬚滿臉的鮮血，胳膊腿一陣抖動，兩隻眼睛往大了一瞪，便凝滯住了，立時他就氣絕身死。

此時徐廣梁扔下了短刀，瘦老鴉也垂下了頭，兩人剛才還是氣忿填胸，如今卻都變得非常難過，非常喪氣。韓鐵芳剛才雖然恨自己父親的殘忍、卑鄙，但此時見老善人慘死，他也不禁念起了十九年父子之情和撫養之恩，所以他也不住以手揮淚。

他們在這裏鬧得天翻地動，因此僕人、廚夫和打更的都早已因為害怕躲開了。這裏的石椿子把老員外壓死了，外邊並無人知道。

韓鐵芳哭了一會兒，便親自到外邊叫來了人。僕人、厮夫們，連毛三都進來了，一看，不由得把臉嚇白了，好在這時天色已漸昏黑，他們怎樣的驚慌，別人也不大能看得清。這些人都以為這幾根石頭椿子是叫瘦老鴉和那姓徐的給弄倒了的，是他們把老善人壓死的，所以韓鐵芳叫人去把老拳師身上的石椿搬開時，那毛三就吐着舌頭說：「別搬呀，也是一件人命案呀！非得報報官，叫衙門裏的人來搬不可，不然驗屍官不能答應呀！」

韓鐵芳卻怒斥說：「混蛋！胡說什麼？快些，將老員外抬到房裏去！」瘦老鴉又向韓鐵芳說：「這件事還是不要叫人聲張才好。」韓鐵芳遂又向這些人嚴詞囑咐，這些人更被弄得莫明其妙。大家費了半天的力，才把老善人身上壓的那根石椿抬開了。幾個人又往起來抬老善人的屍體，毛三點上了個燈籠來照着，就將老善人的屍體抬到了正院的正房。

韓鐵芳低着頭，隨着剛要進到正院，瘦老鴉卻從後面一拍他的肩膀，悄聲跟他說：「我們要走了。你也不要憂煩，今天晚上你沒工夫，明天晚上你千萬到我那兒去一趟，可記住了！」韓鐵芳點點頭。又見徐廣樑站在很遠之處，他發着呆似的，樣子十分的抑鬱。瘦老鴉又囑咐韓鐵芳把這件事得隱瞞下去，不必聲張，韓鐵芳又連連地點頭。眼看着瘦老鴉那餓鬼似的影子，跟那嗒然喪氣的徐廣樑，一同出馬厩的偏門走了。

此時暮色愈厚，天上星月耿耿，韓鐵芳也垂着頭進了北房。就見胞妹玉芳和妻子陳氏芸華，跟幾個婆子丫鬟們，正圍着床放聲大哭，淒慘之聲入耳。韓鐵芳的心裏一震，不禁又流下淚來，同時又想起幾年前母親秦氏死時的情況，不由就撫胸頓足地大哭起來。

他緊緊地撫着胸，胸懷裏邊就藏着秦氏臨死之時給他的那塊紅羅，他因此更想起親生的母親，那個姓方的官太太。他想當年母親在風雪荒山之中橫遭污辱，終至於落在黑山熊惡賊之手，這些年⋯⋯想到這裏，他覺得都是為這床上的死老頭子所害。他立時又忿然，對着床上的死屍已毫無憐惜，更認為十九年來的撫養之情也不能抵消他當年的罪惡。但是，他卻又抑制不住緊流的眼淚。

室中的悲哀之聲如潮水似的，高漲了一陣之後，又漸漸地落下去了。韓玉芳小姐拭着淚，一邊哽咽着，一邊問她的哥哥，說：「到底是怎麼回事呀？爸爸他老人家怎麼會叫石頭椿子給壓死了呢？」

韓鐵芳皺着眉憂鬱了良久，似乎忘了他妹妹剛才問的什麼話，心中卻想到了另一問題。他妹妹又向他問了一遍，他才說：「是因為剛才來了爸爸的師弟，爸爸在人家跟前逞能，他⋯⋯」說到這裏，他心中又很忿恨，覺得喚那樣的人為爸爸，實在是一種奇恥大辱，但是已經叫了這麼些年了，他又不禁歎氣，就又說：「他在人前逞能，要顯示他雖年老，還是力大無比，就將三根石椿都拽翻了。剩了最末的那一根，他就⋯⋯被壓死了！」玉芳小姐聽了又哭。

那陳氏芸華在燈旁拭淚，燈光照着她的鬢影、悲容。韓鐵芳的心裏又不免有些慚愧，這個年輕輕的妻子，雖然姿色平常，雖然性情呆板，在自己的眼中她是毫無風韻，然而卻也無失德之處。將來自己遠走天涯，歸期難卜，她可怎麼辦呢？韓鐵芳就向他的妻子看了一眼，又對他妹妹說：「你們也不必哭了。他老人家雖死得甚慘，但也不算是短壽。你們各自回屋去吧！我好叫人進來，給他收殮，好辦理喪事。」

當下僕婦丫鬟們送少奶奶和小姐各自回屋，韓鐵芳就把院中站立侍候的男僕叫了進來，取出老善人的一身新衣裳，給死屍換上。可憐韓老善人，衣服雖也有綢緞的，但都不合體。因為他近年來是日見肥胖，早先的衣裳都瘦得不能穿了；而最近半年來他又不常出門，只在家裏穿着粗布的褲襖，結果是取了一件老善人沒穿過幾回的僧衣，給套在屍體上了。

給死屍換上了這件衣服，樣子非常的奇怪，因為既不像僧，又不像道。上面是禿了頂的一條慘白的小辮，腮下是逢鬆的帶着血的長髯，雖然髯上的血已被僕人用水給沈過了，但仍有血水從死屍的嘴裏不住地湧出。燈光淒慘地照着這龐大而血光刺目的屍體，真令韓鐵芳不忍細看。

天色已太晚了，也買不來棺材，屍身只好就停放在床上，由僕人換班看着。韓鐵芳就回到他自己住的那小院，摸着黑進屋裏點上了燈燭，想起昨天夜裏他父親竟在這裏坐了半天，他依然發驚，並且覺得很奇怪，就想：以死者的那樣神力，尚能飛簷走壁，他竟會鬥不過黑山熊？黑山熊的武藝有多高呀？他不由得對前途產生了一些凜懼，但是志已堅決，為尋訪生母的下落，即使死在賊人之手也是值得的。

他在屋中站立着發了一會呆，聽得春風微微吹動着窗紙，他又長歎了口氣，想着蝴蝶紅此時至少已走出二十里之外了，柔情已割，父義又絕；這家財都是死者不義得來的，自己一點兒也不能留，盡皆把它分散給別人，然後便遠去不歸！他因為這一天太興奮了，所以十分的疲倦，一着枕便睡着了。

次日清晨，家人們從城裏買來了頂好的杉木十三圓的棺材，把老善人的屍體好容易才塞到裏面。宅中的僕人多，大家一上手忙活，不到半天，連靈棚帶祭帳就完全排設好了。韓鐵芳並且拿出許多銀子來，分散給眾僕，所以把眾人的嘴也給買住了。

洛陽城裏的人雖然也都曉得韓老善人死了，可都只知道他老人家是在馬厩裏閒散步，栽了一個跟斗，中風死了的，並沒有人知道石椿之事。遠近的人一聽老善人已死，真是如喪考妣，莫不歎息流淚，都很奇怪，為什麼這樣一個活菩薩一般的人，會活不到八十歲呢？

各櫃上的掌櫃的，當天都趕來弔祭，韓家莊子裏頓然失去了平時清靜的狀態，立時顯出來一種熱鬧、紛雜、與悲哀的氣息來。大相公韓鐵芳雖然也穿上了白布孝衣，披上了麻，他卻並不怎樣哭泣流淚，只是忙忙碌碌的，叫來了幾個櫃上的管賬先生，打算盤、記帳，並不是記下人家送來的奠儀，而是叫人給他清點家產。大家只曉得韓大相公承受了他父親的產業，而今後望山莊沒有韓老善人了，是由韓大相公當家了，一切的人就對韓大相公更是逢迎得無所不至。

到了接三那天，親友們全都來到了，其中竟有從好幾百里地外趕來的。但是韓家親戚只有兩家，一家是登封縣陳家，韓鐵芳的岳父；另一家就是城中的劉財主，是玉芳小姐未過門的翁公。還有就是朋友了，韓鐵芳所認識的少年公子也不少，但老善人生前只有一個朋友，這人是城中的富商，姓李，此外就再沒有了；有的只是借此來巴結韓大相公的一些人。

接三完畢，韓鐵芳毫不作聲，把家裏的全部財產也都核算清楚了。賬一結，把那些算帳的先生們全都嚇了一跳，原來平日大家只曉得韓老善人有錢，錢一年比一年來得多，可是都不知道確實的數目有多少；如今這麼一清查總算，原來竟有七百多萬兩之多，其中包括着莊園地畝、買賣和債款，家中所存的現金銀倒還有限。

韓鐵芳也詫異，不曉得他父親，這在深山出沒、關塞飄零的窮漢，怎麼會發了這樣的大財？更猜不出他父親當年發這財之時，是做了什麼樣的一件大惡？他恣恣地，慨然地就把七百多萬兩的財產分成了四份。將韓老善人在莊外松蔭森茂的塋地裏下了葬，與那秦氏合葬之後，韓鐵芳就將親戚朋友，以及闔村的父老全都延請至莊內。他先對眾人說明了，自己在三日之內就要出門做一番壯遊，十年八年也恐怕不能回來。

他這些話才說出來，他的丈人登封縣的陳紳士就立時急躁起來，跟他翻了臉，說：「你要走？你就把我的女兒拋下了嗎？這幾年你雖不理我的女兒，可是你總還在家，我沒有話說。以後你一走，不是就讓我的女兒守了活寡了嗎？」

韓鐵芳急忙擺手說：「請岳父不要着急，聽我詳陳！」他岳父說：「你快說！你快說！反正你想把媳婦拋下了一走，那是不行！絕不行！咱們可得請出人來說一說了！」

旁邊的親友父老也都一齊來勸，都說：「你父親一死，家產全歸你承受了，你又沒有三兄四弟，以後櫃上的事跟莊子裏的事，不是全都仗着你嗎？你要是一走，這個家可就不成個家啦！再說，在家千日好，出外一時難，你在外邊又不認識人，又沒有什麼要緊的事，何必呢？」

眾僕人們一聽大相公要走，就像是他們的飯碗要飛了，也一齊用乞憐的眼色望着他，都說：「大相公您要是一走，我們可就都沒有倚靠啦！」恨不得都要跪下求大相公打斷此想。

韓鐵芳又擺手說：「不是！你們都聽我細說。我走了並不是永遠不回來了，卻是不能預定幾時才歸。男兒志在四方，不能為家室所累。我年已二旬，足跡尚未出洛陽城，一想起來，我就慚愧。所以我想拿出二年三年的工夫，要遊覽盡天下的名山大川！"

他這話一說出來，就有人點首，覺得這也是一番壯志。有錢的人嘛，出外去遊歷遊歷，開一開眼界，也是一件好事。有幾個僕人又都轉愁為笑，說："我們也跟着大相公出門開開眼去吧？"

但韓鐵芳的岳父陳紳士，卻仍然跳起來喊着說："不行！不行！你走了家裏誰來管？你不能走，我不許你走！"

韓鐵芳卻深深一揖，說："我走之後，家中一切之事全都託付給岳父，有四百萬兩銀子的財產，隨岳父管理。我可以把賬跟幾顆圖章，立時就交給岳父。自然，岳父還要操持着自己的家，這裏只派個親信的人來照料就行！"他的岳父，那老頭子一聽了這話，倒不由得呆了半天，直吸氣，仿佛有些發愁似的。韓鐵芳又說："岳父可以暫將女兒接回去，或是將我的岳母接到這裏來住，在此照應着，也可以。"

他的岳父就點頭說："其實這也沒什麼的，明兒我把你大舅子接到這兒來，照應着城裏的買賣跟附近這些田地，可也能行！只是我盼着你別在外邊耽誤時間，一年兩年，或者三年五年，總是快些回來方好！"韓鐵芳點頭，敷衍着說："那一定！"他心中松了一口氣。

見旁邊的僕人們又在悄悄地焦急地交談，韓鐵芳又說："至於在我這裏多年的人，我走後也得託付多多照應，我拿出一百萬兩！"他伸出一個食指來，一群僕人都直眼看他這手指頭，韓鐵芳就高聲說："這一百萬兩拜託李老伯代管，存放在李老伯的舖子裏。只要是這裏用的人，不願再幹了，可以去領二百兩銀子另去謀生；若是還想幹，那就得比我在家裏時更勤謹、規矩，每年每人給二百兩銀子的賞銀。"僕人們都喜歡了，有的就忍不住要笑。

韓鐵芳就又打躬託付那李富商，說："老伯是我父親生前第一好友，這些錢存在老伯之處。請逐年賞給我家裏的傭人。並且凡遇有憐孤恤寡諸善舉，請老伯就由此項錢中提出些去幫助他人。"

李富商就笑着點頭，說："你放心吧！一百萬兩銀子足足能把你用的這些人養老。行善事？我替你行一輩子善，也准保花不完！"

韓鐵芳又向旁邊的劉財主拜揖，說："我的胞妹已許配給尊府上的世兄，本訂的是明春迎娶，因我父親這一死，卻又不能不移後些日子；我又是急於出外，也等不及辦喜事了。這裏留有二百萬的田地和現銀，都作為我妹妹的奩資，聽府上隨時迎娶！"劉財主當然也答應了。

當下無論是親是友是僕人，無不露出笑容來，但有的笑過之後卻又感歎着。只有號裏的那幾位先生，在旁邊卻都詫然地低聲交談着；因為韓家的財產是他們經手清算的，共合七百萬有點零兒，而韓鐵芳這麼一分配，已然花去了一個總數兒，他還能剩下幾個錢呢？夠他出去花兩三年的嗎？大家詫異着，可也不敢多言。

韓鐵芳把所有的帳本，連圖章、折據、房地契、銀錢的條子，全部分交完了，他又拱了拱手，隨後即轉身回往他那小跨院去了。打更帶看馬的毛三，就追着韓鐵芳央求說："大相公！大相公！您要出門可得帶上我，您走到山南我跟着您上山南；您往海北，我就跟您到海北！您遇見了老虎我打槍，您過河我背着。我才三十二，一天走個七十里還不算什麼，您要出門也得用我這麼一個人，給您備備馬，拿拿行李。唐三藏上西天取經，除了猴兒不算，還得帶着個豬八戒呢！"

韓鐵芳的心也被他說動了，就想四五年來，天天他給深夜備馬於莊外，從來沒有向人吐露過一個字，這個僕人倒很誠實，而且也真能受得住苦。他遂就點了點頭，說："我也想帶着你走，可是我現在的家產都已經散盡了，已跟你是一樣的窮人了，到外面去只能住小店、吃粗飯。"

毛三笑着說："大相公就跟伍子胥似的，到了外邊吹簫討飯吃……"他打了自己一個嘴巴，又說：“我不該這麼譬仿！反正，我是大相公的一條狗，大相公往哪邊去，我就跟着往哪邊走。”說着他挺起來腰，表示一定要去，萬死也不辭。

韓鐵芳又說：“我想你還是在這裏好，在這裏又沒有什麼事，一年白拿一百兩銀子的賞錢。”毛三搖頭說：“我不在這兒，在這兒不幹事光拿錢，一定得折受得我長袼褙，我不幹！大相公您別瞧我窮，一年一百兩銀子，在我眼裏還不算什麼事兒，我要跟着您出去開開眼，省得在這兒白天睡覺，夜夜刷馬打更，跟鬼似的，連太陽都看不見！”

韓鐵芳見他的言語很誠懇，便點了點頭，說：“好吧，那麼你也去把隨身的東西收拾收拾，明天一早咱們就動身。”毛三就蹦蹦跳跳地走了。

當日韓鐵芳又往東關，資助了拐子申飛和那天為自己的事毆鬥受傷的幾個人，共銀四百兩。他又有個朋友，家境甚苦，他又去給了二百兩。他到城裏去向幾家朋友辭行，許多乞丐都圍着他要錢，他想自己離開洛陽之後，將永遠也不能再親手將錢施散給他們了，所以便把零碎的銀子隨手去揚。

及至他回到家裏，一算手中實際的財產只剩了一百多兩了。他的心中倒很是痛快，就想：父親的不義之財已被自己散盡了，從此算是洗去了污名。這百餘兩銀子，足夠我至祁連山的路費了。即使不夠，也不要緊，我堂堂的男子還真能在外面餓殺嗎？當日他把行李都收束好了，睡了個很安適的覺。

次日一清早，毛三就來見他。毛三也換了一身乾淨的小褲褂，因為是要跟着大相公出門嘛。他高高興興地問說：“大相公！咱們什麼時候起身呢？”韓鐵芳說：“待會兒就走，你快備馬去吧！”毛三很脆快地答應了一聲，又笑着說：“我再告訴您一件事，瘦老鴉的那間鬼洞子可空啦！從前天起就沒人看見他，不知他飛到哪兒找食去啦。還有，那天來到這兒惹咱們老員外生氣，把老員外氣死了的那個徐……”韓鐵芳說：“不要管別人的事，你就快去備馬吧！”

毛三又脆快地答應了一聲，出了屋門還回頭找補了幾句，說：“那個姓徐的大概也早就離開這兒啦，這些日子沒聽說有人瞧見他嘛。還有，獨角牛是再也爬不起來啦……”韓鐵芳搖手逐着他說：“快去！快去！快去給我備馬！我要騎走那匹烏煙豹。”毛三就像一隻鹿似的，歡躍着蹦出去了。

此時已諸事完畢，韓鐵芳行意匆匆，親友們及同莊的父老、城中友人和號裏的掌櫃的們，都來給他送行。少時毛三來報，馬已備好，僕人爭着將他的兩隻衣包和一口寶劍拿了出來。他的胞妹玉芳、妻子陳氏芸華，都流着眼淚來相送，鐵芳又向妹妹諄諄地囑咐了一番，並向妻子拱拱手，臉上生出一陣感慨之色。

這是一個春風蕩漾的清晨，莊內外的桃花都落了，柳絲仿佛比前幾日拖得更長，燕子向天涯飛去，好像在替遠行的人指示方向。韓鐵芳出了莊子才騎上烏煙豹，毛三也得意地，像個跟的班兒似的，騎着雪中霞。劍柄映着朝霞而生光，馬蹄踏着落英而待奔，韓鐵芳回首望着莊口的那一二百人，那些人都說：“一路平安！早些回來！”韓鐵芳一抱拳，便轉回臉來，揮鞭離去。兩匹馬一黑一白，順着小徑向西，曲曲折折地奔上了大道，就一齊加緊揮鞭，馬蹄蕩起了煙塵，不到一小時，他們就離開了洛陽的境界。

韓鐵芳這次是初離家門，而且胸懷着尋母的一片孝心，找黑山熊拼鬥的一股勇氣，所以他將馬催得很快。他雖然讀過不少書，看過不少輿圖方志之類，但他實在不曉得祁連山距此究竟有多遠。他恨不得一天就出潼關，兩天就過西安府，三天就到祁連山。烏煙豹的通身已汗出如漿，韓鐵芳也不住地氣喘，把毛三騎的那匹雪中霞，丟在後面有半里多地。

毛三在後面不住地亂喊，並且尖叫着。韓鐵芳就將馬收住，喘着氣兒等着他。回頭去望，就見毛三跟那匹馬，簡直都沒有力氣了，半天才來到了臨近。馬站住了，咕嚕咕嚕的由嘴裏吐白煙，毛三也上氣不接下氣地說：“哎喲！我的大相公……”他滾下馬來，坐在道邊喘吁了半天，才說：“大相公！您別這麼忙呀，咱們出來是遊山玩景來啦！”韓鐵芳說：“誰有閒情遊山玩景？你既是怕累，好在咱們才離開家不遠，你就趕緊回去吧！”

毛三趕緊又擺着雙手，說：“不，不，我這個人倒是不要緊，既是大相公給我臉讓我跟您出來嘛，我就是累死，也活該！只是這兩匹馬，這麼不喘氣兒地直跑，我怕牠們受不了。俗語說：好馬跑不了三十里。千里駒也只是日走千里，要叫牠一直跑，也是不行。您這兩匹馬不錯，走到伊犁，花四百兩銀子也買不了這麼好的馬，毀了牠未免可惜！”

韓鐵芳聽了這話，也下了馬，珍惜地看着他這兩匹馬，就點點頭說：“那麼咱們就慢一點走。你不曉得我的心急！我是急着先要去會一個人，然後我們共同要辦很多的事。”毛三聽了不免有些發怔，心說：大相公臨出門時，明明是跟親友們說，他是要拿出二年三年的工夫出外來看什麼名川大山，現在怎麼又變成要找人，要辦事了呢？

他的腦筋一轉，忽然自覺得猜出來了，心想：不必說！大相公一定是有件心事。蝴蝶紅跟他熱了一二年，他給拿出錢來贖了身，卻送給范秀才當老婆，天下也沒那樣的傻人呀。哈！我現在才明白，那不過是大相公變的一個戲法兒。在家裏他既跟少奶奶不合，當然又不好意思往家裏接窰姐，所以這才叫范秀才頂名兒，把蝴蝶紅帶到外縣去等着他。他現在身邊不定帶着幾百萬兩銀子呢，到了那兒，還不重新立一番家業？哈哈！他現在已然把話露出來了，會一個人，不是會蝴蝶紅還是會哪一個？共同要辦很多的事，當然啦，蓋莊子，置產業，那些事也不是一個人能辦來的。范秀才只能給寫寫牘牘，大事還得由我給辦，將來，我不就成了大管家了嗎？

想到這裏，他不由十分歡喜，遂就站起身來，把小腦袋一搖晃，說：“好吧！那麼我也不歇着啦，咱們再往下趕路吧！既然大相公還要會人，還要辦事，那我更不敢在路上耽擱啦，咱們就快點兒走吧。大相公您放心，馬要是跑趴下了，我就背着你走。”他就又騎上了馬，精神百倍的，於是韓鐵芳也上了馬，二人緊緊地前行。毛三一邊揮着鞭子，一邊腦子裏夢想着，就想他們大相公若是在別處安下了外家，他也得買個老婆，腳兒要這麼小，臉兒要這麼白！可是也別太白了，太白就成了曹操了……他胡思亂想着，高高興興地抱着希望隨他的大相公西進。

由洛陽往西去，便漸漸步入了西北的黃土高原。道路兩旁盡是黃土高坡，連一塊青石都看不見，上面的樹木也很少。依着山挖成了一層一層的窰洞，居民就都住在裏面。田地也都是隨山勢而闢成，麥苗兒都短稀稀的，遠望着連點綠色都沒有。

大路的右邊是黃河，那條蒼龍似的滾滾的河水，上面連船都很少。從河那邊刮來的大風，挾着無數黃沙，打得人的臉上都怪疼的。毛三本來也是在洛陽城長大的，他沒往西邊來過，如今看見了這一片荒涼貧瘠的景象，他不由有點寒心了，覺着別說大相公不打算遊山玩景，就是真想遊，真想玩，這裏可也真沒有什麼遊頭兒，玩頭兒。他有點趑趄，但仍耐着性兒隨着往下走。

在路上找了個地方歇了一會，吃了點東西，再往西去。直到黃昏的時候，才來到陝州境內的一個小鎮。此時毛三已然馬疲人乏，心說：如果大相公要是再不在這兒歇着，連夜往下走去，那可就真要了我的命啦！

忽見在小鎮黯淡的暮色之中，幾家小舖搖搖的燈光裏，韓鐵芳下了馬就向人打聽，此地是否是白廟鎮？鎮上劉家店在哪裏？問話的時候，他的聲音急快而宏亮，可見他此時是更有了精神。毛三就也高了興了，心說：好啦！想不到原來不太遠，蝴蝶紅一定是住在那個店裏面了。就是大相公嫌這裏的地面小，不願在這兒安家，還得往別處去，可是他們兩人也得在這兒待幾天，先敘敘舊情吧？並且想着：我天天聽人提說着蝴蝶紅，我還沒見過呢，今兒倒要看一看。他遂就也幫忙打聽那劉家店。

原來劉家店就在西邊，走了不遠就到了，韓鐵芳將馬交給了毛三，就先走進了門去。毛三在外面拿着大管家的腔調兒，喊着：“店家，把馬接過去遛一遛！留點神，我們這兩匹馬可不同別的馬，草裏多拌點料，別給髒水喝！聽明白了沒有？”他抖抖衣裳，拍拍褲子，兩條腿卻酸疼。走進了店門，就見他的大相公已然進了北房去。這兒的房子可真是又低又破，真不配作洞房用。

他來到了北屋的窗前，向裏面叫了聲：“大相公，我把馬交給店家啦！我在哪間屋裏住呀？另找一間房子嗎？”他眼睛看着窗上那一搖一搖的燈光，希望能聽見屋裏的鶯聲燕語，但是沒有聽着，只聽韓鐵芳說："你進來吧！"毛三倒覺着有點腿肚子發麻，心說：我見了屋裏的蝴蝶紅，應當叫她什麼呢？叫她一聲少奶奶，她一定喜歡。

於是毛三就把臉抹了一把，咳嗽了一聲，開了門。進一腿在屋，抬眼一看，不錯，燈光下除了大相公之外，還有一個人，然而這人穿着一件舊藍布衣，頭髮很亂，腦袋像一個乾梨，哪裏是千嬌百媚的蝴蝶紅？原來是沒毛兒少肉的瘦老鴉。

毛三不由倒吸了一口冷氣，只見韓鐵芳道："毛三！你也見過蕭三爺，蕭三爺是我的師父。從明日起，咱們跟隨他老人家走路，沿途都要聽他老人家的吩咐，不可違背！"

那位蕭三爺沉着臉，瞪着眼向毛三看了看，又向韓鐵芳說："問問店裏有大屋子沒有，叫他去住。為他單找一間房子，未免太費錢了。"韓鐵芳就轉頭說："毛三，聽見了沒有？你去吧！問問店家有大屋子沒有。若沒有，在馬棚裏睡也沒有法子，你既跟我出來就得受點苦，在外絕沒有在家裏舒服。"

毛三瞪着兩隻眼，眼淚都快流出來了。他退出屋，又把嘴高高撅起，心說：倒霉！怎麼瘦老鴉又飛到這兒來啦？有他在一塊兒走，還有我發的財嗎？真倒霉！只是大相公管瘦老鴉叫師父，憑瘦老鴉那樣兒，會教給他什麼呀？毛三這時是又累又懊煩，就去找店掌櫃的給他安置睡覺的地方去了。

這時候韓鐵芳叫店家炒了兩樣菜，熱了一壺酒，他就與瘦老鴉同坐在炕上，一邊飲酒，一邊談話。瘦老鴉原是早來到這裏的。在韓鐵芳分散家財的前兩日，他們師徒就暗中訂好了，約在這裏見面，共議西上尋仇之舉。

瘦老鴉懷仇多年，欲將韓鐵芳教成一身精熟的武藝，以做他的臂膀，然後好共同去找黑山熊，為盟兄趙華升復仇。而今韓鐵芳的技藝已成，同時四盟弟連枝箭徐廣梁也來到了，本來他們與黑山熊二十年的仇恨，就要憑一場拼鬥來決定生死，卻不料他們的大盟兄柳穿魚韓文佩把當年的實情全吐露了，原來是他親手殺死的盟弟，與黑山熊無關。瘦老鴉跟徐廣梁聽了真是氣炸了肺。

但是韓文佩逞能去搬石椿子，一下又被石椿壓死了。兩人弄得是又氣惱又悲傷，氣惱的是韓文佩面善心毒，當年為要得到一個婦人，竟將盟弟殺死；悲傷的是四個人過去有三十年的交情，想不到結果竟是這樣的淒慘。他們不但是師兄弟，而且還是盟兄弟，同在神前發過大誓，真是情逾骨肉。結果是老大害死了老二，老三老四又把老大逼死，這真叫拜把子的人傷心，叫江湖人恥笑！

所以連枝箭徐廣梁一懊惱就走了，臨別時他又向瘦老鴉說："從此我絕不再走江湖，要是再拿刀、打拳，就叫我爛手。"他走後，瘦老鴉也非常沒精神。本來麼，現在還去找黑山熊幹嗎？黑山熊與我們還有什麼冤仇？仇人是大盟兄，可是大盟兄已然死了！

瘦老鴉本來也想走，找一座深山古廟去出家，可是又不放心徒弟韓鐵芳。黑山熊雖非殺死趙華升的兇手，但確實是霸佔了韓鐵芳母親的仇人，自己把武藝教會了他，時時鼓勵他去報仇、去尋母，如今自己忽然又不管，未免不像個老師做的事。而且韓鐵芳萬一尋不成母親，反倒在黑山熊的手下喪了命，自己也得負責。所以他還得管。

當下瘦老鴉喝了一點酒兒，薑黃色的臉兒漸漸發了紅，更顯得有精神。他把眉毛皺了皺說："早先的事情，我二哥金剛跌趙華升的事情，現在是都了啦！就是我見了黑山熊，我也不跟他再提。現在咱們西去，不為別的事，就為的是找你那生身的母親。"

韓鐵芳歎了口氣，沉默了一會，便又憤然說："即使我母親在黑山熊的家裏，住得很好，她不願同我走，我也必定將黑山熊殺死，才能消恨！"

瘦老鴉搖了搖頭，連說："不能，不能！你母親落在強盜的手裏是不得已。強盜也不僅是黑山熊，連那你叫他十多年的爸爸，我尊他為二十多年的大哥也是強盜！如今，不是我又灰了心，滅了志氣，而是咱們走江湖的人應當講理，只要沒有不共戴天之仇，就不可以下手殺人。黑山熊也不過是一個強盜罷了，與你也不算是什麼深仇大恨，而且據我想，你的母親現在也未必還活着。"

說到這裏，就見韓鐵芳的眼裏滾下了淚水，面容也十分的悲戚，可見母子的感情原出自天性。瘦老鴉就又歎着勸慰他，說：“你也不必煩惱，只要你的母親尚在人世，你們總能夠見得着。這些年來她也一定很想你，黑山熊若是肯放她隨你走，那咱們無話說，不能再細算過去的賬了；若是他不肯，依然是他那強盜的脾氣，那徒弟你也放心吧，我一定會幫忙你殺死那黑山熊，救你的母親逃出賊窩。”

瘦老鴉說了這幾句話，見韓鐵芳愈是傷心，愈是悲戚，他就將腰直挺了起來，把一盅酒一飲而乾，握着拳頭說：“徒弟！才出了家門這幾步，你先發愁那還行！如今的事，救母當然是第一，可是你也應當藉此闖練闖練。今天不過才來到陝州，明天就得過靈寶。靈寶縣內有一位老英雄劉昆，你應當去拜見拜見他，不然他要是挑了眼，就會叫你走不過去。還有，到了潼關你可得提防點張家二弟兄，張伯飛外號叫做老君牛，張仲翔外號叫仙人劍，都是當今有名的江湖好漢，結交了他們就諸事有益，得罪了他們就管包你時刻不安。

“進了潼關，第一須留心華山上的鐵棍楊彪，此人有萬夫不當之勇，手下有一百多個嘍囉。再往西，霸橋縣上有一位大俠客，名叫呂慕岩，是十年前關中道上的大鏢頭，使着一對護手雙鈎，人稱他為鈎俠。不過這個人倒很和善，你走到霸橋只要別狂，別張口說大話，就是走在對面你不理他，也不要緊。

“過了霸橋二十里便是西安府，那裏的豪傑可就多了。東關裏的鏢店就有七八家，著名鏢頭不計其數，如方天戟秦傑、鈎鐮槍焦袞、鐵臂羅漢馬如驤、金太歲余旺、托得塔李平、扳倒山陶俊。還有長安三霸，是金霸王高越、銀霸王侯雄、鐵霸王竇定遠，這都是江湖馳名的英雄，一方的財主、紳士，同時也都是殺人不眨眼的魔王。

“再往西，武功扶風一帶又有岐陽雙傑，進甘肅有隴山五虎，蘭州城裏有豹子崔七，涼州又有鎮涼州朱逢源，在這裏就可以聞得黑山熊的威名了。假若你尋不着黑山熊，再往西，那可就得出玉門關，過沙漠，二十年來無論是多麼大的英雄好漢，一出了玉門關就不敢逞強……”

韓鐵芳越聽越發怔，聽到了這裏，就不由問說：“為什麼？”

瘦老鴉臉色一變，將聲音壓得低一些，說：“這件事我也跟你說過了許多回。二十年前北京城九門提督玉大人之女玉嬌龍，因父病還願投崖而死，可是有人說是那玉小姐實在未死，只是下落不明。最近我聽徐廣梁說，玉小姐當年是走往新疆，在沙漠草原無人之處隱遁了。

“因此，由黑山熊起，江湖人只要往西去，就都個個相戒，都怕遇見她。因為聽說那位玉小姐的武藝，是由九華山啞俠門中學出來的，比江南鶴、李慕白還要高出一頭，真可稱是神出鬼沒，虎躍龍飛，換月摘星，追風入地，推山倒海，變化不測，無人能擋，無人能敵，所以個個一聞她名，便先喪膽。連我也是如此，要不然這些年我也不至於隱沒不聞，實在也是怕遇見那位玉小姐之故。其實我不做非法之事，也得罪不着她，但聽說她的脾氣最不好，睚眥必報，為一點小事就會殺人。

“現在說這些話，也不是要打消你的銳氣，就是為告訴你，走江湖絕非一件容易的事，遇事處處都得小心謹慎，遇人時時都得斟酌打量。俗語說：‘在家千日好，出外一時難’。尤其你，在家中嬌生慣養，使奴喚婢慣了，你說個對，別人不敢說錯；出了門可就不行，誰對誰都沒有客氣，你強？別人還比你更強！”

瘦老鴉話如聯珠，一句跟着一句地說了出來，兩隻眼睛瞪着在韓鐵芳的臉上轉了一轉，嘴角又露出點冷笑。他想着韓鐵芳一定會垂頭喪氣，可是見他卻是態度平常，一點也不在意的樣子。瘦老鴉就又說：“只要能時時謹慎，便不會出舛錯，千萬可別逞強。因為咱們這點武藝，在江湖上是比下有餘比上不足。尤其你，那幾手‘伏地追風’、‘翻身反砍’，你還沒有練熟，徒有點力氣跟聰明，也絕勝不過老江湖。”說着又飲了口酒。

韓鐵芳卻微笑着，說：“我出外本為找的是黑山熊，與別人都無干，我不欺人，諒別人也不會來惹我。”

瘦老鴉搖頭說：“那可不一定，江湖人哪能個個都講理？橫着膀子撞，騎着沒籠頭的馬瞎撞的，有的是。還有一種江湖人養的沒規矩、沒廉恥的丫頭，自命為女俠，看見了你這樣子的小白臉，她們一定會霸佔！”說的時候，又看着徒弟發笑。韓鐵芳卻忿忿地說：“管他呢，我們走我們的路就是啦！等遇見事情的時候再說。反正，師父你放心吧，在路上我一定處處聽你的話。”說畢，他就用個包袱當作枕頭，倒頭睡下。

瘦老鴉坐在一旁還是飲酒，少時，他隔着窗戶，又跟站在院子裏的店夥說了幾句話。原來他跟這家店房很熟，所有店夥的姓氏排行，他都叫得出來。他先問：“給我們的那個人找着睡覺的地方了沒有？”窗外的店夥答道：“大屋子沒地方，我把東屋里地下的那塊鋪板讓給他啦，飯他也吃完了。”瘦老鴉又問：“馬呢？”窗外答：“三匹馬都在棚裏，都喂過了。蕭三爺您是明天天亮就起身不是？絕耽誤不了您！”

瘦老鴉笑了笑，又叫說：“程二！”窗外的夥計答應着，瘦老鴉就又問說：“廣達鏢店的鏢車今兒走過去了沒有？”窗外的夥計答說：“今天沒看見，也許是沒走這股路。”瘦老鴉點了點頭，說：“好吧，沒什麼事啦！明天早一點給我們燒飯。”外面又說：“誤不了。”足音響了幾下，人就走了。瘦老鴉自己又叨唸了幾聲，也不知道他說的是什麼。他就下炕去，關好了門，待了一會，他噗”的一聲將燈吹滅，就也倒到炕頭睡覺了。

此時韓鐵芳並未睡着，因為他覺得身子下的土炕是又硬又涼；而瘦老鴉的兩隻腳，更發出一股臭氣。今天他雖因在路上太累了，吃不下什麼東西，可是這股臭氣也熏得他直反胃。風一陣陣地搖撼得紙窗亂響，像是什麼書上記的那些怪異之事，有個妖怪要駕風而來，要破窗而入似的。

這小村茅店中的夜，簡直不是“一刻值千金”的春夜，牆外的梆子聲遲遲地響，聲音十分淒涼。遠處傳來一聲犬吠，近處的狗也都隨着亂叫起來，大狗汪汪，小狗滋滋，仿佛大鑼小鑼一齊鳴，半天不止，攪得韓鐵芳的心更亂。此時，瘦老鴉所說的那些英雄人物，又仿佛一齊出現在他的身邊，那些人都成了黑山熊的黨羽，團團地把他給包圍起來，他要抽劍去奮勇迎戰……

他又想着生母方氏夫人，以尊貴之身，落於盜賊之手二十年，這二十年來她度的是多麼慘痛屈辱的生活啊！不知那缺了一塊下襟的紅羅衫子，尚在她的身邊否？母親呀……他撫着胸，身子壓着劍柄，不由得心頭一陣刺痛。

又念記着明晨還要起身西去，在那強梁滿地的路途上，精神若不振奮點，是絕不行的，所以他緊閉着眼睛，腦裏絕不敢再亂想。停了約一刻鐘，耳畔的更聲、犬吠聲，及風聲，就漸漸由模糊而歸於寧靜。他第一次離家入了夢鄉，睡得還很沉。

及至被瘦老鴉喚醒，瘦老鴉問說：“睡足了沒有？收拾收拾東西就走吧！”韓鐵芳睜開雙眼一看，見窗紙上已現出慘白之色，他翻身坐起，揉了揉眼睛，覺得左邊的臂痛，原來是寶劍在臂下壓了一夜，他睡得沉，並沒有覺得。

窗外的雄雞扯着怪嗓子在喊叫，母雞也跟着咕咕叫着。韓鐵芳還覺着有些頭暈，可是瘦老鴉很快地下了炕找着鞋，就把屋門推開了。一陣春寒的晨風吹了進來，觸到人身上如同冷水似的。瘦老鴉先跑到院中去了，屋門也沒給帶上，屋子裏的臭氣倒趁此散出去了。韓鐵芳就也下了炕，揪平了衣裳，走出了屋。

只見天色即將黎明，星斗稀疏，殘月倒掛，可是各屋裏的人都已起來了。櫃房裏點着暗暗的燈光，有的客人已經背着鼓鼓的錢袋子，推着獨輪的小車，往店門外走去。韓鐵芳看了，不禁想起了“雞聲茅店月，人跡板橋霜”那兩句唐詩，那詩裏雖描寫的是秋景，如今是春天，但自己的心境卻很淒涼，與秋無異。又想，這時蝴蝶紅隨着范彥仁必已走出幾百里地之外了，她必定也正在飽嘗着茅店雞聲、曉風殘月的客味，她的心坎裏也必未將我忘記。她是一天一天地往東走，我卻是一天一天往西去。當年旦夕相會，酒綠燈紅，輕挑琵琶，私傾蜜語；如今卻相背着各分東西。他不禁感慨着，人生聚散實如無常，舊日的歡樂如今看來實如輕煙浮夢。

這時瘦老鴉忙忙叨叨地催着店夥去給他備馬，那毛三也被他從東小屋裏揪出來了。毛三仿佛站都站不住，兩眼還沒大睜開，他不住地張着大嘴打呵欠，氣惱着說：“這才什麼時候呀？還沒打過三更吧？”瘦老鴉推了他一把，“咕咚”一聲他就坐在地下了。一坐下他就索性不起來，還“啊啊”地打呵欠。瘦老鴉催着說：“快點！趕緊收拾了東西，吃點什麼咱們就走！”

這時廚房裏風匣聲呼嗒呼嗒地已響了起來。屋裏有個才起來還沒走的客人，高聲唱着山西的“迷呼”調子：“實可憐啊啊啊！母子們咦喲喲！”公雞又扯着嗓子跟着叫了起了。門外已有騾車咕嚕嚕的走過去了。天上星月漸淡，東牆外新綠的槐樹後已隱隱地露起了一片淡紫的朝霞。

韓鐵芳走回屋中，另換了身衣服，自己將隨身的包袱繫緊。他順手拿起了寶劍，將劍身抽出半截來看了看，只見深青色的瘦劍，凜凜地發着寒光。他不由精神陡振，雄心倍起，暗想：母親，兒就要憑仗這口寶劍，救你老人家脫出賊人的手中！又想起昨晚師父所說的那些江湖豪強，不禁發着冷笑，心說：你們都來吧，別看不起我初出茅廬，以為我武藝幼稚，但是只要有人敢袒護幫着黑山熊，那我就憑此寶劍……他咬着牙，仿佛自己對着自己生氣、發怒。

這時店夥已端進來兩碗熱氣騰騰的湯麵。瘦老鴉隨着走進來，說：“快吃了好走！今兒別等到天晚，能趕到靈寶才好！”他先拿起一碗麵來，一邊拿嘴吹着一邊吃。韓鐵芳將劍入匣，放在包袱旁邊，瘦老鴉卻拿筷子指着說：“把那個東西最好裹在包袱裏別露出來，你看我的傢伙就永遠藏着。走在外邊，除非你是保鏢的，可千萬別露出兵刃來，不然無事也會有事。江湖人多半有點妒性，譬如在路上遇着一個會使劍的，他要看見你也帶着寶劍，他就不由得要生氣，就許找個碴兒要跟你比一比。尤其是寶劍這種兵器，會使寶劍的絕沒有低等人，你若真遇上一位能手，出門沒有三步，先摔了跟頭，那可連我的名頭也都壞了。”

韓鐵芳覺得師父未免過於謹慎，可是又不能不聽師父的話，便將劍插入包袱裏，但劍柄仍然露在外邊。他拿起一碗麵來也吃了幾口，店夥又送來洗臉水，他們草草地盥洗完畢，瘦老鴉就又嚷嚷着：“快走吧！快走吧！”

外面的曉色漸開，雞鳴已停止，鴉鵲卻站在樹上、房瓦上不住地亂叫喚。瘦老鴉大聲催着毛三進來拿行李，毛三垂頭喪氣地進來了，還不住地打呵欠。瘦老鴉捶了他一下，說：“昨晚睡了一夜，你這時候還困？”毛三也不言語，只管低着頭，撅着嘴。

三匹馬牽出了店門外，瘦老鴉看着那匹雪中霞不錯，他就把他的行李放在馬上，騎上去了，把他的一匹黃不黃黑不黑的瘦馬給了毛三。毛三敢怒而不敢言，心裏咒罵着：憑你瘦老鴉也配騎雪中霞？媽的，叫馬摔死你！

三個人都上了馬一齊出了這小鎮，再往西去。韓鐵芳是精神奮發，瘦老鴉卻永遠是那個樣子，說他是沒精神，可又有精神。他跨在馬上，連腰都像是不能直，可是只要對面或後面有了車馬或是步行的人來，他心要將眼睛往大了一睜，眼中射出一道厲光，仿佛一切都瞞不住他的眼睛。他能斷定往來的三六九等，並且聽人的口音，看人的打扮，他就能斷出是從哪裏來的，是往哪裏去的。他一邊走一邊跟韓鐵芳談閒話，只要附近沒有人，他就大談其江湖，說他生平得意之事，及豐富的經驗。

毛三在後面聽着，覺得他是瞎吹，同時他心裏既煩身上又困，他滿想着跟大相公出來享福發財，沒想到又攪上一個瘦老鴉，比自己還窮，可是又比大相公還會發威。並且因為這幾年他都是在莊子裏打更，每晚將一匹馬牽出去，到半夜再牽回來，幫他的大相公幹那件秘密的事情已非一日，所以他養成了一種夜間不能睡覺，可是白天又非睡不可的習慣。昨天他連生氣帶地下涼，一夜也沒睡好，如今在馬上卻覺得上眼皮跟下眼皮在一塊兒打架，頭發沉，耳朵發響，不住地打盹，有兩三回都幾乎由馬上摔下來。

此時陽光已然升起，照着這一片黃土的大地、黃土的山。由黃河那邊吹來的風砂，使人難以睜眼。韓鐵芳是穿着一件藍布的長衫，肩膀上已落了一層厚厚的黃土，一抖動便紛紛地往下追墮。毛三的馬是在最後，前面的兩匹馬揚起來的塵土都往他的身上飛，他拿舌頭舐了舐嘴唇，覺得滿是沙子。走得快到中午了，他就又打了個呵欠，向前面說：“大相公！咱們先找個地方歇一歇吧，我口渴啦！”韓鐵芳說：“你且等一等，只要前邊有市鎮，咱們就歇下用午飯。”

瘦老鴉卻在馬上回頭瞪了他一眼，發出冷笑來說：「才走了這麼一點路，你就犯口渴，出門走路誰還能把家裏的井帶出來？」毛三說：「有點河水也能喝呀！」瘦老鴉用鞭向北指着說：「那邊倒有黃河，那裏邊的黃泥湯子你能喝嗎？」毛三歎了一口氣，沒有言語。瘦老鴉又說：「這才走到豫西，要是到了新疆沙漠裏，走幾百里也尋不着一滴水，你還不得渴死？」

他哼哼地笑了兩聲，依然策馬往前走去。地勢可就越來越高，前面的路又往一座土山盤上去了。韓鐵芳見此地四顧荒涼，也難免覺得心裏頭不痛快，又想，玉嬌龍以一名門小姐，竟能遠奔異域，終身居於沙漠之中，可稱得起是一位異人，是一位奇俠。只是，自己今生未必能夠往新疆一遊，而且玉嬌龍是一位女俠，未必肯與我見面。不然我若能見着她，無論如何跪求，也要拜她為師，從她學習幾手武藝。他心中如此的想着，瘦老鴉已在前帶着他們盤上了山頂，又將要順着一股窄而陡的道路往下去了。

毛三迷糊着兩眼，似睡非睡，他只覺得馬直繞彎兒，而地下似乎坎坷不平，忽然聽得耳邊瘦老鴉喊叫：「留點神！」他嚇了一大跳，急忙把眼睜開，一看馬已到了懸崖邊上。他驚得失了魂，要收馬已來不及了，馬就一衝而下，越過了前面的兩匹馬，直如同飛似的下了山坡。

他在馬上驚得大叫，瘦老鴉也急喊着說：「揪住韁繩！身子向後仰！」然而他這時手腳哪聽使喚？這匹馬顏色雖然不好，身子雖然瘦，可是瘦老鴉花了八十兩銀子在洛陽馬店中挑來的，是一匹又便宜、又老練的馬，所以從高山上跑下來並沒跌倒，也沒把人摔下去，但是毛三的臉色都嚇白了，氣喘吁吁的。

此時卻聽旁邊有人哈哈大笑，還有人罵着說：「笨蛋！連馬都不會騎，還要由山上走抄近道兒呢？」毛三不由有點生氣，瞪大了眼睛說：「我摔死了認命，干你娘什麼事！」立時旁邊有人「叭」的打了他一鞭子。他的臉一陣發麻，於是又破口大罵。卻聽輪響蹄動，許多車馬走過去了，並有不少人回轉着頭一齊朝他哈哈大笑。

原來這山下是一股大道，由南北來的車馬，都匯集在這裏，才能一齊往西去。瘦老鴉是為抄近路，所以才由山嶺上過來。此時毛三吃了一鞭，到底也沒看清楚是哪個人打的他，他嚇了一跳，又吃了一鞭，精神倒是有了，又倚仗韓大相公的勢力，追着人家大罵。

前邊是三輛車、四匹馬，車裏坐的是什麼人也沒看見，可是騎着馬的都不像是好東西。尤其是有一個……他不由眼睛直了。原來有匹跟雪中霞差不多的白馬上，坐着一個年輕的娘兒們，不過二十來歲，臉兒很圓，黑中透紅，頗有五六分的人材。穿的是小紅襖兒、黑褲子花鞋，頭髮上罩着塊大紅手絹，她同着一個少年男子並馬而行，也回着頭不住向他笑。毛三不由得就發呆了，心說：怎麼？瞧上我了嗎？莫非這娘兒們是看着我的馬由山坡上飛下來，沒把我摔下來，她佩服我的騎術好？於是毛三越發地逞能，將鞭子連揮，催着馬向前跑，並且搖頭擺腦的，恨不得在馬上拿個大頂，好叫人家看看他的能耐。

這時瘦老鴉跟韓鐵芳的兩匹馬就已跟上了，只見大相公也定睛向前去看那馬上的婦人，瘦老鴉卻低聲說：「這一定是個江湖女子，大概還是西路上的，你由她的鞋子樣式就看得出來。」毛三更呆呆地出神，心說：江湖女子？什麼叫江湖女子呢？不用說，一定比琵琶巷的那些人還下三濫，拿跑江湖的當妓女啦。看這神氣可有點像，好人家的婦女哪會騎馬？哪會衝着我齜牙？

此時瘦老鴉又罵了他一聲，說：「你要是再這樣給我們洩氣，我們可就要把你拋下，我們自己走了！」又抱怨韓鐵芳不該帶着這麼個人出來，應該帶個精明可靠的，能夠吃苦耐勞的。毛三卻撇了撇嘴，把瘦老鴉又暗罵了兩聲，心說：我要再不精明可靠，望山莊裏就再也找不着第二個人了。這五年來，夜夜給大相公備馬收馬，不是我一個人？你他媽的瘦老鴉能知道？見前面那騎馬的婦人跟着那幾個男子已經去遠了，被黃莽莽的土山給遮住了，他又不由得有點失魂喪魄，沒有了精神，眼皮又要往一塊兒打架，看看眼前的一截路倒還平，他又在馬上打起盹兒來了。

三匹馬往前走，又走了約十來里地，就找了個村鎮吃午飯。這村中有幾株桃樹，已然凋謝了，落英鋪在黃土地上，更顯得蕭條。韓鐵芳面無歡容，只是專心吃飯；瘦老鴉還要了一壺酒慢慢地喝着。

毛三是吃完了兩大碗半湯麵，滿頭是汗，趴在桌上就睡。他並且還做了個夢，夢見大相公賞了他兩個元寶，他娶了一房媳婦，可惜屋子裏沒有炕，得趴在桌上睡。忽然他又被瘦老鴉捅醒，睜開眼睛一看，大相公正在數錢給飯舖。他見大相公的小包袱裏只有幾張票子跟那一點銀子錢，就不由得寒了心，心說：莫非大相公只帶出來這麼點錢嗎？絕不可能呀。也許是不願意露出來叫瘦老鴉看見吧？他又看了瘦老鴉一眼，卻見瘦老鴉雖然喝了一壺酒，可是臉不紅。昨天晚上也沒見他怎麼大睡特睡，可是永遠有精神的樣子，永遠心急着，催着人快走。

他們出了飯舖，又都騎上馬，毛三走了幾步兒就又在馬上打起盹兒來，他也是練出來了。早先他一夜不合眼，白天非睡不可，可是白天馬厩裏的那些夥伴又都愛跟他開玩笑，時常一起把他由床上揪在地下，或是把他的床抬起來亂顛動，可是他照舊能睡。如今在馬上雖然不很穩，他也掉不下來，並且迷迷糊糊的也能做夢。好在他騎的這匹馬太好，只管跟着烏煙豹的尾巴走，不急也不緩。

將要天黑時，已來到靈寶縣了。靈寶縣是個大城，隔着城牆能望見裏面有一座高高的塔。他們在南門外駐了馬，瘦老鴉就叫毛三去找店房。毛三一見天色發黑，可就有了精神。忽然看見街東有一家大店，粉牆上畫着長壽字，歪歪斜斜地還寫着"太平"，他認得這兩個字，想着一定是太平店，心想：今天晚上先睡個太平的覺吧。他剛要說："咱們就在這兒住下好不好？"忽見裏面有人送客出來。送客的主人原來正是路上遇見的，那個隨同江湖女子並馬走路的男人。這小伙子雄起起的身子，方面闊口，雙目發光，倒還是個漂亮傢伙；尤其他現在換了一件藍綢長衫，竟像是很斯文的樣子，毛三不由得眼睛又發直了。

這時瘦老鴉卻牽馬過來，說："太平店是老字號，咱們就住在這裏吧。"又向韓鐵芳說："可惜今天咱們來此晚了，不能進城去拜訪老英雄劉昆了。"遂將三匹馬盡皆交給毛三，並囑咐他在大房子找地方睡覺，韓鐵芳就自己拿着行李包袱先走進去了。

這裏毛三又瞪了那送客的後影兒一眼，心想：我也得拿出一點勢派來，別叫人看出我是個底下人。他遂就也在門前大喊："夥計夥計，你們倒是出來接馬呀！難道我們來這住店，馬還得自己卸鞍套自己去餵嗎？媽的！"夥計出來瞪着眼說："喂，客人！你可別罵人！"

毛三看這個店的院子深，字號大，裏邊還許住着什麼官兒老爺，他不敢滋事，也就不敢言語了。走進門，他先向馬棚下看了一眼，看見馬拴繫着不少，除了黑的就是白的，有雜毛的卻是騾子，他不能斷定那個婦人騎來的馬在這裏沒有。

他溜進大屋子裏，一看，人真多，這麼大的屋子只點着一盞小小的豆油燈，人的哈氣，煙袋噴出來的雲霧，簡直把那點光焰也給遮住了；屋裏黑糊糊的，可是亂動着無數的人影，腳臭氣味、煙味、屁味，什麼味兒都有。大家紛紛地談着話，還有一群人就着那一點小小的燈光，在"么喝二喝"地開寶。

毛三進來，沒什麼人注意他，可是他立即又溜出去了。他心中着實氣惱，暗說：這還行？我在望山莊雖不是有頭有臉的大管事的，可是馬圈裏就是我拿權。屋子雖然小，可只是兩人睡，我沒住過這麼亂的屋子。我得找大相公說說去，媽的！要沒有瘦老鴉，我會受這罪？

他跟店夥打聽了一下，知道他的大相公是住在裏院東房，他便往裏院走去。去裏院須經過一個小過道兒，過道兒的窗戶上，都染着燈光，能看到搖動的人影。他正走着，忽聽左邊屋裏有婦人的笑聲，他不由站住了側耳靜聽。

就聽是兩個男女互相笑着說話，女的說："想起來今天由山坡上怔跑下來的那個人，我就覺得好笑，幸虧那匹馬還不錯，要不然，不得把那個人摔爛了嗎？真是！什麼樣兒可笑的事都有！"毛三一咧嘴，又聽窗裏的男子說："你也太愛笑！那不過是個雛兒，大概是才出門，不定是幹什麼的呢，只是在後面跟隨着的那兩人……"婦人接着說："是那年輕小伙跟那個瘦老頭嗎？」男子說：「你今天跟我提了三回那年輕小伙啦！我看那人也是個雛兒，多半是個財主少爺，只是那個瘦子，我看他倒有點來歷！」婦人又哼哼着小調兒：「正月兒裏來正月正，我與小妹去逛花燈……」

毛三簡直有點捨不得邁步兒，心說：唱得真好，他們剛才說的那個年輕小伙，大概就是我吧？我今年才三十二……他想要用舌尖舐破窗紙向裏面看一看，不想「噹」的一聲，把他嚇了一跳。待了半天，又聽「噹」的一聲，原來是有個店裏的人，從外院到裏院，打着定更的鑼。他心說：笨蛋！連更都不會打，不如交給我吧。他不得不挪動腳步，向裏院走去，仰臉看看天，天上的星星都向他眨眼，仿佛認得他是熟人。他的精神又大啦，這時候要叫他睡覺可真難。他回頭又瞧了瞧那窗戶，心說：會唱小曲調，一定是個混事的！

他走到了裏院，站在院中又叫大相公。瘦老鴉從東屋裏出來，乾乾脆脆地問他有什麼事，他說：「蕭三爺，我要跟我們大相公說句話！你替我說說也行。大屋子裏人太多，擠得比粥還稠，我真受不了！我跟大相公出來雖不是想要玩樂，可也得吃得飽、睡得安。蕭三爺您也知道，我在望山莊雖是打更帶刷馬，但我沒受過這個罪，您不信就到大屋子看看去。您也是走過路、住過店，您也跟我一樣受過窮，您去瞧瞧，那間屋子是人住的不是？」

瘦老鴉哼了一聲，笑着說：「你就爽快說你不願意住大房子，你要給你單開一個房間，就完了！」瘦老鴉遂走進屋裏跟韓鐵芳去說。

韓鐵芳把他叫進屋裏，向他說：「大屋子裏要是太擠，容不下你睡覺，當然得給你另找一間房，只是你若想圖安逸，一點委屈也不能受，那可就不對了！你千萬別以為我有錢，我出門時身邊只帶着百餘兩銀子。這一點點路費我們須拿着它走到甘肅省，還許要走到別處。所以這次咱們出來，是為受苦來的，並不是為享福！」

毛三直挺挺地站在大相公的眼前，聽到這裏，他的心像被泡在了涼水裏，心說：圖什麼呀？不在家裏享福，可來到外邊受苦？萬金的家產全都分散給了人，自己卻只剩了一百來兩，這不是發了昏嗎？他又斜眼看了看瘦老鴉，心裏卻又轉了一轉，覺得大相公與瘦老鴉之間，不定有着什麼麻煩事兒，瘦老鴉不定是教大相公什麼的師父呢！乾脆！大相公絕不能夠沒有錢，他只是得在瘦老鴉的面前裝窮。於是毛三就把嘴撇了撇，說：「不是我不能受苦，您可以到大屋子瞧瞧去，看那兒能夠插腳不能？」

瘦老鴉突然拉着他說：「我隨你瞧瞧去。不然，以後是天天住店得找兩間房，那還受得了？」韓鐵芳還攔阻他說：「何必！今天就讓他一個人住一間房子好了，也不至於花多少錢。」毛三心說：對呀！本來大相公也不在乎這一點。可是瘦老鴉卻氣忿忿的，不能容許毛三這麼搗蛋，就揪着毛三到了前院的大屋子。

拉開門往裏一看，他覺得也確實是太為雜亂，氣味太臭。雖然他自己不在乎，能擠到裏面去而處之泰然；毛三這傢伙雖然是個奴僕，可也是在韓家舒適慣了的，也難怪他受不了，遂就說：「好！你去跟你們大相公住一間房子去吧，我能在這兒擠着，我覺着這兒還暖和呢！」他遂把毛三一推，就進到大屋子裏去了。

毛三倒不由得臉紅，往裏院走去。經過那過道兒之時，可又停了停腳步。聽窗裏，男的跟女的仍在嬉笑着說話，他又有點發迷，心說：再唱兩句兒叫我聽聽吧。走過去了，他還不住地回頭，見那紙窗上浮着那婦人的影子，一綹兒一綹兒的鬢髮都能看得出來，屋中的燈挑得很亮，而婦人已把她頭上的綢帕除下來了。

毛三的心裏飄飄蕩蕩的，到屋裏見了大相公，卻又說了瘦老鴉一大堆壞話，他說：「大相公，您跟他在一塊，有多麼失身份呀！誰不知道您是洛陽城有名的財主少爺，那瘦老鴉是個窮無賴。」韓鐵芳發怒說：「不要胡說啦！」

毛三說：「我是為大相公着想，我是跟大相公出來的，不是跟他瘦老鴉出來的。我跟着您，吃什麼苦，我都不會說一句話，跟着他，我不能服氣。他是個什麼東西？咱家的老員外還不是他跟那姓徐的給逼死的？」韓鐵芳聽了，越加煩惱，便大聲叱住了毛三，不許他再說話。

此時店夥已送進飯來，韓鐵芳吃着飯，面現倦態，愁眉不展。毛三站在旁邊吃着，卻很有精神，仿佛是早晨睡足了覺才起來似的。他一邊吃着，一邊嘴裏還要往外噴話，但摸不着他大相公的脾氣，他不敢說出來。

飯還沒吃完，忽然瘦老鴉闖了進來，直眉瞪眼地悄聲對韓鐵芳說：“我剛才在大屋子裏聽人說了一件要緊的事！”韓鐵芳疾忙停住了筷子，變色地說：“什麼事？”瘦老鴉卻用手將毛三推出屋去，隨即閉緊了門。

毛三腳步踉蹌，在院中幾乎摔了一個跟頭。他嘴裏還嚼着飯，心裏卻氣極了，真要大罵出來。可是這時忽見那小過道上有人嬌聲媚氣地叫着：“夥計！夥計！”毛三不由又直了眼，他借着那隔着窗紙漏出來的微微燈光，看見那婦人倚着窗戶在叫人。他便也幫了一句腔，叫着：“夥計！夥計！夥計都哪裏去了呀？人家在這裏叫呢！”毛三的心裏喜滋滋的，仿佛已忘了是被瘦老鴉推出屋來的。那婦人並沒理他，把夥計叫來說了幾句話，就又進屋裏去了。毛三站在這裏，眼睛還盯着那窗子。

屋中的瘦老鴉還沒跟大相公談完話，這時，噹噹！噹噹！打更的敲着鑼又往後院來了，毛三心中詫異着：打得不對吧？這打更的是個外行吧，哪能才交過了頭更又打二更鼓呢？可是這院中的許多房間，隨着這鑼聲就都熄了燈，關上了屋門。只有大相公的房裏和那婦人住的屋子窗上，還燈光隱隱。別人都睡了，他卻仍然精神暢旺，好像才吃過了早飯一樣。

此時春夜的風兒嗖嗖地吹着窗紙。屋中，瘦老鴉跟韓鐵芳在說着話，事情好像很嚴重緊急，他說：“剛才我在大屋子裏，聽見兩個西邊來的人說，黑山熊的兒子吳元猛，確實是在西安府。此人不過二十來歲，武藝超過他的父親，膂力極大，而且疏財仗義，江湖人對他都很尊敬。他並且交結官府，手面極大。”

韓鐵芳卻說：“我找的是黑山熊，與他的兒子並不相干。”

瘦老鴉說：“可是這些人在前面擋着，使你撈不着黑山熊，也不由得你不生氣。我本想來這裏先去拜訪劉老英雄，可是剛才我聽人說，他到華州去了，得五六天才能夠回來。我們短了一個膀臂，不然叫他給寫兩封信，咱們走在路上一定有人照應，有些個人看在他的面子上，就許不會幫助黑山熊跟咱們作對。劉昆是本地有名的人物，這裏的首富戴大莊主也是他的徒弟。”

韓鐵芳說：“我們不要仰求於人，求人不成，把我們的事倒弄得無人不知，那才合不着哩！”

瘦老鴉卻說：“你別以為別人不知道。在洛陽你單身打了獨角牛，我跟你四叔父，逼死了韓老善人韓文佩，咱們突然又都離開了洛陽，江湖人又都不是聾子，哪能夠不知道？”

韓鐵芳搖頭說：“我想黑山熊不過是個有名的強盜罷了，至多他手下有些嘍囉，我不信江湖上的人都能個個為他效死！”

瘦老鴉哼了一聲，說：“你哪裏知道？二十年來黑山熊傾家破產結交江湖人，他原為的是對付玉嬌龍，可是玉嬌龍始終沒有跟他碰頭。昨天在白廟鎮店裏，我跟你說的那些個人，多半都是黑山熊的好朋友，到時你不去惹他們，他們也一定會幫黑山熊和你拼命！”

韓鐵芳聽了，真不耐煩，想不到他師父在洛陽傳授武藝之時，是那麼膽高氣壯，如今一出來，事情還都沒有來到，就先有這麼諸多的顧慮！他遂就皺着眉搖搖頭，說：“全不必管他們，師父將武藝傳授給我，原是為我用的。到時，真要有人找到我的頭上來，我絕不畏懼！”

瘦老鴉怔了一怔，又悄聲說：“還有今天我們在半路上遇見的那個江湖女子，她還同着一個男人，兩人不像是正經的夫婦。現在他們也住在這店裏，住的是靠近過道的那間房子。剛才他送出去的那人我也認識，是本地的一個有名的人。他和那女子恐怕都是西路上的，不是鏢行的，便是綠林的，只可惜不曉得他們的姓名。”說着，又像是很納悶，可見他是對在路上遇見的，尤其是露出江湖形色來的人，全都非常注意，而且關心。

韓鐵芳卻淡淡地說：“我們何必管這些閒事，我們今夜只在此住一宵，明天晨起，走我們的路就是了。”瘦老鴉卻仍然欷着氣，仿佛有些發愁。

　　韓鐵芳躺在炕上昏昏欲睡，瘦老鴉還坐在桌旁的一張小凳子上，默默地對着那盞光焰黯淡的錫燈台。外面的二更鑼也已經敲過，四周十分清靜，瘦老鴉將要回大屋子去睡覺，忽聽外面殺豬似的一聲大喊，接着就是一陣雜亂的腳步聲，"咕咚咚"亂響。瘦老鴉驚得站起來，韓鐵芳也坐起身來，一齊瞪目側耳，向外去聽，就聽是毛三的聲音，怪喊着說："我沒有啊，救命呀！大相公！"

　　韓鐵芳站起來就要往外走，瘦老鴉一攔他，沒有攔住，他已挺身出了屋。就見毛三跑到一個牆角邊，縮成了一團，戰戰兢兢地說："我沒有什麼心！我敢對天發誓，大爺！大爺！你別殺我！大相公快來救我吧！"

　　一個高身的漢子手持着明晃晃的鋼刀，發着嘿嘿的獰笑聲，向牆角逼去。那邊過道兒站着一個婦人，狠狠地說："割下他的耳朵來！看他敢再偷聽？挖出他一隻眼睛來，看他敢再偷瞧？"男子的鋼刀高高舉起，毛三嚇得縮着脖子喊叫着："哎喲！大相公快來救我吧！"

　　韓鐵芳心雖急憤，但並不驚慌，也不忙着走過去，他從容地邁着步，仿佛要過去看熱鬧似的。及至那男子揪住了毛三的耳朵，毛三拼命大喊，那男子真兇，眼看就要動手割了；韓鐵芳卻驀然向前一竄，出手急如風，以左手托住了那男子的右腕。

　　那男子也早有防備，閃身反手去托，揪住了韓鐵芳的左臂，把右手的刀蕩開，反向韓鐵芳砍來。韓鐵芳也疾避左臂，以吸縮之勢收回身來，然後又蓄勁以待。那男子見韓鐵芳向後閃避，以為是懼怕他了，他就又發出一聲獰笑，隨身進逼，刀如閃電，向韓鐵芳削來。韓鐵芳卻趁他一勇直前之時，突然轉變了拳勢，斜身逼近，乘虛一拳打來。

　　這種打法就是內家所謂之"逼"，更有歌訣曰："逼字迎門把手揚，任他豪傑也慌忙，聽憑熟練千般勢，下手宜先我占強。"只聽砰的一聲，那男子的胸頭吃了很重的一拳，身子向後倒去。韓鐵芳乘勢又一腳，踢落了他手中的鋼刀，"噹啷"一聲，刀飛出了很遠，"咕咚"又一聲，男子的身子也臥在地下。

　　旁邊瘦老鴉卻大喊一聲："小心！"原來那個婦人也會武藝，她自屋中取了一柄寶劍疾奔過來，想自左方來襲取韓鐵芳。但即使沒有瘦老鴉的那一聲喊，韓鐵芳也已然知道了。他的腳步極快，身翻如飛，早已躲開了婦人的劍，以拳勢擋婦人的臂，擒、捺、披、攔，竟使婦人的劍法不得展開，手中徒握利刃，卻不得近他的身。

　　這時，瘦老鴉也跑到屋中，取了他徒弟的那口劍，舞劍飛躍過來，遮護住他的徒弟。與婦人對劍兩三合，他又將劍交給了韓鐵芳，跳到一旁去觀戰。他是為要品評品評他徒弟的武藝，因為見那婦人的劍法很熟，他要看他的徒弟是否敵得過。

　　當時就見兩劍往來，疾如閃電。婦人的劍法極狠，似久歷江湖，常經殺鬥的樣子。韓鐵芳的劍法雖無新奇招數，可是他的長處是快而緊，準確而又嚴密，一絲也不亂，一步也不肯放鬆。瘦老鴉不禁暗暗地喜歡，心想：有了這樣的徒弟，很可以東西南北，行走無礙了。

　　此時那男子已經爬了起來，直喊着說："還打什麼？月香快閃開！"他過去撿刀，要上前勸架，可是韓鐵芳早已一劍拍在那婦人的臂上了。婦人扔了寶劍逃開了，韓鐵芳也不再逼，就收住了劍勢。

　　瘦老鴉用眼瞪着那男人，就見那人一句話也不說，過去拉了那婦人一下，他們就一同走了。婦人還回頭望了韓鐵芳一眼，尖聲說："朋友！你把姓名留下吧。咱們後會有期！"

　　韓鐵芳本來跟個婦人對了十餘合劍，雖說結果是勝了，也頗覺得無味；婦人這麼一問，他倒答不出話來了。毛三這時可又挺直腰板，抬起了脖子，像一條哈巴狗兒似的往前撲着追，發橫地說："小子！你們有本事再來跟我們大相公鬥鬥呀？我們大相公是洛陽府望山莊，家大業大的韓大……"瘦老鴉過來揪住他的耳朵往屋裏去拉。毛三卻還跳着腳兒大罵，說："小輩，我也知道你們是怎麼回事！那婦人是個江湖女子，下三濫！你們還敢打嗎？你們他媽的也怕丟耳朵呀？洩氣！丟人！"韓鐵芳呵斥了一聲，他才進到屋裏。

　　此時那被韓鐵芳打敗了的男女二人，竟是十分地忍氣吞聲，回到過道兒他們那屋裏，就把燈吹滅了，再也不出來了。

後院裏剛才的一場惡戰，已把屋裏的客人都驚醒，尤其是大屋子裏的那一群人，一齊大聲地嚷嚷、大笑，互相打聽是怎麼一回事，為什麼打起來的。其實韓鐵芳也說不出爭鬥的原因來，他躲避着眾人的視線，就提劍進了屋。

店掌櫃就在院中大聲喊說："請諸位都回屋睡覺去吧！人家已然打完了，又沒有當場出彩，也沒有看頭，諸位歇着去吧！天不早了！"那打更的又噹噹噹敲了三下鑼聲。毛三摸着耳朵，瞪着大眼睛笑說："這麼一會兒就三更呀？真是胡打！到天亮應該打幾更呀？"

瘦老鴉上前打了他一個嘴巴，問他剛才怎麼惹起來的禍？毛三先還不肯實說，後來韓鐵芳用嚴詞逼問他，他才說："我也沒有別的心！我只拿舌尖舐破了那過道兒的窗紙，往屋裏看了一眼。也還沒看明白，可是他們就看見我了，就拿着刀追出來，要剜我的眼睛，割我的耳朵。其實大相公就是不去救我，我看他們也未必敢！"瘦老鴉瞪眼說："人家怎麼不敢呀？"

這時院中的笑聲跟談話聲，已漸漸地消散，那更夫還噹噹噹地敲着個破鑼。店掌櫃又進屋來，面上堆着笑，勸韓鐵芳不要再生氣，並說："都是過往的老主顧，無論如何，都看在我的面上，大家別惹氣！"

瘦老鴉就趁勢問："那男女二人是幹什麼的？那男的姓什麼？他們是常從這裏過不是？"

店掌櫃卻帶着懼意，笑着連連搓着雙手，說："也不必問啦。事過雲煙散，都是出門的人，都是櫃上的老主顧，大家都忍點氣就成了。"說着又彎彎腰，笑着說"三位歇息吧！"他就退出屋去了。

瘦老鴉此時卻有些發怔，自言自語地說："這個店掌櫃絕口不說出那男女的姓名，可見那兩人必定有點來歷。他們現在也不是願意忍氣，是想在這裏萬一把事鬧大，吃了大虧，一傳出去，他們的名頭就從此完了。"又說："鐵芳，現在咱們可以說是已跟人動了仗啦，已得罪江湖人啦。那兩人一定不服氣，以後的明槍暗箭都要衝着咱們來，還不知有多少。咱們現在就是想高掛免戰牌，也不行啦，只好往下去幹。你的劍法，剛才我看見還不錯，可是別的事情，還得讓我操神。剛才打得那麼兇，現在又同住在一家店內，再待會還不定要出什麼事，咱們明天又得趕路，今晚上也不能一夜不合眼，只好我還在這屋裏住。毛三你到前院大屋子裏去吧，你惹下的事，你也應當受點委屈啦！"

毛三卻嚇得臉色跟黃臘似的，他連連搖頭，恨不得要跪下叩頭，求他們叫他在這屋裏的地上睡，這時要了命他也不敢經過那小過道往前院去了。瘦老鴉只好不逼他出去，就將門關好，將燈吹滅，到炕的盡裏邊去睡了。韓鐵芳是躺在外首，他見毛三在凳子上那麼坐着，心裏又有些不忍，便在身外勻出點地方來，叫毛三睡。這個地方離着窗戶最近，毛三心裏就毛咕，暗想：這個地方可不妙，窗外要伸進一把刀來，一定是先殺我！他哪裏睡得着，瞪着兩隻眼睛，時時留心着自己的耳朵，越想越後怕，越覺着這次跟大相公出來得不值。

外面又敲四更鑼了，又待了半天，就又打了五更。五更敲過，窗上紙色漸漸發白，毛三的困勁可就來啦，他打了兩個呵欠就昏昏沉沉地睡去。大約才睡了一會，就又被瘦老鴉搖醒，他睜開了眼睛一看，原來大相公跟瘦老鴉已將行李收束停當，正在開發店錢，這就要走了。他連忙爬起來，臉也不洗，只將小辮向頭頂上盤了一盤。瘦老鴉就催着他說："快點把馬牽出去！"

他答應了一聲，晃晃悠悠地走出了屋。一看那狹長的過道兒，就又想起了昨晚的事，不由嚇了一跳，他向兩旁張望了一下，就一口氣兒跑到了外院。地下有個破便壺，被他一腳正踏上，他立時就摔了個大馬趴，把兩隻手也擦破了，磕的膝蓋生疼。好在這時客人們已走了一批，別的人也都在忙着，沒有人顧得笑他。他爬起來，一跛一跛地走到了馬棚，只見店裏的夥計已把他們那三匹馬備好，瘦老鴉又拿出行李來，叫他綁在馬背上。

這棚下一共還有五六匹騾子跟馬，他瞪着大眼睛看了，除了雪中霞再沒有一匹白色的，他就略略放了心，心說：昨天晚上挨打的那一對男女，一定是見不起人啦，一清早他們就都逃啦。他心裏有點兒得意，便才牽着馬，口裏哼着小調：「姐在房中繡麒麟……」往外走去。

他家的大相公已然隨着出來了，店掌櫃也出了櫃房向韓鐵芳拱手，說：「再見！三位回來時還住我們的店好了，這回實在怠慢得很！」韓鐵芳風度瀟灑，樸素而整潔，拱手帶笑，夥計們都翻着眼瞧他，因昨晚的事，大家齊把他當作了一位非凡的人。

韓鐵芳在前，瘦老鴉在後，一出門，就有許多人都站在門前直着眼，仿佛看新娘子一般來看韓鐵芳，韓鐵芳倒覺得有點難為情。他接過來烏煙豹，剛要騎上，忽見由人群中奔出來一個鬢髮斑白的老太太，來到臨近就跪倒叩頭，哭着嚷着說：「大爺喲，快救命吧！我兒子叫戴閻王快給打死啦！我的兒媳婦也叫戴閻王給強佔啦！大老爺喲，快給我們報仇吧！」

旁邊就有人過來拉她，並呵斥着說：「你瘋啦！怎麼擋礙着人家的路啊？人家是個外鄉來的人，管得着你的事情嗎？」老太婆卻以頭碰地，放聲大哭，直求韓鐵芳給他報仇。店裏的夥計也出來驅逐她，說：「去吧，去吧！你別在我們的門前招事呀！」

瘦老鴉上前托着韓鐵芳的胳臂，說：「快上馬！走咱們的，這些事你要管上，可就沒有完啦！」毛三打着呵欠說：「要不然，大相公，咱們就在這裏再歇一天吧。今日一出門就有事，一定不吉利。」韓鐵芳卻面色漸變，他將足離開了鐙，推開旁邊的人，彎下了腰，伸出雙手將這老嫗攙起。老太太的淚水飄零，都流在了韓鐵芳的手上。

這老太太年紀已有六十多了，穿的衣服十分襤褸，可見是個很貧窮的人家。她渾身顫抖，像一隻受了重傷的老麻雀，一邊喘氣，一邊痛哭流涕地說：「大爺，我聽說你把『花豹子』、『賽青蛇』都給打啦！你是好漢子，你一定能打戴閻王！戴閻王是劉昆的徒弟……」

瘦老鴉又連連向韓鐵芳使眼色，說：「不能管，不能管，劉老英雄是靈寶縣有名的人，戴莊主是做過大官的，咱們不能為這點小事把他們得罪了！」

韓鐵芳卻搖了搖頭，依然注視着老太太，聽她往下說：「戴閻王是城裏的惡霸，只要見了人家的姑娘媳婦長得好，他就要霸佔。我的兒媳婦荷姑，我兒子馮老忠……」她說到了這裏，店掌櫃就走上前來，幾乎要拿手堵她的嘴。旁邊的人也都彼此拉一把、推一下，大半都悄悄地走了。毛三看着事情不妙，那閻王爺的勢力一定不小，他也努努嘴，叫他的大相公快一些走。

瘦老鴉走過去溫言勸慰馮老太太，說：「你受的這些冤枉，應當跟他打官司去。我們是過路的人，還都有急事，再說也沒有力量幫你。什麼閻王咧，小鬼咧，我們也弄不大清楚，您還是去告狀或是求別人去吧！」

馮老太太卻又跪下了，叩着頭，哭得更是厲害，她簡直把韓鐵芳看成了神人，當作了救星。不知她是聽誰說的，知道韓鐵芳的武藝高，本事大，惟有這位大爺才能將她的兒媳婦救出，讓她的兒子把所有的氣出了。她一面哭求，一面詳述戴閻王在本地的勢力，及所做的欺人枉法、強暴之事，她陳說得極為悲慘。

瘦老鴉聽着雖然也欷了兩聲氣，可又皺着眉，他警告韓鐵芳說：「這件事情你若管了，可就把西路的好漢盡皆得罪啦！」

韓鐵芳卻義憤填胸，他把這位老太太攙起，說：「老太太你不要着急了。我雖也是個平常的人，但我最看不慣這樣的事，我能幫助你。我可先得到你的家裏去看看，只要事情屬實，我就必去找那戴閻王，替你去理論，救回你的兒媳來。」說着，就吩咐毛三說：「將馬再牽回店裏去吧。」

毛三卻吐了吐舌頭，又想：以我們大相公的那幾下武藝，一定不怕閻王爺。反正，這件事大概當天也辦不清楚，我先回到店裏好好地睡個覺去吧。瘦老鴉先是怔了一下，便也不言語了，只由着韓鐵芳隨同那老太太走去。

老太太原來是住在鄉下，她老態龍鍾，又沒拄着拐杖，走起路來很是艱難。韓鐵芳就如同是她的兒子一般，恭謹地攙扶着她，向着那綠草迷漫的小徑走去。老太太一邊感謝着這位俠義的大爺，一邊還流着淚，忿忿地重述她家中的慘遇。腳下是莽莽綠草，遠處是焦黃色的山，青天上有隻鷂子在飛翔，發出哨子一般的叫喚，那種猙獰兇惡的樣子，就仿佛這位老太太口中所述的戴閻王。

原來這個老太太的兒子叫馮老忠，今年二十四歲，是個極誠實樸厚的人，由他父親給遺下了一份手藝，就是會拿小刀兒刻出花樣子。他父親在世時就收留下一個孤女，名叫荷姑，給他作為童養媳。荷姑的容貌柔秀俊美，蓬門茅舍掩不住她花一般的姿容，布衣淡妝愈發顯出她天生麗質。馮老忠那顢頇的樣子，會有這麼好的媳婦，實在是不配。凡是看見過荷姑的人，對他們全都亦羨慕，亦嫉妒，而荷姑卻同馮老忠的感情極洽，婆媳之間的親愛也宛如母女。

荷姑雖然到了應做媳婦之年了，可是馮老忠的手頭還沒籌劃好錢，若是沒有錢，不能熱熱鬧鬧地辦一件喜事，馮老太太又覺得怪委屈人家孩子的。因此雖在一塊住着，但沒有圓房，夫妻二人仍然是兄妹相稱。

荷姑每天在家中拿白紙，以小刀鏤刻花樣子。她刻的雙雙的蝴蝶、對對的鴛鴦、並蒂蓮、交頸鳳，都是特別的細緻玲瓏。一般婦女買了去，照着繡在鞋上，紮在裙邊，都格外地顯着好看。因此馮老忠的花樣是出了名，買賣非常地興旺。

別人要是問他說：“憑你這兩隻又笨又粗的手，也會刻出這麼好的花樣子來嗎？”他就搖搖頭說：“不是我刻的，是我媳婦給刻的。”所以漸漸地，馮老忠的媳婦也就出了名。可是城裏的人，還都只知道他媳婦的手巧，至於模樣兒多麼美麗，只有他同村的人才知道。

馮老忠是每逢一四七，二五八，這六天是進城裏去賣，三六九那三天是串附近的鄉村。每逢初十或二十，他歇工，在家裏幫忙未婚妻預備貨物。他的生活是極有規律的。因為他老娘跟未婚妻的腦子裏都有一本黃曆，初幾、十幾、二十幾，這個月是大建小建，都時時提醒他，所以從來沒有弄錯過。他的腦子裏又像是有個鐘錶，什麼時候背着貨匣子出門，什麼時候回家來，都是準確極了。

有時村裏那棵老柳樹的影子斜了，西邊遠處山后已起了紅光，群鴉掠着樹叫，鄰居的炊煙都已裊裊地升起，馮老忠可不知在哪兒耽誤了時候，還沒有回來；他的母親總是倚門而望，荷姑拿着小刀兒刻紙，也時時地發呆，都安不下心去。直待馮老太太看見兒子回來了，顢頇着走進村來了，她便回首向屋裏喊了一聲：“回來啦！你快燒飯吧！”荷姑才把一顆懸蕩的心落將下去。她急忙忙地將一張一張又白又薄的花樣子紙，和已鏤成的、未成的，分別地清而不亂地裝在拿布做的各種夾子裏，壓了起來，把幾柄小刀都拂拭一遍，收起，炕上的碎紙屑也都掃在一邊，然後她穿上鞋下了炕，在院中抱了柴，跑到婆母的屋裏去升火。

她的婆母跟她住在一屋，外間就是一個灶台。至於她做花樣子的那個單間，白天是她的工作室，晚上是她丈夫睡的，而將來那也就是他們的新房。她在夢裏時時留戀着那屋子，她的惟一的希望，就是將來移到那屋裏去住。那屋裏很乾淨，一點煙也不讓飄進去，怕熏壞了花樣子的紙。這屋裏卻是灶門裏通紅，煙也往外飄散，她的姿容在火光中、煙霧裏，是益顯得美。

馮老忠先把貨匣子送到那屋，然後一邊數着錢一邊走進這屋來。荷姑這時總要偷看他一眼，要是看見他合不上嘴，就是今天的買賣好。要是面上沒什麼表情，那就是這一天的買賣平常。不過近來馮老忠總是喜歡的時候居多。每逢馮老忠把一迭子銅錢交給他的母親，說：“娘，收起來吧，這是五百錢！”她的心裏就怦怦地跳，同時也在原知道的數目上加添上了一個數目，想着如今已積了十九吊五百錢了。早先核計過，只要能積到三十吊錢，那就夠做兩身新衣裳的，還夠買酒、買肉、請客、辦喜事的。每逢她一想到了這裏，灶裏的火總是燃得更旺，烤得她的臉發熱，鍋裏煮的飯都聞着特別的香。

馮老忠對待他的未婚妻是特別的好，有一次荷姑病了，他急得有半個多月沒睡好覺，沒吃好飯，做買賣也沒精神。他延醫買藥，急得跟熱鍋上的螞蟻一般，還往十里地外山上的菩薩庵裏，為他媳婦燒香。這是去年的事。村中人至今還傳為笑柄，然而荷姑的心裏卻是感激的、愛戀的。

他們的生活美麗得如同村口那株開滿着粉花的杏樹，是這附近最幸運的。然而，一陣狂風卷着沙土吹來，片刻之間，花兒盡皆搖落，芳英萎地，任人踐踏，十分的淒慘可憐。

原來本地有一位戴大老爺，住在離着馮家五里地外的戴家莊。那個莊子早先本不叫這名字，村裏姓戴的也不多，是因為有個姓戴的人中過武舉，做過漢中的鎮台、潼關的總兵，後來又因為獲了罪革職家居，在本地連奪帶買，置了個大田莊，成了大紳士，所以把村名改為戴家莊。

戴大老爺人有五十多歲了，財多勢大，不但在鄉間有着大莊院，在城裏還蓋了一所大宅子。他兩邊住着，每邊都有他的姬妾十餘人，男女僕人無數，而衙門裏的人也都暗中與他結交，江湖鏢客、各地豪強，都與他明着來往。

他有個大管家姓解，行七，是個白臉大胖子，什麼狠心的事都做，人都暗中稱他為"解判官"，連帶着就管戴大老爺叫作"戴閻王"。不過也只是在背地裏叫，而且得悄悄地說。明着，誰若敢瞪眼瞧他一下，那雖不至於死，可也得出一點麻煩。

整個的靈寶城，只有一個人敢跟戴閻王平起平坐，那就是早先在城中開過鏢店的老英雄劉昆。戴閻王沒中武舉之時就跟他學過武藝，所以至今仍稱他為老師。別的人，如潼關裏外常來往、常滋事橫行的鏢頭花豹子柳傑等等，每逢來到這裏，必先得拜訪他。他高興之時可以一同飲宴，彼此稱兄喚弟，不然就當奴僕一樣的支使。此外就是南山之陽，板橋村，於今年春天搬來一個姓余的，這人行為很怪，從來不進城，只與戴閻王互相來往，相交甚密。別的人，即使本地的縣太爺，見了戴閻王時也得先給他打躬才行。

戴閻王最近又納了一房小，是城裏的姑娘，這位新太太不願在鄉間居住，因此戴閻王也就常住在城內。馮老忠的花樣子，無論是在鄉間賣，在城裏賣，最大的主顧總是戴家，因為戴家的女眷多，又都愛修飾，所以馮老忠的買賣就很興旺。他跟兩處戴家的上上下下都很熟識，有時只要戴家照顧他了，他就不必再往別處，一家一天的衣食也就全都夠了。所以全城的人無一不對戴閻王是又恨又怕；惟獨馮老忠總是說戴大爺好，背地裏說話他也總是戴大老爺長、戴大老爺短的。

有一次就被那街頭的無賴漢神手張聽見了，這傢伙開寶賭錢時，手裏最會做鬼兒，故有此綽號。神手張就打了他一個耳光，罵他說："戴閻王是你爸爸？背地裏你也叫他老爺？你溜他的溝子，為什麼不拿你媳婦孝敬他呢？"馮老忠為人雖向來不惹氣，可是一聽見別人侮辱他的媳婦，他就得動火兒，若不是旁邊人給勸，他幾乎就跟神手張打起來。

可是神手張也有報應，有一回他正跟人在野地裏賭錢，叫戴家莊的幾個壯丁給按在地上飽打了一頓，他的兩條腿瘸了足有兩個月。幸虧太平店掌櫃的張三跟他是表親，拿出錢來請接了骨匠，才給他治好了。馮老忠心裏是又解恨，可又覺得他可憐，主動跟他和解了，還請他喝了一回酒，並勸他以後別再惹戴大老爺。神手張卻拿鼻子哼了一聲，撇着嘴冷笑。

馮老忠家裏有個手兒能幹的媳婦，戴家及判官全都知道。這一天是初一，馮老忠背着貨匣子又進了城，直頭兒先到戴家新宅前。那磨磚對縫的巍巍高牆，廣梁大門高台階，他看了就覺得心裏尊敬。將貨匣放在門左的上馬石上，他就握着耳朵歪着脖子，吆喝了一聲："花樣子來……買！"

待了會兒，就從門裏出來一個男僕，向他問說："老忠來啦？今天你有什麼新鮮的花樣子沒有？"老忠笑着說："哪有新鮮的？高二爺！現在連'鳳穿牡丹'都不敢多預備了，因為那繡着太麻煩。現在有些個姑娘的活計都不如早先啦，至多了買幾朵海棠花、松鼠偷葡萄、蝴蝶兒，都為的是省事。"

高二笑着說："你倒都知道。幸虧是你老忠，你要是個漂亮小伙，由我這兒簡直就不敢叫你到這門口來。喂！我要做一條綢褲帶，上邊打算繡八仙過海。我找人畫樣子，叫你媳婦給刻出來，還得管繡，行不行？可不是白做，做完了你要多少錢，我就給多少錢！"馮老忠卻說："我媳婦成天淨拿小刀子，哪裏還會拿針繡活？您找人把樣子畫好了，我叫她去刻，您再找別人去繡好啦。"高二說："我要的就是你媳婦的活計嘛！"

　　馮老忠聽了這話，雖然立刻心裏不大高興，可是又不能得罪高二，他就笑了笑，說："高二爺別拿我開心啦！"又問說："勞高二爺的駕，問問裏邊的姑娘大嫂們，今天花樣子要不要？"

　　高二說："你得等一等。今天初一，她們都上城隍廟燒香去了。要不然你明天再來吧。"馮老忠笑着說："我等一會也不要緊，裏邊那位有麻子的嫂子，還叫我帶荷包樣子，我給她帶來啦。"高二腳蹬着上馬石，跟他說笑着，有個小廝出來問說，老忠！你媳婦昨晚上沒有罰你的跪呀？老忠就回答說："沒有。"引得那兩個人都笑。

　　正在這時，就聽一陣咕嚕嚕的響聲，由南面來了兩輛簇新的青騾子的車，高二就把話止住了。車到了門前停住，有兩個僕婦攙着兩位衣飾富麗、年輕貌美的太太下來，並有兩個小丫鬟，一下車就跑過來挑選花樣。馮老忠將嵌着玻璃的匣蓋兒打開，由着兩個丫鬟挑選，他卻不由得直着眼看那位後下車來的太太。這位太太太很年輕，個子又很矮，也就是十五六歲的樣子。兩個太太也都向他的貨匣子看了一眼，就上了高台階，走進大門去了。

　　高二拍了馮老忠的腦袋一下，說："你的眼睛都直啦！你沒瞧見過嗎？那身量矮的，就是我們這兒的新太太，你看漂亮吧？比這兩位……"他又摸着兩個丫鬟的頭髮，兩個丫鬟都打他。高二露着牙笑，說："我誇人家漂亮，你們也生氣？"說着，忽然一扭臉，他就趕緊收住了笑容，變成了恭謹的樣子，兩個丫鬟扔了幾個錢拿了花樣子也往門裏走去。

　　馮老忠自從賣花樣子以來，不知看見過多少女人，可是他絕沒見過有比他的媳婦荷姑更美的。剛才進去的那個太太，當然更不能提啦，他心裏未免有些得意。由於高二問了，他就笑着說："我瞧她幹什麼？她的模樣，連我媳婦一成兒也不如呀！你們不知道我媳婦長得多好啦，再過兩月我就請你們喝喜酒哩！"

　　他說到這兒，見高二和那小廝都直直地立着，不說話，他不由得有點詫異；趕緊扭頭一看，不由嚇了一大跳。原來他身後立着一位高身材、長臉、黑鬍子，不太胖，滿身的綢緞衣裳照人眼的人，這人正是戴大老爺戴閻王。看這樣子也是才由城隍廟回來，沒到門前就遇見小廝，將馬接過遛去啦。他故意閒散地走這麼幾步，在馮老忠的身後邊已站了半天，一切的話都已被他聽了去。馮老忠趕忙彎着腰，笑着叫了聲："大老爺！"

　　戴閻王卻也微微帶着笑，走過來低頭看了看玻璃蓋裏的花樣子，連說："很好，很好。"馮老忠受寵若驚，只是笑，卻說不出一句話來。高二在旁邊指着說："這些花樣子都是他媳婦做的。"說出這話來，還揚着臉瞧了瞧他家的老爺。戴閻王也沒做什麼表示，他站着看了一會，就邁上了台階，走進大門裏去了。

　　馮老忠這才鬆了口氣，撓撓脖子，高二就又向他笑着說："看你有多走運！連我們大老爺都跟你說話了，以後你有什麼事求我們大老爺也就好辦了。"馮老忠的心裏也很是歡喜，又跟高二談笑了半天，裏面就出來人叫高二進去。

　　馮老忠見裏面也沒人出來買他的花樣子了，他就背起匣子來離開了這大門。串了兩條胡同，吆喝了半天，也沒有人叫他，心裏未免有點兒着急。正在走着，忽聽身後有人叫他："老忠，老忠！"他回頭一看，又是高二，他就問說："怎麼？又叫我回去嗎？還要照顧照顧我嗎？"

　　高二卻笑着說："我沒跟你說嗎？你的運氣來啦！我們大老爺看了你的花樣子，回到裏院直誇好。我們那位新太太可就想起來一件事來，她娘家有個妹妹，到夏天就要出閣啦。我們新奶奶當然得給送點活計，作為填箱的東西啦。可是她繡出的那些花樣子，連我們大老爺都覺得太俗氣……"

　　馮老忠就笑着說："求二爺給說一說，照顧照顧我吧。"高二點頭說："就是這個意思，明天把你所有的樣子無論大的小的，都拿一樣兒來。"馮老忠點頭說："好啦好啦，我家裏有本子，上頭貼着三百多種花樣兒呢，隨便挑，都能定做。"

　　高二點頭說："那更好！可是明兒送本子時你別自己送來，我們宅裏的規矩嚴，你大概也知道，三尺童子都不能進裏院。我們那位新太太整天在煙盤子旁邊躺着，你的花樣子拿進去，她不定得挑幾天才能拿定主意，碰巧就許扔在一邊，她忘了，就許給弄丟了。"

　　馮老忠說：“那可不行！我們一家全靠着那樣本子吃飯，那樣本是祖傳的，沒有那個，我就別做這行買賣啦，我媳婦也就刻不出來啦！”

　　高二說：“所以啊，我想明兒頂好叫你媳婦打扮得乾乾淨淨的，直頭進內宅，把本子當面給我們新奶奶看。我們新奶奶也是個外行，你媳婦要是在旁邊一說，這個繡在荷包上最好啦，那個紮在鞋上最好不過啦，我們的新奶奶聽了一高興，一定會照顧你們不少銀子呢！”

　　馮老忠聽了，笑得閉不上嘴，說：“好吧！好吧！明天我們一定來，什麼時候呢？”高二想了一想，說：“頂好是下午吧！因為我們的新奶奶起來得晚，你們要是來早了，又得白等半天。”馮老忠連連地點頭。

　　高二又笑着拍了他的匣子一下，說：“明兒我也得看看我的老忠嫂子。”馮老忠說：“二爺你可別逗她，她現在還沒娶過來呢，別人一逗她，她一定要害羞。”高二搖頭說：“不能不能，我不過說着玩一玩罷了。說真的，咱們這些日來，交情真不壞，我看你老老實實的，人很不錯，我才這麼給你攬買賣。要換個別的賣花樣的，在我們門口兒多待一會也不行，我早給趕走啦。”

　　馮老忠說：“我知道都仗着高二爺維持我，將來我一定給高二爺道謝。”高二又笑着說：“不客氣！你走吧！咱們明天見。”馮老忠又笑着向高二點了點頭，他就轉過身來，背着貨匣子走了。

　　雖然今天他的生意不佳，僅僅賣了幾個錢，應當在城裏再串幾條街，再找幾號兒買賣才對；然而這時他的心裏是又喜歡、又紊亂，想着明天戴家的新奶奶不定要照顧他多少錢，一下子就許是十兩，那麼娶親足夠了，還可以給荷姑做好幾件新鮮的衣裳……他也沒有耐心再串街道去吆喝了，就背着貨匣子興興頭頭、緊緊急急地出了城，回到距城三里地的他那個村子。

　　他一進了家門，倒把他母親跟荷姑嚇了一大跳，馮老太太就變着色問說：“今天你怎麼回來得這麼早呀？”馮老忠就笑着，當着荷姑，他就把將要做成一件好買賣的事情，全都說了。荷姑面上也隱隱地露出來喜色。可是馮老太太卻帶着點憂悶，半天，她才點了點頭，說：“那麼，你們就趕做點好樣子吧。明天你帶着荷姑到城裏去一趟，可是也不必叫她又換什麼衣裳。咱們本來是鄉下人，又是做小買賣的，人家也不能笑話咱們。”

　　荷姑回到屋裏去了，馮老忠也抱着貨匣隨着進屋。荷姑很高興，手兒不停，在炕上放了小桌，拿抹布拭乾淨了，隨後又打開包袱，取出裏邊的七八個紙夾子，及一大本厚厚的原樣子。馮老忠就接過來，一篇一篇地翻閱着，先挑出來幾樣，叫荷姑趕做。荷姑鋪上幾張雪白的紙，拿起尖銳的小刀，盤膝坐着，抬臉將眼波兒掠了掠，看見馮老忠那忠厚的臉上帶着一種溫情的笑，她不禁也笑了，同時臉兒也變得通紅。

　　當日，寂靜的小村、寂靜的小屋裏，只有小刀劃在紙上之聲。聲音是那麼細微，如春蠶食着嫩桑葉，隨後，一迭一迭的就由荷姑的纖纖手裏鏤出來了，各種精緻玲瓏的花樣子。晚間小窗上染着通明的燈光，他們工作直到深夜。馮老忠見荷姑俊美可愛的眼睛裏已現出倦意來，他就低聲說：“你也別太累着了，現在預備的這十幾樣兒，也差不多夠了。明天連樣本拿了等他們挑出來，咱們再給他們做，你也回屋裏睡覺去吧。”荷姑點了點頭，羞顏對着她的丈夫。馮老忠也一邊收拾着，一邊轉着頭望她笑着。荷姑又笑一笑，就回她婆母的房中去睡了。

　　次日清晨起來，荷姑又忙了一陣，然後不用別人催促，荷姑就去做午飯。午後她就淨臉擦粉、梳攏辮子，雖然有婆母的吩咐，可是她仍換了一條紅布的褲子。上身穿的是件剪裁得很合身、洗得很平展乾淨的月白小褂，鞋也換了一雙粉緞子的，上面繡着幾朵梅花。

　　馮老忠昨天就跟鄰居借妥了一頭驢，如今牽了來。荷姑拿着個包袱，出了柴扉，騎在驢上，馮老太太又倚着門囑咐說：“早一些回來。”馮老忠就揮着短鞭催着驢跑，自己在後邊跟着跑。身後有許多鄰人在大聲地笑他，馮老忠卻很是高興，小草驢就馱着他的嬌豔如花的未婚妻，踏着芳草小徑向城裏去了。

　　到了城裏戴閻王的宅門前，驢子靠近了下馬石，馮老忠就把貨包兒交給了荷姑，扶她下來。這時高二跟幾個小廝都由台階上下來，他們望見了荷姑，眼睛都不由得呆了。馮老忠就跟荷姑說：「你進去吧。把樣子交給宅裏的新奶奶看看，說話可留點神，別淨說怔話。」

　　荷姑提着包袱下了石頭，她的臉兒低着，顯出來發怯害羞的神情，馮老忠又暗中囑咐一聲：「別發怯，你隨着高二爺進去吧。我牽驢到大街上海泉居茶館等你，你知道吧？就是金牛香粉舖對面的那家茶館。」荷姑點了點頭表示她知道。本來金牛為記的香粉舖，是城裏的老字號，那裏的胭脂粉最為出名，四鄉八鎮的姑娘媳婦，只要進過一次城的，沒有不在那兒買過東西，沒有不認識它的招牌的。在它對過的茶館當然好找。

　　馮老忠又向高二託付、懇求了一番，高二就帶着提着貨包兒的荷姑上了台階，進了大門。幾個小廝都過來跟老忠說笑，說：「嘿，你的媳婦真漂亮呀！你怎麼有這麼好的福氣呀？」老忠被人誇獎得也笑得閉不上嘴，他就說：「你們別忙，將來我也給你們每人都說一房好媳婦，我們村子裏可有的是好看的閨女。」

　　幾個小廝都：「明兒我們非得上你們村裏瞧瞧去不可，還得叫你媳婦給我們燒茶喝。」馮老忠笑着點頭，連說：「成，成。」就牽着驢兒走了。到了大街上，他正遇見一個娶媳婦的，吹吹打打地走了過去，他想，自己做了這一件買賣之後，也就可以娶媳婦了。雖說媳婦就在家裏，用不着賃轎子去從外邊抬了。

　　他牽着驢走着，張着嘴，忍不住自己笑着，幾乎撞到一個人的身上。對面的人唸了聲「阿彌陀佛」，他定睛看了看，原來認得，這是城南酸棗山上菩薩庵裏的老尼姑。在去年荷姑病着的時候，老忠曾去燒過香，所以他認識這老尼姑，當下他就說：「師姑，我沒瞧見您，您進城來了？」

　　老尼姑有五十多歲，臉上雖然有許多褶紋了，可是精神還好。她頭上戴着一頂僧帽，身穿着補釘很多的肥大袍子，一隻手拿着木魚，另一隻手拿着個口袋背在背上，裏邊像是有十來斤米的樣子。馮老忠知道老尼姑是每逢初一就要進城來向施主化月初米」，菩薩庵離城有十里地呢，又在山上，這老尼姑怎能把這些個米背回去呢？

　　馮老忠不禁感歎，出家人可也真苦，遂過去誠懇地說：「師姑，您是這就要回庵裏去嗎？您等一會好不好？我家裏的人也進城來了，待會兒她就來，我們也出城回家。我這個驢叫她騎着，順手兒馱着您的米。到了我們村口兒，我就叫她回家去，我趕着驢，把這米替您送到山上廟裏，您說好不好？省得這麼遠的路，您自己扛着這半口袋米。」

　　老尼姑帶着笑表示謝意，但是拒絕了，說：「我還能夠扛得動，東邊巷裏還有兩家施主，我還要去結點善緣呢。」馮老忠再也說不出什麼了，他就看着老尼姑駝着背，負着米，往東走進一條小巷去了。他不能幫忙，心裏像是有點抱歉似的。

　　這時忽聽耳邊有人叫着：「喂，馮老忠，今兒你為什麼不賣花樣啦？牽了頭驢進城來，幹什麼呀？你是要改行趕腳嗎？」馮老忠趕緊扭頭一看，卻見在海泉居茶館的窗外，站着一個披着汗褂，敞露着胸懷，小辮盤在頭頂上的二十來歲的小伙子。他斜着眼正在望着老忠發着笑，此人正是神手張。

　　馮老忠向來是又厭煩他，又怕他，尤其見他只披着一件破汗衫，知道他一定是把夾襖又給輸出去了，生怕他來借貸敲錢，並且疑惑他要把驢騙走，就不敢再到茶館裏去了。遂牽着驢在旁邊一站，向着神手張遞個假笑，說：「今天我歇工，我們村裏的人上城隍廟燒香去啦，叫我在這兒給她看着驢。」

　　神手張說：「把驢拴在樁子上，丟不了的，進來我請你喝碗茶！」

　　馮老忠更疑惑了，連連搖頭說：「不，不，我在這裏等着人，人家一會兒就來。」心裏卻說：「我喝你一碗茶倒不要緊，轉眼之間，就許叫你把驢騙去。你有了賭本，我可還得賠人家的驢，喜事也辦不成了。」他要不是跟荷姑已約好了在這兒見面，此時他真打算躲開。

　　神手張見他不識抬舉，就把嘴撇了撇，說聲「傻瓜，笨蛋！」轉身進茶館裏去了。

　　馮老忠本是想進茶館裏歇歇，慢慢等着媳婦，如今為神手張，他只得站在這兒東瞧西望,等待着荷姑前來。他等了約有兩個鐘頭,還是不見荷姑的影子,他真有點納悶了,心說:這是怎麼回事呀?戴家的奶奶,把樣子挑選了這麼半天,難道還沒挑完嗎?要不然就是她找不着這地方?也許,因為她不常進城吧?於是馮老忠就想再到戴家門前去望一望。

他臉上露出了疑悶的神情,牽轉驢,正要走開,不想神手張又從茶館裏走出來了,胳膊上架着一隻鷹,向着馮老忠說:「喂,你在這兒傻站了半天等誰呀?等你的媳婦嗎?還是有什麼事呢?」馮老忠搖頭說:「沒有事。」說完了,又想走開。

神手張又笑着說:「你別走,你要走可留神我放鷹抓你。怎麼樣?近幾天你上戴家莊去了沒有?沒告訴他們說我姓張的現在長得更結實啦,有能耐叫他們再打我一頓?告訴他們,我不怕,我不吃着他們不喝着他們,他們是太爺,我也是太爺!」

馮老忠嚇得就要跑,神手張卻笑着過來說:「先別走,進茶館我請請你,咱們倆交一交好不好?我喜歡你這傻樣子,你幾時娶媳婦?到時候我一定跟我表哥借件大褂穿上,來給你賀喜。」說着他使勁地拍着馮老忠的肩膀。

馮老忠躲着他說:「你有事你幹你的去吧,我在這兒還要等一個人呢。」神手張追問說:「你要在這等候嗎?」說着,眼珠兒不住地亂轉。馮老忠知道他是個壞人,不敢告訴他實話,就把頭搖了搖,說:「我也不想等啦,我這就回家去啦。」說着牽着驢趕緊走。

神手張卻趕過去拉了他的胳膊一下,又笑着問說:「你這傢伙,今兒一定有點事,為什麼老躲着我?好吧,我也想出城。這隻鷹是貧嘴李養活的,他欠我五百錢賭債,把這鷹折給我啦。我拿牠出城去試一試,看牠能抓雀子不能;要是能抓上幾隻雀子,我就拿到你們家裏去,叫你媳婦給煮一煮,擱點鹽,咱們拿牠下酒,你說好不好?順便叫我看看你媳婦,好吧,咱們一塊兒出城吧!」

馮老忠一聽了這話,就氣得直掄胳膊,說:「你別跟我鬧!你別跟我鬧!你不去賭錢放鷹,你看我媳婦幹什麼?拿我來開心幹什麼?我沒招惹過你,咱們又沒交情,以後頂好誰也別認識誰。」

神手張把臉一沉,瞪着馮老忠說:「你是狗臉嗎?跟你說句湊趣的話,你就急?媽的,張大爺跟你說笑還是瞧得起你呢,瞧得起你是因為你媳婦長得好看。」馮老忠真氣急啦,大聲嚷嚷說:「你胡說!」神手張卻又笑了,伸手把馮老忠的辮頂一摸,說:「傻東西,我要跟你打架,算是欺負你,快回家去找你媳婦吃奶去吧!」說完了,搖搖擺擺地就走了。

馮老忠裝了一肚皮的氣,急匆匆地牽着驢走,不多時又來到戴閻王的大門前。就見高二正在門前站着,他立時臉上又堆出了笑容,到臨前遞着笑說:「高二爺,您進去看看好不好?看看這裏的新奶奶把樣子挑完了沒有?好叫我媳婦出來,天色也不早啦。」

高二這時卻一點笑容也沒有,大聲兒說:「你怎麼又來到這兒要你的媳婦?你的媳婦人事不懂,才一進去,我大爺正在家,問她什麼她也不答。後來我們老爺說:『你滾吧!不識抬舉,天生來的下賤命,你哪像是來這兒做買賣的?』這麼幾句話本也不算什麼的,沒想到你媳婦竟然翻了臉,把一本花樣子都撕了個粉碎,她還要打我們的大老爺。她自然打不着,可是她就拿指甲抓自己的臉,抓得橫一道子,豎一道子的,一邊哭罵着就一邊往外走。她一個婦道人家,我們既不好攔,又不好勸,只好就由着她走。我們想她一定是找你去啦,可是你怎會沒見着她呀?」

馮老忠聽了他的話句句都像是悶棍,打得他的頭都快昏了,他的神色發呆,說:「不能呀?我媳婦她不是這樣的人呀?」

高二說:「你快些走吧,別叫她瘋瘋顛顛地跑回家裏上了吊,你們又來訛我們。我們大老爺一生也沒叫女人罵過,今天家裏竟來了這麼個女人,真把他給氣壞啦。他要看到你在這門口兒可不行,你快些走吧。我們大老爺還要我告訴你,你暫時別來啦,回家把你媳婦管教管教,你可別聽她的一面之辭。」

馮老忠雖然腦筋簡單,可是他聽着高二的話也覺得有點離奇,也絕不相信,荷姑竟能那樣不講理;若不因為點什麼,她哪敢打罵戴閻王?如今,他第一關心的就是他那花樣本子,因就帶着哭腔又問說:「高二爺,我那本樣子……」

高二的眼睛瞪得更大，怒聲說：「平時我看你這人還老實、忠厚，到如今怎麼這樣夾纏不清起來？你耳朵聾啦？我沒有告訴你嗎？花樣子都叫你媳婦自己撕啦，你回家去問她吧。快走！真是，為你的事弄得我都很難看，我的飯碗都許為這件事情砸了。」他簡直像趕狗似的，昂然站在台階上拿手揮着，令馮老忠走。

馮老忠的心裏也起了火，可是他不敢在這大門前發作，只好轉身去找他媳婦。他想：荷姑就是真在這宅裏打了架，她也不能不先到金牛香粉店的對面找我去呀。莫非她真把臉抓得不成樣子，不敢去見我？邊想着，邊騎上驢緊緊地走，有兩回都幾乎撞着了人。

少時他就走出了南門，出了關廂，順着往他的村裏去的那條小路望去，竟沒看見一個步行的婦人。他更着急了，把小驢趕得更急，又幾乎被驢顛下來。正走着，就見前面有個背糞筐子的人，他認得是他們村裏的，他就問說：「喂，你沒有看見荷姑嗎？」這拾糞的人回轉過頭來發怔，說：「荷姑？誰瞧見你們荷姑了？你這傻子把媳婦弄丟了，可還娶什麼呀？」

馮老忠頭上都急出汗來了，又緊緊地走，就回到了村內。牽驢走進了他家的柴扉，他母親正在院中用斧頭劈樹枝，見他回來反倒驚異地問他說：「你怎麼一個人回來啦？荷姑呢？哪兒去啦？」

馮老忠聽了這話，立時就傻了，他漸漸地心裏就明白了，覺得是上了戴閻王的大當，便不由得哭了。他忿恨地大聲嚷起來，說：「不行！不行！戴閻王騙我，他搶了我的媳婦，我得找他去要，找他去要，跟他拼！」他母親放下斧頭，立起身來驚問着說：「是……怎麼回事呀？」馮老忠就如同瘋了似的，牽着驢又往外去走，要進城再到戴家去要他的媳婦。

這時候，陽光已轉向西去了，大地上的田禾和野草，都變成了一片焦黃之色，南邊十里外的酸棗山，也越顯得顏色慘黯。鴉鵲掠過天空，投向城樓、古塔、荒林，發着悲哀而急躁的叫聲。三月中旬的晚風，還嗖嗖地吹，寒冷有如冬日。遠近的村舍人家，那升起來的炊煙已隨着夕霞而漸漸消散。小溪裏淌着淺淺的水，越顯得渾濁無色。古道之上行人稀稀，尤其再往南邊山上去的那條路，簡直是無人。

這時那菩薩庵的老尼姑在城中化緣歸來，身背着約有十來斤米，手裏還拿着木魚。她這在高山苦修的人，雖然身體無病，可是已五十多歲了，所以走路是非常的遲緩，走上了半里地，就得把米口袋放在地下歇一歇。如此，那燦爛的夕霞，漸漸地在她的眼前變黑了、飛墜了，可是距離着山上的廟還有三四里路程。她負着米，喘吁吁地努力向前走去，心裏時時在暗唸着阿彌陀佛，南海觀音大士，救苦救難菩薩。

正走着，忽聽道旁有婦人哀哭，她不由得止住了步，米口袋又放在地下，她彎着腰，遲緩地走近去瞧。黃昏的餘光還可以隱隱照出路旁那婦人的面目和形態，她看出是個滿面血痕和淚跡的少女。她就蹲下身去問：「為什麼事？你在這裏？是家裏的人打了你嗎？姑娘，你可以跟我說，我送你回去！」

在道旁地下坐着的正是荷姑，她一見有人來勸她，更是哭啼得厲害，她是真想不到，今天竟像是天地都改變了。午間她高高興興地隨着未婚夫進城去做買賣，但一到了戴家，她就遇見了意外的事情，戴家的大老爺像一隻兇虎，像一隻餓狼，她如一隻嬌弱的小獸兒一般，就被摟在那強暴的巨掌之下。她掙扎着，但又無力；她哭啼、打罵，也是不行，終至於她的生命都被戴閻王給毀壞了。

因為她又哭又罵、又掙扎、又抓臉，戴閻王就瞪起了的兩隻兇眼，將她踹出了屋門，並怒聲罵着，說：「滾你娘的蛋，不識抬舉！有什麼辦法你使去吧，告訴你的男人，小心他的命！」並把他們費一日之力精心刻出來的花樣，連同那三世所傳、一家衣食所寄的樣子本，全都撕扯得粉碎，如雪花一般地拋出屋去，灑在她的臉上。

荷姑艱難地爬起來，哭啼着走出了門，也不敢來見未婚夫。出了城門，更無顏再回村裏去，她就一邊哭啼，一邊在路上茫然地走。她要尋死卻又無那勇氣，同時河水既淺，水井又遠，路旁的樹木雖多，但身邊又沒有一條富餘的繩子。

她走出城來時，太陽還很高，如今也不知走出了多遠，天色已昏暗了。她哭啼着，也沒有一個人來勸她、慰她、救她，四周淒慘黯淡的景象，漸漸堅定了她的死意。她已決定了死，然而在死之前卻又眷戀着自己的青春，可憐丈夫過去的厚情，所以她哭得更是厲害。這時候老尼姑正從這裏經過，向她詢問詳情並要送她回家去，但是，她卻不肯吐露出實情，並且連自己住的村子和姓什麼，都不肯告訴人

　　老尼姑也無法，覺着這個可憐的女子既不肯說實話，又不願回家，實在無法安置。可是她是個出家人，既然遇見了這種事，就不能不管，所以她就苦苦地勸解她說：「你就先隨我到山上廟裏去吧，我的那座廟名叫菩薩庵，你既是在這附近居住的人，大概也聽人說過。廟裏就是我，跟我的一個徒弟。你到我那裏去住一夜，明天你若願意回家，我可以把你送回去；若是不願意回去，只要你家裏的人不攔阻，我願收你做個徒弟。佛門廣大，善緣無邊，觀音菩薩又是最有靈驗的，也許是咱們兩人有緣，你受了佛祖的點化，應當與我在這裏遇見。」

　　這如同給荷姑開了一條生路，荷姑就想，如今死既不能死，活也無顏活，倒不如削髮為尼，以了此一生。所以她就忍住了悲聲，流着眼淚答應了。她跟隨着老尼姑往山上去，並幫着老尼姑背負那隻口袋。老尼姑一路勸着她，並跟她講述觀音菩薩的種種顯靈神跡，荷姑就流着淚聽着。

　　兩人走了許多時，才到了山上，山中雖無更鼓，這時約莫着也有二更時候了。這座菩薩庵是孤零零地建在山上，山上的樹木極少，又無村舍，在這空闊茫茫、閃爍着萬顆銀星的夜色之下，這一間大殿兩間配房的小廟，愈顯得可憐。老尼姑上前啪啪地打門，荷姑也把米袋放在地下。待了一會，裏邊才有人出來開門，雖然沒有燈，可是荷姑看出來這個人的身材很小，這人發着細聲兒問說：「師傅回來啦？」荷姑才知道是個小尼姑。

　　老尼姑喘了半天氣，才說：「把米拿進去吧，我帶來了一個姑娘。她是受了家裏人責打了，想要尋死，我把她帶了回來，在咱們這兒暫住一夜。等到明天再細問她，她的家要是實在回不去，就叫她在這兒做你的師弟。」小尼姑聽了非常喜歡，跑出門來，由地下拿起米袋來，荷姑便隨着老尼姑走進廟。

　　廟中的院子既狹，地下又不平，而且昏黑得什麼也看不見，荷姑幾乎撞了在一個東西的身上。他覺得這個東西頗為龐大，而且是個活動的，往旁邊一跳，腳踏在地下嗐嗐作響，原來是一匹馬。荷姑嚇了一跳，她心說：這廟裏怎麼會有馬呀？不免生起疑來。

　　她隨着老尼姑往左偏房裏去走，就聽見那右邊的偏房裏，有人發出一陣咳嗽，咳嗽了約有一刻鐘之久。那咳聲使聽的人心中都難受，可是那屋裏卻沒有燈光。荷姑對此很覺詫異，就想：「剛才老尼姑明明說這廟裏只是她師徒二人，如今怎麼會另外有人，還有馬呢？」她疑惑老尼姑也不是個好人，這高山、小廟、黑夜之間，說不定又許有戴閻王那樣強暴的人出現，因此她心中惴惴不安，兩條腿都覺得發抖。

　　跟隨老尼姑進了屋中，見屋內並沒有炕，只在地下放着兩個蒲團。壁上有一盞菜油燈，那火光兒還沒有螢火蟲亮。老尼姑便坐在蒲團上休息，讓荷姑也在旁邊蒲團上坐下。那小尼姑把米放在牆角，她就又走出去了。少時又取來一個很破的草墊，放在地下。這裏既沒有飯，又沒有水，荷姑是又渴又餓。老尼姑又不斷向她究問為什麼不願回家，荷姑依然不肯實說，還是哭啼；並且因為看着這裏的情形可疑，她也不敢再說求老尼姑給她剃度的話了。

　　老尼姑也極為疲倦了，只說了聲：「有什麼話等到明天再說吧。」遂就盤膝打坐。她由旁邊摸出了木魚，徐徐地敲着，閉着眼睛低聲唸經。那小尼姑年只十六七歲，就坐在她師傅對面的破草墊上，也跟着唸經，可是她的睛睛卻不住地向荷姑來瞧。

　　荷姑拿手掠了掠頭髮，又撩起衣襟來擦了擦臉上的淚跟血，臉上抓傷之處很疼，兩隻腳也很疼。她想到了白天的事，簡直不相信是真的；然而若不是真的，那自己可又怎麼會到這裏來呢？這麼一想，她的淚又不住地湧，心腸欲碎。忽然聽得窗外馬嘶，風吹窗響，並聽那右偏房裏的人又咳嗽起來了，她又一陣驚恐，身子發顫，眼淚可倒止住了。

　　又過了半天，老尼姑的冗長的經咒已然誦完，她手裏還拿着木魚搥子，可是已然靠着牆坐着睡着了。小尼姑站起來先關上屋門，然後吹熄了那盞燈。燈一滅，荷姑就更害怕，

小尼姑卻把草墊挪近了，把嘴挨在她的鬢，用極低的聲音來問她說：“你在哪兒住呀？為什麼你要來這兒出家呀？出了家可太苦啦，我在這兒是沒法子。”荷姑被她一問，又流下了眼淚。

這時那邊屋裏的咳嗽之聲越發劇烈，而且連續不斷，而院中的那匹馬又驚人地嘶叫了一陣。小尼姑就自言自語地說：“這匹馬也是可憐。今兒一天也沒有喂草，沒有喂水，牠一定是又渴又餓了。”

荷姑就悄聲地向她問說：“你們廟裏怎麼還養着一匹馬呀？誰騎的呀？那咳嗽的人是誰呀？咳嗽的聲音怪可怕的。”小尼姑說：“沒什麼可怕，那是個病人，院子裏的那匹馬就是她騎來的。”荷姑又問：“她也是出家的人嗎？”

小尼姑搖頭說：“不是。”又歎了口氣說：“唉，別提啦，那人也很可憐。據她說她是個老姑娘，可是一雙大腳，而且穿着男子的衣裳……”

荷姑聽到這裏越發地詫異，小尼姑接着說：“她是由新疆來的，新疆我也不知道是在東邊還是在西邊，大概那地方離這兒遠極了，她可是要往江南去辦事。身上有很重的病，又咳嗽，又吐血，來到了這兒她實在不能往下再走啦，就上山來求我師傅。她說她是因為圖走路方便，她才女扮男裝。她說她是個好人，打算在我們這兒借地方歇幾天，等到把病養好了她就走。我師傅想着佛門善地，應當處處給人方便，就答應她了。她在我們這兒已住了五天啦。

“我們這兒平時很是清靜，沒有人來。可是昨天是初一，有許多施主來燒香。我師傅就想着：在這廟裏拴着一匹馬，太不像回事。她雖說是女身，可是誰看見她誰也得疑惑她是個男子，在這裏太不合適，就跟她說了，叫她先躲避躲避，免得被香客看見，一傳出去，那可就不好啦。她那個人真仁義，聽了這話，一句話也沒說，就掙着病，牽着她的馬，跑到山南邊躲避了一天。多半是因此又受了一些風邪，所以今天晚上她咳得更厲害了。”

荷姑仔細聽了這件事，心中的疑團和驚恐方才解開、消散。她覺得自身比那個病人更苦，且又牽掛着家中，想婆母和丈夫，不知他們此時急成了什麼樣子。小尼姑又在旁詢問她的身世，她覺得小尼姑跟她的年紀差不多，又這樣地關懷她，所以她就流着淚把自己的住處、家中景況、丈夫馮老忠的行業，以及今天所遇的使自己不能再活的事情，都一一說了出來，末了又求小尼姑千萬別告訴旁人，並問她說：“我想在這兒出家，你說行不行呀？”

小尼姑聽完了，卻不住地發着怔，回答說：“我勸你還是回家去吧！今天的事，又不怪你，你若回去，你婆婆跟你男人都不能說你什麼。你要在這兒，可不大好，一來能給我們招事，戴閻王他那個人雖然不好，可是他是我們這廟裏的大施主，我們不敢得罪他；二來，出家也真是一件苦事，我們每月化來的米，總不夠吃的，廟裏又沒有半畝香火地，要是添上你，可就更不夠了。”又說：“西配房住的那個病人，她倒是很有錢，一進廟的時候就寫了五兩銀子的佈施。”

荷姑默默地聽着，心裏漸漸地活動了，不獨尋死的念頭已消，出家的念頭也漸冷了。她想着回去也可以，不然婆婆跟老忠豈不更可憐？他們若知道我在這裏，也一定要來接的，但是想起來白天所受的羞辱，她又悲泣起來。小尼姑也不勸她啦，回到她的那個草墊子上臥着睡了。荷姑的耳邊仍聽得見山風吹來的馬嘶和咳嗽的聲音，少時她也臥着睡着了。

及至天明，山風愈冷，荷姑半身臥在地下，覺得就像臥在冰上似的。她醒來了，睜開眼一看，老尼與小尼全都沒在屋中，連蒲團跟木魚也沒有了。她不禁又吃了一驚，立時爬起身來，驚驚慌慌地出了屋子，卻聽得一陣低微的誦經聲；原來尼姑師徒都在殿裏誦經呢，她才放下了心。

只見雲霧迷漫，風涼似水，小鳥成群地在天空亂飛，在簷上亂噪。那匹馬不住地抖動着鬃毛，顯出極寂寞的樣子來。荷姑在院中站立了一會，覺得天地跟往常是一樣，自己除了昨天做了一場惡夢，並沒有別的損失，她又有點兒想家了。

待了一會兒，那尼姑師徒誦完了經，走出了殿。小尼姑拿着笤帚去掃院子，還望着荷姑笑了笑，老尼卻走近前來，向荷姑說：“你打算怎麼辦呢？我勸你還是回家去吧。告訴我你住在哪裏？我可以把你送回去，一定勸你家裏的人不再虐待你。」

荷姑卻倚着窗櫺說：「我不是在家裏受了虐待。」說着眼淚又不禁滾落了下來。她低着頭，悲哽着，就把昨晚跟小尼所說的話又都告訴了老尼。

老尼卻合着掌，暗暗唸了一遍短短的經咒，說：「這真是罪孽！戴莊主做了這件罪孽，他把以前所做的功德都毀了。」

因此，老尼更主張送她下山回家。荷姑也就點頭依從，一邊拿衣襟拭着眼淚，一邊跟隨着老尼往廟外走去。小尼姑拿着笤帚送她們出了廟門，荷姑便回過身去道謝，淚仍然流着。此時煙霧漸散，朝陽已出，那老尼佝僂着身子在前行走，荷姑跟隨在後，二人十分艱難地才下了山。

荷姑還不如那老尼，她已然累得走不動了。老尼姑就讓她指出她那村子的方向，她站着辨別了半天，才把方向漸漸看出來，但對於路徑還是不大熟。老尼就順着那曲曲折折的小徑，帶着她往東北的方向去走。一邊走，一邊談，老尼並不斷地勸慰她。但離着村子漸漸近了，荷姑反倒心中更慚愧，更悲傷。

此時陽光已很高，因為這不是大道，所以也沒有什麼人往來，村舍也都離此很遠。樹木倒是不少，附近還有幾處墳地。老尼帶着荷姑才來到這裏，忽然看見有四五個人在樹林裏邊繞着，好像是在尋找什麼東西似的。荷姑也直往那邊去看，心說：那幾個人是在那邊幹什麼呢？

這時那林裏就有個人看見了她，他們彼此招呼了一下，就一齊匆匆忙忙地走出了林，迎着她們來了。老尼抬眼看了一看，原來她認識，其中有兩個正是戴家莊上的人，老尼姑不由就發着怔站住了，但又打着問訊。

那幾個戴家的人走到臨近，就有個穿着長衣裳，有鬍子的人，作出着急的神氣，向荷姑說：「你昨天出了城，跑到哪兒去啦？你不直接回家，你男人可硬訛上我們，說是我們把你害死了。你弄的這是什麼事呀？你男人跑到城裏，在我們那兒鬧了半天，後來我們好不容易把他勸走，他又跑到戴大老爺的莊上大鬧，這真是豈有此理！戴大老爺又是個要臉面的人，昨天你鬧的那事，就把他氣壞了。又加上你男人不講理，他躺在我們莊門前不走，直到現在還在那兒呢；我們還得有兩人看着他，不然他就許上了吊！」

另一個家人又說：「我們出來就是為找你來啦。你快到我們莊裏去吧，叫你那男人看看，我們沒把你害死呀！」說着，又有人上來拉荷姑的胳臂。

荷姑流着淚，全身顫抖着哭，老尼姑卻又唸着阿彌陀佛，並勸荷姑說：「你就跟他們去吧！勸勸你的男人，叫他跟你回去吧，各自都忍忍氣，事情也就都完了。以後你們要多多燒香，菩薩必能保佑你們，叫你們再也不會遇着災難了。」

這時候，荷姑心裏已然沒有了一點主意，對方的話，她都信以為真；被人強揪着的一隻胳臂，她也無力奪回來。她又懼怕，心又疼，更不知到戴家莊見了馮老忠應當說什麼話，不如一同死在戴家的門前吧。她一邊哭着，一邊隨着那幾個人走，繞過了樹林往西去了。這裏老尼也就像做完了一件功德，她轉身又遲緩地回往山上廟裏去了。

這裏一望無涯的青色天地，是很平靜的，可是有一個人卻驚驚慌慌地穿過了樹林，往東北方向跑去。這人的胳臂上架着一隻鷹，他跑得很快，鷹也就飛了起來，拿翅膀拍着他的腦袋。

這人正是城中的賭鬼神手張，他昨天晚上就已知道，馮老忠丟了媳婦，跑到戴閻王的宅前大哭大鬧，招惱了戴家的家丁。他們把他拉到車房裏吊起來抽了一頓皮鞭，然後並不留他，雇車把他送回了家。聽說黃昏的時候，有人在南關親眼看見了馮老忠，躺在一輛破車上，滿臉是血，全身的衣服也都被鞭子抽破了，直挺挺地躺着，已然不像個活人。而戴家的兩三個家人在後跟着，都是兇眉惡眼的，他們說是馮老忠借着賣花樣子進宅，偷了他們的玉瓶，所以才管教管教他；要不是看在他的家裏有個老娘，怪可憐的，一定還要把他送入衙門治罪。

這是昨天的事，但在馮老忠沒挨打之前，神手張明明遇見他在海泉居茶館的門前發呆，而且還有人看見一個女的滿臉抓痕，哭着跑出城去了。神手張覺得這件事情奇怪，可是他又不敢多說一句話，因為他受過戴閻王的教訓。假定他說出一句話來，被戴家的人聽見，當時也許不會有什麼事，可是不出三天，他一定又得吃戴家的人一頓飽打，他又得一兩月爬不起來，可是他的心中卻非常的不平。

神手張因為贖折了一頭鷹，晚上熬鷹，一夜沒睡，今天一清早他就來到郊外放鷹。先是看見戴家的幾個人在各地亂尋找，他就覺得很奇怪，鷹也不放了，就避在一棵樹後偷看着。後來，就見戴家的人又到斜對面的樹林裏去搜，而少時荷姑跟着菩薩庵的老尼姑就從南邊來了。神手張看着戴家的人都直眉豎目的走出樹林，眼看他們連欺哄帶強迫，將荷姑揪走，看那樣子是往戴家莊去了。他氣忿極了，但又不敢過去，怕挨打，便罵道："媽的戴閻王，這不是光天化日之下，硬搶人家的婦女嗎？還有王法嗎？還有天理良心嗎？"

待那邊的人向西去遠了，他才出了樹林，撒腿就跑，一直跑進了馮老忠的那個村子，但他還是不敢嚷嚷。進了馮家，看見馮老太太正在屋裏，兩隻眼睛全都哭腫了。馮老忠是遍體鞭傷，臥在炕上，呻吟不絕，就如同得了发发欲死的重病。神手張這才把鷹放在窗台上，向馮老太太說："老太太，你還哭什麼？快找找你的兒媳婦去吧。你兒媳婦昨天晚上，大概是在菩薩庵裏宿了一宵，剛才，她跟着那老尼姑走在南邊，就遇着戴閻王家的幾個惡奴，連拉帶揪地就把她搶走了！"

馮老太太大哭着說："我哪裏還顧得她呢？我的兒子還不知道能活不能活呢？"

神手張卻說："老太太，現在你們家裏受了這種欺負，只有你出頭了！你這大的年紀，諒戴閻王還不至也把你打死、搶走。你去到衙門告他一狀，不然到他的村裏，尋死上吊，要你的兒媳婦。媽的戴閻王，我想昨天他還未必打算這麼辦，一定是他打完了你的兒子之後，他倒惱羞成怒，索性一不做二不休，把你的兒媳婦也搶了走。老太太，到這時候還不出頭嗎？別怕，反正你也只有老命一條，為什麼不跟他們拼上？靈寶縣新任的縣太爺，跟戴閻王還沒什麼深交，他也不至於不秉公辦事。"

馮老忠躺着，大聲哭喊說："媽，快跟神手張進城，告他們……"

馮老太太渾身顫抖，頓了頓腳，剛要跟着神手張去告狀，這時就有鄰居的兩位老者，聞着這裏的哭喊之聲來了。其中有一位李老伯，是村裏的一位醫生，城裏的事他也很熟。一聽說荷姑被戴家的人搶去了，神手張催着老太太去告狀，他就連忙攔住說："你們告狀去有什麼用？縣官還敢辦他戴大老爺的罪名嗎？他是武舉出身，又當過鎮台，比縣官的職位高得多了。再說新任的這個侯知縣，又是個膽子最小的人，他要是得罪了戴閻王，他那個七品官兒都許因此丟啦！

"張爺，你唆使老太太去告狀，狀告不成，一定更得招閻王爺發狠，他們什麼事情做不出來？現在這事我看老忠也不至於死，荷姑呢，她就是給搶了去，一兩天也必定給送回來。他幹這些事也都得背着莊裏他的正太太，他的太太若是不嫉妒，他還不必在城裏另蓋房子安外家呢。現在這事情沒法子，咱們只好忍。"

神手張聽了這些話，他雖然仍是不平，但也覺出了沒有辦法，這個李老伯說的話確實也對，並且還有一層顧忌呢；戴閻王不但人多勢大，知縣怕他，而且他還認得許多江湖人物。那些人明着是保鏢的，其實個個攜刀帶劍，今天來明天走的，還不知道他們都是幹什麼的呢。三年前曾有人得罪過戴閻王，後來那個人就不知到哪兒去了，可是卻在田溝裏發現了一具無頭屍首。

一想到了這裏，神手張又不由得脖子有點發涼，他便又去勸馮老太太，說："咱們且忍一天再說吧，看今天荷姑能不能回來。"馮老忠一邊呻吟着，一邊怒罵；老太太是坐在炕頭上哭；兩位老者在旁又不住歎氣。待了會，神手張架上他的鷹，也就無精打采地走了。

當日，荷姑又沒回她的家，戴家的人且在城裏宣揚，痛罵馮老忠，說他是想藉此詭上我家大老爺，叫他的媳婦借着送花樣子，要巴結我家大老爺。我家大老爺哪把她一個鄉下丫頭放在眼裏？就給了她一個沒趣。她急了，大哭大鬧，後來走了，不定藏在哪兒啦，反倒故意指使出馮老忠去訛詐。

聽的人其實也都明白是怎麼一回事，然而以戴閻王的淫威，誰又敢在背地裏議論他一句呢。只有神手張，因為這兩天的賭運不好，他的那隻鷹，因他不會玩，也飛啦，他是煩惱加上氣忿，時常嘴裏嚷着、罵着，別人也不知他罵的是誰。

又過了四五天，馮老忠的傷勢漸好了，可是還不能起炕。神手張去看過他一次，見他捶着炕大罵，一直要叫神手張攙着他去找荷姑。荷姑真是自那日起就一點音信也沒有，究竟是她已經節烈地死了，抑或是她在戴家甘心做了閻王爺的小老婆，竟沒人能夠知道。

馮老忠就像瘋了，暴躁，激動，與以前那忠厚老實的樣子，完全換成了兩個人。而他的母親馮老太太，也覺得戴閻王把她家害得太苦，不如去跟他們拼了。神手張在這兒又罵了半天戴閻王，可也勸了他母子半天，結果他只好緊皺着眉走了。總之，這事還是沒辦法，就是城中的老拳師劉昆回來，恐怕也不能為他們作主，打這個不平。

神手張向來沒家沒業，因為他的表哥開着太平客店，買賣很興隆，他沒辦法的時候，就跑到他表哥店裏的廚房，見着什麼就抓起來吃，他表哥也不好意思攔他，他並且天天在店中的大屋子裏混着。那大屋子裏都是些南來北往的車夫腳行，商行小販等等的人，神手張的懷裏就永遠揣着寶盒子，天天跟着一些陌生的人賭博。他雖然永遠不能以賭發財，可是居然也沒有大輸過，因為他身無長物，輸給人家幾十兩銀子，頂多也不過扒下他的破夾襖來了事，反正不能要他的命。

這天晚上，他知道太平店裏來了兩個江湖人，一男一女，男的是叫花豹子，女的是叫賽青蛇。這兩人並不是夫婦，可是他們常一同來往。這天當他們才一來到，戴閻王大概得了信，就派了解判官來這裏拜訪，相談了半天。後來花豹子把解判官送出店門，說：「明天再見，明天我們一定去見戴莊主！」

那賽青蛇妖妖佻佻地站在過道上，也笑着說：「解老七！你去跟戴大哥說，我們到了歸德府，可看見了幾個標緻姑娘，你問他要不要？他要是想要，你就說我包辦，四百兩銀子一個，辦來了叫他看，准得值！」

解判官回身笑着說：「這回他不要啦，最近他又弄了一個，是小戶人家的，他還得玩些日子才能膩呢！」花豹子也笑着，與解判官又在店門前說了幾句話，解判官就走了。花豹子便又回他的房間裏去了。

神手張看着花豹子那強壯兇悍的樣子，就想着這傢伙一定是個響馬，戴閻王派他去殺誰，他就能去下手。還有板橋村住的那個姓余的，看那兇模樣，也必定是他們的一類。戴閻王手下有這些個勾魂鬼，可真真叫人對他沒有一點辦法。因此，神手張非常地發愁，自覺得胸中的這口不平之氣，恐怕一輩子也不能夠出了。

待了一會，忽見從外面又來了三位客人，一個是衣服敝舊，瘦如老鴉，一個是毛手毛腳的像是個僕人，但是其中的一位少年，卻氣度不凡，身高膀闊，可是模樣又極英俊。這三個人的馬匹都交給了店夥，他們就往後院去了。

又待了一會，那毛手毛腳的僕人來到大屋子裏鑽了一頭，捏着鼻子又出去了。到了頭一下更鑼敲過之後，那瘦老鴉又到大房子裏來住。雖然他不住地跟人套近，談東說西，打聽着事情，但神手張卻只顧在那昏黯的燈光之下，同着一群人押寶賭錢，對於瘦老鴉，他並未十分注意。

可是到了深夜時間，他們的這場賭局還沒有收，幾個明天還要趕一天路的窮客人，因為輸急了，拼出不睡覺也要賭。但在這個時候，後院裏就出了事，有人嚷嚷着說：「動起刀來了！要出人命！」他趕緊收起了寶盒，跑出屋去看，許多人也都揉着眼睛爬了起來，都趕到後院去瞧熱鬧，他就眼看着韓鐵芳單劍戰敗了花豹子和賽青蛇。大家都私下議論，說這位少年客人一定是江湖上的英雄好漢，花豹子跟賽青蛇兩人是自找苦吃，別說他們，就是戴閻王出頭，劉老拳師露面，也一定都不是人家的對手。

神手張聽了這話，心中大喜，等到天將亮的時候，他就走出了店門，一直跑了三里去找馮老忠。這時馮老忠還沒有醒，馮老婆婆拿了一點柴草，要去燒火，預備煎得了藥，好給他兒子吃。但是柴草濕，燃不着，她很着急。她的衣服破舊，面目枯焦，因為兒子多日沒做買賣，又得花錢買藥，家中的糧米已然不繼了。

神手張叫開了門，跑進來就大聲嚷嚷說：「戴閻王的報應到了！他的那倆個朋友，花豹子跟賽青蛇那娘們，都是響馬飛賊，現在可都碰見對頭啦！昨兒在太平店我親眼看見他們惹惱了那裏住的一位大英雄，人家使着一口寶劍，把他們兩人打得屁滾尿流。那位大英雄是俠義好漢，十六個戴閻王也不是人家的對手。老太太你快跟着我去，到店門首等那位英雄出來，你就跪倒哀求，求他去找戴閻王，要回來你們的荷姑，還得給戴閻王一個厲害才成，叫那位大英雄把戴閻王殺了，才算給咱們這地方除害！」

此時，馮老忠在炕上已被吵醒，聽了他的話，就奮然地坐起身來，嚷嚷着說：「我跟你去！張大哥你帶我去！」他要下炕，但兩腿的傷還沒有好，所以沒等站起，就咕咚一聲滾摔在地下。馮老太太大驚，張着雙手直哭。

神手張趕緊將馮老忠抱起，又放在炕上，就勸他好好地躺着，說：「老忠哥！你的身體還不大行，你就在家裏等着，我還是同着老太太去吧！事不宜遲，遲一會人家那位大英雄就許走啦。反正只是見人家一央求，馮老太太這大年歲，人家絕不能袖手不管，一定把老忠嫂子找回來就得啦，你別着急！」

馮老忠躺着大哭，說：「不把荷姑找回來，我就不能活！」

馮老太太此時又顫顫抖抖的，滿面是淚，她拉着神手張說：「你帶我走！我去求那位大爺，讓人家聽聽這件事，評評這個理！戴閻王害得我家好苦……」

神手張說：「老太太您就別哭啦！咱們快走吧！」於是他攙着馮老太太出了門，於晨光熹微之下，直走到南關，來到太平店的門首。

見那位大英雄同着那瘦老鴉，和那個直打呵欠的僕人出來，正要上馬，神手張就推着馮老太太上前去哀求，他卻躲在了一邊。先見那瘦老鴉在中間攔，不許管這件閒事，然而那位大英雄真是慷慨豪爽，義膽俠心，他不顧一切人的攔擋和勸阻，竟決然在此停留，讓人將馬匹牽回了店內。他並且先要細細查明了情由，去看看馮老忠被打傷的樣子，他就謹慎地攙扶着馮老太太走了。神手張一看，不由得大為高興，也隨在後邊到了那村中。韓鐵芳在前，先同着馮老太太進門，神手張便也隨在後邊進去。

此時韓鐵芳已聽老太太說明了原委，他面不動色，走進屋去。馮老忠就扒開了衣裳，給人家看那斑斑點點的血色鞭痕，接着便趴在炕上叩頭，說：「大老爺！您就做做好事吧！把我的媳婦救回來吧！我的媳婦是個貞潔烈女，她在戴閻王家一定不能依從！」

韓鐵芳就問他：「戴閻王打你是真，但你說他將你的妻子搶到家，可又有什麼證據？」

這時神手張就邁腿走過來，先向韓鐵芳抱抱拳，然後把胸脯一挺，說：「我有證據，是我親眼見的！」他遂把那天清晨，他在郊外放鷹，看見荷姑跟着酸棗山菩薩庵的老尼姑一路行走，遇見了戴家的惡奴，她就被人揪着胳臂帶走了的事，詳說了一遍。

然後他又說：「荷姑被他們搶到戴家，那老尼姑隨後也就轉頭走啦。菩薩庵受過戴閻王好處，說不定是老尼姑在中間拉的皮條，我很疑惑她們。」

馮老忠在炕上又磕頭，老太太是不住地哭泣，韓鐵芳就擺手說：「你們不要難過，也不要再着急了，我一定要會會那戴閻王。我不怕他生得三頭六臂，我必會替你們出這口氣，救回那被搶的女子。酸棗山，我也要上去看一看，如果那裏的尼姑確實不守清規，助人為惡，我也不能饒！」

這時屋門沒有關，鄰居的那位會看病的李老伯也來了，站在院中聽了半天，聽到這裏，他就也走進屋來說：「菩薩庵的老尼姑在山上多年了，那個人不能錯，她絕不能幫助戴閻王搶人。可是這些日，聽說她的廟裏養着一匹馬，常有人看見放在山坡上吃草，可又不知她的廟裏住着什麼人。那座廟蓋在山頂上，也沒有什麼人常去，有壞人在那兒住，倒許不免。」

韓鐵芳怔了一怔，心說：尼姑庵裏養着馬，這可是一件奇事！遂就先掏出一錠銀子來，交給馮老太太，叫她先以此度日，並買藥醫救他的兒子。馮老太太又要叩頭道謝，被韓鐵芳攔住。

此時韓鐵芳的眉宇之間，已露出來一種憤怒之色，他就向馮家母子說：「你們好生在家中等着，不出三日，我必定將你家的媳婦找回來。"然後，轉身又向神手張說："現在你就帶着我找戴閻王去吧！"

神手張一聽這個分派，他卻有點退縮了，他說："韓大爺，我帶着您去也行，可是戴閻王有兩個住處呢，一處在西邊，離此五里，另一處是在城裏。"韓鐵芳說："人既被他們搶到莊中，當然我們先要往莊上去尋。"

神手張想了一想，又說："好吧！可是韓大爺，戴家莊還同不得縣城裏，戴閻王在城裏雖說也橫行霸道過，究竟他還顧着臉面，還不敢打死人；在他的莊子裏，他可就什麼事都敢幹了，那裏簡直就是閻羅殿。還有判官解七，那個人比戴閻王還兇。還有不少住在他家裏的江湖豪客。他家的莊丁少說也有四五十人，都是他挑選的精壯小伙子，平日就有師傅教給那些人打拳練刀。韓大爺！我可不是說您敵不過他們，我是想，頂好咱們先回去，帶上您的那口寶劍，我也去找一條木棍子。"

韓鐵芳擺手說："那用不着，你只把我領到那莊前，你就趕緊躲開。我也並不一定要跟他們打架，我先得跟他們講講理。"神手張咧着嘴說："他們哪懂得講理呀！"韓鐵芳忿然說："如若他們不講理，那就只好動手；我雖赤手空拳，可也不怕他們人多。"

神手張一聽，這位大英雄真是十分有把握的樣子，他就把兩腳一跺，招着手說："好！既然這麼樣，咱們走！拆他的閻王殿，打他們那一群王八蛋！"說着，他先出屋去了。韓鐵芳隨後走出，身後的馮老忠還忿忿地嚷着說："大爺！您去千萬給我出氣！千萬打死那戴閻王，要回荷姑來！別受他們的騙，他們很會說好聽的話騙人！"

那李老伯卻攔住韓鐵芳，囑咐說："也別太鬧大了！他也真是不好惹！"馮老太太也跟了出來，又哭着向韓鐵芳道謝，說："只要把我們荷姑找回來也就得啦！"韓鐵芳便點頭說："我全曉得！"他就與神手張出了村子，順着田間的曲折小徑往西南去走。

向側面去看，北邊就是縣城，南邊卻是一脈高山，就是菩薩庵所在的地方。此時太陽已升得很高，陽春大地，風刮來暖洋洋的。走了不多遠，神手張就把衣紐解開了，露出他的胸脯，隨走隨跟韓鐵芳談話，他說："我是靈寶縣長大的，自生下來就沒做過正事，可是，沒闊過，也沒窮過。我這人最愛打抱不平，有多少街上的混混兒，都走了解判官的門子，巴結上戴閻王了，現在他們都吃得肥頭大耳，穿的渾身綢緞，每個人都弄着兩三個姘頭。我可不，雖然他戴閻王有錢有勢，我神手張絕不巴結他！他恨我，可是他除非叫人打我一頓，他也沒有別的辦法。"韓鐵芳也很喜歡這個人，就隨口誇獎了他兩句；神手張更是樂不可支了，走路都直晃悠。

走過去五里多地，眼前現出了隱隱的一片樹林，神手張的腳步就有些慢了，高興勁也仿佛減低了。又往前走，就看見那樹林之外有一片房瓦，裊裊的炊煙散漫在空際。往那邊去，就有一股道路，寬而平坦，似是新辟的。那邊的村落還真不小，至少也有一二百戶，地裏有牛馬，耕作的人也很多。天空上一朵朵的白雲，混入黑色的炊煙，襯上槐柳的綠色，真如一幅美麗的圖畫。神手張就向那邊指了指，說："韓大爺你看！那邊就是戴家莊，莊裏邊別人沒有瓦房，有瓦屋就是戴閻王家。您打算怎麼樣？是您一個人去？還是叫我同着您往那邊去？"

韓鐵芳說："你就在這裏等着好了，你不必往近處去了。"神手張說："我可並不是怕。"韓鐵芳說："究竟你是個本地人，萬一戴閻王曉得我是被你給領到這裏的，他必要恨上你。"

神手張咧嘴笑着說："我光腳的還怕他穿鞋的嗎？好吧，我就在這兒等着您。有什麼事我就趕緊跑回太平店，給您的夥伴去送信，給您去調兵。"說畢，他就在道旁的地下一坐，由褲腰帶上吊着的一個破口袋內，掏出來幾枚銅錢、一個空寶盒子，和一塊大餅。他拿起餅來就嚼，還說："韓大爺可千萬小心，他們會放冷箭！"韓鐵芳也不再言語，大踏步往那邊走去了。

此時東風漸緊，卷起來一陣陣的的沙塵，並掠動着韓鐵芳的衣襟。他昂然走去，田裏耕作的那些人就都扭頭來看他。少時來到了村前，就有幾隻大狗撲過來向着他亂吠。有穿得很整齊，像是莊丁模樣的人就走過來，向他問說："是找誰的？"因為看他的穿戴不俗，所以態度倒還不太傲慢。

　　韓鐵芳就也拱了拱手，說："這是戴家莊嗎？我姓韓，我是路過這裏。因為聞聽戴莊主的大名，所以特來拜訪。"

　　這個人把他仔細地打量了一番，又問："你是幹什麼的？有名帖沒有？找我們大老爺有什麼事嗎？"韓鐵芳說："有一點事，可是得見了你們的大老爺，我才能夠說！"對面的這個莊丁一看心裏就說：怪！看這樣子還真像帶點氣兒。

　　此時另有兩個莊丁也過來了，也都來問韓鐵芳，一個就說："你姓什麼？是從哪兒來的？要見我們的大老爺，也得先說明白了你的來歷呀！"另有一個卻說："我們老爺沒在家。"

　　韓鐵芳仰面看了一看，只見戴家的瓦房蓋得實在堅固高大，而且一層一層的，約有五六個院落。四面都是黃石頭壘成的高牆，真如同城堡一般。房瓦皆新，看着比洛陽望山莊自己的家宅的面積還寬廣，而氣派也更大。韓鐵芳就說："不見了你們莊主的面，我無論如何也不能說。我姓韓，洛陽人，我來找他，只是想管一件閒事，但絕無惡意！"

　　對面的莊丁們齊都有些發怒，說："你要管什麼閒事，也得先說明了啊！"韓鐵芳依然搖頭不說，卻直往村裏走去。

　　幾隻狗都圍住他亂吠，幾個莊丁也一齊橫胳臂將他攔住，且有個人挽起袖頭，擦掌磨拳，過來要抓他。韓鐵芳卻往旁邊閃避着，把眼睛瞪起來說："你們不要無理！我來找的是戴武舉。他要是不敢見我，可以把那姓解行七的叫出來，我也可以把話對他說，卻不能跟你們廢話！"

　　一個莊丁雙手叉腰，發出來冷笑着，說："解七爺可也不是那麼容易見的！乾脆一句話，你要是把話說明，我們還許叫你進村子，不然的話，你就趁早兒滾！"韓鐵芳也生氣了。

　　在這時，就忽見從東邊的一股小路上馳來了四匹馬，蕩起一片煙塵。馬上的人是什麼樣，在這裏都看不清，四匹馬都像是架着滾滾的黃雲而來。韓鐵芳急忙轉身，就見四匹馬漸漸來近了，他看出前邊的馬上是個紅臉漢子；後面是一個白面胖子，就是昨天到太平店內拜訪花豹子的那個人；而最後的兩匹馬上，即是花豹子和賽青蛇，他們都兇狠地瞪着眼睛向這裏來看。

　　韓鐵芳冷笑了一下，心說：好辦了！遂迎上了幾步，拱一拱手，那四個人就全都下了馬。紅臉漢子手提皮鞭，邁着大步先走過來，問說："什麼事？什麼事？"莊丁一齊說："這個人要見大老爺，又要見解七爺。我們問他有什麼事，他卻不肯說，還直發橫！"立時，幾個人的目光都聚在韓鐵芳的身上。

第四回　憑義憤單劍驅賊眾　訪俠蹤匹馬越關山

村中又出來了十幾個莊丁，全都拿着刀槍棍棒。那個紅臉漢子驀然跳了過來，一手就抓住了韓鐵芳的衣領，厲聲問說："你是成心來這裏搗蛋的嗎？"他用的力量極大，不但抓住了韓鐵芳的衣裳，且要摳韓鐵芳的脖子。

韓鐵芳驀地用左手抄住了他的腕子，五個手指一用力，對方那人大概受不了啦，手指一松，又要掄起他的那隻拳頭。韓鐵芳的右拳卻早已發出來，呼的一聲，正擊在那漢子的身上。那漢子的身子雖然不如一隻莽牛，可也不亞於一隻笨狗，咕咚一聲，就坐在了地上。

身旁的十幾個莊丁，一齊發出來叫罵，刀槍齊進。韓鐵芳一面退身，一面握住了一杆槍，劈手就奪了過來。然後將槍飛抖，如一條銀蛇般攔住了眾人，他瞪眼說："你們這就要鬥嗎？不如先叫戴閻王跟解判官出來吧！"莊丁們一看這個陣勢，有的就懼怕着向後退去，可也有的不知深淺，依然舞刀掄棍向前逼來。此時，那個才由馬上下來的白面胖子，卻大喝了一聲："都住手！"

韓鐵芳向後退了一步，掖一掖衣襟，橫槍佇立，瞪目前瞧。見這胖子一聲喝喊，立時就把一群人全都攔住了，他心說：莫非此人就是戴閻王？

這胖子本來像個富家翁，穿的是深灰色團龍緞子的衣裳，但他的兩隻發着賊光的眼睛，卻不住向韓鐵芳打量。他的面上堆出了笑容，走上前兩步，就一拱手說："對不起，莊裏人都是山野的村夫，不知道什麼規矩。這位兄台請放下槍吧，有什麼話，咱二位可以談談。我就姓解，在這莊上，一半跟戴大老爺是朋友，一半給他家管事。"

韓鐵芳一聽此人不是戴閻王，他就驀然將槍一抖，解七嚇得變了色，趕忙向後去退。韓鐵芳卻不刺他，反向那些拿着傢伙的莊丁戳去，莊丁們又大亂。那花豹子賽青蛇男女兩個人，也一齊抄了兵刃。紅臉漢子更由道旁雙手抄了一塊大石頭，向着韓鐵芳來打，咕咚一聲，可是並沒有打着。

韓鐵芳也沒有用槍傷人，他只掄起了槍桿，將一個莊丁打得"哎喲"一聲彎下了腰去。他就順手搶過來了那人的鋼刀，然後將長槍拋往遠處，他將單刀舞了個花兒，在懷中一抱，這才向解七和顏悅色地說："我也很對不起！我到你們貴莊來，本無惡意，因為你貴莊裏的人先拿出了兵刃，我才不得不這樣。好了，現在只要你們貴莊上的人都不動手，我也絕不傷人，咱們就心平氣和地說說話吧！"

那判官解七已然退出了很遠，他的臉色嚇得比原來更白了。如今有花豹子和賽青蛇二人持刀在後邊保護着他，他才敢又往前走了兩步，他的臉上仍然帶着笑容，又拱拱手說："請問貴姓？"韓鐵芳說："我姓韓！"解七笑道："韓兄，失敬失敬！昨天您是住在南關太平店裏嗎？"韓鐵芳點了點頭。

解七又說："我早就聽人說了，昨夜……"他回首指了指他身後的兩個人，說："這位柳兄跟柳大嫂都曾在店中與韓兄領教過。今晨他們到這裏來，跟兄弟直誇獎您，很佩服您的武藝高超。今晨又有城裏來的人說，你老兄才出店門要走，就被那姓馮的老婆子攔住了，她說了戴大老爺許多壞話。其實那老婆子是有瘋病，韓兄你一想就明白，戴大老爺有這樣大的田宅，他要找什麼樣的女子不行？再說這裏有三位太太，城裏還住着兩位，他已是五十多歲的人了，哪能那麼荒唐？豈能霸佔一個賣花樣子的媳婦呢？老兄你可千萬別上那老婆子的當！」

韓鐵芳卻也微微地笑，就說：「我並不是只信了馮老太太一面之辭，我也親自到她家中去看了。那馮老忠被你們打得奄奄待斃，那絕不能是假。」解七說：「那是因為他到莊上來攪鬧，口出不遜，才致招惱了我們這裏的人下的手。」韓鐵芳又冷笑說：「我今天來到你們貴莊上可也並未攪鬧，你們貴莊上人的兇橫，我可也領教過了！」解七就變了變色。

韓鐵芳又說：「我早已看出來了，並且已訪得很明白，很確實了，你們莊主戴閻王實在是當地的一個惡霸。我韓鐵芳生平最恨這樣的人。此番我隨同我的師傅出來……」

花豹子就提刀上前來，問說：「你還有師傅？請問你的尊師是哪一個？他姓甚名誰？他是哪一路的好漢？」

韓鐵芳卻擺手冷笑着說：「不必告訴你！總而言之，我姓韓的此番西來，第一是為辦理自己的私事，第二就是要剪除各地的強梁，援救孤兒寡婦、貧困流離，及被你們這些惡奴欺負的人！」說到此處，他的聲音宏亮震耳，眉毛高挑，兩目瞪起如寒星，手中的刀抬了抬，被陽光映得閃閃地發亮。

他就又說：「可是，非到不得已之時，我也絕不傷人。尤其聽說你們戴莊主是靈寶城內劉老拳師的徒弟，劉昆他在江湖上倒還沒有什麼惡名，衝他之面，我不願把此事弄大。現在你們就把那馮家的童養媳荷姑送回去，雖然你們已污辱了人家的婦女，打傷了人家的丈夫，但我也寬容你們一回，保你們無事！」

解七的臉色變了半天，忽然又皺起了眉，他就說：「如果馮家的媳婦真在這裏，那倒好辦，當時我就把她送出來；並且我能夠跟戴大老爺翻臉，從此不認識他這個朋友。兄弟也學過幾年武藝，也走過江湖，打過抱不平，也做過俠義之事。可是據兄弟看，戴大老爺實在不是那樣的人，這村子裏也沒看見搶來人家的什麼媳婦。」

韓鐵芳冷笑着，解七又說：「這樣辦吧！且請你老兄進敝莊內歇一會，稍待一待，因為戴大老爺是上酸棗山菩薩廟裏燒香去了。」韓鐵芳一聽說酸棗山，就十分注意，解七又說：「他燒過香之後，也許進城，也許到山前板橋村去看看他的親家，所以現在你要找他也很難。不如請到莊裏等着，我派幾個人去各處找他，騎着馬，一定很快，管保不出半點鐘他就能回來。那時你我可以當面問他是不是有這件事？他到底把人家的媳婦藏在哪裏了？如果他承認了，那我立時跟他翻臉；至於你老兄想要怎樣辦，我絕袖手旁觀，不幫助他！」

韓鐵芳見解七說話倒還爽快，他就點頭說：「好！」當即跟隨解七走進了村中，但是他手中的單刀還是未放下。他進村不遠，抬頭就看見了戴家的大門，真是威風顯赫！兩扇朱漆的大門，門框上還描着一道金邊，當中懸着很大的一塊紅匾，上寫金字，像大夫門口所掛的匾似的，寫的卻是「威鎮漢南」四個字。大門兩旁有潔白如玉的很高的上馬石，並有幾顆枝葉飄拂的大柳樹，樹上拴着幾匹馬，台階也很高。

韓鐵芳被解七很客氣地請進了二門，他就看見了一片方磚砌成的地，裏邊通着很深的寬大院落。兩旁的配房全都很高大，而且連窗櫺也都做得很是講究。廊前都擺着盆栽的各種花木。韓鐵芳在洛陽時還沒看見過這樣講究的家宅。

此時已有個莊丁跑了過去，把東屋的門開了，解七就向屋內敬讓。韓鐵芳拱手謙虛了一下，他就提着刀進了屋。這裏原是三間客廳，一切的陳設皆是十分華貴，四壁掛着名人字畫，書櫥內也是琳琅滿目，看上去出是一個書香門第，哪裏像是個搶奪良家婦女，毆傷無辜的鄉民，綽號被稱為閻王的惡霸的家呢？

他就先站在屋子當中，向四下看了看，見左邊還有一間套間似的屋子，有一扇木門，敞開着，可見裏面並沒有什麼埋伏。韓鐵芳就放心了，找了把向着屋門的椅子落了座，刀就豎在椅子腿的旁邊。他先微微笑了笑，然後即向解七說：「戴莊主既作過武職，家中又這樣豪富，他何必做那些事呢？」

此時陪他進屋來的人除了解七和那花豹子，還有莊丁二名，他們手中的兵刃依然緊緊握着，眼睛都時時盯着韓鐵芳的動作，也都不說話。屋門雖然關着，可是窗櫺上嵌有玻璃，從玻璃向外去看，就見院中站着許多的人，個個拿着刀槍棍棒，且聽得賽青蛇在院中帶着氣地嚷嚷着。

判官解七坐在韓鐵芳的對面，他倒永遠是很和藹的樣子，聽了韓鐵芳所問的話，他就露出一點淡然的笑意，說：「所以馮家說，他家的童養媳婦被這裏搶來的事，我就不相信！實在，我與我戴大哥相交已多年，他在漢中做總鎮時，我正在秦嶺一帶闖江湖，現在你老兄可以到那一帶去打聽我解七的名字，管保還有許多人知道。後來，就因為戴大老爺與我成了莫逆之交，才遭了別的人疑忌，把他參了。他丟掉了官兒可一點也不怪我，反請我來到這裏，幫助他治理田宅。

「十年來我跟他朝夕在一塊，他的脾氣我全都知道，要說他有點粗暴，遇着小不如意的事他就要發脾氣，那倒是真的。因為子息艱難，他連納了幾房妾，也是事實。不過要說他硬搶來人家的婦女，那簡直是惡意中傷，我想絕沒有這樣的事。待會兒他回來，韓兄你見了他，你就曉得了。尤其近來，他時常捐錢修廟，拜佛唸經，簡直像菩薩一般，與洛陽的韓老善人，差不多是一樣的有名了。」

韓鐵芳一聽這話，臉色倒不由得一變，因為他實在不願被人曉得自己是韓文佩之子，那簡直是對自己的侮辱。當下雖經解七這樣地為戴閻王辯解，可是他心中的怒氣並未平息。解七又說了一些話，就站起身來，向他一點頭，說：「韓兄在此稍坐。我到外面再派兩個人去叫戴大老爺馬上回來。剛才去的人也許沒把話說明白。」韓鐵芳也略略站起了身，把頭點了點，就見解七出屋去了。那花豹子又斜着眼瞪了韓鐵芳一下，他就也同着那二名莊丁，捧着刀，大搖大擺地走了出去。

此時解七站在院中，忽然用很大的聲音喊着說：「都往前面去！在這裏站着幹什麼？把刀槍都拿回去！收起來！用得着這個嗎？客廳裏的韓大爺，也是一位江湖好漢，在這兒等着咱家的大老爺，也是為見面交交朋友，你們別以為人家是找咱們打架來啦！都去！叱叱！」他像趕雞似的驅逐着院中的那些人，立時腳步聲音一陣雜亂，都往前院去了。

解七也往前院走着，並大聲喊問：「戴雄！你沒有見到大老爺嗎？」外院似乎有人也高聲答話，但因足音和說話的聲音太雜，以致韓鐵芳未能完全聽清，只聽見是說什麼菩薩庵。韓鐵芳不由得一陣詫異，心中猜想：莫非此時戴閻王真在那菩薩庵裏？那庵裏的老尼真不是一個好人？

當下他就想到那廟中去搜找，但是又怕走差了路，自己在此地路又不熟，倘若自己往菩薩庵去，而戴閻王又從別的地方回來，那麼就得徒勞往返，耽誤半天的工夫。自己是急於西上尋母，雖然人間不平的事情也要管，但豈可因此多耗費時間呢？

他心中非常急躁，站起來來回地走。旁邊留下的一個僕人，給他又換來了一碗茶，眼睛卻時時瞪着他。韓鐵芳就問：「菩薩庵裏一共有幾個尼姑？都是好人還是壞人？你曉得嗎？」僕人連連地搖頭說：「我可不知道，我在這兒專管打掃這間客廳，外面的事我都不知道。」韓鐵芳只好不問他了，呆呆地又站了一會，就推開門，走到院中去。卻見有兩個人正躲在外院扒着屏門向裏偷看偷聽，一見着韓鐵芳出屋，就齊都跑了。

韓鐵芳也往外院走去，卻聽見莊門外人聲依然嘈雜，大門外還有許多拿着刀槍的人站着；此時他縱使要飛出去，也怕是不能夠了。同時門外又不斷有車輪聲音，也不知是哪裏來的那麼多輛車，像是有什麼人要走似的。韓鐵芳不由覺得詫異，知道必是有事，而且必與自己有關，他就要急忙預備回到客廳。才一上了台階，就見從外面跑進來一個年老的僕人，一看見他就不敢跑了，拿眼睛不住看着他，像個賊似的溜進裏院去了。

韓鐵芳瞪着他的背影逝去，然後拉開門進屋，忽然看見客廳裏的那僕人，不知是什麼時候也走了，而且椅子腿旁邊立着的那口刀也沒有了蹤影。裏邊那個套間的門，剛才是敞開的，現在卻關上了。韓鐵芳上前用力一推，居然沒有推開，門從裏邊關得很嚴。那個僕人大概是趁着他出屋之時就把刀拿走了，跑到裏面藏着去了。

韓鐵芳向着裏面一聲冷笑，說："你以為我沒有了兵刃，就全無能為了嗎？我今天本就是徒手來的，這口刀本就是從你們這裏奪來的，你偷去了這口刀，我還會再搶兩口刀！"他忿忿地就轉身向四下尋找，然而這客廳裏除了椅子凳子之外，再沒有一件可以用之抵擋刀劍的傢伙。

這時忽然院中進來了許多人，隔着玻璃，刀槍光芒耀眼，並聽有女人說話之聲。韓鐵芳企着腳向外一望，只見十多個婦女全都神色慌張，往外面去了，但他不知其中有沒有那荷姑。待了一會，外面的車聲又一陣亂響。韓鐵芳這才明白，他們必是先把女眷送往城裏，然後要以全力來對付自己。由此可見他們也是知道我不好惹，他們一定預備着毒辣的手段了，是決定把他的莊子跟我一同拼了。

此時窗外的人個個全都威風百倍，刀槍亂掄亂抖，那花豹子並且口中大喊，說："小子！你別忙！你等一等，油鍋這就快燒熱了，炸焦了你，我們要請客！"

韓鐵芳也不言語，然而心中卻甚急，他先將屋門閉上，搬了一張紅木桌子頂上。外面的人都大笑了起來，都笑他膽怯，其中有一個人笑得尤其厲害，並說："原來是這麼一個軟蛋包呀！解七爺也是，何必還去請余二爺呢？咱們這些個人，難道就不敢下手收拾他嗎？是什麼了不起的人物呀？"

韓鐵芳一看，這人正是剛才在屋裏伺候他的那個僕人，他手中的刀也正是剛才自己拿的那口刀。因此他知道這個套間裏一定能通到別處，不然門關得很嚴，他是如何出去的？於是，韓鐵芳便又抄起了一把很沉重的紅木椅子，向着那套間的門上一砸，嘩啦"一聲，就將門裏的插關砸開了。他就手提着椅子走進了套間，只見屋中設有一份床帳，而那帳子的後面撩起，就有一扇後窗，還在微微地扇動着。

韓鐵芳提着椅子跳上了床，將椅子先扔出窗去，就聽外面嘩啦一聲，而這時床底下也響。他急忙回頭，卻見有一人自床底下爬出來，掄刀便向他背後砍來。韓鐵芳的左腳一轉，右腳踢去，正踢在這人的腕子上，這人的刀便飛了出去，噹啷一聲落在地上。韓鐵芳趁勢往下一撲，那人又掄拳來打。韓鐵芳一手抄住他的腕子，一手掄拳打去，呼的一聲，這個人就應拳暈倒在地。韓鐵芳跳上一步，將刀拾起。然而這時外面已有幾個人將門打開，一齊衝了進來，刀槍齊進。韓鐵芳冷笑着舞刀應付了幾下，又跳到床上。

這時外屋的人愈進來愈多，屋子太狹，韓鐵芳的刀也掄不開，他就一腳將後窗踢開，向窗外跳去。卻不料這院裏原來也有許多人正在等候，立時十幾杆槍幾口刀一齊逼來。這時房上有人大聲地喝喊，圍着他的人就一齊向旁躲閃，房上伏着的四個人，持着四把弩弓，弩箭如蝗蟲一般嗖嗖射下。

韓鐵芳運用着刀法，一連撥落了幾十枝。屋裏的人也都由後窗鑽了出來，連同院裏的十幾個又刀槍齊上，一齊圍住了韓鐵芳。韓鐵芳的一口刀上下翻飛，身子前躥後越，左轉右挪，與這些人殺成了一團。房上那四個人恐怕傷着了他們自己人，倒也不再放箭了，也都提着刀順着牆爬下來過來幫忙。韓鐵芳是越殺越勇，一連被他砍傷了四五個人。

這院子本來很大，前院裏的人也都湧往這裏來了，一共約三十幾個人，個個手中都有兵刃；但是除了賽青蛇與花豹子之外，其餘的人武藝都不行。先前他們還都有些勇氣，亂砍亂刺，如今他們的夥伴已傷了幾個人，血色嚇破了他們的膽，韓鐵芳手中的刀光攪亂了他們的眼睛，他們倒不敢向前了。這些人都在六七步之外，搖着手中的兵刃，嘴裏空嚷嚷着，空喊罵着。只有花豹了和賽青蛇還將將能夠應付得住。然而又十來合之後，賽青蛇也哎喲的一聲叫，狠狠地罵了一聲，就跳到了一旁，她的蔥心綠色的小襖兒上，胳膊上已浸出了血色。

此時外面又有幾個人進來，有一人霹雷似的喊道："都閃開！我來會會韓鐵芳！"

韓鐵芳向旁一跳，收住了刀勢，心裏十分詫異，想着這裏如何有人知曉我的名字？

他抬頭一看，就見由外面進來的是五個人，都是高身材的大漢，其中就有判官解七。解七的身後又一個有黑鬍子的人，身穿一件閃閃發光的緞子夾袍，大襟掀起，袖子也挽着，這人的年紀約有五十歲，從氣派上及眾人對他的敬畏的眼光來看，就可以知是這裏的莊主戴閻王。

當下一場紛亂的廝殺忽然停止，戴閻王在許多人提刀持槍的保護之下，走了過來。相距約有兩丈遠，戴閻王就止住了步，他怒目瞪着韓鐵芳，厲聲說：「我認識你！你是洛陽城的韓大相公。最近你很出名，在洛陽城保護娼寮，打傷了獨角牛。你的爸爸死了，你又散盡了家資出來，闖蕩江湖。我聽說你的武藝還可以，西路上現在有許多豪傑，都正想要會會你呢！你今天若是好意來見我，我還可以跟你交一交，有我姓戴的照拂你，管保你在西路上少吃一點虧。」

他才說到了這裏，韓鐵芳就拿刀一指，止住了他，厲聲說：「你不要說了！你既然知道了我的來歷，那很好，你也可以因此明白，我來此並非為慕你的名聲，或是要藉你的財勢。我今天來找你，只是為馮家童養媳失蹤之事。究竟你搶了來是藏在哪裏？你快些實說，快些給送出來，我還可以不深究；否則我韓鐵芳就要為本地剪除你這個惡霸，絲毫不容情！」

戴閻王把臉沉得更為可怕，冷笑着說：「好！好！既然你說到了這裏，我要不承認，也許顯得我怕你。跟你實說，馮家的童養媳確實已成了我的人了。她現在是一步登天，她非常地高興，我也很寵愛她。現在我把她安置在一個很舒服安穩的地方，你要想找到她，可是不能夠。今天我也知道你不肯甘休，你是初生的犢兒不怕虎，我也知道你是想在我這裏鬧一鬧，你好因此出名，就把西路的豪傑都鎮住了。其實你才錯打了主意，得罪了我，不但叫你西路難通，簡直今天你就休想離開此地！除非你現在就扔刀跪下求饒，我還許念你年輕……」

他剛說到這裏，韓鐵芳一躍上前，掄刀說：「你就不用多廢話了。今天你若交不出馮家的童養媳，我們就且較量較量。我倒要看你做過總鎮的人，到底有多大功力，竟敢強搶民女。我還要會會你手下的那些雞鳴狗盜！」說着就撲了上來。

戴閻王卻不住的向後去退，他身後有兩個大漢一齊舞刀過來，說：「小子你別逞強！現在就叫你死無葬身之地！」兩口刀寒光閃閃地便向韓鐵芳來砍。韓鐵芳噹的磕開了一口刀，另一口才削過來，也被他閃開。

他本來學的是劍，如今刀代劍用，自然不大合手，然而他的力氣十足，對方雖有兩個人，但他卻毫不放在眼裏。又數合，花豹子也上來了，那兩個人的刀也舞得更兇，雖然三個戰一個，仍是不能獲勝。那邊戴莊主拿着一桿大槍，喝令眾人一齊上手。有了大老爺的吩咐，於是那些個莊丁們又都振起了勇氣，就刀槍齊上，將韓鐵芳團團包圍住。

韓鐵芳一看情勢不好，自己一個人爭鬥了半天，掄刀不下數百回，手腕都覺得發酸了。他咬着牙，揮舞着鋼刀，又砍傷了五六個人，他就殺出了一條血路。戴閻王大喊一聲：「休放他走了！」韓鐵芳已如狸貓似的，一聳身上了房。

房上早有兩個人在等着，他一上來，弩箭連珠一般的射來。幸仗韓鐵芳腰腿靈便，手疾眼快，不等到箭近身來，他就早已躲開。他腳步連跳，就飛下了房，又到了前院裏。此時這裏倒是沒有人，但是房上的弩箭不住向下來射，那後院裏的一干人眾也一齊吶喊着追了出來。韓鐵芳疾忙跑到最前院，這裏有兩個拿着刀的莊丁，但是一見韓鐵芳出來，他們反倒齊都跑到屋裏去了。

大門已關，院牆又高，後面的人也趕了來，戴閻王用那霹雷似的嗓子喊又道：「誰要把他捉住，我就賞他一百兩銀子！」韓鐵芳跳牆既然不成，要回身迎戰，卻又感覺得自己寡不敵眾。正在着急，忽然看見西邊有一個夾道，他就急忙往那邊跑去，由那邊卻又轉進後院去了。

一連進了兩層院子，就來到了一個土院子內，只見這裏種着許多菜蔬，菜花開得一片金黃。院子裏有一眼井，四五個半老的僕婦和一個十四五歲的丫頭，正在這裏打水、澆菜、捉菜上的蟲子，熙熙樂樂的仿佛是在另一個世界。她們似並不知道隔着兩三個院子那邊，剛才有一場兇殺。但是一見闖進來這麼一個男子，而且滿頭的汗，手提着染血的鋼刀，她們也都嚇了一跳。有個僕婦就扔了轆轤把，水罐咕嚕嚕的墜到井裏去了，她張着手驚呼道："哎喲！"

韓鐵芳趕緊擺手說："不要怕！我也是這莊裏的，解七爺叫來問問，馮家那媳婦走了沒有？"僕婦跟丫鬟們這才緩過點顏色來，一個僕婦就說："剛才都一塊兒走啦，現在就剩下我們這幾個人啦！"那丫鬟在旁搖着手說："什麼呀？他問的是賣花樣子的那馮家的媳婦，不是問的馮媽。"

韓鐵芳點頭說："對了！我問的就是那名叫荷姑的，被咱們莊主搶來的那個女子。"

那丫鬟說："她不是來了就罵、就哭，招惱了咱們的大老爺嗎？到昨天她才漸漸地好了一點，給她送去的飯，她也吃了。可是今天一清早，也不知是因為什麼，忽然大老爺派了人，連拉連扯又把她送走啦！"韓鐵芳趕緊進一步問："送往哪裏去了？"那丫鬟又說："大概是送到菩薩庵去了吧？因為她哭着鬧着說要去當尼姑！"旁邊的僕婦都指着她說："你多嘴！"

前院的吶喊之聲又漸漸地真切，韓鐵芳知道是那些人將要搜到這裏來了，他若站在這裏不走，又將免不掉一場兇殺。看看這菜園子是在莊院之外，雖然有小門通着裏邊，但這裏的牆卻是很矮，韓鐵芳就提着刀跳過了牆，就聽後面那幾個僕婦又嚇得直叫。

這短牆之外，依然算是村裏，但是人家稀疏，犬聲時聞，田裏正有人在種地。他由牆裏跳出來的時候並沒有人注意，他掖着衣襟，挽着袖子，手裏提着鋼刀，沿着小徑很快地往南去走。這時田裏的人可就都有些發毛，都直着眼睛扭着頭望着他。看他提着刀還不足為奇，戴家莊的莊丁掄刀弄棒是常事，而最奇怪的是大家都不認識他，而且他這樣英俊的長相，實在是惹人注意，可是他那滿面的煞氣，卻也真嚇人。

這時日已過午，天氣更暖，韓鐵芳的裏衣已為汗所濕透，他又沒有脫掉了長衣扛在肩頭走路的那樣習慣。他不願再與戴家莊的人做無謂之爭，只想代馮家找尋荷姑。他由莊裏的許多人露出的話來猜測，覺得十分之八九那荷姑是在菩薩庵裏了。眼前一脈焦黃色的山巔，雖然不太高，然而形勢卻顯得那麼險惡，天空還有幾隻猙獰的鷹鵰在飛盤着。韓鐵芳很快地向前行走，走出有一里多地，回頭一看，就見戴家莊的人已然追趕來了。韓鐵芳雖然不願意被他們趕上，又徒事爭鬥，但是他也不願急速地跑，顯得自己懦弱無能，便仍然不急不緩地走着。又走了約二里路，回頭再看時，那些人卻又沒有了蹤影，不知都回去了，還是轉向別條路上去了。

他走了多時，便來到了山下，向上一看，這座山雖名為酸棗山，其實一棵旁的樹也沒有。童山濯濯，草都很少很短，可是有一匹馬在山坡上低着頭啃地。這匹馬是黑色的，這種顏色的馬最不值錢，但是頗多良駒。韓鐵芳一看這匹馬，雖然很瘦，渾身也很髒，像是多日沒有洗刷，然而卻非常的矯健，真是一匹純粹伊犁種的良駒。他心想：聽說這尼姑廟裏常養着一匹馬，多半是有江湖大盜或綠林惡人潛居於此。這裏的賊說不定也是個出家的人，向與戴閻王勾通，所以今天他們知道我要為荷姑的事來找他們，就先將荷姑送到這裏來藏匿了。這裏不知又多少個強盜，說不定比花豹子等人還許要兇惡，我倒要以力敵一敵他們。

因此他就不敢太累了，腳下很緩，一步一步地走上山去。走到那匹馬的面前，他又坐在山坡上看了一看，越看越覺得這匹馬好，就想：幸虧這匹馬長得既瘦且髒，本地又沒有懂得馬的人；不然這樣放着，又沒人看管，豈不要叫人給偷了去嗎？

又想：這裏的強盜既然有這樣好的馬，可見絕不是等閒之輩，說不定也是黑山熊的黨羽。倘若能在此打降了賊人，逼問出現在黑山熊住的地方，然後去尋找自己的母親方夫人，那就更好了，可以說是一舉兩得。於是他心中一陣奮發，便不再歇息，霍地站起身來，把衣襟又掖了一掖，袖口再挽一挽，就鼓着勇氣，向上去走。

眼前雖然有一個很小的廟，可是附近並無人家，也沒有樹木，連鳥兒都很少。韓鐵芳上了山嶺，來到廟門前，見山門緊閉，橫額上刻着三個字："白衣庵"，裏面十分岑寂，不像是有什麼人住着似的。他上前用力一推門，門就開了一道縫，他反倒覺得躊躇了，想着：萬一廟裏沒有強人，只是尼姑，自己帶着刀闖入，豈不倒叫她們疑惑自己是強盜了嗎？回頭看了看，四下無人，他就把刀放在牆根立着，然後邁步走進了廟門。

忽聽得幾聲咳嗽，韓鐵芳倒覺得非常驚訝；因聽這咳嗽聲與一般的不同，簡直如同敲擊着銅鐘似的。他舉目看去，就見西邊有一間偏房，台階上坐着一個人，身穿青綢衣，絳紫色綢褲，白綾襪，青緞的雙臉鞋。這人手中拿着一根四寸長的細竹棍兒，低着頭正咳嗽，咯咯的，一口氣高高提上來，又深深落下去，但總是吐不出憋在他胸中的那口痰。

韓鐵芳見了，心中覺得非常的難過。因見這已是一個病入膏肓的人，自己的一腔怒氣，反倒都消失了，並且連腳步都不敢急促了。他慢慢地走了過去，到臨近五步之外站住了；低頭一看，見這人頭髮很多，梳的辮子很長，兩邊的髮且遮住了臉。

這人見有人來，就抬起了頭，只見他年紀也不過三十來歲，長得眉目清秀，看來以前倒是個翩翩的美少年；可是現在因為有病，臉兒是極其削瘦，十分蒼白。韓鐵芳就問說：“你是這裏的什麼人？廟裏的住持在哪裏？”

這個病人卻突然將眼睛睜大了，他直直地望着韓鐵芳，臉上露出來一種驚疑的神情，他的咳嗽也止住了。韓鐵芳低頭看着這病人的瘦臉兒，倒很擔心，就又問：“你是在這裏幹什麼的？你一個男子，為什麼住在這尼姑庵裏呢？”

卻不料這個病人突然一挺腿，站了起來，身材是又高又細，他用尖細而微弱的聲音，怒答道：“你問我？我還要問你呢，你一個男子為什麼來到這尼姑廟裏？”他怒睜着眼睛，由眼中仿佛射出一種威嚴的光焰，瞪得韓鐵芳不敢去對他的眼光。

韓鐵芳一低頭，又吃了一驚，因為他看見這病人的手指極細，拿着的那枝小竹棍，卻是帶着尖銳鐵頭的一枝小箭。他便也厲聲說：“我看你絕不是好人！你住在這裏，還養着一匹馬，你的來歷一定不明，不是江湖盜賊，就是戴閻王的一夥。我現在到這裏，就是為找馮家的童養媳荷姑，你們把她藏在什麼地方了？你快說！不然……你一個病人，我可不願意同你動手，可是你也得小心些。我是才從戴閻王的家裏來的，他莊上幾十個人都已被我打敗了。我恨的就是你們這般強盜，幫着惡霸任意橫行，欺壓良善的鄉民！”他發着威，對面這個病人卻嘿嘿的一陣冷笑，但是接着又用手緊緊地按着胸頭，劇烈地咳嗽起來。

此時，由東邊的配房裏跑出來一個小尼姑，韓鐵芳倒退了一步，覺出自己進來是有些不對。而那病人卻指着韓鐵芳，向小尼姑說：“你來看看這個人……人！他要……在你們這裏尋什麼荷姑呢？”他咳得說不出整句的話。

這時老尼姑也由那屋裏走了出來，迎着韓鐵芳打着問訊說：“施主你是來尋荷姑嗎？荷姑的事情實在是怪，她那天來到這裏住了一夜，哭着要在這裏出家。我因為廟裏太窮養不住她，又聽說她是賣花樣子的馮家的童養媳婦，我就勸着她，要把她送回去。下了山，還沒有走到她的家，就遇着了戴家莊上的幾個人。他們說是她的丈夫為去尋她，正在戴家的門前大鬧，並且要尋死，請她去勸一勸。我想應當把大事化小事，小事化無事，就叫荷姑隨着他們去了。我想她一去，把她的丈夫一勸回去，也就完了，可沒想到……”

說到這裏，她不禁唸了聲“阿彌陀佛”，又說：“真是罪孽！我沒想到戴莊主平日行善好修的人，竟會做出那事。前天我下山遇見戴家村裏的一個人，這人的姓名我也不必說了，他是與戴莊主同村子住。據他說，只見荷姑到了戴家裏，可是沒見再出來。現在有些人說荷姑是被戴家強佔了，我也有些相信，可戴家的人卻又都很生氣，都說馮家是借着這件事情，要敲詐他們。”

韓鐵芳突又問說：“今天早晨，戴閻王是不是到你們這裏來過？”

老尼搖頭說：“沒有，我們這裏除了初一、十五，輕易也沒有人來，這裏又不是大道。戴莊主倒是常從東面的山路走過，往板橋村去找他的朋友。板橋村的那個姓余的倒確實不是好人。”

她緩了一口氣，又說：“自從荷姑的事情出了之後，戴家倒是派了兩個人來這兒看了看，他們都是很不講理的。可是我們這裏只有師徒兩個人，這位施主又是身患重病，人也很老實。所以他們也沒再騷擾，來這裏問了問荷姑在這裏住的那宿的事情，就下山去了。」

韓鐵芳把這老尼的神情態度，仔細觀看了一番，知道她所說的並不是假話，戴閻王不定把荷姑藏在哪裏了，他故布疑陣，騙了自己來此，也不知他們是什麼居心？當下他轉身要走，不料有人說了一聲：「別走！」將他攔住了。他倒吃了一驚，揚目去看，見正是那個病人；那麼瘦的臉，那麼細的腰，簡直像一具骷髏似的站在他的面前。

然而這人卻把身子立得很直，眼睛瞪得很大，問說：「你是幹什麼的？剛才你們說的那戴閻王，霸佔了什麼荷姑，那是什麼時候的事情？」

韓鐵芳見這個人說話一點也不客氣，而且兩隻可怕的眼睛直直地瞪在自己的臉上，他倒不禁又退了一步，就搖頭說：「你也不要細問了。我勸你的病若是稍微好一些，你就趕緊走，你一個男子，又帶着馬……」那小尼姑趕過來似是要說什麼，卻被這個病人用眼給瞪了回去。韓鐵芳愈覺得生疑，就接着說：「你在這裏住着太不便，現在就有很多人疑惑你了。而且這麼清苦的地方，你的病也絕不能在此養好！」

這個病人卻冷笑了一聲，顯出來生氣的樣子，厲聲說：「你是什麼人？管的事情倒真不少，連我在這裏養病你也要管，我看你的來頭還像不小呢！你先說說，你姓什麼？你是哪裏的人？你既然要與戴閻王作對，想你必然會些武藝，你的武藝是跟什麼人學出來的？告訴我！」

韓鐵芳一聽，這個病人雖然聲音窄，但說得很快，而且是純粹的官話，他說話時的姿態有點像女人，眼睛卻瞪得很大。韓鐵芳不由又往後退了一步，就說：「你要問我的來歷也行，我是自洛陽來的，原是要往祁連山去。」

對面的病人就立刻驚訝，問：「你要到祁連山去做什麼？」

韓鐵芳說：「去訪一個人，由這裏路過，為馮家的事情，我才停留住。我雖不是有什麼來頭的人，武藝也不敢說有多麼高，但我立志就是要打遍了江湖惡霸，扶助那些孤兒難女。你是個什麼樣子的人，我也不願詳細追問。我剛才勸你走，你若不走，我也不勉強你，但是你可要規規矩矩在此養病。如若你敢多事，從中打擾，或是幫助戴閻王，那你可也要小心！」說畢不再理這個人，就一直往廟外走去。

他出了廟門，由牆角拾起刀來，不料那病人已然追出來了，問說：「喂！你姓什麼？留下名姓！」韓鐵芳提着刀發怔，覺着這個病人太奇怪了，同時自己又真羞於說出自己是姓韓，只說：「我姓方！」

對方的人更是驚訝了，過來一把就將他拉住，瞪着眼睛直直地看着他的臉，說：「你姓方？你是涼州府的人嗎？」韓鐵芳覺得這人是認錯了人啦，就一奪胳膊，想不到竟沒有奪開。這人的五個又長又細的手指頭，簡直如同五個鐵夾子，雖然夾住了自己，並不覺得痛，然而要想脫開是怎麼也不能夠。

這人另一隻手中還拿着那枝小弩箭，韓鐵芳不得不橫刀做準備應付的姿勢，厲聲說：「你快放手！我與你素不相識，你不要認錯了人。你一個病人，我真不願意跟你惹氣，你快點放開我！」

這病人卻一點也不為他的威嚴所嚇，眼睛直直地瞪着他，並露出一點女人似的忸怩的神情，說：「我看着你的樣子很是眼熟，使我想起來了一個故人。我對你真是毫無惡意，你別疑惑，我也不是什麼強盜土匪，我是由……」他遲豫一會，才說：「我是由西安府來的，打算往北京去，不意走在這裏病了，就滯留了下來。請你告訴我詳細的來歷……」

韓鐵芳益發覺得這個人奇怪了，又仔細地看了看他，真不能斷定這人是男是女，就想：他既然說的是北京話，也許是個宮裏的太監，因病流落在此地，也怪可憐的。他手中那枝小箭，不定是從哪裏拾來的，大概是個小孩子射鳥用的玩藝兒，其實他未必會武藝。

於是韓鐵芳就氣色緩和了一點，說：「你絕不會認識我，我是才從洛陽出來，以前並沒出過外。實同你說，我不姓方，我是姓韓，我的原名良驥，號叫鐵芳。」說出來，自己覺得真真慚愧，心說：叫人知道我是韓老善人之子還不要緊，萬一曉得我是那不仁不義的柳穿魚韓文佩之子，那我的臉上得多麼無光？

那個病人也頓然像很失望的樣子，就將他的胳臂放開了，退後了一步，面上呈出一種悲戚難過的樣子。這時那匹黑馬慢慢地走上來了，走到了牠的主人身邊，病人、瘦馬並且在這莽莽的荒山之上，情景十分的淒慘。韓鐵芳就又囑咐說：「我勸你還是離開這裏，我已決定要同戴閻王拼命，說不定就要打到山上來。你這人倒不甚要緊，這匹馬實在是招事。」那病人這時又彎着腰，劇烈地咳嗽起來。

韓鐵芳轉身走了幾步，聽見身後咳嗽聲又止，他忍不住回頭又去看，就見那人往地下吐了兩口痰，依然面色蒼白，喘息不止。韓鐵芳心中不由有點發緊，暗道：這個人一定是活不長了，他若死在這兒豈不可憐？我不如打聽明白了他的身世，如果他在近處還有什麼投奔呢，我就資助他幾兩銀子叫他去吧，死了也好有人埋葬他。於是回身又走了兩步，忽見這個病人一揚胳臂，喊了聲：「小心你的身後！」韓鐵芳吃了一驚，急忙回身。只見身後十步之遠站着五個人；其中三個人提着刀，兩個人拿着弩弓，都向他發着獰笑。他就趕緊又向後退，把刀一橫。

對面為首的正是剛才在戴家莊與他交過手的，那武藝頗為不錯的大漢，這人率眾逼了近來，把明晃晃的鋼刀舉起，說：「韓鐵芳，你逃到這山上來，就以為沒有你的事了嗎？你低頭向山下看看！」韓鐵芳往四下一看，原來東西南北，各路都有拿着刀槍弓箭的人齊往山上爬來，足有四五十個，其中還有戴紅纓帽的，好像是官人。

韓鐵芳將身側了側，一眼看見那病人牽着馬還在廟門外站着，廟裏的小尼姑跑出來拉他，他卻搖着頭不肯進去。韓鐵芳就急喊一聲：「你們都快進去，關上門，不要在外受了誤傷！」又向那大漢說：「你們來此與我一個人拼命，可千萬不要傷了人家廟中的尼姑，和在這裏養病的人……」才說到這裏，「嗖嗖」兩枝向他射來，幸虧他躲閃得敏捷，都沒有射中。

韓鐵芳氣極了，掄刀跳起，直撲大漢，罵道：「你們騙我來到這山頂上，率眾圍我，算是什麼本領？施放冷箭，又算是什麼英雄？」說着他一刀砍去。大漢用刀相迎，旁邊二人也一齊舞刀過來。韓鐵芳就將刀一掄，身隨刀轉，立時那大漢慘叫一聲倒在地下，旁邊幾個人齊聲喊道：「傷了余大爺了！」弩箭又嗖嗖地射來了幾枝，但都被韓鐵芳用刀掃落。

韓鐵芳看着南山坡下的人還少，他就虛晃一刀，往山下就跑。不料下面的人有很多都拿着弩箭，都放出箭來，如投林的亂鳥一般，向他亂射。他驀然覺得右臂一疼，趕緊止住了腳步。這時上面也有幾個人飛奔下來，一齊舉刀要從背後來砍他；然而不知是為什麼緣故，沒等到他們臨近，就都怪聲的喊叫着，扔了弩弓拋下刀，跟球似的滾下來了。

韓鐵芳不由吃了一驚，他剛要回首去望，下面的箭又飛了上來，他趕緊躲開，腳踏亂石往山下跑去。不料又有十幾個人都迎截上來。他一生氣，索性撲奔下去廝殺，右臂雖痛，他也不顧，又被他揮刀砍倒了兩個。

他看出這與他對敵的眾人之中，有五六個戴着紅纓帽的，他就不由得縮了手，往旁躲避。卻見官人們都一齊喊叫：「捉住這強盜！他敢殺傷人？」又聽有人嚷嚷：「山上還有一個強盜呢！一齊捉住！」韓鐵芳便飛跑下了山坡。

這時山陽有十來個人又朝他撲上來，其中還有幾個人騎着馬舉着長槍，都大聲喊着：「他是強盜！不要放他走！」那戴閻王真像統領似的，他騎着一匹棕色的大馬，手拿着長槍，飛馳過來，說：「韓鐵芳，我今天要叫你逃出這靈寶縣，我就不姓戴，我生平沒受過這樣的欺侮，你這小輩！」那花豹子也催馬過來。

韓鐵芳站定身，緩了一口氣，將刀換到左手握着。雖然他的右臂上中的箭已拔出了，可是血色浸透了袖子，他可益加奮勇，刀舞如飛。花豹子跳下馬來與他廝鬥，戴閻王卻騎在馬上以長槍不住向他狠刺，旁邊且有三個人各持刀劍圍住了他。韓鐵芳雖然還有力氣，一口刀足可以遮護住自己的身子，但因左手掄刀不太便利，要想打敗對方幾個人可也很難。

戴閻王不住地大喊大罵，他真像是與韓鐵芳有着不共戴天之仇，要不當時結果了韓鐵芳的性命，他就不能甘心。他又仰面向山上的那些人大喊：「你們快下來！快來幫忙！他媽的，飯桶！我養活你們這些個人，竟不能替我捉住這麼一個小輩！」

坡上的那些人還沒有往下走，可是不知是什麼緣故，一個一個地都臥在了山坡上，有的還滾了下來，有人又驚喊說：「箭！箭！」戴閻王既驚且怒，罵道：「山上有什麼人？也給我抓下來！」話音剛落，忽然他一咧嘴，身子向後一仰，摔下馬來。

韓鐵芳看見他的脖子上中了一箭，有他手下的人趕過去救他，人就大亂。韓鐵芳又揮刀，以刀背連砍倒了幾個人，他就衝破了重圍，向南走去。後面雖然還有不少的人，但他們都圍着看他們的大老爺，並沒有一個再敢追他了。

韓鐵芳覺得，跟這些人爭鬥了半天，雖然不能說是敗了，但自己的目的原不是為與他們拼鬥，而是為替馮家找媳婦。如今荷姑的下落仍然沒有，自己算是幹什麼來的？想要再走回去，抓住他們一個人逼問一番，但是看那裏還有不少持刀拿劍的，幾個紅纓帽仍在人叢中亂鑽，而且自己的右臂又發疼，力也垂盡。同時又想，山上是什麼人幫助自己射傷了那些惡奴的呢？莫非是那個病人？又不像！尼姑？尼姑又未見得有什麼本領。

他心裏揣着個疑團，遂走遂回頭去望，就見遠遠的那些人都已走了，大概連馬也牽走了，把受傷的人也抬走了。韓鐵芳便順着一條小路轉往東去，走了不遠，又折向北。他把衣襟撕下來一塊，繫在右臂的傷處，緩緩走着。走了約五里地，就見眼前有一股很窄的曲折溪流，水並不深，且很渾濁。有幾個女人在溪邊洗衣裳，但都是些老年的婦女，並沒有一個年輕漂亮的。

偏北邊有一座板橋，他就走了過去，又踏過了幾道田徑，就來到了大道之上。再向左邊看去，原來剛才自己與人爭鬥的那座山，是在西南角，才知道自己是已走出了很遠。眼前有幾間矮矮的土屋，有一家門前掛着一個木頭葫蘆，下面飄着一條很舊的紅布，是一個酒舖。韓鐵芳覺得口渴，便走近前。剛要往酒館裏走去，就見從北面滾來了一團煙塵，原是一匹馬來了。韓鐵芳急忙往路旁閃避，握刀仰首去瞧。

馬到了臨近，馬上的人就驚訝地將韁繩勒住，說：「啊！你原來在這兒啦？」這人正是瘦老鴉，他看見韓鐵芳這個樣子，就趕緊下了馬，直着眼問說：「怎麼樣啦？你受傷啦？」韓鐵芳搖了搖頭，說：「不算什麼要緊，只是中了他們一弩箭。他們的人多，且有暗器，但我也……」瘦老鴉急忙使眼色攔住了他的話，又前後看了看，見沒有什麼人來往，他就向酒舖裏探了探頭。

這酒舖的地方極窄，只有一張桌子，還有個小酒缸，裏面有一個鬚髮斑白的掌櫃子的趴在桌上睡覺。瘦老鴉就將馬拴在門前一塊石頭上，他拉了韓鐵芳一下，二人先後走了進去，那掌櫃的這才驚醒，站起身來問道：「二位，要酒？」

瘦老鴉先坐下，讓韓鐵芳坐在對面，並把那口刀藏在桌底下。這裏的掌櫃睡眼朦朧的，好像也沒看見那口刀；他給拿過來一砂壺酒，兩個又破又髒的酒盅，連一點酒菜也沒有。韓鐵芳原想喝茶，見這裏也沒有茶壺，他只得用袖頭擦了擦酒盅，斟了一杯酒喝下去。

瘦老鴉並不注意他的臂傷，只探着頭，悄悄地問他剛才與戴閻王那夥人爭鬥的詳情，韓鐵芳就略略地說了。瘦老鴉直囑咐他小聲，但他因為胸中的怒氣難消，話忍不住，聲音也壓不住。他又說：「我只奇怪的是那廟中的病人，難道用箭射傷了許多戴家惡奴的就是他？我看那人得的必是癆病，已然是朝不保夕的樣子了，他的手裏確實拿着一枝弩箭，莫非他是一位俠客？」

瘦老鴉也發了一會愣，就悄聲說：「剛才在北面，我也看見幾個戴紅帽的官人進城去了，他們一面走，一面高聲談說，我全都聽見了。我知道戴家有許多人受了傷，他們說是那廟裏有人幫助那個姓韓的。」

韓鐵芳站起身，說：「我想再到廟裏去見見那個人！」

瘦老鴉把他攔住，並強按他坐下，搖頭說：「你先別急！如今這件事得慢慢地辦。依着我，今天這事就不叫你管，並不是咱們只顧自己的事，不為人間打不平，實在我早就知道戴閻王那人難惹。我雖不認識他，在我走江湖的時候，他也許正在漢中做官，可是近二年我在洛陽也常聽往來的人說到他。可以這麼說吧，西路上的鏢頭和綠林中人，簡直沒有一個不是他的走狗，他一聲呼集，就能有幾百幾千的人來給他拼命。向來除了這裏的老拳師劉昆之外，沒有一個對他不是恭而敬的。如今你竟敢干涉他搶人家婦女之事，竟敢單身找到他家門上去吵鬧，難怪他生氣極了。

「但他又曉得你在洛陽打過獨角牛，你是一位新出世的好漢，他也不知道你有多大的本領，所以他才以全力對付你，先叫他的家眷挪開，你就是拆了他的家他也不顧惜啦，反正他要致你的死命。後來他又看着不成，才把你騙到山上去了。那裏的地勢險惡，他們的冷箭也施展得開。他們原是想把你用亂箭射死，所以他還找了幾名官人去，他們不定在縣裏告了你什麼罪名，就是把你射死在那裏也是白死。乾脆一句話，無論是誰勝誰敗，咱們跟他的這筆仇算是結下啦！再往西行，休想一路無事。」

韓鐵芳皺了皺眉，又扭頭去看，見那老掌櫃的正靠着酒缸，傾耳聽着。韓鐵芳又斟了一杯飲了，遂就悄聲說：「師父，我並不怕他們，我只愁的是人單勢孤。你若能幫助我，咱們在一兩天內就可把這事情辦了，為本地除一大害，然後往西再行。我想西路的豪傑雖多，武藝也未必如我師徒。」

瘦老鴉拿着酒壺，就着嘴兒吸着酒，也探頭悄聲兒說：「我不是不去幫你，今天早晨你走之後，我也很忙了一陣。只是，現在我們兩人不能同時都出頭，一個在明處，一個在暗處，這樣才能夠辦事。現在你是不能再到南關去了，去了就准得吃官司；可是我，除了那店裏的夥計，別的人還都不認識我。我是想先探出那……」

說到這裏他的聲音更小了，又說：「在明處刀槍對敵的事兒歸你；暗中，救荷姑的事兒歸我。我就是由戴家把那媳婦背出來也沒有什麼的，反正我也這麼大年紀了。現在神手張正在城裏替我打聽，因為戴家的家眷現在都進了城，可還不知道有沒有荷姑在內？」

韓鐵芳點了點頭，瘦老鴉又說：「現在你先到馮家歇會兒去，待會兒，或是我或是神手張，一定給你去送個信。你先走，咱們兩人別在一塊兒走。」

韓鐵芳點了點頭，就站起身來，由桌下拿起了刀，那個老掌櫃的到這時才面現驚訝之色。韓鐵芳又向瘦老鴉使了個眼色，告訴他師父對這個人應當注意點，因為剛才二人說的話若被這人聽了去，傳到了戴家，事情可就更難辦了。瘦老鴉卻搖了搖頭，意思着不要緊，並笑着說：「我這兩隻眼睛看得出人來！」

韓鐵芳出了酒舖，向北走了不遠，就離開大道轉進了一條小徑，他揚首看着方向，便尋着曲曲折折的路去走。不多時就進了馮老忠的那個村落，因為他手中提着刀，胳膊上有血跡，所以有幾個孩子都追着他看。他才一進村正好就遇見那李老伯，他趕緊叫囑咐村裏的人，不要向外面去說他來到這裏，那李老伯驚驚慌慌地答應着。

韓鐵芳進了馮家，見馮家的情形真是淒慘。母子正在吃午飯，他們的午飯只是拿玉米麵熬的半小鍋粥，又稀又少。李老伯在門外把那群孩子驅逐開了，又進來向韓鐵芳問話，韓鐵芳卻先取出點錢來，叫李老伯去給他買點飯來。李老伯不肯收錢，韓鐵芳便勉強交給他，說：「隨便弄些什麼吃的來就行，我吃些東西還要走路，請你快一些！」

這時馮老忠依然坐在炕上，顫顫的雙手拿着一隻飯碗，他帶着驚疑地問道：「大爺！怎麼樣啦？」韓鐵芳擺手說：「你放心！今天晚間或是明天，必能把你的媳婦送回來。可是事情辦完之後，也許你們不能在這裏住了，但我也有妥善的地方安置你們。」

馮老忠忽然看見了韓鐵芳衣袖上所染的血，他就驚訝地說：「大爺！你為我們的事受了傷啦？」韓鐵芳說：「不要緊！戴閻王現在受的傷比我還重。」馮老太太也過來流着老淚說：「大恩人，您別為我們的事太為難呀！我這老命交給他倒不要緊，您是管閒事的人，要真……」韓鐵芳說：「這件閒事我要管到底！可惜我沒有想到戴閻王竟有這麼大的勢力，他不是惡霸，簡直是強盜了！」

這時那李老伯又走了進來，他皺着眉悄聲兒說：「可不是強盜嗎？常常有許多騎着馬帶着刀的人去他莊裏。南面板橋村那姓余的，我聽城裏認識他的人說，他名叫金刀太歲余旺，是西安府的鏢頭，因為犯了大案才逃到這裏來的。他還有幾個弟兄，也與他同時作案，都藏在鄰縣。縣官也睜一隻眼，閉一隻眼，不去捉他們，他們都跟戴閻王是好朋友。」

韓鐵芳一聽，知道剛才自己在山上殺傷的那武藝較好的使刀大漢，一定是金刀太歲。他心中也明白，就是把這裏的事情辦完，那麼西邊的路上也必是處處荊棘，隨時都有仇敵；

只憑師父瘦老鴉幫助自己也怕不行，他太不勇敢。最好是山上的那個病人能幫助自己。那人必是一位奇俠，有他幫助我，何愁踏不過秦隴祁連山，捉到那黑山熊？

這時馮老太太正跪在灶前燒水，韓鐵芳攔住她，直說自己不喝水，請她不必燒了。但她不肯聽，流着淚說：“大爺為我們受了這麼重的傷，如今在這兒歇一歇，我們還不給你燒點水？”韓鐵芳便自己也過去，蹲在灶邊幫助馮老太太燒柴，馮老太太攔住他，他卻微笑着不肯聽。一股一股的濃煙冒出來，刺得他不住地咳嗽，又想到那個病人真是可疑，恨不得立時再到那山上去看看。

待了會兒，水就燒開了，李老伯的家裏人也送來了菜飯，韓鐵芳自己倒食用得不多，他把多半的菜飯都給了馮家母子食用。他對馮老太太十分地恭謹，並對馮老忠也連次的安慰。此時韓鐵芳臂上的箭傷雖然疼得不甚厲害，但心中卻如油煎着似的，心說：怎麼師父還不來？莫非他又出了什麼事？

挨到下午，西天已現出嫣紅之色，鴉鵲從空中掠過，那神手張才來到，他慌慌張張地說：“韓大爺！今兒早晨您在戴家莊跟他們打了起來，我就趕緊回了南關，去告訴蕭三爺；可是蕭三爺說是一點不要緊，他保您絕吃不了虧！”韓鐵芳說：“早上的事你不必提了，現在怎麼樣了？這後半天戴家莊、酸棗山上和南關裏，都沒有發生什麼事嗎？”

神手張說：“倒沒有發生什麼事，可是事情還是不好辦。板橋村那姓余的已因傷而死，戴家莊除了戴閻王之外，受傷的沒有三十人也有二十人。這件事可鬧大發啦，縣衙門已派出人各處在捉兇手，捉姓韓的，恐怕您在這兒也待不住，蕭三爺跟那姓毛的已搬到牛家小店藏着去啦！判官解七派人騎着快馬走了，聽說附近幾縣還住着他們的朋友，什麼鐵臂羅漢馬如驤，扳倒山陶俊，銀霸王侯雄等人，都是前兩個月在華州道上打劫官眷，犯了案逃到這裏來的人。”

韓鐵芳冷笑說：“難道靈寶縣的縣官只派人捉兇手，就不敢拿這些強盜嗎？”

神手張說：“這我可就不知道了，也許人家有交情。這些話我也是聽茶館裏的人們偷偷談說的，反正他們今天晚間不來，明天一早也准來，您得趕快防備着點兒！”

韓鐵芳昂然說：“我不怕他們！只是這裏的荷姑呢？”神手張說：“這事我確實探出來了。戴家的家眷雖然都進城去了，可是荷姑並沒進城；現在大概還藏在戴家莊，是住在戴家一個莊丁家裏。這是剛才我親耳聽他們莊裏一個恨他們的人，對我說的。”韓鐵芳面上現出一種興奮之色。

神手張由懷裏掏出一個紙包兒來，說：“這是蕭三爺叫我給您帶來的，說是您若敷在傷上准止痛。蕭三爺叫您在這裏別着急，除非他們進到村裏來捉兇手，你就別走。荷姑的事由蕭三爺去辦，蕭三爺說今天晚上一定能……”他一扭頭看到在炕上出神聽着的馮老忠，就笑着說：“你就等着吧！今天晚上一定能夠叫你們兩口子團圓。”馮老忠聽了這話，不但面上不喜，反倒現出難過的樣子。

馮老太太又過來拉着神手張的胳膊問：“你說的蕭三爺是誰？也是一位好人嗎？”神手張說：“就是韓大爺的師父。那位老爺不愛打扮，穿的衣裳比我還破，可是人真好。”馮老太太又說：“你回頭去告訴那位爺，就說我們娘兒倆在這兒給他磕頭啦！”

神手張擺手說：“老太太您也別這樣。人家師徒倆是行俠仗義的人，幫助了人，也用不着別人給道謝。好啦，我走啦，晚上我也許跟蕭三爺一塊兒把荷姑送回來。”說着就往外走。

李老伯又送來了菜飯，韓鐵芳在這裏與馮家母子一同用了晚飯，又同李老伯談了一會話。他把藥敷在傷處，果然覺着一陣涼，就止住了痛，把右胳膊掄了掄，腕子用了用，覺得仍然能夠動轉自如。他心中又有些躍躍欲試，想着，荷姑那裏，自己雖然不必去救，但菩薩庵中住的那位病人，自己實在應當找一找。那人一定是一位奇俠，倘若將一位奇人大俠失之於交臂，實在是終身悔恨的一件事。

他出得屋來，見暮雲一片一片的漸漸由紅而變黑，鳥聲也寧息了，天上已有幾粒星星露了出來，村中十分寂靜，連一聲犬吠也聽不見。他不由發出一聲浩歎，真想不到一件小小的閒事竟會如此的難辦！才出來就遇見了戴閻王，這還不過是一個惡紳，不過有些江湖人幫助他罷了。將來若遇到了黑山熊，那人的手下不定還有多少人，必比戴閻王的黨羽多得多，而救我的母親，恐怕比救這荷姑更難呀！他心中十分不痛快，雖然並不灰心，不膽怯，卻有點自覺得武藝稍差，前途困難。

韓鐵芳在這小小院落裏來回踱着，不覺天黑了，仍然聽不見一點動靜。他就回身向屋裏叫着：「老太太，你出來把門關上吧！」馮老太太由屋中傴僂着走出來，問道：「大爺要往哪兒去呀？」韓鐵芳說：「我不往別處去，只到村子外邊走一走，我覺得這裏很悶。您把門關嚴了好了。」馮老太太答應着，隨着韓鐵芳走出了柴扉，她就閉好了門。隔着柴扉，韓鐵芳還聽那老太太自言自語地說：「天氣真暖啦！我還想天一暖就娶媳婦呢，現在……」聽着她淒涼的聲音，韓鐵芳愈發憫惜，愈恨那惡霸戴閻王，愈慚愧自己徒具俠膽，但缺乏勇力。

他慢慢地走出了村，看見暮色下的田禾在搖動，遠天上的微月已升，四下沒有一點人聲。他向西南去看，但也看不見那座山了。徘徊了半天，天色更黑了，那彎彎的月色更是明亮，四下也更加岑寂。往村裏去看，那裏一點燈光也沒有；往道北去看，也不見有人前來。他心中非常急躁，暗想：天不早了，事情辦得到底怎麼樣了？莫非師父去了也是不得手？莫非師父在戴家莊，又與他們新勾來的那些人拼鬥起來了？

他着急地徘徊着，竟要去取刀再往戴家莊去。但這時忽聽得村裏有幾聲犬吠，他吃了一驚，急忙回頭看。站了一會，聽得犬不吠了，可是他心中的疑雲突起，便往回走。還沒到村裏，忽聽得一聲慘呼，他大吃一驚，急忙往村中去跑。跑到了馮家的柴扉前，就聽裏邊有馮老太太的喊叫聲：「你殺了我吧！」聲音極悲慘而緊急。

韓鐵芳一縱身跳進了牆，往屋中直闖，只見屋中有一個人手提着帶血的劍正往外闖。韓鐵芳驀地一腳，將這人踢倒在地。這人極為兇悍，劍並未撒手，翻起身來竟要砍韓鐵芳。馮老太太跪在地下喊道：「別傷了人家韓……」韓鐵芳已用那隻受傷的右手將賊人的劍奪下，再一腳，賊人又摔倒了。

韓鐵芳不容他再起，就一劍落下，砍在賊人的背上。賊人叫了一聲，但接着便大罵，說：「姓韓的！你要是殺了我，你可也得留神！現在我們的弟兄全都來了，戴大老爺還要請來黑山熊的少爺吳元猛來鬥你呢！」

韓鐵芳不禁驚愕了一下，他低頭去看，這賊人嚷嚷了幾聲，就手按着傷處，趴在地下呻吟了起來；而馮老忠這可憐的老實人，卻已被這賊殺死在炕上。鮮血流了一地，一盞油燈也倒在地下燃燒着。馮老太太跪在地下渾身發抖，哭得都接不上氣了。

韓鐵芳咬了咬牙，舉起劍來又要砍第二劍，想索性將這賊人殺死，以給馮老忠抵命；但是劍還還沒有落，忽然他又將自己止住，就一腳蹬住了這個賊的身子，逼問說：「你為什麼前來？馮老忠跟你有什麼仇，你讓他死得這麼慘？」

這個賊一邊呻吟着，一邊仍很兇狠地說：「他跟我沒有仇！我是奉了戴大老爺之命。戴大老爺一生沒有人敢違背過他，敢跟他瞪眼，今天馮老忠勾來了你，攪鬧了他的家宅，還射傷了他，他不能夠甘心。我早就來到這兒啦，看見你出了村子，我才來下的手，大道旁開酒館的胡老貓，也把你跟那瘦老頭說的話都告訴我們啦。你和那瘦老頭，連神手張那壞蛋，還有菩薩庵裏的那個癆病鬼，你們都休想逃得活命！你們想跑也跑不了啦，除非你現在把我送回戴家莊去，我給你說一說情，他們還許能夠饒了你。」

韓鐵芳冷笑了一聲，又逼問說：「你們把人家的媳婦藏在哪裏啦？」這賊人說：「馮老忠已死了，你們還要找嗎？難道你姓韓的瞧着那娘們長得漂亮，你想要她？你仗義行俠，其實也是有貪圖！」韓鐵芳氣恨極了，忍不住將寶劍戮下，趴在地上的強悍賊人就一聲慘號。此時倒在地下的燈已然滅了，室中昏黑陰慘，馮老太太也沒有了聲息。窗外的夜風嗖嗖的響，屋中的老鼠也都出來咬東西了，韓鐵芳發了半天的呆，心中不禁有些懺悔。

而這時忽聽外面的狗又吠，他不禁一驚，踢開門跳了出去，卻見銀星滿天，涼風習習，一陣嗒嗒嗒的馬蹄聲由遠漸近。他越發地驚訝，走到柴扉前側耳向外靜聽，卻聽這馬蹄之聲又漸漸由急而緩，已然進了村，並已來到了門前了。

韓鐵芳就退後一步，將劍抬起，但不發聲，而柴扉之外，卻有人細聲說話：「在哪兒？就是這個門兒嗎？」韓鐵芳更是驚訝，因為這是北京話，入耳很覺熟，接著是幾聲咳嗽。另有一個女人的哭聲兒說：「大叔！我怎能報您的大恩呀？」那人說：「快進去吧！」一陣咳嗽，又說：「再會！」

韓鐵芳卻驀然將柴扉開了，說：「請俠士別走！」他出了柴扉，幾乎將一個女人撞倒。他又退後了一步，又說：「俠士……」那個人原來根本沒有下馬，並且已轉過了馬頭，他一邊咳嗽一邊說：「韓君，我們也再會吧！望你多做俠義之事而少傷人！」隨說隨策馬走去。韓鐵芳提着劍追上馬，跑出了村，並問：「請俠士留下大名！」馬上的人似用全力制住了他的咳嗽，清清楚楚地說了幾句話：「不必多問了！如果將來能到新疆，或可能與我再見一面。記住了！勿多傷人！」他並不駐馬，直往北去。

韓鐵芳仍然追着喊：「俠士！我有事情要拜託！」那位俠士卻不言語，一邊咳嗽着，一邊催馬將韓鐵芳落在後面很遠。韓鐵芳心裏很急，仍然跟着馬急追，他又喊道：「俠士！俠士！我韓鐵芳既在此遇見您了，那可不能不拜見拜見您，受一番指教。喂！請您回來！村裏剛才還出了事，死了……」他說到這裏，那位俠士便轉過馬來，但又觸起了他的一陣咳嗽，咳嗽得聲嘶力竭。黑色的人騎着黑色的馬，在這黑色茫茫的夜裏，兩旁的田禾被風吹得亂響，情景十分的可怕。

韓鐵芳往前又走了幾步，在馬前深深地打了一躬，還沒說話，俠士忽然抬頭「呵」了一聲。韓鐵芳不知道是什麼事，就聽這位俠士恨恨地說：「好惡賊！好毒辣的手段！韓君再見，我要去殺盡那些放火的惡人！」韓鐵芳驚得一回頭，就見西南遠遠之處起了一片火光，看那失火的地方就是酸棗山的菩薩庵。韓鐵芳也不由一陣憤恨，就聽馬蹄嘚嘚緊響，他轉過臉來，見那位俠客騎着馬向北已然去遠了。

此時韓鐵芳十分的緊急、義憤、欽佩，而又有一些惆悵。他急忙又回到村裏，進了馮家柴扉，卻見院中有條短短的畏縮着的黑影，發出驚恐柔細的聲音，說：「您是誰？您就是韓恩公嗎？我……剛才叫我婆母，叫我老忠哥哥，屋裏怎麼沒有人答言呀……我不敢進去！」聲音發戰。

韓鐵芳的心中卻更為難，暗想：回來的這一定是荷姑了，我管這件閒事的原因就是為了救她。如今她倒是被人救回來了，然而她的丈夫已然慘死，她的婆母恐怕也……唉！她至此時反倒成了無依無靠，我怎樣安置她呢？再說在這深夜之中，我與她在一起也不方便。於是不禁皺了皺眉，就說：「你且不要驚慌！常到這裏來的李老伯他住在哪裏？你領着我去，我把他叫了來，我們取來了燈再進屋去看。然後，我也可以有法子安置你。」

荷姑這時已然明白了屋中必有不祥之事，不禁又嗚咽着哭了起來。韓鐵芳也不好意思怎麼勸她，但這可憐女子的淒慘的哭聲，卻觸得他心中非常難受。他憶起來蝴蝶紅似乎這樣對自己哭過，但那哭聲卻不似如今這樣的悲痛，這不止是悲痛，簡直是淒慘。只見她走路很是艱難，因為連日的凌虐，身上還許負有病創，她的纖弱影子在黑霧裏顫抖着，移動着，如同一個鬼魂。

韓鐵芳避開了一步，荷姑就先走出了柴扉，他提着劍自後跟着。夜色深沉，夜風淒緊，犬吠之聲倒是停止了，而天上星斗愈濃，月鉤愈小。出了門才走了幾步，荷姑忽然摔倒在地，她就坐在地上嗚嗚地痛哭，說：「我也不能夠再活啦！我婆婆跟老忠一定都是死了，恩公！您跟那位大叔都白救我啦！」

韓鐵芳更是着急，說：「你起來！你起來！你婆婆大概沒死，你丈夫……他，他雖然被賊人殺了，但我也殺死了賊人，給他報了仇！」

他恨不得過去攙起來荷姑，然而又拘於禮節，他不能那樣去做。此時又有兩隻大狗亂吠着跑了過來，驚得荷姑趕緊站起，噯喲噯喲地叫着，跑過來求韓鐵芳救護。韓鐵芳就掄劍，並大聲喝斥着，將狗驅開。

這寂靜的小村裏，半夜裏忽然這樣狗叫人喊，恐怕是已將各家的人都驚醒了，但是竟沒有一個人出來，或是隔着柴扉向外問問。韓鐵芳就向荷姑說：“你快些去敲李老伯的門，把他請出來！”荷姑仍然啜泣着，走得更慢。

雖然李老伯的家離着很近，可是荷姑走了半天，方才來到那柴扉之前。她用手捶着門，叫着：“李老伯！李老伯！”連叫了好幾聲，也許是她的聲音太微弱，裏邊並無人答應。韓鐵芳急得就跳過了短牆，從裏邊將柴扉門打開，讓荷姑進來。幾隻狗還隔着牆亂吠着。

這時屋裏就有人驚慌慌地問：“誰？誰？找誰的？有什麼事？你們別進屋來！”荷姑哭着叫：“李老伯！”韓鐵芳也向窗裏說：“荷姑救回來了，你們快點上燈出來，還有要緊的事我要告訴你們。”

屋裏連聲的答應着，好半天才點上了燈。李老伯開了屋門，披着破棉襖，手裏端着一碗油燈出來，在搖搖的燈光之中，荷姑又哭着叫了聲：“李老伯！”李老伯一手遮着燈，直着老眼仔細地看了看，然後驚訝着說：“你怎麼回來的呀？”他又望望韓鐵芳，說：“是韓大爺把你救回來的嗎？你沒到家裏看看去嗎？”說話時他不住地哆嗦着。

荷姑哭着說：“我婆婆跟……”韓鐵芳說：“我們快到那邊去看看吧！李老伯，你拿着燈隨我們去。”李老伯卻驚慌着說：“剛才我聽見那邊叫了一聲，把我嚇醒啦，也不知是什麼事，我沒敢出去。”荷姑悲聲哭着，韓鐵芳又催着說：“快走吧，到那邊去看看！”

李老伯也知不好，他的手越發地顫抖，聲音也顫抖了，就向屋裏他的老伴兒說：“出來把門關上，我要到那邊看看老忠去。”又歎氣說：“都是因為戴閻王，把人欺侮得太苦啦！”

燈光搖搖擺擺，隨着人移動着，幾次要被風吹滅。三個人走到了馮家，韓鐵芳卻又吃一驚，原來剛才這屋子是漆黑的，如今卻是燈光閃閃，且有人影在那破窗上浮動着。韓鐵芳悄聲叫荷姑和李老伯都停住腳步，且將這盞燈吹滅。

他挺劍悄悄走進了柴扉，原想着屋裏必定是又來了戴閻王手下的賊人，但聽屋中卻是師父瘦老鴉的談話聲。他就叫着李老伯和荷姑快些進來，他又上前把門拉開，就見屋中站着瘦老鴉和神手張，兩人就齊聲驚問道：“這是怎麼回事呀？”韓鐵芳一時也答不上話來，及至全都進了屋，他看見馮老太太也臥在地下如同死了一般，雖然不出聲，可是還微微地喘氣。

荷姑望見屋中的情形，嚇得她那有許多抓傷的臉變成了慘白色，她戰戰兢兢的，及至辨清了她的丈夫已然慘死，就放聲大哭起來，並且跪在了地下。李老伯在旁愁眉苦臉地勸着。她的婆婆微微的抖顫着，用悲弱的聲音說：“孩子，你回來了，你看……老忠都是為你，這……叫咱們娘倆可還怎麼活呀？”接着也哭起她的兒子來了。她哭得聲音益發微弱，又昏死了過去。

瘦老鴉在旁責問鐵芳，韓鐵芳便頓足歎氣說：“都是因為我的疏忽，我不該獨自走到村外去，但我也實沒想到戴閻王……”他恨恨地說：“他竟下此毒手，我非把他殺了不可！”說時提劍又要走。

瘦老鴉卻一手把他攔住，說：“你還上哪裏去？戴閻王這時早已走出二十多里地了。我跟你說吧，今天我們探明了荷姑是被藏在戴閻王的一個莊丁家裏，我們就去了。不想他勾來的人真多，足有一百多個，把戴家莊築成一座鐵壁銅牆，風兒都難以溜進去。我叫這位張爺在外給我巡風，但我卻無法進去。我在外面乾着急，還不敢被他們的人看見，我也怕的是一人難敵眾手。我在村外直蹲到天黑，快要到二更天了，忽然他們的莊中就大亂了起來，我還以為是你去了呢！可是又想你絕沒有那麼大的本領，那簡直如來了幾萬天兵，又像是他們莊裏發了大水，個個狂喊、慘呼，中箭的中箭，跌倒的跌倒，逃跑的逃跑。後來我就看見有十多匹馬飛馳出了莊子，一齊向西奔去了。

“又過了半天，我聽見村裏寧靜了，我才慢慢地走了進去，抓住了他們一個受傷不重的莊丁才逼問出來。原來是剛才突然之間飛來了一位大俠客，就是山上廟裏住的那個病夫，他一手持劍，一手拿着弩弓，連放了三四十枝，沒有一枝虛發。那些莊丁跟好漢們不是瘸了腿，就是瞎了眼，還有的箭中咽喉，嗚呼哀哉了。但是等我進去搜找之時，那位大俠客已把荷姑救走，二人一齊無蹤，我才跟張爺到這裏來！”

韓鐵芳向來沒有見他的師父這樣興奮過，同時自己也對那位俠士愈發景慕，愈覺得驚奇。瘦老鴉又說：「可是我們走在半路上時，就看見西南方上起了一把火，多半就是山上那座廟，一定也是戴閻王幹的。那位大俠客當然不至於受害，可是那尼姑師徒就難免遭殃了！」

韓鐵芳又歎了口氣，就把剛才那位俠士將荷姑救到這裏來，後來他望見了火光，就趕去截殺兇手的事說了一遍。瘦老鴉就擺手說：「這些事就不必提了，現在就是這婆媳二人，咱們可怎麼想法子安頓她們呢？若叫她們留在這裏，戴閻王一定還饒不了她們，再說馮老忠死了，以後誰養活她們呀？」

韓鐵芳說：「這我倒想起來一個辦法。她們在這裏實在不能再住了，我想可以把她婆媳送到洛陽，叫我妹妹玉芳安頓他們。她有那許多錢，安置這婆媳兩個人自然不難，而且不久她就要出嫁，也可以帶着荷姑過去，做她的陪房。」

瘦老鴉點頭說：「這個辦法也不錯，只是得有人把她們送到洛陽去才好。」韓鐵芳說：「這個，我想只有請師父辛苦一趟了。」瘦老鴉說：「我不送她們還好，我要是送了去，你家裏的人一定不肯收留。我在別的地方都可以稱好漢，但在洛陽，卻沒有一個人看得起我。」

韓鐵芳說：「可以叫毛三送她們去。毛三整天睡覺，晚上才有精神，我也不願再帶着他了。可以叫他跟回去，但必須師父暗中保護他們，不然戴閻王為荷姑已弄得家敗人亡，他豈肯甘心？若知道她們往東去了，他一定會派人去殺害她們。」

瘦老鴉想了一想，就慨然答應，說：「好吧，我送她們婆媳到洛陽去，毛三也由我帶走，可是你呢？」韓鐵芳忿然說：「我一個人往西去！」瘦老鴉卻皺皺眉，搖了搖頭。

神手張又在旁說：「韓大爺，我隨着你去好不好？反正你們走後我也得走，我要再在靈寶縣住，就是有八個頭也得都被他們割下去。韓大爺，你也帶着我去見一見世面！我還告訴你說，我須得先打壞了寶盒子，才能夠跟着你走，在路上我一定規規矩矩，一切都聽你的吩咐！」

韓鐵芳說：「張兄，你這個人我很欽佩，可稱是條好漢子，但你不會武藝。我才出家門數步，就遇着這幾番爭鬥，以後還不定有多少人要跟我作對，我若帶你走，遇到事情咱們彼此都不便。」

瘦老鴉又向韓鐵芳問說：「將來咱們師徒在哪裏見面呢？」韓鐵芳說：「我盼師父把她們送到洛陽，就趕緊再往西來，或者咱們可以在西安府見面。」

瘦老鴉沉想了一會，就點點頭說：「可是，我得囑咐你一句話，你必須服從，就是沿途不可再與人爭鬥，連閒事也要少管，寶劍也不要常露出來；投店打尖，處處都要小心。等我們在西安見了面，那時再商量怎樣找黑山熊！」韓鐵芳點頭說：「我都曉得，請師父放心吧！」

當下決定了辦法，瘦老鴉就開始辦理了。他先拿了鋤頭，趁着黑夜，叫神手張幫助他，將馮老忠和賊人的死屍抬出去，偷偷地埋葬了。他又回來打掃乾淨了屋中的血跡，並勸馮家婆媳不要只顧哭啼，應當快些收拾行李。又叫神手張趕緊回南關叫毛三，並再托他的表親去找車，並囑咐最好不到天明，就把車找來。神手張連聲答應着走了。

李老伯臉上的顏色始終沒有緩過來，此時他也要回家去了。瘦老鴉把他送出了門，並囑咐他說：「荷姑婆媳走後，這兩間房子，你能給照應着更好。若是不能，你就少說話，第一莫說馮老忠已死，第二莫說你知道她們婆媳的去處。」李老伯也就連聲地答應着。

瘦老鴉重進到屋裏，就見韓鐵芳在屋中站着，臉上佈滿了怒容，時時地發着呆，一口寶劍永遠在他手中提着。馮老太太是已然挪到了炕上去躺着，她的氣息是緩過來一些了，可是哭聲益哀，口口聲聲說是要找她的兒子去。荷姑背着身兒邊抽泣，邊收拾着東西。她們家裏哪有長物？只不過是一隻破衣箱，和馮老忠的一些做花樣的器具而已。瘦老鴉也不說話，灶旁有一塊磚，還有幾根樹枝，他就坐在磚上往灶裏燒火，燒熱了一鍋水，他就用碗舀着喝。他看上去很從容的，而且一點也沒有疲倦的樣子。

　　韓鐵芳在屋中呆了一會，就又提劍到院中徘徊去了。屋裏的那一盞油燈也漸漸地滅了。昏暗了一陣，夜色就漸漸稀薄，星星少了，月光也暗了。又過了一會，就聽見車輪聲及馬蹄聲漸漸由遠而近，韓鐵芳走出柴扉一看，只見隱隱於曉霧之中來了一輛車和三匹馬。他迎出村去，看見神手張僱來了一輛騾車，毛三是騎着一匹馬，拉着兩匹。

　　毛三看出了韓鐵芳，就叫着說：“大相公，還沒敲五更呢，難道這麼早咱們就趕路嗎？戴閻王的事到底是怎麼回事呀？我糊塗了一天，弄不明白，我也不敢跟誰打聽。”韓鐵芳喝道：“少說話！”他遂領着車馬進了村。

　　大家一齊忙亂，搬東西，抬馮老太太，哭聲，悄悄說話聲。亂了一陣，天色就已破曉，東方又已露出來曙光。馮老太太是臥在車裏，荷姑流着淚由車裏探出頭向韓鐵芳道謝。韓鐵芳這時才看出，這個女子雖然衣服樸素，雲鬢不整，臉上且有抓傷痕跡，但確實是長得十分美麗。他點點頭，就轉臉去向瘦老鴉說：“師父就快些帶着他們走吧！”

　　雞已啼了，狗圍着車馬又吠了一陣，也都停住了聲音。瘦老鴉騎上雪中霞，揮鞭說聲：“走吧！”車裏又發出哭泣之聲。神手張向着韓鐵芳說：“韓大爺再會！”那毛三跨在那匹瘦馬上，又打了個哈欠，說：“大相公，我可先到洛陽去啦！您可也別在外邊多耽誤，遊夠了也快點回家吧，免得少奶奶在家裏掛念您。”他揉了揉眼睛，又要打盹似的。車馬出了村子，衝破了曉煙，迎着漸起的朝陽，向東走去。

　　這裏只留下了一匹烏煙豹和兩隻包裹，一口寶劍，一杆絲鞭。韓鐵芳將昨晚上奪來的那口刀跟劍全都拋在麥田中，他就上了馬。往北走了不遠，尋着通往西南去的大道，緊緊揮鞭，飛一般地馳去。約數十分鐘，他的馬就來到了昨日惡鬥之地的酸棗山。

　　此時天已大亮，金色的朝陽射在山頂上，但山上只剩下了一段黯色的斷牆，昨天的那座廟已看不見了。那匹馬也望不見了。他就牽着馬上了山，到了山頂上一看，廟已全都燒毀，殘灰破磚堆了一地。他跳進去，以寶劍亂撥着磚石和燒焦了的柱子，四下尋找，並沒看見一具屍骸。他忿恨了一陣，又嗟歎了一聲，隨即下山，一直往西走了二十里，便離開了靈寶縣的境界。

　　沿途的土山愈來愈多，風吹來，所挾帶的沙塵更多。他找了一個僻靜的村落用了午飯，依然往西去，天黑時方才覓店歇息。一連二日，過了陝州，出了函谷關，地勢是越走越高，已離潼關不遠了。想起來師父曾說過潼關有老君牛、仙人劍，那張家二弟兄都是極有名的江湖人，心中因此益懷着警戒。

　　當晚來到閿鄉縣境，這個縣也是豫西的一個大縣，可以說是豫陝交界之處，地勢極為險要。黃色的山，黃色的河，被夕陽照得更如同畫一般的顏色。

　　在韓鐵芳的前面有一批鏢車，他雖沒看出車上的鏢旗寫得是什麼字樣，但見鏢頭七八人，個個騎着大馬，樣子都頗為兇橫。韓鐵芳不願再招惹閒氣，於是就在一個市鎮上覓了一家店房，牽馬進內，自覺未被人所注意。他將馬交給了店夥，就找了個房間歇下。

　　用過了飯，就在屋中以藥敷治右臂上的箭傷，這塊傷已然有八成好了，他躺了一會，覺得身體也不疲乏了。此時窗色已漸黑，店房卻來了不少投宿的，人聲、馬聲、車聲，又一陣的雜亂。亂過去之後，可又漸漸寂靜了。

　　夥計給屋中點上了燈，韓鐵芳就躺在炕上想事。他想得很遠，往西想到了潼關那些難免一鬥的群豪，祁連山陽的大盜黑山熊和尚未知能否尋到的可憐的母親，更想到新疆遼遠的沙漠，那裏的奇俠也不知可否再遇？往東他卻想到了蝴蝶紅，她已是落花有主了，她跟着范彥仁一定很好吧？又想那遭逢侮辱，死了丈夫離了家鄉的荷姑，不知在路上會不會再出事？他一陣雄心忿忿，又一陣情感纏綿。

　　這時鎮街上已敲了梆子，隨着梆子，忽然又傳來了一陣異樣的聲音。他就不禁吃了一驚，突然一滾身站了起來，腳步慢慢地往前挪動，全神貫注地細細地去聽。他推開了門，走到院中，尋着聲音，他就走到一間客房的窗外。這窗上浮現着淺淺的燈光，窗裏卻發出那種震人的咳嗽聲。咳嗽了半天，還沒停住。

　　韓鐵芳就忍不住輕輕地拉開門，向屋裏看去。就見屋中燈光慘黯，桌上放着一碗麵，一雙筷子。那人卻縮在炕頭，雙手緊緊按着胸，嘶聲竭力地咳嗽着，但總是不能把喉中的痰咳出。那臉色是不必看了，真是又蒼白又淒慘。他穿着緞子的夾衣，包着他的瘦骨，一條很長的辮髮已垂到頭前來，而且十分的蓬亂。

　　韓鐵芳上前替這個人輕輕地捶背，他像侍候父親或母親那樣地恭謹。這個病人半天才吐出兩口稠痰來，唾在地下分明看出有血色，病人就"哎喲"一聲，身子向後一倒。韓鐵芳急忙托住了他的頭，並將他身旁的一隻花緞包袱拿過來，打算作為他的枕頭，但卻覺得又沉又硬，包裹裏不知是什麼東西。在包袱之旁放着一根皮鞭，及一口連着鞘的、柄上纏有很舊的青絲的寶劍。

　　韓鐵芳並不驚疑，他用自己的手托着這人的頭，輕輕地向下去放，不料這人忽然一挺身，似有絕大的力量，把韓鐵芳推到了一邊，昂爽地站起身來。韓鐵芳見他雖然已經瘦弱得幾無人形，然而卻像那柄瘦長的寶劍似的，發出來一種森冷的令人不敢接近的光芒。此人一抱拳，說："原想在新疆見面，不意又在此相逢，總算是有緣，請坐請坐！"

　　韓鐵芳一躬到地，然後直起腰來，說："我現在往西來，一來是為辦自己的事，二來就是想再見見前輩，求前輩指教。那天在山上我言語多有不周之處，也求前輩不要加罪。我只學過三五年武術，在家中之時，頗為自負；到了靈寶一遇着戴閻王那些人，便自覺出是武術太低了……"

　　對面的這人將他止住，說："店房裏人太雜，不要說出這些話。你請坐，我們談談！"韓鐵芳答應了一聲，往後退到一個凳兒上落了座。

　　這個病人坐在他的對面，借着燈光不住地看他的容貌，就說："我看你的模樣實在有些眼熟。二十年前我有個朋友他姓羅，長的就頗像你。你現在能否對我實說，你到底是姓什麼？"

　　韓鐵芳不由得一陣詫異，說："我實在姓韓，是洛陽人，我並不認識什麼姓羅的人。"

　　病人又說："你的父親是誰？"韓鐵芳不願也不敢說出自己父親的名字和來歷，只說："我的父親是洛陽縣的一個財主，他已然死了，給我留下了一些產業。我因想男兒志在四方，不願株守，所以便將家財盡皆出散給親族，一人出來磨練磨練。"

　　這病人點頭說："很好！年輕的人是應當出外來磨練磨練，但是你不往南方那山明水秀的地方去走，卻到這荒涼的西邊來是什麼意思呢？"

　　韓鐵芳說："我是為尋找一個人。"這病人就又問："你尋找什麼人？做什麼事的？"韓鐵芳說："我找的那個人姓吳名鈞，外號叫黑山熊，他是個……"

　　對方這病人就突然詫異地問："什麼？黑山熊？你認識他嗎？"韓鐵芳搖頭說："我不認識他。我只知道這個人年歲已經很老了，他是個強盜，他生平作惡多端！"病人的態度和平了些，他咳嗽了兩聲，就又問道："你要找他有什麼用意呢？"

　　韓鐵芳沉吟了一下，就說："我找他是為報仇。我同前輩說了也不妨，我想前輩必是天下聞名的一位奇俠，你不是李慕白，便是江南鶴，我也無須瞞你。我要見了黑山熊，無論他的本領有多麼大，他手下有多少人，我也要跟他拼命，或是我死他生，或是我生他死。我們中間的仇恨不共戴天，因為十九年來，他欺我太甚！"

　　病人又驚詫着說："十九年？"他容貌淒慘，回想了半天，才又問說："你和他是因為什麼結下這樣深的仇恨呢？"

　　韓鐵芳說："因為……"自己母親被黑山熊強佔了的事，他真慚愧得說不出來，只說："因為我有一位盟叔，是我生平最敬佩的一個人，名叫金剛趺趙華升，十九年前他被黑山熊殺死，我師父因此才傳授給我武藝。"

　　病人又問："你的師父名叫什麼？"韓鐵芳說："我師父名叫一提金蕭仲遠，他是我父親的……"病人突然又現出失望的樣子，就向他連連擺手，說："你不必再往下說了！我不耐煩聽這些江湖無名之人相互毆鬥的事。二十年前我也是很氣盛的，但後來我對往事一直懺悔。那天在酸棗山上，我是不忍見你這樣少年英俊的人遭他們所害，我才幫助你；後來我到戴家莊救出那女子，也是為你辦事，因為我見你膽氣雖有，但武藝卻實在是差得太多！”

韓鐵芳聽了，不禁低下頭去，真覺得心灰意冷。病人又連連咳嗽了幾聲，說：“我不願再見江湖人毆鬥，也不願見你們這等富家子弟學習武藝，遊走江湖。但你既已出來，我也不能勸你回去了。今後若有機會，我可以盡力幫助你，必能使你尋着黑山熊，因為我跟他也有些舊仇。”

韓鐵芳就問：“他也得罪過老前輩嗎？”病人又擺手，說：“你也不必多問了，想起來早先的事我就恨！我就傷心！”

韓鐵芳一陣驚詫，又問：“敢問前輩貴姓大名？您是不是南宮李慕白？”病人一聽這話，忽然把眼睛瞪起，眉毛高挑，說：“你們怎麼就知道天下的能人只有李慕白呢？”

韓鐵芳趕緊抱歉似的說：“我也知道天下的英雄極多，但別人的名字我都沒聽說過。我只聽說二十年前江湖上有兩位超人英雄，一是李慕白，一是玉嬌龍。但玉嬌龍是位女俠，生長於名門，她已有數十年未在江湖行走，生死未知，而李慕白確實尚在人世。因為前輩的劍術精絕，所以我才想到，也許是有緣，使我遇着那位大俠客了。敢問前輩貴姓大名？”

病人卻發了一會怔，然後又咳嗽了一陣，便搖頭說：“我都不是，你去歇息吧。”他咳嗽得又很厲害。韓鐵芳在旁皺着眉，心中非常地疑惑。這個病人又直向他擺手，意思是叫他走開，他只得站起身來，又向這病人拱手，說：“那麼我明天再來向前輩請教吧。”說完了，他覺得心裏還像是有許多話，但是不知應當怎樣說出口。

他轉身輕輕開了屋門，走到院中。此時那屋裏的咳嗽聲仍是甚緊，韓鐵芳心裏就想：這樣的一位蓋世奇俠，竟為病魔所困擾，實在是可憐可惜。他不禁長歎了一聲，就低着頭走回自己屋裏。那屋裏的病人，實在是時時叫他掛念，記得只有在他母親秦氏病歿之前，他的心裏確曾有過這種淒慘情形。

外面，二更敲過了又敲三更，室中的那盞油燈越來越黯淡，韓鐵芳這才掩門熄燈就寢。他本來已經很疲乏了，一躺下便要睡着，但是那屋裏的咳嗽之聲，卻又如一條線牽在他的心上，那邊一動，這邊就立刻驚醒。

次日，他本想往下走路，並且要邀那位病俠一路同行，可是他到了那屋中一看，見那病人仍臥在炕上。他蓋着一床不很乾淨的被褥，頭髮亂蓬蓬的，白煞煞的臉，雙眼緊閉着，簡直不像是個活人。被底下露着一雙腳，又瘦又小，腳上穿着青鞋，可見他是已然起來過一次又睡下的。韓鐵芳在他的眼前站了半天，他並未睜眼，只是微微地喘着氣；有時突然像要咳嗽，但他把眉毛緊皺了一下就又壓住了。

韓鐵芳轉身輕輕地出了屋，到了院中，見許多客人都匆匆忙忙地往門外走去，棚裏只有兩匹黑馬在同槽吃草。韓鐵芳就叫店家，店家正站在門口向往外走的客人們拱手，連聲道着：“怠慢！”聽了韓鐵芳的呼喚，他就趕緊走過來，帶笑問說：“您有什麼吩咐？您也是這就要動身嗎？要沒什麼要緊的公事就在這兒再歇一天好不好？縣城裏可熱鬧極了！”

韓鐵芳說：“我打算過午再走，只是，你們這裏有什麼高明的大夫沒有？”他回手指指那屋子，說：“這屋裏住的人，是我在路上認識的，人很好；只是我看他的病很重，今天尤其厲害。同是出門在外的人，哪有不管的道理？我想代他請一位大夫來看看，開幾味藥。”

店夥就說：“昨兒晚上我們也聽見啦，他直直咳嗽了一夜。多半是癆病。這種病早就應當在家裏養着，他出這麼遠的門兒，萬一要死在半路，誰管呀？大爺您既然想做這件好事，那我就給您請大夫去。這鎮上的韓先生就是有名的大夫，脈息好極啦，無論什麼童子癆、女兒癆、五癆七傷，要請他治，真敢說有點拿手。”

韓鐵芳點頭說：“好極啦，你就快給請來，車馬錢由我開發。”店家答應着，韓鐵芳卻轉身又進到病人的房中。

此時那病人已然醒了，他睜着眼驚問說：“你怎麼還不走呀？你不是往西去還有急事嗎？為什麼在這兒耽誤着？今天連我都想一早動身，但實在是因為身體不舒適，不能走，所以我起來了一回又躺下了。我勸你這時趕快就走，當日就走進潼關才好。不然，那戴閻王若是先逃到了潼關，他必要勾結那裏的幾個惡霸，反正你往西去就必由潼關經過，必躲不過他的眼睛。你又人孤勢單，倘或被他們暗算上了……」

韓鐵芳搖了搖頭，說：「這件事，請前輩不要替我操心。我這番西去尋仇，早已將生死置之度外，連黑山熊我都不懼，我又何至於怕他們那一夥毛賊？今天我原是想走，但見前輩病臥在此，我不忍得走。不要說前輩在酸棗山還幫助過我，救過我；就是彼此素無因緣，我若見一人病倒異鄉，也是要盡力照管的。前輩一生所做之事，我雖不詳知，但一定也是到處扶危濟難，以肝膽待人。如今，前輩你自身有了這樣危難，就不能有人來扶助你嗎？我已叫店家請大夫去了，我在此耽擱三五日也是無妨的。倘若前輩因此病癒，那並非是我對前輩有何恩德，而是我替你一生所救之人酬謝你了！」

病人聽了這話，面上露出一點感動之色，就歎了口氣，說：「你說的這話，叫我真愧得慌！我雖然自幼就會武藝，但所做的都是些任性、鬥氣的事，我也殺傷過無辜之人，實在不配稱為俠義。我一生漂泊病困，都咎由自取。如今，實同你說，我正是要往南去尋李慕白，因為早先他拿走過我一件東西，我在未死之前必要索回；而且還預備着去和他們做一番決鬥！」

韓鐵芳不禁又動容去聽。病人又說：「此外還有一事……咳！現在且不必跟你提說了。我因自知病入膏肓，死期將至，我才重入江湖。不然，我真發過誓，我是至死也不入玉門關的！」說到這裏，他翻着眼睛，似乎再回憶着什麼，良久又慨然說：「沒想到我病在半途，使我灰心！我見你一個初走江湖、武藝不甚精熟的少年人，在靈寶縣尚且那樣捨身仗義，力戰群賊，又叫我很後悔；假若當初我將此身武藝用之於正，那麼現在的江湖上，就許不至有這麼多惡霸與壞人了。因此，我又不想找李慕白去了，我想回家。」

韓鐵芳就又問說：「請問前輩的家在哪裏啊？」病人搖頭說：「我的家離此處極遠，而且旁人也極難尋找。」韓鐵芳說：「是在新疆嗎？」病人微微地點頭說：「離着那裏就不遠了。我家中只有一個親近的人，我出來，他就在家裏，也沒有人管，所以我也願意趕緊回去看一看他。不然怕我死在中途，他全都不知道！」韓鐵芳聽了，不由覺得有些鼻酸，心裏漸漸地覺得明白了，這人早先必是一個江湖大盜，如今他懺悔了。

此時店家就在院中說：「大夫請來啦！」韓鐵芳趕緊將門推開，大夫連同着店家就進了屋。這位大夫據店家稱呼他是姓韓，與鐵芳同姓，年有五十來歲，嘴上有點稀稀的白鬍子，臉龐極瘦，仿佛也是有癆病似的；穿着一件灰布的破大褂，青緞坎肩也很舊了。他佝僂着進來，望了望病人的氣色，那病人卻忽然驚訝地坐起了身。大夫說：「躺下吧！躺下吧！別客氣！病人可不應該坐着。」

店家在旁邊說：「韓先生的脈氣好極啦，來到我們這鎮上十來年，由他治活了的人，可真數不過來啦，治癆病更是有把握。」韓鐵芳點了點頭，店家就搬了凳兒請大夫在炕旁邊坐下。此時病人卻閉着眼睛將臉側向裏面，伸出一隻右臂來，叫大夫給診脈。

這個大夫一邊診着脈，一邊仰着臉，半天，又把頭微微地點着。看着韓鐵芳的衣服很整齊，面貌又清秀，他就說：「這位世兄與這位病人是一路來的嗎？」

韓鐵芳說：「我們二人也是萍水相逢，因為談得相投，遂成好友。」大夫又點點頭，咂一咂嘴，就站起身來說：「病人是虛弱過甚，加以外感，得慢慢地治，一劑藥兩劑藥怕不能見好。」韓鐵芳點頭說：「是，是。」

大夫又說：「我這個當大夫的與別人不同，好治的病，我一定說是好治；不好治的病，我也絕不用大言欺人。因為我行的是儒醫，您可以到這街上看看我門前的牌子，上面寫得清楚。我行醫四十多年啦，沒跟人說過一句不是書上的話，所以與他們那些江湖大夫迥然不同。我看閣下也是位讀書人，我才這樣說。」

店家在旁說：「韓先生在大地方也行過醫，西安府、蘭州府，全都給他掛過區！」

韓大夫說：「我在涼州府住的日子尤其多，將來您可以到那裏去問問，有位韓先生，您要說韓秀才人更能曉得。因為兄弟自幼攻讀，曾進過學，後來因為科場不利，我才想：

不為良相，當做良醫，因此才發奮……」此時病人轉向炕裏去臥着，咳嗽得又劇烈起來，把這個大夫自吹自擂的話也打亂了。

大夫又向韓鐵芳一笑，現出他那僅存的兩三顆牙齒，他說：「您跟我到櫃房裏開方子去吧？」於是韓鐵芳跟店家也出了屋子。大夫彎着腰兒，邁着方步在前邊走，韓鐵芳在後面看見他的兩隻鞋跟都破了，快穿不得啦。到了櫃房裏，掌櫃的跟他也很是廝熟，他就借了紙筆，手顫顫的，字跡歪斜，開了一張藥方子。韓鐵芳取出來一塊碎銀作為酬謝，這大夫把一塊銀子看了又看，並借了櫃上的戥子稱了一稱，方才走。

韓鐵芳又把錢給店家，托他們去買藥煎藥。他同店掌櫃談了幾句話，就又走到那病人的屋裏。病人忽然翻轉身來，瞪着大眼睛問：「大夫走了嗎？」韓鐵芳說：「已然走了，藥我也托店家買去了，待會就可以煎得。」

病人突然又問：「那大夫沒有說什麼別的嗎？」韓鐵芳怔了一下，搖頭說：「沒有說什麼別的話，只說您的病得多多休養，不可以急躁。」病人搖頭說：「我一點也不急躁。我已經忍氣吞聲了二十年，不料凡事皆由命定！逼得我又得做壞事！」接着他又歎息了一聲。韓鐵芳越發地愣了，不知他是病得說胡話，還是為了什麼。

忽然見病人又向裏一翻身，伸手向他那包袱裏去摸，揪出來一個紅綢子的小包裹，他使力坐起身來打開，只見裏面有許多塊白銀，其中還摻着有幾塊黃金。這病人把一塊銀子給了韓鐵芳，說：「我知道你是一個有錢的公子，也是一位俠義英雄，給你錢是羞辱了你。但你也別錯會了意，這是我請大夫看病的錢，我既然有錢，就不能花別人的，我不願意受別人的好處。你收下吧，你若給我扔回來，就算是惱了我！」

韓鐵芳的心中可真有點反感，心說：這個人是怎麼回事，怎麼這樣不認識朋友呢？韓鐵芳見他這時候精神極為興奮，不像是剛才那樣病得要死一樣，於是，就慨然說：「既然這樣，前輩的銀子我不敢不收。」遂揣在自己的懷裏，又說：「我跟前輩雖萍水相逢……」

病人不待他往下說，就搶先說：「我也沒想到此番東來能遇到你這樣的人物。可惜我身體多病，百事贅身，不然我願將我三十年來所學的武藝全都傳授給你。」又歎道：「其實會了武藝，又濟得什麼事？人當異鄉臥病，或是……躺在炕上起不來的時候，任你有天下無敵的武藝，依然能遭陰險婦人的暗算、坑害、搶奪，被小人所辱！」

韓鐵芳更不明白了，怎會又談到了婦人的暗算呢？又有誰搶奪過他心愛的東西呢？也許是剛才的什麼事引起了他對往事的回憶，但這些話也跟自己說不着呀？韓鐵芳疑惑了一會，自己也有些灰心，覺得只要今天叫他吃了藥，明天若見他的病好一些，自己也可以與他分手了。自己與他結交又不是想要求他幫助，想藉他的武藝報仇。如今，自己對他也可以說是盡到照護之責了，時間不可遲誤，還是趕緊去尋黑山熊，救自己的母親脫難要緊。

於是他就請病人臥下休息，自己卻又走出了屋，到店門前轉了一會，就見離着不遠，路南有一個荊棘縈成的門兒，土牆上掛着一塊破匾，不知是寫着什麼字，大概就是剛才請來的那個大夫的家。這座市鎮雖然是往來的大道，但因距離縣城太近，往來的人不在此停足，所以買賣也都不大興旺。

韓鐵芳站了一會便又進來，到了屋中，心中仍覺得非常憋悶，而且無聊得很。直到晚間，他因聽見了那個病人又咳嗽，他就又走到那屋中去看，卻見病人躺在炕上，咳嗽似是更厲害了。小凳上放着一碗藥，已然冰涼，卻沒有吃。韓鐵芳不由得問：「藥沒有用嗎？」那病人翻了翻身，卻說：「那樣的大夫給我開的藥，我吃它幹什麼？」韓鐵芳說：「聽說那倒是個有名的大夫。」病人忽然抑制住咳嗽，冷笑着說：「有名？嘻嘻！有名？」韓鐵芳聽了，又不由十分驚詫。

病人又對他說：「我勸你就趕快走吧，咱們日後再見。你放心，你往西去只要謹慎一些，就不至有什麼舛錯。只要我的病能夠好一些，我必然趕了去幫助你。」

韓鐵芳聽了這話，更覺着不高興，就說：「前輩你錯會意了，我與你相交，皆是因為江湖道義，並非想求助於前輩，何況……」

他原想說出自己此去的目的，說明了自己往祁連山去原是為救母，就是別人肯幫助，自己也要謝絕，然而又想：這樣的話豈可對別人說？只好明天分手了，以後只要這個人不死，他必然能夠知道我是個怎樣的人物。於是他又婉言勸着，請病人服藥，病人卻仍然搖頭。韓鐵芳就想：我盡到了心就是了，我對我自己的父母也不過如此，他不識交情，我還能夠怎樣？遂就回到自己的屋中。用畢晚飯，自己就躺在炕上歇息，預備明天清晨就起身。

這一夜，那屋裏的咳嗽之聲也似乎減輕了一些，不知那個病人到底吃了藥沒有，反正，他的病必是好了一些。韓鐵芳也有些放心。但又想：自己對於他的過去並不了解，竟如此戀戀地，仿佛有什麼情意似的，也太不值得，幸虧他不是個女子，要不然自己真許耽誤了正事。遂將心安靜下來，頃刻之間，即走入了夢鄉。

這市鎮上一過了二鼓，就已沉寂如死，除了梆鑼有時候響，狗有時叫，就再無其他的聲音。天上的月亮，已由鈎形漸漸地展寬，如同一隻船，在那深青色的海一般遼闊的夜空上飄浮。星光也顯得稀少，一閃一閃的如同銀魚的脊背，被月映得發亮。幾縷淡淡的雲絲，從遠天的極處投來，如一條素練似的，要將那隻月舟牽走。牆角、樹梢、房檐都把影子鋪在地下，一塊一塊，一枝一枝，浸在青色的月光裏，斑斑駁駁的，如同水底的石頭和珊瑚樹。

此時那個大夫韓秀才的家裏突然有怪客走入，將韓大夫喚醒，逼問他說：「十九年前你在甘州府住過不是？那時正是年底，下着大雪，在來安店裏有一個孤身少婦產了一個孩子，被同店住的那個涼州知府的妾給換走了。到了次年春天，你又到涼州府裏去邀功、求賞，帶着官人去搜店，意圖將那個孩子也奪回去，以致將那可憐的少婦逼走。是不是有這件事？現在，我只問你，十九年來那方二太太換去的孩子到底有下落沒有？現在他在何處？你要據實說！」兩隻又瘦又硬的手已掐住了韓大夫的喉嚨。月光透進了破窗櫺，照在這怪客的臉上，只見他病容慘暗，而兩目卻發着兇光。

韓大夫的老婆子早已嚇得鑽進了破棉絮裏，不敢作聲。而韓大夫戰戰兢兢地，便憶起那件早已塵封的舊事。那件事至今仍是個謎，方二太太、秦媽跟那孩子始終也沒有找着。不過那家人方福，後來被人救了；他設法回到了涼州，便傳出去旅店換子及高山遇盜之事。方福的一隻腿已成殘廢，到了涼州住不到半年，一條老命便即嗚呼。現在連涼州府都不知換了幾任，早先的那位方大人，也不知調到哪兒去了。

韓秀才當初並沒得到什麼便宜，不過是知道甘州旅店裏的情形罷了。他坎坷了一輩子，來到這裏才混上了一碗飯，以他那半通不通的醫術，碰巧也治活過幾個人。他在此地討來的婆子也生了個女兒，但他的老境更為潦倒。

對於早先的事，除了有時跟人誇誇口，表示他走過許多地方，連早先的涼州府台他都見過，那件換兒子的怪案子，他卻連對他老婆也沒有談過，不料今天忽然翻了案。他被掐着脖子，匍匐在炕上，老淚低垂，聲音悲慘，表示他對於那件事情的後來結果完全不曉。那被換去的孩子是個男孩子是無疑的，但後來是死是活，落於誰手，他是真的一點也不知道。

他並且說：「早先我在裏邊攪亂，也不過是圖幾個錢花，不過多說了幾句話，也沒太多事。方知府也沒給我什麼好處。那位抱走了方家女兒的娘子……就是您吧？太太！您千萬留下我這條老命吧！」

對面那忿怒的人，將兩隻手漸漸地鬆開了，他歎了一聲，現出非常失望的神情，又咳嗽了一陣，然後以拳頭擂着韓秀才的頭，厲聲地說：「過去的事不准你跟別人提，今晚的事更不許跟別人說！否則我就殺了你！」說畢，轉身走去，門戶都未響。

窗外依然月色淒清，此人已無蹤影。而十分鐘之後，那店房裏的一匹馬已然備好，店門也已敞開了。店裏的所有人可還都正在熟睡，一點也不覺得。韓鐵芳卻被人用手推醒，他驚得睜開了眼睛一看，炕前的人的模樣卻看不大清。他急忙坐起身來，順手掣劍，嚓的一聲，寒光已出了鞘，而炕前站立着的人，卻按住了他的手說：「你這時才抽劍已然晚了！告訴你，你還得磨練，這樣子走路是要吃大虧的。」

韓鐵芳聽出來說話的聲音，不禁更為驚異，就「啊」了一聲，這個人卻說：「不要驚訝，我特來向你辭行。幸蒙救助，現在我的病已略覺着好了一點，趁着今晚月色甚明，我要走啦。將來……咱們再會面吧！望你放心向西去走，少鬥氣，多謹慎，便無舛錯！」說時轉身要走。

韓鐵芳卻拉住了此人的胳膊，說：“前輩且不要走！自然，我挽留不住前輩，但也請留下大名，以便將來遇機訪問。”

對面的人說：“將來你可向江湖人打聽：沙漠飛來一條龍，是神無影鬼無跡……”韓鐵芳問說：“莫非前輩你就是……”對方這人，卻將拳捶在他的臉上說：“禁聲！我的名字不許他人說！將來，你若順便，可以到沙漠中去尋找，睡吧！”他將韓鐵芳推倒在炕上，便飄然出屋，屋門隨之閉上。

韓鐵芳哪裏肯交臂失此奇俠？就翻身而起，急追出屋，卻聽馬蹄緊響，人已無影。他追出店門，並往西跑出了鎮，見鎮外月光下有一個小黑點兒已然去遠，嘚嘚嘚的馬蹄之聲一聲比一聲輕微，少時便即消逝了。

韓鐵芳又急忙跑回店中，也匆匆地去備馬，櫃房裏就有人說：“是誰在院子裏啦？”韓鐵芳也不言語，又趕忙走進了屋。他慌慌張張地繫好包裹，背在身後，挾着寶劍，拿上皮鞭，就出了屋。店家已點上燈了，櫃房裏三四個人都詫異着，說：“院子裏是誰呀？”韓鐵芳摸出那位俠客給他的那塊銀子，擲在屋中炕上，急忙就跑了去牽馬，臨出店時才大聲說：“我們都走啦！你們快來關門吧！店飯錢都給你們留在屋裏了！”

他騎上了烏煙豹，加緊揮鞭，飛也似的向西而去。瞬息之間就出了鎮街，又一會，就走出了十餘里地，再片時，過了一道山。又走了約二十里，便見星光已稀，銀月西落，涼風吹動了遍野的禾麥，東方極天之處，雲作淡胭脂色。再走，烏鵲從遠林飛起，紛落於田野之間，而青色的天幕已然拉展開了，村裏雞鳴，田徑中已有荷鋤的人行走了。

朝陽的金針刺破了晨霧，山色又發黃了，右側的大河滾滾流淌，如同一個睡起來的莽漢，在伸着懶腰。他的馬稍稍遲緩了些，人漸漸喘息，四周遍野，放眼望去竟，沒有一個行路的。只有他座下的烏煙豹如才從河裏走出來似的，出了一身大汗。面前隱隱看見了一座關隘，如在霧裏。他悵然地再往前走，直到太陽高升，天又漸漸熱了，路上往來的人也越來越多，時候已然不早了，他的馬才走到了潼關。

潼關是天下的險要之地，迭堞重樓，建築在高高的山嶺之上，形勢極為雄壯。黃河自北而來，至此折向東流，那拐角之處排列着許多桅杆，有的船已掛起帆來正向河心行駛，韓鐵芳曉得那裏必定是風陵古渡。他見往來的人很多，不願有人認識了自己，便策馬爬上山嶺，進關去了。

關裏原來就是潼關縣，這裏是屬於秦省管轄，城中的買賣很多，車馬輻輳，人煙極為稠密。韓鐵芳下了坐騎，牽馬走去，包裹也摘下來放在馬鞍後，寶劍連鞘也掛在鞍旁。他此時覺得餓了，街上有不少賣吃食的，但他覺得這裏的什麼老君牛、仙人劍等都是戴閻王的一夥，所以不願在此多留，以免惹出無謂的爭鬥。他忍着饑餓，不顧疲倦，就一直出了西門。西門之外就是山，山上一層一層剜着土窯，裏面都住着人家，如蜂窩似的。西關裏的買賣也很多，車馬倒不太擁擠，他就上了馬揮鞭走去。

這時他算是來到關中平原之上了，縱目一看，田禾無邊，沿着大道，槐柳稀稀，風景至為優美。而在南邊有一脈高山，峰嶺重迭連綿，直插入雲際。而且這一脈山完全是青色的，真像用筆蘸花青抹出來的一樣，與自己這些日所見的那些黃色高山迥然不同。韓鐵芳心想：這一定是太華了。又曉得華山上有什麼鐵棍楊彪，還有一百多名嘍囉，所以他越發地加鞭緊走。

陽光照在頭上，如火烘着一般，天氣很熱，他全身都覺着汗出津津，尤其右臂，雖然箭傷已痊癒了七八分，然而禁不住揮了半夜的鞭子，此時覺得非常疼痛。越走覺着地越曠，天越熱，馬也簡直喘吁吁地跑不動了。

對面一連走過去四五幫客商，都有保鏢的人隨行，於此可見關中民風強悍，而且前面路途的不靖。他又回頭去看，只見身後遠遠之處來了幾匹馬，他有些驚異，隨走隨扭頭。他的馬慢，人家的馬卻快，少時那幾匹馬就趕上他了。他看着馬上的幾個人，雖然都是強壯的少年，雖然都是短打扮，騎着健壯的馬，有的還斜戴着大草帽，但是身邊馬旁皆有兵刃。這幾個人談談笑笑，並沒有怎麼注意他，有一個還唱着：“你把我寶釧下眼觀，我的父在朝為官宦……"大概是秦腔。

韓鐵芳於是放下了心，讓這幾匹馬走過去。他再緩緩地策着馬，又走約三里，就進了一個市鎮。這市鎮比昨夜離開的那處市鎮還小，只路北有一家店房帶賣飯，店旁邊是一座廟，是什麼廟可也不得而知。店是在廟牆的西邊，進了一條胡同才能找到，店幌子 (笊籬) 可掛在臨街。

他下了馬，牽着馬進了胡同，走了很深才看見了店房。向外開着的兩間房子門窗全都敞開着，可以看見裏面有一隻熱氣騰騰的大鍋，裏邊坐着不少的人。他見門前有椿子，就將馬繫上，隔着窗先跟店家要了一個布撣子，前前後後的抽他身上的土。

身上的土可真多，抽了半天還覺得沒有完全抽落。忽然撣子無意的向後一掄，覺得觸到了什麼物件上，他急忙回頭看，就見身後有一個人將他手中的撣子用力奪了過去，向他的臂上就重重的抽了一下，罵道："小子，你的撣子胡掄，也不留神後頭有人？媽的，你老子就教給你這個撣法嗎？媽的，哪兒趕來的你這兔羔子，龜孫子！"

韓鐵芳不由大怒，轉身說："你怎麼口出不遜？我並沒有看見你，誤碰了你一下，你怎麼就講罵講打？"說出話來他卻又吃了一驚，因為他看出這個人就是剛才遇見的那個唱秦腔的。他心中忽然明白了，這個人原是成心來尋釁，就暗自盤算着自己倒是跟他鬥不鬥。

此時窗中有四五個大漢全都站起身來，都瞪着大眼睛往外看，有的捋袖頭，還有的就抽出亮晃晃的尖刀來。這個拿着撣子的人卻冷冷的一笑，腳步站定，以掌拍胸，說："你來吧！衝着大爺來吧！鬥一鬥嘛！叫你認識認識關中的朋友，你小子敢嗎？"

韓鐵芳卻將氣忍了又忍，心說：那位俠客臨行時諄諄囑咐我，少鬥氣，多謹慎，我不可不遵從他的話，遂就勉強抑制下這口惡氣，就說："我是來此用飯，用畢飯好往下走路，誰有閒工夫跟你們嘔氣？"這個人卻拿膀子往前撞了一撞，韓鐵芳往後退了一步，這個人趕上一步又用腳來踢，韓鐵芳再向後退一步，臉上可發出一層紫色。這個人便將步止住了，又向他狠瞪了大半天，便罵了聲："兔羔子！"撇撇嘴，提着撣子回身就走，那窗裏的幾個人卻一齊哈哈大笑。

韓鐵芳大怒，恨不得趕上兩步向那個人的屁股後頭踹一腳，索性跟他們打，然而他又極力將自己的怒氣忍住。不過這個虧到底是不能服的，不能叫他們輕視自己。他喘了口氣，將衣襟又往起來掖掖，腰帶束緊，袖頭挽得高高的，霍然一聲，寒光出了鞘，他就直走進屋裏來。

屋內一些喝茶吃飯的人，全都驚得立了起來，那幾個漢子一齊掣出了尺許長的尖刀，有的且抄起了板凳。韓鐵芳卻瞪着眼睛說："你們不要瞎慌張。我出來是走路是辦事，並非想與誰打架尋毆，何況我最不願與江湖上的狐鼠之輩爭強鬥勝！剛才的事不必提了，也許是彼此都有錯處。但現在我要在這裏用飯，誰要是看不起我，誰要因我是個外鄉人，要想欺生，那就來領略領略我的寶劍！"說着，他將劍向桌上用力一拍，吧的一聲巨響，桌上的兩碗茶全都震倒了，流了滿桌。

韓鐵芳本想一定有人要發言不服，那麼沒有法子，只好就鬥，但是他張目環顧，見兩間屋裏的人無不變色。而那幾個又都彼此耍着鬼臉，現出一種怯懦的神氣，雖然都撇嘴冷笑，可是都不敢發聲。

韓鐵芳的胸中出了一口氣，就拉了凳子坐下，寶劍放在眼前，他和氣地叫着說："店家！店家！"店家答應了一聲，手裏拿着抹布過來擦桌子，驚慌地看着他的臉。旁邊本來有兩個喝茶的，此時已都躲開了。韓鐵芳就獨自占着一張桌子，昂然地坐着，但聲音卻很緩和，他說："給我下一碗麵，稱四兩鍋餅，也就行了，不喝酒。快一點來，吃完我還要走。"店家恭謹地答應了一聲。

那邊卻有個人撇着嘴冷笑說："媽的！快些走吧！來此唬誰？以為老子沒見過寶劍，媽的！等到了赤水鎮的西邊咱們再算帳！"韓鐵芳手抄寶劍忿然立起，卻見那人，就是剛才奪了撣子打他的那個人，圓睜睜的兩隻眼瞪了他一下，就走進通着後院的一個小門裏去了。

　　卻有另一個人走過來，向韓鐵芳擺手說：「不必！不必！出門在外都是朋友，話不投機，彼此少說。天太熱，打架得費力氣、流汗，動刀得出血、惹官司，都合不着。請問朋友你貴姓高名？貴處是哪裏？想往何處行走？」

　　韓鐵芳注意地看了一看這個人，見年約四十上下，紫面膛，兩眼發着一種賊光，胸前的鈕扣一個也沒有繫，露出他的堅硬的肌骨，可見是個練家子。他的右肋上有一塊瘢疤，不是刀痕，便是劍跡，更可證明這人是在江湖上撲跌滾鬥過的人。韓鐵芳心想，既然在靈寶時人家都知道我的來歷了，到了這兒又何必再隱瞞，於是就說：「我姓韓，如今是想往祁連山去。」

　　這人說：「路真不近，老兄你往西可有朋友嗎？如若沒有，我可以告訴你幾個，以便到時有個關照；江湖人見了面就都是朋友。」

　　韓鐵芳搖頭說：「不用！我是往西辦事，我不是要打江湖。」這人哈哈地笑着說：「江湖可也沒有打來的！要講打麼……」他漸漸地變了臉。韓鐵芳並不言語，直挺着腰坐下，劍握在手，只要他用力一推，身旁的這個人就許腰斷兩截。而這個人卻沒再向他說什麼話。旁邊有兩個人過來，把這人拉走了，都進了那後院。

　　那後院就是店房，另有個大門就在這麵舖的斜對面開着，那裏可以出入車輛跟騾馬，黃土的牆下胡亂地寫着店名，還畫着什麼蘭芝、葫蘆、長壽字。韓鐵芳放下寶劍，先把夥計送過來的茶喝了一碗。這裏的茶是發黑色的，味道很苦，鍋餅也烙得比別處的硬。桌上放着一個醋壺，一小碟細鹽，還有一小碟辣椒，他就先拿了鍋餅蘸着鹽吃。

　　而這時那幾個人就從店門裏各牽着馬走出來了，他們一齊扳鞍上馬，扭着臉向韓鐵芳怒視。那個圓眼睛的傢伙是最後上的馬，前面的幾匹都先走了，而這個最後的人原來手中藏有一物，驀地向韓鐵芳打來。韓鐵芳急忙向旁去閃，只聽得嘩啦嘩啦一陣亂響，碎了一些碟碗。那個人又狂喊了一聲：「赤水再見！小子留神！」催馬向胡同外跑去了。蹄聲雜亂，把塵土都揚進窗裏，有一種馬糞味直撲鼻子。

　　韓鐵芳已然站起身來，臉色雖然氣得發紫，可是並未向外追趕。幾個夥計全都驚慌着跑過去，由地下撿起那櫥裏打下來的破碗屑，並都哎聲歎氣，嘴裏嘮叨着。旁邊吃麵的、喝茶的，也都躲避在牆角，戰戰兢兢。韓鐵芳看地下有一隻鋼鏢，叫夥計撿起來放在他的桌上，他擺手說：「不要緊！他們打我沒打着，把你們的碟碗打壞了，碎了多少由我出錢賠。」掌櫃的歎氣說：「那怎麼使得？只怨我們倒霉就完了！」韓鐵芳依然放劍坐下，催着夥計快下麵。

　　待了半天，才有旁邊坐的客人走過來，悄聲兒說：「你換個店房住下，等幾天，遇着有什麼上任的官眷往西去，你再隨着走吧！你要是單身往西去，一定得叫他們害死。他們說在赤水鎮上等你，赤水鎮就有個四通鏢店，那裏住着兩個鏢頭，一個叫托塔李平，一個叫飛夜叉張保，他們都是鐵棍楊大王的朋友，長安金霸王的徒弟！」

　　韓鐵芳拱手說：「多承好意，但我不怕他們！」夥計拿眼睛溜着他，手發着顫給他端了一碗熱湯麵。韓鐵芳調了點醋，就拿起筷子來吃，心裏卻想着：有許多事雖然極力想忍，但又無法去忍；人雖然謹慎、小心，但也難免有人故意來暗算你。江湖上真是處處荊棘，處處難行。昨夜分手的那位奇俠，以多病之軀竟能行走無礙，實是可佩，比我高得多了。但是我就能因此頹了志氣嗎？就畏縮嗎？他停了筷子呆呆地想了一會，就雄心又起，決定不管那奇俠囑咐自己的話，而要不顧一切地去闖。

　　少時飯已用畢，除了飯錢之外，他還給了掌櫃許多錢作為賠償打碎碟碗之用，掌櫃的感激得不住道謝，旁邊的座客們也都以敬佩的眼光來看他，但又互相私談着，為他擔憂。韓鐵芳卻把那所餘不多的銀錢包好帶起，連那枝鏢也揣起來，提起寶劍就走。夥計已將他的馬解下，鞭子交在他的手中，他就上馬走去。

　　出了胡同，離開市鎮，馬蹄又踏到了曠野長途，右邊的槐柳，左畔的青山，又都掠着他的身旁過去。他向人詢問赤水鎮在哪裏，據人說：「由此往西即是華陰縣城，再往西是華州，華州以西三十里就是赤水鎮。那也是個小城堡，屬渭南縣管轄。」

　　韓鐵芳就想着，這幾十里的路程，大概當天就可到達，到了，索性要鬥一鬥他們！於是連連揮鞭。但是他座下的這匹烏煙豹卻走得太吃力了，行出去二三十里，就顯出躩躩點點的樣子來，簡直已寸步難挪。他只好下了馬，扳起馬腿來一看，只見四隻在洛陽新換的馬蹄鐵已多半磨去；他只好慢慢地牽着馬走。

　　好在走了不遠，又是一個小市鎮。這裏有一家門口搭着個高高的木頭架子，旁邊還有馬槽，就是管釘馬掌的。韓鐵芳從屋裏叫出來人。這人一看烏煙豹的這個相兒，就知道是一匹良馬，性烈，而釘掌時必定鬧手。他又叫來一個夥計，兩個人費了很大的事，才把烏煙豹綁在架子上，先用鐵鏟子削馬的指甲，然後才給換上蹄鐵，解開馬又餵了一回。韓鐵芳給了錢，牽開馬騎了上去，這時就像換了一匹似的，馬非常地有精神，一鞭子落下去，就奔馳如飛，然而剛才耽誤的時間太多了。

第五回　禦群兇長河過烏騅　揮痛淚大漠埋俠骨

　　這時南邊那巍巍的高山，下半截的青色愈深，而山頂的向陽之處卻顏色很紅，天上的雲也是紅一片、白一片，斑斑點點，綺麗非常。鴉鵲成群的噪過，投向了遠處。風自背後吹來，有些覺得涼了。

　　韓鐵芳又向下走，天色漸昏，而且剛才這條路上行人車馬很多，現已漸漸稀少了，沒有了。路旁的村舍人家，都緊緊地閉上了戶，土牆上都畫着很顯眼的白圈兒，他曉得附近山上的狼一定不少，必是時常出來傷人，他就有些戒備。天色昏黃之後，忽然地面上又顯出一種清朗的顏色來，路旁的樹木在地下舞弄着纖細的枝影，他在馬上回頭一望，見一輪明月已從後面升了起來。青天比山色略淺，星光像劍柄上的銅活那般的亮。他的座下的馬蹄聲音益為清脆，但又有些緩了，他也有些疲倦，暗想：不知離着赤水鎮還有多遠？大概今天用不着跟那些個毛賊慪氣了。

　　他又走了約二里地，見月光愈明，清清如水的月光之下，遠遠地現出了一片黑兀兀的東西，且有幾點凝滯不動的光亮。他再往前走，不久就進了一座市鎮。這地方還不算小，幾個店房的門前都掛着燈籠。他下了馬，先牽進一家店裏，這院裏十分雜亂，各屋裏都有說笑之聲，且有女人敲着竹板兒唱：「從初一呀到十五呀！月兒正明……」這大概是土娼唱的當地流行的小調。韓鐵芳就高聲喊着：「店家！店家！」

　　店家從櫃房裏出來，借着月光仔細地上下打量着他，韓鐵芳說：「給我找間房子。」店家帶笑說：「沒有啦，全都住的滿滿的，真對不起，您上隔壁去吧！」韓鐵芳只好牽馬走出，又到了第二家店房。

　　這裏的院子比較寬敞，房屋也多，而且院中十分清靜，馬棚也很大，裏邊放着許多馬匹，停着好幾輛車。各屋中全都有燈光，院中且點着兩隻氣死風燈籠。韓鐵芳才喊了聲：「店家！」就見從一間屋裏出來了一個戴帽子的人，原來是個差官，拿手驅逐着他說：「別嚷嚷！你是幹什麼？」韓鐵芳說：「我要找房子住店。」

　　這差官說：「上別處去吧！我們是隨着欽差玉大人自京都來的，玉大人走在這兒有點欠安，把店裏的房子全包下了，禁止閒人進來，你上別處住去吧！」韓鐵芳想不到在這裏又撞着個大官，而且聽這差官跟那位病俠似的，一口北京腔，而且氣派十足。他也不敢攬擾，就只得再走出去。

　　月照小街，他的影子隨着馬影向前緩緩地移動着。忽見有一個小孩子在他的前邊跑着，跑到前面的一家店裏，那家店房當時就出來個人摘下了門前的破燈籠。及至韓鐵芳走到門前，那店門已然閉上了。韓鐵芳拿鞭杆搥着門，大聲叫道：「開門！開門！」裏面的人也不問他是誰，就答道：「沒有地方啦！上別處去吧！」

　　韓鐵芳說：「我願意多花錢！」裏面說：「多花錢也不行，真沒有地方啦！連馬棚裏都住滿了人啦！"

他回頭望望，月色如一盞明燈似的，就想到：像這樣，就是連走一夜也不至於迷路，而且那群賊必在前面等着我了，好！我不如趁月趕路，趕往荒山曠野之處去尋找他們，一下就得讓他們曉得我的威名！於是又往西走。

路旁有一家餅子舖，還留着一扇小窗戶沒有關，他去買了幾個燒餅，捏捏硬得跟石頭一般，他向窗裏問："沒有軟一點的燒餅嗎？"裏邊答道："都賣完了，就剩下這幾個摳摳饃啦，你不是拿去也要泡着吃嗎？"

韓鐵芳也不大能聽得懂他的話，只好牽着馬走出了這條街，身後的梆鑼之聲已敲了兩下了。他將那摳摳饃啃了一口，簡直啃不動，心說：這裏吃的東西實在與河南不同，若是到了甘肅新疆一帶，還不定吃什麼呢？他打起了精神，把幾個饃收起來，就上了馬，徐徐揮鞭，又踏着月光走去。

連走過了幾個村莊，並沒遇着一個人。他在馬上向兩旁瞭望，田禾茫茫，隨風搖動，月光繚亂，如一片銀波似的；更想着那位奇俠不知何處去了，他那咳嗽的聲音幾時才能重聞？

又走了一會兒，忽覺田禾漸稀，地下已變成了細小的沙礫。出了這股道，頓然覺得天地更寬。眼前有一條灰白色的東西，原來是一道大河。岸旁稀稀的有幾棵樹，樹影搖動，好像幾個披髮的人站在那裏似的。

韓鐵芳至此不禁躊躇，他就下了馬。只見河水流得很急，月光照着，有的地方發亮，有的地方發烏；而低頭細看，卻見河水清而且淺，河底的許多石卵都可以隱隱看得見。靠北邊河中有幾個木架子，似乎本來是一座板橋，可是已然拆了。

韓鐵芳不由發出一聲冷笑，就將包袱寶劍，都向馬背上緊緊地一繫。他把褲腿挽起，正要脫鞋脫襪子好牽着馬過河，忽然聽得嗖嗖的兩聲，他急忙將身子向地下一伏，兩隻暗器都從他的頭上掠了過去，撲通撲通的落在了河裏。

韓鐵芳旋即站起了身，又掣出寶劍，高聲罵道："是什麼人？既然你們想鬥鬥我，就出頭露面，藏起來發暗器那是小人的行為！"他提劍順着河岸走去，將附近的幾棵樹上全都看遍了，卻沒有人藏着，而身後的田禾一起一伏的，那裏就是藏着幾百人，自己也無法搜出。他心裏不免又想到：須要謹慎！他們都是本地人，地理熟悉，而自己卻一切生疏，不要受了他們的暗算。

於是他又上了馬，可是才一騎上，突見又有暗器向他打來。他的手也極快，將劍一迎，噹的一聲，一隻鋼鏢就被擊落馬下。他才喘了一口氣，又聽嗖嗖幾隻鏢射來，幸虧都沒有射中。同時他看出眼前田禾中，有一片地方搖動得很可疑，此時絕沒有那麼大的風。

他就由懷中取出白天得來的那枝鏢，驀然雙腳蹬在馬背上向那邊一望，只見十多步之外的田禾當中，隱隱露出一個人頭。一閃之間，韓鐵芳已然一鏢打去，那田禾裏就有人哎喲了一聲，接着就有許多人叫罵，亂箭飛鏢一齊打出。

烏煙豹忽然也暴跳起來，順着河岸向北狂奔。韓鐵芳急忙以雙腿緊緊夾着馬腹，一股煙似的跑出了一里多地，就見迎面有幾匹馬來了。韓鐵芳趕緊將馬控制住，橫劍等候。少時對面的馬到了臨近，一共六匹，馬上的人就問說："是誰？是老九嗎？沒看見那個小子過河嗎？"

韓鐵芳把他們看得極為清楚，因為那些兇惡的臉上都敷着一層霜似的月光，韓鐵芳細看，倒是沒有戴閻王在內。此時對方的六個人見問了半天，韓鐵芳並不答話，他們就覺出不是自己的人了，一齊都抽出兵刃。韓鐵芳卻將劍一搖，說："且慢動手！我並非懼怕你們，但我不明白我到了你們貴地，我並不認識誰，也沒得罪過誰，你們為什麼就這樣與我為難？我真真不明白！"

對面的人就橫刀問說："你是韓鐵芳不是？"韓鐵芳點頭說："不錯！"對面一個扁鼻子的大漢就忿忿地說："那你就問問自己吧！你在靈寶縣曾做過什麼事？"

韓鐵芳也忿然說："我在靈寶縣不過得罪過一個戴閻王。但我聞得你們也都是鏢行中人，並非強盜，江湖上的道義、是非，你們也不至於全不懂。戴閻王搶奪民婦……」

對面的人擺手說：「與那事不相干，我們只是叫你給金刀太歲余旺抵命！」韓鐵芳怔了一怔，說：「不錯，那天確實有一個姓余的幫助戴閻王，被我誤傷了，也不知後來是死是活。」對面的人一齊怒喊說：「那就是我們的余大哥！」

韓鐵芳說：「那真對不起！我並不是因為他是金刀太歲余旺才殺的他，我們江湖人爭鬥死傷本是常事，他的本事不高，才致負傷。」對面的人怒聲說：「我們倒要看看你姓韓的武藝又怎樣高法？」韓鐵芳冷笑說：「這也可以！」

他知道跟這些人講情理是絕對講不通了，遂就說：「你們如果必欲替余旺報仇，那我也毫不謙遜了。他的本事不及我，我才傷他；我的本事要是不及你們，你們照樣可以傷我。只是一齊上手顯不出英雄，暗箭傷人，更不是好漢。你們誰要是替余旺報仇，可以單個來出頭，我絕奉陪！」

那邊就有人嘿嘿冷笑，又聽他們彼此商量着，結果那個扁鼻子的大漢說：「我來鬥鬥你。」說着他下了馬。韓鐵芳也下了馬，卻將烏煙豹向回牽開二十步之外，然後他才過來，就問說：「你叫什麼名字？」

這個人說：「我姓焦，名字叫鈎鐮槍焦衰，你記住了！待會見閻王爺的時候，你好知道是誰把你送去的！」他的手中並非使槍，卻是一口厚背的撲刀，突的一掄，刀光映月，閃閃地發亮，直向韓鐵芳砍來。韓鐵芳的寶劍反舞以迎。

那焦衰一看劍勢來得太快，他趕緊向後抽刀，然而韓鐵芳卻乘勢又進了一步，以劍下撩。焦衰趕忙避開了，展刀再砍。韓鐵芳卻用劍噹的一聲將刀磕開，身隨劍進，劍向焦衰的咽喉刺去，其勢極速，如毒蛇進穴，彩線穿針。焦衰要躲閃已然不及，韓鐵芳的劍尖已然觸到他的喉間，然而又不願傷他的性命，急忙又收住。焦衰嚇得趕緊退身，一張臉變得慘白，頭上一顆顆的汗珠子跟西瓜上沾的露水一般。

韓鐵芳的寶劍向前再挑，腳也隨之踢去。焦衰拿刀胡掄了一下，又被韓鐵芳的劍遮住，下面的腳早已踢中了他的小腹，他就一屁股坐在地下了。然而他仍不服氣，刀向上掄，身子隨之霍然立起。

此時另有兩個，一個單刀，一個舞雙鈎，又先後跳下馬來助戰。韓鐵芳迎上，五六回合，這兩個人也有些不敵。他們的同伴見勢不好，就都一齊下了馬助戰，因此韓鐵芳又是力敵六人。他真氣憤，也真覺得不耐煩。鏖戰了數合之後，他才戮倒了一個人。然而身後又有許多人追趕來，並且亂嚷嚷着說：「焦八爺！你們都退後些！截住路，別叫他逃走就是啦！我們要放鏢啦！非得把這小子全身戳成馬蜂窩，才算給余大爺報了仇。」這樣一喊，焦衰等人齊都咻咻地打着口哨，一齊閃開了。

而韓鐵芳不待那些人趕到，他就回身抓住了他的烏煙豹，順勢就騎上了。焦衰等賊人又要截他的馬，韓鐵芳急忙掄劍又砍倒了一個，催馬向北急奔。而後面的鏢跟箭嗖嗖地射來，他急忙伏在馬背上，用劍柄捶着馬腹，嘚嘚嘚蹄聲如連珠，踏着月色，順着柳絲拂拂的河岸一直奔去。而後邊的幾匹馬也追下來了，並聽梆梆的響，是鋼鏢擊在樹上之聲，幸而韓鐵芳連人帶馬都未受傷。

向前跑了一會，忽然看見河水折向東去，他不便再往來時的道路去走，就挺起腰來，使勁捶着馬，喝道：「過！過！過！」烏煙豹就四蹄踏進水裏，水聲嘩啦嘩啦響，韓鐵芳的兩雙腳也都浸進在河中。他又不敢快走，因為水流得甚急，河底盡是石卵，馬行不穩，如此半天方才到了對面的岸上。

可是那邊的眾賊也都追到了岸邊，隔着兩丈多寬的河身，直向這邊放箭、打鏢、扔石頭，並且叫罵着。韓鐵芳怒氣難忍，就故意將馬撥在一棵大樹之後，其實他並非為躲避，乃是為賺取對岸的鏢。對岸上的箭只飛來三五枝，可見他們大概都放盡了，而鏢仍然是一枝一枝的打來，可見他們的身上都帶着鏢。只是他們都打得不准，不是沒打過岸就落在河裏了，就是從馬旁三四尺之外飛了過去，只有兩枝是准准確確的釘在大樹的枝幹上，韓鐵芳都伸手拔了下來。

看見那邊已有幾個人騎着馬，也蹚着河水要往這邊來。韓鐵芳又好氣又好笑，便將兩枝鏢接連着打去，立時有一個人翻身墮馬落於河內。那邊的群賊漸漸有些力萎了，鏢箭已不再見飛來，罵聲也不像剛才那麼大了。但韓鐵芳實在不願同這些人惹氣，他就撥馬走開。

這河岸之西，天地愈曠，月光慘黯，四周如同彌漫着大霧，風愈淒冷。他尋着了一道路徑，往西去走，後面的喊聲也漸漸聽不見了。可是他座下的烏煙豹卻又像出了毛病，時時往起顛他。他覺得驚異，就側身下來，借着茫茫的月光，仔細地審察着馬的全身，卻由馬的後胯上拔出來一枝弩箭。他十分氣忿，同時又有些灰心，暗想：這西路上的江湖人全都慣用暗器，這可叫我怎麼防呢？難道隨身永遠得帶着一面藤牌嗎？

他皺皺眉頭，壓住了胸中的氣惱，上了馬又走。他緩緩地搖着鞭，馬也遲遲地敲擊着鐵蹄，茫然地又走多時。忽然看見道旁有一個小村，只十餘戶人家，非常的寂靜，有如墳墓一般。其中獨有一家房子蓋在土崗上，從籬笆裏射出來燈光，屋頂上冒着團團的炊煙，在月色下看得甚為清楚。韓鐵芳不禁驚訝，心說：怎麼，這家人在半夜裏還做飯？

他策馬來到門前，向裏邊聽了聽，裏邊卻有人出來了，高聲地問說："回來了嗎？"韓鐵芳在馬上抬頭一看，那籬笆裏燈光疏疏，盧畔柳條搖曳，一個中年婦人向上看着，她覺出是認錯了人，所以不住地發怔。

韓鐵芳此時覺得很是饑渴，就拱手說："大嫂是正在做飯嗎？莫非家裏有要出遠門的人？"土崗上的婦人搖頭說："我們沒有人要出門，是做熟了米湯，好預備早晨賣的。"韓鐵芳心中便釋去了疑問，點頭說："那好極了！我是從東邊來的，因為在月下貪着走路，所以錯過了宿處。"婦人說："我們這兒可不是店戶，不能留人住。"

韓鐵芳說："我也不是要找宿處。只是我此時又饑又渴，雖然帶着饅頭，可是太乾，吃不下去。我想在你們這兒買碗米湯，解解饑渴。"婦人說："家裏沒有男人，我的男人還沒回來，我不能讓你進來！"韓鐵芳說："哪裏才有店房呢？"婦人向西南方指着說："往那邊走十來里地，就是赤水。"

韓鐵芳拱手道了聲："勞駕！"策馬又向西走，忽聽身後那土崗上，有人扯開了大嗓子，宏亮地喊道："喂！要買米湯的人！你回來吧！"韓鐵芳倒不禁吃了一驚，急忙回頭，卻見那土崗上有一條高大的人影。韓鐵芳先思索了一下，未嘗對這個人不懷疑，然而實在是渴，他就答應了一聲，下了馬，牽着轉過去，往那邊去走。

他仰着臉去看，見這大漢的身材非常雄壯，只是有些駝背，倘若他的腰再直一些，一定要更高。韓鐵芳就說："我實在是口渴已極，在你們這裏喝一碗米湯就走，絕不多加打攪。不然你盛出一碗米湯來，我就站在外面喝也可以。"

土崗上的大漢笑着說："客官你說話太外道了！我們做的是這買賣，清早挑擔上市，這時候，哪有不請你進去歇一會的道理？剛才是我沒回來，只我婆娘一人在家，這裏是大道路，近來附近常出響馬，我的婆娘才沒敢作主讓你進去。好，現在我回來了，請進來吧！來一位貴人，交一位朋友，錢不錢倒不算什麼。"他跳下土崗來替韓鐵芳牽馬，韓鐵芳便趕緊將自己的包袱及寶劍拿在手中。

當下隨着那大漢上了土崗，大漢就將馬繫在柳樹下，並說："繫在這裏不要緊，不會有人偷了去。前些日這一帶倒是鬧響馬，現在沒有啦。"韓鐵芳就問說："這地方還有響馬？不知都是些什麼人？他們的巢穴在哪裏？"大漢卻搖手說："不要說！不要說！咱一個賣米湯的人哪裏知道？他們也絕搶不到咱家裏來，不過河東幾家大戶可都遭過事，聽說去的賊人都會放鏢，還會射冷箭。"韓鐵芳一聽，胸頭不禁又湧起一股怒氣，對於眼前的這個大漢，倒不怎樣懷疑了，斷定他並不是那些賊人的一夥，不過是一個賣米湯的人而已。

他被讓進屋裏，見屋中並不很窄，靠後牆有一舖土炕。一進門是一個灶台，灶上坐着一口大鐵鍋，鍋裏熱氣騰騰的熬着一大鍋米湯。原來此地所謂之米湯，不過就是稀飯。韓鐵芳看見旁邊還放着許多隻粗碗，他更相信這人雖長得有點兇氣，但確確實實是一個做買賣的，因此更不懷疑了。

大漢就請他坐，炕旁有個小凳，韓鐵芳就坐下，把包袱和寶劍都放在了炕上。大漢往炕上看了一眼，便叫他的婆娘快點燒火，熬好米湯，好給韓鐵芳舀着喝。那婦人的身子隱在濃煙裏，連氣拉着風匣。大漢就跟韓鐵芳談着話，他自稱姓牛行六，因為他的身材高，個子大，鎮上的人都呼他為大牛。他只有這一間土房，沒有半畝田地，只仗着做這買賣為生，這買賣他做了三十多年了，但近來的買賣很不好。

韓鐵芳又問東邊那道河叫什麼河，牛六說：“那就是渭河，姜太公在那裏釣過魚，後來保了周朝八百年。”韓鐵芳又問河東邊剛才自己想去投宿，許多家店房都不肯收的那個市鎮叫什麼名稱，牛六說：“我天天熬了米湯就挑着擔子過橋，到那裏去賣。那個地方是楊橋鎮，好地方，四通八達，買賣比縣城裏還多呢。可是近來也都不強，就因為鬧過幾回響馬。”

韓鐵芳又問道：“此地有個鈎鐮槍焦哀，赤水鎮還有什麼扳倒山陶俊，華山上還有個鐵棍楊彪，這些人你可知道嗎？”牛六的面色變了變，沒有回答。他的婆娘停住了風匣，拿個大粗碗盛了滿滿的一碗稀飯，熱氣冒得多高。牛六雙手接過來，吹着氣說：“好燙手！”

韓鐵芳剛要起身去接，忽聽得戶外有一種怪異的聲音傳入他的耳裏，似是哨子的聲音，響了兩聲就不響了。屋中蒸氣彌漫，窗紙上月色皓潔，韓鐵芳就不禁傾耳去聽，心中生疑，面上發呆。這時牛六突然變了臉，趁着韓鐵芳發呆之時，他忽然把盛着熱粥的碗猛向韓鐵芳打去。幸虧韓鐵芳躲避得疾快，那隻碗吧的打在牆上，碰了個粉碎，白米稀飯灑在地下還直冒熱氣。

韓鐵芳氣極了，要從炕上去抽寶劍，卻不料那牛六又直撲過來，要抓他。韓鐵芳早已挺身而起，驀地一拳打去，又一腳踹去，那牛六的高大身子就不由自主地向後退去，一下就坐在那滾熱的大粥鍋上。燙得他哎喲一聲大喊，他的婆娘嚇得更是狼嚎鬼叫。

韓鐵芳此時已抽出了寶劍，而那牛六由熱鍋裏掙扎着出來，一屁股的稀飯，滿腿的米湯，他往戶外就奔。韓鐵芳恐怕他搶去自己那匹馬，就趕緊要追出。卻不料那婦人也要往戶外跑，腳下不伶俐，咕咚一下她就趴在了地下，倒把韓鐵芳給攔住了。韓鐵芳怒聲說：“快走！與你無干，我絕不殺你一個婦人。只是牛六，他一定與賊人是一夥，我不能夠饒他！”

等着婦人哭着坐了起來，他剛要由婦人的身旁追出屋去，卻不料戶外又露出兩個人來，個個手中都拿着袖箭。韓鐵芳不由倒退了一步，注意防禦着暗器的襲來。那屋門口的人越來越多，足有七八個，各個不是拿着刀握着鏢，就是拿着袖箭跟弩弓子。其中就有那扁鼻子鈎鐮槍焦哀。

他們都前後擠進了屋來，地下那婆娘嚇得跪着爬到灶旁，縮成了一團，而外面那牛六還不住地呻吟，且大聲喊着：“焦八爺！快把這小子綁起來，我也得拿熱米湯澆澆他，非活燙死他不成！哎喲！哎喲！”他的呻吟之聲極大。

此時，韓鐵芳卻面不更色，一面以寶劍護身，一面防禦着，要躲五步之外飛來的箭，還要接放來的鏢，好再往回打。而對面的鏢箭卻也不像剛才那樣地胡打亂放了，七八個人只是都逼着他，發着冷笑。

那鈎鐮槍焦哀一撇嘴，更顯得他那個扁鼻頭十分的難看，他就說：“姓韓的！到了現在你還有什麼說的嗎？你現在還會接鏢躲箭嗎？小子！我勸你趁早兒把寶劍撤了，跪下來求饒，叫我們把你綁起來。你放心，我姓焦的敢擔保，絕不致要你的命，只把你找個地方押幾天，然後把戴大莊主請來問問。他也是一位爽快的人，只要你能向他說兩句軟話，他絕不會讓你死，還許放開你，也認你作一名小兄弟！”

韓鐵芳怒聲說：“快住口！你們這群鼠輩！韓大爺這次西來，頭一個是想剪除黑山熊，第二個是非殺死戴閻王不可，第三就是斬盡你們這群擾害商旅，劫貨殺人的狗強盜。來！無論鏢無論箭，快放！”他一面提防着，一面卻想要趁勢撲上前去，先砍倒他們倆人，奪門出去，然後再說。

卻不料果然有人發出了袖箭，幸虧韓鐵芳向下一蹲，一枝就釘在了後牆上。而那圓眼睛的小子又發了一隻鏢，向韓鐵芳的腹部打來。韓鐵芳疾忙閃身，鏢從他臂下過去，落在了炕上。他覺得真沒有法子，地方太小，躲避不開。而那圓眼睛的小子卻又掏出一隻鏢，他也不即時施放，只是抬起手來比比韓鐵芳的頭，又放下比比韓鐵芳的肚子，使得韓鐵芳提心吊膽，胸中的怒氣倍生，真要不顧一切，拼出他們箭射鏢打，索性掄劍跟他們惡鬥一場。

然而這時間，忽見那圓眼睛的小子，"哎喲"一聲倒在地上。群賊全都大驚，一齊往後扭臉去看，那敞着的屋門外，隨着清朗的月光就驀然進來了一人。此人身材細長，一手持着寒光閃閃的寶劍，一手握着一隻很小的弩弓，他喝了聲："都快扔下手裏的東西！"接着又兩聲咳嗽。

群賊齊都愕然。鈎鐮槍焦衮剛發出半聲冷笑，忽然一枝弩箭正射中他的咽喉，他慘叫了一聲倒地。另一個賊人才舉起了刀，忽然一弩箭射在他的腕子上，他立時扔了刀直搖手。還有一個想要以箭射這咳嗽的人，但他的箭才發去，人家就用寶劍碰落在地，人家箭一發出，他卻遮着左眼怪叫，往門外就跑。

這時屋里地下躺着三個，還站着兩個，可全都戰戰兢兢，嚇得面色如土。不用這病人再吩咐，他們就全都扔下鏢跟袖箭，拱手央求，說："俠客先別放箭！聽我們說！我們不過是跟着鈎鐮槍焦衮的。焦衮是金刀太歲余旺的拜把兄弟，因為戴閻王跟判官解七前天逃過這裏……"

病俠又咳嗽一聲，就問說："那兩個賊現在在哪裏？"

這說話的小賊就說："在赤水鎮住了一天就往西安府去了。鈎鐮槍聽說他的盟兄已死，這才叫我們幫助他，為余旺報仇。在楊橋鎮他逼迫着那裏的幾家店房，都不許留這姓韓的，並把木板橋拆了，要把他用亂箭射死。這裏的牛六也是我們的夥伴，我們先跟他約好了，叫他在這裏熬上米湯，等我們把事情辦完了，回來再喝……"

說到這裏，病俠就拿寶劍將他止住，點點頭叫韓鐵芳，說，走吧！你幹嗎還在這裏？"說完了，卻又不住地連氣咳嗽。韓鐵芳羞容滿面，便拿了炕上的包袱，提着寶劍跟馬鞭，走出屋去。仰頭一看，明月當空，他不禁暗暗地歎氣。

剛才逃出去的賊人，和那牛六都已逃匿無蹤了。身後咳嗽着的那位帶病的奇俠，已隨他走了出來，說聲："上馬走吧！"韓鐵芳看見自己的那匹烏煙豹仍在柳樹上繫着，土坡下還有一匹黑馬，都沒有丟。他就將包袱草草繫在馬上，劍掛在鞍旁，將馬解了下來。那位病俠已跳下了土坡，收劍跨上了他的坐騎，嘶聲地喊道："來吧！咱們一同走吧！"韓鐵芳心中着實慚愧，牽馬下了土坡，然後才騎上。回首仰望，見那牛六的屋裏依然燈光搖搖，並有呻吟之聲和婦人的哭聲，卻沒有人大聲說話了。

眼前茫茫一片月色，那位奇俠騎着馬的影子已走出了數十步。韓鐵芳隨即趕上，他叫了聲："前輩！"前面的人停住了一回頭，韓鐵芳也將馬勒住。就見月光整整浸在那病人的臉上，更顯得是那麼黃瘦，而他那眉清目秀的臉龐，卻像個多愁多病的絕色女子似的。

韓鐵芳看得很是清楚，他就提鞭拱手，說："多虧前輩來救我，不然那幾個賊人我雖不懼，但他們的暗器也實在叫我難防。我真羞慚！我自洛陽走出之時，原沒把這些江湖盜賊、草澤流寇放在眼裏，不想我先在靈寶受制於戴閻王，如今又在這裏受困於小賊。我雖不灰心，但我已深知我的武藝太差，閱歷缺少。我得再拜明師，然後才能再尋黑山熊，報我二十年來的仇恨。我原想拜前輩為師，但前輩身染重病，我也不敢相累。我要到他處去，不學會一身高強武藝，我誓不為人！我想在此地便與前輩分手，前輩往西，我自向東面，轉往江南去。只是我既與前輩見面幾次，屢承相助，將來我雖不敢說有何酬報，但也願知道知道前輩的大名，以便他日相會。"

病俠聽到這裏，便喘吁了兩口氣，好像又要咳嗽。韓鐵芳話吐到唇邊又吞回去兩三回，才使足勇氣大聲問道："前輩如看得起我，請據實相告，前輩是不是新疆的玉嬌龍小姐？我太冒昧，然而請前輩勿瞞！"

病俠忍住了咳嗽，發出一聲冷笑，說："大概像你們這些人，只知道天地之間，會武藝的人除了玉嬌龍，便是李慕白，再不知有其他的人了！我是個男子，你如何錯看我是婦人？可惜你這樣年輕的人，竟是有眼無珠！"

韓鐵芳被說得更為慚愧，只是低着頭說："我實在是太冒昧了！求前輩不要怪我，但請前輩留下大名，以便將來拜會。”

病人卻沉默了一會，歎口氣又說：“我實在喜你年輕有為，雖然武藝稍差，但還不難練好。只是你有爭毆覓鬥、報仇逞強不服之心，我卻實在不喜歡。本來在靈寶分手之時，我就想我們不能再見面了，不想路上又遇見了一位故人，剛才我在河東邊看了看他，卻使我產生無限感慨。二十年前的事真跟夢一般，縱使你有一副銅筋鐵骨，也禁不住光陰的銷磨！咳！我至現在，是真真的灰心了！當年我若是明白，也不至於落於今日地步！”

韓鐵芳見這位病俠憂思慨歎，說話曖昧不明，不禁更是生疑，他剛要勸慰，並再詢問，就聽這病俠又似振起一些力氣，說：“我已自知將要不久人世了！我要趕回新疆去，那裏還有一個與我相依為命的人。那人也有一身本領，足可以教給你，將來必能助你找黑山熊去報仇！”

韓鐵芳慨然說：“既然這樣，我也願隨前輩往新疆一遊，會一會那位朋友。”

病人點頭說：“我也是這個意思。現在西路尚有許多強盜惡霸，我們想殺也殺不盡，要憑你一個人去鬥也絕鬥不過來。我想你不如隨我去，我給你找一個幫手。學習武藝非一朝一日之功，那你倒不必着急。”

韓鐵芳聽了，心中非常地喜歡，就連連點頭答應。病俠突又問說：“只是一件，那天在店中你可跟我說的准是實話？你准姓韓，你確實是在家裏散盡了資財走出來的？”

韓鐵芳說：“我如何敢在前輩面前說半句虛話？”

病俠又問說：“你的家中確實沒有妻子？”

韓鐵芳搖了搖頭，說：“我出外來尋訪仇家，會晤風塵俠客，將來還不知能否生還故鄉，家中若有牽掛還行？”

病俠笑了一笑，點頭說：“好吧！那麼我們二人就走吧！”說時他的馬在前，韓鐵芳的馬在後，兩匹馬的黑影在鋪滿着月光的地上疾疾地移動，並發出嘚嘚的響聲，連珠一般的不斷。

韓鐵芳此時心中十分高興，仿佛那廣漠無邊的大漠草原就在面前似的，那裏有成群的牛羊，奇麗的景致，還有蓋世俠女玉嬌龍，自己也必定可以得着機緣與她相見。又想，面前這位俠客，到底是男是女還分不大清楚，真不敢再冒認了。大概他確實是個男子，不過因為體弱多病，所以才現出一種女相，才被我錯疑了他竟是玉小姐，真真的可笑！幸虧他沒有怪我。

他又想，他所說的在新疆的那個人，卻又不知是怎樣的一條好漢？大概他傳授出來的高徒吧。無疑，那一定是一個年輕力壯、身材魁梧、武藝高超、性情豪爽的好漢，我倒得與那人結交結交，尊他為長兄。只是自己卻瞞着這位病俠，沒有告訴他我已經婚娶。但那沒有關係，我又不想叫他給我做媒，找個美貌聰慧的女子。只是我的父親原是十九年前的江湖惡盜韓文佩，我母親又是屈辱在黑山熊之手，這兩件事，雖都是自己的傷心事，不願告訴人說，但是也顯得我這個人太不誠實了！因此心中未免負着些慚愧。

雙馬向前行去，月亮也漸漸向西移動，韓鐵芳又口渴起來。剛才在那牛六的家中，白白惹起了一場毆鬥，卻連一滴米湯也未得潤喉，所以如今嗓子更乾得難受。前面的那位病俠也一面走一面咳嗽，韓鐵芳聽了，心中也很難過。

走了約二十餘里，還沒走到一處市鎮，但是路旁卻有一座破廟，在月光下顯得格外寂靜淒涼。那病俠就在此下了馬，按着胸口不住地咳嗽，半天，他吐出來兩口痰，便向旁看了一看，說：“這廟裏無僧人，我們就在這裏駐馬歇一歇吧！”韓鐵芳說：“也好！”遂下馬來。他希望這裏有一眼井，還得有轆轤柳罐子才好。

當下他就將那病俠的黑馬也接過來，兩匹馬一比較，雖然人家的馬瘦，但比自己的烏煙豹似乎矯捷得多。他不禁心生愛慕，便將兩匹馬繫在樹上。那樹枝蕭蕭的疏影，在地面上不住浮動。草叢裏箭似的逃走了兩個東西，不知是狐狸還是兔子，韓鐵芳看着新奇，不禁哈哈一笑，而那位病俠卻全未動容。

兩匹馬相並着，將頭探在地上吃青草。廟的斷牆半堵，裏面的殿宅，都已坍落，只有一地的碎磚伴着青草。青草上浮着淡淡的一層月光，而牆影也如同被鼠咬過似的錯落不齊。病俠低着頭往前走，他那身影拉長在地上，更顯得瘦弱可憐。他走到牆邊找了一塊磚坐下了，呻吟了一聲，就仰面去看當頭的明月。韓鐵芳是站立在五步之外，也仰臉看着，只見深青色的天空上有一條白雲，如同已出匣的劍光似的。月亮一會兒隱在雲的背後，一會兒又露了出來，樹影也就一陣淺一陣深。

天地空曠，星星稀得數得出來，除了眼前這個不住咳嗽的病人之外，再沒有什麼別的聲音與活動的東西了。韓鐵芳的心中一陣淒涼，那病俠又長歎了一聲，就向韓鐵芳問說："你將來能在新疆居住嗎？除了到祁連山去報一次仇之外，就不再進玉門關，你願意嗎？"

韓鐵芳聽了這話，不由得一怔，自己並不知道玉門關在哪裏，而為什麼不可再進來？尤其覺得莫明其妙。然而他不敢違拗，只說："原是可以，但為什麼呢？"

病俠卻說："新疆是個好地方！那裏有比這裏雄壯的山，有比江南還美麗的山水，牛羊成群，馬匹無數，各族的人也都和善可親。到了那裏，你必不願再回來。"

韓鐵芳笑着說："那樣果然很好，不過男兒志在四方，又不為什麼事情，何必要在一個地方株守呢？"

病俠卻搖了搖頭，說："你不曉得！我飄泊一生，十餘年來只有一個人與我相依為命。那個人的詳細來歷，等將來到了新疆，我叫他見了你，你不厭棄他，那時我再細細地告訴你。他的武藝，足比你高強一倍，但性情不十分好。他自幼生長在邊荒，可是最羨慕中土。中土不是個好地方，人全是壞的，他若來到此地，一定要受人的欺負，辜負了我的一番苦心。可是他一個人在那裏又沒有伴。所以我想讓你去，你陪伴陪伴他，他若能到祁連山替你報仇，你可千萬在報仇殺死黑山熊之後，就趕緊勸他還回新疆，不要再到別處去。你也是，闖蕩江湖並無意味，而爭鬥拼殺，終必自傷，何況你一個年輕的人，倘或身觸情網，更是一身之害！"

韓鐵芳聽了，更是不明白了，就又笑了笑說："我這個人向來是看得開，放得下的，絕不至兒女情長，英雄氣短。既然老前輩諄諄囑咐，那麼我就答應你，我見了新疆的那位弟兄之後，我就決定與他形影不離。殺了黑山熊，報了我盟叔的大仇之後，我也就沒有什麼事情可做了，若能在新疆長住，也很瀟灑。"

病俠不語了，韓鐵芳卻覺出這個諾言，未免有負於自己一向的壯志。仰面又看看明月，真如淚水一般的晶瑩。他又想起來蝴蝶紅，以及那荷姑，天地間有多少飄泊不幸的女子，自己安能一一的使之有歸宿？一一的援救？以後自己終生居於沙漠，與那個在沙漠裏長大的，一定是個粗魯不堪的小子為伴，豈不太虛度此生？

心中如此想着，未免懊悔。他邁步走開，打算找一個飲水的地方，然而遍地亂草月光，連樹都很稀少，哪裏還有井？涼風吹着衣裳，月已西墜，大概天色就快明了。那位病俠坐在那裏索性不起來，由他的連次劇烈的咳嗽之聲可知，他是病又復發，走不動了。韓鐵芳的心中倒不禁憫然，又走回去，問他身體覺得怎樣，並說："如果你覺得支持不住，那就不如我們慢慢地走，找個地方先歇下。依着我的主意，你老人家應當請醫調治，索性把病治好了，咱們再往西去。不然你老人家這樣病弱的身體，哪經得起長途的勞頓呢？"

不料病俠一聽了這話，霍地站起身來，大聲兒說："我不老！你叫我為前輩可以，但不能稱我為老人家！你既不是我的徒弟，又不是我的兒子，如何能稱我老人家？我今年方三十八，還不老！我的身體一點不弱，我的志氣一點沒消，走江湖戰豪傑，我也無一點畏懼。雖然我早已投石表誓，永不再進玉門關，然而我仍負着病進關來了。不是遇見你，怕你西來有失，我早就往江南九華山去了！"

韓鐵芳驚訝着說："九華山？"病俠點點頭，說："九華山，那裏我有一口氣未出，李慕白於十幾年前拿去我一件東西，至今未還，此次我是要去向他索還。我還想轉道赴京師一行，趁着我還未死，我要把這幾件事辦完。雖然我因半途病發，在菩薩庵耽誤些日子，但我的壯志並未稍減，還要以垂死之軀在江湖上闖一闖。只因遇見你，說實話，我還是想叫你到新疆給我那個人做個伴侶，我才重向西來。但我只要不死，我還是得再進一次玉門關的！"說完了又不住的感歎。

韓鐵芳只得勸慰他說："前輩總還是應以身體為重，既然前輩尚有許多未辦之事，那麼更宜休養。"他才說到這裏，病俠就連連擺手，說："不必說了！我的性情急躁，自從得病之後，脾氣更變得不好，我不願聽人在我的身邊絮煩。你休怪我，我就是這個脾氣，一輩子都因這個脾氣才落得如此，咱們現在就走吧！"說着，他親自去解馬，他的劍鞘擊在銅鐙之上，十分的響亮。

他上馬時的姿態仍是十分的矯捷，但待他手握住馬韁之時，卻又彎着腰咳嗽了一陣。韓鐵芳上馬等了半天，他方才咳嗽完。韓鐵芳不禁又皺了皺眉，跟隨着這位病俠，依然往西走去。

又走了約十里，天色就漸漸發曉了，天空星光已隱。月亮嵌在西方天角，如一塊白銀似的，已然沒有光華了，而遠處的山卻更顯得青翠。回首東望，曉煙迷漫，煙雲的背後顯出一點淡紫色。漸漸田中的小徑上有荷鋤的人來往，鴉鵲也都紛紛落在田禾裏。少時，天色便已大明。路過一小鎮，二人方才找了店房，用茶用飯，並停了一會。韓鐵芳見病俠的神態總是抑鬱的，他也不敢發一語。由病俠付過了茶飯錢，二人依舊向下趕路。病俠除了有時須駐馬咳嗽，咳過之後，他便策馬疾行。他的馬快，有時烏煙豹都追不上。

當日繞過了赤水鎮，次日渡黃河，又從西安府之城南掠過去。韓鐵芳向北望了望塵煙中隱沒的西安城關，覺得十分壯麗，而那裏就有什麼金霸王、銀霸王以及仇人黑山熊之子吳元猛。他心中頗思前往一鬥，然而卻又真愧恨自己的武藝不強，只得抑下胸中之氣，下決心非去新疆請來那個幫手不可。不僅請幫手，還須要自己練習武藝，手戮仇人，三年之後再報仇不晚。

他安下心來，隨着病俠西去。沿途住店，分屋而寢，病俠是咳嗽的時候多，對他談話的時候卻少。連行三日，過干州、出長武，已進入甘肅地面。這裏的山就更多了，而土洞裏的居民卻也更多，大地顯得益為荒涼。

韓鐵芳以前聽瘦老鴉說過，這省內有什麼隴山五虎，必都是極為兇橫的大盜。雖然如今是隨着病俠行路，有恃無恐，但他畢竟胸中懷着一些戒心，路上遇着了強壯的男子，他也總注意，總是要用疑惑的眼睛去瞧，夜間宿店，他也時時是小心謹慎。然而病俠卻坦然走着，在路上有人注意看他，他也不去注意他人。

行了兩日，便到了皋蘭，即蘭州府省城地面。病俠因為這幾天趕路，病勢又有點加重，而韓鐵芳也想到蘭州城去看看風光，但當日他們來到這裏的時候，天色就已黃昏了，來不及進城，遂在東關裏找了一家店房。

這店房很大，住的客人也太雜亂，前後院夥計給找了半天，並沒有小的單間了，只有一間大房。細說起來也可說是兩間，對面兩舖很大的炕，當中一個走道。請病俠看了看，病俠就點了點頭，於是就與韓鐵芳分住在這間屋內。

用過了飯，病俠就躺下休息。夜漸漸地深了，牆上掛着一盞油燈，那棉做的燈撚兒也越來越小。病俠連咳嗽帶呻吟，使得韓鐵芳的心中十分不安。而有時咳嗽聲才停住了，可是耳邊又總是有一種嘩嘩的聲音，仿佛外面下了大雨似的，；聲音似發自遠處，然而卻很大。

韓鐵芳覺得很是奇異，隨站起身來，開了房門走出去。站在殘月淡淡的光華之下，他覺得那種聲音更大更真切，仿佛有很多輛的車從遠處走來似的，然而那聲音卻不是越走越近。他聽了一會，還是不能聽出這是什麼聲音，就慢慢地又走回屋裏。

這時病俠已經坐起身來，問他道："你聽見了這聲音沒有？"韓鐵芳說："聽見了，但不知是哪裏的車響？"

病俠笑了一笑，他那蒼白削瘦的臉上一騰出這種笑容，就顯得很嫵媚，更像是一個女人了。他說："這是黃河的聲音。黃河就在這蘭州城北，它整天整夜這樣地流，直流出幾千里地之外。可惜我們人，無論是多大的英雄，怎樣鐵鑄銅澆的好漢，也是要受壽數所限，真的，一個人說多了能夠活幾十年呢？"說到這裏，不禁又欷歔感歎。

韓鐵芳就勸他說："我看前輩的病絕不要緊，只要休養一些時日就好了。這樣騎馬奔波趕路我終覺得不對。我現在倒有一個主意，前輩可以住在這裏安心休養，你告訴我赴新疆的路徑，我去把你那令徒找來，叫他來伺候你！」

病俠卻搖頭說：「新疆地面遼闊，他所在的地方你絕找不着。再說我還不服氣，我還能趕路。我既說出來的話就不能再改，至多在路上多耽擱幾天，唉！」他歎了口氣，忽然又瞪起來兩隻大眼睛，高聲喊着說：「我不能死！我不能死！我不願死！我還有氣未出！我還有事未辦！」喊到這兒，忽又一陣咳嗽，他就一頭趴在炕上，真跟個女人似的，隨着咳嗽嗚嗚痛哭。

韓鐵芳走過去要勸他，忽然他又直起身來，一邊咳着，一邊拿胳膊驅逐着韓鐵芳，說：「去！去！去睡你的覺吧！」韓鐵芳退後兩步，緊皺眉頭，眼前的病俠又趴在炕上抽搐，咳嗽聲仍然不斷，而那遠處的流水聲似更猛烈，室中的燈光卻愈發昏暗。院中更聲敲了三下，韓鐵芳便抑鬱地回到自己的炕上去睡了。

一夜他睡得很是不安，到了次日，他見病俠的臉上又增了一層病容，仿佛更顯得消瘦。他就想勸勸病俠，今天在這裏休養一日，不要走。可是他知道病俠的脾氣十分不好，這話也就不敢說出。這時病俠起來看了看窗紙，大概也覺得天色還早，他就又睡下了。韓鐵芳也不便驚動他，遂就出屋到園中散步。眼見陽光越來越高，店中的車馬客人都先後紛紛走去。門外亂了一大陣之後，又漸漸寧靜了，那遠處的河濤聲卻不再能聽得清楚。

他又進了屋，見病俠依然在那裏臥着，仿佛睡得很熟，他就想，今天不走也好！如今既已來到甘肅省，祁連山就在前面不遠了，我生母正在那裏受着侮辱，我怎能不趕緊去救？到了新疆見着那人，再請他來幫助，那得何時？不如我索性請這病俠在此休養一兩日，等到他的精神恢復一點，就請他隨我到一趟祁連山。只要他能將我母親救出，或是我確實已知母親不在人世，殺死黑山熊報了仇，那我就隨他到新疆，永遠不再到東邊來，也絕不悔，也絕無憾。於是他恨不得把病俠叫醒來，就將這些話對他去說。

正在這時，忽然又聽到一陣大亂，聲音似發自店門外，比那黃河的水聲更為猛烈，而且嘈雜。同時店中的人也都向外亂跑，並且很多人都嚷着說：「快去看！快去看！有官差過啦！」

韓鐵芳心想：官差？莫非是有什麼大官路過於此嗎？那有什麼可看？此地的人可也太好看熱鬧！他倒不想出去看。但突然間病俠從炕上滾了起來，他手向後掠掠辮髮，就急急忙忙下了炕，往外就跑。韓鐵芳更覺得詫異，就也隨之走出去。就見門首真是人山人海，原來過的並不是什麼大官，而是由別處解到省裏來的幾名江湖大盜；有三十多名官兵押解，個個鋼刀出鞘，勢極威嚴。

犯人的車一共是四輛，大盜七名，個個手銬腳鐐，全都相貌猙獰；有的發狂似的唱着歌，有的道着字號，他們的兇悍之氣絲毫未改。而最末的一個強盜大概是個盜魁，穿得很闊，身上的鎖披得也特別的多，看年紀有四十多了，面目鰲黑而肥胖，額上有一塊刀疤。

此人頑強已極，面色不改，笑着自道他的來歷，說：「諸位認得我嗎？我的外號叫花臉獾，二十年前在新疆跟半天雲齊名，大名鼎鼎的玉嬌龍，那是咱的寨主婆！可是咱早就洗了手啦，咱也發了財啦，不是指着幹綠林買賣才能吃飯！咱這回是因為住在朋友家裏才受了連累，但咱也不喊冤，好漢子陪着朋友送一條命，也不算什麼。江湖咱也闖過啦！銀子也花過啦！大美人兒咱也見過啦！死也不冤枉！」他說完了，立時有無數的人給他喊好，他好像挺榮耀的，還不住地搖頭擺腦。

幾輛車被官人押解着，被無數的人圍着、跟着，如同一陣黑風，一片巨浪，遲緩地滾過去了，滾進了蘭州的東門。這門前有許多夥計也都隨着去看熱鬧。韓鐵芳四下尋找，竟不見病俠往哪裏去了，他心說：那人也怪，病成了那個樣子，還愛看熱鬧！自己卻對俠女玉嬌龍的崇拜減低了一半，暗想：聽剛才那個盜犯所說，玉嬌龍也不過是個盜婦而已，武藝也未見得怎樣的高。假使我早生二十年，也許能看見她，也許能敵得過她。

進到屋裏，見病俠的包袱、馬鞭、寶劍都扔在桌上，他就過去將那包袱解開一點，翻看了一下。見裏面只是男子的衣褲數件，弩弓一件，小箭無數枝；銀兩很多，其中還有幾錠金子。

　　忽聽見院中有足音聲，他就趕緊把包袱又繫好，心裏卻更不止地疑惑，就想：病俠大概是一個男子，然而他過去到底是怎樣的一個人？實在令人猜不出。此時屋中並無人進來，外面的腳步聲大概是店家。他獨自一人在屋中十分無聊，便來回地踱着。

　　待了一會，店裏那些看熱鬧的人全都回來了，他們紛紛地談論着，說剛才是秦州解來的案子，那幾個賊是什麼夜叉鬼、草地蛇、喪門神、花臉獾。花臉獾那傢伙直拿玉嬌龍往他臉上貼金，其實玉嬌龍這時不定活着沒活着呢！就是還在人世，也一定早就雞皮鶴髮，成了個老太婆啦！由此又聽院中幾個人談述着玉嬌龍早先那些軼聞、秘史。

　　韓鐵芳就站在窗邊，側耳向外細聽。他就聽說玉嬌龍早先是一位名門小姐，在新疆如何鍾情於大盜半天雲，後來她的父親做北京九門提督正堂，又如何把她嫁了給順天府丞魯君佩。一娶過去就有事，有人說是中了邪，卻又有人說她私自跑出去了一回。後來雖然是和魯翰林好好地過上日子了，可是那大盜半天雲仍不死心，竟跑到了京城，天天夜間在魯家攪鬧。結果是將翰林成了半身不遂，不到兩年就死了；玉大人跟玉老太太也相繼逝世。至於她，說是什麼為還願而投崖身死，其實她卻用的金蟬脫殼之計，跑去跟她的情人半天雲過日子去了……

　　這玉嬌龍的歷史，大家你一言我一語地談述着，並且還彼此批駁、打嘴架，各自爭着表示他們知道的多，見聞的廣，而韓鐵芳更對玉嬌龍的人品不佩服了，甚至有些憎惡。此時院中的人越談越熱鬧，並且又加入了幾個人，其中有個人就老聲老氣地說：「你們都不知道，玉嬌龍的事情惟我知道得最詳細。二十多年前我就在這裏開店，那時玉大人剛放了北京城的九門提督，由新疆攜帶着家眷赴任，在蘭州住了兩天。那時玉小姐住的是總督衙門，我可真看見過……」

　　旁邊的人齊聲問道：「到底什麼樣？」這個老頭子說：「現在要是再見着她，可不知道什麼樣啦！也許比我還老。那時候可真名不虛傳，比我家裏的老婆子可強得多了！」旁邊的人都哈哈大笑。

　　這時忽然有人推門進來，韓鐵芳一看，原來是病俠，他倒不禁像心裏有愧似的，臉上紅了一陣。只見病俠的精神似很興奮，辮子也梳理過了，編得很緊，而且發着黑亮；臉上也洗得很乾淨，倒顯得益發蒼白，他進來就問說：「沒有人來找我嗎？」韓鐵芳搖着頭，發怔說：「沒有啊！」

　　病俠說：「我有兩個多年未見的朋友，他們也在這裏了。剛才在門口看熱鬧的時候，他們把我請到店中，談了一會閒話。原來這幾十年來，有許多故人，現在還都安然無恙，都約我去見一見。那麼我更不能在這兒多耽擱了。我們再等一會兒，還許有人來找我。過午咱們就走，我把你送到新疆，跟我說的那個人見了面，你去陪伴着他，我還得趕緊回來！」

　　韓鐵芳卻搖了搖頭，理直氣壯地說：「前輩！請你還得採納我一兩句話！我迢迢千里而來，原為的是找黑山熊。如今祁連山就近在咫尺，前輩你若是因有別的事情，不能助我一臂之力，那倒沒有什麼，我可以獨自前去報我的仇，辦我的事；但若你這時就叫我到新疆去給他人做伴，我到了那裏也絕安不下心。不如前輩你或是幫助我走一趟祁連山，或是由着我自己前去，辦完那件事之後，我就了卻一件心事，即使在新疆住上一輩子，也行！」

　　病俠卻說：「黑山熊的住處極為嚴密，絕不能容易地找着他，倘若耽誤上一兩個月，那連我的事也都不能辦了。若憑你單身去闖，你必定把性命也送在祁連山中。」韓鐵芳昂然說：「那我雖死無怨！」

　　病俠面上現出不悅之色，說：「少年人最不宜驕傲自負，無論如何我比你的閱歷多，我說的話都是金玉良言。你別以為我把你叫到新疆，是想給我的那個人當奴僕，我是愛惜你！並且我跟你實說吧，那個人並不是我的兒子，也不是我的女兒，他也是黑山熊的仇人之子。十多年前，他的母親就在祁連山裏被黑山熊所害……」韓鐵芳一聽，感到非常詫異。

　　病俠又說：「你是為叔報仇，他是要為母親除恨，你們二人正是同病相憐，正好結伴一同去報仇！」韓鐵芳心中淒然，暗道：「其實我也報的是母親的仇恨跟恥辱呀！」病俠又說：“因為我不曉得你們兩人的脾氣能合不能合，我才先帶着你去見他。並且他對於他母親的事，黑山熊是他家的仇人，他母親現在還許在黑山熊的手裏，他都不知道！”

韓鐵芳一聽到這兒，驚得神色都變了，趕緊問：“他姓什麼？”病俠說：“他姓春。”韓鐵芳又急忙問：“他不姓秦？”

病俠搖頭說：“不是，他姓春天的春，不是姓秦國的秦。咳！詳細情形你也不必問了，我也沒精神總說話。咱們到了新疆，見了他，我可以當着你的面詳說當年之事。我不僅要他去報母仇，並且他還有一個……那還算是你的兄弟呢！假使那孩子的命長，也許還在人間，那麼也得叫他去找一找。我還不服死，不怕死，但人事無常，也許我這病身子活不了多少日，現在我的事情又很多；所以我只好把你們的事，全交給你們自己去辦，我不能夠再幫助什麼了。好在我相信他的武藝，足以走遍南北東西，遇不見一個對手！”

韓鐵芳此時完全依從病俠的主張了，心中倒十分的酸楚，暗想：當年秦氏臨終時給了我那塊紅羅，雖然沒說我還有什麼哥哥弟弟，但安知我沒有一個同胞的手足？秦氏死時沒顧得說，而韓文佩也沒提，或是連他也不知道？總之，十九年前祁連山風雪之中的那件事，絕不就是那樣簡單，其中還不定有多少曲折隱秘，有着多少情節呢？說不定病俠所說的那遠在邊疆的人就是我的同胞弟兄呢？病俠也許已經看出我來了，所以他才待我如是之好。

這時他真想將自己的肺腑之言吐出，告訴他自己去找黑山熊也是為母報仇，自己的母親這時也是屈辱在黑山熊的手裏……但他還沒有說出，就聽窗外有人叫：“王大爺！王大爺！”外面有那正在談論着玉嬌龍的店夥，就高聲喊說：“哪屋裏住的客人姓王？有人找啦！”

病俠急忙把門開開，外面就縮肩拱背地進來了一個年約四五十歲的人，小眼睛發紅，眼旁還淨是疤，腦袋又瘦又小，嘴唇又扁又薄，還有兩撇小鬍子，穿的衣服雖然整齊，但卻賊眉鼠眼，活像一隻老鼠似的。一進了屋他就不住拿眼睛看韓鐵芳，病俠卻擺手，悄聲說：“不要緊，有什麼話你就說吧！這位韓爺也不是外人，是要跟着我往新疆去的一位朋友。”

這個人向韓鐵芳拱了拱手，然後就走到病俠面前說話。韓鐵芳本想就在這裏聽聽他們到底說什麼，但是因為病俠的態度十分慷慨，他倒覺得不便在屋裏待了，遂就走了出去。見院裏談話的那幾個店夥已都散了，各自做各自的事去了。

韓鐵芳在院中來回走了幾步，卻聽屋中那位病人又咳嗽了起來，說話的聲音卻越來越大。他不禁走近了窗前，就聽屋裏的病俠一面咳嗽，一面急急地說：“我不能管這件事，他是自作自受；要叫我如今再做犯法之事，那卻不能！”

那人說：“他這回的事真是冤枉。我們為找您才來到此處，才結交了草地蛇，因為他們在這地方熟。我們聽說了當年甘州店中的事，以為您是在甘省……”病俠啐道：“別胡說！”那人又說：“反正是為您，我們才來到這裏，他才受了連累，打這官司。羅老爺又離着這兒遠……您既然遇見了這件事，無論如何也得想想早先……想個法兒救救他的命……”

病俠怒斥着說：“快滾！拿上銀子快滾你的蛋！你愛找誰就去找誰；找了他來我也不管。反正，我是與早先決然不同了！休來拿這些事再求我，跪下叩頭我也不幹！”又是病俠的咳嗽聲，停了半天也不說話。

少時，聽那個瘦人似乎哭了，說：“花臉獾的命您是不救了，他該死！可是羅老爺現在就在中衛縣，離這兒也不過是三天的路，他找了您這些年，難道您還不去見一見他嗎？”

病俠跺着腳，悲聲說：“我都快死了，我還能顧得了誰呢？我沒跟你說嗎，我與早先決然不同了，你快去告訴他，叫他死心吧！”聲音甚慘，分明像是一婦人在屋裏哭。

韓鐵芳趕緊向旁走開了幾步，心中越發疑惑，暗想：莫非他果然是玉嬌龍？那可真怪了！他驀然又想起韓文佩曾說過，黑山熊為躲避玉嬌龍，二十年來不敢在江湖上出頭，莫非真真是他與我們的那件事有關嗎？他是我方家的仇人，還是恩人呢？

待了半天，那個像耗子似的人才皺着眉、低着頭、挾着個包兒往外走去了。韓鐵芳輕輕地進了屋，就見病俠躺在炕上，瞪圓了眼睛看着那被煙熏得烏黑的頂棚。韓鐵芳心中想着：如果他是玉嬌龍，倒真有些難惹了！遂就把腹中擬好了的話，又壓住了不說，只仔細地觀察着他的動靜。

病俠也不說話，躺了半天之後，他才叫着："夥計！夥計！"但他的嗓音太窄，而且發啞。韓鐵芳幫助他叫了一聲，店夥才在外答應着進來，問說："什麼事？"病俠仍不起來，一邊咳嗽着，一邊吩咐他去辦什麼事。但他這時的聲音，連韓鐵芳都聽不清楚，何況店夥呢？所以店夥便不住地歪着頭問說："什麼事？什麼事？咳！等你咳嗽完了再說呀！"

不料病俠突然變了脾氣，生了氣，他伸手抄了馬鞭，翻起身來向着店夥的頭上就抽。只聽吧的一聲，店夥就用雙手捂住了臉，他忍了一忍，就跳起來大罵，說："媽的，你這客人怎麼打人？媽的……"韓鐵芳趕緊過去攔阻。病俠又掄起了一鞭，韓鐵芳伸胳膊去擋。這一鞭子正正抽在他的胳膊上，鞭梢兒並且掠在了他的耳朵上，立時他就覺得痛徹了骨髓。

那個店夥此時的手已離開了臉，臉上一條紫色的血痕，嘴歪着，他又大罵，跳腳掄拳地要撲打病俠。而病俠卻更兇狠，竟一面咳嗽一面回手，忿忿地將他的寶劍抽了出來。

韓鐵芳連推帶拽才將店夥推出門去，他也不禁忿忿，瞪着眼向病俠說："前輩，你不可以這樣！你是一個明情理、心地寬的人，怎麼如今竟這樣兇暴起來了！這可真叫人笑話，叫他看不起。咱們是這裏的過路客，人家是開買賣的，彼此無仇，怎好因為他聽不清你的話，就動手打人呢？"

此時外面那店夥還不住大罵，有許多人出來勸。病俠仍然不息氣，斥向韓鐵芳說："你別管！"他跳下了炕，仿佛要把人殺盡了，他才甘心似的。

韓鐵芳卻趁着他彎腰咳嗽之際，過去將他的右臂揪住，低聲緊緊地勸說："這蘭州是個大地面，而且我也看出前輩你來了，你早先是個剛烈的人。但現在，我們可應當明理，應當與以前決然不同，成為兩個人。不可！千萬不可！"病俠便漸漸地發了怔，面色更變得蒼白。他眼睛發直，瞪着韓鐵芳，手卻漸漸地松了。韓鐵芳就將劍拿過去，噹啷一聲扔在了炕上。

此時店裏的老掌櫃的倒開開門進屋來，作揖賠不是。病俠也消了氣，只擺了擺手，不再說話。韓鐵芳這時倒恨不得趕快離開這裏，免得闖出禍來。他遂叫老掌櫃的出去叫人給做飯，好預備走。老掌櫃的連聲答應着，就走出去。那個挨了鞭子的店夥也不在院子裏罵了，大概是叫人給勸走了。

韓鐵芳的左臂卻痛得像受了一刀似的，比那次所受的一箭痛得還厲害。一隻耳朵仿佛丟失了，麻木得沒有了知覺，他卻隱忍着不作一聲。病俠又坐在炕頭咳嗽着。待了不多的時間，另一個店夥就把菜飯送了來，韓鐵芳含着笑請病俠用飯。病俠點點頭，拿起筷子來，他忽然又歎了口氣，含混着說出一句話，像一句詩似的。韓鐵芳只聽出來四個字，是："天地冥冥……"

病俠吃的飯不多，韓鐵芳也匆匆地食畢，就趕緊叫店夥打洗臉水、算帳、備馬。收拾一番，由他把店飯賬付過了。此時外面已將馬備好，病俠遂也掙扎精神，隨同韓鐵芳走出。到了外面，將包袱寶劍在鞍旁繫好，就一同出門上馬，不再進城。

出東關越城北，於此處就看見遠處山脈綿延，近處黃河奔流，水聲非常之大，有不少人在那裏張網捕魚。附近的樹木也很多，景致十分幽雅。韓鐵芳此次由洛陽西來，還真是沒有看見過這麼好的地方，他一時心情暢快，連臂上、耳朵上的疼痛全都忘了，他就說："呵！這真是個好地方！"病俠在馬上稍稍轉臉向他說："這算什麼？新疆的風景比這裏可好得多！"

韓鐵芳一聽，心中不由一陣驚異，自己一向都以為新疆那裏只有荒涼的沙漠，是一片惡水窮山，而這病俠如今竟說出這樣的話。他在新疆多年，話絕非假，如果那裏真是一個好地方，自己再結交一個朋友，不，或許那還是我的兄弟，在那裏住一世，可也快樂。只是，這位前輩到底是男是女呢？是玉嬌龍抑或不是呢？

於是韓鐵芳一邊騎着馬，一邊觀察着病俠的容態和行動，他覺得病俠假若真是個女子，那不用說她年輕時，就是現在也可稱得上是個美人。她雖然有病，可是那騎術的矯捷，顧盼時風姿之英武，以及他那口古色黝然的寶劍，那口不知戰過幾許奇俠，殺戮過多少賊人的寶劍，又真非玉嬌龍那樣的奇俠不足以當此。

雙馬往西去行，渡過了黃河，沿途遇見客商很多，除了馬車之外，尚有一種騾馱轎。又走了二十多里，到了崔家崖，附近有山，地勢頗為雄偉。再走三十里是西柳溝，在這裏用畢了晚飯，日色尚高，二人依然向西走。病俠的咳嗽已略輕，精神也十分煥發，韓鐵芳也不顧鞭傷的疼痛，只是催馬緊隨。再走，便見黃河如帶，飄蕩於左，路越曠，山越多。漸漸天色昏晦，就來到一個地方，名叫新城鎮。

此地有居民約二百餘戶，大街一條，店舖也不少，他們就找了家店房進去。今天韓鐵芳倒不願意跟病俠住在一間屋裏了，可是又趕上這店房住的人擁擠，兩個人還得住在一間裏。這屋子還沒有昨天住的一半大，只有一舖土炕，韓鐵芳倒覺得很拘束。

屋中燈光雖小，但很明亮。韓鐵芳騎馬跑了一整天，汗已浸透了衣裳，淹得臂上的鞭傷非常疼痛，他不得不脫去了這身衣裳，另從包袱裏找出件衣裳來換。這時，病俠卻像慈母似的走了過來，他的面容上浮着一層愧色，柔聲細氣地說：「傷得很重吧？唉，我的脾氣真不好，多少年來我總是改不了，讓我來看看吧！傷得要緊不要緊呀？我這裏有藥，我可以給你敷上。」

他輕輕地抬起韓鐵芳的左臂來，卻忽見有一塊三角形的紅羅，由韓鐵芳的衣裏掉在了膝上，他的手就不禁一顫。他將韓鐵芳的胳臂放下，卻過去拿起來那塊紅羅，就着燈光仔細地去看，並慘然地笑着，問說：「這是什麼？是你出來時你的老人給你帶上的，用來鎮邪的嗎？」

忽然紅羅掉在地下了，他又趕緊彎下腰去撿。撿了半天方才拿起來，卻又勾起來他的一陣咳嗽，咳得他眼淚如拋豆一般地往下流。他擦擦眼睛，卻又斜對着燈光看了看韓鐵芳，又像捨不得似的，把那塊紅羅看了半天，方才珍重地放置在韓鐵芳的身旁。

韓鐵芳這時耳臂俱痛，就斜身臥下，咬着牙忍受。病俠卻一邊咳嗽着，一邊走過去，從自己的包袱裏取出一小紙包藥，過來輕輕地給韓鐵芳灑在臂上。韓鐵芳連說：「多謝多謝！恕我真不能起來啦！」臂上灑了藥，他覺着一陣發涼，同時又覺着發濕，一滴一滴的，仿佛有雨點淋着似的。他一扭頭，瞪着眼看去，而病俠卻敷完了藥已經轉過身去了。

韓鐵芳臂既痛，身體且乏，少時店夥把茶飯送了進來，他都不想起來去吃。病俠親自把麵碗端過來，溫和地說：「你吃點吧！趕了多半天的路，怎好不吃點東西呢？」筷子已挑起了麵，似是要送在他的口中。韓鐵芳趕緊使勁地坐起身來，拱手既不能，他只得點點頭，說：「不敢當！不敢當！把麵放在桌上，我這就吃！」

病俠雙手把碗放在一張小破桌上，並挑了挑燈。韓鐵芳歎息一聲，就一腳蹬在炕上，一腳垂在炕沿下坐着。他一隻手拿着筷子，挑着麵吃，那另一隻胳臂卻赤裸着，不能夠抬起來。

病俠坐在他的對面，也吃着麵，吃上一兩筷子就停住，仔細地打量着韓鐵芳，並又問起來他的家世，說：「我們雖是萍水相逢，但也在一塊這些日子啦，我救過你，你也救過我，可以說是患難之交了。我的脾氣壞，打了你一鞭子，你對我也毫無怨言，真可稱是我的知己。我想到了新疆之後，我若病體不再重，我們頗可以深交一交……」說到這裏，他忽然一陣黯然，又說：「只是我見你似有一種難言之隱。你說話是河南口音，我聽得出來，但你說你找黑山熊，是為給你的叔父報仇，我卻不大相信。」

韓鐵芳一笑，這笑聲之中挾着許多氣忿和悲慘。他嚼了嚼麵咽下去，剛要說話，忽然病俠又說：「一個年輕的人說話應當誠實，尤其不可對個老前輩說假話。」韓鐵芳停住筷子，發了半天的呆，就說：「其實就是說了出來也不要緊。我，我找黑山熊是為……」他真的難以說得出口來。

病俠拿眼睛直瞪着他，說：「據我猜，你找黑山熊，倒許是要為你父親的事？」韓鐵芳用力把筷子向桌上一摔，擺手說：「休要再提起我的父親！」病俠驚異着說：「為什麼？你父親他是個什麼樣的人？」韓鐵芳忿忿地，聲音不大地說：「他，是一個強盜！」

病俠越發地驚異了，他也放下筷子，走近韓鐵芳的身旁，低聲問說：「你怎麼曉得他是個綠林人呢？他是哪一路的豪傑呢？他的真名字叫什麼？在洛陽住的就是你的父親嗎？抑或……」

韓鐵芳歎了口氣，說：「前輩你既這樣的關心我，我也不便再瞞着你了；本來我不是願意瞞人，是我，真羞於說出口來。我的父親其實是江湖大盜，負義的小人，柳穿魚韓文佩。」

病俠搖了搖頭，說：「我走江湖多年，並沒聽說過此人的姓名！」韓鐵芳面色忿忿，且有些慚愧，就接着說：「他的武藝原不甚高強，只不過有些蠻力，心腸很毒辣罷了。他並非我的生父，我聽我的母親……其實那也不是我的生母，她臨死時才對我說，我原是官宦人家所生，我的生父現在是否還活着，當初是任什麼官，我也不是很清楚。我只曉得我本姓方，我的母親是方二太太，於十九年前在祁連山為惡盜黑山熊所擄去。」

病俠聽了這話，不由神色一變，繼而聽韓鐵芳往下去說。韓鐵芳索性躺在炕上，把他的家世，及學習武藝的經過，散資出遊的原因，一件一件，詳詳細細地說了一遍。他激昂慷慨，有時要跳起來，是說到了黑山熊；有時又要痛哭流涕，是說到了方二太太。

然而那病俠一聽到方二太太，他卻像是有些忿忿似的，他說：「據我想，那方二太太，你可以不必去認她了。她是一位官太太，為韓文佩所霸佔之時，她就沒有一點志氣，她不會那時就死嗎？後來她又跟了黑山熊，假若她現在仍然活着，那也有一十九年了。這種苟且貪生，不識羞恥的婦人，你何必還一定要認她作為母親？」

韓鐵芳說：「但她究竟是我的生身母親。一個婦人之身，不幸落於強人之手，也總算是可憐。」病俠冷冷地說：「可憐？我看她倒有些可恨！你說她無拳無勇，但我看她的心比蝎蛇還狠！」韓鐵芳聽了這句話，不由得有些驚詫，瞪眼看着病俠，見病俠的臉上浮滿了恨意，發了一會呆，又說：「我看她一定是個壞人，不然不會甘心從賊！」

韓鐵芳聽他這樣說自己的母親，雖然有點忿忿，但也十分慚愧，他把病俠看了半天，驀然問道：「我的事都已一字不瞞的告訴了前輩，但前輩究竟是否是玉嬌龍女俠？我願前輩也別瞞我！」

病俠聽了愈發變色，說：「你把我看成了女子，那就從根本錯了！」他慨然地又說：「十年前我倒跟玉嬌龍見過幾面，她的為人我也深知，外人所傳說什麼什麼，許多都完全不對，那都是被她打過的一些江湖狗賊所造出的謠言。她，武藝是不必提，而且為人極好，真是個剛強、清白的女子。她的身世很可憐……」說到這裏，忽然又咳嗽了起來。

韓鐵芳坐起身來又問道：「那麼，前輩你可曉得玉嬌龍女俠現在何處嗎？」

病俠一面咳嗽着，一面擺手，聲音斷斷續續，似帶着哭腔地說：「我多年不見她了，我不知她在何處，我想她也許不在這人間了。」說畢，便頭向裏側臥，依然不住的咳嗽，並且身子抽搐得很厲害。

此時，韓鐵芳的心裏也惹起了許多愁煩。店中的人還都沒睡，談笑聲，和大聲喊叫店夥之聲，十分雜亂。韓鐵芳雖又躺下了，但臂傷很痛，這種雜亂的聲音也擾得他不能入睡。忽然不知從哪屋裏傳出一種弦索之聲，嘈嘈切切的，好像是誰在彈着琵琶。

韓鐵芳是精於此道的，他不由得細心去聽，便聽出來這不是琵琶，卻是月琴，或者是這伊涼道上一種別的樂器。他便想起來胡笳，記得唐詩上說：「蔡女昔造胡笳聲，一彈一十有八拍，胡人落淚沾邊草，漢使斷腸對歸客……」那一段描寫邊塞的情景，真是十分淒涼。想到自己是已決定跟身旁這個病俠一同往新疆去了，那新疆究竟是個怎樣的地方呢？恐怕未必如他所說的那樣好吧？

此時月琴聲彈得更是柔細宛轉，真是如泣如訴，如怨如慕。他又不禁想起蝴蝶紅，暗暗地歎了口氣。少頃，這月琴聲便將他催入睡鄉。

但半夜裏韓鐵芳又被病俠的咳嗽之聲吵醒，他聽得心裏實在不忍，就下了炕，倒了一碗涼茶送給病俠去喝。病俠就躺着接過來喝了兩口，一點也不客氣，就像個老人家似的。韓鐵芳也不在意，依然倒身去睡。

　　清晨醒來見病俠已經坐起來了，換好了一身乾淨的衣服。韓鐵芳看見自己臂上又敷了一層新藥，可不知病俠是在什麼時候給他敷上的，他心中越發的感激。病俠又問他說：「臂上還疼嗎？要疼就在這兒再歇一天好不好？」

　　韓鐵芳卻微微地笑，搖頭說：「不要緊！假若新疆能即時趕到，這時候就叫我到新疆去也行。我現在心急似火。說實話，我恨不得當時就到新疆，見着前輩所說的那位豪傑。因為我報仇之事，本不想求人幫助，可是如今我確實已自認武藝不及他人。前輩如此身軀，我不敢多煩，但前輩所說的那位豪傑，他如果肯東來助我報仇救母，我對他的厚情，終身不敢忘記！」

　　病俠說：「我看你對於你那沒志氣的母親，也不必怎麼懸念她了！」韓鐵芳搖頭說：「那怎可以？烏鴉尚且反哺，羔羊尚且跪乳，為人豈能忘了他的母親？莫說我母親還是不幸落於賊手，就是她真的是盜婦，難道我還能不認她？」

　　病俠聽了，突然變色，嘴唇動了動，仿佛要說話似的，可是沒有說出來。韓鐵芳又說：「兒子對於母親，應當原諒母親的難處，無論如何，兒子也得見見他的母親的，即使別人曉得了，也不能夠笑話！」

　　病俠的臉色忽又一變，竟欷歔地落下眼淚來了，說：「你說的話，令我也很難受！就這樣吧！我們快到新疆去，我命我那個親近人跟你在一塊，你照拂他，他替你報仇。」

　　韓鐵芳奮然下了炕，說：「前輩你病得這樣尚能走路，難道我這點傷就走不動了嗎？」病俠也笑着說：「好，咱們吃了飯就走好不好？」韓鐵芳點點頭，遂就喊叫店家，打水盥漱，又叫了菜飯吃。韓鐵芳也換了一身衣服，又在病俠的面前，他親自將那塊紅羅珍重地收在身邊，然後叫店家備馬。病俠付過了店資，二人便一同出門，上馬又往西去。

　　今天天氣不好，陰雲滿天，可是頗為涼爽，二人的馬都馳得很快。病俠雖仍時常勒住馬咳嗽，但他只要咳嗽止住，就揮鞭疾走，精神十分地興奮。當日趕到了古浪關，次日傍午就來到了武威涼州。

　　涼州這地方是北憑沙漠、南望雪山，東西峽道尤為險峻。病俠帶着韓鐵芳到了南關，找了一個臨街搭着席棚的飯舖用飯。他匆匆地吃完了，卻叫韓鐵芳在此坐候，他步行着進城去了。韓鐵芳也願意多歇一會，就借了舖子裏的一柄蒲扇搖着。

　　這席棚下的飯客很多，眼前大道上的車馬，和本地人所謂之「駕窩子」，就是用兩隻騾子架着的小轎子，更是往來不斷，塵土時時地揚起，如同煙幕一般。

　　南面那巍然的山頂上，覆蓋着一層白色，不知是浮雲還是積雪。韓鐵芳向這飯舖的夥計問了問，夥計就指着說：「那邊就是祁連山，我們叫它為老虎山。山裏出金子，產藥材，豺狼虎豹全都不少。」韓鐵芳眼睛直直地向那山去望，想着母親方二太太就在那一帶受苦，而自己路過這裏，卻不能急速去救，豈不羞慚？他手摸着寶劍，低下頭又歎了口氣。

　　待了半天，病俠方才回來，韓鐵芳就問說：「前輩到城裏做什麼去了？」病俠很懊喪地說：「我去找一個故人，那個人早先在府衙門做書吏。我現在一打聽，他早已調任了，下落也不明，生死也不知⋯⋯」接着又慨歎着說：「人世變得真快。」於是收拾行李，備好馬匹，離開涼州又往西去。

　　甘涼道上是越走越為荒涼，田地多半是受了祁連山的山水所沖，鋪滿了拳頭大的石子，真是貧瘠極了，無法耕種。沿路所見的村民，沒有一個穿整齊衣裳的，十五六歲的姑娘尚皆赤身裸體，無有衣褲。韓鐵芳觀之不禁憫然，後悔當初把家財散盡，不然也可以施放施放，濟助這些貧民。他見病俠倒是把些銅錢和碎銀隨手扔給這些人，毫無吝嗇的樣子，心中就對病俠益為欽佩。

　　走過了永昌縣，天色愈為陰沉，漸漸瀟瀟地灑下來大雨，南面的雪山，北邊連綿不斷的長城，都籠在濃霧裏。路上的行人也漸稀少。他們的馬蹄聲也為雨聲所掩沒，身上也都被淋濕了。

　　韓鐵芳從後面看見病俠的衣服已經全貼在身上，愈顯得他骨瘦如柴，就很是關心，大聲喊着說：「我們趕緊找個地方先歇一歇吧！天色也不早了，雨這麼大⋯⋯」

而那病俠卻似沒有聽見他的話，依然在前揮鞭飛奔。雨絲擊着他的頭髮和身上，鞍旁的寶劍都向下流水；然而他也不咳嗽了，如同一隻霧中的飛龍，向前騰空而行。韓鐵芳也沒法子，只是喘着氣，臂上的傷被雨水浸得又疼了起來；他的臉上也往下流水，兩眼都被淹得難以睜開。他勉強着向前去走，他的馬落在病俠後面很遠。

又走了多時，雨愈大，天色也漸漸地昏黑了。到了永昌縣西的水泉驛，方才找了店歇下。因為這裏是個小鎮，路上的客人都被雨截留在別的地方了，所以這裏的店房雖小，房屋卻多半閑着，病俠跟韓鐵芳就各自找了一間房子住下。

韓鐵芳又換了一身半乾的衣服，吃完了飯，就躺在炕上歇息。病俠又走到他的屋裏來，給他的臂上敷了一些藥。韓鐵芳連聲稱謝，心想着自己幼時孤苦，長大成人之後，也未有閨房之樂。算來對自己關懷體貼的人，除了亡故的秦氏，就是這位病俠了。雨聲在窗外直響了一夜，病俠在隔壁也直咳嗽了一夜。韓鐵芳的臂又痛，衾又寒，一夜也未得安眠。次日，雨尚未住，病俠咳嗽得更加厲害，他主張在此歇息一天。韓鐵芳就在他的屋裏，除了給自己的臂上敷藥，並殷勤伺候病俠茶水。

小鎮陰雨，十分的愁人。到了第三天，雨才停止，病俠卻更病體難支，然而他奮發着、勉強着，一定要往下去走。當日雙馬再往西行，越行越緊，傍晚時宿於安樂鎮。次日上午就繞過了甘州，直到高台縣方才歇宿。過甘州張掖城的時候，病俠的神色就頗為淒慘，韓鐵芳見他有一次幾乎失鐙墮馬。

在高台一宿之後，次晨星月未落，便又往西走去。午飯就在肅州酒泉縣內用的，飯畢即出了嘉峪關。此時，他們已把萬里長城遺在背後，馬蹄向前踏着，越走越是荒涼。黃昏時，就趕到了玉門關。韓鐵芳以為玉門關就在這裏，一出了關門就是新疆了，但聽病俠說：「這裏只是縣城，玉門關的關隘還在敦煌之西，離此尚有百餘里。但是出了玉門關，還得繞黑海子，甜水泉，才能到新疆呢。」

韓鐵芳覺得新疆那個地方可真遠，雖非海角，也是天涯，真不由得有些懶啦。但病俠雖然一天比一天見瘦、蒼白，病得愈加厲害，但是他的精神卻更旺盛，就仿佛是一個久客他鄉的人一旦快要回到他家時那樣高興。他的那匹馬也很怪，一來到這裏，蹄子踏上了這荒涼的鋪滿黑沙的地上，卻更像飛龍似的了；韓鐵芳的烏煙豹卻不行了，簡直疲憊得要趴下。

當日走到安西州，次日宿於敦煌縣。一進了旅店，病俠卻又連聲地長歎。吃飯以後，韓鐵芳聽他口中自己叨嘮着，說什麼：「十九年前……」又說：「寶劍自玩，花月自賞，勿與他人，徘徊惆悵。心應如刃，智應如水，森嚴明澈，不為俗累……」韓鐵芳既生疑，又好笑，以為這病俠還是個有很多牢騷的詩人呢！

好好歇了一夜，次日午後就走出了玉門關。初夏的天氣，不料此地竟很冷。有一群拉駱駝的人都笑着嚷着，由地下揀了碎石頭，打那關門口的一塊兀立的大石。韓鐵芳覺得很奇怪，剛要向病俠詢問，病俠卻在馬上急急地揮鞭，催他說：「走吧！快走吧！」韓鐵芳只得又催着馬趕上。他回首笑指着那塊倒霉的大石頭，問病俠說：「那些人是怎麼回事？何必要打那塊大石頭呢？」病俠搖了搖頭，又咳嗽着；馬卻行得更急，並不答話。

韓鐵芳真覺得有些神秘了，四下看去，只見樹木極少。北邊是一片黑色的沙地，一望無邊。南邊是碧綠的草原，也跟海似的那麼浩蕩寬廣。而西北角有一條寬長的曲線，銀光燦爛，高浮於空際，說它是雲，卻又不見飄蕩，說它是山，可四周皆是蔚藍的天色。韓鐵芳又不由得要問了，而這次病俠卻告訴他說：「那就是天山，山頂上有常年不化的雪。」

韓鐵芳覺得這真是奇景，而且越走沒見過的奇景越多。草原裏有些白色的，遠望着像是饅頭似的東西，一縷縷的炊煙從那裏散出。韓鐵芳又覺得奇怪，但病俠不等他問，就告訴他說：「那是蒙古包。」韓鐵芳也不曉得蒙古包是什麼。

再走路越曠，並且也不像是正經的驛路，而是一條偏路。路上的行人很少，只遇見了兩三個騎着駱駝的人，這麼熱的天還都穿着大皮襖，抽着旱煙袋。天空上盤旋着數隻惡雕，嗞嗞地怪叫着，看那樣子像是能將人馬都由地上抓走，很是可怕。而且時常能看到一群跳躍奔跑着的像小鹿似的動物，在草地裏出沒。韓鐵芳又向前看着，真不知走到哪裏才算盡頭？真不知何處才是病俠的家？他也顧不得再說話了，只是跟着走。

到傍晚時，由病俠領着他穿過了草原，迤邐地行走，就來到了一個沙土坡的後面。居然在這裏看見了一片土牆，兩間小土屋。屋裏點着豆大的燈，昏黑得令韓鐵芳想起在洛陽時瘦老鴉的那個鬼洞子。

二人下了馬，病俠就先咳嗽。韓鐵芳向屋裏看去，就見屋裏擠滿了十多個人，屋子後面還有個圈，裏面大概是停留駱駝跟馬的地方。病俠咳嗽完了之後，就一邊喘着氣，一邊走近那小窗前，向裏面說了一句話。

韓鐵芳因為只顧了看着這個地方納悶，卻也沒聽清楚他所說的是什麼話。裏邊大概有人答覆了一句，病俠可就生起氣來，立時拿鞭杆擊着窗戶，怒喊說：“不行！不行！”他的那窄而啞的喊聲，韓鐵芳聽了都有點害怕，把裏邊的一個人也嚇得趕緊跑了出來。

這人是個矮個子，很老了，赤着脊背，說話是山陝一帶的口音，他連說：“別生氣！別生氣！老爺！大王！你聽我說！這回同不得上次你來的時候，那天天還早，沒有這麼多人。這回天晚了，你老人家進屋來也是受苦。”

病俠依然生氣說：“別廢話！你給找地方就是。”店主人說：“騰地方行。”他便向屋裏說着：“騰騰地方！”又說了兩三種別的話。裏面的一些客人們，一聽這店主說的話，就仿佛接受了命令似的，立時亂紛紛地讓地方。

韓鐵芳把馬匹俱交給了那店家牽往後圈去。此時他的胳臂已然不怎麼痛了，耳朵也早好了，但身上覺得很熱。他挾着病俠和他的兩口寶劍，兩隻包裹，還不禁嘘嘘氣喘。他就向病俠說：“屋裏的人太多，擠得太熱了！我想咱們還不如叫店家找張席來，鋪在地下，就在外面歇息吧？”

病俠卻向他擺手，說：“在外邊不行！你看屋裏那些人，難道都不怕熱？但是他們全都不敢在外面睡。”言時的神態似是非常嚴肅，倒使韓鐵芳很驚訝。

他隨病俠進了屋，只覺得一股穢氣撲進鼻子裏，更為氣悶。土壁上那盞燈光，如瞇着的一隻小眼睛。牆角蹲着的，地下臥着的，是些種族不同的人，有的光着脊背，頭上可纏着白布；有的又穿着大皮襖。他們說着不同的言語，吃着他們自己帶的乾糧，有奶油餅，有羊腿，喝着冒熱氣的紅茶；其中也有漢人，吃着饅頭、鹹菜。但所有人齊都直着眼睛揚着頭，看着病俠跟韓鐵芳。

靠牆有他們給騰出來的一塊地方，將將夠坐得下兩個人。那店家抱來了一些乾草灑在地下，韓鐵芳就只好隨着病俠坐下，可覺得非常不舒服；低頭再看看別的人，有的是坐在自備的氈上，有的帶着舖蓋卷，都比他們兩人強。

店家指着病俠，拿番語又說了半天，仿佛向眾人介紹似的。而那些人聽了都很驚慌，嘴裏說着也不知是什麼話，紛紛地又向旁邊去躲，立時就把他們這塊地方讓得更寬了。病俠此時咳嗽甚劇，雖然他聽見了店家的話，又發了脾氣，但卻沒有力量再嚷嚷了。他只是靠着牆，將寶劍放在膝蓋上，微微閉着眼，不住喘息。

韓鐵芳驚異地不住東瞧西望，別人說的話他多半聽不懂。幸虧他身邊坐的是一個漢人，年有四十來歲，穿着一身白褲褂，辮子盤在頭頂上，旁邊放着兩隻包袱，裏面似是貨物。這個人看了看韓鐵芳，就笑了笑，把他眼前的一個小茶壺拿起來，說：“請喝吧！”韓鐵芳擺手說聲：“謝謝，我不喝！”這個人卻執意地讓他。

韓鐵芳只得接過小茶壺兒來，喝了一口，覺得又苦又酸；不知泡的是什麼茶葉，真不好喝。但是他此時十分的口渴，就咕嘟咕嘟連喝了幾口，把一個小壺都快喝盡了。他才趕緊把壺放下，拱手道謝。又問這個人貴姓，是做什麼生意的。

這人答道：“我姓徐，漢中人，常往來新疆販賣茶葉，賣給此地的蒙古人。我在這裏做買賣已二十多年啦，南疆北疆的地方，差不多我全部走遍啦。蒙古話、纏頭話、哈薩克的話，我全部都會說，各地方的人我也認識得不少。”

他努努嘴，又悄聲兒說：“老哥！你今天隨來的這位，可真是個了不起的人呀！沙漠龍，春大王爺，南疆北疆幾千里，何人不曉？"

韓鐵芳聽了，嚇了一跳，趕緊扭頭看看；見病俠闔目倚牆而臥，似是睡了。韓鐵芳這時才明白這屋子裏的人為什麼這樣驚慌，立時就給騰出地方，原來都是因為病俠的名頭太大。這麼一個人，如今雖然奄奄待斃，但他早先在沙漠之中，草原之上，不定是如何的橫行，做過如何轟轟烈烈的事情呢！

因為沙漠龍這奇特的名字，韓鐵芳便又猜着他必定是玉嬌龍，於是就悄悄地與這姓徐的人說："我是由河南跟隨他來的，我們兩人早先並不相識。到底他是個男人還是個女人，你知道嗎？"說話時他的臉距離着那姓徐的耳朵不過半寸。而這姓徐的卻連連搖頭，耳朵都撞到他的嘴上了，又挨着他的耳朵，悄聲說："這件事情我可不知道！我在白龍堆裏就見過他兩次，他可都是這個打扮，他還有一個……"

韓鐵芳正待傾耳往下去聽，忽然見那病俠把眼睛睜開了，嚇得徐客人趕緊把小茶壺放在嘴邊喝着，裝作沒事人似的。韓鐵芳也是既慚愧又驚慌。此時店家又走進來，端着一鍋熱氣騰騰的水，他給一些人沏着茶，並且嘴裏不斷地說着番語，神態也十分地緊張。那些番人聽了，也都個個色變，有的還跪在地下膜拜，以掌撫胸，口中咕都咕都地唸着經咒。

韓鐵芳察覺出來事情有異，就要站立起來。徐客人卻從容鎮定地微微擺手，就着壺嘴喝那新沏的熱茶，悄聲兒說："不要緊！未見得就有事。那邊，又有你的那個伴兒，我說不必怕！"

韓鐵芳直眉瞪眼地問說："到底這地方有什麼事呢？"徐客人指着那店主人說："你沒聽他剛才說嗎？店家說請快點喝茶，不要作聲，待會就要熄了燈，關上門了。"

韓鐵芳說："這有什麼值得驚慌的呢？"徐客人說："這地方本來叫作銷魂嶺。"韓鐵芳一聽，覺着這個名字很有些淒慘的意味，徐客人接着說："北邊通哈拉池，東南角兒就是陽關。"韓鐵芳驀然想起唐詩上"西出陽關無故人"那蒼涼的詩句。

徐客人又說："早先這一片地方是一個出兵打仗的地方，直到現在，還夜夜鬧鬼。這裏還有狼，一群一群的常從這兒過，一不謹慎就得被牠們吃了。近來還有一批強盜，首領名半截山，這個半截山，比二十年前新疆的大響馬半天雲還要兇。"韓鐵芳聽了，只覺得除了狼群有點可怕，其餘的鬼跟強盜，都不足畏懼。

此時又有兩個十來歲的孩子，都光着屁股一身泥的跟進屋裏來，看那樣子好像是店主人的兒子，又像是夥計。他們把兩扇門關嚴了，壁間的燈也吹滅了。屋裏跟屋外已一樣的漆黑，一切的聲音俱皆寧息，只有遠處傳來仿佛是夜風吹過草原之聲，如濤聲似的，雖沒有那麼猛烈，卻比那濤聲尤為可怕。

少時，旁邊已有人打起了鼾，病俠就又咳嗽了一陣。徐客人又在韓鐵芳耳畔悄聲說："這個地方，輕易沒有人敢走，可是要過白龍堆跟孔雀海，又非得走這鬼地方不可，只有這段路近便。你看，今天住的都是一些做小生意的。大商人都寧可走陽關大道，繞着遠兒走，也不肯走這兒。今天在這兒的，只是店家、兩個夥計跟我，這幾個是漢人。你跟着你那個夥伴走，准保萬無一失。要只是你一個人，那，告訴你，我都得勸着你趕緊回去。你想我，哈薩克、索倫、錫伯，無論什麼話我都會說，從十八歲就跟着我爹走這股路做買賣，有很多人認識我。饒這樣可還不行呢！這些年我賺的銀錢也不少，可是前年在白龍堆邊，就被半截山劫了個精光。要不然，我早就回家享福去啦，誰他娘的還願意到這兒來！"

韓鐵芳就問："那麼這個店家呢，他們不怕嗎？"

徐客人說："店家他比咱們闊得多！咱們由東邊來，這兒也可說最末一家店房了，你再往西走，就連一間土房也難看見了。"他又更壓下一點聲音，說："他就跟半截山那些人勾着，不然他的店在這兒也開不住。你別看他吹燈關門，他只是怕狼，他並不怕賊跟鬼。咱今天這屋裏幸虧沒有有錢的人，還不要緊。要是有個腰裏帶着金子的，你看吧，半截山早就來啦。再說他又認識你那個夥伴，他一定不敢。"

韓鐵芳聽了，心中越發納悶，就又問說："我這個朋友，我對他實在有些懷疑。我知道他是個好人，他是一位大俠客，但他究竟是怎麼個人呢？他又不肯對我實說，我也不敢問他。老兄，你一定知道他的來歷，可以告訴我嗎？」又說：「他這時一定睡着了，你悄悄告訴我，他絕不會聽見。」徐客人又搖了搖頭，就再也不說話了。

韓鐵芳自然也不能再問，然而事情悶得他真發急，他恨不得用寶劍把這小屋子給拆了。他甚至不相信這裏是人間，覺得自己一定是做夢了、見鬼了。從洛陽出來的時候，他哪會想到竟來到這兒呢？想到這些事，他又睡不着了。

少時，忽聽見外面那獵獵的風聲之中似乎摻了些異音，像是一陣驟雨似的，嗒嗒地越來越緊，越來越真切。韓鐵芳不由就挺起了腰來，側耳向外去聽。同時屋中也起了輕微的騷動，似是那店家驚慌慌地悄聲叫那兩個小夥計，說：「不行！狗娃子，你快開門去迎上他們吧，叫他們別來！今兒這裏沒有什麼油水。春大王爺……我認識春大王爺，上回他在這兒住，射死過『大頭鹿』，別叫他們再來啦！快去攔住他們吧，別找倒霉！」接着是狗娃子發抖的聲音，說：「我怕出門遇着狼……」

此時那一片馬蹄聲已撲了過來，火把的光閃閃地射到屋子裏，並有許多人在狂喊大叫，直如來了一大群惡狼似的。那店主人扒着窗戶用漢話向外面說：「別來呀！這裏有春大爺呀！」但外面那樣的亂，誰能聽得見？

屋裏的一些人齊都驚起亂嚷，有的又唸經，有的且大哭起來。徐客人已嚇得發抖，牙也嗒嗒嗒緊敲着響，用手緊緊地揪着了韓鐵芳。韓鐵芳卻抽出了寶劍，奮然要站起。然而還沒有等他站起來，那店家已哎喲一聲趴倒在地，有一個人從韓鐵芳的身畔跳到那窗前。外面閃閃的火把之光，照着這人纖細的身子和黃瘦的臉。

此時外面的馬聲、火把已逼至了臨近。然而忽聽有幾聲人號馬叫，一切的聲音立時停止，外面只有許多人馬的喘吁聲，但也像是不敢太大聲。屋中的所有人，除了韓鐵芳之外，大概全跪伏在地下了。突然又聽見外面有人一聲慘叫：「哎喲！」連韓鐵芳都嚇了一跳。就見那火光搖搖的窗裏站着那位病俠，他手持小弩箭，向窗外斥聲說：「滾！快滾！一齊都給我滾！渾蛋，好大的膽！還不聽教訓？滾！給我滾出這白龍堆！如果再遇到，我的手下絕不能饒！」

外面是鴉鵲無聲，只聽得踏踏的馬蹄聲，像是有許多馬在往後退，那火把的光也轉了過去，依然一閃一閃的。忽然聽見有一個人大概是喊罵了一聲，但立時又傳來一聲慘叫。群馬驚馳，蹄聲雜亂，如暴雨傾盆而落，又如海嘯山坍，這一陣巨大的雜亂聲，就越去越遠了，漸漸地歸於消失了，火光也逝去了，窗外窗裏更顯得黑暗、森嚴。

病俠這才一邊咳嗽着，一邊回到了他那牆角去坐着。別的人也都喘過氣來了，又雜亂地說起話來，有的是向那病俠道謝，有的高聲笑了起來。而那店主人卻不斷地哼哼着，喊他屁股上的箭傷疼。徐客人說：「我就猜着今天絕不要緊！雖說住在這兒不大穩定，可是必有貴人相救，因為我早就算好了六爻神課啦！阿彌陀佛！幸虧幸虧！幸虧遇到春大王爺相救。不然我的媽呀……」

病俠忽又極力制止住咳嗽，嘶聲地喊道：「不要說了！」他又用番語說了一句。立時徐客人把話咽住，而別的人也都一齊把嘴閉住，連那店主也不敢再大聲哼哼了。忽聽窗外不遠之處有人又慘聲呼叫：「救命呀！哎喲哎喲，救命呀！將我身上的箭拔下去吧！」聲音越來越弱。

韓鐵芳聽得都覺着不忍，就說：「他雖然是個強盜，但何必叫他這樣的受罪呢？不如我出去把他救進屋來！」說着，他就要站起；卻不料吧的一掌正打在他的臉上，病俠厲聲說：「別人都怕我，獨你不聽我的話？」

韓鐵芳的左臉像被火燒了一般的疼，咕咚一聲就坐下了。他心裏着實氣惱，認為這實在是侮辱了自己。病俠，什麼病俠？他分明就是在新疆大漠裏，比別的強盜都兇的一個強盜罷了。即使他真是玉嬌龍，那玉嬌龍當年也必定是個蕩婦，是個行為不檢、手段殘酷的人。他把自己帶到這絕地來，不定是安着什麼壞心呢！他臉上越燒，心裏就越氣，恨不得當時就提劍牽馬，深夜離開這裏，與病俠決裂。

突然，他覺得有一隻瘦而涼的手觸到了他的臉上，這手卻是輕輕地、柔和地撫摸着他，他倒覺得怪癢癢的，但是一聲不語。忽然病俠的那隻胳臂竟搭在他的肩上了，並且緊緊地摟着他。他不由十分的生疑，心裏直跳，想要將病俠推開，但卻又推不開。他就正言厲色地說：「前輩你可不要這樣！我不耐煩。你真正是誰，我也不必細問了，我已知道你是一位大俠客，是這沙漠裏的王爺，可是我韓鐵芳，也是堂堂的男子……」

突然，更加怪異的事情發生了，病俠竟趴在他的肩上嗚咽着哭了起來。韓鐵芳生平沒受過這種滋味，又驚又疑，只覺得一滴一滴的眼淚都滾進了他的脖子裏。他既無力將病俠推開，可又真真的受不了，他就怒喊了一聲：「前輩！你這是什麼意思？有話可以對我細說呀！」病俠慢慢地將他放開了，又倚着牆兒去咳嗽。

韓鐵芳也深深地緩了一口氣，又向病俠說：「前輩！你我同行這許多日，你的脾氣我已都知道了。你鞭我打我，我都不生氣；我年青力壯，也尚能受得。只是，你別再悶着我！你是否是二十年前的女俠玉嬌龍？你或是有什麼未能辦了之事、難言的隱情，都無妨跟我說。還有，你要把我帶到哪裏去？你的家離此還有多遠的路？你的那個親近的人到底姓甚名誰？比我大還是比我年幼？他究竟願不願意將來幫助我到祁連山？這些事你又何必瞞着我呢？難道你看我韓鐵芳不是個正正經經的人？」言下，他又不禁有些生氣，靜聽着病俠的答覆。可是病俠只是咳嗽，接着咳嗽的是一陣一陣的急喘。

韓鐵芳的心中更是堵得慌，他便長歎了一聲，將身躺下，不料自己的頭正撞着了徐客人的頭，就聽哎的一聲，他趕緊說：「對不起！對不起！」徐客人捂着腦袋，直吸了半天的氣，才說：「好疼！好疼……可是不要緊！不要緊！」

韓鐵芳躺在乾草上，正好跟徐客人挨着，徐客人就用極小的聲兒對他說：「那位春大王爺，他的來歷誰也沒弄清。因為十幾年來，大家只知道沙漠裏有這麼一個人，可是誰都不敢打聽他的事。我倒略知一二，可是也不敢告訴你。剛才你跟他說的話，我也大概都聽明白了。漢中離着洛陽不遠，咱們可以說是老鄉，依着我勸你，明兒你還是跟他分手，自己回自己家裏去吧！往西，沒法走了，白龍堆大沙漠就在面前；孔雀海那邊淨是哈薩克，簡直沒有一個漢人。這南疆又同不得迪化、伊犁，那邊有衙門，有王法；這邊，像你這麼本本分分的人，真不能走，跟着他也不行，這地方跟咱們東邊完全兩樣！」

韓鐵芳又長長地歎了口氣，心中實在猶疑不決。自己並不怕什麼強盜、鬼、狼，而是受不了這種神秘氣氛的壓迫，心裏太急得慌！再說，病俠的那個最親近的人，到底是怎麼個人呀？要是人事不知，連一句話也不懂，或是大盜，縱使他願意跟我去報仇，我可也不敢領教！又想起病俠剛才趴在自己身上流淚，實在可疑，那確實是一種可憐的淚……好，等他明天病好了一點的時候，我非得叫他說真話不可，這樣下去我是真不能再忍耐了！

病俠此時在旁邊喘息着，微咳着；屋裏的人又都打起了鼾聲，氣味更為難聞。而外面的那負傷慘呼的人也大約是死了，再不作聲。夜風呼呼地吹着，景況愈為嚴肅。韓鐵芳臂下壓着寶劍，也就睡去了。

次日，外面的光線由窗戶射進來，將屋中神秘恐怖的景象掃去了一半。店主人趴在牆邊，撅着屁股直哼哼，像生了病一般，已經起不來了。兩個小夥計忙着去開門，去給客人們燒水。客人們都向病俠來道謝，有的且跪着叩頭，還有送禮物的，就是些乾饅頭、乳油餅、磚茶、羊尾巴、小洋刀等等。病俠只接受了一些乾糧和兩個羊尾巴，一個牛皮口袋。然而他也拿出來些碎銀，及小顆的珊瑚珠送人，作為交換，他並不白要人家的東西。

那徐客人也把店錢給了小夥計，背起了他的貨包兒要走。他由包兒裏取出來幾樣兒藥，有萬應錠、狗皮膏、冰片散等，並說：「往西邊去沒有藥舖，有病就沒法子治了，送給你這藥，防備着點，咱們後會有期！」韓鐵芳連聲道謝，徐客人就拱拱手走了。其餘的客人也都各自拿着自己的行李，抱着鞍韉，先後出去；有的上馬，有的騎駱駝，馬在叫喚，駱駝鈴鐺在響，就都走了。

韓鐵芳抖抖衣服上沾的乾草，出了屋，往外走了幾步。只見晴朗朗的天空，翠瑩瑩的遠山，綠茫茫的大地，熱騰騰的太陽。這無垠曠野上的風依然滾滾地吹來，挾着青草的氣息，但也帶着細砂。昨天受傷慘叫的強盜已然不見了。這麼大的地面，除非有人來救，是絕不會爬走的。韓鐵芳打了一個冷戰，心說：說不定昨夜這裏真有野狼過去，拿受傷的強盜果腹了吧？

回首再看，這裏只有兩間土屋，後面有一個圈牲口的地方，牆壘得倒比屋子還高，是另外開着一個樹枝釘成的門兒，倒還結實。在黃土牆上還拿黑灰寫着：「君子老店，過路平安。」寫得既沒有別字，而且還整齊，可見這裏也必時有漢族的讀書人來往，並不是多麼荒僻的地方。於是想到，自己因為新來到這裏，所以看着一切都覺奇異。昨夜自己也是太膽小了！其實狼、強盜，又何處沒有？自己若因此便畏縮，便想回去，豈不惹病俠輕視？何況，我還要看看他到底是怎樣的一個人呢！

此時，那個身材稍高一點的小夥計，光着屁股一身泥，瘦得跟個沒毛的麻雀似的，就瞪着兩隻紅爛的眼睛望着韓鐵芳，問說：「走不走呀？你跟大王爺走不走呀？」韓鐵芳真沒料到，病俠一走到這裏竟成了大王爺，這究竟是個尊稱呢？還是由畏懼而生的對他的一種稱呼？韓鐵芳想了一下，便點點頭，爽直地說：「走！我們這就走！你給我們備馬去吧！」他回身又進了屋。

此時屋中的氣味倒不再那麼難聞了，另一個小夥計嚇得躲在門後邊。那店主人在地下趴着直衝他叩頭，訴說昨晚的那群強盜不是他勾來的，央求韓鐵芳跟病俠說說情，臨走的時候別要他的命。韓鐵芳就向他擺手說：「你不要怕！我知道你在這地方開店謀生也是很難，我擔保，他絕不會殺你的。」

韓鐵芳扭頭去看病俠，卻突然嚇了一跳，原來病俠病得更厲害了。他現在並沒有睡，但眼睛卻已無力睜開。他沒有咳嗽，但胸脯一起一伏的，不住地氣喘。他那臉色真真比黃蠟還要黃，頭髮也亂蓬蓬的，比地下鋪的乾草還亂。此時韓鐵芳倒為了難，心說：看這樣子，他今天一定不能夠往下走了！但是若在這裏再住一天，到了晚間，那半截山的賊眾說不定還要來此報仇。到時他病體難移，必然無力爭鬥，他一世英名若毀於賊人之手，豈不可惜？而且，單打單個我倒不懼，以寡敵眾我可實在不行！

他皺了皺眉，便走過去，也不敢大驚小怪，便很坦然地帶笑問說：「前輩，你覺得現在怎樣？昨晚因為那件事，大概你也沒得休息，今天咱們不用走了吧？」

病俠卻奮力將雙目睜開，微微地作出來一種苦笑，說：「在別處，我病成那樣，都沒停一停；如今快到我的家了，難道我倒走不動了嗎？」韓鐵芳搖頭說：「不是這樣說！眼前大概就是沙漠地了，天又熱，有病的人確實不該太勉強了！」

病俠卻突然立起，一振雙臂，顯示出他還有無窮之力。他冷冷地笑着，說：「誰有病？我幾時病過？沙漠、草原，你覺得難走嗎？你可不知道，我在十幾歲的時候，就單身在這些地方闖蕩了！」他發了一陣呆，緊咬着下唇，微凝着雙目，似勾起了他對蒼茫往事的回憶。

接着，他又笑了一聲，狠狠地跺跺腳，高聲說：「走啊！快走，再趕三天的路就到我的家了，我那個親近的人……」他望着韓鐵芳，伸手將他的手拉着，親熱地說：「你一到了我家，你就知道了。你一定很喜歡，你一定得謝謝我，我能叫你想不到，好孩子，備馬去吧！」

韓鐵芳眼睛發直，心裏莫明其妙，暗道：這是怎麼回事呀？他慢慢地又走出了屋，叫道：「小夥計！把我們的馬備好了嗎？」身後卻又傳來不住的咳嗽聲，只是乾嗽，簡直連聲音都發不出來了，韓鐵芳不由長歎了口氣。

那個光屁股的小夥計，此時已將兩匹備好了的馬牽出來了，還不住賊眉鼠眼地瞧着韓鐵芳，他的心裏或許以為韓鐵芳也是個什麼大王呢。

韓鐵芳一見那匹病俠的黑馬，與他的主人卻完全相反，牠走了這麼多路，倒越來越健壯了。牠高揚着頭，抖着牠那烏金一般的長尾，真像是一越就能越過這片廣大的平原、無邊的沙漠似的。相形之下，這是一匹千里駒，而那烏煙豹實在是一匹凡馬。韓鐵芳就想着，只要馬能夠往下走就行，人病着也不要緊。於是他重到屋內，收拾行李。

病俠才停住了咳嗽，卻又向在地下趴着的店主人嚴厲地教訓了一大頓話。因為他的聲音啞得太厲害了，韓鐵芳也沒顧得細聽，就提了包袱、寶劍和人家送的那些東西出來了。

又見病俠拿出那個空筒的牛皮袋，叫小夥計去給他裝水，韓鐵芳一看，就明白了，曉得面前必有一大段沙漠；那裏就許連一滴水也找不到，不然用得着這個嗎？在門後邊藏了半天的那個小夥計，接過去牛皮袋，顫抖着身子就走出屋去了。病俠又向店主人的眼前扔下了一大錠銀子，店主人歪着屁股哼哼着不住道謝。

病俠邁步走出了屋，韓鐵芳在後面細細觀察，卻看出他連邁步都很是吃力，身子並且發晃。走出了屋，他又不住咳嗽。韓鐵芳不勝替他擔憂，就也出了屋，見病俠一邊咳嗽，一邊掏出碎銀來給那兩個小夥計，他的態度此時又是很和善的。兩個小夥計的身上也沒有地方裝錢，就把錢放在地下。他們也不害怕了，就一齊高高興興地動手，往馬上綁牛皮水袋，掛寶劍，放包袱，又往包袱裏面塞羊尾巴。

病俠已接過了鞭子，跨上了馬，韓鐵芳也扳鞍認鐙。然而他仰面一看，見天色雖然蔚藍，可是有兩大片灰色的雲朵在飄蕩着；心中不由一動，就說：“哎呀！天上可有烏雲，咱們不至於走在半路上遇見雨吧？”

兩個光屁股的小夥計，也一齊仰着臉望天，都說：“雨倒許下不了，風可說不定要刮起來，你們兩位大王爺打算往哪兒去呢？”韓鐵芳皺皺眉，心裏說：誰是大王爺？往哪兒去，我又怎能知道？

此時病俠卻已揮鞭走去了，韓鐵芳只好也跨上了烏煙豹跟隨。這地方倒極為平坦，兩邊沒有田禾，所以也不分路徑，只是一片荒野，有的地方有短短的青草，有的地方卻完全是黑色的細小沙礫。現在大概是一直向西走着了，那有着積雪浮雲的天山仍在正北方。前面的黑馬，四蹄驍動如飛，越行越緊，韓鐵芳急急揮鞭才能使烏煙豹跟上。向前望着，路途極遠，眼前永遠展開着一片寬遠的大地。

走了半天，只遇着一隊駱駝。那駱駝也都跟店裏的那兩個小夥計似的，周身的毛兒都快脫了，露着黑色的肉皮，是又高、又大、又瘦，十分的難看。駝鈴叮鈴噹啷地響，仿佛是呻吟之聲。拉駱駝的人披着皮襖，肩膀上掛着兩隻皮靴子，可光着腳丫在地上走，嘴裏叼着煙袋，噴着煙雲。一霎時，駱駝隊就落在他們的身後很遠。

兩匹馬走得更急，病俠在馬上時時回頭去看韓鐵芳，似乎是怕他跟不上。他的那張臉現出來一種粉紅色，他雖仍是不住地咳嗽，馬卻一刻也不停。韓鐵芳就向他笑了笑，高聲喊着說：“前輩！你的這匹馬真好！是在這沙地上走慣了吧？”病俠沒回答，也許是沒有聽見，馬行愈疾。

韓鐵芳滿頭是汗，雖然緊咬着牙，但仍不禁氣喘吁吁。他轉臉看看太陽，太陽已走到了烏雲邊，那幾塊烏雲此時已堆得很厚，顏色也愈發黑。天色大概已至正午了，韓鐵芳就想：也應當找個地方用午飯了，難道就這樣一直走下去，永不歇息？他向兩旁看去，只覺得越走越荒，不但看不見一戶人家，一個蒙古包，就連一個人，一匹駱駝，一隻飛鳥，一根草，也都看不見了！

地下的沙礫是越來越粗，天也是越來越陰暗。北望天山，已消失在雲霧裏，天地茫茫。病俠將馬勒住，似乎他也不知應當往哪邊去走才對了。韓鐵芳就趁這時候，連揮兩鞭，來到了他的臨近，問說：“怎麼樣？咱們已經走了這大半天了，人雖未疲，可是我這匹馬已有些走不動了。我看天色也不大好，聽說沙漠裏時常起風，一起了風就能迷路。前輩！你看一看方向，看哪邊不遠之處有鎮市，咱們先去用午飯，歇息歇息好不好？”說話時他眼望着病俠，靜待着回答。

病俠的臉色紅中透白，胸部直喘，仿佛又要咳嗽，不能夠立即答話。韓鐵芳心裏很是着急，不禁歎氣，又說：“若是前輩你覺得不大舒適，就下馬來歇一歇吧！其實我也並不是餓，只是……”忽見病俠的嘴唇動了一動，但是聲音太小，韓鐵芳探着頭也聽不清。病俠面容黯然，微微歎了口氣，把頭搖搖，又揮鞭去走。韓鐵芳無法，只得又跟着。

此時沙漠的風就漸漸卷起來了，觸到臉上很熱，像是火爐的熱氣一般，而且乾燥。韓鐵芳倒希望這時候來一陣大雨。他身上的汗已浸透了青綢的短衫，額間的汗水不住往下流，沾到他的嘴上，發鹹。風勢愈來愈大，從南邊吹來些沙子，都嗖嗖地打在他的臉上，很疼。

因為以前風力尚弱，吹來的還不過是一些小沙子；現在風力猛了，連蠶豆大的石頭子都像亂箭似的擊來。他已經不能夠睜眼，就扭着頭，那沙子可又直打他的後腦勺。同時烏煙豹也連聲長嘶，不往前走了。

他不知病俠此時怎麼樣，就拿袖子遮着臉，向前去望。只見病俠已馳出了很遠，回馬揚鞭，似在叫他。那風如萬牛齊吼，又如萬馬奔來，更如大山崩頹，石屑紛落。天跟地已攪成了一個顏色，昏暗沉沉，如長夜之將臨。

韓鐵芳認准了病俠的所在，便把牙一咬，將眼緊閉，鞭馬直進，忽聽病俠那尖細的聲音喊着：「停！停！停！」他才把眼睛一睜，就見病俠連人帶馬齊在颶風之中晃蕩，如大海中的一片秋葉一般。同時見病俠的腰彎伏下去，趴在馬上已經直不起來了。

韓鐵芳心中便抱怨着：何苦！你既然病得這樣重，又不是沒看出來將要起風，你又何苦逞強呢？他趕忙馳了過去，將烏煙豹靠住了他的馬，伸手攬住了他的胳臂。然而韓鐵芳不由吃了一驚，覺出他的胳臂很燙手，簡直如燒紅了的一條炭似的；分明他這時發燒得很厲害，病更重了。

韓鐵芳就跳下了馬，伸出雙臂，將病俠連攬帶抱地拖下了馬。風這樣的狂吼，然而卻能非常真切的聽到他緊緊的喘息聲。韓鐵芳就將他穩然放在地下，令他坐着，自己卻以身子為他遮着風，以雙手架着他的兩臂，在他的耳邊大聲問道：「你覺得怎麼樣？難過得很厲害嗎？」他努力睜着眼，就見病俠的瘦臉兒上雖然也沾着沙子，然而卻是那般的嬌紅，簡直如同在這狂風大漠之中開放了一朵春花似的。

旁邊的兩匹馬也禁不住風，都臥在地上了。韓鐵芳又趕緊將病俠挪到他的馬旁，將馬作為他的一個遮風的影壁，而自己騰出了身子，匆匆地由馬上摘下那牛皮口袋。但可惜又沒有一個碗，他真着急，只得用一隻手抽開牛皮袋的口兒，用另一隻手當作碗，接着水向病俠的口中去灌。病俠也張着口，就着韓鐵芳的手喝，拼命地喝。順着韓鐵芳的手指縫流下的水，已濕了一片沙子，濕了病俠的衣服。

一連給病俠灌了三五口水，病俠的身子就頹然倒了，頭就枕在馬身上，馬也不動一動。風砂如雨一般地直向馬背上去落，直向他的面上去落。韓鐵芳沒有法子，只好脫去了衣服將病俠的臉蓋住，並且用雙手按着。大風把他這件衣裳吹得獵獵的響，如一面旗子似的，後來反倒飄不起來了，因為上面已經鋪了一層浮沙。

韓鐵芳赤着背，覺着就像是有無數咬人的小蟲子，直向他的身上撞。他的眼睛有時能夠睜開，有時卻又被沙子迷住，流出許多眼淚。他將身子靠住了病俠，取了萬應錠往病俠嘴裏去塞，急急地問：「還覺得渴嗎？你還覺得難受嗎？前輩……」卻聽病俠微弱地呻吟着，忽然又一掙扎，反將雙臂緊緊地抱住了韓鐵芳。他的臉熱得像熨斗似的，身體連連地顫抖、抽搐。韓鐵芳急忙又說道：「你不要這樣，避過這一陣風就好了！」

風這時刮得更大，沙子已將馬肚子跟他們二人的腳全都埋了半截；這樣再刮下去，連人帶馬都許活埋。而天地昏黑，渾然難分，耳邊的巨聲如雷鳴、如濤吼，他們都不得不低下了頭，閉上了眼，只留着一點呼吸，忍耐着。

過了許多時，忽聽病俠也不知說了一句什麼話，韓鐵芳才將眼睛睜開。卻見病俠已把覆在臉上的那件衣裳扔開了，他披散着頭髮，瞪着雙眼，臉上又如金紙一般黃而發光，他剛說出：「鐵芳……你……可知道嗎？」突然他又痛苦地一皺眉，兩隻手緊緊地按胸，然而沒有按住，一口鮮血就整整噴在了韓鐵芳的胸脯上。血色驚人，沖得胸上的沙子直往下落，同時他的臉就趴在了韓鐵芳的腿上。

韓鐵芳嚇得一顆心都要迸出來了，他趕緊俯下身去。而病俠突又將臉兒揚起，臉上發上都沾着吐出來的鮮血，他似乎是掙死命一般的要說什麼話；然而話還沒有被韓鐵芳聽清楚，他又一大口血吐了出來。韓鐵芳「哎呀」一聲，疾忙將他抱住。

忽然風力又猛，一大堆巨沙整個地倒在他的頭上和背上了。風聲像一群惡鬼在號叫，天像是坍塌下來了。地也不像是地，尤其不是寬闊的大地，簡直是墳墓，是死人窟。韓鐵芳想要以全身遮護住病俠，願以自己的性命，換病俠喘過來一口氣，但是，真叫韓鐵芳痛心，他竟覺出病俠的呼吸是出氣愈少，那一縷生命之絲竟是在這颶風之中飄蕩着，隨時都可能被吹斷。

韓鐵芳驚慌極了，而身子卻又不敢動一動。他用手撫着病俠的臉，覺得那沾着血液和無數沙塵的瘦頰，熱度越來越降，漸漸發硬發涼。他又去摸病俠的胸口，打算試試他心臟的跳動，然而他的手卻立時收了回來。他瞪大了眼睛一看，見病俠就趴在他的腿上連顫一顫也不能夠了。又掠起了他的鬢髮細看，見他的耳朵上扎着小孔，分明是戴墜子用的。

至如今他才完完全全地明白，確確實實地認明了，這就是三十年前不可一世的女俠玉嬌龍。韓鐵芳想起這樣千金之軀，那樣矯健的身手，出眾的人才，如今竟落得這樣收場，深為可歎。他又想自靈寶至此地，沿途二人肝膽相交，患難相助，這樣的友情，世間實在少有。他不禁滾下淚來，又細細摸了摸病俠的腕脈，覺出都已停止了，這樣的蓋世英雄、人間俠女是完了！她把她可泣可歌的人生旅程是歷盡了！

韓鐵芳歎了口氣，自己只是感慨，並不心酸，然而卻忍不住熱淚橫流。他就呆呆地坐着，一動也不動，如同一塊石頭。而風沙卻益發猛烈，天地益發淒慘。如此半天，風勢才稍停，他才將身子動了動，咬着牙，使着力，從沙中拔出兩條腿來；但是他的心卻沉重得仍如被沙埋着。他雙手抱着病俠的屍體，淚水含着沙粒簌簌地往下滾。他將屍體輕輕放在那匹馬旁，那匹死去了主人的馬忽然如怒龍似的自沙中站起，抖了抖牠身上的沙子，昂首長嘶，其聲甚悲，似是痛哭牠的主人。而烏煙豹卻仍在沙中臥着，像是被這陣風給刮得半死了。

韓鐵芳先用那件衣裳擦了擦自己一身的沙土和血汗，然後仍然把衣裳蓋在屍體上，死者那淒慘的顏面，他實在不忍目睹。喘了口氣，見北方一片黑，知颶風已刮到那邊去了。這裏卻烏雲漸散，風也漸輕，陽光已將露出。

他深深地悔恨，覺得從銷魂嶺動身之時，既料到將有大風，自己就應當勸阻她，若是在那店房裏歇息，無論如何，她也不至於當天就死。他不禁連連跺腳歎氣，四望天地茫茫，如今只剩下自己一人了！病俠的屍體當然不能運走，然而若就地葬埋，這裏沙漠無邊，將來可叫她那個親近的人怎麼來尋覓她的屍骨呢？而且這樣的一位蓋世奇俠，絕不可令她與草木同朽，無論如何得找個有標識的地方，才可以將她葬埋。

於是韓鐵芳又坐在地下歇了一會，就拿定了主意，決定自己雖不明新疆的路途、風俗跟言語，然而也絕不束歸，走遍天涯，也要訪着死者的那親近的人。無論那是個什麼人，生番也罷，盜賊也罷，自己也要領他來此看看病俠的屍骨。不望他到祁連山助自己救母復仇，但自己卻要將病俠遺留的馬匹和財物全部給他，而且病俠身後必有未了之事，自己必捨命幫他們去做，以報知己之情，亡友之義！

他就奮然立了起來，先將自己的包袱打開，換了一身衣裳穿在身上，並另取出來一件白羅長衫。他又走到屍體之前，掀開覆蓋着的那件沾滿血汗的衣服，忽然看見死人的左手中握着一物，是紅色的，乍一看像血染的一般。待蹲下一看，才知是自己永遠貼身攜帶的那塊紅羅。大概是將才自己脫衣服之時，或是什麼時候，被病俠抓在手裏了。她至死，那隻手還把紅羅拿得緊緊不放。

韓鐵芳忽然一驚，心說：莫非她知曉這塊紅羅的事？回想她過去對我的情形可也真可疑，她臨終時還說：“鐵芳！你可知道嗎？”哎呀！是的，她是心裏存着許多的話，都要告訴我，可恨，病俠她那時不能高聲說話，風又擾亂了我的聽聞，她這一死，把她的隱衷全都帶走了。

韓鐵芳不禁又歎了口氣，就將她的手指輕輕分開，將紅羅依然藏在自己的身畔。他慢慢站起來，從牛皮袋內取水，將那件衣服蘸濕，半跪在地下，用那隻沒沾血的袖子細細地將死者的兩隻手和臉上的血跡、灰塵全部拭淨。

他看出死者的嬌美竟如十七八歲的女子，而眉峰鎖着哀愁，面帶遺憾，兩個烏黑的眸子雖已不動了，但仍似在看着他。他心裏默默地祝禱道：“我們總算是有緣，由萍水相逢到成為莫逆，我又一直將你送終。現在你放心吧！無論你身後有什麼未了之事，艱難之事，我一定細細訪明，盡力為你去辦，你就瞑目吧！"他又連聲嗟歎，且拭着熱淚，將一件雪白的綢衣平鋪於死屍之上，襯以四周的黑沙，十分顯眼。

他又過去，用力往起拉那匹烏煙豹，費了半天的力才給拉了起來，可是他也已經疲憊不堪了。他又看看天色，見薄薄的陽光雖已自雲中透出，現出一種金黃色，時間真已不早了。

忽然聞得空中有幾聲怪叫，韓鐵芳仰臉去看，只見空中有三隻惡雕，每隻都有小鹿兒大，展着巨大的黑翅，在天空盤旋，時時下望着那件鋪在地上的白衣，牠們似乎知道下面掩蓋的是個死人，正可為牠們的食糧。

韓鐵芳不禁大怒，想起病俠的行李中必有弩箭，他遂取出來那隻小弩弓，裝上尖銳的小箭，向天空連珠一般地射去。他的射技不大高明，連射了四五箭，方見有一隻惡雕斜着墜了下來。這雕有如半個大車輪大，雖然帶着箭，還不住地撲騰掙命，翅膀擊得粗沙四濺。

韓鐵芳抽了寶劍奔過去，兩三劍才將那隻惡雕戮死，他的心中才覺得稍稍寬鬆了一點。見那隻包袱已掉在地上了，他又過去檢點了一番。拾起來一塊塊的銀子，一錠錠的黃金，數了數目，依然緊緊繫在包裹之內，決定要奉還給她的親人，無論自己困窮到什麼地步，也絕不動用分毫。

他重備了兩匹馬的鞍轡，將屍體抱起，放在那匹馬上，用那件綢衣遮住，又撕散了那件血衣，結成條帶，將屍體綁了兩匝，使她不至於掉下來。韓鐵芳重又跨上了烏煙豹，一手揮鞭，另一隻手就牽着那匹馱着屍體的馬，蹄聲緩緩地又向西走。

但是愈走，見天地愈曠，暮色也撲了上來。四下去望，連一點燈火之光也沒有，而天上也看不見星星，同時又馬疲人乏，實在不能再往下走了。韓鐵芳只得下了馬，給兩匹馬喂了點水，卻無處去找草料。他自己就對着口袋喝了幾口水，拿出上午人家給的乾糧啃着吃。又坐在地下歇了片時，見天色已經黑了，他就將死屍解下，平放在地下。又將兩匹馬拴在一起，並拿着弩箭，抽出了鋼鋒，來回走了走。他想到了狼、鬼，跟強盜，自己決定在此一夜不睡，守衛着死屍。

沙漠中的夜是荒涼而極為恐怖的，風雖不大，卻仍然瀟瀟地吹着，吹得沙礫在地下亂滾，似是有豺狼鬼怪撲來。到半夜時風止天晴，群星齊現，閃閃地照着他的劍光。他在沙地上坐着歇息了一會，剛覺着要睡，便又趕緊站起來。低頭看着地上衣服裹裹着的死屍，竟如一條白石頭似的，耳邊又憶起來咳嗽之聲，眼前又重現了血腥之色。他的寶劍一夜未離手，卻幸喜此夜大沙漠之中十分安靜。

直到天色發曉，兩匹黑馬都已睡完了覺，抖動着站了起來，不住長嘶，大概是餓的。韓鐵芳打了個呵欠，又過去將屍體抱起來，放在馬上，然後跨上了烏煙豹再走。雖然赤色的曙光就在背後，他知道是在往西走着了，然而卻不知走至何處才是歸宿，才是這位蓋世奇俠、悲苦女子的埋骨之處？

如此向下走了十餘里，遍地的沙漠已都被陽光鍍上了一層金色，閃閃地發亮。忽然望見遠遠有綠色的東西，他便大喜過望，緊緊地揮鞭，雙馬並行，踏沙疾走。又少時，便來到那叢綠色的臨近了。

這裏原來是三五棵柳樹，下臨池水約四畝。池水澄清，被晨風吹着微微泛起漣漪；而柳絲拂拂如美人之晨妝，居然也有小鳥兒在枝葉深處鳴叫着，飛跳着。韓鐵芳見此，忽然心胸一爽，忍不住笑着說："啊呀！原來這裏還有這麼個地方！真……"他驀然想起來，自己這話是說給誰聽的呢？

池邊有些青草，他趕緊跳下馬來，解下屍體，放兩匹馬先去吃草飲水。他又抱着屍體，低頭看地，見一半是細小的沙礫，一半是濕潤的泥土，他就想：這個地方好，大概這一片沙漠之中也只有這麼一點甘泉，只有這幾株柳樹。池水不會乾涸，樵夫也不會跑到這裏來伐木。這裏好，有樹上的鳥兒可以給她解悶，又有標記，以後也可以來此尋找，或是弔祭她。我就在這裏將她葬埋了吧！朋友，前輩，這四周荒沙，獨具幽靜，柳綠波清的地方，也是為你所喜的吧？

他先將屍體放在地上，然後就提着寶劍覓地方。找了半天，才在那棵斜生着的最大的柳樹之東找了個地方。數了一數，整整十九步。他為的是好記，因為自己離開生母是整整一十九年。這塊地方又是沙子與細土分野之處，更好記。

他就將寶劍作為鋤鎬，彎着腰掀掘着地下的沙礫和泥土。但這可太費事了，土地雖松，手握劍柄卻使不上勁，而且憑那劍尖掘起來的土實在有限。他就連腳都用，踢蹬劍柄，把地下的土密密的扎了無數深坑。覺得自己的劍不利了，他又抽出病俠遺留的那口劍，換着去用，如此費了半天的力。他坐下歇息了一會，又拿雙手去挖、去捧土，十指都痛了。他又躺在地下歇息了一會，然後再起來去挖土。

他百折不回，雖累不倦，竟被他在地下掘成了一個三尺多深，八尺長，兩尺寬的大坑。他就將奇俠玉嬌龍這絕世的美人，蓋世的俠女，他風塵間的好友，同道中的老前輩，並且也許還有着什麼自己現在還不明白的關係的人，將這白衣包裹的淒涼屍體，平放於坑內。他還不忍掩埋，望着嗟歎了幾聲，流了兩行眼淚，然後就說：「前輩！再見吧！你暫且在這裏安息。不待柳葉黃、青草枯之時，我一定把你那親近的人找來，叫他再接你歸塋安葬！前輩，你身後的未了之事也都交給我吧！你放心吧！」

韓鐵芳說着心裏不禁發痛，然而他忍着痛，拭拭淚，振起來精神，他又費了多半天的事，便將奇俠葬埋，將坑口填平了。他本想再壘上一座墳，但又恐這裏日後有什麼人來往，看見了加以注意，因此就許出事。他就在坑口的上面撒了一層細沙，以掩痕跡，並重新直走十九步至大柳樹下。

此時他可真是疲倦了，十個手指都已磨破出血。再看天色，陽光已向下沉，才知道自己為這件事原來整整做了一天。他倚着樹根坐下休息，轉臉看看那一片鋪着細沙的平地，心中覺得非常欣慰。又想：好在天氣暖，我索性就在這地方再住一晚吧！若往下走，一來不知何時才能找着宿處，二來這時自己實已周身無力了。而且昨天雖然沒有遇着狼，那是僥幸，今天卻說不定了。在這裏有一樣好處，自己可以安心睡覺。如有狼來了的時候，兩匹馬必定有動靜。那時我就爬到樹上，從上向下，以弩箭射狼，我想無論狼來了多少，也可以這方法抵禦。於是他就索性將兩匹馬的鞍韉及包袱等物都卸下了，將身躺下，不知不覺就睡着了。

及至醒來，已星斗滿天，兩匹馬也在地下臥着，很安靜的。他摸着黑，取了水和乾糧，對付着吃了。又將弩弓、箭放在褲帶上，手握着寶劍，依然倒地睡眠。這一夜沒聽見馬嘶，也沒有鬼號狼吼，天高地大，好像全讓他一人和兩匹馬佔據了。

韓鐵芳睡得很暢快，天色微明就起來了，精神很是充足。他備好馬，就要離開此地。望着病俠的葬骨之處，他深深作了一個揖，又歎息了一聲，心中說了聲：「再見吧！」便跨上了烏煙豹，牽着那匹黑馬，繞過了池邊向西就走。然而他不時回首去望，少時馬已走得離那水池很遠，他便不再回頭。

此時天色仍未大明。馬蹄踏過之處，仍發着喳喳的聲音，四周仍有起伏的沙崗。又走了半天，東方才漸現出赭色的曙光，由馬蹄的聲音聽出，地下已經不是沙漠了。再走着，覺得一陣陣的薰風吹來些青草的氣息，心中更覺得暢快，於是更加急地策馬。韓鐵芳盼着在一二日內，幾十里地之內，就能遇見病俠的那個親近的人。他又恨自己這些日來不該對病俠太客氣，連她是男是女，自己都沒有認清，她的那個親近的人是男是女，姓甚名誰，自己也沒得細問，這要是被人知曉了，豈不是個笑話嗎？這都由於自己是初走江湖，太乏閱歷之故。他憤恨自己，決定以後要學着精明幹練。

第六回　賽八仙森林述俠蹤　春雪瓶草原爭鐵騎

　　馬往前行，不覺沙漠已走盡，馬蹄下踏着尺多深的青草，而面前卻橫有一片蒼翠蔥蘢的森林。到近前一看，這森林的樹木種類極繁，樹下全是青草，芳菲的野花盛開着，上襯以寶石色的天空，玉一般的白雲，各種新奇美麗的鳥兒交鳴齊飛，在別處真找不到這樣好的風景。

　　然而韓鐵芳倒勒馬站住了，他心中遲疑着向兩旁去望，其實要繞過這樹林從別處走，也並不遠，可是低頭看看，還只有這股路能算是個路，兩旁的高草簡直分毫也沒有馬踏過的痕跡。但是這林之中又難免遇見蛇纏住馬腿，或是強人在暗中施放冷箭。他尋思了一下，就壯起了勇氣，馬也不下，一直闖入了林中。

　　林中的泥土是很鬆軟的，馬蹄使不上力。走在林中的路上，又是左邊一條粗幹，右邊一條橫枝的，使得韓鐵芳時時得撥馬，時時得低頭。同時群鳥驚飛，吱吱吱地亂叫，把馬驚得也不太敢向前去走。韓鐵芳只好下了馬，卻不料兩腳才踏到草上，就聽見嘭嘭兩聲，有兩枝弩箭全都釘在了一棵大樹幹上，距離着他的身子極近。他將身一退，躲藏在馬的後邊，瞪大了眼，專等着賊人前來。卻聽得有人帶着怒氣地大罵着，並交談着，說的都是番話，他連一句話也聽不明白。

　　少時從對面的樹叢中走出了兩個人，全都光着脊背，身穿短褲，手裏拿着弩箭。前面的人年約二十多歲，黑臉，高身材。後面那人卻已有四五十歲了，兩撇黑鬍子，一身的胖肉，臉上橫一下豎一下滿抹着紅色的鼻煙，如同花臉似的。兩個人都瞪着眼向他說着番話。韓鐵芳看這樣子不大像是強盜，就把才亮出了半截的劍又收回鞘中，答說："你們說的話我聽不懂，我是過路的人，你們為什麼要用箭射我？"

　　對面那個年輕的還氣洶洶的，過來要打他，那上年紀的卻拉住了他同伴的膀子，把韓鐵芳連人帶馬，從頭至腳，不住地打量，忽然他說了一句漢語："你是哪兒來的人？"

　　韓鐵芳一聽倒不禁吃了一驚，因為這人說的完全是北京話，與那死去的病俠簡直是一樣的口音，就心說：啊呀！莫非這個老頭兒，他就與我正在尋找的那病俠最親近的人有關？於是他就和藹地回答說："我是由河南來的。朋友，你是漢人不是？"

　　這個半老頭子忽然撇開鬍子笑了，說："我雖不是漢人，可也跟漢人差不多了，我還是個北京人呢！老兄，你說你是河南人，你先別說你是哪一府的，讓我猜猜吧；我猜你准是開封府！"說時翻着兩隻眼，很滑稽地來看着他。

　　韓鐵芳也笑笑說："不是！你猜錯了，我是洛陽人。"對方這時有點失望之色，但又笑着說："河南地方我只走過兩次，都是路過，因為我是往北京去。有一次我還特地到開封府去拜了鐵塔。"韓鐵芳就問說："你是幹什麼的？你貴姓？"

　　這人說："我十幾歲時就常到北京，以後就常跟着喇嘛去做買賣，北京大小胡同我都很熟，大戲我也聽過。後來我來到了新疆，如今一細算，我在這兒已經住了四十年了。南北疆沒有一個人不認識我的，我什麼事也不幹，到處都有吃喝。今天我也沒有別的事，就是陪着我這小夥計來這兒射射鳥兒，練練弩弓子，打點野食。不料你就騎馬進了樹林，把我們的鳥兒全都嚇飛了。你既是河南省大地方來的人，那咱們就拉個近，算是朋友吧！朋友，你為什麼到這兒來？你連一句蒙古話跟哈薩克話都不會？再說你是穿白龍堆過來的，你怎麼走的？前天你在沙漠裏沒遇見大風嗎？」

韓鐵芳不知是說真話好，還是說假話好？所以倒弄得他立時不能夠回答。老頭兒又說：「你別瞞我，由你的模樣，臉上的氣色，我就看得出來，你一定在沙漠裏度過夜。前天是陰天，你還在沙漠裏遇見過大風。可是我看你又像個公子哥兒，一個人牽着兩匹馬，有什麼要緊的事，你可要到這兒來呢？」聽了這一番話，韓鐵芳倒非常地驚訝，覺着這個人的眼睛太厲害了，他竟能將自己的來歷猜得差不多，遂就更不勝的疑惑。

這人把他的那個小夥計推到一邊，他走過來，摸了摸馬上的兩口寶劍，忽然又驚訝着說：「你從哪兒得來的這麼好的一匹伊犁馬？我在河南時，就未看見過一匹伊犁馬！」又說：「你大概是個保鏢的吧？反正你必會武藝！」他將弩箭回手遞給他那個夥計，又把眼瞪在韓鐵芳的臉上，問說：「你別是半截山手下的吧？半截山他可是皋蘭人，他手下的嘍囉們也都是漢人！」

韓鐵芳卻正色說：「你別胡猜，實同你說，我是同着一位朋友來此訪友。」

這人又問：「你訪誰？過了這樹林再往西，他們可多半不會漢話，你訪誰？你不是半截山的手下，我倒相信；因為我看得出來，新疆這地面，你一定是第一回走。可是你要說是訪人，我還真猜不出你是訪誰來。」

他由褲腰帶裏掏出來一隻鼻煙壺，倒出一點，拿手捏着往鼻子跟臉上亂抹；又要請韓鐵芳聞。韓鐵芳卻擺了擺手，暗想：雖然這位蒙古人的來歷自己還覺有些可疑，態度是善是惡還猜不定，可是，這恐怕是此地唯一會說漢話的人了。玉嬌龍的親近人的下落、寓址，若不向他打聽，恐怕就更無處去詢問了。

於是韓鐵芳便下了馬，拱拱手說：「不瞞你，我真是同着朋友來此訪問一個人。我那朋友在半路……生了病，他另投地方給留住了，我才連他的馬也牽着，單身來此。我們要訪問的人是……」他雖然遲疑着，然而又覺得是非說出實情不可，遂說：「新疆省內有個著名的春大王爺，諒你也知道！」

對方這個人忽然面現驚訝之色。韓鐵芳又說：「聽說春大王爺手下有一個最親近的人，大概是個少年人，這人的武藝高超。只是……實同你說，我只是聞說有此人，特地慕名而至。這人是春大王的什麼人，我還不甚知曉；我只知道他也姓春，我想要會會他，有要緊的話跟他談。朋友！你若曉得，何妨指給我一條明路，叫我遇着此人。將來我若辦完了事，一定要重重酬謝你！」

這個人把眼睛直瞪在韓鐵芳的臉上，然後他又發怔似的思索了一會，便笑着說：「無怪你遠路而來！你要找的這個人真不錯，這人在新疆是鼎鼎大名。」

韓鐵芳趕緊又問說：「他叫什麼名字？現在住得離此處遠嗎？」

這個人說：「遠雖不算遠，近可也不近。他是春大王爺的什麼人，連我也不知道，不過聽人說他是跟春大王爺在一塊兒住罷了！那個地方我雖沒去過，可是找得着，但我又不能領着你去。那個人，哈薩克的話叫他……」他說出了個名字，韓鐵芳一字也不懂。這人又給翻譯着說：「他的名字按漢話說，就是飛駱駝。」

韓鐵芳一聽，就在腦中擬想出此人的模樣，必定是身高體大，大腳駝背，還許是一個長脖，這樣的人倒說不定是一個值得結交的漢子。又聽對面的人說：「他的名字叫作雪瓶。」並回手要過來一枝弩箭，用箭頭兒就在樹皮上慢慢地刻出來兩個字。他顯出很得意的神情，表示他連漢字都會寫；其實每個字都短少了兩三筆，並且寫得歪歪斜斜。

韓鐵芳能認出來是雪瓶兩個字，他不由得更驚訝，想着此人有那樣蠢笨的外號，如何又有這樣美麗的名字？春雪瓶！他口中不由唸了一唸，又連起來唸道：「飛駱駝春雪瓶！」

這又引起他一陣擬想，猜着這也許是多年侍隨着玉嬌龍的一個又粗又笨的大丫頭？或是個半老的婆子吧？如果是那樣的一個人，自己倒真懶得去見她了。即使見了她，也只能帶着她去見見病俠的屍體。若同她一路走，去往祁連山，那在路上更不知要有多麼彆扭了，自己實在有點不敢領教。

他於是就問："這春雪瓶有多大年紀？他是男是女？你可見過？"

對面的這人卻嚴肅地擺了擺手，說："頂好少提這些話！說春大王爺就行了，可不許提說春大王的名字。在這個地方，提說'飛駱駝'倒不要緊，因為她本人並不知道，可是春雪瓶……"他吧的使力抽了自己一個嘴巴，又東瞧瞧、西望望，並向樹上看了窺，臉上也驚慌慌的，把他的同伴，那個高大的小伙子，也弄得不知是怎麼回事，嚇得也有些發毛。

這人又拿箭頭在樹皮上亂刮，將雪瓶二字刮得模糊不清，他這才搖着頭，悄聲說："說不得！說不得！咱們在這兒一說她的名字，她就許以為咱是罵她了！現在，她就許在樹上；夜裏，她就許在門外；你前邊走，她就許在後邊跟着。"韓鐵芳不禁也回頭看了看，心中更是生疑。

這個人又說："她們比神仙的本領還大，故事多極了。你要是瞧得起我，可以到我家裏去坐坐，咱們交個朋友。她們那些事兒我都知道，只要你別叫我說她們的名字，我就可以一件一件跟你細說。"

韓鐵芳細看這個人，倒像是毫無惡意，就想：在這裏若找這麼一個熟悉玉嬌龍生平事情的人，殊屬難得。何況他除了有點疑神疑鬼、膽小心虛之外，他是很願意把那些事都告訴我的，我倒不可拒絕了他的好意。急速辦理完了，也好使病俠玉嬌龍在泉下瞑目，而我也盡了友誼。他遂拱拱手，帶着笑說："我才來此地便遇着大哥，真得算是僥幸！惟不知大哥貴姓高名，願請教請教，以後也好稱呼。"

這人就也拱手說："不敢當！我的原名兒叫呼里雅，在北京人都稱我為呼二爺，以後你就叫我呼二哥好了。說起我的名字，在這地方也不小。將來你若遇着那做買賣的徐老六，他是這裏常來常往的，最有人緣的一個漢中人，他必然知道。春大王爺在新疆是一位大神仙，我卻是一個小神仙。"

聽了他這話，韓鐵芳又覺着有些不解，看不出這個呼二爺到底有什麼本事，就笑了笑說："久仰了！那位徐客人，前兩天我也在銷魂嶺那地方會到他了，他還送給我一些藥呢！"

呼二爺說："他本來是販茶葉帶賣藥的，我的行當也跟他差不了多少，我們兩人全是這一帶的二三路兒的神仙。你要是來此看人，遇見了我們，那可算是你遇見土地神啦。更好啦，你既跟他都見了面，那咱們也算是好朋友了。他是正月回的家，我猜着他大概也快來了。等着咱們見着了他，一塊兒喝喝樂樂。我有一罐子老白乾，還是真正由北京帶來的，在此地二百兩銀子也買不來，到時候我請你們，我就喜歡跟漢人交朋友。"

他高興極了，叫他那同伴過來。那個身材高大的年輕莽漢，頭上的辮子很粗，呼二爺說他是一個索倫族的人，名字叫鐵柱子，這大概是他給起的綽號。當下他就叫鐵柱子給鐵芳牽着馬，他領着路往森林中去走。他一邊吸着鼻煙，一邊笑着，嘴裏又叨嘮着，他說："今兒我們原想射幾隻鳥兒，煮一煮當菜吃，好吃早飯；沒想到一個鳥兒也沒射着，卻遇着了你，這也算是咱們有緣。前一個月我就占卦占出來了，說我要遇見一個貴人，大概你就是我的貴人。你的相貌不凡，來此又是找春大王爺，找……飛駱駝小王爺，你的來頭還能小的了嗎？老兄，我看有些真話你還都沒跟我說呢！"

韓鐵芳在後面不由得也笑着，心裏卻斟酌着，暗想：這人意欲和我結交，還是以為我認識玉嬌龍！早晚是要遇見那姓徐的客人的，銷魂嶺之事必定瞞不住人，倒不如我將玉嬌龍病歿沙漠之事詳細地向他說了，也好套出他的實話。

他剛要開口，卻又將自己止住，想着：如今我初來異地，還是謹慎一些為是，誰曉得他們對玉嬌龍是畏懼？是崇拜？是感激？還是表面如此，而心中卻懷着仇恨之心？自己倒無所畏，只怕他們一曉得玉嬌龍已死，將話傳到那半截山的耳裏；那群盜賊就許到沙漠去掘病俠的屍體，就許於那春雪瓶有什麼不利！思慮了半天，他決定自己只是發言打聽，不見春雪瓶之面，絕不能說出玉嬌龍的死訊。

他隨着前面的兩個人又走，越走入林越深。走一步，林鳥就驚飛起來一群，喳喳的，聲音極為聒耳，彼此說着話都聽不太真切。腳下踏的是很深的茂草，草上積存着雨水、稀泥，頭上也落了不少露水和鳥糞。走了半天，方才出了這片樹林，他的衣服、鞋帽，連馬的身上全都盡濕。

林外天光大亮，眼前展開了一片無邊的碧綠的草原，白雲在青天上飛着。除了身邊的兩匹馬是黑的，呼二爺臉上抹的鼻煙是紅的，那鐵柱子的脊背是紫黑色的，其餘，地下是如鋪着大幅的綠毯，天空像是展着的藍緞，白雲似是在高處懸掛着的成團的絲棉，而林鳥被驚飛出，回翔於天空，忽上忽下，尤其使人心曠神怡。

原來這兒就算是呼二爺跟鐵柱子的家了。不遠之處有一匹駱駝，全身的毛都快脫淨了，趴在草地上都不大能顯得出來。地下扔着他們兩人的衣裳跟行李，他們的衣服也完全跟韓鐵芳穿的一樣，且有一件黃色的綢大褂，大概是姓呼的服裝。他們的行李很多，真非駱駝馱不動，還有卷起來的布帳棚，由此可見他們是到處為家的飄泊的人。還有鐵鍋、水袋，和一隻紹興罎子，裝的大概就是北京的老白乾。另外還有木棍子，這是他們挑東西用的；有一口帶着鞘的刀，出門的人照例應有此物護身。老羊皮襖一件，大概就是他們兩人的被褥；包裹兩隻，裏面裝的不曉得是一些什麼。

最奇怪的是一隻方形的匣子，好像馮老忠賣花樣子的那隻匣子似的，有皮帶子可以背着。而匣子的四邊，橫一塊豎一塊的，貼着許多褪了色的紅紙，上面全有字，被日曬雨淋，墨蹟已淡，然尚可以看得出來。除了些個直着寫的蒙古字，橫着寫的纏頭字，韓鐵芳一個也不認識之外，上面的漢字卻寫的是：賽八仙，六爻神課，奇門遁甲，預知禍福吉凶，保佑牛馬平安，等等。

韓鐵芳看了，這才明白，這呼二爺所以自命為二三路的神仙之故，原來他是個賣卜的。大概是他曾在北京學會了一點卜筮之術，拿到這裏欺騙一些人，藉此以謀生。他一個塞外的人，自稱為賽八仙已經很滑稽了。又想：那徐客人是販茶葉帶賣藥，他是賣卜還許有別的行當，怪不得他們彼此熟識，原來都是在江湖上混的。這新疆遼遠之地，還容有這般人謀生，可知並不荒涼。我來到這裏也不要緊，萬一把錢花盡了，沒飯吃了，我也許還能在這裏打拳賣藝以求糊口呢。

當下賽八仙呼二爺拉過來那件老羊皮襖，就請韓鐵芳坐下，馬也卸下了鞍轡，與駱駝同在草地上啃青兒。他又叫鐵柱子燒水，原來他們是帶着曬乾了的駱駝糞，一會兒就升起很旺的火來。賽八仙先搖手，說：「你且別忙！春大王爺的事情咱們真先別提，我全知道，可是我都不敢說。因為我雖會算卦，可是我真算不出她現在是在哪兒啦。她有遮身的帽子、隱身的草，咱們兩人在這兒說話，她就許正在旁邊呢！」

韓鐵芳不由得批駁他，說：「你太胡說八道了！她春大王又不是神人。再說我們私下談論的也不是她的壞事，即使她知道了，大概也沒有什麼！」

呼二爺依然是搖着頭，說：「雖然沒有什麼，然而也是少談為是，反正，你要找春大王爺的那個親近的人，你就跟我去走好了。咱們先到末虛城，然後再到且末城……」

韓鐵芳問說：「那春雪瓶就住在且末城嗎？」

呼二爺搖頭說：「不是！不是！我說的且末城是在西南，離此地有一千四百多里，走半個月就可以到。春……飛駱駝住的地方是在正西，孔雀河旁的尉犁縣，離此地的路程也有一千里。可是從且末城再往尉犁，拐這麼一個大犄角兒，繞這麼個大彎兒，一共是……差不多三千里吧。」

鐵芳聽了，心中不由有些生氣，認為這呼二爺不是個有瘋病的，就是成心要耍弄自己。他就不由冷笑了笑，說：「這真成了笨人了，我為什麼只一千多里不去走，可跟着你去走三千多里呢？你是不曉得，我並不是個沒事的人。我若閒暇無事，倒正可以跟你遊山玩景；但是我如今是有急事要同春雪瓶去辦，恨不得當時就見着他的面才好！」說完不禁長歎了口氣，呼二爺也搖頭表示出作難。

此時那鐵柱子已燒了一鍋水，泡了一壺茶，倒了兩碗送來。呼二爺請韓鐵芳喝茶，他自己也喝着，又說：「按朋友的交情來講，我本應當帶着你去見……咳！說她的名字也不要緊啦，我應當領你去找春雪瓶。若沒有人領你，我就是告訴你她住的地方，你也是找不到。因為她們的名字十九年來無人敢提，說出來立時就有性命之憂，就是你與她走在對面，旁邊的人也不敢指告你！」

韓鐵芳問說：「這為什麼？」賽八仙呼二爺喝完了一碗茶，又斟了一碗，韓鐵芳也將一碗茶飲盡，瞪着眼專聽他講話。只見他先向左右、前後掃了一下眼，然後說：「你聽我細說。可是，咱們只當是敘說別人家的事，不是說大王爺家，將來你見了人也不要跟人亂談！」韓鐵芳點頭說：「我全曉得，你放心吧！」

呼二爺這才說：「在十九年前由玉門關裏來了一位奇人，騎着馬，拿着寶劍跟小弩箭，還抱着一個小孩！」他疾忙掩住口，面色驚慌，又向四下去望。森林在背後，眼前的草原無邊，天際有鷹隼以健翅撩着白雲，正在盤旋下降。韓鐵芳也面現驚詫之色，急急地說：「你快接着往下說吧，不要緊！」

呼二爺伸着一個手指，悄聲說：「這位奇俠，我的大王爺，她老人家來到了孔雀河邊，住了些日，就尋着一位名叫美霞的哈薩克太太。兩人好像是乾姊妹，又聽說兩人在很多年前就相識。那奇人，俊俏的臉兒大眼睛，那時才不過二十上下，大腳，穿上男子衣服，就是一位少年公子，比你還俊俏。春秋賽馬，冬季打獵，常有成群的哈薩克姑娘追着她，圍着她。但是她有時又穿女裝，哈薩克打扮的時候也有，那時連我見了她都得直眼。她以箭射雕，無論射什麼鳥都是百發百中；她騎馬，千萬匹馬也沒有一個能趕得上她的。她瞪眼就打人，說話就要人的命。

「她生平最忌三件事，第一，她自稱姓春，不許人問她的姓名跟來歷；第二，不許人說她是男還是女，她愛怎麼打扮就怎麼打扮。有個千戶長，是孔雀河邊的一方之王，斷定她是個女子，想要娶她，備着十匹馬，馱着幾千兩銀子，前去求親。她當時就翻了臉，小弩箭連珠一般地發出……；第三，她不許人問她的那個孩子是她親生的？還是她抱養的？

「可是她為人雖是這樣兒，卻又時常濟困扶危，惜老憐貧，做了無數的好事。後來她就走了，在庫台縣住過，在和闐、於闐也都住過，還有人在伊犁、在且末城都見過她。她越過崑崙山，走過大戈壁，在白龍堆曾單身殺死過三百多名強盜。她蒙古話、纏頭話、哈薩克話全會說。她名頭極大，十幾年來，無人不知，無人不怕，也無人對她不尊敬。她是神仙，是俠客，是大王爺。直到近二年，她隱居於尉犁縣附近，才不常出來，聽說她得了病。可是她的那……就是飛駱駝春雪瓶，已經長大了……」說到這裏，臉色愈變得驚恐，他探着頭，低聲又說：「比她還兇！」

韓鐵芳趕緊問說：「春雪瓶是男是女？」

呼二爺擺着雙手說：「得啦，得啦，你別再問了！我也不再說了！再多說半句話，我的頭就許飛啦，那可不是玩的。我們現在交成朋友啦，咱們就都得說實話。我算六爻神課，幾年來頗為發財。早先我雖聽說過春大王爺跟春雪瓶，但沒有會過她們的金面。直到去年冬天，下着雪，快到年底啦，我跟我這夥伴走在尉犁縣，就被春大王爺傳了去給她算命。

「她叫我給她算一個在遠方的人，她問那個人現今在何方？是否平安？是否已經長大成人了？將來是否還能夠跟她相逢？我這個玩藝本來就全憑眼睛跟嘴，看出她對那人很是關心，關心他大概也不只一年半年了，我也就得說使她寬心的話，我就說：『那人在正南，如今平安無病，諸事順心，不到半年，他必定要來到這兒看您！』她聽了我的話，似乎不大相信，可是她的兩隻美人眼……不，是大王眼，竟撲簌簌地流下淚珠兒來。小干爺春雪瓶正在旁邊，我一看，嚇了我一大跳，原來飛駱駝……」

韓鐵芳由他這表情也確認為春雪瓶即玉嬌龍之子，年有二十上下，身高體健，性情直爽，慷慨任俠，是一條好漢。而玉嬌龍到底又關懷着什麼遠方的人呢？真可疑！

此時呼二爺喝着茶，又說：「那時候我看她就黃瘦極了，哭着，還咳嗽着。她賞給了我五兩銀子，她真有錢。由那兒我又到烏爾土雅混了幾個月，現在是要往且末城。昨晚我們就宿在這兒，今早打鳥兒想吃了飯好走，這才遇見了你。我想你還是隨我們一塊兒走，將來我們再帶着你到尉犁縣。其實由這裏往尉犁縣去原是一股直路。你由此一直往西走，再過一段小沙漠，就是一個大湖。那個湖，番名叫作羅布諾爾，漢人叫它來海子。越過湖岸就是孔雀河，順着河再一直往西，馬快的有四天就能到尉犁縣。

"這一股路上雖說沒有漢人，可是也有些蒙古人，都會說幾句漢話；並且我知道黃羊崗子那鎮上，還有涼州人開設的一家店房呢！尉犁縣是個大城市，陝甘人在這裏做生意的也不少，那裏還有衙門。只是你就是走到了尉犁縣，你要請問春雪瓶，還是沒有人告訴你。因為看你這樣兒，別人猜不透你是個幹什麼的。萬一你要是去找春家的人作對，那麼鬧出事來，誰也吃不住。因此我說，不如你先跟我到且末城去，沿途你也算是我的一個夥計，我也把算卦的法子教給你。將來你若萬一時運不濟，混窮了時，也可以拿它換飯吃。古人有一句話說得好：家有良田千頃，不如薄技在身。"

韓鐵芳聽了他這些話，只細細地記住了往西去的路程，卻對他勸自己拜他為師，助他去走江湖算命之事付之一笑。他甚至疑惑那春雪瓶的地方原本很好找，說他們是如何的兇狠、神秘，那也未見得靠得住，不過是賽八仙這傢伙故作虛詞，以拉自己入夥而已。他把頭搖了一搖，說："我不能去跟你做買賣，我沒有口才，江湖的話我都不會說！"

呼二爺說："那不要緊，可以慢慢地練。再說，說實話，我也不是叫你真幫助我去幹什麼，只是借着你的相貌、人才，給我壯壯牌子罷了。因為找我算命的，有不少都是大姑娘、小媳婦，我這樣兒現在不行啦，所以買賣不好，不然我也不到且末城去。且末城還許能有點買賣做，到別處，除非有你……"

韓鐵芳明白了他的用意，不由有些氣忿，就擺手說："不行不行！我來此是尋春雪瓶有緊要的事情要辦，實在不能奉陪！"賽八仙呼二爺聽了這話，半晌也沒有言語，臉上顯出不高興的樣子。

這時候，他的那個夥計鐵柱子，端過一個大木盤來，還有兩個木頭的調羹。他燒的也不是什麼飯，就是將牛肉、羊油，連剩飯帶乾鍋餅都熬在一起，上面還撒了一些黑砂似的鹹鹽。韓鐵芳此時很餓，便也不客氣，也不能計較好吃不好吃了，就與呼二爺對坐而食。呼二爺的臉色也漸漸緩和了過來，跟他又說又笑。

待了會，飯用畢又喝茶。依着呼二爺，今天還想和韓鐵芳多盤桓些時，並拿着他那弓箭說："老弟！你一個人就帶着兩口寶劍，我不信你不會武藝。這弩箭是自從春大王爺來到新疆之後，就人人都想學，可沒有一個學得好的。實在，射准了真是一件難事。老弟一定比我們強，你來試試，到林子裏給我們射下幾隻鳥兒來，作為我們晚飯的酒菜好不好？"又說："不瞞你說，剛才我們從草地上一揉眼睛爬起來，就進林去射鳥了，倒賠了十多枝，連一點鳥兒屎也沒射着！你進去，給我們開開張，好不好？"

韓鐵芳站起身來，卻擺手說："我也是不行！幸遇呼兄，指給了我往尉犁城去的路徑，現在我就得趕緊前去，早一天見着春雪瓶，就算早一天卸了朋友對我的重托！"

呼二爺突然也站起身來，驚慌慌地說："原來你真想去見她？你告訴我行不行？你找她究竟有什麼事？"

韓鐵芳歎息了一聲，說："現在恕我不能奉告，將來你必能知曉，我們再會吧！"他拱拱手，又向那鐵柱子拱拱手，就去牽起兩匹馬，並將那群人送給病俠的那兩隻羊尾巴取出來，送給了呼二爺，以作茶飯之酬。

原來這羊尾巴是此地的貴重禮品，呼二爺真有些受寵若驚，不住地做揖道謝，又說："那麼，咱們是後會有期了！我們到了且末城先去抓幾個錢，也許再到尉犁去找你，咱們在那兒再見吧！路上平安。"

韓鐵芳也拱手，上了烏煙豹，牽着病俠遺下的那匹黑馬就去走。才走了不遠，忽聽呼二爺在身後叫他，他趕緊回頭，就見呼二爺跑得直喘，到了臨近說："我還忘了告訴你一句話。你去找春雪瓶，絕沒人知道。你要想打聽，你就說'秀索奇法'，這就是番語的飛駱駝，就無人不知，無人不曉了！"

　　韓鐵芳又拱拱手致謝，他就策馬走去，口中不住的暗暗唸着："秀索奇法，秀索奇法……"他覺着番語太難記，就按照着這句番音，改成了漢字的意義，是"秀樹奇峰"。他又不由高聲吟出來："秀樹奇峰春雪瓶！"回頭再看看，呼二爺跟鐵柱子還坐在那裏大吃大喝。他又向前將道路辨識了一下，就再也不回頭，一直催馬西去。

　　馬蹄踏着青草，一前一後，全都輕快絕倫。兩旁青草芳香，令人心怡神曠。而高空上冉冉的白雲、青天，遠處的蒼翠奇峰，蔥蘢秀樹，更為可喜。韓鐵芳的口中時時唸着春雪瓶的名字，然而到底也想像不出春雪瓶是怎樣模樣的一個人，只因為叫飛駱駝這個名字，總覺得他的相貌一定很醜惡。

　　可是又想，以玉嬌龍那樣的人，無論是她親生的或抱養的孩子，大概總不至於太拙笨了；而他的武藝既是蓋世奇俠傳授出來的，當然也是高超極了。只可惜玉嬌龍現已死了，今後這裏的大漠草原，森林長河，高山古道之間，他無緣再睹俠影。春雪瓶能夠承繼他母親的名聲嗎？想到這裏，他恨不得立時就見着那春雪瓶之面。

　　他的心特別急，馬也跑得特別快，可惜時已近午，天氣十分炎熱。走盡了這片草原，又穿過了一片森林，越過了一道山嶺，才望見有稀稀的廬舍，整齊的田地，他就收住了馬不再快走，然而他已經滿頭是汗，氣喘吁吁。

　　在新疆，人種雖然複雜，但除了少數是逐水草而居住蒙古包和滿漢做官的及做買賣的大多數都住牛皮帳篷，只有索倫人自己蓋着土房或草屋。他們在平原耕耘着各種雜糧，傍河水的種稻，除了言語難通，其餘全與陝甘人無異，甚至小溪板橋，綠柳水田，風景之秀竟不亞於江南。然而這地方卻又沙草萬頃，牛、羊、馬多得如欲雨天氣的螞蟻似的，有時喇叭、笛子、海螺也嗚嗚地陣陣吹起。尤以傍晚時候，紅霞滿天，風吹草低，此種景象，既壯且麗，令人叫絕。

　　韓鐵芳心裏急盼見到春雪瓶，又有些悲悼玉嬌龍，更時常取出身畔的紅羅來看看，便愴然欲泣，他心裏默唸道：母親！兒子只要把朋友所托的事情辦完，便去救你老人家，替你老人家報仇，你老人家在祁連山裏暫勿憂愁！

　　眼前的風景又振起他的壯志，他走了一天，歇息在一家索倫人的廬舍裏，他感覺這裏的民風十分淳樸。次日他臨行時，便將錢送與人作為酬謝。他因為手巾包裹的盤纏日見短少，玉嬌龍遺下的錢自己又不肯用，所以就更是心急，更要立時趕到尉犁縣城。但當日走到孔雀河邊，他看見河水清澈，汩汩地流泄，兩岸都是短短稀稀的青草，而青草之外不遠又都是無邊的沙漠，這風景又使他不禁徘徊了些時。

　　沿路，纏回很多，高鼻子白臉的哈薩克人也不少，索倫人卻寥寥無幾，漢人更沒遇見一個。但他無論向什麼人詢問秀樹奇峰，卻好像人人都能聽得懂，可是全都擺手、搖頭，有的且驚慌變色地走開，弄得韓鐵芳又有點莫明其妙。

　　又走了兩天，來到那東海子。這是個萬頃汪洋，碧波無際的大湖，有無數的水鳥在湖面飛翔着，可沒有看見一隻船。再走，依然傍着孔雀河岸，河岸有時寬，有時又窄，但兩岸總是草少而沙多。

　　他又一連走了三天，竟沒有離開孔雀河畔。他終日吃着發了霉的乾糧，有時拿銀子向人換點牛羊肉。晚間因為怕有野狼，他總是投宿於索倫人的家裏，哈薩克人的蒙古包似的氈房他也宿過一夜。

　　異地的生活他雖仍覺不大習慣，但也能勉強接受了。只是他的銀錢已罄，同時他又覺得身體有點不舒適，自思不是着了涼，便是中了暑。徐客人送給他的那萬應錠，冰片散都用了，連狗皮膏全都貼在肚臍上了，然而無效。他騎在馬上頭發暈，肚子擰着疼，實不能忍。悲傷漸漸襲上了他的心頭，恐怖占住了他的腦子。

　　他的心卻更急，恨不得一下飛馬見着了那秀樹奇峰春雪瓶，把玉嬌龍的事情告訴了他，把埋葬的地點告訴了他，把這匹馬跟玉嬌龍所遺留的物件全給了他，然後自己就是立時病死，連五年來為母親報仇的志向都化作灰塵，都消失於這草原大漠之上，然而也無悔。

最怕的是病倒於這邊疆絕域，人地生疏，死既不死，活又不活，那才可怕！他真不能再支持了。

這日天色尚早，他看見前面有十幾間土屋，知曉是索倫的房子，他就趕緊催馬向前去走。到了臨近一看，這裏原來還有一家漢人開的小飯舖，帶賣酒，還帶宿客，有個店名叫作黃羊崗子劉家老店。原來驛站也在這裏，驛站裏只有一個官人跟一個馬夫，韓鐵芳就投了此店。

炎熱的天氣，從孔雀河跟沙漠刮來陣陣的火一般的風，天空永遠有鷂子吹哨，白天蒼蠅成群，晚間蚊蟲成團，他就病倒了。雖然他來的第一天就認識了店家涼州人劉老大、驛吏薛老頭、馬夫爛眼三，但是都治不了他的病，此地連韓秀才那樣的一個醫生也沒有。病重的時候，劉老大給他送水，病稍微輕了一點時，劉老大又給他送飯。

他在此一連病了十幾天，並未給店裏分文，而病俠玉嬌龍包袱裏的金銀就放在他的身畔，但他卻不肯掏出一塊來用。他自己除了污舊的幾件衣裳，一口寶劍，又無物可賣；他只得託付店家給他找主顧，要賣他的那副馬鞍。卻不料因為這事，竟招來了一個過路的蒙古商人，瞧中了病俠的那匹馬，一定要買，出價到庫平銀八十兩。

劉老大、薛老頭，連爛眼三都直勸他說：「不如賣了，你一個人要兩匹馬何用呢？再說這匹馬除非行家才看得上眼，長像兒並不好看；還不如旁邊的頭高腿壯，毛兒又黑又亮。賣了吧！價錢可出的不少啦！」他們所指的旁邊那匹馬就是烏煙豹。

韓鐵芳是寧可賣自己的馬，也不肯賣病俠的遺馬，誠恐將來見到春雪瓶時對他不起，而有負友情。所以他就身靠着窗櫺，有氣無力地說：「你若想要，就將我的那匹烏煙豹賣給你吧！這匹馬是朋友托我送到尉犁縣的，我實在不能夠賣！」

這個蒙古客人也懂得漢語，他一聽見烏煙豹這個名稱，就轉移了目光，把烏煙豹瞪了半天，還牽出去試着騎了一會。也因為是他原來的那匹馬，路上被一種最惡毒的名叫八蠟的蟲子給咬傷了。那種東西是像蚱蜢一樣，但專咬牲畜。他實在需要一匹好馬，好趕往伊犁去做買賣。如今看着這匹烏煙豹也不錯，而且肯賣，他就出了六十兩銀子的價錢，鞍轡外加三十兩。

爛眼三在旁直向韓鐵芳使眼色，那意思是叫韓鐵芳爭過一百之數。然而韓鐵芳此時已完全沒有心思，他想到了當年當鞍賣馬的秦瓊。烏煙豹是他故鄉望山莊十匹馬之中最好的一匹馬，常於深夜馱着他去找師父學藝，這次由洛陽出來又隨着他越關山、涉長河、走沙漠、過草原、脫賊群、追奇俠，也可以算是數年來與自己朝夕相伴的一個朋友了，如今自己何忍得像貨物一樣地將牠出賣？所以就點頭接受了這個價錢。借了劉老大櫃上的戥子，把銀兩稱了一稱，就由着這個蒙古商人將烏煙豹帶鞍轡全都牽走了。韓鐵芳卻頹然進屋，病勢竟又由此復重。

九十兩銀子，連還店飯錢，帶付給劉老大他們拉縴的報酬，就去了三十多兩。韓鐵芳精神總是振作不起來，因為飲食不調，肚痛才好，總又復犯。得的病像是痢疾，且時常全身發燒，起不了炕，他的容顏也一天比一天瘦了，在此住了前後幾近一月。

這裏每天來來往往的人總是不少、官差到驛站換馬，蒙古人、哈薩克人用牛皮袋在這兒裝水，喝酒的、吃飯的，住店的人甚為複雜。劉老大的買賣非常的興隆，尤其是他後院這幾間土屋，每晚總要住得滿滿的。韓鐵芳由那些人彼此談話之中，漸漸也猜得出幾句番語的意思了，可是他要向人問：「秀樹奇峰春雪瓶？」一樣的，大家都是搖頭擺手。

劉老大且好意地嚴肅囑咐過他，說：「你來到這兒，就千萬別說這句話，別提這個人！」韓鐵芳說：「因為我這次要往尉犁縣，就為的是去找他。現在，我病在這裏是實在沒有法子；只要我能夠掙扎，我就立時前往。我也知道你們這裏的人全都很怕他，可是我卻不怕他，我找他是有一件頂要緊的事情要辦！」

劉老大聽了這話，發了半天的愣，結果還是說：「幹嗎呢？老鄉，你年輕輕的人，找尋誰不好？何必專尋她們呢？我也不管你有什麼事，只求你住在我這兒別亂說，我這買賣這些日才好了一點，老鄉你別給我惹事就得了！」韓鐵芳聽了，心中越發的鬱悶，由此更急，精神偏又一時恢復不過來。

在這店裏還住着一個客人，與韓鐵芳是害着一樣的病。他是個瞎子，本來住在且末城是教窯子姑娘彈唱的，如今因為那個地方不能混了，所以才打算上尉犂縣。自從一過孔雀河他就生病了，才投到這裏。

聽店主人劉老大說：「這瞎子不但是拉痢疾，還有癆病。」他雖然不常咳嗽，韓鐵芳卻常由他聯想起病俠。這邊疆絕域，連玉嬌龍那一副鐵骨鋼筋都給折磨完了，更何況這個盲人呢？又想起自從自己記事以來，好像就沒有生過病。胳臂上受箭傷，加上皮鞭子打，都沒使自己頹了精神，滅了志氣。如今，沒想到才入新疆不幾天，就得了這麼重的病，這個地方，實在是不宜於人住的。

此時他對那個盲人真抱有一種同病相憐之感，尤其見盲人還帶着一個十五歲的姪子，長得很瘦的，叔姪相依為命，窮苦不堪，他就更加憐惜。他便向劉老大說：「他們若是沒有錢，你千萬不要逼他們！又瞎又病，帶着一個小孩住在這兒，也實在可憐。你把茶飯千萬不要少給他們。將來無論他們欠你多少錢，都由我代付！」店家連連答應，本來韓鐵芳在這兒可稱得起是個闊客人了，新賣的馬，手裏還有多少銀子，劉老大心裏也都記着了。即使他全花光了也不要緊，他這兒還有一匹馬呢，有馬還愁不能換錢？

於是同店住的盲人，因韓鐵芳之助，竟得以安居養病，可是他的病永遠不見好。他的姪子大概也相隨他多年了，幾種樂器也都會彈會吹，有時他坐在簷下吹笛子，吹什麼梅花三弄，江城小引，及各種時興的小曲，全都很婉轉動聽。他還有一隻琵琶，彈奏起來雖然不大熟練，可也頗有韻味。

在這小小的驛站上，歌聲與樂器是極少的。爛眼三整天是賭贏了錢就買酒喝，醉了，就敲着破桌子，唱他從伊犂學來的三句半京戲。如今這孩子調起來的琵琶，人都聽不懂，也不大在意。韓鐵芳的心靈卻又被這喚起了回憶，憶起故鄉琵琶巷蝴蝶紅的纖手所奏出的絕妙音樂，他的心立時就由這絕遠的邊塞之地飄到了河南，然而也不是怎樣的相思惆悵，只是靜靜地聽着琵琶之聲。

盲人的這姪子，每天晚飯後必要彈奏一曲，給韓鐵芳心頭帶來無限的安慰。過了幾天，他的病已好了七八成，他就走出屋來，笑着由那小孩子的手中接過琵琶來，並叫劉老大搬個凳兒放在院中。他坐下，將四弦調定了，就琅琅地彈奏起來。他的手指極為靈活，曲子也會得很多，真是忽而如金刀剖玉，忽而如銅盤滾珠，有時如小鳥鳴春，有時如叢竹響雨，唐人白居易所刻畫之琵琶聲「銀瓶乍破水漿迸，鐵騎突出刀槍鳴」，庶幾可以寫出此時的音調及情景。

他彈了一會，不但旁邊的小孩子呆了，屋中的瞎子也呻吟着連連說：「好！好！這是誰彈的呀？」劉老大也手裏拿着塊抹布，跑到後院來，發呆地聽了半天，才說：「喝！韓大爺你還會這一手兒呢？你要到了迪化府，看！包管那些煙花柳巷的姑娘兒都得拜你為師。」爛眼三拿着砂酒壺，蹲在地下說：「喂！韓大爺！我請你老消遣一段『盼才郎』吧！」更有許多在前邊喝酒的人也都跑來聽，但是他們不獨圍着聽，還哈哈大笑着，連聲地叫好兒。

韓鐵芳不由覺得煞風景，便收住了琵琶。然而他對於這來到邊塞僅見的，而且是自己最為所喜的樂器，畢竟有些愛不釋手，他就問什麼地方才有賣的？盲人的姪子卻回答他說：「我也不知道哪兒有賣，這琵琶的年歲比我還大。我叔父從小就瞎的眼，長到十歲時他能抱得住琵琶了，就學着彈。」旁邊爛眼三說：「你把這琵琶賣給韓大爺吧！」韓鐵芳卻不容這孩子表示，他就擺手說：「那如何使得？這是他們倚此為生的，他肯賣給我，我也不肯要，我彈這不過是玩玩罷了。」說完他就回屋歇息去了。

過了兩天，他本想走，不料天又連續下雨。聽店裏人說：「西邊的河水沿濫了，把道路都沖毀了。」因此許多的客人跟車馬、駱駝，全都停滯在這裏。連這裏的幾戶索倫族的人家，帶驛舍裏，還有鎮外的龍王廟，全都住滿了人。短短的鎮街上擠滿了車輛跟牲口，這黃羊崗子的人驟然增多了起來。

劉老大可是樂不可支，因為他的酒舖永遠是客人滿座，他自己釀的存放着的那幾罐子半酸不酸的酒，眼看着就要賣光了，錢是一天收入一大堆。同時可也有一件喪氣的事情發生，就是雨下到了第三天，忽然那個患病的瞎子死了。他那姪子不住地哀號，這裏連口棺材都買不到，何況瞎子死後拖下了一大堆店飯賬，連一文錢也沒有遺下。

依着那驛吏薛老頭的主張，把屍身扔在河裏，來個水葬。韓鐵芳卻聞之不忍，自己出頭，情願拿出錢來雇人，臨時為死人趕做棺木。他不在乎出錢多少，所以本地就居然有人自稱為棺材匠，來攬這號買賣。

當天，在雨地之下，就鋸木頭，釘板子；不到晚間，就釘成了一隻薄薄的楊木的長方匣子，就把那盲樂人給盛殮了起來。還有兩個過路的蒙古人，給義務唸了一通喇嘛經，就算完了。韓鐵芳也雇好了兩個人，只等雨住了，就擇地將瞎子葬埋。至於那個無依無靠的小孩子，也是韓鐵芳給說合的，劉老大答應留他在這店裏做個小夥計。

黃昏以後，酒舖裏仍然熱鬧，點着兩盞羊油燈，照得屋中十幾個人的臉上都發紅。每個人都飲着酒，拿番話談的，拿漢話談的，都對韓鐵芳甚為注意。韓鐵芳也佔據在一張桌頭，要了半碗酒慢慢地喝着。他細聽門外的雨聲，瀝瀝地響，如同彈琵琶的聲音，而天空的雷聲卻又隆隆地響，像是門外的那些車輛都一齊自己滾動了。又聽屋內，只覺言語紛紛，有聽得懂的，有聽不懂的。

在韓鐵芳的旁邊有兩個差官似的人，卻正談着尉犁城內的新聞，他們都是才由尉犁來的，聽口音都是官話。韓鐵芳就專心側耳地去聽，想要聽出關於春雪瓶的一點事情來。聽了半天，才見那一個瘦臉的差官，向着他對面的一個把臉都喝紫了的差官說：“這次，我真不高興出差，在尉犁再等幾天，看看哈薩克人賽馬有多麼好？春雪瓶一定又要大大地露臉了。”

韓鐵芳走了這麼多的路，遇過了這些人，真從未聽見有人敢當着許多人直呼春雪瓶之名，到底是當官差的人有膽量。韓鐵芳遂將身轉了一轉，凳子挪了一挪，向那紫臉的差官說：“這位大哥，你們談的是秀樹奇峰嗎？”

兩個官人一齊將臉對着他，因見他是帶着笑來問，遂也就和藹地望着他點了點頭，那紫臉的說：“怎麼，你也知道秀樹奇峰？你是哪兒來的人？如今要往哪兒去？你貴姓？做什麼行當的？”

韓鐵芳見這差官有點醉了，雖然態度不惡，但說話竟像是審案的口氣。於是就先在心中斟酌了一下，才說：“我姓韓，由河南來，沒跟春雪瓶見過面。可是我因為受了一位朋友之托，如今正是要往尉犁縣去見他。”說話之間，忽然隔着兩張桌子那邊立起了一條黑大漢子，向他這邊瞪了一眼，便又坐下照常飲酒。

韓鐵芳本來也看慣了，只要一提起春雪瓶之名，便會有人向自己注目，所以也沒有介意，就接着又說：“其實我與春雪瓶毫無淵源，也未曾見過，只知道他的名頭很大罷了。我本是洛陽人，做糧行生意，西上至甘肅貿易，在路上遇着了一位……大概是他親近的人，他約我到新疆來見春雪瓶。走在銷魂嶺……不，是白龍堆裏，我們就被大風給沖散了。他把馬跟衣服全都丟下，不知去向，也不明生死。我只好一個人至尉犁縣見見春雪瓶。我那位朋友也許現在已經去了，因為我在這裏病了已有一個多月了。二位大哥，你們一定跟春雪瓶很熟的，可知道他的模樣兒嗎？他住在那裏什麼街巷？請告訴告訴我，我好去尋他。”

那邊的黑大漢和兩個強壯的少年人，又都站起來向他這邊瞪了一眼，有一個人且發出了一聲冷笑。可是等到韓鐵芳的目光掃到那邊之時，他們可又全都坐下了。這兩個官差也都打量着韓鐵芳，紫臉的又說：“新疆省裏認識春雪瓶的人很多，不但她，連她的媽……”說到這兒，這個人也立時斂住了口，似乎覺得這話太不恭敬了。

那個瘦臉的差官就站起來說：“我們不問你，你也就別再打聽啦！春……你找她有什麼事，我們也管不着。”又向紫臉的差官使了個眼色，說：“別說啦！說人家的事情幹嗎？咱們且管自己吧！這回出差，其實看不看春雪瓶賽馬倒不要緊，就是天氣熱得真夠受的，雨又下得這麼悶人！”兩個差官索性自己談起話來，把韓鐵芳僵在了這兒不理。那邊約三五個人仍然都伸着脖子扭着臉的，向他這裏來瞪。

　　韓鐵芳見這幾個人老是狠狠地瞪着他，心中這才不禁起了些疑惑，但他坐下仍然喝酒。戶外的雷雨之聲更大，有的人匆匆付了酒錢，頂着雨就跑了。有人又說："這回河裏的水要能溢到沙漠上去，那可就糟了！雨要是再下兩天，咱們半個月以內都休想走啦，真他媽的倒霉！"隱隱地聽見那盲樂人的姪子在後院痛哭，一聲一聲地叫着："叔父啊！叔父呀！"

　　韓鐵芳聽了心中就不禁益為淒惻，覺着人生都是無常，事情皆是湊巧。自己此番西來，正事還全都沒辦，先埋葬了兩個陌生的人。究竟那病俠是不是玉嬌龍，自己還未能斷定呢，而這個瞎子的姓名自己也不知道！他感慨萬端，恨不得借那孩子的琵琶彈奏一曲，以排遣愁悶。

　　但那個紫臉的差官可又晃晃悠悠地走過來，跟他談了一陣，問他在路上的事情，並問說："你們路過白龍堆的時候，除了遇見了大風，沒再出別的事嗎？"韓鐵芳搖了搖頭，說："再沒有別的事，我覺得新疆路上，比別處還平靜呢！"差官點了點頭，他們又坐着喝了一會，就都叫劉老大給記上帳，就走了。其他的客人也多半付了酒錢走去。

　　聽劉老大跟兩個熟識的座客說："那兩個差官都是尉犁縣衙門來的，他們大概是要過白龍堆，往東邊去辦差事；可是看他們又有點害怕，現在住在薛老頭那邊。薛老頭因為這場雨，雖然沒有什麼差事，也落得清閒，可是我看他更難受了。你們想，那三間小房子，還沒有屁股大，先住下了一位老爺跟太太，就占住了他的一間房子，又有……"

　　酒客裏有一個像是跟官的人，就笑着說："你看見那位官兒太太了沒有？"

　　劉老大說："我早就認識她，每年她必要從這兒過個兩回三回的。模樣是還看得過去，可惜已經老了。她要是現在還年輕，從這兒一過，我真許連買賣都做不下去啦。"

　　那跟官的人笑了一笑，說："她的底我都知道，二十年前家兄在且末城玉領隊大臣之處當差，就見過她。那時候，她還不過是個小丫鬟，伺候着她的小姐……"

　　劉老大聽了立時就變色，連連地擺手說："得啦！得啦！你就別說了！我早就知道。"

　　那跟官的人又說："你知道的也沒有我知道的多！我家兄先是隨着玉大人到北京，後來又伺候玉大少爺，如今還伺候着。這次玉大少爺，不，現在他是大老爺了，新放的是查辦新疆巡撫治民和善，捕盜不苟的欽差大臣，正在路上往這邊來啦。我現在就是請了假，要到迪化等着見我哥哥去。"他歸了正題，又說："現在驛舍裏住的那位太太，連她的名字我都知道，她叫繡香。你別看她那樣兒，千嬌百媚的，嘿！人家真比咱們見過的世面大！"

　　劉老大又搖頭又擺手，說："算了算了！你別說，我也不聽，快點喝酒吧！我可要上門了！"

　　韓鐵芳也覺出天色已然不早，就站起身來，不禁打了個哈欠，慢慢往裏院去踱。裏院黑糊糊的，雨仍很大。他腦裏只顧了思索剛才那些人說的話，並不斷猜度着春雪瓶的為人，不防棺材就在院中停着，幾乎把他絆了個大跟頭。瞎子的姪兒還在屋裏哭，他進去溫言勸慰了一番，那孩子才算止住了悲聲。韓鐵芳就歎息着，回到自己的屋內，順手將房門一掩，摸了摸炕席上沒有什麼蟲子等等的東西，他就將身倒下了。戶外的雨仍在他耳畔低奏着樂聲，不多時他便睡去。

　　第二天雨漸微，到中午時完全停止了，天可還陰霾着。有的膽大客人，不管前面河水有多大，就套車備馬，亂紛紛地走了，可是留在這地方的人也還不少。

　　那兩個差官已經走了，而昨天那對韓鐵芳很注意的幾個人還沒有走，從一清早就來這裏喝酒，直喝到午後都沒出鋪子。他們一共是五個人，都不像是做買賣的，也不像是官人，個個都年輕體壯，眼睛發着光。他們還到後院來看了看，故意詫異地說道："喝！這院裏還有馬？還有棺材！"

　　韓鐵芳是十分地愁悶，就在門前站了一會，扭頭一望，西邊不遠，斜對面的三間瓦房就是驛舍。幾匹瘦馬拴在門前的椿上，窗子開了一扇，露出了一個中年婦人的半身，雲鬢、金首飾、絲綢襖，她將一隻手伸到窗外，接着那微蒙的雨點兒。韓鐵芳沒好意思去細看，卻料到必是那個官人之妻、丫鬟出身的繡香了。他又走出這市鎮去看了看，就見地下的水都嘩嘩地往低處流，沖得地上露出粗沙、碎石，所以倒沒有什麼稀泥。南望湖波浩浩，那湖床簡直已經變成大湖了，北眺則三四里外便是沙漠，黑茫茫的，像是一片大海。

韓鐵芳趕緊走回來，就叫人在鎮外地勢較高的地方掘坑，去抬棺材。棺材向下直漏水，死人的姪子跟着哭，劉老大還在門前燒了紙，放了兩個爆竹也都沒響，蒙古人又趕來唸經，十幾個人忙亂了一陣，就把個飄泊一生的盲樂人埋在了地下。韓鐵芳彷彿又了結了一件心事，不勝歎息着回到店裏，只聽許多人都讚歎說："這位大爺做了一件好事，真是仗義疏財，這樣的人真少見。瞎子雖死了，他的鬼魂也得知恩不忘！"韓鐵芳卻叫劉老大給他算帳，決定自己明天就走。

劉老大說："你往東去倒不要緊，往西去水可大呀！你已經在這裏住了這麼多的日子了，索性再等兩天吧！"韓鐵芳卻搖頭，說："我實在不能再耽擱了！這樣已經對不起我那朋友了。"

他把這些日子的帳目全都算清付清，只預備明天動身。此刻他身邊剩的銀錢不足三十兩，到尉犁城去的路費是足夠用了，然而將來怎麼生活，他卻一點把握也沒有。瞎子的姪子哭了半天，現在已穿上一件破油裙，替劉老大擦盤洗碗，燒火掃地，做起小夥計來了。韓鐵芳又當着他拿出了五兩銀子，交給劉老大，請劉老大替這孩子收存，以備將來他要什麼或有什麼事的時候再用。他並囑咐這孩子，在此應當勤敏耐苦，以後要學好，要誠實可靠，叫人喜歡。孩子流着眼淚不住點頭答應。韓鐵芳就回到自己的屋裏，收拾行李，磨磨寶劍，並在院中刷洗那匹馬。忙了半日，到晚飯後他就已疲倦不堪，就躺在炕上睡着了。

也不知睡了多少時候，忽然被一種聲音給驚醒。他睜開了眼睛，起初還以為是風把屋門吹開了，但繼而覺得這屋門是在慢慢地開，並微微發出吱呀吱呀的響聲，不像是風吹的。他大吃一驚，曉得門外有人，就將腿屈起一隻來，一手用力按住了炕，一手提住了劍柄，輕輕地抽。又聽見院中有人吃吃地低聲說話，馬蹄也響了兩聲，前面又有人啊呀一聲，像是劉老大，但似沒有喊叫出來就被人堵住了嘴。

韓鐵芳胸頭火起，實在抑制不住。看見門縫開得漸大，有人向屋裏一探頭，他就心說：笨賊！你當玉嬌龍的九代徒孫也不配！手一用力，身子坐起，他兩腳向炕下一跳，寶劍也嗆啷一聲抽出鞘來，就向屋外衝去。屋外的賊人將身閃在門旁，待韓鐵芳一出屋，他就倏然一刀削下。韓鐵芳早有防備，橫劍一撩，待賊人向後一退，他就逼一步反劍去刺。賊人刀短手遲，就慘叫一聲倒地。然而另外一個賊卻牽着那匹黑馬往店外跑去了。

韓鐵芳大喝一聲："別走！"便追至前面。那酒舖裏燈還未滅，桌凳參橫，有兩個賊才拿繩子將劉老大跟那孩子捆上，一見事情不好，他們就撒了手，隨着那牽馬的往外就跑，彼此還說着黑話："風緊！"有一個人才出門，腳底下一滑就坐在了地下。韓鐵芳趕出去一劍，只聽得慘叫一聲，他卻仍向前追。

前面的那個賊就把馬棄了，身子鑽進了車底下。門前尚停着五六輛車，他就一輛一輛地鑽着，韓鐵芳也無法去追了。而另一個賊被車輛擋着，無處可逃了，他就反手掄刀與韓鐵芳拼戰，刀跟劍相磕了兩聲，他就已敵擋不住。他跳到一輛空車上，韓鐵芳也追上去。他一輛一輛地跳上跳下，韓鐵芳也毫不放鬆地緊追。二人邁過這幾輛車，那人竟逃進驛舍去了。

韓鐵芳大喝："拿賊！"驛舍的窗上立時現出了燈光，有婦人之聲向外驚問說："什麼事？什麼事？"

這驛舍沒有後院，賊人進去就半天沒出來，韓鐵芳也不敢再追了，只向裏邊說："你出來！我只問問，你們剛才打的是什麼主意？絕不殺你，你放心！"問了幾聲，裏面不應聲，卻聽見屋裏的婦人驚呼。

韓鐵芳吃了一驚，情急地跑到窗前，驀然將窗推開，看見那賊人正持刀逼嚇那官眷繡香，她的男人也未在屋內。

一霎那間，韓鐵芳就如一隻貓似的飛身竄進屋內，噹的一聲，寶劍已將賊人手中的刀磕開。賊人兇悍地翻腕掄刀還要砍，但韓鐵芳的左手已將他的腕子托住，右手掄劍向他大腿上砍去。賊人發出一聲怪叫，身子向後傾倒，韓鐵芳趁勢一腳，咕咚一聲就將賊人踹出了屋門。驛吏薛老頭在外屋便大聲驚叫，那負傷的賊人在地上連滾帶爬，呻吟着，慘叫着。而屋裏的地下留下幾滴血跡，被慘黯的燈光照着。

　　這婦人繡香，用眼睛向着韓鐵芳打量了一番。她雖然是一個柔弱的婦人，剛才韓鐵芳與賊人拼鬥之時，她也是非常的驚慌，但這時她的態度已十分鎮定，好像這種拿刀動劍、流血驚呼之事，她曾經見過，這不算什麼稀奇。不過當她一手掠着雲鬢，目光向韓鐵芳的臉上掃過了兩遭之後，她竟顯出驚訝的樣子。韓鐵芳卻腦門子上掛着汗珠，敞露着的健壯胸脯有些氣喘。他手提寶劍，低下頭，很恭謹地說：“對不起！驚嚇着你了！你的丈夫現在什麼地方？得趕緊把他找來。不然，賊人絕不只是兩三個人，他們剛才已逃走了一個，潛伏在此處的還不知有多少。他們惹不過我，可是能夠再找你們來搗亂，你丈夫為什麼不在這兒？”繡香說：“他好賭錢，現在他是到東面住的人家裏賭錢去了，一會兒也就回來啦！”韓鐵芳點點頭，轉身就要出屋，不料繡香卻又叫住他，說：“這位大爺！”韓鐵芳止住步又轉過身來，正色問：“什麼事？”繡香忽然露出不好意思的樣子，說：“沒有什麼，只是我見你的武術高強，而且……很眼熟，仿佛在哪兒見過您似的？”韓鐵芳說：“太太你認錯了人啦，我是第一次到此地來。”他轉身匆匆出了屋，那受傷的賊人已帶着血爬到了驛舍外，身子臥在泥裏，如同一條死狗似的，也不能再爬了。

　　那些在店裏住的人，在人家裏寄宿的人，全都出來察看，有的還打着燈籠，拿刀握棍，把這個賊人圍住。他們不知道這是個賊，反倒說韓鐵芳特意來到此地逞威風、欺負人，他們嚷嚷着說：“捉住兇手，他不是個好東西！他欺負咱們！”當下又一陣大亂，還有人也拿刀掄棍一齊來撲韓鐵芳。韓鐵芳卻不肯亂殺，便退身又回到屋中。繡香驚慌慌地趕緊把窗戶屋門都關嚴，並急急地向韓鐵芳擺手，她尖聲地向外面嚷嚷着說：“你們先安靜一些，把事情來由弄明白再說！那人明明是個賊，是他先進屋來的，拿刀來嚇我，這個人才由窗子跳進來，救了我，傷了他。你們都不許亂鬧，不然我可要到烏爾土雅台報官了！”外面的一群人，勢如湧潮，亂嚷大罵，拿刀棍向門窗乒乒乓乓地亂敲亂砍。眼看着窗子都要被他們砍碎了，並且刀尖棍杆都已由窗子伸了進來。

　　鐵芳忿忿地說：“我到外面去跟他們理論就是了！太太你不要攔擋我，我絕不妄傷人就是！”繡香卻把韓鐵芳不住的向後去推，她又扭着頭向窗外大喊道：“你們這群人真都不要命了嗎？你們也沒打聽打聽我是誰！我是到尉犁縣看親去，年年要經過這裏。你們再亂吵，明天我可就到尉犁縣請來我那個親戚，那時看你們還吵？你們這些人可都要小心點！”末幾句話，她嚷嚷得聲音極大。就如同神話中所說的仙人把什麼定風珠、鎮海神針投到了外面，立時就把一切的風潮完全壓制住了，刀子棍子也都退出了窗子，不敢再亂敲，只有人還在低聲地商量着什麼。

　　韓鐵芳一看這情形，他不禁非常吃驚，看繡香氣得發白的一副俏容，她一點也不像將才遇盜時那樣的怯懦了。她逼至窗前索性開了窗子，向外面說：“剛才那個賊一進來，我就告訴他我是誰了，他可發兇，說他不怕。他不怕，難道你們也都不怕？你們也都想找死嗎？”只見她問，卻不見有一個回答，原來那些人都躲開了。受傷的賊人也不再呻吟怪叫了，大概不是已死，就是讓他們給抬走了。窗外卻出現了一個四十來歲胖臉的人，向繡香擺擺手，說：“得啦！得啦！算了算了！說一兩句也就完了，你還多說什麼呢？”

　　這人就是繡香的丈夫，大概官職不小，而在當地也很熟，他就混帳王八蛋地向外大罵了一陣，也沒有一個人敢還言。驛吏薛老頭倒在旁邊直勸說：“蕭老爺息息怒吧！何必跟他們一般見識？沒把太太驚嚇着也就算了！您請進屋去吧！”

　　韓鐵芳已經走出，迎面遇見了蕭差官，他就趕緊拱手，說聲：“驚擾了！”不料蕭差官卻瞪眼看着他，問說：“你是個幹什麼的？”韓鐵芳將劍藏在背後，恭恭敬敬地說：“我叫韓鐵芳，是自洛陽來，要到尉犁縣去訪友……”不料蕭差官帶怒地說道：“我也聽說啦！今天在店裏把那瞎子發葬了的大概就是你。你還會武藝，很有點俠義之風……”韓鐵芳說：“你太過獎了！”蕭差官昂着胸脯搖頭說：“不是過獎。像你這樣的江湖人，我也見過，比你本事再大的我都見過，可是你來到這兒行不開。今天你殺的那兩人，別管他們是賊不是，明天我反正要調查調查，可不准你走。你無故撞進官廳，到我女眷的房裏，這就是不規矩。姑念你年輕無知，又是河南人，咱們雖非同鄉，可也離着不遠，我寬容你這一回。你回去吧！」又拿着官腔咳嗽了兩聲，進屋關上窗子，又數說他的太太去了。

韓鐵芳氣得要回身再進屋去辯解，卻被驛吏薛老頭把他推下了台階，低聲勸着說：「韓大爺！你快回去歇着去吧！他是烏爾土雅台的千總老爺，你何必惹他呢？」韓鐵芳忿忿地說：「我不管他是什麼官，我追賊是自衛，我進他屋是為救他的家眷，我毫無他意。他用不着以勢力來壓我，我得跟他說個明白！」同時又想着，更得問問他那個太太繡香，為什麼剛才說了那幾句話，就能把那些人全都壓服下去呢？這也得打聽打聽。

他轉身一腳才登上了台階，薛老頭又拿胳臂擋住他，而那屋裏已然關了門熄燈了。韓鐵芳只好退回來，胸中充滿了怒氣與疑惑。薛老頭又勸着他，說：「回去吧！回去吧！有什麼話明天再講！」韓鐵芳只好提劍走開，找着了那匹馬，牽回店房裏。夜間，他劍不離手，防備着有人再來尋他毆鬥，可是竟無事再發生。

第二天早晨，陽光出來了，店裏平平靜靜地。還有個自稱為百戶長的人，反來給他道歉，說昨天的事是出於誤會。他們已把事情問明白了，那幾個人確是大盜半截山手下的賊眾，最近他們在銷魂嶺上遇見了春大王爺，傷了他們很多人。他們心裏懷着仇恨，想去找春大王，可又不敢去找。無意之中在這裏遇見韓鐵芳，他們認識這是與春大王同行的人，他們覺得這一個人還許不足畏懼，又想要搶奪那匹黑馬，所以才大膽下手，不料又傷了兩個人，其餘的全逃了。這百戶長話說得很明白，而且清楚，並對韓鐵芳含着敬懼之意。

韓鐵芳對他也很是客氣，雖然不知他們把那兩個受傷的賊人怎樣發落了，但昨夜的事是已經完全了結。韓鐵芳又問那蕭千總的太太究竟是怎樣的一個人，她在尉犁縣認識什麼有勢力的親戚？百戶長卻笑着說：「這件事您也就別細打聽了，反正他們做官的，別管是大官小官，別的人總對他們帶着三分畏懼。尉犁城，他們確實認識一兩個有勢力的人，可是……咳！韓大爺你就別打聽了！」說着，就告辭走了。

韓鐵芳將這百戶長送出了店門，他又向西扭扭頭，見驛舍前面正在套車呢。蕭千總頭戴着紅纓帽，身穿着春羅的官衣，威風凜凜。而那位太太繡香，又開着窗戶納涼，梳妝得十分整齊，帶着些匆匆的行意，她也向他這邊看了一看。韓鐵芳轉身進至店裏，也匆匆地備馬，繫緊了包袱，就向店主人劉老大拱手笑說：「我走了，再見，再見。」劉老大扔下了抹布，抱拳笑着說：「再見再見，韓大爺回來時，可還在我這兒歇着。一兩個月的朋友啦，以後有錢沒錢都不要緊。」韓鐵芳又拱手說：「好，好，多承關照，容日後再謝。」劉老大說：「好說，怠慢得很，一路平安。」

韓鐵芳牽馬出了店門，見這匹馬馱着兩份包袱，帶着兩口寶劍，心中卻又不禁惆悵，想着自己的那匹烏煙豹，此刻已不知被人牽往哪裏去了。他將要上馬，忽見那瞎子的姪子，抱着那面琵琶由裏面跑出來，流着淚說：「韓大爺，這個琵琶我送給你吧！我叔父死了，我也不大會彈，您……收下吧！」韓鐵芳更是慨歎。劉老大在旁也勸着他收下。韓鐵芳想了一想，就掏出了一塊銀子，說：「好吧！你就算是賣給我吧！我真不忍白白收下你這東西。你在這裏可千萬要好好做事，大約再過幾天，我就可以回來看你。」他把銀子交在那沾着許多淚的手裏，將琵琶掛在馬鞍上，又向劉老大拱手，說道：「劉掌櫃，你是個好人，我也不必多託付你了，這個可憐的孩子，求你就多照應他吧！後會有期！」他上馬揮鞭，劍鞘響着，琵琶也顛得直響。

他掠過了驛舍時，婦人在窗裏向他直着眼望，蕭千總見他的馬上有這些累贅的東西，倒不由哈哈笑了一聲。他卻不回頭，揮鞭急走。離了黃羊崗子約十里地，半路上就遇見那才從西邊跑完公事回來的驛夫爛眼三，他馬也不駐，迎着韓鐵芳大聲笑說：「韓大爺你走尉犁縣去嗎？西邊的河水都退下去了，很好走，你快去吧！那裏十五就是熱鬧的日子，哈薩克人大賽馬，秀樹奇峰一定跑第一，你快去吧！」韓鐵芳驚喜地啊了一聲，他的馬更不稍停。爛眼三滿頭是汗，兩匹馬交馳過去，彼此在馬上回身拱手，都笑着說：「再見！再見！」

馬蹄敲得如急鼓。

　　此時陰雨初晴，天光朗潔，河水漸落，地也顯得乾淨。北首的沙漠，還蘊含着陰雨之氣，所以風吹來十分潮潤清涼，太陽也一點不毒。韓鐵芳卻無暇觀看風景，他揮鞭疾疾地走，除了吃飯、投宿，絕不稍作休息。他心中只時時刻刻地想着快些見到那秀樹奇峰春雪瓶。

　　不計路程，又走了三天，他就來到了尉犁縣。他喘了喘氣，便在馬上詳看此地的情景。原來這尉犁縣是建築在孔雀河北的一座大城。至此，那橫鋪在庫魯克山陽的大沙漠就已走盡了，而那庫魯克山，山脈蜿蜒也到這裏為止。

　　這里地面極為寬廣，孔雀河由西折向東南，土地肥潤，所以索倫人和外省遷來的漢人都在此種田。又因水草豐富，蒙古、哈薩克人也都來此游牧。尉犁縣城市也頗大，因為靠近庫爾勒、焉耆縣，接近往南疆去的大路，所以不獨人口多，商業也頗為繁盛，出產有葡萄、棗子、甜瓜等瓜果，更出產牛、馬、羊、駱駝，還有紫貂、紫羔、火狐、灰鼠等獸皮，鹿茸、麝香、羚羊角等藥材也不少，尤其著名的是哈薩克人淬鐵所打的鋼刀和寶劍。

　　這些事都是韓鐵芳向店家打聽來的。他住的是城外一家名遠利的店房，四五個夥計也都是陝甘人。第一天韓鐵芳在街上走了一走，見漢人所開的買賣很多，只城外就有六七家。有一家鞋舖，他進去買了一雙鞋，聽裏邊的幾個人說的都是河南省的話，一談說起來，彼此原是同鄉，因此鞋價就格外少算。韓鐵芳來到這裏，倒一點不感覺生疏，不過，關於春雪瓶的事情，一般人也是緘口不言。韓鐵芳向店家打聽，店家都裝作沒聽見，再問時，就會做出不耐煩的樣子，笑着：“你老打聽這個幹什麼呀？”韓鐵芳又不明白春雪瓶在此是什麼情形，他或許身負重案，不敢出頭也說不定，他就不敢再問了。

　　第二天，他想着那家鞋舖裏的人既是同鄉，去問問他們，也許還不至於瞞我。於是他就去到那舖子裏閒談。掌櫃的名叫李鴻發，河南陳州人，在此經商已二十餘年，據說這是第一次遇見了同鄉，因此對韓鐵芳非常地親近。然而李鴻發聽韓鐵芳一提到了秀樹奇峰春雪瓶和春大王爺玉嬌龍，他可也吐了吐舌頭，說：“千萬別說了！其實我心裏都知道，可是我不敢開口。老鄉！這你可別惱我，就叫我關上門，偷偷跟你說，我也不敢。因為人家的本事是神出鬼沒，咱雖沒說人家的壞話，可是就許因此有性命之憂！”

　　韓鐵芳不禁有些生氣，覺得春家的人真太霸道，又聽李鴻發把聲音壓得極小，說：“本月十五，哈薩克人大賽馬。”韓鐵芳問說：“在什麼地方？”李鴻發說：“由此地跑到庫魯克山后的草原，一共是一百里，得由清晨開跑，過午才能到。你要是想見那個人，非到那兒去等着他不可，一看你就曉得他是個怎樣的人物了，我說也是說不出來。”

　　韓鐵芳點了點頭，想了半天，又問說：“難道春雪瓶本是個哈薩兒人？他是自小被玉嬌龍收養的嗎？”李鴻發變着色擺手，着急地說：“你怎麼偏要說出他的名字來呢？萬一老鄉你要在這裏出了事，我們也難救你呀！”韓鐵芳微笑了笑，就又問：“往庫魯克山后去，應當走哪一條路？請你指告我，到那時我一定去看看。”李鴻發說：“這倒很好找。你往東看那座山，那就是庫魯克山，轉過山去往北，你就看見了一片草原，哈薩克人在那裏養牛放馬。到十五那天，那裏一定擂着鑼鼓，無論誰都可以去看的。那天熱鬧極啦，一年只有兩回，這次我也想去瞧瞧呢。”說着，這李鴻發也不由得興高彩烈。韓鐵芳又問說：“若跑了第一名，有什麼便宜呢？”李鴻發說：“便宜可多極了。”

　　韓鐵芳點點頭，心想春雪瓶原是個男子，不然他賽馬幹什麼？大概他就是十九年前玉嬌龍由別的地方抱來的一個小孩，在這裏跟哈薩克人一同長大，他必然是勇猛絕倫。如果是這樣的一個人，那倒總比跟女子見面容易，而且我必要與他深交，因我二人年歲必相差不多，而且十九年來所遭遇的是同樣的命運呀！想到這裏，韓鐵芳的心頭忽又襲上了一陣悲感，與李鴻發又閒談了幾句，他就出了這鞋舖。

　　回到店房，算了算日期，距離着七月十五還有不少日子呢，這些日子，店飯錢雖然還夠用，但光陰怎麼挨？豈不要急死人？所以他每天仍出去尋訪，晚間在店房以琵琶排愁解悶。他在街上走，倒沒有人注意他，可是在店房裏一彈琵琶，立時就有人圍在窗戶外聽，縱是聽不大懂的人，也都伸着大拇指說：“彈得好！”幾天之後，他的琵琶在當地就出了名了，大家都以為他是以此為生的呢。他有時倒不禁自笑，想自己沒到那祁連山去救母報仇，卻來到這裏彈琵琶給人聽，真是沒有料及。

光陰迅速地溜過，這天已是七月十四了，店房裏驟然來了比平日多了一倍的客人，擠得都沒有地方住了。這些人是各色人皆有，都是由別處來此，專為明天看賽馬的。馬匹車輛很多，店裏容不下，都放在門外。大街上也是熙熙攘攘，街頭巷尾，酒肆茶寮，都有人談着賽馬的事。韓鐵芳尤其興奮，他預備了一身乾淨的衣服鞋襪，當日也沒彈琵琶，到晚間才過初更，他就睡下了。可是他怎麼也睡不着，他想着春雪瓶，並想，明天我把他母親死在沙漠的事告訴了他，他一定會放聲大哭，我可用什麼話勸他呢？他很是作難，心中且有些發怵似的，思索多時方才入睡。沒到天明，韓鐵芳就被店中的人吵醒。他趕緊爬了起來，換上了昨天預備好的衣服，就開門出了屋，叫店夥快給他打洗臉水，他卻跑到馬棚自己去備馬。

旁邊也有幾個人正在備馬，就問他說：「你這麼早就備馬，是要上路，還是要去看賽馬呢？」韓鐵芳就說：「我是看賽馬。」旁邊的人就笑他，尤其看他那匹馬，不由得發笑，一個就說：「今天凡是看賽馬的人，講的是自己也備着馬，騎着、追着看，那才算得起是大佬。朋友！我聽你的口音，是外地來的，你能夠自騎馬匹追着看，也算夠露臉的了。可是憑你這匹老黑馬，能跟得上嗎？只要你能跟得上最末一匹就不錯了。」說時還撇着嘴，簡直像是要打架。

韓鐵芳並不言語，心中只覺得好笑，這種土痞惡棍原來遍地皆是，這裏也不少，可氣的是他們竟不睜眼看看，這馬原來是誰騎的？他不便惹氣，只笑了笑說：「我不過是跟着看看熱鬧罷了，我自己也知道，這匹馬哪能跟他們賽呢？」旁邊的幾個人也就不再說什麼了，仍驕傲地細細地打扮着他們的馬。韓鐵芳將馬備好，就趕緊回屋去洗臉，店夥把早餐也已做得，送來了。韓鐵芳往懷裏揣了兩個饅頭，手中又拿着一個饅頭，一邊吃，一邊叫店夥鎖上了門，他就牽馬走去。出門一看，外面簡直是人山人海，都一齊往東邊奔湧，韓鐵芳的馬簡直走不開。他隨着這些人走了約有二里地，就到了跑馬的地方了，只聽得鼓聲喧嘩着，還夾着嗆嗆的鑼聲與嗚嗚的喇叭聲，這裏就是賽馬的起點。

韓鐵芳想着春雪瓶一定到這裏來了，他急於尋找，但馬卻被人擋着，不能向前走。他又恐撞倒了人，所以就緊緊地勒着韁繩，在馬上伸直了脖子看，但是只能看見無數的蠕動的人頭，卻望不見場子裏的人。有的哈薩克人回首仰着臉，瞪眼同他嚷嚷，他也聽不懂。他往四下一看，只見別人全在地下走，只有他一個人騎在馬上，他便想：莫非要是騎着馬追着看，是另有一個處所聚集嗎？他正在心神彷徨，忽見人叢中有一人向他舉手大叫，他一看，這個人胖胖的臉兒，抹着許多鼻煙，兩撇黑鬍子，啊！正是那次在森林遇見的賽八仙呼二爺。他不由大喜，高高舉了舉手，就把馬向後退。後邊的漢人衝着他大罵，哈薩克人也向他嚷嚷，韓鐵芳只是說：「對不起！對不起！借光借光！」半天，他的馬才退出了人群。

呼二爺也從人群中擠出來了。韓鐵芳就要下馬，呼二爺卻攔住他說：「別下來！別下來！我的馬也在那邊啦。我在這兒找了半天都不見你，我還以為你沒來呢。」他說話的時候笑得閉不上嘴，又向東指指說：「騎馬跟着看賽的人，早就都往那邊去了。」韓鐵芳就問說：「為什麼？莫非這裏不許騎馬嗎？」呼二爺一邊傍着韓鐵芳的馬向東去走，一邊搖頭說：「不對，不對，誰愛在哪兒看，就在哪兒看，沒有人管。只是，你既想追着看誰跑第一嘛，就得先往那邊走走。走在半路上，賽跑的馬也就來了，那時你再加鞭去追，或者還能夠看見個影子。要不然，無論誰的馬，也連人家的馬放的屁也聞不着。因為今天賽的沒有外人，全是哈薩克，每一匹馬都是由幾萬幾十萬之中挑出來的，都是千里駒。」韓鐵芳說：「好麼，秀樹奇峰春雪瓶也是個哈薩克人？」

呼二爺嚇得臉色忽變，頓腳說：「我的老爺，你好大膽子！怎麼到了這兒，你還敢說出他的名字呀？我的爸爸！我從且末城趕來，一來為看熱鬧，二來也為照應你，咱們倆人既是朋友，我能叫你在這裏闖禍？」韓鐵芳將馬勒住，微微地笑說：「不要緊，別管他的性情是怎樣暴烈，我見了他，只消幾句話，他就也能跟我交朋友。"呼二爺撇嘴說："你可別吹，他就認那麼三五個人，餘外的人是誰也不認。今天是哈薩克的千戶長送牛送馬，才把他老人家請出來的，那就誰也不敢跑頭馬了。"

韓鐵芳心裏說：好霸道！回首看看，見擂鼓捶鑼吹喇叭的那個地方，已經有了二十多匹身掛紅綠綢子的馬，有些個哈薩克還戴着新草帽，穿着雪白的衣褲，旁邊有人給搧着扇子。韓鐵芳就急問說："快告訴我，哪個是他？"呼二爺搖頭笑着說："早呢，他哪能這麼早就來。你沒聽過京戲麼？越是好角兒，越是最末出台。"

韓鐵芳垂鞭握韁，不住地發怔。呼二爺說："走吧！你在這兒站着，什麼也看不見。咱們先慢慢地走。大概走不到庫魯克山角他也就來了，那時包你細看。我一定指給你看。可是咱們得先說好了，到時你的馬必須在人家的馬二十步開外，縱使你的馬快，也不准越過前去。還得說好了，別人跑過去的時候許你嚷嚷，叫好，他要是跟過來的時候，你可千萬別作一聲！"韓鐵芳皺着眉說："誰是特地來看賽馬的？我因為有要緊的事，才來找他！許多事都非當面告訴他不可！"說到這裏，卻又自思：今天春雪瓶原是很高興的，我告訴他母親死了，他必定高興全無，立時就放聲大哭，那又何必？不如索性等他賽完了，再告訴他吧！於是不禁慨歎着，便向呼二爺點點頭說："好吧！咱們往東去吧！"

二人慢慢地往東走去，身後的鑼鼓喇叭聲漸漸聽不見了，草地越展越寬。哈薩克人是很有趣的，他們為預備今天賽馬之用的跑道，在牧畜時就劃出來界線，只叫牛馬在界線之內吃草，所以非止一日之功，竟將界線以內之草全都吃淨，成了一條五丈寬的筆直的大道。兩旁的草仍很高，牛馬如蟻，在草中只能現出脊背。蒙古包也無數，但都離着道旁很遠，那裏邊也都像沒有什麼人了。沿路遇見騎馬的人很多，都是款款而行，好些人都跟呼二爺打招呼說番話，並都對韓鐵芳很為注意。因為今天這些騎馬隨着看的，多是哈薩克，漢人實在寥寥無幾。

又走了不遠，呼二爺就尋着他的那匹馬了。也不知是他的，還是借來的，這馬全身都是深黃色，外觀上比韓鐵芳騎的這匹彷彿還好，正由鐵柱子牽着。鐵柱子跟韓鐵芳還彼此笑了笑。呼二爺上了馬，接過鞭子來，就要逞能。馬向前奔，奔出不到三十步，他就幾乎要摔下來。他收住了韁，臉色發白，不住地喘氣說："哎喲！哎喲！原來不行！我騎慣了駱駝了，馬上的本領我都忘啦，咱們還是慢慢地走吧。"

此時，那蒼翠巍峨的庫魯克山，很清楚地就在眼前，青天上白雲成團，鷹雕盤舞，也似在等候着看這場名駒馳賽。初秋的原野，風已微含涼意，但呼二爺還拿出來摺扇搧着。韓鐵芳是隨走隨回頭，他是隨走隨說："有一百多里呢！無論多麼好的馬，跑到那兒，也得喘不上氣兒。人，你還許湊合點，要像我這樣兒的，跑不到一半兒就得累死！可是跑了第一，像我，一輩子就不用算卦啦。到那邊一看你就知道啦，一張獎單子，下面寫着馬若干匹，都是什麼顏色，幾對牙，還有五十兩的元寶，至少四對……"正說着，忽聽身後有人歡聲喊嚷，韓鐵芳疾忙回頭，就見遠遠有兩匹馬馳來了，馬上的人，都穿着白色綢衣褲，頭戴大草帽，牛皮靴子蹬在馬鐙上，皮鞭緊揮，倏時即來至臨近。

韓鐵芳見這兩個人都不過三十歲，可是都有鬍鬚，就趕緊向呼二爺問："快告訴我！哪一個是飛駱駝秀樹奇峰春雪瓶？"呼二爺卻搖頭說："都不是，飛駱駝若是有鬍子，那就成了老駱駝了。"韓鐵芳這才斷定，春雪瓶確實沒有鬍子。

又往東邊走了不遠，又聽到後面有看熱鬧的在道旁歡呼叫好，韓鐵芳又趕緊回頭，卻見這回來了十二匹馬，有一個黑小子的黑馬跑在先，蹄聲如急雨似的，倏時即從他們的馬旁越過去。韓鐵芳指着那頭馬的後影，說："那馬上的就是飛駱駝秀樹奇峰？"呼二爺說："他配？飛駱駝若長得像他那麼黑，那可就成了黑駱駝了！"由此，韓鐵芳又斷定了春雪瓶長得並不黑。

他又回頭去望，見兩匹紅馬相並着馳來。他的精神一陣緊張，呼二爺也看直了眼。原來這馬上的二人全是十八九歲的少女，都是紅衣裳白草帽，小蠻靴，一個臉微黑，一個白而胖，都是哈薩克人模樣，鼻子都很高。兩人一邊笑着，一邊纖手搖鞭飛奔，如大海中來了兩片紅葉，晴天上浮起了兩朵朱雲。呼二爺急忙說："靠邊兒！靠邊兒！"韓鐵芳問說："這兩個人是誰？"呼二爺悄聲說："這兩個倒像是飛駱駝的姐妹們。"韓鐵芳緊問說："春雪瓶竟是個女子？"呼二爺說："你才知道呀？飛駱駝小王爺有一位哈薩克的姑姑，名叫美霞，嫁的是個千戶長。這兩位姑娘一名小霞，一名幼霞，自幼跟飛駱駝同玩同騎馬……"說到這裏，那兩匹紅馬早已掠過去了。他又發驚地回首說，聲音極小："看吧！來啦！靠邊靠邊！千萬只許看不許說！"

韓鐵芳振起了精神，撥轉了馬，揚眉張目向後去看。只見那些追隨看熱鬧的馬已一齊退到草地裏。

大道上飛馳來了一騎白駒，馬上的人全身潔白如雪，只有草帽的綢飄帶是粉紅色的。這就是飛駱駝秀樹奇峰春雪瓶，年紀只有十八九歲，是一位姿容絕世，神清骨秀，亦嬌亦豔的美貌女郎。她有着春花一般的臉兒，青山似的眉，靈活如水波的眼睛，高低適宜如玉墜似的鼻子，珊瑚似的小口。她的特點是清秀，不但不是哈薩克，而且也不似北方人。她另有一個特點是喜悅，雖正在策馬爭馳之時，神色卻不像旁人那樣緊張，她是從容地作含情的微笑。她更有一個特點就是華貴氣，她不俗、不野、不潑悍，也不拘謹小氣，她是大方的，如花中之牡丹，鳥中之鸞鳳，馬騎得並不太快，然而卻顯出來穩重敏捷。她全身僅有小皮靴是黑色的，而蹬的是全銀的馬鐙，馬的全身都是銀活。她沒有看人，只像一縷白煙似的就從韓鐵芳的眼前馳過。白馬絲鞭，素衣烏靴，襯以綠的原野，青的天空和高山，真叫韓鐵芳的兩眼直了，心中連說：料不到！料不到！這樣人正是春雪瓶，秀樹奇峰，如何會叫飛駱駝呢？我又怎能同着她去到沙漠起俠骨，怎配一同去報仇呢？一陣羞慚，竟要由此走回，留一封信叫店家設法轉給她，並留下病俠之遺物，而自己抱着琵琶，攜帶寶劍去走，因為實自愧不配與這樣的人見面，且不忍見這樣的人流淚。

此時，天空雲光伴着地上的馬影已經去遠了，後面又來了四五匹飛奔的馬，韓鐵芳也沒有細看。呼二爺拉了他一下，笑着說："你看見了吧？那就是飛駱駝，你可別說駱駝之名不雅，在我們蒙古人的眼中，駱駝是本領最大，也最好看、最漂亮的，才給她起了這個名字。其實我看要叫美駱駝、玉駱駝、天仙駱駝，那可更稱了。春龍大王此刻是沒有在這兒……"韓鐵芳忽然心思急轉，就撥馬揮鞭，心說：去告訴她，我是為什麼來的。詳細告訴了她，並將劍、馬、銀子衣物，一齊奉還，然後我再走，殺了黑山熊為我為她報仇。勒住多時的鐵騎，這時就像箭一般地飛着追去了，後面呼二爺大呼道："別惹事，喂！"韓鐵芳哪裏肯聽，一霎時他就趕過了前面那幾匹馬，眼看着就要趕上了春雪瓶，有四五個哈薩克人齊在後面緊追狂喊着。兩旁觀看的人也都抱不平，有的用漢語罵他，說："小子，你又不是賽馬的，你為什麼也要跟着跑？你不要命了嗎？"

韓鐵芳卻不管一切，只是揮鞭向前緊追，那春雪瓶聽見身後的人亂嚷嚷，並有蹄聲追她，以為是後面賽馬的人要趕上她了，她就也緊揮了兩下鞭子，馬如玉龍，飛騰一般地前進，她在馬上也不回頭。韓鐵芳離着她尚有兩箭之遠，他高聲呼着："秀樹奇峰！春雪瓶姑娘！你且停住！我有話跟你說！我有要緊的事……"但此時春雪瓶已將馬放開了，一霎時就趕上了小霞、幼霞的那兩匹紅馬。三馬並馳，兩邊是紅馬，夾着當中她的白馬，如三隻燕子掠地平飛，蹄聲如連珠。她們格格地嬉笑着，往前又跑了約半里，結果是白馬在前，將兩騎紅馬都拋在後面。兩位紅衣的姑娘都嬌聲地笑着、喊着，並且氣喘着。

這時韓鐵芳的馬也到了，兩位紅衣的姑娘大驚，都一齊收住馬向他來看，其中的一個且詫異地說着哈薩克的話。韓鐵芳也聽不懂，更不轉臉看，只是拼命向前追，並大聲喊說："春雪瓶姑娘！你快站住吧！"終因相離甚遠，春雪瓶仍然沒聽見，她反倒馳得更快了。韓鐵芳連氣也不緩，身子幾乎伏在馬身上了，他只是追、追、追。後面的兩騎紅馬也緊緊地追着他。

轉過了庫魯克山麓，就看見天愈寬、草原也愈廣闊，這條路可倒顯得窄了。春雪瓶騎的馬又把前面那十二匹趕過去了，那十二個哈薩克人齊都哈哈大笑。這時韓鐵芳也騎着馬緊跟着來了，他們卻嘴裏發出突突的聲音，像放炮似的，向韓鐵芳噴着，並一齊橫馬要擋道，但韓鐵芳胯下的鐵騎早已衝過。這鐵騎黑馬，矯捷得真如神龍，似是有故主的陰魂暗助，要向前去追牠的小主人。

但是春雪瓶的白駒也絲毫不讓，輕煙似的四隻馬蹄飛騰着，簡直無法看出起落。不一會兒，她又越過了最前面的那兩匹馬。那兩個有鬍子的人也一齊揮鞭爭賽，但很快春雪瓶就把他們甩下了。接着，韓鐵芳也把他們都越過去了。他們一齊大怒、大罵、緊追，兩匹紅馬和十二匹雜色的馬也都趕來，向前齊追韓鐵芳。旁邊有許多觀看的人也都幫助追截。但這黑馬就如一條烏龍，任憑誰也截不住，也趕不上。

此刻，後面的鑼鼓喇叭之聲，震耳地響了起來，那邊成千上萬的人高聲地笑着，大聲地喊着，如同卷起了萬頃的海浪，刮起了十里的沙漠風。韓鐵芳也不再叫春雪瓶了，因為他無論怎樣大聲叫，也休想讓她聽見。

春雪瓶此時距離着目的地不過一箭之遙，第一名她是穩拿了，卻不料突然之間一匹黑馬將她越過，馬上是一個身穿藍綢衣褲的少年人，而且並不是賽馬的。她不由大怒，同時又一驚，因為這匹黑馬她原來認得。此時那邊的人也看出來他騎的是春大王爺的馬了，鑼鼓喇叭之聲就都驟然停止，那千千萬萬的人都怒吼起來，真如洪濤颶風一般，向着韓鐵芳撲來。

韓鐵芳已撥馬將春雪瓶攔住，他急急地喘息着說：「姑娘已經是第一了！但我是要來告訴你，你的母親已死於沙漠，我是特來……」儘管他的嘴唇在不停地動，對方卻連一個字也聽不清。春雪瓶瞪起了眼睛，揮鞭就抽在了韓鐵芳的臉上。韓鐵芳忙用袖子一捂臉，他的臉卻已被抽破了。

那狂風大水似的人群撲了過來，全都哇啦哇啦地亂喊着番語，要來捉他。他趕緊撥馬往回就跑，一面還回身急急地擺手，嘴裏喊着。西邊的紅馬及雜色馬等又皆趕到，小霞、幼霞，及那些有鬍子的、黑臉的哈薩克們也全都怒喊着。旁邊看熱鬧的人也擁了上來。尤其是春雪瓶，她真如一個女羅剎、雌妖魔，催馬急追，不容分辯。

韓鐵芳只好將馬闖入旁邊的茂草裏，這裏的草比馬頭還高。他在馬上回過臉兒來，還嘶聲喊着說：「你們別亂嚷！聽我說……」擺手不成，他又連連抱拳，說：「我為盡友誼才來此！春雪瓶……你母親的屍骨是我給埋在沙漠裏的，我來找你……為的是還你遺物，請你去接靈……」他說着嚷着，都快要急死了。

這時那邊黑壓壓的一片人，數十匹馬也都追進草原來了，且有刀劍閃閃地舞動。韓鐵芳只好催馬分草趕緊逃跑。他不禁歎氣着，忽然他又將心一橫，說：「由他們去，死吧！我為朋友死也無悔！」這時見春雪瓶已單身在前追過來了，他剛要說話，突然覺得左肩一疼，中了一枝小箭。他又拱手說：「玉嬌龍……你母親托我來的……」胸前又一疼，原來又中了一枝箭。他身子向後一仰，馬又站起來一躍，就整個將他摔了下來。

韓鐵芳忍痛爬起來衝着亂草就跑，跑出了很遠，實在接不上氣了，就一頭躺倒在草中。他不住地呻吟着，並且流了幾滴淚，想着自己這是為了什麼？生身的母親困在祁連山裏，好容易盼得自己長大成人了，卻不去救她報仇。即使報不了仇，死在黑山熊的手裏，那也算是值得。如今卻隨着個病俠來到這邊疆絕域，連話都不通的地方。病俠死了，我給葬埋了，費盡了辛勞才找到了她的女兒，可是卻不容我說話，反倒用鞭子打我，拿弩箭射我，這真是沒有好人走的路了！

他拔出胸前的弩箭一看，幸虧這箭頭沒有她母親使用的那麼長、那麼尖，不然這一箭早就將我射死啦！左肩上中的那一枝，早已滾落了，大概也跟這枝一樣。說實在話，雖然也流出了血，可是傷得並不太重，只能算是皮膚之傷。韓鐵芳站起身來，四面都是草，什麼也望不見，可是聽得還有人亂嚷嚷着，並有女子之聲，說的都是哈薩克話，可見他們仍是不甘心，非要將韓鐵芳捉住殺死不可。他只得又趕緊將身趴下。

過了多時，聽不見搜尋的聲音了，他這才又站起來。心已漸定，氣也不喘了，力氣也恢復了一點，可是左肩跟前胸就像被蝎子螫過似的，還是一陣陣地發疼。兩隻手也有擦破之傷，衣服也撕破了幾處，他翻了翻裏衣，見自己的那塊紅羅倒是沒有丟失。

　　韓鐵芳心中就想：既然來到此地，捨出命去我也要把事情辦完，才算不負亡友病俠之托。春雪瓶多半是不會漢語，然而她畢竟是個人，既是人就絕不能不講理。我還得回店房去，那匹馬一定是被她奪回去了，這樣也好，只是病俠遺下來的東西跟寶劍還都在我的店房裏，我都得交代清楚了。如今不管玉嬌龍是不是她的母親，反正病俠自與我在靈寶縣相遇之後，沿途所說的話，所做的事，我都得一五一十地告訴她，尤其是得告訴她玉嬌龍的葬埋地點。總之，說完了我所要說的話，即使她殺了我，我也算踐了諾言，不負朋友之托了。

　　才走了幾步，忽然覺得腳底下有個軟東西，倒把他嚇了一跳，以為踏在蛤蟆身上了，可又聽不見叫喚。韓鐵芳撥開兩旁的茂草，低下頭去看，原來是來的時候自己揣在懷裏的一個饅頭，已經被踏得又髒又扁了。一看見食物，他不由又覺得餓了，就拾了起來，將皮剝去，急急地吃了。然後他就仰面辨了辨方向。這裏的草雖然高，可是擋不住西南邊巍峨的庫魯克山，於是他就雙手分着草往西南方向去走。走了不遠，在草中便出現了一條曲折的小路，他就抖了抖衣裳，放步走去。走了多時，也沒有看見一個人，只聽得兩旁的茂草裏有牛吼馬叫，但沒看見一匹牲口。

　　韓鐵芳又往前走，離着庫魯克山就不遠了，這裏就看見有幾個哈薩克人的蒙古包，都搭在山坡上。而山坡和草地上的牛馬，斑斑駁駁，一群一群的，簡直數不過來。韓鐵芳原想躲避着去走，可是他避不開，走來走去，結果還是陷於牛馬陣裏，腳底下踏的不是牛溺，便是馬糞。他尤其注意馬，見這些活蹦亂跳的鋼毛鐵鬃的大馬，真有比烏煙豹強百倍的。

　　他邊走邊想，今天雖然幾乎喪了性命，但春雪瓶竟是這樣的一個絕世的女子，也總算自己沒有白來。並且這賽馬會的第一名原應當讓我，因為我把春雪瓶全都趕過去了，病俠的那匹鐵騎實在叫人愛惜，真快！

　　忽然仰面一看天色，只見滿鋪着彩雲，真如春雪瓶的臉頰那般美麗。天色已經不早了，這一百里地自己至多才走了一半，幾時才能回到店房呢？他真想把事情快些辦完，自己好快走，好去辦自己的事，這樣耽誤着，哈薩克人明天不定又要怎樣搜拿自己了。

　　韓鐵芳四下看了看，周圍這麼多馬，恐怕連牠的主人也記不清數目，何況一個看守的人也沒有，於是心中忽然就起了一種想法，他想要騎走一匹馬。當然他只是借用，騎回到店房，設法將病俠遺物及遺囑都交代給春雪瓶，然後自己就將馬立時送回來。他想：這也不能算是偷盜吧，騎走，再送回來，至多兩日，馬主人必不會知曉。於是他就決定了，又向前走着，兩隻眼可對於馬群更加注意了，並折了一條小樹枝，準備作馬鞭子用。

　　此時，夕陽漸落，天色發紫，漸漸地便展開了深青的暮色。晚風亦起，草動馬嘶，山坡上的蒙古包也模糊了。韓鐵芳遂就大膽地抓住了一匹黑馬，然而他才一騎上，這匹馬就將脖子一扭，身子一顛，韓鐵芳咕咚一聲就摔下了。這匹馬跳躍起來，旁邊的馬也都發了脾氣，長嘶亂跳，幸虧他爬起來得早，不然一定要死於馬蹄之下。他發了一會呆，心裏才明白了，並非自己的騎術不好，原因是這些個馬全是野馬，生來沒有經人騎過，所以性情都極烈。

　　有了這經驗，他就另想着辦法。緩緩地走了幾十步，又看見了一匹白馬，他就猛撲向前，先抓住了馬鬃；這馬揚首跳躍，他卻早已跨上。他手揪着馬鬃就像揪住轡似的，任憑這匹馬怎樣性烈，也得聽他支使，當下就狂奔着一直往西，驚得那無數牲畜也齊都亂奔，馬嘶牛吼，聲如沉雷。整個的草原立時騷動起來，山坡上的蒙古包那邊也晃起了熊熊的火把。韓鐵芳一看自己又惹出禍來了，就更揪緊了馬鬃，飛似的跑去。少時就衝出了草原，跑上了那股直道，於是他便揪馬鬃，捶馬胯，順着這條道一直走去。

　　這匹馬的蹄下還從來沒有釘過鐵，所以跑起來都無聲，但極難駕馭，幾次都差點兒將他摔下來。一連向下走了四十多里，已經離開了草原，身後也沒有人追上來，眼前且有燈光閃爍。韓鐵芳實在不能騎了，他就先準備好了，將一條腿先提起來，然後斜着縱身一躍，他就如同一隻燕子飛落於地面，而那匹馬也狂奔着不知跑往哪裏去了，他的手中空握着兩把馬鬃。幸虧他跳得利便，沒有摔着，但兩腿發酸，胸前跟肩上的箭傷又隱隱地作痛，他又急又累，真想罵出來，尉犁城的人這麼不講理，馬也這麼烈，真是個怪地方！

扭頭一看，只見燈光點點，很是清楚，看來這裏離着自己住的店房大約不過一里地，他又不着急了，便坐在地下歇息着。扭頭向着縣城那邊去看，就見那邊的燈光越來越多，而且往來搖動着，他以為今天白日有賽馬會，所以晚晌也就比往日熱鬧。

韓鐵芳想：店房的何掌櫃和鞋舖的李鴻發，他們只不過口中不敢提說春雪瓶罷了，但若寫一封信，請他們交給春雪瓶，或許不難。回到店房我就給春雪瓶寫封信，詳述病俠的死況，連同包袱、寶劍，留下請他們轉交。那麼就這樣辦，辦完了，明天清晨我就走，只帶着我的劍跟琵琶走。

他雖這樣忿忿地想着，腦中卻又映出白日所見的春雪瓶俊俏的模樣，那白衣白馬，白草帽，小皮靴……驀然又想到，病俠為什麼一定叫我隨她到新疆來？就是為叫她這親近的人幫助我去報仇，而且叫我終身在這地方給她這親近的人作伴。怎麼樣地作伴呢？當然是永久住在一塊兒了。而且在路上時，病俠又曾三番五次盯問我娶妻沒有？哎呀！如今我才明白，病俠原來是這番意思！韓鐵芳想到了這裏，不禁呆呆地發怔，又咬咬牙，恨自己為什麼對病俠說假話？更恨自己為什麼要早娶那一房不遂心的妻室？

終於他長歎了一聲，心說：這是什麼事？別說春雪瓶本人必不願意，一句話還跟她講不明白呢！她恨不得將我用亂箭穿身，我還想娶她嗎？笑話！做夢！唉！即使她也願意嫁我，遵她的母命，但我騙了病俠還不要緊，不能夠再騙她！走吧！別再做夢了！捨出了我的命，說明了我是個什麼樣的人，我就走，永遠不到新疆來！

韓鐵芳仿佛立時就不能再在這兒待了，他邁着大步，迎着那些浮動的燈光走去，但是卻覺得很傷心、很惆悵。

走了一會，便來到尉犁城外的街上，見往來的人果然不少，有提燈籠的，拿火把的，都大聲說着番語，好像有什麼事似的。韓鐵芳不禁有點疑惑，兩眼發直，險些沒掉到溝裏。原來這裏有很深的陽溝，人家、舖戶所傾倒的髒水，連同雨水，全都在這裏邊流。韓鐵芳一縱身跳過了水溝，鼓着勇氣走去，一直回到了店房。可是才一進門，就見店裏十分雜亂，院中有燈光，有許多哈薩克人向着店家跳着、嚷着。籍着燈光他居然又看見了換了一身紅的春雪瓶，還有那小霞和幼霞姐妹倆，都把極長的頭髮梳成四五條小辮，在後面披着。店掌櫃說着磕磕跘跘的番語，央求着人家，急得簡直要叩頭。

韓鐵芳便挺身向前，高聲嚷着說："我來了！有什麼事我一人當，殺剮隨你們。但你們得聽我說明白了話。何掌櫃，煩你把我的話向春小姐翻一翻。我是受春大王之託……"不料他的話才說了幾句，旁邊就有哈薩克人把他揪住。他並不抗拒，昂然地接着再往下急快地說，不想他說得太快了，他的河南話連何掌櫃都聽不大懂。

春雪瓶雖然瞪眼注意地看着他，但是人太吵，還是一句也沒聽清楚。她只見韓鐵芳跳着腳大聲說着，好像是罵她的樣子。這時哈薩克人已經抽出來馬皮繩子就要將韓鐵芳上綁。韓鐵芳恐怕一被綁起來，就更難講理了，他一時情急，掄動了拳頭，乒乒乓乓一連打躺下了三個人。春雪瓶大怒，雙劍揚起，寒光逼人，如豹子一般地撲了過來。旁邊有哈薩克人擰刀向韓鐵芳就刺。韓鐵芳猛向前將刀奪了過來，春雪瓶的雙劍已到，韓鐵芳用刀一迎，鏘然震耳。他剛要說話，但劍又猛刺來了，他趕緊後退，後面也有人拿刀截住了他。沒法子，他只好嗖地一聲上了房。剛向下擺手，想再說話，春雪瓶、小霞、幼霞一律是紅衣寶劍，飛追而上。他只好又向下跳去，就跳到了大街。門前有馬，他想要抓一匹馬，騎上再講話，許講便講，不許講便逃。但三隻紅影，數道劍光，又一齊由房上飛下，逼了過來。他將馬才抓住，又趕緊放了手，只聽一聲馬嘶，不知是哪個女子，誤將劍砍在馬背上了。馬一倒下，倒把三個女子攔住了，韓鐵芳就趁勢飛奔，街上還有人要截他，抓他，也沒有抓住。他如驚弓之鳥，逃命的兔子般地急奔，不料太慌張了，忘記了地下的陽溝，就撲通一聲掉在了溝中。所幸水不深，只沒膝蓋，然而氣味難聞得很。此時上面便傳來一陣喊聲，馬蹄聲，越來越亂，溝邊並閃閃有燈火之光，嚇得他更不敢出頭。如此就在這裏邊藏了半天，上邊漸漸消停了，他才喘了一口氣。

　　奪來的刀還握在手裏，氣得他真想跳上去殺幾個人才好。他暗想：賽八仙實在說得對，春雪瓶真是不可理喻的，大概她自幼跟番人在一起長大，已養成了一種烈性。現在我沒有法子再跟她把話說明了。反正無論如何，我要將病俠的屍骨收在棺材裏，再葬埋了，我也不求生人諒我，但求對死人無愧！

　　韓鐵芳在泥溝裏走了幾步，剛要往上去躥，忽聽上面又有款款的馬蹄之聲，他就又不敢動了。又在溝裏躲了半天，忽聽撲通一聲，由上邊掉下來一塊大石頭，濺了他一臉的臭泥。他不由大怒，拼命地爬了上來，手掄帶泥的鋼刀，大罵着說：「這樣欺負我，我可就都不顧了！來，無論你是誰！」他看了看，街上已經沒有人了，模糊的月色之下，十步之外立着一個牽着馬的女子，他就一陣驚愕。

　　這女子手無兵刃，過來就先揪住他的胳臂，奪過了刀去，扔在溝裏，然後一手揪着他，連馬跳過了溝，匆匆地向草地那邊走。他倒覺着很難為情，就說：「春小姐！你先聽我說！我姓韓，是因為你的令堂病歿於白龍堆……」他看見女子穿着一身紅，梳着一共五條長辮子，身材是那麼苗條，不由得也臉紅，他一邊隨着走，一邊又說：「我來正是為告訴你這些事……」

　　忽然，他見這女子牽的是一匹紅馬，便覺得有異。而那女子又回頭嘻嘻地一笑，月亮剛從烏雲中走出來，皎潔的月光正照在她的臉上，韓鐵芳大吃一驚，原來不是春雪瓶，卻是那個臉兒微黑的哈薩克女子，她的名字好像就叫作小霞。

　　此時已離市鎮很遠了，他就奪開了胳臂，拱拱手說：「小霞姑娘，我稱呼得若不對，你可也別見怪！幸虧你能看出我不是壞人，那麼就求你去告訴春雪瓶，她的母親已經死了……」小霞聽着，卻笑着。韓鐵芳就越覺得詫異，心說：雖然死的人與她並無關係，但她也不應當就這麼喜歡呀？因之又說：「我已將她的母親，在白龍堆找了一個很好的地方暫時埋了，可是沒有棺材。她總是備棺去盛殮了，接來才好。我或是告訴她地方，或帶着她去，都可以的。誰叫我應允了亡友的囑咐！不管受多少辛苦，我也沒的可怨！只是這些話得求你先去告訴她，我可以在這裏等着，她若不願見我，我實在不敢見她。還求你勸她不要煩惱，人活百歲終須死，她的母親雖然死了，卻留下了英名，叫她別傷心。至於我在店中放着的那些東西，除了一口劍、一隻包袱、琵琶，其餘全是她母親的遺物，我一點也沒有動……」說到這裏，忽見小霞拿着一條辮子向他一掠，他趕緊又躲開了一步，心說：莫非她笑話我的身上臉上都有泥？便也微笑着說：「我實在沒想到她不懂我的話，以至我落成這樣兒。但是不要緊，只要我盡了朋友之心就好了！就算完了連我的姓名都不必告訴她。」說到這裏，忽見小霞又進前，並且歪着臉兒直笑，還說了一句番語。韓鐵芳不由得生了氣，說：「我說了半天，原來你都沒聽明白呀！你讓秀樹奇峰來好了！我在這裏等着她，或是你帶着我去！」小霞卻撇撇嘴說：「秀樹奇峰？」接着又說了句番話，並作手勢，那意思是叫韓鐵芳跟着她走。

　　韓鐵芳擺擺手，用力一奪胳臂，發起怒來，他咚的一拳就將小霞打得坐在了地下，就飛身上了那匹紅馬，放轡就走。小霞急忙爬起來，以番語怒罵着急追。她跑得極快，卻也追不上韓鐵芳的馬。此時她手中還持有皮鞭，抖起來就向韓鐵芳飛去，但是沒有打着，落在了地下。她又由地下拾起石頭塊、土塊，雨點似的追着韓鐵芳的身後亂拋，並尖聲地怒喊。但韓鐵芳騎着鞍轡齊全的紅駒，就於月色渺茫之下，嘚嘚嘚地跑遠了，霎時間便已不見。小霞氣得就坐在地下，不住地哭。

　　這時夜已深了，市街上早已沒有了人，天空飄蕩着一片片烏雲，月光忽隱忽現。剛才在市街上搜查韓鐵芳，騷擾了一陣的春雪瓶，率領着七八十名哈薩克，走在茫茫的草原上。他們以為韓鐵芳是早已逃跑了，所以就順着大道去追，追出了十餘里也沒有追着。他們又奔向庫魯克山，又搜查了一遍，聽那裏的哈薩克人說：「天暮時，草地上有人盜馬。」於是春雪瓶又持雙劍，帶着幼霞及七八十騎眾，鐵蹄幾乎踏遍了草原，也沒見到他們所要捉捕的人的影子。

　　這時月色已離了山巒，向西墜下去了，天上的烏雲越多，四周發晦，風吹動着茂草，作成一片潮聲，牛馬被驚得都亂吼亂叫。春雪瓶就將雙劍入匣，以哈薩克的言語高呼着：

“小霞，幼霞，咱們走吧！”又將鞭子一揮，仍以哈薩克的話說：“你們也就各自回去吧！”當下那些騎着馬的，在地下走着的，背着弓的，拿着刀跟劍的，舉着已經快燒完了的火把、燈籠，都累得不成樣子的哈薩克人，聽了春小王爺的吩咐，就一齊答應，各自分路在走，回各自己的蒙古包去了。一時眾人盡散，只剩下了雪瓶跟幼霞，她們卻看不見小霞了，叫了半天也沒有人應聲。她們知道小霞平時就很會偷懶，就想一定是她走在半路，怕累着，就偷偷地溜回去了。

春雪瓶這時騎的是一匹紫駿馬，同着幼霞走出了草原，就順着白日賽馬的那條大道，款款而行。雲中的月光，把兩匹馬和人的影子，模糊地印於地面，蹄聲也很輕微。她頭上的汗水，已被夜風吹乾了，只是她還有一些氣喘，這倒不是累的，而是氣的。在她的身旁邊，聰明的幼霞用漢話說這：“瓶姐！你生什麼氣？三爹爹一定不會死的！”春雪瓶卻一聲不語，心中不勝懸念着她的爹爹。（“爹爹”兩字，原是旗人對於叔父之稱，對於姑母也可以這樣叫。）

春雪瓶自從記事以來，就跟着她那像母親一般慈愛的爹爹。她只曉得她的爹爹是姓春，排行第三，有兩位伯伯都在北京，而她的爹爹卻是個未出閣的老處女。爹爹原來在北京住着，後來母親死了，爹爹一傷心，便到新疆來了。而她呢？是誰生的呢？她爹爹向來不許她問，她也不敢問，但在心中終究是一個難以打破的苦悶的謎。

她隨着爹爹生活了十九年。小霞比她大，幼霞卻比她小。她們的母親美霞姨姨，是在庫魯克山一帶養着三萬匹馬，一萬多頭牛的人，姨夫又做着千戶長的官，家中是巨富，而她的爹爹也有一萬多匹馬托姨夫代管着，所以她同她爹爹的衣食也是不發愁的。

她的爹爹春龍大王，自幼教給她騎射及劍法。她跟哈薩克人常在一塊賽馬，她爹爹從不過問。可是給她所用的弩箭卻是另一種，箭尖很短，大概是惟恐她妄傷人。她的劍法已學會了武當派中所有的奧秘，但後來她爹爹只叫她用雙劍，因為雙劍舞起來好看，自己練時也可以自娛，而不至必要找對手去試一試。她還有一位繡香姨姨，隨着那在別處作千總官兒的蕭姨夫，每年必來到她家中住些日子。繡香姨姨工刺繡，教會了她紮花兒、做針線。繡香姨姨原是爹爹的丫鬟，隨侍多年，爹爹常背着人跟繡香密談，有時還哭，大概爹爹詳詳細細的生平及自己的來歷，只有繡香姨姨一個人知曉，可惜她的嘴又那麼嚴，從來不肯吐露一句。

繡香姨姨是前幾天來的，現在住在她的家裏。自從元宵節在縣城裏看過花燈之後，第二天爹爹玉嬌龍就走了。爹爹的走是不得已的，據自己所知道，爹爹在玉門關裏，甘陝一帶，還有一個跟自己一樣的親人，是什麼關係也無人知曉，但已與他多年未見了。她的可憐的爹爹，雖然踏高山、走沙漠，驅使着數萬哈薩克，劍殺過無數的賊人，整個南疆的人無論是誰，都不敢說她們的姓名和一切的事，但有時她卻是傷心的。她傷心時與平凡的婦人一樣，能哭到半夜，任何人勸也不行。為此，累年地傷心，就使得她病了。她的病勢愈重，她的心事也就愈多，傷心也愈重，脾氣也忽好忽壞。年前又有個賽八仙給她算了一卦，說是她的那個親人現在已經長大了，住在南方，於是爹爹又動了遠遊之心。本來爹爹自述於十九年前她曾發過重誓，絕不再進玉門關。所以她也教訓雪瓶，只許在尉犁城一帶，不許往玉門關裏去。但爹爹終於違背了她的誓言，竟往玉門關裏去了。

其實自己也巴不得要跟了去，因為聽說玉門關內的地方很大，有許多省份，比這裏好，跟這裏不一樣。長江一帶風景最佳，北京景物尤其繁華。並聽說有李慕白、俞秀蓮、劉泰保、蔡湘妹等許多位武藝超群的男俠女俠。那些人除了李慕白拿過爹爹的一件東西未還，爹爹常恨他之外，其餘都是爹爹的朋友。然而爹爹騎着黑馬走時，竟不許別人跟隨。如今爹爹去後已有半截，自己的心中無時不在憂慮思念，卻不料今日竟只見馬回，不見人歸！……

春雪瓶一路上想着，不覺已回到了淒清的市街。有一個人迎面走來，向她尖厲地說着番語，那意思是：“那小子跑了！我因為馬太累了，就落在了你們的後面。不料那小子竟從草地中出來，一拳將我打下馬去，他奪了我的馬就跑了。往東南跑去了！”說話的正是小霞。

春雪瓶聽了，立時收住了馬，氣得變色。她一句話也不說，就立時撥馬要向東南去追，可是卻被幼霞給攔住了。幼霞平日就知道她姐姐嘴裏的假話太多，今天在草地上搜拿那人之時，她姐姐就曾悄悄對她說：「可別傷了他。」當時她就沒敢言語。如今她姐姐又說是馬被那人搶去了，這話焉能靠得住？說不定是她故意把那人放走了。

所以，幼霞瞪了她姐姐一眼，就勸春雪瓶說：「瓶姐！咱們別去追啦！剛才那麼些人都追不着，如今咱們兩人怎能追得上呢？我也真累啦，馬也受不了啦，再說咱們跟那人也沒有什麼大仇，何必一定要他的命呢？你別聽我姐姐的話！」這話她是用漢語說的。自幼她們跟春雪瓶在一塊兒長大，她聰明，就把漢語都學會了，而且說得很流利，她的姐姐小霞卻一句也沒學成。這時小霞已轉頭走了，走回草原上她們家的蒙古包去了。

春雪瓶確實身體也太倦乏了，而且傷心得神情頹然，就一句話也不說，蹄聲款款，隨着幼霞回到了家裏。她的家就住在市街的北頭，靠近城牆的一條小巷裏，有她們按照北京的房子樣式蓋的一所住宅，門樓雖然不大，門前卻也有拴馬椿上馬石。幼霞先下馬叩門，裏邊有看門的老家人把門開開，說：「哦！姑娘跟二姑娘回來啦！」說着趕緊出來接馬接鞭子。這老家人是蕭姨夫給薦的，在這兒看門有十年了，他是蘭州人，鬍子都白了，可是手腳還頗為勤敏。

春雪瓶懶懶地下了坐騎，摘下自己的雙劍，就隨着幼霞進了門。一進門的院子有三間房，如今是蕭姨夫住着，打的鼾聲隔着窗子都能夠聽見。再走進垂花門，院子很寬敞，早先是爹爹玉嬌龍教授雪瓶、幼霞、小霞三個人武藝的處所，東西南北有對面的房屋。此時北房中燈燭輝煌，搖動着人影，是繡香姨跟施媽在大屋裏。聽到窗外的腳步聲，她們就全都迎出來了。

雪瓶勉強地帶笑說：「繡香姨姨，您怎麼還沒睡？」繡香說：「我因為不放心呀！哪能睡得着呀？哎呀！姑娘你快進來吧，我知道那個人是誰啦！你聽我告訴你……」

雪瓶覺得很驚疑，急忙帶着幼霞進了屋，就見在西間的楠木榻上，放着寶劍和打開了的一隻包袱，裏面是金錠、銀子，及幾身男子的衣服，上面都沾着沙土。這全是爹爹的遺物，她不由得就哭了，說：「我爹爹的馬跟這些東西全都到了那個人的手裏，您說，我爹爹是被他給害死在半路上了嗎？」

繡香說：「那可不一定，你看……」她指着靠牆扔着的一面琵琶和另一口寶劍，又說：「這姓韓的人我認識，他就是我來的那天跟你說過的那個人。在黃羊崗子我遇見了半截山手下的強盜，就是這個人跳進窗去把我救了。我因覺得這人有些眼熟，第二天就打聽了一下，原來這人因為得了病，在那地方已經住了一個多月了。那店裏死了一個瞎子，就是這人出錢給葬埋的，可見這個人也是一位義俠。那裏的人就好像還有許多話都沒敢跟我說。那天，這個人就走了，黑馬上就帶着這面琵琶，這時我親眼看見的，可惜我沒想到他的馬就是你爹爹的那匹馬。剛才「遠利店」的何掌櫃送來了這幾件東西，他說這姓韓的名叫韓鐵芳，跟鞋舖的李鴻發是同鄉，原來他到這兒，就為的是找你！」

春雪瓶驚異地說：「找我？」

繡香點頭說：「對啦！他是特意來找你的。聽何掌櫃說剛才你們到店裏要打人家的時候，人家本來只擺手，要分辯，可是跟你去的那些人偏亂喊，不容人家說話。人家一定是揣了一肚子的委屈，被你們給打走了！」

雪瓶揚起眉毛來說：「據姨姨這麼一說，這人還是好意而來的？」

繡香點頭說：「我說他是好人。」雪瓶趕緊又質問說：「那麼為什麼我爹爹的馬、寶劍，和所有的東西都到了他的手裏？您還能說不是我爹爹已然死了？」說到此處，她又流下了眼淚，接着又忿忿地說：「我爹爹若是死在半路，死在店房，馬跟東西也不會到他手裏，一定是被他殺害了。」她恨恨地咬着牙。繡香卻反問說：「人家若是將你爹爹害死，還敢帶着這些東西找你來嗎？天底下能有這麼傻的人？再說這人的武藝又不太好，連你都打不過，你爹爹她是什麼樣的人？雖然她有病，可是，她還能夠吃虧嗎？」

雪瓶默默地沉思了一些時，神態就緩和了，她頓了頓腳，皺着眉，帶着悲聲兒地說：「那……您說我爹爹可往哪兒去啦？」旁邊幼霞說：「我想三爹爹一定是進了玉門關，覺得穿着男的衣裳不大好看，帶着寶劍騎着馬，也叫人看了起疑心，她就另換了衣裳雇了車，把這些東西托了這個人給送來。」雪瓶搖頭說：「不像，寶劍她絕不能不隨身帶着，金子銀子到哪裏不能用？她還必得托人給送回來？」幼霞便發着怔不言語了。

這時繡香卻不住背着身兒拿手帕拭眼睛，只有她的心裏明白，她的義同姐妹的舊主人很可能是死了。因為看這情形，如果玉嬌龍現在還活着，就只能是她已經在玉門關裏找着了她的骨肉，一同去了別處，而把雪瓶拋在這裏了。但她想這是不大近情理的：她臨離新疆時，還路過烏爾土雅台去見我，殷殷地託付我來照拂她的女兒，哪能反把雪瓶拋下呢？繡香想到了這裏，淚越發不住地流。

然而她又不敢說，惟恐雪瓶立時就哭得死去活來，所以，她拭了拭眼淚，就說：「我想是絕不可能的。你爹爹向來就愛做這種別人猜不透的事，不信，一兩天內她還許就回來了呢。」

雪瓶卻搖着頭悲泣地說：「我想她是不會回來了，姨姨你看，那琵琶也一定是我爹爹買來的。早先她時常唱歌，嘴裏時常就唸叨着「天地冥冥降閔凶」，近二年才好了一點，才不聽她再唱了。那琵琶一定是她買的，她想回家來彈着唱，好消解她的愁懷。不料她卻死在半路上，把一切的東西都拋下了！」

繡香連連搖頭，但忽然又想起了一件事，就是玉嬌龍自來到新疆之後，雖然不再提她的情人羅小虎了，其實她並未忘情。如果玉嬌龍在玉門關外重逢了羅小虎，那可就難說了，二人若是同往別處去成夫婦，她就絕不能令她的女兒知道，因為她好強，顧顏面。

二人想來想去，愁顏相對着，不知是痛哭一陣好，或是互相安慰幾句才好。室中的兩枝蠟燭已漸漸地燒殘了，所有的檀木桌椅愈是顯得陰暗，只有左壁旁的一架大穿衣鏡，和桌上的一隻銀瓶，還反射着光。雪瓶也不去睡覺，就低着頭坐着。窗戶上已經發白，隔壁人家的雞也鳴了，繡香就說：「天都快亮了，咱們也該睡了。今天還是得設法把那姓韓的找來，得跟人家客氣點，別不講理。找來了那人就可以明白啦！」

雪瓶歎了口氣，深悔昨天自己太魯莽了，怎麼可以不容人家說話就對人家那樣兇呢？遂就說：「我想是不容易找回那人了。他已奪了小霞的馬逃走，此時一定走遠了。再說叫那些哈薩克人去找，即使見了也說不清楚一句話，反倒得弄得更糟！」繡香說：「我想出幾個人來。叫你蕭姨夫，叫二姑娘……」幼霞臉紅着擺手說：「我可不去，我沒那精神！今天我得睡一天！」繡香說：「這麼要緊的事你不管，你瓶姐姐白跟你好了！你三爹爹也白疼你啦！」幼霞扭過臉說：「叫我一個人去，我不幹！」雪瓶說：「我們歇一會兒，還是一同去吧！」幼霞這才點頭。

繡香又說：「遠利店裏的夥計都是漢人，姓韓的在他們那裏住了許多天，他們全認識，可以叫他們派兩三個人去找。還有，聽說鞋舖裏的李鴻發跟那姓韓的很熟，還是他告訴人說，那人名叫韓鐵芳。我想要托他幫助找，他也不能推辭。誰要是把那人給找着，應當恭請了來，咱們還得拿出點銀子送給人家。」幼霞又擺手說：「我不要銀子。大家一塊去找，我就也去；只叫我一個人去，我不去！」

繡香曉得她是羞澀，並不是不熱心，若在平時，早就要說幾句逗一逗她了，非得逗得她臉兒通紅，趴在桌上抬不起頭來才為止。今天繡香實在沒那興趣，她就催着雪瓶跟幼霞都去睡覺，她獨自在外屋，坐對着殘燭，等候天明好托人分頭去尋找。連施媽也都回屋睡覺去了。施媽原是江南常州府的人，隨着她丈夫到新疆來做一個很小的書吏，不料走在沙漠中就遇着了盜賊，把她的丈夫殺死。她孤身徘徊於沙漠之中，幸遇玉嬌龍經過那裏，就仗義去尋找賊人，殺死賊人無數。從那次起，春大王爺之名更大。施媽也被玉嬌龍帶到了這裏，一半是僕婦一半是客，這也是十幾年以前的事了。如今施媽聽說了恩主生死不明的音訊，她也加倍地難過，就跑到西屋去哭啼，越哭聲音越大。繡香在這屋裏都聽見了，就出屋到院子裏說：「施媽！你是怎麼啦？要叫姑娘聽見了，她可怎麼受得了呀？唉！」施媽才將聲音止住。

隔牆的雄雞喔喔地啼着，天光漸亮，東方已升起燦爛的朝霞。繡香還未回到屋內，就聽見前院有人在院中呵呵地大聲打呵欠，這是她的丈夫蕭千總。他們結婚已經二十年了。早先她丈夫在瑞大臣的手下做小差使，辦事還算精明幹練。如今他快五十歲了，升了個千總，官兒雖然不大，可是權勢不小，所以就染上了賭博、好酒、喜歡喝早茶、懶惰等種種的壞習慣。雖然他們已有了兒子，但繡香看見她丈夫的這種樣子，心裏總是不太痛快的。

這時，多半是蕭千總又要去上茶館了，他只要一去，就許在那兒賭上錢，到天黑才能回來。當下繡香就追了出去，手扶着垂花門說：「你先別走！」蕭千總回過頭來，笑了一笑，問說：「什麼事？你們鬧了一夜，叫我也沒大睡好覺，現在讓我上茶館散散心去吧。我好不容易盼着一年請這麼一回假，來這兒看看親戚朋友，舒服舒服，沒想到趕上這事兒。昨天半夜裏，街上的馬蹄聲還響，那些哈薩克還在亂吵嚷，真像反了似的。也就是這位縣官，要是我做縣官，可不行！我看着都不順心，我得散散心去！」他開了門插關要走，繡香卻趕出來揪住了他，低聲說：「咱們不能淨是躲着呀！得管管這件事！」

蕭千總張着手表示作難說：「你能管？叫我可怎麼管？春大王爺春大王爺，王爺的事可叫我這千總官兒怎麼管？外邊有人敢提這個春字都怕掉腦袋！十九年啦，咱們年年來這兒住一兩個月，名兒是看親戚，其實是看主子、看王爺，我連多一聲氣兒也不敢哼。其實，連根帶底兒不是都裝在咱們兩人的肚子裏了嗎？昨兒的那件事，我就看着有點怪，那個韓某人，絕不是無來由。」

繡香趕緊悄聲問：「據你看，那個人是幹什麼來的？」蕭千總說：「我看呀，那人也是一條綠林好漢，多半是大王爺給小王爺招來的女婿。那黑馬、寶劍、包袱都是嫁妝，琵琶就是訂禮！」

繡香一聽，她丈夫說的這話倒是很有點道理，畢竟他是個官兒。自己想了一想。從十幾年前玉嬌龍就曾在私下對自己談說過，將來雪瓶婚配之事，玉嬌龍的夢想是把她的那親生兒子尋回來，給她這個女兒做丈夫。尤其是賽八仙給她算了一個卦，暗示出她的兒子是在南方，她的這種意想愈加強烈。她路過烏爾土雅台的時候，又對自己提說起了這件事，但囑咐千萬莫告訴春雪瓶，就是將來他們成了婚之後，也不要告訴他們。

不過玉嬌龍可又說過，她進了玉門關後，病勢要是更重了呢，那可就不能這麼辦了。也許遇見個少年英雄，就先給雪瓶訂婚，留下個表記，將來或叫男的來娶，或叫女的去嫁。因為無論如何，她要在自己死前給雪瓶選出來一個如意的夫婿。她並且說過，即使會着自己那親生兒子，如果那孩子因當年遇盜墮車已成殘廢，或因自幼跟隨盜匪在一塊已入下流，那不但不能叫雪瓶嫁他，自己也真能夠忍心不認！

這些玉嬌龍與她分別時所說的話，她幾乎給忘了，如今經她丈夫一提醒，一顆納悶的心忽然又開朗了，於是她就趕緊說：「你說的對，我也是這麼想着。可是暫時別跟雪瓶提這事，雪瓶那個孩子的脾氣叫人捉摸不定，誰知道她願不願意做人家的媳婦呢？今天你再去托托遠利店的何掌櫃和鞋舖的李鴻發，你們分頭去把那姓韓的找來。既然有這事兒，那姓韓的一定心不死，他絕不能走遠了！」

蕭千總把脖子一縮，說：「心還不死？昨兒小王爺那個殺法，無論是誰，他就是不死心也得被嚇破了膽，不趕緊逃命，還敢在附近繞彎兒？別說那小子，就是我，我出兵打過仗，膽子比他怎麼樣？可是，假若二十年前你那麼厲害，我也不敢娶你了！」

繡香紅了臉，笑了笑說：「那時候我可也不是好惹的。得啦！別費話，你快去給辦這件事，三小姐一生可都待咱們不錯。」她的聲音不禁又有些悲傷了。蕭千總也沒大理會，就點頭說：「這個忙是得幫呀！可是我只能叫何掌櫃跟李鴻發去給找，春小王爺的事情吩咐出來，他們絕不敢怠慢。我可是不能去找那姓韓的，找回來，她們要把人家殺了可怎麼辦？我還得跟着去打官司。我不能去，因為我多多少少也是個官。」他嘮叨着，開了門就走了，打呵欠的聲音隔着牆都能聽見。

繡香將門關好，又急急忙忙走進裏院。到了北屋，只見那東里間的木炕上幼霞睡得很香，雪瓶卻仍然在炕上坐着。繡香就故意地笑着問說：「你怎麼還不睡呀？天都亮啦！昨天白天賽馬，夜間追人，多累呀！你不睡個覺還行？快躺下吧！身子也要緊！」雪瓶仍

　　呆呆地發着怔。繡香又說："已經叫你蕭姨夫託他們找那姓韓的去了。"雪瓶一句話也沒說，只流了幾點眼淚，便倒身睡去了。

　　胡同外不斷地有大車響，天色已大亮，太陽都照到了窗戶上。繡香也睡了一會，便被人吵嚷醒了，院中有好幾個人說着番語，繡香就隔着窗說："別嚷嚷！有什麼事？"是那老家人的聲音回答說："是草地上的百戶長來啦。昨天咱們這兒的姑娘賽馬，不是跑了第一嗎？第一名應得的禮物，他們給送來了，問問姑娘收下不收下？"繡香說："不收！這兒向來不收別人的東西，難道他們還不知道？叫他們走吧！別在這兒嚷嚷！姑娘才睡着。"

　　窗外的老家人又拿番話跟他們說了一陣，接着又隔着窗戶向屋裏悄聲兒說："蕭太太！他們說姑娘昨天還贏得一名媳婦兒呢。叫她來這兒使喚好不好？"繡香說："這兒的人夠用，不必叫那媳婦兒來。昨天的事都算啦，應得的東西這裏姑娘是一概不收！"

　　老家人答應着，可又問說："他們請您給問問姑娘，今天還去追那個人不追了？"繡香說："千萬別叫他們去追！昨天還不是因為他們，才把事情給攪壞了的？"老家人說："可是，據他們說小霞姑娘是今天早晨才回去的，一個人備了馬帶着銀錢又走了，臨走時說她追不着那個人便永不回來！因此美霞太太非常着急，大概今天她還要來這兒，託咱們的姑娘給去找找呢！"

　　繡香怔了一怔，不耐煩地說："哪兒去找？除了高山就是大河，不是草地就是沙漠，去找一個人就夠難的啦，還能再去找她？不過，我倒很想念美霞太太，請她今天來吧！"

　　老家人去跟那些哈薩克人說了，哈薩克人就全都走了。繡香向裏屋聽了聽，雪瓶並沒有醒，她就慢慢地起來，略略地梳妝了，然後就將房門開開。

　　此時春雪瓶是早已醒了，剛才窗外說的那些番語、漢話，她全都聽得清清楚楚。小霞為什麼去追韓鐵芳她也明白，因此心裏不禁有些不痛快。只是昨天太疲倦了，她實在不願意起來，並且自己還是認定了爹爹已死，即使找回來韓鐵芳，他所說的必然也是兇信！她實在沒有精神，就依然躺臥着，枕畔已是一片淚跡。

　　這時，突然外面又有人說話，是蕭千總的聲音，說："好了！好了！人我全託付啦！鞋舖跟店房掌櫃的雖沒有親身出馬，可是人家把夥計都派出去啦！只要看見姓韓的，就一定能給請了來。你們先別着急。我還由街上請來了一位神仙，讓他來給咱們算算卦，問問姓韓的到底是怎麼回事，大王爺在外有什麼變故？來！我說，你出來！見見這位活神仙！"又聽有一個說北京話的人，拿着腔調兒說："卦不虛算，一算必靈！"

　　繡香開門出屋去了。里間炕上的幼霞卻忽然推了雪瓶一把，說："又是那賽八仙來啦。昨兒我可在草地上恍惚看見他啦，他跟着一個騎黑馬的，我想起來了，就是那姓韓的！"她急急忙忙跪着去掀起了一角窗簾，偷眼往外去瞧。雪瓶卻仍然躺着，但注意地聽外面的人說話，先是聽繡香說："賽八仙！你給我算一算吧！算算我們現在要找的一個人，他去往哪裏了？今天能不能找得着？他是個貴人？還是個小人？再給我們算算春大王爺，她的人馬怎麼樣？現在外是平安不平安？"

　　賽八仙當時就拿起銅錢來，嘩楞嘩楞才響了兩聲，蕭千總就把他攔住了，說："喂！喂！你先別搖，咱們把話說明白了再算。第一，你先得看看這是什麼地方；第二，你打聽打聽我是誰？第三，你想想我為什麼今天把你拉了來？這兒的大王爺是年前你的一個卦給算走了的，昨兒有很多人又都看見了你跟那姓韓的在一塊，如今這個卦，據我想，大概就是不算你也早就明白啦！乾脆咱們就免去生意口，不要裝腔作勢，最好實話實說！"

　　蕭千總是因剛才聽了茶館裏的傳言，以為那韓鐵芳來此，至少賽八仙知情，所以拉他到這裏來，先嚇唬他一下。卻不料賽八仙呼二爺是十分地從容鎮定＋。他在地下鋪了一個藍緞繡着團鶴的棉墊子，眼前放着那粘貼着許多朱紅新紙的小箱，上面放着一個木頭盤子和一個擦得很亮的銅盒子。他拿手巾擦了擦臉上的鼻煙，又摸摸八字鬍說："要是不叫我算卦，我可什麼事也不知道。我是神課，神相。昨天我為什麼跟那姓韓的一塊看賽馬呢？我本來不認識他，就因為我用相法，看出他的臉上露出晦紋來，眼前他就有殺身之禍。我們雖然不可洩露天機，可也得遇人便救，我才跟他不熟假充熟，打算耽誤他點時候，給他解去那步災難。不想他不肯聽我的話，到底還是闖出大禍來。還幸虧他五行有救，現在這個人多半沒死！」他這一番話，把蕭千總說得直發愣。

繡香便瞪了她丈夫一眼，又向賽八仙說：「你就給算一算吧！」於是施媽由屋裏搬出個凳兒來，等繡香坐下，賽八仙呼二爺就將那銅盒裏的幾個銅錢，搖了幾下，就打開盒蓋，把銅錢倒在木盤上，瞪著眼睛看那錢是正面，還是背面，然後又裝在盒兒裏再搖、再倒、再看，一連幾回。他又半閉著眼睛，口裏把金木水土火，乾坎艮震巽離坤兌，說了大半天，然後他就眉展眼開地表示算出來了，說：「那個人原來跟這裏的大王爺是好朋友，他到新疆來，專為拜訪小王爺，並沒有什麼惡意。他路過白龍堆的時候，還在沙漠裏遇見大風。」

蕭千總趕緊問說：「這是算出來的嗎？」呼二爺正色說：「剛才搖出的卦裏邊有坎，坎為水，水裏有龍，所以是白龍堆；卦裏又有巽，巽為風，所以才說沙漠裏遇見了大風。」

繡香就問：「那麼這裏的大王爺現在是生是死？」呼二爺笑著說：「哪能死呢？至少還有二十年的陽壽呢！」繡香又問：「那麼她現在在什麼地方？」呼二爺說：「這可就得說到白龍堆沙漠的那場風了。據我想，春大王爺由玉門關裏回來，半路上就遇見了姓韓的，姓韓的也會武藝，因此春大王爺很喜歡這個人，就交了朋友一同往西來。不料走在沙漠中遇著大風，二人就在白龍堆失散，因為這卦中有離卦，離為火，水火不相容，必定分離。姓韓的遍找也找不著春大王，就只好將大王的馬和寶劍都送到這兒來……」

繡香驚訝地又問：「那麼春大王爺現在在哪裏呢？」呼二爺又算了算，說：「不遠！不遠！坎為土，北方壬癸水，白龍堆北邊就是迪化城，春大王爺一定是由白龍堆冒著大風到了迪化城。可是她現在還有點病，不能立即回來，還得在迪化住些時日。迪化也有貴人相助，必不要緊。」

這半天，蕭千總聽得都發呆了，呼二爺剛說到這裏，他就跳了起來，大喜說：「真算得對！不愧是神仙！」又抱拳說：「剛才多有得罪！對不起！對不起！」趕緊叫繡香拿銀子。

這時幼霞也喜歡得趕緊放下了窗簾，她過去抱住了雪瓶，笑著說：「瓶姐你聽見了沒有？三爹爹真沒有死，在迪化啦！咱們去接她老人家好不好？」雪瓶的心裏卻仍然有點半信半疑。

少時，蕭千總把賽八仙呼二爺送了出去，他又回來，就到屋裏笑向他太太說：「我也早就猜著啦！現在北京的大少爺奉旨查辦新疆巡撫，已經到了迪化，多年未見的親兄妹，她還有不去見見的道理？見了面哪能又立時回來？咱們也快到迪化去見見吧！我也得給大少爺去請請安，求他再提拔提拔我！」

繡香也很喜歡，就說：「再等一天，看能把姓韓的找回來不能？要是找不回來，明天咱們就準備去上迪化。賽八仙那一算，我忽然想起來了，咱們這兒的那位，她是有那個脾氣的。我記得她十幾歲時跟著老太太由且末城到伊犁去看舅母，走在沙漠就遇見了大風，她就失散了，後來可又找著啦，一點也沒有舛錯。她生平最愛沙漠，她走在沙漠中常聽有人唱歌，咱們可都聽不見。她是沙漠中長大了的，近十幾年都在沙漠裏，她尤其愛看沙漠中刮大風……」蕭千總說：「別多說啦！待會兒雪瓶姑娘醒啦，咱們就告訴她，她的爹爹現在迪化城，問她要不要去？」

此時春雪瓶早已跳下了炕，歡蹦蹦地跑了出來，她高興地說：「我去！我去！蕭姨夫你快去給咱們買辦東西，加緊預備！別管今兒找得回來找不回來那姓韓的，明兒一早咱們一定走！」她又笑著說：「我要叫我爹爹帶著我逛遍了迪化城！可是……」她又納悶地向繡香說：「姨姨，我見了那……我那大伯伯，到底我應當叫他什麼呢？」

繡香就答覆她說：「見了面你只叫伯父就行啦！照著旗人的規矩是應當叫」大爺」的。」往下的話，她就不能再細說了，因為若是一說出來，就得詳談玉嬌龍的家世，而雪瓶的來歷也就成了問題，應當怎麼說呢？玉嬌龍不錯是出過閣，但嫁的卻是最不相合的魯翰林，魯家又跟春雪瓶一點也拉扯不上，說起來太麻煩。既沒法說，玉嬌龍又囑咐過無論如何也不許說，所以她就只好把話岔了過去。

春雪瓶當時就歡歡喜喜，急急匆匆地收拾行李，幼霞也高興地幫助她。蕭千總就出去辦禮物，備車去了，繡香又把許多事都吩咐了老家人跟施媽。當時大家全都興高采烈，與昨晚之馬亂人驚、疑生疑死是絕然不同了，大家都相信了賽八仙是個活神仙。

午飯後，幼霞的母親美霞就來了。這位三十多歲的哈薩克的貴婦人是帶着四名丫鬟、坐着三輛牛車來的。她對於漢話仍會得不多，而氣度卻跟滿漢的貴婦人無異。她聽說玉嬌龍現在迪化，安然無恙，她更是歡喜，但是一聽說玉嬌龍的胞兄寶恩現在也到了迪化，她卻又有點犯愁。她非常留戀多少年來的友情，惟恐玉嬌龍跟着她哥哥帶着雪瓶回北京去住，就不再到尉犁來了。

雪瓶倒是勸慰着說：「不能！我們還得回到這兒來，我爹爹她捨不得離開沙漠。美霞姨姨你就放心吧！可是，我要帶着幼霞妹妹去，好叫她陪伴着我。」

美霞對於她的兩個女兒，最是鍾愛幼霞。小霞今天走了，她並不十分掛念，但幼霞要離開她，她卻有些捨不得。想了一想，又覺得讓這孩子到大城裏去闖練闖練，見見世面也好，在這裏除了草、沙，就是牛馬，能看得見什麼呢？這孩子自幼跟玉嬌龍在一塊的日子較多，所以脾氣習慣都跟哈薩克人不同了，不如叫她去吧！迪化離着這裏也不算太遠。於是，她也就含着笑容答應了，把幼霞也樂得直蹦。

下午三四點鐘的時候，美霞就帶着丫鬟回去了。太陽的影子漸漸西去，還不見那幾個找韓鐵芳的人回來報信，雪瓶便很不放心，她想，那個人既是爹爹的朋友，我昨天對人家可太不該了。射了人家兩箭，傷雖不重，可是萬一射在致命之處，又加上那人連夜逃奔，而因此死了，豈不可憐？豈不連自己的爹爹都得對人負疚嗎？她的心裏有些亂，又回憶着那人英俊的容貌，敏捷的馬上功夫，不由得羨慕，出了半天的神。幼霞在旁說：「都帶些什麼呀？我想，是咱們喜歡的東西全得帶走，咱們到了迪化，不定得住多少日呢？還許住半年，在迪化看完了花燈才能回來呢！」

雪瓶看着桌上的銀瓶，這一隻銀製的小花瓶，早先原是她爹爹藏在箱子裏的，有時她想看，她爹爹還很生氣。她愛這隻花瓶，但又怕她的爹爹。直至兩年前，她爹爹才由箱裏拿出，允許擺在桌上，並講明了這花瓶的來歷，說：「這是十九年前在涼州府張掖縣，我自己拿出的雪花銀，叫一個銀匠給打的。不想那銀匠把銀子給換了，所以我很恨！」雪瓶笑着說：「我瞧着倒還不錯！」她爹爹就說：「那麼就給你吧！我打這瓶的意思，就是為你壓命根，取平安之意，所以我給你名字也取作雪瓶。」這是當年的事了，如今雪瓶想了起來，因為這是自己的東西，所以此次出門，也要把它帶走，便親自由桌上拿了起來，收在包袱裏。

此時繡香也在旁邊收拾東西，除了她自己帶來的幾隻包袱和一隻小皮匣子之外，她尚有一串鑰匙。鑰匙之中有一個形式很特別的，她在上面繫着一條紅絨做記號，這是十幾年前玉嬌龍交付她的。那時雪瓶已有幾歲了，可以由僕婦管理了，玉嬌龍又難耐家居的寂寞。而且那時南疆盜賊蜂起，她聽見了有許多不平之事，又得了一匹好馬，她便想重到外面去走走，索性把南疆各處都走遍，做些扶弱鋤強、行俠仗義的好事。那時正是繡香跟她住在一起，玉嬌龍臨行之時，便諄諄向繡香託付：其一是托繡香照護雪瓶；其二便是交付了繡香這個鑰匙，因恐怕自己在外騎馬、登山、過河、走沙漠、馳草原，很容易將這東西丟失，她並說：「只要我出去過了一載，還不回來時，那就是我在外出了事，也許就是死了。那麼你就更得好好收藏這把鑰匙，才能夠開那隻漆着金邊兒的牛皮箱。萬一那……那孩子當年沒有死，將來……這是做夢呀！若是幸而能遇得見，這箱子裏的東西還許用得着！」後來玉嬌龍就走了，可是她總沒有離開南疆，總是三四個月便回家來一趟，這個鑰匙和那隻箱子上的銅鎖，就從來也沒有碰到一塊兒過。半載之前，玉嬌龍又到烏爾土雅台去看繡香，二人最後訣別之時，玉嬌龍還問她這把鑰匙丟失了沒有？她還拿出來給玉嬌龍看了。玉嬌龍咳嗽着，眼角掛着瑩瑩的淚水，點點頭就騎上黑馬走了。

繡香想起這些往事，便想要看看那箱子裏的東西。她一個人又抬不動，叫幼霞來幫着她，才把上面壓的那隻箱子抬到旁邊。她用這鑰匙，將下面的漆着金邊兒的皮箱打開。她看見裏面有兩件東西，一是那件紅羅的女衣，繡香沒有掀開去看。因這件衣服代表着一段慘痛的事情，玉嬌龍曾對她詳細說過，如今她看見此物存在，也就放心了。另一件物件是一本書，也是很有歷史的了。當年玉嬌龍離開夫家魯翰林的宅子，回到家中為母守孝。她命人買來了白綾，釘成書本，在無事時就在書上寫着小字，畫那些打拳掄劍的小人。就是這本書，不過如今封面已經舊了，而且多了墨寫的四個字一行的十幾個草字。繡香便想，這倒似乎應當給雪瓶看看，因為她已學會了武藝。可是又想，既然是秘藏在箱子裏的，我也不便給她拿出來。遂就照舊將箱蓋兒蓋好，又把原來的鎖頭鎖好，叫幼霞再來幫着將那隻箱子抬了上去。

幼霞卻噘着小嘴兒說：「哼！瞎搗麻煩！」繡香神情慘暗，勉作笑容地說：「我是來翻翻箱子，看看你三爹爹給雪瓶跟你們留下了什麼嫁妝沒有？」幼霞臉紅了，扭頭叫着說：「瓶姐！你還不過來幫着我打蕭姨娘？她在說咱們壞話哩！」那邊的春雪瓶只顧了收拾她的東西，卻沒有過來。

不覺天已漸黑，施媽把茶飯送進屋來，屋中又添上了兩枝燭。三個人圍着桌子吃酒，雖然都不再發愁、不再悲傷了，可是各人的心裏好像都十分不安似的。繡香就囑咐她們兩人說：「到了迪化，可同不得在這裏，這裏是咱們的江山，縣官對咱們都有顧忌，商民人等也沒有一個不尊敬咱們的。迪化不然，那裏是省城，咱們是官員的家眷，咱們是官員得家眷，你們到了那兒，可不能跟在這兒一樣，應當處處守規矩，別叫人家笑話。尤其是雪瓶，你爹爹早先就囑咐過你，也對我說過，不願意叫你到那些大地方去，怕的是你染上那些浮華的習氣。明天咱們出的這趟門兒，也實在是萬不得已，我擔着很大的不是呢！不信，咱們到了迪化，見了你爹爹，我不但落不着一點好兒，還許挨她一頓說。我只望你們在沿路上都聽我的話，別出事，到了迪化，再求神佛保佑能夠見着你的爹爹……」

雪瓶突然停住了筷子，問說：「萬一要是見不着呢？」幼霞在旁推了她一下，說：「都快出門了，可別說這話！」但是雪瓶卻攏緊了雙眉，賽八仙的卦，自己不敢說不靈，可是以去年他給爹爹算的卦，說是什麼那人現在已然成人，住在南方，但如今也沒聽說爹爹由南方帶回來什麼人呀？

繡香聽了雪瓶的話，不由得怔了一怔，但仍勉強地笑說：「哪能夠見不着呢？賽八仙說的話都盡情盡理。我拿你爹爹過去的事一推想，我也信她是因在沙漠遇風失散，獨自往迪化去了。你別胡疑惑，我敢擔保到了那裏一定能夠見得着她！」正說到這裏，就聽外面有人說話，繡香趕緊叫施媽出去看看有什麼事，雪瓶卻放下了筷子，說：「一定是找姓韓的那幾個人回來了。」她靜心地向窗外去聽，果然施媽跟老家人都進來說：「是遠利店跟鞋舖的人來了，說是找了一天，也沒找着那姓韓的。」

繡香當時立起，開了門向外面問話。外面的鞋舖的掌櫃李鴻發就恭恭敬敬地回答說：「我們派了五個人分四下裏去找，都是走出了四五十里，每一戶人家，跟由東邊來的客人，我們都打聽遍了，也沒有一個人看見過韓鐵芳，騎着紅馬的男子也沒看到。」繡香不由得很失望，就點了點頭說：「那麼就算了吧！累了你們一天，真怪對不起的，等明天我再派人給你們道謝去吧。」外面的人都一齊帶笑客氣着說：「我們給您這兒辦事，還不是應該的嗎？哪還敢受您的謝禮。今天我們沒有找着，我們也很着急，明天我們再多叫幾個人去找就得啦！」繡香說：「也不必！那個姓韓的人一定是已經走遠了。我們找他，也只是有點事想向他打聽一下，並沒有什麼要緊的事。明天我們就要往迪化去，也許一兩月之後才能回來。在這時若是有人看見了姓韓的，頂好告訴他，請他到迪化去找我們，不然叫他在這兒等着我們回來也好。他既遠路迢迢來到這兒，因為話沒說明白就出了昨天的事，我們倒很覺得對不起他。」外面李鴻發就說：「太太的話我們已聽明白了，太太走後，我們若見着韓鐵芳也一定要拉住他，不放他走。」繡香點了點頭，又說：「可不要對人家不客氣。如若他的盤纏缺少，可以叫他上這兒來拿，我們走時一定要給家裏留下錢。」外面的幾個人都一齊答應，連說：「明白！明白！」

繡香叫老家人把他們送了出去，她自己卻又歸到座位上來吃飯。現在，尋回來韓鐵芳的希望，差不多是沒有了，只有往迪化去，一個夢似的想望，搖動着每個人的心。大家情緒全都很緊張，雖然覺得昨夜沒有睡足，可是全都不困。當晚繡香就把這裏的家務事，都交派給了施媽和那老家人。

敲過了二更，蕭千總才回來，他的精神很頹唐，可知是剛才在外賭輸了，臉又通紅，酒大概也喝得不少。他說：「全都預備好了，刨出我們原來的那輛車，我又雇了兩輛，全是青騾子、新車圍子。到了迪化城，停在欽差大人的行台前，絕保不難看。」雪瓶驚訝着說：「為什麼要預備這些車呢？」蕭千總說：「為的是讓你們坐呀！」雪瓶現出不高興的樣子，搖着頭說：「我們都坐不慣車，我們願意騎馬。」蕭千總說：「這就不對了。咱們在這兒雖然有名聲、有勢力、有錢，可究竟不是官。到了迪化，你可就是欽差大臣的外甥女了，就許跟一些官員女眷來往往往，還能穿着牛皮靴子騎着馬？那成了什麼樣子啦？得闊氣一點，大方一點，別叫人家笑話你們是鄉下人！」

繡香雖然憂慮着雪瓶到了省城容易惹上浮華，但也覺得他丈夫說的話是很對的，當下就勸了勸雪瓶跟幼霞，說：「在路上你們盡可以騎馬，但快到迪化的時候，你們千萬換上件好一點的衣裳，坐上車！」雪瓶跟幼霞就答應了。於是雪瓶又開了箱子，找了兩身旗族姑娘穿的漂亮華貴的衣裳。繡香就在燈下，給她們二人每人梳了一條長辮，還繫上紅頭繩。蕭千總卻早就到後院睡覺去了。

當夜，雪瓶的夢就飄向了遙遠之處，她夢見自己到了富麗的迪化城，並且，不獨爹爹在那裏安然無恙，快快樂樂，把由玉門關內買來的許多新奇的東西都送給了自己；並且那韓鐵芳也在那裏，她只覺得自己見了韓鐵芳很難為情……

夢既逝去，燭亦成灰，更鼓漸漸把沉沉的夜色敲破，東方的曙光又洗得窗戶發白。趕來給她們送行的人早等在外邊了。美霞太太倒沒有親自來，派來了一個百戶長，帶着兩個哈薩克，擔來了八盒食物，還有麝香、馬寶、葡萄、蜜棗等，另外還有兩把哈薩克人淬製的刃薄如紙的小刀子。

繡香一聞說送來了禮物，她就趕緊起來，開了屋門，雪瓶跟幼霞也一齊出屋觀看。看了這些本地的土產跟野物，她們都異常地歡喜，心裏都想：這些東西在本地雖不算稀奇，果子可以自己去摘，野物可以自己去打，但是一到迪化，恐怕一年半年之內也得不到這些東西了，因此都恨不得多帶去一些才好。繡香拿了賞錢，叫施媽打發走了這幾個送禮的人，她就催着雪瓶跟幼霞快去收拾。蕭千總進到院裏來嚷嚷着說：「快走啦！快走啦！門口兒都預備好啦！別磨蹭啦！再一耽誤時候，送行的、送禮的可就來得更多啦！這些東西咱們也不能多帶，帶到迪化城送人，人家也不稀罕！」他又跟繡香說，他還找來了一個使喚的人。那人是這裏酒舖給介紹的，是個閑漢，本來是甘州人，但在新疆生長大了的，會說各族的語言。那人來到此地找事沒有找成，把盤纏也輸光了，所以趁着雪瓶上迪化，他要跟着，也不要工錢，只求管飯吃就行。

繡香卻很不樂意，就向他丈夫說：「你就好弄這些閒事，招這些閒人！咱們這次赴迪化，不過是去找人、探親，人還未必找得着，親戚，這是高攀着說，人家也不一定肯見咱們的面，你就這麼大鋪張，真彷彿要到那裏升官和發財去啦！就說找個聽差的人吧，也應該找個女的……」

蕭千總不容太太說完，他就反駁說：「女的還能管溜馬、刷牲口、搬行李？你不知道咱們這兩位小姐多麻煩，非得騎牲口不可，沒個粗粗笨笨的人跟着，叫我幹？我可不是馬夫。我找的這個人外號兒叫牛脖子，性情雖有些彆扭，人可是很誠實，我們一塊在酒舖賭錢時，就看得出來。他賭得很公道，一點也不胡訛混攪，絕靠得住，不然我也不敢招惹。他在路上幫忙，咱們管他兩頓飯吃，一到迪化城各自分手。愛賞他幾個就給他幾個，不愛賞，拉倒，叫他去他的。」

繡香皺着眉說：「因為上路不能帶着閒人，這個人來歷咱們又不知道。」蕭千總哈哈地笑着說：「咱們還怕嗎？」他拍着胸脯說：「我是個千總大老爺，雪瓶姑娘是小王爺，幼霞姑娘也跟個公主差不多，你，又是官太太又是大小王爺的親戚，誰不知道？誰要是敢跟咱們生點歹心，那可真是太歲頭上動土，老虎嘴上拔毛啦！」繡香擺手說：「好好，就依你！我看看他們收拾好了沒有。」於是繡香就又進了屋。

此時雪瓶、幼霞兩人相互修飾打扮着，繡香也照了照鏡子，然後又催了她們半天，這才一齊梳妝好了。繡香穿的是藍綢衣青綢裙，幼霞穿的是白羅衣服紅綢褲，雪瓶卻是豆青色的上衣，黑綢褲子，都穿着繡花的平底鞋。三人一同出屋，就笑着吩咐施媽和老家人在這裏照料着，外邊的人進來搬東西。

雪瓶等人走出了門，就見馬已牽來了，備好了，一共是三匹：一匹是幼霞的紅馬；一匹是雪瓶的白馬，就是她前天賽馬時騎的那匹中了狀元的馬；還有就是那匹黑馬，當年她爹爹由百萬馬群之中選出來的鐵騎。這匹馬平日寄放在街上的一家馬圈裏，特別雇人餵養，爹爹用的時候便牽來騎，走遍沙漠，踏過雪山，十年來人馬不相離。如今，馬在這兒了，人呢？是不是真在迪化？她不禁有些悲傷，又恨這匹馬不會說話。

她的爹爹的馬，她不敢騎，所以寧可就拴在車的後面帶着，她卻仍騎着白馬。幼霞也騎她自己的那匹紅馬。蕭千總的馬也在街上才換了新掌，牽來了，他這匹是黃色的，他自己給提的名字叫黃驃馬。據他說，這匹馬雖然跑不快，走起路來可真穩，跟坐着轎子一樣。三輛車，繡香是坐在第一輛上；第二輛上滿裝着東西，除了趕車的沒有別人；第三輛是只有趕車的，什麼東西也沒有。

而那個牛脖子，卻既沒有馬騎，也沒有車坐。他就向蕭千總求情說：「我怎麼辦呀？」他穿着的破小褂只剩了一隻袖子，褲子雖不至於露肉，可也髒得不成樣子，腳上全是泥，倒幸虧剛跟蕭千總借了幾個錢，買了三雙草鞋，一對穿在腳上，兩雙搭在肩上。蕭千總想了一想，就說：「你就跨第三輛的車轅吧！我要不是看着你可憐，怕你飄流在這兒，真不願答應帶着你。因為帶着你，我已經落了很大的不是了！你走累的時候再去跨車轅，這輛車是給兩位姑娘預備歇腿兒的，不是為你預備的。到時候就得下來，別怕費草鞋，也別怕費你的尊腳！」牛脖子嘿嘿地答應着。

這就要走了，蕭千總忽然又想起來一件事，就急急忙忙地跑回院裏。待了一會，他把那隻琵琶抱出來了，笑着說：「反正車上有富餘的地方，就帶上它，在路上還解解悶兒！」幼霞笑着問說：「你會彈嗎？」蕭千總說：「這個有什麼會彈不會彈？我能拉呼呼，會撥弄弦子，要學這個就不難。」

馬上的雪瓶卻皺了皺眉，催着說：「快走吧！」她這句話就如同命令，車馬立時動了起來。雪瓶一馬當先，豆青的小衣被風吹得飄動着，鞍後的劍鞘擦着銀馬鐙，叮噹作響。幼霞的馬上也帶上了寶劍，兩位姑娘的長辮子都在身後顫動。在馬的後面是三輛車，最後的車上帶着那匹黑馬。蕭差官在最後，他掛上了腰刀，戴了上紅纓帽，氣派十足。

一出了胡同，大街上有許多人正等着送行，齊都說：「一路平安！」還有人用番語也表示這種意思。蕭千總就向他認識的人拱着手說：「再見！再見！」幼霞也斜着臉兒，向人們微微地笑着，顯出十分高興的樣子。雪瓶卻不笑不語，也不理人，在前領路，後面的嘚嘚馬蹄聲，轔轔車輪聲，響成一片。

那牛脖子追着跑了幾步，他的草鞋就掉了，他停住了，彎着腰，拿麻繩又繫鞋。前邊的蕭千總在馬上回頭喊說：「快着點！不然我們可就不等你啦！」那牛脖子忙忙地繫上了草鞋，又追趕上，跨上了後面的車轅，臉煞白，連氣都接不上了。當下車馬就離開了尉犁的市街，轉向北去，走上了北去的曠野。

第七回　萬里天山雙劍騰起　無邊大漠小龍飛來

　　這段曠野直通庫爾勒城，南來北往的車馬行人很多，地下塵土很厚，被秋風卷起來，刮在白衣裳上就立即變成了灰色的。蕭千總的眼睛也刮進了土，閉着眼直流淚，他就喊着說：「慢着點走吧！忙什麼呀？反正不到半個月准能趕到迪化就行啦！」

　　車上的繡香已拿出三條綢帕來，她自己蒙了一條青的，幼霞蒙了一條紅的，雪瓶蒙了一條花的。綢帕罩在烏髮之上，被風吹得飄飄地動，越發顯得她們美麗。往來的人都十分注意他們，可是一待看清楚了，便都嚇得了不得，趕緊向道旁去躲避讓路。

　　這時他們的車馬分開了，雪瓶與幼霞並騎，兩人不住地小聲兒說話。蕭千總閉着一隻眼，直罵說：「才走了這麼幾步，就有這麼大的風，要到了沙漠裏可得怎麼樣呀？」牛脖子是趕着最末的那輛車走着，他搖着頭說：「不要緊，由這兒往迪化只過黑水潭，不必走沙漠，絕遇不見大風。」蕭千總說：「我在新疆做了半輩子得官，雖沒走過大戈壁，可是迪化城也去過無數次，道路比你熟得多，我倒不怕。只是，再走幾天就得過天山，那我可真有些膽怯！」

　　一路談着話，傍午時就到了庫爾勒城，就在這裏用畢午飯，搭牛皮筏渡過了孔雀河。順着驛路偏東向北去走，卻是遍野的葡萄，葉子鋪在地下，如一片綠海似的，而每一簇的葉子底下，都掛着大串的葡萄。車大都下來掐了很多。蕭千總叫車停住，拿了他的一件舊馬褂，滿滿偷了一馬褂葡萄，說是預備沿途給姑娘們解渴的。他自己當然是大吃而特吃了，牛脖子也大解其饞，這裏也沒有人管。

　　越往北走風景就越好，果林極多，都好像沒有主人似的。日色偏西時，來到了一個小鎮，雪瓶就問說：「離焉耆府還有多少里？」趕車的答說：「還有三十多里地。」雪瓶催着說：「快走吧！為什麼不趕到大地方去歇呢？」趕車的便談虎色變地說：「狼太多！不遇着便罷，如若遇見，便絕不止一隻，至少是二三十一群，多了能有一百多。」那牛脖子跑過來說：「其實我看倒沒有什麼的，咱們車多馬多，人又多，都帶着傢伙，怕什麼？連夜走也無妨礙！」

　　雪瓶倒覺得這個人說的話膽氣很壯，就想，自己的爹爹無論是過沙漠、走高山，她常常是獨自深夜行走，可是二十年來也沒出過一點事，她從來沒說過什麼怕狼、怕虎的話，而自己也不是深夜沒走過路，哪能像車夫們所說之甚？她於是就發怒地說：「不行！不能夠歇！往下走，今天非得到焉耆府不可！」

　　這時，蕭千總早已經下了馬，並且把鞍韉都摘下來了。他搖着頭說：「我可不敢黑夜裏走，我餓啦！趁早吃飯，歇一歇是真的！姑娘可別任性，出了門就同不得在家了。那不是庫魯克山，孔雀河，那都能算咱們的家。這條路你沒有走過，絕對跟咱們那兒不一樣！」幼霞也下了馬，拉了雪瓶一下，說：「下來吧！就在這兒歇一下也好，忙什麼？早一天晚一天到迪化還不是一個樣？反正三爹爹病在那兒，她絕不能又上別處去。"繡香也下了車，笑着向雪瓶說："趕車的他們比咱們知道路上的情形，他們的話不可不聽。"蕭千總又大聲嚷嚷着說："這個市鎮也不小，為什麼不趁早在這兒找家店房，歇一夜，是又穩妥又舒服。"

雪瓶駁不過眾人的意思，也只得下了馬。她心裏卻真不高興，覺得自己只聽爹爹的話。聽繡香姨姨的話，那還是因為面子的關係，如今卻連車夫的主張都得聽從，真真豈有此理！她生着氣，雖然沒有發作，但臉兒卻往下沉着。蕭千總卻高高興興地去找店房。這裏的店房一共有四家，可都是低矮的小土房，院子也極為狹小，連馬棚的設備也沒有。三輛車雖然能夠放在門外，但雪瓶主張無論如何得把騎着的幾匹馬牽進店裏來，繫在門外，她不放心。

當下蕭千總商洽好了一家店，只把黑、白、紅三匹馬牽進院裏，其餘的騾子、馬、車輛就都停在門外。趕車的也就都預備睡在車上，那牛脖子卻手腳兒很勤敏地在院中卸馬鞍、喂草料。雪瓶看着那匹黑馬，又不禁暗想：這匹馬將我爹爹馱出了玉門關，如今只有牠獨自回到此地，人卻不見，這總不是個吉兆罷？蕭千總又指使店夥們把包袱跟行李給拿到店裏，他跟他太太繡香住一間房，雪瓶跟幼霞住在一間屋內。

晚飯後，天漸漸地黑了，屋中已點上了油燈。這油燈可比她們家裏的蠟燭暗得多了。沏了一小壺茶，姐妹倆就坐在炕頭休息着閒談。幼霞笑着說："我覺得還是出來玩好，因為能見許多事物。到迪化多住些日，叫三爹爹帶着咱們兩人到各處去玩玩，那才更好呢！我將來一定還要上一趟北京。"雪瓶也抿着嘴兒笑了笑，說："我也是想往遠地方去。"幼霞說："其實新疆也不錯，聽說東邊的地方都沒有這麼寬敞。東邊的人也羨慕到咱們這地方來，不然，你想那姓韓的，他是東邊的人，可是他為什麼能為給三爹爹送東西回來，就是到這裏？"

雪瓶聽了幼霞的話，眼前忽又浮現出那姓韓的英俊少年的影子，她深深地關心着那個人的生死，一想到這事就不禁有些痛心。幼霞突然拿手打了她一下，問說："為什麼你又皺眉？我看你心裏總是像有什麼事似的，近兩年我看你好像變了樣子。記得你十七的時候，那時我十五，三爹爹帶着咱們到山上打獵。山上滿是雪，你一個人在前跑過了兩座山，三爹爹大聲叫你，怕你滾下去跌死，你都不聽，你只是哈哈地笑。那時你還放鷹，抓狐狸……現在你簡直真成了小姐啦！"她歪着白潤微胖的臉，鼓着小嘴，瞪起明麗的眼睛看着雪瓶。

雪瓶的雙頰不禁烘起來兩朵紅雲，便也瞪起眼睛，說："你知道什麼？我的心裏不痛快！"幼霞說："這兩年你都不痛快？"雪瓶點點頭，神情黯然地說："難道你會不明白我？這兩年來，我爹爹在家除了發愁，就是生病，話又不對我明說，我的心裏怎麼能夠痛快、高興？如今……我還總有點心裏不安似的，萬一要是到了迪化，找不着我爹爹可怎麼辦？"幼霞就說："一定找得着，賽八仙的卦沒有個不靈的。"

雪瓶把眉皺了一皺，又說："還有那姓韓的……唉！"幼霞越發瞪着她，並且抿着嘴笑着，鼻子裏又哼哼了兩聲，就把臉兒低下說："我明白了！"雪瓶突然用力推了她一下，幼霞卻在炕上拿手絹捂着臉格格地笑。雪瓶劈手將她的手絹揭開，趴在她的臉邊說："你不能胡說我！我是想，姓韓的是我爹爹的朋友，他們在白龍堆遇見大風失散了，他來送東西，也是一片好意……"幼霞仍笑着。雪瓶又說："我就恨那天那些人在裏邊亂攪！"

幼霞忽然正色說："可不准你說！咱們得細細評一評。那天姓韓的在賽馬的時候攪亂，要按照我們的老規矩，就得把他弄死。他還偷了人家的馬，又搶去了我姐姐的馬……"雪瓶說："那些事我不管，不過我覺得他去找我，倒是一番好意。當時大家就應當別嚷嚷，叫他跟我說明詳情。"幼霞說："這也容易，我姐姐已經找他去啦，他絕沒有我姐姐的路徑熟，我想一定能把他捉回來。咱們由迪化回來的時候，就可以看見他了，你放心！"雪瓶說："我不是不放心，只怕你姐姐把他捉回去的時候，你們那些人一時氣忿，就許把他打死，那不是把好人給害了？"

幼霞愁悶了一會，又說："我想有我姐姐，別人不至於把他弄死。"雪瓶發着怔，對於韓鐵芳真是不勝地關懷。幼霞又笑着說："管他呢！咱們對他也不必太關心！"她又坐起來喝茶。雪瓶也不再說了，她的心一下飄到迪化，一下又飄回尉犁城，飄回庫魯克山的那片草原。

　　窗外靜悄悄地，沒有人說話，看這光景，總到二更天了。雪瓶下了炕，想去關好了門插閂，但忽然聽見院中好像有腳步聲。她就將門開了一道縫，只見天上烏雲滿布，遮住了月色，隱隱看出院中是那牛脖子，他腳上的草鞋嚓啦嚓啦地響着，慢慢地走到了那匹黑馬的旁邊。

　　雪瓶驀然開了門，問說："你是要幹什麼？"牛脖子嚇了一跳，回身看了看，說："啊呀！小王爺！啊，小姐！我是想趁着這時候把三匹馬刷乾淨了。明天就要到焉耆府，馬太髒了，要叫人家笑話。明天一清早就得走，我又沒有工夫，趁着這個時候，我……我這個人就是這樣，既吃人家的飯，花人家的錢，我就一點也不敢偷懶。"

　　雪瓶點了點頭。這時就聽外面有人輕輕地捶門，叫着："牛脖子！牛脖子！"牛脖子說："蕭老爺回來啦！"他趕緊跑了去開門。

　　雪瓶退了一步，隨手將門掩上，側耳向外偷聽，就聽牛脖子悄聲問說："怎麼樣？"蕭千總也悄聲說："還不離！就是地方太小，人太多，錢賭得倒還地道。那個坐莊的以為我是個傻老，又瞧我有錢，想要吃我。我看他做寶的時候要弄鬼，我就拿眼睛瞪住了他，他一點也沒敢做。"牛脖子趕緊又問："贏了他多少？"蕭千總說："大概贏了有五六吊吧！來，給你二百錢，買酒喝！"牛脖子道了聲謝，又問說："明天咱們什麼時候動身？"蕭千總說："天一亮就得走，因為小王爺是急性子，太磨煩了她要發脾氣！"牛脖子說："那麼我就得趕緊刷馬。"蕭千總說："好啦！只要你勤儉點，到了迪化你要是仍然沒有飯吃，我還可以給你想法子！"

　　雪瓶的屋裏此時已吹滅了燈，幼霞趴在她的耳邊埋怨蕭姨夫好賭錢，又耽誤工夫又誤事。雪瓶卻說："暫時沒法子。只要到了迪化，能見着我爹爹，咱們就同他們離開，回去時也不跟他一路。萬一見不到我爹爹，必須到別處去找，那也只咱們兩人一同騎着馬去。不能再跟他們了。"蕭千總進到屋裏，大聲叫那已經睡了的繡香，又嘩啦嘩啦地數那贏來的錢。雪瓶跟幼霞聽了全都很生氣。窗外能聽到那牛脖子慢慢地擦着的腳步聲，及輕輕刷馬之聲。窗上現出一片朦朧的月色。

　　次日早晨起來，雪瓶到院中一看，見牛脖子就躺在地下睡着，如同一隻死狗似的。那匹黑馬倒刷得很乾淨，黑毛都發着亮，可是他也只刷了這一匹，白馬和紅馬他全沒管刷。雪瓶叫店家來打洗臉水，那屋裏的繡香也起來了，不住地叫她的丈夫，連推帶叫地，半天蕭千總才醒來。地下睡的牛脖子也爬了起來，店家就問他吃早飯不吃？蕭千總卻隔着窗戶說："千萬別給預備！我們不吃，我們還要到焉耆府下館子去呢！"他邊扣着衣裳紐子邊走出屋來，反倒催着別人。他亂嚷嚷了半天，店裏店外又忙亂了一陣，這才一切都收拾好了，於是這隊車馬又於曉霧茫茫之中離開了這座市鎮。

　　雪瓶跨着白馬，穿的仍是昨日的那身衣裳，幼霞卻另換了一件小衣裳，顯得她更嬌小豔麗。雪瓶就說她："你穿得這麼漂亮幹什麼？到了焉耆府絕沒有人看咱們。這天氣，說不定待一會就下雨。"幼霞卻說："我因為那件衣裳都叫風給刮髒了，才換這件，你別以為我是為圖好看。"雪瓶笑了笑，沒再言語，便緩緩地揮着鞭，傍着第一輛車去走。沿途的草愈茂盛，果木也愈多，走了二十餘里就到了天山南麓的大城焉耆府。

　　進了城，蕭千總就先找了一家很大的飯館，讓大家進去吃早飯，他還大喝其酒。雪瓶跟幼霞憑窗看街上的景象，就見街上來來往往的車馬行人很多，馬中尤有良馬，不在她的那匹白馬之下。車輛上有插着三角形白布旗子的，上面寫着什麼什麼字號，雪瓶曉得這都是鏢車。又見往來的有哈薩克、旗、漢等穿着各式服裝的婦女，所穿的衣服也都比尉犁縣的婦女講究得多。飯畢，蕭千總喝得臉通紅，那牛脖子的一副泥臉兒在這陰霾的天色之下，卻顯得更是晦暗難看。

　　出了焉耆城，車馬向東北去走，見大道之旁又是廣漠的草原，牧民畜牧的馬匹無數，黑壓壓地撒滿了原野。雪瓶與幼霞看了，就不勝地羨慕，因為確實比她們那庫魯克山陰要壯觀得多。

因為貪看路旁的風景，傍午時又落了一陣雨，所以他們走得很遲緩，到晚間才到了庫車爾東邊的一個市鎮。蕭千總又搶先找店住下，他並向店家打聽這鎮上有沒有賭局。當晚仍無月色，那牛脖子也沒在半夜裏刷馬。次日起來，窗紙上覺得黑得很，幼霞先起來了，她開了門向外一看，一陣寒風就吹了進來，她不由向後退了一步，說：「哎喲！變天了，可真冷！下了雨啦！今天咱們還能往下走嗎？」

雪瓶很覺得詫異，因為此時實在冷得厲害，昨天的天氣還如夏季，而此時竟似深秋。她趕緊打開包袱，自己穿了一件紅灰的夾小褂，也叫幼霞多穿上點，幼霞就穿上了一件雪青色的夾衣裳。雪瓶因為沒聽見雨聲，她不信，就穿上鞋下了地，向外一看，她不由得就笑了，說：「下這麼一點點雨，咱們就不走了，那幾時才能到迪化呀？」她出了屋，只覺得陣陣的寒風把那牛毛一般的細雨灑在她的臉上，倒覺得很舒暢，而且有精神。不過天上的陰雲實在是又厚又多，連一隻飛鳥也看不見。那牛脖子大概在半夜就被雨給淋得凍醒了，現在蹲在房檐下，縮成了一團。雪瓶對這人倒不禁有些憐惜。

待了一會，蕭千總住的那屋子的門也開了，蕭千總披着一件大棉襖，一邊打着呵欠，一邊由屋中走出，他看這天氣也不住地發愁。雪瓶就說：「蕭姨夫，你要有舊衣裳，就快給這人一件穿吧！」她指着那牛脖子，說：「天氣忽然又變冷了。他穿着這身衣裳，可怎麼能跟着咱們往下走呀？」那牛脖子沒有說話，只翻着兩隻可憐的眼睛不住地看着雪瓶，又看看蕭千總。蕭千總卻搖了搖頭，說：「我們這回出來，也沒有多帶來衣裳，除了這件大棉襖，是為擋寒的，其餘都是我的官衣，他怎能夠穿？」

正說着，他的太太繡香從屋中出來了，手裏拿着一件絳紫色團龍緞子的馬褂，可都有些破了，說：「這件衣裳你還要嗎？送給他穿吧！你也別一點好事不做！」雪瓶也說：「對了！蕭姨夫你別太嗇吝了，到了迪化，我叫爹爹給你厚厚地送些禮，多送你些綢緞，你愛做多少件做多少件！」蕭千總說：「姑娘你這話簡直是罵我！我一點也沒有心疼衣裳。今天天氣冷，一來是因為這個地方靠着天山，二來因為這場雨。等雨住了，咱們過幾天到了迪化，姑娘你不信，那時還是得穿單的。牛脖子這傢伙又跟我一樣，是個賭鬼，我雖然賭，可還沒輸得當了褲子，他有了這件衣裳，就算有了賭本兒，他今天非得把它輸出去不可。輸出去了倒還好，他要是贏了錢，那咱們可就支使不動他啦！我最知道賭鬼的脾氣。」

幼霞趴着屋門笑着說：「因為蕭姨夫你就是個賭鬼嘛！」蕭千總還笑着說：「對啦！」那牛脖子就走了過來，笑嘻嘻道着謝，由繡香的手中把衣服接過去。雪瓶就叫店家預備洗臉水，做早飯，吩咐車夫們套車。

蕭千總卻搖着頭說：「今兒這天氣，怕不能再往下走了吧？」雪瓶發着脾氣說：「怎麼不能再往下走？這樣耽擱着，得幾時才能到迪化呢？無論如何也要走！」就喊着：「車戶們！快套上車！」又向牛脖子說：「備馬！」

牛脖子穿上了夾馬褂，高高興興答應了一聲，蕭千總卻連說：「不行！再走幾十里就是天山，下着雨，山路不定有多麼滑，你們又全騎着馬，那不是找着往山澗下邊掉嗎？」牛脖子說：「不至於，裏邊沒有什麼山澗。」蕭千總罵着說：「胡說八道！你來瞞我？天山六十四個山口，五百零八條山路，我全都走過。山澗多得數不過來，哪條澗都是萬丈多深，再說一到夏天雪都化了，常發山水！」牛脖子說：「這時又不是夏天。」蕭千總說：「媽的，你們知道什麼？山水從六月能發到八月節，非得凍上冰才能止。反正今天咱們不能過山，頂多走到了庫爾山，就還得歇下！」

雪瓶回到屋裏來，仍然嚷嚷着說：「無論怎樣，今天得過天山！」店夥送洗臉水進屋來，也勸着說：「您別往下走了，索性在這兒住幾天，等到天晴了，往那邊去的人多了，您這幾位再跟着過去吧！」幼霞卻說：「我知道你們開店的人就怕客人走，因為住在這兒一天，得給你一天的錢。」店夥搖頭說：「不是，我是好意，我們在這兒開店，難道還不知道這一方的情況嗎？」剛要細解說，那三個車夫已一齊來到了屋門外，都向屋裏叫着說：「小王爺！」店夥一聽見這個稱呼，就不由嚇得變了色，他偷看了春雪瓶一下，就趕緊就出去了。

雪瓶向屋外厲聲問說：“什麼事？你們別說廢話，快套上車！”外面的車夫說：“不是我們不套車，是頂多了還能再走三十里，可不能進山。因為天氣不好，山裏有大水，有強盜，又有狼！”雪瓶忿忿地說：“你們只會拿狼來嚇人，強盜跟山水我更不怕！今天無論怎樣我也要過山！你們只要能在今天把車趕過天山，六天之內能到迪化，我就加賞你們每人三十兩銀子，願意不願意？你們可快點說！”

三個趕車的一聽懸了這樣重的賞額，他們彼此又悄聲地商量着。牛脖子已急忙去備馬。蕭千總卻慌了，連說：“喂！你們可斟酌着一點，拿定了主意，別只要錢，不顧命！”趕車的人就說：“其實這雨也許下不大，山路也不是遍山都是水，也有很好走的路，山裏並且住着不少的人家。”

雪瓶在屋裏邊洗臉，聽見這話，就更着急地說：“既然這樣，為什麼不走呀？”趕車的說：“走是可以的。”雪瓶嚷嚷說：“那就別廢話！快收拾！快趕路！”牛脖子也高高興興地說：“馬這就預備好了！”此時只有蕭千總有些作難，他本來是怕到了山裏出了事，可是又扭不過眾人。而且自己也實在願意快些到迪化，見見欽差，求欽差在伊犁將軍及領隊大臣之處說兩句好話，自己這個官兒至少可以升一級。

繡香又把他拉回屋去，勸他說：“你不要再攔阻了。趕車的既說是能走，就許不至於有什麼事！”蕭千總說：“山路上滑，山裏有大水，這我倒不怕，我知道可以挑着道兒走，只是……”他變顏變色地悄聲兒說：“你是不知道，近幾個月來因為咱們那玉小姐離開了新疆，半截山、戈壁虎、藍臉鬼、馬頭神那些個大盜，又都沒有了顧忌，就像是一群妖魔離開了降魔杵，他們就都反了起來！沙漠、山路現在都很難走，不遇見了便罷，遇見了就是麻煩！”

繡香先是也變了變色，後來又搖頭說：“這倒不必憂慮，雪瓶那孩子的武藝，也不在她爹爹以下，又有幼霞幫助她。我看強盜也都不是傻子，若知道了是我們，也絕不敢下手！”

蕭千總想了又想，最後就一頓腳，說：“好！咱們就闖這一關吧！你也快收拾着！”於是連蕭千總都忙亂了起來。廚房裏的風箱也加緊地響。不多時車套好了，馬備齊了，大家就忙着吃飯。飯畢，由雪瓶從包袱裏拿出銀子，叫蕭千總開發了店錢，就一同出了店門。

這時雨絲更細，細得都看不見，非得仰面向天，才能覺得出雨來。牛脖子穿着絳紫色的團龍破馬褂，看那樣子至少也像個千總官兒，可是下面穿的那條破褲子又像乞丐，他大聲地笑着說：“這點雨，還能算是雨嗎？為什麼就不走，可也真是！”有個趕車的人也說：“這不是雨，這是山裏的霰氣變的。只要陰天的時候，走進了山裏，就是不下雨，人的衣裳也常常是濕的。”

春雪瓶抬頭向北一瞧，只見天地都變成了同一種混沌的灰色，中間有一條顏色特別深的，那就是天山，還可以隱隱看得出那山嶺起伏綿延的形勢。車馬一齊向北走，兩旁的草地浮着一層雨氣，更如一片大海似的。從草地中傳出牛吼聲、馬嘶聲，還有牧人嗚嗚地吹着笛子的聲音，但卻什麼也看不見。前後都看不見一個行路的人，更不用說車馬了。只有他們的車馬向前走着，鞭子、車輪、馬蹄的聲響交奏着、混亂着。面前霧裏的天山是越來越高，那道特別深的灰顏色也越來越顯着。走了多時，雨又落下來了，可比早晨的雨大多了，霎時馬的身上盡濕，他們身上的夾衣裳也都快淋透了。

蕭千總趕緊說：“兩位姑娘快到車裏去吧！”幼霞向雪瓶看看，問她說：“你願意上車嗎？”雪瓶卻搖頭，只叫車夫從車上把她們賽馬的時候所戴的那兩隻大草帽拿了出來。車也停住了一會，車夫們往車上蒙了油布。蕭千總趁着這個時候，把他的馬繫在車的後面，他雨把帽子上的紅纓子淋得變了顏色，便趕緊地摘了來，就拿着帽子跑到他太太的車上去了。這一會兒的工夫，雨更大了，連牛脖子都脫下馬褂來蓋在頭上。幼霞有點害怕地說：“哎喲！我的身上全濕了！”雪瓶說：“你快上車去吧！”牛脖子趕緊上前去接鞭，幼霞跳下馬來，就跑到盡後邊那輛車上，牛脖子就拉着紅馬跟着走。只有雪瓶，無論任何人勸她，她也絕不上車，並且沉着臉兒，指揮車夫們說：“快走！快走！”她的馬在前，車輛馬匹都隨在她的後面，又如同一條長蛇似的冒雨疾進。

又走了數十里，就到了天山之下。仰面望去，那山峰連着煙雨，真不知有幾千丈高，山風搖着山樹，雜以雨聲，嘩嘩地響，有如萬馬在沙漠中行走。

眼前的這條山路很寬，而且坡也不十分陡，這原是南北往來的要道，經過人力開鑿的。雪瓶催馬就往山中去走，頭一輛車上的蕭千總卻高喊着："慢着！姑娘你先慢着！"

雪瓶將馬收住，回過臉兒來，她的臉上滿是雨水，真如出水芙蓉般的美麗，她問說："什麼事兒？"蕭千總說："咱們還得商量一下，到底是進山不進山？這道山路我可走過，從現在就加快，還別迷路，別遇着山水，出了北山口也得天黑，萬一……"雪瓶不待他說完，就忿忿地說："萬一什麼呀？已經走到這裏來了，難道還要折回去？"她看出趕車的都又有些踟躕不前的樣子，她就說："都快往前走！如若不到天黑就走出了這道山，那就賞你們，連牛脖子都有賞，每人給五兩，到了迪化時再另算！"

蕭千總歎氣說："唉！你有錢就完了！"他懊喪地將頭縮進車裏，表示他不管了，由着雪瓶的性兒去辦。那牛脖子這時卻精神百倍，上了那匹紅馬，揮鞭就向山中走。雪瓶見他騎馬很利便，便很喜歡地問："你認得路嗎？"牛脖子將馬勒住，把頭上蓋着的絳紫馬褂往背後一披，昂起頭來，說："怎麼不認得路？這股山頭，我走過沒有二十回，也有十七八回啦！"蕭千總又從車裏探出頭來，高喊着說："別聽他的！他吹牛啦！這小子靠不住！"牛脖子說："真的，我要是帶錯了路，小王爺鞍旁就是寶劍，還能夠饒我？我一點也不說假話，這股路我准比趕車的還熟，閉着眼睛我也能走！"雪瓶點頭說："好吧，你找那平一點寬一點的路，帶着我們走，因為我的馬雖然什麼路都能走，車卻不能。"牛脖子說："小王爺您請放心吧，准保沒有錯兒。"

雪瓶遂就將馬向旁收了收，讓牛脖子走過去在前帶路。趕車的都回頭來看着這個同伴，都撇嘴，那意思是說：看這小子的，倒要看看他對這條路熟不熟？等他帶錯了的時候再說！

當下牛脖子騎着紅馬，鐵蹄敲着堅硬的山路往前去了。三輛騾車緊隨着。前一輛車上的蕭千總找出來一副紙牌，在手裏擺弄着。雪瓶騎着那匹黑馬，隨着最後的車邊走，並同車上的幼霞一問一答地說話。幼霞是說幾句便笑笑，並隨手撥着身旁的琵琶，發着嗬嗬的響聲。

雨聲愈來愈大，向山中又走了一會，山路就變得極窄。眼前彌漫着雨煙，一片模糊，什麼也看不見，下面是無底的深澗，也騰着雨煙，如同個雲窟似的。車馬至此不得不停。雪瓶的夾衣已經濕透，順着草帽的邊沿直向下流水，連眼睛全不能夠睜開了。

蕭千總大聲喊叫說："別走啦！別走啦！車馬要是一動彈，就許掉下去摔死！"他在車上坐着覺得懸心，顧不得他那頂新的紅纓帽子，就下了車，他站在大雨裏擺着雙手，腳連半步都不敢邁，大聲地嚷嚷着。可是他喊破了嗓子別人也聽不見，因為不僅有那瀟瀟的雨聲，還有雨擊着萬仞山岩，風搖着千棵樹木，雷聲滾在高空之上，聲音是大極了，也亂極了，即使在沙漠中遇着大風，也沒有如此的猛烈。他們的這隊車馬就全釘在了這山路之上，受着無情的風雨吹打，都僵如山石，不敢動一動，約半個鐘頭之後，雨才漸微，風力也稍弱。又多時，那濃厚的煙雲才漸漸地向遠處飄散了去。而大水都從崖上往澗中流去，轟鳴之聲，如擊巨鼓。眾人這才都如同蘇醒，有的哎喲哎喲地叫着，有的就說："這場暴雨可真是了不得！"

雪瓶的全身衣服已緊貼在身上，鬢髮也粘在臉上，大草帽早不知被風吹到哪裏去了。然而她仍然騎在馬上，並轉臉向車上的幼霞噗哧一笑，隨後又揚起鞭子來說："走吧！快點走吧！烏雲飄過去了，雨不至於再下大了！"

就見蕭千總蹲在一塊大石頭的旁邊，兩隻手揪着那山縫中生出來的一棵小樹。他全身濕得跟水老鼠一般，辮子上也沾着許多樹葉，幸虧他那頂紅纓帽繫得緊，沒有刮去，他喘了半天，忽然一扭身坐在了地下，從山石流下的雨水就沖着他的屁股。他瞪着眼，發急地說："還走呢！不要命啦？幸虧這幾個騾子跟馬還老實，要不然，早把咱們帶到澗裏摔死啦！這是玩的？你們走吧，反正我是不走啦！"

　　牛脖子的樣子此時倒不十分狼狽，他拉着那匹紅馬，又要騎上去，並笑着說："蕭老爺你上車去吧！咱們再鼓一鼓氣兒也就過去了。現在這條山路叫大雨一沖，地下的泥都沒有啦，才更好走呢！"雪瓶也有點氣，就向蕭千總說："你說不走，難道我們就都站在這裏過夜？"幼霞也說："對啦！蕭姨夫，你在這兒待着不走，難道你就不怕晚晌有狼來吃了你嗎？"三個趕車的也一齊過去拉他、勸他，都說："已經走到這兒啦，車也轉不回去啦，就乘着這時雨住了一點，再趕些路吧！如果趕不出山去，那咱們只要見着人家就投宿。這山裏的人家除了獵戶就是樵夫，倒還都靠得住。"繡香也從車中探出頭來，着急地也讓他丈夫上車，並要下來拉他。牛脖子已跨上馬往前邊走去了，回着身大聲嚷着說："走吧！往前邊不遠就有人家，那地名兒我都知道，叫做紅葉谷，大概那邊還有店房。"

　　蕭千總聽了這話，才慢慢地站起身來，他直着眼向雪瓶說："姑娘！咱們可得把話說明白了，到了那紅葉谷，咱們可一定歇下。半夜裏有狼闖到山谷裏把我吃了，我都不怨你，反正我是不能再往下走了。我真怕掉在澗裏！我比不了你。你是你爹爹傳授來的，你們都是異人！"雪瓶把眼一瞪，就揮鞭說："別多說了，走吧！"

　　蕭千總垂頭喪氣地又上了車，繡香又不住地埋怨他，他也顯出很後悔的樣子，覺得是得罪了雪瓶了，就想找着話兒跟雪瓶說。雪瓶也無暇答理他，只催着車馬快往前進，她的意志並沒有為這場暴雨所折，還是要當日就走出北山口。於細雨簌簌之下，這對車馬就又動了起來，馬蹄、車輪磨着新洗的山口，發出清脆的聲音。

　　轉過了幾道山環，越過了兩重峻嶺，雨雖未再下大，可是雲氣很低，對面五步之內全都看不見人。雪瓶也覺出有些危險，馬也不敢快走。這時水聲極大，趕車的人就說："這一定是雨水勾上山水了！恐怕走不過黑龍頭了。"雪瓶問："黑龍頭是什麼地方？"趕車的說："黑龍頭是一座山，轉過那道山是一條曲曲彎彎的下坡路，再走四十里就出了北山口啦！"車上的蕭千總說："算了吧，那四十里我可寧死也不走啦！要被大水沖走還不如被狼吃了呢！"

　　又轉過了一道山嶺，往下面看就有一座低谷，四下的雨水都向下流。下面卻在輕煙之中隱着一片綠色，且能看得出來有許多屋頂，隱約聽得見幾聲犬吠。趕車的說："這裏就是紅葉谷了。"蕭千總在車上聽見了，就急忙說："停住吧！停住吧！"那牛脖子在前邊卻仍不下馬，他說："向前走吧，天色還很早！這時山水之聲也小了點，大概黑龍頭能走得過去！"蕭千總怒罵道："王八蛋！你他媽的命不值錢，老爺還有一大家子人呢！誰跟你去送命？王八蛋！不是我心好，能叫你跟着我們走？還能給你馬褂穿？"三個趕車的一齊向雪瓶哀求，說："小王爺！咱們不如就在這兒投宿吧？這兒也還穩妥。天不早啦！往下可真不好走，反正明天晌午，我們一定把車趕出山口，五六天准到迪化就是啦！"幼霞也皺着眉對她說："你瞧你身上多麼濕，也得小心凍出病來！真別走了。"

　　雪瓶也覺得難違眾意，她就說："谷這麼低，車輛能夠下去嗎？"趕車的說："能下去，那邊有路，一輛車足可以走得過，因為這紅葉谷也不是個小村子。早先這兒也還有座官廳呢。有一位老爺帶着幾個兵，為是鎮守這股山路，免得官車有閃失。前二年才裁了的。"蕭千總已經下了車，連說："道兒很好，趕車的，你們給找道兒往下趕吧！到了下邊，有店咱們住店，沒店咱們在人家住宿，好在咱們車上是女眷，住在人家裏也沒有什麼不方便。"

　　於是第一輛車上的趕車的人就下車步行着，揪着騾子向前走。山路曲曲彎彎地向下延伸，可是並不顯得十分斜陡。少時車就停住了，趕車的說："只能停在這兒，不能再往下趕了，要不然明天早晨走的時候，車可沒法子轉過來。"雪瓶也下了馬，牛脖子正要去解那匹黑馬，雪瓶叫了他一聲，他才趕緊過來，把白馬也接過去。他眼睛吧嗒吧嗒的望着雪瓶，齜着黑牙笑說："看！小王爺你身上的衣服全都濕啦！"雪瓶沒有理他，自己解下馬上的濕包袱和寶劍。蕭千總攙着他的太太，又大聲嚷嚷，叫車夫們別淨忙着卸騾子，先幫着拿一拿車上的東西。

　　此時谷裏的那些戶人家已聽見上面的雜亂聲音了，狗汪汪地亂叫，有三五個村民也迎上來看。蕭千總就在前面，先是客氣地說着："驚擾！驚擾！"然後就拿起當官的勢派說："我是個千總，我們這幾位堂客全都是欽差大臣的官眷。我們都是要上迪化去的，遇見雨了，當天趕不出山去啦，只好打攪打攪你們貴村，騰出幾間房子來叫我們住了。"

村裏的人見他頭上戴着紅纓帽，就有點害怕，又看見了車、馬、騾子一大群，和雍容華貴的太太、小姐，他們就更不敢怠慢了。於是有兩個人迎上來，連連帶笑說："成！成！今天是貴人來了，我們哪敢不接待？只怕我們這地方太窄，叫老爺太太們受屈！"又有兩三個人跑回去嚷嚷着報信。一會兒村裏的媳婦、大姑娘、小孩子、老頭子、老婆婆們都爭着出來瞧。上面的車夫們也亂忙着，尤其是牛脖子，他一個人拉着四匹馬，到小山溝裏去飲那尚在潺潺流泄的雨水。

大家談話紛紛，襯着山谷的回音，愈顯得雜亂。少時，漸漸地靜下來。三個趕車的都把車卸好，騾子也餵過了。他們有的躺在車裏，有的坐在山石上，抽着旱煙，說着閒話。村中的樹木仍彌漫着雨煙，天空還隱隱滾着悶雷。幾條大狗還向着山路上的車馬人等亂咬，牛脖子就拾起石子來打狗。

村裏卻靜靜的。雪瓶、繡香、幼霞等人，都分宿於村民的家裏。這座幽谷山村，人家約五十戶，居民都是由陝甘兩省遷來的。這裏開闢着幾十畝山田，飲的是泉水，種着果樹，還有一家小舖，賣酒賣鹽，真似世外桃源一般。這裏的房子雖都是拿石塊石片建築而成，經過了這場大雨，也還沒漏、沒塌。屋裏也有拿木頭搭成的床，床上也鋪着乾草，但居民卻都窮困得很。男人都赤着背光着腳，女人的身上也很少有不破的衣服。

他們因為在一個地方住不下，就分在兩處住，雪瓶跟幼霞住的人家姓張，蕭千總夫婦住在隔壁的胡姓家裏。胡家的男子是個獵戶，他說山上有狼，趕車的那些人睡在那裏不大妥，他就也給趕車的和牛脖子都找了住處。騾馬也全牽到谷中，繫在樹上，叫幾條大狗看守着，山路上只停着三輛空車。

這時離着天黑尚早，幾個人家都燒柴熱水做飯，男人跟女人都忙着。一大群小孩子也張家跑跑胡家跳跳，看看穿着綢緞衣裳的大姑娘，又看看那位老爺。蕭千總此時已換了一身半新的官衣，躺了半天，心也靜啦，疲倦也歇過來了。村民給他做了飯，有黑麵餅子鹿肉脯，還有半砂碗酒，他吃了喝了，心裏也十分知足。外面有風冷，屋裏又太悶氣，他就索性穿上件大棉馬褂，坐在院中的一塊濕石頭上乘風涼。他仰了仰臉，覺得雲氣很低，仿佛上面蓋着個棉被，可是一滴雨點也沒有。山風搖着樹木陣陣地響，高處的雨水向下流着，發出錚錚的音樂之聲。

蕭千總聽了半天，心中非常地高興，就從屋裏抱出來那隻琵琶。他起先是胡彈胡撥，後來也彈奏出來兩句小曲，他高興極了，又唱起來："正月裏來正月正，我與小妹逛花燈。"繡香在屋裏嚷嚷着說："你唱的是什麼呀？多難聽！咳！別唱也別彈啦！人家心裏有多麼不高興呀，誰能像你？你想發脾氣就發脾氣，想樂就樂！"蕭千總便放下了琵琶，跟這裏的主人要了一杯茶喝着。這裏樹葉子煮的水，就算是茶，他可真的喝不慣。

此時牛脖子穿着絳紫的破馬褂又來了，他也喊在屋中太悶得慌，雲太低，壓得人喘不過氣兒，不如到外面來涼爽。並說他寧可在外面睡一夜看馬，也不願在屋裏睡。又不知他從哪裏借來的一桿五股鋼叉，叉柄上還有兩個鐵片，一搖起來，就嘩啦嘩啦地亂響。

蕭千總笑着說："你小子來唱一齣'金錢豹'吧！"

牛脖子也不懂金錢豹是個什麼東西，他只把叉使勁地搖着，說："今天晚上我要拿着這桿叉防狼。如果我要叉死一匹狼，剝了皮，一定送給蕭老爺你，到冬天做個狼皮褥子。"

蕭千總說："我怕褥子把我吃了！小子，你就提防着點吧，別叉不成狼，倒叫狼咬斷了你的牛脖子。其實把你餵了狼，狼也還許不吃你呢，嫌臭！最要緊的是咱們那幾匹馬，我的那匹黃驃，小王爺的白龍，那位幼霞小姐的赤兔，還有頂要緊的是那匹黑馬，反正這四匹馬十六條腿，只要有一條馬腿被狼咬傷，你就留神你的這兩條腿吧！"

說完了，他又向旁邊蹲着的村民說："你們這兒真是常鬧狼嗎？"村民點頭說："有時候就鬧，前天還把砍柴的童老二給吃了呢！"

蕭千總聽了也不由打了個冷戰，立時就拿起琵琶來要回屋去，他又問說："強盜許不至於有吧？"村民說："早先倒有，現在沒了，因為在這山裏沒得吃！"蕭千總真沒想到這裏原是這麼個地方，今晚不出事就算便宜！在這兒住着，還真不及趕出山口去呢！他挾着琵琶就進了屋。牛脖子倒像是一點也不在意什麼狼跟強盜，他搖動着鋼叉，就走出去了。

這時候在隔壁住的雪瓶、幼霞，也都換了乾衣服，把晚飯也用了。因為屋中悶，兩人也走到院中來了，隔着一道短短的石頭壘成的牆，剛才那邊蕭千總彈琵琶、唱小曲，以及他和牛脖子所說的話，她們全都聽見了。幼霞就拉了雪瓶的胳臂一下，說："這山裏還有強盜？"她的臉上露出一點驚訝之狀。

雪瓶卻極為鎮定，問說："你怕嗎？"幼霞便笑着說："我怕什麼？我恨不得這時狼跟強盜都來，我要看看到那時我有辦法沒有。三爹爹她老人家一生在高山、在草原、在沙漠，都是單身殺強盜！"雪瓶擺手說："別提了！"一聽提起自己的爹爹來，她就又很難過，又疑慮。

她將眉毛鎖了一會，便突然向幼霞說："你沒看出來嗎？跟着咱們的那個牛脖子，就不是個好人，今夜我們要提防着他！"幼霞愣了一愣，就頓腳說："都是蕭姨夫不好！"兩人在院中站立了一會，就見天上的雲氣越來越黯，樹木的搖動聲、雨水的流泄聲越來越大。兩人就又都走進屋中，也沒有燈可點。一個村民的媳婦抱着個孩子，進來跟她們閒談，她們倒能聽得懂對方的話，可是那婦人卻不懂她們這北京話，所以毫無興趣，那村婦就又抱着孩子出去了。這裏雪瓶就抽出了雙劍，拿她的一塊絹帕擦拭。旁邊幼霞就問她說："瓶姐，你擦寶劍有什麼用呀？莫不是你想到今天夜裏一定有強盜要來？"雪瓶說："他們也未必敢來，不過我們不能不預備點。"幼霞一聽，當時也拿出了她的那口寶劍來，用手巾擦着。

外面的天色更黑了，山風山水的聲音也更大，雪瓶不禁心中淒惻地想着：在沙漠裏若刮起大風來，一定比這聲音還猛烈吧？可惜我不能斷定爹爹現在是不是仍在沙漠中，她若是准在那裏，就算大風能將人吹死，我也要去找她！正在想着，忽聽外面一陣犬吠之聲，汪汪地亂叫起來，回音在山谷裏響着，就仿佛有無數條大狗，都看見了什麼令牠們詫異的東西。

雪瓶立刻站起了身，持劍出屋，幼霞也持劍隨她出去。雪瓶說："咱們兩人得分開來辦事。如果真是狼或是強盜來了，那就叫我獨自去抵擋，你去保護住蕭姨娘跟咱們的馬，尤其是那匹黑馬！"幼霞點頭答應。

雪瓶在前，一縱身就上了石牆，由牆上又跳到了鄰舍的石頭屋子上去，如同一隻敏捷的狸貓似的。一隻手握着雙劍，將劍藏在背後，瞪着眼向卜瞧去，就見夜色混上了煙雲，連上了樹木，灰茫茫地一片，什麼也看不清，只聽見狗叫聲越來越急。雪瓶就由石屋又跳到了石牆上，一連走過了好幾戶人家，只聽見狗叫，倒沒有別的聲音。她正想要下去看看，就聽見嘩楞嘩楞的鋼叉響，那牛脖子使着氣罵說："這幾條癩狗！你們瞎咬什麼呀？"雪瓶這才放了心，知道並沒有發生什麼事。又聽牛脖子歎了口氣，自言自語地說："狼倒沒有來，狗先亂叫喚，他娘的就都別睡覺了！"

雪瓶回過身來，悄悄又順着牆行走，忽見五步之外有閃閃的一條白光，是幼霞也站在牆頭上。幼霞一手提着寶劍，一手向她招呼，她輕輕快快地走了過去，幼霞就悄聲問她說："有事嗎？"雪瓶擺擺手說："沒有事。"幼霞在前，雪瓶在後，兩人又踏石牆、走石屋，迅速地過了兩重院子，見下面皆無半點燈光。

忽然聽得有一間屋裏，是她們蕭姨娘的聲音，說："你去看看好不好？兩位姑娘都在那邊，怎能叫人放心得下？再說，若不去看看，也顯得咱們太缺禮啦！無論如何人家拿咱們當長輩看待，這回人家姑娘總是跟着咱們出來的！"接着是蕭姨夫的聲音，說："唉！你怎麼說是她們跟着咱們出來的呀？說實話！這回若沒有她倆，我還不敢來呢！咱們不過是比跟班、聽差的稍微強一些。人家有寶劍，房一躥就能上去，半夜裏騎着馬敢走草原，咱們敢嗎？你叫我出去，你是想叫我去喂狼嗎？你真是好心眼兒，我可不上你這個當！"

幼霞掩住口要笑出來，雪瓶卻聽蕭千總說着說着，忽然把語聲壓下去了，就不由得十分疑惑。她趕緊跳下牆去，腳下一點聲音也沒有，走到屋門的前邊，她蹲伏下身去，側耳向屋中靜聽，就聽蕭千總悄聲地向他的太太說：「你放心！到了迪化還不定見得着見不着呢！賽八仙的卦雖說算得靈，可是也未必回回靈，咱們那位姑奶奶，這時真不定怎麼樣了呢？……」

繡香哭泣着說：「那咱們何必還去呢？那還不如在尉犁城等着把韓鐵芳找來，倒還許問出個真情。這回倘若到迪化見不着她爹爹，咱們這不是把人家孩子給騙了嗎？」

繡香很悲哀地哭着，雪瓶在此也腸如刀絞，眼淚不住地簌簌向下流。又聽蕭千總說：「咳！你又哭，將來我要死了，大概你也不能這麼哭我！咱們全都是受過玉宅的栽培，玉嬌龍對咱們確實有恩，可是這些年咱們對她也不錯。這回我主張上迪化去，這就叫做撞木鐘，萬一要是撞響了呢，叫賽八仙那傢伙把卦算對了呢，那就好，什麼麻煩也沒有啦。咱們見一見欽差大老爺，托一托他再栽培栽培我，咱們就由那裏回烏爾土雅台。倘若見不着那位姑奶奶，或是證實她已經死了，那咱們也得去見見欽差。雪瓶雖不是他的親外甥女，也跟外甥女是一樣，那就得請他收養了，或帶回北京，或就在新疆給她找婆家。因為她飯雖有得吃，人也不會欺負她，可是她又不是哈薩克人，哈薩克人既不娶她，纏回也不要，像我這樣的做小差事的，更不敢討她那樣子的老婆。她已不小啦，也二十啦，將來可怎麼辦？難道真叫她襲玉嬌龍的缺，在沙漠草地上男不男女不女地飄流一輩子嗎？」

此時戶外的雪瓶反倒驚訝得忘了悲痛。她第一次知道，自己爹爹的真名字原來叫做玉嬌龍。她急切地想知道，爹爹的生平到底是怎樣？自己的本來父母是誰？因何才被她扶養？此時屋中的蕭千總已不再言語了，繡香卻仍在哭泣。雪瓶站起身來，就要進屋去問問詳情，忽聽犬吠之聲又厲害了，比上回叫得還要急。幼霞又在牆頭上嘴裏咻咻地叫她。她趕緊回身跑了三兩步就越過牆去，雙劍分兩手持握，向外就跑，只見群犬都向山路上追了去。雪瓶先去找馬，一看紅馬、黃馬和騾子尚在樹上拴着，黑馬、白馬連看馬的牛脖子全都不見了，那山路上卻有馬蹄嘚嘚之聲，十分地清脆。

雪瓶大怒，就向山路上去追，一群狗又擋住了她亂咬，她以手中的雙劍將狗驅散，仍往上追趕，三輛車又遮擋着路。這時四面是雲，山石又極滑，她不敢快走，卻見山路轉彎之處，隱隱有一條白影，正是她的那匹白馬。她只恨未預備着弩箭，一時情急，便將雙劍歸於一手拿着，另一隻手向旁邊摸起了一塊碎石，就向着那條白影猛力地投去。只聽嘩啦的一聲響，那邊像有什麼銅鐵的傢伙掉在地下了，而蹄聲嘚嘚卻越走越遠。雪瓶怒喊說：「回來！你絕跑不出山，我尋着你必要殺死你！」也不知那邊的人聽見了沒有，但是絕不答話，只管向前逃跑。雪瓶順着山路緊追，攀樹登石，追出了很遠，已上到了很高的地方。她向下一看，只見一片一片的白雲都像那匹白馬似的，但蹄聲卻聽不見了。風聲愈大，山水愈響，樹木抖得更厲害，狗仍在下面亂叫。她四下張望，驀然覺得眼前一亮，相隔約有一嶺之遠，那邊分明有一晃一晃、忽明忽滅的火光，還不像是燈，分明是許多火把，而且似是往近走來了。

雪瓶心中明白，這山裏原來真有強盜。牛脖子在尉犁城時就已跟賊人勾通，他早已惦記上了我那兩匹馬。但我這匹白馬可以捨棄，黑馬卻是死也不能落到了別人的手中。於是她又向前忿忿地緊追，迎着那漸來漸多漸亮的火光去走。腳下是極為難行，尖利的山石，帶刺的樹木，很滑的青苔，殘留的雨水，旁邊又是煙雲遮罩着的萬丈懸崖跟深澗，她時刻要小心，卻又不敢遲緩。越過了一道高嶺，向下走去，卻覺得山路漸漸的寬平，那些火光來得也愈近了。顯然看出來確實是火把，一共有二十多隻，有的走着走着就被風吹滅了，有的卻風一吹它更亮。熊熊閃閃的火光之中，照着至少有四十餘人，漸漸地能聽見他們的說話了，可是聽不清楚，又漸漸聽到了他們的腳步之聲。

這時雪瓶只恨未帶着弩箭，不然站在這裏連枝射去，他們就都得倒下。雪瓶又向前走了幾步，就見右邊有幾座高石，上面生着有兩三棵樹木，雪瓶就將身子向上一縱，跳了上去。她在上面雙手持劍站立，向下看着，就見火光漸漸逼近，連這些人的模樣她都能看出來了，只見有的頭戴破草帽，有的用手巾蒙着頭，有的就把一條辮子像蛇一般地盤繞在頭上，其中多半穿着汗褂、夾襖，也有幾個光脊梁的。這些人萬也沒想到山石上會有人，都用手舉着燃着了的乾草把跟枯樹枝，說着：「可要小心！別管旁人，只敵住那兩個丫頭就行。哈薩克的那丫頭還不要緊，只有飛駱駝……」相距只有四五十步遠。

春雪瓶哪是飛駱駝？她簡直就是飛雕、飛豹子！只見她手擎着雙劍向下驀然一跳，喝了一聲：「都站住！」把這些人都嚇了一跳，有的就失聲喊了聲哎喲！雪瓶雙劍齊揮，立時就砍倒了兩個人。其餘的全都亂紛紛地向後退，齊大聲問說：「你是誰？」

雪瓶話也不答，只是舞劍逼近，眾賊也一齊用刀相迎，當時刀劍齊鳴，人聲亂嚷。雪瓶的雙劍無論砍、刺、掠、削，幾乎每一下都不虛發，必有慘呼之聲隨着劍光而起，必有火把隨聲落地，與劍光相映着。一霎時，倒在地下的有七八個，墮下崖去的有十幾名，其餘的人全都抹頭逃跑了。

雪瓶多日的胸頭抑鬱之氣，到如今才發洩了一半，她的雙腕都已有點酸了。腳下踏的不是倒在地下的人，就是雨水血水，地下燃燒着的火把映得石頭發紅，照得雲霧發亮。她用雙劍架住了一個剛要跑而沒跑成的賊人脖頸，這個賊就向她跪下了，央求着說：「小王爺！……」雪瓶怒問說：「你們都是從哪兒來的，牛脖子那個賊偷了我的馬往哪邊逃去了？快實說！」賊人說：「我沒看見牛脖子。他倒是說過春大王爺有匹好馬，他想給盜走，帶到別處賣給人，一定能發財。這是他在尉犁城的時候悄悄跟我們說的。」

雪瓶此時急於去追回馬來，實不暇細問，就說：「你快說！你們是從哪兒來的？難道是從尉犁城隨着我們來的嗎？你們好大膽！快說！你們的首領是誰？」她把雙劍重重地壓在賊人的肩上。賊人戰戰兢兢，話更是說不出來，半天才說出：「我們的大首領是半截山，二首領是野豬老九，三首領是戈壁虎，我們都是太歲山的。因為在兩月前，野豬老九在銷魂嶺上被春大王爺用箭給射死了……」雪瓶吃了一驚，心說：哎呀！原來我爹爹在兩個月之前，她就回到新疆來啦！賊人又說：「半截山為替他的二弟報仇，就派了老三戈壁虎，帶着我們共分三路去追春大王爺。我跟牛脖子是一路，我們繞庫魯克山的北邊到了尉犁城，另有幾個人是走南路。我們沒追上春大王爺，可追上了他老人家的那個夥伴姓韓的啦……」

雪瓶聽到這裏，越發注意，賊人又說：「他們在黃羊崗子那地方先下的手，也是打算先偷去那匹黑馬，再下手殺那姓韓的……」雪瓶又急逼問說：「姓韓的為什麼會得到了那匹黑馬？」賊人搖頭說：「不知道。他本來有兩匹黑馬，在黃羊崗子裏賣了一匹，卻留下這一匹。」雪瓶再問：「姓韓的是個做什麼的？」賊人又搖頭說：「我也不知道！聽說在銷魂嶺的店裏，他是跟春大王爺住在一塊兒。我們在春大王爺走後，到那店裏去問，聽他們都說那姓韓的是跟春大王爺一塊兒由東邊來的，他稱大王爺為前輩……」他接着又說：「戈壁虎帶着我們到尉犁城聚齊，我們一共才六個，因為有兩個在黃羊崗子叫姓韓的殺傷了。賽馬時鬧的事情我們也都知道。後來聽說你們要到迪化去，我們才商量好了計策，牛脖子先去充好人，幫你們的忙，跟你們一路走，因為他跟那千總官兒賭錢賭成了朋友啦。我們就先騎着快馬趕到這山裏來，這西邊黃熊嶺的首領，本來跟我們全是好朋友，他答應幫我們的忙。今天下雨的時候，你們一進山來，我們就看見啦。……小王爺！我把實話都已說啦，你饒了我吧！」

春雪瓶一腳把他踢開，拾起一個尚未燃燒完的火把，躥崖跳澗，火光劍影隨着她的身軀飛舞，不多時就又來到了那條坦平的山路上。她往前去看，見幾丈外有一條白影，她持着火把向前去追，那條白影就發出嗘嗘的蹄聲向前跑去。她曉得是她的那匹白馬，多半是牛脖子不能同時拐走兩匹馬，就單把黑馬騎走了，將這匹馬拋下。雪瓶隨就拿番語叫那匹馬的名字，那匹馬便輕輕敲了幾下蹄子站住了。

雪瓶持着火把慢慢向前走，走了幾步忽覺腳下踏着了一個東西，只聽得嘩啦一聲，原來是那柄鋼叉，也被牛脖子拋下了。她倒不由得疑惑起來，心說：莫非牛脖子那賊是連人帶馬全都墮在深澗之下跌死了嗎？咳！總怪自己太疏忽！

她心中難捨那匹黑馬，就走近崖邊，持着火把向下去晃照，希望那匹黑馬能夠忽然飛躍了上來。可是下面的山澗不知有幾十丈深，雲煙漫漫，這火把的一點光哪能照得到澗底？此時白馬緩緩地走了過來，依傍着牠的主人。雪瓶一看，這馬的鞍轡全都沒有卸下。她將劍插在鞍旁，上了馬，一手提韁，一手舉着火把，就向谷中走去。山路下陡，她也不能將馬催得太快。

走了一會，就來到那停車的地方，只見前面有人高聲呼叫說：「來的是瓶姐嗎？」雪瓶聽出是幼霞之聲，便收住了馬，急急地說：「牛脖子那個賊將黑馬盜走了！這山上確有不少強盜，都是與半截山勾通的，已被我殺了不少。現在我得趕快去追牛脖子，好把馬奪回來。你去把弩弓給我拿出來！我不要原來短頭子的箭，要那回姓韓的送回來的尖銳的箭，快去！……還有，我若今夜追不上他，我踏遍了整座山也得將黑馬奪回。明天午前我要是不回來，就求你趕緊保護着他們出北山口，切不可在此多待，提防賊人前來復仇！也千萬要謹慎，出了北山口不要耽擱時日，趕快就到迪化，咱們再在那裏見面！」

下面的幼霞連聲答應着，就跑回村裏去了，雪瓶在這裏勒着馬，等候了多時，幼霞才又來到，她也不知是從哪裏找來一根乾柴，也點着了拿着，與雪瓶手執的火光交相輝映，二人都能彼此看得清容顏。幼霞把一隻包袱交給了她，說：「都在裏邊啦！」又交給她劍鞘跟皮鞭。雪瓶先下了馬，匆匆將一切東西都在馬上掛好，她就又騎上去，說：「我可走了！也許能把馬截回來，我也就能快回來。」幼霞說：「不要緊！你就放心去找三爹爹的那匹馬去吧！明天你若不回來，我就保護着他們走。我已想好了，明天走的時候，我叫他們村裏出十幾個人送我們，大概也就不至有舛錯了！」雪瓶說：「好！」她撥過馬去又往上走。幼霞在下面又銳聲喊說：「瓶姐你可也要小心！小心山路……明天你要不回來，咱們在迪化見面，我們先在三爹爹那兒等着你去！」雪瓶在馬上一晃一晃地搖着手中的火把，表示自己已經聽到了，然而心中卻不勝酸楚。

火把被風吹着呼呼地響，馬蹄踏着石縫中的雨水，往起飛濺。雪瓶揪着馬韁，用手中的火把照着路，遇見那又狹又陡的山路，她就勒馬慢行；但一看出來道徑寬平，她就又放馬飛奔。她走遍了山路，口喊着：「牛脖子，快放回馬來！不然我要將你殺死……」聲徹空山，連喊多時，未見有人答覆一聲。

她已走出很遠了，不過看得出來並不是白天進山時所走的路，同時也已辨不出東南西北。手中的火把也越燒越短，光亦漸微。她不禁勒着馬踟躕，暗暗歎了口氣，又緩緩地往前去走。忽然聽見有嗷嗷的一種嘷聲，發自於嶺上。雪瓶聽了，不禁頓吃一驚，她一面用力抖動火把，使火焰又熊熊地騰起來，一手就從鞍後的包袱裏，摸出來小弩弓及幾枝鋒利的箭矢。她先裝好了一枝，其餘的幾枝全都插在腰間繫的帶子上，再往前慢慢行走。

走了不遠，就看見迎面黑暗之處有兩點亮光，跟兩盞小圓燈籠似的。待了一會，又出來了兩盞，接着又是一對，一共是六隻閃閃發亮的東西。雪瓶忙勒住了馬，將火把抖了起來。對面的六隻發亮的東西看見了火光，就一齊向後退去，可是並不跑。雪瓶不由得微笑，她將小弩箭上好了，比準了，瞪目瞧着。只見對面有一對小燈籠漸漸往近撲了過來，離得越近那亮光倒漸暗了，可是在馬前火光所照得到的地方就出現了一隻有驢子般大的蒼狼。這狼瞪着兩隻可怕的圓眼，露出一嘴的尖牙，嚇得馬就不住向後退。

春雪瓶將弩箭放去，只聽嗷的一聲，這真是狼嘷，驚得三隻狼都抹身就跑。春雪瓶急急地催馬追去，一面安妥弩箭，一面搖動火把照着前面，蹄聲得得，火光騰騰，弩箭就向着前面叮叮叮連珠般地射去，只聽嗷聲震動了山谷。她這才將馬收住，向前慢慢地行走，就見眼前的山路上躺着兩隻狼，路旁的一塊大石頭上也伏着一隻。她拿火把去照，那三隻狼也全都不跑。她抽出一口劍來，下了馬，索性朝這三隻狼的身上各砍了一劍，證明全都確實是死了，她才用火把照着，細細地從狼身上尋找出射中的弩箭，費了很大的勁才拔了出來。她將幾枝依然帶起，心想：我爹爹的這種箭真厲害，怪不得她不許我使用。以後我還是非到不得已時絕不拿出，我別忘了爹爹的話。

她又策馬向前去走，可是這匹馬看見了那三隻死狼，還有些害怕，幾乎將雪瓶跌了下來。雪瓶愈是恨自己的這白馬，愈是捨不得那匹黑馬。她就以劍柄向馬胯上捶了一下，馬才向前狂奔起來。

又踏過了一道山嶺，火把已經燒完，雪瓶就把手中的一截連着餘燼的乾草扔在地下，馬也喘，人也累，四顧茫茫。千澗萬壑都隱在雲裏，她簡直不敢再向前走了，就下了馬，坐在一塊山石上。本來是恐怕再有狼來，她不敢睡覺，可是坐了一會，打了半天盹兒，竟自沉沉地睡了。馬也在旁邊睡去了。山風淒緊，也吹不醒她的沉夢。

雪瓶睡了半天，才被鳥聲喚醒。一睜開眼睛，她覺得滿身都是露水，天光已亮，倒不由得吃了一驚，再看看，馬在旁邊吃草，一切東西倒沒有短少。向四下去望，白雲飄飄，峰巒半現，天氣是已晴了。由東方嶺後的一片淡紫的雲霞，她就將方向辨別出來了。她掠了掠鬢髮，站起身來，覺得非常有精神，心裏可想：我往哪裏去呢？趕回紅葉谷，同他們一起去迪化？漫說到那裏未見得能找得着爹爹，假定能夠見着了，我又有什麼臉去見她老人家呢？爹爹托他的朋友韓鐵芳來送馬送東西，人家不辭辛苦到了尉犁城，我卻不容人家說出青紅皂白，就向人家連射兩箭，還給打走，截下了馬，如今又把馬給丟了……

於是她一咬牙，上了馬又走。轉過了兩個山環，見朝陽已出。忽然見下面有兩個獵人，一個拿着叉，一個拿着箭，每個人都拖着一隻死狼，雪瓶倒不由得笑，她勒住馬向崖下高聲問說：「喂！你們可看見有個人騎着黑馬走過了嗎？」崖下面的兩個人齊都站住了，仰面尋了半天，才看見了春雪瓶，他們大概也沒看出是男是女來，就齊聲問說：「什麼？你問狼？這是我們剛才打死的，那邊還扔着一隻呢，我們待會兒再去取。勞你駕，你去給看一看，別叫人給拉了去，我們打死了這三隻狼可不容易！」

春雪瓶才知道自己繞了一夜，現在離開紅葉谷原來並沒有多遠。她撥馬尋着了下坡的路，就放馬而下。底下的兩個獵戶看出春雪瓶是騎着馬，並且還是個女人，他們這才大驚，都向後退着，把狼腿也扔下了。

春雪瓶就說：「我不管這三隻狼是誰打的，只問你們可曾見有個人騎着匹黑馬跑出山去了沒有？」她問得急，話說得又快，更加山裏住的這些人對官話本來聽不大懂，當下獵戶之中，一個是驚驚慌慌，另一個便點頭說：「不錯，剛才是有一群馬都跑出山去了！」雪瓶聽了倒不由驚愕了一下，因順着話去問：「那群騎馬的人都是誰？是強盜嗎？」獵戶擺擺手，說：「我們可不敢說！反正裏邊有黃熊嶺的大王，還有……」雪瓶把字音咬清楚了，一個一個字地說：「還有一個，穿着絳紫色的馬褂，騎着一匹黑馬的人，有沒有？」獵戶這才聽明白了，連說：「有有，那群馬里就有他，他領頭，都出了南山口去啦！你要找他們就得快追！」春雪瓶說：「好！謝謝你們！」她揮鞭向南飛馳，這兩個獵戶還在後面指着，大聲嚷着說：「往那裏去！對啦！由這邊一直走就出山口了！」

春雪瓶急急揮動着鞭子，馬蹄擊着山路，嘚嘚地緊促地響，一霎時就走出了山口，比那日賽馬的時候還要快。她的身子幾乎平伏在馬背上，一口氣跑出了三十多里，這才收住了韁。喘了喘氣，看見對面來了一群客商，有車有馬，都像是要過天山的樣子，就慢慢地策馬迎了過去。她下了馬，就問說：「勞你們的駕！可看見有一群馬走過去了沒有？其中有一個身穿絳紫馬褂的人，他騎的是一匹黑馬。」

這一幫客人都是漢人，看見春雪瓶騎着白馬，帶着雙劍，他們一猜就知道是春小王爺，遂就一齊驚驚慌慌地拱手作揖。有個人走上來，恭敬地答覆說：「那群馬我們倒沒看見，可是我們剛才走過野牛屯的時候，聽個人說有一群強盜都騎着馬，拿着刀，從偏路往東去了。我們還特意停了一停，索性讓他們去遠了，我們再走，怕是碰在一塊兒被他們劫了。春小王爺您要是追，就趕緊往東，那裏有兩股路，一股大路能到北邊哈密；一股窄路，得越過塔格山，得過白龍堆，銷魂嶺，進玉門關……」

雪瓶聽到這裏，就不往下再聽了，她點點頭，表示謝意，就仍往東走。走了一會兒，就看見有兩股路，如人字形，一是往東偏北的，較寬；一是往東偏南的，較窄。雪瓶就走上了那股窄路。這股路的兩旁也都是草，有纏頭人在這裏牧着無數的牛羊。昨天這地方下的雨仿佛更大，地下至今還有很深的濕泥，馬蹄都被沒到泥裏，所以無法走快。但雪瓶是絕不稍停，無論快，無論慢，她總是向前追趕。她知道戈壁虎、牛脖子那些人都很畏懼她，不敢在天山中多待，卻拐着馬逃跑了。他們必是逃往白龍堆附近去了。而我爹爹的生死的消息，也總可以在那裏找得着吧？因此，她也不顧座下的白馬已汗出如流，仍是揮鞭快走。

走到近午的時候，她覺得饑餓了，看見遠處有一片樹林，那裏冒着火煙，她曉得是有人正在做飯，便趕緊催馬走過去，見是十幾個纏頭的人正在那兒燒柴草，做飯吃。看見了她來，這些人都很驚異，並顯得很敬畏。

雪瓶也略通幾句纏頭人的話，就說：「你們看見有一群強盜過去了沒有？」十幾個人都搖頭，她又說：「你們把飯做好了，我想吃點，吃完了我給你們……」她真想不起來能拿什麼東西換人家的飯吃，除了摘下耳上戴的金墜子，就只有馬身下的銀鐙銀勒了。

她忽然看見馬上的包袱鼓鼓囊囊的，不知幼霞都給她包了一些什麼東西。她過去打開了一看，見裏邊不獨有粗頭箭、細頭箭，一共幾十枝，還有碎銀金錠，跟三身自己的單夾衣褲。雪瓶不由得心裏喜歡，尤其欽佩幼霞昨夜在那山谷之間，匆忙之下，又沒有燈光，她竟能想得這麼周到，把包袱打得這麼好。雪瓶心想：她竟是比我心細！有了這些東西，自己更要去奪回馬來！更要走遍天涯，問出來爹爹的生死！還得要找着那姓韓的人向他道道歉。

雪瓶走了過去，把銀子給這十幾個人。這些人哪裏肯收？雖然沒稱呼她什麼，可是她也明白人家是知道她的威名，她倒不由得客氣了。雪瓶放開了馬，由着馬去吃青草，去在地下打滾。她就盤膝坐在草上，抬眼望着青天、白雲、遠山、近草，那草裏藏着的綿羊就如山上的石頭一般多。

等了一會，人家就把飯做得，給她送到面前。這飯是用木盤盛着，上面放着一些羊肉，沒有筷子，只拿手抓着吃。少時她將飯吃完，就站起來，過去拿那包袱擦了擦手上的油。天很熱，她先備好了馬，牽着，另一隻手提着包袱，就向這十幾個纏頭人道了謝，遂就進了樹林。林中很深，她在無人能看見之處，脫去了夾衣，然後將包袱繫在馬上，出了樹林，就又上了馬向東南馳去。

沿路上她就是這樣，午飯到處就用，夜晚或投宿於村落，或投宿於牧民的帳篷中。好在差不多的人，雖未見得盡皆認識她，知道她是秀樹奇峰春雪瓶，但見她一介少女，有馬有劍，總疑惑她是與春大王爺有點關係，所以莫不對她恭謹接待，也沒有一個敢詢問她的姓名跟來歷的。但是她一說出那牛脖子的年貌，及那匹黑馬的樣子，被問的人可就都搖頭，都說：「確實是沒看見，不曉得。」

她心裏真着急，一連行了三天兩夜，已踏遍了庫魯克山陰的廣大草原，並且穿過了巍巍的塔格山。夾着塔格山有南北兩片大沙漠，南沙漠是白龍堆，北沙漠就叫黑戈壁。黑戈壁是一句番語，即沙漠之意，這一地帶是狹長形，東西五百里，南北約二百里，滿地是粗大的黑砂，寸草不長，滴水難尋。而這裏又是由甘省赴焉耆府的一條最近便的路，所以行旅甚眾，強盜也常在這裏出沒。又因這裏還不像白龍堆有庫魯克山作屏障，四面全是大平原，北風時時刮起，比比都是隆起的沙崗，高的地方如同一座小山，低的地方又如山澗。

雪瓶胯下的這匹白馬，向來是走慣了草原的，牠一望見了沙漠，便不住地發怯，揚首長嘶，直向後面去退。雪瓶忿然揮鞭，向馬背上連抽了幾下，馬才直向前跑，鐵蹄踏着沙子亂響。雪瓶倒急將馬勒住，因為她記得爹爹曾說過，沙漠中的粗砂很容易磨壞了馬蹄，馬蹄一旦破了，馬不但不能再走，反倒是個累贅，所以在沙漠最好是騎駱駝，因為駱駝掌是軟的，不怕硬砂子磨。如今雪瓶還要留着人馬的餘力，要向這大漠中去尋找黑馬，去對付賊眾，所以她更不敢將馬蹄磨傷了。

雪瓶勒住了馬慢慢去走，抬頭向前望去，卻有一片奇景展現於她的眼前。就見天空像有一片雲影，上面印着附近的山石草木的倒影，虛浮飄渺。馬往前進，影子也向後去移，十分地新奇。但再向沙漠深處一走，這種幻影也就全都消散了。

忽聽見叮噹噹噹的鈴鐺之聲，有一群駱駝緩緩地自對面走來。拉駱駝的幾個人都是蒙古人。雪瓶也會幾句蒙古話，就問說：「前面有強盜沒有？」對面的人卻說：「說不定！」雪瓶又問說：「這天氣能起風嗎？」對面的人答她說：「倒還不至於！你快走吧！前面有店。」

雪瓶一聽說沙漠之中竟有店房，她倒覺得很是奇異，也因此放了些心，就從駱駝旁邊走了過去。走了不遠，又遇着了兩隊駱駝。這時天色已漸晚，那顏色跟砂子一樣的沙雞，成群的撲嚕嚕飛起；還有成群的黃羊，都長得跟鹿似的，全身紅黃色的細毛，跑起來像飛一般。不多時就跑過去了十幾群，約數百頭，雪瓶倒覺得目不暇給。又走多時，嘴裏覺得十分渴，對面也不再有人來，而天際紅霞紛落，地下的沙崗愈見烏黑。她策馬再向前行，又走數裏，忽見遠處又起了一股滾滾的黑煙，並有一閃一閃的火光。她趕緊再往前走，到了臨近一看，原來這裏有幾間低矮的草屋，屋前坐着一大群人，停着許多輛車，三四十匹馬，還有幾十個駱駝，黑壓壓地一大片。當中是燃着木柴跟駱駝糞，火光熊熊，煮肉的香味直撲到鼻裏。原來這裏就是所謂的店房，就是在沙漠中挖成了一片低地，蓋了幾間風來了就吹倒、風過去又能搭起來的簡陋的房屋。因為來的客人多，屋子容不下，而且沙子上的餘熱未散，屋裏也實在不能呆，所以大家就都住在外邊，有的坐在地下，有的就臥在沙上。柴跟駱駝糞隨燃燒着隨又往裏添續，火光是越來越猛，不用點燈，每個人的臉都可以看得很清楚。大家亂紛紛地說着各種言語，有人大笑，有人高歌。煮肉味的雖然好聞，但這些人身上的汗臭，卻直逼得人不能近前。騾子叫喚，駱駝悲鳴，馬在噴氣打嘟嚕。這店家還養着兩條狗，見沙坡上有人騎馬來了，就都跑過去汪汪地亂吠。

雪瓶下了馬，她看見這一大群人這麼亂，本不願在此住宿，但又四下看看，天已昏黑，地愈茫茫，若是走下去，不知走到何處才能再找着個店房。並想，這些人裏也許就有強盜，也許牛脖子就混雜在其中，我是為做什麼來的？我為什麼不能在這裏住一夜？當下她牽着馬便下了沙坡，也就算是已經走入店裏了。

她借着閃閃的火光先去看那些馬匹，看見有不少匹全身黑色的，但卻沒有爹爹的那匹鐵騎。這時，忽然間一切的談話聲音全都停止了，無數人都直瞪着眼睛，驚疑地望着她，真是十分地嚴肅，只有火燃着乾柴發出劈剝劈剝的響聲，狗也不知跑到哪裏去了，也不叫了。

雪瓶喊着說：“店家！來喂喂馬！”隨着她的話音，立時就來了一個光着脊背，骨瘦如柴的老頭兒，口中連聲答應着，就將她的馬接了過去。她卻自己解下包袱，手提着寶劍，走進這些蹲着坐着的人群裏。這些人有長鬍子的，有光下巴的，在火光下看着都是神頭鬼臉的。滿地亂堆着行李，有被卷、貨物，還有牛皮口袋、駱駝鞍子。每個人都正在吃喝，有的吃着肉，就着自己帶來的乳酪，有的啃着發了霉的大饅頭，有的咬着自煮的羊腿，大鍋裏還正在燒着。這百十個人的模樣，雪瓶也很難將他們一一看清，不過可知是沒有那牛脖子，因為所有的人都仰着臉看着她，沒有什麼人躲藏。

雪瓶過去向那燒火的人問說：“你們這鍋裏煮的是什麼？”燒火的人仰着一張烏黑的臉兒說：“是黃羊肉，早就熟了，你要吃嗎？”

雪瓶就點了點頭，又問：“你們這裏有水喝嗎？”燒火的人說：“管飯不管水，水都得自己帶着。”

雪瓶還沒有答話，旁邊早就有個人過來，吧的一聲就打了這燒火的人一個大嘴巴，打得這人噢了一聲，拿手捂着黑臉。打人的那人卻是個差官的樣子，肩上掛着公文袋，他一手拿着紅纓帽，一手緊緊握拳發威，罵着說：“王八蛋，你也不睜一睜眼睛，看看這是誰呀？你敢說沒有水？沒有水你也得給變水去！”又向雪瓶彎腰賠笑說：“這店裏也實在沒有水，連煮肉的水還是大家公攤的呢。在沙漠裏無論是走路住店，都非得自己帶着水不行，你老人家，來喝我們的吧。”

他原來就坐在離火不遠的地方，還有他的兩個同伴，也都是當官差的，立時就把一大壺茶跟一個茶碗送了過來。雪瓶倒覺得不好意思，就不由得笑了笑。閃閃的火光映着她的嬌顏，一些人就更是驚訝不止。忽然聽得人叢中有人粗聲地喊道：“好漂亮呀！”雪瓶吃了一驚，就見許多人都扭轉了臉去看那人，還有的發氣地在責問他，那人卻仿佛還在冷笑着，說：“難道她還是……”

往下邊的話雪瓶並沒有聽明白，但她已經生氣了，她瞪起眼睛，剛要抽劍，但又想何必呢？別人這樣地怕我，原是因我爹爹的名氣太大，我何必要倚勢凌人呢！遂就顏色緩和了一點，又微微一笑，客氣地從差官的手中接過一碗茶來。

差官也驚愕了半天，這時便彎腰遞笑他勸着雪瓶，說：「您別動氣，常常有這樣才從外省來的渾人，他們不知道天多高，地多厚，早先……」他把腰彎得更深一些，又說：「有一回，那是七八年前了，大王爺也遇見了一個莽撞的人，說了一句話冒犯了她老人家。她老人家可也沒有生氣……這件事我是知道的！」

雪瓶聽人提到了她的爹爹，心頭不由襲上來一陣悲痛。她咽下了兩口苦茶，就背着火高聲向所有的人說：「諸位！可知道這沙漠附近有一夥強盜，為首的叫半截山，其次的叫戈壁虎？」忽然聽人叢中又有那粗聲發出來，說：「什麼半截山、戈壁虎？他也叫半？他也叫虎？那是冒老爺我的招牌！」雪瓶借着火光所照之處，看見那說話的人卻是一個四五十歲、兩腮長着灰白鬍子的人，形像極為古怪。旁邊的人都瞪他、推他，還有的拿拳頭打他。

雪瓶卻依然不動氣，接着又說：「還有一個賊，名叫牛脖子，他騎着一匹黑馬，大概是逃到這裏來了。如果有哪位看見了，請快告訴我，我必有重謝！」她用漢話說過之後，又拿哈薩克的話說了一遍。當時就有人爭着回答，說：「半截山跟戈壁虎倒是有，常在這裏跟白龍堆那一帶打劫行人，他們的老窩就在南邊太歲山，離這裏有八十里地。牛脖子我們可不知道，我們也沒看見有個單騎着黑馬的人。」雪瓶又問說：「我的爹爹春大王爺……」說到這裏她卻不往下說了。她原想是向這些人打聽打聽自己的爹爹的下落，但忽然又一想，爹爹縱橫新疆十餘年，幾時曾有過準確的下落？自己不能去找，反要向這些人問，他們也必定不知道，而且也能減低爹爹的威名，遂就把話又噎了回去。

那差官又給她倒了一碗茶。那黑臉的店夥，撕了一大碗黃羊肉，也給她送來，放在她的眼前地下。而那瘦老頭兒又跑到屋裏，給她抱來一領蘆席，鋪在地下，這真是太優待了。雪瓶卻說：「離着火遠一點，我怕烤。」她話一說出來，旁邊的人就都往後擠，咕隆咕隆地一陣亂，給讓出一大片地方來。她又覺得有些不好意思，連說：「不必，不必，只要勻給我一點地方就行了。」

那掌櫃的把席子又拉得離火遠了一點，並把黃羊肉跟那差官的茶碗、茶壺全都給放在席上。雪瓶把包袱跟寶劍也都扔下，剛要坐在席上，忽見人叢中站出來一個一臉鬍子的人。這人身穿黑綢子的褲褂，他分開了眾人就往近走來。眾人齊都驚慌，有的喝他，有的攔他，他卻連竄帶跳離開了人群，到了春雪瓶的近前。他的態度倒不怎麼兇橫，只是瞪着一雙大而圓的眼睛向雪瓶的臉上看了又看。雪瓶覺得那副怪模樣真討厭、真難看，右手的拳頭便緊緊握着，她沉着的臉兒，兩隻銀星一般的眼睛也瞪着那個怪人。

那人卻忽然笑了笑，說：「姑娘別生氣，我許認識你，我跟你打聽打聽，你的娘是不是俠女玉嬌龍？你的爹又是誰？」他說到這個爹字，如同敲了一下鑼似的，聲音非常之宏亮。在他以為「爹爹」即是爸爸」，即是春雪瓶之父，玉嬌龍之夫。他的兩眼露出嫉恨之意，又說：「你告訴我不要緊，我是你媽的老朋友，你媽當年自北京出來……」旁邊的人齊都嚇得更往後退，有的已站起身來跑了，因為十九年來全新疆無人敢說這樣的話。

春雪瓶突然向那人的臉上打了一拳，怒喝道：「胡說！」接着又是一拳，也捶在這人的臉上。這人只向後退了一步，說：「你打我我也不還手。你聽着，我姓羅，二十幾年前在新疆有名的半天雲，那就是我！」他說到這裏，旁邊更有不少人嚇得站起來驚跑。馬也嘶，狗也叫，並有幾個人嚷嚷着說：「小王爺！快躲開着他點！他是早先沙漠裏的強盜，半截山還是他的嘍囉呢！」

春雪瓶仍不言語。那姓羅的又忿然說：「當初的事不必瞞人，但我二十年前就洗了手。你媽媽玉嬌龍就是我的妻！」這種侮辱春雪瓶可真忍受不住，她立時撲了上去，向這人的胸前咚的又是一拳。這人的身子向後一仰，春雪瓶趁勢一腳，正踢中腹部，這人就咕咚一聲坐在地下。但他一骨碌又爬了起來。春雪瓶卻已抽出來雙劍，左右一分，白光閃閃如電，高掄着向姓羅的兩肩劈下。姓羅的急忙回身就跑，他跳過了幾隻駱駝，很敏捷地抓住了一匹馬，就騎上了，還舉起粗壯的胳臂高聲喊着：「你回去告訴你的媽，就說我羅某現到了新疆來尋她，遲早我要見她一面，叫她別忘了舊情！」

春雪瓶急追了過去，見此人已上了馬，自己就趕緊取出來小弩箭，砰砰兩箭射去，就聽那姓羅的噯喲一聲怪叫。旁邊亂哄哄的人有的就叫着，有的就大笑。但姓羅的並沒有從馬上跌下，他忍着箭傷，以拳擊馬，急急走去。就見他爬上了沙崗，越過了沙堆，踏踏踏的馬蹄磨沙之聲也越來越遠，少時人馬的影子盡消失於沉沉的沙漠夜色之中。

春雪瓶吐了一口怒氣，才要收起來小弩箭，卻聽一陣悲壯的歌聲隨着乾燥的風兒從遠處傳來，隱隱地聽出來是：「天地冥冥降閔凶⋯⋯」雪瓶吃了一驚，專心去聽，但歌聲漸遠，漸漸消散。這里許多的人又都坐下，胡亂談着，人有多，聲音也大，亂哄哄的，如潮水，如暴雨，一句也聽不清楚。

雪瓶怒猶未息，驚疑倍增，她坐了下來，連飯都吃不下去了。火光映着她身邊的寶劍，劍光閃閃，刺着她的眼睛。她長歎了口氣，心說：為什麼剛才那姓羅的會說出那些話？為什麼他又唱着爹爹常唱的歌？爹爹唱這歌時總是很難過，莫非爹爹在未育養我之前，真和他有過什麼事？如今，或許是爹爹知道這位姓羅的來找她，逼得她不得不拋下我而走了，隱藏起來了，使我永遠找不到她，見不到她了⋯⋯

雪瓶本想着也要騎上馬，追趕上那姓羅的去問個明白，但又想他是早先的強盜，是半截山的一夥，自己實在鄙視這種人，不殺死他就是特別寬容了，何必還要去問他？

她想來想去，心裏不由得覺得悲傷、灰冷。吃了一點黃羊肉，也覺得實在不好吃，有很重的青草味。旁邊不斷有人給她送過來乳酪、乾糧，還有人給送來了一大串白葡萄、兩個哈密瓜，都像進貢似的。她含着笑，道着謝，一一的收下。她真吃不了。她覺得所有的人對她都是如此地敬畏、和善，雖然這些人之中只有她一人是女子，這時整個的沙漠，幾百里之內，恐怕也只有她一人是女的，但她在此睡覺很放心。

深夜沙漠中的風不冷不熱，很使人舒服，當中的火堆雖已滅了，但圈外又都燃起熊熊的火來，為是防備野狼來襲。有兩個客人好像是被公舉出來值更的，他們就坐在火堆旁，說着閒話，一個說：「半天雲那傢伙果然是個老手，慌忙之中，他竟會沒把馬騎錯了，馬上的東西也一樣沒掉下。」另一個說：「他一定是找他的徒弟半截山去了！」那個又說：「半截山不是他的徒弟，不過有人說半截山早先在他的手下當過幾天嘍囉就是了！」一個又說：「那還不得聽他的話？明天一早，咱們就快走吧！別再出了什麼事！」那個又說：「不會！不會！有小王爺在此，他們早不知跑往哪裏去了。除非是戈壁虎，聽說他恨大王爺、小王爺，他不怕，可是他早晚得碰上釘子，把腦袋弄掉了才算完。」

雪瓶聽這兩人談話，絕不見提起她爹爹的名字及她早先的事和最近行蹤的話。她知道是因為十幾年來，爹爹不許別人提，弄得自己現在跟別人打聽，別人即使知道也必不敢說。

她躺在席上睡不着，不覺着天色已漸漸發亮，四圍燃燒的柴火都已成灰燼。天上滿鋪着薄薄的魚鱗雲，橙黃色的朝霞已在東方升起。大漠上起伏的沙崗，一層一層，直如海中的巨浪般。

雪瓶坐起身來，就聽旁邊臥着的那些個人，多半還在打呼嚕，有幾個哈薩克人向着朝霞的方向跪着，專等着日頭出來，他們好禮拜。那兩個差官也醒了，他們自帶着手巾，由水壺裏倒出來水，蘸濕了，先交給雪瓶。雪瓶客氣地接過來，只擦了擦手，便還給了他們，笑着問說：「你們是上哪兒去？」差官答說：「我們是迪化撫台衙門的，是從烏爾土雅台辦完了公事，回迪化府去。」雪瓶不由露出一點驚訝的樣子，說：「你們是到迪化去？」差官點頭說：「對啦！您有什麼事嗎？我們可以順便給您辦辦！」雪瓶搖搖頭說：「沒有什麼事。」又怔了一怔，說：「我的爹爹春大王爺⋯⋯」兩個差官都一齊點頭，並顯出恭敬的樣子。那好說話的差官就說：「我們在新疆當差多年啦，平日就久仰春大王爺的大名，行俠仗義⋯⋯」雪瓶悄聲地問：「我此次出來，就是為尋找我的爹爹，你們可曾看見她嗎？」差官又一齊搖頭，說：「六七年前我們只見過她老人家一次，以後就沒見着她老人家的金面，在背地我們也不敢談說她老人家的事情。」

雪瓶點點頭，心中又失望了，就站起身來打算要走。忽見那兩條狗又汪汪地亂叫起來，飛奔向東邊的沙崗上。這裏的人也全都驚醒了，雪瓶更為愕然。忽聽那沙崗後有人叫了一聲：

"哎喲！"只見有一個人自沙崗上滾了下來，兩條狗就要撲過去咬這個人。雪瓶抽出雙劍，急忙奔去，將兩條狗驅散，她就問說："怎麼啦？你受傷了？"受傷的人年有三十來歲，穿着一件破衣服，滾滿了沙土，髮蓬辮散，鞋也丟了一隻。他勉強睜開兩隻眼睛，臉如黃紙一般，卻喘吁吁地說不出一句話來。這時已有不少人跑過來了，都圍住他，用漢語和番語驚問說："什麼事？你遇見什麼事啦？"並有人拿來涼水灌給他喝。店掌櫃那個老頭兒也跑過來了，他一看見這個人，就驚訝地說："哎呀！你不是拉駱駝的寶三嗎？多少日子沒見着你啦，我還以為你死了呢！怎麼啦？你這小子如今怎麼成了這個模樣啦？"

寶三雖然身上沒有受傷，可是臉上手上，跟兩個磕膝蓋全都跌磨得出了血。他狠命地連喝了幾口水，躺着喘息了半天。旁邊又有幾個人說："你遇見了什麼事？快說出來吧！這裏有春小王爺能夠給你做主！"雪瓶也說："你快說，是遇見了狼還是遇着了強盜？"

寶三仰臥着，翻了翻眼睛，他這才看見了春雪瓶。他平生雖未見過雪瓶之面，可是聽別人一說，再看了看雪瓶的模樣跟打扮，他就立刻驚慌起來。他翻身跪在地下叩頭，又指着南邊說："半截山……我跟着人拉……拉着四十幾頭駱駝，運的都是糧食。我們因為白天怕駱駝受熱，就夜間走，本來想趕到這兒來再睡覺，沒想到天還未黑就遇着了半截山、戈壁虎，足有七八十個強盜，把我們的人殺了，捉去了，駱駝跟貨也都搶去了！只有我逃得快，才跑到這兒來……"旁邊就有人說："這必是半天雲昨晚受傷跑了，就把他的徒弟半截山勾來，待會他們就許上這兒來，把這地方給踏平了！"

雪瓶忿怒得臉兒發紫，她就向店家說："快點！把馬給我備上！"那黑臉夥計聽了，就急忙跑了去備馬，雪瓶又向眾人說："你們誰願意跟我去？去救那些商人，奪回來駱駝跟貨物？"這些人有的走開了，有的暗暗拉着他們的同伴退後，但也有不少人都一齊奮臂答應，有的也去急急備馬。雪瓶先去預備好了弩箭，等到馬牽過來，她就跨上了馬，別人早在後面將她的包裹也繫在馬上了。她手擎雙劍，催馬就越上了沙崗，如飛龍一般地奔馳而去。身後的人也有拿着刀棍的，都策馬跟隨着。

春雪瓶縱馬一連過了無數的沙崗。太陽已經出來了，映得她手中的雙劍閃閃發亮。走出約十餘里地，她回頭看見，身後跟隨的只剩下五個人了。又走了一會，忽然身後的人都不走了，都一齊驚惶地指着前面說："來啦！"雪瓶卻冷笑着說："怕什麼？"她催馬上了一道很高的沙崗，一手握劍，一手覆在額前避住那晃眼的陽光，向遠處眺望，只見那遼遠的天涯，目光所能投到之處有一群黑點。初時像是樹葉上聚集的蟲，待了會兒，又像是階前求雨的螞蟻，又過了會兒，那邊像是一堆黑豆，直向這邊滾來，越滾越大。又待了會兒，便可看出確實是一群馬，毛色斑駁，都背着陽光馳來，越來越近。接着就看清楚了馬上的人手中都持有閃爍着白光、紅纓飄動的長槍。漸漸聽見了雨點一般的馬蹄聲。很快那雜亂的蹄聲、喊嚷聲，就如同大風刮來、暴雨落下、湖海翻起，轉眼數十騎已來到面前不過一箭之遠，一個個猙獰的面孔都能夠看得很清楚了。

春雪瓶這時反把雙劍收入鞘中，她已拿出一大把鋒利的箭來，就連續着裝在弩匣裏，嗣嗣嗣，嗖嗖嗖，隨發隨續。那邊就發出聲聲的驚叫慘號，只見人翻馬仰，咕咚咕咚，哎喲哎喲，賊人就如一個一個的西瓜，或是裝煤的袋子，都紛紛從馬背上滾了下來，一群馬也亂躥亂奔亂叫，當時一片大亂。春雪瓶的人跟馬依然不動，依然取箭去射。這時忽見一條黃臉大漢，騎着一匹紫色的大馬，他一手持刀，一手拿着藤牌，就如古時的武將似的，迎着春雪瓶飛奔前來。他一面奔一面霹靂似的大聲喊說："不要射箭！春雪瓶！你且住手！"

春雪瓶弩箭雖已收起，可是雙劍又抽出來，她昂然跨於馬上，她的雙眸、她的耳邊金墜，她的寶劍和馬上的全副銀活，光芒四射，逼得那持藤牌的賊人，不禁勒馬又後退了幾步。春雪瓶就問說："你是叫做半截山不是？"這賊人搖搖頭說："我不是。"他回手指了指他面前的一個騎黃馬的胖子，說："這才是我們的大哥，我……"他拿手一拍胸，說："我叫戈壁虎。全新疆都怕你們春家的人，我可不怕，我知道你必到這裏來，我才在山裏不跟你交手，等你來到這寬敞的地方，咱們才較量。你不必動箭，我也不用藤牌。"他把手中的藤牌往旁扔出了很遠，他的馬也退下了沙堆。嗖地跳下馬來，把衣服撕開，露出來渾圓頂黑的膀子，單刀向懷中一抱，又一拍胸，點手說：“下來！我若動藤牌我是鼈，你要動暗器你是窰姐！”

雪瓶卻不知道這句話是罵人，她只是微微冷笑。戈壁虎又狂笑說：“告訴你吧！玉嬌龍早已死了！我們更不怕你這個毛丫頭，來！”雪瓶可真是氣急了，聽見了爹爹的死耗，她心如刀割，尤其想到必是被這些強盜所害，她的怒火便燃燒着全身。她從馬上跳下，雙劍左右手一分，高舉起來，跑向沙坡，就去殺戈壁虎。不料那個半截山，他自己雖然撥馬跑向了遠處，但他卻指揮着手下的人，過來搶奪雪瓶的那匹馬。雪瓶向戈壁虎砍了一劍，被戈壁虎以刀架住。雪瓶才要急轉劍勢，再下第二手，一見這種情形，她就棄了戈壁虎，趕緊又往上跑，橫雙劍攔住了來此搶馬的人。這些人刀槍齊進，雪瓶是身子左飛右躍，兩口劍若鳳翅，橫攔直砍，上刺下撩，一霎時就被她砍倒了五六個人，其餘的全都四處奔逃。

而那戈壁虎卻從後面過來，掄刀向着雪瓶的背後就砍，雪瓶急忙轉身，右手的劍磕開了刀，身子疾轉，左手的劍又向戈壁虎刺來。戈壁虎退下兩步，抽刀換式，雪瓶鳳翅撲擊向下追趕，當時兩道白虹光芒閃爍，步步逼近。戈壁虎雖然刀法也不錯，但十餘合之後，他就有些敵擋不住了，急忙大喊道：“兄弟們！都快來幫助我！”半截山本已跑出去很遠，聽了這句話，他提起長槍，狠了狠心，就指揮手下的人一擁齊上。他手下的人早已傷了許多，逃跑的也不少，如今只剩下了二十餘騎，都跑了過來，刀槍齊遞。可是雪瓶已將戈壁虎一劍劈倒在地。半截山也不下馬，以長槍向雪瓶的咽喉就刺。卻被雪瓶用左手的劍撥開，右手的劍就向馬上去砍。半截山向後一仰身，幾乎摔下馬來，幸仗兩旁的人槍亂扎，刀亂砍，這才把半截山救了。

雪瓶又奮力與這些人拼殺，兩口寶劍變化神速，劍光閃閃地攪得這些賊人眼睛昏花了，手腳更忙亂，彼此相碰相攪，被雪瓶又殺了幾個。那戈壁虎雖然受了傷，本來並不重，刀也未離手，還在沙子裏掙命，還想爬起來。但如今被這些人亂踢、馬亂踹，加以又有被雪瓶以劍斬殺的人正正倒在他的身上，他就死了。那邊半截山就舉槍高呼說：“走！走！走！快走！”他領着頭去逃。群賊也不敢再戰，各人上了馬就走。立時蹄聲雜亂，沙塵騰起，那些賊人的馬，比黃羊還跑得快，紛紛地往南去了。雪瓶縱馬緊追，一邊收劍裝弓，又自後嗖嗖地連珠一般地射去。前面馬上的人又都紛紛墮下。雪瓶直追出五里多地，看見被強盜所劫的那些馱糧食的駱駝都被棄在道邊，她這才收住了馬，不再追了。前面只有七八騎賊人逃去，漸漸地又變成了幾個螞蟻那般小，消沒於連綿的沙崗、青色的天邊之外。

這時，隨從雪瓶來的那幾個客人，已催馬趕上來了，他們便一齊向雪瓶稱讚着。雪瓶喘了喘氣，把散在額前的頭髮向後掠掠，又拿出一塊紅綢子的手帕來，擦着額上跟脖頸上的汗。道旁臥着十多匹駱駝，扔着許多糧食，口袋也破了，灑了一地的麥子跟豆子。在駱駝後，沙崗前，躺着、臥着、坐着幾個拉駱駝的商人，有的已被強盜殺死了，有的受了重傷。他們的駱駝和貨物，原不止此數，大概已叫賊人牽走了不少。

春雪瓶就回首吩咐這幾個隨從來的人去救受傷的商人，她卻撥馬往回去走。四外奔着賊人遺下的馬匹，地上扔着刀，有二三十個中箭的、受了劍傷的強盜橫倒豎臥着，擋在她的馬前，有的呻吟着，有的已經死了，鮮血染紅了黑色的沙子。雪瓶觀之反有些不忍，而且也不願捨棄自己發出的箭，她就從那邊叫來了兩個客人，叫他們由沙上，由死人和受傷賊人的身上，一枝一枝地去把箭拾回。

雪瓶又抽出了一口光閃閃的寶劍，向下沉着臉兒，瞪着星光般閃爍的眼睛，低首四下觀看，地下那些受傷的賊人就哀呼着：“求小王爺饒命！”春雪瓶卻厲聲問說：“不殺死你們也行！但你們得據實告訴我，春大王爺倒是死了沒有？”說到這句話時，她的眼眶裏便溢出淚水來，睫毛上懸着淚珠，越爍爍地發亮。她又怒喊一聲說：“快告訴我！”

地下有個受傷較輕的賊人，就抬起來沾滿了沙子的一張血色模糊的臉，說：“聽戈壁虎說，春大王爺可是死了。因為他們看見春大王爺的馬、包袱跟寶劍，都落在一個姓韓的手裏了！”

春雪瓶以紅帕拭着淚水，更發怒地問說：“有誰親眼看見春大王爺是怎麼死的？是叫那姓韓的人給害死的嗎？」這賊人就一面呻吟着一面說：「這，可沒有人知道了。大概只有銷魂嶺上君子老店的掌櫃的，能夠知道。因為那夜半截山帶着我們去打劫，不料正遇着春大王爺住在那裏，殺死了我們的二頭目野豬老九……」

春雪瓶就急問說：「這些話你不必說了！我只問你往那銷魂嶺去，得向哪邊走？」這賊人抬起一隻手來指着東南，說：「小王爺你向那邊走，馬快的得走兩天，得過烏爾土雅台，那裏只有君子老店一家店。那裏的掌櫃的屁股上也受了春大王爺的箭傷，現在不知道好了沒有。由那裏往西就是白龍堆。我們想那姓韓的必是東邊來的江湖英雄，他的武藝比春大王爺還高，他假意與春大王爺結交，一路同行，走在沙漠中他可就把春大王爺給害死了。」

雖然這賊人所說的話與當初春雪瓶乍見韓鐵芳與那匹黑馬時所猜測的一樣，可是現在，雪瓶並不如此想，她想其中必定還有許多原由，非得自己到那地方細細詢問，否則是不會弄明白的。她又問：「牛脖子逃往哪兒去啦？他盜走我的那匹黑馬，此刻是不是躲在你們那賊窩裏去了？」這賊人卻搖頭說：「沒有！沒有！牛脖子那個王八蛋，連戈壁虎還要捉他呢。他跟着戈壁虎到尉犁城去，原是為替野豬老九去報仇，可是不料他後來看見了那匹黑馬，就生了異心。因為那匹黑馬是春大王爺騎了一輩子的，人出名馬也就出了名，在尉犁城賽馬的時候，那馬又把跑第一的馬都給趕過去了。那匹馬要是遇着識主，能賣一萬兩。他是想要發財，他跟戈壁虎出了天山他就溜了，他一定是賣馬發財去了。小王爺要想找他，只有到南疆，到於闐、和闐、且末城那幾個大地方，還許能夠找得着他，北邊他可不敢去。」

春雪瓶點了點頭，這賊人又哀聲請求着饒他的性命，雪瓶收了劍，擺手說：「我不殺你們，只是，那半天雲姓羅的是不是你們的大頭目？」賊人發着愣說：「我們不認得這個人呀！」他趴在沙子裏又發了一會兒怔，就說：「倒是聽半截山說過，他早先是半天雲羅小虎的手下，佔過紅松嶺，那時半天雲手下最得力的是沙漠鼠跟花臉驢。後來半天雲洗了手，往北京去了，只把那兩人帶走，其餘的人全都散了。我們大頭目就是剛才的那個胖子，他那時不過才十來歲，是個小嘍囉。他就在沙漠裏飄流着，越聚人越多，他成了寨主，給自己起的外號叫半截山，為的是叫人以為他是半天雲的一家子。可是聽說半天雲不但不怕春大王爺，還……」他翻着眼睛望着春雪瓶，下面的話可就不敢再說了。

雪瓶也將眼微低，眉尖略皺，似乎也不願再往下問了。這賊人又說：「半天雲不怕春大王爺，我們半截山可真怕春大王爺，前天半截山還對我們說，半天雲一定是早已死了，不然……」雪瓶聽到這裏，便知道那半天雲羅小虎與這些賊人無關，那不定又是怎麼一回事。她不願再往下聽了，就想趕快揮鞭南去。此時拾箭的那兩個人，已將一大把箭全都拾了回來，交給雪瓶。雪瓶收下，就派他們一個人先去到那店裏，多叫幾個人來，好來此幫助救那些受傷的客商，並把駱駝跟糧食設法拉回去。她對這裏的一切事全都不想管了。

雪瓶心急似箭，催馬急往南去。她的白馬又繞過了幾個沙漠，回頭去望，已看不見那些人了，只有四面的荒沙，天空的幾片白雲，一輪紅日。她策馬疾行，頭上漸漸出了汗，頭髮也被沙漠中的熱風給吹亂了，臉上、身上、馬背上也都沾了無數細沙。她一直地走，疾一會，緩一會，總不休息，一天她連飯也沒有用。除了成群的黃羊跟亂飛的沙雞，及眼前忽有忽無的沙漠幻景，路上竟連一個人也沒有遇見。

到天黑時，恐怖的夜色罩住了大漠，她又疲倦，又口渴，馬也連嘶叫的氣力也沒有了，人跟馬就都躺在沙上睡了，夜間幸虧沒有狼來，也沒有起風。天色微明之時，她牽馬起來，抖了抖沙子，騎上馬又往下走，又走了一天，耐餓耐渴，強掙扎着向前邁進。她的馬雖然還有餘力，可是她的人已不成為人了，此處沒有鏡子，看不見自己的容顏，但衣服的髒污是看得見的。她生平也沒有受過這苦，馬蹄下的鐵掌已經磨盡，這馳騁草原，萬馬中的魁首，如今竟成了一匹瘸馬。幸虧走到這裏就快出了沙漠，路旁漸漸看見蒿草，但都是焦黃色的，被馬一碰就折，拿手一捏就成粉末。對面來了一大隊駱駝，春雪瓶以她嘶啞的喉音，就向前問：「前面是什麼地方？」對面的幾個拉駱駝的人都驚詫地看着她，回手指着東邊告訴她，說：「不遠就是烏爾土雅台！」雪瓶點頭，這才往前走。傍晚時才到了烏爾土雅城，找了店房住下，她已累得跟病人一樣，她的馬也累得跟死馬差不多了。

這烏爾土雅台就是她的蕭姨夫當差的地方。她的爹爹臨離新疆時，也曾至此，繡香姨娘對她說過，但現在她到了這裏可沒有一個熟人。這地方也是個繁華的城市，買賣多，居住的滿漢人都不少。雪瓶在店裏歇宿了兩夜一天，精神恢復過來了，叫店家婆給她洗了衣服，她又自己沐浴了，並用油梳光了頭。她手中有金錠，買什麼辦什麼都行，她就自己出去找了衣莊，買了幾身雖不合適，也還可穿的單夾衣裳。又買了幾雙旗人婦女穿的半底鞋，還買了白綾，拿回來托店家婆給她做襪子。她又叫店夥把馬牽出去釘鐵掌，把雙劍拿出磨劍鋒，並預備了牛皮水袋，乾糧及小篾子、火鐮等物。在此住了幾天，人馬已煥然一新，她付清了店賬，出了屋子，就又要走。她這匹馬上的物件雖多，但卻都勒繫得很緊，所以並不十分累贅。

她決定要先赴銷魂嶺，再赴白龍堆。這時忽然有一個商人模樣的漢人，進到店房來打聽，說："尉犁城的春大姑娘是住在這裏嗎？"她就爽直地說："我就姓春！你找我有什麼事？"這個人卻先拱手，叫了聲："小王爺！"然後就說："我姓徐，在新疆省販茶葉，還賣藥，新疆人差不多全認識我。我現在住在南邊的一家茶葉鋪裏，因聽說您來啦，我才冒昧地來見您。"雪瓶就問："誰告訴你我住在這裏？"徐客人笑了笑，說："只要在新疆住過幾年的人，就是沒見過您，不認識您，一瞧見了騎着馬、帶着劍的女子，也得知道不是大王爺，便是小王爺。昨天又有幾個拉駱駝的人來西邊，他們說多虧遇着您，說您在沙漠裏剪除了戈壁虎，打走了半截山……"

雪瓶急急地攔住他的話，問說："你來找我是什麼意思吧？快說！我還要走呢！"

徐客人說："差不多兩個月前，在銷魂嶺，我跟大王爺和那位韓爺住在一個店裏。"

雪瓶問："就是那君子老店嗎？"徐客人說："對啦！他們店門前寫的是君子老店，其實那並不是店名。"雪瓶點手說："你進屋來說話！"她遂就又回到自己住的那間屋內。

徐客人隨着進來，說："因為我見過大王爺，如今又聽人說小王爺您到此就是為找大王爺，我才不敢不來告訴您。大王爺現在的下落，我也不知道，但那夜在銷魂嶺……"當下徐客人找了個凳兒坐下，就慢慢地將那夜在銷魂嶺所見之事，詳細地說了一遍，並說："據我想第二天早晨，大王爺一定又帶着姓韓的走下去了。大王爺的性情很急，我大膽說，她老人家的病可真入了膏肓了！"

雪瓶坐在對面的炕頭，拿着新買來的一條白綢手帕，不住地擦揉眼角。

徐客人歎了口氣，又說："那日的天氣不好，白龍堆裏又刮起了大風。那位韓爺是河南人，人極老實忠厚，他從河南跟大王爺來到這裏，他還不知道大王爺的姓名來歷。大王爺對他也很好……"接着他就把那夜他親眼所見的事，繪聲繪色地說了一遍。他還說春大王爺發了脾氣，打了姓韓的一個嘴巴，後來又拿胳臂摟住他，把臉貼在他的肩上，嗚咽着痛哭……雪瓶聽了更覺得詫異，不由瞪着眼睛發了半天的呆。

末了，徐客人又歎息着說："據我想那天在白龍堆大風之中，大王爺一定是出了變故！這事情只有那位韓爺一人知曉。韓爺曾在黃羊崗子劉大開的店中病倒過一個多月，跟劉大成了朋友。他在那裏還埋了個病死的彈弦子的瞎子，他給買的棺材，又把那瞎子的姪子也薦在劉大店裏當夥計。他還在那裏捉過賊，救過這裏蕭千總的家眷。他在那裏很出名，也交了幾個朋友。前些日我遇到那驛上的馬夫帶跑公事的爛眼三，這些事都是聽他說的。我想小王爺你若打聽大王爺的下落，須先找着那位韓爺，可是韓爺現在離開新疆沒有，也無人曉得。不過黃羊崗子的人一定曉得，他走的時候必定還在那裏住過。我給您出一個主意，您由此走，往南進白龍堆，也不必往深處去走，只要西至紫雲嶺，東至銷魂嶺，這一帶大概就是那日大王爺與那位韓爺所走的地方。那裏也有不少拉駱駝常來常往的人，您遇見了，就可以打聽。萬一當時的事有別人看見了呢，就能夠告訴您，您可以省卻很多的事，不然您可就得順着孔雀河往西，得到黃羊崗子打聽去了。我想韓爺既在那裏住了許多日，他也許原原本本都跟劉大和爛眼三說過了，他們可不敢向別人提。您去的時候得和氣一點，放出不急的樣子，可別叫他們害怕，那麼他們也許就能把知道的原原本本地都告訴了您！"

　　雪瓶的芳容此時已罩滿愁雲，她只是低着頭，口中連連說：“是！是！”她向來對人無如此和藹過，無如此感謝過。徐客人又詳細地指點了一番，就起身告辭，雪瓶送他出了屋，他回身拱拱手就走了。

　　這時店夥在院中牽着她的那匹漂亮的白馬，專等着交給她，而雪瓶這躥山跳澗、踏遍沙漠、踢倒半天雲的兩條腿，竟酸軟得像是不能邁步。她的心裏實在是痛，爹爹的下落雖然易於尋找了，然不祥之兆已現。她又想到那韓鐵芳，看來爹爹一定很喜歡他，但我一見了人家，就把人家打走了，以後就是見了他，也是很難為情呀⋯⋯

　　春雪瓶倚着窗子發了一會兒愁，忽見院中的白馬昂頭、直頸，抖動着尾巴，精神十分地抖擻。牠似乎是很不服氣，還要到大漠裏去走一走，恢復恢復牠的名頭。雪瓶便也振奮起來，就說了聲：“走！”她過去由店夥手中接過鞭子，就牽馬出了店門。店家、店家婆、店夥都送她至門外，她上了馬，笑着說：“再見！”就揮鞭離開了烏爾土雅台。

　　由此往南，走了不到六十里，就望見了白龍堆大漠。她知道南疆最大的沙漠名叫大戈壁，番名塔克拉瑪乾，爹爹走過，從東到西。爹爹騎着那匹黑馬連夜走，走的時候多，歇息的時候少，聽說還走了一個多月。要是別人，非走三四個月不行。白龍堆僅次於大戈壁，其實也不小，當下她來到這裏一看，只見沙崗起伏如龍，看不見一隻黃羊，也看不見天際的幻影。地下的沙礫好像比北邊那沙漠還粗，並且煙氣騰騰，就像是一隻無邊無沿的滾着熱水的大鍋一般。

　　她不由得有點害怕，就勒住馬分辨方向。她想着徐客人告訴她的話：出玉門關過銷魂嶺往西，只須走沙地二百餘里，不必橫貫整個的白龍堆。那麼爹爹跟韓鐵芳當日所走的，不過是這沙漠的一個犄角兒，自己現在似乎應當往東才對。

　　於是她就撥馬向東，只沿着沙漠邊緣去走。這一帶地上還有些青草，還有放牧的牛羊，還有蒙古包。她也不太心急，只不急不緩地去走。沙漠吹來的乾風，打得她右臉很疼，她就用那塊擦過淚的綢手帕，把頭髮跟臉全都包住。

　　走了一天，她就找了一個蒙古包去吃飯、歇宿，蒙古人以為她是個旗人的姑娘，對待她很客氣，很好。次日她走的時候，蒙古人還送給她了一隻木碗和一條牛毛毯子。這兩件東西帶在馬上既不太累贅，而且頗為有用。

　　她又往東去走。她索性不求人了，晚間，只要有個平坦的地方，她就鋪上毯子，躺在上邊睡覺。第二天醒來，找一件換下來的衣服，拿木碗倒點口袋裏的涼水，沾着就可以洗臉。糧食她也有富餘，足夠吃。如今已行了三天，什麼下落也沒有尋出，她想着不再進沙漠是不行了，自己是為什麼來的呢？於是她就先找了一處索倫人與漢人合居的小村落，將牛皮袋裝滿了淡水，然後改途直向正南，下決心闖進了白龍堆。

　　進了沙漠，她行得更緩，一來是怕磨傷了馬蹄，二來是她不希望逢人便打聽，卻願意在這裏生見着爹爹玉嬌龍。她想爹爹是個奇人，她也許在沙漠裏蓋了房子住了家。她夢想着，她找到了那個小屋子，硬闖了進去，就見裏面設備周全，爹爹平日所心愛的東西，什麼花兒、草兒、珍珠呀、翠玉呀，斷鋼斷鐵的寶刀呀，一切皆有。爹爹原來不是為別的事，只是因為把她平時所想念的那個在遠方的人找回來了，所以她才拋了我，而要那個人，並且怕我知道。但我卻要對她老人家說：我並不生氣，也不妒嫉，因為我已經長大成人了。我學會了拳、劍、騎馬、泅水，及夜行的功夫，我可以自己去生活，以後只要能讓我常來這裏看看她老人家就行⋯⋯

　　春雪瓶就做夢一般地這樣胡思亂想着，四周的景象也如同夢境。她幾乎將每一個沙崗全都查看過了，別說小屋子，連一具枯骨也無。這裏沒有駝鈴之聲，人更是沒有，只有天空盤旋着的三五隻翅若車輪的惡鵰。

　　到傍晚時，紅霞滿天，遍地沙子被夕陽照得發紫。遠處有一群灰黃色的野物飛跑着，比黃羊肥壯，好像是一群狼。她突然想到：莫非那日我爹爹因病羈留在此地，被狼給咬死了？吃了？所以才找不着。而姓韓的那天是幸而得免？當下她就怒火倍生，裝好了弩箭，向前去走。但是，馬卻畏縮着不肯向前。一會兒這群狼就跑過去了，不見蹤影了。

春雪瓶就連聲呼叫着："爹爹！爹爹！龍錦春！玉嬌龍……"她發怒地催着馬，隨走隨叫。望着錦繡長空，望着茫茫大地，她不禁放聲大哭。天色漸漸昏暗，她頹然地下馬，就臥在地下痛哭。馬也就在她的身旁倒下，和她相伴着睡去。

夜裏她被風吹醒了，心中一驚，便翻身起來。胳臂碰着了馬身旁的寶劍，噹啷一聲，她疑是有什麼東西乘夜來襲，便鏘然一聲抽出一對新磨的寶劍。寒光映着天邊微茫的新月，爍爍刺目，而耳邊只有嗖嗖的風聲，只有細沙簌簌地向臉上擊打，卻沒有別物。

等到天亮了，雪瓶又起來走。沙漠中本來也有道路，但她卻走迷了路徑，分不出來東南西北了。她走了不止兩天，才遇見了一隊駱駝。雖然她也沒詢問出她爹爹的下落，卻向人問清了路徑，她知道了往東就是銷魂嶺，往西就是紫雲林，便想：我還是往西去吧！在這裏是絕難訪出我爹爹的下落了。看來只好走一趟黃羊崗子了！萬一韓鐵芳在那裏，他若能夠告訴我爹爹的生死情形，我真得終身感激他。

於是，她改變了方向去走。又不知走了有多少路，忽見遠遠有幾點綠色，她心中一喜，緊緊地揮鞭踏沙疾走，少時便來到了臨近。這裏有三五棵柳樹，下臨一池碧水，很清，晚風吹起了許多皺紋。那柳絲已微微有點黃了，夕陽所照到的這一面，竟色如黃金，微風吹拂着，好似她額前被風吹亂了的髮。

馬一來到這裏就驚起了許多小鳥兒，吱喳地亂叫。雪瓶忘了心中的悲痛和焦慮，心說：啊呀！這地方真好！沙漠裏怎麼會有這樣的好地方？

她先將馬身上的東西卸下來，放馬到池邊去飲水。見馬喝得很高興，並且吃着池邊的綠草，她就摘下了頭上蒙着的綢帕到池邊去洗。她又洗了洗臉跟手，擦乾淨了，就坐在一棵大樹之下歇息。這柳樹是斜生着的，風一吹，柳枝就拂在她的臉上。她折了一條柳枝，在手中擺弄一會就扔了。她站起身來，從包袱裏取出來小篦子，就背着風，坐在那棵大樹的旁邊，把辮子解開了，又將頭髮重梳重編。萬縷的烏絲隨着風兒飄灑。

第八回　啟親靈淚沾三尺土　觸義憤拳打半天雲

　　春雪瓶側着頭，編着辮子，目光卻凝視着約二十多步之遠的一片土地。那裏是平平的，原來就是沙子與泥土的分界之處。她就想：這裏一定就算是已走出了白龍堆了！當時這裏起大風時，不知爹爹是否也曾在這裏歇息？她心中萬緒千愁，抑鬱不舒，半天，才將一條辮子編完。她凝視着那一片沙土的交界處，心中倒覺着很奇怪，怎麼那裏就是一片荒漠，而這邊就是又有青草，又有柳樹，又有甘泉呢？

　　她感覺人生也是如此：早先隨着爹爹，那時就如同在這小小的湖邊，風光美麗，而今後即使爹爹未死，她那病軀恐怕也活不了多久了，而橫在自己面前的命運，就如那一片荒冷黑暗的沙漠，沒人愛憐，沒人為伴，只剩下自己一人孤苦伶仃……想到這裏，她又覺得一陣難過，便趕緊奮然站了起來。她回過身來，見夕陽已經發紫，投向這幾棵樹上來的一群鳥雀，又叫了一陣，就全都不叫了，她就頓頓腳說：“走吧！索性往西去！”

　　於是她牽過馬來，重新備上了鞍韉，掛劍，繫包袱，就上了馬，順着湖岸，揮鞭走去。繞過了這短短的湖岸，眼前的地下可仍是積沙，她再往前行，夕陽已落，長天又跟沙漠一樣地發黑了。只有淡淡的月光，像霧一般，籠罩着眼前的景物。又走些時，見眼前是一片樹林，黑壓壓地，就如排列着一群怪物似的。風吹得樹木瀟瀟作響，如浪濤之聲。林中只有一條小路，兩旁都是比馬還高的茂草。來到這裏，雪瓶倒不禁躊躇了，她將馬勒住，暗想：這密林裏邊當然不會有人，可是猛獸毒蟲，卻說不定會有。若是衝開草去走，草裏邊定有蛇，而且必然迷失了方向，這一夜不定會走到什麼地方去呢？

　　她想了一想，就下了馬，抽出劍來，割了一把草，就紮束了起來，成了一個草捆，於是她取出來火鐮，打着了火，就將草燃着。這地方的草本已快枯黃了，她用力一抖，立時火光騰起，眼前的密林便很清楚地現了出來。火把驚得她的馬直要奔，她就收了寶劍，抓住了馬騎上，手搖着火把，就闖入了森林。林中正在睡覺的鳥兒也都被驚起，亂飛亂噪。行至林中不遠，火把也就滅了，她扔在地下，卻又抽出寶劍，就以劍向前尋着路。繞了半天，才看見天空的星光，她就催馬出了樹林。深深地吸了幾口氣，馬也長嘶了兩聲，騰起來四蹄就向前跑，她收都收不住。

　　忽然她看見路旁的地下，又騰着一片火光，好像有人在那兒做飯似的，她覺得非常詫異，就用雙手勒住馬韁。用了很大的力氣，她才將馬收住，又讓馬喘喘氣，她就撥轉馬頭，回過身來。卻見那火光之處，有人高聲嚷着說：“喂！你是幹什麼的？”雪瓶更詫異了，心說：這裏怎麼會有人？而且是漢人？她就也回問說：“你們是幹什麼的？”那邊卻不言語了，似乎是因為聽出來她是個女的，才不言語的。

　　雪瓶卻抽出劍來往近處去走，就見那邊地下燃燒的是一堆木柴，火光熊熊，照出來支搭着的一個小小的蘆席窩棚，地下扔着些亂七八糟的東西。火堆旁有兩個人，一個身材高，一個身材矮，見了馬上的她，就都驚驚慌慌的。那個身材高的人就連連擺手，說：「不干我們的事，我們是被他找來做棺材的，他沒回來，你再追他去吧，別來找我們。」

雪瓶聽了實在覺得莫名其妙，就下了馬，更往近走，並且說：「你們別害怕，我也是過路的。你們在這曠野荒郊的地方，到底在幹什麼呢？」

她來到了臨近，那兩個人就都往後退。那身材矮的原來是個十來歲的小孩子，他看出了春雪瓶的模樣兒，就拉了旁邊那個三十餘歲的男子一下，說：「這不是那個人！」立時他們對於雪瓶，就不再太畏懼了。

雪瓶看見地下堆着很多的樹枝跟木屑。他們燃火也不是為燒水、做飯，多半是為怕有狼來，所以才預備着火，為的是把狼嚇走。地下躺着鋸下來的一棵大樹，還有鋼鋸、斧頭，和一些零七八碎的東西，好像這兩個人真是木匠，正在這裏做工呢。雪瓶因就懷疑地問說：「你們在這裏是做什麼？」

那男子就說：「我是黃羊崗子的木匠，會做棺材。那河南人韓大爺把我們找了來，叫鋸這裏的沒主兒的樹，釘一口棺材，好裝人。韓大爺……」

雪瓶驚訝得神色都變了，連忙問說：「你們所說的這韓大爺，就是韓鐵芳嗎？」木匠搖頭說：「我不知道他叫什麼名字，你問他吧！」說着把旁邊的那孩子一推，那孩子就點頭說：「韓大爺的名字就是叫韓什麼芳，他是個好人。我叔父是個瞎子，病死在黃羊崗子，就是韓大爺找他給做的棺材埋了的。韓大爺還薦我在劉大的店裏當夥計，劉大爺待我可不好。韓大爺走了一趟尉犁，丟了好多的東西，把琵琶也丟了，就回到了黃羊崗子。他走的時候騎的是黑馬，回來時可騎了一匹紅馬，渾身也很髒，只帶着一把刀。」春雪瓶着急地說：「你快說吧，你們來這兒做棺材是要埋誰？」問了這一句話，她的身子都發顫了。

這孩子卻越發磕磕絆絆地，把話說得很慢，他說：「韓大爺有個好朋友，一塊兒走到沙漠，那人就得病死了！」雪瓶聽了這話，心中就如被刀剟了一下。

這孩子又說：「在沙漠裏買不着棺材，韓大爺就刨了個坑兒，把死屍給埋了！」雪瓶的眼淚，已不禁奪眶而出。

又聽這孩子說：「韓大爺到尉犁去，就是為請那人的女兒預備棺材到沙漠去收屍，運靈……」雪瓶頓了一下腳，說聲：「咳！」倚着馬就不住地悲哽。那孩子愣了一愣，又接着說：「沒想到韓大爺見了那人的女兒，那女兒就是秀樹奇峰……」旁邊那木匠狠命地把孩子推了一下，這孩子就咕咚一聲坐在了地下。木匠說：「你敢當着人滿口胡說？你不要命啦？你不要命，我還要命呢！我真不該應這回買賣，倒霉！」

雪瓶卻怒聲斥住了這個木匠。她蹲下了身，將那孩子攙扶了起來，溫言婉轉地說：「你不要怕，你說不要緊！那沙漠裏埋的人到底是誰？」那孩子說：「韓大爺到了尉犁倒挨了一頓打，回到黃羊崗子，他就很煩。他跟劉老大，跟薛老頭、爛眼三他們說，他本來在別處還有要緊的事，可是他的那個朋友，死了就埋在沙子裏，他的心裏實在不安，無論如何也得做一口棺材盛殮了，再埋起來，他的心安了，對得起朋友了，他才能到別處去辦事。可是韓大爺又沒有錢，劉老大、薛老頭也都不肯借給他。他要賣他騎來的那匹紅馬。別人怕他那匹馬的來歷不明，全不肯要。好容易才遇着個過路的人，花了三十兩，買了他的那份鞍韉。他就雇了木匠，帶上我，叫我幫着，來到這兒做棺材。這兒有這麼些樹，隨人砍，木頭倒是現成，可是也得用兩天的工夫才能做得。」

春雪瓶就趕緊問說：「韓大爺現在在哪裏？你們快些把他找來！我只細細問他。我就是春雪瓶，你們不要害怕！」這孩子雖然發着愣，可是他倒似是只怕秀樹奇峰，而不怕春雪瓶，他就也着急地說：「韓大爺跑啦！叫個騎着馬拿着寶劍的哈薩克姑娘給趕跑啦！」

雪瓶更是驚異地問說：「什麼？」那木匠又把孩子推在一邊，他過來說話了。他說：「韓大爺在黃羊崗子講好了的，叫我跟到這裏來，乾糧跟水都歸他預備。到這兒鋸樹、鋸板子、釘棺材，還得幫着他刨死人，再入殮，一共十五兩銀子。不為這十五兩銀子我還不來呢！我在黃羊崗子真沒有買賣做，不然，誰能應這個活？你看，我連鎬頭都帶來了，要沒有這孩子幫着，連這些累贅的東西我也運不來呀！韓大爺還帶着一匹紅馬，那匹紅馬就是個惹禍精。我們今天才來，韓大爺幫助我鋸樹，這孩子也幫助我拉鋸開板，其實板都快開好了，明兒再一釘，一口粗笨的棺材就算成啦。刨死屍，盛斂，那倒容易，頂多了兩天的事兒。可是今天才過午，麻煩就來啦，來的是一個跟你似的姑娘，騎着馬拿着劍，嘴裏說着哈薩克話……」

雪瓶以衣袖拭了拭眼淚，聽到了這裏，她就知道必是小霞，就不由得十分生氣。又聽木匠說：「那姑娘初來的時候倒不兇，她也不問我們在給誰做棺材，只是跟韓大爺說話，還笑着。可是韓大爺聽不明白她的話，倒直跟她瞪眼嚷嚷，她就生氣了，就跟韓大爺要他那匹馬，說那匹馬是她的。我倒懂得一兩句哈薩克的話，就翻給他聽了。韓大爺一賭氣，就叫她把馬拉走，不想那姑娘不但是來要馬，她還要……」

他說到這裏，雪瓶也不禁覺得難為情。木匠又說：「那姑娘大概是要跟韓大爺成夫妻，韓大爺就着急啦。韓大爺帶着刀，拿着刀跟她打了起來。我們都躲得遠遠地看着，見韓大爺很厲害，刀耍得很熟；可是那姑娘更兇，寶劍練得更好。兩人打了半天，韓大爺沒敗，可是那姑娘由懷裏掏出弩弓來了。她裝上箭，就向韓大爺連射……」雪瓶急忙問說：「那韓……韓大爺傷了沒有？」

木匠說：「我們沒看清楚，可是韓大爺騎上了那匹紅馬就跑了，那姑娘也騎上了馬狠追！」雪瓶又問：「追往什麼地方去了？」木匠用手指着繁星黯月之下的一片茫茫的荒漠，那無人無燈火的地方，說：「往北追去啦！我們等到這時候還不見韓大爺回來，說不定是被那姑娘把他射死啦！我們打算在這兒住一夜，明天他要是還不回來，我們可就回黃羊崗子去啦。在這荒郊曠野，可真受罪。今天我們兩人就得輪流着睡覺，要是全睡了，就許有狼從樹林裏出來把我們吃了。」春雪瓶就說：「我既來了，你們就不要再怕，我能想法把韓鐵芳找回來，棺材你們也務必做成。只是，韓鐵芳韓大爺沒有對你們說嗎？沙漠裏埋的那個人到底是什麼人？是男還是女？」

這木匠翻着眼睛望着雪瓶，卻驚懼地連一句話也不敢說。雪瓶問的雖然很急，但態度倒還和藹，可是木匠仍是畏懼着。那孩子倒是說：「我知道！韓爺這次回到黃羊崗子，已經跟薛老頭他們都說了，他說埋在沙漠裏的他那個朋友，就是有名的人物春大王爺。」

雪瓶的心中雖早已猜得差不多了，但還沒有證實，如今聽了這孩子一說，她就雙淚如雨，將身子倚着馬鞍，哭得心腸俱裂。那孩子又問說：「姑娘你就是秀樹奇峰嗎？聽說春大王爺是你的娘！」

雪瓶這才直起點身來，拿手帕擦着眼睛，她一邊嗚咽，一邊點頭說：「正是！但你們不要怕我，我不是不講理的人。春大王爺是我的爹爹，韓鐵芳的好意，我並不是不知，我也想到我爹爹是凶多吉少，可惜……」她歎了口氣，拭了拭眼淚，又說：「可惜在尉犁我見着韓鐵芳的時候，因為中間有人攪亂，我們沒把話說清楚。如今，也許是我爹爹的靈魂把我引到這裏來的！既然如此，你們就快些把棺材做好了吧！要用好木頭，不要做得太粗了，我可以多給你們些錢！」

那木匠說：「錢多給少給倒不要緊，要不是給春大王爺做棺材，我們還不幹呢！你放心，我給春大王爺做壽材，就是外看着粗笨一點，也絕保結實，就是扔在河裏泡着，十年八年也絕保壞不了。可是，小王爺！我可不知道大王爺的屍骨埋在哪裏。韓大爺只說離這兒不遠，是東邊是西邊？沙漠裏又沒有石頭椿子，也沒有碑，更沒有看墳的。棺材趕着點做，明天就能好，可是韓大爺准能夠回來嗎？要不回來，難道還能夠往沙子裏埋空棺材？」

雪瓶說：「明天我必能將韓鐵芳找回來。棺材你們快快做，好好做，做好了幫着給埋葬了，我每人加給你們十兩銀子！」木匠說：「行！明天我就叫你看棺材吧！准保中意，你要是圖結實，我再往北邊跑幾十里地，到老牛山去一趟，那兒有個鎮，有漆賣。買點兒漆來一漆，包管比鐵材還得結實。」

春雪瓶點頭說：「好！明天再說，可惜現在太晚了，不然，我立時就能去找韓鐵芳。」那孩子說：「小王爺，你去找韓大爺，可也得小心那哈薩克姑娘的弩箭！」春雪瓶忿忿地說：

"我不怕！"說着她就卸下來鞍韂，將包袱也取了過來。馬跑到旁邊啃了啃草，又躺在地下滾了一滾，就安安適適地臥下了。

那木匠一看，這位小王爺今天是想也在這兒睡下的樣子。他仰面看了看天氣，也不至於下雨，他就三下兩下將那席搭的帳篷拆了，將席就鋪在地下，請雪瓶歇着。雪瓶的身體也實在疲乏，因為心中悲痛，精神更覺頹靡，她就坐在了席上。木匠就吩咐那孩子說："再往火裏添幾塊木頭，別叫它熄滅了，那可就不好點了。燒點水，把咱們帶來的乾糧烤一烤，你也別閑着，因為你跟我掙一般多的錢！"這孩子也一聲不語，就往那火裏又添樹枝、放木屑。木匠便打起精神來，當時又劈木頭，又鋸板子。

少時那孩子拿來一砂壺水，裏邊還放了些紅茶葉，連同兩塊乾糧都給雪瓶送了過來，雪瓶說："你不要為我多忙，你疲乏了，就也在這席上睡吧。"說這話時，她是微帶着笑，可是雙目中仍不斷地滾湧着淚水。

雪瓶在年幼的時候是活活潑潑的，跟那些哈薩克的女孩子一個樣，她把高山草原就當作是自己家的堂屋似的，隨便玩，隨便走。到了什麼地方，就可以躺下睡覺，睡醒了之後，連衣服也不抖，臉也不用擦，就照舊地跟小霞、幼霞，還有幾個女孩子，一同玩耍。及至到八九歲時，她的爹爹就開始教授她認字和武藝。她爹爹有一本書，教她時常常翻閱，但只是教她哪一段，手就翻到哪一段，書並不能到她的手裏，因為她爹爹說："這書中有許多武技都是很毒辣的，一手發去，對方立死，你還用不着。若是早叫你知道了，你免不得出去故意顯露，就容易傷人。這傷無法可治，傷了壞人，還不要緊；若傷了好人，實在不該。索性等你將來長大了，明白事體了，再把這本書給你看。"

這是十多年前之事。起先受藝之時，還是一半練一半玩，爹爹那時的身體還好，還不怎樣憂慮，後來，藝漸深，而爹爹也將自己管束得愈緊。自己的童心也就漸失，性情也就陷於沉鬱。尤其近幾年，因為爹爹常病、常哭，更使自己時常傷心。但她從來沒有像今日這樣傷心過，今日，她才知道賽八仙的卦不靈，爹爹確實是已死了，而且寂寞地埋於那荒涼的大漠之中。她回憶起舊日爹爹的歡笑時、慈愛時、愁悶時、激怒時的音容，又憶起爹爹授給自己武藝之時那矯捷絕倫的拳腳及鬼沒神出的劍法，更憶起爹爹書寫的小楷，那小楷秀麗得真恨不得叫人一個一個拿下來，放在手裏賞玩。有時又畫畫，她畫什麼，便真像什麼。這一切都在她的腦中、眼前，一篇一篇地清楚地翻閱，她不禁心痛如絞，又嗚嗚地痛哭起來。

此時，那小孩子在幫助木匠做棺材，咪咪地拉着鋸，喀喀地劈板子，梆梆地釘釘子。這木匠越做活越有精神，並且還唱了起來，唱的是："一更一點月兒正東，小奴家獨坐繡房中，哎呀！繡房中，黑咕隆咚，情郎不來，等得小奴的心痛，嗩楞嗣。"那個孩子身體不大好，又困了，累得就直喘吁。草間的秋蟲，也像拿小鋸兒鋸着什麼東西似的，只不住地唧唧地響，響得令人心急。那火堆裏更不住地嗶剝嗶剝亂響，火星兒亂蹦，幾乎蹦在沙地上。

雪瓶喝了幾口茶後，就將席挪得離着火堆遠一些，包袱寶劍仍在她的身邊，寶劍抽出於匣外，離着她的身子不遠。她先是半躺半坐，後來就索性側身躺下，聽着煩絮的秋蟲之聲，風吹草聲，及樹木落葉之聲。那茫茫的長空上，閃爍着數不清的銀星，一鈎淡淡的月亮斜掛在半空。雪瓶望着這一片神妙的星空，眼前又幻出了她爹爹玉嬌龍生前的容貌，她不禁又流下兩行眼淚。許久，她才合了眼，不知不覺就沉沉睡去。

這曠野草原，古道之旁，夜間只是風露有一些涼，倒是十分地安靜，一夜連壓着她的惡夢也沒有。次晨睡醒，春雪瓶睜眼坐起一看，覺着衣服盡濕，沙上也全都像用涼水灑了一回似的。那口寶劍一提起來，便往下垂滴着露珠。草間的秋蟲仍在唧唧"地亂唱，木匠跟那個孩子就臥在那邊的地上，呼嚕呼嚕地打着鼾，睡得很熟。旁邊的火還留着餘燼，那口棺材大概已經做得差不多了。

雪瓶立起身來，見那匹白馬也已立起來了，她走過去摸了摸馬身上的鬃毛，也都濕得跟才從水裏出來一樣。由此她又想起，現在仍在賊人牛脖子手中的那匹黑馬，恨自己太不濟，太無用，太對不起爹爹了。她就將馬鞍和包袱又都在馬背上繫好，往北一看，只見一片茂草連着深青色的長天，那天上還懸着幾顆一明一滅的晨星。

她就將劍入匣，掛於鞍旁，手提皮鞭走過去，蹲下身，輕輕去推那個孩子。叫了半天，這孩子方才醒來，驚問說："什麼事？小王爺！您叫我有什麼事？"雪瓶就說："天快亮了，我要去尋找韓鐵芳去了，你們在此等着我。他要是回來了，你也得叫他在這裏等着我。反正我今天不到晚間，必定回來。我的水口袋放在這裏了，你們若是渴了自管喝！"小孩子便爬了起來。春雪瓶上了馬，又叫這孩子指點了昨天小霞追趕韓鐵芳的方向，她就鞭馬衝進了茂草，往北走去。

她這匹馬在草原中行走慣了，在草叢中行走，竟如同走平地一般，撞得兩旁已漸枯黃的草，都紛紛折落，那未折落的也四下偃伏。馬蹄踏着樹枝咯吱咯吱地響，並有許多有羽翼的小蟲，都飛了起來。走了半天，天色漸明，晨星俱隱，又有一層曉露遮在眼前。等曉露消散，天色大明，她已出了這片草地，身上着的露水更多，並沾了不少草及小蟲兒。

春雪瓶就駐馬向兩邊看去，見西邊是一片稀稀的短草，短草之外便是曲曲折折一條白茫茫的大河，那就是孔雀河。在東邊和北邊又是黑色的大漠，不過沙漠的盡頭又有幾叢蒼綠之色，又像是有樹有草。這一帶的景物頗為複雜迷離，別說是房屋，就連一個蒙古包或一頭牛羊也是覓不見。假使東方不是漸漸暄起了一片朝霞，她真連方向也辨不出了。

她漫然地策馬走着，心中很恨小霞，覺得她真是無恥，又想：如果韓鐵芳已被她逼死了，那韓鐵芳真真的可憐，我實在對他不起。現在人家把棺材都要做得了，我卻找不着爹爹葬埋的所在，我更是對不起爹爹……

雪瓶心中既急又悲傷，就在這沙漠中繞了多時，繞過了許多座起伏不平的沙土堆。忽聞遠處傳來叮噹噹噹，叮噹噹噹的聲音，聲音清亮，但卻極為遲緩，這是她聽慣了的駝鈴聲，傳來的方向就在東邊。她向東扭頭望去，就見那燦爛的朝陽照着黑紫色的沙地，襯以藍天上一朵一朵的白雲，十分美麗，但為沙崗所蔽，卻看不見一隻駱駝，並且那金針似的陽光，刺得眼睛都難以睜開。可是她絕不遲疑，撥馬就向東走去，隨走隨辨聽着鈴聲。那叮噹噹噹的聲音越來越清楚，她催馬又急跑過了幾條沙崗，就看見了那隊駱駝。

這隊駱駝可真長，足有五六十隻，都是一樣地高大。天漸涼了，身上的毛也漸漸長長了，倒不十分難看，背上都馱着很重的貨物。有的駱駝上面還放着皮氈的大鞍子，鞍上坐着人，人還抽着煙。跟着駱駝的人也不下十四五個，有老的有少的，有蒙古人，還有漢人。那叮噹噹噹之聲震着耳朵，馬便不敢向前去走，春雪瓶卻緊緊地以鞭抽馬。馬來到駱駝的臨近，卻又不住地向後去退。對面拉駱駝的客商，背着陽光把她這裏看得很是清楚，都一齊愕然，並彼此說着什麼。駱駝也就都站住了。

春雪瓶就下了馬，問說："你們可曾看見有個漢人，騎着紅馬，拿着刀，被個哈薩克的使劍的姑娘追趕着？"對面的拉駱駝的就有人啊呀了一聲。一個漢人走了過來，先打了躬，然後驚驚懼懼地叫了聲："大王爺！"春雪瓶的心中倒很覺不好受，她知道此人錯以為自己就是爹爹了。爹爹她老人家在新疆，尤其是在沙漠裏的名氣也太大了！

聽這個人又說："我們沒有看見什麼哈薩克的姑娘，只是剛才，我們走到東邊……"他回身一指，說："很遠呢！距離這邊有三十多里地呢，那裏的一個沙崗的後面，趴着一個人。我們以為是個死人，因為他趴在那裏不動。本想走過去細看看，或是救救他，可是又見他懷裏有一把刀，不遠之處有一匹馬。那時天色還沒大亮，馬是什麼顏色，我們可也沒有看明白。我們還以為他是趴在那裏等着劫人的強盜，或是半截山手下的探子呢，我們也就沒敢過去理他，就趕快地走過來了！"

春雪瓶聽到這裏，就趕緊騎上了馬，問說："那人是在正東嗎？"拉駱駝的好幾個人都回手指說："就在正東！那個沙崗子很大，你不細看，就看不出那裏還趴着個人！"春雪瓶就點頭說："好！我這就去找他！那個人並不是賊人，他原是我的一個朋友。"立時就有個拉駱駝的人現出後悔的樣子，把腳頓一頓說："早知道他是王爺的朋友，我們就把他救了，拿駱駝給馱來啦！"

春雪瓶此時卻顧不得再答話了，她鞭馬向東，越過了這一行駱駝隊就一直走去。身後的駱駝之聲又叮噹噹噹地響了起來，且越走越遠。向東走出了六七十里地，太陽也越升越高，她就注意地查看這沙漠中一條一條起伏如龍的沙崗。本來這些沙崗都是被風堆成的，一起風就變了原來的位置。譬如現在是一片丘陵似的沙崗，但一遇着風刮起來，大的沙崗就能夠將人畜活埋，風定之後也許變成一片平沙，而別處卻又可能堆起一座沙山來。這些沙崗就像是趴在大漠中，時常變形的一群怪物。

春雪瓶自量今天還沒有風，沙崗或許還不會變形，韓鐵芳所趴伏的地點，一定還可以找得到。她知道那人一定是韓鐵芳無疑了！那個爹爹的好友，俠骨熱心的少年人，實在是可憐。他竟被無恥的小霞給逼迫在這裏，不能完成他為友起靈，盛斂的宿願。倘若他已經死在那裏了，爹爹的屍骨也就找不着了！她忿忿然，咬着嘴唇，邊走邊想，目中且時時滾着眼淚。

這股直路兩邊的大小沙崗，以及平坦的沙地，她全都仔細地看過了，結果竟連一個活動的東西也沒有。她的馬又往前行着，直想要尋遍這無涯的荒漠，踏盡這無數的沙礫，她決心不尋着韓鐵芳，就絕不回去。這時，忽聽有人尖叫了一聲，她一驚，就將馬收住了，向四下察看。接着又聽那人尖聲喊叫，是用着哈薩克的話，問說：“你幹什麼也來啦？”待了一會，就見南邊出現了一匹白馬，飛似的繞過了一道沙崗，就往近來了。

雪瓶一看，這人正是小霞，就見她騎在馬上，穿着一身紅衣，臉黑得跟地下的沙子一般。，她頭上的五條細辮子，有的在前，有的在後，亂蓬蓬地。小霞一手搖着鞭子，一手提着韁繩，腰間繫着條紅綢的帶子，馬上掛着的寶劍顫動着發出來響聲。她臉上帶着些笑，又問說：“你幹什麼也來啦？”

雪瓶就怒目瞪着她，厲聲問說：“我還得問你呢？你為什麼由尉犁跑到這沙漠裏來？你真壞了我爹爹的一生名聲！我爹爹當初就不該教給你武藝，叫你如今妄為！哼！”

小霞來到了離她十步之外，就也將馬收住了，她臉兒往下一沉，瞪得眼睛更大，說：“你說什麼？”雪瓶又哼了一聲，說：“你為什麼來到這裏？為什麼要追趕那姓韓的？”小霞忽然暴怒說：“你能管我？他搶了我的馬，還偷了人家的馬。他們又跑到這地方鋸樹，釘什麼東西，見了我還敢還手！我為什麼饒他？我還認定了三爹爹是他給害死的呢！我非殺死他不可！可是從昨天他就跟我在這裏繞來繞去，我抓也抓不住他，射也射不死他，我在這兒整整地生了一夜的氣……”

雪瓶突然用比她更為尖厲的聲音，說：“你別說了！你也不細想一想，他是個好人還是個壞人？上次人家找我就是好意，是有事，因為我爹爹……”說到這裏，她忽然又想：我爹爹病故，被韓鐵芳埋在沙漠之事，我何必要跟她說呢？春雪瓶就把話嚥住，忿忿地說：“我勸你快些回去！韓鐵芳原是個好人，即使見了他的面，我也不許你逼迫人家。繡香姨姨跟幼霞妹妹，她們都往迪化去了，她們都恨不得趕快找到韓鐵芳，好向人家道謝……”

小霞冷笑着說：“她們為什麼要找韓鐵芳道謝？莫非她們做了大媒，把你嫁給姓韓的了？”雪瓶臉紅着唾道：“呸，我也沒有工夫跟你多說話，你回去問美霞姨姨去好了！她能把實情全都告訴你。我勸你趕快回去，不然，我將來把這些事全都去告訴美霞姨姨，我還從此不認識你！”小霞便哼哼地冷笑着，拿眼睛瞪着，雪瓶卻忿忿地將馬一轉，揮鞭又往東去了。

跟小霞說了這半天話，招得她的心裏更生氣，她遂走遂回頭，卻沒見小霞追來。她馬往前行，眼睛更注意地向兩邊去看，正在走着，忽然見從旁邊的一個沙崗之後，露出來一個馬頭，雖然離得很遠，但也能夠看得出那匹馬正是紅色的。雪瓶心中一喜，便撥馬向那邊快走。而那匹馬卻不住地長嘶，大概是餓得太難受了。走近一看，馬上沒有鞍轡，也沒有人，春雪瓶便驚訝地想：莫非韓鐵芳真的受傷死了？不然怎麼只有這匹馬跑到了這裏？

她急急地揮鞭，少時馬就來到了沙崗前。這個沙崗很高很長，雪瓶催馬向沙上去爬，但沙子太松，馬的四蹄都深深地陷入沙中，拔不出來，爬不上去，便也嘶叫起來。春雪瓶就跳下了馬，不料自己的兩隻腳也都陷在沙裏了。她如在河底跋涉一般，好不容易才爬到沙崗上，就見那一邊正有一個人臥着，手中還持着一把刀。見有人來，他就翻身爬起，刀也向上掄來，並厲聲罵着說：“你這個女人！逼我到了什麼地步？我不怕你！”

雪瓶忙將身子向後一閃，她已看出這個人正是韓鐵芳。韓鐵芳這時全身滿是沙土，臉上黑瘦得不成樣子，手臂上還有血跡，兩隻眼睛紅得跟燈似的。他看出來這女子不是那小霞，卻是秀樹奇峰春雪瓶，不由就呆住了，也不氣忿了。

雪瓶也發了一陣呆，腦裏想了半天，不知怎樣說才好。她只說了聲：“韓……”就停下了，因為她叫不出來韓大爺，也不能稱呼人家的名字，於是她就只往下說：“我已見過了那個木匠，事情我都已知道了。您實在是個好人，在尉犁城的事，真是我的錯。您既是我爹爹的朋友，又與我爹爹一同西來，我爹爹死在了沙漠，您將她……”說到這裏，雪瓶就不禁悲泣流淚，但她極力忍抑着心痛，又說：“我們本來誤以為她老人家現在迪化，所以都往迪化去了。半路上我遇着了賊，因與賊人爭戰，我才與他們分手。我過了黑沙漠，在烏爾土雅台又見着一個姓徐的商人，聽了他的指示，我才進到這白龍堆裏來，想尋着我爹爹的一點下落，並想能找着您……”說到了這兒，她已經哭得喘不過氣兒來了。

韓鐵芳也長聲地歎氣，並勸雪瓶不要傷心。接着他就把自己由家中出來，在靈寶地面與病俠相遇，便一同西來的事說了。但是他可沒說出他是為什麼原因離家出來的，也未說出病俠帶他來，是為叫雪瓶幫助他往祁連山，及什麼將來兩人永久相伴，住在這新疆之事。他說得很簡略，但是一說到病俠慘死在這沙漠的大風之中，他卻又詳詳細細地將當時的情形說了出來，並且感歎着。春雪瓶就坐在沙崗上聽着，痛哭着，手中的鞭子也扔在一邊了。陽光正照在她的臉上，只見淚珠瑩瑩如珍珠一般，一顆一顆地落在沙上。

韓鐵芳是半臥半坐地靠着沙崗，他又說：“我往尉犁去訪姑娘，就是為酬答春前輩待我的一片友情！我想將春前輩葬埋的地方告訴姑娘，並將那匹名駒、那口寶劍、那個我分文未動的包袱，交給姑娘，然後我就走！因為我還要東返，有要緊的事情需要辦。只是沒想到，我也是太鹵莽了，所以才招惱了姑娘，以致未容我把話說明白，姑娘就把我驅走了！”

雪瓶拿綢帕拭了拭眼淚，說：“這件事原是怪我。”韓鐵芳說：“也不怪姑娘！只是那哈薩克的姑娘，她逼得我太厲害了！那天在尉犁，我若不搶她的這匹紅馬走，我就無法逃脫。我負着箭傷連夜回到了黃羊崗子，因為我在那裏住過，還認識幾個熟人。我想向人借些錢，釘一口棺材，來這裏將春前輩盛斂起來，重新埋起，我的心也就安了！春前輩待我如同子姪，我備了棺材將她葬埋，使她的屍骨不至腐爛，交朋友如此，我覺着也就夠了。至於姑娘不許我說，也就算了，其實我也不願意說，使姑娘因親近的人已死而難過。”

雪瓶哭得更厲害，韓鐵芳又說：“但是黃羊崗子的驛吏跟店家都無人肯借給我錢，沒法子，我才將這匹紅馬上的鞍韉賣了，得了幾十兩銀子。我想，將來辦完了事，我再到新疆去找那哈薩克女子，把這點錢，跟這匹馬，加倍地還給她！我韓鐵芳的為人向來不妄取，不難人，敢稱磊落光明。”

雪瓶點頭說：“我知道您的人很好。我爹爹平生沒有一個朋友，她肯與您相交，可見您是不同別人。我爹爹必然是很欽佩您的！”這句話倒叫韓鐵芳的心裏很難受。因為他本來明白，病俠為什麼帶自己來找雪瓶，可是這話又不能說，他只好承認自己是與別人不同。遂韓鐵芳又把自己雇了木匠，連同那瞎子樂人遺下的姪子，到這裏來做棺材之事，及小霞忽然追來，逼趕他，戰了一天一夜，受了她三枝弩箭的事也都說了。春雪瓶也看出他所受的箭傷實在很重，已經不能行走了。

此時秋陽照得遍地的黑沙十分炎熱，遠處是煙氣騰騰，迷迷茫茫，白雲與飄渺的幻景。相聯着。雪瓶拾起來鞭子走下了沙崗，她說：“您受傷、受冤屈，總都是為我們的事，我真說不出心中是怎樣難受了。昨夜我遇見那做棺材的木匠，我已叫他們快些去做，這時大概都做好了，他們的工錢，也應當由我給，只是我不知道您將我的爹爹葬埋在哪裏了？這地方又是這麼荒曠。”韓鐵芳說：“那個地方很易找，風景很好，若不是沒有棺材，只埋的是他老人家的屍身，這回真不必再啟開墳，又翻動屍骨，使着老人家的靈魂不安。”雪瓶哭着說：“我也想看看我爹爹死後的模樣。”韓鐵芳說：“那麼我就隨同姑娘去吧！”

他忍着傷痛，想站起來，不料他的右腿上的傷太厲害了，他簡直站不起來。雪瓶趕緊過去攙扶他。他痛得臉色蒼白，頭上的汗珠粘着沙子，都如黃豆般大的往下墜。雪瓶眼邊還沾着淚水，斜仰着微紅的臉兒看着韓鐵芳。

韓鐵芳就咬咬牙說：“不要緊！我已歇過一夜了，箭我也都由肉中拔出來了，不要緊！我還能掙扎着走到那個地方，只請姑娘將馬給我牽過來就是了！”雪瓶說：“你站穩了！”她輕輕地放開了手。韓鐵芳就以刀拄着地，彎身站立着，那刀都插入地中半截，雪瓶往那邊走了幾步，把那匹紅馬牽了過來。這匹馬無鞍無鐙，十分地不好騎，何況韓鐵芳的右腿簡直抬不起來。雪瓶就叫韓鐵芳扶着馬暫時在這裏等一等，她就又爬過了沙崗，把她的那匹備有全份鞍韂的馬，費力地牽了過來，她說：“請您騎上我的這匹馬吧！這匹馬有鐙，還好騎些。”說這話時，她微微地帶着笑，顯得愈為美麗。

她手也忙，腳也忙，一條大辮子就在背後顫動。接着她用那美麗豐腴、非常有力的手，攙着韓鐵芳，往上一揪，同時韓鐵芳也用力一抬腿，就騎在白馬的鞍上了。他吸着氣忍着疼，臉也羞愧得跟一塊紅布似的，心中對這秀樹奇峰是又欽佩、又喜愛、又尊敬。他的鞭子是早就丟了，雪瓶又爬上了沙崗，將她自己的那杆皮鞭拿了來交給韓鐵芳。鐵芳感激得不知向人家說什麼話才好，自覺得說客氣的話又顯得自己太虛偽了。說道謝的話吧，可是又想，自己為人光明磊落，她雖是一個美貌的年輕女子，可是既是我的朋友的子女，也就是我的姐妹似的，我如今受了傷，讓她服侍服侍也不算什麼，於是他就什麼話也沒有說。

春雪瓶反倒輕聲問他說：“行嗎？這樣坐在馬上走，受傷的這隻腿受得住嗎？”韓鐵芳點頭說：“行！我能掙扎的，只是，沒有鞍韂的馬，姑娘能騎嗎？”雪瓶一笑，說：“這算什麼？我自六七歲時，就常在尉犁城的草原上騎那沒有籠頭沒有鞍韂的馬！”韓鐵芳說：“怪不得姑娘有那樣好的馬上功夫！”雪瓶卻臉紅了紅，說：“我騎馬雖好，也不如你，那天賽馬的時候，不是您的馬跑在了我的前面嗎？”韓鐵芳說：“那還是因為春前輩的那匹黑馬太好了，那真是一匹神駒！”

雪瓶聽他提到了那匹丟了的黑馬，她的心中又不由一陣忿恨，想着等盛斂了爹爹之後，還是得去找牛脖子那賊人，不找回來那匹黑馬我不能甘休，不能算是對得起我爹爹。

當下她騎上了紅馬，手中拿着韓鐵芳的那口刀，就說：“走吧！”遂以刀柄擊馬，她的馬就向前面走去。她還回頭看了看，見韓鐵芳提韁搖鞭，緊緊地跟着她，並在馬上神態昂然，她這才放了心。本來她不敢快走，可是因為心急，所以就不由得走得很快。繞過了這片沙漠，地上平了一些，沙地也堅硬了一些，這紅馬又像賽馬似的疾馳起來。後面的白馬也不肯相讓，緊追在後。

韓鐵芳那條傷腿被馬腹磨得十分疼痛，簡直如刀剜似的，但他絕不肯呻吟一聲，絕不肯皺皺眉，並不將馬稍停。他只將牙緊緊地咬着，咬得吱吱作響。天色快要近午了，大漠中滾動着熱風，春雪瓶在前偶一回頭，韓鐵芳就看她的臉上滿掛着汗珠，自己就更不必說了。又走出了很遠，忽然韓鐵芳看見了那幾株綠樹，他就在後面一邊喘氣一邊高聲地說：“前面就是！那邊就是春前輩葬埋的處所，我們就先到那地方去看看吧！”

雪瓶回首答應了一聲，心中卻覺得奇怪，因為她認識那個地方。自己昨天在那裏休息了半天，並且在那裏重編了辮子，想不到，爹爹原來就埋在那附近。咳！昨天自己為什麼不知道呢！她的眼淚又流了下來，隨流着眼淚，隨催馬向前去走。兩匹馬緊緊去行，不一會兒就來到了小湖的臨近，幾株柳樹，亂擺着金條，仿佛在接迎他們。二人一齊收了馬。韓鐵芳也不下馬，就辨清了那株大柳樹，大約有十九步之遠的沙土分界之處。他緊緊地將韁繩勒住，以鞭指着地上說：“就埋在這底下！”

春雪瓶卻突然下了馬，就跪在地上痛哭着說：“爹爹……”韓鐵芳也不禁心中酸痛，流下眼淚。此時，那樹上的小鳥也啼叫得十分悲哀，池中的綠水也被風吹起了無數的愁紋。雪瓶聲咽、身顫，哭了半天，韓鐵芳又不能夠下馬，只苦苦地勸說：“雪瓶姑娘！你不要再哭了！我們趕快去催他們把那口棺材抬了來。唉！我現在受了傷，也不能幫助他們抬，那孩子的力氣又小，怕也抬不動。我們還得趕快去到別處找人，才能運來那口棺材，才能將春前輩屍骨啟出，重新盛斂。姑娘！你哭也無用，我們還要去辦許多的事，你且止住悲痛吧！人死已不能復活，何況春前輩人雖死，但留下了赫赫的英名，並留下了你這足能繼承她平生事業的女兒。姑娘，不要哭了，哭又有何用？」他雖然這樣地勸說着，但雪瓶心中的悲情卻如落下的山洪暴雨，攬起來的巨浪長風，放開了的名駒烈馬，無論如何是收止不住的。她的面容已被淚水洗過，嬌軀也臥倒在泥沙上，那匹紅馬倒悠閒地跑到池邊飲水吃草去了。

韓鐵芳急得不住地勸，不住地歎氣，但是無效。忽於此時，就見由池岸的北邊又跑來了一匹白馬，隔着柳條看得很是清楚，馬上一女子，正是小霞。韓鐵芳一驚，趕緊說：「那小霞又來了，姑娘你快去攔住她！」

小霞滿面怒色悍容，策馬如飛，霎時便來到了這裏。雪瓶看見了她，也很憤怒，便一挺身站立了起來，由地上拾起來鋼刀，趕過去先護住了韓鐵芳。她瞪目向着小霞，以哈薩克話來問說：「你為什麼還不回去？還要來到這裏？」

小霞下了馬，冷笑着說：「我要看看你在白龍堆裏幹什麼？原來你是為他才來的呀？哼！我知道你是想要嫁他。」雪瓶臉紅着，說：「你別說這話！我來是為什麼？我是為……」她又痛哭起來，說：「我爹爹死了，你知道嗎？她就埋在這裏。還是人家韓……給埋的！」小霞突然去抽寶劍，忿忿地說：「那一定是被他給害死的！你不替三爹爹報仇，反倒說他好？我可不能像你！」說時躍身掄劍向馬上的韓鐵芳就砍。

韓鐵芳聽不明白她們兩人所說的話，正在發呆；突見寶劍抽出，他吃了一驚，便見劍向他砍來了，他趕快向後一退。可是這時春雪瓶早已掄起刀來噹的一聲，將小霞的劍擋了回去，震得小霞的手腕發疼。小霞急怒地嚷着番語，說：「你要跟我翻臉嗎？」雪瓶說：「不是我要跟你翻臉，是你沒把事情弄清楚！爹爹是病死的。」小霞說：「我不信！」說着又向着韓鐵芳撲來，擰劍狠刺。雪瓶卻又將她攔住，巧妙地以刀一掠，便將小霞的劍掠開了

小霞氣得掄劍猛向雪瓶砍來。雪瓶卻以刀相迎，噹噹噹震得小霞的腕酸，手中的寶劍就掉在地上了。小霞趕緊彎身從地上將劍拾起，換在左手裏拿着，她咬得牙緊響，眼珠子幾乎努了出來。她向雪瓶大罵，說：「你護着他嗎？他是你的漢子嗎？你把害死你爹爹的人當漢子，還敢跟我翻臉，好！我不怕你！咱們兩人從此誰也不認識誰！我不把他捉住，我就不是人，你若敢護着他，我立時就叫你死！」說時她掄動寶劍，又向雪瓶砍來。

雪瓶真氣了，就也不再同她理論，將刀飛舞起來迎戰。她雖然只學過劍沒有學過刀，但如今白刃翻騰。小霞左右換手，拼命地招架，狠砍疾削，還是敵不過她。小霞的肩上就被她以刀背猛砍了一下。小霞疼得叫了一聲，卻更兇了起來，把劍又猛向雪瓶砍了幾下。雪瓶因為不願意傷她，所以是刀攔身閃，使小霞雖暴躁得狂喊亂殺，但卻不能將她奈何。

這時韓鐵芳已撥馬躲到了池畔那棵大柳樹的旁邊，他看見雪瓶的武藝高超，心中越發愛慕，但見小霞這樣的兇狠，他又着實氣忿。他恨不得抽劍下馬，跑過去幫助雪瓶，但是可歎這條受了箭傷的腿，真的使不上勁了。忽然見那小霞又捨了雪瓶，瞪着雙目，掄寶劍，口中怒罵着，專向他撲來。他就順手由雪瓶的劍匣中抽出了雙劍，向左右手一分，也怒喝聲：「你來！」小霞已躍撲到了臨近，振起了寒光，狠狠地向他刺來。他以右手的劍去敵，卻見雪瓶早自小霞的背後跑來了，還未容兩口寶劍觸到一塊，雪瓶便蓦將小霞拿劍的那隻手高托了起來。

小霞越氣極了，雙手奪劍。韓鐵芳將右手的劍插入匣內，掄起鞭子向小霞就抽。小霞扭頭仰起臉來，就向韓鐵芳吐了一口唾沫。唾沫就吐了在韓鐵芳的胳臂上。而雪瓶已將小霞的寶劍奪了過去，拋向池水之中。小霞要往池邊去撈劍，雪瓶卻趁勢一腳，噗」一聲，就將小霞踹到水裏。水花濺起了很高，將韓鐵芳的馬驚得又向東跑了幾步。雪瓶卻回身跑去抓住了那匹紅馬，飛身跨上，就向韓鐵芳急急地說：「走吧！快走！到樹林外邊去吧！」

韓鐵芳便緊緊地隨着她，順着池岸，向北轉西馳去。這時那小霞又從水中爬了出來，頭上身上全都是泥水，她掏出弩箭就向韓鐵芳的馬射來。雪瓶疾忙停馬掩護。雙方相距不遠，第一箭沒射到就落在了地上。第二箭射了來，卻被雪瓶伸手一抄，很巧地就將一枝接在她

的手內，以二指夾着。那動作就如鷲鷹伸嘴到水中啄魚似的。

韓鐵芳既吃驚且讚歎，他曉得這是玉嬌龍傳授出來的絕技。又見雪瓶將馬往鐵芳的馬靠近了一些，向白馬鞍後的包袱之中一探手，就取出來一個小弩弓。她裝上得來的箭，瞄着那邊的小霞。小霞剛爬出池子，像一條泥鰍似的就向他這邊躥來，並且又要發箭。雪瓶就一箭射了去，正正射中了她的左腿，她就又一下摔臥在地上了。韓鐵芳倒不禁一皺眉，覺得春雪瓶也是翻臉無情，跟玉嬌龍差不多。雪瓶又以刀背向白馬的胯後輕擊了一下，白馬就又馱着韓鐵芳向西飛馳。雪瓶收了弩弓，自後面趕來，並叮嚀着說："小心一點！提防從馬上摔下來！"韓鐵芳忍着腿痛，坐穩在鞍上，由着馬緊走，並搖頭說："不能！不至於！"

春雪瓶的紅馬輕如燕子，掠過了他，走在他的馬前。雪瓶隨走隨回頭來微笑說："我是不願意傷她，因為平常跟姐妹一樣。她的脾氣自小就與我們不同。她的妹妹倒比她好……我剛才射她那一箭也不重，其實我不該射她，但是她太讓人生氣啦……有時我真忍不住氣，我爹爹也是如此……"雙馬蹄聲急驟，沙塵都被蕩起。春雪瓶時時回首和韓鐵芳說着話，她的的官話那麼好聽，並時時帶着沉痛的意味。韓鐵芳不住地點頭，並細細打量着這位秀樹奇峰。

少時雙馬走進了樹林。韓鐵芳真想把那次賽八仙刻在樹上又刮去了的那雪瓶二字的痕跡指給她看，並述述自己訪她、尋她、見她的艱難。雪瓶這時卻又不說話了，她頭也不回，並以刀喀喀地砍斷了許多擋在面前的樹枝。兩匹馬就踏着樹枝、落葉、亂草而過，林鳥在他們的頭上飛噪不止。一霎時，雪瓶就已催馬穿過了樹林，及至鐵芳走出樹林時，見雪瓶已在那邊趕做棺材的地方下了馬。

那小孩正幫助木匠拉鋸，忽然抬頭看見韓鐵芳騎着馬回來了，他喜歡得跳了起來，高聲叫着："韓大爺！"韓鐵芳也微微笑着。他騎着馬如同受着苦刑似的，到現在這苦刑才算受完了。此時那個木匠也停住了鋸，向着韓鐵芳笑了笑，雪瓶就叫他們過去把韓鐵芳攙下來，並囑咐說："手要輕輕地！"他們這才看出來韓鐵芳身上有傷，齊都驚愕，便扔下了鋸，跑過去，兩人齊往下來攙扶韓鐵芳。那木匠並且問說："怎麼啦？韓大爺！你怎麼受的傷？是誰傷的你？是那個……"

韓鐵芳一下了馬，就癱倒在地上。那孩子不住流淚，蹲下去看韓鐵芳的傷勢。韓鐵芳頭枕在草上，搖了搖頭說："不要緊，你們就快些做棺材吧！"

雪瓶也走了過來，溫和地說："您的傷勢我看太重了，不能不請大夫看看。我們這次離開尉犁城，本來帶着藥，可惜沒在我這裏。我想這北邊有個什麼老牛山，那裏有巾鎮，就一定有藥舖，有店房。我想這棺材雖然快做得了，但是我嫌太粗，不如叫他們一個人到那老牛山鎮子裏去……"說到這裏她又沉吟思索了一會，就向韓鐵芳說："我想叫他們到鎮上去辦些糧食跟水，再找兩個木匠來這裏幫忙。順便雇一輛車來，將您送到那裏，找店房、請大夫買藥調養。您以為怎樣？我想那小霞雖也受了箭傷，可是她必不甘心，還許找到這兒來與您麻煩，您在這兒躺着又不得調治，真不如到那鎮上。"

韓鐵芳以那隻沒有受傷的胳臂撐着地，他就坐了起來，點點頭說："既然離此不遠有座市鎮，又有店房，我也可以去歇一歇，我倒並不是怕那個小霞。只是現在我不能夠去，我得等把棺材做得，啟出春前輩的屍骨，盛斂了，穩埋了，我才算盡了朋友之義！"

春雪瓶感動得又流下了眼淚，她拿手帕拭了拭，轉頭向那木匠說："你認得老牛山那個鎮嗎？"木匠點頭說："認得，我就是在那鎮上學出來的手藝。那鎮上有兩個木匠，都是我的師兄弟。"

雪瓶點點頭，遂從包袱裏拿出來銀子，交給這木匠，說："現在你就去吧！記住了！找來人，買些漆，再買點水和糧食。可以先把店房找妥、訂下，然後你雇一輛車來！"木匠接過了銀子，就點頭答應。雪瓶又囑咐他說："到了那鎮上，無論是找人、買東西，還是雇車，都不准說出真話！說在這裏做棺材埋人可以，但不許說出埋的是誰！"木匠深深地點着頭，連說："我知道！我知道！"他把雪瓶馬上帶着的那隻水袋留在這裏，就背着他們帶來的那隻水袋走了。

這裏韓鐵芳把春雪瓶辦的事、說的話，都看得清清楚楚。雪瓶的武藝不在玉嬌龍之下，雖性情有時也暴烈如玉嬌龍，但平常她是很溫和的，真若大家閨秀，並不像從小生長在草原。而且她辦事是這麼井井有條，並且想得都這麼周到。韓鐵芳簡直連傷痛都忘了，對此佳人，油然地生出羨慕欽佩之情，並想起病俠玉嬌龍曾對他說過：「我是想叫你到新疆，給我那親近的人做終身伴侶……」

韓鐵芳覺得這真是天緣，真是人間難尋、天上難找的好事。他想，等這幾處箭傷好了，那麼我只要把話一說，就可以與此美人為伴，還可以跟她學武術、學射箭，請她去幫助我到祁連山救母報仇。只是……他一想到了在家鄉的妻子陳芸華，又覺得萬念俱灰了。雖然她像個木頭刻的似的，又與自己全無情愛，而且已將多一半的家產都分給她了，等於是退了婚，可是究竟婚並沒有退，我仍然是個有婦之夫，我怎配娶人家秀樹奇峰春雪瓶呢？

雪瓶又把那領蘆席往近處拉了一拉，她輕輕地抬着韓鐵芳的頭，又叫那孩子抬着韓鐵芳的腿，打算把他移在那領蘆席上去躺着。她的纖手觸到了韓鐵芳的頭上，他立刻有一種異樣的感覺，臉也燒得很熱，他連忙擺手說：「不必！不必！」他忍痛用力，勉強地一翻身，幾乎站了起來，然後就勢一滾，就坐在了席上。看見春雪瓶似笑又沒笑，把眼波向他一掠，他卻不敢看，便仰首去看天際的白雲，但那朵朵的白雲都化成了春雪瓶的臉。

他暗暗地長歎，心中又甚悲苦，覺得過去自己對於女人，敢說是拿得起、放得下。蝴蝶紅與自己耳鬢廝磨、山盟海誓有三年之久，但到時說把她嫁人就把她嫁人，對別個女子也是如此。獨於今日對雪瓶，自己是真的羨慕、難割，真似一條絲纏住了自己的心，一條龍繞住了自己的身，一根鐵鍊鎖住了自己的命。這還不過是只相逢，將來果真邀她同往祁連山，同行共宿，那自己真可能做出不對之事。咳！算了吧！春前輩你死了，我卻於生前騙了你，說我無妻，叫你空把一番熱望託付給我。我如今可要辜負你了，我絕不能做這你親近人的伴侶，我也不請她往祁連山報仇了。只把你盛殮穩埋之後，我再治好了箭傷，我就走了。我要獨自去往祁連山，如能救出我的母親，我將她安置好了，我就去削髮為僧。如若救不出來，那我就死在那祁連山，反正我是不能再照顧你的女兒了。這樣一想，他就把主意決定了，並且決定了不再與春雪瓶多談，也不再多看春雪瓶。

韓鐵芳休息了一會，精神也好多了，就與那瞎子的姪子閒談話。到現在他才知道這孩子原來姓黃，乳名叫做長福兒。韓鐵芳就跟長福兒一問一答地談話，但也實在沒有什麼可談。春雪瓶坐在未做成的棺材旁邊的一塊板上，低頭看着草地，很寂寞而又安閒的樣子，看她現在的樣子，誰也不能相信她是一位飛馳於沙漠之中的俠女。稍遠之處是那紅白的兩匹馬，都在那裏低着頭啃那草地。小霞沒有再來麻煩。這裏雖然也是一條自東往西的道路，但是竟沒有一個人往來。

秋天，太陽的光愈熱，又過了多時，那個木匠坐着一輛沒有篷兒的破騾車，自西邊繞回來了。車上還有他找來的兩個木匠，連趕車的，一共是四個人。車上堆着許多東西，有水口袋、木匠用具、及油漆桶等等。長福兒就喜歡得招手說：「回來啦！回來啦！」

那個木匠先下了車，走過來一五一十地跟春雪瓶報帳，然後說：「店房也找好了。老牛鎮上一共有三家店房，我給找的這家孟家店是最好的，房子院子都乾淨。掌櫃的孟老八是中衛縣的人，人頂和氣。他又拿出一包藥來，說：「這也不知叫什麼藥，是在鎮上的廣濟藥舖買來的，專治跌打損傷，蝎螫蛇咬，最有效驗不過。韓大爺，你一敷上准保傷就好了！」

他把藥交給了鐵芳，便同着他找來的那兩個木匠，一齊過去趕做棺材，當時又鋸木頭、釘釘子地忙了起來。趕車的把車卸了，放騾子也去吃草，他卻躲到一邊去蹲着抽旱煙。這邊雪瓶便叫長福兒給韓鐵芳的傷處去上藥。這種藥的裏面大概是有冰片，敷在傷處，覺着一陣涼，立時疼痛就好了些，因此韓鐵芳的臉色漸漸地緩了過來，精神也好多了。

雪瓶就站在旁邊跟他談話，問她的爹爹與韓鐵芳一路西來時的一切瑣碎的事情，以及所說過的一些話。韓鐵芳卻覺得不能太吐露無遺。例如在蘭州府遇着她舊日情人手下的人，及玉嬌龍講述的雪瓶的來歷。還有十多年前，黑山熊將雪瓶的母親也害死在祁連山，所以玉嬌龍主張叫他們同往報仇，終身做伴的事，韓鐵芳都不能不隱瞞。他是不願再惹雪瓶傷心，但是，饒他這樣一邊思考着、斟酌着，只撿那些不刺心錐骨的話告訴她，雪瓶已經就簌簌地不住流淚。

韓鐵芳斜揚着臉兒看了一看，覺得雪瓶真如一朵帶雨的梨花。她無聲地微泣着，使得自己的心也跟着難過。韓鐵芳心說：不知她自己曉得不曉得玉嬌龍確實不是她的母親，也不是她的親爹。這些事實在不該隱瞞，無論她聽了要怎樣地難受，似乎也應當告訴她才是。但是韓鐵芳幾次要說，卻也不忍得說出來。

此時，雪瓶拭了一拭眼淚，也就不再問了，她走到那邊去監視着木匠做棺材。韓鐵芳就在地上躺下，頭暈了半天，傷處又麻又疼，他也就睡了多時。及至醒來，聽見棺材釘釘之聲都已停止，他坐起來看，見一口棺材已經做得，並且做得很細緻。另有一個木匠拿着紅油漆已經給漆好了一半。騾馬也都臥在地上。趕車的人正幫長福兒又在那裏燒柴做飯。春雪瓶卻在草叢中傍劍而臥，她的衣裳上跟頭髮上都爬着許多小蟲、螞蟻等等，她卻睡得正酣。韓鐵芳低頭看看自己坐的席子，心中又不勝慚愧，就想自己是一個男子，卻鬥不過那小霞，又被箭射傷，還為雪瓶一介女子所救。如今自己又占着這領蘆席，卻叫人家姑娘躺在草裏睡，未免顯得自己是太無能了！

這時西邊的天上已掛起了金紅的夕照，滿天綺霞，烏鴉、喜鵲都從遠處投還那密林間去。飯已炊好了，卻都不敢去叫醒雪瓶，等到大家吃完、喝完，雪瓶方才醒來。此時天色已黑，她自己也略吃了一點，便叫大家都休息，都去睡覺。她此時精神十分地振奮，旁邊燃着一堆木柴，火光熊熊地，照着道旁的茂草，她就一個人手提着寶劍往來地走，守衛着，以免有什麼豺狼等等的野獸來襲。

天邊星月陰蒙，大地吹來的夜風漸有涼意，草間秋蟲低唱，那林間時時發出梟鳥的怪叫之聲。一口棺材躺在地下，周圍滿是木屑、樹枝，鋸斧還在棺旁橫放着，那棺上的紅漆被火光照着，愈顯得淒慘。韓鐵芳躺在席上睡不着，他抬起頭來看看，分明看見雪瓶有時走到那棺材旁邊就頓住腳站住，藉火光看去，可以看見她瑩瑩的淚光，正與手中的劍光、天上的星光相映着。她的容貌、身軀秀麗而淒清，真是可愛、可敬而又可憐。韓鐵芳不禁地暗暗歎氣，想道：「將病俠玉嬌龍安葬之後，我養好了傷一定就走了，拋下她一個人在這大漠草原之中，多麼孤零呢！我若是死了倒還好，我若是仍在世間活着，那可豈能放心她呢？豈不是終身的憾事嗎？」

一夜過去。次日上午，棺材已經油漆得了，但還沒有乾，便抬在樹林那邊，叫風吹着。當日大家都沒有什麼事，只是談閒話，可是春雪瓶跟韓鐵芳兩人之間的話卻愈來愈少。鐵芳的傷處連上了幾次藥，疼痛處已經好得多了，所以雪瓶對於他，仿佛也不再如昨日那樣關心，並且有些冷淡。韓鐵芳的心中卻仍揣着許多想說可又不敢說出的話。

午飯用畢後，天又陰了起來，三個木匠都怕天要下雨，並說那棺材上的漆，再放兩天怕也不能乾，一下雨，更得把漆沖毀了。再說下了雨，大家怎麼再在這露天地裏住呢？身邊又都沒帶着夾棉衣裳。雪瓶也想了一想，反正棺材還是要埋在地裏的，上漆只為防水，並非為好看，幹不幹也不要緊；況且這次還不過是暫厝。將來到了迪化見着了玉欽差，那是她老人家的胞兄，欽差是個大官，絕不忍見胞妹的屍骨埋在沙漠裏邊，也許要再來啟靈，運往迪化去開吊設祭，或是再運到北京去入祖塋。我何必帶着這些人在此耽延工夫？還有那匹黑馬，也沒尋回來呢！於是她就吩咐人送棺材往那邊去收靈盛殮。

當時這些人又都忙亂起來，就把棺材、鎬頭等物都放在車上，連韓鐵芳也被人扶到了這輛車上。春雪瓶騎上馬相隨。留下長福兒和一個木匠，在此收拾起來那些鋸、斧頭等等，用那匹紅馬先馱回老牛鎮。

他們的車後跟着兩個木匠，就一同先往西，又轉到南邊，繞過了那片車不能通過的樹林，迂緩地走着。太陽漸漸地從雲中露出，又漸漸地向西邊去了，他們這些人，才沿着那水池，到了那幾株柳樹前。

　　春雪瓶的芳容此時愈顯得愁黯，眼眶裏的淚也像那汪汪的池水一般地蕩漾。兩個木匠和那車夫都一齊掄起了鎬頭，刨那韓鐵芳所指定的一塊土地。韓鐵芳坐在車上瞪着眼睛瞧着，心裏也一陣陣地難受。這三隻鎬刨起這片土地來，可比他當初用那兩口寶劍、用十個手指頭便利得多了，一霎時就刨下了有二尺多深。

　　韓鐵芳就高聲囑咐：「慢一些！快露出來了！」於是拿鎬的人全都輕輕地工作着。土色是越往下越黑，春雪瓶的臉色也越來越悲慘。漸漸地已露出了蓋滿了沙土的白綢衣，立時那三個人都把鎬頭拋了，下去慢慢地分土起屍。漸漸白衣畢現，一時情景嚴肅而悲慘，連柳樹上的鳥兒彷彿全都不敢叫了。一具白衣包裹着的完整的屍身從土中抬出，彈了彈土，掀開了白衣，露出來青絲髮，白瘦而凝定的臉兒。春雪瓶悲聲叫着：「爹爹……」隨就哀啼慘泣。韓鐵芳疾忙轉過臉去不忍細看，連耳朵全恨不得堵上，他真不能聽這錐心泣血、如哀猿、如夜鵑之啼聲。

　　此時天更陰了，大漠的風搖盪着那千條柳樹的愁絲，韓鐵芳就背着臉坐在車上，淚也不住欷欷地往下落。隨着雪瓶的哭聲，他聽見有人由身旁抬棺材，開棺材蓋，接着是雪瓶聲嘶氣咽的聲音：「放好些！放平些！棺材裏不要有一點土……爹爹呀……」又聽見釘棺材蓋的聲音，棺材往坑裏去放的聲音，及掩土之聲，而雪瓶的哭聲卻愈來愈慘，漸弱漸微。

　　韓鐵芳連歎了幾口聲氣，他心中默默地說：春前輩！我的心至此是盡了！你如今可以瞑目了吧！我們如今是真要永別了，從此我怕不能再到這兒來看你了！但無論將來我生，或我死，我們過去的一片友情我絕不能忘記！你這個欽釜磊落、卓然不群的一世女俠，將永遠在我心裏。只是你的義女雪瓶，我可實在不能……想到這裏，他的心思忽又變了，又想若是從此就與雪瓶相絕，歲月茫茫永不再見，一任這個孤零的少女淪落在天涯，那不對，也不能算對死者盡了友情，反倒能說是負了亡友之托。鐵芳心說，還是得跟春雪瓶說實話。等她的悲痛略定之時，就應當告訴她，你爹爹已把你託付給我了，叫我終生陪伴着你，你不要再難過了！我還得問問你，你知道你自己的來歷嗎？甘肅省的巍巍祁連山，那裏還有你我的共同仇恨，我們倆的生身母，全都在那裏受過難，我們倆的仇人全是那惡賊黑山熊！

　　他扭過了臉去，見那棺材早已入了穴，坑口已掩平了。依着雪瓶，還要叫人在上面堆起座墳頭，韓鐵芳連連擺手說：「不可！據我想可不宜顯露出來這裏埋過人！」雪瓶忽露出不樂意的樣子，就問說：「為什麼？」韓鐵芳說：「因為……」他點手示意雪瓶過來，雪瓶就臉上掛着眼淚，沉着臉兒走近前來，韓鐵芳悄聲說：「依我看，連今天這幾個幫助葬埋的人，咱們也要對他們嚴加囑咐，不要叫他們對別人洩露出春前輩所葬埋的地點。因為，姑娘你難道不知道？春前輩因一世行俠仗義，結下了不少的仇人，別人不說，那半截山的賊眾就時常在這白龍堆裏出沒。」雪瓶聽了，不由一聲冷笑，韓鐵芳卻又說：「這是不能不防備的，因為姑娘你雖武藝高強，不怕他們，但你絕不能永久在這墳旁看守。萬一有了墳，被半截山那群賊看見了，他們就能偷棺掘墓；他們若曉得下面埋的是誰，那就更非掘不可。春前輩是一世奇俠，死後的屍骨若要被他們簸弄了……」

　　雪瓶臉上露出忿恨之意，又歎了一聲，就向那三個人說：「把坑填平了也就行了，上面不必起墳。我還要告訴你們，這兩天你們這樣的受累，我心裏很是不安，我一定多給你們些錢，但這地方埋人的事可不許你們去說！埋的是誰更不許你們問！聽見了沒有？假若洩露出去，我絕不能饒你們！」她那美麗的雙眸怒睜起來，一隻手叉在腰間，一說話，柔肩就一搖動，她的聲音是嚴厲的，那兩個木匠跟車夫，都嚇得跟土人兒一般，直眉瞪目地，只管點頭。

　　雪瓶當時就由馬上的包袱內取出了銀兩，每人果然加倍地有賞，然後她又吩咐說：「走吧！回老牛山那鎮上去！」兩個木匠接了銀子，面色才緩和過來，可仍然都皺着眉，表示這點銀子真不好掙。那趕車的把銀子藏在他的褲腰帶裏，跨上了車，揮鞭趕着騾子就走。這時車上只放着鋤鎬跟幾件木匠用的器具，所以地方很寬，兩個木匠也就都跨上了車，跟韓鐵芳坐在一起。這時雪瓶還沒走，她拿着她的寶劍，由大柳樹的樹根下，往葬埋她爹爹的那地方，細細地量，就像是丈量地畝似的。然後她收了劍倚馬站立，拿手帕又揉了揉眼睛，她才騎上了馬，向着騾車趕來。

　　她的馬隨在車後約五丈遠，韓鐵芳時時抬起眼來去看她，往日他哪裏想得到，積在心頭的謎一般的病俠的最親近的人秀樹奇峰春雪瓶，就是眼前的這位美麗的俠女。美女駿馬，蘊媚含愁，緊緊地隨着他而行。是大漠無邊，天色漸暮，再行多時，車後春雪瓶的模樣已看不清楚了。一回頭，卻見遙遙有幾點燈火，又走，便走入了那老牛山下的小鎮。在一家店門前停住，就由兩個木匠把他攙下車去，長福兒早也來到這裏了，也過來攙他。進了店，他就被放在了一個土屋的炕上。

　　土牆上有燈光一點，如同個螢火蟲的屁股似的，屋外也十分雜亂。韓鐵芳躺臥在炕上，又覺得傷痛，心中也不知是什麼滋味。他歎了一聲，又閉目瞑想，也不知這時候雪瓶是住在哪間屋裏，怎麼聽不見她說話，也聽不見她哭泣呢？她可又不能向誰去問，屋裏只是長福兒伺候着他。吃過了晚飯，外面的天愈黑，牆上的燈也愈發昏暗。屋外的談話聲漸漸沒有了，可是階下的秋蟲又唧唧地鳴着，真叫人心煩。

　　待了會，長福兒在炕角兒蜷曲着腿兒睡着了。韓鐵芳本想叫他把雪瓶叫過來談談，如今卻也不能叫他，並且身上的幾處箭傷又在痛。他坐起來自己往傷處敷了藥，又想着那些話到底是對雪瓶說不說？心中猶豫輾轉着，忽而決定了，忽而又覺得不忍，並且想着：我這麼個人，家中且有妻子，武藝又不太高強，箭傷即使能夠痊癒，但還許落成一條瘸腿兒，我怎配做人家秀樹奇峰的伴侶呢？咳！算了吧！他心中很是惆悵失望，便躺在炕上睡了。

　　半夜裏醒來，聽着蟲聲既悲且緊，店外更鼓徐敲，燈已滅了。他又想了半天，又認為病俠所囑咐的話還是應當向雪瓶去說，不說倒顯得自己不誠實、不磊落。說出之後，她聽了是喜歡、還是惱怒，自己可以不管，總之，還是應當向她說的好。他心中又想：我遣嫁蝴蝶紅，散家資，出來遨遊，哪一件事沒有決斷？如今豈真個兒女情長？我打獨角牛，敗徐廣梁，單身大戰戴家莊，月夜之下與群賊交手，馬涉渭水，回想起來也是轟轟烈烈，怎麼一遇到玉嬌龍，遇到春雪瓶，我就顯得這麼英雄氣短了？想到這裏，他於是又興奮異常，直到天快明時，才又睡着。

　　不知這個覺睡了有多少時刻，及至醒來，卻見那破窗戶之外的天光已經大亮。秋蟲之聲都沒有了，雞大概也早就叫過了，長福兒也沒在屋，靠牆只立着一把刀，是自己的那口，其餘是蕭然四壁，別無他物。他又振奮起來，盼着傷好了之後，一定要在春雪瓶的面前做幾件事情，驚一驚她。想着這時她大概已經起來了，不如把她請到屋中來，磊磊落落的把事情詳細地都跟她說一說。於是他就坐起身來，向外叫道：“長福兒！長福兒！”連叫了幾聲，長福兒才一邊答應，一邊跑進屋中。

　　這孩子今天洗了臉，也顯得精神了，他手裏拿着一個桑皮紙的包兒，好像很沉重。他喜歡得直笑，說：“我剛叫店掌櫃給秤好，錠子真是金的，五兩一個，銀子是十兩三錢多……”韓鐵芳一聽，不由得驚愕，問說：“什麼？你手裏拿着的是什麼？”長福兒說：“是春姑娘春小王爺剛才走的時候，給您留下的錢。”韓鐵芳驚問說：“怎麼？她走了？”長福兒說：“走了半天啦！她連半個月的店飯錢都先給開發啦，還送給您這些銀子、金子，大概是給您道謝用的。”

　　韓鐵芳不由得很生氣，心說：雪瓶未免太看不起我了！我到新疆來，受了千辛萬苦，難道是為賺錢嗎？真真豈有此理！又問說：“她臨走的時候沒有說別的話嗎？”長福兒說：“她跟我說了，她說她要到迪化去找人。她又說謝謝韓大爺啦！叫您在這兒好好養傷。這些金銀給您花，或是您回東邊去時，拿這作路費，將來再見。”韓鐵芳直着眼睛問說：“這是她說的？”長福兒點頭說：“對啦！她就是這麼說來着！”韓鐵芳就不言語了。長福兒倒有點害怕，輕輕地將銀包兒放在炕頭。韓鐵芳連看也不看，卻長長地歎了口氣，長福兒又問韓大爺還有什麼吩咐沒有？韓鐵芳卻搖頭，長福兒就又出屋去了。

　　由這日起，韓鐵芳就住在這裏養傷，因為店飯錢都已由雪瓶先付了，店掌櫃孟老八又知道他的手裏有金子銀子，所以伺候得非常周到。長福兒也天天不離他左右。他身上的幾處箭傷，天天上藥，頗見功效，四五日之後，他就能夠下炕行動了，而且腿也不瘸。他有時就出店門去站一會，看那南來北往的駱駝牛馬。這個鎮本來離迪化不遠，老牛山是庫魯克山的支脈，有一條寬平的路，可以直達庫魯克山北的那畜產豐富的草原，所以這也可稱是交通要道。鎮上也藉此繁榮，有三家店房，兩個酒舖，一個饅頭舖，一個釘馬掌的舖子，買賣都很好。

隨着韓鐵芳自黃羊崗子來的那個棺材匠，本來早就應當回去，韓鐵芳並託付他把長福兒還帶回去。長福兒因為劉大待他不好，他並不願回黃羊崗子，願意永遠跟着韓鐵芳，可是韓鐵芳卻說："我也很喜歡你，你為人勤謹，又很聽話，而且你孤苦無依，十分地可憐。我本想帶你到東邊去，將來或叫你學武，或叫你學文，等你長大成人，好謀個出身，但是可惜我還有許多沒辦完的事，周圍還有不少的仇人。你想，上次在黃羊崗子就有幾個人要殺我，這次我又被那女子連射了幾箭，雖幸虧沒死，可是以後像這樣的事情，還不知有多少呢？你跟着我哪行？到了緊急的時候我一定顧不得你，所以過幾日你還是跟木匠回去吧。回到黃羊崗子，只要你能夠忍耐，勤謹，諒劉大也不能待你太苛。將來我把事情辦完之後，再去找你。"

他的話很懇切，長福兒也就只得點頭答應。但是這孩子的神情卻變得憂鬱了，終日裏愁眉不展，在店裏也不常說話，每天就催着那木匠帶他回去。可是那木匠因為有包做棺材得的那十幾兩銀子，就在南邊那小店房裏賭錢，還沒有輸光，所以一時他還不想回黃羊崗子去。沒有他帶着，長福兒獨自更不敢回去。

韓鐵芳在這裏天天回憶着春雪瓶，他決定再到迪化去一趟，若能見着她，就把一切的話都告訴她，然後再分手，如她所說將來再見。又過了兩天，他的好幾處箭傷全都生了痂，掐都掐不疼，只是右腿的傷處卻化了膿，實在騎不得馬。所以他心雖有餘，而力不足，徒望着院中那匹養得很肥的紅馬，卻不能走。

這天，天色又垂暮了，韓鐵芳正在屋中，忽然長福兒跑進來，驚驚慌慌地說："韓大爺，我告訴您一件事。剛才我又到南店裏去找那木匠，我看見那店裏來了個客人，帶來一匹馬。那馬是黑的，正是您在黃羊崗子住的時候，人家要買，您不肯賣的那匹好馬。那客人是個窮人，身上穿着件絳紫色的破緞子馬褂。"

韓鐵芳一聽，不由覺得詫異，暗想：那匹馬是在草原被春雪瓶奪了去了，她這次雖沒騎出來，可是也一定在尉犁城，怎麼如今會到了別人的手裏？這可是怪事，我倒得去看看。也許這騎馬的人就是雪瓶家裏的？如果問明確實是她家的僕人，那我可以寫一封信，把沒告訴雪瓶的事都寫上，金銀也可以托這個人帶交雪瓶。我再養幾天，就由此一直東返，不必又往迪化去了，因為那樣是徒惹惆悵。此時天色已太晚了，不便到那店裏去，為慎重起見，韓鐵芳特地叫長福兒再到那店裏去，探聽探聽那個人姓什麼，從哪兒來，往哪兒去？是幹什麼的？還囑咐長福兒要小心，不可露出形跡來。長福兒連聲答應，就又走了。

韓鐵芳並沒把這件事看得多麼要緊，他如今已拋開了一切胡思亂想，只想着自己應儘快離開新疆了。他覺得這次總算沒有白來，長經驗、歷艱苦，而且會到了老少兩位女俠。他舒舒服服地躺在炕上，壁間燈光如豆，窗外蟲聲如潮。

他都快要睡了，忽然那長福兒跑了回來。這回他的神色更驚慌了，走到了炕頭悄聲說："我打聽出來了。那店裏還住着一個販羊毛的，是才從東邊來的，他認識那個人，說他是個賊，叫牛脖子，是半截山的手下。他說牛脖子騎的是春大王爺的馬，不是您的馬，可是我看着長得和您的卻一模一樣。還說春小王爺正在捉他。前天，原來春小王爺由咱們這兒走了，就又到沙漠去啦，在那裏她遇到了半截山，跟半截山的手下嘍囉打了起來。這販羊毛的是繞道兒過來的，聽說過來的時候，還不知道那邊是誰勝誰敗呢！這小子大概是由那邊被殺跑來的。"

韓鐵芳吃了一驚，知道雪瓶如今正在群賊包圍之中，想着她雖武藝高強，但究竟難以寡敵眾，他恨不得立刻趕了去救她，遂又問："這些話是販羊毛的客人跟你說的嗎？"長福兒搖頭說："不是跟我說的，他是背着那牛脖子跟別人悄悄地說，我給偷聽來的。那牛脖子現在正在跟人賭錢呢，他也沒什麼錢，他可以扒馬褂，賣那匹馬。"韓鐵芳霍然起身下了地，叫長福兒在暗中給他提着那口刀，說："我去看看！"長福兒雙手拿着那口刀不住地發顫，韓鐵芳就囑咐他不要害怕，叫他在前邊領路。

走了不遠，就到了南邊那個小小的店房。淡淡的月光照着小土院子裏的幾間小破房子，很像河南、陝西一帶野地裏常見的那種矮小的土祠。韓鐵芳一進了門，就聽見了么么、六呀的吆喝聲，及嘩啦嘩啦的擲骰子聲音，十分雜亂。院中就有一匹黑馬，他忙趕過去仔細查看了一番。這匹馬伸着脖子直向他的身上蹭，也好像是認識他。韓鐵芳不禁憶起在靈寶縣酸棗山上初見這匹馬之時的情景，心中就不由得越發忿忿，暗想，我為這匹馬不容易，這樣的千里鐵騎，名俠故物，如何可以到一個毛賊的手中？還要用它抵賭債？他此時就憤憤不平，也顧不得腿傷還痛不痛，就由長福兒的手中把刀要過來，並努努嘴說："你快躲開吧！"

見長福兒跑出門去了，他就猛地闖進了那賭錢的屋子裏。這時屋裏面擠着三十多個人，不但是這個店房的人，鎮上的一些賭鬼流氓，也都到這兒來賭。一通聯的小小的兩間土屋裏，臭氣熏鼻，喝聲震耳。當中大概有一個擺骰盆子的桌子，上面還有油燈及錢等等的東西。雖然都被周圍的人遮着，無法看見，可是能看到屋頂搖動着淡淡的燈光，聽得見拼命往桌子上拍錢，使着勁擲骰子的聲音，及亂哄哄的喝聲、罵聲、笑聲、說話聲。這些人一個壓着一個的肩，誰也沒留神韓鐵芳自後邊來了，而且手中還拿着刀。

韓鐵芳先站着看了一看，他認不出哪個是牛脖子。他就等了一會，等到一些人又擲了錢，下了注，沉靜下來之時，他就驀然高聲問道："誰叫牛脖子？"他這話一喝出來，眼前的人齊都扭頭回身，驚訝之色現在每個人的臉上。並有認識他的人，就遞笑招呼着說："韓大爺！你老找誰？"韓鐵芳先是很和氣地，說："請諸位閃開！我有點事。"接着卻沉下臉來，怒聲問道："哪個是牛脖子？快來出頭，我有幾句話說！"

立時，韓鐵芳前邊的人就紛紛亂擠到了一旁，當中露出來那張破桌子，豆綠色的骰盆子、兩盞很亮的清油燈、一迭一迭的銅錢。賭錢人都機伶，一看要出事，就齊都各自將自己的錢拿着揣起來。並有好幾個人用手指頭指着桌後的一個身披破馬褂的窮漢，都說："他就叫牛脖子。這人就叫牛脖子！"

牛脖子的一張倒霉的臉兒，這時候都嚇黃了，被那燈光映得就跟老薑一樣的顏色。他的兩隻驚兔似的眼睛吧嗒吧嗒地望着韓鐵芳。起先他還沒看明白，後來他認出來是韓鐵芳，臉色漸漸就轉過來了。他把嘴一撇，兩隻眼睛越發地瞪起，哼哼地笑了兩聲，說："喝！熟人哪！韓大爺你可是在尉犁城露過臉的人。飛駱駝打跑了你，可又滿處找你找不着，如今你的大駕來到這兒，找我，有什麼事呀？"

韓鐵芳厲色厲聲地說："院中的那匹黑馬，是春大王爺的。我受他的托，千辛萬苦，才送到了尉犁，交給了春雪瓶。"牛脖子撇嘴又笑說："交給？好一個交給法兒！人家嗖嗖的發出弩箭來，您大爺跟兔子似的，鑽進草裏才算逃了命，那天的事情誰不知道呀！尉犁城的人都笑掉了大牙啦！你別唬我，你的本事跟我差不多！得啦！"

韓鐵芳就把刀亮了出來，向他指着，怒說："你出來！告訴我，那匹馬怎會到了你的手裏？你老實把馬留下，你滾！不然，我也知道你是半截山手下的強盜，今天我就叫你死在這裏！"牛脖子也怒罵說："小子！你惹不起飛駱駝，卻趕來欺侮我，難道我就怕了你嗎？"說時，他驀然抓起了骰盆子，雙手向韓鐵芳打去。韓鐵芳疾忙向旁一閃，骰盆子就飛到院裏去了，吧"的一聲，摔得粉碎。牛脖子自褲帶上抽出來一把短刀，韓鐵芳也將鋼刀舉起，兩把刀被燈光映得閃閃奪目。兩旁的人都驚得往外跑，喊着、擠着，就聽喀嚓嘩啦，連門框帶屋門全都擠斷了，撞倒了，韓鐵芳便高叫一聲："大家留神！"

他看見牛脖子也要隨着人往外跑，就一下跳到了桌上，把一盞油燈踢倒了。油燈落地正燃着了一個人的褲腿。那人就驚慌地叫了起來，火光呼呼地騰起。眾人越發地驚叫，越發地亂擠，一個個都向屋外去奔命。有的一出屋就跌在地下，被人當橋似的踏着的身子跑過去，呼聲、叫聲，像發了大水似的，沖卷着這個小鎮。

牛脖子將短刀向韓鐵芳的腿上就扎，沒有扎着，韓鐵芳的鋼刀卻已落下，只聽見一聲慘叫，血水飛濺，牛脖子的身子就向下倒去，一隻右臂都離了身子。及至那些人都亂騰騰地擠出了店門，店門外也嚓嚓嚓地響起了鑼聲。韓鐵芳疾忙跳下了桌子，腳踏着血泊，低頭一看，見牛脖子已經臂斷人死。他倒不禁一驚，就趕緊提刀出屋，抓住了黑馬，牽着就往外走去。

　　他想先回孟老八的店裏再囑咐長福兒幾句話，卻不料來到這店門前，店門已然嚴嚴地關上了，而北邊卻有兩隻燈籠，十幾個人往這邊跑來。他想着多半是官人來了，就不敢再跳牆進內，遂跨上了黑馬，撥馬往南就跑。才出了鎮街，他的馬就幾乎撞在一個人的身上。他趕緊勒住了韁繩，卻聽馬前的這個短短的人，喘吁吁地說：「韓鐵芳！韓大爺！您，您是要走嗎？」

　　韓鐵芳籍着淡淡的月光，看出來正是長福兒，他就說：「是我！長福兒，我正在找你。我為春大王爺的這匹馬，已將牛脖子那賊殺死。我現在得走開，我走後你也快走吧！」長福兒說：「我在這兒倒不要緊，把金子給您吧，要不然，您在路上花什麼呀？」

　　韓鐵芳一看，原來這孩子雙手托着雪瓶給自己的那一包金銀，他不由得喜歡，心說：這孩子真聰明！他必是剛才聽說我殺了人，知道我必得逃走，就趕緊從店裏拿了金銀包兒，跑到這兒來截住我給我。他心中不由得一陣感動，就彎身接過了這包兒，又從包兒裏拿出來幾塊，也不暇看是金是銀，就塞在長福兒手裏說：「給你，好好地拿着。我要走了，想不到我們竟這樣地分手。你趕快回黃羊崗子去吧！記住了我的話，謹慎忍耐！」長福兒就一聲一聲哭似的答應着。韓鐵芳歎息一聲又說：「再會吧！將來咱們准有見面的那一天！」他將馬用刀柄捶了一下，馬就騰起四蹄，向東飛馳而去。他就一隻手握着韁繩，一隻胳臂挾着刀跟那包金銀，由着馬去走。

　　這匹馬果然是神駒，一口氣就跑出了三十多里，又來到了沙漠上，淡淡月色照得這無邊的大漠，景象益為荒涼。這匹馬只有韁繩，卻沒有鞍鐙，跑出了這些路，就把他的右腿的傷處，磨得又有些疼痛。他一看無邊沙漠，杳無一人，就將馬用力勒住，然後慢慢地下了馬，坐在沙子上，不住地喘着氣。黑馬在一邊抖了抖鬃毛，又昂首向着長天月色嘶叫了幾聲。韓鐵芳現在是只穿着一身褲褂，除了懷間永遠藏着的那塊紅羅之外，再沒有別的東西，他就想，從哪裏能找塊大一點的布來包這些金銀呢？雪瓶她贈給我錢直如同小瞧我，但她是很有錢的人，我如今正在窮困，我也不必找她負氣地把這還給她。但我必須找着她，去跟她說明了一切的話。我這番來新疆，因為有她跟她爹爹一比，實在顯出我無能！譬如剛才的事，我辦得實在太急、太鹵莽，我只搶來黑馬，但又拋下了那匹紅馬，而且也沒有從牛脖子那裏問出來一句話，我真還不如長福兒機智呢！咳！剛才牛脖子罵我的話也真對，我在新疆是招盡了人的恥笑。我非得在去祁連山之前，在新疆做一兩件驚人的事情不可，我得在新疆留下點名聲以雪前恥，才不虛此一行。我還非得到迪化去一趟，非得再見春雪瓶一面不可！

　　他摸着有傷的腿，忽然看見褲腿上紮着的兩條腿帶，他竟像得了什麼至寶似的，忙解了下來，連起來成了一條帶子，他就紮在腰間，將金銀全都揣在裏面。鐵芳又上了馬，他一手握韁，一手就以刀把當作鞭子，捶着馬，馬又踏着沙礫向前走去。直走到月影向西，他卻又撥馬往北，月光越來越黯，風越刮越緊、越冷。又走了一陣，就出了沙漠，天也發明了。又越過了一片草原，便看見道旁山坡上的蒙古包的頂兒已被朝陽鍍成了金色。

　　鐵芳已走得又饑又渴，又走了一陣，好容易望見前面有一片房屋，他的心中就頓然一喜，趕緊加快地以柄捶馬。馬蹄如連珠，飛也似的前進，少時就進了眼前的鎮街。街上往來的人不少，並有車、馬、駱駝，兩旁還有不少的舖戶。他怕有人注意上他的形跡，就趕緊下了馬，急匆匆地走進路西的一家店房，就見土牆上歪歪扭扭寫着「石塔莊安家老店」幾個字。進內，他就急忙喊店家把馬接了過去，找了一間極隘極狹、連個窗子都沒有的房屋。

　　店家是個生在此地的漢人，自稱名叫安大勇，是一條二十來歲、粗黑的大漢子。見韓鐵芳沒有行李，可帶着鋼刀，他就向韓鐵芳打了幾句黑話。韓鐵芳本來一句不懂，他急中生智，故意表現出懂的樣子，就笑了笑說：「不必撰文了，朋友咱們老實說吧！」安大勇就用一種很生硬的甘省話來向韓鐵芳問："朋友！你從什麼地方來？"韓鐵芳被問住了，他腦筋一轉，就說："南疆……"安大勇笑着說："這裏還算是北疆嗎？"韓鐵芳便說："且末城！"其實他真不知道且末城是在哪裏。

安大勇點了點頭，說："那個地方是好地方，你很發了些財吧？"韓鐵芳又一驚，勉強又一笑說："發什麼財？我這樣子你還看不出來嗎？"安大勇卻不語，驀然過來摸了韓鐵芳胸前一下，那很沉很硬的一包金銀就被他摸到了。韓鐵芳既驚且急，就趕緊從身邊抄刀，並站起身。安大勇卻擺着兩隻如同熊掌似的大手，哈哈大笑，說："別急別急！你一進到店來，我一看你這模樣，就知道咱們是一家子！"韓鐵芳卻心說：誰跟你是一家？安大勇又說："看你這把刀，刃上的血還沒擦淨！"韓鐵芳嚇了一大跳，趕緊去看刀。安大勇接着又說："你滿頭滿身的沙子，可見是在白龍堆裏滾過。你又不是個娘兒們，可是這胸脯卻鼓鼓囊囊。"韓鐵芳既驚這個人的眼睛很毒，比賽八仙的眼睛還毒，又愧自己太無走江湖的經驗。安大勇又說："所以我才親自出屋來接你，我知道咱們是一家子。我安大勇的名字大概你也曉得，七年前，那時我才十九歲，在白龍堆、塔克拉瑪乾，一萬多里地的大漠我為王。半截山、野豬老九、馬頭神、藍臉鬼那群毛賊王八蛋，都是我手下的敗將，我的孫子！"聽他昂起胸來說了這一番話，韓鐵芳倒不由矍然一驚，以為這安大勇也是當年沙漠中的一位俠客。可是忽然見安大勇又有些神情沮喪，他歎了口氣說："我就因為那次遇着了春大王爺，完了！我就算完了！住在這兒整整的七年，我一點什麼事兒也不做，光開着這個窮店，連飯都吃不飽。現在我才知道，我又快時來運轉了。前兩天我這店裏住了一位客人，我一看就知道他的氣度不凡。也是跟今天一樣，見了面我就跟他說了實話，那人也跟我道出來字號，原來他是我的老前輩，他就是二十年前塔克拉瑪乾大沙漠最有名的英雄，半天雲羅小虎。他手下的親隨花臉獾是我的舅舅。"

韓鐵芳一聽，覺得花臉獾這個匪號，自己似乎在什麼地方聽說過似的，想了想，就想起了在蘭州街上看見的那個犯了案的大盜。那時候店房裏還去了個怪人，跟玉嬌龍說了不少話，曾惹得玉嬌龍傷心痛哭……於是他就注意地去聽。這安大勇索性就坐在韓鐵芳的身旁的炕頭上，又接着說："可是我舅舅花臉獾，已因受朋友之累，正法在蘭州府了。羅小虎想救他，可已然晚了！這次羅小虎到新疆來就是為訪春大王爺！"說到這兒，他忽又悄聲說："春大王爺原來是羅小虎的媳婦。"

韓鐵芳又吃了一驚，趕緊問說："這是真的嗎？"安大勇說："千真萬確！這是前天羅小虎親自告訴我的。他並且說：她還給他生過一個孩子！"韓鐵芳又趕緊問："春雪瓶莫非就是羅小虎的女兒？"安大勇說："大概是吧！這件事是糊裏糊塗，向來沒人敢提，更沒人敢問。不過最近有些人都知道春大王爺已經死了，因為有一個姓韓的河南人把她遺留的東西、馬匹都給送往春雪瓶那裏去了。所以羅小虎找到這裏，聽說了這個兇信，他真是懊喪，在我這住了兩天，沒笑過一次。知道我是花臉獾的外甥，現在生意不佳，他就贈給我了一些銀子，騎着馬又往北邊去了。聽說他是先到迪化，以後就走了，再也不到新疆來啦，因為他傷心。"

韓鐵芳倒不禁覺得這羅小虎很可憐，遂說："我也是要往迪化去。"安大勇說："那你也許能在迪化看見他。他雖已老了，可真是一條好漢子，你得跟他交一交。老兄，我今天跟你說實話，我現在開這個店，真不夠我吃飯。我早就想到別處去弄點生意做，可是做生意得有本錢。前天羅大爺只給了我二十兩，夠我安家的，就不夠我的路費了。我想跟你老兄也借上十兩八兩，這可不是生摘硬借，將來只要我有朝一日時來運轉，我一定要雙份地奉還。朋友就是一句話，你點頭，我接着；你搖頭，我就不再說，我絕不能惱你！"

韓鐵芳一聽，這個人說話倒是痛快，諒他不至於是什麼太壞的人，可是他說他要去做生意，這生意倒是哪一種生意，也得向他問明白了。因為這些金銀是春雪瓶的，春雪瓶跟她爹爹一向專以肅清新疆這地方、剪除盜賊為己任。我如今若用她們的錢，幫助這個人再去到大漠橫行，可未免太對她們不起，於是就笑了笑說："十來兩銀子，我還可奉送給你，交你這個朋友。只是，你得說明了，你到底想往哪裏去？"

安大勇就擺手說：“你別胡疑惑，那沒本錢的買賣我早不做啦！你現在發的這筆財，我沒問你的來歷，我更不看着眼饞。實同你說，前兩年我交了一位朋友，那個朋友現在蘭州府，是吃鏢行飯的，聽說很發財。我是想湊點盤纏進玉門關去投他。憑我這點筋骨力氣跟幾手武藝，我要在鏢行裏討個出身。只要我能夠混好了，我就回來一趟，把我的老婆孩兒接了去，永遠不再回這裏了。他娘的這裏的沙漠、草地，真叫我寒透了心了！憑你多大英雄、多麼俊俏的美人兒，也得在這裏湮盡死。春大王還不是個榜樣？娘的，咱們一輩子也趕不上她呀！憑身手、憑腦袋，都趕不上呀！可是她，都她娘的湮盡死在這地方啦！”

韓鐵芳不禁又笑了，說：“好！我送給你二十兩銀子吧！可不知我的銀子夠不夠？”他伸手從懷中的包兒裏摸出一塊，一看，連安大勇都吃了一驚，原來是一錠黃澄澄的金子，這至少能替換五十兩的一個元寶。韓鐵芳本想把這錠金子整個都送給他，可是一看他那一雙貪婪的眼睛，自己反倒有些遲疑了。他心中一轉，便說：“我只有這一錠金子，不知在此地能夠兌換不能？”安大勇點頭說：“能夠換，這裏整天不知有多少蒙古人經過，他們都有的是金銀，跟他們換很容易。”韓鐵芳點頭說：“好！你就拿去給換一換吧！你先看看我的身材，無論新舊好壞的衣裳，你給我買一套來。再給我找一塊方布，舊的也行，一根馬鞭，其實一根藤子也就可以了，寶劍……不必要了，這就行了，剩多剩少，我全送給你吧！”安大勇接過來金子顛了一顛，就點點頭，站起身走出屋去。

韓鐵芳坐着歇了一會，就有一個穿着破衣服的孩子，把飯送進來了，是一個約有二斤重的整個的鍋餅，還有一碗半生不熟的鹽水煮羊肉。韓鐵芳也不管好歹，拿起筷子來就吃。待了一會，他吃過了，安大勇也已經歸來。這漢子真慷慨，不僅買來了兩身新藍布的褲褂、一條牛皮纏的馬鞭、一塊大藍布包袱，還有一口帶着鐵鞘經人用過的寶劍。他說：“我剛才聽你的意思，是想買一口寶劍。此地我有一個朋友，他家中藏着一口真正的哈薩克好把式淬的寶劍，雖不能削鋼剁鐵，可也准保比你這把強得多。我就給你討來了，送給你用，算是我跟你交朋友的一點禮物！”

韓鐵芳一聽，倒覺得有些慚愧，心說：原來這人竟這樣的誠實，我倒不如他。於是站起身來，含着笑將寶劍抽出，只見寒光奪目，確實是一口好劍，他便拱拱手說：“既然這樣，我就收下了，把我的這口刀扔在這裏吧！我也不說什麼道謝的話了！”他由懷裏掏出那桑皮紙包，把包裹的一些金銀都攤在那個包袱上，就說：“朋友！這些東西我得來的確實很容易，但也不是我偷來的、劫來的。你也不必細打聽，你用多少拿多少就是了，我帶着實在覺着太沉重！”

安大勇雖然慷慨，可是如今這許多黃白的東西都擺在他的眼前，他也不由得有些發糊塗了。他手裏拿着買東西剩下來的十幾兩銀子，就說：“有這點錢就夠了！就夠了！”韓鐵芳說：“你既打算往甘肅省去，盤纏總是多帶一些才好，你再拿點銀子去。”於是又抓給他一把碎銀子，約有十餘兩，又拿了一個小元寶也交給他，說：“你索性出去再給我買一副舊的馬鞍。”安大勇接過了錢，黑臉上現出一些紅色，似對韓鐵芳是十分地感激。但他沒有說什麼話，點了點頭就又出屋去了。

韓鐵芳又休息了一會，安大勇就把鞍韉買來，在院中將那喂得水草俱足的黑馬備好，並為他預備好了水袋跟乾糧。韓鐵芳已換上了乾淨的衣服，就背着金銀包兒，手提皮鞭、寶劍走出屋來。劍在鞍旁掛好，他就牽馬出了店門。安大勇送他出來，詳細地告訴他往迪化去的路徑，二人就彼此拱手，安大勇說：“將來在東邊再見！”韓鐵芳說：“後會有期！”他便上了馬，揮鞭向北去走。他走了幾步，又回頭望望，見安大勇雄壯的身影依然在那大店門前立着，他又持着皮鞭將手拱拱，那邊的安大勇也高高地抱拳。

韓鐵芳轉過頭來，策馬一直走出了鎮街，心裏倒覺着有點好笑，因為無意中交了這麼一個朋友。這人倒真爽快，他竟連我的姓名也沒問一問。只是由他的話中，知道了玉嬌龍生前的情夫就是大盜羅小虎，那羅小虎也就是春雪瓶的父親。咳！這可真是對秀樹奇峰的侮辱，而玉嬌龍的一生，可也太離奇委屈了。

如今韓鐵芳只是右腿還有點痛，但已不要緊。他現在的精神十分振奮，竟如初從洛陽出來時那般地高興，馬也很快。涉過了一片草原，天色就漸漸晚了，遠望眼前，黑茫茫的又像是一片沙漠。他如今對沙漠真是又愁又怕，便不願連夜往下去走。附近有蒙古包，他就去借宿。雖然言語不通，但蒙古包裏的人對他還很歡迎。

馬放在外邊，有狗看着。進了蒙古包，地面是很低，地下鋪着牛毛毯。牆是圓形的，用木杆紮成，跟鳥籠似的，包外都掛着很厚的牛毛毯、羊毛氈，一點風兒也不透。頂上有個窟窿，就仿佛窗戶似的，主人大概是看出天色不好，令人蓋上了，所以包裏的膻氣十分難聞。但主人是很誠懇的，他請韓鐵芳在左邊向東坐下，他卻坐在右首，這大概是表示賓主之分。這包裏有老少兩位婦女，像是婆媳，也很殷勤地給韓鐵芳端上羊肉、馬乳、酸酪這些待客的貴重食物。韓鐵芳倒弄得窘促不安，他不會說蒙古話，也不知怎樣道謝才好。當晚他就宿在這裏。

次日晨起，他就起身告辭，酬謝了主人一塊銀子。這裏的主人要贈給他一件老羊皮筒子，他想這時還不冷，要這皮襖作什麼？未免可笑，遂就謝絕了。他仰面一看，天色陰沉得十分難看，大概一會就許有暴風大雨襲來，他發了發愣，又一狠心，說：走！遂拱拱手道謝，上了馬就往北去了。

這時天色很早，看不見一縷朝陽，天空也是灰濛濛的。越走地下的土質越粗，草也越稀越短，韓鐵芳已有了經驗，一看就知道又走到沙漠了。他本來還有些踟躕、猶豫，但是座下的馬卻飛快地向沙漠中奔去，收都難以收住。韓鐵芳又想：反正這塊沙地是免不了要走的，不然就不能到迪化了。那麼就走吧！大概過了這片沙漠，我一生也不會再到這裏來了。

於是他就一任馬向前去跑，霎時即走進了沙漠之中。又聽見有清脆的鈴鐺之聲，雖有雲氣和沙崗遮着，看不見什麼，但他也放了心，想着：既有駱駝來往，當然這沙漠裏還有行人，自己又何必怕？於是他越發奮起精神來向去行。走着走着，那粗大的雨點挾着沙子，可就都打在他的臉上跟身上了，他心說：不好！想回去吧，後面也是一片茫茫，要再走到那蒙古包也不近，他只得依然往前去行。

雨越來越大，頃刻之間，全身的衣裳都濕了，他真後悔沒有要蒙古人的那件皮筒子。四周圍的沙子上都騰起了雨氣，天黑沉沉地，跟一塊灌滿了墨水的大硯台似的。天地渾沌，景象真是奇絕壯絕。那鈴鐺聲早已聽不見了，駱駝更是一隻也沒見着。可幸風力倒還不大，浮沙也都給雨壓下去了，他心說：不要緊，只要不颳風，我就不怕，就這樣向下去走吧！於是他反倒把韁繩稍稍勒住，讓胯下的黑馬緩一些走。好在對面沒有什麼障礙物，遇着沙崗，這匹馬會自己繞過去，他就索性閉上了眼睛，身受着暴烈的雨點，耳聽着悲壯的雨聲，茫然地向下去走。

也不知走了多少時、多少路，更不知走錯了方向沒有，可是這時雨已有些住了。他的眼睛要睜開，可又淹得疼，身邊連一塊乾燥的布也找不着。他拿胳臂擦了擦，勉強睜開了眼睛一看，還有些亂雨絲在空中飄着，可是天上的烏雲倒散了一些了。地下的沙子盡濕，並沒有什麼水，那一堆堆的沙崗，就像是拿淚灑過的墳頭似的。吸到鼻子裏的空氣是又濕又涼。馬仍自己向前走着，這匹馬真好，牠能專挑平坦的地方走，一點也不顯出累。牠仿佛還認識道兒似的。時已過午，背後有淡淡的陽光從烏雲中掙脫出來了，原來這匹馬還真是往北走着，一點也沒有錯，韓鐵芳不由就心裏誇讚了一句："真是神駒！"

再往下走，漸漸地雨停了。忽然聽見一陣吱喳的亂叫之聲，就見嚕嚕"地飛起了一群鳥兒。韓鐵芳吃了一驚，揚頭縱目去看，卻見飛向天空的這群鳥兒都很小，不像沙雞也不像鵪鶉，大概是一群麻雀。他心中大喜，放馬向前疾行，見馬蹄下就濺起泥水來，遠處又現出一些綠色。再向前走，眼前便是無邊的草原，雨後陽光又出，照得前邊一片金黃。他雖然身上都濕得跟水駱駝似的，但他心中卻很高興、暢快，他便揚起鞭子來虛抖了一下，口中不由喊出："秀樹奇峰春雪瓶！"喊出來了，自己又想：我說這話做什麼？可是眼前仿佛又幻出來春雪瓶的娥眉秀臉。

馬再往前行，他卻好像沒有了力氣似的，心中不禁一陣惆悵。正在走着，忽然聽見前面有一陣馬嘶，他又把精神一振，隨走隨向兩邊去瞧。就見靠西邊一箭之遠有幾棵樹，很高，葉子很稀，也不知是什麼樹，而樹下紅牆一抹，竟有一座廟。韓鐵芳就把馬收住，心說：啊呀！這個地方可真好，在這裏出家的僧人可真是沙漠岸邊的神仙！他這時真疲乏了，身子被雨點濯得又酸又疼，而且想找點吃食，也得給馬飲些水、吃些草了，於是他就撥馬向西邊走去。少時即來到了廟前，只見廟門關得很緊，樹的高處有烏鴉在叫喚。廟牆原來很破，牆上不是刷的紅顏色，而是用一種發紅的石頭壘成的。有半堵牆都已經倒了，一匹黑馬的尾巴從牆裏露了出來。

韓鐵芳曉得裏面倒未必有和尚，可是剛才一定有過路人在此避雨還沒有走。他就下了馬，放開韁繩，由着馬自己去吃草。他走到了那塌牆的地方，一搖鞭子，就把那匹馬給趕開了。他卻登着亂石跳過了牆頭。就聽見有個人喝了一聲："喂！幹什麼的？"

他抬起頭來一看，見正殿裏的佛桌上坐着一條大漢，黑臉膛，連鬢鬍子，模樣兒極怪。穿着一身青色的短衣褲，光着兩隻腳，旁邊還放着裝酒的黑瓦罐，跟一堆吃的東西。這個人用兩隻大眼睛瞪着他，真跟個老虎似的。

韓鐵芳就止住步了，也高聲問說："這裏有和尚嗎？"這個人說："哪兒會有和尚？早先這裏也許有過和尚，可是不定什麼時候給餓跑了。朋友！你是幹什麼的吧？"韓鐵芳說："我是過路人，在沙漠裏遇見雨啦。走在這裏，忽然看見了這個地方，想來這裏歇歇。"這個人就說："正好！我一個人在這裏正發悶！你來吧！我有酒，咱們吃吃談談，交個朋友。媽的新疆這地方，天高地廣，能走個碰頭就是有緣，就算朋友。"他拍着破佛桌，又說："來！這裏坐坐！"這個人說話的聲音很大，此時似是很喜歡，但又似有些感慨牢騷。

韓鐵芳倒不禁生疑了，心說：我知道他是個什麼人？倘若他是個強盜，在這四野無人的地方，跟他在一塊，他若是起了什麼心……他故意裝作很鎮定，提着皮鞭走進了那間殿。進殿一看，這人背後的佛像雖然蒙了許多沙子跟鳥糞，胳臂跟腿倒還整齊，可不認識是一位什麼佛。石頭的香爐已被扔在地下，地上有水袋、馬鞭子，還有一口插在鐵鞘子裏的鋼刀。

韓鐵芳看得不禁面上變了色，竟被桌子上坐的人看出來了，這人就擺手說："別怕！你別看見刀就起疑心。我不是強盜，不騙你，你若疑心你就請便；不疑心，咱們就在這裏談談，交個朋友。咳！我在這裏住了已兩天了，我連這張桌子都懶得下。朋友，咱們談談，我也高興高興。這裏有吃有喝，我是真心誠意，你別疑！告訴你，這地方南邊是沙漠，北邊是一片草原，不論你往南往北，當日絕找不着宿處。半截山那毛強盜，後生小輩，又常在這裏過。所以你看，我把門都關嚴了，你要是遇着他們，你……"他忽然直着眼看着韓鐵芳，顯出很驚訝的樣子，問："你姓什麼？哪裏人？從哪裏來的？幹什麼行當？"

韓鐵芳遲疑了一下，就說："我姓方，是河南府的人，隨朋友來這裏遨遊，跟朋友走散了。我就想先到迪化，由那裏再回東去。"這個人的目光半天才從韓鐵芳的臉上移開，他點了點頭，誇讚着說："年紀輕輕，相貌也是個漢子，不錯！來！喝兩口酒！"他把酒罐子拿了起來，要交給韓鐵芳，韓鐵芳卻說："待一會我再喝，門外還有我的馬，你等我先把馬牽進來。"說着他又出了殿。腳踏着地下的亂草，去把廟門開了，牽着馬又躊躇了一會，他心中就想：我是走呢？還是就跟廟中那個可疑的人混一宵？走，就許又遇見那些強盜，不怕旁的，只怕他們放冷箭。在這裏倒還只是一個人……管他是個幹什麼的？管他是有惡意無惡意？他有刀，我有寶劍，一個人總好對付。

於是，他就牽着馬進了門。廟門卻只虛掩着，並未關嚴。他卸下來鞍韉，連包袱、水袋、寶劍，都一件一件拿到殿裏，就都扔在地下。只見那佛桌上的人，瞪直了眼睛看他這些行李，好像很貪婪的樣子，韓鐵芳就更生疑。驀然這個人光着腳往地下一跳，咕咚的一聲，接着他就一彎身，韓鐵芳疑惑他是要抄刀，便也趕緊握着自己的劍柄，瞪起眼睛去看他。原來這人是在地下找鞋，找着了他的兩隻線納的很結實的鞋，就套在腳上，腰軀往上一直。韓鐵芳更是吃驚，原來他是又高大，又雄偉，這傢伙，可惜現在有些老了，他年輕時一定比那安大勇還強壯、精神。

只見他懶懶的，像一隻病虎似的走到階前，撒了一大泡尿。韓鐵芳才覺出自己是多疑了，遂放下劍及馬鞍，把鈕扣解開，身上的濕衣服都脫了下來。那個人又走進來，見韓鐵芳赤着脊背。就趕緊擺手說：「喂，可不能光脊背，這地方風猛，才下過雨天氣又涼，打一個噴嚏就是一場病。咱這在外邊的人，一病可就不得了，憑你銅打的、鐵鑄的、比老虎兒、比豹子猛的大英雄，也禁不住病。我在此地有個朋友，本來比我強十倍，可是，就因為病，死了！」說這話時，他意態頹然，面上布出了一層愁慘之色。

這個人彎身拿起他的包袱，放在桌上解開，找出一身黑緞子的夾衣褲，扔給韓鐵芳，說：「換上，小心着了涼，這身衣裳我給你啦！」隨着他抽出的這身衣服，嘣嘣的就掉在地下了兩個大元寶，他拾起來，塞在包袱裏，繫上了，就把包袱扔在地下。他又上了桌子，兩隻腳一抬，兩隻鞋就分飛到了兩邊。他抱起酒罐子來又連喝了幾口酒，然後吧的把桌子一捶，又長歎了口氣。

韓鐵芳真愣住了，這個人待人這麼誠懇，真夠得上是個慷慨的朋友。他尋思着，他的這身夾衣褲很闊，又很乾，他說他從昨天就住在這裏，諒非假話。他包裹裏又有元寶，即使他果真是強盜，也不見得就打劫我，但他哪兒來的這麼多的牢騷呢？

於是他換上了乾衣褲，把那也已淋濕了的一角紅羅仍在懷中藏好。這身衣褲倒不長，只是太肥，可倒顯得瀟灑，他就問：「你貴姓？老兄，我看你也不是一位平常的人，來到新疆有事嗎？還是一向就在這裏做生意？」

桌上的人喝了幾口酒之後，他的臉色更發紫了，聽韓鐵芳問他，他當時並沒有言語。及至韓鐵芳收拾好了東西走過來，也跳到桌上坐下，把腳下的濕鞋、濕襪子全都剝了，這個人才慢慢地說了起來：「新疆這地方是我的老家，年輕的時候，我就在這裏混，後來離開了二十幾年。有時我也想這裏，但他媽的我這次回到這裏一看，我就永遠不想再回來了！我販過牛馬，也做過官……」又搖頭說：「沒做過官！」說到這裏他呻吟了一會，忽然就像瘋了一般，瞪起來兩隻大眼，說：「你知道九門提督玉大人的小姐，沙漠中的女英雄，名聞天下的玉嬌龍嗎？她就是我的老婆。我……」他一擂胸膛，又說：「半天雲羅小虎，你回到沙漠去打聽打聽！」

韓鐵芳更不禁地吃驚，心說：啊呀！原來這人就是那姓羅的！遂把眼睛瞪在他的臉上、身上，不住地細看。他暗自猜想，這人原來就是當年玉嬌龍的情夫，但，他怎麼這樣地粗俗、狂悍？他哪裏配？羅小虎卻像很得意似的說道：「你可知道？現在新疆還有一條小龍，本事比她的娘還高，長得比她的娘還俊，那就是……」他又一拍胸脯，說：「我的女兒！」

韓鐵芳聽到了這裏，卻不禁生了氣，就如同觸犯了他心中所敬奉的神佛，傷了他的寶物，侮辱他自己的人似的。他就發怒地將羅小虎攔住，大聲說：「喂，你別說了！」羅小虎卻依然說：「不要緊！這新疆地方二十年來，沒人敢背地裏提說她母女的名字，可是我不怕。真的，她們一個是我老婆，一個是我的女兒……」韓鐵芳推了他一把，厲聲說：「你別胡說！」羅小虎又歎了口氣，說：「我真不願提，玉嬌龍，我那妻子……咳！春雪瓶，她雖沒叫過我爸爸，但我知道，我也不是要仗着她給我半天雲爭光，她真是我養活的孩子！」

突然砰的一聲，韓鐵芳一拳擂在他的腦門子上，打得他一怔，緊接着又是一腳，咕咚一聲，整個把他的身子踹下了佛桌。韓鐵芳在桌上站起身來，掄着兩個拳頭預備再打，他氣滿胸膛，向下瞪着眼睛，說：「你也配？我早就聽人說過你這個人，你不過是昔年沙漠裏的一個強盜，跟半截山一樣。春大王爺或許認識你，可是她早就跟你絕了交，她鄙視你的為人。至於秀樹奇峰，她原不是春大王爺的親女，你也敢胡說她？你也配？因為她們都是我的好朋友，我不能聽人在我耳邊說這話，不許你再說！你若是不服氣，來，你有刀我有寶劍！」說時他光着兩隻腳就跳下了佛桌，將寶劍鏘地一聲抽了出來，向空一斫，力透中鋒。這是他跟瘦老鴉學出來的頭一招劍法。羅小虎巨大的身子在地下打了一個滾兒，也赤着兩隻腳跳了起來。他右足尖點地站立，兩拳握緊，如同鐵錘子似的。兩眼圓睜，益發冒出來了火光。兩人就這樣對面相峙，但他的拳也不進，韓鐵芳的劍也不來。

忽然羅小虎哈哈大笑起來，笑了半天，他才緩了一口氣說：「料不到新疆這地方，到處有人護着她們，說她們一句話，就有人來管。哈哈哈，不要緊，不算什麼，你護着她們，難道我倒惱你？朋友，你一進這廟我就看出你會武藝。來！喝酒來！來！咱不再說玉嬌龍跟春雪瓶了！來！喝酒。"他又坐上了佛桌，見韓鐵芳仍然向他瞪着眼，他卻真有些發怒了，罵道："媽的，你還真個要打？我的老婆跟女兒，用你來護？"

韓鐵芳卻說："我只是看不起你這個人。你生長得這模樣，當玉嬌龍的丈夫你不配！"羅小虎又哈哈大笑，韓鐵芳更忿然說："春雪瓶她絕不能有你這樣的強盜父親！"羅小虎說："你沒想到，卻是真的，你可有什麼辦法？"

韓鐵芳把寶劍噹啷一聲拋下，徒手就撲了上來。羅小虎卻等他來至臨近之時，就用腳一踹。韓鐵芳卻趁勢握着他的腳，向下一拉，羅小虎就咕咚一聲摔下了桌子。他不由得怒火騰起，用盡了平生之力，掙扎起來，掄拳向韓鐵芳就打。韓鐵芳閃開了，羅小虎卻來了個餓虎撲食之勢，驀地向前一步抓住了他。韓鐵芳疾忙托住了他的腕子，羅小虎卻大聲嚷嚷着說："好小子！你才穿了我的衣裳就要打我？真沒有良心。老子是老了，若在二十年前還能叫你活命？"

韓鐵芳卻搖頭說："其實我也不是故意要打你，因是你侮辱春雪瓶，不由得我要生氣。只要你不提，咱們兩人就照舊交朋友！"羅小虎罵着說："現在還交什麼朋友？媽的，我就不知道你為什麼護着春雪瓶，難道她是你的祖宗？"

韓鐵芳聽了這話，又一怒，就趁其不防打了羅小虎一個嘴巴。羅小虎就緊緊揪着他。二人相扯互拼，出了這廟宇。腳下是長着青苔着了雨的石階，一滑，羅小虎就又栽倒了，韓鐵芳也被揪得滾在地下。韓鐵芳剛要起來，羅小虎一推他，他就仰身倒在地上。羅小虎要去騎他，韓鐵芳一抬腳就將羅小虎踹開了，趁勢，他一躍而起，拳似流星，向後直打。羅小虎避開，轉手抓來，被韓鐵芳吧的一下將他的手臂打開，復以黃鶯抓肚之勢去取羅小虎。羅小虎卻吸腰照舊迎敵。兩人又往返了七八招，就又扭在了一起，接着又都滾在了地下。韓鐵芳跨腿將羅小虎騎上，羅小虎仰着面兩腿亂蹬，直掙扎。

韓鐵芳掄起拳頭，卻不願打他致命之處，只向他的腦門子上一碰，不料羅小虎就啊呀一聲怪叫，真像是一隻老虎在山崖上失足墜下山澗似的那麼嚇人。韓鐵芳不由得一驚，趕忙縮了手。羅小虎卻趁勢兒一翻身，倒險些沒把韓鐵芳給壓下去，而他卻驀然跳起。韓鐵芳以為他必有拳打來，就疾忙以雙臂去迎。沒想到羅小虎竟退了幾步笑了。他一隻手隱在背後，一隻手連連地搖擺，說："別打啦！別打啦！你的拳腳不差，雖比不得玉嬌龍、春雪瓶，可是與二十年前橫行沙漠，大鬧京城的老子我不相上下。"

韓鐵芳聽他自稱為老子，就不由得忿忿地又要上前去打。羅小虎卻又後退一步，那隻左手仍然擺着，並笑說："打什麼？為她們兩個人？我不再提她們就是了。咱們在這裏相遇，雖說非親非故，也得算是有緣，不喝酒、談談，卻來胡打，為的是什麼？"

韓鐵芳喘着氣，心裏也覺得太鹵莽了。幸虧這羅小虎的脾氣還不算暴，不然拼出人命來，豈不是太不值？獨怪自己為什麼一聽人侮辱到了玉嬌龍、春雪瓶，就忍不住要生氣呢？這種心理連自己也不明白。抬頭看羅小虎一身的泥土，腦門子發青，自己的胸懷也被扯開，模樣也更不用說了，就也心中後悔，不由得笑了一笑。

羅小虎先進到殿裏去了，他跳上了佛桌，就扳住那尊佛像，像是摔跤似的往旁一摔。那尊泥佛就嘩啦的一聲滾落在地，可又騰出來桌面大的一個地方。羅小虎仿佛就出了氣，又向韓鐵芳招手笑着說："來！來喝酒吧！"韓鐵芳見羅小虎這樣地豪爽，自己倒不由有些慚愧了，他扣着衣扣走了進來，歎了口氣，就也坐在了桌子上。羅小虎卻拿眼瞪着他，笑着說："年紀輕輕的，千萬不可弄上那些相思的事兒，不然能害你一輩子。你要是想弄個老婆，就想法發點財，說個城裏或鄉下的大姑娘，那比什麼都省事，一輩子無煩惱。你要是色迷着心，妄想爬高，要說什麼千金小姐，或是看上了什麼小王爺，那是自找罪受！"

韓鐵芳覺得他這幾句倒是很至理，同時見他也歎了口氣，因之心中就不禁對他同情，想着他早先與玉嬌龍的情愛一定是真的。他是強盜，而玉嬌龍是一位小姐，自然難相配，所以後來二人分離，這也很夠他傷心的，何況如今他又曉得玉嬌龍已死。只是那春雪瓶，莫非確實是玉嬌龍之女？是玉嬌龍故意造出一段事情來，假說不是她親生的，以免遭別人評議？這可也近情理。可是春雪瓶若真是這個人的女兒，那可真是對秀樹奇峰的侮辱，誰能要這樣的一個爸爸呢？他遂就拱了拱手說：「羅兄！剛才咱們打架的事情，算是完了！實在是我的錯，請你寬有我年輕浮躁。」羅小虎擺手說：「不要緊！我吃你這剛強小伙子一拳兩腳，不算什麼，我還高興呢！喝一口，這酒沒有毒藥！」

他右手拿着酒罐子遞在韓鐵芳的嘴邊，韓鐵芳就咕嚕嚕地一連喝下了幾口，然後拱拱手道謝。酒燒心上，覺得很辣，他就說：「我很知道羅兄的心緒，因為我也在安大勇的店裏住過一日。」羅小虎驚訝着說：「啊呀！你也在安大勇的店裏住過？他跟我早先都是一條路上的人，說來我是他的老前輩，他是緊跟着我的一個夥計的外甥。他那人也會武藝，懂得交朋友，你知道嗎？」韓鐵芳點頭說：「我都知道，連羅兄你的事，我也都知道。」

羅小虎就親近地拍了拍他的肩膀，說：「要是這樣一說，咱倆可更得交交朋友了。可是老弟，我勸你，千萬別弄上那些撕不開、扯不斷的相思的事兒！」韓鐵芳忙搖頭說：「沒有！我出來是為闖江湖，是為結交天下豪傑，是為辦事，絕不會沾上那些兒女情長，英雄氣短之事！」羅小虎卻搖頭微笑說：「我不信！你不說實話。我拿出個東西來給你看，看你還有什麼話說？」說時，把左胳膊伸出來，一張手，就見他那很髒的粗大的手心裏托着永遠藏於韓鐵芳懷中的那一塊紅羅。多半是剛才兩人打架的時候，他趁韓鐵芳不防，就給抄在手裏了。這傢伙的手真快，不愧盜賊出身。

韓鐵芳的神色不禁一變。羅小虎卻咧着大嘴，兩隻大眼睛變成了兩道縫，他笑咪咪地說：「你還不認嗎？年輕的人不說實話！這不定是哪個娘兒們、姐兒們看上了你……」韓鐵芳劈手就把那塊紅羅奪到了手中，氣得臉色紫漲。這比他剛才聽人侮辱玉嬌龍、春雪瓶還要生氣，他瞪圓了兩隻眼睛，掄起拳來。羅小虎卻擺着兩手說：「你放心！我不要這東西！這東西都變了顏色，不定在你懷裏藏了多少日子啦！是不是娘兒們給你的表記？還說什麼？幸虧被我看見，還不要緊，若是回到家裏，這東西到了你爸爸的手裏，你爸爸把眼一瞪……」他做出瞪眼的樣子來，又笑着說：「至少也得打你兩下耳光！」接着他就哈哈大笑，又勸韓鐵芳喝酒。韓鐵芳擺手說：「不喝！」羅小虎自飲了幾口，忽然又長歎一聲，便將身倒在剛才佛像坐的那個地方，好似也勾起了他的煩惱。

韓鐵芳這時才把胸中的怒火按平，卻也很難過，想到了母親方夫人，既傷且愧；想起那個父親柳穿魚韓文佩來，又恨；憶起病俠玉嬌龍來，是又欽佩、又感慨；而思及春雪瓶，卻又不禁一陣惆悵、愛慕，心中煩思萬種，愁緒萬端。這時忽然羅小虎又坐起，慷慨悲歌地唱了起來：「天地冥冥降閔凶，我家兄妹太飄零，父遭不測母仰藥，仗義扶孤賴同宗……」韓鐵芳矍然而聽，正想發問，這時外面又瀟瀟地落下雨來。

羅小虎就停止了歌聲，向韓鐵芳說：「又下雨了，天更冷了，我這裏還有件夾衣，你不想再披上嗎？」韓鐵芳搖頭發着怔，並不答一句話，只是定睛看着羅小虎。只見羅小虎下了佛桌，站在門前，向外呆望着這古寺外淒清的暮雨，他那張大臉顯得特別憂鬱陰沉。天色見黑，雨越下越大，羅小虎奮勇地冒雨跑了出去，將他跟韓鐵芳的兩匹黑馬，都牽進了殿裏。兩匹馬嚕嚕地噴着氣，殿中越發黑暗。羅小虎蹲在地下，他有個口袋裏裝着些乾草，倒在地下，他就點起火來。火光熊熊，沖起來四五尺高，照得殿宇通紅，兩匹馬都怕得要跑。韓鐵芳真疑惑這傢伙是要放火，就也趕緊跳下了佛桌，嚷嚷着說：「你這是幹什麼？」煙氣彌漫，嗆得他不住咳嗽。

第九回　嬌軀寶劍夜戰豪雄　濁酒狂歌屈遭縲絏

那羅小虎不知從哪裏又找出了一隻小鐵鍋來，他由皮口袋裏倒了些水，就用手拿着放在火上。鍋底下又有個小窟窿，水滴在火上，哧哧地響，他就大聲嚷嚷着說：“喂！來幫幫忙！”韓鐵芳也手忙腳亂，趕緊幫着添草。一時沒留神，外面的風進來，把一根燒着了的草就吹在了韓鐵芳的衣裳上，立時衣上火起。羅小虎驚叫了一聲：“啊呀！”一撒手，滿鍋的水都澆在了火上，噗”的一聲突騰起來一股白氣。

羅小虎趕奔過去，幫着韓鐵芳撲打身上的火。衣上的火滅了，可是那邊地下的火也滅了，滿殿裏都是煙。羅小虎張着兩隻手哈哈地一笑，便趕緊拉着韓鐵芳到外面，叫涼雨淋淋。兩匹馬也都跟着他們跳了出來。及至殿中的煙氣漸漸散了出來，兩人才進殿，可是身上都淋得跟水老鼠一般了。

韓鐵芳的皮肉倒沒有燒焦，但羅小虎剛給他的新緞子夾襖，大襟上卻燒掉了一大塊，已經變成灰了。他趕緊摸了摸懷裏，萬幸，那塊紅羅倒是沒有丟掉，也沒有燒着。他垂頭喪氣的，現出十分懊惱的樣子。羅小虎卻又譏笑他，說：“你心裏有事，不怪你幹事出舛錯。我看你大概是個公子少爺，什麼事都不會幹，比我還笨！”韓鐵芳便吁了口氣。羅小虎又說：“你還是上佛桌喝酒去吧！你不行，讓我一個人來吧。”當下羅小虎又重新點上火，燒水，又拿出一把茶葉來，在個破碗裏沖了一碗茶，並找出了幾塊乾糧，都放在佛桌上讓韓鐵芳吃用，他就像是給神佛上供似的。韓鐵芳卻又下了佛桌，說：“我這裏也帶着吃的東西呢！”遂就借着火光去把自己的行李找着，取出來乾糧，就與羅小虎兩人分着吃，並且你一口我一口地互相交換着喝茶飲酒。吃喝畢，地下的草灰還有餘燼，兩人都剝下衣服來蹲在火邊去烤，一邊烤一邊談。羅小虎直想打聽韓鐵芳的來歷，韓鐵芳卻一句話也不肯說。他雖然對羅小虎與玉嬌龍往昔的那段情史，也很有些疑悶，但為了尊敬亡友玉嬌龍，又實在不忍得打聽，所以他說的話極少。

羅小虎的話倒還很多，他說：“這座廟，早先原有僧人居住，後來，這裏的大和尚被強盜殺死了，幾個小和尚也都跑了，這裏就留下了一座空廟。你看這個鐵鍋、飯碗，都是和尚走的時候拋下的。”說到這裏，他又歎息了一聲，說：“這次我到沙漠裏來，又會着了我舊日手下的幾個嘍囉，那些王八蛋，現在都成了寨主了。這廟裏的事情，也是他們告訴我的。依着他們，是要叫我別走，說我若是不願再在沙漠中受那奔波之苦，他們可以把這座廟修一修，派兩個人來服侍我，叫我到此來住。他們原是想讓我在這給他們保鏢，如遇着了事好求我幫忙。可是我說，我又不是和尚，為什麼要住在廟裏？但我一來到這裏，可真懶得走了。我再說兩句話，你可不要生氣，我在五回嶺住了十多年，我真跟個老道士似的，我在那裏，雖沒另說了老婆，可是也有了產業，有了家了。人是把太平的日子一過長了，也膩得慌。我就忽然又想起了玉嬌龍。因為聽由西邊去的一個江湖人說，祁連山有一個了不起的人物，綽號叫黑山熊……」

韓鐵芳一聽提到了仇人的名字，胸中的怒火不禁又起，拳頭也不禁緊緊地握起，他想着：只要是羅小虎說黑山熊是他的朋友，或是他與他們有什麼關係，自己立刻就給他一拳。打傷了他，制服了他，便叫他帶着自己去往祁連山，找黑山熊去拼命。這樣一來，倒可以把念記春雪瓶的心拋開了，把情絲割斷了。

羅小虎接着又往下說：「黑山熊那小子，二十年來藏在祁連山裏不敢出頭，聽說他是心裏有虧，害怕新疆的一位春龍大王爺要他的命！因此，我就料到春龍大王爺必是我的……」

他吞住了下半截的話，又攏起雙眉來，愁鬱地說：「我想她一定就是玉嬌龍。她不是在祁連山一帶尋找那黑山熊，就是在這裏的大沙漠裏了，總之她不在甘省便是在新疆，絕出不了這個地方。因此我就與我的兩個夥計，花臉獾與沙漠鼠一同西來，分頭去找。不料花臉獾又在甘省受了朋友的連累，打了官司，解往蘭州。聽說那時玉嬌龍正在蘭州，沙漠鼠就去找她，想求她救花臉獾，並說我已到了中衛縣，想與她見一面。不料玉嬌龍全不念舊情，她只給了沙漠鼠幾兩銀子，對花臉獾，她也不救。可是聽說那時她就病得很重，常咳嗽。沙漠鼠走到中衛縣去找我，我趕到了蘭州，到那家店房去找，卻聽店裏的人說：玉嬌龍跟着個年輕的小伙子已經往西去了。我追了一程，沒有追着，再回到蘭州去救花臉獾，已經來不及了，他已被官司牽累得正了法了。我因此也對玉嬌龍很恨，我為尋她，才死了這個跟隨我三十多年的夥計，她卻跟着個小伙兒走了，不理我！真太薄情了！我就帶着沙漠鼠又往西去。走到了蘭州城，沙漠鼠又害了病。我留他一個人在那裏，又單身西來，在沙漠中走來走去。前些日子就在這北邊的一家店裏，無意中遇見了個標緻的女子，聽人告訴我，原來她就是春小王爺春雪瓶，玉嬌龍的女兒。我想玉嬌龍的女兒，一定就是我的孩子了，我就去認她，可是她竟拿小弩箭射我！這弩箭當初還是我傳授給玉嬌龍的，玉嬌龍因此才出了名，她跟他母親學會了，卻又來射我！哈哈！好孩子！但我並不生氣，我暫時走開，想在沙漠裏等她，跟她細述詳情，還不要叫別人知道。沒有想到我沒有等着她，她另走了一條路，反遇着了強盜，她把半截山、戈壁虎那些人打了個落花流水！我後來又遍地去找，就遇見了二十年前我手下的幾個夥計，他們才告訴了我兩個月前的一些事。說是有個姓韓的人到尉犁城去找春雪瓶，並帶去了玉嬌龍的馬、劍等等的東西。因此我才斷定玉嬌龍已經死了，她必是得了病死在半路了！」說到這裏，羅小虎竟簌簌地落下眼淚，聲音很是悲慘。

他又向韓鐵芳說：「方老弟！你是不知道我們過去的事，更不知道我這個人的出身。我雖在沙漠中當過幾天寨主，可是沒幹過什麼惡事，沒害過好人。後來認識了玉嬌龍，她叫我去做官，我就洗了手，可是官做不成，我沒法子！二十年前在五回嶺分別……」說到這裏，他將話又停住，發了會子呆，仿佛在回憶當年的一段柔情，接着歎了一聲又說：「她走後，我對她時時想念，但我知道我不配做她的漢子。她願意嫁我，但只因為我不是個官，她卻是一位小姐，我就無顏再去找她。如今，我已經快到五十歲了，再來找她，可是已見不着她了。」說到這裏，他不禁啊啊地痛哭，加上殿外淅瀝的雨聲，聲音更是悲慘。

韓鐵芳的心中也很替他傷心，尤其是替已死去了的玉嬌龍惋惜、難受，而更懷疑到春雪瓶就許是他的親女。他遂也歎息着，又用溫言勸了半天，羅小虎才止住了哭泣。衣服都已烘得半乾了，兩人就都穿上，都躺在佛桌上去睡覺。夜間很冷，兩人卻倒都睡得很熟，也沒有發生什麼事。

次日天亮，韓鐵芳先醒了，他下了佛桌，走出殿宇去看，見雨已住了，滿天鋪着薄薄的灰色的雲霧。出廟門一看，路上雖有不少的稀泥，若騎着馬，倒還可以往下走。所以回到廟裏一聲不響，就先拿着水袋給玉嬌龍遺下的那匹馬喂水。喂完了，他就又走到殿裏悄悄地將劍入匣，又收拾包袱。不料這羅小虎也跳身坐了起來，問說：「雨住了嗎？你就要走？」

韓鐵芳倒嚇了一跳，他回過頭說：「雨已住了，我這就走，因為我要到迪化，還有些事要辦。咱們後會有期吧。」羅小虎下了桌子，說：「別忙，咱們一塊走，我也到迪化去。」韓鐵芳一聽，心中卻大不高興，就說：「羅兄，據我想，你還是不要去迪化好。二十年前你在此地當寨主，那時的名頭也很大，你既能在這裏遇着舊日的夥計，難道在迪化就沒有認識你的官人嗎？倘若在那裏出了事，一來你已洗手多年，為二十年前的事情打官司未免冤屈；二來何苦再追問早先的那些事呢？或是有人看見了你，又想起早先玉嬌龍的事，你可何苦叫一個已經死了的人，又受人評議？」

羅小虎點點頭，歎息着說：「方老弟你說的話也對，可是我想迪化城絕沒有一個人認識我。二十年前我才洗手的時候，就愣敢到迪化去。在迪化城裏我還與她見過一面，那時她在一座樓上，我卻在牆外的馬上……」說到這裏，他不由得閉上了兩隻眼睛，回想着當年的夢景。將眼睛張開，他卻又是一聲長歎，搖着頭說：「絕沒人能認得我。我到迪化的時候，找個剃頭匠再把我這大鬍子刮刮，買兩身新衣穿上，將馬再打扮打扮，就更不會有人認識我了。不瞞你說，我前兩天在沙漠裏打聽出來，有人看見春雪瓶才走過去，往迪化去了。她有親戚現在迪化，她一定是去迪化了。」

韓鐵芳轉過身來發急地說：「你何必又到迪化去壞春雪瓶的名聲？她絕不是你的什麼女兒。即使她是，她第一次既不認你，哪能又在迪化那大城之中又認你為父呢？你不要做夢了！況且，你見了她，於她有損，於你也無益。」

但是羅小虎卻不住地搖頭，說：「我豈能去見她！在沙漠裏她不認我，那時我是有一陣子難過，可是後來我就明白了，她一定是不知道我，她的娘就不能將早先的事告訴她。再說，她在尉犂有赫赫的家產，有牛馬，跟個真王爺似的，我找了她去當爸爸？去享福？那我自己都笑話我自己了。我羅小虎自小就離開了家鄉，沒花過我爸爸一個錢，沒吃過我爸爸一碗飯，如今快要老了，倒去吃女兒？那有多麼沒出息我不幹！我到迪化城，跟她走碰頭，至多望她兩眼，心裏高興高興，但我絕不再招呼她。我要去找一個人，那也是一個女人，玉嬌龍死後，只有她也還許記得我的名字，聽說此人現在也往迪化去了。」

韓鐵芳便問說：「此人是誰？誰的妻子？」羅小虎卻說：「一個婦人，無名無姓，說出來你也不知道。我找她去，也沒有多話可說，只是一兩句，問了她，我就走。我也不願在迪化多呆，因為現在來到迪化的一位欽差大人，那就是玉嬌龍的胞兄。人家是一品大員，我還是那樣，我還能去見了欽差大人呼舅子？攀親戚？」他又連連地搖頭，說：「我不能！我不能！那不是好漢幹的事！你要是不願跟我同行，你就先請。可是我告訴你，往北去還得過黑沙漠，還得過天山，路途不靖，你一個人走可不能平安。只要出來十個八個的人，你就受不了，可是要有我……」說着他一搥胸脯，說：「二十年前的名頭還能夠叫得響！無論他幾千幾百的強人，不管他們認得我不認得我，可是若聽說我便是半天雲，他們，誰也不敢不讓路！」韓鐵芳聽到了這裏，心裏倒不禁斟酌，因為自己倒是不怕強盜，可是真怕冷箭。

羅小虎此時也跑出去喂了馬，又跑進來收拾東西，並向韓鐵芳說：「我到迪化城，只要見着那個人，把話說完，當日我就離開那裏。我還得到肅州找我那夥計去，只怕他也病死了。只要他不死，我們就往五回嶺，我把家交給他，我去當老道。我本來當過幾天小老道。咳！我真灰心了，懶得活了。」

韓鐵芳也不言語，他蹲着身，把自己的東西全都收束好了，就拿到外面，都放在馬上。羅小虎也將東西收束好，他備好了馬，又看了看韓鐵芳的這匹馬，點點頭，說：「你這匹馬真不錯！是來到新疆才買的吧？別的地方找不到這樣的馬。聽說玉嬌龍……咳！我又提她了，她倒有一匹千里駒，也是黑色的。她死了，馬卻叫那姓韓的送回尉犂，可是他媽的又出了事！這也是我前天才聽人說的，我也沒細打聽。」由他說，韓鐵芳卻不說一句話。

少時韓鐵芳先牽馬走出廟門，就跨上了馬。羅小虎也隨着出來上了馬，他的雄軀在馬上更顯得威風，真像一位將軍似的。韓鐵芳就想：假使當年他是個正經的人，他中了武舉，做了官，那麼玉嬌龍後來的結局也許不至如此。只是，玉嬌龍既是一位小姐，她的那身驚人出眾的武藝，可又從哪裏學來的呢？她怎會又與一個大盜相識而生情愛呢？這些事，這些疑問，韓鐵芳本想打聽打聽，但又因為對羅小虎的鄙視，所以不願讓他口中再提玉嬌龍跟春雪瓶。他鄙視羅小虎，並非是因為他是盜賊出身，卻是因為總覺得他不配當玉嬌龍的丈夫、當春雪瓶的爸爸，不配！真不配！

韓鐵芳揮鞭在前面走，羅小虎也揮鞭追上他，兩匹馬就並行着，踏着被牧畜草啃光了的一片原野，就直往北去。走下了三十餘里，天上的雲彩漸薄，日光漸現，地下的已是被馬踐踏的黑色荒沙。羅小虎就在後邊嚷着說：“喂！喂！方老弟！你慢着點吧！這裏的沙漠可不算小。這是有名的黑沙漠，比白龍堆更難走，無論咱們怎樣趕，今天也走不出這片沙子。你別急，慢着點！我這匹馬可比不了你那匹馬！”韓鐵芳只好將韁繩收了一收，而這匹馬一望見了沙漠，精神卻更振，仿佛都收不住了。他等了一會，羅小虎才喘着氣，鞭着馬趕上來，說：“老弟！你雖也是由白龍堆裏來的，可是說起走沙漠來，第一還得讓我，玉嬌龍都是我的徒弟！你莫忙，忙中必有錯，若沒有我領着你，包管你絕到不了迪化府，若有什麼人留心上你，你更得喪命。好老弟！我真是喜歡你年輕硬棒，我才幫助你！”

韓鐵芳聽着他這些話，心中很不耐煩，就皺着眉說：“走吧！你的馬也得加快一些，你哪裏曉得，我到迪化真是有要緊的事。”說時，他的馬仍然向前走着，只是慢一些。羅小虎騎着馬在後面從容地跟隨着，他很高興，嘴裏還不住地哼哼哦哦，也聽不出來他唱的是什麼。待了一會，又往下走了十餘里路，忽然羅小虎又高聲唱了起來，唱的是：“天地冥冥降閔凶……”

韓鐵芳回頭看了看他，想問問他這首歌的來歷，但忽見羅小虎用鞭子狠狠地抽着自己的脊梁，恨恨地說：“不唱了，永遠不再唱它啦！媽的！還唱什麼？永遠也不唱它啦！”只見他形容愁慘，緊緊地咬着牙，連鬍子都咬在嘴裏了。他拼命揮鞭，吧吧地抽馬，向前飛奔。後面的韓鐵芳倒很關心，真怕他瘋了，又怕他摔下馬來。韓鐵芳心裏如此想着，他要是摔死了，自己又得葬埋他。我又不是他跟玉嬌龍的兒子，我倒給他們都送了終，當了孝子，那豈不是笑話？

羅小虎的馬向前狂奔了約一里地，便奔不動了，人馬俱累，都停在那裏喘氣。韓鐵芳一鞭子便趕到，在馬上扯了扯他，問說：“你是怎麼啦？”羅小虎拍着胸，面色慘白，說：“你不知道！我心裏真難過！玉嬌龍臨死，我連一面也沒見着，一句話都沒說。她埋在了什麼地方，我也不知道！”說時竟又流下兩行眼淚來。

韓鐵芳心裏想把玉嬌龍葬身的地方告訴他，叫他去哭祭一番，以慰他的癡情，可是又想：他去了倒不要緊，那個地方也很好找，只是他又與那些強盜相識，被強盜們知道了地點，就許去掘出玉嬌龍的屍體，以洩氣忿。便仍然決定不告訴他。韓鐵芳就拍了拍羅小虎的肩膀，冷笑着說：“你也太不像一條好漢了！這些年你都沒與她見面，如今你聞說她死了，難道你就不再活？我看你雖已年近五十，但身體還健壯，氣魄還有，你為什麼不打起精神來，再幹一些光明正大、轟轟烈烈的事情，以洗刷你過去的污名，而慰玉嬌龍於地下？”

羅小虎聽了這話，漸漸昂起頭來，臉色也漸漸從灰白轉為紫紅，他點點頭說：“老弟，你說的這話對！”韓鐵芳說：“你若覺得我這話對，以後你就做個堂堂正正的好人，把那些無聊的悲傷都拋去。依我說連迪化府你都不必去了，新疆是你傷心之地，你應當快些離開它！”羅小虎想了想，又說：“我還得跟着你走。並不是我非到迪化城不可，迪化城我也許不進去，只是我得把你送到那裏，我才放心！”

韓鐵芳不由得傲笑，說：“這一點路程，我何勞你送？我怎麼由家裏出來的？我出來就為的是在江湖闖蕩，我本來有幾個伴侶，但我把他們都打發回去了，我願意單身行走，將來我還要到祁連山，走江南。”羅小虎說：“將來你往哪去我也不管，別的地方都不像新疆，新疆這地方真他媽的惡！我把你送到迪化，你就穩妥了，我就安心了。小兄弟！我真有些關心你，一來咱們在那廟中相遇，真是有緣；二來，兄弟你別惱，我看你的模樣長得真有點像玉嬌龍，我要不是看見了你，也不至於這麼想她！”說時眼光不住在韓鐵芳的臉上亂轉。

韓鐵芳倒不由得笑了，雖然被人將他當作女子、婦人，但他一點也不生氣，只是驚訝。

他並且想起與玉嬌龍來新疆時，玉嬌龍對待他忽而暴躁，忽而又溫柔慈愛的情景，真是可疑，不想羅小虎也是這樣。他就想：難道我一個姓方的被難的婦人所留下的兒子，還會跟他們有什麼親戚關係不成？不過這可也說不定，玉嬌龍的出身是官家小姐，我的爸爸也是個官。

他一面心裏疑惑、猜測，一面騎馬向前走，羅小虎這時也不說話了。默默地走下十餘里地，忽見面前一道沙崗的後面轉過來兩匹馬，接着又出現了幾匹，一共是七八匹馬，都向這邊走來。韓鐵芳一驚，倒把心中的思緒打斷了。

羅小虎卻狂笑着說：“怎麼樣？我說這地方不好走，你看是吧？前面來的這一個是我的孫兒下輩，老弟你沉着點氣，不要驚慌！讓我先去跟他們道道字號。他們若認得他們的爺爺，那便好，便沒事，不然我施展施展刀法，讓你看看！”說着他就催馬迎了上去。韓鐵芳怕那群賊與他發生爭鬥，怕他有閃失，便也催馬跟了過去。只見相離尚有數十步之遠，雙方能夠看得清面目了，那邊的人齊都下了馬，一個人就高聲嚷道：“羅老爺！春雪瓶才過去，她往北去了，我們幸虧沒有被她看見，不然真了不得！你老人家也不要再往前走了！”羅小虎收住了馬，哈哈大笑。韓鐵芳聽了，卻又驚又喜，趕緊向羅小虎說：“羅兄！我們再會了！春雪瓶既在前面不遠，我就得趕緊去追她！”說時揮鞭飛馳而去。

那賊人齊都扭着頭向他看，有一個就驚訝着說：“哎喲！這不是那個韓……”韓鐵芳聽見了，卻沒有理，只是策馬北去。只聽身後羅小虎已經追上來了，並大聲嚷着說：“老弟！原來你就是姓韓的呀！我們這裏有人在黃羊崗子見過你……韓老弟！停住吧！咱們再說幾句話……朋友，春雪瓶就在前面不遠，我一定叫你追上她！別忙，等我問你幾句話……兄弟！韓老弟！姓韓的！你站住！媽的你站住……”他越喊聲音越急，可是這聲音傳到了前面卻越來越模糊，因為韓鐵芳已經去遠，轉過了幾道沙崗，連影子也不見了，羅小虎的馬哪能追得上那匹馬呢？

玉嬌龍遺留下來的這匹神駒，四隻蹄子帶起了地下的黑沙，真如一條黑龍似的，霎時間即走出了二十餘里。韓鐵芳時時在馬上四下去望，但大漠無邊，沙崗無數，卻沒有一匹馬和一個人。他又向北走，走一會便收住了馬，喘着氣高聲叫說：“春雪瓶！秀樹奇峰！”卻沒有回答的聲音。座下的馬依然向前奔，他只得放了韁，由着馬去飛跑，並且連聲高呼着：“春雪瓶！雪瓶！”

也不知又走了多遠，忽見遠處有一點人馬的影子，他就更是心急，一邊揮着鞭子，一邊更盡了平生之力喊了起來：“春—雪—瓶！”喊得他的聲音都發啞了。距離前面的人馬已越來越近，並且能看出來馬是白色的，而人是青色的衣褲，頭上蒙着青紗的手帕，正是個女人。韓鐵芳大喜，連氣都顧不得喘，又連聲喊着：“雪瓶姑娘！你快將馬停住吧！快停住！你來看！我已將你要的那匹馬找了來了！我正是為來給你送馬，還有幾句話，我忘了告訴……”

他越追越近，離着春雪瓶不過兩箭之遠，連春雪瓶的嬌容他都看得清清楚楚了。只見雪瓶橫住馬在那裏，他的話被雪瓶聽見了沒有，雖不知道，可是雪瓶一定看見這匹馬了，她哪能夠不認得呢？只見雪瓶微笑了笑，十分的嫵媚，但是她卻忽然扭頭撥馬，向北飛馳而去，竟連頭也不回。韓鐵芳倒不禁吃了一驚，馬也緩了，他急喘了兩口氣，又向前喊說：“雪瓶！雪瓶姑娘！難道你爹爹的這匹馬，你也不要了嗎？”他發着呆，喘着氣，向前去看，見雪瓶和白馬已為一道山似的沙崗所遮，沒有了蹤影。

韓鐵芳胯下的黑馬雖然還有力向前追，但他可實在喊不出聲兒來了，人喘吁得也快接不上氣來了。他一灰心，就騙腿離鞍，坐在了沙子上。馬也立時就不向前跑了，呼嚕呼嚕地直喘氣。南邊的沙崗後，卻又隱隱地傳來羅小虎的喊聲：“韓老弟！”

這時天上的烏雲又聚得多了，跟地下黑龍一般的沙崗已成一個顏色，大漠茫茫，獨有一匹白馬直向北去。馬上的春雪瓶姑娘此時是緊咬着牙，連氣都不喘，但兩隻秀麗的眼睛，卻不斷湧出淚珠兒。她自與韓鐵芳分手之後，就走遍了白龍堆沙漠，想尋那匹失去的黑馬。她曾遇見了許多賊人，大戰了六七次，她的雙劍之下死傷了無數的賊人，鮮血染紅一堆一堆的沙子。她都有些心軟了、手酸了，並且覺得雙劍都似乎鈍了，但只見賊人紛逃，拋下許多馬匹及金銀贓物，那匹黑馬卻始終沒有蹤影。她灰了心，便不想再找了，就向北來。於沙漠中，春雪瓶即使看見遠遠之處尚有幾個逃躲藏避的賊人，她也只作沒看見。她實在不願意再傷人，她恨自己不像爹爹的心那樣硬。如今她只想趕快到迪化，見了繡香姨娘，並見了那位伯伯欽差大人，就請那位欽差大人至沙漠中來接他胞妹的屍骨。春雪瓶想着，她爹爹在新疆飄流了半世，但她的家究竟是在北京，她老人家的遺骨總還是運回北京去才對呀！她心說：至於我跟了靈去，或不跟靈去，倒沒甚要緊，因為爹爹說過不叫我進玉門關，我雖則不願久居於此地，可也無法！我將來雖則也是身世茫茫，孤零無伴，但這些倒可以不顧。

同時她又想起韓鐵芳，她知道韓鐵芳是那樣的一位好人，對她爹爹跟她自己，真有莫大的好處。她想：我除了給人家留了一點金銀，卻別無酬報。並且，在草原賽馬，又用箭射傷了人家。雖然人家沒再提，也不計較了，可是自己想起來，就不禁自愧鹵莽，且覺得抱歉、負疚。這些事自己心裏都明白。春雪瓶一想到了這處，就不由心中惆悵難過，因為韓鐵芳的丰姿，印在她的腦中，實在磨不下去。在這邊荒的地方，她長到了二十歲，可是無論在哪一族中，她實在沒有看見過如此讓她心動的英俊的男子。然而她幼承家教，爹爹生平做事，嚴肅寡情，都是她的榜樣。而昔日爹爹的囑咐，今仍留在耳邊，她絕不能像小霞那樣的無恥，所以只好在心中留下些惆悵。

剛才的事情更使她惆悵，她沒想到還能夠在這裏遇見韓鐵芳，更想不到那匹黑馬竟在韓鐵芳的手裏。她原是想着過去與韓鐵芳說話，問問他怎麼會得到那匹馬，但那時自己有些羞澀，而心情搖搖，所以她便堅決地不跟他交談一句，也不問那匹馬的事情。她想，馬既被他騎着，那就送給他好了，也算一項報酬，也可以補一補自己對他的虧欠，把情思斷絕。

春雪瓶急急地策着馬，飛馳北去，走下了許多路又回首瞧瞧，見沙崗已遮斷了她的視線，韓鐵芳並沒追來。她的心中更生出一種說不出的滋味，好像丟下了什麼寶貴的東西，又像做了一件很值得後悔的事，錯過了一個千載難逢的良緣似的。她仰望着蒼蒼的長天，發了半天呆，忽然又一咬牙，心說：我何必呢！他對我有好處，我也酬謝得他不少了，還想他做什麼？我的爹爹新死，我想這些事做什麼？爹爹的靈魂若是看透了我的心，豈不要罵我？再說我到迪化去，還有要緊的事要辦，我淨念記着這些，忘不下一個男子，就不對。如今既然分了手，那麼他一定回返東邊，不再回來，我們永久也不能見面了，我還想他什麼？有什麼用？

當下春雪瓶心中雖仍有所思，但極力地摒除，咬着牙，揮鞭緊緊地走。走到黃昏時，她就在一座沙崗的後面避風的地方坐了一晚，天明時就再往北去，當日就走出了黑沙漠。

又兩日，過了塔格山，就望見了一片小沙漠，這地方名叫魯克沁沙漠。走過去便是鄯善地方，即是漢朝大將班超平定西域的所在——鄯善國。春雪瓶一路緊行，晚間或投於索倫人的家，或投於蒙古人的牛皮帳篷，飲食住宿。

一來到了鄯善這裏，便有店房可住了。路上所遇的人，無不對她殷勤接待，看到的都是帶着畏懼的目光。她曉得這是受亡去的爹爹的餘蔭，心中就更傷感。由此往西，可至吐魯番。這裏是天山南麓的一個大都會，商業繁盛，南北往來的人都必須經過這裏。春雪瓶進了城，找店房用午飯的時候，她就跟人打聽。才知道蕭姨夫、繡香姨娘跟幼霞那些人，已於半月之前，就由這裏走過去了。她的心裏才略略釋念。當日用畢飯之後，她即離開了這裏，策馬越過了天山雪嶺。

又兩日，春雪瓶便到了距迪化不遠的達阪城，她就在這裏找了一家店房住下。她不慌不忙地拿出金子來換了錢，買了幾匹顏色素淨的綾羅綢緞，就叫店家找來本城的裁縫高手，按照了她的身材量剪。她指定的樣式是貴族的旗式衣裳。這都是為到迪化去見當欽差的那位伯父穿的。她還並做了兩身緊身的衣褲，這又是為騎馬，或夜行辦事時之用。

鞋也是定做的，她也叫來了本城著名的鞋匠。做了一雙豆青色的平底的旗式鞋，要用銀線繡上仙鶴、鸞鳳、牡丹等等的花樣。又做了三雙哈薩克式的小靴子，兩雙是白緞子的，一雙是銀絲線紮白龍，一雙是黑絲線紮烏龍，還有一雙是葡萄灰色的緞子幫兒，皮臉兒皮底，幫上紮繡的是山石旁邊趴着個黑熊，松樹上面落着一隻蒼鷹。這個圖案叫作英雄鬥智。

馬換了新鐵掌，叫店家撥個專人餵，並常常遛着。雙劍也拿到鐵匠舖裏去磨了。她自己天天在店房裏，手拿着針線做裏面襯着的衣褲和襪子。她並不是想到迪化府去擺闊，而是想：一個欽差大人的姪女、春龍大王的女兒，不能不如此，不能再像在家裏似的，否則便會叫人笑話。

她在此一連住了六七天。達阪城是在天山山陰的一個地方，天氣涼得快，這時滿院子都已是落葉了。她未嘗心裏不急於走，然而須等候那些東西全部做得。這天鐵匠舖把磨好了的一對發光的寶劍送來了。裁縫也把包做的衣裳全都做好送來了。只有鞋舖，因為她所定的那幾雙鞋的繡活都太精細了，尤其是那雙英雄鬥智的小靴子，據說做那一雙比做別的十雙還麻煩，他們加工、趕做，到現在才把黑熊繡出來，那幫兒上的蒼鷹，左右裏外一共是四隻鷹，都連影子還沒繡出來呢，請求她再展限幾日。

但春雪瓶真不能再在此耽擱了，便叫慢慢地細細地給她做，做完了，派個人給她送到迪化去。鞋舖的店夥就問她在迪化是住在什麼地方，她想不起說什麼地方才對，只說：「你給送到迪化欽差大人的公館裏，就有人收。」倒把鞋舖的人跟店家都嚇了一跳，翻着眼睛驚慌驚恐地望着這位姑娘。雪瓶把一切的錢齊都開發了，並叫店家雇來一輛騾子車。車上是簇新的大鞍身，她就把寶劍、包袱，一切行李都放在車裏，牛皮水袋現在也用不着了，她就送給了店家，一切沒吃完的沾着沙子的乾糧，她更都不要了，白馬也繫在車上。

雪瓶的臉上擦了淡淡的粉，油亮的大辮子上紮着白絨線的辮根，穿着新衣、新襪、新鞋，坐在車上，把車簾都放下，她卻扒開車上的紗窗向外去看。沿途往來的人馬極多，官眷的車輛也不少，沙漠是一點也看不見了，兩旁都是正在割刈的豐收的田禾。天山在東南，它那裏夏日融化的雪水，就灌溉着這裏的農田。可是那山上的雪並未化完，夏天它也戴着一頂白冠，如同穿着孝似的。由此往迪化，在半路還有一站，還得在店房休歇一夜。晚上，她就想着，看見了那一位當欽差的伯父，應行什麼樣的禮節，應說什麼樣的話，可千萬別帶出一點野氣來。她倒真有些作難。

第二天，她的頭梳得是格外的光亮，辮根上另紮了新的白絨線。她在臉上均勻的敷了一層宮粉，換上豆青色緞子的夾旗袍，穿着豆青色繡鸞鳳的坤鞋。離了店房她又上了車，在車上她也練習着穩重之態，過午時分就到了迪化。這座名城，繁華無比，土人皆呼它為紅廟子。進了城，雪瓶扒着車窗往外看，兩隻眼睛簡直忙不過來。走着走着，車卻停住了，趕車的隔着車簾向她問說：「姑娘！您到哪兒去啊？我這車在哪兒卸啊？」

雪瓶雖知蕭千總他們已然來到了這裏，可又不知他們是住在哪家店裏，而自己既然是官眷，又不可獨自找店。於是在車中沉思了一會，便向外回答道：「你把車趕到欽差衙門去吧！」趕車的帶着懷疑的口吻，說：「這裏哪有個欽差大人衙門呀？」於是他就跟街上的人打聽，打聽了半天，他才回轉頭來向車中說：「我打聽來啦！不錯，欽差玉大人現在住在西門裏官花園裏，可是聽說病了很多日子，不能見客。」春雪瓶說：「不要緊！他別的人都不見，可不能不見我，我是他的姪女。你把車趕走吧！快些！」

趕車的一聽，原來這位乘主兒就是欽差大人的親姪女，欽差是比撫台還大得多的官兒呢，這若是送到了那兒，還能夠沒有賞錢？當下鞭子吧吧地響了兩下，車就咕隆隆地走去，車後的白馬也嘚嘚地用鐵蹄敲着平坦的街道。兩旁的人都駐足扭首來瞧，因為放着車簾，表明車中坐的是女眷，而車後邊又拴有一匹馬，可就奇了。

車正走着，還沒轉過這條街，忽聽車窗外面有人高聲叫着說：「姑娘！車裏坐的可是春雪瓶姑娘嗎？」又聽說：「停住！停住！」

雪瓶在車裏不禁一驚，心想着：要是韓鐵芳也追我到這裏，那可真討厭！扒着車窗往外去看，卻見那個人已把車攔住。雪瓶微啟開車簾，向外一瞧，見是一個喝得酒臉發紅，歪戴着紅纓帽的官人，正是蕭千總。她就向外說：「蕭姨夫！你們都早到這兒啦？我繡香姨姨跟幼霞妹現在都住在哪兒呀？」蕭千總噴着酒氣說：「就住在南邊吉升店裏，我就等着你呢！要不是為等你，我們早就離開這兒啦！車掉回去吧！”

趕車的看見蕭千總的紅纓帽，聽了吩咐，他哪敢遲疑一會，趕緊就把車掉過去，慢慢地往南走去。街上有很多人都注意他們。蕭千總在車後邊跟蹌地跟着，少時他就喊那個趕車的，說：“喂！喂！你還不把車停住？我跟你說的是吉升店，你難道不認識嗎？你是頭一回到迪化城來嗎？喂，停住吧！笨蛋！”蕭千總的氣兒非常大，好像裝着一肚皮牢騷。旁邊就是一座大門洞，有黑匾紅字，粉壁上也寫着：“吉升老店安寓客商，仕官行台的店房”。

雪瓶自己撩開了車簾，趕車的已在下面把一個長板凳兒放好，雪瓶就真像嬌貴的官眷似的慢慢地下了車，她向蕭千總說：“車上還有些東西。”蕭千總說：“那叫店裏的夥計來搬，你就先進去吧！”遂向店裏櫃台那面，瞪着眼睛吩咐，說：“帶着一點！你先到裏院向我的太太回一聲去！”櫃裏立時就有穿長衫的夥計答應着跑出來，恭恭敬敬地帶着雪瓶往裏院去走。

裏院迎頭的影壁上寫着是一個很大的福字，兩旁有垂花門。進了右邊的垂花門是另一個院子，院子房屋整齊，十分清靜。這夥計就指指北屋，雪瓶到門前才叫着：“姨姨！我來啦！”屋裏問了聲：“是誰呀？”腳步聲緊緊響了幾下，屋門從裏邊開了。屋裏是幼霞，穿着一件紅緞子的小夾襖，淡青綢子的夾褲，髮髻梳得十分整齊，更像是城裏的姑娘了，她驚訝地笑說：“噯喲！雪瓶姐！你才來呀？你走了趟哪兒呀？”她瞪大了眼睛仔細看着雪瓶的頭上腳下，雪瓶卻勉強地對她笑了笑，便一直進屋。見繡香也自裏門內走出來了，不待繡香說話，雪瓶就趕緊過去將繡香一抱，悲聲哭着說：“我爹爹原來是死了！你知道嗎？”她嗚咽得說不出話來。旁邊幼霞聽了，也不禁地怔了。

繡香摟抱着她說：“好孩子！你先別哭，你到了什麼地方？聽人說了什麼？”雪瓶哽咽着說：“我不是聽人說的，是我親眼看見的！我爹爹實實在在是死在白龍堆裏了！是韓鐵芳給葬埋的。我在沙漠裏遇見了韓鐵芳，我們現釘成的棺材，將我爹爹的屍體入了殮。我爹爹死得真慘！”幼霞趕過來拉了她一把，問說：“三爹爹是因為什麼死的？”雪瓶痛哭着說：“就是因為病死的！但她老人家死得並不瞑目！”繡香這時也滿目掛淚，雙肩抽搐得亂動，她頓着腳，着急地說：“你慢慢說！雪瓶你別哭！你詳細地慢慢跟我說！你這樣說，我聽不明白，咳……”

雪瓶於是強壓下心中的悲痛，就將自那夜在紅葉谷追趕那盜馬的賊人，與她們分手之後的事情，一段一段，詳詳細細地全都說了。說到韓鐵芳在沙漠裏指出了葬埋的地點，刨掘她的爹爹屍身之時，屋中的人就齊都放聲大哭起來了。

她不能再往下說，各自誰也不能勸慰誰了。尤其是繡香哭得最厲害。她知道她的故主玉嬌龍是已經死了，確已死了，她可把玉嬌龍生前的每一件、每一樁的事情都回憶起來了，她不禁倒退了幾步，跌坐在一張椅子上，就趴在那張椅背上，口中數數叨叨地痛哭。雪瓶也哭得身子亂搖，連站都站不住了。幼霞靠着窗子，哭號着說：“我得看看我爹爹去……”

這時，蕭千總帶着店裏的夥計，把車上的那些東西全都拿到屋裏。這三個人痛哭的原因，他也明白啦，他也大概看出來了，他就連連地擺着雙手說：“得啦！得啦！雪瓶姑娘！幼霞姑娘！還有……”指着他的太太說：“你！你可不該領着頭兒哭！人死啦，還能夠哭活了嗎？死人又沒在這兒，你們白哭！她老人家還許是扔下了皮囊成仙去了呢！雪瓶雪瓶！你更別哭！你爹爹死了，你就得撐持家業，等穿過了孝，叫你姨娘給你招一門女婿，回到尉犁城，你爹爹給你留下的房產，跟養的馬，也夠你吃穿不盡。哭頂得什麼？一點也沒有用，你還得姓你的春。咱們是白來到這兒一趟，欽差大人不認咱們！”

雪瓶聽了這話，頓然吃了一驚，眼淚也立時止住了，就向繡香說：“怎麼？莫非如今在這裏的這位玉人人，不是我爹爹的胞兄？”繡香還沒有回答，蕭千總卻又歎了口氣，說：“怎麼不是呀？姓玉的還能有兩家子？可是人家現在不認，咱們可又有什麼法子呀！”繡香卻呵斥她的丈夫說：“你別在這兒胡說！你先出去，容我跟雪瓶細說。”蕭千總說：“你說？也還不是那麼一件事兒嗎！辦法是一點兒沒有啦！趁早兒讓她們回尉犁城，咱們回烏爾土雅台是真的！”

繡香挽着雪瓶進了里間，幼霞也隨着進去，把藍布的門簾放下。這間小屋，有桌椅，有炕，牆上還掛着對聯跟畫兒，倒還是個適於接待官眷之所。繡香拉着雪瓶在炕頭坐下，她擦着眼淚說：“你別着急！聽我告訴你！我們來到這兒已經半個多月啦，可是至今還沒見過玉大老爺之面！”

雪瓶就把眼淚擦了擦，說：“莫非他對我們真是狠心不認嗎？他不知道他的胞妹流落在新疆多年，還有一個姑娘嗎？”繡香坐在她的身旁，說：“你聽我說！玉大老爺這次是奉欽命到迪化，查辦的是撫台以下的很多官員，所以一切人都不見。聽說他身體又不好，現正在害着病。連伊犁舅老爺瑞大人派來的人，都沒見着。”

春雪瓶抬起頭來說：“別的人他都可以不見，因為別的人都是官，都是男子，都有求於他。他為避免嫌疑，才不見所有的人；但我們並不求他，並不是官，只是幾個婦女……”繡香說：“因為是婦女，見面可就更難了！他這次到迪化來，又沒帶着奶奶。果然要是奶奶也來啦，那倒好了，我說去見她就能見着。現在這位主子，我們早先稱呼他為大少爺，我在早先不過是他家裏的一個丫頭，把我給的不過是個千總官兒，我去也是碰釘子，所以我就也沒去。只是你姨夫去了兩趟，也沒見得着。幸虧這回跟他來的，有跟他多年的一個人，名叫連喜，是他的心腹。你姨夫先把連喜請到這兒來，讓和他見了見，由我把他宅裏的小姐流落邊荒，二十年的事情說了，連現在有了你的事情也說了。連喜就咐囑我們不可聲張，別把這些事對別人說，他回去悄悄地稟報了，可是第二天送來了回話，說還是不行！玉欽差說：誰都知道他的胞妹是嫁給了魯翰林，為父病還願，在妙峰山跳了山澗，盡了孝心，死了，他再沒有一個妹妹。什麼流落邊荒，現在生死不明，留下一位小姐的話，他更是不能承認，還說那都是荒謬的傳言，逼着我們走，不走還要辦我們。”

春雪瓶不由得忿忿地說：“我爹爹的這個哥哥，怎麼這樣薄情？這樣不講理？”繡香又擺手說：“你聽我再往下說呀！那日我們聽了這話，可也無法，就叫連喜回去替我們請求，求容許我們在此再住幾天，等你來了，咱們再一同走，不然你一定要撲個空，碰巧還許滋出事來。於是連喜又去請求了一下，這次回來，說是欽差大人答應我們了，可是許住在這裏，不許滿口胡說，否則可是不行。又聽說玉大老爺的周圍戒備得很嚴，因為在路上就有一次險些出了事！所以現在的公館，有撫台衙門派的十個兵；還有路過西安府時，那裏的撫台派的一個保鏢的，聽說是叫什麼鐵霸王；還有兩個也都是有名的鏢頭。”

雪瓶聽了這話，卻微微冷笑，這時她是一點悲痛之情也沒有了，滿腹中只膺着氣忿。幼霞把茶給她斟了一杯，送過來，也皺着眉說：“咱們不如就回尉犁城去吧？”雪瓶卻說：“也得等着辦完了事才能回去，不能白來一趟，尤其是現在確已知道我爹爹死了。我爹爹放着在北京的小姐不當，少奶奶不做，而來到這邊荒之地，二十年來，雖沒受什麼窮苦，可也飽經風塵，她當年的心中必有隱情，還許是被他們家裏給擠出來的呢！”繡香在那邊就擺手說：“不是！”春雪瓶說：“他現在是欽差大官，他不肯認我們，我倒不恨他，我也不想叫他伯父、舅父，也不想讓他叫我是什麼姪女、外甥女，我只是無論如何也得見見他。我要把他妹妹死的事情告訴他，埋的地方告訴他，看他怎麼樣，看他是不是真無半點手足之情！”說時她面容發白，嘴唇緊咬，秀目圓瞪。繡香卻沉思了半天，才說：“那麼，就叫你蕭姨夫把那連喜再找來吧，你當着面再跟他說一說吧，也許……”

正說到這兒，蕭千總就掀簾子進來了，原來他在外屋已聽了半天。他就擺手說：“據我看可不必再這麼麻煩啦。連喜那傢伙是個老跟官的，滑極了，他的話沒有說明，可是意思已然透露出來了。乾脆！他們的姑奶奶玉嬌龍二十年前在妙峰山跳澗沒有死，是到新疆來了，他們上上下下早就知道。別的人只要是知道玉嬌龍名字的，沒有人相信她能夠摔死，可就是一樣兒，不能認！絕不能認！認了之後，就門風喪盡，他的欽差也就做不成啦！所以我想就是再把連喜找來，也是白搭。你等候他出來，攔他的轎子，他也能叫人把你押起來。這也不怨他無情，實在是你的那個爹爹早先把事情做得太過分啦，名也鬧得太大了！因為她當年殺過些江湖人，直到如今，那些江湖人都時時想報仇，只要是姓玉的，他們都恨入骨髓。聽連喜那日說：此時玉大老爺，奉欽命西來查案，第一次在柳河鎮，第二次在長安，都險些遭了賊人的毒手，不然也不會嚇得病老不好，也不至於雇了鐵霸王竇定遠、方天戟秦傑、仙人劍張仲翊那三個人來給他保鏢。他實在是個又老實、又膽小的人，他是不知道你就是春小王爺，他要是知道了，別說見，連聽你的名字也不敢哪！」

　　雪瓶此時發着呆不語。蕭千總又說：「依我說，你既然來到這兒啦，那麼今天歇歇，或是到大街上逛逛，買點吃的、用的東西，明兒一早還是趕緊回家。我也灰心啦！我想把你們送回尉犁城，我再到烏爾土雅台去銷假，再當一年半年的差使，我也就想法子辭了，不他媽的幹啦！當一輩子的差，至多了還是我這個千總，絕不能升！我想將來帶着你姨姨，也長住在尉犁城，我就給你當個老家人，那倒不錯。」他歎了口氣，又說：「至於你的爹爹呢，你們也就不必再思念她啦！光傷會子心實在無用。既然做得很好的棺材啦，那就先別忙。咱們回到尉犁城，買上塊好墳地，種上樹，刻好了石碑，那時再雇上吹鼓手、杠夫去啟靈、運靈，大辦喪事也不晚！」

　　雪瓶不作聲色，只把頭點了點，說：「好吧！就依着蕭姨夫的話辦了。我心裏不難過，也不生氣。只是我既然來到了迪化，我就不能住一兩天，至少我得住十天，我得住在此地，逛夠了。」蕭千總說：「這倒不要緊，玉欽差又不是地方官，他沒有驅趕咱們離開這裏的權。上回他也不過是叫連喜勸我們，說是：你們弄錯了，本來沒有那麼回事，你們從什麼地方來的，就回什麼地方去吧！別白白耽誤工夫！如若路費不夠，我倒可以借。」

　　雪瓶冷笑着說：「誰要他幫助路費？我也知道，我爹爹不過是我的爹爹，我並非玉家的人所生，但我……」說到這裏她忽然不說了，又轉向幼霞笑着問道：「那天夜裏咱們分了手，是次日你們就走了嗎？在路上再沒出別的事嗎？」幼霞說：「那第二天我們走時，我倒盼着出點事，好試試我有能耐沒有？可是，想不到的平安就來到這兒啦。瓶姐！那匹馬怎麼樣啦？牛脖子那個賊真可恨，那都是蕭姨夫！」說着就拿眼睛瞪着蕭千總。蕭千總一聽提到了這件事，臉上更紅，就溜出屋去了。

　　春雪瓶卻說：「那匹馬我見着了，只是我也不想要牠啦！」幼霞說：「為什麼不要？」雪瓶說：「在沙漠裏，我把牠送給人啦。」幼霞又問：「送給誰啦？」雪瓶卻沒有回答，她的芳心又不禁想起了韓鐵芳。如今自己遭人白眼，連有一點親戚關係的人家也不肯認。自己在尉犁城雖然有些產業，其實也是孤苦伶仃，舉目沒有親人，還不如幼霞。幼霞的父母俱在，人家又本來就是哈薩克，我呢？一個漢人的孤女，終生在哈薩克的群裏稱英雄，在沙漠裏當王爺，將來哪裏是歸宿？我爹爹又如何？她臨死時未嘗不想說許多話，勸我離開新疆，莫再也老死沙漠。只是我沒在她的眼前，她有話說不出來罷了！咳！我真不如叫韓鐵芳帶着我到東邊去，另見一番世界，另創一番事業。想到這裏，她又不禁心酸，但把眼淚強忍回去。

　　當下她就在炕頭坐着不發一語。幼霞現在穿得很漂亮，剛才雖流了些眼淚，但如今她對着鏡子用脂粉把淚痕都遮掩了下去，她過來拉着雪瓶的手說：「瓶姐！你也別淨坐在這兒，我煩了，我帶着你到街上去逛逛吧！街上真是熱鬧極啦，舖子多，來往的人也多，十字街上還有賣藥的、耍熊的、打棒的，熱鬧極啦。我真沒到過這麼大的地方，咱們去逛逛好不好？」

　　雪瓶點了點頭，就站起身來，向繡香說：「姨姨！我們出去走走。」繡香點頭說：「好，可是出去要小心呀，不要多說話呀！」雪瓶說：「我知道，到了街上，我們連一個人也不認識，就是想要說話，也沒地方說去呀！」繡香又說：「還是先叫他們套上一輛車吧，你們坐在車上，也免得讓人看你們。」

　　幼霞卻有些不高興，就說：「姨姨你出去看看，街上往來的有多少旗裝的、漢裝的女的？人家都不怕看，獨我們怕看嗎？」繡香說：「你孩子家知道什麼？這地方同不得尉犁城！」幼霞斜愣着眼睛，撇着嘴兒說：「這地方就特別，是不是？」繡香說：「這地方也不特別，像北京城、像東邊的許多大地方，也全跟這兒一樣。你們是想也想不到，就是不能比尉犁城……」幼霞哼了一聲說：「我才厭煩尉犁城呢！」

　　繡香知道攔不住她們，便也無法。她低頭看了看雪瓶腳上的那雙豆青緞子的鸞鳳坤鞋，就又不禁皺眉說：「你還有別的鞋沒有？換上一雙吧！這雙鞋穿上太不象樣子，太扎眼，要惹人家笑話。」

雪瓶卻生氣地搖頭說：「我不怕人笑話，！姨姨你可也太囉嗦啦！怎麼像個老媽媽似的。脾氣要是急一點的，誰能受得了？」說到這裏，她又勉強一笑，拿上她的紫紅手絹掛在衣紐上，又說：「姨姨你記住了！叫店家另給我找一間房子，今晚我跟幼霞在一塊兒睡。我們不願意跟您睡，因為怕聽您囉嗦！」她拉着幼霞出了屋，一同走到了街上。

雪瓶穿着光閃閃的豆青色緞子旗袍和繡得極精細的鞋，幼霞穿的是紅緞襖，淡青緞褲下面可登着一雙馬皮的小靴子，尤其是雪瓶那白辮根，更是招引人注目。但她們卻不大留心人家。街道兩邊的舖戶，全都買賣興隆。這時雖不是吃晚飯的時候，附近的幾家酒飯舖裏可都是刀鏟亂響。尤有一家小酒館，裏邊亂哄哄地，還有人在嗍楞嗍楞地彈琵琶。

幼霞拉了雪瓶一下，說：「你看，蕭姨夫又在這兒啦！他天天除了喝酒、吃飯、賭錢，就來彈這隻破琵琶！他簡直就不想到欽差的公館裏去。我想，都是因為他不行，要沒有他，也許咱們就能見着你伯父了。」

雪瓶也扭頭向那酒舖裏看了看，見裏邊有許多穿短衣的人，都不像是本分人，都隔着窗戶直着眼來看她們。她不由得生氣，急忙拉着幼霞走了過去。依着幼霞是要到十字街上去逛逛，她還要買兩盒宮粉。雪瓶卻悄聲說：「我們也不便到人太多的地方去。再說你看，這街上來往的人，實在沒有穿我這樣衣裳的，我們也不必太叫人注目。宮粉也可以臨走時再買。現在我想到欽差公館那邊去看看，認一認那個門兒。過幾天，我想瞞着蕭姨夫、蕭姨娘，我自己去，也許我伯父能夠見我。」幼霞說：「對啦！我想也是，你應當自己去見見，就許行了！可是我只聽說欽差的公館是在什麼官花園，我可不知應往哪邊去走。」雪瓶說：「我知道是在西門那邊，咱們就往西邊走吧，我想一定能夠走到。」

兩人往北又走了不遠，看見街西有一條很寬的胡同，兩人就走進去了。這胡同地上淨是土，走了不遠，就把雪瓶的鞋弄髒了，她倒也不大在意。胡同兩邊都對開着門兒，也沒有什麼大戶人家，有個門兒裏出來個旗裝的老太太叫狗，另一個門裏又出來抱着小孩的婦人。雪瓶就去找那個旗裝的老太太打聽。她的裝束和她所說的北京話，都使這位老太太覺得親近，就認為是同鄉。而她所打聽的官花園，原來在此地是無人不知，老太太就用手向西指着說：「姑娘你就一直往西走，看見城牆再往北就到了。那兒的牆很容易認，下面是虎皮石，上面是咕嚕錢。我的兒子就在撫台衙門當差。去年撫台大人就在那兒給老太太辦的壽，我還去聽過戲呢。現在聽說那兒住的是欽差大人，也是從咱們北京來的。」

雪瓶見這位老太太愛說話，恐怕她問自己的來歷，忙道了聲：「勞駕！」趕緊就走了。幼霞跟着，她兩人就往西去走。走了半天，才走到城根，這地方很荒涼，住戶很少。她們又往北走，眼看快到西門了，才望見路東有一脈高牆。這牆的下面是砌着各色的虎皮石，中間塗着白灰，似是新塗的，上面是拿瓦做成的透空的錢形。牆裏有許多棵柳樹，把金黃色的柳絲拋到牆外。大門就對着城牆開着。

原來這真不是平常的花園。門前站着五六個腰掛鋼刀的官人，還有僕人、差役出入，並有個身約六尺的大漢，赤黑的臉，大辮子，腮上有一塊很深的刀疤。這人披着青緞大夾襖，聞着鼻煙，正在那裏揚眉吐氣地跟守門的官人在談話。看到雪瓶跟幼霞這兩條豔麗的身影，他們就都把脖子歪過來，眼睛都直了。幼霞的臉上已經現出緊張之狀，但雪瓶卻從容鎮定，她連眼珠兒都不斜，就走過去了。

往北走了不遠，就又是通到東邊去的一條巷子。她們走了進去，見這巷裏的住戶還不少，舖子也有幾家，靠着右首即是那官花園北邊的牆。牆裏起了幾間樓，畫棟雕梁，十分華貴。而窗檻旁有柳絲飄飄地拂動，小鳥在裏邊唱着歌，更顯得雅致。幼霞就不禁笑着說：「哎喲，這幾間樓可真好。」又低聲向雪瓶說：「大概欽差大人就住在這樓上吧？」說完了這話，仰着臉兒瞧了瞧雪瓶。雪瓶卻裝做沒聽見，一直往東去走。

幼霞卻追上了她，叫着說：「瓶姐！你不是說要進去見你伯父嗎？怎麼你又不去啦？怕官人了嗎？」雪瓶回身拿眼睛瞪她，悄聲說：「嚷嚷什麼？」一抬頭，見剛才官花園門首站的那條大漢也跟着她們來了，一邊走一邊還吸着鼻煙。這人長得真兇，腮上有一塊很深的刀疤，兩隻眼更兇，且微微含着一種不懷好意的笑容。雪瓶便向幼霞使眼色，趕緊又往東邊走。

這條胡同原來是四通八達，有車也有馬，很熱鬧。雪瓶只想躲避那個人的追隨，也不顧方向，走着走着竟來到大街上了。這裏是西大街，車馬更多，兩邊的舖子更繁盛。她看見有一家香粉店，就急匆匆帶着幼霞走進去了。幼霞的臉兒發白，胸脯兒緊喘，見旁邊有個紅漆的大板凳，她就坐在那裏休息。

雪瓶卻到櫃前去買胭脂。其實她現在繫着白辮根，胭脂本來用不着，但她還不住地挑來選去。這家舖子裏面也懸着金字的大匾，字號是異香齋，不獨賣婦女用的胭脂粉等物，且賣線香、檀香、佛燭、黃表紙錢等等，櫃前買東西的人並不多。

忽然背後有一個人進了門，驚得幼霞立時就站起了身，雪瓶也回身去看，卻見又是那個大漢走進來了。那人直到櫃前，站的地方離雪瓶不過兩三步，他就大聲向櫃裏說：「掌櫃的！給我來一封上好的線香，十五那天我要到關帝廟去燒香，求求關老爺做個媒，賞給我一個好媳婦。」店裏的掌櫃的和夥計都像很怕他似的，趕緊給他去拿香。

雪瓶匆忙地買了兩包胭脂，向幼霞點點頭就往外走。幼霞還發着呆，不料那大漢手指捏着一點鼻煙，就向雪瓶一彈。雪瓶倒是沒有被彈着，可是幼霞的臉上已經着了一塊比胭脂還紅的鼻煙，她立時就瞪起眼來要罵。雪瓶卻急忙拿眼色攔住了她，用自己的手絹輕輕地替她撢了下去，就拉着她出了這舖子。

幼霞嘴裏還嘟囔着，忿忿地說：「我非得回去打那個人不可！」雪瓶卻低聲勸她：「不必！不必！你先忍着點氣，跟我回到店裏，我再告訴你，我還有點事要叫你幫我辦呢！」幼霞遂就跟着她很快地走。走到十字街，見那裏很熱鬧，有個耍狗熊的，熊還會耍叉，她們也沒走過去看，就轉到了南街，一徑回到了店房。經過那個酒舖之時，聽見蕭千總還在那裏彈琵琶，並有人叫好兒。

她們進了店房見了繡香，幼霞還是一臉的氣。雪瓶便趁着繡香還沒有看出來，就低聲勸她不要露出來聲色，並說：「等到晚間，我有話要對你說！」幼霞聽了，卻又有些疑惑的樣子。兩人就都取了撢子抽打鞋上的泥土。繡香一個人坐在裏屋愁悶不語，因為她的故主玉嬌龍的噩耗，真是刺傷了她的心。到了晚間，用過了飯之後，雪瓶就叫店家另給自己找了一間很乾淨的房子，帶着幼霞去住，兩人隨身的東西也全都拿到這屋裏，點上了燈。

這個小院很清靜，不似前面大院子那樣的喧嘩。蕭千總大概不是去賭錢，就是又到那茶館彈琵琶去，所以繡香的那屋裏也沒有談話之聲。這裏幼霞皺着眉，悄聲對雪瓶說：「今天你是怎麼啦？那樣的膽小，那樣的能夠忍氣？到了官花園，你可不敢進去。在那舖子裏，那個高身材的漢子，那樣欺負我，你也叫我忍着，你怎麼也學成老婆子的樣子了？」

雪瓶沉思了一會，就悄聲說：「你得知道，迪化城與別處不同。今天咱們遇見的那個人，大概就是我伯父所雇的鏢頭，不是鐵霸王，就是什麼仙人劍或方天戟，反正他必是個會武藝的人。」幼霞說：「他會武藝，莫非咱們就得怕他？你不想想當年三爹爹活着的時候，她曾怕過誰？咱們也別太給她老人家丟了名聲，滅了銳氣！」

雪瓶的臉上當時就現出一種悲哀和忿怒之色，她說：「我們並不是怕人，我們現在真不能夠惹事！現在迪化城裏大約還沒有人認識咱們。今天那個大漢也只是可厭，並不是有心要跟咱們作對，我已經看出來了。以後我們白天更要少出門，別惹事！」

幼霞忿忿地點頭說：「對啦！咱們就老老實實在這店裏待着，當大姑娘，當千金小姐！可是我不能，我看與其這樣，還不如回尉犁城去呢！我不能夠聽你的！」

雪瓶又低聲說：「我的意思是無論怎麼樣，也得到欽差公館見我伯父一面，把我爹爹的事情告訴他。爹爹生前改名換姓，埋沒了半生，死後不能不使她的家裏人知道。」幼霞說：「他不願見咱們，不認你，你又不敢進他的公館，可有什麼法子？我看這輩子也沒法子了！」

雪瓶說：「我想白日見不着他，夜間……」她說到這裏，幼霞忽然臉色一變。雪瓶又悄聲說：「今夜我就想到官花園，私自進去。雖然一定要嚇他一跳，可是我為見他的面，也就沒有法子。」

幼霞神情興奮地悄聲兒說：「去也好，我幫助你。咱們可得帶着劍，說不定就得跟他那三個保鏢的打起來！」雪瓶說：「我們既然去，就得帶着點防身的兵刃，可是我們要謹慎，不要傷人，頂好不叫他們看見。你跟我去，你不要進去，你就在那小巷裏等候着我。我一個人從那座樓進去，一會兒我就能把事情辦完，咱們就回來。」

幼霞說：「那麼他要是見了你的面，肯認你嗎？」雪瓶說：「我不知道，反正只要他肯認我，我就叫他去白龍堆啟靈，然後運靈回北京。」幼霞說：「那我可也得跟着靈去？」雪瓶點點頭說：「自然我們全都得去。到了北京，我還得叫他給爹爹辦一件熱鬧的喪事才行，他才能算是對得起他的胞妹！」

幼霞聽了很高興，不禁笑了，當下兩人都抱着美妙的希望。窗外的天色已越來越黑，更鼓已敲過兩下了，兩人就悄悄地收拾東西，換衣裳。雪瓶把新做的青色的緊身小衣褲取出兩身來，自己換上一身，令幼霞也換上一身。幼霞悄聲說：「外邊的天太黑，咱們得帶上點火兒才好。三爹爹早先有一個火摺子，可惜咱們沒帶來。」雪瓶說：「那不要緊，只要帶上火鐮、火石和幾根紙煤子就得了，到時也許用不着。寶劍帶上我那一對就得了，你拿着，我不用；如若拿着劍見了那欽差，也許要把他嚇死！」幼霞聽着又不住捂着口笑。雪瓶倒是沉着臉兒，她此時快樂不起來，也不緊張，只是有一些悲哀充在心裏，預備着見了那位伯父之時發洩。

又待了一會，一切都已收拾好了。這時店中的裏外院全都十分岑寂，各個屋中的人此時都睡着了。又過了多時，更聲才徐徐地敲起，一、二、三，正正敲了三下。雪瓶早先聽爹爹說過，一切的夜行人、偷竊、辦事，或是仗義行俠，都在這子時三更。她又將袖口挽了挽，轉臉看了看幼霞。見幼霞也是一身青，腰間、胸上且都用一條青色的絲條圍繞着，背後的辮子藏在衣服裏，並背着一對寶劍。幼霞直瞪着眼睛對着她，悄聲說：「現在還不走嗎？還沒到時候嗎？」

雪瓶卻一點兒也不慌，她又用一幅青紗將頭髮包住，一回身，就噗的一聲吹滅了燈。然後她輕輕地啟開了屋門，她先出屋，等幼霞跟着出來時，她又將屋門輕輕地閉好，並輕輕扣上門上的了吊兒。幼霞急匆匆就向外去走，雪瓶卻一把拉住了她的胳膊，沒說話，遂放了手。雪瓶就一縱身，就上了房，真比狸貓還輕還快，幼霞也隨之躥上去，都沒發出一點聲音。因為兩個人的腳上都只穿着黑布的襪子，並沒穿着鞋。

此時，黑幕似的天空上掛着無數繁星，雖有一鈎新月，然而光芒不大顯露。秋風嗖嗖，四面無燈光，也無人聲。雪瓶在前，幼霞在後，踏着牆頭，躥躥越越的往北而去。一連走過了幾處房屋，向左邊轉轉臉，才見下邊的大街，路西有一家舖子裏的燈光很亮，還有人出入着，裏面似是十分亂雜。這就是那家小酒舖，晚上就是賭局，蕭千總一定又在這裏了。

過了這幾個舖子，她們二人又躥房越脊地往北去。走了不遠，雪瓶就停住了身，她觀測着，這裏大概就到了白天她們往官花園去時走的那條巷子了。幼霞跟上她來，一隻手搭在她的肩上，附耳向她問道：「瓶姐！你怎麼忽然不走啦？你別疑惑，下面的人沒有察覺出來。」雪瓶便向她擺手。天色雖然黑，可還不至於伸手不見掌。下面大概就是一家店舖的門面，雪瓶就腳踏着屋瓦，微微地伏身，見街上有兩個人正在談着：「我那一注押錯了，誰想得到他是個六呀？我看那小子做的莊，一定有毛病，蕭千總今天也非輸不可！等着我回家拿了錢再來，用眼睛瞪住那小子，只要看出毛病來，咱們就給他嚷出來。方天戟跟仙人劍，人家那兩個可不是好鬥的，一定揍死他。」

雪瓶聽了，知道那官花園的鏢頭此刻都在那裏賭錢，她就更放了心。等着下邊這兩個賭鬼向北走過去，去遠了，她就又拉了幼霞一下，兩人一同跳了下去。到了大街上，往北行不遠，就尋着白天經過的那條長巷。進了巷口，見兩邊的人家都緊閉着門，一個行人也沒有，她們就放了心，急急地往西去走。幼霞還隨走隨笑，雪瓶回身輕聲申斥她，她仍是笑，可是一走出了巷口，望見了那一脈黑兀兀的城牆，她就立時不笑了。那官花園的大門前有一盞半明不滅的燈光，可見還有人在防衛，她們便順着城牆悄悄地走過去，然後又進了那條官花園北邊牆外的胡同。

這巷子裏更是岑寂，連更聲、犬吠聲都沒有，那座樓、柳樹，都黑忽忽地。雪瓶就止住步，回身悄悄囑咐幼霞在這兒等着，不要動，她要過來取火的東西，便上了牆。柳絲觸在她的臉上，她用手掠開，然後腳下一用力，就由牆頭跳到了那座樓上。她手攀着樓柱，腿剛邁過欄杆，卻聽樓裏邊咕嚕咕嚕的一陣亂響。她不禁吃了一驚，細一聽，這種聲音不大，卻也不停，大約不是老鼠，就是黃鼠狼，在樓板上亂跑呢。她才知道這原是一座空樓，她放膽地上前，啟開了一扇窗戶，就跳進樓內；果然無人，老鼠都驚得向四下逃奔，窗上的塵土也簌簌地往下落。

她敲着了火，燃着一根紙煤，用口吹了兩下，立時就起了微微的火焰，就跟一盞小燈兒似的。她向四下照着，只見這座樓上擺着許多很貴重的紅木傢俱，還有一張桌上放着紙墨筆硯，可都積着很厚的埃塵。壁間裱裝着字畫，正中的高處有一塊橫匾，題名是綠霞樓。

忽聽樓外近處梆鑼齊敲，仍然是徐徐的三下，她急忙將紙煤子掐滅了。扒着前面的窗戶向下去瞧，見院中有搖搖盪盪的燈光，隨着更聲走過去了。燈光所映之處，可以看見這院裏的柳樹很多，房屋也不少，但房屋裏都沒有燈光。她心中不免着急，就暗想：欽差大人可住在哪兒了呢？我怎樣才能找得着呢？難道這回又白來啦？她借着紙煤上的一點未掐滅的餘燼，找着了樓梯，就輕輕踏着樓梯走下去。樓下更是黑暗，倒沒什麼老鼠亂跑。

她才下來，忽聽得身後有一種極微的響動，她吃了一驚，然而她身手極快，趕緊就回身，卻見身後立着一條巨大的黑影，正伸臂來抓她。但她一掄拳就將這隻巨大的胳臂擊開，同時身子向旁躥去，這樓裏很黑，對面也看不清楚模樣。

那大漢就往前撲，並且冷笑着說：「小輩！你知道我鐵霸王在此，你還敢來老虎嘴上拔毛？」一拳打來，卻被春雪瓶躲開。鐵霸王又拳腳齊來，並說：「我看你也是個外行，在樓上你還敢點出火兒來！快跪下，若果你是個小毛賊，被窮逼的，只消磕幾個頭，爺爺還許能饒你的命！」他腳踢拳打，嘴裏罵着，但雪瓶早已咪的一聲，真如狐狸似的又躥到了一邊，同時，咚的一聲，一拳打在鐵霸王的後腰。

鐵霸王雖然沒被擊倒，但也不禁啊了一聲，疾忙翻身，並由腰帶上抽出刀來。咚咚咚的一陣樓梯響，雪瓶已經跑到樓上去了。鐵霸王由對方的那一兩下身手，他曉得不是尋常的毛賊，所以也不敢向上去追。

此時雪瓶到了樓上，不料正有一個人站在這裏，細聲問她：「是誰？」雪瓶聽出來是幼霞，就說：「怎麼你也來啦？鐵霸王正在樓下，你快把寶劍給我！」她趕緊由幼霞的手中接過了一口寶劍，站在樓梯向下望着。

持劍等候了半天，卻也不見那鐵霸王上來，雪瓶剛轉身，向幼霞說：「你先走！」不料那後窗吧的一聲被人打開了，跳進了一條巨大的黑影，並狠狠地說：「小輩！原來你還沒走？」這正是鐵霸王。他不敢由樓梯上來，卻轉過樓去，躥上來由窗而入。他的手中掄着一口很長的鋼刀，但噹的一聲先被幼霞磕開，雪瓶又挺劍撲了上去。鐵霸王驚得連連後退，說：「啊呀！原來你們是兩個人？毛賊！竟敢來此擾鬧！」

雪瓶與幼霞雙劍齊進，鐵霸王將鋼刀掄起，反撲過來。噹噹刀劍相磕，昏黑的樓上，只見三道白光往返，雪瓶的身子輕如飛鶯。幼霞躲在牆角，摸出小弩箭來，想要認准了那條巨大的身影，她就射去，但雪瓶與鐵霸王在樓上刀劍往來，身軀躥越，殺在一起，分不出來誰是誰，她的箭也不敢亂發。

樓板亂響了半天，桌子也倒了，椅子也翻了，真比剛才那老鼠、黃鼠狼們鬧得還兇。鐵霸王施展了全身的勇武技藝，但怎耐對面的雪瓶身軀飄忽，令人捉摸不定，劍光閃閃更令人雙目迷離。他怕吃虧，疾忙虛晃一刀，穿窗而出，幼霞喊了聲：「他跑了！」叮叮發了兩箭，可是都釘在窗櫺上了。

雪瓶卻挺劍追出窗去，只見那鐵霸王已躥到屋頂上。她卻先一躥，攀住了柳樹，就像打秋千似的，扭頭卻見那鐵霸王立在那離地約有五丈多高的樓頂上，向下大聲喊：「快來人！這裏有賊！」喊聲如雷似的。雪瓶一飄身就由樹上也到了樓頂上。鐵霸王掄刀就砍，雪瓶急以劍相迎，當下就又在這斜鋪着瓦的樓頂交起戰來。鐵霸王的身子沉，踏得瓦喀嚓喀嚓地亂響，都碎了。他的刀法絕不敢緩，並同時大嚷着：「快來人！鬧賊！」

下面的鑼聲已噹噹地亂敲起來，燈火之光也都浮動起來，雪瓶心中又慌又恨，想着：若不是你來攪亂，我今天一定能見得着我的伯父！她劍隨身進，力透中鋒，如鱗鯉穿山之勢。那鐵霸王此時已腕酸手笨，正招架不及，春雪瓶的劍已刺中他的胸膛。他疼得啊呀大叫，一座山似的向下倒去，整個摔下了樓，墮在下面滾動的燈光裏。

雪瓶才停住劍，卻聽幼霞騎在柳樹上吹口哨，尖銳的聲音衝破了那雜亂的梆鑼聲，十分的響亮。雪瓶也連忙抱住了樹枝由樓頂落到了牆頭，就向幼霞說：「別吹了！快回去吧！」當時兩個人就都跳下了牆，一前一後地順着小巷往東去走，身後的梆鑼聲就越來越遠。雪瓶又把劍交給幼霞，幼霞仍然負在背後，隨着雪瓶，又跳到人家的屋頂上。兩人踏着屋瓦，越着牆垣，少時即回到了店房。

這時店中的前院仍十分清靜，可是後院裏，繡香姨姨的屋中卻有燈光，並聽有人說話之聲。雪瓶就攔住幼霞，然後趴在她的耳邊，悄悄說：「咱們先慢慢下去，你先進屋去。」幼霞點了點頭，兩人遂就慢慢地下了地，一點聲音也沒有。雪瓶又推了幼霞一下，幼霞就去輕輕地開了門，進屋去了。雪瓶卻躡着腳步兒，慢慢走到那有燈光的窗下，伏下身子，向裏邊偷聽。

原來蕭千總回來了，唉聲歎氣地，可見他今天的賭運不佳。他正跟他的太太壓着聲音爭吵，他說：「再有兩天不回去，我可就得連我身上的衣裳，帶你頭上的首飾，都得輸淨啦！那時候在迪化城丟人，我可不幹。」繡香說：「你不會別去賭嗎？」蕭千總說：「整天沒事兒幹，在這又沒有朋友，你還不讓我賭。我本不願賭的，可是閑得慌。乾脆！明天你催着她們走就完了。」

繡香說：「來的時候，你是比誰都急，還找了個賽八仙幫着你說謊，騙我們到這兒來。」蕭千總着急說：「是他的卦不靈，怎麼會是我騙你呢？」繡香說：「如今你想走啦，可又立時就催着我們走，什麼事都得由着你。」蕭千總說：「不由着我也行，可是在這兒得有事辦呀！我這回是為活動差使才來的，我們是為見欽差。現在你們的欽差見不成，我在這兒的差使也沒指望啦，烏爾土雅台的假也滿了，再不回去，協台就許把我革職，那才叫雞也飛了，蛋也打啦。難道我還真去給春小王爺當老家人，你去當老婆子？」

繡香說：「你還沒看出來，幼霞那孩子捨不得這裏的繁華，一提要走，她就鬧氣。」蕭千總說：「那只好給她在這兒說個婆家了！可是怕沒有人要她一個哈薩克！」窗外的雪瓶聽蕭千總在背地裏這樣地談說人家，她不由得替幼霞生氣。

繡香又說：「你別胡說人家，我想，明兒還是由我勸勸雪瓶，雪瓶若是肯走，幼霞也就肯走了。早一些離開這兒也好，反正大少爺是不肯認她的。」她所說的大少爺，當然就指的是玉欽差。蕭千總卻又說：「人家憑什麼認她呢？別說是欽差，就是現在我這個千總官兒，若有一個來歷不明，一臉野氣的姑娘來找我，叫我為伯父，或是管我叫舅舅，我也是不能夠認呀！本來，親又不親，故又不故，胳膊連不上大腿，算是什麼呀？別說雪瓶不過是咱們那位王爺小姐姑奶奶二十年前在半路上拾來的……」

雪瓶一聽侮辱到了自己，她真恨不得打進房裏去，又聽蕭千總說：「就是咱們王爺親生的那個孩子，假定在祁連山他沒摔死、沒凍死，真是欽差的親外甥，可是我想欽差也不能認，因為是私的！」

雪瓶在窗外聽了，不由得發了呆，心說：哦！原來是這麼一回事？我爹爹原來真有個親生的兒子，是在祁連山中，怪不得……想到這裏，她又聚精會神地傾耳再向屋中去聽，卻聽繡香發出了哭聲，哽咽着說：「我總疑惑那韓鐵芳就是她那個孩子！」

蕭千總又拍桌子又跺腳地說：「你，你，你是怎麼啦？你不過就是覺得姓韓的那小子長得有點像她罷了，可是我卻覺着一點兒也不像。天下的事哪有那麼巧的事？兒子會真遇着娘，還把娘給埋了？那真成了神差的、鬼使的啦！我不信，說出大天來我也不信！再說玉嬌龍的兩隻眼什麼看不出來？要真是她的兒子，她還能夠認不出？」

繡香咳嗽了兩聲，又哭着說：“咱們焉知道她沒認出？也許是韓鐵芳心裏明白，可是話不能向別的人說！”蕭千總連連說：“萬無此理！萬無此理！算啦！算啦！咱們也別為這事抬杠了。你也別戲台底下掉眼淚，替古人擔憂。天都快亮啦，快睡吧！快睡吧！啊……”末了兒又打了一個很響亮的呵欠。接着就聽見搬凳子頂門，掃炕，接着燈也吹滅了。蕭千總是一聲也不發了，繡香卻仍然在微弱地嗚咽、哭泣。

雪瓶這才慢慢地轉身，夜風兒吹得她心裏都是涼的。天空的銀星亂進，擾得她也心緒繚亂。她回到屋中，點上了燈，幼霞已經躺在被窩裏，困倦地問她說：“你幹什麼去啦？聽他們的賊話兒幹什麼？你也真愛去聽！”雪瓶不言語，懶懶地去將門關嚴，又鋪展好了床褥，把一對寶劍和小弩箭全放在枕邊。幼霞又問她說：“剛才，那個人怎麼會知道咱們去啦？後來是不是你拿劍把他扎死了？”雪瓶卻擺手說：“你睡覺吧！不要再提說剛才的事。剛才不獨咱們白去了一趟，還惹出禍事來，明天，那件事就許鬧遍了全城。咱們明天可千萬不要出門，不要多說話。”幼霞微笑了笑，翻身就睡了。

雪瓶把燈吹滅，遂也睡下。剛才私入官花園，在那綠霞樓上與鐵霸王惡戰數十合，可稱是夠驚險的了，至今手腕還有點酸。可是這些事她倒沒有放在心上，她只是驚訝剛才竊聽來的話，心裏翻來覆去地想着：爹爹有個親生的兒子在祁連山中與她分離！韓鐵芳就是爹爹的親兒子！這不是夢話嗎？太荒唐難信了！然而若是細細地一回想韓鐵芳的模樣，倒真有七八分像爹爹，實在像！無怪繡香要生疑……雪瓶想到這裏，真恨不得立時把韓鐵芳找回來，問他知道不知道爹爹就是他的母親。又想，那麼我可應當管他叫什麼呀？她心裏難受，好像又有一些嫉妒，她真想跟她爹爹的靈魂訴訴委屈：“不行呀，為什麼我只是你的姪女或是義女？他倒是你親生的呢？難道他比我還強嗎？”她流着淚，不覺就睡去了。她睡得很酣，及至被窗外的說話聲音給吵醒，她睜開眼睛一看，窗上已經大明。幼霞早先起來了，靠窗站着，向她擺擺手，顯出一副很驚恐的樣子。

聽窗外，是別的屋中的客人正在跟店裏的夥計大聲說話，一個人說：“迪化城竟有這麼大膽的賊？敢到那欽差公館去？啊呀！這些年我可是頭一回聽說！”又一個人說：“不只一個，聽說去了三四個賊呀！還都會飛簷走壁！您想，連鐵霸王都打死啦！鐵霸王是西路有名的豪傑，都落了這麼個結果，可見來的那幾個賊的本事多高強了。方天戟跟仙人劍兩個小子算是走運，昨天晚上他們在李家酒舖賭了一夜，沒在官花園，要不然恐怕也得送命！”他說到這兒，旁邊立時就有人說：“你可千萬別在街上這樣去說，他們現在正着急呢！要叫他們聽見，可不能饒你！”剛才說話的那個人，立刻就把話頓了半天，才說：“聽說幸虧欽差大人沒出舛錯，要不然連撫台都擔待不起。這就夠瞧的啦，現在街上的官人就比往常多！”

幼霞聽到了這裏，不禁神色愈發驚懼，就走過來向雪瓶悄聲說：“你聽見了沒有？那鐵霸王已被你殺死了……”雪瓶趕緊向她擺手，並瞪着她說：“你慌什麼？你若是露出形色，被人看出那可就麻煩了！咱們還應當跟沒事一樣，只要少出門就是了。我還不甘心！過兩天，我還得到那兒去，非見了我伯父不可！”幼霞還要說話，忽聽蕭千總在窗外咳嗽了一聲，並推了推門。沒推開，他就沒有進來。

雪瓶慢慢地起來，神情是十分地從容鎮定。她下了炕，迭好了被褥，幼霞便把門打開。門才開了，蕭千總就撞了進來，他滿臉驚慌之色，指手劃腳地悄聲說：“你們不知道嗎？出了天大的事啦！”幼霞臉上發紅，雪瓶卻神色一點不變，反搭下眼皮兒來說：“什麼事，蕭姨夫你這樣大驚小怪？”轉首叫幼霞去叫店夥打洗臉水。蕭千總卻趕緊把幼霞攔住，說：“你先別去叫夥計！聽我說！”他的雙手張着，眼睛直看，聲音極小地說：“昨兒晚上三更以後，欽差的公館裏鬧賊！”雪瓶故作驚訝的樣子，問說：“欽差怎麼樣？”蕭千總擺手說：“不要緊，玉大老爺不過受了點驚，賊人沒找到他的房裏。可是他那裏護院的，長安有名的大鏢頭鐵霸王竇定遠，可被人殺死了！”雪瓶一笑，淡淡地說：“鐵霸王又是什麼了不起的人物？聽他這個綽號就不像是好人，大概也該死！”蕭千總又說：“鐵霸王的武藝高強，玉大老爺這次若沒有他保護着，就不能平安來到迪化，那祁連山就不好過！”

雪瓶心中怦然一動，又回憶起昨日隔窗偷聽來的那些事情。蕭千總又說：“外面說，昨夜官花園去了的賊人有十幾個！”雪瓶跟幼霞都不禁心裏好笑。

蕭千總又說：“可不知是由哪一路來的，不知是為錢財？還是受誰的主使，想害死欽差？現在街上緊得很，撫台衙門的班頭鷹眼高朋、鸞鸞腿崇三、飛鏢盧大，連方天戟秦傑、仙人劍張仲翔那些人全都出來了，都紅了眼，恨不得見了人就抓。高朋他們是奉了撫台給的三天期限，捉不着賊人，他們的差事就都不用當啦。秦傑跟張仲翔是全拿着傢伙，他們跟鐵霸王是拜把兄弟，無論如何也得替盟兄報仇，咱們……”說到了這裏，他嘴裏簡直沒有聲音了，只用嗓子眼兒說話。

就聽蕭千總又說：“咱們可不好辦啦！走麼？也不好，一走就叫人疑惑是咱們做完了案，跑啦！”

雪瓶沉下臉來說：“與咱們可有什麼相干？蕭姨夫你怎麼往身上攬這種事？”蕭千總急忙說：“哎呀！我還敢攬？不過人言可畏！雖說咱們要見欽差的事，只有連喜一個人知道……”他咳咳地歇了兩聲，又抽着自己的嘴巴說：“你沒來的時候，我們前半個月到了這裏，我的嘴不好，再說也沒想到欽差的公館會出了事，我可，我可就在舖裏都跟別人說啦！”雪瓶聽到這裏之時，臉色才稍變。

蕭千總又說：“不過我可沒提到你，我就說我跟玉欽差是親戚，這次我帶着家屬來，就為的是探親。別人不知道你住在這兒，也許不能把昨晚上那件事疑到咱們的身上。可是究竟不好，咱們走是有嫌疑，在這兒也不大妥。別人都不說，玉欽差既知道他的胞妹是能飛簷走壁，那麼就能想到他妹妹的女兒也必不是好惹的。”

幼霞也推了蕭千總一把，說：“蕭姨夫你怎麼還是往我們的身上攬呀？昨天瓶姐才到，我們兩人在這屋裏睡得好好的，連你什麼時候賭完錢回來的，我們都不知道，難道我們會睡迷糊啦，去到欽差的花園？”

蕭千總搖頭說：“不是！不是！我是一點也沒疑惑，再說人家明明說的是昨晚去了好多個賊，難道連我都算上？可是我就怕玉欽差他本人疑惑到這兒。本來他就不認咱們，就想逼咱們走，現在出了這事，萬一他要是發出一句話來……”雪瓶冷笑着說：“這我倒願意！我盼着他翻了臉派人來抓我。”蕭千總說：“他們抓你是一定抓不着呀！要知道你就是春小王爺，也絕沒人敢抓呀！可是，那可就苦了我跟你姨姨啦！”他着急得摸着腦袋，從腦袋上往下直流汗。雪瓶卻忿忿地一摔手說：“那頂好是您帶着繡香姨姨先走，我們倆留在這兒，我們不怕！”蕭千總還是十分為難，少時繡香進來了，才把他推出屋去。

繡香也進來了，她只找了個凳兒坐下，先不說話。等到幼霞叫進來店夥，打來了洗臉水、漱口水，跟雪瓶漱洗完畢，屋中沒有別人，繡香這才向雪瓶低聲問說：“昨兒晚上，是你們到官花園去了嗎？”幼霞立刻臉通紅，露出被人戳破了心事的樣子，雪瓶卻微微地笑着，點了點頭。繡香只擺了擺手說：“今兒晚上可千萬別再去啦！”

剛說完了這句話，忽然蕭千總往房裏一探頭，說：“你們在屋裏。可千萬別出去，也別多說話，我到酒館去打聽打聽。”繡香又囑咐說：“你別張張慌慌的！”

蕭千總也沒聽見，戴上了他的紅纓帽，就往前院去走。到了前院，就見店夥也跟住的客人正在秘密地談論着這件新聞，他就有點心裏毛咕。出了店門，他裝作剛起來的樣子，仰天打着呵欠，走到了李家酒舖裏。只見今天這裏的人特別稀少，除了一般好事的和從昨天就沒走的賭鬼，天天必提着鳥籠來這裏的流氓之外，有些膽子小的人全不敢來啦。靠南牆立着一杆方天畫戟，杆長約八尺，戟尖像是槍頭，旁有月牙形的利刃，閃閃生光，下垂着紅穗子。蕭千總一看，不由心裏有些發慌，就想：這是三國呂布所使的傢伙兒呀！雪瓶怕也敵不住吧？再看，那戟的旁邊就坐着的正是秦傑。

秦傑不過二十多歲，身材細高，三角形的臉上，配着一雙雖不大而很有神的眼睛，正獨自坐着飲酒。秦傑好賭，近幾日跟蕭千總在一塊兒賭錢，平時兩人見了面也都有個招呼。但今日蕭千總一進來就帶着笑向他打招呼，問說：“秦鏢頭，今天可來得早啊。”秦傑卻坐在那裏微微點頭，沒說話，也沒欠身。

　　蕭千總又跟別的幾個人遞了遞笑，隨便談了幾句，就自己找了個靠着門近的地方坐下了，板凳還是平日的板凳，可是今天坐着就覺得有些不穩。他向櫃旁的夥計叫了一聲：“給咱也來一壺！”平常他的官派很大，今天卻非常之和氣。夥計今天心慌，給他送來了一錫壺的酒，卻忘了給他拿酒盅。他看了看，也沒拍桌子、發脾氣，只就着壺嘴兒飲了。

　　偷眼去看秦傑，只見秦傑一臉的兇氣，只要門一響，他就必扭頭，而他兇惡的目光也就正正射在蕭千總的身上，蕭千總就覺得直發寒噤。從外面進來喝酒的人沒有幾個，可是屋裏原有的人倒都先後陸續地走了。蕭千總今天酒也喝不下去，他放下了酒壺，剛要叫：“掌櫃的，記上吧！”忽聽門就吧的一聲開了。

　　他一驚，趕緊回頭，就見由門外闖進來一個短小精悍、二十來歲、下巴刮得很光，可是兩耳的後邊都有一撮黑毛的漢子。這人跟秦傑一樣，都穿着土色的單褲褂，腰間繫着繡花的青綢帶子。這是鏢頭們最普遍的打扮。不過這個人還敞着懷，胸前有一塊光榮的刀疤，手提着明晃晃的寶劍一口，進來得很急。蕭千總認得這是仙人劍張仲翊，昨兒晚上他還在這賭錢，跟蕭千總還笑着談話，但今天他卻直頭進來，跟兇神似的，任何人他也不理。他走到方天戟秦傑的面前說：“二哥，快跟着我走！北街上鞏家店裏住着個人。據店裏人說，他是前天來的，帶着刀，很怪，多半是個綠林中人。昨兒晚上，花園的那事，就許是他做的，寶大哥就許是他給殺的。你來幫一幫我，快來！”秦傑一聽，立時就憤然而起，抄起了方天戟，跟張仲翊二人就氣昂昂地出門去。

　　這裏，把掌櫃的跟酒保都嚇得臉發白，眼發直，但是蕭千總倒有些放心了，因為真兇手找着了，把自己懷疑着春雪瓶的心就給滅了，但願他們快把真凶捉獲，省得嫌疑落到自己的身上。他便喝了兩口酒，趕緊又回去，向春雪瓶報告去了。

　　這時，大街上有許多人都往北跑，這都是膽子大的無業游民，都要去看看熱鬧，並要看看昨夜在官花園殺人的兇犯到底是多麼兇。當下張仲翊與秦傑在前，後面許多人跟着，走到十字街口，又正遇着班頭鷹眼高朋，高朋問說：“什麼事？”張仲翊指指北邊，說：“鞏家店裏住着個人，我看着他可疑，咱們去盤問盤問他！”

　　高朋立刻打了個招呼，他身後就有七八個都是穿着便衣、暗帶着梢子棍的官人一齊跑過來，於是人更多了，一窩蜂似的就走到那鞏家店。這是一家很小的店，他們都闖進去，把院牆都快撐破了，張仲翊用劍指着一間小東屋，說：“就在這屋裏啦！”

　　於是秦傑挺起畫戟，高朋抽出了腰刀，官人們有的亮梢子棍，有的嘩喇喇抖起了鐵鍊，但屋中卻沒有人應聲，他們都不敢貿然進去。一會兒，才有店掌櫃跑來，戰戰兢兢地說：“高班頭！諸位老爺！那位爺，不，那個小子，他走了！”

　　張仲翊突然挺劍向前就刺，怒喝道：“什麼話？”鷹眼高朋趕緊將他攔住，張仲翊仍然忿忿，舉起寶劍來向店家說：“剛才我囑咐你，不許放那人走，我去一會就回來，他是要犯；怎麼我才一走，你就馬上把賊放跑了？你一定是與他串通着，沒別的話，你跟我們去打官司吧！”

　　旁邊秦傑就埋怨他，說：“你剛才就不對，你既看他形跡可疑，你就該抓住他，或是與他鬥一鬥，怎麼當時你連那麼一點膽子全沒有？你何必定要去找人？他不跑，難道他等着吃傻虧？”

　　張仲翊被激得越發忍不住氣，他掄着寶劍恨不得一下就把店家殺了。高朋趕忙又把他攔住。這店家掌櫃的雖然鬍子都白了的人，可是如今見有撫台衙門的大班頭在眼前，他諒張仲翊也不能將他怎麼樣，他就氣壯了些，着急說：“老爺們別怪我呀，他是我店裏的客人，只要他給店錢飯錢，我就不能不放他走。再說，剛才我一攔他，他就要掄掌打我，他說仙人劍是什麼……他又不是官人捕役，他叫你攔我，你就攔？他的行李都沒拿走，待一會他一定就會回來！”鷹眼高朋點頭說：“這就好辦啦！咱們先到他屋裏查看查看他的行李！”

　　於是叫店家開了門上的鎖，高朋、秦傑、張仲翊，全都闖進屋裏。只見此人的行李在炕上，是一隻大包袱，地下有牛皮水袋跟馬鞍。高朋上前把包裹解開，見裏面有幾身黑緞和黑綢的衣褲，有的已經很髒了，上面沾着許多粗沙，足見這個人是從沙漠裏來的。又發現了一些碎銀，還有兩隻五十兩重的大元寶。張仲翊就說：「啊呀！你們看！這是個賊不是？一個住小店的客人能夠有這些錢？可見他昨夜到官花園去，原也是想去偷盜！」元寶的下面，還是一身衣服，倒很新，似是沒怎麼穿。一抖這件衣裳，卻又有一個東西掉在炕上，原來是十幾隻小弩箭，用條麻繩捆在一起。立時方天戟秦傑可變了面色，心中說：由沙漠來的，又帶着小弩箭，莫不是玉嬌龍嗎？我的爺！於是他就向張仲翊問說：「那個人是什麼模樣？」張仲翊說：「大連鬢鬍子，都有些灰白了，年約四五十歲，身高膀闊，相貌兇悍，不然我也不能疑惑他是兇手了。」

秦傑一聽是個男的，這才略略放下心，又搜查了一會，也搜不出什麼可疑的東西。鷹眼高朋又把店家叫進屋來，問他：「這屋裏住的客人姓什麼，從哪裏來？你沒問過嗎？」店掌櫃說：「那客人自稱姓羅，說是從白龍堆過來的，來這兒看親戚。」

鷹眼高朋點了點頭，便拂手令店家出屋，他就向秦傑二人說：「這個人既然是由白龍堆來的，說不定就是半截山那裏的盜賊，來到迪化的必不只是他一個。那麼，昨天的案子也許能尋出頭緒來了。」

張仲翊說：「高班頭！為什麼到現在你還拿不定主意？昨晚上的兇手一定是這個人無疑！趁着這個人才走，你就趕快通知守城門的官人，別放這個賊出去。這賊的模樣很好認，是滿腮的鬍子，又亂又長。」秦傑也忿忿地說：「咱們分頭去抓這個小子去吧！你們抓住你們去交差事，我們抓住我們就宰了他，替我們的竇大哥報仇！」高朋還說：「二位也別着急，如今既已有了頭緒，我想他總跑不了。可是千萬留他活口，一來是為向他究出別的案子；二來是究竟欽差大人現在迪化，捉賊辦罪可以，可別私自鬧出人命來！」

張仲翊卻把臉色一沉，接着就冷笑說：「高班頭你這話不對。我們是欽差大人在西安府請的，雖不像你戴紅纓帽，可也是半個官人。出了事由我們去交差，絕累不着你。」

高朋雖是迪化城有名的精明幹練的班頭，但也惹不起這兩個一半強盜、一半鏢頭的護院的。張仲翊先提着他的仙人劍忿忿地出去了，秦傑也提戟隨之出屋。鷹眼高朋留下了官人在這店裏看守，他也走出店去，找他的膀臂鷺鷥腿崇三、飛鏢盧大，分頭去緝拿姓羅的怪客。秦傑跟張仲翊也是戟不離身，劍不放手，滿城裏都找遍了，但整整的一天，也沒有那姓羅的下落。

到傍晚時，迪化城滿天的雲霞都漸漸地發暗了，城門都已關了，可是由伊犁來的、哈密來的、吐魯番來的那些客商，都才在店裏歇夠了乏，都三三五五地出來玩樂。所以，靠南城角的一條偏僻的胡同，這時可正熱鬧，因為那兒是妓院叢集之所。除此地外，就是南大街路西的那家大酒樓柳香店了。這是迪化城中最大的飯莊，此時樓上明燈輝煌，十幾張座位坐滿了客人，有的在談論商情，有的在秘密說着昨夜跟今天城中的事情，有的卻十多個人聚在一塊，照舊大聲划拳，拼命吃菜飲酒。樓梯不住咚咚地響，下去一群半醉的人，拉拉扯扯地往妓院裏去了，又有的卻才來。

這時間，忽然有一個人步上樓梯。這人穿着一件青色的團龍緞子的大裕襖，同樣材料的馬褂，被燈燭一照，全身閃閃發光。足下也登着一雙青緞的官靴，都像是新做的，並且辮子紮得很緊，下巴跟兩腮都剃得發亮。驀一看似像年輕的人，但若細一看時，這個人可也有四五十歲了。他身長膀闊，體態極壯，兩隻眼睛跟老虎似的，一上樓就向兩旁不住地看人。他找了個背燈光的桌角兒坐下，但他這樣的雄赳赳的身體，雖然極力躲着人，可是在人群中也很是特別，很引人注意。

他輕輕地拿手指頭敲着桌子，叫道：「堂官！堂官！」夥計走過來，問說：「您要什麼菜飯？」這個人卻壓着他的粗壯的喉音，向樓外指着，說：「你先去給我請個人來，就在這樓下路東的吉升店裏，那裏住着有幾個由尉犁縣來的……」說到這裏，他忽然不說了，斜着眼睛看見樓梯口上來一個人，同時他的眼中就漸漸迸露出兇焰怒火。夥計也不由回頭去看，只見上樓來的正是那仙人劍張仲翊，今天他已經來這裏四五次，如今又來了。

張仲翊仍穿着短衣褲，但胳臂上卻搭着一件黑色的大夾襖，他神色並不慌忙，然而樣子卻可怕得很。他的兩眼像貓找尋耗子似的那麼各處亂找，幾乎把樓上每個客人的臉都看了一遍。但別人對他卻很少注意，照舊地划拳、談笑。

這雄壯的人便拂拂手叫夥計走開，他低聲說：「你先給我拿壺酒來！」夥計才轉身走了，張仲翅卻來到這桌旁二尺以外的地方一站，胸脯兒挺起，把眼向這人斜睜着。這個人卻一動不動，在那裏坐着，臉可沉了下來。如此過了片刻，突然間張仲翅把右臂一掄，搭着的那件夾襖就拋在地下，現出來那寶劍，他寒光一抖，吧的向桌上一拍，響聲驚人。鄰座的人齊都嚇得止住了歡笑，有的就趕緊往樓下就跑，立時亂了起來。

張仲翅睜着眼向這個人說：「小子，你就別裝了！你作的事誰不知道？走吧！跟老爺走吧！」這個人依然在那裏坐着不動，抬起眼來，說：「跟你走幹嗎？我不認識你！」張仲翅獰笑着，說：「你這小子！我給你面子，不當時殺你給寶大哥報仇，就是頂好的啦，你還裝蒜？媽的！你先說說你叫什麼名字？」這人說：「我叫羅小虎。」張仲翅一聽仿佛有點耳熟，不由遲疑了一會，隨後又說：「那就好啦！大概你也是個江湖人，我們倒可講些交情……」他拍着胸說：「我就是潼關的仙人劍張仲翅，我的哥哥叫老君牛，這次同着鐵霸王竇定遠、方天戟秦傑，受聘保護欽差大人玉寶恩來此，昨天你……」羅小虎霍地站起身來，說：「我怎麼樣？」張仲翅又獰笑着說：「你裝得倒真像，媽的不識抬舉，你去攪鬧欽差大人的公館，殺死了我的寶大哥……」

說到這裏把劍向着羅小虎攔腰就砍。羅小虎卻已躍到一旁，抄起了凳子去迎他的劍。旁邊的人亂嚷亂跑，樓梯響聲轆轆如雷，有的且直滾了下去。張仲翅舞起了他的仙人劍，羅小虎用一隻凳子迎敵，另一隻手又抄起個凳子向他打去，張仲翅也腰軀靈便，疾閃身避開，一隻凳子就整個落在那邊的桌上，嘩啦啪嚓亂響了一陣，杯盤碎了許多。張仲翅又直躍起來，劍向羅小虎楞砍下，羅小虎卻輾轉雄軀，進前去抓他的腕子，同時左手自馬褂的腰帶上拔出來一口短刀，胳膊向上一抬。張仲翅已抽出劍來，斜閃一步，又猛然出劍直向羅小虎的右肋刺去，狠狠地說了聲：「躺下吧！」

然而羅小虎並沒有躺下，他的手雖沒搶過對方的劍，短刀已撞到劍鋒。他用的是一口斬鋼斷鐵的寶刀，就聽嗆的一響，張仲翅的仙人劍就被削去了半截，他大驚，疾忙連退幾步。羅小虎卻趁勢扱衣裳，挽袖子，剛把右胳膊的馬褂袖子挽起，就又來了七八個人，都上了樓，都是戴着紅纓帽，有的拿着單刀，有的拿着鈎竿子、鐵鍊。領頭的是赤紅臉兒、重眉毛的鷹眼高朋，他手持一口刀，高舉起來，先說：「別打！別打！」座間的幾個藏藏躲躲、面如土色的客人，連桌底下的夥計，就什麼也不顧了，趁勢由高朋的身旁跑下了樓去。張仲翅提着半截劍，喘着氣兒也躲至屋角。

羅小虎先跑到靠窗臨街的地方，然後扯斷了馬褂上的扣子，就扒下來向旁邊一扔，新夾袍子也挽好了，他就睜眼看着高朋，高朋卻說：「你是不是強盜？是不是兇手？也還都沒證據，可是你有嫌疑是真的。我姓高，在撫台衙門當差，平日為人最正直。你跟着我們走，到衙門去說幾句話，如果問明白了你是個好人，我們絕不為難你，當時就放了你。你要是敢拒抗官人什麼……」

羅小虎發急地說：「你們冤枉好人！什麼官花園殺人的事，我一點也不知道。我心裏無愧，不然我為什麼今天不逃？」那邊仙人劍獰笑着說：「你想逃也得逃的開呀？」他扔了半截劍，從一個官人的手裏要了一口刀，又躍步進前，鋼刀唰的一聲向下落去。羅小虎卻一聳身上了窗台，右手橫刀護身，左手去推那關得很嚴的窗戶，並用腳去踹，就聽喀嚓、嘩啦嘩啦一陣亂響，上下兩扇窗子全都折斷而落到下面的街上去了。

外面是黑沉沉的，繁星亂迸，羅小虎如個巨靈神似的，手握鋼刀，站在窗台上，怒聲喊說：「都滾開！老爺本不願傷人，可是你們要招起老爺的脾氣來，那可就……」話將說到這裏，忽然官人之中有人打來了一鏢，噗的一聲，正打在羅小虎的肥大的袍子上。羅小虎怕有第二隻再打來，他就忿忿地說了聲：「小子們，外邊較量較量去！」他就飛身向窗下跳去。

這幾丈高的樓，忽然由上面落下來一個熊一般的大漢，街上的十多名官人齊往兩邊躲。羅小虎跳到了街心，他才腳落實地，就有一隻方天戟迎面刺來。他疾忙閃身，秦傑又用戟追刺，他以刀相迎，但刀太短，夠不上，他只得再躲。腳下的兩隻靴子實在太不利便，跳躍都覺得發重。兩旁才跑開的官人此時又都逼近，刀、棍齊上。尤其是那鈎竿子，長約六尺，前裝有利鈎，是專為捉賊用的，這東西真難招架。同時酒樓上的那些人也都順着樓梯下來，跑出來了。街上已沒有了別人，買賣人家早都紛紛閉戶，只有秦傑、張仲翊和高朋率領的二十多名官人圍拿一個羅小虎，並且齊喊着：「拿！拿！殺了他吧！殺了他也不要緊！」

羅小虎刀短、衣長、人孤，他雖然奮勇閃避、迎殺，但到底着慌，他就拼命先抓住了秦傑的戟杆，一刀將它切斷！秦傑跑了，掄着空杆大喊，羅小虎又以刀削斷了幾根鈎竿子。張仲翊又撲上前來，他卻用腳將張仲翊踢倒，他掄着寶刀大喊：「快滾開！我可要放箭啦！」聲如巨雷，高朋等人一聽，都不敢再向前。官人飛鏢盧大又一鏢打來，沒打着羅小虎，卻吧的一聲釘在路旁舖子的門板上了。

羅小虎幸免於這一鏢，他自己暗器可也拿不出來，因為他已多年不用那小傢伙了。這次由白龍堆過來，他覺得需要做些準備，才在沿途做了幾枝，而弓子自己卻做不了，也沒得工夫找弓箭舖去做。當下他見鏢一來，就不免手足失措，而那盧大又一連氣嗖嗖嗖飛來了三枝，只可惜打法不精，羅小虎雖沒躲卻也沒有傷着。那邊秦傑又由別人的手中要過來一杆槍，追過來挺前刺去。高朋又喝令眾人上手，說：「上！怕什麼？連一個賊都捉不住，你們還吃什麼飯？上！上！」眼看着羅小虎又將陷於重圍之中，他就急忙轉身躥到路東一家小舖子的房上。下面的鈎竿齊遞，又齊聲喊着：「跑了，拿呀！」

羅小虎邁開大步順着屋瓦跑，他連躥帶跳，一連走過了幾重房，踏碎了不知多少片瓦。回頭看看，沒有人追他，他才停住喘了幾口氣。往下一看，眼下有一處院落，房屋很多，燈火通明，他認出來正是那家吉升店。

羅小虎這回到迪化來，原是知道繡香跟她丈夫到這裏來啦，這是他在沙漠裏聽人說的。沒想到今天他才打聽出他們是住在這店裏，可就出了官花園事。羅小虎心想：也不知是哪個賊王八蛋幹的，仙人劍那小子就硬把罪名栽到我的身上。我今天一天也沒敢回店，只在僻靜的胡同裏找了個剃頭舖，刮了臉、理了辮子，到柳香居裏原是想找來繡香的丈夫談談、問問，媽的又為那些人所攪。如今，我也顧不得牽連不牽連他們了，我得去見繡香。至少我得告訴她，她的主子玉嬌龍已死在沙漠了。還得問問，春雪瓶到底是不是玉嬌龍的親生，玉嬌龍在這二十年來是否還常提到我？說完了，問完了，我再找方天戟、仙人劍去拼命，即使我死在這迪化城，亦所不惜。他如此想着，就又踏過了兩重房屋，向下一跳，就到了吉升店裏。

本來他是見着院裏沒人才放心往下跳的，而且腳落得很輕，可是不想就有兩個人一齊驚叫起來。原來旁邊是一間夥計住的屋子，屋裏沒點燈，可有兩個夥計正在屋裏驚慌地猜測着街上拿賊的事情呢。羅小虎過去輕輕地敲了敲屋門，門上本來有縫子，裏面的兩個夥計從縫兒裏看見羅小虎雄壯的樣子，就更嚇得上下牙相敲亂響。羅小虎就向門縫裏輕聲兒說：「不許你們嚷嚷！別怕！我是向你們打聽那由尉犁城來的幾個人，一個做小官兒的，帶着女眷。」屋裏的夥計回答說：「在後院住！你自己找去吧！」

羅小虎點頭說：「好！可是……」他聽着外面鑼噹噹地緊響，並有人大聲喊嚷，心中就又有一些發慌。他知道方天戟等和那些官人還沒有離開這條街，於是他就向門裏又狠聲地囑咐說：「你們既不敢出屋，大概你們也知道現在外面的事。好！這時無論誰叫門，也不許你們開，如若門被打破了，人闖進來，也不許你們說話。敢不聽，我就……」他拿寶刀向門上敲了一下，發出噹的一聲響，隨後他就大步往後院走去。

天還很早，可是後院各屋中的燈光多半熄滅了，只有一間的窗上有淡淡的燈光，並有模糊的人影在窗上浮動，可以隱隱辨出是婦女的身影。羅小虎不由斂住腳步，慚愧得慌，心說：如果雪瓶已經來了，那，我這個做爹爹的可真丟臉。他又不曉得繡香的丈夫到底姓什麼，也叫不出來，而身後卻已有咚咚的打門聲，及許多人的嚷嚷聲：「開門！開門！」雜亂得如暴雨一般。他心中既慌且急，袍子重掖，寶刀握緊，便走到那屋的窗前。他用刀敲敲窗櫺，就急急地向屋內低聲說：“快開門！快開門！我要進屋去跟你們說幾句話！我是羅小虎！”

他這不過是先向屋中的女眷打個知會，其實這時門並未關緊，他便上前去推門，而屋中立時就有人尖聲地叫道：“別進來！誰認識你是什麼虎？”嚇得他忙後退了半步。屋門開了，出現了兩位身材高低都差不多的女子，兩人一樣的窈窕，一樣的美貌年輕，不過一個穿旗袍，一個穿漢裝。

這時店門大概已被打破了，兇猛的人潮已湧了進來，有人喊着：“搜搜，各屋都搜到了！看看有他沒有？”鈎竿子、刀啪啪地亂響，且有火光閃閃。這時羅小虎反倒不慌了，他眯着兩隻眼睛，嘴上露出微笑，問說：“你們哪一個是春雪瓶？咳，我都認不清你們！我實是羅小虎，我真許是你的親爹，玉嬌龍她是我的……後面有人追我，我先進你們這屋裏藏藏……”他越說聲音越急，就要往雪瓶的屋中去闖。

雪瓶在這一剎那間，倒是進退兩難，她既想救羅小虎，可又不願叫他進屋，既是恨這個強盜，卻又疑惑他真許有什麼來歷，她不由自主地就張開來雙臂擋着，不叫羅小虎進屋。這時幼霞正站在她的身旁，正持着弩弓和箭，一聽到說什麼親爹、玉嬌龍，就很氣憤，她哪管這個人是強盜還是好人，手裏就微微一動，嘣的一枝弩箭就射了出去。羅小虎萬也未料到，只覺得左腿一疼，不由得就咕咚一聲跪在地下了。雪瓶疾忙用力將幼霞推開，她匆匆返身進屋，噗的一下吹滅了燈，然後向外面說：“快！快進屋來藏……”

此時前院的燈光和人聲已滾滾地闖進了裏院。羅小虎翻身躍起，一跺腳，就上了房屋，雪瓶跟幼霞也在屋裏緊緊將門閉住。羅小虎還不立時就走，他站在房上，向下面大聲喊道：“玉嬌龍已死在沙漠裏了！你們快去找她的屍身去吧！”說着就脫下了一隻靴子向下面的人叢打去。下面的人不知飛來了何物，就一齊躲避，有的把燈籠也扔了。

羅小虎忍着腿痛，飛踏着屋瓦又向街上奔去。後面的人齊聲嚷着：“跑了，拿呀！”羅小虎跑到了當街，見下面也有很多火把，很多的人和吶喊聲，他就慌忙地又躥上了街西的房屋。他又剝下另一隻靴子來扔在街上，就赤着兩隻腳，踏着屋瓦亂走。他覺得左腿痛得很，伸手一摸，原來箭還釘在肉上，且有血水順着箭流出來。他剛才並沒看清是誰發的箭，此時倒覺得好笑，心說：好孩子！你媽媽教給你的箭，如今會拿來射你爸爸了！他咬着牙，狠狠地自肉中拔出箭來，並不扔，卻銜在口裏。

他頭上流着汗，腿間流着血，腳踏屋瓦，胡奔亂跑，轉了半天，沒想到又走到那座柳香樓上了。他心中懊喪着：“原來我並沒跑出多遠！”他腿痛得厲害，四下一看，這樓上並無一人，也沒有一盞燈，他便進了樓，地下的碎盤子、碎碗直扎腳。

他趴窗再往下看去，只見燈火輝煌，街上的官人越來越多，吵嚷之聲也越來越大。羅小虎就想：逃跑恐怕是不能了！即使今天能找個地方躲藏一宵，但腳下無鞋，腿上有傷，到了天亮時，被人看見，還是能被人捉住，那時豈不丟人洩氣？

又想：剛才我跟春雪瓶說的那番話，她未必相信；即使信了，她也許不知我羅小虎確實是誰？繡香還許不信我真的來到了這裏。媽的！我半天雲是在新疆闖蕩起來的，在沙漠裏享過福，草原裏做過好夢，如今快五十了，玉嬌龍跟花臉獾又都死了，我死在這裏也不算屈。但死也得死得英雄、爽快，還得叫繡香、春雪瓶全都得知道知道我！

於是他不禁獨自發出傲笑，遂手扶着窗台，扯開了嗓子，先向下面喊了幾聲，然後又唱：“天地冥冥降閔凶！”下面的人一聽，齊都驚訝地喊說：“啊呀！他又跑到樓上去啦！”當時燈籠照着眾人，照着刀光槍影又進了樓來。

羅小虎旁若無人，接着再唱：“我家兄妹太飄零！啊呀我的玉嬌龍，死在沙漠中！父遭不測母仰藥，我羅小虎是個大英雄，我的女兒春雪瓶！”歌聲極為高昂，慷慨悲壯，但是他腦子裏的詞兒卻全都亂了。

這時仙人劍張仲翔那些人也都爬上樓來了，他就回首罵道：“你們要想來捉我，可他媽的捉不着！”說着他便使盡平生之力把手中的寶刀向窗外拋去，也不知拋到哪裏去了。這時燈光已照遍了全樓，十幾杆鈎竿子齊向他來鈎。他卻又由視窗將身向下一跳，如一隻夜半的飛鷹似的，落於平地。跟上回一樣，還是沒摔着，只是左腿太痛，他不由得坐在了地下。

兩旁有些個官人見他飛下來了，反倒都嚇得避到旁邊。羅小虎挺身而起，大笑着說：「來吧！你們快拿吧！」這時樓上的人才咕咚咕咚又往下跑來。羅小虎先自己背上手兒，叫人綁上他，他依然笑着，口說：「勞你們的駕，把我抬到衙門去吧！我的腿傷真疼！」鷹眼高朋過來說：「好漢子！你放心！我們准能對得起你！」當下他就叫四個人抬着羅小虎，還有人幫助托着、架着。羅小虎仰面朝天，看着星星都向他眨眼，像是玉嬌龍的眼睛；月牙兒也向他發笑，像是玉嬌龍的櫻唇，燈光、人群都圍繞着他，他就被交送進撫台衙門了。街上一場大鬧，這才消停。

更鑼遲遲，敲了三下，這時附近的幾家商店，全都由驚慌而歸於寧靜。可是人們還都沒有睡，因為太刺激太興奮了，都睡不着。及至聽到大盜已經被擒的消息，大家又都紛紛地談論了起來。尤其是由那大盜的口中牽涉到了玉嬌龍、春雪瓶這兩個在新疆無人不知、無人不曉的人物，就更使大家驚訝，也增加了談論的興趣。可是，連那吉升店裏的人，也很少有人知道那秀樹奇峰小王爺春雪瓶就在咫尺。

這次繡香、幼霞等眾人先來到迪化城之時，繡香就怕因為春雪瓶的名氣而在這裏惹出什麼事，所以她就與她的丈夫和幼霞全都商量好了，囑咐那幾個車夫，到了迪化，只可以說是蕭千總的家眷，卻不許說什麼小王爺春雪瓶等等的話，幾個車夫當然連聲地答應。其實就是不囑咐他們，他們也不敢說，這是玉嬌龍十幾年來在新疆樹下的威嚴，連三尺童子也都知道對她們的名字加以避諱。在店裏住了這些日，那幾個趕車的就走了，因此沒有人曉得她們是與春龍大小兩位王爺有關。

此刻，雪瓶又到院中來查看了一會，聞知那大盜羅小虎已被官人逮捕之事，她回到屋裏就向幼霞頓腳，說：「你怎麼那麼莽撞？沒容他把話說明白你就放箭？你不射傷了他，他也不至於被擒！我知道，你總是要顯着你會放箭，可是，事情也都叫你給弄壞了！那回韓鐵芳的事也是如此，若不是你們在中間攪，咱們也不必到這兒來！」幼霞悶悶地不言語。

雪瓶又將燈點上，顯出來她一副急氣懊悔的臉色，依然抱怨着。幼霞忍不住了，嘚着嘴兒說：「我也知道你向着外人，不向着我們自己！韓鐵芳跟這羅小虎，他們與咱們有什麼相干？一個就自命他是三爹爹的朋友，這一個大盜，又愣敢叫出三爹爹的名字，還胡說他是你的什麼親爹！你還怪我生氣？怪我射他？」

春雪瓶搖動着身子，忿忿地說：「剛才的事，咱們做得太不光明，我爹爹生前絕沒做過這樣的事！何況……」她把聲音壓小了一點，又說：「昨夜到官花園去攪鬧的是咱們兩人，殺死鐵霸王的是我，怎麼可以叫別人替咱們頂罪名？」幼霞說：「反正他也不是好人！」

雪瓶心裏還有話，可是不能對幼霞說出來，尤其是有許多疑問，更非得去問繡香不可，當下她就急匆匆向屋外去走。幼霞趕緊追出來，問說：「你要幹什麼去？」雪瓶回首又笑了笑，說：「我看看繡香姨姨，她也許已經嚇壞了。」於是她們就去叫繡香那屋子的門。

屋裏黑忽忽的，門卻從裏邊頂得很嚴。雪瓶向裏邊叫了兩聲，蕭千總先點上了燈，才把門開開。雪瓶一推門，他就探出頭，驚慌得發不出聲音來，說：「這可怎麼辦呀？」身後邊的幼霞也要跟進來，雪瓶向身後擺擺手，幼霞才遲疑地在門外止住了步。

雪瓶匆匆地走進裏屋。見燈光下，繡香坐在炕頭，正以手帕拭淚。蕭千總隨着進來，又沙啞着嗓音說：「雪瓶姑娘！明天一早咱們就趕緊走吧！現在的事情可是越鬧越大了，半天雲羅小虎又出來啦！而且他已找着了咱們，這可真是又惹禍、又丟臉！」

雪瓶搖搖頭說：「其實也不至於惹什麼禍，只是……」她過去坐在繡香的身畔，問說：「只是我不明白，這個羅小虎，究竟跟我的爹爹有什麼關係？我真不明白！前些日子在沙漠裏我就遇見過他一次，他口出狂語，說我是他的女兒，我用箭把他射走了。不想今天，官人已將逮住他，他還敢到這裏來，又說了那些話，想姨姨也聽見了！」繡香搖搖頭說：「我沒大聽明白，我知道，你爹爹生前並不認識什麼羅小虎。」雪瓶說：「我不信！那人又不是瘋子，他說的話不會無緣無故！」繡香卻低下了頭不言語。

蕭千總在旁邊連聲地歎氣，向他太太說：“你就說了實話吧！你不說實話，雪瓶姑娘她總是跟猜謎似的，心裏不能夠舒服。她心裏不舒服，就總捨不得離開這兒。不離開這兒，說不定明天後天就許受羅小虎的連累。你們還都不要緊，都是娘兒們家，我呢？我卻是個千總官兒，我受得了嗎？”他急得真要哭出來。

繡香拭了拭眼淚，就說：“你先到外屋去，容我慢慢跟姑娘說！”蕭千總說：“我還得求你快一點兒說，說完還得收拾行李，明天一早兒趕緊走！”

繡香跟雪瓶都沒有理他，等他出屋去之後，繡香這才向雪瓶說：“你爹爹生前之事，你都不知道，除了我之外，也沒有第二個人能夠盡知。向來我不說，是因為你爹爹她脾氣不好，不願人提到她的一點往事；我也不忍得說，說出來也太不光榮，易遭人恥笑。可是，其實你爹爹是個剛強節烈的好人，她一生受害，就受在一個人的身上，那就是她小時候的老師。那個人名叫高雲雁，在明中教她詩文，暗中卻傳授她武藝，把一位千金小姐生生給教壞了。她一生就因為會武，才致這樣命苦。還有個高師娘，是一個女賊，你爹爹離開家門、流落新疆……直到她死在沙漠，她的親哥哥都不敢相認，這些事情也與那女賊有關。”

她隨說隨流着淚，繼而低聲哽咽，就將這許多過去的事細細述出，雪瓶聽得都發呆了。然後繡香拭了眼淚，又說：“我還能夠想得起來，十九年前我跟你蕭姨夫住在哈密，那時他的官兒比千總還小。一天，是四月天氣，哈密還沒太熱呢，你爹爹就騎着馬找了我去啦！她那時就用一個紅綢夾被包裹着一個孩子，她就說，她有了女兒啦，都已把名字起好，叫作雪瓶！”

雪瓶聽到了這裏，淚也不住地向下落，就趕緊拉緊繡香的手，悲切地問說：“姨姨！您得告訴我實話！我，我是不是我爹爹親生的？我的爹爹是我的母親？你快說！”繡香搖頭說：“不是！你聽我說了這話，你可不要傷心！”

雪瓶直着眼睛瞧着繡香，她搖着頭說：“我不傷心！姨姨，您就快告訴我吧！我是由哪兒來的？”繡香說：“你是換來的！”雪瓶驚得更不禁發愣，繡香就又說：“你爹爹那時把詳細的情由盡皆告訴了我，那時她就囑咐我說：”這些個事，你先裝在心裏，我自量也活不了多久，等我死了之後，雪瓶這孩子煩你撫養。記住了！無論她將來是否能夠學會武藝，可是千萬別叫她再走我的路！等她長成，你再把詳細的情由告訴她，叫她把姓氏改過來，她姓方。”

雪瓶立起身來，身上幾乎顫抖了，說：“我……我姓方？”繡香點頭說：“你原是一位姓方的官太太的親生女，那位官太太大概是厭煩女兒。十九年前，在甘州府張掖城，方太太帶着個僕婦抱着你，住在那地方的一個店裏，可巧你爹爹也住在那店裏。”

雪瓶越聽越出神，面色也越變越淒慘。繡香此時倒不雪瓶越听越出神，面色也越變越淒慘。繡香此時倒哭泣了，只是歎氣，接著又說：“今天我都跟你說了，姑娘你可千萬不要再難過！你的爹爹雖然換不回她的親生孩子了，但她把你抱到新疆來，真是當作親生的孩子一般地撫養！”聽到這裏，雪瓶不禁掩面嗚咽起來。

繡香拉着她的手，又叫她坐在身畔，說：“你的爹爹雖然恨那方太太，但卻愛你，後來她跟我說過，就是再能夠換回來，她也不肯換了。她不是不肯換，她想全要。她來到新疆之後，我覺得她的脾氣全沒大改，有時還是連我都怕她。只是她的身子一年比一年壞。第一是產後失調，急氣過度。初來到新疆的時候見了我，她就瘦極啦，連病了兩個多月，直到後來打聽出了美霞的下落，她搬到尉犁城，病才慢慢地好了。可是她仍然不知保重身體，一想起那孩子來她就難過，在暗中哭。一想起羅小虎來，她也不知是恨，還是後悔，總而言之也是不好受。後來她又恨新疆的盜賊太多，騎馬着走沙漠、走高山，跟人殺、打、惹氣，所以她就得了癆病。去年信了賽八仙的卦，她又去往東邊要找她那個兒了，還要去找李慕白要回來什麼奇書……”

說到這裏，雪瓶完全聽明白了，心中着實地悲傷，這種悲傷比初聞得爹爹的噩耗之時還要難忍，是雜着千端萬緒，又悲又恨。淚已拭乾，她霍然起了身，反安慰繡香說：“姨姨您也不必難受了！我既然都知道了，我的心真是痛快了。我以後無論做什麼事，決定得對得起我的爹爹。至於什麼方太太，那見了面我也不能再認她。玉欽差既不是我的親娘舅，他不願意見我，我也不惱。羅小虎，剛才那個羅小虎……」說到這裏，忽然又冷笑了兩聲，說：「他要是我的爸爸，我倒許救救他，管管他，如今呀，哼哼！」

忽然外屋的蕭千總又掀簾進來，說話仍是聲兒小，又怕又急地，他說：「姑娘！你姨姨都跟你說過了吧？就是這麼一回事，都有前因，有後果。即如剛才的羅小虎，他也是夜貓進宅無事不來，他一定是知道春大王爺死啦，他想來當你爸爸，認小王爺作他的女兒，他好襲那個大王爺的缺。可是那小子，不知死活，你沒聽見外院的人說嗎？剛才他由這兒逃出去，就被鷹眼高朋、方天戟秦傑、仙人劍張仲翊他們一干的英雄、官人給捉住了，綁走啦。聽說他被箭射傷了，還是好些個人給抬走了的，送到衙門裏一定得問死！」他說到這兒，不住發笑。

雪瓶的心中卻由歉仄之情又生出一種義憤，淒慘帶恨的面容向下一沉。蕭千總卻又說：「羅小虎也許還是個好漢子，未必把咱們拉上，可是姑娘你也得心疼我這個千總官兒跟你姨姨，咱們明天還是三十六計，走為上策。姑娘只要你一點頭，明天起五更我就去找車，天亮就能夠走！」

雪瓶卻連把頭搖。蕭千總兩眼一直，又發了愁啦，他頓頓腳說：「不走？不走？這可怎麼好呀！我的姑娘，你，你，你不怕，我跟你姨姨可受不了啊！姑娘，你，咳！你可憐可憐我吧！你還忍心真叫我給你下跪嗎？」

雪瓶見蕭千總這樣的神氣，倒覺得很可笑，心裏的憂傷氣憤反倒立時都解開了，面色也變為緩和，她不由笑了一笑，說：「蕭姨夫你也不必太過慮，明天再看一天吧。我想不至於有什麼事，因為你是個官，我，現在迪化城的人還都不知我是誰，有的知道了也絕不敢說，想拿我們也絕不敢拿！」

蕭千總吸了一口氣，想了想，又說：「拿，倒還許不至於！因為咱們沒做賊，官花園那件事情，現在也洗刷清啦，正兇已獲，誰也不能疑慮到咱們的身上。羅小虎剛才雖來到這兒說了幾句話，可是咱們也沒讓他進屋、沒窩藏他。沒有罪名、證據，衙門的人也不能來這兒打攪官眷，只是有句話兒說是：人言可畏！萬一由羅小虎扯出來玉嬌龍，由玉嬌龍再扯到姑娘你，那可不好聽呀！」

雪瓶又笑了笑說：「那我們更不怕了，什麼好聽不好聽？我爹爹的親胞兄欽差大人，現今都在這裏，人家都不怕談論，不怕連累，咱們可瞎怕什麼？」蕭千總一聽，覺得也有點理。欽差大人都不怕，自己這個小小的千總官兒，也真不必瞎毛咕了。

雪瓶又說：「蕭姨夫你就放心吧！明天在這裏再看一天，如果有事，由我擋，你跟姨姨走；如果沒事，那，我跟幼霞，我們還想在這兒歇幾天，多玩幾日呢！」

繡香也站起來點頭說：「我想也是，明天要是忽然都走了，也顯出來有虧心的事才走的，倒犯嫌疑！」蕭千總呆得跟個泥胎偶像似的，心中只是斟酌、尋思。

雪瓶向屋外去走，又回過頭來對他說：「蕭姨夫你先放心好了，你今晚不妨照賭你的錢去。我那屋裏有銀子，待會我給你送過來！」

蕭千總這時本已被說得心寬了、膽壯了，一聽說有了賭本，他就笑得露出牙來，又把腳頓了一下，說：「好！既是姑娘你全都能夠擔當，那我可還有什麼話說？我真連這一點膽氣都沒有嗎？哈哈！姑娘！你看看吧！幾時你說走，咱們再走；你不說走，我永不回去。別說千總這芝麻大的官兒，就是腦袋真弄掉下來，又值幾個大錢？哈哈！姑娘！剛才你姨姨的話你也都聽明白了吧？就是那麼一回事兒，也沒別的！也沒別的！」他彎腰拱身的將雪瓶送出了屋。

雪瓶回到自己的屋內一看，幼霞已經蒙着被在炕上睡着了。雪瓶從自己的包裹裏拿了約十兩銀子，趕緊給蕭千總送了去，自己又回到屋裏，就閉好了屋門。身體雖很疲倦、困乏，可是腦筋裏的事情太亂，根本不能入睡，她就坐在一個小凳子上，對着孤燈，默默地想着。想當年爹爹玉嬌龍自幼受藝，那真是一件奇怪的事，她的老師高雲雁，又怎麼有那大的本事呢？又想在沙漠中，一個小姐鍾情於一個大盜，也絕非偶然。羅小虎必有一種可愛之處，少年時也許長得很英俊，跟現在的韓鐵芳一樣。

一想到這裏，她突覺雙頰發燒，就似旁邊有人拿手指着她，譏笑着她：啊！原來你也跟玉嬌龍一樣呀！你也把一個年輕的人看上了！她不由得低下頭去，又想：爹爹玉嬌龍跟羅小虎這一生的情史，真是亦溫馨、亦淒慘，早先他們在北京不定把事情鬧得怎樣的滿城風雨了！她覺得爹爹的生性真是豪俠、義烈，真如一條興雲作雨、神秘不測的玉嬌龍！自己幾時才能趕得上她的威名、勇武呢？想到這裏，她不禁又站起身來，極為振奮，恨不得就在屋中舞一趟劍。

其後又想到了甘州城雪夜換子之事，她不由又頹然地坐在凳上，真覺得那方太太殘忍、自私，而她竟是自己的母親，更是使自己心痛。爹爹的遭遇太慘，她那麼大的英雄，竟為一個平庸的婦人奸計所算，奪去了親生子，也無怪她終生銜恨。而她把我撫養成人，如自己孩子一般地看待，尤其難得，尤其使自己永生難以報答。想到這裏，雪瓶不禁又簌簌地落淚。

燈已漸漸地縮着黯黯的紅光，她伸手將燈挑了一下，燈光卻又突突地騰起。她長長歎了一聲，驀見幼霞翻身醒來，看了她一眼，什麼話也沒說，就又翻身睡去了。雪瓶曉得她不願意了，生了她的氣啦，因為剛才自己埋怨她不該用箭射羅小虎，又沒讓她進屋去聽繡香說話。但雪瓶只暗自笑了一笑，並沒往心裏放。她和幼霞、小霞，三個人自幼就在一起，情同姐妹，可是也常常拌嘴打架，有時且比起劍來，但過上三天兩天就又好了。即如在白龍堆為韓鐵芳射傷了小霞，她也相信還能跟小霞和好的。如今幼霞犯了點小脾氣，也沒工夫跟她去廢話解釋。

她的心中此時只想着羅小虎跟韓鐵芳，他們當然是親父子無疑了！羅小虎他犯了別的案子自己可以不管，可是官花園的那件事是自己做的，絕不能叫他代自己受過，為自己受刑。至於韓鐵芳，不知為什麼他並未跟方太太、黑山熊在一起，卻又西來？卻又偏偏與他的生母相遇，並口口聲聲叫前輩、論朋友？這倒真是可笑。但，天地雖冥冥，可竟使他們巧遇，且由他親手葬埋了他的母親，這也不能不令旁人看着可憐了。

她咬了咬嘴唇，又決定辦完了這裏的事，就去找韓鐵芳，細問他的來歷，並告訴他，他的母親實在是玉嬌龍。並且還得把此事告訴玉欽差，他縱然不念胞妹，也不能不管親外甥，無論如何，他不能任親外甥再風塵流浪，得給他謀一個前程。辦了這些事，才算對得起自己的爹爹，或者說是義母。街上遲遲的更鼓，此時已敲了四下，她這才熄燈睡覺。

次日起來，她就覺得心神不定，急急地盼着快些天黑，並催着蕭千總快些出去打聽。蕭千總雖然手中有賭本，可是真怕出門，雪瓶催了他兩回，他才畏手畏腳地走了出去。他這一出去，直到午後三四點鐘的時候才眼笑眉開、腰直頭正的回來了。進了雪瓶的屋，他就說：「沒有什麼，一點也不會牽連到咱們身上啦！我親自聽方天戟秦傑說的，昨晚把羅小虎抬到衙門裏，就過了堂。半天雲不愧是好漢子，敢做敢當，說官花園的那件事也是他做的。他並非為財，是因為要殺玉欽差，恨玉欽差當初不該妄說他與玉嬌龍有私，以致他蒙了半生冤枉污名，叫江湖朋友都看不起他，而那規規矩矩的千金小姐也含屈跳澗，死得那麼慘。所以他才要殺玉欽差，既沒有同謀，也沒有黨羽，與別人無涉！」說到這裏，他不禁直笑，他腰裏揣得鼓鼓囊囊的，身子一動便發出響聲，大概都是剛贏來的錢。

他又說：「衙門裏的飛鏢盧大，這回是又得賞、又出了名。不是他一鏢打在半天雲的腳上，還捉不着呢！」幼霞在旁邊聽着，小臉上不禁變了色。雪瓶對羅小虎之為人也漸生欽佩，胸中湧起了昂然憤慨之情，決定今宵必為羅小虎設法。

第十回　感深交莽漢硬做媒　依巧計崇樓狂揮劍

　　蕭千總出屋去了。他的心事都沒啦，又有錢，烏爾土雅台那兒也不急着回去。不急着回去也沒關係，在迪化樂些，回尉犁城給雪瓶一家掌管家務也不錯。玉嬌龍留下有那麼大的產業、那些馬匹，還會餓得着我？他心舒意暢地回到自己屋裏，趁着太太沒看見，就偷偷地把那些贏來的錢藏了起來，然後拿起了琵琶，又到小酒館聊去啦，彈去啦。

　　蕭千總撥着琵琶，博人稱讚，口裏哼着小調，更是開心，同時心裏又暗笑：羅小虎真是傻蛋，玉嬌龍都已死了，你還替她刷乾淨兒幹什麼？他又想，也許自己太太的眼力不差，韓鐵芳也許真是羅小虎的兒子，不然為何也那麼傻？送還了馬，丟了琵琶，還，哈哈！還硬管他媽媽叫朋友，糊裏糊塗地埋死屍，哈哈！他楞楞地撥弄着琵琶，嘴裏哼着：“正月兒裏呀！水仙花兒開呀！哎哎喲⋯⋯”

　　他在這兒高興，聽着旁邊許多人都在烘烘地亂談着什麼羅小虎、半天雲⋯⋯，可是聽不見有人敢提玉嬌龍那三個字。他真想拍着胸脯說：我跟玉嬌龍是親戚！我娶我的那位太太時還是她給做的大媒呢！我們兩家不分彼此，小王爺春雪瓶還得管我叫姨夫！可是他怕招出事來，不敢說。

　　他連晚飯都是在這兒吃的，可是隔壁的柳香居因為昨晚那一場攪鬧，今天關門休業，不然要一盤剝羊肉來，下酒就燒餅吃，那更來勁！

　　天色又漸漸地黑了，醉鬼們都還未走，賭鬼們又都先後來了。這小酒館帶賭局越來越熱鬧，可是街上卻越來越冷清。頭更早已敲過了，二更之後，不覺得便到了三鼓，天上的星星仿佛比昨夜稀少，而半輪月色卻很亮。

　　這時那靠近西門的官花園中，柳陰鬱鬱的綠霞樓上，突然又飛來了一條纖秀的俠影，這正是春雪瓶。她單身攜帶着一把寶劍，來到了這裏。這裏現在也防範得特別嚴緊，樓上的窗戶都釘得很緊。雪瓶用劍撬了半天，方才啟開。她鑽了進去，只聽處處梆鑼敲着，並有燈籠一對對地在樓下來往。雪瓶很是驚詫，心想：外邊已經傳說羅小虎都招認了一切的事了，連前夜這裏殺人的事，羅小虎也認屈招認了，怎麼玉欽差還不放心？還要這樣地防備？他的膽子也未免太小了！看今天這情景，我還是不能見他的面，那只好把我白日寫的那張字柬留在這兒了。

　　原來雪瓶白天在店中覓得紙筆，一共寫了兩張字柬，一張是給玉欽差寶恩的，另一張是給撫台大人。她不常拿筆寫字，所以寫的字自覺得不好，寫得也很簡單，只是：

欽差大人鈞鑒：

　　日前在此處誤殺鐵霸王之人，實非羅某。羅某在撫署之招供，非但受屈，必係願代江湖儔輩受過，彼雖俠義可欽，然於王法人情所不許。鄙人確係前夜來此之人，但亦非懷有惡意，實因令妹慘死荒漠，令甥（名韓鐵芳）飄流邊塞。望乞明鏡高懸，減輕豪俠之罪，澤被骨肉，栽培無倚之根，是所切待。

　　　　　　　　　　　　　　　　　　　　　　　　　　　　　邊疆小俠謹叩

　　當下她又取了火照了照樓內，就把這張字柬用一枝小袖箭釘在一張浮滿了塵埃的桌上。她又另拿了一枝，趴着窗戶，向着正從樓下走過去的一個燈籠射去，當時那燈籠便滅了。便有人大聲嚷嚷：「有賊啦！」梆聲鑼聲亂了起來，官花園內也騷動起來。雪瓶又喊了一聲：「我在樓上，你們來吧！」聲音極為尖銳，響徹雲霄。同時，她卻由後窗跳出，到了牆頭，撩開柳枝，落於平地，急急地走了。

　　她此刻並不回店，過了西門，仍然一直往北，往巡撫衙門去走。這也是她白天打聽出來的。她此刻身邊帶着寫給撫台大人的字柬，這張字柬也是以邊疆小俠之名，而自認殺死鐵霸王，夜鬧官花園，與羅小虎並不相干。

　　雪瓶來到這裏，本想私入撫台大人的臥房，將此柬放在撫台的枕邊，不怕他看不見。可是沒想到她還沒有往牆上竄，牆裏邊已經梆鑼共鳴，人語雜亂，她不禁驚愕，暗想：莫非這裏邊有能人？怎麼會我才來到這裏就被人看見了？她只得回身走去。

　　過了西大街，又走進一條胡同，耳邊仍然彷彿有梆鑼亂響之音。她心中自思：這也夠了！只要能叫那玉欽差見着我那字柬，他一定不會再把殺人的罪名栽在羅小虎身上了，那就算我沒有賴着人而自身避禍。明天，不用說，城內更得嚴，那些班頭鏢客們又得出來亂訪查，亂抓人，我倒要看看他們能奈我何！她一點不怕，心中發着冷笑。

　　在星光月色之下，雪瓶躥房過脊地回到了吉升店的後院，向自己的房中去看，卻見有明亮的燈光。她不由覺得詫異，暗想：我剛才走的時候，幼霞就已睡了，怎麼睡着睡着，她又起來了？這丫頭，今天整天跟我耍脾氣！

　　她下了房，走到屋門前，還沒開屋門，她就笑了，卻見幼霞也穿着一身青，青綢的帶子在背上絆成十字形，一口明亮的寶劍，似乎是才摘下來，剛放在桌上。她的小臉兒還發着紅色，胸脯還有些喘息未停，見雪瓶進屋來，她只轉臉看了看，依然解帶子、換衣服，並不說話。雪瓶走過去，悄聲問說：「你上哪兒去啦？」幼霞說：「你去幹你的，我去幹我的，咱們倆誰也不用管誰，誰也別問誰。」

　　雪瓶生着氣，悄聲說：「你這是什麼話？你既是跟着我們來，凡事你就得聽我的。你不應當任着性兒辦，辦不成事，反倒攪了我。」幼霞也斜着眼說：「誰攪你？我是辦我自己的事情，跟你一點也不相干。」雪瓶說：「你不用瞞我，我知道你剛才一定是到巡撫衙門去啦，可是沒容你得手，就被人家發覺了，一陣銅鑼把你給敲回來了，是不是？」她說這話時，還帶着點笑。

　　不料幼霞當時就急了，頓着腳說：「你也不用譏笑我，今天我救不出羅小虎來，明天我再想法子。我也不問你跟他是有親，還是有故，既然羅小虎是因為我射了他一箭，他才被官人捉住的，那我從監獄中再把他救出來也就是啦！」

　　雪瓶急忙將她的嘴捂住，說：「你怎知道沒有人跟下我們來？你這樣大聲說話，倘若窗外有人偷聽見……」幼霞用手把她一推，搖着頭說：「你怕，我不怕！」

　　雪瓶見幼霞對她這樣，不由也有些生氣，就將手一摔，瞪着眼睛說：「你是怎麼啦？我真想不到你來到這裏，竟跟我鬧脾氣！難道你還非得叫我給你賠罪嗎？」幼霞低着頭不語，臉色突然又一陣發白，退身至旁邊坐下，竟淚如雨下。

　　雪瓶又心軟了，過去低聲安慰她說：「昨天的事，並不是我抱怨你。羅小虎的事，我如今已將官花園的事替他說清，這件事也就算完了，也算是我們對得起他啦。至於衙門裏要辦他別的罪名，那可是他自做自受，與我們不相干。我爹爹生平任性，她什麼都做，可是她沒從衙門裏救過人。真正的英雄不能夠輕視王法，何況羅小虎他原是沙漠中的盜賊。雖與爹爹有着以前的那些事，可是後來他們兩人早已義斷情絕了，即使我爹爹現在還活着，我想她老人家大概也不會去管羅小虎！"幼霞聽到這裏，突然抬起頭來，面上表現出十分驚訝的樣子。

雪瓶將屋門關嚴了，也收起了寶劍，她一邊更換衣服，一邊悄聲地把昨夜繡香告訴她的那些話，全都告訴了幼霞。幼霞卻更加沉悶抑鬱，不發一句話。雪瓶就又囑咐她說："這些事，連我做夢都沒有想到。我本不想告訴你，昨晚我不叫你跟我到屋裏去聽繡香姨娘說，也就是為這個……"

幼霞說："其實，告訴了我，又有什麼？我也是三爹爹跟前看着長大的，三爹爹也如同我的半個母親。如今她老人家已去世，她生平的事情，你明白了，難道不該也叫我明白明白嗎？"

雪瓶怔了一怔，說："我是想，這些事並不是我爹爹的光榮事情，她老人家生前都不告訴人，並不是怕被人瞧不起，一定是她一想起來就難免傷心。現在她老人家已經去世，棺材還在沙漠裏埋着，我們兩人卻在這兒談論她老人家，未免不對。再說，韓鐵芳是不是爹爹生的那個孩子，這件事還不能斷定，不過是繡香姨娘見他長的模樣有些像爹爹，有些疑惑；但據我想，事情巧，可也不會如此巧。再說韓鐵芳是河南人，我爹爹的那個孩子，二十年前大雪中丟失在祁連山中，假使還活着，也是在黑山熊家裏，哪會到河南？哪會又姓韓？"

幼霞默默坐了一會，忽又垂下幾點淚來，然後就拿手絹使勁地擦了幾下，站起身來，說："瓶姐，我求你別攔着我！以後你辦你的事，我辦我的事。你沒幫着人拿羅小虎，你不難受，我，我恨我昨兒晚晌手為什麼那麼急？若不把他的腿射傷，他也必定不會被人擒住。他雖未必是韓鐵芳的什麼人，但他既是三爹爹當日的……"說到這裏，眼淚又往下流，她又說："三爹爹才死，我就把早先跟她夫婦一般的人射傷了，又被捉，我怎麼對得起三爹爹？難道她老人家當年傳授我武藝，是叫我射姓羅的嗎？"

雪瓶也皺着眉不語，想起自己在沙漠裏確也射過羅小虎一箭，羅小虎他並無怨恨，直到如今，他也許還以為我是他的女兒呢！這樣想着，她心裏也很悲惻，就拉住幼霞的手說："那麼，咱們要救他也可以，只是你先別急，慢慢再設法。明天的事情還不知怎麼樣，咱們今天驚動了官花園，又驚動了撫台衙門，這事情鬧得更大了。這兩天之內，我想咱們還是應當銷聲匿跡，不要連累了繡香姨娘。將來，看他們怎樣將羅小虎定罪，那時咱們再給他想法子。並且，我還是不死心，我還想趁着玉欽差在這裏，見他一面，只憑今天我留下的那張字柬，他也許不會全信！"

幼霞說："玉欽差的事，韓鐵芳的事，我都管不着，我只管羅小虎。"雪瓶說："他現在腿上受了傷，也許還受了刑，就是咱們兩人同到撫台衙門，可能也抬不動，背不走，這事將來非得找人幫助才行。"幼霞低着頭說："明天我就去找人！"雪瓶說："你去找誰？我看你還不如我呢！"說着，又笑了笑，便展開了被褥上炕去睡。她打着呵欠，又向幼霞催着說："快吹滅燈吧！你還不睡？有什麼話明天再說。"

幼霞在燈旁倚着桌子又站了半天，方才吹滅了燈上炕，在雪瓶的身旁躺下。雪瓶還帶着笑向她說："有時候辦事你比我細心，比我敏捷，但你卻沒有我鎮定，有耐性。"幼霞卻冷笑着說："你還鎮定有耐性呢？我看你早先還不是一樣？只是自從你認識了韓鐵芳，由白龍堆回來，倒像是有些變了，我看你的鎮定、耐性，也許是跟他學的吧？"

雪瓶聽了這話，雙頰上不禁發熱，便沒有言語，因為自己的心裏此時也實在亂得很。為了羅小虎是韓鐵芳的父親，也應當救，但一救他，事情可就更鬧得大了，連尉犁城也不能住了，自己也得跟爹爹一樣的飄泊，那豈是爹爹所期望的？而韓鐵芳，自己原是想叫韓鐵芳得玉欽差之助，走上正途，將來自己再跟他見面……

雪瓶的心裏實在是永遠念記着一個韓鐵芳，而那邊幼霞卻總想着羅小虎，兩人都睡不着覺，但都不說話，各自想着自己的心事，計劃着辦法。直到外面敲過了五更，窗子的顏色都有點發白了，雪瓶才迷迷糊糊的睡着。

她也不知睡了有多少時候，突然被人給推醒，她吃驚地睜開了眼睛，一看，立在她面前的卻是繡香。她笑了笑，坐起身來說：“我真睡過時候啦！現在天不早了吧？”繡香的臉色滿帶着驚疑，悄聲說：“幼霞怎麼一清早就走啦？你不知道嗎？”雪瓶聽了，不禁一驚，扭頭看了看，見身旁的被褥虛堆着，卻沒有了幼霞，並且還缺少了兩隻包裹和幼霞的寶劍。雪瓶稍微怔了一怔，但一想，就猜出來了，帶着點氣兒地說：“咱們不用管她，她一定是回尉犁城去啦！”

繡香坐在她的身旁，低着聲兒說：“可也是，我想玉欽差既是不認咱們，咱們也就不如走吧！在這兒我怕早晚要出事。昨兒晚晌我又跟你姨夫慪了半夜的氣，今兒我也起來的晚了一點。我以為你們還在這屋睡着，剛才店裏的夥計進屋給我去送飯，才告訴我幼霞一清早就騎着馬走啦。她要是真回尉犁城，這時可已經走出四五十里地啦，追也難追了！”

雪瓶搖頭說：“姨娘您放心，她不會出什麼舛錯。我還敢斷定，不到一個月，她一定還會到這兒來，她是找人去啦！”

繡香驚疑地問說：“她幹什麼要回尉犁去找人呀？找誰呢？再說，你在這兒再住幾天也就行啦，何必還要再住一個月呢？”

雪瓶說：“管她去找誰！不過，就是您想走，我也不走。我還要在這兒等等，看羅小虎被判什麼罪名，看玉欽差……”繡香說：“他是絕不會見咱們啦！”雪瓶說：“他不見咱們可以，我卻要看看他。”說到這裏，她不由得也憂煩，就說：“我實告訴你吧！昨兒，我已將韓鐵芳是他的親外甥的話告訴他啦！”

繡香驚訝着說：“你是怎麼見着他的？”雪瓶說：“我偷偷兒進的官花園。”繡香的臉上變色，更悄聲地問：“你把話都跟他說了嗎？他沒跟你說別的話嗎？”

雪瓶搖頭說：“我們也沒得工夫多說話。我只叫他想法子找韓鐵芳，韓鐵芳此刻必定還在新疆沒走，他也許會派人把他找回來。我的意思是叫他到沙漠裏去啟靈，並把他的外甥收下，栽培他走向正路，免得韓鐵芳這樣東飄西泊，又沒有錢。”她說了這話，不覺得自己是說了謊，也不覺是對於韓鐵芳過分的關心。

繡香聽了，便點了點頭，接着又難過得要掉眼淚，說：“幼霞走了，我倒是放心。這次由紅葉谷她保護我們到這裏來，我也沒想到那孩子竟有這麼大的本事，她很精明，很能幹。可是，她去找誰呢？她找了人來，到這裏有什麼事呢？”雪瓶卻說：“你不用管她！”繡香猜着可能是她們兩人犯了小脾氣，把幼霞給氣走了，但雪瓶不肯這樣承認，遂也就不甚疑惑，反倒信了她真是跟玉欽差見了面了，心中又有點歡喜。

雪瓶下了炕，穿上了衣裳，收拾好了炕上的被褥。叫店夥給打來了洗臉水，她就淨面，梳辮子，想着這個時候，幼霞一定正在路上，騎着馬也許快要走進天山了，心中倒對她很是欽佩。午飯後，外面聽不見什麼消息，她倒覺得奇怪，心裏很是不安，便到院中去，見旁人出入做事，也都不大看她，臉上也沒有什麼異樣。

她心說：奇怪，難道昨夜我在官花園，幼霞在撫台衙門，都白鬧了一場？方天戟、仙人劍，什麼鷹眼高朋那些人，全都不管事情了？她在這小院裏徘徊着，靠着窗台站了一會，又跟繡香隔着窗戶問答了幾句閒話。蕭千總卻在屋裏叫着說：“姑娘！姑娘！你請進來，我有點事要跟你商量着辦。”雪瓶便走進那屋裏，見繡香是在里間，蕭千總卻在外屋換琵琶上的絲弦，臉色不但不驚慌，反倒呲着牙笑。

雪瓶更有些莫名其妙，就問說：“蕭姨夫今兒沒到酒館裏去嗎？”

蕭千總說：“我剛從那兒回來，現在還得去。我這琵琶在迪化是出了名啦，我會的那幾個小調兒，彈起來，沒有一個人聽着不入耳的。現在方天戟秦傑、鷹眼高朋，他們全都在酒館裏，請我回來拿琵琶消遣一段兒給他們聽聽。他們現在跟我們套近，可是……”說到這裏，卻又直着眼，帶着點驚異的樣子，悄聲說：“昨兒晚上，官花園跟撫台衙門又亂了一陣。”

雪瓶臉上雖未變色，心中卻很緊張，要聽他向下怎樣說。

蕭千總笑着說：「其實是瞎亂了一陣，一點事兒也沒出，一根賊毛兒也沒有，這是我聽衙門裏的一個小差官跟我說的。鷹眼高朋跟方天戟今天都沒提這事，大概他們也是怕洩氣，怕人說他們被賊給嚇破了膽子啦！」

雪瓶聽了就更覺得奇怪，暗想：莫非昨夜我在樓上留下的那張字柬並沒叫他們看見？可是我用箭射滅了燈籠，又站在樓窗裏大喊，他們也應當知道呀？這一定是他們故意不說，暗中在安排着什麼詭計。想到這兒，她就更顯得緊張了，恨不得親自到街上去看看，便問說：「今兒街上有什麼官人沒有？」

蕭千總說：「咱們門口兒的這條路上就不少。鷹眼高朋、飛鏢盧大、鷺鷥腿崇三，這些個人現在高興得不得了，半天雲羅小虎是久在新疆作案的大賊，連北京都有公文要捉他，二十多年都沒有把他捉住，如今竟叫這幾個人立了功，你就可想想他們有多高興啦！要不然能叫我拿琵琶給他們彈去？」

說着話就把絲弦上好了，他又嘣啷嘣啷地撥動了幾下，抱起琵琶來要往外走，並又笑着說：「玉欽差昨天還跟他們打聽我來呢，還問你來到了這兒沒有？」

雪瓶又一驚，趕緊問說：「姨夫是怎麼告訴他們的？」

蕭千總說：「我這個人也很謹慎，我哪兒能立時就跟他說實話？我說現在跟我一塊兒住在店裏的，都是我的小姨子，都是來到迪化找婆家的。春雪瓶小王爺也要來，可是還得過個十天八天的。」雪瓶端着臉不言語。

蕭千總卻又笑着說：「看這樣子玉欽差是要見見我，也許要跟我打聽羅小虎的事情。可是只要我見了他，我就說實話，說你現在這兒啦，你是他妹妹親生的孩子，是他的親外甥女。咱們把老底兒揣在心裏別跟他說，愣跟他攀親，他到什麼地方打聽去？咱們日後可能還會得到許多好處呢！」他嘻嘻地笑着，很高興。

雪瓶的心中卻非常輕視他，認為再沒有比他卑鄙的了，繡香姨娘嫁了他，這輩子也真可憐。同時她知道繡香並沒有把剛才自己所說的話告訴她丈夫，自己也不便再到里間去跟繡香談什麼。出了這屋子，當空的陽光十分溫暖，前後院都十分清靜，她的心中卻仍飄蕩着疑絲，想着，那衙門的捕役跟官花園的鏢頭，今天他們的態度未免太可疑。

蕭千總挾着琵琶出了門，他又到了那小酒館裏。秦傑、高朋、盧大，全都在這兒等着他，並且正在悄聲兒說話，一見他來到，就齊把話止住了。高朋笑着說：「蕭大哥，拿琵琶來啦！快消遣一段給我們聽聽吧！」盧大也說：「你的琵琶真能把人迷住，你要是個小妞兒，可更能迷人啦！」

蕭千總卻得意地笑着說：「得啦！別挖苦我啦！別說我要是個小妞兒，就是個笨大娘們，也能拿着這面琵琶找飯吃，找錢花，用得着我這個熊千總？」

他抱起琵琶，安上新買的牛骨頭作的假指甲，嘣楞嘣楞了幾聲，又說：「這玩藝兒早先我也沒動過，早先我倒是會彈月琴，弦、二胡，也都拿得起來，一來是因為差事閒散，沒事兒時彈彈這些東西倒還能消閒解悶；二來是我隨着前任的伊犁將軍瑞大人到北京去過。北京無論是做官的、為吏的、子姪少爺，都會絲竹彈唱，要是不會大鼓、蓮花落，仿佛就顯得不閒散，家計不寬，人也顯得有點兒笨似的。我也就喜愛上了。可是這許多年我都是在烏爾土雅台那座城裏當差，彈弦子全沒有人懂，更不必說琵琶這種非高人聽不懂的東西了，可以說沒有一個知音，我也就懶得彈。這次我在路上買了一面便宜的琵琶，拿到迪化來，偶爾彈了彈，沒想到……」

高朋說：「俞伯牙遇着鍾子期了，是不是？」

蕭千總笑說：「我可比不起那古人俞伯牙，既是諸位樂意聽，誇讚我，那我就……」說着，他手指撥動，弦聲奏起，又笑着說：「可別笑話我！」於是彈了一段，又仰着脖子唱了起來：「一更一鼓月初升呀！」

蕭千總心中高興，可惜他這兩天把酒喝得太多了，又因連夜賭博，連日着急，所以嗓子啞了，簡直喊叫不出來。旁邊有人給他倒茶喝着，他還是唱不出，只得笑着說：「今兒我唱是不行啦！得歇啦！可是我的琵琶加點兒工夫，給你們幾位聽聽。”

　　說着話，他手指頭彈動得更快，跟個小車輪子似的，而那琵琶的四根弦也就響着連珠。大家都笑着，連連叫好，而蕭千總得意忘形，斜抱着琵琶，歪扭着臉兒，兩個黃眼珠兒一轉一轉地，真跟娘兒們似的。高朋等人就更叫好，櫃裏的掌櫃跟正在熱酒的酒保，眼睛也都發直了，而門外更聚滿了不少人，都趴着窗戶向裏面看着，笑着。其實蕭千總常在這裏彈琵琶，但卻沒有今天這樣熱鬧，他彈來彈去，自己已身入化境，手指頭仿佛停不住了，臉仰着，兩隻眼也不由地閉上了。

　　這時鷹眼高朋一面聽着琵琶，一面贊一聲好，卻又扭頭跟他旁邊坐着的方天戟談幾句。他們的聲音很低，旁人聽不見。待了一些時，方天戟秦傑就突然站起身來，出去了，他一直走進斜對面的吉升店，這裏的琵琶卻更彈得滴溜溜的響。蕭千總卻又像由夢中醒過來似的，眼睛又微微地睜開了，向着給他捧場的人一笑，又嬌聲嬌氣地唱道：“燕兒飛南北知道冷熱，秀女房中思想才郎呂！”連屋裏帶窗外齊都笑着喊好。

　　這時，卻有一個人驀然走進屋內，很多的人都向這人定睛來看，只見這個人年紀不過二十上下，很高的身材，膀闊腰細，是天生成的一副挺秀的身架，而又似經過武功鍛煉的。相貌很清秀，雙目炯炯發光，但面上籠罩着一層風塵之態，梳着很平整的一條辮髮，穿着青緞的短衣褲，黑襪子黑鞋，確實是一位漂亮的人物，只邁進屋來一步，眼睛便瞪住了蕭千總正在撥動着的琵琶。

　　蕭千總起先倒沒有留神，這個人站在他的眼前不動，他便也不由看了一眼，立時他就吃了一驚，手指也漸漸地慢了。又彈了幾下，他就直着眼睛觀看這個人，他看這個人非常眼熟，漸漸地就想起來了，他的臉上也變了顏色，驚訝之中帶着羞愧。原來這人就是琵琶的主人韓鐵芳。

　　這人原是他在黃羊崗子見過兩次。一次是在夜晚，他沒把這人的模樣看清。第二次是白天，這人騎着馬帶着琵琶離開那裏，自己卻把這人的模樣看得很明白。尤其是回想起他太太前天說的，這人也許是玉嬌龍的兒子，如今一細看，果然有點兒像，尤其是這一雙眼睛跟腰身，真是與那位死去的春大王爺一樣。

　　蕭千總滿面通紅，他像是偷了人家的東西，如今被失主兒查出贓物來似的，他站起身來放下琵琶，點點頭兒笑說：“這位，請問您，您是韓爺嗎？”

　　韓鐵芳也很和藹，拱了拱手，說：“蕭兄，我從這裏過，無意中聽見了琵琶聲，走進來看看，原來真是你，蕭兄！”

　　蕭千總心裏說：你管我叫蕭兄，倒真一點也不客氣！一定是想把琵琶要回去，這可不能夠給！於是他擺起了一點架子，靜聽韓鐵芳的話。韓鐵芳並不提琵琶，只帶着顧忌地看了看兩邊的人，然後才問說：“蕭兄現在什麼地方下榻？”

　　蕭千總想：這不能隱瞞，如若隱瞞了，當着眼前的這些人，倒真像是自己心裏有愧似的。遂指着門外說：“我就住在那邊吉升店裏。韓爺你找我來，有什麼事情要談嗎？”

　　韓鐵芳點頭說：“有點兒事，能否請蕭兄暫停一會再彈琵琶，跟兄弟我到外邊去說幾句話，好嗎？”

　　這時旁邊有人要插話，卻被鷹眼高朋攔阻住。高朋的紅纓帽放在桌旁，他的眼睛並看着韓鐵芳，可是耳朵卻直向那邊去聽。

　　蕭千總這時倒有些發愁了，一來是怕韓鐵芳索要琵琶，二來是覺着這小子說不定真是羅小虎的兒子，他來到迪化，更不知是安着什麼心。倘若將來鬧穿了，叫人說我跟羅小虎的兒子相識，那還了得？於是他故意笑了笑，說：“韓爺，咱們只有那天在黃羊崗子一面之識，並沒有什麼交情。有什麼話，何必還要背着人說呢？”

　　韓鐵芳遲疑了一下，又回首向門外去看看那給他牽着馬同來的朋友，就又對蕭千總說：“我是來向你打聽打聽，春雪瓶姑娘現在是不是也住在那邊的店裏？”

　　蕭千總更是變色，更是作難，他拿眼看了看那邊的官人們，這才說：“她麼？哈！她哪能夠跟着我來呢？她跟我又不是什麼至親，大姑娘家，跟着我跑到這兒來幹嗎呀？哈！

韓爺你問得可真夠怪的！可是，我倒聽人說，她正在找她這匹馬呢。你留在這兒，待會我先牽回我的店裏，將來我再托人帶到尉犁城還給她。韓爺！我知道你是位正人君子，對得起朋友，還是拾金不昧。請坐請坐，我請你喝一盅，你不是也會彈琵琶嗎？你也來消遣一段，給這些位聽聽，這些位……這是撫台衙門裏的，人稱鷹眼高朋，這是飛鏢盧大……」

正在說着，忽然見張仲翊自外進來，正由韓鐵芳身旁擦過，也扭着頭看，幾乎把鼻子都觸到韓鐵芳的臉上了。他手中的寶劍明晃晃的，兩耳旁的黑毛叢叢，臉色尤其不像高朋等人那樣矜飾，卻現出驕傲懷疑的神情。蕭千總不由得兩腿有些發顫，心說：要是在這裏打起來那可真糟。

不想韓鐵芳對張仲翊並沒留意，他只說：「那麼，蕭兄，再會吧！今天晚間請你在店房等着我，我再去跟你談談。這匹馬是給春雪瓶姑娘的。」這幾句話，他說出來很是清楚。那邊高明、盧大齊都悚然，仙人劍張仲翊也似是減低了一些銳氣，眼睛睜得也不似才進來時那樣圓了。韓鐵芳又回首看看，見替他牽着馬的那位朋友正在門外向他招手，他就向蕭千總一抱拳，說：「打擾打擾，在門外還有朋友等着我，不能奉陪了，晚間再見吧！」說完就走出了酒館。

高朋的鷹眼把他的背影送了出去，回身就向盧大使眼色。盧大卻正在發呆，沒有看見。張仲翊看見了，提着劍奮然站起，要往外走，但才走了一步，就叫高朋用腳給攔住了。蕭千總在那邊更跟呆子似的，坐了下來，又彈起了琵琶，撥了兩下，但顯然是一點力氣也沒有了。窗外門外站着聽琵琶的人也多半散了。第一是琵琶不彈啦，站着也是白站着，沒得可聽；第二是張仲翊提着寶劍一進去，又像是惡鬥要起，所以把人都給嚇跑了。

韓鐵芳此時隨着跟他在一起那個四十來歲的商人，往南邊走邊談，跟他同行的這商人正是徐客人。

韓鐵芳在沙漠中見到春雪瓶時，春雪瓶沒有要這匹馬，就竟自走了；而且臨走時的神態，亦令韓鐵芳生疑。韓鐵芳拋開了羅小虎，獨自又往北走，出了沙漠，心中一陣頹然。欲直往東去，卻又實在思慕春雪瓶，覺着要不再向她說幾句話，尤其是不把早先病俠在路上對自己說的那些話，告訴春雪瓶，自己的心中總是不安，總是覺得遺憾。而且既受了人家的金銀，又得到了馬匹，那受人的報酬未免太厚了。來到新疆得到這大的便宜，實是自己不願為的。所以他才也往迪化來，想再見見春雪瓶。

走到吐魯番的時候，又遇見徐客人。徐客人這次在南疆做買賣賺錢很多，來到吐魯番又收了不少的賬。如今他是打算要看看朋友，商量點買賣，辦些貨物，還要到南疆去。兩人見了面，談說起春大王爺已經死了，都不禁慨歎。徐客人又提說到前些日他在烏爾土雅台見了雪瓶之事。韓鐵芳也說明了他是要去見春雪瓶，要往迪化去，於是二人便一路走。

因為徐客人沒有坐騎，而且他無論到了哪個地方都有熟識的買賣跟朋友，都要去盤桓一會，所以他們在路上走得很慢。羅小虎都已趕過了他們，先到了迪化，他們卻全都不知。

他們一路談着，交情益深。徐客人知道玉嬌龍、春雪瓶的許多事情，連羅小虎的事情他也曉得，他就都告訴了韓鐵芳。韓鐵芳就想着自己更應該見一見春雪瓶，以盡述自己所聞所知之事，才算自己盡了心，心中才無憾。

他們二人今天才來到這裏。徐客人原想帶韓鐵芳到東大街福全泰茶葉莊去住着，然後再慢慢打聽春雪瓶的住所。卻不料才走到這裏，就聽見酒館裏有人彈琵琶，韓鐵芳隔窗認出了蕭千總，他便進去了，並打聽出春雪瓶是住在吉升店。

韓鐵芳跟徐客人去把那店門認了認，心中想要進去，卻又不敢冒昧，就想：還是等到晚間，先去見蕭千總，說明了自己的來意，然後再請他帶着自己去見雪瓶。

這時徐客人在他身旁悄悄地對他說：「據我看，這幾天迪化城裏一定有事，還一定跟春小王爺有關。不然鷹眼高朋、飛鏢盧大，還有那些個班頭，不會都在他們附近的酒館裏，而且剛才拿着寶劍進去的那個人，也面帶兇色……」

韓鐵芳一聽，不由驚訝得止住了步，徐客人暗暗地拉他，說：「咱們還是先到福全泰，托那裏櫃上的人給咱們打聽打聽。如若沒有什麼事，那更好，韓爺你可千萬不要魯莽！」

　　因之兩人便折了回來，但經過吉升店時，韓鐵芳又扭頭向門裏看了一看。由外邊可以直看到裏院，雖然看不見雪瓶所住的屋，但卻見那通往裏院的小門之旁有幾個人，有的像是店夥，有的像是住客，但全都鬼鬼祟祟的，似正向裏院偷聽什麼。

　　韓鐵芳立時心裏就一動，把馬從徐客人手裏接過，說：「徐兄，你到那福全泰寶號上候着我去吧！我這就要進去見她，說完了話，把馬還給她，就算把我的事情辦完了，又何必因循耽誤？」說着話，牽馬就進了吉升店，徐客人想揪住他，卻沒有揪住。

　　他走進店裏，那正向裏院偷聽的一個夥計就趕緊帶笑走了過來，要接馬，韓鐵芳卻將手擺了擺，先思慮了一下，才問說：「那位姓蕭的，會彈琵琶的做官的，是住在哪間屋裏？」店夥把他仔細地打量了一番後，才指着裏院說：「就在裏邊，蕭太太現在正跟着人說話呢！」韓鐵芳便託付店夥給他看着馬，他揪了揪衣裳，又掏出一塊手巾，把臉上的土擦了擦，便走進了裏院。

　　原來裏院中只站着一個人，這人很年輕，身材高細，穿的是青洋縐的小夾襖，繫着青底白花的綢帶，下配紫花布的褲子，同顏色的腿帶，黑絲鞋上釘着許多黑絲穗子，似是個鏢頭。這人臉向着房裏，正在和屋裏的人隔着窗戶說話，房裏是個婦人的聲音，大概是繡香。話已經說了半天，所以繡香的聲兒都有些發急了，她說：「有什麼話你問我的當家的，問我什麼都不知道。不錯，我們跟欽差玉大人認識，可是我們這回來了許多日子，也沒有見着他一面。」

　　外面的鏢頭笑了笑，說：「那倒不必提啦，我們就是保護欽差的。我叫秦傑，說起來春小王爺也許曉得我。現在我只是來跟你打聽這事兒，今兒早晨一個人騎着馬走的那位姑娘，是不是她？」

　　沉默了一下，裏邊沒有說話。秦傑又笑着說：「您說一聲就完了，我轉身就走。您別胡疑惑，我們一點別的事、別的心都沒有，這只是打聽打聽，並且是撫台衙門裏的大班頭叫我來打聽的。你可別疑惑是因為羅小虎的那件事又與春小王爺有何關聯，我們絕不會那樣想。再說羅小虎的案子，一半天也就定啦，他一口招認，也沒牽涉別人。春小王爺雖有大名，但那是行俠仗義，絕不會幫助羅小虎行兇。如今就是因為風傳春小王爺已來至此地，而您這裏又走了一位姑娘……」

　　韓鐵芳此時已在門旁愕然地止住了腳步。見這秦傑說到這裏，屋裏的繡香就答話了，她不耐煩地說：「就是她又當怎樣？她來到這兒住了幾天，今天獨自走了，她走的時候也沒告訴我，她往哪兒去了，我也不知道。可是我敢保她這幾天在迪化是規規矩矩的，她也不認識那姓羅的。」

　　秦傑哈地一笑，說：「這不就了結了嗎？」他向窗前走近了兩步，又說：「太太，您要是早實說，我也不至於費這半天話。我們來的意思就是，春雪瓶如果還住在這裏，那我們也是好語相求她賞我們個面子，快些走開。俗語說：鷥鷥不吃鷥鷥肉。我們是鏢行的混子，她老人家跟她的先人春大王爺也都是江湖名人，別說沒什麼事，即或遇着事，我們也得抬抬胳膊，放手。並不是我們不敢惹馬蜂窩，是因為還有一層，現在我們吃誰的飯？吃玉欽差的飯！可是春家跟玉家又是外人嗎？打雞還得看主人呢！不！投鼠還得忌器呢！太太，驚擾您半天，現在完了。她走了，我們沒話說啦，您跟老爺只管在這兒住着，一年半載的都不要緊，我們絕不再來攪您了！」

　　他說到這裏，門外這幾個偷聽的人就趕緊散了。他一轉身，卻正見韓鐵芳，他倒是只向韓鐵芳看了一下，並沒有十分地介意，就走出去了。韓鐵芳也回頭看了看，心裏對於此人的來歷倒是已經有些明白，必是這兩日迪化城出了事情，是羅小虎鬧的，現在他已被獲。而此事似乎又與春雪瓶有些牽涉，但這秦傑跟差官們不敢捉她，只來勸她走開，以便了事。

　　韓鐵芳就想：如今春雪瓶已於早晨走了，這次我到迪化又算白來了！想到這裏，他的心中不免有些惆悵，便想也隔着窗戶跟繡香說幾句話，將那匹黑馬留在這裏也就算完了。卻不料繡香住的屋子旁邊那個門突然一開，走出來一位姑娘，穿着一身青布的短衣褲，腳下穿着一雙豆青緞子的平底坤鞋，上面繡着很多花朵。這姑娘臉上並沒擦胭脂，但卻雙頰緋紅，向着韓鐵芳帶笑地說：“韓……大哥，你怎麼也到這兒來了？”

韓鐵芳一看正是雪瓶，倒怔住了，心裏尤其疑惑：剛才繡香告訴人，她已經走了，她藏在屋裏沒有答話，如今怎麼仍在此地？當下驚訝得說不出話來。雪瓶臉上的笑色也一現便即消散，她點了點首，很正經地說：“你到我姨娘的房中，咱們再談吧！”說着，她便翩然地進到繡香的屋中去了，並將屋門故意敞開，讓韓鐵芳進來。

韓鐵芳此時連大步都不敢邁，恭恭謹謹地進了這屋，一看是分內外間的。雪瓶走到了里間門邊，一手撩起了軟簾，卻稍稍回臉，向韓鐵芳說：“先請坐！”韓鐵芳點了點頭，很拘泥地在一個凳子上坐下了。雪瓶走進了里間，軟簾就在她的身後落下，依然微微地飄動着。鐵芳就能聽見雪瓶在里間跟人說話，聲音很低，在外聽不大清楚。

呆了一會，就見門簾又一啟，先走出的卻是個穿着紫色緞子衣服、青裙子的婦人。韓鐵芳還認識，這正是繡香，因此趕緊立起身來深深地作揖，但不知稱呼什麼才對。繡香也拿兩隻手在胸前拜着還禮，請韓鐵芳再坐下。雪瓶自後也由里間出來，三步兩步走到屋門旁，就把門帶上。她倚着門站立着，眼光遞在韓鐵芳的身上。

韓鐵芳也沒敢細看，卻覺得對面的繡香的目光盯在自己的臉上，簡直是目不轉睛。他既覺着奇怪，又覺着難為情，未容人家問他，就先說：“蕭太太也是我在黃羊崗子那裏見過的，我此次也沒想到春姑娘真在這裏。我今天來是……送馬，馬是春老前輩留下的，我給送到尉犁，可是後來聽說又丟失了。春姑娘因為尋那匹馬，到沙漠裏才跟我見了面，也可以說是在那裏把我救了。後來安葬了春前輩，又幸蒙春姑娘送我至老牛鎮那地方去養傷，並且贈給我金銀，我真感愧！我身上的箭傷養好了之後，無意中就在那鎮上看見了那匹黑馬，又被我得到手中。若是平常的馬，我也就留下騎着了，不必如此千里迢迢地一定非送來不可。但那匹馬不獨是名駒，而且還是春前輩的遺物。物因人重，我，我才想應當送來，還請春姑娘收下，順便……”

他本來肚子裏早就預備下很多的話了，而且都早就背熟了，但這時的咽喉裏卻又似被什麼東西塞着，擠不出半句來。作難了良久，他才說：“我是順便來向……告辭，因為我在東邊甘涼一帶還有些事，大概今天就要走了！”

繡香卻伸着手做挽留之式，說：“韓大爺您先不要忙着走。既然您辛辛苦苦來到這兒，我們雖不能拿什麼謝您，可是也想跟您多說會話兒。請您說說您的府上在哪裏？老爺子、老太君是不是都在世？您家裏都還有什麼人？將來，我們無論是誰，要是順便路過那裏時，也好到您府上去看望看望。”

韓鐵芳又坐下了，他看了看雪瓶，才說：“我已經跟春姑娘說過了，我是河南洛陽人，我的父母都已經死去了。”

繡香問說：“您的老太爺的官諱是怎麼稱呼？老太太的娘家姓什麼？您還有三兄二弟、令姐令妹嗎？”

韓鐵芳覺得她問的這話很奇怪，心裏就想：她問這些事幹什麼呀？有什麼用處呢？他斜着臉又看了雪瓶一眼，只見雪瓶也正注意地等着聽。

韓鐵芳想到了那養父養母，不禁心中很不好受，尤其是一想到那養父韓老善人，真的不能夠實說。他便歎息一聲，說：“先父的名字叫文佩，他是個務農的人，因為一生勤儉，留下些資財，但也都花盡了。所以我才飄流在外。”繡香聽了，憐憫地點了點頭，也跟着歎息。雪瓶也覺出鐵芳確實潦倒，必是為了謀生才出來的。

韓鐵芳又接着說：“我的母親是秦氏夫人……”她的心中感念那位僕婦出身、忍辱從賊、忠義慈愛的養母，想到她臨死時還將那塊紅羅交在自己手內，不由得就鼻酸眼濕。

繡香卻又在對面問說：“您的外婆家，也是在洛陽住嗎？現在還有什麼舅舅、妗子、表兄弟嗎？”韓鐵芳搖頭說：“全都沒有了，現在我家中只有個胞妹，也已出嫁了！”

繡香點了點頭，看了雪瓶一眼，表示出一種失望的神氣。雪瓶這時心裏也拿不定主意，因為韓鐵芳已把他的家門說了，雖然沒說得很詳細，但也可知是個破落的人家，已沒有什麼可疑的了。繡香姨娘因為他長得有點像自己的爹爹，便以為他就是那個我爹爹要找的人，但這實在是太渺茫，太靠不住了。此時，她心裏早先有的那一點像是嫉妒似的情緒，倒冰消了，而對韓鐵芳倒產生了無限的憐愛。

這時繡香又說：「韓大爺實在是位好人！不瞞您說，我早先原是春大王爺跟前的一個丫鬟，主人待我恩深義重！」說至此處不禁擦了擦眼淚，又悲聲說：「她一身雖享盡了福，任慣了性，但也受夠了苦。她原本有一個親生的兒子……」話一出口，卻又自悔失言，因為現在既知韓鐵芳不是自己所疑的那人，便不應當說出玉嬌龍另有親生子，早年流落在外，生死不明之事，也不能說雪瓶並非她的骨肉，於是繡香就改口說：「但是那個孽子早就死在祁連山裏了！」

韓鐵芳一聽，面色不由得一變，祁連山這三個字實在扎他的耳朵，震撼他的心。只聽繡香又說：「因為早年有這件傷心的事，所以她也就十九年沒進玉門關去。」

韓鐵芳聽了十九年這三個字，不由得更詫異了，趕緊聽繡香往下再說：「直到她的病越來越重，她才想着那裏還有一些未辦之事，這才掙扎着病體又離開了新疆。她在路上是怎麼遇着韓大爺的，我也不知道，不過，要不是有韓大爺跟着她，她在外頭死了，至今我們還不知道呢！」說到這裏，愈是悲哽，雪瓶也倚着門拿手絹揉眼睛。

繡香又說：「韓大爺待我們的大恩真難報答，尤其是上回，您好心好意地到了尉犁城，因為那些哈薩克人在中間攪和，我們竟錯會了意，真是對不起您！」韓鐵芳帶笑說：「那倒沒有什麼！也怪那時我沒有把話說明白。」雪瓶在旁微微有點臉紅，就把頭低了下去。繡香又提到黃羊崗子之事，說：「我還叫您救過呢！」韓鐵芳說：「那也是我應當做的，但只恨我沒有學過什麼武藝。我那春前輩所做的事和春姑娘的俠義行為，都是我景仰的，我都要效法，不能容一些惡人橫行胡為！」

繡香說：「可是我看韓大爺是一位忠厚的人，是個文人，不應當跟那些壞人常常鬥氣！您這是還打算往哪裏去？」

韓鐵芳沉吟了一會，才說：「我想到甘省再辦一些事。然後，我也不知我一定的去處，不過是到各處飄流罷了！」

繡香惋惜着，又有些不好意思的樣子，半天方才啟口說：「我想您既對我們有這許多好處，我們要是對您沒點酬報，那太說不過去了。」她看了看雪瓶，又說：「我出個主意，那匹馬就送給您啦。您既跟她爹爹交了一場朋友，又將她的爹爹葬埋了，應當把那匹馬送給您。」

雪瓶抬起臉來，也很感動地說：「我原也是這個主意。在黑沙漠裏遇見您，我為什麼不說話就走？就是想把這匹馬贈給韓大爺，作一點酬報，表我們一點心。」

韓鐵芳將要推辭，繡香又說：「我們還想贈您一些銀錢。雖然我們這次出來也沒帶着太多的錢，但是還能拿出幾十兩來送給您。」韓鐵芳擺手說：「這樣，就是太看不起我了！」繡香搖頭說：「不是，這實在是我們的一點誠意。」韓鐵芳仍然擺手。繡香又說：「您聽我說，我的意思是贈您些銀錢，您拿着回家，就不至於再在外邊流浪了。」

韓鐵芳點了點頭，說：「蕭太太的這番美意，我是感謝的，但……」說到這裏，卻不禁微微冷笑，慷慨地說：「但我並不是沒有錢。實不瞞太太跟姑娘，我這次出來，將幾百萬的家資全都分散給了人，我出來完全是為在江湖間長些閱歷，哪能又受您的錢回家去呢？我謝謝太太跟姑娘，可是錢跟那匹馬，我全不能受。」繡香還要解說，雪瓶卻拿眼色把她攔住，同時雪瓶對韓鐵芳就更加留心。

韓鐵芳又說：「我在江湖這樣奔波，受挫折，心裏卻是很高興的，因為我原是想結交天下有肝膽的、知心的朋友，如春老前輩一樣。春老前輩玉嬌龍是三十年來天下揚名的英雄，蒙她青睞於我，我們一路上傾心快談。臨到沙漠，同遇大風，她不幸死了，臨死時在風中雖未將話說明，但她似欲將身後之事托我，這就可見她覺得我是她的一個好朋友。我受了這樣的榮幸，就已是不虛此行了，至於錢，我用不着，那匹馬，我兩番跋涉、奔走，送來送去，哪有臨了又落在我手內的道理？」說到這裏不住地搖頭，臉色變得發紫。

雪瓶趕緊走過來幾步，說：「既然這樣，韓大爺不肯要銀子要馬，我們也不敢相強，這件事撇開來，不要再提了。韓大爺正直慷慨，只是我知道我雪瓶一個女子，恐怕終生也不能再報答您的恩惠，但，我記在心中就是了！」韓鐵芳看着雪瓶，他覺得雪瓶的話似寶劍切金斷玉，十分地乾脆、決然而鏗鏘作響，又見雪瓶的臉色如秋霜，如寒月，凜然可畏可敬。繡香也不再說話了，只是低着頭。

韓鐵芳發着呆，半天沒有說話。他此時心裏翻來覆去地想，覺得這些話現在都已說得差不多了，只是應該再告訴她們，玉嬌龍在半路上跟自己說的那些含含糊糊的話。但是剛才聽繡香說玉嬌龍有個親生兒子在祁連山失落，又說玉嬌龍十九年未到玉門關裏去，那可似乎又與自己有點關係……

他心中既疑且亂，但這些事又無法問，不知先問哪一句話才好。韓鐵芳連連歎了幾口氣，皺了幾次眉，才問說：「蕭太太到這裏有幾天了？」

繡香說：「我們來這裏很多天了，不久我們也就要回去啦！這次到迪化來，原是因為您那次離開尉犁城之後，我們不知大王爺是生是死，就請了個名叫賽八仙給算了個卦。他說是春大王爺沒死，在這兒呢。我們信了他的話，才往這裏來。」

韓鐵芳點頭說：「賽八仙那個人我也認識。我這次來，於沙漠附近還見到了一個人，這人自稱與春老前輩生前相識，並且……」

繡香跟雪瓶同時驚疑地問說：「這個人姓什麼？叫什麼？」

韓鐵芳遲疑了一下，才說：「這人姓羅，叫半天雲羅小虎，聽他自己說，他早年原是沙漠中的一個大盜，但早已洗了手了。我見那個人雖然粗魯，倒也還是個有血氣的好漢。剛才我到這裏，才聽說他也來到了迪化，並且似乎出了點什麼事。」

雪瓶緊抿着嘴唇兒聽着，聽到這裏，就點頭說：「不錯！羅小虎確是於前天晚間被官人鷹眼高朋、鏢頭方天戟秦傑等人給捉住的。其實他很冤枉，全是我做的事，讓他受連累！」說到此處，繡香驚恐地向她就擺手，囑咐她小一點聲兒說話，她就搖頭說：「我也不必細說啦，只是羅小虎現已入獄。」

繡香忙站起身來，過來用極小的聲音對韓鐵芳說：「剛才，那鏢頭方天戟秦傑還來探聽呢，幸虧我的心眼還靈敏，沒說出雪瓶姑娘在這裏，他才走的。」雪瓶忿忿地冷笑說：「其實他們就是知道我在這兒，恐怕也不敢把我怎樣！他們未嘗不自量，他們並不傻。羅小虎不過是老了，而且我爹爹又已死了，否則諒他們也不敢動！」繡香嚇得面色發黃，直往窗戶外去看，並攔住雪瓶不要再往下說。

雪瓶就說：「這件事與韓大爺無關，請韓大爺不要向別人去說，也不要向別人打聽。您不是快要離開這裏了嗎？那麼就恕我不能相送了。將來我也還要進玉門關，日後也許還能跟您見得着！」

韓鐵芳一聽，話已經說到盡頭了，雖然不是逐客令，可是自己也不能不站起身來預備走了。心裏縱還有許多要說要問的話，也都無法再表達了，他只是惆悵不已，而且像是有些依戀難捨，不願意走似的。繡香卻又說：「韓大爺坐着，不要客氣！」韓鐵芳搖搖頭，就拱手說：「我要告辭了。」繡香望着雪瓶，雪瓶卻也未對韓鐵芳加以挽留。

韓鐵芳出了屋，來到前院，那個給他看着馬的店夥，就帶着笑問他說：「找間屋子歇一歇吧？」韓鐵芳搖頭說：「不，我來到這兒，就是為給裏院的姑娘送馬來的，將馬留在這裏就是了。」他扭頭看看，見雪瓶站在裏院的台階上，正向他這裏望着。他就自己動手解下馬上的包袱、寶劍等物。

這時雪瓶也走出來了，她那秀麗的唇邊帶着微微的笑，雙目含着一種愧對的神情。韓鐵芳肩上背着包袱，手裏提着寶劍，也笑着說：「請姑娘將這匹馬收下吧！我很懶，這些日也沒給牠洗刷，牠的身上真是太髒了！」雪瓶卻搖頭笑着說：「這倒不要緊。」韓鐵芳又彎腰說：「姑娘再會！」說畢，仿佛連抬眼看雪瓶也不敢。其實他很是惆悵、痛苦，不忍再看雪瓶的芳容，便轉身邁步走開。

才走了兩三步，又聽見雪瓶那動人嬌語在他的身後說：「您是現在就離開迪化呢？還是想在這兒再遊玩兩日？」韓鐵芳止住了步，又回過身來。他背着那很重的包裹，手裏拿着沉沉的寶劍，略略抬起頭來。看見雪瓶那兩道瞪着他的目光，他仿佛覺得有一種感染力，也可以說是威嚴，使他簡直不敢拿眼睛去對看，他就笑了笑，說：“也不一定，我這回原是同那位姓徐的客人來的，他也在烏爾土雅台見過您！”雪瓶點頭說：“我知道，他是久在新疆販賣茶葉的，有時候也賣藥。”韓鐵芳也點點頭說：“就是他，他現在東大街的福全泰茶莊等着我，我也許還要在他那裏歇一兩日，或許今天就走！”說着又笑了笑。

雪瓶卻又問：“您沒有馬可怎麼走路？”韓鐵芳說：“那倒是很好辦。上次有您贈給的銀兩，我沒有花去多少，買一匹馬是足足有餘的。”雪瓶就不再言語了，她眼望着韓鐵芳恭敬地轉過了身，遲緩地走出了店門。

韓鐵芳走在大街上，聽那小酒舖裏還有琵琶聲彈着那個俚俗的小調，比早先琵琶巷蝴蝶紅她們彈的那種調子還俗，還難聽，令他心中很不痛快。

往北走了幾步，忽見一個人伸手把他攔住。這人穿着便衣，正是剛才的那個方天戟秦傑。他的態度倒不大惡，還帶着點假笑，問說：“喂！朋友，你剛才找春雪瓶幹什麼去啦？”

韓鐵芳倒一驚，心說：他們原來沒聽信繡香的話，還是曉得在那裏住着的就是春雪瓶。這也怪自己剛才在那酒舖裏不該說出她的名字來。他的臉色不由變了變，就說：“我沒有找什麼春雪瓶，我找的是那店裏住的蕭太太，因為有點事。”

秦傑又一笑，說：“你姓什麼？”鐵芳回答說：“姓韓。”秦傑又說：“你是幹什麼的？”並摸了摸他的寶劍。韓鐵芳不由有些動怒了，心說：你一個鏢頭，憑什麼來盤問我？便昂然說：“沒什麼事幹！在迪化玩幾天，還要往東邊去。”秦傑點頭說：“這很好，早點走為是，你明白吧？這兒早晚還得出事。你也是個東邊的人，咱們都算鄉親，少把腳往裏蹚，明白了吧？”

韓鐵芳忿恨地真想把他一掌打倒，但是又見道旁站着的那個耳邊有黑毛的小子，手中持着寶劍，怒目相視，仿佛立時就可拼命。他有意拔出鋼鋒來與此人對一對劍，然而又知道那樣可就立時得出大事。這兩個保鏢的身後必定還有人給他們保鏢。自己倒不怕，怕的是連累了春雪瓶，其實春雪瓶也必定不怕，最怕的是連累繡香。於是他便冷笑一聲，將胸中的氣強壓下去，點點頭說：“多謝！我在此住兩三天，必定走，老兄你不要多疑我。”

秦傑拍了拍他的肩膀，說：“我看你也像是一個老實人，好，走吧！”說着拿手一推。若不是韓鐵芳練過功夫，這一下就得被他推倒了，同時聽見旁邊那耳生黑毛的人還怒罵了一聲。韓鐵芳胸頭氣惱，但他極力忍耐，邁步走開，心想：不必去找徐客人了，何必給人家做生意的人惹事？

但是才走到這條南大街盡頭的十字路口，就見徐客人正跟着一個文謅謅的人在談話，這人身穿官衣頭、戴紅纓帽，有兩撇鬍子。韓鐵芳見徐客人跟他談得很密切，本想從他們背後悄悄走過去，可是不料早被徐客人看見了，徐客人就說：“韓爺，你見着她們了嗎？來！我給你引見引見，這位是撫台衙門的柳師爺。”柳師爺也對韓鐵芳帶笑點頭。

柳師爺和徐客人訂了晚晌請他到家裏吃飯，然後就各自彎彎腰走了。韓鐵芳便低聲說：“徐大哥，我不能陪你到茶莊去了。我想到北街去找家店房，一兩天我再看您去。”徐客人驚問說：“為什麼？”韓鐵芳走近一步，向南斜着眼睛看了一下，才說：“我聽說前兩天羅小虎在城裏鬧了事，春雪瓶已蒙了嫌疑。剛才我看他們對我也留上了心。我若跟大哥住在一塊，豈不要連累你，連累了那茶莊？”

徐客人搖頭說：“不要緊呀！咱們別多說話就是啦，與咱們有什麼相干呢？”

韓鐵芳說：“不然，我雖不能多言惹禍，但至少我要在此等着看看羅小虎的官司打得怎樣，定什麼罪。因為我曉得他確實是一條好漢，是個英雄，我想在他定罪之前，到牢中去看一看他，問他有什麼要托我辦的事沒有，以盡友誼。”

徐客人點頭說：“韓爺，無論誰要是交着你這麼一個朋友，這個人可就算走運了。你對朋友實在是盡心。我想這事不要緊，你不用擔心。咱們只要行得端，走得正，無論什麼嫌疑，也絕落不到咱們的頭上。若說將來看看羅小虎，那也辦得到。剛才跟我說話的那位柳師爺，是撫台衙門的總文案，在撫台面前，他說了什麼就算什麼。他跟我七八年的交情了，有他關照着，到牢裏去看一看姓羅的，那不算什麼。走吧！到福全泰茶莊歇一會去，那裏的尤掌櫃也是很好交的人。走走，不要緊，你在正經的買賣人家裏住着，官人絕不會疑心的！"

韓鐵芳只好跟着他往東大街走去，走不遠就到了那福全泰。這個茶莊是很大的買賣，專運祁門、六安、普洱、紫陽各地的茶葉來販給南北疆的蒙古人及哈薩克人，後院住着許多客人。來到這裏，掌櫃的尤大立時就叫夥計給他們找房子，跟徐客人說說笑笑，十分熟。徐客人給韓鐵芳引見，尤掌櫃還以為他也是一個買賣人，就也沒有細問。

於是韓鐵芳就同着徐客人住在這裏。到傍晚時，徐客人又帶着他到柳師爺家去吃晚飯。柳師爺是褒城縣的人，跟徐客人可謂同鄉，因此妻女不避。雖然韓鐵芳不大好飲酒，也不會說話兒，但是柳師爺也很以自己人看待他，說話也不避，說了玉欽差查辦案件，又說官花園裏出凶案，更說了羅小虎被捕之後，官花園跟撫衙門還都鬧了一次賊。可是羅小虎不過是早先南疆一個大盜，這次實在沒有做案，現在迪化是另有賊人，衙門方面已經知道了。

說到這裏，雖然旁邊沒有什麼人，可是這位柳師爺也不由得壓下了一些聲音，就說出春小王爺之名，並說："刻下官方都知道那春小王爺就住在南大街的吉升店，同她來的還有烏爾土雅台的千總姓蕭的。聽說他們來這裏是為着那玉欽差，據說他們是親戚，可是因為欽差正病着，所以沒有接見，今天又聽說那個春小王爺已經走了。現在官人為此事很發愁，不敢冒然去辦，一來是沒得到憑證，二來是顧及她跟欽差是親戚，最要緊的還是不敢惹她。惹她還不要緊，要惹來那位春大王爺可是迪化城什麼事都會發生，並聽說在尉犁城有幾千哈薩克人全聽她們的指揮。撫台大人恐怕惹出更大的事，更得擔處分。"

韓鐵芳在旁邊把這些都聽得清清楚楚，看來玉嬌龍病死沙漠之事，這裏的人還不大知道，也許雖知道了，也不敢相信，而且也不敢藐視春雪瓶。他心中對此倒很高興，但徐客人卻不住地斜着眼看他。飯後，又閒談了一會，他們就向柳師爺道了謝，告辭走了。

出了柳家的門，外面天色已黑，胡同裏十分的寂靜，大街上也沒有往來的人，只遇着兩批查夜的官人。徐客人就在暗中拉韓鐵芳的胳臂，當時也沒有說什麼話。回到茶莊裏，將要睡覺的時候，他才悄悄地向韓鐵芳說："韓爺，你今天在吉升店裏見了春雪瓶，沒有說什麼嗎？"

韓鐵芳搖頭說："沒有，我今天去，就是為將那匹馬還給她。"

徐客人就說："好啦！好啦！可是你記住了，別再見她去了。萬一再出了什麼事，衙門裏的人奈何不得她，可是奈何得了你。到那時，就是咱們在衙門裏認識人，也怕不能維護了。至於羅小虎，剛才你沒聽柳師爺說嗎？他的官司倒不大要緊，過兩天你到衙門看看他，也許不至於落什麼嫌疑。可真別再跟秀樹奇峰接近了！你不是手裏還有些銀子嗎？若不夠，我再借給你點，再買一匹馬只要能夠走長路，也不必跑多麼快，就行啦！你還是往東邊去吧！現在的新疆，雖然是龍已死，虎已成囚，但這條小龍兒一定更會興雲作雨，攪海翻江，咱們這些平凡的人，可跟人家比不了，千萬別去套近乎。"

韓鐵芳聽了雖然滿口答應，但心中卻另有打算。他十分地興奮，並打算至少也得在此多住些日，看個究竟，看羅小虎是什麼罪，看春雪瓶留在此處不走，是意欲何圖。沒事便罷，有了事，自己還可拔劍幫忙。然後，自己再離開新疆，才會放心。他知道現在衙門中的人，和這徐客人及一切的人，都對於春雪瓶的為人不太了解。春雪瓶原不是那麼神奇，或是蠻橫殘暴，她其實是個很明理而且溫柔的人，與她的母親迥不相同。

他心中如此想着，不禁又憶想今天聽繡香透出的那兩句話，覺得真的很可疑。假定自己真是玉嬌龍跟羅小虎所生的兒子，那也太離奇了！

當日睡得不太安穩，次日自己心中仍怦怦不安，恨不得再到吉升店裏去看看雪瓶，但徐客人又拉着他，說是要帶他逛逛迪化城附近的名勝。他拗不過，只得隨着徐客人逛了兩天，但是他的心裏時時刻刻念着雪瓶，只是在街上又總沒遇見她，也聽不見一點有關她的消息。

後來韓鐵芳又由徐客人那裏聽說，大概是欽差玉大人在撫台那裏說了話，認為官花園殺死寶定遠之事，並非羅小虎所為。羅小虎雖有口供，但與事實不符，難據以論罪。雖然如此，他也不能立時出獄，因為二十年前他在新疆有重重罪案，如今都要翻一翻，究查究查。一究查起來，他至少得在監獄裏住個三年五載，才能夠定罪，結果是能夠活或是還得死，那可連柳師爺也不敢斷定了。

不過那椿案子的情形可是暫時緩和了，於是韓鐵芳就由徐客人轉托柳師爺，給他向撫台衙門看獄的人打點好了，他就以曾與羅小虎有一面之識的關係，到獄中看望羅小虎。

這監獄是歸按察司管轄，四邊的牆都很高，屋子卻極低，都是鐵窗鐵門。裏面囚着的犯人約有十幾個，都穿着紅布的破爛衣裳，長頭髮，長鬍子，跟鬼一樣。有的得了病，趴在黑得看不見人的地方哼哼，有的卻迎着鐵窗坐在地下，拿着些線織打腿帶子，這是他們的工作，可以叫看監的人拿到外邊換幾個錢，又可以消磨他們這獄中的歲月。

看監的是一個老頭子，但是精神鑠爍，態度威嚴，他一來到鐵窗前逡巡，監裏的犯人連一個敢大聲喘氣的都沒有。因為有柳師爺的託付，所以他對韓鐵芳倒是頗為客氣，叫着：“韓爺，您到這兒來！您找的那個人，就在這玄字牢裏了。”他先走到一間牢房前，向鐵窗裏叫着說：“羅小虎，過來！有人看你來啦！”

裏邊卻有別的犯人說：“他的腿走不動！”

這看監的罵着說：“你們不會攙他過來嗎？你們都是死人？”

當下鐵鐐之聲嘩啷嘩啷”地響，就有幾個犯人走到靠裏邊的一個黑暗的角落裏，大家使着力氣拉那個羅小虎。

羅小虎的聲音還是那樣精力充沛，他說：“喂！朋友們，你們拉我幹什麼？莫非又要過堂嗎？告訴他們官兒，堂不必過啦！該定什麼罪，就叫他們定什麼罪吧，老爺不愛活啦！”外面看監的人就大聲喊着說：“有人來見你！快過來吧！”羅小虎卻仍然說：“什麼人來見我？是男的是女的？”

幾個犯人死力地拉他，就像拖着一隻受了傷的老虎似的，把他拖得靠近了鐵窗。韓鐵芳就彎下了身去向他說：“羅兄，羅兄，是我。我來看你，你還認不認識我？”羅小虎頭髮蓬亂，滿身的乾草，他忽然坐了起來，挺起他那雄壯的身軀，瞪起他那兇彪彪帶有驚訝之色的雙目。隔着鐵窗看見了外面的韓鐵芳，他就往起站，用他那兩隻大手抓住了窗上的鐵柱子。他半趴半立的，咧着大嘴一笑，說：“啊！好朋友！你竟會找到這裏來看我？真夠交情！韓爺，韓鐵芳，老兄弟！你真不錯！”

韓鐵芳不由有些難過，就說：“羅兄，你在此受苦了！真想不到。可是不要發愁，我聽說你這官司並不嚴重，總有出頭之日。”

羅小虎卻笑哈哈地說：“誰管他！死就死，活就活，我半天雲闖了一輩子江湖，跟千金小姐、蓋世無雙的女俠做過兩口子，死了還能算冤？不是吹，你們這些小伙子都沒享過我那個福！”韓鐵芳聽了，覺得很發窘，他眼睛直直地望着羅小虎，腦裏翻憶起前幾天那位蕭太太所說的話，想着：真的，如果我要真是他們的兒子，那可才令人傷心、難辦呢！

此時，羅小虎卻笑得合不上嘴，把口水都流到窗戶上了，他一半開玩笑一半認真的樣子，又叫着：“老兄弟，那天在沙漠裏，你沒遇着春雪瓶吧？你可真不行！讓我告訴你吧，現在她就住在……”說到這裏，他先回頭向別的犯人說：“去！去！少聽這話兒！”然後才轉過頭來，把頭整個擺在窗上，悄聲地說：“你把耳朵給我，我跟你說幾句私話，莫叫別人聽見了！”

韓鐵芳就把耳朵側了側，只聽羅小虎說：“春雪瓶就住在南頭吉升店裏，可不知道這時候她走沒走。現在迪化的玉欽差，就是她的舅舅。她真是我跟玉嬌龍所生的女兒，一點也不假！”韓鐵芳聽到這裏，倒覺得糊塗了。

羅小虎又說：“那孩子長得多麼俊！不在她媽之下，本事也比我高。我看惟有你這小伙子才配做她的女婿，你別推辭了！”韓鐵芳不住地搖頭，但臉上卻有些發熱了。

羅小虎又說：“喂！你真別推辭！我是媒人，我也是你的老丈人。你就趕緊到那店裏去找她，她若已經走了，你就追到尉犁城，無妨原原本本地跟她一說。你要是說不明白，可以叫那繡香跟她說，繡香全都知道，准保她也知道我就是雪瓶的爸爸。你這次來，既是在路上埋葬了玉嬌龍，又和我交了朋友，無論怎麼她也得嫁你，雪瓶不會不願意。你們小倆口兒，哈！在一塊兒和和睦睦，那死了的玉嬌龍和快死了的我，我們就都放心啦！」韓鐵芳滿心的悽楚，已然說不出一句話來。

羅小虎又說：「官花園殺死鐵霸王竇定遠的那件事情，頭一天過堂的時候我就招認了。因為我想，那一定是雪瓶那孩子幹的，她為的是嚇嚇她的舅舅，不如我替她頂了罪，就把她擺脫了。可是昨天過堂，官兒又不問啦。那件事倒不要緊，由我擔待，反正這一個大盜半天雲的罪名就夠啦，也絕活不了啦，再背上個罪名也壓不壞我；只是你千萬去勸她別着急，我在堂上可沒牽扯上玉嬌龍，官兒也沒往那邊去問。就是這些話，你千萬記住了，快去找她，別再來看我了。你看了我這一回，也就夠交情啦！我交了一輩子朋友，還沒有像你這樣一個呢，得啦！得啦！快走快走！」

韓鐵芳的雙淚忍不住往下急流，又覺着自己太兒女態了，便極力抑止住心中的悲痛，作出苦笑，說：「羅兄的話我全都明白了。你放心，你的女兒我必當盡力照顧，但我卻未必能夠娶她。」

羅小虎瞪着眼說：「為什麼？難道你嫌她爸爸是我？」

韓鐵芳說：「不是，你是一條好漢，現今的事情，我更對你欽慕，雪瓶更是世間罕有的女子，不過我不能娶她，是因別有隱情。」

羅小虎面帶不悅之狀，說：「你這可就不對了！大丈夫做事得痛快，別那麼酸溜溜的像個秀才。那天在沙漠裏，你遇見春雪瓶，那時候我恍惚地看了一眼，她是什麼神氣我可沒有看見，你的神氣卻瞞不了我。哈！別看如今我這樣兒，早先我可比你還漂亮，年輕人的這些事我都知道，你何必跟我裝假？聽我的話，你娶了春雪瓶就得了！但是千萬記住，你將來一定不要做官，就是朝廷給了你督、撫、提鎮那麼大的官，你可也別做！有本事，無論幹什麼都能吃飯。可惜我把一口寶刀扔了，不知落於誰手，不然，我可以送給你。你拿着它，跟雪瓶兩人闖一闖江湖，走走地方，爭些個名頭，叫人知道玉嬌龍跟羅小虎還有個好女兒、好女婿，那也是我們的榮耀⋯⋯」

說到這裏，他好像腿疼得站不住了，就蹲下身子，他的腳鐐也嘡啷嘡啷」地直響。韓鐵芳從外面已看不見他的面孔，就聽見他呻吟了兩聲，又似笑着，氣力卻很微弱地說：「韓兄弟，你見了我的女兒還得告訴她，我們不姓羅，更不姓什麼春，我們是汝南楊家的後代，我有出嫁的妹妹在北京⋯⋯」

韓鐵芳還要傾耳向下去聽，那個看監的卻從身後拉了他一把，悄聲說：「要有什麼話，等下次來這兒再說吧！這羅小虎同不得別的犯人，本來是不應該叫人來見他。待會兒，按察司也許會到這兒來查，我們擔不起。您請到我的屋裏歇會兒，喝碗茶去吧！」

韓鐵芳只得退身，拱手說：「不用！不用！今天承蒙關照，我跟他話也說夠了。我這就要告辭，只是⋯⋯我這朋友羅小虎確實是一條好漢，請你多多關照他！」看監的人連連地說：「不要緊，您也太客氣啦！有柳師爺吩咐過話，我們還會錯待了他嗎？」說時就看着韓鐵芳的手。沒想到韓鐵芳的手不向口袋去掏錢，只高拱了拱，就說：「那麼多謝了，改日再會！」轉身走了。看監的也沒往外送。他剛走了幾步，就聽看監的在他的身後大罵起來，說：「你們這些個窮囚徒！連個闊人兒都不認識！」

韓鐵芳聽了，雖然覺得有些刺耳，但也不能斷定他是在罵誰，就走了出去。他腦裏只思索着羅小虎剛才說的那些話，心中既惆悵又猶豫，不知是否應當再去見雪瓶。他恍恍惚惚走着，連街上的車馬都不大留心，一直回到茶莊裏。到了屋內，有幾個茶客人正在那裏擲骰子，他卻跟沒有看見一樣。

徐客人叼着一隻旱煙袋走了過來，推了他一下，向他低聲問說：「怎麼樣？你見着你那個朋友沒有？」韓鐵芳點頭說：「見着了。」徐客人又問：「他沒有和你說什麼話嗎？」韓鐵芳搖了搖頭，只是發怔。

　　徐客人又說：“你沒替他打點打點嗎？”又怕他聽不懂，就接着說：“沒給看監的幾個錢嗎？”韓鐵芳說：“我忘了應當給他一些錢，只好下次我去的時候再說吧！”徐客人笑了笑說：“下次？這次你沒拿出錢來，下回你還想去見？”想了一想，又說：“不要緊，一兩天我見着柳師爺的時候，跟他提一聲就行啦！”

　　他以為韓鐵芳手裏沒有什麼錢，話便沒有再向下說，可是韓鐵芳卻從此再不能到牢中去看羅小虎了。他每天無所事事，只在街上徘徊，希望能遇見春雪瓶，可總沒遇見。其實他把腳步稍微挪挪，就可以到南大街吉升店裏去打聽打聽雪瓶到底走了沒有，可是他連南大街也不敢去。

　　他活了二十歲，自信頗有決斷，頗能夠拿得起、放得下，但遇着了如今的事，他真一點主意也沒有了。他恨自己因循不決，簡直是婦女不如，但是，究竟怎麼辦才好呢？如若見了雪瓶，那就得把羅小虎的話跟玉嬌龍早先說的話，全都一五一十的告訴她，且不管她聽了羅小虎就是她的爸爸，她會怎樣傷心、激動，也許她立時就會為救羅小虎又做出什麼魯莽的事來。最要緊的就是那婚配之事，萬一她答應了，願與我結為夫婦，那時候我該怎麼辦呀？答應吧，自己的家中確已有一房妻子，停妻再娶，欺心騙人，那對得起誰？如果不答應吧，可秀樹奇峰真令人難捨。

　　他終日為此事發愁。過了半個月，徐客人把賬都收清了，也休息夠了，就要回漢中府家裏去。徐客人邀他同行，他卻不願意走，只說：“因為我和羅小虎相交一場，我很佩服他為人俠烈慷慨，又因他與玉嬌龍、春雪瓶都有關，她們也都是我的朋友，更不由得我不關心。我得等到羅小虎的罪名定了，如若死，我得弔祭他一場才能夠走；如不至於死，我臨走時也得在牢中與他再見一面！”

　　徐客人聽了，就笑着說：“你這個人交朋友，可也太死心眼啦！據我近日聽說，羅小虎的案子，須得等到伊犁將軍衙門的公事來了才能定罪，將來解到伊犁也說不定。春雪瓶是還沒有走，住在店裏不常出門。鷹眼高朋這些個人還天天在南大街亂轉，一定是想抓住她個毛病，也把她捉到衙門裏。我勸你千萬不要去找她，找她可能把你也給連累上！”

　　韓鐵芳聽了這話，又不禁愕然。

　　徐客人又說：“還有一件事我沒告訴你，怕說出來你害怕。”

　　韓鐵芳趕緊問說：“什麼事？你說出來不要緊。”

　　徐客人說：“就是那個仙人劍張仲翔。那傢伙本來是關西有名的強盜，因為玉欽差往西來，路上受過兩次驚，所以才在西安府找了他和方天戟秦傑、鐵霸王竇定遠保鏢。那三個人雖然立時成了欽差的家將，可是他們究竟安的什麼心，現在還猜不透！也許將來欽差就要吃他們的虧。近來因為羅小虎的官司是欽差給說的情，玉大人因羅小虎被獲之後，仍有盜賊夜鬧官花園，便斷定殺死鐵霸王之事絕不是姓羅的做的。雖然那方天戟還明白一點，他對羅小虎的事，看得不太重，可是仙人劍張仲翔卻簡直是一個大混蛋。無論別人怎麼說，他就認定鐵霸王必是羅小虎殺的。羅小虎若是不死，他絕不服氣。聽說他已經在酒館請了客啦，請的都是在衙門吃紅差使的劊子手，打算在羅小虎受刑的那一天，他要摘下那顆心，好祭奠鐵霸王。羅小虎丟在鞏家店裏的一匹馬和被擒時拋下的一口寶刀，如今也都落在張仲翔的手裏。張仲翔就拿着寶刀滿街亂撞，一腦門子煞氣，連欽差大人也都敢大罵。他知道羅小虎早先和玉嬌龍的事，他就向人說，玉欽差袒護他妹夫，可惜他那個妹夫又太見不得人，如果玉欽差敢徇私枉法，救羅小虎脫離死罪，那他就要對玉欽差不客氣啦！”

　　韓鐵芳聽到這裏，不由怒氣填胸。徐客人又向下說：“這些話我都是昨天在柳師爺的家裏聽他說的。柳師爺早就叫我勸你離開，因為你到牢裏看了一回羅小虎，張仲翔知道。他知道你姓韓，可還沒大看得起你，再說他在迪化城裏，總還不敢公然打架行兇，將來可也難說了，所以我勸你，不如走吧！咱們一塊回東邊去，你或是回家，或是到我們漢中府去看看，到我家裏住些日子，交朋友嘛！我可真不願意你在這兒，早晚要惹上大麻煩！”

　　韓鐵芳卻冷笑着，堅決地搖頭，說：“既是還有這許多事，我就更不能走了。”

　　看看屋中沒有別人，他就將他的寶劍取了出來，倒把徐客人嚇得面色改變。他說：

"徐大哥，你應曉得，我雖然武藝不及玉嬌龍、春雪瓶，但我與他們確係一流人物。教給我武藝的人是一提金蕭仲遠，他又有個別號，名叫瘦老鴉。我與玉嬌龍原也素昧平生，只因在靈寶縣搭救難女，趕走了戴閻王，殺死了金刀余旺，我們才相識的。"

徐客人聽了就有點戰戰兢兢的，便點頭說："是！我知道，我早就看出來啦，你也是一位江湖義俠。不過，我剛才說的那些話，可也是好意。"韓鐵芳抱拳說："徐兄的仁義，我終身難忘。只是如今這件事，請徐兄莫要攔我，也不要去跟他人提說。"徐客人連連點頭，但卻皺着眉。

韓鐵芳又說："我原也不願意如此，但如今的事情看來，恐怕我要忍也不成，到時我要替雪瓶、羅小虎出一臂之力了。徐兄既也要走，我在此居住更是不便，我想今天就離開這裏，找一家店房去住。"

徐客人說："北大街鞏家店的隔壁雙安居，那裏的掌櫃的是我的朋友，我可以帶你去。店錢給不給都不要緊。"韓鐵芳擺手說："這不必徐大哥費心，我自己去就成了。"說着，就要收拾他自己的東西。

徐客人卻又攔住他說："你先不要忙，如今的事情還得思慮思慮。那個店可就緊挨着羅小虎早先住的地方，有些不方便吧？"

韓鐵芳說："這倒不必憂慮，想鷹眼高朋等人在那裏抓住了羅小虎，反倒未必會再往那邊去了。如果是江湖人，豈會那麼傻？哪裏會剛抓走一個，又去一個人等着抓？所以我想我若住在鞏家店裏，更可以隱身。"

徐客人說："不用！不用！你就住雙安店吧。今天或是明天，我一定去看你。你身邊帶着的錢夠嗎？"韓鐵芳拍着他自己的行李，說："足夠！足夠！"當下就匆匆地收拾好了隨身的東西，徐客人又帶着他去見這裏的掌櫃的道謝辭別。

韓鐵芳挾着自己的行李到了北大街，找着了那雙安店，進去只說自己是才從吐魯番來的，在偏院裏找了一間小屋住下。如今他的主意已完全拿定，防範仙人劍張仲翊再陷害羅小虎，幫助春雪瓶不要叫她踏入鷹眼高朋等人的網羅。他決定辦完了這兩件事就走，而且除此兩件事之外不再跟雪瓶說半句話。就這樣，就這樣！他要將玉嬌龍邀自己西來的那番意思，以及羅小虎在鐵窗中所說的那些話全都深藏在自己心中，不讓雪瓶知道，不向別人說。自己原是有妻子的，姻緣之事，本來就不該提。

他這時的精神十分振奮，天將黑時，用畢了晚飯，本要出去，不想徐客人來了。到底徐客人向這裏店家托囑了，並且還特意到韓鐵芳的屋中，用極小的聲音說："我明天就走，你也不必送我。你的事，不叫我管，我也不能多說話，可是咱們兩人也算是相交了一場。你為朋友那樣捨命，我難道就不懂得做朋友麼？我若是那麼個人，這些年就不能夠在新疆各地往來。現在我已替你託付好了，你只管在這店裏住，絕困不着你。幾時走，路費不足，可以到櫃上去借。我並且還給你預備好了一匹馬，也不用說是借你的，還是送你的，反正，只要你看着風頭不好，就趕緊跟店家說，店家立時就會把馬牽來，你騎上了馬就快走。我知道你們走江湖的，只要有馬，就什麼也不怕，要不，怎麼叫響馬呀？"韓鐵芳聽了，又是感激，又是覺得好笑，便連連抱拳。徐客人就說："我要走了，你也不必送，咱們後會有期。"說着他就出了屋。韓鐵芳滿肚子感謝的話，還沒說出來，就讓徐客人自己走了。

他在屋中發了半天怔，也出了門，直往南大街走去。這時初更早已敲過，天都黑了，月光微微地照着，秋風卻吹得很緊。韓鐵芳來到了吉升店斜對面的小酒館，就走了進去。屋裏的燈雖不大亮，可是人很旺，一進屋子，熱氣就撲在臉上。酒客倒是不多，也沒有見着鷹眼高朋、仙人劍和什麼方天戟，除了有幾個閑漢抱着酒壺仰着脖子痛飲之外，只有兩個官人模樣的人，一個旁邊放着一頂半舊的紅纓帽，另一個卻梳着整齊的辮子，四十來歲，穿着灰布夾袍，青緞的坎肩，倒像是個跟官的人。兩人的面前擺着幾樣兒酒菜，彼此細細地飲酒，慢慢地說話，看見了他，倒沒有怎麼介意。

韓鐵芳剛要找個座位，卻聽旁邊有閑漢招呼他說："喂！喂！還早一點，得過了二更才能玩呢！你等一會再來吧！別忘了多帶錢！"

　　韓鐵芳不由站住，思索着他這末一句話，才知道此人必以為自己是來此賭錢的，於是心思一轉，笑了笑說："錢倒沒有帶多，四五十兩還有，我也知道還得等會兒才能開賭，可是我現在想先在這兒喝杯酒兒。"說着，就靠近那個官人的旁邊坐下。

　　夥計過來問說："您要酒嗎？"韓鐵芳點了點頭，伸着兩個手指頭說："有二兩就夠了。"

　　小夥計把他的臉詳細地看了看，忽然帶點笑說："我看着您眼熟！"韓鐵芳倒不禁吃了一驚，小夥計又說："半個月前，您到我們這兒來過，是不是？您跟吉升店裏住的蕭老爺認識，是不是？"

　　韓鐵芳心說：這個小夥計倒真是好記性！遂點了點頭，悄聲說："那邊住的蕭老爺，他走了沒有？"

　　小夥計先斜着眼望了望旁邊那個說着北京話的跟官模樣的人，然後也悄聲說："沒走，蕭老爺沒走，太太也沒走。他們的小姐，聽說已走了一個，可是這兒還留着一個，整天也不出門，不知是那個什麼小王爺不是？"他吐了吐舌頭，又嘴說："那邊不就是欽差大人衙門的二爺嗎？今天他拿了一雙鞋，聽說是由別處鞋舖給送到衙門去的，這位二爺又給送到店裏交給小姐啦！聽說那雙鞋仙人劍張爺搶着看了，說是真好！緞子的，繡的是英雄鬥智。"

　　這時那邊的跟官的人又說："夥計，把那鹵煮雞子再給拿一碟兒來！"小夥計答應了一聲，就不敢再說別的話了，韓鐵芳笑着說："快去吧！給我拿酒來！什麼雞子，也給我拿一碟來！"

　　小夥計轉身走去。待了不大工夫，兩個手拿着三隻碟子又回來了。他把一碟熏豆腐乾，一碟切好了的鹵煮雞子放在韓鐵芳的眼前，又把另一碟雞子送到那邊桌上。然後他去取來溫好了的酒，給送來，就站在韓鐵芳的桌前不走，又笑着說："蕭老爺這兩天也不彈琵琶啦，要聽也聽不見了！"

　　韓鐵芳就說："他還來這兒賭錢嗎？"

　　小夥計說："差不多天天來，可是這兩天他沒有賭，因為……"他笑了笑又說："他都賭光了！好賭的人要是沒有賭本兒，那可真難受！"

　　韓鐵芳又問："你們既是開酒舖，為什麼還要設賭局？"

　　小夥計道："這是人家借的地方，是本地有名的人黑臉吊客耿雄他開的。早先賭的小，後來仙人劍張爺那些人一來，才賭得大了。我們掌櫃的也好賭，抽的頭兒都輸掉了不算，還賠帳！"

　　韓鐵芳斟着酒，飲了半口，小夥計又笑着說："大爺，你是不是姓韓？我聽蕭老爺說，您的琵琶彈得很好。那個玩藝兒可真好聽，我聽比胡琴好。"韓鐵芳只是笑着，並不言語。

　　這時候就見屋門被人猛地拉開，走進來一條漢子。韓鐵芳不由嚇了一跳，在黯淡的燈光下，看出這個人一身青，腰間的繡花帶子上插着一口帶環子的明晃晃的短刀，兩耳生着黑毛，敞着胸膛橫着走路。韓鐵芳知道此人就是仙人劍張仲翊，遂趕緊扭過臉去，向着牆。

　　張仲翊倒似是沒看見韓鐵芳，他一直走到那跟官的人桌前，說："喂！連喜！連二爺！你把那雙鞋給春雪瓶送去了沒有？"

　　連喜卻皺着眉，說："什麼春雪瓶？別胡說！那雙鞋我倒是送去交給蕭千總了，他也收下了。他說一兩天就走，路過尉犂城的時候再把鞋交給那裏的姑娘。"

　　張仲翊卻伸手摸了連喜的腦袋一下，冷笑着說："你怎麼也跟他們是一手兒活？替他們隱瞞着？達阪城來的人明明說，那位姑娘自稱是咱們欽差的姪女還是外甥女，那不是春雪瓶還是誰？"

　　連喜着急說："你不要胡說！叫欽差知道了，咱們可誰都擔不起！欽差哪裏認識什麼姓春的親戚？"

　　張仲翊冷笑着說："不認識姓春的親戚，可認識姓玉的親戚。除了玉嬌龍的女兒，哪個女兒是大腳？哪個女人配穿那雙花鞋？這話你只管去告訴欽差，有事我擔。"說着一拍胸脯，又把嘴一撇，說：「斜對門住的那個妞兒，一定是春雪瓶，沒有二人。你告訴她，叫她放心，我們不會把她怎麼樣，也不會托出媒來去說她，我們自己知道，臉子不夠。」他摸了摸臉，笑着說：「叫她出來，讓我們細看兩眼就行了！」

這時由門外又進來了鷹眼高朋，他把仙人劍張仲翊推到一邊，並笑着說：「張爺你是怎麼啦？滿口顛三倒四的？別是你喝多了吧？」

張仲翊卻又指着嘴說：「我這嘴一點酒還沒沾呢！你怎麼會說我喝多了？我也是剛進這酒舖的門。我不過是說說春雪瓶！」

高朋把他用力一推，他立時就翻了臉，把短刀抽出來，從櫃台上的小櫥櫃裏抓了一把酒壺，用刀一削，立時就有一半被削落在地，他憤怒地瞪着眼，說：「怎麼？新疆的人全都不敢說她們的名字，說出玉嬌龍、春雪瓶來，就會掉腦袋，那是別人，我可不怕。我一天要喊幾聲玉嬌龍、春雪瓶，誰管她是什麼人的妹子、外甥女，什麼人的老婆、丫頭，我都不管不論。現在我還只是喊，過幾天我可就罵啦！」

張仲翊氣哼哼地把地上的半個酒壺用腳一踢，吧的一聲，正踢在韓鐵芳的桌子這邊，他又說：「誰要敢攔我，我可就要拿刀切他的腦袋，跟切這隻酒壺一樣。」他又扭過頭說：「掌櫃的，這把酒壺算我的，毀了酒壺我賠錢，殺了人我也抵命，我沒有做官的大舅子給撐腰。夥計，他媽的你倒拿酒來呀！」向着旁邊的凳子上咕咚一坐，幾乎把個凳兒給坐塌了。

今天這個張仲翊特別兇悍，一臉的煞氣，不知是才在哪裏同人打了架，連鷹眼高朋都不敢惹他了。那連喜本來是同着那個人正談得高興，那人是由伊犁將軍瑞大人之處來的官眷，就住在附近的店房裏。忽然闖進來這個魔王，把他連嚇帶氣，也弄得沒有興趣了；他就跟那個人又低聲說了兩句話，叫過夥計來，兩人也沒搶着付帳，他就付了錢，那個人戴上了紅纓帽，兩人一先一後往外就走。

不想張仲翊突然又站了起來，一手提着刀，一手抓住了連喜，把連喜嚇得臉都白了。張仲翊卻笑着說：「連二爺，多有得罪，包涵包涵。你回去把我這話可別跟大人說！」

連喜笑着說：「這是什麼話，張鏢頭也太多心了！我在大人的跟前，哪會什麼話都說？再說咱們哥兒倆隨便開兩句玩笑，你以為我就認真了？哈哈！酒錢夠不夠？我這兒有！」張仲翊擺手說：「用不着！只要你回去把嘴閉嚴着點就行了！聽見了沒有？」說着用手指把刀彈了一下，噹啷一聲，便放開了連喜。連喜一聲也沒敢言語，就同着那個官人趕忙走了。

這裏張仲翊把刀放在桌上，又坐下，口中還叨叨地罵着，並拿起酒杯來，大口地喝。那個好說話的小夥計卻像是不怕他，湊過來還跟他說閒話，由此也可知這傢伙是常在這兒兇鬧，舖子裏的人也看慣了。這時高朋卻早就看見了韓鐵芳，他可沒露出注意的樣子，就去坐在張仲翊的旁邊，也不喝酒，只低聲跟張仲翊說話，似是在勸他。張仲翊可也還沒注意到韓鐵芳。

韓鐵芳這半天，酒杯並沒離開嘴唇，可是酒卻並沒喝多少。他心中的一陣緊張已經過去了，他原想張仲翊一定會找上他來，那時候他已決定要先奪張仲翊手中的寶刀，然後就跟張仲翊拼命，即使殺了他，把自己也關在牢裏，也無悔。可是這樣的事並未發生，此時他的心裏卻又充滿了疑惑，就想：為什麼春雪瓶在店裏整天不出門，可又不走呢？玉欽差既然能派僕人給她送鞋來，可又為什麼不把她叫到官花園去公然相認呢？她又不姓羅，不姓玉，隨便說是個什麼親戚，還怕瞞不住人？如此又能把人瞞得住嗎？再說，那一雙什麼英雄鬥智的花鞋，雪瓶又何必叫人給送到欽差之處，以後惹出這些麻煩來呢……

如此想着，酒更飲不下了，酒菜也沒吃多少。驀然看見張仲翊已不發兇了，只是跟那高朋臉對臉的喝酒、談話，好像顧不到別處了，韓鐵芳就想：不等着賭錢了，趁早離開了此地。遂那小夥計向他這裏投來一眼，他就招了招手。

小夥計含着笑走過來，問說：「韓爺你還要什麼嗎？」韓鐵芳小聲兒說：「不要了，你把賬算一算吧！」小夥計遂就三百二，二百八的把賬算清了，韓鐵芳掏出錢來，點對了，放在桌上。小夥計還向那邊撇了撇嘴，笑了笑。

韓鐵芳也沒言語，站起身來，目不斜視地往外就走。不想還沒有走出去，旁邊桌旁坐着的那個酒鬼卻說了一聲："待會兒來呀！寶可快開啦，回去再多拿點錢去，本兒大了能夠多贏。"韓鐵芳不由得一回頭，目光卻正跟高朋的那雙鷹眼，和張仲翊的那雙兇眼交射在一處，韓鐵芳也沒言語，一步就踏出了酒舖。

這時的天色已黑，星繁月黯，秋風更緊，街上已經沒有什麼人了。韓鐵芳往北走了幾步，忽然停住了腳，暗想：春雪瓶刻下身邊的事，實在緊急得很，鷹眼高朋等人不知懷着什麼心。莫說再抓住她的什麼罪名，就是沒有另外的罪名，那安稱春龍小王爺之名橫行南疆一帶，也夠把她關在牢裏或是殺頭的了。我豈可不去把這些事告訴她們，好叫她躲避、準備？

於是韓鐵芳轉回身來，匆匆忙忙地到了吉升店的門前。這時候，大門還開着，櫃台裏邊算帳的先生吧吧地打着算盤，廚房中叮叮噹噹刀聲亂響，各房中都明燈照耀，東屋叫着夥計，西屋裏也喊着小二。店夥四五個，有的手托油盤，有的提着開水壺，全都往來匆忙，並且一聲聲地答應着："聽見啦！好啊！有啦！"

韓鐵芳走進來，並未為人所注意，他便很熟地就走到了雪瓶住的那裏院內，來到了繡香的房門首。

屋中，繡香正在跟誰說着話，她聲音很急地說："她不願意離開這裏，我可有什麼法子？你逼着我，我恨不得立時就回家，咱們在外邊這些日子，孩子託付人給照管着，我也是不放心呀！可是難道咱們都走，只把雪瓶一人扔在這裏？在她爹爹活着的時候，咱們可以那樣辦，現在她沒有了爹爹，難道咱們就一點也不照管她？"

又聽見有人咚咚頓了兩下腳，韓鐵芳側着耳朵，就聽見是那蕭千總發出來的急躁而低啞的聲音，他說："唉！唉！你嚷嚷吧！叫人知道了她就是春雪瓶，那可是不得了！"

繡香說："你還以為外面的人真不知道呀？今兒連喜為什麼給她送鞋來？"

蕭千總說："連喜知道了，並沒什麼。所以我說，咱們有什麼事，就得趕緊快辦。今天連喜一半是來送鞋，一半是勸咱們趕緊離開迪化，雖然他說這只是他自己的意思，我可是猜着必是欽差大人的主意。那麼咱們不如就遵命。你再跟雪瓶姑娘去說說，咱們這就算清店賬收拾行李。明天早晨，我豁出去啦，我帶着她再到官花園去碰一個釘子，去給欽差大人辭行。欽差大人要是一時高興，傳我們進去見面，那就好辦啦，我也就不急着走了。咱們回到店裏來，再拆行李捲兒、退車，再住一個月、半年，我要是再催着走，我是王八蛋！"

她的太太繡香說："但是不行呀！我知道玉大爺的脾氣，這些日子他都不見咱們，哪會在臨走時又肯見咱們呢？"

蕭千總說："是呀！我們到了現在，也不指望他再見咱們啦！要不我為什麼主張先收拾好行李呢？去見他不過是為應應卯，省得叫他挑眼。再說他既不見咱們，還能不給咱們些盤費？他好意思叫咱們白白地來一趟，又白白地走回去嗎？"

繡香說："你總是想着錢！錢！再有多少錢你也是不夠，少賭一賭好不好？"

蕭千總卻笑着說："哈！什麼話嘛！俗話說：千里為官只為錢。咱們這次先到尉犁城後來迪化府，本想升一級，官兒既升不了，還能夠不撈幾個錢花花嗎？為的是什麼？你知道欽差的官兒有多闊？沿路上各地大小官員明着不送禮，暗中還不送禮嗎？他打發走了外甥女，還能夠少給錢……"

韓鐵芳在窗外，已把他們近日的情形明白了一些，然而還不曉得雪瓶在這裏既不做什麼事，可為什麼又不走？他往後退了幾步，故意咳嗽了一聲，立時就把屋中那夫婦二人的談話打斷了。韓鐵芳又往前走着，隔着門問道："蕭兄在家嗎？"

屋裏的蕭千總愣了一愣，然後才恐懼地問說："誰呀？是誰呀？"韓鐵芳聲音不大地說："是我，我姓韓。"蕭千總說："什麼？你大點聲音說，你來送錢？"倒是繡香聽出來了，急忙說："是那位韓大爺吧？"又跟她丈夫說："大概是韓鐵芳來啦！"

蕭千總還不敢開門，繡香就將門開了。韓鐵芳走了進去，先拱拱手。蕭千總驚訝地看着他，悄聲兒問說："你怎麼還沒走呀？"又問說："你今兒幹什麼來啦？"韓鐵芳沒有答覆他這話，只是也低聲地說："請把雪瓶姑娘叫來，我跟她有幾句要緊的話說。"

蕭千總說：「雪瓶早就回尉犁城去啦，你還不知道嗎？有什麼要緊的話呀？馬你也交回來了，我雖沒謝你什麼，可是那將來再說，我們一定有良心。你幹什麼這麼晚來呀？嚇人一跳！」

韓鐵芳正色說：「蕭兄你不要多疑，我來這裏實無惡意。就因為外邊有幾件事，如果一發作出來，便於你們不利。我知道雪瓶姑娘沒走，你快點把她請過來，有幾句話我非得當面跟她說。」

蕭千總聽到這裏，不由得急躁起來，竟要翻臉，他頓着腳說：「你這個人是怎麼回事呀？我們姓蕭不姓春，你要找春雪瓶，往別處去找，問我們問不着。你這個人可也太死心眼啦！告訴你，春雪瓶沒在這兒，你還不信，難道我還會騙你？真是！」他的太太繡香卻趕緊把他推到一邊，說：「你別說了！咱們就把雪瓶叫過來吧！韓大爺既然來了，就一定是真有要緊的事。」說時她就往屋外走，去叫雪瓶。

蕭千總急得又頓腳，但知道事情已經無可奈何了。太太給泄了底，再說雪瓶沒在這裏，人家更不能信了，於是就歎了口氣，說：「姓韓的，我看你這個人也很老成，可為什麼你總是這樣拉不清扯不斷呢？雪瓶是個十八九歲的大姑娘，你是個年輕小伙子，你這樣一來就找她，也不成事體啊！就是有要緊的事吧，你也可以跟我這個半老頭子說，何必非見她不可？你究竟是存着什麼心？」

韓鐵芳不禁也有些生氣，說：「什麼心我也沒存着，我來確實是一番好意。跟你說也行，就是外面那仙人劍張仲翊……」

才說到這裏，屋門又開了，雪瓶在前，繡香在後，都進來了。只見雪瓶穿的是一件青布的很合身的長衣裳，面上未擦脂粉，卻愈顯得秀潤。在韓鐵芳向她拱拱手時，她微微地笑了笑，更顯得嬌麗、嫵媚。韓鐵芳看見了雪瓶，就把話頓住，眼睛又有些不敢向春雪瓶直視。

旁邊的蕭千總就說：「你快說啊！她出來啦！」韓鐵芳倒覺得話說不出來，非常地局促。雪瓶的態度卻一點也不慌忙，很和婉地說：「請韓大哥先到屋裏去，有什麼再說吧！」蕭千總一聽，竟然叫出大哥來了，多麼親熱，他不由又一愣。雪瓶卻說：「蕭姨夫給找點茶來吧！」蕭千總聽了也不動身。

雪瓶就讓韓鐵芳進了里間，她則跟繡香隨着走進，簾子也隨之放下。裏屋的桌上有一盞錫台的油燈，光度很黯，繡香給挑了挑，燈光驟然發亮。繡香客氣地請韓鐵芳落座，韓鐵芳卻不肯坐，只說：「我在迪化住了也有半個多月了，原是想一二日內就離開此地，但是忽然又聽說了許多與姑娘有關的事，我不敢不來告訴，如若姑娘有需我幫忙之處，我絕萬死不辭！第一是羅小虎，他在獄中雖很受苦，但他性頗慷慨，談笑自若，一點也不發愁，前幾天我去看了他一次，他跟我說了許多的話……」

往下的話，正在欲說未說之際，忽然聽得雪瓶冷冷地說：「他的事倒與我不大相干，我家的人原與他並不相識。」這兩句話把韓鐵芳心裏無數的話都給堵住了，更無法說出來了，他點了點頭說：「是的，不過……」

見旁邊繡香倒是很關心，一副要往下聽的樣子，他又說：「羅小虎的案情倒不要緊，官方已不向他究問殺死鐵霸王之事是否是他所為。只是二十年前他在新疆有大盜的名聲，如今既然被獲，就都要究問究問，也許要解往伊犁去審訊，大概不至於問成死罪。可是那個仙人劍張仲翊，卻把他恨入了骨髓，認定他們的盟兄鐵霸王是死於羅小虎的手內。他曾發誓，即使官方不把羅小虎處死，他也要置羅小虎於死地！」聽到這裏，春雪瓶的芳容就漸現憤怒不平之色。

韓鐵芳又說：「剛才我還看見了張仲翊，就在街上路西的酒館裏，他拿着羅小虎早先使用的一口鋒利的短刀，口發惡言，罵出許多話……」

雪瓶秀麗的雙目中立時迸出兩股煞氣來，她怒聲問說：「他罵了什麼？是罵我們嗎？」

韓鐵芳點了點頭，說：「他說的話我不能盡說，總之，姑娘住在此地既不走，又不出門，以為外人不知道，其實仙人劍張仲翊跟鷹眼高朋等人，他們已經曉得了。他們並且說姑娘是現今欽差玉大人的外甥女，而羅小虎是姑娘之父。"

雪瓶冷冷地一笑，說："胡說八道！"

韓鐵芳說："但他們確是這樣地嚷嚷，官人且整天在這店房的附近徘徊。"雪瓶點頭說："那我倒知道。可是我不出門，我不惹事，他們能奈我何？"韓鐵芳說："只恐怕他們橫生是非。萬一他們把什麼罪名加在姑娘的身上，那時，尤其是玉大人，也難免要遭受連累，擔受處分。"

雪瓶聽到這裏，略略地發了一會愣，便點頭說："我都知道了，多謝韓大哥告訴我這些事，我會加意小心就是了，並請韓大哥放心。我料仙人劍那群小輩，不敢把我怎樣，別聽他們在外面吵嚷大罵，他們絕沒有膽量來這兒找我尋釁，他們絕沒那樣大的膽！"她冷笑了一聲，又說："這幾天我不出門，也並不是怕他們。"說到這裏，她忽然又把話頓住。

繡香聽說外面的人都已知道了玉欽差、羅小虎跟雪瓶種種關係之事，雖沒怎樣地驚慌，卻又勾起了心中的難受之事，不禁眼圈兒潮濕，說："這些事可還……"

雪瓶用手將繡香攔住，她向韓鐵芳看了一眼，很和婉地說："韓大哥打算幾時離開迪化？"韓鐵芳說："如今既有這事，一時我也不能離開。"雪瓶說："韓大哥能在此多住些日也好。"

韓鐵芳慷慨地說："我與羅小虎雖只在沙漠中相逢，同行過一段路，但我心中頗欽佩他的為人。他若受了刑法，我雖難以設法，難以出力，但若別人想要害死他，我卻要拼出命來相救。又因仙人劍出口侮辱春前輩，我也實在不平，我並非為姑娘，我要在一半日內與仙人劍張仲翎決一個上下，不能容許他任意侮辱春前輩的聲譽。因為羅小虎是我的朋友，春前輩玉嬌龍也是我的好友，我一定要抱這個不平！"說時握拳忿忿不已。繡香在旁邊仰着臉兒對着他，兩行淚早已滾下來了。

雪瓶也微微地蹙眉，歎息了一聲，又問說："韓大哥眼下住在哪裏？"問這話時，她的樣子是親切的，面上也浮出點笑來。韓鐵芳說："我就住在北街翟家店的隔壁，那裏只有兩家店房，我是住在南邊的那家店房。"雪瓶又問說："你住的是前院後院？南房北房？"韓鐵芳一聽，不由得愣了一下，又細想了想，才說："我住的是後院，一間小西房。"雪瓶把頭點了一點，就說："是了，今天謝謝韓大哥。剛才所囑的事，都請放心，以後我一定會謹慎仔細，不至於讓那些人得着什麼把柄陷害我，並請大哥也不要跟他們生氣，因為不值得！"

韓鐵芳一聽這話，不由得心裏有些發涼，因為自己是一腔義憤，慷慨激昂，要抱不平，而雪瓶卻沒有把這件事情放在眼裏，一點也不急躁。而且話已經說到了這裏，自己要辦的事已經辦完了，至於那羅小虎在獄中及玉嬌龍在路上所說的話，雖然壓在自己的胸頭，但雪瓶對於自己的態度是這樣的恭敬、客氣，自己可怎麼好意思說出來呢？於是不禁啞然無語。

繡香又讓着說："韓大爺請坐吧！我看看他們叫人沏了茶來沒有？"說着她就到外屋去找她的丈夫了。

里間只剩下了兩個人，燈畔雪瓶含着一點羞態的俏影，引得韓鐵芳又看了一眼，便不敢再看了。也本想趁此時間，把胸中的話全都吐出來，告訴她，但接着就得告訴她自己家中原有妻子，這件事辦不到，不過你的父母全都有這種意思，全都對我說過，我不能不告訴你罷了！他真沒有這勇氣說，真真說不出來。

此時繡香又回到屋裏來了，韓鐵芳倒忍不住臉上一陣發熱，就像喝了許多酒，如今酒力全都發作了出來似的。繡香跟雪瓶又一齊帶笑請他坐，他只得謙遜了一下，就坐下了。

而這時外屋的蕭千總又跟店夥發起脾氣來了，說："你們是怎麼回事呀？叫了你們半天，還得到前院去請你們給沏點茶，你們卻這個時候才來。是現挖井打水，現種樹砍柴，還是淨侍候別的財神爺，看我們不像住店的呢？"

店夥把茶壺送了進來，繡香就接了過去，給韓鐵芳倒了一碗。韓鐵芳欠起身來接過，望着繡香，心中不由又發出許多疑問。他想要聽繡香把玉嬌龍的親生孩子在祁連山落難的事情，再詳細說一番，以便與自己的身世相對證一下，看看羅小虎到底是何人之父？玉嬌龍到底是何人之母？以打破那個謎。但這件事，繡香不啟口，自己也無法談到。他又偷眼看看數步之外亭亭站着的雪瓶，見她的模樣雖美，但若是細一看，她的臉兒、眉目，卻也真沒有一點跟玉嬌龍或羅小虎相似之處。

自己坐在這裏覺得非常的局促不安，同時，繡香又時時以眼睛盯着自己的臉，不知是什麼意思，可是也不說話。外邊的更聲又已敲過了兩下，他見雪瓶似有倦意，於是便站起身來，向繡香說：「我在這裏驚擾了半天，現在我得走了。」

繡香的意思似乎是還想要留他在這兒再坐一會，再談談話。但望着雪瓶，見雪瓶卻不作一點挽留的表示，而韓鐵芳已經出了屋，繡香便送出去，隨在身後說：「韓大爺，您暫時既不離開這兒，有工夫請常常來，我還有點事要跟您打聽打聽呢！」

蕭千總卻在旁說：「得啦！得啦！人家哪有工夫常到咱們這兒來？再說這又不是咱們的家，咱們的客廳，哪能淨叫你接待高親貴友呀！韓大爺，您不把那個琵琶順便帶回去嗎？」他指了指在牆角立着的那面琵琶。

韓鐵芳卻擺手說：「我不用它，留着給蕭兄閒時消遣吧！」便往外走去。蕭千總在身後把繡香攔住，並向外說：「我怕外邊黑，恕我不送啦！改日再見吧！」遂用力把門關上了，回過頭去又帶着氣埋怨他的太太。韓鐵芳才向外邁了幾步，把他的話聽得清清楚楚，本來也有些惱羞成怒，但又不能不忍着，所以他就沒有言語。

此時天邊的那點月光已被濃雲遮住，周圍越發的昏暗。出了店門，街上一個人也沒有，走了幾步，見那家小酒館的窗上也上了板子，由板縫裏透出一線燈光，裏面亂哄哄地，有很多人正在賭着。韓鐵芳本想進去，但又想：進去也許跟上次在老牛鎮一樣，跟人打起來，出人命，值得不值得且莫論，現在可還沒到那時候。

他頂着寒風又向北走去，兩邊的舖戶多已暗無燈光，他信步走着，腦裏思索着許多事。其實剛才雪瓶並沒有說幾句話，可是她不斷地詢問自己的住址，並問住在店的裏外院，還問屋子的方向，莫非一半日內，她會要到店裏去找我？

韓鐵芳邊走邊想，尚未走到十字路口，忽然覺得身後有腳步聲。他不禁吃了一驚，驀一回頭，卻見有一人一躍而前，伸手就把他的脖領抓住，同時另一隻手已舉起光閃閃的一把寶刀。韓鐵芳吧地一抬手，就把此人的右腕狠狠地握住，他怒聲問說：「你要做什麼？」

此人卻冷冷地發出笑聲，說：「小子你先別怕！我要是想要你的命，早等不到今日了。小子你認識我吧？我就是仙人劍張仲翹，你小子到底名叫什麼？快說！你跟春雪瓶是怎麼認識的？剛才你到她的店裏，你們在一塊兒捏弄什麼事？快說！」

韓鐵芳此刻振奮起全副精神來，一聽說對方就是那個仙人劍，他膽氣倒壯了，也就冷笑着，說：「好！我也久仰你的大名，我正想一兩天內邀你談一談呢！現在見了面正好，但這刀用不着。」他用力奪刀，張仲翹卻把刀握得很緊，並將抓着韓鐵芳衣領的那隻左手也騰了出來，想將刀換手，可是韓鐵芳已經揮起左臂，吧的一掌打在了他的臉上。

張仲翹大怒，往起來一跳，厲聲說：「好！你不要命了！」韓鐵芳右手上抬，右腿也同時抬起，冷笑說：「不要命的是你！」一腳正踢在張仲翹的小腹。張仲翹兩腿急向後撤，身子幾乎倒下，但他的刀仍不撒手，反倒吸着氣，狠狠地說：「小輩！你不懂面子，敢來跟老子拼！好！可莫怪老子不留情了！」他忍住了疼，挺身奪刀，左手也去用力地奪。韓鐵芳不由撒了手，但一腳又踹在他的屁股上，只聽啪嚓一聲，張仲翹摔出三四步之遠，趴在地上了。

韓鐵芳躍步向前，要掐住他；不料張仲翹一挺身就跳了起來，翻回來又以刀來刺韓鐵芳，韓鐵芳想再抓住他的腕子奪刀，可是已經抓不着了。張仲翹是步步進逼，口中狠狠地怒罵着：「小輩！我看你不是羅小虎的賊夥，就是春雪瓶淫丫頭的男人。你也不睜眼看看，有張二太爺在這裏，能容你們……」只聽嗖嗖嗖，他手持鋼刀連削帶刺。韓鐵芳只是輾轉身軀巧妙地閃避，然而並不逃。

張仲翹撲不上他，更是急躁，大聲喊着說：「小輩！這算本領嗎？是好漢子就不要躲，立定了身。你要是怕刀，咱們比拳。你要是再怕拳，就趕緊低頭求饒……」韓鐵芳罵道：「混蛋！胡說！」便返身進逼，以徒手要奪他的短刃。張仲翊就說：「好！好！過來吧！」於是兩人又相扭在一起。

張仲翊兇悍之極，力氣頗大，手腳也相當敏捷。韓鐵芳上面抓刀，下面用腳，已不能再將他的刀抓住，只好又急忙往後連退。張仲翊卻握刀猛向前撲，忽聽啪擦一聲，他又自己跌倒了。

韓鐵芳因天黑看不清楚，還以為他是使用詐計，便不敢再向前按他，身子反往後又退了兩步，也罵着說：「小子快爬起來再拼！」不料張仲翊再爬起來可真費力，似乎跌得很重，他發出粗粗的氣喘聲，狠狠地說：「好！小輩！你使用暗器來傷你祖宗，這算是你的本事麼？」

這時從南邊有燈籠跟幾個人走來，他就扯足了嗓子叫道：「高班頭！你們快來救我！可小心他的暗器！」韓鐵芳本已下了狠心，要撲過去按住他，奪過刀來當場結果這悍賊的性命，但至此倒不禁吃了一驚。他不是驚訝鷹眼高朋等人的到來，驚訝的卻是暗器這兩個字。他急忙向下看去，卻沒看見什麼人，只是南面兩隻燈籠和幾個人已經腳步雜沓的，朝這邊跑來了。

韓鐵芳轉身向北急急走去。張仲翊又大喊：「他跑了，你們別放他走！小輩姓韓，是春雪瓶的漢子，羅小虎的嘍囉，你回來呀！再拼一拼呀！跑了就是給你祖先丟臉！媽的……」

韓鐵芳邊走邊猜疑着：我們交手，是誰在暗中施放暗器？

不覺到了店房門首，一推，店門就開了，他走進去，隨手將門掩上，這才喘了一口氣。望見櫃房裏燈光很亮，韓鐵芳就定了定神，走到櫃房門前，向裏邊索要燈火。

裏面的掌櫃的很客氣地說：「韓爺回來啦？到哪兒去玩了呀？」

韓鐵芳帶笑答道：「去看了看朋友，掌櫃的把燈給我。」掌櫃的說：「燈已給您點上啦，我們想您一定一會兒就回來。」韓鐵芳點頭說：「好！好！好！」掌櫃的又說：「茶水這就給您送去。」韓鐵芳又連說：「好好！」他胸頭依舊急劇跳動，氣還有些喘，腦中仍飄着一個個可驚的疑問。

走到裏院，見自己住的那房間的窗上果然有燈光，心裏就想：這裏也住不下了。明天仙人劍張仲翊必會找到這裏來拼命，再拼命時可就得見出個生死了！他伸手一拉門，隨之邁腿進屋，卻不禁又嚇了一大跳。原來屋中已有人，緊紮的雲鬢，俏立的嬌軀，一身青色利落的打扮，正是春雪瓶在他屋裏等他。韓鐵芳愕然止住了腳步，心裏才明白了剛才雪瓶為什麼詢問他的住址，並且明白了剛才以暗器射傷仙人劍的那個人是誰了。

他尚未說話，只見雪瓶先笑了笑說：「韓大哥怎麼這時候才回來？我勸您以後不要再跟那仙人劍張仲翊爭鬥了。他原不過是個狐鼠之輩而已，大哥如若傷了他，再因那打官司，未免合不着；如今我只求韓大哥給我辦一件事。」

韓鐵芳一聽這話就又奮起勇氣來，說：「好，無論什麼事情，就請姑娘告訴我吧！必定即時去辦，絕不遲延！」

雪瓶剛要把話說出來，韓鐵芳忽然聽見門外有腳步聲，他趕緊推開一道門縫，向外去看，見是店裏的夥計給他送茶水來了。他就伸出手去把茶壺接了過來，沒讓夥計進房，依舊將門關上。雪瓶悄聲說：「把插關插上吧！」韓鐵芳隨將插關插上好。雪瓶又將桌上的油燈向下壓了點。燈光驟暗，雪瓶的芳容如同罩在一層霧裏，愈發綽約如仙。她在床邊坐下，韓鐵芳站在她五步之外，自己覺得十分不好意思，拿起茶壺來倒茶，手都有點發顫。

雪瓶的雙頰也浮現出兩朵嫣紅，但旋即又正色地說：「暫時不忙，我求大哥這件事，待一會兒再辦不遲。」

韓鐵芳一聽，是目前的事，他就更慨允了，說：「隨姑娘吩咐吧！無論是我做得到做不到的事，我必定盡心盡力去做。因為受了前輩之遺命，她老人家叫我盡力關照姑娘，我絕不敢有負亡友。我本來是在旁處還有事情，因恐姑娘在這裏易受旁人之暗算，所以我才不走，留為效勞。只要辦完了姑娘的事，眼看姑娘離開這裏，安返尉犂城，那時我才會安心離去。"

雪瓶聽了，不禁將頭低下。韓鐵芳將一碗茶送到她的眼前，她慌忙地站起了身，笑着說："大哥怎麼跟我這樣客氣呀？"她伸着纖纖的雙手去接，右手的無名指上還戴着一個白銀的戒指。但韓鐵芳並沒把茶碗交在她的手裏，卻放在她的身畔床板上。雪瓶拿起碗來放在唇邊，輕輕地抿了一口，然後嫣然地笑了笑，隨後說："我只求大哥一件事，因為幼霞走了，沒有人可以再替我辦這件事。"

韓鐵芳又問："什麼事？請姑娘只管吩咐，我這就去辦！"

雪瓶問說："官花園那地方，韓大哥認識嗎？"韓鐵芳一聽，不由得有點發愣，就說："雖然沒去過，但我可以找到。"雪瓶就說："我帶大哥去也行。待會兒，過三更時，我就同大哥去。那裏有一座樓，名叫綠霞樓，隔着一道牆便是一條長巷，請大哥就到那樓上。"

韓鐵芳問說："那樓上可有人住嗎？"

雪瓶搖頭說："沒有人住，是一座空樓。但大哥到了上面務必將他那裏的人都招出來，那裏的護院人，除了仙人劍張仲翊之外，還有方天戟秦傑，官人更夫無數。韓大哥你只去把他們驚擾一下，叫他們亂起來，千萬可別傷人；然後你就急忙脫身走去，再回到這裏來，也別叫他們追着！"

韓鐵芳一聽，不由倒為難了，但是他眉頭也不好意思皺一下，依然點頭，慷慨地答應着說："好！待一會我就去。雖說官花園那個地方我沒去過，我可知那地方是在西門裏，靠着城牆很近。"雪瓶微微地笑，點頭說："對啦！就是那兒。"韓鐵芳說："那就不必姑娘帶領，我一個人自會找了去，可是姑娘……"他想問問到底為什麼叫他那樣做，那不是成心闖禍嗎？於事又何補呢？

可是雪瓶不容他問，反先問說："韓大哥可也得自己斟酌斟酌，你能不能辦這件事？我也是真沒法子，才來找您。但，您……若是不願幫助我，或是實在不能助我，您可也別客氣，只管推辭，我絕不會因此就惱了您，也不會因此就小瞧了您。"

韓鐵芳說："姑娘放心！我既然答應了，就必定辦得到。除了叫我去殺害欽差大人，那我是絕不肯；叫我去登天入海，鏟平了沙漠，那我也確實不能，除此以外，我哪一樣不肯？哪一樣不能？我雖武術只學了數載，不及姑娘遠甚……"

雪瓶臉紅紅地笑着說："大哥何必這麼客氣？"

韓鐵芳說："這確是實情，然而，我自信武藝還不在仙人劍、方天戟等人之下。在靈寶縣我也獨戰過戴閻王等數百之眾，在渭河畔我更曾單身力鬥過群賊，不然，我想春前輩那樣的高人也不會屈身與我相交，而帶着我西來……"往下他還有許多話要說，可又說不出來了。

春雪瓶卻低頭斂顏，似引起了心中的悲傷，可又微微地倩笑着，說："我知道，您的本事受過真傳，您說您不及我，那是太謙虛啦！今天，我懇求您千萬給我辦了這件事！"韓鐵芳點頭說："成！"雖然他覺着可疑，想問問惹出這場麻煩來究有何用，但他又想：那樣倒顯得我畏首畏尾，猶豫不決了，於是索性不再多說話。

這時店裏有人"梆梆梆"整敲了三下梆子，韓鐵芳說："請姑娘且等！"他悄悄走到院中，見前院淡淡的燈影，簡直沒有一處有亮光。天際烏雲更厚，遮得星斗皆無。寒風更緊，四顧寂寥，毫無聲息。韓鐵芳在院中站立了一會，聽到店房裏的更夫敲過了梆子已回屋睡覺去了，街上遠處的梆鑼也漸漸去遠。

他又回到屋裏，看見春雪瓶正抽出他的那口寶劍來看，見他進來，就又給放在床上了。韓鐵芳在腰間繫上了一條帶子，說："姑娘隨身又未帶兵刃，若隨我前去，恐有閃失。不如姑娘先回店房去，今夜我把事情辦得如何，明天姑娘自然會聽說。"春雪瓶默默不語，待一會，才點頭說："好吧！咱們就一塊兒走吧！"

於是韓鐵芳抽出了寶劍拿在手中，他先請雪瓶出了屋，將燈吹滅，才出來，扣好了門。他向雪瓶一招手，就先聳身上房去了，一半也是為顯示他的身手；但兩隻腳才踏到屋上，不想雪瓶已經上來了，反點手叫他，他就跟隨雪瓶腳踏着屋瓦前行。下面不是人家便是店舖，他為使腳下不發出沉重的響聲，所以總不能快走，尤其是由這座房跳到那堵牆上的時候，他總是特別地謹謹慎慎；但雪瓶卻身輕如狸，跳躍極速。韓鐵芳實在跟不上她，可又不能嚷嚷着叫她慢些，心裏雖慌，可是不甘落後，因此腳下未免有失，就登落下了一片瓦，招得下面院子裏的狗不住亂吠。雪瓶在前面略等了他一會兒，他才喘着氣趕上來，隱隱聽見雪瓶不住格格的笑，他就更慚愧了。

再往前走就望見大街了，有兩隻大燈籠，四五個巡夜的官人在街上走着。韓鐵芳一眼看見，胸中不禁怦怦地亂跳，雪瓶卻在一座房上伏下身來，韓鐵芳就也趕緊在她的身後趴下。只見雪瓶轉過頭來，帶着笑音悄聲說：“不要緊！他們絕看不見。等他們走過去，咱們就跳下去。”韓鐵芳也不敢言語。

下面的街本來不寬，燈籠也很亮，光都照到瓦簷上來了。幾個官人大概都穿的是皮底的鞋子，踏踏踏的腳步聲非常沉重，並且他們都邊走邊談。韓鐵芳的身子被瓦硌得很痛，他的心中倒並不是害怕。明知即使被官人發現，自己這身本領雖然不高，可也未必就會被擒住，只是勢必動武。自己原是守法的人，殺強盜、除惡霸，自己都不畏懼，就是不願與官人相殺。

他屏息了半天，街上的官人走過去了，是往西去了。他抬起身來看了看，心中覺得還應在房上再藏一藏，等那幾個官人去遠，卻見雪瓶一跳就下去了，並悄聲叫着：“韓大哥！下來吧！”韓鐵芳也跳了下去，這裏原來就是西大街，兩旁都是沉寂如死，緊閉着門板的舖戶，他就悄聲地說：“姑娘，你快回去吧！我認得官花園，我一定會把事辦成的，姑娘你不要跟我去了！”雪瓶卻搖頭說：“不！我要跟着你去。”說完了這句話，她往西就走。

韓鐵芳提劍在後跟隨，心裏暗想：她既也到官花園去，憑她的本事，她什麼事不能做？何必要叫我去，招得那裏的人瞎驚擾一場，惹那麻煩呢？真令人不解。

這時前面的幾個官人已走遠了，雪瓶越走越快，少時又回身招手，便轉進一條小巷。韓鐵芳隨她進去，這條巷裏更黑，地下且坎坷不平。春雪瓶在前又等了他一等，等他到了近前，雪瓶就又囑咐說：“韓大哥小心一點，地下不平，可不好走！”

韓鐵芳聽了這話卻有些不高興，暗想：要叫她想着我連走路都會摔跟斗，還怎能到官花園去辦事？他於是就趕到前面，忿忿地說：“你回去吧！這又不是什麼難事，我去一會也就辦完了。你跟着我去，反倒有妨礙！”

當下他便提劍在前緊行，雪瓶卻在後仍跟着他。他走出這條小巷，卻見仍是一條胡同，可是比較寬了，他就轉往西走去，耳邊卻又聽見了很真切的更聲。再往前走，走了不遠，忽覺春雪瓶自後邊抓住了他的胳膊，他不得不停住腳步。雪瓶這時用手一指左邊的高牆，在韓鐵芳的耳畔悄聲說：“到啦！牆裏邊就是那座綠霞樓。”

韓鐵芳仰面向牆裏去看，果見露出一角隱隱的高樓，但卻黑忽忽地沒有燈光。樓旁的柳樹大概還掛着些枯乾的葉子，被風吹落在牆下，發出沙沙的響聲。往近走了一步，腳下踏着的也盡是落葉。

裏面的更聲十分響亮，韓鐵芳至此，精神益發緊張。春雪瓶的手已離開了他的胳膊，但身子仍在他的旁邊站着，並且企着腳兒附在他的耳畔說：“韓大哥你進去吧！可是千萬要謹慎些！我走了！大哥，明天再見！”

韓鐵芳點點頭，將劍插在帶子上，然後飛身上了牆頭。他兩隻腳踏在牆上，手扳着樹幹，先回頭去看，見下邊已沒有了雪瓶那條纖細苗條的黑影。他又故意等了半天，索性等雪瓶走遠了，他才驀然向樓中跳去，咕咚一聲，一隻腳踏在樓板上，另一隻腳卻幾乎將樓杆撞斷。

這時候他倒一點也用不着小心仔細，反恨不得樓邊有人。他拔出劍來喀喀兩聲砍斷了樓窗，跳進了黑暗的樓中，迎面又咕咚一聲撞翻了一張桌子，險些把他絆倒。他一跳，跳過了這張桌子，腳步極重。他以劍在前摸路，噗的一下，劍又插在隔窗裏邊了，接着刷啦啦的一陣亂響，大概是牆上掛着的一副畫也被震落下來，倒把他嚇了一大跳。

他喘了一口氣，心說：我倒成了個醉漢了！我到這裏是幹什麼來的，不是雪瓶叫我來故意驚擾這裏的人嗎？這還不好辦？於是他索性鼓起勇氣走近前窗，掄起劍來對着窗喀喀又是兩劍，砍得窗櫺紛紛斷落。但使他失望的是，他這麼大鬧，竟沒有人察覺，打更的人也不知往哪兒去了，並且院裏連一條狗也沒有。

他想大喊一聲："有賊啦！來人吧！"喊完了事情就算辦完，轉身就可以走了，但是他卻喊不出來。他持劍發呆地站着，隔着碎窗戶往外去看，見下面原是一片空地，有許多棵枯樹，春夏秋季這裏一定有花。可是官舍住房的院落還都在對面，離此很遠，這裏只是孤零零的一座樓房。他沒辦法，只得又用劍柄去捶窗戶。把窗戶打開了，他將身跳了出去，站在樓簷下，又用劍劈斷欄杆，並用腳去踢。樓欄杆從上面落了下去，聲音很大。又停了一會，才聽見遠遠之處有人驚喊道："什麼人？是誰？"

韓鐵芳驚愣了一下，便鼓起勇氣來向樓窗掄劍砍去，砍了幾下，又攀緣着柱子爬上了樓頂，掀了一片瓦摔了下去。自己也沒聽見響聲，可是下面也沒有人再發問了。他就蹲在樓頂瓦上，霎時就聽見對面的院落裏梆鑼連敲，亂了起來，又見有四五隻燈籠悠悠的出了那院落，接着就有許多人都擁擁擠擠地亂跑着，亂嚷着："是什麼事？是什麼事？"

"哪兒？哪兒？"

"在樓那邊，樓那邊……"

梆梆的更梆聲，噹噹的銅鑼聲，都如驚雷急雨一般地響了起來。韓鐵芳一看事情已然辦到，急忙轉身就要下樓逃走。可是又見外面那條小巷裏，也趕來了兩隻急走的燈籠，跟着幾個人都大喊道："拿賊呀！拿賊呀！"情勢更急，離着更近，堵住了韓鐵芳的去路。

韓鐵芳未免有些着慌，趕緊又攀着樓柱下來。他原打算竄進樓內躲藏，可是只見燈光跟眾人都往這邊逼來了，進樓裏已是死路一條。他於是急中生智，反往樓下驀然一跳，向着已來到臨近的眾人，大喊一聲："快來吧！樓上有賊！別放跑了！"對面的人也沒辦清他是誰，還以為他是自己人呢，便齊問說："有幾個賊？有暗梯子？"他沒回答，卻轉身就跑。

那些人是往北來，他卻往東邊去，就有人識破了，喊聲："這小子就是賊！拿呀！"於是只有少一半人往樓那邊去了，多一半的人卻撲上他來，並有人威嚇着喊說："站住！讓我們照照你是誰？"韓鐵芳不答話，只是一直地跑，身後的人緊追，又有人說："小子你要不站住，我們可要放箭啦！"嚇得韓鐵芳越發匆忙地逃奔。

此時牆外的那幾個官人也都爬過了牆來。梆鑼聲倒已停止了，可是人語及腳步之聲更緊更雜，燈籠也增多了，照得直如白晝一般。韓鐵芳急忙跳過了一堵短垣，他看出這道牆上都鑲着扇面形的、葫蘆形的、桃兒形的各樣的玲瓏的窗戶，這的確是花園中才有的建築。牆這邊是一片房屋，都有着廊簷，大半欽差玉大人即居於此，嚇得他趕急伏下了身。這個院落裏倒很寂靜，西邊有三間北房，大玻璃窗裏燈火輝煌，廊下且支着一隻上面貼有紅字的氣死風燈籠，並有幾個人站在那裏，可是都沒看見他。

這時隔牆的聲音仍亂，官人隨着燈光，有的爬牆過來，有的由門轉過來，有的已上了房子，連燈籠也上了房了。有人仍然大聲喊："找找！他絕跑不了！"又有人說："別亂別亂！小心驚了大人！"

已如網中之魚，阱中之獸的韓鐵芳，真已無路可走了，他只得緊貼着牆根急走了幾步，上了廊子。他見身後有一間房子，裏面黑魆魆的，他慌不擇路，上前就把門拉開了，硬是跑了進去。原想是一進屋去，屋中必定有人驚起，那他可不論驚起的是什麼人，就得揮劍了，但沒想到這屋裏並沒有人，窗上裱糊的紙也不完整。驚心悚目的燈光一閃一閃的照到屋裏來。他看出眼前是亂七八糟的，腳下也磕磕絆絆，原來這是一間放破爛傢俱、堆煤炭，並擺着許多枯乾了的夾竹桃、石榴樹等盆花的屋子。他伏着身，如同一條蛇似的躥進了破爛傢俱堆裏，蹲在一張破桌子下邊，前面有破椅、板子，還有花盆擋着。

外邊的腳步聲極近，人聲雖然不大也不再亂，但他卻聽得很清楚，只聽有人說："怎麼？到底讓他跑啦？""不會不會，他跑不了，往牆外再看看去。""樓上怎麼樣？那邊的賊捉住了沒有？”“大概就是他一個？”

“這小子，前幾晚來這兒鬧的多半就是他，殺死竇鏢頭的也是他！”

又聽見有一個人似是由房上跳下來，怒說：“你們怎麼都是飯桶，連個毛賊在眼前都放他跑了？快搜！快找！”

又有人說：“秦鏢頭你別嚷嚷！大人今天又發燒得厲害，別給驚嚇着了！賊也許藏在這屋裏，誰先進去搜搜！”

屋中的韓鐵芳十分着急，手中緊緊地握着寶劍，心中突突不住地跳。可是又聽那方天戟秦傑怒罵着說：“那個賊也不是傻瓜，他會藏在屋中等捉麼？你們快爬過牆去，到後院找找吧！”韓鐵芳這才松了一口氣。

但聽見窗外仍有人說話，那方天戟秦傑的嘴裏仍在咕噥地罵着，房上也有人的腳步響，那短牆之外的聲音仍很亂雜。過了許久，方才漸漸地消停。始終沒有人進這屋裏來搜，不過院中也永遠有人，有燈光。韓鐵芳幾回想要逃出去，但都不便，他只得又拉過一塊破板子遮住了自己的身子，仍然蹲伏在這裏，等待着逃走的機會。這個時候，梆鑼已遲遲的交到了四更了。

此時，那三間正房廊下的氣死風燈裏邊的蠟燭也快燒完了，光度極為暗淡。看守燈籠的人也回屋去睡了，因為他知道賊人已經跑了。更夫往來巡邏着，方天戟秦鏢頭和幾位官人還不斷地在各院中搜查。這個看燈籠的人自知沒有多大用處，後半夜也絕不會再出什麼事了，他便趁着空兒去躲躲懶，何況屋裏的燈光還亮。

西里間的前面掛着棉門簾，外屋一律是紫檀木的桌椅，那剛才驚慌了一陣的連喜，正坐在小凳上伴着一盞錫燈台。那燈上燃着的兩根燈草，發着晃晃的光焰，照着這當了半生長隨，已經訓練得極為規矩、極為世故的連喜。他眼前攤放着一本《響馬傳》，本來他是用這本書消磨長夜，省得打瞌睡，屋裏的大老爺要是喚他，他好知道。不料今夜果然來了真的響馬，並且已經來此光顧三次了，第一次殺了鐵霸王；第二次是送來了一封什麼信，使得欽差大老爺的病更加重了；這次又險些沒拆塌了那座綠霞樓，還越鬧越兇了。

頭一次確使連喜受驚，因為他生來也沒見過那樣恐怖的死屍，真嚇得他好幾天沒做好夢。但第二次出事時他倒不大驚慌，因為當他將賊人留下的那封信交到欽差手中之時，分明看見玉大老爺不但沒發怒，反倒連歎了幾口氣。

最近達阪城有人送來那雙鞋，玉欽差就悄悄地親命他把鞋送到吉升店去，並讓他勸繡香跟雪瓶趕快離開此地。他就有點兒明白啦，猜出來大鬧這個花園的必定是那位小王爺。他想着：“有其母必有其女”，一點兒也不足怪。玉大老爺不見她，她當然不甘心，當然深夜裏會來的，來此也不過是跟這久病未愈的欽差老爺要個主意，想個法子，也許是請求他營救羅小虎。這樣一想，他倒不怎麼害怕了。

不料今天忽然聽說來這裏攪鬧的賊人原是個男的，而且手攜寶劍，已經逃走了，這可真使他驚恐了。他不知來的這個男賊是什麼人，是懷着什麼心。連喜怦怦亂跳的一顆心，這時才略定，那本《響馬傳》裏邊雖有熱鬧而緊張的情節，可是他也不敢再看了。他對着孤燈發怔，漸漸地倦意襲來，他覺着頭沉，眼皮直往一塊兒打架。由門隙蕩進來的秋風，把燈焰吹得更高更明，照得那靠後牆的四扇嵌着貝殼花紋的精雕檀木屏風，都燦爛生光。連喜可沒有料到屏風後面藏着人，而且藏着的還正是春雪瓶。

原來雪瓶叫韓鐵芳來這裏造成一場虛驚，為的是調虎離山，叫這裏的守夜官人、鏢頭、更夫，全都跑到樓的那邊去捉賊。在這慌亂之際，必有人保護玉欽差的屋子，也必有人到玉欽差屋裏去稟報、壓驚，她便先隱在暗處，辨出欽差居住之所。這時候一些人都很慌亂，向各處找，往各處看，連喜又往里間去稟大人勿驚，趁着這外屋無人之時，雪瓶就比秋風兒還快，進來就藏在了屏風後面。

她扒着屏風的縫兒偷瞧，看見連喜一會兒打盹，一會兒又驚醒了，並且不時用手指蘸着碗裏的茶水擦眼睛。其實雪瓶自量就是這時候走出屏風，被連喜看見了也無妨礙，但她終究不願讓別人知曉。窗外雖已打過了四更，她卻一點也不着急，又站立了一會，看見連喜闔着眼睛，頭又重下去了，她才又像一股風兒似的轉出了屏風，走進了里間。那棉簾子沒發出一點響聲。連喜也沒有察覺，他只啊的一聲，又打了個哈欠。

裏屋中升着個很旺的小白爐，暖得令人身上都發癢，藥味濃厚撲鼻，桌上的燈光極黯。那木榻上正臥着欽差玉寶恩，蓋着棉被，似睡非睡，覺出有人來到他的身邊，就一半呻吟，一半低聲地叫道：「連喜……」

雪瓶突然走了過去，在他的半睜半閉的眼前擺了擺手，驚得玉欽差立時將眼大睜，面現怒色。春雪瓶卻回過一隻手將桌上的燈往起一挑，使得光焰增大，故意叫欽差看見自己的容貌。她低下頭，離着欽差的臉很近，低聲說：「您別害怕！我是春雪瓶，玉嬌龍的女兒。」

玉欽差更是驚訝，他哦了一聲，也把聲音壓下，遲緩無力地說：「姑娘，你是怎麼進到這裏來的？剛才在此攪鬧的人，就是你麼？」

春雪瓶點點頭說：「這幾次到這裏來的，都是我！我沒有別的事，只是要見見您，我們來到迪化所以不走，也就是為等您。」

玉欽差歎息着說：「你想，我是奉欽命來此，又加上病總不愈，我怎能夠見你？此次我自京西來，路上有幾次都幾乎出事，尤其那一夜住在陝西楊鎮地方，在店中深夜有人進了我的屋中，那時也無人察覺。」雪瓶聽到這裏，就淒然地說：「那大半是我爹爹，您的妹妹。」

玉欽差微微地點了點頭，說：「她在燈旁，穿着男裝，但面容憔悴，並且向我說了幾句話。她以為我已經聽見了，她就走了，其實我連一句也沒聽明白，因為她的聲音太低。我只見她的嘴動，卻沒聽出一點聲音。」

雪瓶不由得痛哭啜泣，說：「那，那是因為她有病呀！她老人家已經……已經死在沙漠裏了！」

玉欽差也面現戚容，他閉了一會眼睛，又微微地歎了口氣，說：「我也聽連喜說過了。兄妹之情，我心裏哪會不難過？可是以她早先所做的事，以我現在的官職，我哪能去論她是生是死，我哪能認她呢？唉！」

雪瓶說：「我也不是叫您作難。究竟我是否是她的親生女兒，她也沒有告訴我，但是上次我在信上說過的那個韓鐵芳，確實是她的兒子，是您的外甥。那人年輕會武，生性剛直，現今就住在這城裏北大街的店中。您若是不管他，他將來難免會淪落江湖，走入邪路，跟羅小虎一樣。您若是能把他找來，栽培他，也不必叫他為官，只要使他有出身，得發展，將來成個堂堂正正的人，不至於流落在這個地方，那就算您對得起，與您一母同胞的那個妹妹了！」

玉欽差又點頭說：「是！現在我既知道他的住處，我無論借着什麼名目，也可以把他找了來，收容他，扶助他走向正路。幫助他，我想總比幫助羅小虎容易一些，好辦一些！」說到這裏，他又發出了幾聲微弱的歎息。

春雪瓶拭了拭眼淚，又說：「果然能夠這樣，我就深感大恩了！至於羅小虎，您倒可以不管不問。我為什麼為韓鐵芳的事向您托求呢？實在是因為……咳！我實話對您說吧，他到底是否是我爹爹的親生之子，到現在還沒有憑據，這只不過是我繡香姨娘的一種猜測罷了。但我爹爹的屍骨卻虧他給埋葬，他對於我們實有深恩厚義，我們不能不報。明日您若把他找來，也不必提說我這話，只說喜他年輕，愛他藝好，想要提拔他就是了。」

玉大人點頭說：「是，我見了他，什麼話都不跟他提。看他喜武，我就讓他於營伍之中謀一出身；他若是喜文，就勸他折節讀書。」

春雪瓶聽到這裏，覺得很是滿意，就說：「既是這樣，就算我對他盡到了心，以後我也不再到您這裏來了。攪鬧了幾次，我的心裏也很不安，將來我再贖罪吧！」

玉欽差說了半天話，身體似是極為疲倦，他喘了半天氣，又問說：「你打算幾時回尉犁城去？」

春雪瓶說：「事情既已辦完，不久我就要回去。望您多多保重身體，病好了，公事辦完了之後，趕緊離開這裏為是。還有，您這裏的兩個鏢頭，方天戟秦傑和仙人劍張仲翊，全都不是好人，您對他們千萬不可信賴，總之要加以防範為是。」

欽差又微微地點頭，說：「我也知道。不過他們二人原是西安府所薦，有知府作保，大概也不敢對我無理。」

雪瓶說：「也說不定！他們都交遊甚廣，門路很寬，雖因西安府之薦接近了您，但到了他們盜性復發之時，誰也無法攔住。我想他們放着鏢頭不幹，隨您西來，必有貪圖。不是為藉您之勢，假您之名去欺負人，就是想在您的身上有何打算。多半他們是想在您事畢東行之時，搶劫您的錢財！」

玉欽差說：「我秉公辦事，一點賄賂不受，哪裏來的錢財？」

雪瓶又說：「其實也不要緊，以後您如果遇着困危之時，只要讓我知道了，我必會捨命去救！」

玉欽差又歎息說：「我的胞妹縱不是你的親母，可是你既由她撫養成人，也就如她的女兒一樣，我就是你的舅父。只可惜我做着官，又多病，無法照應你。我想你無論走到何處也不至受人欺負，不過一個女子終究不可日與江湖之輩為伍，不可恃武妄為。聽連喜帶回來的話，你在尉犁頗有資產，那麼你就趕快回家安分度日去吧！每節在你母親墳前燒紙時，多燒幾張，算是替我燒的。再帶回一句話給繡香聽，叫她同她丈夫也快些回去吧，不必再來見我，將來叫繡香物色合適的人才，替你擇配。」雪瓶聽到此處，不禁心中悲痛，淚復流下。

此時五更早已敲過，窗外的天色漸明，雪瓶悲聲地叫道：「舅舅，我要走了！將來再見吧！」她轉身微掀門簾，見那連喜已趴在桌上睡熟，她就悄悄地走出，出了廊子飛身上了房。這裏雖還有人往來巡邏，但她身捷如猿，影疾似風，於凜冽的晨風中，腳踏着瓦上的嚴霜，就回到了吉升店裏。

春雪瓶進了她的屋中，別人還都不知道，她關上了門，脫去了鞋，就躺在床上，蓋上了棉被。她本來也很疲乏，但又睡不着，想此時韓鐵芳必也回到他的店裏睡了。如今事情已經辦完，好了，明日再歇一天，後日就可以走了；但她心中卻又有點捨不得似的，因為若一離開了這裏，就永遠與韓鐵芳天南地北，再不能見面了。尤其是想到玉欽差所囑的話：「將來叫繡香物色合適的人才，替你擇配。」這話真令她傷心。她想：憑新疆這個地方，哪裏還有人才呢？除了韓鐵芳之外，恐怕再也沒有一個人能叫自己看得順眼了！她輾轉多時不能睡着，店裏養的雞已在喔喔地叫了，五更敲過，天已大明。她又悲傷又煩惱，便以被嚴嚴地蒙上了頭，很久才睡去。

到偏午時候，她方才起來。春雪瓶原想叫蕭千總去找車，明天就離開迪化，可是不料才一開屋門，蕭千總就驚慌慌地闖了進來，啞着嗓音說：「不得了啦！昨兒夜裏官花園又出事啦！這回比前兩回鬧得更兇！雖沒傷着人，可是把一座綠霞樓幾乎給拆了！賊人是個男的，從衙門裏出來的人都說必是那個姓韓的，韓鐵芳！」

雪瓶吃了一驚，又見蕭千總臉色發白，語聲兒更小，說：「鷹眼高朋厲害！天一亮他就帶着十多個官人，先到東大街的一家茶莊去打聽，後來知道姓韓的是住在北大街的店裏，他們又去搜找。原來韓鐵芳一夜也沒回店，從他的屋裏只搜出許多金銀、行李，還有一隻鐵劍鞘。」雪瓶暗覺驚詫，心說：韓鐵芳可往哪兒去啦？

蕭千總又喘吁吁地說：「咱們也得小心一點！聽說鷹眼高朋早就把咱們的事都給探出來啦！他不但知道你沒走，知道走的那個姑娘不是你，還知道韓鐵芳跟咱們的那些瓜葛。秦傑拿着方天戟，這時正在街上找對頭呢！聽說仙人劍於昨夜受了傷，也不知道是怎麼受的傷，傷大概輕不了。」

雪瓶冷笑着說：「管這閒事幹嗎？跟咱們一點相干也沒有。反正咱們一天一夜也沒有出門，無論有什麼事也不能訛上咱們。」蕭千總吐吐舌頭說：「可是，我的姑爺爺，你不想昨兒晚上咱們這兒是誰來啦？」雪瓶擺手說：「那絕沒有人知道。」

蕭千總又一探頭，說：「沒有人知道？哼！姑娘你別以為人家都是聾子，都是瞎子，高朋秦傑他們，早就盯上咱們啦！不過，也許是還有大王爺的餘威鎮懾着，又猜不透你到底有多大的本領，所以還沒敢拿鎖鏈來鎖咱們就是啦！可是……」雪瓶冷笑着，表示不懼。

蕭千總又說：「你若是不信，咱們這時候要走，恐怕就難以離開這座迪化城了！」

雪瓶忿然地說：「衝着姨夫這句話，我們一兩天就起身，到時候我看看有誰敢來攔！」她雖然口中這樣說着，心裏卻很惦念、煩惱，心想：韓鐵芳沒有下落，我又不能走了。蕭千總還要往下說話，他的太太卻在屋裏叫他，他便歎了口氣，走了。

雪瓶發了一會呆，到如今才覺得無計可施，韓鐵芳昨天既沒有被捉，可也沒有回店，這豈不是怪事麼？她憂疑了一天，直到晚間，仍聽不見韓鐵芳的消息。她覺得自己是白費了一番力，好不容易託付了玉欽差安置他，他卻走了。當然玉欽差就是想要找他，也絕找不到了。最可恨的是鷹眼高朋那些人，他們不敢來犯我，卻去欺負他，真是又懦弱，又可氣！

蕭千總一天也沒到酒舖去，連屋子都不敢出。才交初鼓的時候，他就在他的里間，舖上了被窩睡了。繡香雖是在店中，可是手裏總不放掉針線，在燈下改做她丈夫的棉衣。待了些時，雪瓶到她的屋裏來，因為蕭千總已經睡了，繡香就跟她在外屋談話。雪瓶悄聲問說：「晚飯後，我姨夫沒有再出去嗎？那韓鐵芳的事，還沒有聽出一點結果來嗎？」近來她只要一提到韓鐵芳，臉上就有一些發燒。

繡香皺着眉說：「沒有，他不敢出門。他說怕方天戟秦傑打他，怕鷹眼高朋抓他。」雪瓶哼了一聲，說：「人家抓他幹什麼？」說着就在繡香旁邊坐下，不勝煩惱。繡香似乎也猜透了她的心事，就勸着說：「不要緊，明天我想法託店裏的人打聽打聽好了，你別着急！」

雪瓶說：「我才不着急呢！」說出了這話，她的雙頰越發緋紅，又灰心地說：「他的事我們也管不着，不過我總覺得這事情很怪！我們再在這裏住幾天，也走吧！」

繡香點頭說：「我想也是，欽差那兒既然不肯見咱們，咱們再在這裏住着也實在無事可做。這回出來錢雖帶得不少，可是若在這兒消耗得太多了，回去的時候，手邊也就不大寬裕了。你姨夫在烏爾土雅台雖說是個閑差，究竟告假的日子太多了，也不好。你那小兄弟還在那兒，我也不太放心。再說，我也希望趕快回尉犁看看，到底幼霞那孩子回去了沒有？她是跟咱們一塊兒出來的，可是她獨自不辭而別，萬一在路上有什麼舛錯，咱們將來見着她的媽媽可說什麼好呀？」雪瓶也點點頭，眉頭往一塊兒皺得更緊。

繡香又說：「在這裏天氣也冷了，咱們帶來的衣服又少，南疆還暖一點，所以不如回南疆去。若是再冷一點，天山可就不好走了！」雪瓶說：「是呀！在此既然沒有事，為什麼不回家呢？」繡香也發愁地說：「只是羅小虎的那官司……」

雪瓶對這件事倒不大關心，耳邊聽得秋風刮着落葉沙沙地響，心中卻充滿了淒涼惆悵之感。繡香仍坐在她的對面談着一些家常話，句句話也都是想安慰她。聽繡香的意思也真跟玉欽差差不多，也是勸雪瓶回尉犁，以後帶着那施媽跟老家人好好地度日。而她則回到烏爾土雅台，等她丈夫把官辭了，他們就到尉犁與雪瓶一同過活，以便永遠照應着雪瓶。然而她不知道，這些話到雪瓶的耳中很是無味。繡香只管談着，雪瓶卻只是呆呆坐着馳思發愁，不覺兩更都敲過了。

這時候，忽覺得屋門開了。繡香還以為是被風吹開了，她剛要起身走過去關，雪瓶卻早已覺出事情有異，已先站起。這時由外面進來了一個男子，把繡香驀然嚇了一大跳，但在燈光之下，她們齊都看出進屋的正是韓鐵芳。雪瓶見韓鐵芳仍然穿着昨天的衣裳，手中仍提着寶劍，可是髮上、衣上沾着不少塵土。門已隨之緊閉上了，韓鐵芳並回身上了插關，繡香又驚又喜，說不出一句話來。雪瓶卻先將油燈壓小，然後走過去兩步，問說：「韓大哥你從哪裏來？」

韓鐵芳轉過身來，人雖狼狽，但神情卻很鎮定。他將手擺了擺，說：「沒有什麼事！蕭太太跟雪瓶姑娘都不要驚慌。昨晚我因為沒走成，就藏在那兒的一間擱破爛東西的屋子裏，那屋子裏也有人進去取了兩次煤炭，可是竟未發現我。我在那裏一直藏了一天，並且聽見那些人談說了許多的事。聽說仙人劍張仲翊傷得並不重，一半日就會好。羅小虎大概要解往伊犁，他們將於沿途把他殺害，給鐵霸王報仇。」聽到這裏，雪瓶卻微微地冷笑。

　　韓鐵芳又說：“我是才從那裏逃回來的。我先回到店房，才知道今天鷹眼高朋率着人曾到店裏搜查，把我的行李、劍鞘，連銀兩全都給拿走了。情形既是如此緊急，我想非得當夜離開這座城池不可，要不然，到明天定又有許多不便！”

　　雪瓶說：“可是，此時城門已經關了，你怎麼出去？”

　　韓鐵芳微笑說：“那倒不要緊，我跟我師父一提金蕭仲遠學藝之時，曾練過飛上越下的本領，這道城牆也許還擋不住我。只是我不想走遠，想到時幫一幫羅小虎的忙，以盡友誼。我還要鬥一鬥仙人劍張仲翊、方天戟秦傑那兩個混蛋！”

　　他緩了口氣，又說：“我想到城西暫且找個地方居住，靠着往伊犁去的大道近，屆時好攔截張仲翊等人。我並需要一匹馬，如果截不住，我就騎馬趕到伊犁……”

　　他的話尚未說完，雪瓶已明白了他的來意，就說：“好，好，我去給大哥拿些銀子作店錢。我這裏有兩匹馬，您隨便把哪一匹牽走。”

　　韓鐵芳似乎有些慚愧，又攔手說：“錢也用不了太多，只消幾兩銀子便夠，馬也非立時就用。而且北大街那店房已給我預備好了一匹，剛才我已經說好了，隨便什麼人都可以取來。我約下個時候吧，後天清晨在西門外五里地內，請姑娘派個可靠的人將馬匹送來，屆時我必在那裏等候。”

　　雪瓶點頭說：“好，我先去替大哥拿銀子來。”當下她開了門匆匆就出去了。

　　這裏繡香的目光又直直地盯在韓鐵芳的臉上，並且很客氣地說：“韓大爺請坐下歇一會兒吧！”韓鐵芳卻歎息着說：“我屢次來驚擾，真是不安！”繡香微笑着，搖頭說：“不要緊，我一點也不驚恐。早先我跟着我們的小姐，就是春大王爺，那時候我真是什麼事情也都遇過了。”韓鐵芳也感歎地說：“春前輩那真是曠古絕今的一位奇俠！”

　　繡香露出悲意，又說：“她有個親生的孩子，二十年前在祁連山……”韓鐵芳正要專心去聽，雪瓶又進屋來了，繡香也就將話止住。

　　雪瓶誠意懇切地將一小包兒銀錢交在韓鐵芳手裏，韓鐵芳這回是初次由她手裏接錢，他不勝慚愧，尤其是從她那一雙纖纖的玉手中接錢，更覺得臉紅。錢拿到手中，想收藏在懷裏，但腰間又繫着那條帶子，而且衣服很瘦很緊，他只得先回手將銀子包兒放在桌上，隨後就解帶子、解鈕扣。他動作很匆忙，也沒有留心由懷裏掉出了什麼東西。他背過臉去，先將銀包揣在懷中，再將腰帶繫緊，拱了拱手，提起劍來就說：“我要走了，蕭太太跟姑娘請安歇吧！再見！”說着他就去開門。

　　雪瓶又追上兩步，仰着臉兒悄聲問說：“韓大哥，不必後天了，明天清早我就把馬給你送出城去。”韓鐵芳點頭說：“好！”雪瓶又說：“大哥你今晚真能出得了城？”韓鐵芳說：“這個，姑娘放心！”便走出了屋。

第十一回　衝風冒雪鐵騎追車　震海驚山嬌娥解難

今夜天色很晴，星月都發着燦爛的光輝，店房的前院還有人在說話。這小小的後院，除了背後的兩間屋子還有燈光，其餘的地方都是昏黑而且寂靜。韓鐵芳先退了幾步，往房上看了看，然後又往前跑了幾步，嘡的一聲躥上了房。心中還說：不知瓦響了沒有？如若被屋裏的雪瓶聽見了，那豈不要叫她笑話？

因此地離着南門還近，他就想由南邊的城牆越過去，並記得那邊的護城河裏沒有水。於是他就腳踏屋瓦往南走，所過的盡是些舖戶。才走過兩家舖戶，忽覺身後有人追來；他以為雪瓶又來了，便趕緊停步。回身一看，他不由大吃一驚，只見這個人的身軀比雪瓶高，看得出是一個男子，追上了他，尚離兩三步，手舉白刃就向他砍來。他疾忙閃避，以劍相迎，那人更進一步，刀轉如飛。韓鐵芳傾全力去鬥，刀往劍來，兩個人的腳將房瓦踏得亂響，驚得下面的人也嚷嚷，狗也汪汪，韓鐵芳急問說："你是誰？"

對方同時掄刀猛砍，發出獰笑說："太爺是方天戟秦傑……"刀劍噹噹相磕，房瓦也紛紛碎落，秦傑又說："你這小子跟春雪瓶的那些事，太爺全都知道了，我就先……"

韓鐵芳的寶劍緊刺，秦傑揮刀敵擋，此時下面已有滾滾的燈光，鏗鏗的敲擊銅盤子、鐵鍋之聲。韓鐵芳不敢再與他相爭持，便虛晃一劍，轉身便跑，嗖嗖嗖又連跳過一層房、一道牆，不料這院子裏的人也都驚起，更不料方天戟秦傑又已追趕上來，刀離他的頭只有三寸。他疾忙揮劍，秦傑呀的一聲慘叫，摔下牆去，下面的人更亂喊起來。

韓鐵芳趕緊走去，也不知跳過了多少道房，踏碎了多少片瓦，他竟走到了南城根。這裏什麼響聲都聽不見了，只有瀟瀟的秋風吹着那生在城牆上敗葉枯枝，簌簌地向下落。

城牆高約五十尺，天空繁星萬粒，涼月一鈎。他喘了喘氣，然而不敢稍停，疾忙順着城根又走去，尋着了往城上去的一條坡斜的道路。他一步一步地走上去，城牆上的地面很寬，可是看不見一個巡邏的人，走在外首的垛口旁邊，低着頭向下去看，下面是蒼茫的一片郊原曠野，往下去跳，別說自己的本領，就是叫春雪瓶來，也得跌傷。

他猶豫徘徊了半天，忽然心一狠，就將寶劍扔到城外，然後用手扳住了城垛口，用足尖找着城牆的磚縫，背朝外，胸貼着城牆，半步兒半步兒地往下去退。兩隻手離開了垛口後，就用力去摳垛縫，他這時極為鎮定，好半天才爬下了城，十個手指頭都已發疼了，兩腿也蹲得有點酸。歇了一會，他才去彎着腰伸手去摸劍，尋着了，這才提着劍往西走去，漸漸步入了蒼莽荒涼的無人曠野。

此時城內南大街那一帶，官人又匆匆地往來，大家都知道鬧了賊啦，並且官花園住的那位方天戟秦傑，已在一家油鹽店的後院裏被殺。獨有吉升店裏，那些店夥計雖都慌張起來，可是春雪瓶還未曉得，她還在繡香的屋中。

韓鐵芳走後，繡香忽於地下拾到一塊布。她覺得很奇怪，心說：這是什麼東西？就着燈去細看，看出來是一塊羅紗，已經很舊很髒了，顏色淡淡的，但能看出原來是紅的。這羅紗上織就的紋路，她卻覺得很眼熟，尤其是這塊羅紗的形狀是三角兒的。她驀然想起來玉嬌龍的箱中藏着的那件缺了個衣襟的羅衣。可惜那件衣裳未在這裏，不然若是湊在一處，一定完全相合。她不由得驚訝了，趕緊向雪瓶說：“姑娘！姑娘！你快來看！”

雪瓶本來正在呆坐着，正懸念着韓鐵芳，不知他到底能不能逃得出城，忽見繡香如此的情急，也不禁走過去看。繡香拿着那塊破紅羅不住地發顫，眼淚卻如雨一般落下，說：“原來真是！他真是你爹爹的兒子！”雪瓶驚問說：“是誰？”繡香說：“就是剛才走的韓鐵芳。我一點也沒猜錯，原來他真是你爹爹二十年前在祁連山失落，被人換去的那個兒子！”

雪瓶雖然心中也有八九分確信，然而聽說到換去兩個字，卻又仿佛侮辱了自己，勾起自己隱秘的一種悲憤，便沉下臉兒來不言語。

繡香流着眼淚又忍不住地笑，說：“天下竟有這麼湊巧的事！你爹爹上次往東去找她的兒子，果然就給找來啦！要說起來，那賽八仙算的卦可也真靈，只不過，你爹爹雖把他帶到新疆來，可是直到臨死，她也許還不知道已經找着了呢！”說到這兒，又不禁悲傷。

雪瓶卻發出一聲冷笑說：“她老人家怎會不知道？”因此又想到韓鐵芳的心裏也許明白。他們母子萍水相逢，一路西行，行了千餘里地，沿途哪能不透出一兩句話？韓鐵芳有時兒見着自己，他的樣子總像有許多話而欲言復止，可知爹爹對他，還不定有什麼遺言呢！她因此心中又很急，恨不得立時就將他找來，詳細地問。

這時繡香在燈旁坐下，又對着雪瓶細說起來：“有一年，你爹爹背着人給我看那件紅羅衣襟。她說是在甘州的客店裏，生下了孩子，第二天就被那姓方的官太太跟個僕婦給拐走啦，不，是給換走啦！換走的是一男孩，並剪下了一塊衣襟，留下的是一隻銀瓶跟你！”

雪瓶也不禁流出淚水，她擺手說：“蕭姨娘你不要再提啦，事情既然已經弄明白，我們倒應當替我爹爹歡喜。我知道我爹爹雖死但也早已瞑目了，也許還正在暗中笑我們呢！好在明天我就能夠再見到韓鐵芳，把話說明了，叫他改姓，姓玉或姓羅。至於我，我還是姓春，我雖然不是我爹爹的女兒，但我也與那個姓方的官太太毫不相干。爹爹她老人家能在去年往東去找他的兒子，連我也都瞞着，我可犯不着去找什麼官太太做我的娘。就是尉犁城的家產我也都給韓鐵芳，一個錢我也不要！”

繡香就驚說：“那幹嗎呀？”又笑着說：“姑娘你聽我說，這是一件巧事，也是喜事。到現在，我想只要大家能夠平平安安的，那就什麼事都有辦法啦！”

雪瓶又似是得意地一笑，說：“我跟姨娘說吧，這些日子我在這兒不走，為的就是去見玉欽差。昨天夜裏，我已經見着了。”

繡香直着眼睛發愣說：“你已經見着了？”

雪瓶又勉強笑着，點了點頭說：“不但見着了，我還跟他說了，韓鐵芳是他的親外甥，我托他照應，設法別叫韓鐵芳再像這樣地飄流、淪落，他也滿口允了。若不是又有事情發生，韓鐵芳恐怕今日就進了官花園，成了貴人了。總之，我對我爹爹不算盡孝，也算已盡了義，已酬答了她對我的撫養之恩。”說着，她落下淚來，以手絹擦了擦，又點頭說：“如今好了，明天我再見了他，就算把事全已辦完，我也許就離開迪化。”

繡香着急地說：“你千萬別走，現在我倒歡喜啦！姑娘既然能夠去見玉大人，明天你不妨再去一趟，托托他把韓鐵芳今天受的這冤枉洗刷洗刷，叫他再回到城裏來，別讓官人捉他了。”雪瓶沉思着不語。

忽然聽得更聲已敲了三下，但前院的人仍舊吵吵嚷嚷的，她就猜必是有事，趕緊出屋，悄悄走到了那屏門前，就聽見店夥跟客人正在談着：“死的就是方天戟秦傑，在油鹽店……是在牆上叫人給砍下來的……在店房上打了半天啦！鬧得真可以……迪化城裏一定住着人響馬！這兩個月來鬧成什麼樣子啦！”

雪瓶心中又充滿了驚疑，回到屋中，繡香已經往裏間去了。

蕭千總大概也驚醒了，問說：“你們在外屋唧咕什麼啦？唧唧咕咕這半天，外邊又出了什麼事啦？這麼嚷嚷？剛才還聽見街上鑼響。”

繡香說：「我出去看看。」她匆匆地出了里間，見了雪瓶，就驚問說：「外院是有事嗎？」雪瓶卻從容鎮定地，搖着頭說：「沒有什麼事，他們在說閒話，夜靜，就顯得聲音特別高。」接着又微微地笑說：「姨娘把門關上吧！我也要睡覺去啦，天真不早了！」

繡香卻又追過來說：「姑娘，剛才的話我還沒說完，你，你可千萬別走。」雪瓶笑着說：「姨娘請放心！我即使走，也絕不會像幼霞那樣不辭而別。」

繡香說：「我倒不是怕你走，我是要告訴你事情，咳，你也是走南闖北的人，不像別的小姐。我跟你說，現在城裏鬧的這些事，我有點發愁，可是我知道不要緊。但是別的事我是真歡喜……」她手裏寶貝似的拿着那塊紅羅，又笑着說：「姑娘你可別生氣，這是你爹爹走的時候到烏爾土雅台去見我，透給我的意思。她的意思就是到東邊把她的兒子找回來，帶到尉犁去跟你在一塊兒。如今真都遇見了，鐵芳人又誠實，又好，也會武藝。姑娘，男大當婚，女大當嫁，你今年也二十歲了……」

雪瓶這時臉卻突然一紅，嬌笑着說：「姨娘，我要打你！你快別說了！」隨即推門，跳出屋去。繡香還在屋裏發着笑聲說：「這是真話！姑娘，你想想，要是這樣辦，該有多好呀！你爹爹在九泉下也喜歡！」

雪瓶腳步遲緩地回到屋內，心頭卻覺着十分的沉重，又有點傷心。她關上了門，熄燈去睡，她也不敢多費心思，因為明天還要到郊外給韓鐵芳送馬去呢。次日起床，時間已不太早了，她一面叫店夥計她去備那兩匹馬，一面在屋中理妝。待了會兒，繡香就進來了，仍然低聲跟她談着昨天的那些話，並教給她今天見着了韓鐵芳應當說些什麼。

蕭千總也趕進來了，他又驚慌、又着急地說：「姑娘，你要他們備馬幹什麼？」

雪瓶說：「我想出城去騎馬跑跑，因為整天待在屋裏，太悶了！」蕭千總卻說：「姑娘你要是想騎馬，回到尉犁再騎好不好？那個地方有多寬？誰敢攔阻你？」雪瓶沉着臉說：「在這兒也沒人敢攔阻我。」

蕭千總說：「咳！姑娘，我真不知道你是安着什麼心！在這兒既見不着欽差，又沒有一點事做，可住個什麼勁兒呀！還直招風，不忍着一點。現在迪化城人人都捏着一把汗，都知道這城裏不單有羅小虎、韓鐵芳，另外還有一個強盜頭兒、綠林的魔王，就在這兒藏着呢！昨天夜裏，方天戟秦傑又在南邊油鹽店裏被殺……」

雪瓶厲聲說：「那難道是我殺的？」

蕭千總頓着腳，擺手說：「咳！咳！姑娘！我的王爺！你說話別這麼高聲兒呀！要叫人聽見了可怎麼好？」

繡香過去向外推她的丈夫，說：「你去吧！你去吧！快走！快走！」

蕭千總狠狠地頓着腳，臉急得跟紫茄子一般，說：「你叫我快走？告訴你吧！現在咱們誰也走不了啦！不是待會兒就是今天晚上，人家一定拿鎖鏈子來捉咱們。反正我早就預備好了話啦，我是個千總官兒，別的事我是一概不知……」

繡香到底把他推了出去，這裏雪瓶也匆匆地收拾完畢，手提兩杆皮鞭，出屋到了前院。她叫來店夥，問：「馬備好沒有？」

店夥顫巍巍地，連聲說：「備好啦！備好啦！兩匹，都給您備好了。」

雪瓶說：「你找個人來，把那匹馬給牽出南門去，我給他錢。」

店夥又連連答應，說：「門口有遛馬的小孩，我叫一個來，讓他把您的兩匹馬牽走。您也不用給他錢，回來時叫他在櫃上拿就行了！」說着，這店夥就趕忙地跑出去了。

雪瓶仍然在院中站立，不見哪間屋裏有人出來，可是她覺出每個屋裏都有人在看着她，並悄聲在說話。

待了會兒，那店夥就從外找進來一個十來歲的窮孩子，這孩子也不住地瞪着兩隻驚恐的眼睛來看她。她催着從棚下牽出馬，心想：那黑白二馬，在尉犁城的草原上，曾馳騁爭先。黑馬是玉嬌龍生前的座騎，跟隨過玉嬌龍與韓鐵芳；那時，那母子在路上到底是怎樣一個情形？恐怕只有此馬曉得。然而，可惜無法向牠去問。春雪瓶的心中感慨頻生。

那孩子牽着馬出了店門，雪瓶隨後走出，一同往南，只覺得街上的人一見了她，都好像向她多盯兩眼，可又都是匆匆躲避的樣子。戴官帽的官人倒是沒有，可是往來的很有些個可疑的人，好像都在暗中盯着她了。

春雪瓶卻一點不懼，故意不看不顧，只是跟個男子似的，手中提着兩根皮鞭子，跟着那兩匹馬，昂揚地走着。少時即出了南門，她向城兩邊望了望，只見護城河中無水，而河岸之外便是一股大道，通到西邊去。

她遂叫那孩子站住，接過了兩匹馬，騎上白馬，牽着黑馬，兩根鞭子並在一手中拿着，就策馬向西馳去。此時雖然將到晌午了，可是天色甚陰，野草上沾的嚴霜尚未消融。往西去又正迎着寒風，所以她只得將臉兒稍稍斜側一些，就以鬢鬢擋風，向前飛走。走不到二里，偶然回頭一望，只見遠遠有一匹馬，正在後面追隨，看得出來，那個人雖然沒有戴紅纓帽，卻正是鷹眼高朋。雪瓶就不由得生氣了，才一駐馬，那高朋就撥馬躲到一棵大樹的後邊去了。雪瓶冷笑着，心說：難道我還看不見你嗎？遂疾轉馬回奔過去。眼看將要來到大樹的前面，那高朋忽然下了馬，向她拱手，說：“小王爺您別生氣，我並不是跟着您。”

雪瓶收了馬，看見四邊無人，她冷冷地一笑，說：“你別以為你這點詭計能脫得開我的眼！這些日子，你跟秦傑，還有什麼仙人劍張仲翊，就天天在吉升店的附近徘徊，打算讓我陷入你們的羅網。哼！我可以實說，三次夜間到官花園去的，那都是我，你們能夠把我怎麼樣？”

高朋又拱手說：“小王爺別生氣！您聽我細說。張仲翊是為給鐵霸王報仇，他恨的是羅小虎，與你並不相干。”

雪瓶昂然說：“鐵霸王是我給殺死的，他為什麼不敢去找我？”

高朋笑着說：“自然因震於春大王爺跟您的威名，不敢去惹您，只好把氣向已經捉住的羅小虎去發洩。並且他也相信，您不能到官花園去殺完了人就跑，因為您本事高強，不必那樣。所以他認定了他的盟兄鐵霸王是死於羅某的手中。方天戟比他明白一點，知道這些驚天動地的事情都是您做的，他是進退兩難，想裝傻，又不甘心；想跟您鬥鬥，可是知道真惹不起您，就是這樣，昨天他還是被人殺死了！”

雪瓶又厲聲說：“那也是我殺死的嗎？”

高朋擺手說：“不是，昨天有許多人看見了，是一個手使寶劍的男子，跟方天戟在人家屋上打了半天，秦傑才死的。可是，我想您跟春大王爺一樣，身負神出鬼沒的本領，哪會不知情呢？”

雪瓶聽到這裏，把臉色更向下一沉。高朋卻向後退了一步，說：“我們也絕不敢難為您，可是誰叫我們當着差呢？撫台大人近幾天又逼得緊，我們也不能不出來查訪查訪！”

雪瓶就說：“你的意思莫不是這就叫我跟你打官司去嗎？”

高朋笑着，連連地搖頭，說：“那我們不敢！不過還請小王爺成全我們。您若是在迪化把事情已經辦完了，那麼……我這可不是催着您，您還是早些離開這裏，成全我們吧！”

雪瓶把頭點了點，說：“你既是這樣說，我也不能夠不講理。本來我把這裏的事情已經辦完了，即使你不催，幾天之內，我們也是一定要走的。如今我給你個限期吧！五天之內，我們一定會離開迪化，可是我住的店房附近不許你們再徘徊。”

高朋連連點頭說：“辦得到！辦得到！”

雪瓶又說：“還有一件，不許你們枉捉無辜的人。例如在北大街住的那個姓韓的，我所做的事與他都不相干，他一點也不知情，你們為什麼去搜查人家？並拿去了人家的財物？”

高朋說：“這個……”雪瓶也不願再與他多說話，撥了馬，故意忿忿地說：“乾脆，你們聽明白了！要拿，就趕快拿我，不敢拿我就休去誣賴別人，否則，你們可知道我，我翻了臉是不留情的！”

這話她自覺着也太不講理了，但想：不這樣就不能夠把高朋嚇回去，自己就不能安心地去會韓鐵芳，韓鐵芳此時一定正在西邊等着我呢！於是她緊緊揮鞭，驅着黑白兩匹馬走去。踏踏踏蹄聲連響，如驟雨一般，霎時就馳出了二里多地。回頭再看，見那鷹眼高朋果然不再尾隨了，她才往西走去，奔上了那條由迪化通往伊犁的大道。

這條路很寬，而且平坦，往來的車馬、驢馱轎，非常之多。她走在這裏，馬稍微緩了一下，見往來的人都不大看她，並且讓路避着她走，她心裏明白，覺得自己的爹爹在新疆留下的名頭是太大了。這有好處也有壞處，好處是沒有人敢欺負，沒人敢惹；壞處是無論是誰，只要一看見了自己的穿着打扮，騎着馬，即使不攜劍不露出弩弓，人家也能知道是何人，辦事太不方便。走到哪兒都有人怕，像怕老虎一樣，也太沒意思了。因此她心中又萌出離開新疆走往他省的念頭。慢慢地再向西走，不覺又行了數裏，就看見道路右邊有幾戶人家，都是土房土牆。

忽然那土牆的後面轉出一個人來，向她一拍手，她看出正是韓鐵芳，便將馬收住。她先往前看了看，見對面有幾輛車快過來了，又回頭看，見後面來的人也不少。她覺得在這裏不便談話，就將馬放開，把一根鞭子也扔在地下，策馬一直走去。後面的韓鐵芳就騎着馬隨來了。

雙馬相離不遠，越過了迎面來的那幾輛車，依舊緊緊往西走去。又走了數裏，見前面隱隱有一片房屋、樹木，似是一個小市鎮，韓鐵芳就緊緊揮了幾鞭，追上了她，說：“別往那邊走了！那邊是興隆鎮，我就住在那邊。”

春雪瓶遂將馬撥入旁邊的田野，韓鐵芳也追過去，二人駐馬在秋禾才經刈過的田間，四下觀望，都怕被別人看見，所以只能夠匆匆地交談。

雪瓶問說：“你住在那邊什麼店裏？”韓鐵芳說：“一處破陋的小店，也沒有字號，城裏的事怎麼樣？”雪瓶說：“不要緊，剛才我已見着了鷹眼高朋，跟他說明了。他答應不再逼迫，我也答應他五天之內離開迪化。”

韓鐵芳說：“但是，今天我在那鎮上聽由城裏來的人說：方天戟秦傑雖死，仙人劍張仲翊的胞兄老君牛張伯飛及隴山五虎、豹子崔七等東路的鏢頭又都往西來了，都是受張仲翊之約，不日就會來到迪化。”

雪瓶搖頭說：“咱們不怕。我雖答應五天之內離開迪化，只是想先叫我蕭姨娘他們走。我即使離開迪化城，也不會走遠，因為我也得看一個水落石出。”

韓鐵芳點點頭，望了雪瓶一眼。雪瓶也脈脈含情地望了他一眼，又說：“你身邊的那個東西，那塊紅羅，並沒有丟，現在繡香姨娘的手中收存。不過，那整件衣服卻收藏在尉犁城我們的家裏。將來辦完了事，請你跟我去，我給你看，二十年前的事我也都知道了。”她拿眼睛盯着韓鐵芳，見韓鐵芳的面容先是一陣驚訝，繼而又現出憂愁，慘然低着頭歎了口氣。

春雪瓶卻笑着說：“我真高興！我爹爹雖死，但她半生的宿願總算得償了，她這次往東沒有白去，母子居然見了面。”韓鐵芳聽到這裏，不由驚訝地瞪起了眼睛。春雪瓶嫣然笑了笑，忽然又正色說：“玉欽差之處我也替你說明了，他答應要照拂你。所以你千萬不可太為羅某之事生氣，不可把事做得過甚，耽誤了你自己的前途。什麼事你都放心好了，都由我辦好了！我不怕！辦完了這些事，就算已酬答了我爹爹育我之恩，我的身子就更閒散，心更暢快了！”

韓鐵芳把馬向前催來，急急地說：“姑娘你說的這些話，我還不大明白，到底是怎麼回事？你詳細地跟我說說吧！”

春雪瓶卻又笑着，向兩邊看了看，說：“你看，這地方人來人往，都向咱們這邊直看，能容許咱們說話嗎？而且……”她又小聲點說：“城裏的事，現在還甚緊呢！”

韓鐵芳面帶愁容地說：“只說一兩句話就行了，請你告訴我，春前輩她到底是我的什麼人？”

春雪瓶微微地笑說：“這可又不是一兩句話能說完的了。但是這好辦，不要忙，我叫我姨娘繡香到尉犁去等你，她比我知道得詳細。將來你去了，她必會告訴你。再見吧，你多保重了。”

說至此處她撥轉馬頭，離開了這片田地就往大道走去。西面的車輛和東面的行人也都已來到臨近，韓鐵芳不但不能去追雪瓶，反而得急速躲避。只見春雪瓶在馬上揚鞭回首，又向他一笑，便策馬順着西風，飛似的往東去了。

韓鐵芳反撥馬往南去走，他的心裏湧出一種酸苦的滋味，兩眼發酸，眼淚就欷欷地落於馬背之上。這匹馬就是在大漠相伴着他，將病俠送終的那匹馬。他恍恍惚惚地回想當時的情景，就覺得傷心。他暗想：玉嬌龍果然是我的母親嗎？過去，十九年，不！二十年前到底是怎樣的一場遭遇呢？她既然看出我是她的兒子，為什麼上次在路上相遇，可又不早跟我相認呢？她沒有認我，那我現在到底應不應當認羅小虎做我的父親呢？

他不覺着已走出了很遠，回首再看北邊的那股大道，心想：春雪瓶此時大概已回到城內去了，只恨自己不能追她進城去。他不禁就止住馬，凝住神，眼前幻出春雪瓶倩笑的影子，心中油然發出深切的愛慕。更想到了母親玉嬌龍生前的深心，以及父親羅小虎於監獄慷慨地說出的那些話，他們都是主張叫自己與春雪瓶成婚，成為永久的伴侶。春雪瓶對自己未嘗無情，然而自己又怎麼能夠呢？

他越想越是煩惱，便把臉上的淚擦了擦，轉馬往西北走去。走了半天，方才望見了那興隆鎮，他怕鎮上的人對他注意，就趕緊下馬，一手提鞭，一手牽馬，慢慢地往鎮上走去。

這個鎮舖戶不多，因為離着迪化城太近，往來的人雖必經此地，可是都用不着在此歇足，店房也就更少。韓鐵芳找到的真是一座破陋的小店，前面只有兩間門面賣面賣酒，跟黃羊崗子劉大的店差不多。

韓鐵芳牽着馬到了門前，裏面的掌櫃頭上包着一塊破手巾，露着黑牙，隔着窗向他笑問說：「你從哪兒弄來的這匹馬？」韓鐵芳說：「剛才在城裏跟朋友借來的，我預備在這裏歇幾天，好往伊犁去。牽到院裏行嗎？」掌櫃的說：「你既牽來了，我還能夠不讓你拉進去？可是我們沒工夫給你喂，你得自己買草料自己提水。馬糞可得給我們留着，我們燒火可用。」

韓鐵芳點點頭，就拉馬進來，到了那極窄的小院裏，裏面只有店家養的一頭驢，他就將馬跟驢放在一塊兒。他回到住的那間連窗戶都不完整的小屋，扔了鞭子，坐在炕上抱着頭又難過了半天。他又仔細地斟酌了一番，覺得還是不行，無論如何，對於春雪瓶我是不該再生愛慕之心的。羅小虎雖係我父，但他於我並無半點養育之恩，我這次準備救他，還是為盡友誼，非報父恩。將來見了繡香，我也只須問明了過去的種種事情，不必再對前塵悲傷，也不必再在新疆流連。我還是得走，固然不必再往祁連山去了，也不能回洛陽，但我還是要走，離開這天涯，我就投往海角去。

韓鐵芳立起身來，走到院中，又對着那匹馬發了半天呆。他恐怕牠餓了、渴了，就先找着水桶，從牆邊的那口土井裏絞了一桶水，然後又到外面的一家草料舖裏，買了一袋草料，回來就喂這匹馬。

由此他就在這店裏住着，白天，他怕有人認識他，所以只在院裏呆着，連前面的酒飯座他都不去；晚間，掌燈之後，他倒必要到前面，找個沒人的桌角去坐坐，那昏黯的燈光也照不清楚他的模樣。掌櫃的跟他開玩笑，他也不理，只注意聽那旁邊幾個喝酒的人談閒話。這些多半是本地的人，不過他們常有人到城裏去，便把城裏聽來的事作為談話的資料。可是也聽不出什麼來，更沒聽見他們談說春雪瓶，消息是一點也沒有。

一連五天過去了，韓鐵芳想着春雪瓶必已離開迪化城了，可是她到底是去遠沒有？羅小虎到底怎麼樣了？仙人劍的傷好了沒有？老君牛張伯飛等人到底來了沒來？他一點也打聽不出。他心中十分焦急，便於每天黃昏時分悄悄地出了店，到鎮街上，到街外的大道路上站着、徘徊着，但是所見的只有從西邊來的一些車馬、客商，他們都忙忙碌碌地往省城去趕，並不停留。暮色沉沉，餘霞西落，秋風淒緊，木葉凋零。鎮上村間，一團團的炊煙飄向空中，少時也即消散。寒鴉似是自城中飛來，投往遠林之中，可也沒有給他帶來城裏的一點消息。

他整天如熱鍋上的螞蟻一般坐立不安，那匹黑馬也不老實了，整天拿蹄子踢地，夜間昂首長嘶，有時還欺負牠旁邊的那頭草驢。仿佛牠本是越關山走大漠的一匹神駿，把牠囚在這窄院子裏，牠如何能受得了？

到了第七天的晚間，這鎮上突然熱鬧起來了，來了一些客人，每個人都有馬匹，有簡單的行李。這些人都是年輕力壯的哈薩克人，一共大約來了二三十個，分住在鎮上的三四家店裏。這裏韓鐵芳對面的那閑小屋裏也擠了五個。他們連這裏的茶飯都不用，自己帶着碗，自己提水燒火做着吃。他們還互相往來，這個店中住的到那店中，那邊的卻又往這裏來，咕碌刮啦地說着哈薩克話，別人一句也聽不懂。他們的皮靴子沉重雜亂地響着，擾得全鎮不安。

韓鐵芳十分驚詫，覺得這些人來此必定有事，就問店掌櫃：「這些人全是幹什麼的？」

店掌櫃的卻像是看慣了似的，一點也不遲疑地說：「這些都是哈薩克人，都是做生意的，他們大概是才從東邊販完了牛馬回尉犁城，然後往伊犁去。他們現在都很有銀子，腰裏都肥極啦！我們這鎮上很難得遇見他們這些主顧，他們真肯花錢。」言罷又露着黑牙笑着，並且推了韓鐵芳一下，說：「你往西邊白家店裏去看看好不好？那店裏還住着幾個哈薩克的娘兒們呢，嘿，比咱們這裏的娘兒們可標緻得多了，她們全都會騎馬！」

韓鐵芳的心中越發懷疑，因為看着這些哈薩克人都不像是才做完買賣回來的，個個全都精神振奮，揣着一肚子氣，仿佛是要殺幾個人吃了似的。並且聽在店裏喝酒吃飯的人說：「兩邊昌吉、呼圖壁，以及現在的迪化城裏，全都來了哈薩克人，都住着不走了。」

在這裏住的這一個哈薩克人，見了韓鐵芳，就不住地拿眼直瞧，並跟他的同伴們悄悄說話，於是有好多的人仿佛都注意上韓鐵芳了。弄得韓鐵芳益發不安，走既不能走，住在這裏，又總是心驚肉跳。草原賽馬，尉犁城外惡鬥之事，那一幕一幕的驚險場面不斷地在他腦中復映，他白天連小屋都不敢出，夜間寶劍永遠放在身畔。同時，院中的那匹黑馬也叫他們看見了，他們像是沒有一個人不認識那匹黑馬。幸而他們並未追問來歷，只是當作神仙一般地敬重那匹馬。草料跟水倒不必韓鐵芳去喂了，他們時時有人照管，還輕輕地刷那馬上的毛，有人牽出去遛遛，一會兒又給送回來。鎮上的馬也驟然比往日多了，晚間陣陣的西風吹來，處處有馬嘶叫之聲。韓鐵芳細細觀察，看出這些個哈薩克對他似乎並無惡意，才略略地放下了心，又想要向這些人問問秀樹奇峰。

但又覺得自己只會這一句，他們答覆出話來，我也是聽不懂，再說哈薩克人的脾氣我摸不透，倘若因問春雪瓶而招出莫大的糾紛來，那就更不好了！因此就不敢言語，但精神卻時刻都很緊張。

又過了兩天，忽然聽說：「在省城裏捉住的那名大盜半天雲羅小虎，快要起解了，因為伊犁將軍給撫台來了公事，一定要把他解往伊犁，究問他二十年前在沙漠裏所犯的那些案子。並聽說他早先在北京還做過案呢，要判他的罪名。」

於是鎮上的人都興奮了起來，天一亮就起來，店房的窗戶也不關。許多人到這裏也不喝酒，專為等着差事由此經過時，好看一看那半天雲的丰姿。有人說：「大概是個漂亮人物。」有人又說：「聽說比魔王長得還兇。」又有人說：「不要緊，省裏住的欽差姓玉，伊犁現在的將軍是瑞大人，無論如何，也都是親戚，還能把他解了去砍頭嗎？」

還有人卻吐了吐舌頭說：「王法能夠饒他，他的仇人可也未必會饒他呀！仙人劍的哥哥老君牛和什麼隴山五虎、豹子崔七，都到城裏了，個個都是兇煞滿面，仿佛不等到羅某起解，就在街頭上給鐵霸王報仇，他們才能甘心似的。」

鎮上的這些人紛紛談論，韓鐵芳心中是十分的着急。

忽然這天的晚間，有本鎮上一個賣柴耙的人自城中回來，帶來了消息，他說：「半天雲明天就起解，一定由咱們鎮上經過，衙門門口現在都已預備好了車啦！」

這消息把鎮上的人刺激得都快瘋狂了。店掌櫃很早就不收客也不賣酒了，還沒打二更，他就先睡覺了，預備明晨好開開眼，看看半天雲。那些哈薩克人也都行動異常，都算清了店賬，收拾行李，喂飲馬匹，預備明晨就動身的樣子。

韓鐵芳想要今晚好好休息一會，明天好去辦那椿事，但他的精神太興奮了，竟一夜也沒有合眼。次日清晨，下着濛濛的細雨，天色極為愁黯，這裏住的幾個哈薩克人卻沒等到五更就都走了，街上一陣清脆雜亂的馬蹄聲越走越遠，漸漸地消逝。大概在這鎮上住了三天的那些個哈薩克人已全都走了。

韓鐵芳趕緊起來，出屋一看，那匹馬並沒有被人牽去，他放了心，可又更懷疑，心中想着：那些哈薩克人來到這裏，到底是什麼用意呢？羅小虎將要起解了，他們反倒急忙忙地走了，看情形他們可又不像是奉春雪瓶之命，來此援救羅小虎的；再說他們既認得這匹黑馬是他們春大王爺的坐騎，他們又不帶走，莫非他們已經認為這匹馬應當屬於我嗎？……

此時鎮上已經是十分嘈雜。店掌櫃早就把門跟窗戶都打開了，韓鐵芳叫他算帳，他馬馬虎虎地給算了，韓鐵芳給錢他也沒細點就收下了，他的兩眼是時時留心着外邊。那平日不來這裏喝酒串門的人，今天也全都來了，都為藉這地方來看熱鬧。對門的幾家小舖，這時倒還沒開門，可是不開門的也都打開門板上的那個小洞，洞裏都有幾隻眼睛常往外望。有些好事的還出了鎮街往東邊迎去了。

並且本鎮的一些婦女，也都擦胭脂抹粉，穿紅掛綠地，也不怕淋濕頭上的花，也都擠到舖子裏來等候着看。有的嬌言笑語地紛紛談論，有的還乳着孩子，有的更跺着腳直着急，說：“怎麼還不過來呀！”半天雲這次起解實在與別的大盜起解不同。

不但這鎮上因為離着城近，城內近日出的那些驚人的事情，傳得這鎮上婦孺皆知，而且都把那些事歸在羅小虎的身上。半天雲羅小虎是多麼了不起的人物呀！其實二十年前他在沙漠上的名頭早已被人遺忘了，可他就是玉嬌龍的丈夫、情人、欽差大人的妹夫、伊犁將軍瑞大人的外甥女婿，誰不想看一看？尤其這些女人，更都像看新姑爺似的要看看這位風流的大盜。

此時韓鐵芳看着這種情景，聽着別人的談論，心裏卻真忍不住地又生氣，又傷心。他想無論玉嬌龍是否是自己的生母，她年輕時跟羅小虎發生情愛，這就實在太不對了！羅小虎無論他是否是我的父親，他那個人總算太不務正、太魯莽、太把事情做得丟人了！雖然誓必救他，但也誓不認他為父……他在後院一邊備着馬，一邊覺得臉上發燒，胸頭有股氣往上直頂，眼睛並且發酸，半天之後，忽然聽見前面的那些人又喧嘩起來了。韓鐵芳發着愣，側耳向外聽着，又忽見那些人都將聲音壓下去，呈現出來一種緊張的沉默。

韓鐵芳就趕忙也跑到了外邊，只聽窗外有人說：“來啦！來啦！這就到啦！”

於是人擠人，都爭着把眼睛對着門，對着窗。韓鐵芳也揚着脖子，身子往前去擠，有個婦人就回頭惡狠狠地瞪了他一眼。

少時，就見街上有人急急地走，緊張地說：“來啦！來啦！”

於是韓鐵芳也顧不得身前是男人還是婦人，是老人還是年輕的，就把脖子伸得直直地，雙腳登在一條板凳上。這時就聽得答答答一陣急快的馬蹄之聲，真是沉重，從東邊跑來了七八匹馬，上面都是官人，都背着弓矢掛着刀，一閃就馳過去了。又半天，就聽見馬蹄聲，車輪響，看熱鬧的人又都彼此說：“來了！來了！”

只聽蹄聲愈來愈近，又來了幾個騎着馬的官人，個個都亮出刀來，寒光閃閃，威風堂堂，一直衝了過去。隨後的就是車，一輛跟着一輛，車上都有棚子，遮擋得很是嚴密，車都用健馬拉着，跑得飛快。車前車後都有差官騎在馬上，手捧鋼刀威風凜凜地壓護。除了輪蹄之聲，再無雜音，少時就從這街上掠過，一直往西去了。這般看熱鬧的人才都松了一口氣，但又都失望地說：“到底哪輛車上是半天雲呢？我怎麼沒看見呀？”

韓鐵芳此時由板凳跳了下來，他的一顆心幾乎要由胸中迸出來。他用力分開了眾人，扭着頭向西看去，這時卻又聽見東面傳來了震耳的馬蹄之聲。他疾忙又扭頭向東，只見又來了七八匹馬，氣勢更猛。頭一個就是那仙人劍張仲翊，這個腿才愈的惡漢，臉上的兇悍之氣更為十足，穿着一身青褲褂，還故意裸露胸膛表示他不怕冷。他的眼睛瞪得又圓又大，腰帶上插着寶刀，馬鞍旁還掛着寶劍。他騎着絳色的大馬，向着那邊的車塵馬影一直趕去，幸虧韓鐵芳一縮頭，沒有被他看見。他的馬走過去，後邊的馬又來了。後邊的馬上除了兩名官人，其中一個大概就是飛鏢盧大，余外都是韓鐵芳未見過的惡漢，一個是高大身材有黑鬍子，一個是又黑又胖，另幾個都是強壯的少年。

他們馬上所揣的兵刃，有單刀，有短劍，有護手雙溝鉤、雁翅擋，還有鏈子錨、七節鞭，諒這些人就是什麼老君牛、豹子崔七和那隴山五虎了。他們既非官人，可是也幫助押解羅小虎做甚？足見他們是懷着歹心。更怪的是那飛鏢盧大，他頭戴着紅纓帽，身掛的口袋上面卻繡着個鏢字。他隨走隨跟那幾個江湖響馬說笑着，傲然地、急忙地從韓鐵芳眼前過去了。

韓鐵芳益發氣忿，真想要跑回裏院抄了自己的劍來跟這些人拼命，但望着前面的滾滾塵土，紛紛的車馬影子，不由不有些生畏。此時雨仍漸漸地落着，道路十分泥濘，那些沒有看見漂亮強盜的婦女們，都濕了她們的花鞋，抱抱怨怨地各自回家去了。韓鐵芳疾忙跑到了裏院，把隨身的東西收拾了一下，寶劍掛於鞍旁，牽了馬向外就走。

那店掌櫃便說：“你怎麼也要走呀？再住一天，等雨住了再走好不好？”韓鐵芳卻搖頭說：“不！我要追着去看看半天雲”！”說着出了店門，就飛身上馬，鞭子吧吧地揮了兩下，馬就飛騰起來，少時就離開了市鎮。

市鎮之外，枯柳蕭疏，這是一條大道，幾乎都是很堅硬的石頭地。雨水灑灑地流泄，馬蹄如連珠炮一般地又快又緊，霎時就要把前邊的那些馬追上了。幸而有彌漫的雨氣雲霧擋着，前面的那些人也都沒有回頭，即使回頭可也不容易看見他。

韓鐵芳的雙手拼命地向後拽，才把胯下的這條龍性的鐵騎給遏止住。他喘了喘氣，馬卻依然高揚起頭來，四蹄立起來跳躍，他連連說：“慢！慢！慢！”再向前看，那一隊車馬已消失於煙雨之中。他這才手中緊勒着韁，不急不緩，讓馬向前面走去。

行走了半日，他的頭髮和衣裳，都已被雨淋濕，順着劍鞘直往下滴水。迎面的秋風更緊，雨絲被吹得如亂箭似的直向他身上潲，但他卻覺得全身發熱。前面模模糊糊地似有一個村落，走到臨近一看，原來是一個很大的地方，街道很寬，舖戶繁榮，比那興隆鎮大得多。

只見那押解羅小虎的一隊人，都在一家大店房的門前停住了，車已卸在裏面，一群馬還正往裏擠着擁着。那仙人劍在店前踢打店夥，怒罵道：“王八蛋！你也不睜開你那兩隻鳥眼看看，這是什麼差事？沒有房子你也得給騰房！”韓鐵芳看他們這樣子是要在此住下了，不往下走了，見旁邊挨着這家店另有一家較小的店房，他就牽着馬進去。

這家店房屋雖很少，可是倒還清靜。一個很瘦的夥計把他的馬接了過去，還問他說：“客官是跟那邊的差官一塊兒的嗎？”

韓鐵芳搖搖頭說：“不是！我是一個人行路的。”

另有夥計給他找了一個單間的屋子。旁邊就是廚房，裏面呼嗒呼嗒地正在拉風匣，可見天已經不早了。屋裏十分昏黑，對面幾乎看不出人的面貌。外面的雨越下越緊，一個夥計給送進來濕淋淋的馬鞍和鞭子寶劍等物，另一個夥計拿進來了一個茶壺。

韓鐵芳叫店家把炕燒上，他坐在炕頭，兩隻手抱着茶壺取暖。發了一會兒愣，見店夥還沒有出屋，他就問說：“你們這裏叫什麼地方？”

店夥說：“我們這裏是綏來縣呀！”

韓鐵芳說：“噢！綏來縣！”怔了一怔，忙又問說：“離着伊犁還有多少里？”

店夥說：“那可說不上來，不過我到伊犁去過，記得整整走了一個多月。”

韓鐵芳驚訝着說：“這麼遠的路？”

店夥說：“可不是！馬快的也得走二十多天呢！客官你是不知道伊犁有多麼遠啦！由此往西得過瑪那斯河，過安濟海，過烏蘇，過沙漠，還得過天山。天山頂上有淨海，海裏的水永遠嘩嘩地響，你投一片鵝毛進去，海也拿浪頭給你拋出來。過了淨海下天山，就是果子溝，裏面有豺狼虎豹，狗熊，野豬，無計其數。只要走過了那個地方，可就看見伊黎河了，伊黎河的水先往東流，水還會轉彎兒的……”

韓鐵芳聽了不住地點頭。店夥又說：“客官是往伊犁去嗎？我告訴你一家店房吧！你到那兒去住着，准保有照應。”

韓鐵芳說：“好好好！明天再說吧。”

店夥出屋去了，他就喝了幾口熱茶，躺臥在炕上休息。炕漸漸地被燒熱了，他身上的濕衣服不多時就已被烘乾。店夥又拿進燈來，豆大的燈光，照着烏黑的四壁，景況越發愁暗。又待了一會，店夥給他送進來湯麵，他倒連吃了兩大碗。腹中不餓了，身體也暖和了，他的精神便益發興奮。

這個曾到伊犁去過的店夥很瘦，好像是抽大煙的，可是真愛說話，他就悄聲談着隔壁店裏的事：“您不知道東來興的店裏，今天的那檔差事？那是半天雲”！”

韓鐵芳伏着炕懶洋洋地坐着，問他半天雲是個幹什麼的。

店夥更悄聲點說：“是強盜呀！不但是強盜，還是我們這裏的一位春龍大王的駙馬。您知道有個殺人不眨眼，撒豆成兵的女王爺玉嬌龍嗎？她一天能行八萬里，會騰雲駕霧，會妖術邪法，呼風喚雨……”

韓鐵芳覺得這夥計簡直胡說了，尤其是不願聽別人提自己母親的名字，就擺了擺手說：“你不要說了！我今天走的路太多，我太困了！我要睡了！”

店夥這才把話嚥住，可又找補了幾句，說：“你瞧！這回的差事押得有多麼緊呀！往常無論是什麼大案賊，也不能有這些個人押着呀！官人不算，還有鏢頭，個個弓上弦、刀出鞘。這時候您要是能進東來興的大門就算是您的能耐！好，幸虧我們這家店小，我們可不願意做這買賣。”他由桌上拿起了兩隻空碗，就出屋去了。

韓鐵芳又在炕上躺下，但炕燙得他實在難受，他便起身離了炕，推門走出。外面一陣涼風吹到他的火熱的身子，他不由打了一個噴嚏，仰面看去，天空越發地陰沉。吹來的雨點，打到臉上很疼，原是已變成了冰疙瘩。

他心裏忿忿地想：這可怎麼辦？如今離着羅小虎所在之地不過咫尺，他現處危險之境，不只是王法在禁錮着他，且有那些混蛋們挾刃跟隨，非要置他於死地不可！我並非因他是我的父親我才救他，這件事我怎可以不管？但怎麼管？可恨我孤掌難鳴啊！正想之間，卻忽聽一聲嘶吼，就好像半空中打了一個霹雷似的。韓鐵芳不禁吃了一驚，疾忙側耳靜聽，又聽見這種怪聲在不住地破口大罵。

韓鐵芳不由得下了台階，走到屋角的牆邊站立，這裏與那東來興店房不過一牆之隔，那邊發出的聲音，都隨着淒緊的東風吹來。原來真是羅小虎的聲音，他正在怒喊着：“狗娘養的仙人劍，你這算是好漢嗎？媽的，你打死老子吧……”只聽吧吧吧連續不斷的皮鞭聲傳來，羅小虎又慘呼咆哮說：“直你狗娘！來！打吧！老子要哼一聲就不算你老子！”

韓鐵芳驀地抓住了牆頭，一提腿，他就騎在牆上了。聽那邊吧吧地又打了幾下，就止住了，羅小虎卻不再發聲，韓鐵芳真以為他被打死了，氣憤得差點跳過牆去。

卻又聽那邊人聲很是雜亂，有人說：“別打啦！別打啦！這可不對！這是店房裏，不好不好，張二爺！你老人家息一息吧！反正送到伊犁他准得死！”這大概是飛鏢盧大那些人相勸的聲音。

接着又聽是張仲翃的口音，他狠狠地罵着說：“我非得拿鞭子把他身上的肉抽碎了不可！叫玉嬌龍那娘兒們心疼，可也救不了他！媽的！憑你這鳥樣兒，當初還有那麼得意的事？媽的，我不信！你快實說，殺死我賣大哥鐵霸王，是你還是你女兒？快實說！”

羅小虎卻哈哈大笑着說：“龜孫子！你狗娘的耳朵聾了嗎？老爺告訴了你多少回了？你狗娘養的竟聽不見？是我！是我半天雲羅小虎！別說殺死什麼泥霸王的是我，殺死你八代祖宗直你娘的也是我！”吧吧又是幾下，他更大笑，他瘋了似的笑，哭一般地笑，依舊大喊着說：“與我的女兒並不相干！”接着又是吧吧吧的皮鞭聲。

這裏的韓鐵芳就要回去取寶劍，卻又聽見嘩啦一聲，把韓鐵芳嚇了一大跳。又聽羅小虎哈哈大笑着，說：“狗娘養的真不中用，你還叫仙人劍呢！現眼！一腳就叫老子踢出了屋子。哈哈哈哈！”又聽得鐵鍊聲，張仲翃的大罵聲，還有其他幾個人的亂嚷亂動聲。

韓鐵芳的心頭緊一陣，松一陣，一陣焦急難過，一陣又痛快淋漓。過了一陣，聲音方才漸漸消停了下去，只聽那羅小虎忽然又唱了起來：“天地冥冥降閔凶，我家兄妹太飄零……”韓鐵芳益發驚訝，淚更不由得惻然而落。他騎在這牆上聽了多時，羅小虎的悲歌方才止住，也聽不見張仲翊再罵再打了。他又尋思了半晌，覺得真是投鼠忌器，有官人在裏邊，自己實在不好下手，而且是孤掌難鳴。

韓鐵芳在院中又聽了半天，才回到屋裏。他的心中仍很氣憤，覺得雖有那些官人勸阻，張仲翊等人未必敢將羅小虎殺死，但他這樣虐待，羅小虎縱然強硬，也是受不了啊！春雪瓶，秀樹奇峰，你往哪裏去了？這時候你為什麼不來助我一臂之力呢……

他一夜未曾安睡，倒是沒有再聽見那種毒打和喊罵的聲音。到了天明，他才略睡了一會兒，醒來，叫進來店夥就問說：「昨天夜裏隔壁有人吵鬧，是怎麼回事呀？」

店夥卻面帶着驚恐，搖着頭說：「那是打囚犯哩！那件事，咱們管不了。」

韓鐵芳又問說：「囚車走了沒有？」

店夥說：「早就走啦，我們這綏來縣的縣太爺還加派了幾位班頭幫助押送呢。其實有那些老爺們送着倒好，至少也可以勸一勸，要不然，大概等不到囚犯解到伊犁定罪，也許早就沒有命了！」

韓鐵芳急忙跳下了炕，即時就叫店夥把賬算清。他開發了店錢，急匆匆跑了出去，自己去備馬。這一夜雨變成了雪花，一片片鵝毛似的自空中紛紛向地面上落，地下的雪深已達寸許，待得韓鐵芳將馬備好，他的肩膀上都已變成白色的了。他又急匆匆攜劍提鞭，牽着馬就往店門外走去。店夥自後面送出來，以驚疑的神色看看他，口中稱道：「怠慢。」

韓鐵芳上了馬，行過了那東來興店房，注意地往門裏察看，果見裏邊是很岑寂地，兩旁的門戶半啟半開，往來也沒有什麼行人。地面雪上可以分得出往西去的雜亂的輪蹄痕跡，於是他加鞭緊走，少時即出了這個縣城。踏上大道，地上的痕跡更是清楚，他就沿着這連續不斷的痕跡，一直追趕下去。馬蹄濺起地上的積雪，比由空中落下的雪花還亂，他連氣都不喘，一直走下了十餘里地，才又望見前面雪景迷離之中有緊行的一隊車馬。

他又不往前急追了，心裏暗暗地計劃着：這次不必真地將羅小虎救出，只要殺死仙人劍張仲翊他們那幾個凶賊就行，但那又如何能夠呢？他暗暗相追，又走下了許多里，前面的人就停在了一個小鎮上用午飯。他卻不敢進鎮，只在鎮外雪地之下駐馬等待，並向那邊探望。看到那些人用了飯之後，又都催馬趕車往下走去，他才敢進鎮。他餵了餵馬，並找了一家飯舖草草地把飯用了，也不憩息，依然催馬出鎮往西追去。幸仗他的馬快，所以總不至於太落後了，但他可也絕不敢趕向前去。到晚飯時，又與那些解囚車的差人，和仙人劍張仲翊等惡漢住在一個鎮上，但分店房而居。到半夜，他又冒雪潛行，到那邊的店裏探聽，可是並無什麼事情發生。那些差人就在一塊賭錢，也聽不見張仲翊再打人，更聽不見羅小虎高歌和大罵。他乾着急，但無法下手援救。

如此往西一連走了四天，雪已止了，太陽已出，清晨地下滿是薄冰，到中午卻處處全是泥水。南望巍巍的天山，銀色的山頂，腰間飄着濃厚的白雲，更有雪水連着冰流下來，聲音在半里之內都能聽得清。到了安濟海，他也沒看見什麼海，原來這只是個地名。又走了半天，就來到名叫烏蘇的一個大城市。

這時，天又陰了，風向也轉了。風由北方吹來，吹到臉上手上，覺得冰涼，細一看，卻是殘雪雜着黑沙，韓鐵芳就知在不遠之處必有沙漠。他想着：明天就許是羅小虎的一個難關，走到大漠之中，那幾個惡賊還不把他給害了嗎？

天色倒還不大晚，韓鐵芳勒馬在道旁徘徊了一會，向一個過路的人問了問前面的地名和往西的路徑。及至下了馬，牽馬走進了那條街，卻見那些車馬又在前面把道攔住了，前面就是一家大店房，原來他們又歇下不再往前走了。許多本地人都亂紛紛地爭着跑去看，嚷嚷着：「快看看去吧！半天雲！」那邊卻又有人吧吧地用鞭子抽，不准人看。亂了半天，才漸漸消停了，那些車輛都拉進店裏去了。馬匹可還都由人牽着，在街上往來地遛着。街上有兩家釘馬掌的舖子，這時候都忙碌極啦。

韓鐵芳站在數十步之外，將馬擋着他的半身，他的視線由馬頭的旁邊投過去，看着那邊的情況。不覺已過多時，忽然覺得身背後有人推了他一下，他回頭看了看，原來是一個哈薩克人，拿眼睛瞪着他，倒無惡意。

他卻吃了一驚，就問說："你幹什麼？"

哈薩克人卻聽不懂他的話，向他也說了一句什麼，他更聽不懂。但是，這哈薩克抓住他的膀子向後拉了拉，又往東邊一指，並且努了努嘴。這意思他倒猜出來了，是叫他別在這兒站着，叫人看出來不妥，東邊有店房，到那邊投宿去吧！他就點點頭，那哈薩克人卻又往西走去。他追了兩步，又將哈薩克人的膀子揪住，他滿腦子疑問，可恨的是彼此語言不通，他只好問了一聲："秀樹奇峰？"

那哈薩克人卻高興極了，他連連點頭，又伸手輕輕摸了摸這黑馬，然後摸摸腦勺，伸出五個指頭來作手勢。韓鐵芳可又發怔了，實在是莫明其妙。哈薩克人已揚長而去。韓鐵芳只好牽馬往東，果然往東不遠，就是一家店房，門兒很窄。他牽馬進去，就見院中雖然沒有什麼人，可是各屋中的聲音卻十分嘈雜，就像夏日來到了池塘邊，聽見無數的蛤蟆亂叫似的。他叫出店夥，把馬交給了他。

店夥卻說："我們這店裏可沒有馬棚，半夜裏要是下了雪，再刮來沙漠的風，把馬凍病了可別怨我們！"

韓鐵芳聽了，不免遲疑着，就問說："別處還有店房嗎？"他的意思是想出去另找一家。

店夥說："本來這條街店房倒是不少，可是這幾天全都住滿了，因為近來往伊犁來往的路不好走。"

韓鐵芳就問說："怎麼不好走？"

店夥說："因為下了場雪呀！天山雖說沒被雪封住，可是這時候誰敢過去？"

這時有個銜着長杆煙袋的人走了過來，好像是個掌櫃的，說話是陝西的口音，倒很和藹，他先問韓鐵芳說："由哪兒來，往哪兒去？"

韓鐵芳就說："由河南來，打算到伊犁去投親。"

這掌櫃的就說："不要緊！天山還能過得去，不過難走一些就是啦！那邊屠家店住着差官呢，明天在我們這裏停住的客商們，准都得跟着過去，因為有官車在前面給開道兒，一路絕不能出岔錯。可是這時你想到別家店房找住處，恐怕也沒地方啦。我們這兒只是雜亂些，只有大房子並沒有單間，你能夠住嗎？"

韓鐵芳說："我倒是只要有一個躺着的地方就行，我所顧慮的就是這匹馬，因為路上牠太疲勞了。往前面去，還有許多路要走，要是叫風雪吹打一宵，就怕耽誤我上伊犁了！"

掌櫃的一邊抽着煙，仰起頭來看了看天氣，就說："也許下不了雪。老鄉！你儘管放心吧！我叫人把牠牽到西邊那條小過道兒，那地方背風，好在只是一夜的功夫。"

韓鐵芳又說："草料呢？"

掌櫃的說："那也不要緊，斜對門就是草料舖，我叫人給牽了去喂。你就放心吧！你先進屋子去吧！"又笑着說："若不是我知道你是河南人，離着我的老家同州府不算遠，我真不能留你，因為待會兒我們這兩間大屋子都得擠滿了。差官一進到那邊屠家店，就會把那邊住的客人都趕到這邊來。"

韓鐵芳也笑了笑，向這掌櫃的表示着謝意。他自己卸下來鞍韀，挾着寶劍，掌櫃的親自給他開了門。這大屋子可真是不小，裏邊放着許多輛單輪小車、貨物、行李、炕上和地下都坐滿了人，都是一些做小買賣的，雜亂極了，腳臭氣也難聞極了。並且這些人彼此都似相識，有的大概還是同行，是鄉親，他們喝着茶，談着話，抽着煙，新進屋來一個人，他們也不大覺得，也不理。

韓鐵芳就請一個人讓了點地方，他在靠着門的牆邊坐下，地下是點破席頭，可是屁股雖涼，周圍卻暖，因為人太多。此時窗外的天色尚未黑，屋裏可面對面都不大能看得清人的模樣。他把寶劍就放在腿下，馬鞍置在身旁，靠着牆歇了一會。

果然門又開了，又來了幾個客人，都抱着很重的行李，塞得屋中更滿，擠得韓鐵芳的地方更窄了。這幾個客人一進來，屋中的聲音可突然低落下去，個個都停止了他們的談話。來的這幾個客人都像是正經商人，多半穿着長衫，戴着瓜皮小帽。他們有的懊喪着不語，有的卻大發牢騷，說：「羅小虎倒不惡，那些個差官雖也使勢力叫我們讓屋子，倒還不至於打人，可是那幾個聽說是什麼鏢頭的，可真是不講理。我們因為行李重，搬得慢了些，那個耳朵旁邊長着黑毛的小子立時就拿腳踹人！」

韓鐵芳便很注意地去聽。旁邊的人也都一齊發問，包圍住了那幾個客商。那幾個客商的口音很難懂，因為氣憤，說的話也就很快，所以很難聽得清，只略略地聽出幾句：「人恐怕是不行啦！哪裏是虎，連只癩狗也不如啦，攙下囚車來就已經走不動啦，滿頭是血……」

韓鐵芳大吃了一驚，胸中像着了火，火都要由口中冒出來了。又有人說：「可惜呀！玉嬌龍要是現在活着，能叫他受這樣的罪？那些個人也不敢呀！不過，羅小虎還是好樣兒的，雖已被他們虐待得半死，可是我們還沒聽見他哼哼一聲。」

又有人笑着說：「他也許哼哼不出來啦！」

並聽有人說：「那耳朵後長黑毛的，到底是幹什麼的？看他的來頭比誰都大，連那些差官仿佛全聽他的，全怕他。他把羅小虎推在一間屋裏，跟他住在一塊兒，不知他是懷着什麼心？他的手裏永遠提着粗鞭子，另一隻手拿着把刀子，像宰豬用的似的……」

後面還有許多話，韓鐵芳都沒有聽得很清楚，然而他已經坐不住了。他手握劍柄，剛要起身往外走，卻見門又開了。那掌櫃的把長杆煙袋離開了那張沒有幾個牙的嘴，大聲地嚷嚷：「喂！諸位！來到我這兒住着就是主顧，就是朋友，我勸諸位說話可得留點神！那邊的差事不是小差事，案子不是小案子，官人老爺們是那麼多，不管是老君牛張大太爺，仙人劍張二太爺，萬一你們這邊談，被那邊聽見，他們過來一鬧，你們誰也惹不起人家。我說的是好話，大家全是出門人，話要少說，閒事要少管，還有什麼玉啦、春啦、龍啦的，在我這店房裏可都不要說！我不是怕，我是忌諱！」

掌櫃的下了警告，許多人立時就都不言語了，只有臭氣和煙氣還滿屋彌漫着。韓鐵芳卻拿起來寶劍走出了屋，在寒風裏忿忿地站立着，他心裏很驚疑，想不到母親玉嬌龍的死訊傳得這麼快，新疆的人恐怕都已知道了，不然張仲翊那幾個惡賊也絕不敢這樣做。他們的行事到如今是很明顯了，他們在路上把羅小虎用鞭子打、用腳踢、直至於拿刀凌遲，就是要用種種的私刑苦刑虐待死他！這叫我如何還能忍得住？

見店掌櫃的背影兒走進小櫃房去了，他就急忙出了店門，忿忿地往西走去。卻見那家屠家店的兩扇柵欄門已經半掩上了，只留着一道門縫。他真有心直闖進去，憑着這口寶劍，怕誰？先殺死那個惡賊仙人劍張仲翊！但他又有一層顧忌，就是怕在自己與仙人劍動起手來拼鬥之時，他那幾個幫手，什麼老君牛、隴山五虎、豹子崔七等人就趁機把羅小虎結果了，那反倒救父不成，更促其死。

咳！羅小虎是我的父親，羅小虎是我的父親！他急得頭都出汗了。這時天已黑，街上已無人，北風呼呼地吹着，那冰雪、沙子打來的力量更是猛烈。忽然，他見由東邊來了一個人，一隻手提着個搖搖的紙燈籠，一隻手捏着那根長煙袋，原來是那小店裏的掌櫃，不知幹什麼來了。韓鐵芳急忙將寶劍藏在背後，反迎着走了過去，笑問一聲：「老掌櫃，要往哪裏去呀？」

驀然間倒把掌櫃的嚇了一大跳，他站住了，驚訝地啊了一聲。他高舉起燈來，看了看是韓鐵芳，就說：「老鄉！這麼冷的天，你不在屋裏，跑到街上來幹什麼呀？」

韓鐵芳說：「因為那屋裏的人太多了，話聲太雜，氣味熏得我頭暈，我才出來走走，涼爽涼爽。」他一眼看見掌櫃的手上還拿着一串錢，腦子裏頓生出個計策，就笑着說：「請問老掌櫃的，這條街上有寶局沒有？我雖不好賭，可是最愛看別人開寶下注。」

掌櫃的一笑，說：「得啦老鄉！我看你大概也是一個賭鬼。我就有這個毛病，才把歷年掙的錢全都輸了。不然，像這屠家店，八個我也開啦，何至於現在還開那小店？這屠家店倒沒有寶局，可是到晚間櫃房裏總要湊上幾個人，摸摸骨牌。現在他們掌櫃的到迪化去了，更沒有人管了。他們這兒住的老君牛、仙人劍張家二位鏢頭全是我的同鄉，他們也都是好賭的，今天晚上一定熱鬧。老鄉你要是想玩玩，我可以領着你去，可是咱們得先說明白，賭錢不拘多少，賭的是公道，不准亂訛亂攪！」

韓鐵芳笑着說：“我也不賭，我只是愛在旁邊看。”

掌櫃的說：“我才不信你呢，來吧！”於是就由這老掌櫃的在前面帶領，從那道門縫走了進去。

韓鐵芳的精神益發緊張、興奮，同時覺得既不能一進門就跟張仲翊拼命，藏在背後的這口寶劍可是不能叫別人看見。進到了院裏他就看見停放着五六輛車，不僅是官車跟囚車，大概這裏還住着沒趕走的客商。他就趁着天黑，趁着那掌櫃的衝着店房咳嗽，他趕忙把寶劍放在了一輛車底下。

那掌櫃的回過頭來，問說：“你在那兒幹什麼啦？是鞋子掉了嗎？”

韓鐵芳趕緊站起身來，沒有言語，掌櫃的就把他帶進了櫃房。這個櫃房很寬大，一切的木器陳設都非常講究，除了寫賬的先生，還有四五個夥計。可是很叫他們失望，人家這兒今天並不賭錢，連平日串門的人今天都沒來，因為這裏住着差官，情形是很嚴緊。韓鐵芳穿的衣服又不乾淨，更不受人歡迎，不過那長煙袋永不離嘴的老舖掌櫃，既拉他為同鄉，別人對他也就不加疑惑。韓鐵芳坐在靠着門的一個烏木小凳兒上，聽他們悄聲地談論起來，談的正是仙人劍張仲翊虐待羅小虎之事。

原來那些官人也不贊成他們虐待羅小虎，因為如果犯人死在半路，到了伊犁或回到迪化，他們也交不下差事，也得受處分。不過可又都惹不起張仲翊，因為他是欽差大人行台裏的護院，而且這次他勾來的是他哥哥老君牛張伯飛、豹子崔七，和隴山五虎之中的四隻虎：惡虎楊鑫、猛虎林永、瘦虎常明，和黑虎袁用，只有一個虎沒有來，所以差官們也惹不起這些個惡漢。

韓鐵芳又聽這些人說：這些天羅小虎永遠由這些個惡漢監視着，夜裏也總在他們睡覺的屋內，他們高興了就打，要不就是種種虐待，那不可一世的半天雲現在早已半死啦……

聽了這些話，韓鐵芳胸中的氣益發忍耐不住。他並且惦記着放在外面的那口寶劍，擔心叫人拿了去，那自己可就更沒有辦法了，於是他就站起來，帶笑問：“茅房在什麼地方？”

一個本店夥計告訴他說：“就在東房的後邊。”

韓鐵芳點點頭，剛要邁步出屋，卻聽身後的人又談論起來。是那小店的掌櫃先問：“聽說在你們這兒住的那個哈薩克的娘兒們已經走啦？”

“可不是嗎？”這店裏的寫賬先生答說：“幸虧她們是今天早晨走的，一齊都走了，要不然！晚上這一幫再來了，光是馬，我們這兒也容不下呀！再說，張仲翊他們趕別人可以，趕那幾個哈薩克，可一定趕不動，弄得不好，非打起來不可！那幾個哈薩克的娘兒們裏還真有漂亮的，尤其是那個穿紅衣裳的，把她壓扁了貼在畫上，也是個美人兒……”

韓鐵芳不由得把腳步又停了一下，心裏卻更加驚疑，他推門邁步走出了屋，呆呆地發了會兒怔，暗想：莫非春雪瓶就在那些哈薩克人群中？剛才在街上我還看見了一個哈薩克人，別是他們轉宿到附近，沒有真走吧？還是只留下了一兩個探子呢？他們這樣子也像是要來救羅小虎，可是為什麼雪瓶又不來見我？不幫助我快些下手把羅小虎救了，卻先走了呢……

正在猜疑，忽聽院中有人笑着嚷嚷說：“老崔老楊！你們倆不去嗎？要去咱們一塊去，別淨叫老常他們樂。烏蘇這地方的土窯子聽說很出名，有的娘兒們比迪化的還好，去不去？要去就快走，那隻癩狗交我們大哥一個人看着也就行啦！反正他的脖子都抬不起來了，玉嬌龍媽的也玩完了，春雪瓶又她娘的讓姓韓的拐跑啦，誰還敢從咱們哥兒們的手裏搶這條死狗？一條半死的狗也用不着大家都拿眼睛瞪着，走啊！看看娘兒們去……正月兒裏來小妹逛花燈，哼哼……哎喲喲逛花燈……”

幾個人一邊說着一邊走，又哼哼着小調，那屋裏又有人說：“別走！等等我！”

剛才說的那小子大概就是張仲翊，他站住了，又向屋裏邊催着說：“快着點！哼哼……二月裏來龍抬頭……”突然他一眼看見了十步之外的韓鐵芳，就大聲問了一聲：“喂！你是幹什麼的？”

韓鐵芳卻一聲不語，就走了過去。他借着由廚房的門縫透出來的一線光亮，能夠看得出張仲翊的模樣，張仲翊卻看不清他的臉，就逼近兩步來問說：「你是幹什麼的？你怎麼不說話呀？」他的聲音顯得嚴厲了。

韓鐵芳仍然不發話，斜着走去，走到了那車後，他疾忙一彎身由地下抄起了寶劍，鏘的一聲寶劍出了匣，同時嗖的一聲，他的身子已撲過去了。仙人劍張仲翊也正要來抓他，韓鐵芳揮劍向他就剁。

張仲翊一面躲劍，一面抽出寶刀向他扎來，並狠聲說：「好大膽！」

他的右臂被韓鐵芳抓住了，他可也舉手托住了韓鐵芳的右腕，又狠狠罵說：「小子你真敢來找死？你是幹什麼的？」二人盡力地相持，這時各屋中都驚問：「怎麼啦？什麼事？」張仲翊的屋中並跳出幾個持刀的人。

韓鐵芳已把張仲翊手中的寶刀奪了過來了，張仲翊回身就跑，這時老君牛張伯飛、豹子崔七和巃山的四條虎，也都掄着刀奔過來，前後左右將韓鐵芳包圍，一齊上前拼殺。

韓鐵芳掄劍擋敵，噹噹噹兵刃相磕作響，左手的寶刀也揮起，鏘的一聲就將一個人手中的刀給斬斷了。那個人慌忙跑去，韓鐵芳卻趁空跳到了一輛車上。這時差官們都自屋中出來，有的亮出來單刀，有的已將弓裝上了箭。其中大概就是那飛鏢盧大，他高聲喊着說：「諸位不要動手啦！諒他今天也跑不了啦，問問他是幹什麼的？難道他還敢來劫囚車、犯王法嗎？」

韓鐵芳站在車上，時時以兩隻手中的刀劍向下防衛着，他就也高聲說：「好！你們都且住手！也別施鏢放箭！聽我說幾句話！我告訴你們，我今天既敢來找你們，就不想跑，就不怕死！」

仙人劍張仲翊這時已另取寶劍出來，他怒聲喊叫：「好小子，你快說吧！」

燈籠也都點上了，都高高地舉起，院中閃動着光亮，個個人的眼睛也都瞪得很亮，像是一群狼似的要吃掉韓鐵芳。

韓鐵芳這時倒極為鎮靜，他發着宏亮的聲音說：「我今天來就是要跟你們說明白，在迪化城殺死鐵霸王、擾鬧官花園，那都是春雪瓶所為，你們若有本事，應當去找她，不必虐待一個已經被你們擒獲的羅小虎。」

張仲翊說：「那麼那天夜裏在迪化跟我們打架的可是你？」

韓鐵芳說：「不錯，那正是我，可是射傷了你的腿的弩箭，那是春雪瓶放的。」

張仲翊跳起來說：「她是你什麼人？是你的老婆？」

韓鐵芳搖頭說：「不是！」

這時就有人伸過來護手雙鉤要鉤他的腳，他腳向旁一躲，同時以劍將鉤磕開。嗖的又打來了一鏢，也被他躲開了。他急聲喊說：「你們要暗算人，就不是好漢！容我把話說明，我就跳下車去隨你們治我！」有個人就說：「好！聽他小子再說幾句！」

韓鐵芳挺起腰來，又冷笑一聲，說：「把羅小虎送到伊犁聽官治罪，那才算會辦差事的官人。冤有頭，債有主，你們去找春雪瓶、找我，才算好漢！我韓鐵芳與羅小虎、玉嬌龍、春雪瓶不過都是朋友相交，但我看不慣你們這樣橫行霸道，所以我才打抱不平！」

此時就有人問說：「玉嬌龍到底是死了沒有？」

韓鐵芳卻不回答這句話，接着又往下緊緊地說：「你們要報鐵霸王的仇得找春雪瓶，報方天戟的仇就得找我，與羅某都不相干……」

說到這裏，仙人劍張仲翊已掄劍怒撲過來，眾人又都刀鉤齊上。韓鐵芳以劍相迎，並趁勢往高處一跳，他就上了房。鏢和羽箭，又如雨一般地向房上飛去。他順着房脊奔，跑到店外，由牆上跳了下去，也有人緊追着就跳了過來，卻被他反手一劍殺倒。他情急腿快，飛往正西奔去，後面的人都追出來大喊着：「追！」

腳步雜亂，那些人如潮水一般緊隨身後湧來。韓鐵芳拼命地跑，跑出了這條街，他就轉往南邊。他跑得很快，但跑出了不遠，他就將步止住了。

此地已是曠野，天昏得一顆星也看不見，地上更黑茫茫的沒有一點燈光。從那條街口可見有搖搖的燈籠飄出來，而且飄得極快。燈光之中還能隱隱看得出幢幢的人影，閃閃的刀光，北風並吹來那些人的喊罵聲。然而他們此時要想抓住韓鐵芳，可比在大海中探手捉一條魚還難得多。

韓鐵芳又慢慢往南走了幾十步，便站住了。這時他的氣已喘了過來，力量也恢復過來了，但是他很不甘心，深恐那些人在抓不着自己之後，反把羅小虎殺了，而且也絕不能捨棄放在小店裏的那匹馬。

他見那大道上的燈光人眾往西、往北、往這南邊分途來搜尋，他卻反往東邊急跑。這沒有城的烏蘇縣，也不過是一個較大的市鎮，所以他很快地就又到了鎮裏。他飛身上了民家的房屋，輕輕地、慢慢地踏着泥土的屋頂、踏着土牆往街裏走去，同時，辨認着方向。不多時，他卻又回到了那屠家店裏。這時店裏倒不太亂，大約張仲翊那些人追往西邊去了，還沒有回來，院中有幾個官人，在幾隻忽明忽滅的燈光裏正談說着話。

韓鐵芳趴在房上隱蔽竊聽，聽了半天，才聽出那些官人的意思來。原來一路上仙人劍等人任意橫行，把他們欺負得不得了，他們也怕羅小虎被虐待死在中途，他們要擔處分。尤其如今發生了這件事，黑虎袁用剛才被韓鐵芳的劍所傷。韓鐵芳是秀樹奇峰春雪瓶的朋友，他不過是來打前陣，隨後春雪瓶那位小王爺就會來到。所以如今這些官人紛紛地商量着，無論能不能捉住韓鐵芳，明晨還是趕快離開這裏為是。

店房的寫賬先生也大表贊成，站在院中直說："對！對！趁着還沒下二次雪，天山的路還通，你們諸位明天還是快點走吧！要這樣鬧下去，可真了不得。姓韓的那個人這次要是跑了，一定要勾來秀樹奇峰！"

這些人都呆在院裏，等待着那些追賊的人回來，都像是很着急，可沒有一個人敢出去看看的，更沒有一個人留心到房上有人。

韓鐵芳就慢慢地往後退，輕輕地離開了這屠家店房，又轉回到那家小店房。他由房上跳下去，聲音極輕，並無人察覺。一看，馬匹還在，他心中十分喜歡，就故作沒事地回到了大屋子內。這屋裏的許多人都直着眼睛看他，有個人還問說："你幹什麼去啦？你不知道街上鬧了亂子嗎？"

韓鐵芳卻將背後藏着的寶劍亮了出來，在眾人的眼前一晃，說："諸位少打聽！與諸位不相干，你們少說就是了！"嚇得屋裏的客人們個個變色，往後退去，往一塊去擠。韓鐵芳抄起了地下的馬鞍和鞭子往外就走，又到過道中匆匆地備上了馬匹。

此時那口寶刀已插在腰帶上，他一手提劍，一手牽馬往外就走。還沒出門，忽見迎面黑忽忽的一個人把他攔住了，他拿劍來威嚇說："快躲開！"

眼前的這個人渾身發顫，聲音也發抖，說道："是我！是我！爺！俠客大爺！我把你這寶劍鞘給偷偷拿回來啦！你老人家快點走吧！"

韓鐵芳這才和悅地說："好！多謝掌櫃的了！打擾了你半天。店錢等我回來時再給，現在來不及了！"

他匆匆掛上劍鞘，收了手中的劍，出門上了馬，他知道那些人剛才追向西去，他卻加緊揮鞭催馬往東走。不料還未走出街市，就見對面來了燈光、人聲和閃閃的刀影，這批人大半是由西邊又轉向東邊去搜，結果一無所獲，都彼此抱抱怨怨地回來了。韓鐵芳卻奮然催馬直撞過去，對面的那些人連問："是誰？"

韓鐵芳早又抽出了寶劍，像燕子一般隨馬向前，風一般地快，就聽有人發出了慘叫，但韓鐵芳早衝過去了。後面的人又追，又打鏢。韓鐵芳急催鐵騎，已走出了街道，又斜奔向曠野，由東又轉往西奔去。

走出約三里許，聽見前面有犬吠之聲，他就將馬勒住，行得緩了，劍已入匣，氣也緩過來了。回想剛才的事，雖沒有救出羅小虎，但尚可稱快意，只不知後來殺傷的那個人是誰，如若是張仲翊，那才更令人痛快呢！

此時有好幾條狗已將他包圍住了，吠聲震耳，他拿鞭子趕狗，也趕不開。面前是一個很小的村落，且有的籬笆內透出來燈光。他緩緩地策馬進了村，到了一家住戶前，隔着籬笆就叫人。這村子住的都是規矩的農戶，還以為是來了賊呢，他便在馬上向裏面說明了來意。他說因為是那街上的店房都住滿了，沒地方住，所以才來到這裏投宿。他說話十分客氣，裏面又聽出了他的口音，就把柴扉開了，容他下了馬，牽馬進去。

這家農戶是從甘省遷來的，雖然看着韓鐵芳腰間帶着刀，馬上又摘下劍來，情形可疑，可是因為韓鐵芳的態度極為和藹，主人也就放了心，並現燒了小米飯給韓鐵芳充饑。韓鐵芳就睡在一間堆柴草的房子裏，一夜提着心，怕那些人找到這裏來，便沒有睡安穩。次日天色還沒發曉，他就出屋餵馬，並將馬鞍轡又備上。農人也起來了，他拿出幾文錢要作為酬謝，這個農人卻謙遜着不肯受，只說：“都是東邊的人，雖不是一省，可也算是同鄉。你路過這裏來投宿，就算是有緣，我們怎能夠收錢呢？我們又不是開店的。”

韓鐵芳摸摸身邊，又無另外之物可贈，他只好抱拳道謝，出門上馬。農人還送了出來，他在馬上便拱手說：“再會吧！”策馬出村，好幾條狗亂吠着追出好遠。

他又來到了莽莽的田野之間。天上的雲霧漸漸稀薄，北風嗖嗖，吹得他身上發冷。遠處有一片黑忽忽的東西，他走過去看，才看出是一片野林，樹雖不算多，也足可以隱身。由此往西北望去，那裏就是一條蜿蜒如灰蛇似的大道，西南角又是一片遮天蓋地的巨大陰影，那就是霧裏的天山。

他便下了馬，心說：這地方好！我在此倒要看看那囚車和那些人馬，今天是不是還往西走？他們往西走就得由那道上經過，就逃不過我的眼睛，我還得往下追。

他在地下坐一會，又站起來伸直了脖頸向那邊看。回想着昨夜的事情，他更覺得膽壯，只是昨夜並沒聽見羅小虎在屋中哼哼一聲，他果真已被虐待得奄奄待斃了麼？想至此心中又不禁憂愁難過。

天光漸漸發亮了，遠處的小道顯得更清楚，可是雲霧仍未盡消。寒風更覺淒緊，身後的枯樹枝如雨一般落下來。馬獨自蹋蹋地在林中徘徊。曠野枯寒，也不見有人出來耕地，天上的烏鴉都很少。如此過了多時，他望得眼睛都發酸，那邊的大道上只有稀稀往來的步行挑擔子的、推小車的，卻沒看見一匹馬。

他心中越來越煩躁了，就又上了馬，離開樹林，想往那街市的附近去踏探踏探。但才向北邊走了不遠，就見那條大道上已有一隊車馬在蠕蠕地向西移動了。他趕緊跳下馬來，將馬按臥在地下。他伏下一點身，瞪直了眼睛向那邊望去。那裏距他這裏最少還有半里地，人馬影子都很小，而且模糊。可是他也辨識出來了，那的確就是押解羅小虎的差車，不過雖然一夜他們死傷了兩個，今天的人倒顯着更多了。

韓鐵芳容他們去遠，這才又將馬拉起來跨了上去，向西追去。他仍然和前幾回一樣，雖然不捨，可是也總是不敢向前。天雖未降雨雪，北風可愈為猛烈，吹來的沙礫更多。地下的道路倒越來越廣。又往西走，漸漸兩旁田畝皆無，樹木也一棵不見，簡直無所謂道路了，只是一片荒沙，風也更大了。

韓鐵芳希望這時由沙漠裏發現一夥哈薩克，領頭的就是春雪瓶，以助自己將羅小虎救了。可是沒想到走了不多時，地下的沙子就少了，前面的那隊車馬早已安然渡過這片狹小的沙漠了。韓鐵芳又急揮兩鞭，馬追隨着面前的車馬影子再走。地下雖又有路了，卻是坑坎不平。從這裏看南邊綿延無盡的天山，更清楚、更高，並且路徑似向西南斜了下去，越走也越高。前面的車馬倒慢了。

韓鐵芳也只得將馬慢行些。風沙更緊，漸漸前面的車馬已消失了影子。忽然他隱約聽到後面嘚嘚地來了一陣清切的馬蹄聲，他一驚，趕緊回頭，就見東邊飛也似的馳來了一匹馬，就如在滾滾的風塵之中沖來了一股白煙似的。韓鐵芳益為愕然，急將馬撥向道旁，同時伸手去摸寶劍。但那匹馬已來到了臨近，馬上的人是頭上蒙着白紗的帕子，渾身衣服是青色，分明是個女子。韓鐵芳心中十分喜歡，馬到近前，他看出那紗帕下露出來的一點嬌顏，正是春雪瓶，他就叫了聲：“姑娘！”

春雪瓶不容收往馬，就把馬撥了回去，馬在揚頸抬蹄，她在勒韁轉首，急急地說：“盡在後面追隨他們是無用的！昨天晚上的事，你辦得太笨，也太沒用！反正按路程計算，明天他們就要過博羅霍洛山，咱們到那山根下等着他們去吧！快走！”說完她便催着馬又往東邊去了。

韓鐵芳只得跟着她走，雖然風很冷，但他的臉卻非常熱，因為春雪瓶真是矯若神龍，竟不知她是從何處來的，並且昨晚的事她也全都知道。自己還覺得辦得很漂亮呢，卻不料她一連說了兩聲"無用！太沒用！"真使得自己是又慚愧，又灰心。

蹄聲嗒嗒，風聲呼呼，塵沙迷眼，天地昏沉，前面的春雪瓶竟連頭也不回。韓鐵芳只好眯着眼，在後面跟着，看她的騎術實在矯捷，而背影兒又真是俏麗。一前一後，走了半天，道路仿佛是往南去了，路也更曲折、更陡、也更窄。漸漸地他看見前面有推獨輪車子的和趕小毛驢的鄉下人，但他們一霎時就給越過去了。又走一會，眼前又出現一片低陋的房屋和幾棵枯乾得可憐的小樹，有酒葫蘆和麵幌子在風沙裏搖擺着。

春雪瓶就把馬勒住，緩緩地往前走，原來前面又到了一處很小的村鎮。韓鐵芳也收住了馬，卻不住地喘氣，一隻眼睛進了沙子，揉也揉不出來，流出很多的眼淚。春雪瓶一點也不等他，就先進了鎮。

來到一家店門前，她才下了馬，就牽着馬進去。韓鐵芳依然閉一隻眼，牽馬到了裏面。這家店的院落很大，趴着七八隻駱駝。雪瓶將馬上的包裹、寶劍拿了下去，就將馬交給了店夥。韓鐵芳也如此地辦了。但是氣還沒喘過來，春雪瓶又叫店夥找了間屋子，她就先進去了，韓鐵芳也只好隨着進屋。屋裏又黑又窄又低，韓鐵芳的身材幾乎抬不起頭來，有一張破炕，上面有塊破席頭，韓鐵芳兩腿真覺得疲乏，他就坐下了。

春雪瓶解下了紗帕，露出雲鬢和飽帶風塵之色的容顏，笑着說："今天的風真大！"

韓鐵芳聽她說到風，不由又憶起夏天在白龍堆中第一次遇見的那場風了，心中又發出無限的感慨，他一邊拿袖頭揉眼睛，一邊就也帶笑問說："這些日來，莫非姑娘時時在後面跟隨着我嗎？"

雪瓶卻先開了屋門，向外面叫店夥："打盆洗臉水，再拿隻撣子來！"然後她關上了門，又回身向韓鐵芳看了一眼，帶笑地搖着頭答道："不是！我昨晚才趕上了你，我想有你跟隨，羅……羅大叔他不至於出什麼舛錯。"

韓鐵芳聽了這個稱呼，自己倒覺得頗難為情。

雪瓶說："我是先把我繡香姨姨安置在了達阪城。我那蕭姨夫可是真麻煩，我百般地向他解釋，他才肯在那裏住着。我這才騰了身出來。昨天烏蘇地方你做的那事我雖未親眼看見，我可也聽說了。今天他們在那裏留下了兩三個人，在那裏葬埋那死的，看顧那受傷的，但我想，昨天你辦的那事，於羅大叔並沒有益處。"

韓鐵芳說："我是要警告警告他們。羅某犯了罪，解往伊犁去是可以的，但他們沿路以私刑虐打，我卻看不下去！"

春雪瓶說："那除非……唉！"她歎息了一聲，就面現悲色，說："因為我爹爹生前囑咐過我，什麼事情都可做，什麼人都可以鬥、可以殺，但對於官人差役卻不可妄為，朝廷王法必須遵守，這也是因我爹爹乃是宦門出身之故。所以我處處顧忌着這層，不然我在迪化城內那些日，豈能那樣安靜地住着？羅大叔的這點事情算得什麼？我早就把他救出來了！"

說到這裏，她又嫣然地一笑，說："這是真話，並非是我自負。不過韓大哥你現在也儘管放心好了！我們在這裏歇宿半日便走，由此往南有便道可以上山，順山一直往西，必定可以截上他們。假使我們不去截，他們也絕不能平安走過這道山，那裏也必定有人將他們截住。你我不肯做的事，別人會替我們做的，仙人劍張仲翊必定喪命，羅大叔必能出險。"

韓鐵芳聽了這話，倒不勝地驚異，他怔一怔，突然問道："你在路上可看見哈薩克人了嗎？我可遇見了許多，他們並都像是認識我，大概都是由尉犁城來的。往西去的路上店裏都住滿了，聽說還有一年輕女子……"

雪瓶擺手笑着說："你別疑惑那個女子是我。這一路上我沒遇見他們，我也沒有勾引他們來，不過……"說到這裏，店夥送進水來了，雪瓶也就止住話。她先拿了撣子到屋門外抽撣衣裳，屋門外的風都湧了進來，一霎時臉盆的邊沿上都浮了一層沙土。

雪瓶進來，店夥又往屋外走去，雪瓶就囑咐將屋門關帶嚴緊些。她看了看那很髒的木頭的洗臉盆，灰色的手巾，連塊肥皂也沒有，她就不禁皺眉。

韓鐵芳就說：「叫他們再換一盆水來吧，或者另倒一盆來，這盆水我洗。另叫他們撕一塊白布來，作為手巾，這條手巾真不能用！」

雪瓶翻眼看了他一下，帶笑問說：「怎麼不能洗？既然出來走路就得受點委屈，不能事事都講究，不能像在家裏時那樣的奢華，所走的地方也不能全是迪化那樣的大城市。我爹爹在世時常說，她當年初走江湖的時候，也是一點苦也不能受，可是後來到了新疆，走慣了沙漠，她也什麼都不在乎了。」說時她微微帶點笑，可是眼淚如珠子似的都掛在睫毛上。

她就低下了頭洗臉。草草洗畢，又從炕上放着的她的包裹裏，取了一隻木梳和一面圓形的小銅鏡子，她就倚窗俏立，徐徐地梳着鬢髮。

韓鐵芳的心中也難過了半天，慨然說：「我總以為這是個夢！我不相信是真的，我實在懷疑，春前輩大概不是我的母親，我不配當她的兒子，我……」

春雪瓶驀然回過頭來，笑着說：「這件事容易辦呀！我們大概明天就可以追上了仙人劍那些人，或救羅大叔，或殺仙人劍，或是一面救一面殺，總可以把那件事辦完。然後咱們倆人就分手，你趕緊去往達阪城，我穿山越沙走便路趕回到尉犁。你看這個……」

說着，她由小襖裏掏出來一個發光的銅鑰匙，下面還繫着一條紅繩，又引逗似的笑着說：「就憑這個，我回去開了箱子，取了我爹爹藏了十九年的那件紅襖。然後我再趕到達阪城，當着你對一對，看看你那塊紅羅是否就是從那襖上剪下來的。如果真是相合，那還有什麼可疑的？那還是什麼夢呢？我倒真是在夢裏度了十九年，原來我爹爹跟我……真不是親生骨肉！」她又轉臉向窗，並揉了揉眼睛。

韓鐵芳真想於此時把心裏存着的話全都說出來，當時就問問她願意不願意與自己結為夫婦，可是又想到洛陽家裏，不由便又長歎了口氣，話都咽回去了。

忽然，春雪瓶又轉過了臉兒來，臉上還帶有淚痕，但仍勉強笑着說：「繡香姨姨跟我說，不必取那件紅羅衣，她也能斷定這件事沒有半點錯，她初次看見你的時候，就覺得你長得像我的爹爹。天下原盡有巧事，這並不算什麼稀奇，你也不必驚異。現在我倒是高興極了，因為我能夠借着此事，報答我爹爹育我之恩……」

韓鐵芳不容她說完，就說：「以後你可以同我一同往東去。」

春雪瓶卻問說：「幹嗎？」她的眼睛瞪大，雙頰略現出一些紅色。

韓鐵芳就說：「我原以為方氏夫人是我的親生母親，她是於十九年前，不，如今已二十年了，陷於祁連山上的強盜黑山熊吳鈞之手。此次我散盡了家資出來，原就為的是救母復仇，但如今就不必。可是那位方氏夫人對早先的事情也必定盡皆知曉。我想姑娘可以同我一同去見她，她或者知道姑娘在孩童時是怎樣被春前輩收養的，姑娘的父母現在何處，她也或者能夠知道……」

春雪瓶搖頭說：「不用！我不是非有父母才行！以前，我以為我爹爹是我的父親、又是我的母親，如今，我全不認！取了紅襖再見繡香姨姨一面，我就連她也不認了，尉犁城那也不是我的家，我哪裏都可以去……」

韓鐵芳趕緊站起身來，連連說：「姑娘你千萬不要錯會了我的意思！」

春雪瓶忽現怒容，但轉又現出了微笑，她擺着雙手說：「不要提了！不要提了！我們都不要再提這些事啦！」韓鐵芳點了點頭，又坐下，但心中實在十分發堵。

少時店夥又送進茶來，雪瓶便吩咐給做飯。外面的風聲呼呼，風裏挾着沙子，打得紙窗嘩嘩地響。韓鐵芳覺得這時天色還很早，真不甘心放那押解羅小虎的一隊車馬去遠了。少時店家送進來兩碗煮得跟漿糊一般的湯麵，上面粘有一點白菜葉，灑了不知有多少黑鹽。他雖然餓，可簡直吃不下去，偷望着雪瓶，見雪瓶坐在他身旁不遠，低着頭，以纖手拿着兩根粗筷子，挾起那帶着熱氣的麵片，小口吃着，倒似是很有味兒。

韓鐵芳也勉強吃着，卻不禁地出神。吃着吃着，忽然他就停住了筷子，說：「雪瓶姑娘！我覺得今天天色尚早，我們不能在此停留住，一任他們那些人遠去，越離越遠。再說大風之中，那仙人劍張仲翊包藏着禍心，什麼事情都能做得出來，我真不放心！我想，姑娘可以在此稍歇一日，吃完了這碗面，我還是要追他們下去！”

雪瓶斜着眼睛向他瞪了一下，當時就沒有答話。韓鐵芳又說：“我這人的性情就是生來有點急，我不會從從容容地辦事，所以天既然早，就非得再追上他們，我才能甘心！”

雪瓶說：“你雖不能夠甘心，但請你放心好了，風起得這麼大，他們也絕不會走遠。這股路我雖沒有怎麼走過，可是我在前幾天臨離開迪化時，早已把西去的這條路詳細打聽明白了，所以我敢說：由此往伊犁，還有幾站幾鎮，過幾道山，馬快的可以走多少日，車快的一天能走多少里，我都已了若指掌。”

韓鐵芳一聽，倒不勝驚異地想：原來春雪瓶不僅是貌美、藝高、聰明勇敢，並且她這樣的心細！因此益發地愛慕和敬佩，話倒說不出來了。

春雪瓶又挾了幾片麵，細嚼着，吞了下去，就又說：“我敢斷定，他們往西南再走七八里，准在旗竿店那地方歇下。因為張仲翊雖然強暴，可是那些官人卻都謹慎，都明白地理，他們絕不敢於這大風的天氣中過山。”

韓鐵芳只是發着怔不言語，春雪瓶就又說：“這些詳細的路徑，我都是向我姨夫蕭千總打聽出來的。他那人別的都不行，惟獨對於這條路，還算知曉得極詳。”

韓鐵芳這時才搭話說：“那是因為他是當差的人，在新疆多年，久走這條路之故。”

春雪瓶微點了點頭，又說：“據他所知，由此往伊犁去，雖然須要過山、爬嶺，可是險要的地方只有一處，那地名叫作淨海。”

韓鐵芳說：“我也聽人說過這地名。”春雪瓶又說：“可是若由我們這條便路上山，比旗竿店離着淨海還要近。明天早晨我們再走，一定能夠先趕到淨海岸邊去等着他們的車馬，今天……”

她瞪了韓鐵芳一眼，又笑着說：“咱們暫且在這裏歇息一天，明天再走，絕不誤事！”

韓鐵芳到此，只得無話說了，就答應了。但自覺跟春雪瓶同在一間屋內，十分拘束，他就又推門走了出去。只見彌天漫地都是黑沙，想不到風刮得竟這樣大。

他走到櫃房，這屋子黑得簡直對面看不清人，掌櫃的手裏頭已抱上一個小炭盆了。韓鐵芳就問這店裏還有空閒的屋子沒有，掌櫃又問夥計，店夥卻說：“空屋子可沒有啦！因為風大，客人都不能走，騰不出屋子來。大哥，你那屋子很好呀！你跟大嫂只是兩個人，一張炕還不夠睡的嗎？”

韓鐵芳卻笑笑說：“那是我的胞妹。”

掌櫃的向夥計說：“你怎麼連婆娘跟閨女都分不出來？”

店夥也無話說了。掌櫃的卻向韓鐵芳說：“按理說，親兄妹住在一塊，也算不得什麼，既然出門上路，就都得將就一點。你若是覺得不便，你只好在這櫃房裏睡了，算你一半的店錢。”

韓鐵芳點點頭說：“好！”於是他就脫了鞋上炕，閉着眼睛休息。旁邊店掌櫃的那個炭盆溢出來暖氣，使他倒覺得很舒適，只是這屋裏出來進去的人總是不斷，而且凡是到這屋裏的人必要跟店掌櫃談上半天。

原來這裏雖不靠大道，但卻通着幾個小村鎮，還連着山陰，是蒙古人游牧之地。並且附近的山裏出木炭，所以這裏住着不少采炭的，和用駱駝運炭的人。他們全是這家店的多年老主顧，彼此又都早就相識，就以此為聚談之所，談東說西，什麼話都有，使韓鐵芳的耳邊沒有一時清靜。到了晚飯後，屋裏點上了燈，人更坐滿了，光是拉駱駝的就有四五個，人家抽着煙喝着茶談話，就有人提到了半天雲起解西去之事。還有從烏蘇來的說，那地方有個春大王爺的什麼朋友叫韓鐵芳，大鬧屠家店，還殺死了一個人……

韓鐵芳盤膝在炕角坐着，就不由得傾耳去聽。有個做小生意的人聽了這件事，就不由得吐舌，說：“這還了得！春龍大王爺的朋友，那本事還能夠差了嗎？仙人劍張仲翊那幾個鏢頭是自找送死。看吧！他們到不了伊犁，沿途准都得夭了吃飯的傢伙。那些差官押解着半天雲，還可以說是沒法子，但要叫我去當差官，我可就早請假了，我不敢應這檔子差！」

旁邊又有個一身油泥，滿臉烏黑，像是個背炭的人，他也搖着頭說：「我也不敢管！仙人劍那幾個人大概是才來到新疆，他們不明白春大王爺的厲害。有人說她死了，我可不敢信那話，屋裏也沒有外人，可要叫我說出她老人家的名字來，我都不敢！」

有個拉駱駝的人，脫了他身上披着的老羊皮襖，坐在屁股底下，又裝了一袋煙，說「其實現在倒不要緊！背地裏談論談論她，也不至於就丟頭，早先可不行！你們幾位年紀輕些，那時候大概還沒出來做買賣，許不知道，我可是趕上啦！二十年前我就拉駱駝，那時候那位王爺就已經到新疆來啦。好嘛！誰的嘴裏敢說個春字呀？說春還不要緊，誰的嘴裏敢說玉字呀？連往南疆采玉的那些財迷們，都不敢說是去采玉，說是找石頭。玉門關那時我們都不敢叫玉門關……」

店掌櫃搭話了，問說：「叫什麼？難道還能叫作鬼門關嗎？玉嬌龍雖說不講理，可是那時你們也太雞毛小膽啦！」

拉駱駝的直着兩隻眼說：「啊！你不信？早先你住在這山背後的小鎮市裏，她是犯不上找你來，像我們那時候就運炭、拉石灰，走甘省，腦袋後頭都得長兩隻眼睛，說不定什麼時候她就在你的身旁。」

店掌櫃卻撇嘴說：「她也不是沒身份的人，能夠跟着你們拉駱駝的？人家的寶劍是金子製的，你伸着脖子叫人家殺，人家還怕髒了劍刃兒呢！」

那個拉駱駝的聽了這話，大不服氣說：「你說她不殺拉駱駝的？你打聽打聽去，這個人你也許不認識，安西州有名的駱駝彭如，現在他趕二百頭駱駝，他那財是怎麼發的？他的爹黑三又是怎麼死的？」

由此這個拉駱駝的人就說起故事來了，他就說：「二十年前有一個倒霉的拉駱駝的人，名叫黑三，是肅州酒泉縣的人。那一年他拉着幾頭駱駝走在甘州張掖縣，忽然有兩頭得了病，他就住在一個同鄉開的店裏給駱駝養病。正是年底，下大雪，這店裏本來就住着由安西州新調涼州府的方大人的小老婆，帶着老媽子和一個老人家。她還有一個才剛滿月的小姑娘，雪攔住了他們不能往東去走，天緣湊巧合，那時候就來了一位身懷六甲，騎着快馬的小媳婦。」

此時屋中的人雖多，但卻靜悄悄地，只有北風挾着沙子嘩嘩地擊打着窗紙，連院中的馬也不嘶，駱駝也不叫。這個人磕了磕煙袋鍋，又裝了一袋，他停住了話，東瞧西望了半天。

韓鐵芳就催着說：「你快往下說吧，讓我們聽聽！」

這拉駱駝的把煙點着，徐徐地噴着，又接着說：「這件事情知道的人很多，你們大概也猜出來啦，原來這個身懷六甲的小媳婦，就是玉……那時候還沒人知道，她就自稱婆家姓春，娘家姓龍，來到那店裏。當晚，她就分娩了……」

此時突然就有人問說：「那就是半天雲的兒子嗎？」

這人搖搖頭說：「那誰知道呢？不過那時候的收生婆，就是那方知府的小太太。收了個男孩子，她可就起了心，硬把她那女娃子跟人家換啦。第二天雪還沒住，她就帶着家人、老媽子跑了，可是她也永遠沒到涼州府。她的男人方知府後來還派人找她，各處找她，也沒找到。後來怎麼啦，大概是半路上出了事，連她換去的那個小子都送了命！這且不提，那店裏，第二天春龍大王爺一看自己的孩子叫人換走了，她哪能甘心？正在氣頭上，偏偏我們那個倒霉的同行黑三，不知怎麼得罪她啦，就被她拔出寶劍來喀嚓一下……」

說到這裏，就像是得着了證據似的，探着頭問店掌櫃說：「你說她不殺拉駱駝的？」

店掌櫃抱着火盆，呆得說不出一句話來了。那人又說：「春龍大王爺真行，別的娘兒們養了孩子還能動彈？她可立時就騎馬冒雪去追。自然也是沒有追上，要不為什麼這些年出的小王爺也是個女的，沒聽說大王爺有個兒子呢？」

韓鐵芳此時便問：「這樣說來，春雪瓶就是那方夫人之女了？」

旁邊不知是誰，推了他的大腿一下。他卻精神興奮，願意雪瓶也來到這裏聽聽。

那被問的人卻說：“這還用說嗎？可是，黑三那倒霉的雖然死了，他的兒子後來倒發了財。黑三那時有個婆娘，有個兒子才五六歲，他一死，家裏的人簡直就得要飯。那婆娘辛辛苦苦把兒子拉扯到十多歲，還是幹他爸爸的老本行，幫助人拉駱駝。這孩子嘴不嚴，他知道他爸爸死的事情，有一次他拉駱駝到了大概是南疆的且末城，住在店裏，他就說出來了。他說的是當年甘州城換孩子的事。不防玉……春龍大王爺就露了頭了，拿着寶劍也要殺他，並問他是從哪裏聽來的，竟敢胡說！寶劍擱在脖子上，這孩子可就哭啦，他說他是聽他娘說的，他爸爸拉駱駝的黑三就是被春龍大王爺給殺了的！春龍大王爺可真令人佩服，一聽了他這話，不但不殺他，反倒對他很好。當時她就走了，過了許多日，那孩子拉完駱駝又回到家裏，不料春龍大王爺隨着就來了，贈給他很多很多、無數無數的金銀……”

那一身油泥的人聽到這兒，就羨慕地說：“這小子倒發了財啦！”

拉駱駝的人說：“可不是！他就是駱駝彭家的大當家的呀！今年他還不到三十歲。他帶着他娘搬到了安西州，說了媳婦，置了產業，現在家裏養着二百多頭駱駝，哪兒來的本錢？”

旁邊另有個人說：“我倒願意我也有個爸爸，先叫春大王爺弄死，遂後我再發財。”

店掌櫃等人一齊笑着說：“衝你小子這良心，你就一輩子也發不了財！”笑聲，嘖嘖稱讚聲，紛紛評議聲，又都漸漸沸騰起來。

韓鐵芳卻忽然找着鞋穿上，他下了炕，就匆匆地走出了屋。外面天已黑，風已漸息，春雪瓶住的那屋子的窗上浮着淡淡的燈光。韓鐵芳在院中站着發了半天呆，心中擬好了見了春雪瓶時，應當怎樣跟她說明了自己剛才聽來的那些話，告訴她事情都已經弄明白了，我確是玉嬌龍之子，而你又確實是那位方夫人的女兒……

他心裏默默地溫習着，鼓着勇氣走到那窗前，向裏咳嗽了一聲。屋裏就有嬌細而清亮的聲音問說：“誰？”

韓鐵芳答聲：“是我。姑娘還沒有歇下嗎？”

裏面把門打開，韓鐵芳一看，春雪瓶的手中還拿着針線，燈旁邊放着沒縫好的衣裳。雪瓶就問說：“韓大哥你有什麼事？”

韓鐵芳搖搖頭說：“也沒有什麼事。”說完了這句話，其餘的話卻又都說不出來了，他只搭訕着說：“姑娘在路上還要自己做衣裳？”

雪瓶微笑着說：“不是做衣裳，是在路上因為騎馬把衣裳都磨破了，沒有法子，只好自己縫縫。”她看了韓鐵芳的身上一眼，又說：“韓大哥你身上的衣裳也太單薄，大概是因為你的行李在迪化城都被官人拿去了，你手邊也不方便。我這次出來倒帶的銀子很多，大哥你要用盡管用。”

韓鐵芳搖頭說：“不用，我是穿不慣太多的衣裳。再說，在這大風之中騎着馬走遠路，也不能穿什麼整齊的衣裳。”

雪瓶說：“我看現在的風倒是已住了，明天早晨咱們一定走。只怕天寒，又要下雪，到了山上很冷，所以我想韓大哥不如在此買一件棉衣裳。”

韓鐵芳搖頭說：“用不着！用不着！”

他發着呆，回想着那件二十年前大雪殘年之下，甘州城旅店中的驚奇之事，更想：難道當年的那兩個被命運所簸弄的無知的孩子，就是這屋中的我們二人嗎？他不由得歎了口氣，說：“什麼事情都想不到。剛才我在櫃房裏，聽一個拉駱駝的人說閒話，他知道二十年前甘州旅店中的那件事情。那時候春前輩正跟那位方氏夫人同住在那家店中……”

雪瓶聽到這裏，不禁驚愕，就瞪直了眼睛看着韓鐵芳，聽他往下說。韓鐵芳卻似很難為情，他說一句話吸一口氣，說到緊要之處，還不禁皺眉歎息。遂就把聽來的話都一一地說了。最後他又說：“這些話雖是事隔多年，而且彼此相傳，早失其真，但是我想那位方氏夫人，或者就是姑娘的……”

春雪瓶不待他說完就急急地擺手，發怒似的說：“你別說了！別管是真是假，我都不願認那麼一個母親！”

韓鐵芳說："我想，當年是因為方夫人愛子的心重，故不惜以女兒更換……後來中途在祁連山遇着盜匪，也是可憐，我們理應去救她……"

春雪瓶憤憤地搖頭說："你別說了！將來誰愛去救誰就去救，我不管！早先我認識我爹爹，我爹爹既……死了，我就誰也都不認識了。明天上山我准保救了羅小虎，救完了他，我再往尉犁取了紅羅衣送到達阪城。以後，大哥你不要惱，我連你也不能再認了，因為究竟非兄妹，非親非故，在一起長了，實在不合適！"

她轉過了身去，又拿起了那件衣裳就着燈去縫做，她雖沒落下來眼淚，可是容顏卻十分慘淡。

韓鐵芳怔得倒不知怎樣才好，本來應當爭辯，解釋解釋，可是又想：人家都已說出非親非故這樣的話來了，我還能夠腆顏跟人家說什麼呢！於是他微微地歎着氣，退身走出，身後的穿針拉線之聲還咪咪地響。他把門輕輕帶上，寒風吹得他的心裏都已冰冷了，仰觀長天，蒼茫慘黯，他又歎了口氣，心想着：好，好，這倒乾脆，她突然變了脾氣啦！我倒正可以免去了為難。不過，將來祁連山上我可倒更得走一趟了，她幫助我救我的爸爸，我就不能去救她的親娘嗎？唉！天地間怎會竟有這樣的怪事，這樣的遇合？玉嬌龍就說確是我的母親吧，她當年何苦以一尊貴之身去鍾情於一個大盜？那個方太太又何必以自己的親生女兒去換別人的男孩？真的，婦人之心，誠不可測，而我就偏偏不幸陷在這不測的命運之中！

他越想越煩，回到櫃房裏倒頭就睡，好在炕熱，旁邊又有店掌櫃那個永遠不滅的火盆。那些人又談說了半天，少半的回屋去了，多半的就都在這炕上擠着睡，更暖，也不用蓋被。

睡了一夜，天色才明，就聽見院中有人拿鞭杆擊着窗戶，是春雪瓶的嬌聲，她急急地叫着說："韓大哥！快起來吧！快走吧！"

韓鐵芳一驚，急忙穿鞋下地，一邊揉着還沒完全睜開的睡眼，一邊走出了屋。卻見春雪瓶穿着一身青色的新換的衣裳，頭上蒙罩着一塊雪白的紗帕，腳下穿着英雄鬥智的繡花鞋，亭亭俏立。她一手提着皮鞭，另一手按着腰間掛的雙劍柄，兩匹馬都已經備好。一個還打着呵欠的店夥，凍縮着的手托着才開給的店錢。

春雪瓶此時很急躁，就催着說："快收拾！快點走吧！"

韓鐵芳趕緊去拿了寶劍，匆匆掛在鞍旁。此時春雪瓶早已牽着白馬出店門去了，韓鐵芳也趕緊牽馬追出。就見街上的幾家小店舖還都沒有開門，四周彌漫着濃霧，風雖不大猛，可是天氣更冷。春雪瓶什麼話也沒說就上了馬，吧吧地緊抽了兩鞭子，馬就飛也似的向南馳去。南邊地曠，她騎的馬是白的，頭上又蒙着白紗帕，稍離着遠一點，她的影子就消失在煙霧裏了。韓鐵芳不識路，所以絕不敢稍微落後，加鞭緊隨，蹄聲嘚嘚，前後相應。走了半天，忽然雪瓶又將馬收住了，她也好像有點辨別不出方向了，逡巡了一會，便又決然說："走！"吧的一聲鞭子響，馬也轉向西邊去了。

韓鐵芳又跟着，心裏卻說：春雪瓶一發了脾氣，怎麼跟她爹爹一個樣？昨天我說的那也是好話，找不找方夫人去隨她，她何必跟我這樣發脾氣呢？因此心中也有點生氣。馬又相跟着走了半天，韓鐵芳雖沒有太落後，可是全身都已累得汗出涔涔。煙霧已漸漸消散，左邊顯出一個兀然矗立的深灰色的東西，那就是高山了。

韓鐵芳就問說："那邊是什麼山呀？就是天山嗎？"

他說出這話，原想着是白問，白討一回沒趣，春雪瓶既惱了我，她必定不回答。卻沒想到前面清瀝瀝的聲音居然答話了，說："也就算是天山吧！可是北疆的人都管它叫婆羅科努山，這是一句蒙古話。"隨說着又走。

後面的韓鐵芳卻又覺着心上輕鬆了一點，精神振起來一點。越走山形越清楚，前面的春雪瓶忽然回首說："我們該往山上去了，這條偏路可極陡，山上還一定結着冰，馬蹄滑，韓大哥你可要多謹慎！"

韓鐵芳一聽她又呼自己為大哥，似乎又不是非親非故了，便又高興地答應了一聲，跟着轉馬往南走去。走到了山根下，此時霧漸斂，峻嶒的山石上面掛着堅厚的冰雪，已經能夠看得很清楚了。春雪瓶先在前面尋着了山路，然後又向後招呼了一聲："小心！"

韓鐵芳答應着，便跟着她進了山路。這條山路果然是偏路，又陡又狹，地下滿鋪着厚雪，馬向上走，腳下倒還不太滑，但兩旁全是雪壓着的如怪獸一般的山石，走不遠，就得轉一個彎，因此絕不敢走快。韓鐵芳又怕自己由馬上跌下來，遭雪瓶笑話，就更是小心謹慎。越走越高，山雖然寒冷，風力也十分猛烈，但兩人都很累，反倒覺得頭上涔涔地出汗。多時，便爬上了一座巍然險峭的山嶺。又應當往下走了，嶺道上全都被雪彌漫着。春雪瓶就又回首說了聲："到此時倒要放開一些膽，馬寧可快，別慢，也別遲疑！"說時她就吧地一聲揮動了皮鞭。她胯下的白駒直衝而下，踢得雪屑飛騰，白馬的影子都混在雪色之中，只有春雪瓶的青衣裳還能看得出來，飄然地，就仿佛駕着雲降落了下去似的。上面的韓鐵芳心中本不禁有點踟躕，可是座下的黑馬卻一點也不遲疑，四蹄飛騰，也直躍而下，到了下面，幾乎與春雪瓶的馬撞在一起。黑馬的身上落了許多白雪，並噴吐着如煙的白氣。

這時春雪瓶忽然轉首一笑，笑得是那麼嬌媚嫣然，更發着柔和的聲音說："韓大哥馬上的功夫真好！在新疆又經歷了這些事，將來到了玉門關裏，騎術得數你第一！"

韓鐵芳也笑了笑，沒說出什麼話來，依然跟隨着春雪瓶往對面的嶺上走去。又是上坡的路，又得慢行，但他的心裏卻思緒萬端。他想起草原上的那次賽馬，初與春雪瓶相遇，後來屢次的離合，發生了許多事情。如今二人總算相處得很熟了，並且若細說起來，還真是一家人，可以說是恩同兄妹。再若按照着玉嬌龍與羅小虎之言去做呢？那麼又可以成為一段姻緣。可是這件事只好是付之流水，讓它像夢一般地飄去，像雪花一般地飛走，是辦不到的，而且，眼看和她就要長久分別了……想到這裏，他的心裏真有些悽楚。

兩匹馬又過了一重山嶺，山路就漸平，馬也更快。又迂回地走了許多時，耳邊忽然聽得嘩啦嘩啦的一種猛烈的聲響。韓鐵芳不由收住馬細聽，心中覺得很詫異。

春雪瓶就在前面高聲說："到了！到了！到淨海了！我聽說凡是往伊犁去的都要由此處經過，咱們趕緊找個高的地方往下看吧！他們只要今天過山，就逃不開咱們的眼底！"

韓鐵芳說："天這樣陰，我倒恐怕那些人今天未必過山！"

春雪瓶說："不可能！他們若不趁此時過山，天氣是一天比一天冷，以後山路要叫冰雪封住，他們就不能過去了。他們之中有久慣行路的人，絕不可能那樣辦。"

韓鐵芳又說："這時天色恐怕都不早了，他們也許已經過去了！"但這句話春雪瓶似乎沒有聽見，她急鞭催騎，往山上直行，鐵芳仍在後面緊跟着。

這座山可比那些山更高，山路更陡。因為陡，所以雪在上面掛不住，都隨着風吹落到嶺下，堆積得也都跟石頭一樣。往上走冰雪越來越多。

春雪瓶也不敢在馬上騎着了，她下了馬，纖手挽着韁繩，努力地往上面拉馬。韓鐵芳就也照着她的樣子去做。兩人一前一後，要不就是一上一下，有時走到極陡之處，韓鐵芳簡直就在春雪瓶的腳底下走，他非得仰面才看得見雪瓶那雙英雄鬥智的花鞋。同時花鞋跟白馬的四蹄踢落下的雪，都落在韓鐵芳的頭上，他簡直不敢仰臉。

費了極大的力，好半天的功夫方才爬上了這座山嶺，這簡直是削峰絕壁，上面滿是雪。韓鐵芳的鞋襪已完全成了白色的了，口中也不住喘氣。

雪瓶身傍馬旁，手帕上顯露出的鬢髮，被風吹得不住飄拂，她的嬌容反而變得更加美麗。

她用鞭向下一指，急聲說："韓大哥快看，那邊，那邊不是麼？啊呀！果然有人比我們先到了！可見那些人還沒過去呢！"

她極為歡躍。韓鐵芳也一驚，就低着頭，瞪大了眼，順着雪瓶的鞭杆向下去看。只見下面真是千山萬壑，冰雪無涯。只有一處是青色的，那大概就是淨海。這是山嶺之間的一座大河，剛才聽見的就是它那波濤之聲。他也看見了一條條的山路縈回盤繞在峰嶺之間，就像淺灰色的蛇一般，但是，韓鐵芳心裏說：什麼也沒有啊！

春雪瓶又向下指着，更急急地說："你快看呀！下邊，那……"

韓鐵芳這才看出，原來就是這座嶺下，淨海湖邊，蠕動着無數的灰白影子，都很小，細細地去看，才知道有人有馬。馬是深淺各色都有，人大概都是穿着反毛兒的皮衣，所以在上面更難看得清楚。再定睛細看，還仿佛能看見一閃一閃地，好似是刀光劍影。韓鐵芳就更是興奮。但是又見在那白雪青濤間蠕動的一群灰色人影之中，有一點微紅，這種紅色很嬌豔，又似萬綠叢中開着一朵小小的紅花，只要用眼光找住了它，便覺得特別顯眼。

韓鐵芳看了半天，心裏又生出一點憂愁，就轉頭向雪瓶問說：「下面那群人莫不是小霞率領的……」

話尚未說完，忽然雪瓶又連連以鞭向下去指，並且跳起來笑着說：「來了！來了！可真來了！」韓鐵芳也察辨出來，就見由北邊漸漸出現了更小的灰色的點兒。這種灰色的點兒越來越多，原來是押解羅小虎的那一隊車馬由北邊的山路爬上來了。

韓鐵芳也不禁大呼一聲，吧地跳上了馬，就要縱韁直躍而下，好去攔截。雪瓶卻立時伸手把他攔住，說：「別忙！別忙！」

這時分明看出那隊車馬才爬上去，正如同一隊小蟲子似的蠕蠕地前進，而這邊的那點紅色，卻揮起來兩道劍光，指揮着那些灰白的身影飛快地迎了上去，攔截去了。

雪瓶就笑着說：「有人替咱們動手，咱們就在這兒看着吧！」

韓鐵芳卻奮然說：「羅小虎是我的父親，是我的朋友，我如何能叫別人去救，我反而坐視不管？」

他吧地一鞭抽下，馬就順山嶺直馳下去，其勢很快，幾乎等於從天飛落。這馬真好，四蹄濺起淨海湖邊的冰雪，真如一條烏龍似的，向那邊直飛。韓鐵芳已掛上了鞭子，鏘然一聲亮出來寶劍。

那邊一群哈薩克人已經跟那保護囚車的人殺鬥起來，刀光交舞，雪屑紛飛。有一個騎紅馬的手使雙劍的女子，是這群哈薩克人的頭領，她一邊縱馬揮劍，猛殺亂砍，一邊尖聲喊叫，直如天空的鷂子飛鳴。韓鐵芳也沒看出這女子是誰，他的馬已衝至了近前，一眼看見耳邊生長黑毛的仙人劍張仲翊，他撲過去就殺。張仲翊虛晃一劍，撥馬就跑。

韓鐵芳催馬緊追，並厲聲罵道：「惡漢！你死到臨頭了！」

追出了多遠，忽然張仲翊的馬蹄一滑，馬倒人落。韓鐵芳也跟着飛躍下馬，揮劍急刺。張仲翊卻驀然爬起，揚起來很多冰雪，他的劍噹的一聲又將韓鐵芳的劍擋住。韓鐵芳轉腕再刺，張仲翊拼命地迎抵，噹噹噹雙劍交磕，此時他們都顧不得什麼劍法了，只是拼命。

張仲翊的面色發白，耳邊的黑毛亂動，並大罵：「小輩！我叫你死！」

韓鐵芳也罵着：「惡漢！」嗖嗖嗖，鏘鏘鏘，他把張仲翊殺得不住後退。他又往前去追，不料腳下一滑，他竟一腿跪在雪上。張仲翊便反腕掄劍自頭上劈下。韓鐵芳急橫劍一迎，又是噹的一聲響亮，震得二人的手腕都發酸，都略緩了緩力。韓鐵芳已經站起身來，揮劍撲過去又殺，張仲翊卻抹頭向嶺上緊跑，韓鐵芳在後緊追。

此時汪洋的淨海，就在他們的身畔了，濤聲如雷，把他們的喊罵聲都壓下去了。同時由海裏沖出來的大塊小塊的冰，都堆在邊上，他們腳下所走的也都是極滑的亂石似的大塊小塊的堅冰。張仲翊在前面連跌了兩跤，韓鐵芳要趁勢去殺，可是腳下一急，吧又也摔倒了。剛要站起，張仲翊卻從上面滑了下來，二人幾乎撞在了一塊兒。韓鐵芳驀然一劍砍向他，不料砍在了冰雪上。張仲翊也瞪大了眼，張着嘴，反劍向韓鐵芳去刺，不料腳下一滑，他又跪了下去。韓鐵芳再撲上去，張仲翊挺身而起，又舞劍相迎。

這時不知何處就有一隻弩箭射來，不偏不倚正射在張仲翊的鼻子上，血汪然流了下來。他瞪大了眼，張大了嘴，手中的寶劍還狂掄着，韓鐵芳雙手握劍，咬着牙向前狠刺，張仲翊仍要閃躲，但前胸已流出鮮血。他一撒手劍落在地上，身子向後傾斜，隨着北風的威力就墮入淨海之中，冰塊卻又濺了上來。韓鐵芳趕緊往後退去，才一眨眼之間，忽見由那海水之中飛出來一物，撞在冰雪嚴石上，摔得血花飛濺。原來是張仲翊的屍身又被摔了出來。這座山頂的湖無怪其名曰淨海，它的波浪中不肯收容張仲翊的屍骸，當時就給打出來了，倒把韓鐵芳嚇了一跳。

他緩了緩氣，提劍轉首，四下去望，一眼瞥見了自己的黑馬，他便趕緊又往下跑，不料一不小心，人整個摔了下來。他忍着痛，由冰旁抓住劍，再爬起來，跑過去把馬捉住，兩腿酸疼，好容易才騎在馬上，這時就見那邊的人馬有的紛逃，有的仍在交戰。

那紅衣的哈薩克女子，雙劍左右分揮，東殺西砍，對方的人馬紛紛地倒下。這時春雪瓶也縱馬趕到。等到這邊韓鐵芳的馬來到之時，那邊已經住了手了，他直着眼睛才看出，這紅衣女子原來是小霞的妹妹幼霞。

只見她收了雙劍，一邊微微地喘氣，一邊帶笑地向雪瓶說：「因為是我射傷了羅小虎，他才致被人捉住，你又埋怨我，我才……你看我有法子救他沒有？哼！」

春雪瓶也微微笑着，說：「你走的那天我就猜出來了，你必是回尉犁勾人去啦。其實那時我要是把你追回來也可以，但，我為什麼不放你走呢？我就是為叫你辦這件事，替我辦，你受累是活該！」幼霞撇撇嘴，還傲笑着。春雪瓶又瞪了她一眼，說：「得啦！別得意啦！」幼霞回頭看見了鐵芳，她也回瞪雪瓶一眼，撇嘴說：「我看你才是得意了呢！」催馬又向北去了。

雪瓶的臉上突然紅了一紅，也催馬隨着去了，韓鐵芳最後跟隨。他眼望着眼前的兩個女子，心中又羨慕，又自愧。少時趕到了那邊，羅小虎已經被十多個哈薩克人給救了出來。哈薩克人之中有認得韓鐵芳的，還只管向他笑。

韓鐵芳卻顧不得別的事，就超過了紅馬和白馬。上前一眼望見了羅小虎，他就不由得吃了一驚，原來羅小虎雖然兩隻胳膊被人攙架着，兩腿上的鐵鍊也已被人打開，但卻癱在雪地上站不起來了。他的那身緞子的衣服是又髒又破，沾着乾草，滾滿了泥沙、冰雪，還帶着斑斑的血跡。他的臉面越發可怕了，滿是鞭痕棒傷、污血和爛肉，並且都浮腫了起來，顯得臉腔更大，眼睛卻縮得極小。他的左眼已睜不開，像是瞎了，右眼卻微露亮光，並且顯出來一種驚喜之意。

韓鐵芳先下了馬，愁容滿面，望着他卻說不出一句話。見他身上滲帶着這些被虐的傷痕，就痛悔自己為什麼不早一點殺了張仲翊呢？為什麼那樣地怯懦，以至使……他便長歎了口氣。

羅小虎卻拱着那亂蓬蓬的大鬍子，笑着說：「好朋友！」他恨他自己發出的聲音太啞，就張開了大嘴又喊了一聲：「好朋友！」這聲音像破鑼似的拼命地喊了出來，他可力弱了，胸脯不住地直喘，那一雙眼睛也閉上了。

雪瓶已到臨近，急忙跳下馬來，悄聲說：「不好！恐怕他要死了！」

旁邊幼霞也下了馬，說：「快把他平放在地下，叫他臥下喘喘氣吧！」

春雪瓶卻又皺眉跺腳說：「地下全是冰雪，放下他不凍死了嗎？」

韓鐵芳便伸出雙臂去抱羅小虎，想把他抱在那邊官人遺下的車上。不料羅小虎忽然用出來平生之力，將臂一振，架着他的右臂的那個哈薩克人立時就架不住了。他的雙腿要努力向起來站，卻站不起來，巨大的身子如山一般地向後倒了下去。幸仗韓鐵芳用力把他緊緊地抱住，他的大鬍子一根根如刺　毛似的都刺在韓鐵芳的臉上。

羅小虎喘息着說：「我要死了……可是我死得高興！」他又咧開大嘴哈哈大笑，說：「我半天雲有個好女兒……」他微微睜開那隻右眼看，看了半天，才看出蹲下身來的穿黑衣的才是春雪瓶。他不禁歡喜地笑了，說：「你認得我嗎？女兒！」

春雪瓶卻高聲爭辯說：「我不是你的女兒！他！韓鐵芳才是你的兒子呢！」

韓鐵芳也忍不住流淚，向他的耳邊哀聲叫着：「爸爸！爸爸！」

但羅小虎這時耳朵似也聾了，他沒有聽見，又向雪瓶說：「你媽媽的脾氣真……」他兩隻眼睛都瞪起，說：「你快嫁韓鐵芳！快嫁！快嫁！別等着他做了官再嫁，別學……別學你媽媽，你！聽我的話！當韓鐵芳的老婆吧！韓……嘿！朋友……」

他的力氣盡了，喊也喊不出來了，雙目都閉上再也睜不開了。他的頭也頹然向下垂去，脖子搭在韓鐵芳的臂上，北風卷着山雪，吹得他的頭髮和鬍鬚更亂。無主的數匹馬四下奔跑着，地上臥着的橫七豎八的死人和刀劍，也都被雪給半蓋住了，流的血也早結成了冰。那邊的淨海，仍在嘩嘩地發着狂嘯，似是昂壯的歌聲。

羅小虎喘了半天氣，就死在了韓鐵芳的臂上。春雪瓶也淚滿雙頰。幼霞擦了擦眼睛，便說：「算了吧！把羅爸爸就在這裏埋起來，或是送到白龍堆裏……」

雪瓶卻站起身來，搖頭說：「不必，就埋在這裏倒好！」

韓鐵芳的心中悲痛得已經麻木了，就輕輕將羅小虎的屍身放在地下。他站起身來，忍着悲痛，強振精神，就向雪瓶說：「可惜這裏處處是石頭和冰雪，無法埋葬！」

雪瓶向四下看了看，然後又用番語跟那幾個哈薩克人說了半天。哈薩克人給她出了主意，旁邊幼霞聽了也點頭，認為那樣辦是最好。韓鐵芳發着怔，聽着他們說話，卻一句也聽不明白。

春雪瓶就轉告他，說：「在這裏雖不能刨坑，可是石洞很多。要將羅大叔的屍體移進洞裏，用雪封住洞口，天氣冷一些，雪再變成冰，那較埋在地下還穩當。等到來年春天雪化，你再來備棺接靈也不遲！」

韓鐵芳卻歎了口氣，說：「人事難料，將來誰還知我能來到此地不能？不過現在只有這個辦法了。這辦法也還好，那麼就請姑娘分派他們諸位幫助我去找找，看看哪裏有山洞？」

雪瓶還沒分派，幼霞便以番語指揮了她手下的人。當時這些哈薩克人又都歡躍了起來，有的往山上爬，有的往嶺下去找。這些峰嶺之間的大小山洞本來無數，隨處都可以找到，幼霞就隨他們前去查看。待了一會兒，她便回來告訴雪瓶，說：「就在這上面，崖上有兩個山洞，一深一淺。地方倒很幽僻，不容易被人查看出來。請你去看一看，以便決定。」

雪瓶就轉過臉兒來，把這話又向韓鐵芳說了一遍。

韓鐵芳說：「只要有個地方掩蓋住他的屍體也就行了，就找一個幽僻之處，要緊的是把洞口封堵住，那就如同是葬埋了！」

春雪瓶於是就指揮着哈薩克們將羅小虎的屍身抬起，韓鐵芳又叫他們把幾輛車上的狼皮褥子、棉被套等等拿下來幾條，將羅小虎的屍身一層層地包裹了起來，分量很沉重，六七個人才抬得動。

有的哈薩克人開始還不住大笑。可是一看見春雪瓶這時候的面色非常嚴肅，幼霞也含着悲哀之意，韓鐵芳更是不禁地淒黯流淚，他們就不敢再笑，而且連大聲說話也不敢了，都靜默默地，抬着這隻大包裹似的東西，往崖上走去。

這座山崖上面的冰雪更多，大家怕滑倒，邁步都十分謹慎，特別地慢。北風呼呼吹着，天地顯得更為愁黯。韓鐵芳與春雪瓶先到上面去查看山洞，見那個深的山洞裏面黑忽忽的不知有多深多遠，由石縫中流下的泉水早已結上了堅冰。雪瓶認為這座洞太深，不能作為墓穴。

於是二人退出來，又到旁邊那洞中去看，見這個洞倒是很淺，洞口也不大。春雪瓶的腳底下發出克嘣的一聲響，她低頭拾起來那個東西，就着由洞口進來的淡淡的光，仔細去看，原來是一片破瓦，大概是個破罐子。可見早先，不知多少年之前，這洞裏一定住過修煉的老道或是僧人，現在洞口內外並無別人的足跡，可知現在倒是沒有人住。雪瓶就又向韓鐵芳問了一聲，韓鐵芳就點頭，又說了一聲：「好！」自己都覺出這聲音太是悲慘了，心中痛楚如刀割。他不是哀憐羅小虎一世英雄竟葬埋於此地，而是他由這時的事情，又聯想起他在大漠中葬埋玉嬌龍時的情景，他想：若果他們真是我的父母，那麼我這次到新疆，倒像是為葬埋他們二人而來的。唉！他們生平都是桀驚不羈的人，一個是平生馳騁於草原大漠之間，一個是一生淪落於綠林江湖之上，這樣的結果不算是委屈了他們，他們的靈魂還許在高興。可是我目睹此情，親逢此事，以後真能把我的志氣完全消磨，我真對於人間的諸般事都灰心了……

他暗暗地慨歎着，便與春雪瓶出了石洞，而那幾個哈薩克人就將羅小虎的屍身抬了進去，還有的哈薩克人就跪在雪地上唸他們的經。待了一會，那幾個哈薩克人也由洞裏出來，向雪瓶跟幼霞說了幾句番話，大概就是稟報說：「屍身在洞裏已經安置好了。」

幼霞就令人填封洞口。當時這些哈薩克人又都緊張了起來，忙碌地用刀用手鏟冰、搬雪，連同大大小小的石塊、枯樹枝，嘩啦嘩啦都亂往洞裏扔去。

韓鐵芳這時又不住流淚，春雪瓶也拭眼睛，幼霞卻也移動嬌軀幫助人去抬雪搬冰。北風這時更緊，吹得冰雪紛飛，但這些人卻都累得不住喘氣，不多時竟將一個丈多高、五六尺寬的石洞完全封堵住。幼霞怕封堵不嚴，再令人搬冰抬雪，又多時，冰雪在洞外堆積成了一座小山，很像一座墳，皚皚生光，呈現出一種淒慘之色。

此時各人的身上也都為雪花冰屑所佈滿，彈都彈不下來。大家又都前前後後地慢慢走下了這座山崖，所有人仍舊不說話，只聽見那些哈薩克人都不住地喘氣。到了下面又聽見聲聲的馬嘶，遠處的淨海還在狂嘯，天色更陰晦。

韓鐵芳這時才細細地看，見那些車輛都已扔下，連趕車的人都死於地下。逃活命的人大概沒有幾個，那些無主的馬有的跑往深山絕壑之中不見蹤跡了，有的已被哈薩克人捉住，這時韓鐵芳與春雪瓶還都是滿面的愁容。

幼霞卻拍手兒笑着走過來，她向雪瓶問說："姐姐！你跟我姐夫還到哪兒去呀？是回迪化還是跟我們一同回尉犁城呢？"

韓鐵芳聽了這個稱呼，倒覺得十分難為情，被凍得都僵了的雙頰，忽然又熱辣辣地發燒起來。

春雪瓶卻仍然沉着臉兒，不生氣，也不加辯論，她就轉臉兒向韓鐵芳說："我是要回尉犁去，為取那件衣服，你……"

這一個你字稱呼得韓鐵芳更是臉紅，並且春雪瓶這柔細和婉的聲音，嫵媚多情的態度，真與昨天晚上在那小店裏大發脾氣的時候，截然不同，她又說："你也跟我們一塊兒走好嗎？"

這話說的像蜜一般的甜潤，而更令人想到她是受了羅小虎臨死時的那遺言所感動，她肯於接受那句話了。但韓鐵芳卻怔了半天，也沒有回答，心中翻來覆去地想：到了尉犁，免不了又受那小霞的糾纏，其實那還不要緊，最要緊的就是自己的家中原有妻子！他此時愁得簡直不象樣子了，不能決定是點頭，還是搖頭。

那邊的幼霞似乎猜出了他一半的心事，就又笑着，慢慢地走過來，說："姐夫！你跟我們一同到尉犁城去嗎？等你們回到那兒，我再跟我母親去給你們賀喜，以後你們在那裏住，得多麼幸福呀？……還有一件事，我告訴你，你別再擔心了，我那姐姐小霞，她在白龍堆裏受了傷回到家裏，我的母親看見了她那狼狽的樣子，就很驚訝。向她盤問出來原由，我母親真生氣，把她好罵，派了人看着她，不放她再出去惹事了。過了年，我母親就要給她找個人嫁了，也許嫁得很遠，所以你們別擔心，我母親並沒惱你們！"

韓鐵芳說："不是因為那件事，而是我此刻真有些猶豫不決！"

春雪瓶在旁邊一聽了這話，她就急躁了起來，趕緊過來說："你就快說一句話吧！我們在此地不能多待！"

幼霞也說："迪化的官人只死了幾個，那些都被我們放走了，他們若是出了山，就許勾了大隊的官人來！"

雪瓶也說："我看你也不要再往北邊去了，往北下山回迪化，或往達阪城，還須走你來時的路徑，那路上就有人認識你，必出麻煩！"

幼霞笑着，甚至於要伸手來拉韓鐵芳。韓鐵芳這時卻忽然心一橫，堅決地搖頭說："我不能再到尉犁去了！"

幼霞一怔。春雪瓶忽然就似乎翻了臉，厲聲地問說："尉犁城是你的家！那裏的房屋、牛馬，全都是你的，你為什麼不肯去呢？你不去，那些東西應該歸誰？"

韓鐵芳一聽這話就更是搖頭了，急又不敢急，冷笑也恐怕雪瓶誤會，他只是又歎息一聲說："那裏的東西本來是誰的，以後就還歸誰管理，我豈能夠據為己有呢？我自河南洛陽是徒手出來，這次我到新疆很僥幸就是讓我親眼看着，又親手葬埋了人間的兩位奇俠，並得見兩位姑娘之面，我就很高興了，很覺得榮耀了。剛才……羅前輩臨死時所說的那話，我自愧無才，不敢允許！……"

幼霞更是發怔，扭着臉兒望着雪瓶，雪瓶卻只是臉兒微紅，並不露一點生氣或失望之色。

韓鐵芳把話說到這裏，態度倒顯得很是平和，只拱拱手說：“雪瓶姑娘跟幼霞姑娘就過山往南去吧！山中風冷，也不可多耽攔時間。我，我現在要往北去了！”

幼霞急急地說：“你往北去？你認得路嗎？”雪瓶卻把她攔住。韓鐵芳就慢慢地過去牽了那匹黑馬，將馬的肚帶又往緊束了束，寶劍也掛好，鞭子也由鞍旁摘下來。

這時大概是春雪瓶授的意，只見幼霞的雙手托着個緞子包兒，又笑吟吟地過來，就把這包兒給他繫在馬鞍之前。不待韓鐵芳發問，她就笑着說：“你既不肯到尉犂城去做姐夫，那我們就也不能請你、央求你啦！但是我們知道你的盤纏不夠用，衣服也沒有錢買，這包裹裏就是錢跟銀子，你帶去吧，你若不肯要，隨便拋在哪個山溝裏都行，可就是不能當着我們的面拋。”

韓鐵芳倒更慚愧了，拱手向幼霞和雪瓶道了聲謝，就上了馬，又向雪瓶說：“我由此就要往達阪城去了！姑娘……”

他本想說：姑娘，到了那裏，我們再見面！可是只見雪瓶跟幼霞正幫忙着叫那些人去收拾地下的死人，顧不得再看他了，韓鐵芳只得就悄然地上馬往北去，連頭也沒敢回過去，心中充滿了無限的愁悶，越走山路越往下，地下倒還好走，因為那群被殺死的張仲翊和官人等就是由這條路上來的，所以他們的車輪馬蹄把這股路上的冰雪早給輾軋得很平坦了，如今走上去倒不十分滑，然而北風淒淒，四顧荒涼，連一隻飛鳥也沒有，他更感覺得魂斷望絕。一連向下轉過了幾個山環，驟然聽得身後有踏踏的馬蹄之音，他不禁又吃了一驚，趕緊扭頭看去。

原來是春雪瓶騎着白馬追下來了。他急忙把馬韁繩勒住，扭身仰面向上去望，只見雪瓶也勒馬停於一座帶雪的山巖之旁，向他又呈出嫣然的笑色。他不知雪瓶又有什麼事，剛要問，卻聽雪瓶向下發出了嬌聲，借着山谷的回音是更為清楚、嘹亮，她說的是：“韓大哥！你就往達阪城去吧！那裏店房有限，你到了那條街上定能遇見我的蕭姨夫，請你告訴他，我不能去了，我回到尉犂把那件羅衣取出，交給別人帶了去，也就行了……”

韓鐵芳一聽，她這話是來告訴我永不能再見面的意思呀！剛待要說你的爹爹也曾有意將你許配於我，叫咱們永久在一起呀！可是，風吹着他的後腰，寒氣堵住他的嘴，心中着急，卻難發一語。

又聽春雪瓶在高處說：“韓大哥！一路珍重！後會有期！”

這聲音也顯得淒悲了，就見秀樹奇峰春雪瓶黯然轉身撥馬，當時踏踏踏一陣蹄聲，她又馳往山上去了，霎時間人馬的影子就都已不見。

韓鐵芳又怔了半天，心裏倒是慨歎說：好！這樣好！如今只是在達阪城還有一件小事，除那事情以外，我在新疆的一切事情就算全都告終了。於是他又催馬往上走去，又走過了一道山環，眼看着就到了山下的曠地了，忽見有兩個人正走在前面，一見着他的馬從後面來了，就全都驚慌着藏躲，他覺得詫異，趕緊催馬下去。那兩個人都驚喊了起來，其中的一個還跪在一塊山石旁求饒。韓鐵芳馬到臨近才看出來，這兩個原來都是差官，紅纓帽早都丟了，箭袍上也滾滿了泥雪，樣子都是十分地狼狽，而且恐慌，不過身上還都沒有傷。他們看見韓鐵芳不是哈薩克人，這才都驚慌略定。

韓鐵芳就勒馬問說：“你們是從哪裏來的？”

這兩個差官一個是全身顫慄，面色蒼白，說不出話來，另一個倒是說：“我們是迪化撫台派來的差官，押解的是半天雲羅小虎，往伊犂去。不料有欽差公館的護院仙人劍張仲翊，還有他的哥哥老君牛張伯飛、隴山五虎等人，一定要跟我們一起走，在路上他們虐待羅小虎，我們攔也攔不住，就把春小王爺給得罪了。剛才我們走到山裏，春小王爺手下的那些哈薩克人就把我們截住，亂殺亂砍，幸虧對我們當差官的還留些情面，我們兩人這才逃了活命，仙人劍、老君牛那些人可多半都死在山上了！……”

韓鐵芳就問說：“你們這差官之中是誰為首？”

這差官回答說：“是飛鏢盧大，剛才我眼看見他被一個哈薩克人給砍下腦袋來啦！”

韓鐵芳聽了，不禁皺眉，又問說：“你們如今想要往哪裏去？”

這差官說：“差事已出了舛錯，我們就是回到迪化，也得擔受大處分。好在新疆的地方大，我們只好逃到別處，換名改姓去要飯吃吧！我們帶着的錢跟東西全都攔在車上，這時候誰敢回去拿呀？”

韓鐵芳看這兩人的可憐情形，倒覺得十分不忍。他將幼霞給自己的那個包兒打開一看，見裏面除了銀子之外，還有許多黃金，就知道這絕不是臨時打劫來的。遂取了兩塊銀子，扔給差官每人一塊，說：“你們拿着這個沿路買飯吃吧！快些走！待會兒那些哈薩克人就追來了。”

說完了這話，就又催馬往下走去。不多時就到了平地上，他就將馬越發鞭得快，走下不到半里路，卻又聽得一陣慘厲的喊叫聲：“救命呀！救命呀！”

韓鐵芳疾忙又收住了馬，煙塵由馬畔四下紛落。他縱目向兩旁望去，見道左遠遠的曠野之上趴伏着一個人。他撥馬了走過去，低頭一看，原來是一個從那邊山上逃到這裏的人。這人背上的刀傷很重，渾身是血，穿的也不是官衣。韓鐵芳想着，這個人必是張仲翊的一夥，自己不能夠救他。本想要撥馬走開，可是又見這個人頭貼在地面上抬不起來，兩腿空抖，兩手也在地下亂抓，一邊悲慘地呼救。

韓鐵芳看了，又實在不忍心走開，便下了馬，問說：“你是誰？被什麼人傷的？”

這個人聽見旁邊有人向他問話，他便停止悲呼，但仍是不住呻吟。緩了半天氣，他才漸漸地將頭抬起。韓鐵芳一看，這個人的臉上滿是土，可是又黑又胖，自己分明認識他，前幾天他還騎着大馬，雄起起地跟着張仲翊等人在一塊兒呢，於是就面現嚴厲之色，問說：“你叫什麼名字？你不就是那老君牛張伯飛嗎？仙人劍不就是你的兄弟嗎？”

這人原也認識韓鐵芳，他就不禁驚慌失色，連連搖頭，連連呻吟着說：“我不是！我真不是！張家兄弟我都不認識……”

韓鐵芳冷笑着說：“你到了此時，何必還跟我說假話？你放心好了！你既傷成了這個樣子，我絕不能將你殺死，可是你得實說出你的真姓名來！”

這個人又把頭貼在地上，又呻吟了半天，才說：“我叫瘦虎常明！”

韓鐵芳說：“我看你可是一點也不瘦，而且隴山五虎想必都是甘人，你說的話卻像是潼關人！”

這個人卻說：“我本來是潼關縣的人，和老君牛、仙人劍他們兄弟都是同鄉。我早先是個瘦人，近年才肥胖的，但我那外號兒還是改不過來，江湖人還稱我為瘦虎。”

韓鐵芳遂就責罵他說：“你既是江湖人，也得知江湖人雖什麼事都做，義氣卻不可不講。羅小虎本是堂堂的好漢，他犯了法，自然有官人治他的罪，把他解到伊犁去正法，那即使是他的至親、好友，只要深明大義，就不能有什麼怨言。但你們一非官人，二非捕役，鐵霸王竇定遠、方天戟秦傑二人之死，又與羅小虎全不相干，你們為什麼要沿途追隨，對他慘加迫害？”

地下趴着的這人，忽然抬起了他的黑胖腦袋，說，誰幹過那不英雄的事？只是仙人劍張仲翊一個人幹過。要不是我們攔阻他，他早就將羅小虎給殺了。我們這次原是到新疆來辦別的事，不防遇見了仙人劍那小子，他拉我們幫忙，我們本當不管，可是，誰叫都是老朋友？今天在山上挨了那哈薩克小丫頭一劍，真冤枉！”

韓鐵芳稍微息了怒氣，就又問說：“現在你要往哪裏去？”

這個人卻哀聲地說：“我還能往哪裏去？我好不容易逃命逃到這裏，就連爬也爬不起來了！可憐我家中還有八十歲的老母，總怪她不好，誰叫她生下個兒子叫學武藝，闖江湖，上了朋友的當！我死在這裏也認命。朋友，我也久仰你的大名，你是洛陽的韓鐵芳。我知道你是一位頂天立地的好漢子，咱們倆又沒有什麼不共戴天之仇，你要可憐我呢，你就高抬貴手，拉我一把，叫我起來。往東邊不遠就是旗竿店，那是個鎮，你把我救到了那裏，就算是救了我的命啦，你就不必管啦。那裏的人都很忠厚，他們自然會拿一點殘湯剩飯來叫我活命。你要不肯這樣辦，我也想求你，把你的寶劍抽出來，索性克喳一聲，給我一個痛快！」

韓鐵芳說：「我豈肯殺你一個受傷的人？」

這人卻說：「不，我求你殺我，免得叫我這樣活受罪。」

韓鐵芳此時卻慷慨地說：「既然這樣，我就把你送到那地方去。只要你活命之後能改過向善，你就是好的。過去的事就都不用說了，我也用不着問你的真名實姓！」

於是他雙手將這人抱起，這人的身體很沉，他費了很大的力才將這人放在馬上，這人還不住呻吟，韓鐵芳也弄了兩手血，於是就用雙手扶着這個人，自己卻傍着馬走。此地離着那旗竿店還很遠，所以一直走到天黑，北邊又更猛地卷起來狂沙，他們才來到那個地方，韓鐵芳於黯黯的燈光之下，牽馬進了一家小店裏，把受傷的人扶進屋去。

這裏的店家都很詫異，本來認得這個黑胖臉的人，昨天還很威風，如今車輛、差官，連羅小虎都沒有回來，只回來他一個，還是身受重傷，被這少年人給救回來。大家就猜着必是在山上出了事，於是好事的店家就向他來打聽。韓鐵芳倒不禁捏着把汗，誠恐這個人吐露出真情，讓本地的人將自己當作打劫囚車的強盜看待。

可是，誰料這個受傷的人只是呻吟，一句話也不肯說出來。直等到吃完了飯，店家全都出屋去了，這個人他還自稱是瘦虎常明，他的脊梁不敢挨東西，只像一條狗似的趴在炕上。他瞪大了眼睛向韓鐵芳說：「朋友！你放心！我絕不向人說出今天山上的事！殺死了我也絕不說。烏蘇那地方那夜的事情，我也不會告訴人！」

韓鐵芳卻說：「你說出來也不要緊，我沒打劫囚車，在烏蘇地方，我也只是打抱不平，對付的是張仲翊，我並未救半天雲，未與官人為難，即使見了官，我也毫無所懼！」

這瘦虎常明卻又一面呻吟，一面說：「我好不容易遇見了你這位好人，把我救到這裏，我還要我這條命呢！倘若我說出山上的事，好傢伙！秀樹奇峰春雪瓶小王爺此刻就許在窗外了！」說出了這話，他真不勝顫慄。

韓鐵芳也吃了一驚，回首看了看，窗外只有呼呼的風聲，與店夥往來的踏踏的腳步響。他想着：雖希望春雪瓶這時來到，可是她也不能夠來了！從今以後，那秀樹奇峰，佳人俏影，將永遠不能復睹了！心中又不禁悵悶，當晚他就跟這個受傷的人睡在一個炕上，這人的呻吟聲時時將他驚醒，他的寶劍永遠用胳膊壓着，不離身邊。

夜深天寒，次晨起來，開門一看，滿空中又飄蕩着雪花，在這院裏就可以望見南面的峻嶺，如同玉做的高大無比的屏障似的。他想到葬埋羅小虎的那個地方，那洞門一定被雪封得更緊了，心中又是一陣難過。回到屋中，見那個人傷勢似已略輕，呻吟得也不太厲害了，他就不由得笑了，急忙又去到櫃房，打聽這地方有賣刀創藥的沒有？

店家就告訴說：「刀創藥在這地方很難找，只是東邊有個小村子，那邊住的都是獵戶，他們終年以打獵為生，免不了叫狐狸抓了，兔子咬了，大概他們許有治外傷的藥。」韓鐵芳就想：「救人要救到底。」於是他就向店家問明了那村子的所在，他不辭辛苦，冒着嚴風大雪，就找到那個村子，向那裏住的獵戶一半央求，還拿出銀子來，才買了一包刀創藥，急忙回來就想給那瘦虎常明敷藥治療。

他回來了，店夥一見了他，就不似剛才那個樣子了，對他仿佛帶着一種凜懼之意。大概就趁着韓鐵芳沒在屋裏之時，這個受傷的人就把昨日山中所發生的事情，以及韓鐵芳的來歷，都告訴了店家。韓鐵芳卻也不甚介意，他就親手給那人的傷處上藥，店夥就悄悄地溜出屋去了。韓鐵芳買來的這種藥很有效，好像立時就使瘦虎常明減去了疼痛。

這傢伙的黑胖臉上顯出一種舒服的樣子，他就說：「朋友，想不到我來到這地方，竟交下了你這麼一個好朋友，將來，我不敢說必報你的恩，反正我絕忘不了……你！」又歎了口氣說：「仙人劍那小子本來不行，他不肯聽我的話麼。我早就知道絕惹不起秀樹奇峰，不如等到吳元猛……」

韓鐵芳聽了這話便又不由地驚愕，遂就問說：「吳元猛是如何的一個人？有本事嗎？」

這瘦虎常明就像忘了傷，也忘了形似的哈哈大笑說：「連吳元猛你都不曉得？韓老弟，你總還是個雛兒。咱西路上現在第一位英雄，頭一條好漢，就是吳元猛，年輕有本事，比什麼玉嬌龍、春雪瓶的武藝可又高得多了，他是祁連山上有名的老英雄黑山熊吳鈞的大少爺！」

韓鐵芳一聽這話，氣得臉色全變了，一面再給這人上藥，一邊就又問：「他來到新疆是為何事？」瘦虎常明微閉着眼睛，但也得意地笑着說：「有事！我們這次到新疆來，就是奉他之命……」

韓鐵芳聽到這裏，真要抽出寶劍將這賊殺死，卻又聽這賊說：「朋友！我知道你也是咱綠林的朋友，你跟春雪瓶也不過只是相識，絕沒有深交，你何必要幫助她們，不幫助我們呢？吳元猛因為他的爸爸跟玉嬌龍有二十年的仇恨，春雪瓶，哈哈，聽說她有一個親娘，還在祁連山上跟着黑山熊過日子呢！吳元猛從少年時就要到新疆去鬥一鬥那玉嬌龍、春雪瓶一對母老虎！這次是叫我們先來探一探她們的虛實，打聽清楚她們的窩到底在什麼地方，然後吳元猛好去拆她們的窩！」

他接着又說：「可恨的就是我那兄弟張仲翊，他跟方天戟、鐵霸王，給玉欽差保鏢，原是為等到玉大人這檔子闊差事當完了，把銀子摟足。等他東返時，他們還給他保鏢？媽的，誰能那麼傻？那時他們就要收拾他啦！可是，真沒料到！弄擰了！」

他驀然驚省了過來，睜大了眼睛，害怕地望着韓鐵芳。他自悔失言，全身又不由陣陣地顫慄，又發出呻吟。他又怪笑着說：「你別生氣呀，韓大爺！我胡說了！我也知道我是個糊塗蟲，我是個混蛋，我該受這種傷！誰叫我跟他們那一群強盜王八蛋在一塊兒混呢？憑吳元猛，能鬥得過玉嬌龍？不！能鬥得過春大王爺嗎？連秀樹奇峰，連你老哥，他也鬥不過呀！咳！我這回要是傷真好了，以後我就找一座古廟當和尚去！」

韓鐵芳不禁笑了，說：「你這個人很狡猾，但你放心，我既然救你到此地，我絕不能再將你殺死。以後，你傷癒之後，只要能成為好人，做些好事，那就不枉我這次救了你，否則，不管是你，還是吳元猛、黑山熊，只要是犯在我手裏，那時我是毫不容情！」

說這話時，他覺得窗外似有人正在偷聽，便拿起了寶劍，推開屋門一看，見正是那個店夥，那店夥的臉上很驚慌，笑着問說：「我來問問大爺，吃飯不吃呀？」

韓鐵芳說：「為什麼不吃飯？你快給去做吧！」他回到屋中，又給那個賊的傷處敷藥，他想以自己的道義感化了這個賊的賊性。

他覺得不能在此多留了。所以，等到少時店家把飯做好了送了來，他用畢飯，就自己出去備馬，然後就給了飯錢，並給這瘦虎常明留下了幾兩銀子。那刀創藥也給他留下了一半，另一半自己包好了帶在身邊。

那常明就驚訝地問說：「怎麼，你這就要走嗎？」

韓鐵芳點頭說：「我要走，因為我在旁處還有重要的事情。我給你留下的錢和藥，足夠你將傷養好。咱們將來再會，可是我所勸你的那些話，你都記住了，見了吳元猛之時你也不妨跟他說。」

這個瘦虎常明卻說：「你放心吧，別說我也見不着吳元猛，即使見着了他，我也躲着他遠點。我要是活得了命，以後我還跟他們混？還找着挨刀？那可真是不知道死活了！」

韓鐵芳就點頭，又拱手說：「再會吧。」說畢提起了寶劍、皮鞭，跟那金銀包兒，就往屋外走去。兩個店夥都站在屋簷下呆呆地看着他。他將東西繫在鞍旁放好，就牽馬出門。這時大雪紛紛，街上沒有一個人，他就上馬揮鞭一直向東走去。他眼觀着灰色的天空，銀色的大地，更向右望，是那皚皚無邊的巍峰峻嶺，他不禁想起當年玉嬌龍騎着馬冒雪追趕方夫人的車輛之事，益發地感歎。

第十二回　達阪城羅衣明往事　甘涼道鐵騎訪群雄

　　鐵芳一路急急地走，到晚間投店住宿，也特別地謹慎。春雪瓶所贈給他的金銀，他除了買了一件棉衣禦寒，及作投店吃飯之外，絕不多用。經過烏蘇那地方之時，他也是繞着道兒走過去的，因為恐怕又出事端。風雪長途，馬蹄不斷，一直走了二十多天，方才來到迪化以南的那個小小的城市達阪城。

　　來到這裏，他未滌征塵，才停駿馬，便在街上打聽：「有一位姓蕭的千總老爺住在哪家店裏？」原來蕭千總彈的那琵琶在此地也出了名啦，立時就有人告訴了他，於是韓鐵芳就又懷着滿腔的悲涼之意，找到那家店中去見繡香。

　　原來繡香已在此住了近兩個月了，她日日地思盼，今天韓鐵芳才來到。她住的是一間小西屋，這時她的丈夫蕭千總也正在屋裏。韓鐵芳先將馬在院中的椿子上繫好了，然後隔着窗戶把話說明白了，等到蕭千總把屋門推開，他方才進了屋。他滿面愁鬱之色，見了繡香，不知稱呼什麼才對。繡香也忽然雙淚瑩然，不知道第一句話應該怎樣跟他說。蕭千總倒是迎着面先向他把右腿一屈，左腿往後一撒。這是一種官禮兒，叫作請官，倒弄得韓鐵芳不知怎樣還禮才好。

　　蕭千總露着牙笑着說：「少爺！您怎麼這時候才來呀？我為您的事把我的半輩子前程也弄丟啦，差事叫人給撤啦！」韓鐵芳不禁發愣，蕭千總又笑着說：「不要緊！有少爺您在，您還能夠看着叫我們兩口子挨餓？」

　　韓鐵芳搖頭說：「蕭老爺，你千萬不要這樣叫我。」

　　蕭千總說：「我怎麼能不這樣稱呼您呀？您是咱們春——也別說什麼春大王爺啦！春大王爺本不姓春，她是玉三小姐。我家裏這位本是隨侍她老人家多年的丫鬟，我呢，尊敬我的叫我聲姑爺，一半親戚一半奴；要是對我不客氣呢，我還不跟三輩家奴是一個樣嗎？您是我們那故去的三姑奶奶的親兒子，這件事早先就是打死我，我也絕不能信。現在可不由我不信啦，證物送來了，衣襟已對上了那羅衣，真是分厘絲毫也不差。少爺！您現在還能不叫我稱呼您少爺嗎？」

　　韓鐵芳一聽了這話，益發地驚訝，暗想：春雪瓶怎麼走得這樣快？她都已把那件衣物取了送來了？

　　蕭千總又轉身向太太說：「把那件衣裳快拿出來，請少爺過過目吧！」此刻繡香已經悲淚如雨，並且不住嗚咽。她連一句話也說不出了，只一邊抽噎着，一邊走到炕旁，就打開了一隻包裹，取出來一件紅羅的女人穿的內衣。繡香將這件內衣平鋪在炕上，就見那衣襟上是被剪去了一塊。韓鐵芳那天遺下的那塊三角形的紅羅，也就跟這件衣服在一塊兒裹着。繡香雙手顫顫地將它們對在一起，雖然那小塊紅羅早已又髒又爛，已變了顏色了，可是刀剪之處，與那些鑲着的花邊兒，是完全相合。毫無疑問了，二十年前不知是誰在倉猝之間下了一剪子，於是這件衣裳與那塊衣襟，就如子離母，各分東西。漫長的歲月，度得也真不容易，如今兩物竟能夠合在一起，但是顏色卻深淺不同了，人也生死各異了。

韓鐵芳此時只是低着頭墮淚。繡香哭泣着敘說了這紅羅衣的來歷。她說二十年前故主玉嬌龍重到新疆，見了她，就向她詳細說了涼州方知府的方二太太及僕婦秦媽，在甘州張掖縣來安店內，以一女孩換去了她的親生兒子，以及她發覺此事，冒雪追趕的事。

玉嬌龍到了祁連山中，方二太太主僕和小孩都遇着了山賊，車輛跌壞了，人也都杳然不知生死……繡香又說，二十年來，她的故主玉嬌龍將此衣和一部白綾釘成的書，固鎖於牛皮箱中，從不打開叫人看。後來又把開鎖的一隻很特別的鑰匙交給她收存。玉嬌龍臨離新疆之時，又到烏爾土雅台去看她，那時玉嬌龍的癆病就已經很厲害了，不斷地咳嗽，說話都極為困難，但是還特地問她說："那個鑰匙沒有丟失吧？"她就拿出來給玉嬌龍看了，玉嬌龍又不住流淚。

繡香述說着當時的情景，真如就在目前，她忍不住放聲痛哭起來，身子也斜倒在炕上。韓鐵芳的淚也已濕透了襟懷，只是還沒有放出悲聲。繡香哭了半天，蕭千總也在旁頓着腳，唉聲歎氣地勸着，繡香才悲痛略止。她又拿鑰匙開了包裹旁邊放着的一隻小匣，從裏面又拿出一隻光芒燦爛的銀製的小花瓶兒。

繡香說："當年方太太抱丟了你，留下了雪瓶，同時剪去了衣襟，並留下了這隻瓶兒……"蕭千總在旁插言說："由這些看來，那位方二太太也不是什麼壞人。她抱走了人家的兒子，留下自己的女兒，又剪去了人家的衣襟，拿這隻銀瓶折賬，這也不算是不講理，不算是太狠心！"

韓鐵芳也拭淚點頭說："她的意思也許是以這兩件東西做標記，等我跟雪瓶都長大成人之後，再各自去認自己的親生父母！"

蕭千總又咳了一聲說："你就別再提你那位爸爸啦，雪瓶姑娘昨兒來到這裏，也把那件事情都跟我們詳細說了！唉！那位大爺，說來是又可恨又可憐，他要是早有志氣，早弄個一官半職做做，那不只是當個千總官兒呀！我們那個三姑奶奶大王爺，也不至於人不人鬼不鬼地受了半輩子苦，你小的時候也不至於被人騙了去。"

繡香在那旁卻忽然收淚說："可是，這也算是一段姻緣！早先方二太太要是不把女兒換了，春雪瓶至多也不過是位小姐，哪能叫她爹爹教養得這樣好，能文又能武！"

韓鐵芳點點頭，認為這話說得很對，但是自己卻不禁痛恨那方二太太，因為，若不是她當年做出那事，自己這時縱不能被人稱為小王爺，可也有了春雪瓶那樣好的武藝了。他想：我若是自幼就跟隨親生的母親在一起，就絕不至於使我成為今日這樣。十九年跟隨着那強盜出身的養父，跟隨那僕婦身份、怯懦可憐的養母，又儘量花着養父的不義之財，當少爺、弄馬、玩鷹、彈琵琶、嫖娼妓，把我的壯志、筋骨，都消磨了！尤其是他們讓我十五歲時就結了婚，娶了一個呆板的、癡子一樣、泥人兒一般的陳家女子！……

韓鐵芳也憤慨、悲痛地將自己十九年來，在洛陽的生活情況，及從養父韓文佩、養母秦氏他們口中聽說的關於當年祁連山中的事情，也細說出來，只是還沒說到自己已經成婚。他的心中很是為難，不由得又頓腳歎息。

蕭千總倒驚訝了，說："這麼說，少爺！您在洛陽也稱得起是位大財主呀！那些個錢財產業，何必白便宜給人呀？我跟你到東邊去一趟？要不，把尉犁城的牲口產業都變賣了，也都帶到洛陽，那您不就是富可敵國了嗎？不就是財神爺了嗎？您不是還開着幾家大米莊嗎？喂！那不要緊，您若不會經管，可以都交給我照料，我算盤扒拉得很熟，雖沒做過生意，可是咱都懂。"

他伸手拉住了韓鐵芳的胳膊，就要跟韓鐵芳商議着怎樣處理兩下的財產，不顧別的啦。

繡香卻又流淚歎息了半天，她對於那僕婦秦氏倒很是讚佩，接着她又擦了擦眼淚，誠懇地說："少爺按理我可不能再稱呼你是韓爺了！我再告訴你一件事吧！你的娘上次進玉門關，雖說是要往什麼九華山找李慕白去要一件東西，可是她最大的願望還是要找你。

　　她十多年來心裏永懷着一種癡心夢想，她想她的親生兒子雖然早已離開了她，可是她不信已死，而且她計算着年月，知道你已經長大成人了！不論是叫什麼人給養活大了的，她猜想你必定很英俊，必定是好人，必定不會學壞！她想找到了你，就叫你跟雪瓶做夫妻⋯⋯」

　　韓鐵芳聽到此處，又歎息說：「這種意思，她老人家確實是有的。我們自靈寶相遇，一路結伴同行之時，她老人家就曾對我說過，她有一個親近的人在新疆，將來叫我跟那個人永遠在一起！」

　　繡香點頭說：「她說那親近的人，就指的雪瓶，叫你倆永在一起，就是叫你們做夫妻！」

　　韓鐵芳又流淚說：「可是，她老人家那時為什麼不對我明說呢？為什麼不直爽地與我相認呢？這件事，我至今仍是不明白！」

　　旁邊的蕭千總倒是笑了，拍着他的肩膀兒說：「少爺！你不明白不是？我可明白呀！你沒跟我們那位大王爺待長了，你不知道她的性情。她雖說匹馬單劍，闖遍了天下，雖說瞪眼就殺人，可是她總還是一位嬌貴的小姐，面子真有時拉不下來，臉皮比我可薄得多啦！她怎能夠忽然當男，忽然又變成女的呢？那倒不要緊，可是她又怎能當着你這麼大的兒子說她的往事呢？假使你要問到你的爹是誰，她到哪兒給你找去呀？她是說你是半天雲的兒子呢？還是說你是魯翰林的兒子？」

　　韓鐵芳聽到這裏，忽又驚訝着問：「魯翰林是誰？」

　　蕭千總說：「這些事我也弄不大清楚，你問她吧！」說着指了指他的太太繡香，說：「要不你就趕緊騎馬追上欽差玉大人，他是你的親娘舅，你娘的那些舊事兒、老底兒，他一定都能告訴你個大概吧！你的娘，我的大王爺三姑奶奶，她老人家雖在沙漠裏跟半天雲老哥有過⋯⋯這我也就不必往下說了，可是那不能算光明正大。後來在京裏，你娘才許配給了魯翰林，可是娶過去的第一天，你娘就跑啦！不！飛啦！飛來飛去，後來可又飛回來啦，也總沒有跟魯翰林圓房。總之，你娘名雖是魯家媳婦，可實際是半天雲之妻，實在說，你還是姓羅！」

　　繡香在旁說：「羅小虎本來姓楊，現在北京城德五爺家的少奶奶，就是他的親胞妹，那位少奶奶名叫楊麗芳！」

　　蕭千總又皺着眉說：「要是這麼一說，可就把我也鬧糊塗啦！我就告訴你吧！少爺！頂好你自己到一趟北京，二十年前玉宅跟魯宅兩家的事情，那地方上點年紀的人一定還都能想得起來。北京人又好閒談，說得准比我們說得還詳細。當年，鬧得可以，李慕白也是在其中亂攪的一位。那個人，將來你若是遇見他，可得自己小心點。你娘生平無對手，只有他一個比你娘的武藝強！」

　　韓鐵芳此時也在炕邊坐下，他耳邊聽着這些話，雖然很亂，可是一到了他的腦中，立時就全都整理清楚了，他就一樁一樁全都記住。

　　此時繡香又在他的旁邊低聲宛轉地說：「如今的事，我倒覺着很喜歡，我倒得感謝菩薩！只是昨天雪瓶來了又走了，她只匆匆地說了幾句話，留下了這件衣裳，就又匆匆地走了，連半天也沒在這兒待。」

　　蕭千總說：「可是她回來得也快，這孩子的心思我也猜出來啦，你沒看見她昨兒打開包裹給你這件衣服的時候，還露出來一本書嗎？」

　　繡香說：「那書上面都是她爹爹畫的打拳練劍的小人兒，還有寫的字。」

　　蕭千總說：「那一定都是些打拳練劍、飛簷走壁、射弩發鏢、越嶺穿山、翻江搗海、呼風喚雨、撒豆成兵等，諸般武藝、十八種兵器、七十二個變化。反正咱們一點也看不懂，可是到了她的手裏就是無價之寶。得了那書，她還能夠安穩地待着嗎？她一定是找個地方練去啦！不定哪個又要倒霉，挨她的寶劍。可是我想，她只要練完了、試完了，就會回來啦，回來的准也快！你等着她好了，她回來時我給你們做大媒！」

　　繡香忽然又自言自語地說：「只怕她已經走得很遠了⋯⋯」她憶起二十多年前的一件舊事，就驀然地醒悟了似的說：「我可恍惚記得，我們小姐跟李慕白結下仇恨，屢次爭打，以及後來她時常叨唸，臨死之前還想去索取，就是為一口寶劍，跟幾本書。"

蕭千總說："那一定也是這類的天書，絕不是秀才們讀的五經四書。雪瓶必定是見了她這幾本書，就到九華山找李慕白要去了！"

韓鐵芳聽到這兒也發着怔，並且不由得又雄心勃勃，也欲往什麼九華山去走走。繡香又皺眉歎息，表現出十分憂愁的樣子。

蕭千總揮手說："你也別着急！據我瞧，雪瓶回來得一定很快。她由博羅霍洛山回到尉犁，取了東西，又趕到這兒來，共合還不到一個月，就走了那麼遠的路，她的馬還不跟長了翅膀的一樣嗎？九華山雖說在江南吧，可是也禁不住她人不停，馬不歇地連夜走呀！李慕白本來不是蠻不講理的人，再說如今也老了，也不能欺負她一個姑娘家。她一到了那兒，人家必定把什麼書哩劍哩，還有許多的東西，全都給她啦！不到兩個月她准回來。少爺！咱們就這麼辦吧！從今天起，你不能再姓韓了，你也別姓羅，更不能姓魯，你就姓玉，或者也姓春。好在姓不過是那麼一回事，只要能發財，叫我姓什麼都行！咱們就在這兒待着，也非長久之計，這兒離着迪化又近，那城裏現在還正在捉拿你。玉欽差已走啦，咱們更沒有一點兒關照了，官人要查到了這兒，可真不是玩的！咱們要是回到尉犁呢，那可不怕！有哈薩克人保護着咱們。你到了那兒，大家曉得你是真正的世子、貝勒，又是小王爺的駙馬，誰能對你不尊敬？我們兩口子呢，拋了自己的兒子，拋了官兒前程，出來了半年多，為辦你這些事，也算夠辛苦的啦！以後我們也打算將家搬到尉犁去長住，或是乾脆一塊兒到洛陽去！你跟雪瓶姑娘當然是成了小倆口兒啦！至於到沙漠，到山洞裏去啟靈、合葬、置墳地，以及日後到北京去認親，那都可以慢慢地辦，只要有錢就不要愁！"

繡香也點頭說："這樣辦頂好！只有這樣辦頂對！"

韓鐵芳卻默然了良久，他仍是搖頭，就說："蕭姨夫，你們夫婦的意思我也覺得很對，你們實在應當到尉犁去照料雪瓶，經管那裏的財產。但我卻不能回到那裏去，我也不能回洛陽。因為尉犁的財產雖是我母親所遺留下來的，可也只有雪瓶才可以繼承。至於洛陽的那些財產，不要說我已分散了，就是沒散給別人，那強盜的財產我也不能再要他分文。從今天起我便不姓韓，韓家中所有的親戚家屬我更都不再認了，我……"

說到這裏，他又在心裏自責自問："雖然韓家的人你都不認識了，可是那陳氏芸華，她究竟是你的妻子呀！她雖不美，雖生性呆板，不解柔情，但她卻並無過錯呀！你若不幸身死異鄉，或永遠不歸，那就不必說了，但你在外享福，另娶，更名改姓，拋下她永守空房，那可就於良心上太說不下去！並且，玉嬌龍也必不願要這樣的兒子，春雪瓶也必不願嫁這樣的丈夫，尤其那慷慨爽直的羅小虎，生平絕不會做這樣的事。"

於是他就站起了身，向蕭千總跟繡香拱手說："事情就是這樣辦了！將來你們見着雪瓶，就請替我問她好吧！並千萬囑咐她，江湖之間，不要亂走；拳劍的功夫，可以自練，以之養性陶情，破除愁悶，但不必專為與人爭鬥！"又帶笑說："我要走了！再會吧！"

蕭千總卻一伸手，又拉住了他的胳臂，說："怎麼，少爺！你這就要走？剛才我們兩口子跟你說的話，莫非全都白說了嗎？"

繡香也着急地來攔他說："雪瓶也許是到迪化城裏去了，今天也許就回來！你要是走了，拋下她一個人……那，你母親的靈魂若有知，她也得難受呀！"

鐵芳又遲疑了一下，就仍是搖頭："無論如何，我也得往東去走一趟！"

蕭千總問說："你往東去有什麼事吧？"

鐵芳說："在東邊我還有許多朋友。尤其是我的老師，若沒有他傳授我這點武藝，此次我也不能往西來。他此時大概已往西來找我了，我必須去會一會他！"

蕭千總一笑說："這些事兒不必忙着辦呀！可以等到將來，你娶了好太太，穿上闊衣裳，騎着金鞍銀鐙的馬，再去見你師父。嘿！那時候我要是你的師父，我瞧見有那麼一位闊徒弟，我也得樂壞了！"

鐵芳聽了這話，就不由淡淡地一笑，說："若按照別人看來，我此次西來，可稱得起是幸運！"

　　蕭千總說：“本來嘛！你是個有福氣的人！可惜賽八仙那位活神仙沒在這兒，不然，我把他拉了來，叫他給你相相面，你將來真還不定怎麼發達呢！也許能做高官，拜相封侯！”

　　鐵芳搖頭說：“那並非我之志願，萬餘家私，千群牛馬，我絕都不要！”

　　蕭千總不由得又一愣。鐵芳又說：“雪瓶姑娘也實是天下無雙的奇女子，可是，雖然我父母有過囑咐，你們夫婦又情願為媒，但我自覺着不配！”

　　蕭千總擺手說：“你錯了，哪裏說得到什麼配不配呀！早先……打我的嘴巴，我斗膽說一句話，一個沙漠裏的大盜，跟九門提督的小姐有了私情，那也能算是配嗎？千里姻緣一線牽，鳳凰有翅還跟烏鴉飛，巧婦常伴拙夫眠呢。何況你又一表人材，少東家出身，真個說起來，雪瓶連個小姐都稱不起呢！”

　　鐵芳說：“第一是因我的武藝配不上她……”蕭千總說：“唉！咱們又不指着賣藝吃飯。”鐵芳說：“還有……”這下面的話，他是無論如何也說不出來，就發急地說：“無論如何我也要走！”

　　繡香要來攔他，蕭千總卻又把他的太太攔住，就皺着眉說：“少爺你可真不懂事了！”

　　鐵芳這時已邁步出了屋，到院中就去牽馬。繡香追出他來，急問着說：“那麼少爺，你現在走了，幾時才能再回新疆來呀？”

　　鐵芳說：“不一定！”接着又恭謹地說：“將來或者我還能到新疆來，那時我再給姨母來請安！”

　　繡香又拿手帕擦拭着眼睛。此時蕭千總又由屋裏走出來，抱着那面琵琶，上面還罩着個新做的套，他說：“這件東西，我現在可得物還原主了。少爺你到別處去，路上沒有個伴兒，一定覺得悶得慌，有這個，也可以解解悶兒！”

　　鐵芳說：“我在路上帶着這個東西太麻煩，我送給姨父了，還是由你留下彈着玩吧！只是……”他又想起一件事情來，就說：“我有一件事拜託姨父。就是在黃羊崗子劉家老店裏，那裏住着個小孩，名叫長福兒，這次在白龍堆裏啟靈重葬，他也幫了些忙。他本想跟着我，但我也是因為攜帶他不便，所以把他又打發回那店裏去了。那店裏的劉大本來就待他不好，他也不願在那裏……”

　　蕭千總沒容他說完，就連連點頭說：“這是小事，我一定能夠辦，你就放心吧。等我們先回尉犁城，大概明年春天我們就回烏爾土雅台，去接了孩子再到尉犁去長住。那時路過黃羊崗子，我們也就把他帶回去。你也知道，尉犁咱們家裏也不多他一個人吃飯，只是……”

　　此時那邊台階上站着的繡香就說：“少爺！你這次是想往哪兒去呢？”

　　蕭千總卻說：“對啦！少爺你一定要走，我們也攔不住你，剛才的那些話，也可以日後再商量，反正就是現在都說定了。您穿着重孝，也不能立刻就辦喜事。不過您要往哪兒去，是閒遊解悶？是打算回洛陽府上望望？是找我們那雪瓶姑娘去？還是有別的事？您要說個一定，我們也好放心！”

　　鐵芳卻反沉默了一會，然後就悄聲嚴肅地說：“我告訴蕭姨父也不要緊。我因為聽說玉欽差已往東去，甘涼路上，江湖強梁甚多，我並且已經聞得，有人要在道上劫他，所以我必須急往隨行保護。就是這事，請蕭姨父千萬不要向別人去提！”

　　蕭千總聽了這話，顏色也嚇得變了。繡香走下台階來，還要詳細問問，蕭千總卻連連擺手說：“你也別再打聽啦！”他隨就送鐵芳出了店門，又悄聲說：“少爺一路平安！多多保重！剛才您說的那話，我斷不會向別人提。您今天走，明天我也就動身，到尉犁城等着您去。無論早晚，您可得再到那兒一趟才好！”他懷裏抱着琵琶，又向鐵芳深深請安。鐵芳就上了馬，拱拱手說聲再會！”他遂就急急鞭馬，向北尋着了大道，就一直往東而去。

　　他因為恐怕玉欽差的車輿行得太快，先進到甘省，若是與那吳元猛碰了頭，就必定會吃虧，所以他恨不得一鞭子就趕在前面。但卻不知由迪化往東去的這條大道，雖然平坦寬廣，往來的人也極多，但是長極了，走了七八日，方才到哈密。由此回首往西北方看去，就見那天山的雪嶺如一條玉帶似的，在他的眼中顯得十分愁黯，不像他隨玉嬌龍初入新疆，乍見天山之時那樣的新奇可愛了。

天氣雖才入初冬，但北疆已經極寒，時時有飄雪之象，由那遼遠的大漠吹來狂風，觸在人的身上，真跟刀割一樣，沿途的人沒有一個不穿皮衣服的。

有人看見鐵芳身上的衣服單薄，都很奇怪，還有人以為他是才從南疆來的呢，因為一到天山，便把新疆分成了寒暑兩個世界，南疆這時還許沒穿棉衣呢。於是就有人悄悄向他打聽春龍大王身死白龍堆之事。他對這真難以回答，而且耳中絕不願聽到春、龍這些個足令他心痛的字。他就與人絕不多談，並為避免別人對他注意起見，他也買了一件黑毛兒的老羊皮，披在身上卻覺得又重又笨，騎馬都不方便。

蹄塵鞭影，向東又走了幾站，過了劉家莊子、回莊子、煙墩、腰店子、苦水井。這一帶雖也是往來的交通大道，可是極窮，人都很少，店房更是寥寥。飲水跟草料都極為難得，所見的都是一些駱駝隊，馬也沒有看見幾匹。他座下的黑馬，平日雖矯健得如同神龍一般，但現在也越顯得沒氣力。因為這些日草料喂得不足，水也飲得不夠，只幸虧前些日此地下了雪，地下的枯草根上還存着些殘雪、薄冰，馬就仗着這些東西做為飲料。而且這匹馬好像是不願意離開新疆似的，所以越往東走，牠就越沒精神。韓鐵芳的心中也頗為感慨。

這一天來到沙泉井的地方，再往東就是猩猩峽、咬牙溝，那就是新疆與甘肅的交界之處了。來到這裏之時，天色已晚，北風凄凄，觸在人的臉上又濕又冷，像是要下雪。沙泉井這個地方是個大站，店房也有六七家，此時全已住滿，地下處處是駱駝溺駱駝糞。好不容易才找了一家店，把馬安下。他切切地囑咐店夥要好好喂飲這匹馬，他自己就在一個屋裏找了個睡覺的地方。屋中倒都是漢人，他們都是從南疆來的。南疆有個地方名叫沁城，出產極多，漢人都在那裏做買賣。現在到了冬天了，這些都是大商人，他們錢賺足了，就回甘陝各地的家鄉去過冬，等到過年開春之時再來。

鐵芳就向他們問到那徐客人，他們都知道，有的還跟徐客人是同鄉，所以就對韓鐵芳特別親近。大家請他喝酒，跟他暢談，並要叫他在此多歇兩天，等他們在此歇夠了，玩夠了，再一同結夥東去。但韓鐵芳卻說自己還有要緊的事，明天一早就得走，不能奉陪這些人，這些人也都不勉強他。

他們興致勃勃，到三更後還弄來了兩個土娼，在屋中胡鬧，攪得鐵芳也睡不着覺。但是他卻聽到一個土娼說：“欽差是大前天由這裏過去的。跟欽差的人可比你們這些大掌櫃的都闊，你看，我頭上這根金簪子，就是跟隨欽差的一位老爺給我的！”

屋裏的商人們就都哈哈大笑，有一個並且說：“你別看他們當差的人肯花錢，可是他們從這地方走過，就許是肉包子打狗，永遠不回頭啦！我們卻都是常主顧呀！到春天我們還來這兒照顧你呢！”

兩個土娼聽了這話，也齊都拿花手絹捂着嘴，格格地笑。一個且扭過來纏住了鐵芳，笑問着說：“這位小掌櫃，明年春天，你可也得一定回來呀！”那一身妖豔衣裳，又俗又醜的一臉脂粉，真使鐵芳生氣。他就用力一推，幾乎將那土娼推了一跤，他瞪起眼睛來說：“躲開我，你管我明春還回來不回來！”

旁邊的人齊都詫異，就趕緊把那眼淚籔籔的土娼勸到一旁說：“你再別慪那位大爺了！那位大爺的心裏大概是有煩心的事！”鐵芳也不再言語，躺在炕上，暗歎了幾聲，就睡去了。

次晨，屋中的人還都沉睡未醒，他就在寒風細雪之下，騎着馬離開了沙泉井。往東走了不遠，就看見路旁有一座沙坡，坡上有個井口似的深洞，裏面滔滔不斷地滾出泉水來，可是水一流到外面，不多時候就變成了冰，泉旁像是一片碧琉璃。在夏天這裏必然是一個小湖，沙泉井的地名當然是由此而起。鐵芳卻又不禁聯想起白龍堆中的那個小湖，他不由又歎了口氣。又往東邊走了四十里，就到了石板井。井水還清，旁邊有馬槽，結的冰倒還很薄。鐵芳就用寶劍將冰敲開，叫馬飲。附近有一家小店，他去用畢了早飯，然後上馬重往東去。

天氣是越來越陰，他的心，也越往前走着越覺得愁黯了。又走過了一個驛站，往東去的人就沒有一個了，而鐵芳仍然加鞭前行。風愈急，雪愈大，天色也漸晚，他就到了猩猩峽了。

這個地方三十里之內盡是山嶺，嶺當中有一條極長的孔道，本是一道乾河，這就是甘新間著名的要道猩猩峽。鐵芳在山嶺上收住了馬，借着雪光向東南望去，見是無邊無際的一片曠野，黑沉沉地，一看便知是一片大漠。他座下的馬昂首長嘶，似乎又有了精神，但也仿佛怕往前走。附近有稀稀的小柳樹，也都只剩了空枝，被風吹得亂動，連雪花都掛不住。地下一堆一堆的碎石，都半埋在雪裏，使得馬極難向前走。雪上連一個駝蹄的痕跡也沒有，十里之內沒有一戶人家，也看不見一個蒙古包。

鐵芳在此逡巡了半天，忽聽見耳邊有一種嗡嗡的如同水鳴、又像風吼之聲。他側耳細細辨了一會，才覺出聲音似自背後吹來，似乎是鐘磬之聲。他就又把馬撥回去，慢慢地，使馬蹄不要發出重響，他尋着那在寒風裏飄蕩着的聲音，往西北走去。越走覺得那聲音越清楚，果然是敲鐘之聲。一直走了二里多路，鐘聲嗡嗡地就在耳邊震動着，眼前雪光暮色之中，卻看見了一座大廟。

他來到坡前下馬，看這條往上走去的人工鑿成的石徑，十分的陡斜。他在前，小心地牽着馬往上走，只見小徑的兩旁都擺着怪石，都作狼虎種種猛獸之形，雖被積雪蒙蔽，形象已經模糊難辨，可是乍一看時，還是叫人嚇一跳，馬更是往後直退。幸而鐵芳緊緊揪住了韁繩，否則恐怕連他也得被摔下坡去。

半天，他才來到山門前，摸着了門環，吧吧狠命地一陣敲打，卻為沉重的鐘聲所遮掩，裏面也沒有人聽見。他又大聲喊着："開門，開門！老方丈！開門來！"

馬也長嘶幾聲，裏面的鐘聲方才停止。這時身旁的那匹黑馬的鼻子跟嘴都不住呼呼往外激着白沫，噴着白氣，他也吁吁地喘息。門裏尚無聲音，門外也頓然岑寂，而在風吹柏樹，樹落雪花，截玉剖石的聲音之中，忽然又聽得一陣踏踏踏越來越近的馬蹄聲隨風飄來。亂踏之聲發自嶺坡之下，已越來越近了。

鐵芳不由得一陣驚詫，心說：莫非還有跟我一樣的旅客，也要在這地方來歇宿？於是他就等待着，並扭着頭往下去看，卻覺得那馬蹄聲又消失了，沒往這裏來，也不知往哪裏去了。此時門裏就有人問話："是誰？"

鐵芳就說："我是行路的人，天晚了，想到寶剎借宿，老方丈請把門打開吧！"裏邊把門開了，現出的人穿着肥大的衣服，模模糊糊地看出是一位中年的僧人。

鐵芳就拱手說："求大師傅方便方便吧！讓我在這裏住一宵。"

和尚卻說："北邊不遠就是驛站，那裏有兩家店呢！你為什麼不到那邊去？我們這兒是關帝廟，向來不留人住！"

韓鐵芳先是遲疑了一下，後就歎息說："我已經來到這裏了！雪又這麼大，師傅你就方便方便吧！"

和尚這才答應，叫鐵芳牽馬進去。院中冰雪滿階，和尚把鐵芳讓到一間空房子裏，屋子裏雖有門，但卻沒有插閂，只能虛掩着。也沒有燈，摸了摸，炕上冰涼，連塊席頭也沒有。待了會兒，和尚給他送來一碗食物，倒是很熱，才蒸的。是粗面攙着一種什麼草根切成的絲，吃到嘴裏發粘，可是帶着甜味，因為灑了鹽粒子，甜中可又有些鹹。雖不太難吃，卻令鐵芳很是詫異，他就笑問說："大師傅，這是什麼菜做的飯？"

和尚回答着說："這是我們地方出的鎖陽草，這東西吃了能夠保養人。你別嫌它不好，前天欽差從這裏過，還嘗了嘗呢！"

韓鐵芳立時就停住了筷子，心中想着：玉欽差就是前天由此過去的，前途雪大，諒他們出峽也必不太遠，。今天我在此歇息一夜，明天大概我就能趕上了。因此心中又很快慰。飯吃過，和尚把碗拿走，他就在這黑洞似的屋子裏，身裏大羊皮襖，頭枕着那行李包裹，身邊放置着寶劍，躺在炕上就睡。但是他也睡不着，心中就想：雪瓶也未必是往江南去了，她那樣的人，在新疆南北行走無礙，襲她爹爹的威名，到處有人懼畏，恭敬。若到玉門關裏去，她一個騎馬攜劍的旗裝女子，可到處要招人注意，到處行不開。她不會往東去的，也許她又往南疆去了，踏着她爹爹的蹄跡又去遨遊了。唉！我只能到祁連山上替她訪一訪那方氏婦人，盡一盡我的心，跟她卻怕今生難以再見了。

聽着院中的那匹馬正在喳喳地咬着落地的柏枝，那聲音就仿佛有人在連連地咳嗽似的，使鐵芳又不禁想起在靈寶縣酸棗山菩薩庵裏初會病俠母親的事，他就更覺心裏難過，更難睡着。外面的雪大概還落着，風仍猛，吹得兩扇屋門呀呀呀地響，連敞開了兩次，鐵芳也連起來把門關了兩回。到底他是身體太疲倦了，又過了些時，便沉沉睡去。

次日一睜眼，天光已大亮，他起來一看，門倒是閉得很嚴，雖然沒有插閂，可是用一條粗繩給繫得很緊。

他心裏不禁納悶，記想昨夜為關這兩扇門，雖然自己連起過二次，可是並沒拿繩子繫這門，而且自己也沒帶繫門的繩子呀？這可是怪！莫非是廟裏的和尚半夜裏來了，怕我凍着，才拿繩子繫住門？可是和尚卻又不能那樣殷勤。繩子繫得很堅固，扣子都是從外面打的，簡直跟鎖住了一樣，解都不容易解。繫的時候也當然費了半天工夫，不能沒有聲響，而我在夢裏竟然一點也不覺，這可真是奇怪。

他於是抽出寶劍來割斷了繩子，開門出屋，見空中的雪已經停了。地下堆積的白雪可也有二寸多深，雪上痕跡顯明，昨夜確實有人曾到自己的房前來繫門。不過詳查腳印，卻辨不出這人是穿着怎樣的一雙鞋，因為雪上的腳印雖深，可是亂七八糟橫一塊、豎一塊，深一腳、淺一腳，有幾處看得出來是鞋尖，有幾處又分明是鞋跟。仿佛是兩三個人同時留下的，又像是人雖只是一個，但故意跟蹌而來，為的是不使他認出來足跡。鐵芳不由驚異，凝神想了一想，再細細辨查，見那腳印並沒有上正殿，也沒有進裏院，更沒有出廟門，可是牆頭有一片的地方落的雪很薄，顯見是有人從此出入的。因此他更是驚訝。

黑馬繞着雪向他走來，似是跟他要食物，他也顧不得去管，就急忙忙去開了廟門。向外望去，見石徑上果然也有雜亂的足跡，是夜間有人走上來，又走了下去。他不由得說出一聲："不好！"

韓鐵芳手提寶劍，順着石徑往下走去，忽然腳下一滑，他整個摔了下去。幸虧是雪地，並沒有跌傷，又幸虧寶劍是握在手裏，沒有劃傷了自己。但這一驚也不小，摔得腿骨也很痛，黑羊皮襖也滾成白色的了。

他爬了起來，向雪上又細細辨識，就看出有馬蹄的痕跡，似是由北來的，又往東南去了。而且可以斷定，這絕不是自己那匹黑馬昨晚來時所留下的，因為自己既不是從西北方向來的，而那時地下的雪還未深，痕跡也絕不會像這般的清楚。

鐵芳忙抖抖身上沾的雪。北風雖更寒，直吹到他的臉上，他倒覺着熱辣辣地，不禁發燒，心中實在慚愧。他忍着腿痛，又上坡跑到廟門裏邊來，就要騎馬離廟往東南追去，順着那蹄跡去追趕。他先到屋中去拿行李，低頭又看見了地下割落的繩子，他卻又灰了心，把寶劍也噹啷地一聲扔在炕上。

他就想：人家因為見我屋門不關，就放心大睡，恐有人進屋去害我，怕我不知道，才用繩替我將門繫嚴。這就是教給我，叫我以後無論是在店中棲息，廟裏歇宿，第一是要時時驚醒，第二是要門戶嚴緊，以防不測。無論這個人是誰，除非願意見我，否則一定不願叫我去追趕。再說，我這樣粗心大意，白走了幾千里地，還是連這點閱歷也沒有，我又有什麼臉去追人家，見人家？

他長歎了口氣，脫下皮襖來，又抖了半天，再到院中去為那匹馬掃身上的雪，重備鞍轡。再進屋中，拿出寶劍跟行李放在馬上，就又披上了皮襖，到裏院去拜別和尚。半天和尚才由禪堂中出來。韓鐵芳認得還是昨晚所見的那個和尚。他注意地看了看和尚的腳底下及臉色，見這和尚腳下雖然穿着半舊的僧鞋，也沾着雪，可是絕不像昨夜在雪上亂埜過足跡，臉色也平常得很。他連那屋門都沒有去看，只問說："你要走嗎？"

韓鐵芳愣了一會兒，才拱手說："對啦！對啦！我要走了！在寶剎中打攪了一宵，改天我再來給師傅道謝吧！"

他遂就手提皮鞭向廟外走去，和尚還手打着問訊送他出來。他用手牽着馬，小心翼翼地順着石徑，走到下面，心裏才忽然想起忘了給廟中留下香資。但又想，這座廟裏也並不窮，等我重過此地，再燒香道謝吧！他跨上了馬，鞭起蹄動，就向東南走去，雖不欲去追那人，可是不覺得便走往同一方向了。

出了猩猩峽口向東又走了四十里，便是咬牙溝，馬又向前行了十數步，他勒馬回頭去望，就見黯黯的長天，皚皚的大地，令他不禁生出蒼茫之感。他這次到新疆來，所遇的事情真是亦悲亦痛，可泣可歌。如今往東邊去，東邊的前途仍然遼遠無邊，渺茫無際，而且還伏着許多的兇險。甘涼道上，祁連山中，還都有許多兇殺惡鬥在等着我。憑我縱使有心再來，但也未必有命重返。母親！父親！你們的陰魂暫且在大漠中、在雪山上安息吧！繡香，雪瓶，你們對我的恩義，我將來，也許是來生，再為酬謝吧！他下了馬，跪在雪地之上，就向西叩了一個頭，然後上了馬又往東去。

這條路上，雪花雖不再落，地下的雪也不深，但仍是遇不着一個人。又走了一會，就踏進大漠了，馬雖餵飲不足，但一見了沙地，牠卻又如返故鄉，就馳得更快。這片沙漠東西雖也有二十多里，但比白龍堆易走多了，風雖寒卻也不大，不多時便已走過去。過了沙漠，到了一站，地名叫做馬蓬井，有一家店房。鐵芳進去，先叫店夥給那馬飲水、餵料，並找來人給換釘蹄鐵。

他也用了飯，就向店家打聽欽差是哪一天過去的。店家說："是前天走過去的，在這裏並沒歇着。現在至少往東走出也有三百多里地了！"

韓鐵芳倒有些吃驚，就又問說："為什麼走得這樣的快？我聽說那玉欽差是久病初愈，他受得了這一路的顛波之苦嗎？"

店家卻說："我在大前天看見，大人是坐着雙馬拉着的車走，想是又快又穩。後面差官們坐的也都是馬拉着的車。還有迪化的總兵，哈密的協台，還派了官兵兩隊，全都騎着馬，在旁保護。"

鐵芳聽了，心中漸慰，以為自己縱不能趕上保護也不要緊了。可是聽這店家又說："大約那兩隊官兵只把欽差送到安西州，他們也就回來了，我們這兒還等着要做他們的買賣呢。那位欽差大人由安西州再往東，進嘉峪關，過肅州，甘州……"

鐵芳聽了這個地名，心中就不由一動，他就問："甘州是不是在張掖縣？"

店家點頭說："是呀！甘州是個大地方。我們甘肅人有句話：金張掖、銀武威，那兒的店房可又比我們這家店大多了！闊多了！"

鐵芳點了點頭。店家接着又說："欽差玉大人是自北京來的，差事辦完了，自然是心急似箭，要趕回北京去過年，所以才這麼快走。可是到安西州，那邊所派的護送官兵，就不這麼多了。天氣好還不大要緊，天氣要是變了，一下雪，甘涼道上可真難行。那祁連山上，綠林英雄是一年比一年多，他們才不管什麼欽差不欽差呢！"

鐵芳不由又驚得臉上變了色。店夥又搖着頭說："你不要緊，你帶的行李又不多，只是一匹馬，一個人。祁連山上的好漢也不是不開眼的，他們絕不會打劫你！"

鐵芳傲然地笑了笑，突然又問："店家你可曾看見，今晨或者是昨天夜裏，有一個人，也是單人匹馬，從這裏走過去了？"

店家發了半天愣，就連連搖頭說："沒有！沒有！要有我們不能不知道。乾脆我告訴你吧，這一年來我頭一回看見單身走路的，就是你！"

鐵芳心中又疑悶了一會兒，外面的人已把蹄鐵釘好，鐵芳就把錢開發了，他就與店家告別。

店家把他送出門來，還向他悄悄地囑咐說："剛才我告訴你的什麼祁連山上有英雄好漢的事，你往東邊去可千萬別跟人說！"鐵芳說："為什麼？"店家帶着懼怕之意，說："東路上處處是他們的人，聽說吳元猛少山主又正往西來了，你要是因說閒話把命丟了，那可不要怨我！"

鐵芳不禁一笑，點頭說："好，好。"上馬便即走去。他心中明知道自己未必是那吳元猛的對手，而且勢孤不能抵抗，但又忍不住忿怒。而且他決定要往祁連山，決定去救雪瓶的母親方二太太，雖死無恨。

　　馬又向東行，過大泉站，晚間宿於柳園。夜裏，他把門關得很嚴，且時時驚醒，睡不安覺，所以次日起來得很遲。但他不敢停留，午飯後又往下走，走得他這匹馬都疲憊了。天色仍是陰霾，路上的冰雪仍未融化，但是往來的駱駝隊可就多了。在一個名叫白墩子的地方又宿了一晚，次日向東又行了三十里，他便到了安西州。

　　今春他隨病俠西來，就是到了這個地方才轉道赴南疆的，所以一來到這裏，他就覺得路徑有些熟了。先至城中找了飯舖用飯，並向飯舖打聽，卻又聽說：“欽差的官車於前天就走了。”

　　他又不禁悵然。他明白欽差所用的車馬都是到了一站就換，所以才走得這麼快。自己這匹馬雖然是沙漠裏的一條烏龍，但這一年來，牠行了不下幾萬里路，從沒有怎麼歇息過，如今難怪這樣疲憊不堪了。他又想起賣在新疆不知下落的那匹烏煙豹，更不禁覺得惋惜。

　　他沒法再走，只好在此歇息一天。他向人打聽二十年前曾在這裏做過知州，後來又升任涼州府的那位方大人的下落，竟無人知道。他心中想：那是春雪瓶的父親呀！做官的人，升遷無定，而且這時也可能已經故去，或是辭了官回家養老去了，再想找尋，恐怕甚難……

　　安西州這個地方，城北三百里有一馬鬃山，那裏水草豐美，養駱駝最為相宜，所以那裏的富戶都是以養駱駝起家。駱駝彭家現在已有五百多頭駱駝了，在城中還開着大買賣，誰都知道他的爸爸是被玉嬌龍殺死了，而玉嬌龍後來又可憐他、資助他，他才發的財。但鐵芳向人去打聽，別人全都不願談說此事。

　　這裏，成天不斷都是駝鈴之聲，只要一出門，就可看見滿街的駱駝，都馱着很重的貨物，還有小駱駝在後面跟着。有走東路的，有走西路的，往西路去的駱駝都特別壯大，駝夫也都是黑臉爛眼邊，像是久走沙漠的樣子。鐵芳很想托他們給新疆捎一封信，寄給蕭千總夫婦，可又覺得沒有什麼話可寫。

　　天氣更陰，又要降雪，店裏的人都勸他別忙着走。他急得心中像滾着熱油似的，多一天他也耐不住。看着那匹黑馬有點像是緩過來了，又有了精神，他便算清了店賬又往東走。沿途風雪時落時停，但他的馬蹄總不停止。又數日，就進了嘉峪關，過了酒泉、肅州、鹽池驛、高台、臨澤，就來到了甘州府張掖縣了。

　　他的心中不禁生出悲感，在馬上就要落淚，暗暗地說：這是我降生的地方，也是我與母親分離的地方！上次路過這裏的時候，母親故意繞道行走，沒有進城，記得她老人家那時的神色特別淒黯，有一次還幾乎由馬上摔下來。唉！可見她那時是心懷舊痛，又膺重病，竟使她飛龍一般的身軀也不能忍受！她明明認出我是她的親兒，她可又說不出口，她真太可憐了……

　　鐵芳迎着寒風，拭着熱淚，策馬進了南門，又出了東門。此時天色還未黃昏，迎面來了一個男子，望見了他，就不禁啊呀的一聲，伸着小腦袋，瞪着兩隻發紅的小眼睛，不住向他看。鐵芳也覺得這個人十分眼熟，似是在哪裏見過，馬走過去了，他還回了回頭。就見那個人還在那裏站着，瞪着眼睛看着他，索性不走了。這人雖沒有鬍子，可是年紀也有五十上下了，縮肩拱背的，穿的是青布粗衣褲。韓鐵芳無論怎樣想，也是想不起來，覺得自己實在不認識此人，遂也就不再留意了。

　　馬往東緩緩而行，又走了不遠，忽然見街南有一家很大的店房，粉牆上很明顯地寫着三個大字：來安店。鐵芳就仿佛一驚似的，立時勒住了馬，心說：想不到過了二十年，這家店還開着。天色也不早了，我就在這家住一夜吧！

　　於是他下了馬，那大門裏就有店夥迎出來說：“客官在這裏歇下吧！我們這兒是本地最大的店房，老字號，客官把馬交給我吧！”

　　鐵芳手中的馬韁跟鞭子都被人接過去了，他還在發着呆。見這店夥才不過十六七歲，比自己的年歲還小，二十年前這裏的事，問他恐怕也是白問，於是他便進了門。風匣呼哧呼哧地響着，廚房裏已經做晚飯了。廚房就與櫃房通着，櫃房裏有許多人正在閒談。那店夥已把馬交給了別人牽往圈中去了，對於他的那匹馬還像是特別的優待，因為院子裏還有些車、騾子、驢等，就都在受着寒風。

　　這裏的客人已經住了不少了，鐵芳東瞧西望，覺得各屋裏都像是住着人，可是猜不出哪一間屋子才是當年母親受難、自己降身的所在。他心中洶湧着苦液，精神恍恍惚惚，好像是個癡子一般，就被店夥讓在了一間小東屋裏，他的行李、寶劍，連鞍韉也都被送進了屋裏。店夥又向他問說：「客官！後邊有同伴吧？那麼您用什麼飯呀？」

　　韓鐵芳點了點頭，就坐在了炕上，他頭一句話就問：「從新疆來的那位玉欽差，到了這裏沒有？」

　　店夥說：「哦！您也是跟隨欽差的差官大老爺呀！玉大人是前天來的，在府衙裏歇了一夜，昨天清早就走了。您也不必忙，明天早晨我們就給您備好馬，您再往東去，保您不到峽口營就准能趕上，耽誤不了您的差事。我們這個店向來接待東來西往的老爺、官員，官眷也常在我們這兒住。」

　　韓鐵芳就問說：「你們這裏的老掌櫃的還在嗎？」店夥發了發愣，說：「老掌櫃的？我們這兒的掌櫃的才只有四十歲！」韓鐵芳說：「二十年前，你們這個店就是他開的嗎？」店夥搖頭說：「不是！早先這個店的掌櫃的是叫醉老財。」韓鐵芳說：「對！就是這醉老財！此人現在還活着嗎？」店夥說：「早死啦！因為早先他當掌櫃的時候，這店裏出過一回事。」

　　韓鐵芳就假作愛打聽閒事的樣子，帶笑說：「是不是什麼方二太太換人家孩子的事？」

　　店夥說：「那倒還不要緊，就是隔壁的那間屋子……」鐵芳不由扭頭向左邊去看，可惜有土牆隔着，他也不能看到那屋。

　　店夥接着說：「看您這樣子也是常出門的。您的年歲也比我大不了多少，出那件事的時候還許沒有咱們呢，這不過都是聽老輩的人說的。您既知道方二太太換子之事，那麼詳情我也不用細說了。就是自從那次春龍王爺拿寶劍殺死了拉駱駝的黑三，醉老財就倒了霉，人都不敢在這兒住了，說隔壁那屋裏鬧鬼，他就把買賣倒給我們現在的這位金掌櫃。我們這位掌櫃也是時來運旺，接過來，買賣就更是發達，隔壁那間屋子別說不鬧鬼啦，就從我來到這也三年多了，就沒有一天那屋裏沒人住。」

　　鐵芳站起了身，拿起了寶劍，店夥驚訝地望着他，他就說：「夥計！你把我的行李搬到那屋裏去吧！我要到隔壁屋裏去住，我倒要看看有鬼沒有鬼？」店夥笑着說：「唉！哪有鬼呀？那不過是早先有些人想要毀他的買賣罷了！老爺您還是在這屋裏好！」鐵芳說：「我真得到那屋裏看看，這次我還是專找那間屋子來的！」店夥更是發愣，鐵芳就要出屋，店夥卻把他拉住，說：「不行呀！那間屋子從昨天就有人住下了！」

　　鐵芳問：「住的是什麼人？」

　　店夥說：「跟您一樣，也是單身，年紀比您還輕。他是由西邊來的，要往東邊去，不是買賣人，大概也是個當官差的。」

　　鐵芳不由感覺到失望，將劍放在炕上，又頹然坐下，愣了一愣，便向店夥說：「你給我先打洗臉水去吧！」

　　店夥答應了一聲，卻不立時就走，問起了他的話頭，他就禁不住要往下說，他又說：「我們這家店就因為那件事情更出了名。早先只要是住在這兒的客人，就要跟我們打聽，近兩年才不大有人提了，可是……」

　　鐵芳趕緊看着他，等着他往下說，店夥又說：「這件事我可也是聽說的，前幾天，有一天還來了一個南方口音的太太呢！她打聽得更詳細，她還直哭。有人問她姓什麼，她也不肯說，但人都疑惑她就是當年換去人家孩子的那個方二太太。」

　　鐵芳聽到了這兒，不由更是發愣，心想：她既是被黑山熊搶去了，她怎麼又能出來？店夥在旁又說了幾句話，就出去沏茶打洗臉水去了。他還坐在炕上只是思索。

　　到了晚飯後，屋中已點上燈了，他卻走出屋去。天色渾沉，又有雪花片片飛落，各屋中差不多都有燈光，尤其隔壁的那間屋子，窗上且有人影閃動。他雖看不清楚，但知道屋中確實有人住着，自己與人家又不相識，當然不能愣走進去看那屋子。而且看那屋子又有什麼用呢？雖然自己是生於那屋子裏，但事隔多年，母親玉嬌龍、養母秦氏都已死了，進屋去又能看見什麼呢？細想起來自己也未免太愚！

想來想去，韓鐵芳的心中愈為不痛快。皮襖上已落了雪花，他還在院中徘徊，車輛跟驟子又礙着他的腳。他不覺走到了櫃房前面，卻聽有人跟那年輕的店夥正在談話，那人說："他問得這麼詳細，你沒問他姓什麼嗎？他跟玉嬌龍是什麼交情……"

鐵芳不禁吃了一驚，暗想：我走了幾萬里路，遇見過成千上萬的人，這還是第一次聽見有人敢高聲叫出玉嬌龍之名。這是個什麼人？好大膽！

他停住腳步往裏去聽，一句清楚一句模糊的，也不過就是屋中的那個人向店夥詢問剛才都說了什麼話，沒有說別的。而這櫃房的窗上雖嵌着玻璃，可是從裏邊結了很厚的冰花，燈光照在冰花上閃爍如金，向裏邊看去卻什麼東西也看不見。如果拉開門進去，鐵芳又怕太顯露出來痕跡，叫人猜了自己就是二十年前在這裏落生的那個孩子。

他愁煩地望望天空，暗歎了口氣，就抖了抖皮襖上的雪，進屋關上了門，上了插閂，就和着皮襖，枕着行李，躺在了炕上。眼前燈光越來越暗，四面也漸靜，只有隔壁的屋中還發出噹噹、吧吧的聲音，不知是在數錢，還是稱銀子呢？他又想到自己散盡了家產出來半年多，還幸而沒有挨過餓，這為什麼？這還不是仗着有春雪瓶的多次資助嗎？唉！春雪瓶！春雪瓶！他不禁口中叫出聲兒來了。想到天涯海角，再會無期，他的心中不禁悵惘、悔恨，又歎息了幾聲，便不覺得睡去了，但是睡得很驚醒。

過了些時，忽然聽得有一點聲音，鐵芳就立時睜開了眼睛，只見桌上的燈還沒有滅，屋門外卻似乎有人走路。細細去聽，卻覺得這個人的腳步聲總在門外擦來擦去，也不走開。他真覺得奇怪了，就霍然坐起身來，寶劍隨之抽出鞘。又靜心向外去聽，覺得外面的人仍在那裏徘徊，他心裏又想：莫非又是夜間去猩猩峽關帝廟的那個人？他又嫌我的門沒關嚴？這真可笑了。

鐵芳下了炕，背藏着寶劍，身避着燈光，慢慢走到了門旁。他用左手輕輕地將門插閂拉開，再側耳向外去聽，就聽見那人似乎是要咳嗽，卻又極力地忍回去了。鐵芳不禁大怒，驀然吧地一聲把門摔開，身子隨之狸貓似的跳了出去。那個人原來就站在他的門外不過三步，被他一伸手就揪住了。那人噯喲了一聲，鐵芳才知道是一個男子，他的寶劍就舉了起來，厲聲問說："你在我的屋子前徘徊什麼？是安着什麼心？"

這個人驚懼地蹲在地下，伸着兩隻手不住地擺，他仰着臉小聲說："大爺！您別動劍！我認得您了，您在半年前曾和玉嬌龍小姐在一塊！在蘭州府咱們曾經見過，我名叫沙漠鼠，我是跟隨着羅大爺半天雲的！"

鐵芳不由得更驚詫了，舉着劍的那隻手就徐徐放下。這時雪雖不大，而北風極大，各屋中都是黑忽忽地，惟有隔壁那間屋子，這時忽又點着了燈，淡淡的光又浮在窗上。鐵芳便悄聲說："你起來！"又拉了他一下，說："到我屋裏再說話！"沙漠鼠就踉踉蹌蹌隨着鐵芳進了屋。

鐵芳見他的模樣，正是白天騎着馬在街上遇見的那個很眼熟的人，這才收下了寶劍，又閉上了門，問說："你既是認識我，為什麼不直接來見我？卻等我睡了之後，你才在屋門外偷偷摸摸地？"

沙漠鼠拍了拍身上落的雪，就說："我沒有那麼大的膽子呀！我只知道您是玉嬌龍的朋友……"

鐵芳攔阻他說："不許你說她老人家的姓名！"

沙漠鼠的臉色變了一變，卻又笑着說："不要緊！就是叫她聽見，也不會殺我，因為我跟隨半天雲羅老爺多年，她老人家對我總得有些面子。"說到這裏他忽又現出一種憂愁之狀，說："這次我們隨着半天雲老爺出來真是倒霉，花臉獍打官司死了，我在肅州又害了病。羅大爺因為急着往新疆去，便拋下了我。我的病後來雖好了，可是一點銀子也花光了，我既不能也到新疆去，在肅州住着簡直連飯都吃不上了。我沒有法子，幸虧新結識了幾位朋友，我也沒對他們說明白我的真實來歷，可是他們倒還覺着我這人可交，就給我找了個混飯的地方。"

鐵芳就問說："你在此地做着什麼事？"

沙漠鼠說："唉！您就別問了！"又說："我來到這地方混了幾個月，倒是認識了不少熟人，街上的人只知道我姓沙，叫沙老大。我由別人的口中，把二十年前玉小姐在這店裏丟孩子的事，已經打聽得詳詳細細。可是我又聽見由西邊來的人說了兩件事，第一個是聽說玉小姐她老人家已經病故了；第二個就是說半天雲羅老爺在迪化闖了禍，被關在監裏了。別人如此說，我也沒敢詳細問，可是我整夜做惡夢，整天跟熱鍋上的螞蟻一般，要去看看，卻又沒有盤纏。好不容易今兒在街上才遇着您，我可不敢招呼，回到家裏我想來想去，料到您必定知情，因為您跟玉小姐是一路西去的，又同住一屋，交情是那麼好，到底那件事，是真還是假呀？"說着就仰面等待回答。

鐵芳便長歎了一聲，說："是真的！"沙漠鼠就露出愁色歎着氣。鐵芳又說："不但玉嬌龍已然病故於沙漠，連羅……羅老爺也死了！"沙漠鼠的一雙爛眼當時就流下淚來。鐵芳又說："我親眼看着將他們埋葬的。"

沙漠鼠忽然驚訝着說："莫非您就是那位韓鐵芳韓大爺嗎？"

鐵芳點點頭，又問："你怎會知道我的姓名？"

沙漠鼠說："我也是聽西邊來的人說的，說是有一位姓韓的把玉小姐給安的葬。沒有不知道這個事的，只是……"他說到此處，又顯出十分驚懼的樣子，說："韓大爺你來到這裏還不要緊，再往東去，可千萬別露出真名實姓來！"

鐵芳不由得面現怒色，就問說："難道還有人要跟我作對嗎？"

沙漠鼠說："沒有別人，只是吳元猛是兩輩子與玉小姐結仇。他們知道你大爺不僅是玉小姐的好友，還是春雪瓶的女婿。"

鐵芳不禁冷笑，說："胡說！"

沙漠鼠說："我也覺得這多半是外間的謠言，可是他們竟信以為真了。我還聽說你大爺今年從東往西來的時候，曾得罪過戴閻王、鈎鐮槍焦衮、金霸王高越、飛夜叉張保，那些人原都與吳元猛相識。"

鐵芳說："我倒也記不清楚了，不過，不但我由東往西去之時，曾殺死過他們許多江湖強徒；就是在新疆，那仙人劍張仲翊與方天戟秦傑，也都是在我的手中結果了他們的性命。"沙漠鼠趕緊擺手說："大爺你說話小聲點！"

鐵芳搖頭說："不要怕！此番東來，我就是要與吳元猛，尤其是與他爸爸黑山熊拼命！"

沙漠鼠不住回頭向屋門去看，更悄聲地說："俗語說：草裏說話路人聽。這店裏我雖知沒有住他們的人，可是他們的人又都會飛簷走壁，行為難測。如果叫他知曉了，你大爺雖武藝高強，可是究竟一人難敵眾手！"

鐵芳又說："你怎麼曉得這些事的？你到底幹什麼生意？"

沙漠鼠又歎了一聲，說："我的生意真難向人說！不過我倒認識一些閑漢，他們不是地痞土包，就是小偷毛賊。他們幹的行當真比我早先還不濟，可是他們都拿祁連山當做老家，黑山熊是他們的爺爺，吳元猛是他們的爸爸。"

鐵芳說："你能帶着我到祁連山上去會一會他們嗎？"

沙漠鼠想了一想，就說："這辦得到，可是您得改一個名字。咱們二人就說是朋友，然後我帶着您到一個地方去見一個人。您見了那人，可也得自稱為晚輩，由那個人再領您去見吳元猛。您可也得屈尊一些，見了吳元猛得稱他為少太爺，得自稱為小輩。他要看看您的本領，您也得露出幾手兒來，可也別都施展出來！他若是問您的來歷，您別說話，到時我自然就替您編好了！"

鐵芳點頭說："就這樣辦！只要能看見黑山熊，上得祁連山，我就無論怎樣隱名埋姓，屈己奉人都行！實同你說，我與玉小姐、羅老爺都是至友，玉小姐的親生子於二十年前被黑山熊擄去了，這你是知道的。"

沙漠鼠說："我聽說……那個孩子早就死啦？"

鐵芳擺手說：“這事不提！還有羅老爺之死，也是死於他們這些人的手中。”隨把羅小虎死時的情形略對沙漠鼠說了一遍，然後又說：“我此番東下，第一即是為保護玉欽差，第二是為羅老爺報仇，為玉小姐出氣，並為我的一個至友，辦一件不能告人的事！”

沙漠鼠說：“得啦！您既然說了這話，那我就是賠上這條命也不算什麼！我也可以看着您多殺幾個強賊，給我的羅大爺報仇雪恨。那麼今天的雪不大，明天東邊的路上大概還能夠走。”

鐵芳說：“明天無論雪大不大，我們也要走。”

沙漠鼠點點頭：“好！還有一個人要跟咱們去呢！”

鐵芳說：“你不要胡亂帶人！”

沙漠鼠說：“這個人不要緊。前半個月我就想把這人送到東邊去，要有這人跟着我們一路同行，更能叫他們相信不疑。”

鐵芳打了個呵欠，就從行李包內拿出一塊銀子來，說：“你把這個換了，作為我們的盤纏。你去吧！明天千萬早些來！”

沙漠鼠接過了銀子，答應一聲，就走了。鐵芳也出了屋，一看，地上雖已白了，可是天空飄飄的雪花並不太緊，大概明天往東的路上是可以走的。他想着，自己現今已決心冒險去會黑山熊父子了，並往祁連山去尋找那方二太太的下落，倘若是鬥不過他們，就會死了……他仰望着沉沉的天空，那雪花一片一片落在他的臉上，覺得很涼，但卻使他又精神起來了。驀一回頭，見隔壁窗上的燈光仍然亮着。不知屋裏住的客人是做什麼的，為什麼這時候還不睡覺呢？莫非是怕鬼？

他輕輕邁着腳步就往那窗前走，想要隔着窗隙往屋內窺探一下，沒料窗外竟糊得很嚴，窗紙上連個小窟窿也沒有。鐵芳又想：我若窺探人家，豈不真成了沙漠鼠所說的小偷毛賊了？再說人家住店，與我何干？想着，隨即轉路輕輕回到屋內，他輕輕閉好了屋門，插上插閂，還搬了張桌子頂上。剛要睡覺，忽聽隔壁的屋裏又發出吧哒的一聲，好像是什麼碗碎在地下了，鐵芳嚇了一個冷戰，又愣了半天，這才蓋着大皮襖在炕上睡去。燈也忘了吹。

不覺到了次日，醒來一看，燈早自滅，門戶未動，院中倒很岑寂。他起來開了門一看，見雪還是那麼落着，地下的雪雖不太深，可也有三寸多厚。店夥拿掃帚掃出一段路。

鐵芳就問說：“夥計！我今天要往東去，路上好走嗎？”

店夥說：“能走！雪也化了，路倒是可以走了。你隔壁那屋裏住的人，就是剛才走的，人家可也騎着馬，單身。”

鐵芳又愣了一下，就轉身到隔壁屋中看了一看，只見這屋中的四壁更黑，土炕更破，地下還扔着摔碎了的半塊磚，並且連桌子也沒有。炕頭一盞油燈，油還沒有盡，棉線做成的燈撚還在燃燒着，此外別無他物。但鐵芳的心中卻不禁又為悲痛所籠罩，便步出了屋。

那掃雪的店夥就向他笑着說：“您看了，那屋裏沒有鬼吧？”

鐵芳說：“我也不信有那種事。”

店夥又說：“因為有那麼個事故兒，這屋子一直閒不住。前天來的那客人，還是特意找這間屋子住的，一連住了兩夜。大約是跟朋友們打了賭，故意來這兒住住，好顯着他的膽子大。”

鐵芳就趕緊問說：“那人是什麼模樣？”

店夥說：“是一位漂亮小伙，戴着一頂紅纓帽，大概也是為辦差事，路過這兒。”

鐵芳就不再問了。回到自己的屋內，就叫店夥打來水洗臉。待了一會，又另來了一個夥計，說：“這位王大爺今天是跟沙老大一同往東去是不？沙老大托人送來了信，說他還沒雇好車呢，叫您多等他一會兒，別忙。我給您做飯去吧？”

鐵芳倒不禁暗笑，心說：我怎麼又變成王大爺了呢？沙漠鼠還要雇車幹什麼？便只得說聲：“好！給我做飯去吧！”

他吃完了飯，又等了半天，沙漠鼠才來。鐵芳心裏不禁生氣，喊叫店夥給他備馬，並付了店賬。沙漠鼠戴着個鬼臉的帽子，當着店夥們，他竟說鐵芳是他的老朋友，跟鐵芳呼兄喚弟的，一點也不客氣。鐵芳也只得裝出與他熟的樣子。店掌櫃還隔着櫃房的窗戶向外說：「沙老大，你到東邊去要是發了財，可別忘了買幾包蘭州的水煙來孝敬我！」

沙漠鼠洋洋得意地在院中回答：「我把祁連山裏的金砂子裝幾包來給你好不好？掌櫃的你真不開眼，你以為我拉上了這麼個朋友就是去發財嗎？」

掌櫃的推開門說：「小子！你幹什麼事兒去，我也猜得出來，只要您還能活着回來就行了！」

沙漠鼠笑着，不答話，就把鐵芳的馬牽出了店門。鐵芳見門外停着一輛破騾車，趕車的是個聾老頭子。門前有個夥計向着他大聲喊嚷，並做出手式來跟他談話，那意思是托他帶東西。

沙漠鼠披上一件破棉襖，跨上了車轅去坐着，車簾向下垂着，也不知車裏是裝着什麼東西，或坐着什麼人。車輪動了，鐵芳也上了馬隨在後面走，卻隱隱聽得身後的店夥們在談論着說：「這個人叫沙老大，那小子給他拉下水去啦！好着說是去當個嘍囉；壞着說，不定幾時就把命送了！」

鐵芳裝做沒有聽見，心中卻明白沙漠鼠實在與那祁連山上的賊相識，隨他去走那虎穴狼窩必定可以走到，方二太太也必定能夠見着。只是這沙漠鼠究竟是真心幫助我辦這件事，還是要把我帶到黑山熊、吳元猛之前去送禮求賞？那雖然我不懼，可是也得對他防備着點兒！

於是鐵芳就非常當心這輛車裏邊的東西。滿地是雪，出了東關一看，只有一行往東去的馬蹄印子，大概就是昨天住在隔壁房中的那個漂亮的小差官留下的。來來往往只有空中的寒鴉帶着雪屑亂飛，簡直沒有一個人。前面的破車軋着冰雪踏踏地響，走得極慢，並且悠悠的好像一隻破船。

韓鐵芳的頭上是蒙着一塊粗布手巾，反穿着青羊皮襖，一霎時頭上身上便都落滿了雪花。他的心中並不怎樣着急，馬可忍耐不住，四蹄刨起了冰雪，就趕在了車的前面，鐵鐙與劍匣相磨之聲分外響亮。

沙漠鼠卻說：「喂喂！我說王老弟呀！那傢伙……」他使使眼色指着那口寶劍，說：「不如摘下來擱在這車裏邊倒好！」

鐵芳不由得更疑惑了，以為他是要將自己的防身兵刃先騙了去，然後再拿自己去向吳元猛送禮，就不禁瞪了沙漠鼠一眼，可是又想，這個人也未必敢有什麼惡意。

此時沙漠鼠就又說：「摘下來吧！這條路上雖說咱們熟人多，准沒事，可是究竟也別顯露出咱們會武藝才好。規規矩矩地走路，即使遇見眼生的人，他們也不一定劫咱們，你要是先顯出傢伙來，那可倒難說了！」

那趕車的聾老頭兒也說：「摘下來吧！這段路上會武藝的人也太多，被他們看見了准得出事！」鐵芳就想起，這種江湖經驗似乎師父瘦老鴉也曾說過。好在即使徒手，但若遇着些事，自己也是不怕，因此就停住了馬，伸手將劍摘下來交給沙漠鼠。沙漠鼠回身就給放在了車廂裏。車輪子一動，從裏面露出一截粉褲腿兒跟一隻大紅的小腳兒鞋，韓鐵芳又不禁一愣。

沙漠鼠就向車裏說：「打開車簾吧！你在裏邊也怪悶得慌的，不如打開，外邊又沒有風。你就看看雪景兒吧！」隨卷起車簾。原來裏邊盤腿坐的是一個十六七歲，油頭粉面的小媳婦，長得雖不大好看，可是花枝招展的，她身上圍着紅緞被，向着鐵芳轉着眼珠兒假笑。

鐵芳更是納悶兒了，心說：這是怎麼回事？

他轉過身來，搖着鞭子，馬又踏雪前行。騾子車在後面迂緩地隨着走，沙漠鼠並高高興興地唱起京戲來：「一馬離了西涼界……」那小媳婦也跟着他哼哼。唱來唱去，那小媳婦又獨唱起來當地的小曲，嗓子還不錯，連那趕車的老頭子耳朵都像不聾了，不住地叫好兒。

那媳婦跟沙漠鼠說說笑笑，並說：“前面馬上的王兄弟，你倒是回回頭呀？”

鐵芳卻裝做沒聽見。他揮了兩鞭，馬就離得車更遠，心中忿忿地說：不是好東西！但又覺得自己應該忍耐，既然是假作江湖小輩好混進祁連山的賊窩，忍不住還行？耍脾氣還行？於是便又收住了馬回回頭。隔着紛紛的雪望見那車裏小媳婦的紅裝媚笑，聽那柔細的歌聲一陣風兒似的吹來，他不由得憶起了從前，憶起了洛陽琵琶巷的蝴蝶紅……啊！自己原也是個風月場中人，自從幾個月來，沙漠雪山間的艱苦經歷，把自己的性情變了。不是變了，是自從一見春雪瓶，莫說這等庸脂俗粉，就叫月中嫦娥下界，自己也看不起了。這正是：“曾經滄海難為水，除卻巫山不是雲”了。但他又搖了搖頭，覺得這兩句話不大對，於是心中又擬着更恰當的詞句，便成了幾句詩，暗暗地吟道：

覽盡寒梅無秀樹，　踏平天岳少奇峰。
回首陽關千里雪，　幾時再遇小春龍。

韓鐵芳這樣癡癡地想着，不覺着那輛破車已趕到臨近了，那小媳婦望着他笑得更厲害。他撥馬又在前走，見前面的那一行隱隱的蹄跡，也總是不斷。忽然看到一個地方，還有幾個印，由此可以想像得出，昨夜在隔壁房裏住着的那個漂亮的小差官，一定是走到此處，下馬歇了歇，或是勒緊了馬肚帶，又往前去了。他就想：看來這條路上數百里之內，大概只有我們這兩個人騎着馬行走，這也可以說是夠伴了。

當下又向前去，後面的車是越走越慢，直走到傍晚，大約才走了六十來里地，便在一個小鎮上找了店房宿下了。

那小媳婦跟鐵芳直套近，鐵芳仍是不大理她，暗中卻問沙漠鼠說：“你帶的這個婦人是個做什麼的？”

沙漠鼠卻斜着兩隻爛眼不住地笑，悄聲說：“她是倚人吃飯的，我又是倚她吃飯的。因為在甘州，她的飯少了，我想吃也沒得吃了，這才趁着您給的盤纏雇的車，她也往東邊去換換地方，轉轉時運。這麼一說，大概您也就明白了吧？”

鐵芳聽了，心中實在仍不大明白。又聽沙漠鼠說：“如若王大爺看中了她，一路上叫她伺候您，她也巴不得這樣，您以為如何？”

鐵芳卻說：“胡說八道！”自己另找了單間，把門關得嚴嚴地睡去了。在這小鎮上，一夜間倒是沒有什麼事。

翌日，本來都起來得很早，雪也不下了，可是因為那小媳婦梳頭打扮頗費工夫，店中的旅客推車的、騎馬的、拉駱駝的都走盡了，他們才走。路上雪雖未消，車轍蹄跡跟人的腳印卻十分雜亂，看不出昨天前面的那匹馬行走的路線了。聾老頭子昨夜大概在店裏賭錢，沒好好睡覺，所以在車轅上坐着不住打盹，鞭子都幾乎撒了手。

沙漠鼠在他的耳邊大聲嚷嚷說：“媽的！我們雇上你這輛車，可真倒了霉啦，走半天也到不了峽口營！”

老頭子還拿着鞭子打盹兒，仿佛沒有聽見。車裏的小媳婦卻笑着，向鐵芳瞟着眼波說：“那位王兄弟！你既騎得這麼好的馬，你難道還不會趕車嗎？乾脆……”她推了沙漠鼠一下，說：“你過去騎馬，叫王兄弟下來，坐在你這兒，替這老頭子趕車好不好？”

沙漠鼠的眼睛一斜，鐵芳卻策馬向前走，說：“我不會趕車，也不必這麼麻煩！”

沙漠鼠搖着小腦袋不住地笑，那小媳婦又擰了他一把，擰得他直叫喚，鐵芳在前面也不理。他的馬離着車總有一箭多遠，那小媳婦也沒法跟他說話兒。走了又一天，住在山丹縣境的新河驛，到店房裏，沙漠鼠就見了不少的熟人，什麼牛七馬八的亂給韓鐵芳引見，鐵芳也只得做出一點江湖的派頭兒來跟他們攀談。但是那小媳婦卻好像是生了鐵芳的氣，眼睛也不看他了。

鐵芳晚間是跟好幾個賭徒毛賊之流在一起睡的，當夜也沒有什麼事發生，不過沙漠鼠曾背着人悄悄地告訴了他，說：“明天咱們可就到了峽口營。那兒有兩個人，都是吳元猛手下的能手，雖不是他的膀臂，也算得起是他的手指頭。我給你引見上他們，什麼事可都由你自己去弄了，我還得帶着粉菊花兒到涼州去呢。」

鐵芳這才知道車上的那個小媳婦名叫粉菊花，可知更不是個好東西了。

次日，一早起身，鐵芳因為要見到吳元猛手下的那兩個嘍囉了，所以精神更是興奮，又把寶劍拿過來仍掛在鞍旁。因為太陽出來了，雪也化了，又沒刮北風，他覺着熱，就將大皮襖墊在鞍韉上坐下，身上只穿着青布的夾衣，頭上也沒罩着什麼，辮子理得又黑又亮地盤在頭上。鐵芳那高身、細腰、寬膀肩，帶着風塵之色的一張英俊的臉兒上，雙目炯炯，真是既威武，且漂亮。手搖皮鞭，身跨駿馬，走出了這條驛街，路旁就有很多的人，其中還有年輕的姑娘媳婦，都注意地看他。還有人說：「這個人跟前天由這裏走過的那個小差官倒好像哥兒倆，都是漂亮的小伙兒。」

車馬再往東去，一路泥濘，連馬都走不太快，那車上的粉菊花又幾次叫他下馬來，到車上去歇歇。鐵芳想着既要混進賊群，裝個江湖人的樣兒，就不能這樣太古板，所以他也在馬上回過頭來，向粉菊花笑笑說：「我還是騎馬好，坐車我坐不慣。」

粉菊花說：「來車上歇一會兒也好呀！省得老騎馬，把腿給磨腫了。」兩人一問一答的談着。沙漠鼠卻又唱起京戲來了，老趕車的又在打盹，鞭子又要撒手。這一路往來的人很多，跟沙漠鼠打招呼、開玩笑的也不少，還有的特地把一大包白葡萄乾送到車裏。更有的把蘭州出產的冰梨，像投鏢似的扔給車裏的粉菊花，粉菊花又笑着扔給鐵芳一個。鐵芳伸手接住，覺着這個梨很小，周圍包着一層冰，用牙一咬，又脆又涼又甜，倒很能解渴。

當日傍晚之時就來到了峽口營，鐵芳益發地振作起精神。他先觀察這裏的地勢，見東面是一個很險要的峽口，南北兩面都是高山，山上滿是皚皚的白雪，如同玉製的屏障，而北面的山上且有曲折蜿蜒的長城，又如屏障上鑲着一道銀邊兒，更是美麗。

鐵芳看着南北面的山特別高峻，而且離着特別近，仿佛用不着走半里地，就能到山根似的，遂就在馬上用鞭一指，問說：「這不就是祁連山嗎？」

沙漠鼠點頭說：「這裏的山都算是祁連山，只是山都不同，各有各的別名兒。黑山熊吳大太爺住的地方叫鬼眼崖，離着這裏還有千多里路呢，這裏卻叫做胭脂山。」

鐵芳忽然想起古書上有焉支山那個名字，大概即是此地，他不禁又發呆馳想。

那粉菊花卻向他臉上指着，笑說：「胭脂山就是我們臉上擦的這胭脂變成的山。」

沙漠鼠說：「得啦！得啦！你們臉上的胭脂要是變成山了，你們娘兒們也就都變成山上的妖精啦！」連趕車的老頭子聽了都咧着鬍子嘴兒直笑，韓鐵芳卻依然正色。他騎馬先進了城，看見城市雖小，人煙卻很稠密，車隨着他的馬後也緊緊地馳來。

漠鼠高聲嚷嚷着說：「王老弟你快站住馬吧！」

粉菊花也尖聲兒帶笑着說：「到了到了，你真是一頭瞎駱駝，胡拉亂走。」

鐵芳在前面下了馬，回頭一看，只見車已停在一家店房的門前了，店裏的夥計出來好幾個，都跟沙漠鼠打打鬧鬧。鐵芳也牽着馬過來。有個抽旱煙袋的，大約是店掌櫃，手指着鐵芳問說：「這人是誰？」

菊花答說：「這是我的小當家的！」

店掌櫃把手作出甌形放在沙漠鼠的頭上，沙漠鼠卻連說：「別鬧！別鬧！」他臉色發白，顯得精神很緊張。他進店裏找了兩間房子，其中一間較為寬大敞亮，可以擺得下一桌酒。

沙漠鼠忙把鐵芳拉到屋中，悄聲地說：「現在我可要邀請那兩個人去啦。您得再拿出點銀子來，我叫夥計們給炒幾樣菜，預備些酒。那兩個人來時，我跟菊花兒作陪，給你們見見面。」

鐵芳問說：「那兩個人叫什麼名字？」

沙漠鼠說：「一個名叫野馬薛瑤，是黑山熊的外甥，吳元猛的表弟；一個名叫海螃蟹袁慶，跟薛瑤是叩頭的弟兄。這兩人都是刀法高強，甘涼道上無人敢惹，又是這峽口的霸王。他們住在這裏也都不帶家眷，更沒開着買賣，可是上至過往的官商，下至混事的妓女，都得先拿出錢來打點他們，不然，往東去不成，往西也得出事。那黑山熊就如同是閻王爺，吳元猛是判官，他們兩人就是惡鬼，我呢？卻是一個游魂。我在這條路上才混了半年，雖然不像跟隨羅老爺時那樣享福，可也沒有餓死，還到處都有朋友，這就是因為有他們兩人關照我。待會兒，我就把這兩人請來，你只要能夠交上了這兩個惡鬼，那就不難見到閻王爺與判官之面。你老人家可千萬對他們恭維一些，自然不必說什麼軟話，可是硬話可千萬別露，寶劍更得收藏起來。還有，當着粉菊花，你也不妨大大方方地，好顯出你也是久走江湖的好漢！」

鐵芳點點頭，又拿出銀子來給了他，但心中卻不由生出一股怨氣，想把那兩個惡鬼飽打一頓，仿佛才會痛快。沙漠鼠卻早把他的寶劍藏在炕洞裏邊了。

沙漠鼠出屋之後，不一會，店夥就進來安設桌子、擺凳子，並擺上了匙筷跟杯碟。屋裏燃着了兩枝羊油蠟，顯得分外明亮。門兒微開着，隨着一陣涼風兒進來了粉菊花，她換了一身大紅的新妝，臉上的胭脂也抹得特別多，滿頭的黃首飾被照得發光，而鬢邊的兩枝綾絹花又在燭光之中亂顫。

她先向鐵芳一笑，拿手絹捂捂嘴，又一皺眉說：「都預備好了，怎麼火盆還不端來呀？要凍死人嗎？」遂向屋外喊叫說：「夥計夥計！」

外面的夥計笑聲答應着。待了不大工夫，一個夥計端着炭盆，一個夥計拿着酒壺就進屋來了。這兩夥計不但全跟粉菊花開玩笑，把鐵芳也沒當做正經的旅客。他們把酒壺吧地往桌上一摔，並且先就着壺嘴嘗了一嘗，並把炭盆放在鐵芳與粉菊花的中間，說：「叫你們先暖和暖和。」

粉菊花捶了一個夥計的腰一下，然後就拿起酒壺來斟，並拿起一杯向鐵芳舉着說：「接着！趁着他們還沒有來，咱們先對飲一杯。」兩個夥計都笑着看着，鐵芳卻搖了搖頭，勉強笑一笑，就出屋去了。粉菊花還趴着屋門說：「外邊冷！小心凍着！」鐵芳只當沒聽見，一直走出店門前去站着。

此時天已黃昏，街上的人馬駱駝往來得很亂，背後店裏各屋中的聲音更雜。他從來沒受過這種罪，自己是個堂堂正正的人，怎麼上了沙漠鼠的當？成了這樣了？但是細想起來，既然是想要單身孤掌去上祁連山，這可也就無可奈何！可是若叫春雪瓶知道，她非得笑我，若是結果再得不到她母親的下落，那就更可笑了。

店掌櫃也站在店門前，他是在往門裏拉買賣，兩人就談起閒話來了。

店掌櫃說：「我看你很面生，你是從哪兒來的呀？」鐵芳就說：「從甘州來的。」店掌櫃說：「看你不像是給妓院當夥計的呀？怎麼跟沙老大在一塊兒混呢？」鐵芳說：「我本來不是，我跟沙老大不過有些舊交，這次我是……」店掌櫃說：「你是到吳太爺那兒去，是不是？」鐵芳點點頭，店掌櫃卻吸了吸氣。

鐵芳又說：「我聽說欽差玉大人由迪化往東邊來了，是從這裏過去的嗎？幾時過去的？是前天還是昨天？跟着的官人多嗎？」

店掌櫃就說：「我看你這個人不錯，大概你是叫沙老大硬拉扯上的，所以我才對你說，那事幹不得！玉欽差人家防範得嚴密，不但明處有大隊的官兵護送，暗中還有幹練的差官隨行。昨天我們這裏就走過去一位少年官員，身帶寶劍，騎着駿馬，那一定是欽差大人暗中的保鏢。」

鐵芳一驚，又聽店掌櫃說：「年輕輕地去拉駱駝也能吃飯，何必往他們的夥裏去鑽？他們，早晚得不到好果！憑吳元猛能劫欽差？憑他們那些個人敢敵玉嬌龍？不是拉耗子擋貓，自找死路嗎？」

正說着，從北邊有二個人來了，前面走的是拱肩縮背的沙漠鼠，後面跟的是兩條大漢。這裏的店掌櫃一看，先又暗暗拉了鐵芳一下，然後就變為笑臉往前迎去，說：「薛爺袁爺，真是一請就到呀！我們聽說沙老大要請客，就特別叫廚子做好菜，把我存了三年的老酒都拿出來了。」

沙漠鼠更像是個僕人似的，過來趕緊拉着鐵芳給引見，說：「這就是薛大爺袁二爺！」

鐵芳迎上一步，向二人抱拳，二人也都微微地拱手，模樣也看不大清楚，這二人就進了店門。鐵芳在後面跟進去，卻看見他們身穿的大皮襖後襟都鼓起來，好像是帶着尾巴，其實卻是刀鞘。那二人大踏步往裏走，沙漠鼠就趕緊跑到那屋前去開門，二人不等着讓，就大笑着進屋，原來他們跟粉菊花都認識。鐵芳也進了屋，借着明亮的燭光細看這兩人模樣，就見都比惡鬼生得還猙獰。海螃蟹是鐵青色的臉色，兩條掃帚眉，眼睛雖笑着也顯得兇惡；野馬薛瑤卻是高大的個子，年紀才不過三十上下，臉是又白又長，吊眼梢、細眉毛，簡直是個無常吊客。

粉菊花過去接了這兩人脫去的皮襖，一件是狐皮的，一件是黑羊皮的，都堆在坑上，然而她卻顯着不大精神，那兩個人雖跟她說笑，但她卻不大愛笑似的。

沙漠鼠就指着鐵芳說：“這位王老弟，名叫王傑，本來是河南人，可是流落新疆多年。早先在沙漠裏也幹過買賣，如今因為在那裏被玉嬌龍、春雪瓶兩個娘們……”鐵芳一聽了這話，怒氣就不禁往上衝，又聽沙漠鼠說：“逼得實在無法了，這才往東邊來，想要求吳少爺賞兩碗剩飯吃。可是又是小魚兒進不了龍門，螞蟻爬不過天山，非得請二位爺抬手提拔。”

那野馬薛瑤只和粉菊花說笑，連看鐵芳也不看，海螃蟹倒是點了點頭，大模大樣地說：“這不算什麼，叫他先在這兒住着，過個三天五天，我就到涼州去，帶着他見了吳少太爺叩個頭，他一輩子的飯碗就算有啦。”又問：“你學過幾年武藝？”鐵芳說：“學過一年多。”海螃蟹又問會使什麼傢伙，鐵芳說：“會使劍。”

海螃蟹又很注意地問他說：“你在新疆跟春雪瓶交過手嗎？”

鐵芳還沒有回答，那薛瑤忽然就轉過頭來問說：“喂！你見過春雪瓶，你可知道她長得真是漂亮嗎？是不是細眉毛，大眼睛，說南方口音？比這個……”他指着粉菊花問說：“比她如何？”

鐵芳心裏極力壓着忿怒，搖頭說：“我沒有見過，因為春雪瓶來無蹤去無影，我一直見不着她。”

海螃蟹又問：“她的武藝到底比她的娘如何？比得過玉嬌龍嗎？”野馬薛瑤罵着說：“他媽的！春雪瓶哪裏是她……”往下的話沒有說，可是鐵芳早已忍不住怒形於色。沙漠鼠急忙向他使眼色。

海螃蟹又向鐵芳問：“你知道玉嬌龍是真死了嗎？半天雲是押在迪化府嗎？仙人劍張仲翊、老君牛張伯飛、方天戟秦傑、隴山五虎那些人現在全在迪化，你不認識他們嗎？”沙漠鼠就趕緊幫着回答說：“他是半年以前就離開新疆啦！那些事情他都不知道。”韓鐵芳也搖頭說：“我真是全不曉得。”海螃蟹就不再問了。

野馬薛瑤又說：“他媽的！別的人我都不恨，我就恨那個媽的什麼韓鐵芳！春雪瓶本是咱的親戚，應當嫁咱！卻叫他媽的姓韓的小子給霸佔了，只為他葬埋了玉嬌龍。早晚我得活剝了那個小子，把春雪瓶得到手！”沙漠鼠一聽這話，不由嚇得雙腿打戰，而再看鐵芳，見他倒是從容鎮定，只微微笑了一笑。

野馬薛瑤卻又逗着粉菊花說：“你可別不願意呀！真的，現在我就快發財了！發了財我先娶你，你是我的大老婆，再娶春雪瓶做我的小老婆。”他又大笑着。鐵芳這時就才把眼一瞪，沙漠鼠卻趕緊暗中拿腳去拌他。

提到發財，連海螃蟹也精神百倍，他拍了鐵芳的肩膀一下，說：“小伙子！你來得正是時候，過幾天我們就走，帶着你到涼州府去見吳少太爺。吳少太爺若看着你中意，或許……”

海螃蟹看了他一眼，卻又大笑着說：“你現在既投到咱的門下了，就是告訴了你，也沒有什麼要緊。王傑！”他望着鐵芳，又說：“現在有一件好生意，前天已經從此過去往東去了，我們因為人少，沒得做，可是那件生意絕跑不了。他過了一關，絕過不了兩關。過了涼州府，也絕過不了蘭州府，反正我們早晚會把他抓到手裏。這件生意可真肥，到時吳大少爺大概是一個錢也不要，涼州有幾個人要分大份，我們兄弟倆分二份，剩下的小份你多少會沾着一點，也夠你買個婆娘了，哈哈哈！”他又向着粉菊花說：“你倒是給咱們斟酒呀？別淨伴着你的薛大爺！我將來也是個財主呀！比他的錢也不少。”

沙漠鼠也說：“斟酒！請二位爺落座喝着酒，吃着菜，再談閒話。可惜這兒也找不着彈弦子的，你待會兒還得給二位爺唱兩支小曲兒呢！”

他這樣說着，那粉菊花仍然不大有精神，大概是因為有鐵芳在，相形之下，顯得那兩個人更醜惡。她拿起酒壺來，懶懶地斟酒，卻連酒杯都不看着，不覺就在野馬薛瑤的眼前灑了一大片酒，滴滴答答地都流在了他的綢緞套褲上。薛瑤就說：“乖乖！你倒是小心點給斟呀？”海螃蟹也哈哈大笑。

粉菊花接着又給他斟，可是只斟了半杯，就又到鐵芳的跟前去斟酒。此時薛瑤跟海螃蟹的臉上就都露出不高興的樣子來了，都斜着眼看着粉菊花跟鐵芳的神情。鐵芳倒是正色地坐着。而粉菊花卻執着那把酒壺，又似斟又似不斟，笑着問鐵芳說：“你是喝滿杯，還是喝半杯呀？”她那種親熱的樣子，使得薛瑤跟海螃蟹都不禁起火。

沙漠鼠在旁說：“你就不必斟了！自己家裏人，斟不斟都不要緊，你先來給二位爺挾菜吧！”不料野馬薛瑤卻突然將菜盤子一掀，咚”的一聲又捶了一下桌子，大聲罵着：“還挾什麼菜？媽的你們這不是請客，你們這是看不起人！”

沙漠鼠慌忙陪笑說：“她是不懂規矩！菊花，快過來給薛大爺賠個不是吧！”粉菊花卻沉着臉兒，仿佛她還不大服氣。鐵芳倒是說：“這可是你的不對。你應當應酬客人，不應當只應酬我。”

海螃蟹撇着嘴說：“應酬小白臉，媽的到一邊應酬去！在老子的跟前耍他媽的什麼？”他吧的又捶了一下桌子，連韓鐵芳眼前的酒杯都震倒了。沙漠鼠又連忙帶笑向二人作揖，還繞過桌子來，催着粉菊花，叫她去給野馬薛瑤賠罪。這時鐵芳仍然極力地鎮定，用眼看着，卻見這小媳婦噘着嘴，垂着淚，委委屈屈的樣子又很可憐。

不料粉菊花去到了薛瑤的跟前，才顫顫地說了聲：“對不起！”只見野馬薛瑤掄起鐵扇般的大掌，吧的一聲就打在菊花的臉上，並罵着：“媽的！臭婊子！你看不起咱！”

粉菊花哎喲了一聲，就抽搐起來。沙漠鼠說：“得啦！叫薛大爺息息氣也就完了！”鐵芳卻忿怒地立了起來，可是一回身又坐下了。

薛瑤哈哈大笑，不料笑聲未止，又聽吧的一聲，原來粉菊花也回手打了他一個嘴巴。這女人原來不怕他，跳起腳來嚷着：“你敢打我，王八蛋！死強盜！”

海螃蟹霍然站起來說：“啊！這娘兒們好大膽！”野馬薛瑤也早已忿然立起，掄起來拳頭就向粉菊花頭上打去。粉菊花也顧不得釵環首飾跟線絹花，一頭就向薛瑤撞去，說：“你敢打死我嗎？”薛瑤的巨拳真往下落。鐵芳卻趕過去伸手將薛瑤的拳頭托住。薛瑤猛力去奪，沒有奪開，他立時就一愣，眼睛向鐵芳瞪起，顯出殺氣來，左手就向腰間去摘刀，說：“怎麼！你護着她嗎？她到底是你的姐姐還是你的老婆？你告訴我，我就不打她。”

那邊沙漠鼠拉了鐵芳一下，說：“你既想入夥吃飯，還要想着在這條路上活命，可就千萬別招薛大爺生氣！”鐵芳卻一笑，說：“我也不是招誰生氣，不過我們全是江湖朋友，英雄好漢，何必跟個婦人一般見識？”薛瑤說：“見識你媽！你小子還想叫我帶你去見吳大少爺？你快點放開我的拳頭，不然我當時就要你的命！”

沙漠鼠在中間連連勸着，鐵芳使力壓下了胸中的怒氣，只得把薛瑤的拳頭撒開。不料薛瑤隨之就一腳踢起，罵道：“狗婆！衝着這小子，我也得踹死你！”粉菊花一聲尖叫，被踹倒在地上，不住哎喲哎喲地直哭，同時，薛瑤就鏘的一聲抽出刀來。他才要舉起刀來，不料吧的一酒壺飛來，正打在他的鼻子上，痛得他連眼睛也睜不開了。

此時海螃蟹就要翻桌子，桌子卻被鐵芳用力按住，使他無法推翻。他要抽刀，鐵芳卻過去反擰着他的左臂，往下去按。他大罵、掙扎，鐵芳一腳就踹得他也趴在地上。鐵芳又過去急忙抱起粉菊花，把她扔在院中，沙漠鼠也早跑出去了。野馬薛瑤趁鐵芳不備，掄刀就砍。鐵芳一閃身，他的刀不但砍空，反令鐵芳握住了他的右臂，又一按，就將他的刀奪了過去，噹啷一聲也扔出了屋去。

薛瑤暴喊着說："小子！你真不要命了！"

他挺腰掄拳，就來打鐵芳。鐵芳卻連推帶打，咕咚一聲將薛瑤也推出了屋門。那海螃蟹由地下爬起來，鋼刀出鞘，跳上了桌子，用腳踏碎了許多碗盤。鐵芳卻突然彎下腰，雙手同時抓住桌子腳向後驀掀。只聽咕咚嘩啦，聲音極亂極大，連桌子帶桌上的人全都向後翻去。海螃蟹也摔在地下，桌子反壓在了他的身上。外面的野馬薛瑤也爬起來，拾刀向屋中撲來，鐵芳卻早自炕洞內抽出了寶劍，迎了出去，二人就在昏暗的院中交戰起來。各屋中的人都紛紛驚喊着關上了屋門。海螃蟹也自屋中爬出，但鐵芳已一劍揮去，野馬薛瑤怪聲慘叫，刀連着一隻右手一齊被削落，海螃蟹爬起來趁空就逃走了。

鐵芳也不去追，把那痛得都說不出話的薛瑤連踢帶端，打出了店門，他就咕咚一聲將店門關上，並搬了塊大石頭頂上。然後他手提寶劍站在院中大聲說："各屋裏的人都不要怕！有什麼事情都由我擋！"各屋中卻沒有人敢答言。

鐵芳又走回那屋內，一看不但桌子倒着，凳子歪斜，盆中的炭都散了滿地，一枝燭正掉在那件狐皮襖上，冒起團團的黑煙，眼看就要着火。鐵芳趕緊把這枝燭拿起來，將被燒的皮襖扔在院中，漸漸屋裏的煙才散淨。

這時店掌櫃、店夥們、客人們才都紛紛地出屋來看，並雜亂地談着，都說鐵芳闖下了大禍。院當中還扔着一把刀跟一隻整整削下來的野馬薛瑤的手，全都沒有人敢動。

沙漠鼠驚慌慌地跑來，把鐵芳拉在一邊悄聲說："大爺！今天怎麼啦？你怎麼忍不住火兒呀？其實，事情倒不要緊，也不大能連累得着我，這個地方只是他們兩個，黑山熊的嘍囉在這裏住的還不算多。可是當初咱們為什麼呀？為的不就是去見吳元猛，上祁連山嗎？現在逃命都怕來不及啦！還想上祁連山嗎？我的大爺，你可也真忍不住氣！"

鐵芳卻搖頭說："不要緊！祁連山我還照樣要去，涼州府會吳元猛我還非去不可！"

這時那粉菊花雲鬢散亂，臉上掛着淚痕，急急走過來就說："到涼州去！憑什麼不敢到涼州府去呢？別說只是砍掉了野馬薛瑤的一隻手……"

沙漠鼠說："你可知道薛瑤是黑山熊的外甥呀！"粉菊花說："就是真把黑山熊殺死了又當怎樣？我認得金大娘，我什麼也不怕，連吳元猛都不能夠把我怎麼樣！"她動着身子，忿忿有理、振振有詞地這樣說着。

沙漠鼠也點了點頭，說："好吧！王兄弟是因為你才惹出的事，只要你能夠挺起腰來，保護住王兄弟。到了涼州你真能夠見着金大娘的面，那就自然萬事俱休了，可就是只怕你也見不了。"

粉菊花頓着腳說："我一定能見得了！柳素蘭跟我是乾姐妹，只要她還在涼州府，我就能夠見得着金大娘！"

沙漠鼠說："好吧！憑命闖吧！反正我一定送你到涼州去。可是王兄弟，我看你還是快點想個辦法，免得吃虧！"

粉菊花把鐵芳的胳膊拉住，着急地說："不要緊！你就是不想見吳元猛，你也用不着不敢到涼州府去。"鐵芳冷笑着說："我為什麼不敢？我到了涼州，還是非要先去拜會吳元猛不可！我倒要看看他是怎樣的一個人物？"粉菊花說："他絕不如你，你真是我在甘涼道上第一回看見的好漢！"沙漠鼠一聽了這話，就把兩個人各看了一下，他就溜開了。

鐵芳卻納悶了半天，就忍不住問說："你說的那個金大娘又是怎樣的人呢？你何妨先告訴我？"粉菊花搖頭說："你也不用管，反正，只要我能到涼州府見着她，祁連山跟甘涼道上的那些王八蛋，咱們就都不怕！"鐵芳更覺得詫異了，發愣得簡直說不出一句話。

粉菊花拿衣袖擦了擦眼淚，忽又一笑，說："你看！我身上的衣裳都滾髒了，臉也叫那強盜給打腫了，要不是你把強盜的手給砍了下來，替我出了那口氣，我真沒臉見人！真得尋死！"說到這兒，她又嫣然笑了笑說："你等着我，我洗洗臉梳梳頭去，待一會兒咱們再說話兒。"說畢，她轉過了身子，扭扭捏捏地走了。出了屋，她還喊叫着店夥說："快給屋裏的王大爺另做飯吧！"

第十三回　走涼州假意結豪友　尋疑索潛跡探崇樓

　　鐵芳坐在屋裏，對着一枝已燒了半截的羊油蠟燭發呆，覺得剛才自己行事太鹵莽了些。可是要叫自己這樣永遠當着什麼王傑、王兄弟、王大爺，去向兩個小嘍囉跟前俯首，自己可真不能幹，寧可拼出了這條性命！

　　他的劍尚未放下，店夥又端着菜飯進來，現在可不像剛才那樣不拿鐵芳當正經的客人看待了，恭敬之中還有點驚懼。他先將菜盤子放在炕上，然後笑着請鐵芳替他托起來那張桌子。這時院中卻又有許多人雜亂地說話，鐵芳趕緊站起身出屋，就聽院中的客人跟店夥們正在談說：「走啦！是馬套着的車。野馬薛瑤大概是裝在車裏邊，海螃蟹袁慶叫開的城門，他自己趕着車跑啦！大概是連夜趕到涼州府再去想辦法……」

　　又有個人笑着說：「他們是真怕了！本來，他們大概有生以來，也沒碰過這麼大的釘子。只怕走不到涼州，這麼長的道，連顛動帶疼，野馬薛瑤在半路上就許鳴乎哀哉啦！」

　　鐵芳一聽，那兩個賊已經走了，他就急忙拉住了一個夥計，說：「你快給我備馬！」那夥計一愣，旁的人都過來勸說：「王爺！你也就算了吧！何必還追他們？」鐵芳又想不到人家都管他叫王爺。

　　店掌櫃也過來勸，鐵芳卻說：「我並不是去追他們，我是想他們若是不走，我倒也走不了啦，因為我得提防他們找來再搗亂。現在他們一走，可知已沒有事了，我在此倒不必多待了！」店掌櫃說：「天這麼晚，路上黑忽忽的，化的雪又都凍上冰了，你怎麼能走？有什麼事明天再說好不？難道這一夜你都等不了嗎？」鐵芳仍然搖頭。

　　這時粉菊花手裏捏着頭髮從屋裏跑了出來。院子裏有冰，她一下就滑倒了，「哎喲」地又叫了一聲。幸仗沙漠鼠過去把她攙扶起。她急急地說：「王兄弟你怎麼走呀？我不許你走！你要是走，可就真不對啦！」

　　鐵芳說：「那野馬薛瑤二人雖已逃走，可是事情不能算完，他們一定會勾人再來報復。」粉菊花拍着胸說：「咱們不怕！」鐵芳說：「怕雖不怕，可是有我跟你們在一起，難免連累你們。若是分途而行，那他們無論多少人找我來拼命，也不會傷着你們。」

　　沙漠鼠倒是點頭說：「這也對！本來刀槍無眼，你們若是一打架，我們就許受誤傷。若是分開走，你愛上哪兒，就上哪兒，你那快馬跟着我們的慢車，不合算。我們呢，反正也沒有急事，慢慢地走到涼州府，彼此都方便。」

　　鐵芳就說：「我也是要往涼州府去，咱們到那裏或許能兒得着。」轉頭又向個店夥說：「勞你駕，你快給我備馬去吧！」旁邊的人也都不攔阻他了。

　　有人悄悄跟那店掌櫃說：「叫這人走了也好，就許那兩個走不遠，就勾了人來。要沒他在這兒還好一點，有他，再動刀亂打一陣，你這個店房就是不搗平，也得稀爛！」於是，店掌櫃也向夥計說：「快！給王大爺備馬去！」

　　粉菊花卻拉着鐵芳又進了屋，發誓似的說：「咱們可一定在涼州見面，你先到你等我，我先到我就等着你。我到了涼州府准住在雙碑巷，金大娘在那兒有宅子，你要去到那兒，吳元猛手下的那些人准保連巷口兒也不敢進去。」

　　鐵芳心中更是納悶，還未容問，粉菊花卻又說：「好吧！咱們就後會有期吧！還有幾句話我告訴你，也好叫你放心，因為我見你對我總是躲躲閃閃地，仿佛不屑跟我近一點似的。我可也不是個不知分寸的人，我年紀小，混到這地步，是沒有法子！我也明白我是怎麼個人，攀不上你偌大的英雄好漢，可是我喜歡你，我沒想到沙老大那樣的貨竟認識你這麼一個好樣兒的人。將來到涼州府見了面，我跟你一定是朋友相交，你有難我幫忙，我若有了難，你可也要救我！」這小媳婦說的話很爽快，而且她神態昂然，真像個女豪傑，仿佛連春雪瓶也沒說過這樣慷慨的話。

　　鐵芳也就點頭說：「好！」拱拱手又說：「咱們在涼州府准能見面就是了！」他轉身出屋，又到剛才打架的那間屋內，將劍入匣，並叫沙漠鼠進來，又拿了一塊銀子給他。

　　沙漠鼠手裏掂着銀子卻不由得歎氣，悄聲說：「韓大哥！你可別以為我膽小，如果膽小，我當年不會跟半天雲老爺闖沙漠、走北京。現在實在是人貧志短、馬瘦毛長，又因為多年的夥伴兒花臉獾在蘭州一死，真把我的銳氣都弄沒有了！」

　　說到這裏，院中的夥計就說：「馬備好啦！王大爺！」

　　沙漠鼠提着鐵芳的行李出屋，放在馬上，鐵芳提鞭攜劍隨之出來。店掌櫃並派了個夥計送鐵芳出城。此時那粉菊花還在屋裏，背着燈光手挽着頭髮，以目依依相送。

　　前面一個店夥打着個紙燈籠，鐵芳在後面牽着馬，出了店門，順着大街走到南端，就看見城門。其實這裏的所謂大街，不過僅能夠容一輛車行走。而城也不過是一座土堡，城門就是個木頭的大柵欄，但這裏有打更的人看守着。那店夥拿着燈籠過去說了幾句話，打更的人雙手拉開柵欄，鐵芳就掛好了劍，上馬揮鞭，一直朝東馳去。

　　此時雖然夜色沉沉，星光燦爛，但是右側胭脂山上的雪光照得路徑極為清楚。北風呼呼地吹着，但他身上的大皮襖足可以禦寒。滿地雖全是冰雪，鐵芳黑馬走起來還是飛快，踏踏踏鐵蹄敲着冰雪，右側的白色峻嶺高峰，都漸漸後退。他連連走了一夜，並沒遇見一個人，也沒追上海螃蟹袁慶趕着的那輛車。天明了，找了地方用了早飯，依然向東前進，直到天色黃昏之時，方才投店歇息。次日又走，一連走了三天，就趕到了涼州府武威縣。這個地方他也覺得有些熟，因為夏天的時候，他曾跟隨玉嬌龍由此路過。他還記得，他在南關的一家飯舖用飯，玉嬌龍曾獨自到城裏去了一趟。回來時就說是到衙中去找一個故人，那人已經調任，不明下落了，她還慨歎着說：「人世變得真快！」

　　如今，鐵芳回想起來往事，心中才明白，想母親那時必是進城打聽方知府的下落去了。如果方知府還在這裏做着官，她一定能夠叫雪瓶前來認父。可知她老人家雖然與強梁爭鬥之時，下手頗為毒狠，但心地也是寬和而且慈祥的，她並不是一方面自己走遍天涯尋找親生子，另一方面又要霸佔着人家的骨肉……

　　想到這裏，鐵芳不僅悲痛，而且義憤倍增，覺得無論如何也得替雪瓶訪明了那方二太太的下落。於是他就連馬也不下，一直進城去找吳元猛。才一進南門，迎面就來了七八匹馬，馬上的人全都穿着官衣，戴着紅纓帽。他不禁吃了一驚，急忙下馬向道旁躲避，並注意眼前經過的這幾個官人，見都是三四十歲的，沒有那個在甘州客店隔壁住過的那個漂亮的小差官。他見那幾匹馬都出南門去了，就向旁邊的一個挑着擔子賣油茶的人，悄聲問說：「那幾個，都是府衙的嗎？」

　　賣油茶的說：「哪兒？這都是跟隨欽差大人的，因為欽差大人現就住在府台衙門。」

　　鐵芳沒料到自己追了幾千里地，直到這裏，才追上欽差舅父。他心中更是緊張，就覺得千萬不能露出形跡來，因為如今自己要辦的事情是太多了。他站了一會兒，又向那賣油茶的人問說：「吳元猛吳少太爺他也住在這城內嗎？」

　　賣油茶的把他打量了一番，才指着東邊說：「那邊有家保發鏢店，你要問這事，得到那兒去打聽。我做小買賣的人，不敢對你說！」

鐵芳一聽，心說：吳元猛好大的威風！於是牽馬又往北走。眼前路東果然有一家大門，門前停着幾輛車，上面全都插着白布三角形的旗子，迎風獵獵地飄動，一見就知道是鏢車。鐵芳此時反又站住了身，腳步倒有些躊躇不前了。

鏢車上的大鏢頭已經進門裏去了，這裏只有幾個趕車的和一個身披着破棉襖的人。這人頭上盤着辮髮，棉襖破得全露出了棉絮。他好像看着鐵芳可疑，就搖着膀子走過來說：「喂！你是幹什麼的？要找誰？快說！要是這麼兩隻眼東瞧西望的，我們就要當賊辦你啦！你大概是惦記着我們車上的東西吧？」

鐵芳搖了搖頭，昂然說：「我不知道你們車上是些什麼東西。我也是個江湖好漢，你不要不懂道理！」

這個人倒退了一步，拿眼睛把他從頭到腳他打量了一番，便現出點不敢輕視的樣子。

鐵芳又說：「我來此是打聽個人，不知你們曉不曉得？」

這個人說：「你說出名字來，只要他是有胳膊有腿的人，我土蛋刁三沒有不曉得的！」

鐵芳說：「我打聽的這個人就是黑山熊的兒子吳元猛。」

刁三一聽，當時就暴怒了起來，他往前進了一步，掄起來巴掌就要打鐵芳的嘴巴。鐵芳一伸手就將他的腕子抓住了，說：「你曉得不曉得都沒什麼要緊，為什麼動手就打人？」

土蛋刁三一邊用力奪腕子，一邊嚷嚷着說：「還沒有什麼要緊？你小子好大的膽子！不但敢叫吳老太爺的外號，你還敢叫少太爺的官諱！你這小子，你是找到涼州送命來了吧！」他又叫着：「趕車的，你們快進去請黃七爺、盧四爺出來打這個王八蛋……哎喲！我的腕子快折啦！」

鐵芳松了他的腕子，卻又給他一腳，土蛋刁三便來了個仰八叉，滾在稀泥裏。旁邊就亂了，早有人報到鏢店裏，那店裏就匆匆地走出了五六個彪軀大漢，全都氣勢威武、衣履整齊，像是鏢頭的模樣，其中有二人還都拿着明晃晃的鋼刀。

在後面走的一個人卻趕向前來，伸胳膊先將他的朋友們都攔住，他瞪起了大眼向着鐵芳不住打量。此時那土蛋刁三已由泥中爬起，他的右手耷拉着，好像已成了殘廢，通身都是泥水，又像是一隻豬，他過去揪住這人的胳膊，說：「黃七爺！咱們得打死這小子！他敢叫出吳少太爺的官諱！」

這人的青茶色綢馬褂叫他給弄了好幾塊泥，不由得大怒，說了聲：「滾！」就一腳又把刁三踹出了多遠。黃七把馬褂上的泥彈了彈，這才向鐵芳問說：「朋友！不必跟他一般見識！你有什麼事，可以跟我們說！」

鐵芳就拱了拱手說：「我原是到這涼州城來找吳元猛的。」

這個黃七也現出來驚疑的樣子，就又問：「找他有什麼事？你貴姓？」鐵芳說：「我姓……姓王，久仰吳元猛的大名。此次是從新疆來，路過甘州，遇見了舊友沙老大；他聽說我沒有去處，才叫我來投奔吳元猛。」

黃七卻又露出看不起的樣子，把頭搖了一搖，冷冷地說：「既是沙老大薦你來的，要想在吳少太爺的手底下求飯，我就告訴你，你可不能夠這樣稱呼他！」

鐵芳挺直胸說：「你不要這樣說！我跟沙老大雖相識，可是你卻休拿他來跟我比……」說着就拍了拍鞍旁的寶劍。那黃七等人把眼睛瞪得更大，都不住地打量他，且露出吃驚之色。

鐵芳就說：「我來找吳元猛，並非是為求飯。我也保過鏢，走過江湖，在天山之間，新疆的沙漠上也都有不少的朋友。我只是聞吳元猛之名，想與他交一交！」

對面的這幾個人就愈為驚異。鐵芳又說：「在峽口營我也與野馬薛瑤、海螃蟹袁慶兩個人見了面了，他們都叫我來此地。」

黃七一聽便笑了，說：「原來都是自家人！你何不早說？來！把王大爺的馬接過去。」又向鐵芳把手說：「進來進來！這些位朋友，等到裏邊我再來給你引見！」

當下就有人過來恭恭敬敬地接鐵芳的馬，鐵芳卻不放心馬上的包袱和寶劍，他都親手解下，親手拿着，這才略微謙遜了一下，便隨着黃七走進了鏢店的大門。身後和旁邊都有人跟着他向他打量，並悄悄地談論。

鐵芳昂然往裏去走，只見外面雖然很亂，就是馬棚、廚房、把式場子，沒有幾間房，裏院卻是房屋高大，院落整潔。鐵芳心說：說不定吳元猛就住在此地，快些見面跟他決一高低，就算完了。不然等到那個斷了一隻手的野馬薛瑤來到，事情必要鬧穿，那時必得有一場惡鬥。

鐵芳被讓進了東屋，見屋中陳設得很是特別，門後雖然放着刀棒，壁間也掛着刀劍弓矢，可是也有對聯跟字畫，上款都題的是什麼仲謀仁兄雅正等等的字。「仲謀」大概就是吳元猛的台甫，大概是取的又勇猛又廣智謀之意，這個號倒跟三國時的孫權的大號相同。

隨後進來的一共是四個人，黃七、還有黃七給引見的盧四、鐵腿孟山、大刀陶瑾。這都是本鏢店的大鏢頭，也可以說是黑山熊父子手下的嘍囉，倒是都很客氣，尤其是黃七還不住地讓座。鐵芳就脫了皮襖坐下，黃七便在下首椅子上陪着，就要請教鐵芳的台甫。鐵芳卻一時真想不起來，只好把他師傅瘦老鴉的名字借用了，說：「我名王仲遠。」

黃七抱拳說：「更是久仰了！」遂叫夥計獻茶，又說：「把王大爺的行李跟寶劍都放在那邊椅子上吧！」夥計給抱了過去，鐵芳的眼睛還隨着向那邊看了看。

黃七就先問野馬薛瑤在那裏的情形。鐵芳說：「他們在那裏倒還都好，我只同他們見了一回面他們就叫我來了。我在甘州住了很多日子，此次一路往這邊來的還有沙老大，跟⋯⋯」說到這裏他笑了笑，又說：「跟他認識的一個婦人，名叫粉菊花。」

黃七聽到這裏，就哈哈大笑，旁邊的三個人也都笑了。黃七就說：「沙老大那小子就指着她吃飯嘛！他就算是她的一個老家人。粉菊花跟我們這裏頂熟，沒有人不認識她的，我們到甘州去也總要先去看看她。那娘們兒倒很會掙錢，這兩年她手裏也有些積蓄了，眼眶子也比早先高啦，除了我們兄弟這幾個，別人恐怕她還不大答理呢！」

旁邊的孟山、陶瑾二人就全都問：「她是要往哪地方去？」鐵芳說：「聽說她也是要來涼州。我卻嫌她坐的車太慢，並且不願與她那樣的一個婦人同行，我便先來了。」

旁邊的三個人又都悄聲帶笑地談說：「那娘們兒來了，許是在四喜堂搭夥，咱們還能夠去；要是她一來，就去見金大娘，那，咱們可就⋯⋯」黃七接着他們的話，就笑着說：「那咱們可就光看着眼饞了！可是你們放心，她來到涼州是為什麼？一定是她在甘州混得不大好，這才來求飯。她要是先上了高台階，叫你們爬不上去，難道那金大娘還能夠永遠管她飯吃嗎？」

鐵芳此時就驚疑地問說：「金大娘又是什麼人？」黃七攔手說：「那，你老兄就不必問了，你在此住得日子久了，必定能夠知道，對外人，也要少提她的名字。你既是慕吳少太爺之名而來，回想五年前，那時我也是如此。我原在長安保鏢，金霸王咱不敢高攀，銀霸王侯雄、鐵霸王寶定遠、李平、張保、焦袞、秦傑，跟潼關的老君牛張伯飛、仙人劍張仲翔，那全是我的老朋友。我來此也是因為少太爺他瞧着我的刀法好，他才把這座鏢店交給我經營！」

鐵芳聽他這樣得意洋洋地吹着，自己的心裏卻不住暗笑，忍耐不住，便又問說：「吳元猛兄現在哪裏？煩你快些帶我去見見他才好！」黃七卻擺手說：「別忙！別忙！」又說：「見了他時，你還是尊敬他一些才好，叫他一聲吳少太爺不算就低了咱們的名頭。本來他就比咱們高得多！」又說：「你來得巧，他本想回鄉裏去看看，因為下雪，祁連山裏不好走，所以才沒有回去。現在他正在城中，可是並沒在這鏢店裏。」

鐵芳急問：「他住在什麼地方？」黃七卻不急不慌地說：「這保發鏢店雖是他開的，可是他並不在這兒住，他另有大宅子。」鐵芳說：「我知道他是另有大宅子，可是他的宅子在哪裏？在什麼地方？」黃七說：「你找他去他是絕不能見你。」鐵芳說：「我不找他，我要請他來到這裏見見面。」黃七卻說：「老弟！你真把少太爺小看了！他那樣大的身份，誰能夠請得動他？你同他又素不相識，你想，他能夠為你立刻就來？」

鐵芳不禁忿然。黃七又擺手說：「別忙！別忙！我看你大概是在沙漠裏走慣了的，性情就跟那裏的風一樣地急。你來到涼州可不能這樣。尤其是吳少太爺，他是一位辦事最沉穩、最細膩的人。譬如，這件事你大概曉得，從去年他就要找玉嬌龍去比個高低。今年夏天，他聽說玉嬌龍跟一個姓韓名叫鐵芳的小子又回新疆去了，他那時就想追了去拼鬥，可是直到如今他也沒去。並不是他膽小畏縮，也不是他性情懶，是他生來就謹慎細心，要不然他也不能成這麼大的事業，出這麼大的名了！”

鐵芳一聽，倒覺着有些意氣消沉了，因為覺着吳元猛大概是一個沒志氣的人，自己真不值得到涼州來找他，還不如一直踏雪登祁連山去殺黑山熊呢。

又聽黃七說：“今天有陝西灞陵鎮的呂通海保着一萬多兩鏢銀來到這裏，吳少太爺把他請了去。兩人都是當世的豪雄，現在一定正談得起勁，他也沒工夫見你。不過，待會兒我叫別人到他的宅裏，把你的事告訴他就得了。”說着就向盧四說：“老四，你去辛苦一趟怎麼樣？”那盧四點點頭說聲：“好！”站起身就出屋去了。

黃七又向鐵芳說：“王老弟，咱們是一見如故，你就在這裏住一兩天也不要緊。我這個人最好交朋友，我一定能引着你去見他一面。他若是看着你好，就許留你在這裏幫助我；如覺得不中意，他至少也得送你點盤纏。你若覺得不夠，我們還可以給你添些。都是江湖朋友，彼此就不用客氣，要是粉菊花來了呢，那咱們還得一塊到她那兒去樂一樂呢！”

那孟山、陶瑾兩個人也都跟鐵芳說說笑笑起來。鐵芳覺着這些人倒還都爽快，便也勉強笑着與他們談話，他們問到沙漠，他就談沙漠；他們問草原，他也就說草原，假說自己在新疆也是個半天雲、半截山那樣的人。可是一提到玉嬌龍與春雪瓶，他就說：“我只久仰她們的大名，可惜卻沒有見過。”

這三個人都笑着說：“聽說玉嬌龍死了，不知是否真的。她就是不死，也早成了老太婆了，見了也沒啥意思。倒是春雪瓶，我們倒都想……”鐵芳一聽他們的話要辱及雪瓶，他就不由得把臉往下一沉。可是這三個也像是有什麼顧忌似的，話只說到這裏，彼此望一望，笑一笑，就不再提了。鐵芳倒不由得納悶。

忽然外面有一個像夥計模樣的人，往屋裏一探頭，此時黃七、孟山、陶瑾就全都站了起來，黃七並且用眼色將那人瞪走。他就向鐵芳笑說：“你在這裏坐，我們來了一件買賣，要去商量商量。”說着，三個人都匆匆地走了。

鐵芳愈是驚疑，因為屋中還有個伺候茶水的夥計，他也不便追出去察看。他就倒背着手兒在屋中來回地走，心中是又悶又急。過了很多時候，忽聽屋門吧的一開，原來是那個盧四回來了。他好像剛喝了酒，面色紫紅，眼瞪得很大，一進屋來他就瞪住了鐵芳，並且急跑過去擋住了那把放着包袱跟寶劍的椅子。

鐵芳也陡然吃一驚，手下預備好了拳式，他神色卻不變，從容帶笑地問說：“盧兄！你見着吳元猛說了我的事沒有？”盧四卻獰笑着，說：“不用說，他早就知道你了，你是為什麼來的？”

鐵芳笑說：“這真奇怪！難道你沒說我是為跟他交個朋友才來的嗎？”盧四哼了一聲，說：“怕你不能只為這個吧？”

鐵芳昂然說：“我倒是還想到祁連山去見見黑山熊，因為……”盧四厲聲問說：“你真不為別的？”

鐵芳也大聲說：“我真不為別的，難道還要奪他的名聲、占他的鏢店嗎？”盧四回手鏘的一聲將他那口寶劍抽出來了，近前一步，更厲聲問說：“你說實話，你不是……你不是從迪化跟隨那個……玉欽差來的？”

鐵芳笑着說：“豈有此理，我認得玉欽差是誰？”盧四忽然又笑了，說：“你不是為玉欽差的事才要見吳少太爺？”

他的話雖未全都說出，但鐵芳立時就明白了，於是也厲聲說：“他既不肯見我，你就把劍給我，由着我走吧！我一人什麼事情、什麼買賣也能去做！”盧四咧着嘴過去，鐵芳劈手就搶過來寶劍。盧四卻趕緊回身就替他拿了劍匣，拿手捧着，笑說：“快把劍收起來吧！帶上，現在我就帶你去見他吧！”

鐵芳倒不禁有點疑惑，就問說：“吳元猛現在什麼地方？”盧四說：“現在他的宅子裏吃酒呢。因為今天來了灞陵鎮的呂通海，他設宴洗塵，坐陪的還有本地第二位的有名人物鎮涼州朱逢源，和財神爺馬百萬。另外還有飛虎鮑坤，那是隴山五虎中的大爺。剛才我把你來的事向他們一說，他們都很詫異，吳少太爺叫我立刻就帶你去見他。」

鐵芳一聽，曉得吳元猛絕不是個呆子，他已把自己的來歷看出了十之八九了。這回叫了我去，他也許安排下了陷阱，我去了，他們就得把我捉起來……然而他是絕不畏懼，遂點頭說：「好吧！你就帶着我去吧！」他於是將劍入匣，佩在腰間，又去拿了大皮襖披在身上。盧四卻說：「你的行李就放在這裏，不要緊，絕沒有人動。」

鐵芳點了點頭。盧四就也摘了一口刀帶着，同鐵芳往外去走。

出了鏢店，往東去不遠，就是一條很窄的胡同，有十幾家小門，有的門口還站着穿紅戴綠的婦女。盧四一來到這裏，就神氣十足，走了過去，他就笑着說：「這條胡同你得記清楚點！花姐都住在這兒。」

鐵芳猜想本地所謂的花姐，必定就是妓女，而這條胡同也就如同洛陽的琵琶巷。他沒有言語，隨着盧四又拐進了一條較寬的胡同。這裏路東有一家高台階的門兒，門雖不大，可是黑漆嶄新，房子蓋得整齊而高大，裏邊還像是有樓。有一個十六七歲的丫鬟似的女子正出來倒髒水，盧四就趕上前去叫着：「杏兒姑娘！金大娘在家裏沒有？你替我問她老人家好！」這個丫鬟笑了笑，就把水一潑。盧四摸着他的袍子說：「哎喲！濺了我一身！」丫鬟更笑了，又凝目看了鐵芳一下，就跑進門裏去了。

鐵芳十分注意這個門兒，記住了這裏就是那金大娘的家，看來金大娘那婦人在本地的勢力一定不小啊！他遂就趕上了盧四，問說：「金大娘到底是個幹什麼的？莫非是吳元猛的姘頭嗎？」盧四擺着雙手變色地說：「千萬別胡說！千萬別胡說！」

鐵芳倒不禁發愣了。盧四又指指南首，說：「剛才咱們走過的那條胡同，那裏邊住的花姐們，就都是金大娘的乾閨女。若不給金大娘叩頭，不給金大娘送禮，就別想在這兒混。」鐵芳這才明白，那金大娘也不過是本地的一個老鴇子。

盧四又說：「連咱們也是，要不當金大娘的乾兒子，可也不能在這兒吃飯。」鐵芳一聽這話倒又不明白了，剛要再問，就已出了這條胡同，來到一條橫街上。路北就是一片新蓋的房屋，一座大門，那門前站着七八個身穿短衣的年輕漢子，都一齊扭頭往西邊去望。還有一個人騎着馬，兩個人在後面跑着，好像往西邊追趕什麼去了。

盧四就面現驚異之色，趕上前去問說：「什麼事情呀？你們在這兒看什麼啦？」門口的這些人，還都朝西扭着脖子，有的握拳頓腳，有的談論紛紛。鐵芳仔細去聽，就聽他們說：「剛才這前門來了一個漂亮的小伙兒，戴着頂紅纓帽，騎着一匹白馬。媽的他直在這兒來回繞，拿眼睛直瞪着咱們這大門，不是探子，就是他媽的找打的！」

盧四這時兩眼全都嚇直了。鐵芳更為詫異，他想這就是那個曾在甘州來安店裏住過的漂亮的小差官。玉欽差若有這麼一個幹練的官員在後邊保護，可真使自己放心了。

這大門前的石樁上也拴着不少的馬匹，原來這就是吳元猛的宅子，好闊！盧四帶着他上了台階就往門裏去走，這些人也都隨着進來，卻都用眼睛盯着他。

鐵芳卻神色不變，腰掛寶劍，反披着黑羊皮襖，邁動大步就往裏走。院子都是新磚鋪成的，積雪都打掃得很乾淨，且有僕人、僕婦、丫鬟們出入。裏面的院落很深，但到了第二重院內，盧四就悄聲叫鐵芳止住步了。

這時那高大的北房中早有人隔着玻璃窗向外觀望。盧四就趕過去，低頭拱身，隔着玻璃跟屋裏說了兩句話，並回手指了指鐵芳，遂又笑着，向着玻璃彎身，退了兩步，才轉過身來挺直了腰，威風凜凜地向鐵芳說：「你就在這兒等吧！少太爺正在陪客吃酒呢！待會兒才能叫你進去見！」

鐵芳卻說：「我不能多待。見了吳元猛，若看他是個朋友便罷。他若徒負虛名，不是個可交的人，我還今天就要離開涼州呢！」

他昂然就要往屋中闖去。忽見由屋中走出來一個中年的短身漢子，手提着一對光芒耀眼的護手雙鈎，抬抬下巴，向鐵芳說：「站住了吧！你不是要見吳少太爺麼？」

鐵芳看這個人的相貌並不怎樣出眾，只是身體倒還結實，臉色跟地皮一樣，眉目十分的兇惡。鐵芳就一點也不客氣，問說：“你就是吳元猛麼？”

這人搖頭說：“不是！我姓鮑名坤，號叫飛虎，你是從西邊來的，你不能不知道。現在迪化去了幾位豪傑，惡虎楊鑫、猛虎林永、瘦虎常明、黑虎袁用，那都是咱的弟兄。”鐵芳點點頭，毫不驚異地說：“原來你們都是隴山五虎！我在西路上倒沒遇見他們，不過久仰你們得很！”飛虎鮑坤一笑，說：“豈敢豈敢！”他把鈎歸到一隻手裏提着，走過一步就說：“朋友，你是要見吳少太爺嗎？他跟我是老朋友，他現在就在屋裏。可是他要見一個人，得先看看這個人的武藝，武藝要是不差，他可以留下，給碗飯吃。武藝要是稀鬆平常，那他就不見。我看你的相貌還威武，口氣又大，一定是會幾下子武藝，那麼就請你先練一練，兄弟我奉陪！”鐵芳說：“我來到這兒原是為看看他那個人，交個朋友，並非與人爭鬥，想來此顯武藝。”

飛虎鮑坤把鈎又擎在雙手之內，同時掄起，惡意地笑着說：“你要是不露武藝，那你可見不了少太爺，你就算白來了這一趟！並且你也休想走！”鐵芳沉下臉來說：“豈有此理！”忽然這個人的雙鈎就要鈎他的脖子，鐵芳急忙往後退了兩步，甩去了皮襖，鏘地一聲掣出了寶劍，寒光抖動，忍聲說：“你想比武，可就得提防受傷。快閃開！叫我去見吳元猛！”飛虎鮑坤持鈎將那屋門攔住，冷笑着說：“你要想進屋，就得先由我的雙鈎底下鑽過去！”

鐵芳扭頭看見那玻璃裏有幾個人都正在向外望着，他就狂笑着說：“吳元猛，你原來是這樣的一個人，真叫我看不起你！”

鮑坤聳身掄鈎而來，鐵芳展劍相迎。鮑坤的鈎如雕翅，忽而斜擊而來，忽而又掠越着騰起，鐵芳劍似銀蛇，專咬敵心。鮑坤身向旁閃，一鈎高舉，他想要先鈎開鐵芳的劍，而再一鈎就將鐵芳的脖子鈎住，但他做不到。鐵芳一劍緊一劍地刺來，鮑坤的雙鈎就有點亂了，身子且不住地後退。

這時忽由屋中走出來幾個人，就有人大喊一聲：“住手吧！”鮑坤縮鈎跑到了遠處。那屋門畔站着許多人，都望着鐵芳的劍法吃驚。鐵芳將劍挽了一條花兒，這才住手。他抬頭去望，見屋內出來的為首的人，是一個身約七尺的漢子，年紀不過二十五六。這人穿着古銅色緞子面的狐皮襖，腳下是青緞快靴，頭髮很厚，辮子打得很整齊，一張大長臉，籠罩着一層蒼白色，眉毛好像兩把掃帚。這個人說：“你們不用打了！你的武藝我也看出來了，是受過真傳，可稱得起是朋友，眼睛卻非常有神。我就是吳元猛，朋友……”他雙目向鐵芳狠狠地瞪，說：“你可也得道出你的真姓名！”

鐵芳仔細看了看他，就微微地一笑，說：“我姓王，名叫王仲遠，這還能夠改嗎？”吳元猛點了點頭說：“好！就算你叫王仲遠，可是，你是玉嬌龍春雪瓶他們派來的不是？”他的聲音極為洪亮，雙目瞪得更大更狠。

鐵芳卻從容地說：“你若這樣說，可見你在甘涼道上是徒負虛名。玉嬌龍、春雪瓶那是如何的人物？她們若是想來找你做對，還用派人來？哈哈！你太把她們看得小氣了！在沙漠草原二十年來，無論何人都不敢提起她們的名字，她們是來無蹤去無影，神鬼莫測。我們在這裏說話，她們就許在你背後了！”

吳元猛神色一變，不由得就回首看了看。他就向他身後的那個人一笑，又轉過臉來，陰沉地問說：“我可看着眼熟，好像我認得你。今年三月間，我正在西安府，就看見你跟玉嬌龍同行。你的名字叫韓鐵芳，你殺過金刀太歲余旺，傷過戴閻王，你，還敢來欺瞞我嗎？”這末一句話說出來，真是聲如霹雷。鐵芳卻臉色也不稍變，就問說：“你是畏懼韓鐵芳嗎？如果你真怕他，那我可以當他，不過，我卻不姓韓！”

吳元猛一笑，大長的臉上立刻顯得溫和了，他說：“好朋友！向來到此投我的人都是見我一瞪眼，就嚇得暈了，戰戰兢兢的，真叫人看了又可憐、又可恨。獨有你，好朋友！”他伸出大拇指，點頭稱讚着，又說：“請進屋來吧！”

他先轉身，隨着那兩個人進了屋。飛虎鮑坤地過來齜着牙笑說：“王老弟！連我都佩服你！來吧來吧，請屋裏喝酒來！”那盧四也趕緊由地下抱起那件黑羊皮襖，給送進屋去，又急忙退了出來。

鐵芳提劍進屋，就見吳元猛等人還都未落座。吳元猛笑着說："王兄弟把劍放下吧！在這裏用不着了，哈哈！"鐵芳也笑了笑，就將劍放在一張大理石的桌子上。他見旁邊並放着一對甜瓜大小的鐵錘，錘上邊有凸起的字，是元猛，把子有二尺多長，是很堅硬的木頭做成的，並且辮裏着藍色跟黃色的帶子。鐵芳早就聽人說過吳元猛力大無匹，如今見了他這對兵器，卻又不由得心中越發地謹慎。他環顧這屋中，就見滿壁的字畫跟鏡屏，桌椅、繡墩，全都十分講究，里間是一大桌豐盛的筵席，並有兩個身着綢緞，十七八歲的丫鬟侍酒。

吳元猛就帶着笑，給身後的人向鐵芳引見。原來一個身穿灰鼠皮襖，有很長的黑髯，身材細高的人就是鎮涼州朱逢源；另一個年約三十許，紫臉膛，中等身材，非常強悍的人，就是新從陝西來的，灞陵大俠呂慕岩之子，鐵爪鵬呂通海；還有一人，剛才根本就沒出屋子，現在還躺在一張木榻上，拿着銀煙籤子翡翠煙槍，正在抽鴉片，這人穿的是火狐袍子，黃臉小眼睛。吳元猛給引見說："這就是甘涼道上開有十家錢莊的馬百萬。"

馬百萬躺在那兒，他倒是確實懶得起身，只點了點頭。呂通海雖然拱了拱手，可是也立時就坐下了。倒是朱逢源，十分地和藹。吳元猛叫丫鬟搬了凳兒，就請鐵芳在對面落座，另一個丫鬟，伸出戴着金鐲翠戒的手來給他斟酒，鐵芳卻不動酒杯。

吳元猛就笑着說："朋友！咱們是一見如故。我也不用細究問你的來歷，反正你既肯到這裏來，就算是看得起我吳元猛，你絕不會安着歹心。我這裏也正缺少幾個真正有本事的朋友幫忙。這位朱大哥雖是江湖赫赫有名的鎮涼州，但因為身體有病，不能太分神管我的這些事。我，你大概也早曉得，我家與玉嬌龍那娘們兒結下了二十年的仇恨！"

說着吧地猛捶了一下桌子，韓鐵芳不由又面現怒容。吳元猛卻越發暴躁，臉又漲成紫色，說："王兄弟！諒你聽了也得生氣。我父親黑山熊並未得罪過她，並未搶奪她的什麼至親骨肉，但二十年來，她一點也不肯放過。我們雖沒看見她，可是聽說她在祁連山、陰山不斷尋找，聲言只要找着我的父親，她就要將他碎屍萬段，因此我才學武藝、才交了許多朋友。上次聽說她往東去了，我就追到了長安，後來聽說她跟個少年人又回往新疆去，我也就要去，我是想憑我的鐵錘與她的寶劍決一高低。雖說她是江湖上有名的女霸王，但我卻不怕她！只是……"

他說到這裏，聲音才稍稍緩和，又說："前幾天有由西邊來的人，說她已經死了，是由那個名叫韓鐵芳的人給她送了終，不知埋在哪裏。這真叫我掃興！要叫我走幾千里地去跟春雪瓶作對，我可又覺得不值得了，因此我才沒往西去。並因為這裏又來了一件事情，須待我親自辦理，不然你來到這裏也就看不着我了！"

鐵芳就問說："現在這裏來了什麼事情？"吳元猛把眼一瞪，狠狠地瞪着鐵芳的臉問說："你真是不知道這件事嗎？"鐵芳搖搖頭。吳元猛冷笑問說："老弟，你不是為這件事才來找我的嗎？"

鐵芳故意改變了神色，並向呂通海、朱逢源二人看了一下，吳元猛就又大笑着說："你不用看了！這兩位也都不是外人。我早就知道你是為此事才來找我的。"

他努努嘴，鐵芳斜着眼看看，那馬百萬已經闔着眼睡熟了，吳元猛就悄悄說："待會兒再談！先喝酒吧！"於是鐵芳也飲下半口酒。吳元猛卻飲下了一大杯，那張蒼白的臉漸漸地紅了，他卻顯出十分高興的樣子，又說："兄弟！如果這件事情辦成了，我願與你結為八拜之交。我這裏有的是好看的女子，隨你挑一兩個做你的媳婦。只要我的買賣好、時運旺，這涼州城裏足夠你享福半世！"

鐵芳也笑了笑，說："我倒不想永遠在此居住，事情辦好，我只要幾個盤纏我就走。可是我臨走之前，還要到祁連山去拜會拜會你的令尊。"他趕緊又加以解釋，說："因為我是久聞你們父子的大名，如今見着你了，實是三生有幸，但我還要見見他老人家。"說出了這話，自己覺得心中委屈極了。

吳元猛卻擺手說："不要見他，他……咳！自從去年我的叔父去世之後，他更是傷心，有一年沒下山了。我也不願有人去看他。他……"說到這裏，卻又瞪起眼來怒聲說："玉嬌龍把他害得真苦！這個仇恨我一定要報！"他呼喊丫鬟換酒。兩個丫鬟腕上的金鐲叮噹地亂響，往來忙着斟酒。朱逢源倒也是且飲且談，那呂通海卻驕傲地不向鐵芳說一句話。

此時，忽然有個人從窗外一探頭，吳元猛立時就放下了酒杯，問說："什麼事？"又大聲嚷着說："進來說！"

外邊的是一個穿短衣的僕人，雖也是身強體壯，可是這時竟如一隻見了貓的老鼠似的，縮着脖子，連頭也不敢抬，到了桌前就低聲說："回稟少太爺，門前那個人走了。我們追他，就不見他的影兒了，因為他的馬太快。"

吳元猛哼了一聲，說聲："去吧！"這個人應了一聲："是！"就退着身出去了。吳元猛又哈哈大笑，說："門前有個戴紅纓帽的人，就把他們嚇成了這樣，真給我洩氣！真叫呂兄弟笑話！"呂通海就說："這也不怪他們，是他們不得不如此小心。"

吳元猛搖頭說："其實不小心也不要緊！那個人現就住在知府衙門，此次由西邊帶來的官人不計其數，那些人也不是不知我吳元猛是誰，但他們又能奈何得我？哼！即使玉嬌龍在世，春雪瓶也來，什麼韓鐵芳小輩也來，再加上那些官人，諒他們也未必敢正眼看一看我的鐵錘！"

朱逢源說："這也許是個過路的官人，他無意中向這門口看了眼？"吳元猛說："誰管他？我倒願意此時有個人來與我做對，好叫他嘗一嘗我的鐵錘！"

正說着話，他一扭臉，看見那兩個丫鬟正在靠着窗說閒話。聲音雖十分低，但吳元猛頗不樂意，就又大喝說："說什麼？叫你們來是為做什麼？躲在一邊，卻不好好來給客人斟酒。"

兩個丫鬟就趕緊跑了過來，都拿起來酒壺又要斟。吳元猛卻驀地把桌子一拍，說聲："沒規矩！"靠近鐵芳的這個丫鬟一驚慌，就將整個的酒壺掉在了鐵芳的身上。吳元猛便沉下臉來，向那另一個丫鬟說："去叫胡豹來！"這個丫鬟就哆哆嗦嗦地出屋去了。

鐵芳不知是怎麼回事情，只見朱逢源仍然帶着笑飲酒，好似是看慣了吳元猛發脾氣，他一點也不覺得稀奇。呂通海也只是轉着頭看熱鬧。鐵芳這時才看出那做了錯事的丫鬟很瘦，此時身軀緊抖，已面無人色。他就霍然站起，拍着灑了一身酒的衣裳說："我這身衣裳不值幾個錢！吳兄你千萬不要責罪她。你我初交，我久聞你是一位慷慨的男子，不可跟個女子一般見識。再說她非故意，這樣卻使我們彼此不歡！"

旁邊的朱逢源卻按着他坐下，意思是不叫他多說話。這時胡豹進來了，原來就是剛才低着頭進來的那個小子，此時卻兇如虎狼，他伸過大手就去抓，那個瘦丫鬟就如兔兒到了雕的手裏，連掙扎也不敢，哼哼一聲也不敢，樣子是可憐極了。

吳元猛又微笑着說："喝酒！喝酒！我家裏的人太沒有規矩！"鐵芳卻忿然說："你管教僕人們倒可以，只是為了弄髒了我的衣裳就要罰她，卻使我的心裏不安！"

他忽然想起在峽口營為保護粉菊花，斬斷了野馬薛瑤一隻手的事，便跳過去想要把那丫鬟救回來。可是飛虎鮑坤正在外屋，他卻伸手將鐵芳攔住，並悄聲說："別多事！別多事！別多事！"

這時候那個胡豹已將那丫鬟揪出屋去了，隨着就聽啊的一聲尖叫。鐵芳又急向門外去看，鮑坤卻又抓住了他的後腰，說："咳，你別管！"

鐵芳大怒，用腳使力向後就踹，踢得鮑坤咕咚一聲倒在了地上。鐵芳又過去由桌上抄起了一隻鐵錘，向吳元猛說："吳元猛，我以為你是個堂堂的漢子，才來會你，想不到你徒使這種鐵錘，竟連個女子也容忍不過。我現在才知道你們西路上的強盜，是只會欺凌弱柔無助的女子，才算得什麼英雄。今天你把那丫鬟放了便罷，如若不然……"

此時連那呂通海都驚得變了顏色了。吳元猛卻站起身來說："啊呀！你竟能舉動我的鐵錘？你把那隻也舉一舉讓我看一看！"說着他邁動大步走過來，微微笑着說："你再舉那一隻給我看看？"

鐵芳卻冷笑着說："誰到這裏給你舉錘來？只是我說你徒然身負勇力，卻量小心狠，專欺婦女，大概跟你的父親黑山熊、你的表弟野馬薛瑤一個樣！"

此時吳元猛已將那另一隻鐵錘抄了起來。鐵芳曉得他的來意不善，急忙將鐵錘柄握緊，只見吳元猛掄起錘來就向他手中的錘用力一磕。就聽吧"的一聲巨響，旁邊的人幾乎都叫了出來，但是鐵芳手中的錘卻沒有被磕掉。

鐵芳反要過去抽寶劍與他拼鬥，吳元猛卻擺手笑着說："放下錘吧！兄弟，你真是一條好漢！那個丫鬟名叫玉芹，你要是喜歡她，我當時就把她送給你！"鐵芳放下了錘，搖頭說："我不要，我只勸你不要再虐待她就是了。"

吳元猛笑了笑，也放下了錘，又挽着鐵芳進了里間。此時呂通海也對鐵芳漸漸地親近起來了，他問鐵芳師父是誰，鐵芳只是隨便編了一個名字。

這時有僕人進來撤去了殘筵，另出來兩個丫鬟伺候喝茶，並向吳元猛說："七奶奶請少太爺有話說。"吳元猛就向鐵芳等人拱手說："列位請坐！我少時就出來，少陪少陪！"說着就出屋去了。

待了一會兒那個馬百萬也睡醒了，他打着哈欠從榻上起來，由懷裏掏出來一隻金表，一看，就說："啊呀！都這時候啦！我還得趕緊走。金大娘有一筆錢還要跟我商量怎麼放出去。"

朱逢源就笑着說："金大娘那位太太的錢總還是不夠。她要那麼許多錢，將來留給誰呀？"馬百萬笑着說："婦人們總是比我們還貪財。"

旁邊那呂通海似乎是有什麼事要背着人跟馬百萬商量，他們就一同走了。

朱逢源抽了幾袋水煙，跟鐵芳談了些閒話，他就站起來說："怎麼？元猛還不出來，在裏院抽了，睡着了吧？客人有的走了，還有的蹲在這兒，他要是睡到了天黑還行？"遂向鐵芳帶笑點頭說："王兄弟請坐！我到裏院去看看他。"於是他就叫這裏兩個丫鬟帶着他出屋去了。

鐵芳還追了出去說："煩你到了裏院，請元猛趕快出來，我還要跟他談幾句話。還有剛才那個丫鬟，是因為她把酒倒在了我的衣裳上，元猛才生氣，這事是不對，但也不該打她！"

朱逢源笑着說："好啦好啦！那件事已經完了。元猛那個人的脾氣你是不曉得，他剛才確實是很生氣，因為他那人最愛排場。但現在一到裏院，聽了他那位七太太的幾句燕語鶯聲，他也就早忘了。我去叫他，待會兒就出來。"

鐵芳就又回到了屋裏。這裏除他之外，只剩了那飛虎鮑坤，鐵芳對他那四個弟兄在天山冰雪間死傷之事，及自己救了那個瘦虎常明，都一個字也沒提。他如今已看了出來，吳元猛不過是個有勢派的強盜、一個酒色之徒，但臂力卻實在不小。自己剛才努力持錘，盡力抵擋，雖然沒顯出軟弱來，可是現在右腕真發酸。他連茶杯都不敢拿，因為怕被鮑坤看出來自己的手顫。

鮑坤對他很是恭維，並說了這裏的許多事情。原來吳元猛現在手下養着鏢頭、小夥計、僕人不下二百人，山上還有五六十名嘍囉，這裏也有七房姬妾、二十多個丫鬟。他結交官府，收納江湖流浪的人，每個月的開銷很大，光指着鏢店的買賣是不夠的。所以他不得不趁着風雪，或是雨天、昏夜，在甘涼道上做些無本錢的生意。但若是熟朋友保着鏢，為了江湖規矩，他又不能染指。因此他現在是外強而中乾，只馬百萬一處，他就欠了四百多萬兩銀子的債。因此，他才要打劫欽差玉大人。這不是僅為了報仇，還是為攫得玉欽差的財物。反正玉欽差是玉嬌龍的胞兄，殺了他，也就算是殺了玉嬌龍。

鐵芳就說："玉欽差是一位清官，這次出來又害了很多日子的病，他哪裏有什麼錢呀？"

鮑坤趕緊攔住他，悄聲囑咐說："你若這麼一說，吳太少爺他可就不交你這個朋友了！他本來以為你是為這件事才來的。他猜想你也是想做玉欽差這號兒肥買賣，但你一人不能下手，你才由迪化跟到此地，來與他搭夥。他因為佩服你的武藝，知道你能幫助他這件事，他才跟你論弟兄，賞給你這麼大的臉。你若是先泄了勁，他可是要惱了，你想離開涼州都不能！"

鐵芳沉思了一會，就發出一聲冷笑來。

鮑坤更秘密地說：“你自己估量着，你能夠敵得過呂通海不能？”

鐵芳就問說：“你問我這話又是什麼意思？”

鮑坤用極小的聲音說：“剛才你能敵住吳少太爺那一錘，就可見你的武藝在呂通海之上。別看今天這桌酒筵是為請他才擺的，可是吳少太爺心裏也念着你呢！呂通海這次保着百萬兩的鏢銀來到此地，一半交在這裏，一半還要解往西去的。因為路徑不熟，他打算把鏢託付吳少太爺給送了去，可是少太爺沒答應，大概還得他親自保着鏢往西去走。這也是一件肥買賣，但礙着面子，少太爺又不能劫他。他的雙鈎又比我還厲害，別人都不能幹。大約這件事，將來少太爺也要派你去辦。你如若辦了這兩件事，你就可以稱是他的頭一個膀臂，甘涼道上，他是老大，你就是老二，連我都得沾你的光！”

鐵芳聽了這話，真覺得是對自己的污辱，但卻做出微笑來，不說什麼。心中又算計了半天，才又問說：“元猛的父親黑山熊，到底是住在哪裏？”

鮑坤說：“他本是住在鬼眼崖，那裏蓋的很大的莊院，住着二十多家，都是搶來的老婆，那裏也就成了個小村落了。可是這些年，他被玉嬌龍逼得不敢在那裏住了，東藏藏西躲躲，比兔兒還可憐。聽說玉嬌龍死了，他才又回到了鬼眼崖。”

鐵芳就說：“鬼眼崖定是一座很高的山峰吧？”

鮑坤搖頭說：“倒不是。鬼眼崖離這裏不過八十多里，出城往北，那裏就有一座山口，名叫惡蟒坡；進了惡蟒坡轉過兩道山環，是狼牙峰。爬過了狼牙峰就是鬼眼崖了。下面有一片低谷，夏天時山上的雪化了，在那裏還成了一道河，那裏就是咱們這位少太爺的生長之地。”

鐵芳說：“好地方！將來我想去看看！”

鮑坤說：“現在那裏遍山遍野都是冰雪，很不好走。”

鐵芳又說：“我聽說黑山熊還有一個美貌的太太，是早先這裏涼州知府之妾？”

鮑坤急忙擺手說：“快別提！快別提！”

鐵芳問說：“為什麼別提？”

鮑坤說：“少太爺他們最忌諱人談論這件事，假若有人背裏談說，被他聽見，他都能夠立時翻臉，不認得朋友！”

鐵芳愁悶了片時，突然又問：“那個什麼金大娘……”鮑坤說：“得啦！你既然知道，那就不用提了！”他急擺了擺手，立刻就站起身走到門旁，驚慌地向外去張望。

這時鐵芳簡直木然在椅子上了，他想不到飛虎鮑坤竟然說出了這話，哎呀！那個金大娘就是……

這時鮑坤又走到座位上，跟他對面坐着，又提起了粉菊花。他很盼望粉菊花快來。並說粉菊花有個乾姐姐，名叫柳素蘭，早先是個妓女，後來嫁了山舟縣一位大紳士為妾。有一次吳少太爺看見她貌美，就硬派了人把她搶到鬼眼崖。為這個女子，少太爺與他爸爸竟幾乎反目，黑山熊那老東西真不是個好貨！後來這個女子也就被送到了城裏來了，住在金大娘那兒。他又說：“你沒看見那黑房子吧？那是今年春天才落成的，少太爺出的錢，一半是為金大娘蓋的，一半是為她。她是甘涼道上頭一個美人兒！嘿！粉菊花若是來了，我還可以去看看她呢，我只見過她一次，只那一次，我就一輩子也忘不了！”

鐵芳又問：“吳元猛為什麼也去金大娘那種地方呢？”鮑坤還沒有回答，忽聽窗外有腳步之聲，吳元猛與朱逢源又一同進屋來了。

吳元猛此時精神百倍，他向鐵芳抱拳說：“對不起！叫你在此等候了半天，大概又快吃晚飯了？”鐵芳搖頭說：“我不在此叨擾了，天已不早了，我還要去找店房。”

吳元猛笑着說：“你來到涼州見了我，還愁沒有地方住？你喜歡住在這裏，我就叫人給你收拾出屋子來。你若是願在鏢店裏住，也可以，那裏熱鬧。”鐵芳說：“我這個人倒是不喜歡熱鬧，我也不習慣打擾人，我覺得還是住在店房裏隨便一些。”吳元猛說：“好！”就向鮑坤說：“你叫人去告訴廣隆店，叫他們給留下一間好房子，說是我的話！”鮑坤答應了一聲，就出屋去了。

吳元猛又向朱逢源看了一眼，朱逢源便也走出屋去。這裏吳元猛就與鐵芳傾心密談，果然就是剛才鮑坤所說的那話，是要叫鐵芳幫助他，等玉欽差離開涼州之時，下手打劫。鐵芳完全答應，吳元猛十分喜歡。當下又談了多時，鐵芳才告辭離開了這裏。吳元猛約他明日還到這裏來飲酒，並派了個僕人送他去住店房。

此時天色已經黃昏了，北風吹來似乎是很猛烈。出了這條街，就望見了府衙，那裏有許多官人往來逡巡，門前並拴着十多匹健馬，形勢是十分地肅嚴。有這些人保護着玉欽差，倒使鐵芳稍稍地放心。可是自己心裏另有些事，還是得暫忍屈辱，徐徐辦理才行。

他沿路很留心這城中的街道，走不多時，便來到了廣隆店房。還沒進門，就見有一個人迎過來，向他請安，說：「王大爺！我把你老人家的馬已經送在這兒來啦！你老人家的行李也送在這兒來啦！今天，我初見你老人家的時候，是不識得你老人家，你老人家也踢了我、踹了我，得啦，你老人家就大人不見小人過吧！」

鐵芳看是那個土蛋刁三，便一笑，沒說什麼，遂走進了店房。

吳元猛派來的那個僕人，進店來就喊：「謝掌櫃！少太爺叫你預備的那間房子，你沒給預備下嗎？」

當時就由櫃房裏跑出來個戴着青布面羊皮小帽子的人，他連連說：「預備好啦！早就預備好了！」於是他先向鐵芳彎腰點頭，便帶他到了一間敞亮而整齊的北屋裏。屋裏早已升上了火，點上了一枝羊油蠟，溫暖如春，亮如白晝。隨後還跟進來兩個店夥殷勤伺候，並且行李也送進屋來了。鐵芳就交待預備飯。少時菜飯端送進來，有很肥的羊肉，有碗大的饅頭。鐵芳自從春季離家，顛沛飄泊，連傷帶病，母死父亡，經受了種種的苦難，今天才算是享了福。但是他現在卻如處虎口，時時不安，心中猶牽掛着很多的事。他時時泛想，更有一種愧恨，覺得今天的事雖然是自己別有用意，不得不與那些盜賊應酬、裝假，但自己生平也沒做過這樣的事，真覺得十分羞辱！

當下他把那僕人遣了回去。謝掌櫃又叫夥計給他送來一壺茶，就也走了。他就躺在炕上思索辦法，卻又對於府衙內住着的那位欽差有一些不放心。他就想：府衙裏面防衛得雖很嚴緊，吳元猛又說過絕不在涼州城裏下手，以免旁人說是他幹的，但如今連我說的全都是假話，他們豈能又盡是實言？他手下不能沒有幾個會飛簷走壁的人，難免今夜不到府衙去做什麼打算。再說，那個金大娘，我也得去看看她。

於是他把衣裳紮束好了，等待時間。聽見街上的梆鑼敲過了三更之後，鐵芳就披上了大皮襖，暗藏着寶劍，熄燈就走出了屋。各屋中的人都已睡了，天色陰沉，北風肆虐，像是又在釀大雪。院中一個人也沒有，他悄悄地走到店門旁，用手摸了摸，鎖得很是結實，他就撩起大皮襖，飛身上牆，跳到了街上。

街上是冷冷清清，黑魆魆的，一個人、一隻燈也看不見。他輕輕地邁步走到了府衙，看見那兩扇有門環的大門也關上了，裏邊卻更聲隱隱。他在門首、在附近徘徊了半天，也沒有看見一個人。他就又走回吳元猛所住的那條街，見這裏的大門也關上了。他站在門前往裏邊聽了聽，就聽裏邊隱隱有許多人在嚷嚷、說笑，並有骰子聲，他曉得這一定是那些僕人，跟什麼胡豹等人，正在賭錢了，今夜大概不至於有什麼事。

他又想到了金大娘，於是就順街往東，尋着了路南胡同裏的那個門。他先脫去了皮襖，放在牆根地下，又覺得寶劍用不着，就也藏在皮襖的底下。他挽了挽袖子，剛要躍上牆去，忽見由北邊來了一條黑影，走得很慢，並且還直搖。他趕緊隱身在大門洞裏，就見那條黑影畏畏縮縮地半天才來到近前。大半是看見牆根放着的那件老羊皮襖了，又黑又毛茸茸的，這個人不知是什麼東西，嚇得回身就跑，並且發出一聲尖細的叫聲。

鐵芳才看出來，這原來是個女子，遂一個箭步追上去，說：「別跑！」這女子嚇得高舉着手尖叫着，就坐在地下了。

鐵芳趕過去說：「你別怕！你是幹什麼的？深更半夜你出來找誰？」

這女子哭泣着說：「我……我是要找金大娘！」

鐵芳不由得有點詫異，彎下點身，忽然看出來了，這女子正是白天灑了他一身酒的那個丫鬟。他遂就小聲說：“你別怕！是我，白天你不是灑了我一身酒嗎？莫非因此吳元猛他又打了你？”

這女子渾身亂顫，半天才艱難地站起了身，她仰面向鐵芳細看，才隱隱看出了鐵芳的模樣，她可又跪下了，哭着說：“王大爺！您救我……”

鐵芳說：“快起來，快起來！我一定能救你，我跟吳元猛翻臉、拼命，也一定救你！”

這丫鬟哭着說：“少太爺倒沒有再打我，可是您看，胡豹把我的胳膊都快給擰斷了！剛才七奶奶又拿煙籤子扎我的手……都扎爛了！”

鐵芳忿恨那吳元猛家中的寵妾，又可憐這個柔弱的女子，他暗歎了一口氣，就又問說：“你找金大娘來，金大娘就能夠救你嗎？”

這丫鬟說：“能！金大娘可也厲害，也常拿煙籤子扎丫頭的手，可是她有時也憐恤人。她最跟那七奶奶合不來，因為七奶奶常常攔着少太爺，不叫他到這兒來。”

鐵芳就又問說：“金大娘是吳元猛的什麼人？”

丫鬟說：“是他的媽。”

鐵芳一聽，倒不禁有點迷糊了，又聽這丫鬟哭泣着說：“我是伺候七奶奶的人，我要投到這兒來，金大娘必能把我留下，救我的命。明天七奶奶就是知道我跑到這兒來了，她也不敢來找我。再說，柳素蘭姑娘也是個好心的人。我早就跑出來了，剛才我來了一趟，叫了半天門也沒叫開，我就……我在別處又繞了半天，想尋死，我又怕，所以我就又來了……”

這丫鬟在寒風夜色僻巷之中，如此哭哭啼啼，使得鐵芳益發心軟了，他就說：“快起來！不要怕！我給你去打門，我也要去見見金大娘。”

他於是就上前吧吧吧地用手敲門，又咚咚咚地用拳頭捶門，但是過了老半天，裏邊也沒有人把門開開。他一怒，就嗖地一聲上了牆，下面的丫鬟嚇得又一聲尖叫。

鐵芳跳到院裏，只見院落很深，各屋中可都漆黑。他就去拉門插門，扳頂門石，可是門依然開不開，因為是鎖着一個大鐵鎖，擰也擰不掉。他心說：那金大娘大概是很有錢，不然她如何要把門鎖得這樣嚴呢？他又不放心那丫鬟一人在外邊，就又跳出牆去。那丫鬟的纖弱的影子，在寒風裏抖顫着，真像是一個魂靈。

鐵芳就說：“門鎖着了，開不了，我只好挾着你進去吧！”

那丫鬟用微弱的聲音說：“謝謝您了！”鐵芳倒有些遲疑，暗歎了一聲，遂就先抄起了劍。他左手持劍，右臂展開，就將這丫鬟的纖軀挾了起來，又跳上了牆。跳下去後他就將丫鬟放在地下，自覺得右臂越發地酸痛。

丫鬟到了這院裏，就止住了哭聲，可是又顯出很畏懼的樣子。鐵芳就帶着她往裏院去走，四面昏黑，只有他手中的劍發出一道隱隱的寒光。一進到裏院，卻看見西屋裏有燈，聽屋裏有個關中女子的聲音，說：“紀媽！別去開門，大娘不叫半夜裏開門。大概又是劉夥計來了，我可不見他……”

丫鬟企着腳兒，趴着鐵芳的耳朵說：“這就是柳姑娘，柳素蘭，金大娘是還在裏院……”

鐵芳扭頭向第三重的院中一看，見裏面有黑兀兀的幾間樓，可是沒有燈光。鐵芳就悄悄對這丫鬟說：“你就叫這柳姑娘吧！我在此，你不要怕！”

這丫鬟心理害怕，頭一聲都沒有叫出來，第二聲才叫出：“柳柳……姑娘！”

屋裏極為驚訝地問說：“你是誰呀？”

這丫鬟哭聲淒顫地說：“我是北院裏的玉芹！因為七奶奶扎我、打我，我才……求柳姑娘，求……金大娘救救命！”

屋裏的柳素蘭更為驚訝地說：“哎呀！剛才在外面打了半天門的，原來是你呀？誰給你開的門，叫你進來的呀？秦媽拿燈！快開開屋門，我看看她！”於是屋裏的燈光動了，屋門又響。丫鬟玉芹越發恐懼，就緊緊揪住了鐵芳的手，而鐵芳的手卻被錘震得現在還痛着。

屋門開了，燈光投到院中來，屋裏現出來那柳素蘭和一個僕婦。一看見外面昂然站着一個手持寶劍的男子，她們就嚇得急忙又往回跑。那僕婦還哎喲哎喲地直叫，把燈幾乎都扔在了地下。鐵芳卻說：“你們不要怕！”就帶着玉芹硬往屋裏走。

那雲鬟未整，只穿着一身小衣服的柳素蘭，趕緊由床邊拿起來一件紅緞子面的銀鼠皮的大斗篷披上。她立刻就變了臉，瞪起兩隻圓溜溜的眼睛，聲音尖銳地罵着說：“你是幹什麼的？壞坯！你敢往我的屋裏來亂撞？你的眼睛裏有沒有吳少太爺？難道你不怕死？”

鐵芳說：“我就是他今天新結交的朋友！”旁邊的玉芹也央求說：“柳姑娘您也別着急！這位就是王大爺！少太爺因為我一不小心把酒灑在他的身上了，才……”

柳素蘭雙手掩着斗篷倒退了一步，兩隻眼睛借着那搖搖的燈光，把鐵芳從頭上到腳底下，來回打量了兩遍，她就說：“噢！原來你就是今兒少太爺新交的那位朋友呀！聽說你還能夠敵得過他的鐵錘？你可真算是有本事！難得你頭一天跟他交朋友就立刻想到我啦！這時候已過了三更啦，你背着他來，還找了一個丫鬟做領道兒的……”

鐵芳說：“你不要胡猜疑！我自知鹵莽，但是因為她……”說時指了指玉芹。

柳素蘭卻冷笑着說：“你還客氣什麼呀？什麼為她？為一個丫頭你也未必就到涼州府來！痛痛快快地說一句吧，你也不是為跟吳少太爺交朋友來的，你就是為着我才來的。你一定是在外邊聽了什麼風言風語，說我背着吳少太爺跟什麼人，怎麼怎麼的，你這小子就生了心啦。其實……”她沉下臉來，拍着胸脯，扭動着身子又說：“你是錯打了算盤啦！太太不錯，是蘭肅州幾千里地內有名的美人兒，可是太太行得正、走得端。我柳素蘭這三個字叫起來，也比吳少太爺的鐵錘還叮噹的響！”

鐵芳怒斥一聲說：“你胡說什麼？我也是堂堂的好漢，不為送這丫鬟，我也不到你這兒來！因為她是為我才受的害，所以我才必須救她。今天先把她留在這裏，明天我就去與吳元猛說。”柳素蘭說：“哎呀！你竟敢叫他的名字？”鐵芳說：“我當着面也這樣叫他。”

此時那玉芹趕緊跑過去跟柳素蘭悄悄地說了一陣，大概是說今天吳元猛特別優待鐵芳的情形。柳素蘭立時臉色就改變了，潑辣的神氣盡皆消失，換的是一副驚懼的容顏。又聽鐵芳說：“我也都知道你的事情。她也是一個可憐的人，無論如何你應當留她在此住宿一晚。”柳素蘭就走過來帶笑說：“王大爺您別惱，我剛才是錯認了人。您是少太爺的好朋友，我不該得罪您！”

鐵芳擺手說：“這不要緊，本來我深夜前來就很不對。”柳素蘭施下福去，說：“那我向您賠罪啦！可是……”她直起了腰，回身指了指丫鬟玉芹，就又皺着眉，顯出很為難的樣子說：“本來金大娘就疑惑我這屋裏……”說到這裏，她又把話嚥住了，臉色變了一變，抬起眼來又瞭了鐵芳一下，就接着說：“您是不知道金大娘的脾氣。她雖然也常做好事，可是……真的！若不跟她老人家先說好了，我可不敢留下這個丫鬟呀！”

鐵芳一聽正中自己的心意，遂就點頭說：“這也好。那麼，柳姑娘你就領着我跟玉芹，去見一見那位金大娘吧！”

柳素蘭卻驚慌地擺手說：“這可不行！她的脾氣和我不同，連少爺她都敢罵。她要是知道有一個年輕的爺們在這裏，她就能翻了臉不認人！王大爺，你還是坐在這兒等一等吧！我先帶着她去見金大娘，你就不必去啦！”她又皺着眉悄聲地說：“那個老太婆真不好惹，你還是不要去見她吧！她若是得罪了你，連我都覺得對不住你！”說着，叫秦媽點上燈籠在前，她就很親熱地拉着玉芹往外去走，臨走時還回首向鐵芳說：“你可不要動！在這兒等着我。桌上有茶，你自己倒着喝吧！”遂即掀開她那鼠皮裏子斗篷，伸着戴着翡翠鐲子的皓腕，將屋門倒拉上。

鐵芳不由得忿怒，心說：這個女人，即使當年不被吳元猛搶了去，她也一定不是個好東西。自己來到這裏，要見的就是那所謂金大娘，如今既已來到了這裏，對於這些盜賊盜婦，還講什麼客氣呢？

他的寶劍雖不打算傷人，但也始終未離開手。看得窗外的搖搖燈影漸漸消失了，人已走往裏院去了，他便也出了屋。他倒背着手，拿着寶劍，就腳步輕輕地往裏院去走。走至裏院，只聽咚咚咚樓梯上有腳步兒響，聲音雖不大，可是知道那三個女人已經上樓去了。

這座樓，上下是一共四間，下面的房裏黑忽忽地，窗上的紙且都破了，被風吹得噗噗地響，好像沒有人住。鐵芳就扒着窗戶往裏看了看，只聞得一股檀香味，屋裏有排列得很整齊的幾點微光，像是螢火蟲的屁股。這是香爐裏插着的香，兩邊還有佛燭的餘燼，這大概是佛堂，可見金大娘不僅愛財，還好善呢。

此時那樓上的女人們就談起話來了，鐵芳就壓着腳步上了半截樓梯去聽。原來那柳素蘭還沒進到屋裏，她就在欄杆裏站着，一邊笑着，一邊婉轉地敍說玉芹逃出來的事。鐵芳聽她並沒有說到自己，心裏更是詫異，不知道這個盜婦是懷着什麼心意。

這時就聽上面的屋裏傳出一個女人的聲音，話很難懂，因是南方口音，且仿佛脫落了門牙似的，字音有些咬不清楚。鐵芳細細地辨識，才聽出她是說：“留下她吧！衝着七娘們兒那天殺的，我也得把這孩子留下……叫她進屋來吧！”

聽得門響，又聽柳素蘭笑着說：“玉芹你看！你有多大的福氣！大娘已答應收下你啦，你快進來給大娘叩頭吧，到底大娘是位善心人！”她又厲聲說：“秦媽！你發什麼呆呀？你倒是打着燈籠先進屋去呀！”秦媽連聲答應着。

屋裏的那金大娘卻忽然發出尖厲的語聲，似梟鳥一樣地嚇人，她說：“素蘭！你又丟了心了？怎麼又忘了？怎麼還叫她秦媽？你不知道我一聽了就能犯病嗎？混帳，沒記性的東西！快把她的姓給我改過來……”素蘭立時就嚇得不敢做聲了。只聽得腳步聲在樓板上輕輕挪動，本來那隔着欄杆映在牆上的燈光，也被關進屋子裏去了。

鐵芳知道那三個女人都已進到了屋裏，他遂又上了半截樓梯，輕輕地上了樓。這時屋裏很亮，窗上的人影幢幢，就聽那柳素蘭像觸了大忌、犯了大罪似的，正在哀聲地求金大娘饒她，說：“我真忘了！以後我再也不叫她秦媽了……”金大娘更厲聲地說：“你還說！還敢說？成心氣我嗎？”窗上印着的披斗篷的影子立時就低了下去。

一陣猛烈寒風呼呼地吹來，鐵芳借機就上前以指甲在窗紙上戳了一個小窟窿。他俯身用一隻眼睛向裏面偷看，就見屋裏倒是沒有多少講究的木器，一張帶着綠綢幔帳的床上，坐着一個婦人，想必這就是那個金大娘了。她的年紀不過四十餘歲，可是鬢髮已白得跟霜一樣了。她的臉兒極瘦，顴骨全都高聳起來，簡直似一副骷髏。而兩眼雖凹得很深，但瞪得卻很大，也很明澈，可見這個婦人在年輕時也是相當美麗的。

她此時擁着閃緞的棉被，坐在床頭正在發威，嘴裏嘰哩咕嚕地在說着很難懂的話。那身披着斗篷的柳素蘭就跪在床前求饒，直說：“以後不敢再管秦媽叫秦媽了！”為這件事情，金大娘竟是那麼憤恨，簡直就像要咬死她似的，半天才說：“你起來吧！”

柳素蘭低着頭剛站起身來，金大娘卻又倒下頭去，她哎喲哎喲地直嚷心疼。柳素蘭、秦媽，跟在這屋裏服侍的那個丫鬟，就是那個白天在門前潑水的杏花，以及玉芹，全都一齊驚慌着上前去救。幾個人一齊給她撫摸着胸口、捶腰，並一聲聲地叫着：“大娘！大娘！大娘！你老人家別再生氣了……”

一種淒慘可怕的氣氛充滿了屋子。桌上的素燈一跳一跳的，那隻燈籠也是慘暗無光。那金大娘像老貓似的嗷嗷號叫着，漸漸地，呻吟聲越來越微弱，就好像快要死了。鐵芳在外邊也不忍再看，且覺得一陣鼻酸，眼睛都有些潮潤。他用袖子擦了一擦，轉過了身，心中就想：不如我硬走進去，索性與這婦人細說一說，也許能把她的心疼病兒治好了？但也許她就能一下死了……

正在猶豫未決之間，忽然又聽屋裏的金大娘暴嚷起來，細一辨識，就聽她說：“滾吧！滾吧！以後別再提什麼秦媽就得啦！害得我心疼。還得把這丫頭的名字也給我改了，什麼玉哩，芹哩，都不許叫！我恨那些個名字，聽見了沒有？”四個女人一齊應着：“聽見啦！”

那杏花並帶着笑說：“以後就叫她桃花兒好了！您叫着也順嘴，我們一個杏兒，一個桃兒，永遠服侍着您。一直服侍您活到八百歲，再送您到西天去。”

金大娘聽了這話，卻又呻吟了一陣，然而她又嚴厲地說：“以後只要我聽見誰再說那幾個字，成心來氣我，我就叫元猛來，當着我的面，把她的頭打爛了！”

這句話一說了出來，便沒有一個人再敢說話，沒有一個人敢大聲出氣兒。鐵芳趴着窗窟窿又向裏瞧了瞧，就見柳素蘭倒還不怎麼樣，兩個丫鬟卻都臉色如白紙一般。尤其是秦媽怕得最厲害，她渾身打顫，牙關嗒嗒嗒地直響，就像這裏真出過這樣的事情。在這黑暗的樓下，不知是哪一年哪一天，吳元猛真曾遵從過金大娘之命，掄起了他那沉重的鐵錘，將一個可憐的女子，打斃於樓下，腦漿迸流。

此時鐵芳就站在樓欄旁，仰望着昏暗的長天，面受着凜冽的北風，他呆呆地聽着背後屋中那老妖魔似的婦人仍在呻吟、說罵，覺着又可憐又可恨。又過了一陣，燈光又向外移來，是那柳素蘭要出來了。鐵芳一聳身就越過了欄杆跳到樓下，手提寶劍又往前院去走。身後的燈光撲來了，鐵芳就趕緊又跳到房上。蹲了一會，只見那秦媽手提着燈籠，顫顫抖抖地由裏院走出，柳素蘭披着斗篷，身子急急地扭動着，由後面趕到前面來，她嘴裏嘟囔着，低聲罵着，就匆匆地回到屋裏。

一進屋，柳素蘭立時就驚訝地叫了起來："哎呀！那個人怎麼不見了？"她疾忙又跑出屋來說："那個人怎麼不見啦？咳！真是的！他怎麼會不等我回來就走了呢？都怨那老東西，罰我跪了半天！"她要來燈籠滿處去找，燈光地直找到大門旁邊。她摸了摸鎖頭，還在門上鎖得很結實，她就叫着："秦媽！快拿鑰匙來把門開開，我出去看看，也許他又跑到外邊去了！"接着，又歎了口氣說："這個人是怎麼回事兒？沒等我把話說完，他就走！真是個沒良心的東西！"

秦媽也更為驚懼地說："他別是跑了，去告訴少太爺了吧？"

柳素蘭哼了一聲，說："我瞧他可沒有那麼大的膽子。他今天把玉芹送來，明天還許不敢跟少太爺說呢！說了又當怎麼樣，少太爺還真能拿鐵錘把我打死嗎？我不信他有那麼狠的心。我還是愛怎麼樣就怎麼樣，誰也管不了我！後樓上那個老天殺的，當面我怕她，背着面我就給她唸咒，讓她快死！快死！心疼一下就把她疼死。秦媽！秦媽！快拿鑰匙去！"

看完了這一幕情景，鐵芳便腳踏着屋瓦，飛快地伏着身而行，很快就跳到了院落之外，胡同之中。他由地下找着了那件老羊皮襖，披在身上，往北走了幾步，就見那邊的大門已經開了。先透出燈光，隨着就出現了搖搖晃晃的燈籠，那黃色閃閃的光圈之內，罩着身披斗篷、雲鬢蓬鬆的柳素蘭。她一扭一扭地來回地找，並且發着冷笑，自言自語地說："你別走呀！我話還沒跟你說完呢！你不是為了我才來的嗎？我是由蘭州到肅州頂美的，你別管吳元猛，他也管不了我……"

鐵芳卻急急地向北走，心中又氣惱又猜疑，覺得這是怎麼一回事呀？莫非強盜的家中就一定有這等的事麼？這柳素蘭跟那金大娘，她們雖然都非正經出身，但以前無論如何也不至於這樣。莫非是當了盜婦之後，才變成得這個樣子……

他已將走出了胡同口，那邊的燈影還在搖晃，並有尖聲在寒風裏飄蕩着："喂！你倒是回來呀！"鐵芳不由哼的一聲冷笑。

忽聽街上微有聲音，他疾忙躲身，揚首去望，就見有一條疾快的黑影，順着身旁的牆上飛過去了。他不由大吃一驚，及至再看時，就已看不見了。他疾忙撩衣嗖地一聲又上了牆，牆的裏面卻是一家住戶，房屋很少，燈光也全無。

那邊柳素蘭還在叫着："怕什麼呀？回來呀！你不認得我，你能到我這兒來麼？回來咱們談談！別怕那老乞婆，她永遠不下樓。也別怕那使錘的，他有半個多月沒見着我啦！他管不着我！"聲音雖然不大，但在寒風裏聽得是非常清楚。鐵芳不禁又罵了一聲。本想回去再追尋那條黑影，看看到底是什麼人，但是他又真厭惡這婦人。於是他就跳下牆去，走出了胡同口，悒悒地回店房去了。

這時那柳素蘭提着燈仍是不死心，她又往這邊走來，嘴裏的話也漸漸變成了怒罵。忽然一陣狂烈的北風刮來，把她的燈籠也吹滅了，她就跺腳大罵，說："該死的！半夜深更來攪我，不容我把話說完了就走！該死的……"秦媽站在那門旁叫她回去，她這才轉過了身，手都凍僵了，眼裏也不由得流出淚來。

　　柳素蘭實在是害怕，她害怕這件事情弄到吳元猛的耳裏。她倒不至於挨一鐵錘，她知道吳元猛喜歡她，可是那一頓飽打也是免不了的。吳元猛曾打過她好幾次，結果都是她百般地央求才重得寵愛，她知道吳元猛拳頭的沉重不在鐵錘之下。她又很失望，因為她從來也沒看見過像鐵芳這樣英俊的人，她希望鐵芳能由今夜起與她相識，可是，鐵芳走了，她怎麼找也找不着，怎麼叫也叫不回來。背着吳元猛，她在這城裏也認識兩三個人，知府的姪少爺跟馬百萬，以及一個錢莊的劉夥計，都是常來她這兒喝茶談話的，但是她都不喜歡。

　　她心裏又惆悵，又難過，這時秦媽，還有那個管做飯的也是她最心腹的紀媽，也出來了，都叫她快回去。她這才抱抱怨怨地回到了門裏，那秦媽就摸着黑兒又把大門鎖上。

　　柳素蘭跟紀媽就往院裏走。見屋裏的燈光倒還是亮着，她心中熬煩，就想着一進屋就撲到床上去睡。但是沒有想到，她一進屋，就見屋中又站着一個手持着寶劍的男子，並且不是才走的那人，這是另一個人。她不由就哎喲叫了一聲，這人卻用寶劍向她的肩頭平着一拍，她又尖叫了一下，就坐在了地上。紀媽跟秦媽都慌張張地問說：“什麼事？什麼事？”可是進屋一看，就也都嚇得渾身顫抖，直了眼睛。

　　這個人又舉劍威嚇着說：“都好好地站着，你們誰要是敢嚷嚷，我就叫誰立刻死！”兩個僕婦就全都不敢說話了。

　　柳素蘭忽然扶着牆又站了起來，因為她聽這個人說話的聲音很細，簡直像是一個女的。於是她就瞪着眼，大膽地細看了半天，只見這人身穿着青布夾褲襖，還穿着一個皮背心，腳下是大腳青鞋，又確實是個男人。論年紀這人才不過二十上下，長得比剛才那人更漂亮。她立時就一點也不怕了，就噗哧地一笑，說：“我今天才是好福氣呢！本來我都睡了，可是不斷的有人來，才走了一個，就又來了一個。我的人緣兒果真好，你又找我幹什麼來啦？難道你也是吳少太爺新交的朋友嗎？”

　　這個人卻說：“誰是他的朋友？我來到涼州府就為的是來殺他！”

　　柳素蘭卻笑了笑，說：“得啦！你就別拿寶劍來嚇唬我啦！寶劍我也見過。我看你的年紀比我還許小呢，我就叫你一聲小兄弟吧……”她才說到這裏，就聽吧的一聲，臉上就挨了一巴掌。她的臉上又痛又燒，她就氣急了，嚷嚷着說：“你是哪兒來的野小子？你敢打我？你不知道，涼州城第一個人物是吳少太爺，第二是金大娘，第三就是我，第四個才是知府呢！你敢打我？你比剛才來的那個還不講理嗎？”她撲過來要揪這個人的胳膊，這個人卻右手把劍向她的頭上一晃，左手將她又一推，她倒退了三四步，就咕咚一聲又摔倒了。皮斗篷也甩落在地下，兩個僕婦也嚇得叫了起來。

　　這個人可真兇，聲音細而亮，毫不怕被人聽見。他躍步過來一腳蹬住了柳素蘭的胸口，劍尖就挨近了她的咽喉，逼問着說：“剛才那個人到你這裏來，是為什麼事？”柳素蘭說：“他是送了一個丫鬟來，求我們這兒的金大娘收下。”

　　這人又問說：“金大娘是個什麼東西？”柳素蘭說：“剛才我沒跟你說嗎？她是涼州府第二個人物。其實吳少太爺都得聽她的指使，因為吳少太爺最孝母。”

　　這人又逼問說：“她是黑山熊的什麼人？”柳素蘭說：“你還沒弄明白嗎？她是黑山熊的老婆呀！”

　　這人更逼問着說：“她是黑山熊的原配，還是黑山熊搶來的別人家的婦女？”問這句話時，此人顯得特別情急、暴躁，他的臉上凜如冰霜，目光森厲又似劍光。

　　柳素蘭的身子向後一仰，索性躺在地下了，她歎着氣說：“你一說到了這兒，我可也真不想活啦！你要愛殺，你就快快地給我一劍罷！金大娘是怎麼到了黑山熊的手裏的，我真不大明白，我也不敢告訴你！不過我倒真是叫他們給搶來的……”說到這裏她忽然發出悲聲。這個持劍的人，反倒將腳也挪開了，就說了聲：“你趕快起來罷！”

　　柳素蘭手扶着地坐了起來，她哭涕抹淚地說：“我早先可也當過花姐，當過人家的小老婆，可是我也從來沒受過現在這樣的罪。現在還算好呢！只不過是受金大娘那乞婆一個人的氣，早先，我才被搶到山上的時候也正是冬天，滿山都是冰雪，吳少太爺稍微一發脾氣，就剝了我的衣裳，叫我只穿一身小褲衩，在冰雪裏凍着。黑山熊那老強盜更不是人……」

這個人面現出一點矜憐之色，就說：「你且不要說這些話！你既是被他搶來的，只要我殺死了黑山熊父子，我必定能夠救你！」

柳素蘭說：「咳！你就別說這話啦！你也許是一位什麼俠義英雄，我不敢小瞧你。可是憑你這麼細弱的身子，一口精細的寶劍，你也能夠殺得了黑山熊跟吳少太爺？黑山熊現在冰雪的高山上，你能夠去？吳少太爺手使着四五十斤重的一對鐵錘，你敵得了他？」又說：「除了你能請一個人來！你到新疆去請玉嬌龍來！那黑山熊聽了就能夠嚇死，可是吳少太爺他還不怎麼怕呢！今天他又來了一個新朋友，就是剛才由我這兒才走的那個姓王的，那個人的武藝也不在他以下，來了就算給他添了一隻膀臂。可是……哼！早晚他的丫頭跟老婆都得叫那個人給霸佔了不可！」

她說着話，由地下撿起皮斗篷又披在身上，氣忿忿地扭到了旁邊，找了一個凳兒坐下。一看見持劍的人呆呆地立着只是發愣，她卻又不禁噗哧笑了，說：「不怪我們這裏的金大娘天天叫人把門鎖得嚴了又嚴，原來真能有令人想不到的事，來些想不到的人。也許是因為我的名兒太大了，所以人都來，想着看我這個從蘭州到肅州的頭一位美人兒。剛才來了個冒失鬼，剛一走，又來了一個傻小子。喂！小兄弟！你拿着寶劍，怎麼我不怕你，你倒有點怕我呀？你怎麼又不言語呀？你倒是為什麼才來的呀？你貴姓呀？」

這個人卻突然將劍一掄，寒光抖動，直向她的前胸，厲聲說：「你不用問我姓什麼！今天我來的事，不許……」又逼着旁邊那兩個僕婦，說：「不許你們向人說，連那姓王的，也不許說。我來這裏，第一是為殺黑山熊父子，還要殺那惡名已滿於甘涼道上的金大娘。我殺他們如斬草芥，但因這個城裏現在住着欽差，必須等兩天后我才能夠下手。你們也別怕，將來我必救你們逃開這裏，聽見了沒有？」

兩個僕婦都一齊嚇得跪下了。柳素蘭這時候可真害怕了，她也不禁全身都打顫，面無人色。只見這個人拿着劍轉身出屋，半天毫無聲息。這屋裏的三個女人全都沒敢動彈，但是，在此時忽聽由裏院發出來哎喲！一聲慘叫。柳素蘭打了個冷戰，就站起身來說：「可真不好啦！金大娘大概是叫他給殺了！」她跟兩個僕婦都想要跑到裏院的樓上去看看，可都身子卻癱軟得不能夠動彈。就聽遙遠之處的更聲，此時已敲到了四下了。

當夜，這裏是異事頻發，驚恐未息。但這時候的廣隆店內，鐵芳卻睡得正酣。他夢見滿是冰雪的祁連山上，有一群強盜把一輛車給打碎了，從車中搶走了什麼。同時車後有一匹追騎來到，馬上的人持着寶劍，懷揣着嬰兒……他又看到韓文佩、黑山熊在殺、鬥，為爭一個無主的男孩，還有一塊紅羅分明在那男孩子的身畔……

醒來，這個夢境仍然在他的眼前，他就似是真見了一般，在炕上呆坐了半天，頭腦才有些明白。他長歎了口氣，剛要下炕，忽聽外面咚咚咚地捶門，他就怒問一聲：「是誰？」外面急急地說：「是我！我是土蛋刁三，王大爺你快開門吧！」鐵芳不由得詫異，就問說：「有什麼事？」遂就急忙穿鞋下炕。

外面的刁三卻驚慌地悄聲兒說：「有要緊的事！王大爺你快開門，我進來再說！」鐵芳隨將門開了。刁三一進來就隨手把門掩上，變臉變色地悄聲兒說：「我是偷着來的！王大爺你趕快走吧！你不是在峽口礐把野馬薛瑤的一隻手砍掉了嗎？他可跟海螃蟹都來了！他是吳少太爺的表弟，待一會兒，吳少太爺一定要跟你翻臉，拿着錘來要你的命！王大爺你快走罷！」

鐵芳一聽，原來是這件事，他就反倒笑了，先說：「你真是一番好意，我謝謝你了！可是……」說到這裏，他不禁微微地笑說：「我想吳元猛他就是要為表弟跟我拼鬥，也得先把話跟我說清楚了。今天我絕不走，我在此等着他們！」

刁三着急說：「他們要是一翻了臉，可就不講理啦！他能帶着幾十個人來，把店房圍起來打你，王大爺你鬥得了他們嗎？」

鐵芳搖頭說：「你不要管了！你快去吧！要叫他們知道了你來給我送信，可一定饒不了你！」

刁三說：“我因為知道你老人家是一位英雄，我才願意幫你，想叫你老人家將來提拔提拔我！我給他們幹事，永遠得當孫子，得不着一點好處！”

鐵芳急忙擺手說：“你快去罷！不要聲張這事。你放心，我不怕與他們拼命，他有鐵錘，我有寶劍。你快去罷！將來我一定能夠提拔你。”

刁三先開了門縫向外看看，然後他才悄悄地走了出去。鐵芳叫進店夥來，給他打臉水、沏茶、做早飯，他很鎮定，而且精神奮發。他將衣裳紮束利便，寶劍時時備在手邊，掄了掄，胳臂也不像昨日那麼疼了。

少時他用了飯，那飛虎鮑坤果然就來到了。對於野馬薛瑤的事，他是一字不提，只是對鐵芳說：“吳少太爺現在請你去，聽說是有什麼要緊的事要跟你商量。”

鐵芳卻搖頭說：“我不想去，因為昨天在他家裏酒喝得太多了，犯了胃病，我要歇歇。如若有事，可以叫他到我這裏來講。”

鮑坤走後，鐵芳料到待會兒吳元猛就許率眾前來，所以他的精神不免有些緊張。預知少時就有一番惡鬥。他就想自己就是衝出了重圍，離開了涼州，踏雪登上了祁連山，殺黑山熊也許很容易，只不過那個金大娘的來歷，自己始終未弄得明白，這卻是個遺憾。自己到底是為什麼來呀？倘若到祁連山殺死了黑山熊，而見不着方二太太之面，可又有何用？因此，他的心中實在為難。

又過了不多時，就聽院中有雜沓的腳步之聲，並聽有人向屋裏帶笑說道：“王老弟！你好大的架子呀！怎麼非得我親自來請你嗎？”這正是吳元猛的聲音，鐵芳的寶劍雖就放在身畔，但他反倒不能拿起來了。

這時屋門一開，吳元猛的高大身軀就走進屋中，他滿面帶着笑色，看上去還很誠懇，就聽他說：“王老弟！你太多疑了！你以為我知道了我的表弟被你砍斷了一隻手的事，就會跟你翻臉，替他出氣嗎？那你可把我看得太量狹了！我實同你說，我們吳家父子若是沒有點江湖義氣，就絕不能在甘涼道上混得這麼長久！薛瑤，不錯，他是我的表弟，可是他不聽我的話，在外胡作非為，已不是一日了，連我都想要砍斷他的手呢！老弟你懲戒的對，我不但不生氣，我還得謝謝你！咱們倆的交情還是交情，跟那事不相干。走罷，我家裏把酒都已預備好了，也沒別人，專等着請你去。”

說到這裏，他卻又壓下聲音，把嘴挨近了鐵芳的耳朵，說：“有一件要緊的事，我要跟你說，還得請你幫個忙呢！”他又笑着，用大手拍了鐵芳的肩膀一下。這使得鐵芳倒覺得非常慚愧，覺得吳元猛確實是個豪爽的漢子，而自己倒好像是胸中藏有奸詐之心了。此時外面還有幾個惡奴在那裏站着，吳元猛一眼就都給瞪走了。他望着桌上的寶劍，就說：“你把劍帶上！”

鐵芳卻笑着說：“你已經把話說開了，咱們的交情，我難道還能懷疑你嗎？”吳元猛卻又悄聲說：“你是不知道，你砍掉了薛瑤一隻手的事，我雖不在意，可是我手下的人全覺着不平，那海螃蟹袁慶又在暗地裏激他們。他們就如同是一窩蜂，已經被你給惹起來了。他們若是想暗算你，那連我也攔不住，因為現在為玉欽差的事，我正在用着他們。你還是拿上寶劍才好！”

鐵芳卻露出一種輕視的樣子，先把門關上，然後就悄聲說：“吳兄！如今我已看出，你不愧是一條好漢，但你何必非要去做那件事不可呢？”吳元猛笑着說：“為找錢花呀！你想我養着多少人？我有多少個老婆？我的老婆哪個不要戴金首飾、穿綢緞衣裳？我自己跟着她們還都要抽大煙，沒有錢能行？”他又拍了拍鐵芳的肩膀說：“我看這回買賣做好了，你也闊了。你也弄上幾個老婆，就知道那滋味了，你也就天天得想法子要弄錢了！”鐵芳便不言語，覺得這個人是盜性已深，無法勸他改悔了。

吳元猛又笑着說，如今就是給我一個總督巡撫的官兒，我也不幹，因為那還沒有我當這個少太爺舒服呢！再說我辦玉欽差這件事，還是為報私仇！為使玉嬌龍那狗娘們兒的鬼魂也生一生氣！”說到這裏，他的面容更為兇惡。鐵芳怒發於心，就冷笑了笑，持寶劍說：“咱們走吧！我再去擾你一杯吧。”

當下二人開門出屋。到店門外，見已有吳元猛坐來的車等在那裏。吳元猛叫鐵芳上車內去坐，他跨着車轅，就往北走，路旁行路的人多半站住了腳，恭敬畏懼地向着車彎身打躬，口稱着：「少太爺！」

吳元猛卻連頭也不點一下。但是對於路旁走着的大姑娘、小媳婦，他可是非常注意地去看，並也很輕浮地說着：「跟我到家裏去罷？好端正的腳呀！」被調戲的女人只有趕緊躲避，而不敢還一句話。他卻哈哈大笑，並回頭望着鐵芳，顯示他在這座城中的權威。

少時就到了他家的大門首，他先下了車，鐵芳提劍也隨着跳下。進到大門洞，就見今天這裏的情景可比昨日緊張，院中的人特別多，還都向他怒目而視。那與鐵芳曾在峽口營會過面的海螃蟹袁慶，也在這裏了，還有那個胡豹，兩人手裏都握着短刀，似乎是就要撲過來的樣子。

吳元猛卻沉下臉來，使出來威風，怒喝一聲：「你們都在這裏幹什麼？」

有的人見他怒喝，就趕緊向後退去，獨有那個胡豹，硬挺着胸脯上前說：「少太爺！他是咱們的對頭，在峽口營他把你的表弟砍下了一隻手，你不替咱們的人報仇，反倒……」

吳元猛忽然面現一陣獰笑，問說：「反倒什麼？反倒怎樣？」

胡豹似乎有所恃而毫無畏懼的樣子，當時就跳起來大聲嚷嚷着說：「你反倒要跟他稱起弟兄！」

吳元猛笑着指着鐵芳說：「他也是咱們的一路人，昨天特慕我的名來訪我，怎麼會是對頭呢？」

胡豹怒聲說：「難道野馬薛大爺的那隻手就白掉了嗎？」

吳元猛又一笑，說：「江湖人彼此爭鬥，是誰的武藝高、本事好，誰就佔便宜；沒有本事的人，掉了手或掉了腦袋，那是活該！我的表弟野馬薛瑤受了傷，那是因為他自己的本事不濟。他若有本事，也可以用他那隻還沒有掉的手，拿刀來，來把這姓王的……」他指着鐵芳說：「把他殺了我也攔不住！你們要是本事都不行，平日就仗着我護着你們、養你們，一點力也不給我出，還倚着我的名頭滿處橫行，如今有了本事的人前來幫助我，你們反倒眼紅了起來？」

胡豹說：「少太爺，你不明白，他不是個好東西，他的來頭不正！」

吳元猛瞪着眼睛說：「什麼來頭不正？」

胡豹說：「他是由沙漠來的，他是玉嬌龍手下的！他來，是想把我們全踢開，然後他再收拾少太爺呢！」

吳元猛轉臉向鐵芳笑着說：「你可聽見了？」

鐵芳手中緊緊握着劍，冷笑着不答，吳元猛又向胡豹問說：「那麼依着你，應當如何？」

胡豹跳起來說：「也得砍下他的右手來，我們的氣才能出！」

吳元猛大喝一聲：「好！把刀給我罷！」當下他就從胡豹的手中奪過了刀，蒼白的臉此時已變成紫色，他瞪起一對眼睛，並捋了捋袖子。

此時許多人的目光都注視在鐵芳的身上，都要看看吳少太爺怎樣斬他的手。鐵芳只向後退了半步，顏色並不改變，倒看他如何。吳元猛突然揚起了明晃晃的短刀，一下砍落了下去，只聽哎喲一聲怪叫，三兩個手指就落在了地下。那胡豹抖着滴着血的手，疼得直叫，就向前院奔去了。

鐵芳此時倒不禁變了色，連問說：「這是為什麼？」

吳元猛卻面露兇煞，望着那一些人說：「你們看見了沒有？我吳元猛交的是天下英雄，結的是江湖好漢，誰的武藝高，誰能幫我的忙，真心與我相交，那就是我的弟兄！你們若是膿包，若是飯桶，卻還要看着人家忌妒、眼紅，那，看見了沒有……」他又將短刀揚起，猛地向下來一落，嚇得他手下的人齊都面現土色，他便聲音嚴肅地說：「我就是照這樣辦！」

鐵芳的心中很是震驚，但又疑惑他是故意如此，那胡豹也不過是他手下的一個僕人罷了，他不惜傷他，以固結自己的心。當下鐵芳就不動聲色。吳元猛又帶笑點手，請他到屋中去飲酒。他隨着進去，就見屋中沒有別人，只在外間擺着一對鐵錘，而里間卻是一桌比昨日更豐盛的筵席。有兩個昨天沒有見過的丫鬟又在那裏伺候，但是都顯出驚驚慌慌的樣子。吳元猛請鐵芳落了座，鐵芳就將劍豎在椅子旁。

那丫鬟過來給他斟了酒，他就笑着問吳元猛說：“你剛才何必要那樣？”

吳元猛也笑一笑，沒有言語。喝過了兩杯酒，吃過了幾箸素菜之後，他才歎息着說：“我手下的這些人實在都太沒有用，兩三個人也舉不起我的鐵錘來。從我老子時起，就養着這些膿包，假若早有像你這樣武藝好的人相助，我們焉能受玉嬌龍那婦人的欺負？”他使了個眼色，那兩個丫鬟立時就避了出去。

吳元猛就又悄聲對鐵芳笑說：“昨天晚上可出了事了！”

鐵芳裝做不知，問說：“什麼事？”

吳元猛冷笑着，搖頭說：“不要緊！我不怕！有老弟你在此，我更不怕別人和我做對！”

鐵芳又問說：“到底是什麼事？”吳元猛又淡然地一笑，但是從他的神色之中已可看出，他是驚恐了，他說：“就是昨天灑了你一身酒的那個丫鬟，其實我已經不說她了。但她回到了裏院，被小妾知曉了此事，怪她粗心，又怪她在生人面前顯出來沒有人管束。”

鐵芳說：“其實是件不要緊的事，我這衣服還怕酒髒了嗎？再說她也不是成心故意！”

吳元猛說：“唉！究竟是女人的量狹，她就又把那丫頭責罰了一頓。那丫鬟哭哭啼啼地，到晚間她竟悄悄地走了，到了南首，我的另一個婦人柳素蘭之處。她去了倒還不要緊，不料那時又混進去了一個賊人……”

鐵芳的神色不禁一變，想他一定要說到自己，但是聽吳元猛又說：“那個人……今天清早素蘭派那裏的秦媽來告訴我說，那個人是一個二十歲上下的男子，眉目清秀，手執寶劍，還穿着一件皮背心……”鐵芳一聽，心說：奇怪！昨天我並沒穿着什麼皮背心呀！

吳元猛說：“這個賊，他倒是沒傷人，他先將柳素蘭威嚇了半天，併發下狂言，說是特來要我父子的性命！哈哈！這個人接着便到了那院子的後樓上，差點兒將在那裏住的金大娘殺死！幸而金大娘為人機警，見有賊來了，她就趕緊滾落在床的下邊，那賊人倒也沒再揪她！”他帶着恨意把話止住，呆呆地瞪着兩隻眼睛。

鐵芳就拱了拱手說：“恕我冒昧！我要打聽打聽。因為我從西邊前來，數百里之內，到處聽人談起涼州府金大娘之名，可不知道是吳兄的什麼人？是怎樣的一位太太？”

吳元猛說：“這話待會兒我再告訴你！且聽我說。昨夜，三四更的時候，我這裏也出了一件事，是六小妾的屋中。平日她抽煙，昨夜別人都睡了，獨她還沒睡，就進來了個人，也是二十歲上下，眉目清秀，手執寶劍，身穿皮背心。他推開了門進了屋，持劍逼嚇，問我住在哪間屋內。六小妾咬定了牙關不肯說，他才一無所得，也沒傷人，就走了。據我想，此人一定就是昨天白晝，在我門前徘徊的那個官人！”

鐵芳聽到了這裏，不由就想到這次東來，路上所聽見的，處處遇見的那個漂亮的小差官。雖未見面，但此人莫非是……

正在想着，吳元猛又顯出點懼意，悄聲地說：“我想此人的夜行工夫一定很好，大約是玉欽差在新疆雇來，特為暗中保護他的。我疑惑他就是玉嬌龍的夥伴，許是那個韓鐵芳！”

他吧地一摔酒杯，幾乎就給摔碎了，他既忿怒恐懼地說：“現在暗中既有這麼個人，咱們的那檔子買賣，可就有點難做了。所以，並不是我失去了銳氣，我是想，咱們若想辦成那件事，就先得除去了這個人！老弟！你在這城裏還沒有什麼人認得，我主張你用過了酒，你就……”

鐵芳立刻點頭說：“不要緊，少時我就出去查訪查訪。”

吳元猛又囑咐說：“你可要小心！如果此人是韓鐵芳，那我們更應當謹慎地對付。他既是玉嬌龍的夥伴，武藝就必是高強！”

鐵芳聽了，只是微微地笑，自己實在不願再隱名瞞姓了，可是看着吳元猛這個人，又真難以對他明說，於是他飲下了半口酒，便又故意問："此人莫非是專為金大娘而來的？"

吳元猛搖頭說："不能，不能，金大娘只不過是愛錢罷了！因為我很尊敬她，她才在甘涼道上有這樣大的名。現在她養了幾個花姐，混事給她掙錢，又指使我手下的幾個人，背着我去做生意，賺來錢，分給她，卻瞞着我。我也只是睜一隻眼閉一隻眼，不去管她。但我也知道，她不會結仇於人，以至找到這裏來要她的命！"

鐵芳就又問："這位太太是吳兄你的什麼人呢？"說完便很注意地聽他的答覆。

吳元猛卻說："她也不能算是我的什麼人，她不過是家父的一個小老婆罷了！"

接着他又歎息着說："只因我自幼喪母，住在山上沒人照管。在我十歲的時候，得了一場很重的傷寒病，險些就要死了，多虧那個婦人服侍我湯藥。我發昏的時候，她遍山遍谷地去給我叫魂。她又不辭辛苦，走過了幾道山嶺，到山神廟裏去給我許願燒香。有半年多我才病好，她就如同是我的重生之母。後來，我老子待她不好，她就跟我住在一起。我的衣服鞋襪又全是她做她洗。後來我在這涼州府打傷了火眼猿猴高保，從那時起，我才名震甘涼道上，但那時我也受了些傷，又幸虧她把我照護得好了。我吳元猛原是個有良心的漢子，我不能忘了她待我的種種好處，所以便把她接下山來，在此蓋了房屋，請她居住，以免她在山上受苦。並叫我那最寵愛的婆娘柳素蘭陪着她住，伺候她，就算是她的兒媳了！"

鐵芳聽到了這裏，不由對吳元猛產生些敬意，就又問："這位金太太是本地的人麼？"

吳元猛搖頭說："不是，她是南方人。因她自稱娘家姓金，她又很愛金銀，別人才都稱她為金大娘。"

鐵芳故意笑了笑說："這位太太，心腸是很好，不過她要那些金銀，又有什麼用呢？她又沒個兒女。"說完就直着眼睛去看吳元猛的表情。

吳元猛卻笑了笑，說："我知道她的心，向來我也不管她。不過，還是剛才咱們說的那些話，你今天千萬出去查訪查訪那個人。"

鐵芳胡亂吃了些菜，又咽下去幾口饅頭，就站起身，提起劍來說："我這時就走吧！"

吳元猛擺手說："不要忙！不要忙！我還有話要告訴你。你如果探知那人姓韓，確實是韓鐵芳，你就先不要跟他動手。如果打聽出來韓鐵芳那小子真是春雪瓶之夫，那更要先回來告訴我。"

鐵芳問道："這是什麼原因？"

吳元猛說："你想啊！我跟那玉嬌龍有仇，跟春雪瓶又有什麼仇恨呢？"

鐵芳說："對了，吳兄！你是一條好漢，是個有良心、是非分明的人，你的話既然說到此處，那我倒要勸勸你了！"

吳元猛有點詫異地問說："老弟，你又要勸我什麼？"

鐵芳說："我勸你跟韓鐵芳、跟春雪瓶解了仇恨，我勸你不必再圖謀玉欽差。"

吳元猛變色說："老弟，你怎麼又說這話？莫非你怕了？"

鐵芳激忿地說："不是我怕，是我以為你何必要這樣辦呢？"

吳元猛忽又沉下臉來，說："玉欽差，我是絕對不能饒了他，不僅我得要他那些貪贓得來的金銀，我還要將他置於死地，為的是叫玉嬌龍那娘們兒的陰魂難受。韓鐵芳我也饒他不了，至少，我也得一鐵錘打碎了他的頭骨！那春雪瓶……"

說到這裏，他又忘形地微微笑了起來，說："不瞞老弟！我早就聽說她貌若天仙，有一身好武藝，但是我只要見了她，我不用費一槍一刀，只消把她請到金大娘的樓上，隨便跟她說幾句話，哈哈哈哈……"他笑得頭都仰了起來，椅子咯吱咯吱地直響，他說："我為什麼蓋那座樓呢？我單為讓金大娘在那住嗎？不是不是，我早有此心，到時我就要收春雪瓶做老婆。她一定肯幹，憑金大娘就能逼着她幹。到時，我就將我這些個婆娘都趕走了，專娶春雪瓶。將來生個兒子，我教他使鐵錘，她再教給他玉嬌龍的那種劍法，多少年後，那孩子在甘涼道上准保比我還出名。我再給他許多錢，哈哈哈哈……"

鐵芳此時氣得肺都要炸了，便說："我這就走了！"

吳元猛又囑咐說："千萬照着我的話去辦！"

鐵芳漫應了一聲，就提劍往外走，那兩個丫鬟趕緊替他開了門，他就大踏步走出屋。屋外飛虎鮑坤迎了過來，鐵芳便急忙止住了步，他以為鮑坤也是要替那野馬薛瑤出氣，要殺傷他。但沒想到這個鮑坤，還是跟昨天一樣地對他說話，只是神氣慌張，緊皺着眉頭，他憂煩地問說：「你要幹什麼去？」

鐵芳用手指了指屋中，說：「元猛他要叫我出去辦點事。」

鮑坤就說：「你可快些回來，今天還許有個朋友要來呢。」

鐵芳就問：「是誰？」

鮑坤說：「是潼關的老君牛張伯飛，他跟我們這邊也有來往。他的兄弟仙人劍張仲翊，跟竇定遠、秦傑，都是被玉欽差雇了去當保鏢的。他跟咱們這裏的少太爺也通風，原想是等到玉欽差在西面撈足了錢、肥了，回來時，他做內應，我們在外，就一同下手做買賣。可是他們一去就無音信了，後來他哥哥張伯飛才也趕去幫助他們。這裏的少太爺並派了我那四位老弟，惡虎楊塞、猛虎常林和瘦虎常明……」

鐵芳就不禁想起了自己所救的那個人，而鮑坤卻更皺眉發愁說：「還有黃虎袁用跟豹子崔七呢！他們也都去了，可是一去也都沒有信兒。只聽說什麼鐵霸王竇定遠已被羅小虎殺死了……離着又這麼遠，誰也弄不清他們的吉凶如何！這次玉欽差回到了這兒，他們卻都沒回來，實在叫人納悶。吳少太爺是看了你能舉起來他的鐵錘，就把你看成了好兄弟、幫手，把那些人都似是都忘了，他不知道我多發愁呢！剛才有人從西邊來，說是張伯飛回來了，因為他也是受傷才好，所以在路上走得很慢，大概他今天不來，明天准到。可是他一個人狼狽而歸，那八位都不知道哪兒去啦，你說怪不怪呀？那些人必是凶多吉少……」說着話，他真憂煩極了。

鐵芳心中雖都明白，但卻不露一點聲色，只點點頭說：「你不要着急，等到張伯飛回來說明了真情，我再替你想主意。」

鮑坤點頭說：「好！只好請你幫忙了！反正只要是我那四個弟兄，我們隴山五虎中若有一個被傷，我就不能夠答應！……」又悄聲兒說：「少太爺他不願跟春雪瓶拼也不行，我得去拼！到時你幫助我，咱們也走一趟迪化，鬥一鬥春……」

鐵芳就說：「你且不要急躁！等把事情弄明白了，咱們再想法子。」

鮑坤喘着氣，應了一聲：「是！」口中又嘟嘟嚷嚷，自言自語地說：「我非得跟春雪瓶那丫頭拼。我也知道，倚仗着吳少太爺是不行，他是另有打算……」

鐵芳卻不待聽完往外就走。鮑坤又追上了他，害怕地說：「你是要出去幹事兒不是？你可也要小心一點！玉官兒手底下一定有能人！」

鐵芳點點頭，說：「我知道！」就在鮑坤與前院的許多人的注視之下，走出了大門。他先回到了店裏，放下寶劍，披着他的黑毛皮襖又出了門。他在街上、在各店房中都繞了半天，打聽了多少處，他實在是想要得着那漂亮的小差官的下落，可是真無從曉得那人現寓何處。

他心中很着急，因為張伯飛眼看着就要來了。自己的形跡也至多能隱瞞這一天，明天就非要弄穿不可。到時不是拼命，就得走路，如果是拼，假使那個人不來幫助，自己實在一人難敵眾手；如果是跑，可又算白來了這一趟。無論如何今天得尋着那個人，非得辦出個結果來才行。

他走在街上，不想就遇着了呂通海，同着六七個鏢頭在一起走路。昨天雖同過席，今天他見了鐵芳，卻連理也不理。他威風凜凜，身後邊還帶着一個人，給他拿着雙鈎。鐵芳就猜着他的這對鈎，比鮑坤的那對鈎一定要難對付得多，自己就昂然走了過去。

知府衙門裏的景象，還是那樣地森嚴。他又想，莫非那漂亮的小差官就真在這衙門裏了？他在這附近徘徊了多半天，那裏面也沒有個人對他加以注意，也沒人來盤問他。

鐵芳走進了一家酒店，要了半壺酒，慢慢地喝着。酒雖然喝得不多，可是酒菜吃了不少，什麼熏駱駝肉，鹵煮雞子，已經吃得都快飽了。

酒店裏的人是越來越多，門口也有車馬不斷地走過，原來天色已不早了，東西路上很多的人都趕到涼州城裏來投宿，來玩了。

酒店裏亂哄哄的，一點什麼事也探聽不出來，他就付了酒資又走出來。不覺又來到保發鏢店的門首，那鐵腿孟山、大刀陶瑾，全都在門前看着往裏邊卸鏢車，雖然都正在忙着，可是還都招呼着他，要請他進去。鐵芳只搖搖頭，又往前走去。那兩人都在後面笑着，說："老王！你要找花姐去嗎？你在那兒等着我們好了！待一會我們也就去！"迎面又來了土蛋刁三，溜了他一眼，招呼了一聲："王大爺！"就也走過去了。

鐵芳不覺就步進了那條花姐叢居的胡同。這裏很是熱鬧，許多都像是遠路來的商人，帽子上的塵土還都沒撣乾淨，就來到這裏找相知的來了。各個小門裏人語紛紛，還有絲竹撥奏之聲。鐵芳打算快些走出這條胡同，好再到那雙碑巷金大娘的家門附近尋察查尋察去。這時右首的一家妓院中走出來一個身材很短小的婦人，後面梳着一個很大的髻兒，還戴着些假花兒，正走在鐵芳的前面。這個粉紅衣裳綠褲子的婦人在前面扭扭搭搭的，倒把鐵芳的腳步給擋住了，他覺得要是快走，就顯見得是要往前追這個花姐。當下二人一路，一前一後，都走進了雙碑巷。

前面的婦人大概是聽見身後的腳步聲，就一回頭，當時她就又驚又喜，說："啊呀！王大爺王兄弟！我知道你早就來啦！我素蘭姐她也正托我找你呢！"

鐵芳真想不到這婦人是粉菊花，她也來了，遂往前走了兩步。粉菊花也回身笑迎了過來。鐵芳就問說："沙老大也來了吧？"

粉菊花笑着說："他來倒是來了，可是他耗子膽，他還怕峽口營的那件事把他牽連上。剛一進城，他就叫我自己到這兒來了，他一個人下了車卻不知溜往哪兒去了。也許他得先看看風頭，兩三天，野馬薛瑤的那件事沒有人提了，他再慢慢地伸出他的腦袋來！"又說："咳！兄弟你看呀！我今天午後才到，簡直就沒有歇一歇！先到金大娘那兒請了安，又跟我素蘭姐談了半天，剛才我還到那邊看了兩位舊日的姐妹，不然她們就能挑我的眼！到現在我的腿還疼呢！"

鐵芳點了點頭，說不出什麼話來，轉身就要走。

粉菊花趕過來拉他，又笑着說："喂！你可別走呀！這時候我就是不遇見你，待一會兒我也得親自請你去。我一來到了這兒……"她轉動眼睛微微地一笑，就湊近來悄聲說："我素蘭姐她把你昨天的什麼事什麼事，全部都告訴我了！我們兩個人本來就跟親姐妹一樣，她對我一點事兒也不瞞，她很願意你常去。"

鐵芳搖頭說："我不能去，我現在還要找吳元猛去。"粉菊花說："你先不必去找他，金大娘也很想見見你哩。"

鐵芳聽了這話，倒不由一愣，就問說："怎麼？你這話可是真的嗎？"粉菊花說："嘿！我還能夠冤你嗎？你愛信不信！我是聽素蘭姐說的。金大娘昨兒夜裏受了一場驚嚇，今兒早晨都快要死啦！"鐵芳的臉色不由一變。粉菊花又說："不要緊，你別怕！不是你，是另一個小伙子。不知是吳少太爺什麼時候結下了的仇人，現在找他來了，昨晚上幾乎把金大娘給殺了。金大娘知道你是吳少太爺新交的好朋友，她想要托你去保護她……"

鐵芳道："吳元猛手下有那些個人，哪一個不能保護她，何必單要找我？我還要辦我自己的事去呢！"

粉菊花伸出一隻手把他拉住，又悄聲說："因為她怕今晚那個人一定又去。那個人是個飛賊，除了你，怕誰也抵不了！"

鐵芳聽了，心中就不由一動。

粉菊花又說："還有，金大娘聽說你是由新疆來的，她打算要跟你打聽一件事兒。"鐵芳一聽，便點頭說："好！我這就去看看那位金大娘！"粉菊花這才把他的那隻胳膊放了手。

兩個人往前走了不遠，就來到那座整潔的，鐵芳昨夜來這裏跳了幾回牆的門前。門並沒關，一進去就看見了一個很眼熟的人，是吳元猛那裏的僕人。鐵芳不禁一愣。這個僕人看着他跟粉菊花一塊兒走進來，也覺得很詫異，不住用眼看他們。

他們到了院中，粉菊花就大聲笑着叫說：“素蘭姐！你看我把誰給請來了？”

屋門推開，現出來那個秦媽跟柳素蘭。柳素蘭望見了鐵芳，先是一笑，繼而可又帶着驚慌地指着裏院悄聲說：“少太爺可在這兒了！他剛來，看金大娘來了！還沒下樓呢！”

鐵芳說：“元猛既是也在這裏，那麼我就進裏院見見金大娘！”

柳素蘭在屋裏又頓腳又擺手，說：“別去！別去！他們娘兒倆在樓上說私話，別人誰也不能在他們跟前！”

粉菊花又硬拉着鐵芳進了屋，門隨之緊緊關上。

屋中除了秦媽，兩個都是少婦，都是花姐，又都對他這麼殷勤，一個倒茶，另一個請他脫去了身上的老羊皮襖，鐵芳倒覺得很拘謹。

柳素蘭離着他很近，就悄聲說：“昨兒晚上你走了，可又來了一個人，拿着寶劍，兇得跟個……”

鐵芳不待她說完，就說：“我知道那件事，你不要再提了！”說時，隔着窗上的玻璃往外去看。

柳素蘭就說：“你別怕少太爺，他知道你在這兒，也不能夠生氣，因為他現在正用得着你。”

鐵芳卻站起身來說：“我是要見見金大娘！”柳素蘭卻按他坐下，說：“你不用去！”撇撇嘴又說：“你見那個老虎婆幹什麼？她又不像年輕的時候那樣漂亮了。昨天晚上你走後，我趕到門口兒叫了你半天，你真是鐵打的心！”

她瞪了一眼又說：“我一回來，才一進屋，媽呀！那個人穿着個皮坎肩，拿着明晃晃的寶劍，可就站在這屋裏了。我真不知他是怎麼進來的。他打了我一個嘴巴，那小子！他還問你剛才是幹什麼來的？又厲害又兇，聲音跟長相可都像是娘兒們，也許是個唱小旦的！”

鐵芳這時不禁又發呆了。柳素蘭又說：“那小子問了我沒有幾句話，他就又拿着兇器跑到裏院樓上去了。見了金大娘他更兇了，看那樣子，他多半就是為金大娘才來的……他昨天晚上沒有傷人，並不是因為他手軟，是因為天已快亮了，金大娘又藏在床後邊，她拿劍夠不着，話也沒逼問清楚，他就走了。我想着他今天夜裏還許來，只要來，可就不能比昨天善！今天早晨我細細尋思，這不像是你的事。這可不能不趕緊想個法子，所以我就在今兒一清早叫人跑去告訴了吳少太爺……”

正說着話，鐵芳就看見吳元猛已由裏院走出。柳素蘭趕緊止住了話，她拿手理了理頭髮，就走出屋去，迎着吳元猛媚聲媚氣地說：“那位王大爺到這兒找你來啦！我菊花妹妹也回來了，現在都在這屋裏呢！”吳元猛本來是滿臉的憂鬱之色，聽了這話，他忽然精神一振，就笑着答應了一聲：“啊！”遂就急急地向這屋走來。秦媽趕緊開了門。

吳元猛低着頭走入，粉菊花先迎上去見禮，笑着說：“少太爺，少見哪！”吳元猛也不理她，直頭就向着鐵芳問說：“怎麼樣了？”鐵芳回答說：“我在城裏各處轉了一天，也沒找着那個人……”吳元猛說：“不要緊！那個人今晚一定還要到此處。”鐵芳問：“怎麼見得？”

吳元猛冷冷一笑，說：“那個人的來意我已知道。那人也是由西邊來的，他若不是韓鐵芳，我敢割下頭！他在路上把我們這裏的事情探得清清楚楚，但山上的事他還不大知道。昨晚他就是為那件事來的，他想逼問出來我家跟玉嬌龍二十年來結仇的詳細因果，但金大娘沒告訴他，他臨走時已說明他今夜再來。好一個潑皮！好狠辣的韓鐵芳小輩！他必是受春雪瓶之命而來的。春雪瓶如果如此不知恩義，我可也要翻臉了！他們太輕視我吳元猛了，太欺負金大娘了。可憐那位老太太，她嚇得又犯了心病了！”鐵芳聽到這裏，心情不由得緊張，又很是感慨。

吳元猛一陣氣話說完了，臉色才稍覺着緩和，就又笑一笑說：“咱們不怕！你也別走了，我也不回去了，家中我已託付呂通海、黃七、盧四、鮑坤他們幾個人照料。我們二人今夜就在此等候那個韓鐵芳！”轉臉又向秦媽說：“叫跟我來的那個人回去，給送些酒菜來，並抬來我那對鐵錘！"他又向鐵芳問說："你的劍帶來了沒有？"鐵芳搖頭說："沒有，放在店房裏了。"吳元猛說："好，也叫人給你取來！"

當下秦媽出了屋，吳元猛也坐下，粉菊花又笑着嬌聲地說起話來。柳素蘭除了有時偷眼看着鐵芳，並不說話，倒顯得很安靜、很溫柔嫻雅。

吳元猛喝了一碗茶之後，就叫柳素蘭拿出煙盤子來，躺在他的對面給他燒煙，他就噴雲吐霧起來。少時有他家裏的人來了，一共是四個大漢，抬着他的那兩隻鐵錘。吳元猛叫他們放在地下，四個人慢慢地平放下鐵錘，還都顯出直喘的樣子，但據鐵芳看來，這對錘雖然重，但也不至於此。

吳元猛一面噴着煙，一面顯出洋洋得意的樣子，說了一聲："去吧！"那四個人就跟避貓鼠兒似的先後退出屋去了。他笑說："今晚，我要請韓鐵芳那個王八蛋吃吃我這兩個鐵西瓜。"鐵芳冷冷一笑，又強耐下了一口氣。

吳元猛在那裏咪咪地抽煙，柳素蘭拿着煙籤子就着燈給他燒那煙泡兒。粉菊花靠着一張桌子俏立着，手裏擺弄着一條花手絹，嘴裏低聲哼哼着小曲。

鐵芳卻驀然說："我想去見見那位金大娘！"

吳元猛放下煙槍，擺着手，噴出口煙來才說："喂！老弟！你不要去見她啦。她雖然也知道你的名字，知道咱們兩人的交情了，但她的脾氣向來不好，容易得罪了你……"

鐵芳搖頭笑着說："不要緊！因為我很欽佩那位大娘，不見她一面我心裏總是不安。"

吳元猛說道："咳！咳！你何必要今天就去見她？她又在犯着心痛的病，哼哼唧唧的，也不能跟你說什麼話。將來再說吧！不過，老弟你可以先歇一歇，我這就叫人給你收拾出一間屋子，你要是寂寞，我可以叫菊花去陪着你。"

粉菊花瞪了他一下，又哼了他一聲。吳元猛卻哈哈大笑，然後正色說："這不過是我跟你們開個玩笑罷了！以後你們兩人若是想相好，我就給你們找房子，幫助你們錢花，現在可是得叫王老弟辦正經的事。"遂坐起身來，向鐵芳說："給你騰出一間屋子來，是為先叫你去睡一覺，睡到二更你再起來。乾脆說，今天夜裏的前院後院我就都交給你照應了，有了動靜時你再喊我，那時我再抓錘出去鬥那小子。你要叫我整夜各處巡邏，我卻真做不到。"

他說了這話，鐵芳倒是答應了。柳素蘭卻顯出害怕的樣子，粉菊花並且哎喲一聲，說："我可怕看你拼命！你的錘再要得失了手，我可真禁不起那誤傷。我看你還是叫人給我們找一間店房，我跟我素蘭姐先去避一晚上吧！"

吳元猛卻說："你放心！韓鐵芳雖是個強悍的賊人，但他也是個堂堂的男子，就是打到屋裏來，我敢保他也絕不能夠傷了你們婦女之輩，別的事他更不能夠。他看慣了春雪瓶，也不能再把你們兩人看得上眼了……"

粉菊花又哼了一聲，說："春雪瓶又怎麼樣？難道她就是月裏的嫦娥嗎？早晚我倒得見一見她，看她配給我拾鞋不？"

柳素蘭也說："據我瞧韓鐵芳這次再來，要是被你們打死了，春雪瓶也就該來了。春雪瓶要是一來，少太爺可也就一定不再要我了！"吳元猛哈哈大笑說："我哪能不要你們呢？"

鐵芳實在看不慣這種醜態，而且不願聽人在他的耳邊談論雪瓶，他就推門出了屋，向着黃昏的天空出了一口悶氣。那個秦媽跟紀媽都進屋去擺飯桌，鐵芳就站在院中向外去看，門洞裏站着的那四個抬錘的大漢，正在一塊兒談天，每個人的腰間都帶着短刀。這時提着飯盒的人也進院來了。鐵芳卻信步往裏院去走，忽見那丫鬟杏花從裏邊走了出來，看了看他，就半跑着往柳素蘭那屋裏去了。鐵芳走進了裏院，仰面一看，見那樓欄杆裏，玉芹手裏拿着一個薄砂的小壺兒正往樓下滴滴嗒嗒地倒水，倒完了，又用手把壺裏煎過的草藥都扔在樓底下。

　　她忽然也看見了鐵芳，就驚訝地向下看着。待了一會兒，她笑了笑，要打招呼，鐵芳卻先避開了通着外院的那門，然後點點手，意思是叫她下來。玉芹把藥壺放在窗台上剛要下樓來，大概是屋裏的金大娘又叫她了，她嚇了一跳，就又趕緊回身進屋去了。

　　鐵芳的心中頗為納悶，想着這金大娘是誰？昨夜裏來的那穿皮背心的人又是誰？其實他已經斷定了，確信不疑了，但究竟還是先問明白了才好。問問昨夜她們兩人到底把話說到了什麼地步，金大娘是否已看出了來的那個人，而她到底願意與那人相認不相認？願意脫離此地不願意？同時，那人是否已知道了這金大娘就是二十年前在張掖縣來安店內、在祁連山的風雪裏的那個……

　　他想到這裏就要往樓上去走，但又聽外院的僕人大聲說：“王大爺哪兒去啦？王大爺哪兒去啦？”杏花便跑進來說：“少太爺請你吃飯去呢！”

　　鐵芳又看了一眼，這才轉身到了外院。回到那屋一看，酒跟菜已經擺滿了桌，燈燭也點上了。吳元猛讓他落座，粉菊花跟柳素蘭在旁作陪，一同談着閒話。紀媽、秦媽、杏花三個人殷勤地給斟酒、盛飯。

　　窗外的天色漸暗了，吳元猛叫人把紅緞的窗簾放了下來，同時他的臉也沉下來了。他不大笑，而且時時浮出來一種煞氣，只要聽見院中有一點聲音，他就立時瞪眼，幾次都要站起來。鐵芳表面倒很鎮定，然而心裏卻也緊張，他真怕那個穿皮背心的人再來，怕他一時弄不明白，真將金大娘殺死。

　　鐵芳草草吃完了飯，就站起身來，又要往屋外去走。吳元猛就囑咐說：“你拿着寶劍！你的劍已經取來了！”鐵芳卻擺手說：“不用！我並不是非用劍才成。”吳元猛站起身來說：“喂！老弟你不要太大膽了！那個人的本事可不能輕視！不然你就拿上我的一隻錘？”鐵芳仍然擺手說：“不用！”他已推開了門，一腳走到了門外，吳元猛又大聲說：“南房裏已給你預備好了床舖，你先去歇一會兒好不好？免得到時候你沒有精神！”鐵芳點了點頭，就出了屋，隨手把門給帶上了。

　　這時外面的天色已經黑了，風刮得比昨夜還猛烈，各屋中都搖搖地現出來燈光。院中的人可不少，大門是早已關嚴了，門洞裏也有一堆黑影在蠕動着，還發出咳嗽之聲，幾道刀光閃閃爍爍。鐵芳又走往裏院，聽身後梆的一聲響，原來敲了頭一更了。見房上也有人並坐着說話，他心中未免不痛快，想不到吳元猛竟派了這麼多的人來此守夜，太討厭！

　　鐵芳假作各處尋查，就到了樓上，樓上的屋裏燈光隱隱，病人的呻吟之聲卻聽得很清楚。他就站在窗外，向裏面側耳靜聽，就聽是僕婦在說：“太太！藥已經煎好了！”金大娘呻吟着，又歎了口氣。接着屋中很是沉寂，大概是僕婦丫鬟們正在服侍她吃藥了。忽然聽得一聲狠罵：“該死的！”又聽吧的一聲，似把藥碗扔在地下摔碎了。

　　鐵芳不禁一驚，就聽金大娘暴怒了起來，發着梟鳥似的聲音，狠毒地罵着：“你想要害死我吧？是哪個丫老婆把你支使來的，成心叫你害死我吧？你個小……叫吳元猛來！”不知她拿着個什麼東西吧吧地向着人打。

　　那丫鬟玉芹哭着說：“我再也不敢啦！以後我給您煎藥，一定等擱涼了再給您吃！您饒了我吧！”

　　金大娘說：“啐！以後？明兒我還不一定能夠活不能夠活？以後？還以後呢！”又是吧吧的打人聲。她又說：“你要燙死我？誰教給你的？你是跟昨晚間來的那個強盜串通着嗎？害了我你們好分我的銀子？做夢！”又叫着旁邊的僕婦說：“你給我撕她的嘴！你不撕她我就撕你！”玉芹哎喲哎喲的叫着，聲音很低微地在哭叫、哀求。

　　眼前燈光愁慘，背後寒風猛吹，鐵芳心中忿忿想着：這個老婦人真是個怪物！遂吧的一聲推開了門，硬走了進去。屋中藥味撲鼻，火爐裏冒着青色的火焰，樓板上果然扔着個碗，湯藥灑了一片。那玉芹就半躺半跪在湯藥裏，有個四十來歲的僕婦正在彎着腰撕她的嘴，那病得如同個鬼似的金大娘，還趴伏在床上指着那玉芹狠狠地罵。見忽然看見進來了人，一切就全都停止了。

那金大娘瞪起帶着兇光的眼睛，厲聲問說："你是誰？"

鐵芳並不答話，也用眼瞪着她，心中對她卻是又恨又有些憐恤、顧惜。金大娘似是用力要爬起來，她尖厲地叫着說："你到底是誰呀？"同時用掃床的笤帚向鐵芳打來。那僕婦也要往外奔，卻被鐵芳攔住。

玉芹也驚得站起來了，她說："這就是王、王大爺！"

鐵芳就昂然說："你們都不用害怕。我是吳元猛的朋友，今天是他請我來保護你們的，因為你們這屋裏好像在打人，我才冒昧地進來勸勸。"金大娘說："你管不着！"鐵芳說："平日我也不管，但今夜說不定那個人就又來了，你們這樣吵鬧是不大好的！"

金大娘慘白的瘦臉上立刻現出一些畏懼之色，她沉重地呻吟了一聲，卻仍然說："你不要管，我願意叫人宰了我！吳元猛也是多事，強盜倒未必來，他可勾來這些強盜！"

此時梆梆的更聲又敲到後院來了，樓下並且有人說話，還聽得樓梯震響，她就大聲怒喊說："都給我打出去！我不要這些人來吵我！都給我滾出去！我一個人也不要啊……"

鐵芳卻近前一步，彎下身，一手防着她掄起那戴着金鐲子的瘦胳膊，一手向她緊緊擺着，說："你小聲些說話！你別說你什麼都不要，我可知道你！連你的親生女兒，你早先都不要了！"

金大娘一下就坐起來了，怒啐了一口："呸！"鐵芳倒低聲說："你不要你自己的女兒，卻騙了人家的……"說到這裏，他忿怒得幾乎要一拳打死這婦人，但又耐下了氣，問說："你可還記得二十年前風雪中……"金大娘的臉色變得更慘白，翻着眼睛怔住了。鐵芳又瞪着她，說："張掖城，來安店……"

就見金大娘的身子向下一癱，哎喲了一聲，她就如同死了一樣。嚇得旁邊的玉芹跟那僕婦齊都面無人色，鐵芳的心中又有後悔之意。待了半天，才見金大娘的身子漸漸地動彈了，並且哭叫起來："老——天——爺——呀！"

鐵芳反倒轉身出了屋，把門一摔，迎着寒風忿然地站立，但是想了一會，他又覺着不對，就轉身又進到屋裏，只見僕婦及丫鬟都攙扶着金大娘，又齊勸着說："您歇歇吧！"

金大娘卻掙扎着下了床，見鐵芳又進來了，她就一面流着淚一面說："你，你是怎麼知道的？你，你不是才由新疆來的嗎？你可聽說過，那春雪瓶到底是誰呀？她是不是玉嬌龍親生的？還是當年……別人留下的……"鐵芳便歎了口氣。

這時忽聽屋外有人向裏叫着："王大爺！你快出來吧！"

鐵芳吃了一驚，趕緊轉身又走出屋去，只見屋門外是兩個防夜的人，齊向他擺手悄聲地說："你別管啦！她愛怎麼鬧就怎麼鬧，由她吧，咱們勸不了！她要是再犯了心痛的病，那時吳少太爺知道了，就許發脾氣，咱們可真合不着！"又有一個人扒着鐵芳的耳朵說："屋裏的這個老狐狸咱們惹不起她！"鐵芳點點頭，邁步就向樓下去走，心裏着實憂鬱。那兩個防夜的人都壓着腳步兒跟他的身後下了樓，還向他問："到底金大娘為什麼事又鬧起來了？你怎麼可以怔進她的屋子去呢？"鐵芳搖了搖頭，只說："沒有什麼事，你們不用多打聽了！"遂又走往前院。

由柳素蘭的那屋裏發散出一股濃烈的鴉片煙味，倒沒聽見吳元猛跟什麼人說話。

鐵芳此時很想找個地方去歇一歇，以決定自己到底是想辦法把那金大娘救出來，還是索性將她處置了。他暗暗歎着氣，向前走了幾步，忽見迎面有一個短小的人影，悄聲叫着他，說："你來！你來！"他聽出是粉菊花的聲音，更是不快，就問："吳元猛給我預備的屋子在哪裏？"粉菊花幾步就跑到南房的門前，替他開了門，又點手說："你進來吧！"

鐵芳進屋一看，見屋中升着炭盆，很暖，炕上鋪好了被褥，桌上也預備着茶，寶劍就放在茶壺的旁邊，便向粉菊花說："你出去吧！我要在這裏睡個覺。"粉菊花笑着說："我先得問你句話。"鐵芳正色說："什麼話？你快說！"

粉菊花說："你別衝着我繃臉兒呀！"笑了笑又說："我問你到底是打算怎麼樣？想不想在這兒長住？我的事也瞞不了你，沙老大把我送來，我就是為來這兒做生意。真的！我除去一點首飾，簡直沒有什麼東西。我在這兒吃吳少太爺、吃素蘭姐，一兩天可以，長了也是不行。我問你的就是，如果你打算在這兒長住，咱們就找房子過日子，不然我可就做我的生意去了。這是正事真話，你得拿定個主意，誰叫咱們兩人一見就有緣……喂！你發什麼怔呀？別淨擔心這兒的事，今天晚上我敢拿腦袋賭，那個賊呀！絕不能夠再來。」

鐵芳此時真不願耳邊有人跟他說話，就將粉菊花推到門外，遂關上門。外面還輕聲地說着什麼。他雙手用力按着門，腦裏忽然間又迸出來一件事，他想起來在猩猩峽關帝廟裏住宿之時，夜間有人替他把屋門關上了。他知道那人就是那漂亮的小差官，又想：今天她到底來不來呢？即使她來了，恐怕她也絕不肯認這個兇暴殘忍的金大娘吧？

他把插閂插好，心裏愈發加了一層煩悶。在炕上坐了一會兒，想着那金大娘人雖不好，但也是很可憐的，如今只有想法子救她才是。可是怎麼救她呢？又把她救到哪裏去呢？只顧救她，不管玉欽差身邊伺伏着的危機，也是不行呀！因此他很是作難。

這時外面的更聲已經敲到了兩下了，鐵芳又想要出去看看，或者再見金大娘把話說明。於是他又卸了插閂。不想還沒有出門，卻聽外面的女人聲音又嘿嘿冷笑，說：「除了你不開門。」

鐵芳一聽，原來粉菊花還在窗外並沒走，他就又把插閂插上，氣忿地問說：「你在外面幹什麼？」粉菊花隔窗冷笑着說：「我在這兒等賊呢！」鐵芳斥說：「胡說！」粉菊花說：「你趁早把門開開，咱們再商量商量！」鐵芳說：「沒什麼商量的，你去做你的生意吧！」粉菊花帶着哭聲說：「難道你就能看着我這麼可憐，東飄西蕩地沒有個准着落？沒倚靠的？」

鐵芳說：「那我可管不了，我是個堂堂的男子漢，有許多要緊的事情我還沒辦完呢！」

粉菊花說：「我等着你辦，你幾時辦完，我幾時再嫁你。」

鐵芳說：「我不要婦人，你快走開！今晚正在緊急的時候，你何必來這樣胡攪？」外面粉菊花說：「我看着可是一點也不緊急，准保沒事兒。」鐵芳又怒斥一聲：「去！」

外面卻仍然嘿嘿笑着，不走開。

鐵芳很煩惱，索性回來躺在炕上，他心裏也疑惑，大概今晚怕是沒什麼事，這倒真是使自己失望。他閉上了眼睛，也睡不着，盆中的炭也將燃盡了，屋裏顯得很冷。忽然間就聽梆梆梆那木梆聲在院中緊敲了起來，鐵芳一翻身就站了起來，順手持劍開門，就見院中已經亂了，許多人都拿着刀棍往後院去跑，粉菊花也早回去了。

吳元猛也在那屋內吼叫起來着說：「你們先來這裏保護着這間屋子！不必亂吵，諒他韓鐵芳既敢又來，他就不能逃跑。王兄弟！拿上你的劍，咱們跟他拼鬥一場……」

鐵芳提劍跑到裏院，只見這裏已有十幾個人，都拿着傢伙，向着樓上喊嚷：「下來，下來！小輩你滾下來！」

忽然聽得有個人哎喲了一聲，接着又有兩個人也都尖叫着躺在地下了，有人喊說：「是箭喲！」這些人就咕咚咕咚地往外院齊跑。

吳元猛大罵着說：「一群沒用的東西，跟着我來！」那些惡奴都說：「少太爺可千萬留神他的暗器呀！……」

吳元猛怒喝一聲：「什麼暗器！」他手提雙錘走了進來，忽然聽得嗖的一聲，嚇得他一縮脖子，暗器就從他的耳旁飛過去了。他就不敢上樓了，反向樓柱旁邊躲了躲。

這時鐵芳已看見了樓上欄杆裏有一條纖纖的身影，他就仰着臉向樓上說：「不要放箭！吳元猛已來了，我們可以把話跟他說明白了！」上面的人沒有答言。

吳元猛又怒喊着說：「叫他放！有多少枝都自管放出來，我吳元猛最不怕暗器。小輩！你敢下來嗎？我寧可拆了這座樓，也得把你摔死！」他掄起錘來咚咚地向樓柱上猛擊着。樓柱眼看就要被打斷了，樓上的瓦、木屑都紛紛下墮，樓就要散架了。鐵芳仰面往樓上去看，已看不見了那條黑影，卻聽金大娘跟僕婦又都在上面驚呼、尖喊。

鐵芳就向樓梯去走，並急聲叫着：「雪瓶！不可！雪瓶你千萬不要傷了人！」

吳元猛忽然聽了出來，就伸錘把他擋住，驚問說：「你說什麼？雪瓶？春雪瓶？哈哈！你敢情認識她？現在樓上的人就是春雪瓶？好！你往後吧！讓我先去跟她說！」遂手提雙錘，邁着大步，就咚咚咚地向樓梯上走。

鐵芳也隨後趕來，就跟在他的背後也向上走。鐵芳手持寶劍，真想乘他不防，就一劍將他扎死，但心中又想，這太不像英雄所做的事了！便不禁猶豫。

吳元猛倒也沒有顧背後，他向上直走，並且還笑着說：“你真是雪瓶嗎？好！你原來是女扮男裝。怪不得你到這裏來，敢情你知道她是你的娘，好聰明！咱們兩人先談談吧！我是你的大哥，什麼事情我都能夠給你……”他才說到這裏，卻不料咈的一聲，正射中他的肩頭，大概是扎進肉裏很深，他啊呀一聲，兩隻錘都撒了手，咕咚、咣噹連他的人也整個摔下樓來了。樓上的弩箭還不住嗖嗖往下直放，下面才擁進裏院的一些人，又有幾個中了箭，又有幾個摔倒了，慘叫的，驚跑的，狂呼的，聲音更是亂雜。

鐵芳一連向上面說了幾聲：“不要放箭！別放箭！別放箭！”但樓上的卻似是沒有聽見，依然弩發連珠，不斷往下來射。鐵芳也只得退了下來，心中很是着急。這時外面的人是越來越多，呂通海、鮑坤那些人也全都來了，箭仍往下射。

吳元猛已經站起來了，他大聲喊嚷說：“你們都一齊上樓，把她揪下來！姓王的，難道到了這時候，你就不幫助我了嗎？”

這時樓上也亂了起來了。那金大娘是掙扎着出來了，她扶着欄杆哭叫着說：“樓下的人都別打了！這是……雪瓶，你不是雪瓶嗎？難道你不認識我？”又聽哎喲一聲，鐵芳在下面看得清楚，只見春雪瓶已舉起了寶劍要殺金大娘。鐵芳大喊說：“不可！”就要飛奔上樓。卻又聽金大娘一聲尖叫，不知她是被踹的，還是因欄杆折斷，她自己失足摔下來的，她的身子就飄然下墜。鐵芳的手快，趕上前就把她的身子托住了。而樓上的箭又往下直射，呂通海也中箭栽倒了，鐵芳抱住了金大娘跑到樓柱旁，連頭也不敢抬。

這時樓上的人才發出了話，聲音清亮而尖細，正是春雪瓶的語聲。她嚴厲地說：“你們誰敢近前一步，我就射死誰！我是春雪瓶！”

這時金大娘的身子癱軟得如同死人一樣，她趴在鐵芳的身上微弱地說道：“雪瓶！你竟不認我了啊……”樓上又說：“我是保護欽差玉大人前來的。我知道這甘涼道上的惡霸是吳元猛，還有金大娘，也是個女盜首，昨天我就要殺死你們。今天，我再饒你們一次，如果你們敢怙惡不改，再敢圖劫玉欽差，我就都不饒！”

金大娘忽然在鐵芳的肩上抬起了頭，說：“難道，你不認你的生身娘了？”但她的這話樓上根本聽不見。

吳元猛又哈哈大笑，忍着箭傷說：“好一個春小王爺！你下樓來咱們談一談好不好？”這時只聽樓上的欄杆和屋簷。都咯吱咯吱地響，原來春雪瓶已經攀着屋簷，如狸貓一般地敏捷，上了樓頂去了。

下面有人看見了，就嚷嚷着說：“哎喲！上了樓頂兒啦！”

這時夜色昏沉，一陣狂風刮了來，又將許多隻燈籠全都刮滅，四周圍更黑了。那吳元猛大概是因箭傷很痛，使得他更加暴躁了起來，便又掄起來一隻鐵錘向着樓柱子咚咚”地猛敲亂打，並喊着說：“我拆了這座樓，看你下來不下來？”

那樓上的瓦被震得直往下落，窗子玻璃都震碎了，響聲驚人。一些人都勸着說：“少太爺你拆了自己的樓也沒用！那春雪瓶早已跑了！”

鐵芳聽了這話，就趕緊趁着亂，將那身體尚溫，但卻癱得如死人一樣的金大娘放在近牆的一個地方。他把身上的皮襖一扔，就飛身躥上了牆，由牆頭走到外院。外院此時也很亂，柳素蘭的那屋裏連燈也沒有了。

鐵芳已顧不了這裏的事了，他就提着劍，踏着屋瓦，直追下去，將要走到大門外，就聽得身後的吳元猛又在喊着：“王兄弟你往哪裏去？王仲遠！你跟春雪瓶是朋友嗎？”

此時雖然那吳元猛還在院內，離此很遠，但這喊聲衝破了紛亂之聲，還能夠聽得清清楚楚。

鐵芳轉首向兩邊看了看，見也沒有春雪瓶的人影，便跳下了房，順着小巷，向北走去。身後那院裏的囂擾，已經漸漸聽不見了。對面又有三三五五的人，掄棍提刀地趕到，看見了鐵芳，就都兇聲惡氣地嚷嚷着說："你是誰？幹什麼的？快說話！……"

鐵芳說："你們快到金大娘那裏去吧！那裏正亂着，有人放冷箭，你們可要小心！"他也不暇細說，提劍又向北走。

對面的這幾個聽出是鐵芳的聲音，就趕緊讓路，有幾個人還帶着笑說："因為呂鏢頭他們剛才全都去啦，我們才知道那邊鬧了賊，想過去幫助捉捉。王大爺可知道那賊人跑了沒有？您現在還上哪兒去啊？"

鐵芳匆匆回答說："你們快去吧！我是到北邊去有事。"隨說，他就走出了雙碑巷。由吳元猛的家門首經過，見大門半掩，門縫裏有燈光，有人語聲，可是並沒有什麼事。鐵芳也料到雪瓶不會再到這裏來了，他就貼着牆根走過去，趁着黑暗的夜色，上了人家的房屋。他輕輕地踏着一家家的屋宇，找到了知府衙門，向下看着那一層層廣大的院落，其中雖無照耀的燈光與巡邏的衙役，但是鬱鬱地，頗含着一種森嚴。

鐵芳也不知春雪瓶是否回到了這裏，自己恐怕被人看見，遂就趕緊走去。他悄悄又回到了廣隆客店中，到了自己的屋裏，也不點燈，連劍都不肯釋手。他只是不住地發怔，就想：春雪瓶一定是沿途就跟隨着自己。她在暗處，我在明處，她看得見我做的事，我卻尋不着她。這是因為我的武藝不高之故。但是我跟吳元猛假意結交之事，不知她明了嗎？又不知道她為什麼不肯認她的親娘？難道因她未受方二太太的養育之恩，自幼生長在草原上，便這樣地無情嗎？

如此想着，就恨不得雪瓶忽然前來，好傾談一番，但側耳靜聽，雖然風吹窗紙，時時作響，屋頂也常有貓兒走過來，隔窗也有沉睡的客人，說着夢話，可是並不見秀樹奇峰的倩影飛來。空將三更、四更遲遲地度過，使他不勝惆悵。

天色將至五更，窗紙已發出蒼白之色，店裏很多的客人都已起來了，有的且預備着走了，要到城門旁去等着開城了。鐵芳忽然想起了一件事，就放下寶劍趕緊出屋，叫店家給他去備馬，並囑咐說："快些！我要出一趟城，去辦事！"

他站在店門外，心中想，昨夜自己的行蹤也露出來了，吳元猛已曉得我跟春雪瓶是一起的。但是，現在他為什麼不來找我呢？如果他找了來，也許是還講交情，也許就要翻了臉，率眾與我拼鬥。其實那樣我並不怕，只是現在……

天色已是黎明了，這條街可還沒有人行走，他覺得很奇怪。風冷天寒，皮襖又扔在柳素蘭那裏，他身上實在受不住。轉身剛要進去，卻忽聽見踏踏踏一陣的輕微馬蹄之聲，是由北邊來的了，鐵芳不禁一驚，將身退回店裏，卻隔着門縫向外夫看。

這時店裏的雞聲齊鳴，人語喧嘩，街上石頭路上的馬蹄聲音也越來越響亮。少時，即見一匹白馬的影子就自他眼前馳過去了。鐵芳大驚，因為他分明看清楚了，馬上的人正是雪瓶。直往南馳去，並未轉臉兒看他。他趕緊回身往院裏跑，幾乎跟一個背着行李的人撞了個滿懷。這個人老大不高興，開口就罵。他向旁一躲，又幾乎把一輛剛裝上貨物的獨輪車子碰倒。他便也高聲喊問："店家！把我馬備好了沒有？快些備上！"然後匆匆走到屋裏，提了寶劍出來，就搶過馬匹，牽着向外去走。到店門外他上了馬就往南追，少時就到了南門。只見此處車馬擁擠，十分雜亂，但是卻看不見春雪瓶跟白馬的蹤影。過了不多時，兩扇城門就開了，車、馬、行人等等，都亂紛紛地。拼命向外去擠，也不知道是有什麼要緊的事，把那又高大又堅固的城門都快擠破了。

鐵芳的心裏可更急，真希望胯下的鐵騎能飛騰起來，越城而過。

這時，忽聽身後有人大聲叫着："王仲遠！"

鐵芳趕忙回頭，看見幾輛車之後，高高地現出來騎在馬鞍上的兩個人，一是由霸陵來的那個鐵爪鯤鵬呂通海，另一個卻是飛虎鮑坤。高聲叫他的就是鮑坤，他今天的態度忽變，一點也不像昨天那樣的和藹了，他瞪圓了眼睛大喊說："王仲遠！原來你就是韓鐵芳呀！我那四個兄弟全都死在你的手裏了！你，今天你就得給我的幾個兄弟償命！"

不知他是怎麼得來的隴山那四條虎在新疆被傷的消息，他就兇極了，手舉着雙鈎，好像要飛過來鈎鐵芳的頭。

那呂通海卻面容有些慘黯，不似昨天那樣紫亮了，大概是因為昨夜受了箭傷，又兼沒有睡好覺。但他的態度卻十分狂傲。他也手舉雙鈎向鐵芳指着，大聲地喊說：“姓韓的！你要早說出來真名實姓，呂太爺我倒還可同你深交一交！現在你快出城門去吧，可是你休想逃跑，太爺我跟鮑老大，我們每個人有一對鈎，都要叫你嘗一嘗滋味！”他們兩匹馬都也同時向前搶來，可又因為前面的車馬礙路，急既急不得，喊出來的話，大半也為旁邊嘈雜聲音所擾，鐵芳也沒有完全聽得清楚。

第十四回　深山劍影女傑尋仇　石窟火光奇俠盡義

　　鐵芳這時也很是氣忿，也願跟他們鬥一鬥，自己不能甘受他們的辱罵，可是他胯下的馬也不由他自己，就如同浪濤之中的一艘船似的，不知不覺地就出了城門了。

　　他轉首向東去看，倒沒有什麼可注意的事物；往西一看，他的心可又急了。原來那城西的大道上，近處雖是一些蠢蠢蠕動的車輛與忙忙碌碌的旅人，可是在目力所及的遙遠之處，寒風裏卻飛馳着一匹駿馬，正是那位女俠的影子，翩然一直往西去了。

　　鐵芳不顧一切地就去緊追，幾乎又撞着了人，後面的兩個使雙鉤的人又幾乎把他追上。他卻連頭也不回，馬蹄也不住，就以劍連連敲打着馬臂，一枝箭似的，揚起了路上的泥屑水花，就飛似的趕去了。到底他的這匹鐵騎是馬中的神龍，走出還不到二十里，回頭就已看不見那兩個使雙鉤的人影了。但眼前春雪瓶的青衣白馬，卻相隔不遠，並且見她是尋着了偏路往南去了。

　　南首就是那巍巍的祁連山。鐵芳一看，就已明白了，春雪瓶一定是要登祁連山去找黑山熊。於是鐵芳的心裏越急，催馬就向前趕，同時大聲喊道：“雪瓶！等一等我！你不認識那條山路！讓我帶着你去吧！”他的馬也衝進了偏路，往南去追。但雪瓶的馬也總不停，不知她是沒有聽見，還是對鐵芳故意不理。

　　南面的祁連山，看着雖似離得很近，但要往那邊去走，卻又覺着遠得很了。鐵芳一直又往下追了約三十里，馬都喘不過氣來了，前面的雪瓶卻已沒有了蹤影。鐵芳下了馬，擦擦頭上的汗，就往前牽着馬緩緩地走，又回頭看看，那兩個使鉤騎馬的人也沒有追來，他放了些心。

　　但是往前走着，離着山腳尚遠，他就失望了，因為山上雪峰重迭，卻沒有一條進山的路。他又往西去走，想要尋找附近的居民打聽路徑，他可覺得好像是往北去了，簡直有些迷路了，更沒有春雪瓶的蹤影。

　　天色還沒黑，他就趕緊找了個小鎮市，投店住下，因為他太疲倦了，也太饑餓了，所以不能奮力再往下走了。但這一夜之間，他也沒有歇好，因為要提防着呂通海跟鮑坤追來，乘夜來殺害他，所以他睡得很不安，寶劍也總不離手。

　　到了次日，他向店家詢問說：“從哪一段路才能進祁連山？”

　　店家說：“祁連山的峰頂無數，山路山口也多得數不過來。可是這時候，誰還敢進祁連山呢？山裏除了冰就是雪。再說客官你要做什麼去呢？難道是去打獵？”鐵芳低聲說是：“到鬼眼崖去辦事。”店家一聽就嚇得變色，趕緊搖頭。鐵芳再往下問的時候，店家卻戰戰兢兢地，不敢不答了。他在院子裏就指着那巍然的祁連山悄聲說：“往西再往南，那裏有青石口，進去就是惡蟒坡。”

　　鐵芳驀然醒悟了似的，就點頭說：“對了，我正是要到惡蟒坡去。”店家卻連話也沒再答，趕緊就借着做旁的事而躲開了。

鐵芳在這裏吃完了早飯，付清了店賬，牽馬走去。今天的太陽比昨天還亮，天上簡直沒有幾片雲，可是風吹來仍是很寒。這座小鎮不靠着大道，所以冷冷清清，在這兒住的人及過往的客人，幾乎都能夠數得出來。鐵芳看到有一家開着後窗戶賣酒的舖子，他便去打聽，又跟兩個拾騾馬糞的人都打聽過了，都說沒有看見一個騎白馬的漂亮小差官從此經過。簡直說半個月來，就只有些騾、驢、牛從這裏經過，鐵芳的這匹馬在他們的眼中看來，都很稀奇，都猜不出他是個幹什麼的。

鐵芳離開市鎮，騎上馬又往西南去走，不覺又到晌午了，春雪瓶的影子仍是一點也尋不着，他不禁很是惆悵。眼望前面，有幾株枯樹，數座矮屋，是一個村落，他再往前走，就聽見了犬吠的聲音，進了村一看，人家無幾。

這地方山風寒冷，地下的冰雪都尚未消，有兩個人聽見了犬吠聲，就出來看。還沒等他們開口，鐵芳可就先向他們發問了，說道：“喂！請問，你們剛才看見有人走過去了沒有？是騎着馬的一個……”他忽然看出這兩人的氣度都很強悍，不像是安分的莊稼人。這兩個人都是二十來歲，濃眉大眼，身披着狗皮衣裳，腳穿稻草編的裏面襯着些破氈子的大鞋。鐵芳立時就改了口，問說：“這是什麼地方？前面那個山口就是惡蟒坡嗎？”

這兩個人都迎了過來。其中一個人湊近了鐵芳的身邊，眼盯着鐵芳的寶劍，仿佛預備要奪的樣子。另一個卻像逼問似的說：“你打什麼地方來？”

鐵芳說：“我從涼州城裏來。”

這人就問：“你在涼州幹什麼行當？”

鐵芳已看出這二人是幹什麼的了，為了不惹麻煩，就說：“我是在城裏保發鏢店。”

問話的這個人就一怔，遂進一步問說：“你認識黃七嗎？”

鐵芳笑道：“不獨黃七，盧四、鐵腿孟山和大刀陶瑾，我們都是一塊兒的。”

這兩個人當時都笑了，一個就問他是不是奉吳少太爺之命來的，另一個人又問：“你說有個騎馬的從這裏跑過去了，到底是誰呀？我們怎麼沒有看見呀？”

鐵芳怔了一怔，然後便說：“也許那個人還沒有走到呢，這是因為涼州城裏現在出了點事。”

這兩人就一齊驚慌着問說：“什麼事呀？”

鐵芳說：“事情還沒有鬧大，可是吳元猛就叫我們上山來勸他的老人家躲避躲避。”

兩個人更是變了色。一個說：“那麼一定是玉嬌龍找他來啦！山上因為冰雪封了山口，已有一個多月沒有人下山了。我們在這兒住，也都仗着吳少太爺給飯吃，我叫冰裏虎，他叫雪上蛇。”

鐵芳此時倒露出為難的樣子，心想：這麼一說，山既被冰雪封住，那就恐怕連雪瓶今天也上不去。

此時冰裏虎仍帶着疑惑的樣子，他就推了韓鐵芳一下，試探着問說：“老哥！我可不是不信你，我總覺得少太爺手底下有多少人，哪個不能上鬼眼崖，何必單單叫你呢？你大概是別處給薦來的吧？給少太爺幹事兒還沒有多久吧？”

鐵芳點頭說：“就是為這原故。若叫熟人來，怕被人認出來，再跟上山去，那可倒壞了事。叫我來，只是讓我勸勸山上的……”

雪上蛇說：“是叫吳大太爺再往山裏藏一藏不是？”

鐵芳就點了點頭。當下那兩個人又互相商量了幾句話，冰裏虎就說：“既是這樣，那麼，朋友你姓什麼？”鐵芳仍說自己是姓王，冰裏虎就說：“我叫我這兄弟送你上去吧！可是你這匹馬上不去，放在我們這裏喂着，等你回來時再取。”

鐵芳說：“我這次上山，說不定什麼時候才能下來，這匹馬也是吳元猛的……”

雪上蛇用力推了他一下，說：“你怎麼敢叫出少太爺的名字來？”

鐵芳搖頭笑說：“不要緊，當着他的面，我也敢叫他。”

冰裏虎此時已回到土牆裏取傢伙去了，雪上蛇卻驚訝地瞧着鐵芳。

　　鐵芳又說：“你到涼州城中一打聽，就知道我跟吳元猛是怎樣的交情了。只是這匹馬，他曾跟我說，無論如何也得送上山去，因為山上短少馬匹。”

　　雪上蛇就擺着手，悄悄地說：“不要緊！有我送你上山，你就是拉着一串駱駝，也准保能夠上去。別的人要是送你上去，可就不行啦。”

　　這時，冰裏虎又由那土牆裏走了出來，還有兩個也都是二三十歲的男子，冰裏虎的手裏還拿着一柄傢伙，那叫做鈎鐮槍。雪上蛇也趕過去，四個人把頭聚在一塊兒，又說了半天的話。

　　鐵芳這裏忍不住了，就上了馬，沉着臉說：“走不走？你們若是儘管閒談，我可就要走了，用不着你們領路了！”

　　說時，他揮動着寶劍，馬也就往村外去走。雪上蛇提着鈎鐮槍自後嚷嚷着跟來，連說：“等等我！等等我！王大爺你既是吳少太爺的好朋友，上山去我們若不帶着你，少太爺養活我們是為什麼？叫我們在這裏住着又是為什麼？”他一面連連喘氣，一面說着。

　　鐵芳就又將馬勒住，等他趕到了臨近，才緩緩地往前去走。

　　離開了身後的那個村子，再往南去，路愈曲折，地方愈荒涼，離着山腳也愈近。地上因為有高山遮着陽光，寒風送來冷氣，所以滿是冰雪。往前看，那祁連山的峰頂，白茫茫，光亮亮，上面完全是雪。

　　雪上蛇就說：“王大爺，你下來吧！馬要是打個前失，摔你一下子可就不輕！你要是在山上跌倒，那可就連命也沒有了！”

　　鐵芳卻搖頭說：“不要緊！”他仍然是不下馬。因為這祁連山雖高，可也高不過天山了。冰雪雖多，也多不過天山，他是曾經爬冰踏雪過來的，哪裏把這些放在眼中！此時他卻不禁想到，二十年前，自己尚在繈褓之時，恐怕就曾在此地經歷過危險，所以他仰望着雪嶺高峰，不勝慨歎。

　　雪上蛇拿着那杆鈎鐮槍在前面鑿冰掘雪，給鐵芳開路。他雖穿着兩隻大草鞋，可是行走得極其便利。並且他精神很好，力氣很足，狗皮襖在身上都穿不住，他敞開了胸，嘴裏雖吐着團團的白氣兒，臉卻是通紅的。鐵芳卻被山風吹得很冷，身上都有點打顫。他午飯尚未吃，這時不由又餓了。但雪上蛇這個山賊，卻引着他真進了山口去啦。鐵芳就問說：“這個地方就是青石口嗎？”雪上蛇也不答言。鐵芳又說：“我看這裏距離涼州，恐怕不止八十里，為什麼這裏還算是涼州的地面呢？”

　　雪上蛇在前面站住了腳，喘了一口氣，雙手拄着鈎鐮槍，就說：“誰知道這個地方是歸涼州管，還是歸甘州管呢？我跟冰裏虎，我們本來都是這座山裏長大的。不瞞你說，直到我們二十歲的時候，還沒看見過官人，在山裏種地也不用納租子。這座山，真是寶山，在我小的時候聽說還是滿山的黃金呢，現在他媽的淨剩了雪啦。可是到了夏天一化，雪水就跟河似的流到山外灌田，田地裏的收成若是好，也能進大元寶。山裏可不行，自從玉嬌龍在二十年前進山來搜孩子，就把山裏的風水給破了。早先山谷裏還能種一點田，采一些藥，現在什麼也不能種，也不能采了。吳大太爺黑山熊，幸虧是有一個好兒子，在涼州城裏闖了一番事業，不然光指着占山為王，也早就餓死了，何況他又多年被玉嬌龍給嚇得連買賣也不敢做，山也不敢出。”

　　鐵芳就催着說：“快走吧！”當下雪上蛇就又邁開了腳步，拿鈎鐮槍撥着地下的冰雪，又往前走。鐵芳不得不下了馬，因為此時已爬上了山坡，進山很深了，遍處都是堅冰、怪石、厚雪、亂樹。雪上蛇在前，鐵芳謹慎地牽着馬在後，好半天，才轉過了一個山環，嶺勢卻又往下綿延去了。

　　下面是一條直坡，不要說馬，就是人也無法向下走去，因為太滑。雪上蛇就說：“可要小心點！跌下去不是玩的！”他拿槍頭子向冰上鑿，鑿出來腳印，他踏着先向下走。鐵芳也依着他的腳印往下去，側身緊揪着馬韁，馬也似望着這個地方危險而不住地昂首長嘶。

　　向下走了沒幾步，這匹馬便發了烈性，不耐煩一步一步地往下走了，“呼喇”地一聲，自如飛一般地直躍而下。牠踢起來紛飛的冰花雪屑，到了下面並不跌倒，抖着烏鬃不住長嘶。此時鐵芳已將韁繩撒手了，看着這匹馬，他喜歡得不禁叫起來，便也奮勇，一手持劍，急跑而下。到了下邊的低谷中，他倒滑了一跤，趕緊爬起，回身仰望着這條山路，覺得真是危險。

半天，才等着那雪上蛇拿着鈎鐮槍，半步半步地走了下來。他的臉色已嚇得發白，指着鐵芳說：「你可膽子太大了！沒把你跌死，就算是便宜！」又回手指了指那高坡，說：「你也不看看，這山坡有多麼高，多滑呀？」

鐵芳說：「這就是惡蟒坡嗎？」

雪上蛇說：「你既知道，又何必問我？在這裏四面無人，我就什麼話都能告訴你啦！你在涼州城裏住的日子大概也不少，你可聽人說過金大娘嗎？」

沒容鐵芳答話，他就又說：「金大娘現在有多麼厲害！有多麼發財！可是早先，那時我也還小，她就是從這山坡滾下來的。原是三太爺吳錫給得到手的，後來遇見兩個過路的江湖人跟他爭，爭來爭去，結果到了大太爺的手裏。大太爺那個樣兒今天你就能見着了，敢保比我還醜，可是他竟得到了金大娘。那時候的金大娘，長得真是……就拿現在說吧，雖說都四十多歲了，還不是很風流嗎？黑山熊大太爺真夠樂的，可也真夠愁的，誰知道金大娘原來也是個拐子。她拐了個孩子，還正是玉嬌龍生養的。在這兒這麼一跌，車碎啦，騾子死啦，可是金大娘有命，沒受重傷，那孩子可不知哪兒去啦？就為這事才惹惱了玉嬌龍，咳……」

鐵芳聽了這些話，觀看着這山勢，自己幼小時遇難的事情，便在腦中映得清清楚楚。就連那兇狠的韓文佩與仗義的趙華升，他們在這雪山之中是如何地殺，也像是就在自己的眼前一般。他又是感慨又是激忿，便搖着劍，催雪上蛇在前快些帶路，他就牽馬相隨，恨不得立時就見着黑山熊，看看是怎樣的一個兇惡的老強盜。

當下雪上蛇便拿着鈎鐮槍又在前面隨說隨走。他現在帶着鐵芳走的路，可都是很平坦的，雪多冰少，只能陷下馬脛，卻不至於滑倒了。雪上蛇管這股路叫做新道，他得意洋洋地說着，好像這股路除了他之外，誰也找不着。找不着，過不去，就休想到鬼眼崖。

這條路上沒有人的腳跡，雪上只鋪着一層山風吹來的黑沙跟細碎的樹枝，足見這地方在半個月之內，絕沒有一個人走過。鐵芳仔細一看，就大大不然了，因為近處雖無足跡，但遠遠地往前面的一道嶺上看去，分明有一道馬蹄的痕跡。不過，雪上蛇也許是沒有注意到，他仍然說：「這段路誰也不能認識，就是玉嬌龍也得迷路，不然二十年來，她早就找來啦，可見她還是不行！」

鐵芳也不言語，只不住在後觀察着雪上的蹄跡，越往前，越往上走，就看得越是清楚，更可斷定春雪瓶已先進山裏去了。他也不言語，只催着雪上蛇快些帶路。雪上蛇便踏雪撥冰，爬山過嶺，天氣這麼冷，汗可都流過鼻子了。

這時四周圍也漸漸昏黑，時候已經不早了，雪上蛇同鐵芳又爬上了一座巍峨險峻的山嶺，他可就站住不走了，山風猛烈，吹得他的身子都亂晃，好像要滾下去。他的狗皮襖上也沾了不少雪和黑沙，兩道鼻涕也都快結成冰了，他忽然來回轉着說：「怎麼回事呀？怪了！這到底是狼牙峰不是呀？我怎麼弄不清楚了呢？」鐵芳氣得真要把他一腳踹下去，便瞪起眼來說：「你既是自說認識山路，怎麼你又迷了途？我看現在連方向都弄不清楚了！天這麼晚了，你還胡亂領路，你怎麼把我領到這山峰上來了？」

雪上蛇也着急地說：「我也不是故意領你到這兒，都因為你帶着馬，我不能不挑選平坦些的路走，所以才走新道，沒想把舊道都給走糊塗啦！到底兒這是狼牙峰不是呀？雪堆得這麼多，山也變了樣兒啦！萬一不是，咱們越走越迷糊，若是遇着豹子、山狼，哎呀……」

鐵芳真想打他，但又想打死他也是無用，遂就歎了口氣，持劍倚馬，四下張望。突然，他望見下面有一點微微的火光，他不禁啊」的一聲，發出驚喜之色，並推着雪上蛇的肩頭，說：「你看！」他用劍尖向下指着說：「你看，那下邊不是燈光嗎？」

雪上蛇卻納悶着說：「我怎麼看不大清楚呢？」

昏暗的長空之下，只見遍山的雪色，那一點點黃色的燈光已看不見了，可能是燈已被風吹滅了。鐵芳可已認清了那個方向，於是他就謹慎地牽着馬往下去走。雪上蛇也緊跟着往下走來。這座山坡也很陡，腳下亂石又太多，坎坷不平的。黑馬就又長嘶了起來，又耐不住烈性了，就又向下躍去。鐵芳也緊跟着往下面跑。後面的雪上蛇卻不知怎的，腳底下一滑，"哎喲"了一聲，大約是跌倒了，可是並沒滾下來。

這時鐵芳又到了一座平谷上。他牽住了馬，四下看去，就見谷中的天色更黑，什麼也看不見，那點燈光也沒有再現。他也不顧雪上蛇了，只向前去走，不料才走了幾步，忽聽嗖的一聲，大約是一枝弩箭，正正由臉旁邊飛了過去。雖沒有射中，可也使鐵芳大吃一驚，細想了一下，他又不禁狂喜，就手晃寶劍向前高聲叫着："雪瓶！雪瓶……"空谷的回音，很真切地在風裏飄蕩着，但他連喊了幾聲，四下裏卻沒有人回應。他只好又牽馬往前去行。

這空谷裏，走起來十分艱難，高處就像是上了一座小山，低處卻又幾乎將他的兩腿都陷在雪裏。往前跋涉了半天，也不見再有弩箭飛來。突然間眼前又看見了燈光，他就迎着燈光往前緊走，瞪大了眼睛去看，就見數十步之外原來有一座石洞，上面就有搖搖曳曳的燈光。他不由大喜，於是便將韁繩撒手，放開馬，持劍往前跑去，又高喊着說："雪瓶！"

但是沒走幾步，洞裏的燈光忽然又滅了，這一次可像是被人給故意吹滅的了。鐵芳止住腳步，見四面的山都是那麼黑，眼前連洞門也看不見。他忽然又打了個冷戰，覺得莫非是自己看錯了，洞裏邊不是燈光，卻是猛獸的眼睛？但又想：難道剛才飛過去的不是一枝？他絕不信。於是鐵芳手挺寶劍，又踏步向前。他走得很急，還沒走到洞口，忽然覺得腳下有個東西，竟將他絆了個跟頭。他嚇了一跳，因為那東西是又軟又長，並且還直哼哼。鐵芳急忙跳到了一邊，掄劍轉身，厲聲問說："你是誰？"

地下臥着的人卻不斷地呻吟慘叫，說不出來一句話。鐵芳就知道剛才這裏必定有過一番爭鬥，也許腳下臥着的這個人就是黑山熊吧？他遂就又問說："你是幹什麼的？你為什麼受了傷？"地下臥着的那個人，卻連呻吟聲也沒有了。

鐵芳向後又找不着春雪瓶，他就又向前走了幾步，可就到了洞門前。往裏一看，黑糊糊的，不知有多大多深，更不知有人無人。他就以劍護身，向着洞中喊叫，說是："有人沒有？有人沒有？若有人，就快把燈點上！"可是裏面並沒有人言語。他真恨自己身邊未帶引火之物，又待了一陣，仍無人答應，他便硬往洞中去走。可是他的腳才踏進去，就嚇了一大跳，幾乎坐在了地上，原有洞中的地勢很低。他一抬臂膊，噹的一聲，寶劍又碰在了牆上。鐵芳又向裏邊問："有人沒有？"隨就摸索着再往裏走。忽然他聽到一種哽咽哭泣之聲，是婦人的微微哭泣聲，而且隨哭着，隨又低聲喁喁地說話。鐵芳驚得立時站住了，他將劍故意向旁邊的石壁上噹的擊了一聲，又問說："你為什麼哭？快把燈點上吧！"

婦人的哭聲跟低語聲忽又完全停止住了，好像是嘴被人給捂住了。鐵芳都呆呆地站着，如此又多時，驀然又聽嘣的一聲響，大概又是一枝弩箭，釘得石壁上的石屑迸飛，全都打在鐵芳的脖子上了。

鐵芳嚇得將身向後一躲，後背就靠在了石壁上，而眼前卻有一個身軀極伶俐的人，急快地就從他的身旁跳出洞口去了。鐵芳抓既抓不住，追也來不及，就不由得苦笑了。這時，洞裏邊的那婦人長長地喘了口氣，也不再出聲了。

鐵芳就說："你身旁有火嗎？快把燈點上！"又解釋說："你不要怕！我們是找黑山熊來的。你既是他手下的人，我們也不能為難你，何況你是個婦人。你放心吧！把燈點上，我要看看洞外躺着的那人死了沒有。"

婦人當時就大哭起來，天呀地呀地哭個不休。鐵芳又往裏走了兩步，忽聽噹啷、啪嚓，原來是一腳踏在了鐵鍋上，大概是連帶着旁邊的瓦盆也碎了。

這時那婦人一邊哭，一邊就摸着了取火之物，她吧吧地敲擊着火石，那火星兒就突然迸發出來，照得洞裏一陣明，一陣暗。洞裏有不少亂七八糟的東西，原來這也是個住家，隱隱可以看見那婦人憔悴難看、愁眉苦臉的模樣。她一連敲擊了許多下，才打着了火兒，點上了石炕上的一盞破油燈。鐵芳看着這個窮洞窟，看着這個三十多歲的正哭泣着的婦人，他不禁覺得有些可憐。

那婦人忽然看見了他的寶劍，就哎喲一聲大叫，嚇得急往炕裏去躲，她戰戰兢兢地說：「老爺喲！你們殺死我的男人也就罷了，你就把我饒了吧！」鐵芳將劍掩在背後，急擺着一隻手，說：「你不要怕！」連說了幾聲，這婦人才漸止住哭啼，瞪着兩隻紅爛的眼睛，呆呆地望着他。

鐵芳就問說：「剛才那個人是男的還是女的？」

那婦人更是驚訝，回想着剛才的情景，她就說：「我也沒大弄清楚，大概……大概是個女的吧？」說着她忽又似是蟇然醒悟的樣子，立時就跪在了炕上給鐵芳叩頭，說：「老爺！你們莫非都是大太爺的冤家嗎？剛才那個，她是姓玉嗎？她可不該……」說到這裏，她又痛哭着說：「她找黑山熊去報仇就罷了，她不該因為我們一攔她，她就發狠，我的漢子必是叫她給殺了！」說時，手顫顫地拿起了油燈，下了炕，就要出洞去看她的男人。

鐵芳就明白了，剛才自己在上面看見的燈光，忽明忽滅的，當時這裏大概就是這種情景。而春雪瓶是攔擋她，給她吹滅了，不叫她出洞，只管向她逼問黑山熊的藏身之所。

當下，鐵芳倒是不攔她，讓她往外去走，自己卻在身後問：「你丈夫是個幹什麼的？」

那婦人哭着說：「沒告訴你們嗎？是吃大太爺的飯長大了的，給大太爺看山。他的兄弟在涼州府少太爺家裏，比在山裏發財……」

那婦人往外一走，油燈就差點兒滅了，她趕緊用那顫顫的手遮住了風。她走出了洞外，鐵芳也隨着走了出來，借着閃閃的燈光，低下頭來看了一眼，就見地下的冰雪上染着滴滴的鮮血，旁邊扔着一口刀。鐵芳就曉得這婦人的丈夫，那山賊，必是先與雪瓶殺鬥了幾合，才受傷身死的。

鐵芳就又問：「黑山熊住在什麼地方？」婦人哭說：「就住在這山后，這是狼牙峰……你們不去要他的命，可來害我們？我的男人大白狼，他今年快五十歲了……」

那婦人手顫顫地遮着山風，燈焰卻不住亂動。在冰雪之上尋着就是剛才把鐵芳絆了一下的那具屍身，她就更哭得厲害了，並且連燈帶人全都跌倒在雪上。燈光又滅了，夜色更深，山風愈急，那婦人的哭聲愈慘。

鐵芳上前又勸了她兩句，這時忽聽見嗤嗤幾聲，嶺上傳來了哨子的聲音，很近。接着，似乎是從峰嶺的後面，也有哨子的聲音在響應着，越來越多，遠近俱有。雖然沒再看見一點火光，可是鐵芳已曉得山上的盜賊們正在聞風嘯聚了。看來吳元猛留在山中專為保護他爸爸的人必定不少，而且也都兇悍，死的這個大白狼不過是個守門的罷了。

當下鐵芳向後連退了數步，將身向下蹲伏。忽然他的那匹馬又自背後跑來了，蹄聲嘚嘚地響，將山石上的殘冰積雪都濺了起來。鐵芳趕緊上前將馬攔住，雖然馬的周身都是黑色的，但是被冰雪之光映照着，卻也很容易為人看出。鐵芳就很着急，將馬又牽開了幾步。

這時對面峰嶺上的呼嘯聲越來越近了，群賊大概是都下來了。又見那山洞中起了一團火，呼呼地燃燒起來，蟇一看像是故意放的，像是要燒毀那座洞似的，可是待了一會，火光又出了洞口，才知道大概是他們將洞裏的乾柴，當火把一樣地燃起，拿到外面去照着那地下躺着的屍首及屍旁哭着的婦人。

當時，在火光閃閃之下，人影紛亂，呼嘯聲、哨聲又不斷地響了起來，陸續還有人趕來，刀光在火光下也閃閃爍爍。

鐵芳覺得他們的人太多了，怕春雪瓶一個人吃虧。這匹馬也望見那邊的火光了，驚得就要逃奔，鐵芳幾乎扭不住牠，只得隨着馬跑到了剛才經過的那道嶺下。這嶺下有一深坑，鐵芳沒有防備到，就失足掉了下去，幸虧被一塊大石頭給擋住了。他順手抓住了身旁的一棵樹，這樣一來，寶劍就噹啷」一聲落在了石頭上，馬也不住昂首長嘶，幸虧離着那邊的賊人很遠，沒有被人聽見。

鐵芳此時很急，用手搖了搖，覺得樹還粗壯，他就匆匆忙忙，用力將韁繩結結實實地捆在了樹上。他已顧不得這匹馬了，雖不知這個坑的下面有多麼深，可是還避風，石頭又多，不至於一下就跌落至最深之處。他彎下身去摸，摸了半天，才摸着了那口寶劍。他聳身向上一躍，就跳了上來。又往那邊去望，見火光已漸微了，他就往那邊跑去。

　　將到臨近之時他才放慢了腳步往前去走，聽得這裏人語紛紛，很多人都在說話，雖是一夥，但卻互相埋怨，彼此罵着，有個人就說：「快點抬走了吧！難道還真把大白狼扔在這兒餵了狼？媽的！龜孫子！你們用點力氣抬呀！」

　　那婦人卻仍然哭，哭得鐵芳也覺得淒慘。許多人又都勸着，說：「狼大嫂你就不要哭了！我們弟兄一定要給狼大哥報仇，諒那小子也跑不出山去！」於是，就有人向着空中大罵，其中就有那雪上蛇。

　　原來這小子剛才並沒有跌死，這些人全都是他用口哨招來的，可是這些人還都罵他，罵他不該領着什麼姓王的進山來，以致連玉嬌龍都給引進來了。

　　這雪上蛇就分辯着，說：「因為他說是少太爺叫他來的，我跟冰裏虎全都沒弄清楚，才領他進來的。其實我都迷了路啦……後來我知道他進了洞，我才曉得他是個歹人……」

　　當時，就有人打了他一個耳光，還有人大罵玉嬌龍，又有一個人卻說：「玉嬌龍早已死了，你們還罵她做什麼？這一定是春雪瓶來了。」他們對於春雪瓶倒是一句也沒有罵，不過把姓王的可罵得不輕。他們三十多個人都大聲嚷着，想要激怒雪瓶、鐵芳，來跟他們鬥，但是卻沒有反響。

　　這時，對面的嶺上又有持刀的賊人吹着口哨尋來了，鐵芳就也跟在了他們的後面。他們舉着的那幾根乾柴已經快燒完了，火光愈微，連人的模樣都已看不清楚，而且他們彼此推着、擠着、嚷着、罵着，亂成了一鍋粥似的，誰會想得到韓鐵芳已夾在他們中間了。還有人推了鐵芳一下，說：「猴子三！你快點走吧！」鐵芳也不言語，就混在擁擠的人叢之中，往前面的嶺上爬去。這時那幾根乾柴已燒完了，可是這些賊對於山路卻都很熟，往上走是毫不費力，鐵芳也就叫他們給領進來了。

　　這座山峰上，冰雪倒似乎少了一些，腳底下並不大滑，也許是因為距離賊窩很近，常有人走之故，可是山勢卻愈為巍峨險要。爬過了這道山峰，就見下面有燈光搖搖，火把閃耀，可以看得出是一座平坦的、樹林很多的山谷，在那火光忽明忽滅的火光之中，隱約可看到谷中有一片房屋，居然成了個村落了。

　　鐵芳混在人叢中又往下去走。這時下面就有十幾個人往上迎來了，都是刀光映着火光，嘴中吹着口哨。這裏的眾人也都以口哨相答，只有鐵芳沒有吹。

　　他們這裏的人把口哨吹得是又響亮又婉轉，借着山裏的回音本來是很悅耳的，但這時聽起來卻也真是嚇人。風聲怒吼，夜色沉沉，地下的冰雪映着火把、刀光，紛亂的語聲中還夾着那婦人的痛哭聲。

　　鐵芳仍然提着劍隨眾往前去走，他的臉總是躲避着光亮，也躲避着眾人的目光。他暗暗冷笑，知道這地方就是鬼眼崖了。這些賊人的口哨聲也必是暗號，是黑山熊所定下來的。只是不知黑山熊現在哪裏？春能不能找得到他？在這些賊人的保護下，雪瓶若想抓着他怕也甚難吧！但是，無論如何我也要幫助雪瓶。

　　當下他越發奮勇地往前去走，卻不料前面出來的火把愈來愈多，並有人梆梆地敲起了梆子，噹噹地打着鐵鍋等東西，雜亂的聲音在山谷中迴響。這些人越來越急，少時，便聽對面有人大聲喊叫，說：「全都站住！」又有人用哨子傳遞着這個意思，當時大夥就都止住了腳步。

　　鐵芳心中更是加倍地緊張，他仰面向前去看，見前面又排列着有二十多名賊人，刀戟如林。為首的人只有二十餘歲，身材比吳元猛還魁梧，精神也比吳元猛充足。這人似是站在一塊高石頭上，手拿着一口厚背薄刃、閃閃奪目的樸刀，兩旁有人高舉着火把。這人就大聲喊說：「鄉親們！全都不要邁步，你們要一個一個地從我的刀下過去，我得細查一查，防備有人混進咱們這鬼眼崖來！」

　　這裏的一夥人，有的就笑，有的就暗暗地罵，說：「你媽才從你的刀下過，多喪氣！出的這混主意！誰還不要命，跟着我們一塊進來送死？」

　　雖然大家不服氣，有的還叫着這個人的名字罵，可是還都得聽他的。原來這人名叫小山神，大概他就是這祁連山中的能人，黑山熊身邊最得力的保鏢了。鐵芳對於這人想得周密，辦得狠毒，倒是十分欽佩，不過自己是絕不躲避的。

當下這邊的一些人都彼此看着，還有的相互做鬼臉，但是他們卻都沒有看出鐵芳來。也許是因為這時的火光太亮了，刺得大家的眼睛反倒看不清人了。就聽那小山神喊着：「先過去一個！」又說：「你也過去！」……接着，就聽有個人發着牢騷，說：「這可是個死人，是大白狼，他可也跟着我們活人混進來了。」那小山神當時就惱了，伸手就要打，幸虧叫旁邊的人給攔住了，他才叫那人和抬着大白狼死屍的那些人過去了。

眾匪遂就一個擠着一個地從他的眼前走過。他高舉着樸刀，瞪着兩隻大眼，就像是一個把守關隘、捉拿人犯的嚴厲的官吏。並且他叫那雪上蛇也立在他的身旁。那雪上蛇站在上邊，手裏還持着那杆鈎鐮槍，眼光就順着槍尖往下看着。

此時鐵芳就不往前走了，他故意落在最後邊。但是別人已都過去了，都經過了小山神的刀底而進了一個木柵。那裏邊的人已很多，擁擁擠擠，話語紛紛，無疑就是黑山熊的窩穴了。

鐵芳來到臨近，頭一抬，眼一瞪，那雪上蛇就驚訝得叫了一聲。小山神立時就大喊說：「喂！你站住！小子！你是做什麼的？我怎麼看着你有些眼生？」說時，就從那塊大石頭上躍將下來，掄樸刀向鐵芳就砍。

鐵芳疾忙橫劍相迎，當時就大亂了起來。梆子、鐵器，亂敲亂響，火把也增多，人聲齊喊，刀槍齊遞。鐵芳連晃幾劍，也就跳入了木柵之內。當時就有許多人大聲喊叫道：「進來了！進來了！圍上他，可不要放他跑了！」

小山神命人緊閉上木柵，就揮刀逼來。鐵芳卻不與他拼鬥，只管舞劍如飛，身體似箭，直向寨裏去奔。有人迎面來擋他，他就撲前猛刺，刺倒了人他接着又向前奔。身後又有人快要追到了，他反身一劍，將人殺開，然後又向前奔。

這裏雖仍在谷中，但腳下很平坦，而且冰雪極少，可見這已是黑山熊的家宅之中了。眼前有山洞，有石屋，密密的不下四五十間，多半里邊有鬼火一般的燈光，而外邊也是火把輝煌。對面有二十多條大漢，都掄棍橫刀迎了過來，後面也有人追，鐵芳便向旁邊火光照不到的地方跑去。這前後追殺的人，又都齊往他所逃奔的方向去搜尋。哨子連連地吹着，眾人嘈雜地喊叫着，倒弄得誰說的話也聽不清。

他們的火把雖多，可是因為都是半濕的柴草紮成，滅得也快。他們亂擠亂撞，有時自己人幾乎傷着了自己人。又兼寨內地極寬敞，人雖多也難於找遍，火光也不能全照到。

鐵芳此時又爬上了一座石崖，爬了一會兒，他就找了一塊橫臥的大石頭，在旁邊坐下了，也不理會地下是冰還是雪。這裏是很黑暗的，下邊的人即使離着他十幾步遠，也休想看得見他，可是他向下看，卻是清楚極了。但見那些賊人三五成群地聚在一起談論，又有幾個人拿着兵刃，彼此借着膽氣往上爬來，還有些人齊聲大罵着說：「小輩！出來鬥一鬥吧！春雪瓶！你媽……」

忽見下面有人倒下去了，火把也扔在了地下，立刻又亂了起來。而剛往上爬了幾步的人也嚇得抹頭往回跑，有的就失足墮了下去。鐵芳也驚訝得立起了身，他曉得下面的人必是因為罵了春雪瓶，才遭受了弩箭。他向周圍看去，又仰面向上看，只見山是太高了，嶺也太多了。夜色陰沉沉的，連那冰雪積壓的削壁，松柏叢生的懸崖，都看不大清楚，哪裏能看得見一個人？他就叫着：「雪瓶！雪瓶！」並揚起寶劍晃了幾下，也沒有人理他。

此時山風愈大，刮來的冰花雪屑，都蓋滿了他的頭，壓滿了他的肩。他在此半天沒動，手腳都快僵了。下面的火把大半都滅了，只剩了五六枝，那餘光微燼，晃晃搖搖地，照着那些人都各自走了。原來這裏的一些屋子跟石洞，就是他們的家，他們就如同小獸似的，各自鑽進各自的洞裏去了。

鐵芳便又慢慢地下到了平地上。他將劍隱藏在背後，向那些石洞石屋望去，見多半都已沒有燈光了。這些洞屋從外觀上看起來，好像是一般大小，看來這是數十年來，山中的眾盜在這裏經營而成的巢穴，他們從山外搶來了銀錢和女人，便在這裏過起了日子。可是不知道他們的寨主黑山熊住在哪裏，鐵芳不由得很是着急。

此時，雖然強盜多半回去了，但外面仍有人巡邏，而且是七八個人在一起。這些人手持火把，邊走邊談。這枝火把垂滅，另一枝立即又繼而燃起，火光照着閃閃的刀光，足音、談話聲在呼呼的山風裏響着。鐵芳心想：若是下手，他們必定立時就得喊叫，洞裏的那些人也必定又都出來了。所以他這時不能下手，不能抓住個人去逼問那黑山熊的穴窟。

為了不叫這些人看見自己，他就沿着那些石屋的後面走去。石屋之後就是山洞，洞約三十個，分上下二層，有的縈着門窗，燈光從窗隙裏透出來。有的卻黑暗如井，令人疑惑裏面是藏着鬼，還是住着野獸。

石屋中卻火光搖搖，有門有窗，還多半都有人在談話。鐵芳走到一間搭蓋得較為寬敞、整齊的石屋旁邊，就站在這裏，悄悄地向裏面去聽。只聽得裏面語聲雜亂，乾柴必剝必剝地作響，原來是許多的人正在屋裏烘着火談話。鐵芳就往那板門前走了兩步，避着火光，靠近門又向裏邊偷聽。屋裏的濃煙不斷地往外溢，刺得他眼睛疼，並且直要咳嗽，於是他趕緊就走開了。又轉到另一間石屋的後面，兩眼仍覺得發疼，他就拿手揉着眼睛，眼淚都揉出來了。

這時忽聽身後呼地一聲，來得是既快又猛，而且不同於一般的風聲。鐵芳急忙蹲下身去，將頭一轉，並以劍上迎。只見身後追來了一人，手中的樸刀從鐵芳的頭上削過去了，而又反壓了下來，卻被鐵芳以劍擋住。於是鐵芳又向旁一閃，身軀騰挪，反擰劍進取。

這個人正是小山神，他倒後退了一步，改換着刀法來殺，他說：“喂，小子！你到底姓什麼？”鐵芳不言語，只是摯劍挺進，刺、剪、劈、砍，他想先將這小山神除去，然後才能去找黑山熊。

但這小山神的刀法也頗不弱，他也不呼嘯召眾，只是巧妙地以樸刀迎殺。他並不畏懼韓鐵芳，且發出來陣陣的冷笑。鐵芳更不敢輕視他了，便將自己平生所學的劍法，全身所有的氣力，一齊展開，一齊用出，劍挾疾風，嗖嗖地前進。那小山神卻只管向後退，退來退去，就退到了一間石屋子的門前，他竟推門進去了。

這屋裏也有燈光，可是卻沒有什麼人聲。鐵芳止住了腳步，不敢前進，恐怕他從屋中發出暗器。剛要退身，忽然聽得屋裏的小山神向外說：“進來吧！你有這膽量嗎？”說時，話中挾着冷笑，似是故意來戲耍鐵芳。

鐵芳就愈覺得此人可疑，沒有答話。小山神又在屋裏把碗敲得噹噹地響，說：“進來吧！到屋裏喝碗茶吧！”

鐵芳本想不埋他，自己另往旁邊去找黑山熊。他剛要轉身，忽見那屋門一響，小山神露出來半身，一手持刀，一手向他招點，說：“你進來！柳太爺同你有話要說。我也是一條堂堂的漢子，難道還會暗算你嗎？”

鐵芳忿怒地說：“我豈怕你！”遂就挺劍向屋內去走。

那小山神往後避了避，就讓鐵芳進了屋，他不但橫刀預備迎鐵芳的劍，並且張着右手好像等待着要接暗器。

鐵芳卻說：“你放心吧！我向來不使用暗器。”

小山神卻問他說：“剛才在山上放弩箭的那人，不是你嗎？”

鐵芳冷笑着說：“我何曾放過一箭！”

小山神說：“那麼一定是同你一塊來的那人。你要據實告訴我，那人是不是春雪瓶？”

鐵芳搖頭說：“我沒有見着春雪瓶，我是與雪上蛇一同進山來的。我跟吳元猛是朋友……”

小山神就擺手說：“你不要說了！你向來沒進過山，吳元猛哪能夠派了你來？這是雪上蛇那傻子辦事不高，才領了你進山。我想此刻春雪瓶一定也在這裏了，不如你把她也請了來，咱們在一塊兒再談談。你們來此是為什麼？是為人，還是為錢？都可以跟我說，我必定能夠給你們辦到。我這個人，你到時看吧，准保比吳元猛辦事還爽快！”

鐵芳一聽，倒不禁有些驚訝了，暗想：這個人的氣派頗有些不凡，而且說的話也不純粹是這山裏的口音，遂就說：“你既然這樣問，我可以告訴你實話，我正是從新疆專為黑山熊而來的。"

小山神的臉色一變，就又問："你姓什麼？玉嬌龍是你的什麼人？"

鐵芳卻擺手說："這你就不要問了！你只說出來黑山熊之所，我便不與你鬥！"

小山神卻笑着說："沒有這樣便宜的事！我老實告訴你吧！我本不是此地的人。我姓柳名三喜，家住在直隸省。我自幼拜師學藝，提起我的師傅來，也是赫赫有名，不在玉嬌龍之下……"

鐵芳就驚問說："尊師是誰？"

小山神柳三喜的面孔在燈畔現出些羞窘之態，擺手說："不要再提了！愧煞人！我只告訴你吧，我學成了武藝之後不務正業，便流浪江湖，走入了綠林。四年前，投到吳元猛的手下，吳元猛識不出我的武藝來，只叫我做個小廝。後來到了山上，黑山熊才看出我是一條好漢，給了我一房妻子，叫我在此成了家。可是我終年住在這山裏，保護着黑山熊，卻不能出山再去找一條出路，我就有點不甘心。我真盼着玉嬌龍或春雪瓶前來。我若見了玉嬌龍，提起來她也許想得起，認我是她的一家。只可惜聞說她已死了。春雪瓶今天來了，其實也好，我可以告訴她……"

鐵芳攔住了他的話說："此時無暇細說。我們既是一家人，你就快把黑山熊藏的地方告訴我吧！"

小山神擺手說："我跟你可不是一家人，我跟春雪瓶才能算是一家。她的乾娘玉嬌龍是我師傅的好友，她的晚爸黑山熊……"

才說到這裏，鐵芳便忿然一劍刺來，卻被小山神柳三喜的樸刀磕開，他笑着說："春雪瓶若來了，我同她有話說，我等的就是她。可是她若殺黑山熊也是不行。黑山熊人雖不好，可是對我……"

鐵芳又掄劍砍來，小山神又用刀噹地一聲，給橫架住了，他又說："黑山熊，卻對我有知遇之情！"

鐵芳抽回劍來說："你若想護住他的性命也很容易，我擔保不令別人傷他就是了，只是要叫他出來，得把二十年的總帳算上一算。我也曉得他與玉家的人原沒有什麼血海仇恨，只是要叫他出頭明說就是了，因為，說不定二十年來還藏着什麼隱情。"

小山神柳三喜又搖頭說："也沒有什麼隱情，不過是春雪瓶的媽媽曾做過幾年黑山熊的小老婆罷了！"

他說出了這話，鐵芳認為是雪瓶的羞辱，便怒目瞪起，又要掄劍去刺。這時忽然屋門開了，由門外便飛進來了一枝小弩箭，正中在小山神柳三喜的肋間。此時雪瓶的青衣俏影已現在門外，鐵芳趕緊向雪瓶擺手，叫她不要再發箭。雪瓶尚未表示什麼，忽然小山神瘋了似的，突然用力將石床上的一盞油燈掃了下去。燈盞扣在了地下，火光立時消滅，屋中也立時昏黑。小山神便趁此時揮刀奔來，鐵芳疾以劍遮擋。小山神大吼一聲，身隨刀影，又向門外衝去。雪瓶不得不將身閃開了一點，小山神就趁勢跳出了石屋。雪瓶掄劍斬去，小山神又反刀擋住，他便跑了。雪瓶又向他身後發了一箭，也未知射中了沒有，但小山神已向嶺上逃去，霎時之間，就失去了他的蹤影。

這時巡邏的人也發現了這裏的事，當下梆聲又連敲了起來，喊聲又沸騰了起來，賊人又都出來了，火把也一枝一枝地燃起。春雪瓶已將劍插在背後，取出了她的弩弓箭。鐵芳走出屋來，就見雪瓶的腰間繫着個袋兒，這袋兒裏滿是弩箭。她一枝一枝地取出，向那邊去射，取得也快，發得也速，就聽這裏嘣嘣嘣連珠一般地發出，那邊的火把就都紛紛扔到地下，梆子也扔了，慘呼聲、哨子聲、奔跑的腳步聲，又在這深夜的雪山巨谷之中亂成了一團，只見賊人四下奔走，就像是一群受了驚的鹿似的。

鐵芳眼見這種景象，便不禁想起與病俠初入新疆，在銷魂嶺店中度的那一夜，那時病俠垂危，也是以弩箭射散了一群盜賊。鐵芳覺得雪瓶的箭實在比得上她的爹爹，而自己卻不禁因此更感到愧恨。他向旁邊走了幾步，仰首望着山勢，見各個洞中的燈火都已經滅了，石屋裏似是也沒有了人。雪瓶這才收了弩弓轉過身來，望見鐵芳還沒有走，她就叫了聲："大哥！"

鐵芳受寵若驚，又往前走來，說："姑娘！你的馬現在存放在哪裏？姑娘！在猩猩峽關帝廟，在甘州城來安店，我都知道那一定是你……"他這時好像不知道說什麼才好，又說："我這次往東來第一是為保護住玉欽差，所以我才與吳元猛假意地交結！"他說這話，一半是為解釋自己的苦衷，一半也是為表示自己這些日的勇氣和智力，不由便有些得意地笑了。

而雪瓶卻冷冷淡淡地說："你也真是多此一舉，何必要同吳元猛結交呢？弄得自己也不像個英雄了。"

鐵芳忽地一下便滿臉通紅，剛才他的臉還是凍得僵硬，這時卻如同火燒了似的，他心中十分羞窘，趕緊辯解說："不過，吳元猛雖盜性甚深，可是為人倒還慷慨可交。"

雪瓶沒有言語。鐵芳又說："剛才逃走的那小山神柳三喜，據他自己稱，也是一位名俠的弟子，他流落在這山裏為盜也是不得已。"

聽雪瓶仿佛是哼了一聲，鐵芳又說："所以我才勸住姑娘，不要傷他的性命。連那黑山熊吳鈞，我想若是細究起來，我們與他也似乎沒有什麼不共戴天之仇。他已老了，我們把他抓起來，訓斥他一番也可以，卻似乎不必下什麼毒手……"

雪瓶一聽這話，當時就惱怒了，但她還像是忍著點兒氣，顧著點面子，聲音並不太急，只說："我為什麼要一個人進山來呢？就是因為我自己的仇人自己尋，用不著別人，我不願意叫別人幫助我！"

鐵芳語塞了，越發覺得雪瓶這話，是已拒他於千里之外，使他無話可說了，更不敢再向雪瓶提說那金大娘之事了。

停了一會，忽聽雪瓶又說了聲："大哥！你還是回涼州，保護欽差去吧！"

鐵芳又高興了一點，剛想說那邊的官人防範甚緊，暫時不去保護，倒也沒有什麼可慮，忽然聽雪瓶又說："你去做你的事吧。"說畢，就往山嶺那邊走去了。

鐵芳如被釘在了這裏，心中覺得非常之冷。四下看去，雪瓶已經沒有了蹤跡。

這時各石室各洞中也都沒有了燈光，只有一處還有點光焰在窗隙照出來，那是裏邊的人還在燒著柴取暖。雖有一兩聲犬吠，可也非常模糊，不知發自於何處。

鐵芳覺得這個地方太荒涼了，賊人忽而群出，忽而又一齊藏匿，可知他們之中必定是還有人出著主意，安排著計策。等到天一亮，可就更不知會怎樣了，雪瓶單身就許要吃虧。而且這層層的山嶺、廣闊的山谷，恐怕雪瓶也是無法找得著黑山熊。於是鐵芳就將心一橫，想也拼了出去，無論如何也得先將黑山熊抓出來才不虛此行，才算真正幫助了雪瓶。無論她感謝不感謝，自己就這樣做去好了。

鐵芳朝著那間有些光亮的石室走去，才到門前，就覺著濃煙刺眼，他用劍把門戳了兩下，就向裏問："有人沒有？"

裏邊便驚問著："是誰呀？"似是婦人之聲。

鐵芳上前將門拉開，就看見了房裏有三個持刀的大漢和一個年輕的婦人，都圍在一個石做的火盆旁。鐵芳也看不清這幾個人的面貌，因為屋中的火雖不旺，煙可很濃，他只站在門外向裏邊說："你們不要怕！我來這裏原不想傷人，連黑山熊我們也不傷他，只要叫他出來，我們談談話就是了！"

裏邊就有人說："你去找小山神柳三喜問去吧！只有他能進大太爺住的那個洞。"

鐵芳一聽，知道黑山熊果然是住在山裏，他就覺得是有了線索了，遂就說："小山神已經被我們射傷，他逃上山了，不知去向。你們這裏無論是誰，若能領我到黑山熊所住的那座洞口，我就絕不再擾鬧你們了。因為我見你們雖都是黑山熊的手下，可也在山中都有家業，不似是怎樣為非作歹的。"

他說出了這幾句話，那少婦忽然就哭泣起來，旁邊的人就勸她說："三喜嫂你別哭！三喜子不能死。"這才知道這婦人便是小山神柳三喜之妻。

此時忽有兩人都大聲說："我們領著你去！你們來找的既是黑山熊吳大太爺，那麼帶領你去見他也不要緊，殺他不殺他也隨你。只是你要想一想，涼州府還有他的兒子吳元猛，吳元猛手裏有一對鐵錘，甘涼道上屬他的好漢至少也有幾百，你們要是在這裏傷了他老子的一根汗毛，出山去可要小心性命！」說時就都提着明晃晃的鋼刀，繞過火盆出屋。

鐵芳還拍着胸擔保不傷黑山熊。這兩個人有個就擺手說：「不必多說！我們帶着你去就是了！黑山熊雖然怕玉嬌龍，可是還不至於怕你！」

這二人急急在前走着，鐵芳在後就緊緊跟隨。夜益深，山風益冷，前面的二人對於路徑全都十分熟，腳下又快，少時他們就走上了山嶺。鐵芳既要時時防備着他們回身掄刀來砍，又不敢落後，就撲着夜色，追着前面的兩條黑影急走。步下覺得坎坷不平，時時都幾乎要將他絆倒，但也越走越高，不多時就來到了山嶺的半腰之上，一個內中微有火光、微有柴煙散出的石窟之前。

這兩個人說：「他就在這裏邊住，終年也不出來，我們也向來都不進去。你若有膽量，你自己進去找他吧！」

鐵芳此時不禁發出冷笑來，他知道這裏多半是一座陷阱，但是他在這兩人之前，又絕不願顯出畏縮之態，他就說：「剛才我已把話同你們說了，我來此絕不傷害黑山熊，我只是為見他談一談，我是要給他排難解紛。你們肯把我領到這裏，也可見懂得點交情，知道我不是那等言而無信的小人。可是，如果我進了這座洞裏，不但見不着黑山熊，反倒踏着你們的埋伏，那你們可就得小心了。我如果中計死了，那自然無話可說；但要是叫我再出來，那時可都饒不了你們！」

兩個賊人就都急了，一個說：「裏面有他沒他，我們也不知道，我們只知道小山神常到這洞裏去。小山神是大太爺的心腹人，只他能見得着，我們雖也是跟了大太爺多年啦，可是也不常見着他。」

另一個又說：「我們在這裏苦極啦！吃的都不夠，又出不了山，少太爺吳元猛那裏也不要我們。」

鐵芳就忿然地說：「好！那麼你們就不用管了！我要往洞裏去了！」說着，他就緊握劍柄，以劍尖在前開路，低着頭，邁步進到洞裏。這一腳就像蹬空了似的，嚇了他一跳，原來洞裏的地勢極低，而且有從外面吹進來的雪。兩邊都是石壁，都有斧鑿的痕跡，並非天然而成，極險，只容一個人行走，有時且須側着身子才能夠過去。

最奇怪的是那點光亮，曲折返映而出，既微且黯，也不曉得點的是什麼燈燭。同時那煙氣也漸濃，不知是燒的柴還是點的香，刺得鐵芳的眼睛又有些發痛了。向裏再走，走了已有二十餘步了，忽然在一個拐角之處，就伸出一口刀來向他猛刺。

鐵芳早有防備，疾忙以劍去擋，噹的一聲，覺得對方這人的氣力相當地充沛。他便問道：「你是誰？你要是黑山熊，就快些出頭！我來是為給你們兩家解去多年的仇恨，只要你能永久住在這山內不再胡為，並叫你的兒子洗了手就絕不傷你！」

拐角之處藏着的這人卻冷笑說：「這山裏還沒見過你這樣滿口道理的人，你倒像是個酸秀才！好了！你既然來到了這裏，你就在這兒待着吧！這裏倒有你的一個伴兒！」

鐵芳向前再進，要以劍再去扎這個人，這人卻又用刀連擋了兩下，就往裏邊跑去。鐵芳隱隱看見了這個人的背影，原來正是那小山神柳三喜，他就不由得怒罵了一聲。小山神曳刀往極深之處奔，鐵芳就挺劍急追，忽然見小山神腳踏着兩旁的石壁，又往高處爬了上去。上面跟個淺井一樣，露出星光。小山神躥到了上面，便用刀向下扎着，並且用冰塊、雪塊、石頭往下來砸。

鐵芳情急，往上躥卻又躥不上去，他就說：「你們只會行使這種詭計嗎？這是最無恥的山賊才幹的！」

上面卻咕咚咕咚壓上了幾塊大石，並聽到有三四個人在哈哈大笑，除了小山神之外，還有剛才領他到這洞裏來的那兩個。

鐵芳不由更是氣忿。見大石頭在上面蓋得並不太緊，他就以劍順着那隙縫之處往上猛刺，當然也刺不着什麼。上面站着的小山神又向下威嚇着說：「你就好好在這裏待一會兒吧！等到我們捉來春雪瓶，就把她也送到這裏來，叫她跟你成親。你若是不識抬舉，我們可就要將洞口封嚴了，把你悶死在這裏邊！」

鐵芳聽了這話，雖更忿恨，但也無法，只得抽回劍來。洞口被石頭蓋住了，煙更飄散不出，刺激得他又連咳嗽了兩聲。忽然聽見耳邊也有人直咳嗽，並且還是就在這洞裏。他不由得一驚，剛要問是誰，卻又不敢問了，他恐怕洞口上的幾個人此時還沒有走去。鐵芳知道這洞裏必定還有被他們陷害的人。

鐵芳轉回了身，突然覺得洞裏的光更亮了。他更是驚訝，就迎着光亮緊走了幾步。煙刺得他的兩眼益睜不開，咳嗽也忍不住，忽然覺得腳下有個東西一絆，他幾乎跌倒，低頭細看，就更是驚訝，原來地上是躺着一個死人。這人是早已死了，如今雖然身上還穿着衣服，但屍骨已腐朽，只剩下了一具骷髏了。

鐵芳暗想這必是黑山熊與小山神害死的人了，他就更為忿恨。肩摩着陰濕的石壁，面迎着忽明忽黯的奇慘的燭光，又往前走了幾步，拐過了一個山角，他就突然止住了步。他驚訝地持着寶劍向前望去，是在石壁上削鑿出來的一個小洞兒裏，點着幾根乾柴，原來煙氣跟火光就是自此而發。

這壁角的濃煙裏，半伏半立地着一個身穿着破棉襖，極瘦的，如同個鬼似的人，那人一面咳嗽，一面以驚懼的目光望着鐵芳，突然他發出了一種極低的，但是頗為清楚的可怕之聲，問說：「你是鐵芳嗎？」

鐵芳此時簡直就像是在做夢了，他隔着煙實在看不出這人是誰。這人很瘦，而且也不住地咳嗽，倒令他想起來已故的病俠，他的母親玉嬌龍了。這個人有黑鬍子，而且除了行走不動，倒不像有什麼病，此人又探着頭問說：「鐵芳！你怎麼也被他們捉住，扔在這裏來了？哎呀！想不到咱們爺兒倆竟在這裏見了面！」

鐵芳瞪大了雙目，並且將身趨近前去，仔細地一看，他不由得也驚得哎呀一聲，這真是出乎他的意料之外。他就放下了劍，兩手拉住了這個人的瘦胳膊，一隻腿也跪下了，他悲喜交集地問說：「師父！你老人家怎麼也被賊人陷害在這裏了？」

這個人正是瘦老鴉，一提金蕭仲遠，他急急地說：「這時候沒有工夫多說話！那個賊走了沒有？」

鐵芳說：「他們把我騙到了這裏，就堵住了洞口，前面的洞口恐怕也早被他們堵住了。」

瘦老鴉說：「那一定了！」又冷冷地笑着說：「你能夠攙着我到洞口去嗎？我的這兩條腿被他們打得是連半步也挪不了啦！」

當下鐵芳拾起劍，立起了身，用一隻胳膊架起瘦老鴉來，但是瘦老鴉的兩條腿還是邁不開。他就抱着他，借着身後的火光，半摸着黑，摸索着向洞口走去，頭跟身體不時撞在石壁上。這洞口擋得果然比上面的那個洞口更嚴，是用連着樹皮的幾塊木板堵住的。瘦老鴉跟鐵芳一齊用力，但也是推不動，瘦老鴉就說：「外面一定還有石頭頂着，你快去拿一根柴來！我們把這木板燒壞了，也就可以把石推開了！」

鐵芳趕忙又跑了回去，從那石洞裏拿了兩根柴。這兩根柴都燒得只剩了一半，本來就是不甚乾也不甚粗的樹幹，被他一搖晃，就吧吧地迸着火星，起着團團的濃煙，呼呼地又冒起了火焰，幾乎燒了鐵芳的手。瘦老鴉命鐵芳將兩根柴都靠着那木板立着，火焰愈起愈高，那幾塊木板就引着了。他又叫鐵芳把他抱向後些，以免燒着身體。

瘦老鴉的兩臂沒有受傷，而且非常有力，他把破棉襖也脫了，露出胳膊來，雙手握着鐵芳的劍，就向那堵門的木板已燒焦了之處去戳。只聽喀喀喀幾聲，木屑紛落，火花亂飛。少時，那木板就被他扎穿了一個洞。又幾劍，就把兩塊板子都給劈斷了。火借着外面的風勢越發熊熊地燃起，並能聽到外面人聲嘈雜。

鐵芳益發不住地咳嗽，兩眼更難睜開，瘦老鴉卻在他的耳畔大聲地、急急地說：「我因為到長安沒尋着你，我才進了這祁連山。我與黑山熊交手，竟被他人多擒住，傷了我的腿。幸有小山神柳三喜，他知道我的名字，就保住了我的性命，送我在這死人洞裏養傷。這火是剛才小山神點起來的，他說要給我找個伴兒來。我知這也是要拿火光引進來人，但沒想到是你！不這樣辦，你絕出不去，只有死在這兒！現在，你趕快……」

此時洞口的火光沖天，大火還燒着外邊頂着的一堆石頭，而且外面的群賊又嚷得很兇。瘦老鴉就推着鐵芳說：「你就冒着火闖出去！越疾快越好！出了洞你就趕緊在地下打個滾兒，好滾滅火。這樣你雖身體受點燙傷，可是卻能逃出一條活命，你就快些去吧！」說着將劍交給了鐵芳。

鐵芳急急地說：「師父你跟我一同去吧！」

瘦老鴉卻說：「你看我這兩條腿，已經寸步難移了！你只管顧我，可就連你的命全都逃不開了！你快去吧！出洞時要小心他們的刀槍……趕快回家去看看！你的媳婦想你，都快要想死啦……」

此時擋在洞口的幾條木板已經燒成灰燼了，外面人聲喧嘩。瘦老鴉便急說：「你若不趕快逃出，可小心他們再來堵這洞口，難道咱們就都死在這兒？」他又咳嗽着，用力推開了鐵芳，自己卻頹然倚着石壁坐下。

此時已刻不容緩，鐵芳就手執寶劍向洞外去衝。只聽咕隆隆隆，石塊和燃燒着的木板全都被他撞倒在一旁，同時那火更是着得呼呼地響。鐵芳也不知衣服燒着了沒有，就在地下急忙一滾。當時就有人奔過來拿刀來殺，他一躍而起，以劍迎敵。

這時他比剛才可猛勇得多了，一霎時，對手的兩個人都已被他斬倒。他就趕緊回到洞口，用腳咚咚地踢開亂石。他又用手揀起洞口的石塊，向旁去扔，並用劍去劈那已成了焦炭尚帶火燼的木板，他也不顧得燙手不燙手，把洞口的這些東西都除開。鐵芳又奮勇去救瘦老鴉，但那洞中的濃煙一圈接着一圈地往外滾出，他大聲叫着：「師父！師父……」

他不顧一切地又走進洞中，他叫着：「師父……」但煙把他熏得不住咳嗽。洞裏整個都是煙，火光也沒有了，更尋不見瘦老鴉躺在哪裏。他很着急，又蹲着身向四下去摸，也沒有摸着，就被煙逼得只得又退出了洞口。他不禁流淚，提劍望着洞口痛哭，叫着說：「師父！我們才見面，是在這裏見的面！我本想跟你一同出去，我還要把我這次往新疆去所遇的種種事情全都告訴你，沒想到師父，你老人家竟……」

鐵芳因為還須防範有人來同他拼鬥，他又不敢哭得太厲害了。他回過身來向四下去看，見山色已經發白，冰雪跟枯樹都已看得很清楚，天色已發曉了。嶺上嶺下朝霧迷漫，石屋石洞可都沒有煙，也沒有人。他又往身後這洞裏去看，只見黑魆魆地，什麼也看不見，又叫了兩聲師父，仍沒有人答應。

山中的晨風更寒，他的身體簡直禁受不住，而且心中淒黯，精神疲倦，他便提着劍，爬上了一座高峰，向四下去看，一望茫茫，這時他要找歸路出山，都已不易了。

站立了一會兒，忽然看見下面的一間石屋裏走出來一個人，鐵芳也就向下去走。這個人穿着草鞋，披着狗皮襖，手持鈎鐮槍，原來正是那個雪上蛇。他東張西望地不知是尋覓什麼，可是又帶着恐懼的神氣。鐵芳就以山石遮蔽着身形，慢慢地往下去走。雪上蛇又轉身向回走了，鐵芳這時已走了下來，就猛撲上前。他不容雪上蛇回身，就一腳先踢落了他手中的鈎鐮槍，一手抓住了他的後背，並將寶劍向他的脖子上平着一磨，就像在石頭上磨劍似的。那雪上蛇就哎呀叫着，身軀不敢歪一歪，也不敢倒下。

鐵芳怒喝着說：「若敢動一動，我就叫你死！你快領我到黑山熊住的那地方去。」

雪上蛇顫抖着說：「好！好！我這就領着你去！你千萬別下手要我的命就行了！」

此時石室中又有幾個賊人持着刀槍而出，但鐵芳仍然將劍緊貼在雪上蛇的脖間，絲毫也不放手

雪上蛇流着淚，央求別的人說：「可千萬別上前！你們若是一上前，他可就得要了我的命……」他哭着就帶着鐵芳去走。

鐵芳不獨緊緊逼着他，同時還得防範着旁邊的人。到了一座石室的前面，雪上蛇就說：「就在這裏啦！」

鐵芳一看，這裏的兩扇門，果然整齊，還刷着油漆。窗子也挺像樣子，上面糊着紙，

不像別處的窗子，只是木棍支成的，裏面遮着些破布或蘆席。鐵芳抬腳一踢，門就開了，屋裏有個婦人驚訝着問說：“是誰呀？”

鐵芳探着頭向裏望了一下，只見裏面居然有硬木的桌椅、床榻、閃緞的被褥、紅銅的炭盆，榻上坐的是個三旬上下的婦人，所穿的衣裙也絕不像在這深山窮谷住的人。鐵芳便向雪上蛇問說：“這是黑山熊的什麼人？”

雪上蛇還沒有回答，旁邊便有人冷笑着說：“這你還要細打聽嗎？這是我們這兒的壓寨的太太。山上的洞裏比這兒還闊，那裏住的還有壓寨夫人、壓寨小老婆跟壓寨的丫頭！在涼州城裏還有位金大娘，那早先也是壓寨的，不過現在搬了出去。你知道了吧？我們大太爺的老婆多得數不過來！”

鐵芳向屋裏的婦人問說：“黑山熊跑到哪裏去了？”

婦人搖頭說：“我不知道，他可……”

鐵芳怒目逼問說：“快說！”說時將寶劍向雪上蛇的脖頸上更用力地一磨，雪上蛇的脖子上立時就出現了一塊紫的血印，他哎呀哎呀地叫着，向屋裏說：“大娘喲！你就快告訴他吧！大太爺到底往哪裏去了？告訴他吧！他也不能就去殺大太爺！要不然可是我先死，你也得死，山裏的人他都饒不了啊！”

這時周圍的賊人雖有七八個，有的手中也拿着刀槍，但都站在遠處不敢進前。屋裏的婦人也哭了，就說：“他叫柳三喜給他取走了銀包子……”

雪上蛇說：“哎呀！大太爺他已經跟小山神逃走了！你去找他吧！只管在這裏為難我們，可幹什麼呀？”

旁邊的人就說：“我們早就知道小山神把黑山熊救走了，他是黑山熊最寵愛的人嘛！”

又有人說：“你跟我們拼鬥，是一點用處沒有，真正的你還是得去找小山神。我們都是困在這洞裏沒有法子，都是一大家子，夏天吃野菜，冬天就打點野物吃，出去既怕官人，又怕被雪堵着。其實媽的黑山熊也跟我們非親非故，吳元猛跟金大娘發了多少財？可是一個錢也不能到我們手裏。”

鐵芳想了一想，覺得這些人說的話還是可信的，那小山神柳三喜不僅武藝很好，他還詭計多端，他必是乘着自己困在洞中之時，就救了黑山熊逃走。遂就問說：“他們逃往哪裏去了？你們誰能夠知道？他們是騎馬走的嗎？”

雪上蛇這時說了話了，他說：“哎呀！他們爬山也爬走了！這時也許早出了山口，找着了馬或騾子，趕往涼州去。那裏有他兒子的一對鐵錘，哪個不要腦袋的，敢去討呀？”他活動了一下脖子又說：“除了你，大爺！你也許不怕他。可是小山神也不是好惹的，這山裏的人誰也抵不過他。”

旁邊又有的人說：“他的武藝是跟俞秀蓮學出來的。他說他在懷抱的時候，玉嬌龍就曾到他的家裏去過。”

鐵芳聽了這話，就更是驚異，心想：對那小山神柳三喜，不但為捉黑山熊我得去尋他，就為了他過去的身世，我也得去找一找他，去向他打聽打聽，並且還要與他比一比武，鬥一鬥。

此時朝陽已普照着群山，但山風挾着冰花雪屑吹來，仍然很是寒冷。

鐵芳就向雪上蛇再逼問，說：“昨天你領我進到這裏來，走的是哪一條路？”

雪上蛇指着西邊說：“咱們不是從西邊來的嗎？我本來拿你當做一家人看，後來你殺死了大白狼，我看着事不對頭，才來告訴了這裏的人。小山神要捉拿你，可是沒將你拿住，倒將他給逼跑啦！”

鐵芳這才抽回來寶劍，將他一推，雪上蛇一屁股就坐在了冰雪地上。他哎喲哎喲地叫着，可是臉色倒緩過來了。旁邊有人就取他笑、辱罵他，又有人向鐵芳說：“我家的大太爺確實跟着小山神走了，我們絕不能騙你。咱們都是江湖朋友，說打就打，說拼就拼，可是話也得說真的。我們若是將你騙走，你到別處找不着他們，你又有腿，你不會再來嗎？我們可不能將石頭屋子跟石頭洞都搬走，到別處去。”

　　鐵芳一聽這話，也覺得有理，便點點頭說：“再會吧！”他倒退了幾步，仰首又向四面的山嶺上看了看，可是並沒有看見雪瓶，也不知道雪瓶是已經追趕着黑山熊與小山神出山去了？還是也遭了山賊的毒計，被陷害在哪座洞窟裏了？但他又想，雪瓶武藝好，而且人又機警，她不會像我似的上了那麼個大當。

　　於是，他就大喊了幾聲：“雪瓶走吧！雪瓶走吧！那黑山熊已經逃出山去了！咱們出山去吧！雪瓶！春雪瓶！快走吧！……”他喊了半天，山上倒是沒有出現春雪瓶的影子，可是卻將旁邊站立的一些山賊驚得臉色齊變。原來，他們雖然知道昨夜在此大鬧的，除了這個少年韓鐵芳之外，還另有一位能人。那人會發小弩箭，射傷了他們不少的人。他們猜疑着可能是春雪瓶，可還不能斷定。如今一聽才知道，果然是春雪瓶在這裏了！

　　他獨自提劍又走到了昨夜自己被困的那座洞口，就見滿洞口都是燒黑了的木頭和大小石塊，洞口也都熏黑了。他不敢往深處去走，惟恐再中計。他向洞裏走了兩步，就望見那臥在石壁之間，周身都已被煙熏黑了的他師父的枯瘦屍骸，他頓時滾下了熱淚。

　　鐵芳心如刀割，長長歎着氣，以凍得僵硬了的手，拭着眼邊的如湧泉一般的熱淚。他就央求這裏的人，把這具屍體葬埋了。這裏的兩個人也都點頭說：“這不算一回事。等我們掘一掘冰雪，開出個石穴來，就把這死人掩藏起來。這人生前既是一條好漢，我們也不能就眼看着他的屍骨叫狼吃了。”

　　韓鐵芳忍痛離開了洞口，往西走去，這裏的人，連那個雪上蛇，都像是送客似的，拿眼睛望着他。他提劍過了一道矮嶺，就算是已經出了鬼眼崖，又來到了昨晚那個賊人大白狼死的地方。谷中空無一人，他走到那下坡的地方，尋着了他的馬，便解了下來。這匹馬將附近山石上的冰雪都啃得露出了裏面的乾草來。雖在山風裏睡了一夜，可是精神仍好，被鐵芳牽着，牠就昂首長嘶，並且嚕嚕地直吐着白氣。

　　鐵芳提劍牽馬越過了嶺，路徑漸熟，而峰嶺可越多。這時忽見對面的嶺上又來了兩個人。鐵芳駐馬向前驚視。那兩人向下走着，越來距着他越近，便也看見了他，兩人就一齊展開了手中的兵刃，跳躍着向他奔來。

　　他漸漸就聽出來他們的叫罵之聲，說：“韓鐵芳！你這小輩，竟敢到這裏來……”這二人正是那飛虎鮑坤、鐵爪鵬呂通海，每個人的手中都是一對明晃晃的護手鈎，直向韓鐵芳撲來。

　　尤其是鮑坤的氣勢最為兇狠、潑悍，他先奔了上來，掄鈎就要置鐵芳於死地，並說：“你給我那四個兄弟償命吧！張伯飛來到涼州，他把真情全告訴我了！”

　　鐵芳將馬撒手，用劍去抵。呂通海也舞着雙鈎逼近，他卻是冷笑着說：“韓鐵芳！殺死了金刀余旺，逼走了戴閻王的那些事，你都還記得嗎？他們全是我的朋友。如今我可要趁此荒野之中，鈎下你的頭來，拿回去給他們看看了！”

　　鐵芳情急，此時無暇爭辯，只好以劍奮勇迎殺。他躥縱跳躍，變換着劍法，忽而退避，忽而也反逼進前，劍光如一條銀龍。那二人的四隻鈎卻又如白鶴似的，時時逼着他的這條龍，相觸在一起，就鏘然發聲，響徹了山谷。二人的鈎法並不是一路，飛虎鮑坤的鈎很猛，但是倒好抵禦，而鐵爪鵬呂通海的一對鈎舞將了起來，才真是厲害呢。他的胳臂跟沒受傷一樣，他並且指使着鮑坤，與他分開了左右，兩對護手鈎互相地呼應着來戰鐵芳。

　　鐵芳的劍勢漸亂，又抵禦了幾下之後，他回身便走。呂通海冷笑着說：“小輩！今天你還想逃脫老爺們的鈎下麼？”急躍着追奔過來。鮑坤更是大喊大罵，絕不肯放。

　　此時鐵芳的那匹鐵騎，已慢慢地走到了對面的山坡上，又去啃那埋在冰雪裏的草根了。鐵芳就往那邊去跑，想抓住了馬騎上，就逃過嶺去。但腳底下的石頭很多，冰雪太滑，他不敢放膽去跑。而後面的四隻鈎就如同四隻怪手似的狠狠地要來抓他，他不得不回身去迎抵。那二人的威風更振，鈎法更兇，鐵芳的一口劍實在招架不過來了。

　　幸而此時，後面的嶺上有一匹白馬如飛一般的，蹄踏冰雪自高處躍下，其時極快。比這人馬更快的卻是那嗖嗖射來的弩箭。呂通海同時身中三箭，把雙鈎都撒了手，他就趴在地下了。鮑坤的大腿上也中了一枝，但他仍然奮勇舞鈎，來殺鐵芳。

鐵芳是因為呂通海一倒，他就緩過了半口氣。這時鮑坤的背後又中了一枝弩箭，他疼得已將一鈎松了手，但仍揮着一鈎追來，並大聲慘叫道：「韓鐵芳！你還我那四個兄弟的性命！」他一腳被石頭絆倒，身子跌下，便順着峭壁和冰雪，連人帶鈎地滾下了深谷。

就見那邊的弩箭，已然不再發了。白馬上的雪瓶，一身青絨衣褲，外套梅花鹿皮的背心，雲鬢蓬蓬而眼神炯炯，背後插着雙劍，腰間繫着箭囊，她一手提着緊緊的韁，另一手還拿着玲瓏的弩弓。這位秀樹奇峰春雪瓶到了坑谷之旁便收住了馬，隨之她的纖軀也翩然而下，馬蹄跟她的雙足在冰雪上極穩，仿佛是一點不覺得滑。鐵芳這才把她的模樣看清楚了，見她因為千里的風塵吹打，已顯得有點黑瘦，但是更美麗了。鐵芳細細地觀察她的眉目和那特別美麗的小口，實在有七八分生得像那位金大娘。

雪瓶卻凝定着雙眸瞪了他一下，並說：「那黑山熊已被小山神救走，他們已順着便道逃出去了。可恨的就是咱們對這山裏的地理太不熟，我已經搜到了他的山窟裏，結果還是叫他跑了。那小山神是有點能幹，昨夜那邊的洞口起了一片火光，可不知是什麼事。當時我因一心要找黑山熊的窩，所以沒趕過去看，但我很不放心，大哥倒是……」

說着她就用眼向鐵芳的衣襟去掃。鐵芳的衣裳上確實是被熏了不少的煙，並已燒了幾處。

如今鐵芳真是事定思痛了。他的身上倒是沒有什麼重傷，心中卻十分悲痛，幾乎流下淚來，他說：「我也是一時大意，中了他們的計，被他們困在洞中。可是又無意之中遇見了我的師父蕭仲遠。是他出的計策，叫我用火燒毀了堵在洞口的木頭，我才逃了出來。但他卻沒有出來……」說到此，鐵芳的眼淚不禁流下。

鐵芳又問說：「現在我們往哪裏去呢？是回到涼州去尋黑山熊嗎？我想黑山熊可未必敢往涼州，因為他的兒子吳元猛也庇護不住他。」

雪瓶又瞪了鐵芳一眼，就說：「用不着你來管這些事！這是我一個人的事。黑山熊是我的仇人，與你……」說到這裏她又叫了聲大哥，說：「與大哥無干……我走了！」說着她上了馬就往對面的嶺上走去。

鐵芳向那面去看，一陣山風吹來了一些細碎的冰屑，打得他的兩眼是又涼又痛，他就閉着眼呆了一會，等到睜開眼向那邊再望時，春雪瓶人馬的影子早已經沒有了。他遂也趕緊去牽了馬，往嶺上去走。身後冰雪層層，山嶺無數，那鬼眼崖裏的眾強盜卻沒有一個再出來。

眼前也是山峰重迭，爬過一層又一層，又來到了那惡蟒坡的所在，就看見往上去的道路上分明印着一個個清楚明顯的馬蹄印兒，而且是才留下的。可見春雪瓶是已經騎着馬由此上去了，自己也只好往上去走吧！

於是他就牽着馬，一步一步，小心謹慎地向上走去，並且時時恐怕由上面跌下來。他的精神又是十分疲憊，好不容易才爬上了山坡，心中便覺得痛快些了，他喘了喘氣，又轉過了一道山口，就跨上了馬，縱馬一直出了山口。

眼望着風沙滾滾的茫茫大地，心裏忽然一寬，他就循着道路，催馬飛馳，心說：春雪瓶！你雖已在先出了山走了，但我這馬就不能趕上你嗎？又想：黑山熊的事情她叫我別管，但我也得再告訴告訴她，那金大娘確實就是方二太太，也就是她的生身母！……

馬緊緊走，天色已過午了，他沒用飯，但也不覺得餓。他一夜未睡，此時居然也不像剛才那樣疲乏了。他胯下的鐵騎一到了平原，也越發頭昂鬃抖，如活龍似的，嘚嘚嘚嘚，蹄聲如驟雨。

跑出了十餘里地，仍然沒看見一處村落，可是遠遠卻看到一群人馬在廝殺，只見刀劍的光芒閃閃，人馬翻騰，原來是吳元猛率領着一些人已追來了。

這群人在這裏正遇見了春雪瓶，有人就驚喊着說：「啊呀！這就是那個小差官！」

又有人說：「她原是個女的！嗳呀！她就是春雪瓶呀！」

雪瓶卻連劍也不拔，只拈出來弩箭，嗖嗖嗖一連射得三四個人落了馬，有些人就轉過馬去驚慌逃命，另有十八個兇悍的人卻齊舞刀棍一齊撲來。春雪瓶這才抽出雙劍來迎殺。

她的劍法精練，使得別人只能看得見閃閃的寒光，但又都眼花手亂，無法招架。只聽憑她又砍了幾個，其餘的亦皆四散逃奔。

吳元猛一臂已於昨夜負傷，一臂卻用力揮着單錘，向着春雪瓶打來，說：「忘恩負義的丫頭，難道你就不知道你的娘被我養活了多年嗎……」

雪瓶卻恍若不聞，更是一點也不客氣，雙劍齊掄，向着吳元猛就砍。

這時鐵芳便催馬持劍趕到了，他先向着雪瓶擺手，說：「姑娘你不要打了！暫且息怒，容我跟他說幾句話！」

雪瓶的白馬雖然向後退了兩步，但雙劍仍在手中緊緊握着，劍鋒對着吳元猛，雙目也仍然怒瞪，卻閉嘴不發一語，也不理鐵芳。

吳元猛喘了幾口氣，大長臉上滿帶殺氣，他冷笑着說：「韓鐵芳！你真夠朋友，你也真是英雄！你隱名埋姓，假意和我結交，這真算得是好漢！哈哈哈，好漢好漢！」又說：「我也早就知道了！你跟春雪瓶，你們兩人都是在玉欽差的手下當差事的，我跟你說的那些話，大概你早就都告到玉官兒那裏去了。這不要緊，我料玉官兒跟涼州知府他們誰也不敢派人拿我。我是生長在祁連山鬼眼崖，我雖出山來開鏢店、充紳士，但是我爸爸仍在山裏做強盜，這些事不瞞人。再說，我今天也聽說了你們兩人為救羅小虎，帶着一群哈薩克人，在天山幹的那件事了。我若是強盜，你們也就是賊，咱們誰也不用說誰！」

鐵芳就說：「吳元猛兄，你也不要這樣想，我們跟你原也沒有什麼深仇大恨。你要打劫玉欽差的那件事，你還沒做出來，我們也絕不能幫助官人去捉拿你。只是，我勸你從此打斷了那個想頭，並從此洗手，只許你安分保鏢，不許你再在這甘涼道上橫行做惡！」

吳元猛卻瞪起眼睛，罵道：「放狗屁！我吳元猛若只是安分保鏢，不交江湖朋友，不做綠林買賣，你的丈母娘、春雪瓶的母親，還能夠在涼州享福嗎？媽的，我吳元猛待那金大娘實在不錯。如今，韓鐵芳小輩你快滾開！只叫春雪瓶來，隨我到涼州府見見她的娘，叫她的娘說說這二十年來的事。不提我老子，只問我吳元猛對待她怎麼樣？」

說到這裏，他一掄錘就逼得鐵芳躲開了。可是這時春雪瓶驀發一箭，正中吳元猛右邊的肋窩，咚的一聲，一隻鐵錘就扔在了地下。他緊皺着眉，以手按着傷處，就摔下了馬去，口中還罵着說：「春雪瓶！你這沒有良心的狗丫頭！」

雪瓶忿怒地，又要裝箭去射，卻被鐵芳給攔住。雪瓶就不禁暴躁了起來，向鐵芳說：「這些事與你有什麼相干呢？我殺他們、射他們，你全都來管我！不用說你，就是我爹爹活在世上的時候，有許多事他老人家也不會管我、攔我！」說的時候，將劍又掄起，又將弩箭比準了鐵芳，似乎就要射。

鐵芳卻擺手說：「姑娘不要急躁，你聽我說。因為我與吳元猛也曾交過一場朋友，而且又知他待那位方二太太很盡孝道……」雪瓶更怒說：「誰管他那些！我只認得他是甘涼道上的惡霸、盜賊。」

此時吳元猛傷處疼痛，在地下不住亂滾，忽然他坐了起來，望着東面遠遠之處來的一個騾馱轎，不住哈哈大笑。她回頭對雪瓶說：「你看！那邊大概就是你的娘來了，你去見她問問吧！二十年來我對她怎樣……」說到這裏，突又射來一箭，吳元猛就嗳呀了一聲，身子又倒下了。鐵芳看得甚是不忍，急忙下馬去救，但已無及。又見雪瓶果然奔向那騾馱轎去了，她的馬極快，背後插着一把劍，手中還持着閃閃發光的一把劍，另一手卻拿着弩箭，看樣子她是要去攔截那騾馱轎，要去射人、殺人。

鐵芳就扔下了吳元猛的屍身，急忙上了馬，直朝雪瓶追去，他一面追着，一面揚着一隻手臂大喊說：「千萬不可再傷人了！雪瓶！你不可再用箭射人了！金大娘真是你的母親，你不可傷她……」

第十五回　　單人馬雪地遭計擒　　兩義俠深莊剪巨惡

　　這時，雪瓶已在前面把那頂騾馱轎給攔住了。馱轎在甘涼道上呼為駕窩子，是前後兩頭健壯的騾子，當中一頂轎子，走得非常之快，而人坐在裏面又是非常之穩。

　　這乘轎子全身都是紅氈的轎圍子，前後的兩頭騾子全是"菊花青"。那是一種渾身斑點，最美麗、最上等的騾子。後面有個跟轎的人，騎着馬，手掄着長鞭子，掛帶着刀。

　　轎子也沒有放着簾子，裏面坐的正是霜鬢蓬鬆、身穿狐皮斗篷、半躺半坐、病容慘黯的金大娘。她忽然看見雪瓶自對面騎着馬來了，就趕緊直起腰來，掙扎着，卻又驚又喜地說："瓶兒！瓶兒！難道你真不認識我嗎？我，是你的娘啊！當初不必說了！……"她不禁雙淚汪然，哭着說："後來，我可是想盡了法子積攢錢，就為的是要到新疆去找你，我還想要去見見玉嬌龍……"

　　說到這裏，雪瓶突然向轎中發了一箭，轎後的那人就嚇得扔下了鞭子，摔下馬去。

　　鐵芳趕過來連喊着："不可！"他又急又氣，就說："無論如何，她也是生你的人，你怎能用箭射她？"

　　春雪瓶卻連一句話也不說，她頭也不回，就收劍策馬，越過了馱轎，一徑往東去了。

　　鐵芳疾忙到轎內去看金大娘，只見金大娘的身上倒是沒有受傷，因為那枝正釘在轎圍子上。雪瓶大概也是不忍傷了她的親生母親，然而她是絕對不相認了。金大娘此刻卻比受了傷還要難過，她就不住地放聲痛哭，哭得鐵芳都不禁鼻酸。

　　這時那跟騾馱轎來的人，由地下爬了起來，趕過來向鐵芳說："王大爺！你老人家原來就是韓大爺韓鐵芳呀！"

　　鐵芳這才看見，這個人原來是土蛋刁三，便說："你隨來了很好，那邊……"他回身指着躺在那邊地上的、已經中箭身死的吳元猛，意思是叫刁三想法子把那屍身掩埋了。

　　刁三說："這事您交給我好啦，附近村子裏找兩個人來，把這位少太爺掩埋了就得啦！可是他的那隻鐵錘恐怕我們拿不動，沒有法子打發。"

　　這時轎子裏頭的金大娘，哭得死一陣活一陣，鐵芳想要勸，卻又覺得無話可說，十分地着急。

　　刁三又往北指着說："那邊有一個小村落，我們剛從那邊來。那裏的人還都很老實，跟山上無關。我想，不如把金大娘暫且送往那兒去，然後再想辦法。"

　　鐵芳點點頭說："好！"又不禁歎了口氣，遂就回去看了看吳元猛的屍身。他雖然覺得雪瓶射死他不對，但他若不死，甘涼道上就永久有個惡霸存在着。然而自己的心，卻總像有一些歉然似的。

　　這時，土蛋刁三已拾起鞭子來，趕着騾馱轎往回去了。鐵芳就上了馬跟隨。行約五里許，便進了那小村。他們找了一家住戶，就卸了騾馱轎，攙進去了已哭得半死了的金大娘，就都進去歇息。然後土蛋刁三又找了本村的幾個人，就攜帶着鋤鏟到那裏去掩埋吳元猛。鐵芳在這裏吃了兩碗黃米飯，聽這人家的婦女向金大娘勸解着，而金大娘卻哭得更是厲害，他恨不得堵住耳朵。鐵芳真想去將春雪瓶趕上，強迫着叫她回來與她的生身母相認。但是鐵芳這時已極倦憊，就在這人家的土炕上睡着了，及至醒來，時候已經不早。那土蛋刁三已經把吳元猛的屍首葬畢回到這裏來了。

此時金大娘也不哭了，她口口聲聲要回涼州府去。鐵芳也沒去見金大娘，晚間就與刁三談話，他才知道前夜春雪瓶在金大娘的那座樓上又大鬧了一場。

當夜老君牛張伯飛到了吳元猛家，述說了新疆迪化以及天山的一切事情，他們才知道所謂王仲遠就是韓鐵芳。鮑坤急要報他隴山五虎之仇，呂通海是本來就不服鐵芳，如今他更想鬥一鬥那玉嬌龍的女婿，所以他們立時就去南門攔截。因為沒有截住，他們便一直追了下來，結果都喪命於深谷之中。吳元猛也是聞知春雪瓶與韓鐵芳齊都走了，往山裏去搜他的父親去了，他就急着前來保護。

金大娘知道了那一連兩夜在她樓上大鬧的原來就是春雪瓶，就是當年她忍痛換給了別人的那個女兒，因此她也催着人套了騾馱轎追來。她可沒想到她的女兒見了她依舊不認，並且還用箭射她，而那個侍奉她如同對生母一般的義子吳元猛，卻又死於雪瓶的箭下。這次對她的打擊太大了，金大娘她就是回到了涼州，恐怕也活不了多久了。鐵芳又向刁三打聽黑山熊的下落，刁三是連一點影兒也不知道。再打聽那小山神柳三喜，刁三卻說：「我更不知道有這麼個人。本來吳元猛雖是黑山熊的兒子，可是自從他在涼州立下了事業，接去了金大娘，他就不再回山裏去了，黑山熊更是永不出山，所以山裏究竟都有什麼能人，外面的人也不知道。」鐵芳便覺得不必再問了。

到了次日，鐵芳便叫土蛋刁三先送金大娘回涼州府，他自己卻躲避着，不願和金大娘見面，並且不忍聽金大娘時時的哭聲。土蛋刁三護送着那乘騾馱轎走了之後，他昂首望着那祁連山，卻不禁心中憤懣，暗想：當年她假借幫助人，竟做了那麼罪惡的事，她給別人帶來了多少痛苦啊！

鐵芳又在此休息了半日，然後謝了這家人家，便騎着馬走了。在附近各處又訪查了一日，也沒有看見黑山熊與那小山神的行蹤。

鐵芳只得催馬又趕到了涼州城。原想是來到了城中，必又有一場惡鬥，可是一進城就遇見了沙漠鼠。他此時居然敢出頭了。因為自從土蛋刁三回來，城中已無人不知吳元猛被箭射死之事，許多仇家都很稱心，並有的特別到廟裏為這件事燒香還願。金大娘被刁三送回來後，便在她的樓上臥病，大概是永遠也起不來了。吳元猛的那些姬妾，從現在起就為爭產業打起架來。而保發鏢店是已經關了門，大概只留下了大刀陶瑾一個人看家，其餘的全都跑了，並傳說是鮑坤跟呂通海先跑的。有人還說呂通海這次由東邊保來的鏢銀還沒有交代清楚，他人就不見了，一定是拐款而逃。這真給鏢行丟人，尤其給灞陵鎮的老俠呂慕岩丟盡了英名。這些事多半是傳言有誤，鐵芳也不大留心去聽。不過有幾件事，鐵芳倒是十分相信：第一是玉欽差已於日前離開此地往東去了；第二是未聞那漂亮的小差官春雪瓶再回到這裏來；第三是此地依然無人知道黑山熊與小山神的下落。

鐵芳在涼州城並沒有再宿下，上午來到的，下午他就別了沙漠鼠而出了城。再往東去，這條路徑他更覺得熟了。

祁連山漸漸離遠了，他卻忘不了死在那山裏的師父瘦老鴉、死在天山的父親羅小虎，和死在沙漠裏的母親玉嬌龍。他難過極了，尤其是日前目睹春雪瓶那樣的無情，更令他灰心了，他想回到洛陽去看一看便走，以後絕不再往西來，而且絕不再談武藝。他的心情很是愁黯。過蘭州時又遇着了一場風雪，但他並不停留，只往南去走。這天傍晚的時候走到了天水地面，他已趕不及進城了，所以就牽着馬在西關徘徊，要找店房。不料身後有人抓了他一把，將他嚇了一大跳，疾忙回身，瞪眼一看，見身後是一個很眼熟的壯年漢子。這人把他放開，接着就恭敬地打躬。

鐵芳就驀然想起來了，這個人原是自己在新疆石塔安家客店裏見過的那個安大勇，於是鐵芳就帶着笑說：“原來你在這裏。”

安大勇雖然是跟鐵芳很熟，但他卻並不曉得鐵芳的姓名，只問着說：“大哥！你從什麼地方來？在這裏是要做什麼？”

鐵芳說：“我從西路上來，今天才到這裏，正不知住哪家店好呢？”

安大勇說：“住店不好，西邊有一家朋友，你可同我到那邊去住。”

鐵芳說：“我與人家平日又無交情，怎能夠去打擾呢？”

安大勇說：“那是我的好朋友。我常跟他提說你幫了我路費，我才能到甘省來的事，他也恨不得要見一見你。如今你去了，他一定很喜歡。再說那裏也沒有什麼人，只有他跟他的老婆，還有三個孩子。地方雖不大，可還夠你睡覺。”

安大勇說話時，嘴裏噴出濃烈的酒氣，可見他是才喝完了酒。鐵芳便想：既然在此和他遇見了，就去向他盤桓一晚也好。無論怎樣，他也是在此地住了些日子，他又不斷與江湖鏢客、綠林豪俠往來，由他的口中也許能夠聽出一些事，探聽探聽由此往東路上的情形。當下他就連連點頭說好，牽着馬，同安大勇往西去走。走到一家酒店之前，安大勇就叫鐵芳在門前稍候一候他，他就走進去了。待了半天，他才出來，原來他是借了這裏的一個酒瓶，打得滿滿的酒，還用一張紙包着些熟肉跟一隻雞。看來他是要請客的樣子。安大勇十分欣喜地帶着鐵芳往西去走，一路上就談着別後的情況。原來他自從在南疆與鐵芳分手之後，他用鐵芳資助他的錢，把家安頓了，然後離了那石塔莊，來到甘省。他先到蘭州尋找他的朋友，他那個朋友本是鏢行的，但因為吳元猛霸佔了甘涼道，使他沒有買賣可做，就將鏢店關了門。

安大勇投到他那裏一看，已經無安身之地，便又走了。盤纏都已花完，走到這天水秦州地面，他只得在街上賣藝求助。不料有個本地著名的好漢賽姜維，因他的江湖話說得不周到，有些狂氣，所以就來踢場子，同他比起武藝來，結果不分高低。那賽姜維反倒很高興，便拉他到酒店裏，二人結為好友。賽姜維並請安大勇到他的家中去住，供吃供喝，如待自己的弟兄一般。

當下安大勇就把鐵芳請到賽姜維的家中，時天色已黑。這是一個距城不遠的小村子，十分清靜。安大勇在這裏住的那間屋也還寬敞，炕足夠睡兩三個人的。他們都是練武藝的人，不怕冷，所以炕並不熱。屋裏因為要熱酒，臨時才升了一個小泥爐。待了會兒，便請來了賽姜維。原來這個人就姓姜，年已五旬上下，身體胖而結實，他說話慷慨、舉止豪爽，處處都顯出他是一位老江湖。

賽姜維三十年前就在西安府保過鏢，也在衙門當過班頭，在蘭州開過鏢店，後來又在甘涼道上，在祁連山裏……總而言之，此人是陝甘道上的江湖老前輩，不但方天戟秦傑、鐵爪鵬呂通海等人都是他的晚輩，並且他在二十年前跟黑山熊兄弟也頗有交情。吳元猛算是他的老姪，但是他對於吳元猛的為人可是十分地不滿意。

賽姜維見了鐵芳之面，抱拳道畢了他的這些來歷之後，他就說：“老弟！你是從新疆來的，我猜着你跟那裏的春龍大王母女必有些交情。最近涼州城、祁連山都連次出着事，可是老弟，你不要以為我同他們認識，就是他們的一夥，那可錯了！你問問安兄弟，平日我是怎樣地罵他們？”

安大勇也點頭說：“我姜大哥實在是一位直爽的人！”

賽姜維就於燈光下，用一雙鷹眼瞪着鐵芳，問說：“老弟你就說實話吧！到底你貴姓大名？”

鐵芳此時有些緊張。因為身旁放着寶劍，他對這人倒是不畏，就慨然說了自己就是韓鐵芳，也就是與吳元猛結交過的那個王仲遠。因為自己的師父名叫一提金蕭仲遠，所以當自己不得已而改名之時，便也叫仲遠了。這些話也都不隱瞞。

旁邊的安大勇聽了，立即顯出更加欽敬的樣子來。那賽姜維卻哈哈笑，說：“我早已猜出來了。我雖沒見過你，可是安大勇說了他在新疆遇着的那少年客人，我就曉得一定是韓鐵芳。日前有涼州府的人來到這裏，說吳元猛新結交了一位使寶劍的少午俠士，名叫王仲遠，我就猜出必定是你。果然，昨日又有人來到這裏，驚驚慌慌地告訴我，說王仲遠原來就是韓鐵芳，春雪瓶也到了涼州，你們大鬧了雙碑巷金大娘的家，後來又鬧到了祁連山，逼得小山神柳三喜救黑山熊出了山……」

鐵芳不禁驚訝着說：「啊呀！你倒都知道得詳細。」

賽姜維微笑着說：「秦州這地方是來往的大道，我雖不幹事，連村口我都不常出，可是東來的西往的，沒有一個不先來拜訪我。東至洛陽，西至肅州，這一帶，即使是芝麻大的事，也有人來跟我說。稍有名頭的人，我更沒有個不知道的，韓大相公！」

鐵芳一聽叫他韓大相公，更不由得驚詫變色，因為已經許久沒人對他這樣稱呼了。

賽姜維就說：「今年春天就有人來對我說，洛陽城有位韓大相公，是柳穿魚韓文佩之子，武藝高強，打過獨角牛。後來韓文佩因搬石柱，被碰傷身死，這位韓大相公，就分盡了百萬家財出走了。初出江湖，就在靈寶縣殺死了金刀太歲余旺，逼走戴閻王跟判官解七，後來入晉省，又與鈎鐮槍焦袞惡戰一場。後來與玉嬌龍結伴西去，到了新疆的事情可就更多了，做得轟轟烈烈。如今你且偕同了小龍春雪瓶大鬧涼州，走遍了祁連……」他這一席話，他說得鏗鏘作響。鐵芳如此被人稱讚，也不由得高興，便微笑着。只是聽到了春雪瓶之事，他便擺了擺手分辯着說：「春雪瓶並非跟我來的，我們不過是有些世交就是了。」

賽姜維至此卻冷笑着說：「我在江湖數十年，倒還未聽說玉嬌龍跟柳穿魚韓文佩兩家有什麼世交！不過鐵芳老弟，你雖正在年輕，可是我曉得你也是少爺出身，不會到尉犁城的牛馬群中去當駙馬，這倒也許是真的。只是，你大概不能不知春雪瓶現在的去處吧？」

鐵芳搖頭說：「我實在不知。不過我想她是時時在追着黑山熊，黑山熊逃往什麼地方，她就必定會追到什麼地方去。」

賽姜維一聽了這話，卻也不由得發了怔，他沉吟着，腦裏像在思索着什麼。這時，安大勇已將酒熱好，雞跟肉也都放在一張炕桌上，賽姜維就請鐵芳上炕裏去坐，他與安大勇在兩旁相陪。當中攔着一隻大碗，裏面放着酒，三個人就一邊吃着菜，一邊輪流就着碗喝酒。賽姜維的妻子又給送來了黃米飯等，來請鐵芳食用。

安大勇本來已經吃過晚飯了，如今他卻陪着鐵芳又吃了一頓。他跟鐵芳談敍了一些別後的事情，又說來到甘省本想幹鏢行，沒想到什麼事也找不着，反來倚仗姜大哥吃飯，真是煩死人！鐵芳只得勸他不要憂愁。

這時，賽姜維彷彿也很憂愁，想了半天，他才說：「鐵芳老弟！我再同你實說幾句話吧！前天，黑山熊跟柳三喜由此走過去了。」

聽到他說這話，連旁邊的安大勇也很吃驚。

賽姜維就向安大勇說：「你記得前天有個二十來歲的高身材的人來找我吧？那就是柳三喜。我隨他出去了一趟，在南關徐家店，就見了黑山熊。他的意思是想叫我給他找個地方隱藏。我本已答應了他，可是昨天我又到徐家店去看他，他卻已經不辭而別，連柳三喜也走了。我想他們是因為心虛，不敢再在此住。雖然不清楚他朝那個方向走了，可是我知道黑山熊在西安府還有幾位老朋友，並有一處房產，也許他們暫時投往那裏去也未可知。不過剛才我聽韓老弟說，春雪瓶必定是追趕他們去了，因此我就又想到了，在半個月之後，西安府就許有一場惡鬥。我在那裏有一家親戚，只怕，只怕……」

鐵芳一聽，就明白賽姜維的意思了，自己至此也難以說什麼話。停了半晌，他才歎了口氣，說：「按說，我也應當追了去，幫助春雪瓶，將他們殺死。我跟黑山熊旁的仇恨並沒有，可是我的恩師蕭仲遠確實是被他們所陷，負傷被囚在山洞裏，結果是慘死了！」

他憶起在祁連山中洞內縱火的那件事，又說：「可是我如今真懶得再和人爭鬥。江湖上這些事我也看破了，不過是彼此兇殺，仇雠相報。如今我連春雪瓶都不想再見，更何況向黑山熊尋仇呢？我說的這俱是心裏的話，姜兄你也不要以為我是為免去你的這些黑山熊朋友與我作對，才故意這樣解釋。如今我只盼一路無事，回至我的洛陽故鄉。」

賽姜維一聽這話，就不禁笑了起來，旋又正色說：「黑山熊的那些朋友倒是沒有誰想跟你作對的，除了柳三喜。可是戴閻王自從被你逼到陝西，他在西路地面上又安了一份大家業，在長安又開了大買賣。解七、扳倒山陶俊、黑頭鬼程三等人幫助他，聲勢也頗不小。還有托得塔李平、飛夜叉張僕，也都想要會會你。鈎鐮槍焦袞更是絕不許你過臨潼的，呂慕岩老俠客也說要拿雙鈎對對你的單劍。你最應提防的是長安三霸中的金霸王高越，你想，他同鐵霸王竇定遠是盟兄弟，竇定遠既是在迪化死在你們之手，他還能夠容許你一路無事就回洛陽去嗎？”

安大勇忽然忿忿地說：“不怕他娘的什麼金霸王！韓大哥你不用發愁，我保護着你往東去。”

鐵芳卻忽又胸中騰起了怒火，他冷笑了兩聲，微微搖頭說：“不要緊！”又抱拳向賽姜維說：“承你指告了我這事，在路上我加一點小心就是了。可是我雖說已灰心於江湖，但若有人敢在沿路截我，我仍是不饒他！”

賽姜維擺手說：“這樣辦不行，你究竟人孤力弱，而且越來冤仇越深。據我想，他們那些人也並不是成心跟你為難，卻是因為玉嬌龍、春雪瓶，他們才恨你。你要是不幫助她們，便沒有你的事。再往深些說，假若在春雪瓶拿弩箭要射他們那些人的時候，你給他們攔一攔，那他們反倒都得謝謝你了。”

這時鐵芳倒詫異了，他實在不明白賽姜維的話忽硬忽軟，究竟是什麼意思，於是說：“姜兄，你到底要叫我怎樣吧，莫非是叫我勸春雪瓶莫傷害他們？據我想春雪瓶雖然厲害，可是別人不去惹她，她也不會用箭胡亂射人。”

賽姜維說：“我所擔心的只是一個人，便是金霸王高越。”

鐵芳說：“你剛才不是說他很兇嗎？不是說他能夠幫助戴閻王在路上與我作對嗎？”

賽姜維說：“他兇雖然兇，但是還能兇得過春雪瓶嗎？我知道他雖是陝省有名的好漢，長安的第一鏢頭，但要鬥玉嬌龍教出來的春雪瓶，可是不行，還差得遠！”

鐵芳說：“你放心！我絕不依賴春雪瓶的幫助。他要是想截我就自管截，我一人擋，絕不能說他得罪了我就是得罪了春雪瓶！”

賽姜維說：“可是，黑山熊到了長安必定要投他去，而他因為江湖的義氣，也必定收留。春雪瓶找了去，他還必幫助黑山熊抵擋。結果黑山熊倒許又為柳三喜救走，可是他一定完了，他是我的妹夫呀！”

鐵芳這時才聽明白了，心說：原來此人一點也不爽快，到這時他才說出與金霸王的關係。他叫我別惹金霸王，可又怕金霸王去惹春雪瓶，真是欺軟怕硬，好個賽姜維！於是他倒慷慨地說：“姜兄的意思我明白了，你就放心吧！由此往東，我若遇見雪瓶，我就必定勸她。黑山熊將來怎樣，我雖不敢保，但令親金霸王既是一位鏢行的老師傅，我想春雪瓶也不至於向他為難。”

賽姜維聽了，又發一會怔，便點點頭，說：“到時再說吧。我盼望你此次往東，不生事故，並盼望我的妹夫也少管這些閒事。”

鐵芳說：“我如遇見他們起了糾紛，我必定要給他們排解，我絕不會偏袒着一方。”

賽姜維又拱手說：“拜託了！還有，安大勇在我這裏閒住着，他每日非常煩悶，叫他跟你往東去一趟也好。明天我托人寫兩封信，一封給安大勇，叫他到了西安府就去見金霸王高越，高越必定能夠叫他做個鏢頭。另一封你拿着，也不必粘封皮，由此往東，只要你順着大路走，無論大事小事，只要對方是個朋友、講交情的，你就把我的信拿出來給他們看。”

旁邊的安大勇說：“他們若不認識字，可怎麼辦？”

賽姜維微笑着說：“無論哪一個窮鄉僻鎮，難道還沒個土秀才嗎？他們不認識字，可以請人去唸給他們聽。再說信上有我親筆畫的押，我那個押，三十年來，在陝甘道上，就憑它提銀子、請朋友、解糾紛，無論走到哪裏，總有人認識。”

說到這裏，他就以手指蘸酒，在桌面上很熟練地畫了一個押。他這個押並不像字，倒好像是一條盤蛇。於是三人繼續飲酒，直到了夜深時，賽姜維方才離開了這屋裏，自去就寢。鐵芳與安大勇就在這屋中一同睡下。

　　至次日，清晨又颳風，天色陰沉沉地，似又釀着大雪。賽姜維早已起來，往城中托人寫信去了。鐵芳覺得他是多此一舉，他那信，自己也會寫。而且他寫來交給自己的信，花押，無論是怎樣有效力，就算它能夠退神兵，敵神將，自己也絕不把他那信拿出給人看，自己用不着借他賽姜維的名聲才能夠走通往東去的路。只見安大勇卻是十分歡喜，高高興興地去收束他的那簡單的行李。鄰屋賽姜維的老婆又在拉風匣做飯，不一會，就喚叫安大勇去端飯，他兩個人仍在這屋裏食用。

　　直到下午，天色快黑了，賽姜維方才回來。他的兩封信都已托人寫好了，在手中拿着，但是神色卻更為慌張。他向鐵芳笑着說：“老弟！怕你這次東去，更不能沿途無事了。因為剛才又有由東邊來到的人，說是柳三喜保護着黑山熊，確實出了甘省去了。陝西的一些綠林好漢又在準備打劫……”說到這裏，他壓小了聲音，又說：“打劫玉欽差。”

　　鐵芳聽了，卻不禁微微冷笑，沒說什麼。

　　賽姜維又說：“現在東路上的好漢可真不少，但都是咱們的朋友。你們只要拿着我的這封信，信上又有我的押，就都不要緊了。”

　　安大勇接過了那兩封信，還發呆地看着賽姜維，鐵芳對此卻一點也不感興趣，他就向着炕上一躺。當日已不能動身了，吃過了晚飯，又飲了一些酒，就都睡覺了。

　　次日，天還沒亮就都起來，安大勇將兩匹馬都備好，行李刀劍，也都穩放在鞍旁。賽姜維催着他老婆快起來，急急地又給拉風匣生火做飯。鐵芳與安大勇二人吃了早飯，方才與賽姜維告辭，鐵芳並且抱着拳道謝。當下二人就一同離了這裏，離了秦州天水縣，一同往東去了。

　　鐵芳對於路徑雖然不大熟悉，可是人情世故，他還都知曉。那生長在南疆、在大沙漠裏做過強盜的安大勇，對江湖事卻全都不知。他是極為佩服賽姜維，把賽姜維的那封信，也竟看成了公文護照。晚間投店時，他必要抽出信來叫店夥們看，並說：“你們看看！這上面畫着賽姜維老師傅的押哩，我們全是他的兄弟。”鐵芳就常攔他，並勸說：“你不拿出這封信來給人看，人家倒也不知咱們，不加以注意。這條路上的人未必都是賽姜維的好朋友，而且賽姜維的名氣也未必真那麼大，若遇着氣性傲的人，倒許故意同咱們找點為難。”

　　他雖是這樣說，安大勇可一點也不聽，反倒跟他爭辯，說：“韓大哥！你只是知道玉嬌龍跟春雪瓶有本領、有名氣，你可不知道，咱姜大哥的本領雖不如她們，在東路上的名氣，可比她們叫得響呀！咱們又沒有帶着貨、沒帶着行李，走在路上哪能不叫人留心？要想一路無事到長安，真怕不容易，所以我才到處顯出咱們是賽姜維的朋友，沿路自然有些照應。若能到了長安，金霸王叫我做了鏢頭，那就更好了。”

　　鐵芳便不再攔他，因想自己犯不着爭辯，既是與他有些交情，便索性送他到長安，看那裏若是沒有什麼事情發生，他再找着了事做，自己也就往東去了。

　　他又想起，師父在洞中臨危急之時，囑咐過自己的話：“你趕快回家去看看吧！你的媳婦想你，都快要想死了！”他覺得家中的妻子陳芸華也實在是命苦，怎麼單單嫁給了自己呢？一路如此想着，就往東去走。進了陝西，可以說離着他的家鄉是一天比一天近了。鐵芳更是感慨倍生。他們也打聽不出玉欽差是幾時走過去的，更沒有聽見誰曾看見了個漂亮的小差官。他雖非心灰意懶，但也不願意多事，可是因為安大勇常把賽姜維的信顯露出來，他們便被人注意上了。就他們知道的，現在就有五個人都已跟隨上他們了。這五個人也都是很年輕體壯，短衣攜刀，騎着馬，都一臉的煞氣。他們去住店，那五個人也就來住店，他們吃飯，那五個人也跟着來在旁邊吃飯。十隻眼睛永遠盯着他們，嘴裏也總談論着他們。鐵芳就暗中叫安大勇要提防着那些人，可是不要去理他們。安大勇卻又要拿出賽姜維的信給他們去看，鐵芳也把他攔住了。

　　如此，那五個人跟着他們連行了兩日，就已走過了寶雞縣。天陰得又要下雪，風也刮得很大，所以這天還沒有太晚，鐵芳就主張找店房歇下，也是為躲避那五個人。卻不料他們才牽馬進了一家店房，叫夥計給找房子，後面就跟來一陣亂七八糟的馬蹄聲，那五個人又彼此開着玩笑，罵着、唱着，紛紛下了馬，拿皮鞭吧吧地抽着牆，腳步雜沓地跟着擁擠進來了。

他們齊喊着說：「夥計！夥計！快給找房子，快找房子！媽的！你們還不把太爺們的馬接過去嗎？」聲音大的簡直就像是在鐵芳跟安大勇的耳邊喊着一樣。鐵芳極力忍着胸中的怒氣，安大勇卻氣得臉變得跟一個大紫茄子一般。但他也不願太急，就慢條斯理地掏出來信，轉身就向他們中的一個二十來歲的黑臉漢子說：「朋友！你不用欺負人，我們是賽姜維的朋友。你看吧！這信上有他畫的押，他請沿路上的朋友們多加關照！」說着，他把這信就交在那人的手裏。

那人一手提着馬鞭子，展開了信來看，旁邊的四個人都向他問說：「什麼？什麼？」

他卻搖頭說：「沒有什麼！是他媽的一封信，是要用賽姜維的名頭來嚇嚇咱們。」說着哧哧就把信撕了。

安大勇就緊緊地抓住了他的手，說：「喂……」安大勇真急了，就說：「你娘的！你為什麼撕我的信呀？」

一聽他罵人，旁邊的四根鞭子連同耳光，就一齊向他來打。那撕信的黑臉漢子，把手向空中一揚，碎紙就隨着風飄飄搖搖地飛了起來，他便哈哈大笑。

安大勇卻摸着頭、捂着臉，跳起來嚷嚷着說：「你們這是幹什麼？太不懂得交情啦！我們是賽姜維的兄弟，我叫安大勇，這是韓鐵芳……」

此時旁邊的鐵芳本已忿忿地挽起袖子，要上前救他，過來助拳，可是聽他把自己的名字都給喊出來了，卻又氣得閃在一旁，不再管了。不過這時也亂得太厲害了，那五個人依舊是連鞭子帶拳腳，一齊又打又踢。

安大勇也如一條猛虎似的，張着兩隻大手，東躥西奔。他奪過來了三根馬鞭子，都讓他給揪斷了、折了，他可不知道掄動鞭子也向那五個人去打。那五個人便都嗆嗆地抽出刀來。鐵芳也忿忿地抽出了劍。安大勇卻不顧一切地從那黑臉漢子的手中奪過了一口刀，就胡掄亂舞起來，把那五個人嚇得紛紛跑了出去。除了鐵芳的黑馬之外，其餘的馬也都呼喇呼喇地向門外奔去了。安大勇不僅要去追那五個人，還要追回他的馬，他就跑到門外，將這條相當熱鬧的街市竟當成了新疆的大沙漠，逞起當年的雄虎威來了。他掄着刀，邁着大步，大聲罵着，向東去追趕，一直追出街市。可是那五個人都已騎上了馬，並且拐去了他的馬跟行李，蹄聲如急雨，如連珠般地響着，已跑得極速，少時便無影無蹤了。安大勇追出有四里地，他才站住了，望着眼前的一團愈去愈遠的塵土，他就潑口大罵。

此時鐵芳由西邊來了，勸他回去，他還是不聽，還要借鐵芳的馬騎上去追。鐵芳卻不肯將馬借給他，又勸他說：「如今他們已去遠了，你再追也絕追不上了。他們都是本地的人，咱們卻對這裏很陌生，萬一中了他們的詭計，再吃了大虧，更是合不着！」

安大勇就頓着腳，忿忿地說：「那是我由新疆騎來的馬！我的行李雖不值錢，可裏面還有一口刀，就都任他們拐了去嗎？」說着他就用奪來的刀狠狠地砍着地。

鐵芳說：「這都容易辦。現在我們先回到那店裏，托人去打聽那五個人的來歷。我想絕不會沒人認識他們。」

安大勇說：「要是真沒有人認識他們，可又該當怎樣？」

鐵芳說：「那也容易！這寶雞縣境離着長安也不遠了，你到了那裏，必可以見着金霸王高越。據我想賽姜維的這封信，雖然在江湖上叫不響，被人給撕了，可是那另一封信一定有效。金霸王既是他的妹夫，要給你找個鏢頭的事絕不難。那時或他幫助你，或你自己去將馬找回，一定是極為容易。你剛才不該說出我的名字，你若提起金霸王來，我想他們也不會拐走你的馬。」

安大勇也點頭，覺着鐵芳此話說得對。兩人重到店房之中，鐵芳就叫夥計給他找了房屋，去吃飯歇息。本來他是不願再惹事了，那安大勇卻又出去嚷嚷着向人詢問，可是那五個人的來歷竟沒有人知道。

鐵芳明白是沒有人敢說出來之故，安大勇卻說：「那五個小子一定都是野賊！怪不得他們不知道賽姜維大哥的名字，金霸王一準不認得他們。我若再遇着那五個小輩，一定要割碎了他們，毫不容情！」他氣得哼哼地直喘，可是飯吃的更多，覺睡的也更香。鐵芳卻睡不穩，夜深，聽着戶外的更聲、風響，望着窗紙上的月色，他回憶着到新疆所遇的一切事情，又想到將要重逢的妻子陳氏芸華。又想：洛陽的家資都已散盡，我又不姓韓了，那個家，也不是我的家了，我回去看一看，就還得走啊……

　　他如此幽思縷縷，不能入睡，雖然很希望春雪瓶又在暗裏與他同行，可是又覺得即使見了她，也無甚意味。春雪瓶雖生得美，卻太厲害，亦多情亦無情，雖可愛又可怕。尤其是想到她對於她的生身母親都肯用箭去射，她對於別的人還能夠好嗎？自己的心雖難以忘她，可是腦裏絕不再想怎樣與她接近了。

　　次日，一清早起身又往東走去。安大勇是懊喪極了，因為他已沒有了馬。雖然鐵芳是牽着馬走的時候多，騎着走的時候少，但無論如何，也比他輕爽得多。安大勇手提着一口刀，一邊生氣地罵着，一邊走，沿路的人都十分注意他。他走過去之後，別人還多半回過頭來向着他笑，以為他是個傻子或瘋子。

　　他也十分注意往來的人，他恨不得昨天的那五個人正好就從對面走來，他好掄着刀跟他們去拼鬥，出出胸中的惡氣，奪回失去的馬。可是昨天的那五個小子，他卻一個也沒遇見。並且細細一回想，大概除了那個黑臉漢子，再見面時還能夠認識，其餘的四個，昨天根本就沒看清楚。

　　這時天又更陰，路上的行人也更少，還沒到晌午，鵝毛似的雪花，就從空中飄飄搖搖地落下來了。安大勇解恨似的說：「好！下了大雪倒好，把那五個賊都凍死吧！」

　　其實這時衣服最單寒的就是鐵芳，他只有騎着馬快跑，才能夠使身體溫暖些，但這卻辦不到，因為安大勇在後面已連走都走不動了。這時才不過走出四十多里，眼前在雪花紛紛之間有一座黑兀兀的城池，這座城還不小，大概就是鳳翔府了，距離也很近了。後面有不少的車輛、馬匹和行人全都往那邊趕去。此時鐵芳和安大勇二人的身上都落滿了雪。安大勇就說：「到了前面，咱們還是找店房住下吧！媽的！昨天那五個賊人欺負得我心裏真不舒服！」

　　鐵芳卻笑着說：「你也是闖過江湖的人，天下哪能都是順心的事？昨天你也不過是丟了一匹馬，以後你在長安做了鏢頭，保着的鏢也許被人都能劫去，那時你豈不要氣死了嗎？」

　　安大勇說：「我氣的就是姜大哥的那封信竟被他們給撕了，他們也未免太看不起姜大哥了！」

　　鐵芳微笑說：「據我看，賽姜維那個人好交友，在東與金霸王，在西與黑山熊，都有戚友之誼，因此常有江湖人前去找他，那倒是真的。但若說他果真有什麼名聲，我卻不信！」

　　隨說隨走，衝風冒雪，越走離着前面的那個城池就越近了。忽然身後趕過來了兩個人，就向他們說：「你們還不快些走？鳳翔府的店房有限，現在下着雪，趕去投宿的人多，你們去晚了，可就找不着好店房了！」

　　說時，兩匹馬就從他們的身旁超過去了。安大勇轉首向鐵芳說：「咱們就到鳳翔城裏住下吧，不用往下走了。我想昨天那拐去我馬的賊人，他們一定把馬弄到這個地方來賣，絕去不遠，一定在這裏。我若不抓住他們找回來我的馬，我就絕不甘心！」

　　鐵芳便點了點頭，他騎着馬向前行得漸快，安大勇跟着馬也走得很急，不多時就到了鳳翔府的西關了。這原是個大地面，雖在風雪之中，街上往來的人還很多，車馬也甚擁擠。尤其幾家較大的店房，由門外往裏一看，就可見車輛擠得都幾無隙地，房子當然更是沒有富餘的了。

　　鐵芳與安大勇找了半天，才找着了一家頂小的店房。一間不很大的屋子內倒已先有了三個人，雖都是做小生意的樣子，但鐵芳也不得不對之加些顧忌。安大勇卻完全不在意，仍在忿忿地說：「媽的！我要不捉住那五個賊，找回來我那匹馬，我也沒有臉兒見金霸王去啦！更沒臉回秦州去見姜大哥了！」鐵芳忙伸手將他攔住。

　　鐵芳身上的雪，一半是用手在屋外拍下去了，一半是被屋中的熱炕上的熱氣兒給融化了。他跟安大勇，跟炕旁邊的那三個人，都吃了店家婆手抻的有指頭粗的麵條，雖然難嚼，倒出了一身汗。

　　那三個人也不是本地人，他們像是販貨路經此地。他們就談說這鳳翔府出好酒，並說這裏還有個鎮子，名字叫杏花村，那裏的酒更是出名，女人也都長得好看……

　　這三個人如此閒談着，話卻都被安大勇聽着了，他聽了女人們倒不動心，聽說有好酒，他就覺得喉嚨都發癢。他的身邊倒有幾百錢，他就全掏了出來，往炕上一摔，連聲叫着說："夥計！夥計！"

　　旁邊的一個人就說："你是要叫夥計打酒去嗎？夥計大概不能夠管。你沒看見嗎？這店裏只是四個人，一個店家，一個店家婆，還有兩個都是他們的孩子。現在他們正忙得手腳不得暇，哪能夠出去給你打酒去呀？"

　　另一個又說："街上有的是大酒樓跟小館子，等到雪小一點的時候，你們出去喝就完了，也省得叫這店裏的人，打來的酒，他們賺錢。"遂就問："你們兩個人是幹什麼的？"

　　安大勇回答說："是做買賣的。"那三人又問："做什麼買賣的？"

　　安大勇卻說："保鏢的！"

　　此時鐵芳臥在炕角，已經閉上了眼睛要睡了。他的心中實在煩悶，尤其是因為外面又落着雪。他是真不願再見到雪了，因為他耳聽身遇的種種事情，多半與雪有關。雪天之下的來安店，雪中的祁連山惡蟒坡，滿是冰雪的天山，還有春雪瓶……他永遠不願意再看見雪了，不願意再叫雪惹得他傷心難過。可是在這時候，安大勇卻不管什麼雪不雪，於是他一定要喝酒去。他拿了錢，就出門冒着雪走了。

　　鐵芳躺在炕角，一隻腳壓着安大勇的那口刀，寶劍放在身後邊，他就似睡非睡地迷迷糊糊過了許多時候。及至醒來，睜大了眼睛一看，天色都快黑了，安大勇可還沒有回來。他不禁吃了一驚，當時就直起了腰，向着面前的人問說："你們沒看見我的那個同伴回來嗎？"說話時，他又有些疑惑，剛才對面是三個人，現在卻只剩下兩個了，像是也失蹤了一個。對面的人一個是臥在那裏，還在呼嚕呼嚕"地沉睡。另一個手裏玩着骨牌，眼睛也不看鐵芳，只是搖着頭說："不知道！大概你那同伴在酒館裏吧！"

　　鐵芳沒有再言語，又閉上了眼睛要睡。窗外異常的寂靜，他知道大雪一定還正落着。安大勇也許因嫌這裏太窄，他就在酒館裏索性不回來了。又閉了一會兒眼睛，鐵芳忽然覺着不對，他當時精神就興奮了起來。故意不睜大眼睛，瞇縫着眼看那玩骨牌的人，就見他並不是因為無聊才一個人玩骨牌，他手裏雖然玩着牌，眼睛卻不住地向鐵芳偷看。尤其是那個打着很重的鼾聲的人，他雖然臥着，兩隻眼卻不住地一張一閉，正瞪着鐵芳腿下壓着的那口刀。

　　鐵芳不禁打了個冷戰，心說：了不得！這條路上的賊人真多！而且他們還都通氣兒。我來到了這裏，立時屋中的三個人就全是心懷叵測。可是他們也太膽小了，我腿下壓着刀，身後倚着劍，他們就不敢動一動嗎？我也睡了大半天啦。安大勇會不會已在店門外遭了他們的暗算？鳳翔府這地方准有個大賊窩……他又想：他們的那個夥伴往哪裏去了？哎呀！不會是給他們取傢伙、勾請朋友去了吧？……

　　想到這裏，鐵芳就真忍不住了，遂就睜開了眼睛。但他仍然做出沒事兒人似的，故意打呵欠、伸懶腰，裝作沒睡醒的樣子，說："真怪！大勇哪裏去了？難道遇見了金霸王高越，就把他拉去做鏢頭了嗎？"

　　他看出那兩個人全都露出驚異的樣子，他就又問說："你們不是三個人嗎？現在怎麼也走了一個？"

　　那個人手裏還擺弄着骨牌，口中就答道："我們的那個夥計，是進城看他的親戚去啦。年輕的人哪能在屋裏待得住？我看你的那夥伴也一定是在酒館裏喝醉了，不然就是賭上啦。那個人老實，我看旁的道兒他倒許不至於去走。"

　　鐵芳搖頭說："他身邊所帶的錢，也不夠他喝醉了的。他又不好賭錢，只是……"

說到這裏，他就瞪着這個人，問說：「不知這鳳翔府的地面，有沒有豪紳惡霸……」見這個人臉上的顏色一變，他就忍不住猛撲過去，吧的就是一掌。

這人大怒，說：「小子，你是怎麼啦？」抓起骨牌就向他打來。那臥着的人也驀然翻身，跳下了炕。鐵芳卻抄起腿下的刀逼住了那玩骨牌的人的脖頸，喝聲：「趴下！」

這個人也不敢不從命，就索性跪下了。鐵芳同時又抽出來寶劍，抵住那才跳下炕的人的胸，說：「你也給我站住！」他的手只要向前再伸一伸，劍鋒再進半寸，這個人的胸頭就得戳出個大洞，於是，那個人便哆哆嗦嗦地伏在了炕上。

鐵芳就說：「在這店房裏，咱們也都不必嚷嚷，只要你們說出實話。你們追着我們，在這裏布下了羅網，等我們自己來投，到底是受了誰的主使？說吧！」

地下跪着的這個，連連搖頭說：「我們不知道！我們是正經的買賣人，販運皮貨的……」趴在炕上的那個也要分辯，鐵芳就說：「你們何必要自找苦吃呢？在這店房裏，我雖然不能夠殺死人，可是卻能夠傷了你們，至少能割掉你們的耳朵！」

這兩人一聽，都嚇得渾身哆嗦。一個還閉口不認，那跪在地下的卻直叩頭，說：「我說！我說！我叫土鼈老九。」鐵芳說：「我沒問你叫什麼名字，只問你是聽誰的主使？昨天是誰在寶雞拐走了我同伴的馬？」

土鼈老九說：「我們全是解七爺的手下。他並不是為你那夥伴，他是為對付你。你老人家不就是韓鐵芳嗎？」

鐵芳一聽解七之名，就想起此人有個別號名叫判官，是靈寶縣的惡霸戴閻王的僕人，也是他的臂膀。怔了一怔，鐵芳便又問說：「解七現住在哪裏？戴閻王也是在這附近麼？」

他叫土鼈老九站起來實說，並把那趴在炕上的人也放開了。他一手持劍，一手持刀，立在門旁，又向這二人逼問說：「只要你們說出實話，說出戴閻王跟解七現在在哪裏，再告訴我安大勇被你們騙出去之後，他現在怎樣了，我就饒了你們，快說！」

門外的雪愈落愈大了。這二人低着聲彼此先商量了一下，那土鼈老九就說：「韓大爺！我們就告訴你吧！最好你老人家把馬賣了，把劍藏起來，假充個做買賣的人。往東走，還不要停留，這許才能夠過鳳翔、長安；出潼關躲開靈寶，還不可就回洛陽，應當趕緊再走別處。不然你就索性往西，回到新疆就沒事兒了。」

鐵芳聽了，卻不禁冷笑，說：「你快告訴我，眼前有多少賊人要暗算我吧？」

土鼈老九說：「賊人倒沒有什麼，不過都是你的仇人。第一個是戴閻王跟解判官，他們因在靈寶縣被你逼得不能夠立足，這才逃到陝西來。他們是既會交朋友又會做買賣，所以來到關中地面還不到半年，朋友就結得更多了，在長安也開了買賣，在這鳳翔城北星辰堡，又置了一大片房產。他不但恨你，還恨玉嬌龍。前天又有個……」

鐵芳想起這些事本來賽姜維都說過，可惜自己沒想到戴閻王的那新家業就在鳳翔府。好！如今冤家又聚了頭了，遂又問說：「有個黑山熊，跟小山神柳三喜，也投奔到這裏來了嗎？是他們一同設計要害我嗎？」

這兩個聽了倒都發怔搖頭，像是真不知黑山熊的樣子，他只說：「前天來的人名字是叫老君牛張伯飛，是潼關有名的好漢，上次在新疆天山，他幾乎死了在你的手裏，所以他更恨你。他跟解七爺一同商議，派了我們來，還派了……簡單說吧！今天這鳳翔府內，不但大小的店房，就是酒樓茶肆，無論哪一家，也都有我們的人。要是打起來，抵得過你抵不過你，那倒不敢說，不過二百里之內，無論你走到何處，我們也能夠知道，也准叫你跑不了！」

見鐵芳的臉上顯出發怒的樣子，土鼈老九就又哆哆嗦嗦地說：「我們兩個可早就想到了。你老人家既是玉嬌龍跟春雪瓶的朋友，武藝絕不能不如我們，因此，你剛才睡了那麼半天，我們全沒敢把你的刀跟寶劍摸一下。我們不會武藝，是准知道不行，誰願白碰釘子呢？可是我們那個夥伴現在勾人去啦，他們若是來了，那就說不定要得罪你了！」

鐵芳卻忿忿地回身就向外面喊叫着：「店家！」

那店掌櫃也早就知道事情不好了，已派他的孩子給人送信。如今聽了呼喚，他不得不硬着頭皮來見鐵芳，可是又不敢進屋，只站在院中雪裏向屋裏問說：“客人！大爺！你要吩咐什麼事？”鐵芳只說：“把我的馬備好！”

屋外便答應了一聲：“是！”聲音還帶着點顫抖，因為那店家早看見他一手刀一手劍的厲害樣子了。鐵芳又向這二人追問把安大勇騙往哪裏去了？土鼈老九發誓似的說：“這我可不敢瞎說！你那同伴出屋的時候，你還沒有打盹呢。我們只是想把他騙出去，好一同收拾你，可是我們對你的那個夥計，真沒懷着歹心，因為曉得他認識金霸王高爺。”

此時店家在院中又說：“大爺！我們把你的馬備好了。”

鐵芳便收拾起自己的行李，挎在臂上，然後挺劍做出刺殺之勢，又向這兩個人說：“你們兩人打算怎麼樣？”

土鼈老九說：“韓大爺！我們把事情都吐露給你啦！我們也都不能回去見解七爺啦。可惜雪大，不然我們也得趕緊離開這兒，往別處找飯吃去啦！這裏的戴閻王跟解判官，不要我們的命就算便宜，還能夠給我們飯吃嗎？”

鐵芳當時就信了他的話，遂說：“既然這樣，我也不傷你們，只要少說話就是了。待一會兒，你們的夥計若是勾了人來……”

土鼈老九應聲說：“韓大爺你放心！如若他們來了，我就說你已經走了，往西，你回新疆去了。他們要追，我們絕不能叫他們往東追。可是韓大爺，你也千萬記住了剛才我所說的話，扮做商人，快往東跑去吧！”

鐵芳冷笑着說：“我並不怕戴閻王跟判官解七。這次，他如不妨礙我便罷，他只要稍微礙着了我走路，我的劍下就絕不叫惡人再活！”

說着，他怒氣衝衝地出了屋，拉過馬來，把簡單的行李在馬身上放好，連寶劍也掛在鞍旁，他此時手中所持的倒是安大勇留下的那刀。地下的雪深已半尺，但雪仍舊飄搖不住。他真惱恨，因為自己本想的是平安東返，如今卻連在這裏靜靜地歇一天也不行，還非得冒着雪去惹氣。

他把刀向店家的頭上一拍，說聲：“你也要小心一點！”店家便哎喲”地叫了一聲。鐵芳也覺得自己有點太不講理了，吃完了麵沒給人家錢，反倒拿刀拍人家的腦袋。但他此時可無暇再顧及他事，就牽着馬走出店門。

街上的舖子雖還都開着，可是往來的人已很少了。他只要看見門前懸着個紅油漆的葫蘆，下邊飄着紅布條子的地方，他就去硬推門。他也不進裏面去，只一手牽着馬，一手提刀，向裏面大聲地叫着：“大勇！大勇！安大勇在這裏沒有？”

鐵芳因為曉得今天這些酒店裏，家家都有戴閻王跟解七派來的人，所以他是一點也不客氣。他把兩家小酒舖和那家福雲館全都找遍了，裏邊是有不少喝酒的人，可是並沒有安大勇。

他又找到了醉仙樓。這是一家很大的飯館，樓下的廚房裏正刀杓亂響，各個座位間也有不少的人，或飲酒，或聚在一起談話，可是仍然沒有安大勇。鐵芳將馬繫在門外的木椿子上，提着刀咚咚咚地跑到了樓上。樓上這時擺着五桌，坐着四十多位衣冠齊楚、穿着皮袍的闊商人，原來是有人在此請客。忽然鐵芳來了，他的臉上顯出怒色，手中的刀又閃閃發光，就有的人嚇得臉色如白紙一樣，趕緊躲避。有一個人卻乍着膽子上來，拱手問說：“有什麼事呀？朋友！你找什麼人呀？”鐵芳發着怔說：“我找的是我的朋友安大勇。”

他四下看着，也沒有安大勇的影子，同時心裏又想着：這裏的設備很是豪華，安大勇也不會到這裏來喝酒的，於是轉身就咚！咚咚又跑下了樓梯。

還沒出門口，就見有四五個保鏢模樣的人，把他的馬給圍住了。有的就嘖嘖讚不絕口，說：“這樣的好馬我還真沒有見過！這是真正的伊犂馬，千萬群裏選出來的。可惜走的路太多了，喂得又不足，顯得太瘦了！”還有人將鞍旁的劍抽出半截來，看了看，就更吃驚地說：“哎呀！這口劍也頗不錯！”

鐵芳一闖出門來，這幾人的目光就都包圍住了他。鐵芳見這幾個人都是滿臉灰塵，腳下也有許多泥雪，可以看出是剛由別處來的人，他遂就拱拱手說：“我有一個朋友，名叫安大勇，年有二十來歲，高大的個子。他從店中出來飲酒，到現在還沒回去！你們看見了沒有？」

被問的人之中有個就上前一步，剛要張口說話，卻被他身後的一個人伸手給拉回去了。鐵芳一看，就覺得情形可疑，他想：我也不必隱瞞了，於是就先通了自己的姓名。見這幾個人都露出詫異的樣子，他就曉得自己在江湖上的名聲已經不小了，遂就又說：「如果我的朋友不見了，那就是被本地的惡霸戴閻王跟判官解七給騙走了，捉去了。」

這幾個人聽了，仍然不提看見安大勇沒有，只說：「韓兄！你也明白，我們都是在這條路上混飯吃的，不干我們的事，我們向來是不管。韓兄！我們對不起你，你到別家再去打聽吧！」

鐵芳冷笑着說：「原來這條路上除了打劫的盜賊，就是你們這樣膽小的人！」

他雖如此用言語激着，但這幾個人並不發怒。只是仍然說：「對不起！」並且互相低聲談着。鐵芳就忿忿地解下馬來，又往西走去。西邊不遠就有一家小酒店，門前掛着一個酒葫蘆，卻是鐵做的，鐵芳就曉得這必是本地很有名的，也是很下流的一家酒舖。到了門前，他就將門一開，同時用腳一踢，吧的一聲。裏面黑糊糊的，屋子很窄，但卻擠着好幾十個人，人生嘈雜，滿屋子酒味。

鐵芳向裏邊探頭看了看，並叫着：「大勇！安大勇在這裏了沒有？」他連喊了幾聲，裏面的各種聲音就漸漸全息止了。鐵芳看這裏面就沒有一個穿長衣裳的，沒有一個臉上和氣些的。

掌櫃的是個黑大個子，連鬢鬍子，好像是鐵拐李，不知他的腳有無毛病。他的櫃上也放着一隻鐵葫蘆，比門前懸着的那個更大，真跟吳元猛的那個鐵錘差不多了。

鐵芳看出這傢伙絕不是個好人，遂就毫不客氣地問說：「喂，掌櫃的，我有個朋友姓安的，剛才到這裏來喝酒，你們沒看見他嗎？」

掌櫃的卻凝滯着一雙惡眼，看着他，一句話也不回答。裏面有人就說：「什麼鵪鶉？這裏連只麻雀也沒有！」

更有個人竟罵了起來，說：「想在這裏指名點姓地找人？這裏他媽的一天不知有多少人飲酒！就是涼州府的吳元猛、祁連山的黑山熊，跟新疆的什麼玉嬌龍，在這裏也沒個人認識。」還有幾個齊喊說：「喂！把門關上，不要只往屋裏刮雪灌風！小子！你到底是走？還是想進來？」

鐵芳也發起怒來，他晃動着刀，說：「你們也不要罵人！說開了吧！我跟那姓安的朋友是西邊來的。我聽說有本地的惡霸判官解七，派了人設下了羅網，要陷害我們，所以見我那姓安的朋友出來喝酒，半天也沒回去，我才來找他。今天店裏的諸位，不是本地的朋友，就是過路的好漢，你們若是知道安大勇的下落，就請告訴我，我立時回身就走，絕不相擾。否則，若是判官解七派來的人，那就請出來，雪地裏也正好交手，我這裏有刀。有劍，還有拳頭，哪樣我都奉陪！」

他這話一說出來，裏面再沒有一個人說話了。那胖掌櫃卻撇着嘴笑了笑，用一種很難聽得懂的異鄉口音，說：「裏邊倒是醉了一個，你去看看，是你的朋友不是？」

鐵芳就問說：「在哪裏了？」他的手中仍未放下鞭繩，但已邁腿走了進來。許多喝酒的人也齊都扭身往裏邊去看，那掌櫃伸着長着毛的粗大手指向裏面指着，只見屋裏的極深之處，好像還有一間櫃房，或者是雅座，可是黑糊糊的，究竟那裏是否另有門簾或隔扇遮着、擋着，從外面也看不大清。

鐵芳更加謹慎了，他絕不貿然就往裏去走，手中的刀也絕不放下。他故意從容一笑，說：「朋友們！請幫點忙！我現在手裏拿着鞭繩，若是一撒手，馬也就跑了。這匹馬是新疆春大王爺騎過的，牠一跑就能夠撞傷了人，無人追得上。勞你們的駕！哪位若能把裏邊喝醉了的人攙出來，讓我看看，你們的酒錢就由我來付。」

他這樣地說着，卻沒有一個人應聲。那掌櫃沉着那張鬚髯如戟的臉，說：「沒人去給你攙那醉漢。你若不自己進裏邊去看，那就算了，快把門關上！」

他又大聲喝斥着那在旁邊看得都發了呆的小夥計，說：“快給人送菜去！小心，把壺拿穩了！”

他邊說邊揚起他的大掌，向小夥計作着打的姿勢，卻不再理鐵芳。裏面的人，有的站起來付了酒錢，要往外走；有的卻欠起身來，向門外看那匹春大王爺騎過的馬，還是沒有人應聲。

鐵芳又向裏高叫了一聲：“大勇！”裏面依然無人答應。鐵芳就向那掌櫃瞪了一眼，心說：事到如今，我也只好耍一耍無賴了，反正這裏的人都已曉得我是韓鐵芳了，他們眼中的韓鐵芳大概也不是什麼易惹的人。遂就一下把韁繩拉進來，向櫃上的那個大鐵葫蘆一繞，馬就將門口堵住了。

他並把寶劍也抽了出來，向眾人晃着刀說：“諸位自管喝酒，我進裏去看一個人，絕與諸位不相干，絕驚嚇不着諸位！”又以劍敲着櫃上的那隻鐵葫蘆，噹噹地響，他向那掌櫃的說：“我若進去尋不着我的朋友，該當怎樣？”

那掌櫃的用眼斜視着，向他撇嘴，說：“我怎能知道那醉漢是你的朋友不是？你又沒有先把他拉了來，給我引見過！你看便進去看，不看就快些滾！鳳翔府是個大地方，這鐵葫蘆居也是有字號的買賣，你來這裏想欺負誰也不行！”鐵芳就說：“好！你替我看着馬，我進去看看，如若找着我的那個朋友，我一定要謝你！”

那掌櫃吧地將酒壺向櫃上一摔，也不知罵了一句什麼。鐵芳此時也顧不得惹氣，便一手持刀，一手提劍，直往裏邊去走。那些座客多一半都趕緊算了賬，低着頭側着身，從那匹馬的旁邊溜出去了，少一半的人卻都是潑皮無賴的樣子，瞪大了眼，等着在這裏看熱鬧，還有的挽起了袖頭，像是預備着要打架。愈往裏走，愈覺得暖，並且酒氣撲鼻，肉味撲鼻，臭腳的氣味也撲進鼻子裏來。鐵芳從幾張桌旁擠了過去，到裏面一看，那裏面原來是個廚房，煮着一大鍋肉。熱炕上有三個人，其中兩個直瞪着眼睛看着鐵芳，仿佛是準備着說打就打的樣子，另一個是趴在炕上打鼾。

那兩個瞪着眼的人都說：“你胡鬧什麼？要喝酒到外頭喝去。我們這個老弟可是喝醉了，睡了。你要是敢驚醒了他，他可能夠跳起來打你！”

鐵芳卻已看出來，炕上的這個醉漢是假裝的。這個人又瘦又矮，還沒有安大勇的一半大。鐵芳不禁冷笑了一聲。那二人見他這一笑，就齊往炕裏去躲，要向席墊下去拿什麼東西。

鐵芳卻說：“來不及啦！你們此刻就是取山刀槍來，我也能叫你們立時就死。可是我又不願殺人。何況你們也不過是因為吃着戴閻王和判官解七的飯，才聽他們這樣地驅使……”

他口中雖然這樣說着，卻時刻提防着放在門前的那匹馬被人盜走。果然，這時由酒座之中就站起來一個瘦子，過去從那櫃台的鐵葫蘆旁，抄住了韁繩，向外就跑。鐵芳喝了一聲：“放下！”回身向外就奔。不料有個人伸腳一攔他，咕咚一聲他就跌倒了。那連鬢鬍子的掌櫃，就驀地抄起鐵葫蘆向他的頭上打來。幸虧鐵芳爬起來得快，他伸手就將鐵葫蘆接住，順手又一推，鐵葫蘆咕嚕咕嚕就滾到一張桌子底下了。

這時腦後又有人飛來了一隻酒壺，砸來了兩條板凳，也都被鐵芳躲開。那個連鬢鬍子的掌櫃由櫃底下抽出了鋼刀又來砍，鐵芳急用劍去迎。他此時已將那口刀拋了不用，只舞起來這口劍，削得那掌櫃的向牆角直退，砍得桌裂碗碎，小夥計已嚇得藏在桌子底下了。那廚房裏的幾個人都拿着傢伙過來，要想前後夾攻，置鐵芳於死地，但鐵芳的劍又向身後去掄，立時就斬倒了一個。

他這時只急於去追還自己的那匹馬，卻不願在這裏亂打，於是他捨棄了這幾個人，飛身躥出了門。酒館之外，大雪漫漫，那牽去了馬的人，已往西跑去了。鐵芳就在後面大喊着，兩腳踏着積雪，挺劍向前追趕，那個人驚驚慌慌的，本來就牽不住那匹馬，他連向馬的身上跳了幾次，也沒有騎上。如今鐵芳在後面這樣一喊，他就更是着慌，他拉着馬飛跑，又拼命地一聳身，就扳住了鞍子上了馬。鐵芳在後追得更急，那匹黑馬，那沙漠裏的烏龍，就昂着頭狂奔亂跳，忽然就把那賊人整個扔出了多遠。那人摔了下來，在地上滾得跟個雪球似的。鐵芳已趕了過來，這匹馬就很馴服地又回到了他的手裏。

此時後邊來了很多的人，有的是那店中出去的人給勾來的，有的是自酒樓追趕來的，都拿着刀劍槍棍等傢伙，氣勢洶洶的，還有在數十步之外就照着鐵芳打鏢的。鐵芳卻催馬出了西關的街道。眼前是平原一片，四面都是皚皚的白雪，而天色卻跟濃墨一般黑。鐵芳本不想跟人爭鬥，但這時他胸中的怒氣不禁又蓬勃了起來。他回想起在靈寶縣時，戴閻王跟判官解七污辱荷姑，殺死馮老忠那種種事情，那時是多虧了我的母親玉嬌龍、師父蕭仲遠，才把惡霸驅開。如今他們都已不在人世了，這兩個惡霸仍在橫行，而且更甚，即使不是為安大勇，我能夠就這樣走過去，不為人間除害麼？

他知道星辰堡即在鳳翔城北，當然由此就能夠找到戴閻王他們，於是他便尋着一條往北的路走去。雪越下越大了，他就催馬急走，那北風卷來的團團雪花，全都打在他的臉上。回首一看，後面追來的人已離着他越來越近，其中也有騎着馬的，可是看樣子，反倒都不敢近前似的。只有喊罵聲，一聲聲都傳到了鐵芳的耳裏，使得他更是激憤。有時還嗖嗖地飛來兩隻鋼鏢，都落在了雪裏，連馬的尾巴都沒挨着。

鐵芳不時回首冷笑，馬蹄並不停止，可也不急於逃奔。往北走了五六里，天色更黑了，空中飄着的跟地上鋪着的雪卻顯得更加潔白。再回首看看，後面的那十幾個人仍然在一箭之遠的地方跟着，倒是不再罵了，他們只是交頭接耳地，仿佛在相商什麼詭計。鐵芳便勒住了馬，後面的那十幾個人中，也有兩個騎着馬的，當時就都站住了。鐵芳氣得更是冷笑，便高聲地問說：「你們若想跟我鬥鬥，就上前來幾個，咱們鬥一鬥吧！何必這樣既是交手，卻又都畏縮着不敢近前來？」

他憤怒地撥轉了馬頭，向後邊逼去，奇怪的是那十幾個人又一齊向後逃奔，等到鐵芳不逼的時候，他們又都站住了。可是當鐵芳又轉馬往北走時，他們就再在後面不即不離地慢慢跟隨着。

這樣一來，鐵芳就覺得太可疑了，他料到這些人必在弄着詭計，而前面即使沒有陷阱，也必定有埋伏。因此他益發謹慎了，走得也更慢。走着走着，後面便沒有人了，但他還不相信那些人是已捨了他。又走了不遠，眼前就發現了一座小村。

這裏稀稀不過十餘戶人家，看來絕不是星辰堡。他騎着馬進了村，馬蹄踏雪無聲，所以也沒驚動得村中的犬吠。他來到一家的矮牆旁，就騎在馬上，向裏邊喊叫着：「借光！借光！」連喊了幾聲，那沒有燈光的土屋裏，才出來了一人，是個男子。這人四下望着，望了半天，才望着牆外的鐵芳，就問說：「什麼事呀？」鐵芳拱手客氣地說：「我是打聽星辰堡在哪裏？煩勞你指給我吧，我要到那裏尋訪個人。」

雖然鐵芳說話很客氣，可是這個人仿佛一聽說星辰堡就有些害怕，他用手向北指着，磕磕絆絆地說：「還往北，北……北邊就是……不，不遠啦！」

鐵芳道了聲：「驚擾了！」便催馬出村便往北去走。茫茫的雪地、凜凜的寒風，鐵芳的手腳已凍得發僵，他忿忿地想着：這次可不能再心軟了，戴閻王跟判官解七那樣的惡霸，不能再讓他們留在人世，休再怨春雪瓶的手辣，我今天也要弄得血染星辰堡。

馬向前行，越走四周越黑，而地勢忽高忽低，仿佛越過了許多道沙嶺。忽地發現又走到了很高的原上，找了半天方才找到了往下去的路，他就放韁而下。不料馬才踏到平地之上，眼前忽然出現了一大片火光和喊嚷之聲。鐵芳胯下的鐵騎原來也禁不住這樣的恐嚇，當時舉頸狂嘶，前蹄躍起來，牠就如同是立起來一般，整個地將鐵芳掀倒在雪上了。

原來前面是一道乾河，裏面伏着二十多個人，早就都準備好了。如今見鐵芳已落了馬，他們就一擁而上，有的掄刀棍，有的抖綁繩，有的舉着燃燒着的火把。鐵芳雖是很快地就爬起來了，可是寶劍已扔在雪裏，而四面八方的人又已將他圍住，並有的用繩子套住了他的脖子跟兩腿。他只好不動，就狂笑着。那一條條繩子就如同惡蟒似的，都很粗，就緊緊地綁住了他的身子。

他心裏有點後悔，自己太不謹慎了，所以才上了這些賊的當！他把心一橫，罵着說：

"你們殺了我吧！可是不許侮辱我！"

許多人都用手抓着他的胳膊、膀子，都嬉笑着說："現在叫你活還是不叫你活，可就都得依着我們啦！哈哈……"還有的人故意往鐵芳的耳朵裏吹氣。鐵芳扭頭看了看，那匹馬也被他們捉住了，心中就不由得十分難過。這時有一個人喊了一聲，叫那幾個人將火把都在雪地上淹滅了。這個人就是昨日在寶雞縣拐走了安大勇馬的那個黑臉漢子，他似是這些人的首領。火光立時俱熄，昏沉沉的天，白茫茫的地，更顯得慘黯了。

鐵芳就被這些個人推着、架着、捶着、戲弄着，也不知是往哪邊走。他渾身上下全都是雪，被繩子綁得全身都發痛，他真是有生以來也沒有吃過這樣的苦，受過這樣的氣。他聽這些人管那黑臉漢子叫做程三爺，他就喊着說："姓程的！你手中有刀，就將我殺死在這裏吧！那我就算佩服你啦！"程三卻理也不理。

幾個人仍然推着他走，就聽見了犬吠之聲。這是一個不算小的莊子，大概就是星辰堡了。一進莊子，就有好幾條狗追着他們亂吠，有一條還狠狠地把鐵芳咬了一口。鐵芳雖然一聲沒吭，可是肺都要炸了。想打既不能伸拳，想踢又不能動腳，他只能由着這些人擺佈。眼看着自己又被推進了一家莊院裏。雪光映着四壁的磚牆，高大的瓦屋內露出燈光，他知道這必是戴閻王新修蓋的莊子，是他們魚肉一方，為非作歹的地方了。

少時，鐵芳被人推到了一間屋子裏，有三四口刀都貼着他的脖子、比住他的前胸，可是並不殺他，只是不許他動。在他的腰上彷彿又纏上了一道鐵箍，並聽見喀的一聲，似是鎖上了。隨後才有人將他身上、腳上綁的繩子全都解了，抖開了。有人就說："讓你舒服一回吧！"所有的人也都向屋外退去，並有人邊走邊用刀敲擊着牆。又有個人舉起燈籠來一照，說："喝！韓大相公！春大姑爺！你現在怎麼成了猴子了？"

鐵芳借着燈光四下看了看，這原來是一間空屋子，四面是用石頭跟磚壘成，也像是新蓋好的。靠着後牆有一根很粗很短的石樁，牢固地栽在地上，上面釘着鐵環，還連着鐵鍊。這鐵鍊如今是緊繞在鐵芳的腰上，並用一個很沉的大鎖頭給鎖住了。他的手跟腳倒還都能夠動，只是身子離不開石樁。

眼前的人都站在門外邊，一齊譏笑着他。還有的抓了雪，攢成雪球向他臉上打。外面又有人喊叫着說："走吧！走吧！七爺叫咱們啦！"於是咕咚咕咚一陣腳步聲音，這些人就先後都走了。

門也未關，外面仍飄着雪花，屋中黑洞洞的，一點燈光也沒有。鐵芳向下一坐，鐵鍊也隨之噹啷啷的幾聲響。他長長地吁了口氣。這真像是仕做惡夢，誰能想得到自己人漠、草原，天山跟祁連山全都闖過來了，走到這裏，竟會吃了這個虧呢！自己雖非什麼神龍，可也不是個蛇鼠，如今竟叫這麼魔小鬼給困住了，死既不能死，活也不能活，真真把人氣壞！他摸着那沉重的鐵鍊，揪也揪不斷，砸也沒有東西可砸，最好是有一口削鋼斬鐵的寶劍，可是又到哪裏去找呢？

鐵芳用力去推這個石樁子，也是紋絲不動，他又不禁慚愧、發恨，想起了養父柳穿魚韓文佩。韓文佩雖是一個強盜出身，可是他的力量真不小，馬圈裏的四根石樁，竟全都被他給扳開了，雖然他結果還是被砸死了……他發起急來，就雙手抱住了石樁，用力去扳。雖然扳開了石樁，但自己還是不能脫開鐵鍊。他就想，可以抱住石樁，連這間房子都搗毀了，自己也砸死在這裏，總比這樣死在小人的手中要強得多！於是他拼出了一切，瘋狂了似的，並且怒聲吼叫起來。

忽然他看見外面來了一條黑影，向裏一探頭，可趕緊又退回去了。這實在令鐵芳驚訝。他周身的氣力全都鬆懈了，心也不再急躁了，反倒生出了一些希望，他暗想：莫不是春雪瓶來了麼？她來得當然不能這麼快，可是也說不定……回想自己從達阪城往東來所做的一切，哪一件不是她在暗中幫助了自己呢？

如今，他真真地盼望，唯一的盼望，就是春雪瓶能夠到來。可是過了許多時候，那條黑影卻不再來了。門被風吹得時關時開，倒好像是有人推拉似的。起先院中還有人來往，後來門前竟沒有人經過了。更鑼噹噹地響，聽得也很是真切，卻都沒到這裏來。可見他們防範得倒是不嚴，只是這鎖跟石椿實在堅固。

　　鐵芳也不敢睡覺，心想：假若這時有人來殺害我，我的性命自然難保，可是我也得先把他踹倒，或是搶過刀先殺他一兩個人！外面的雪也不知止了沒有，三更都敲過了，那屋門吧的一聲，又被風吹得關上了，屋中愈黑。鐵芳靠着石椿坐着，歎了口氣，才閉了一會兒眼睛，這時就忽聽得屋門又響了，而且響得很怪，是吱吱響，不像是驀然被風吹開的樣子。他不由得打了一個冷戰，趕緊瞪大了眼睛，就見屋門果已慢慢地開了，進來了一個很短小的人，十分可疑。他仔細一看，才知道這個人是爬着進來的。

　　鐵芳心想：春雪瓶絕不能這樣。若是解七派來殺害我的，可也用不着膽子如此之小。這到底是什麼人呢？此時忽然由門外又進來一個人，一個爬着，一個站着，眼前一共是兩條黑影子了。鐵芳就霍然站起身來，抖得鐵鍊一陣響，他就問說：“是誰？來這裏是要幹什麼？快說！”

　　這個爬伏的人就說：“韓大爺你別疑惑！我是神手張，我特地看你來了！跟着我的這人是好兄弟！”

　　鐵芳一聽，不由倒怔了，想起神手張就是自己在靈寶縣與戴閻王、解七作對時，幫助自己救荷姑的那個雖生性好賭，但是卻頗為慷慨，有義俠之風的人。他遂就也蹲下了身，低聲問說：“你怎麼也在這裏？”

　　神手張稍微抬起頭來，說：“我已經成了殘廢啦！兩條腿都被戴閻王給打斷了！”

　　鐵芳問說：“你不是到洛陽去了嗎？”

　　神手張點頭說：“是！春天的時候，咱們在靈寶縣分了手，大爺往西去了，我就跟着瘦老鴉蕭三爺，還有毛三，保護着馮老忠的娘跟荷姑，就到了洛陽。把他們婆媳都安置好了，蕭三爺就走了，把我留在了你的府上。本來倒有一碗閑飯吃，可是我改不了那愛賭錢的毛病，賭來賭去，就輸了一大堆賬。我在那兒又待不住了，想回到靈寶可又怕戴閻王，我只得往西來，心想只要找着了蕭三爺或是韓大爺，我就有飯吃了。我沿路又賭，直走到長安，我就成了乞丐一樣了。幸虧遇見了兩個同鄉，他們可都是戴閻王手下的。他們就說戴閻王現在鳳翔府又搶了兩個老婆，置了很大的田莊，叫星辰堡，他們叫我來這裏混一碗飯。並說戴閻王不常在這裏，他雖仍銜恨着韓大爺，可是對於我這麼個小人物，他卻沒大往眼裏放。我雖然還不放心，可是沒有別的法子，我就來了。他們派我給打更，我就是白天不用出頭，可是晚上我又常跟他們賭。我也是想贏些錢做路費，我就趕往西去。不想我越贏，他們越不許我走了，我也捨不得走啦。有一天晚上就因為賭錢吵了起來，驚動了解七，並有人給我泄了底。解七就命人將我捆綁了起來，餓了兩天，等到戴閻王回來，就用鐵棍打折了我的兩腿。”

　　鐵芳忿忿然說：“戴閻王跟解七現在都在這莊子裏嗎？”

　　神手張說：“你聽我說。我成了殘廢之後，幸虧那兩個同鄉可憐我，把我抬到一個小屋裏，每天給我點剩菜剩飯吃。因為我會點賭錢時所耍的鬼點子，他們就跟我討教，有時也借給我一點錢做本兒，我爬了去跟他們又賭。半年來，我的手裏倒存了幾兩銀子了。戴閻王雖不再追究我，我可是不服氣，我要給我的這兩條腿報仇。今天我聽見這裏的打手說閒話，我才知韓大爺上了他們的當，已被他們捉住了，我就很着急。我這個好兄弟……”

　　他伸手指着身後立着的那個人說：“這人姓邢，叫邢柱子，我們都叫他好兄弟。他也是靈寶縣的同鄉。他的兩個姐姐都是被戴閻王給強娶了去，一個吞金，一個得了癆病，都死了。他的母親為兩個女兒哭瞎了眼，也死了。他假裝向戴閻王來訴苦，戴閻王便給了他點錢叫他葬埋了母親，並用他在這裏面管挑水。他可也時時想殺死戴閻王跟解七，給他的母親、姐姐報仇。”

　　鐵芳聽到這裏，倒不禁囑咐他們說：“小聲！”

　　神手張又說：“不要緊，那些人全在前院賭上啦。戴閻王在長安還沒回來，解七另有院子，和個新娶的老婆住着，他也不會出來。現在這裏只有一個由新疆回來的張伯飛。”

　　韓鐵芳曉得張伯飛是在天山上逃了命回來的，跟隨了自己一路。在涼州時就是他給壞的事，不然那些人都不會曉得我自己就是韓鐵芳，因就十分地忿恨。

神手張又說：「戴閻王手下那些人的武藝，倒沒有什麼了不得的。只是黑頭鬼程三，他認識字，會來壞心眼。他那人極為驕傲，戴閻王也最喜歡他，稱他文武全才，賽過諸葛亮。今天捉住韓大爺的就是他，現在他不定又要出什麼壞主意處理你啦！還有堡子外的崇元觀，那裏住着個假道士，乃是華州道上因打劫官眷犯了大案的鐵霸王侯雄。」

鐵芳就問說：「有個金霸王也在這裏的麼？」

旁邊那邢柱子答道：「金霸王高越是在長安。那人與他們雖然相識，卻沒甚交情，跟戴閻王還有點嫌隙。可是他們也不敢得罪高越。今天聽說從鐵葫蘆居先捉來的那個安大勇，他們就沒敢錯待了，大概明天就會放走。就因為那個人的身上帶着信，他認識金霸王。」

神手張說：「聽說韓大爺也要投金霸王去，所以才跟安大勇在一路走，大概為這個，他們才沒敢當時就殺你。」

鐵芳卻冷笑着說：「我倒不願沾金霸王的光，隨他們處置我就是！」

神手張說：「明天一早，他們必有人往長安去找戴閻王，一兩日那傢伙就能回來。他一回來，韓大爺你的性命可就難保了！」說時，這兩個人全都發出歎息之聲。

鐵芳倒是沒有畏懼之意，只說：「剛才是你們曾扒着這個門，先來看過了我一回嗎？」

邢柱子答道：「對啦！那是我。」

鐵芳一聽這話，就灰心了。他還盼望着春雪瓶來呢，現在才斷了這念頭。他就想：春雪瓶不知往哪裏去了，這兩個人雖都有意來救自己，可又都無力！此時更鑼在耳畔敲了四下，邢柱子嚇得就趕緊蹲下了身，神手張又爬着靠着牆，如此，他二人屏息了半天，鐵芳也沒說一句話。

鑼聲才敲過去。邢柱子又過來了，他忿忿地，且帶着悲聲說：「我倒是不怕死！只要韓大爺你能夠替我娘跟姐報了仇恨！」

鐵芳着急地說：「可是我這鎖鏈！」

邢柱子說：「我知道，這原是戴閻王想要養一隻熊看着玩，才命人栽下的石樁。後來因為怕涼州府的吳元猛來，他的爸爸名叫黑山熊，怕他見了不高興，得罪了他不好，所以才沒叫獵戶把熊送來。這鑰匙是在解七的手裏。」

神手張忿然說：「咱們去由解七的手中奪過來！」

鐵芳卻說：「你連走都不能，怎能由他的手中奪鑰匙？你快去吧！如若被人看見，你們的命就完了！快走吧！諒你們也救不了我。這次你們能看我，我雖死也難忘。張兄！我勸你以後應當戒賭，湊點錢還是到洛陽去，我家裏也不多你一個人吃飯。邢兄弟您的仇也不難報，以後你若見到春雪瓶，可以去求她，但切不要說我已死在這裏了！」

他說完了這話，那與他向無交情的邢柱子，竟自哽咽了起來，神手張也黯然欲泣。天色已快要亮了，這二人不敢在此多停，神手張便半叫邢柱子攙着，他自己半爬着，兩人就悄悄地走了。

鐵芳看着他們走後，就由神手張想起了師父瘦老鴉，他們全是被人打傷了腿而落至悲慘的境地。可是他們還不顧性命地救我。他們都是俠義可欽。我呢？假意與吳元猛相交的那件事本已稱不起俠義，武藝又差！想來想去，愈覺得灰心，真願意戴閻王前來一刀將自己殺死，省得自己再忝顏生於人世。至於家中的妻子陳芸華和外面行蹤渺然的春雪瓶，他更覺得愧對了，更不敢去想。他在這裏如同等死一般，少時天就亮了。

鐵芳剛有點昏昏欲睡的樣子，忽然聽得門又響。他睜眼一看，見門前立着一個人，身材很胖，長得既黑，又有點黑鬍了，原來正是那個假冒瘦虎常明的老君牛張伯飛。在天山博羅霍落山下，自己救過他的性命，而且還給他買了刀創藥，給他留下了銀兩。鐵芳心中罵着：這個無義的小人，看你對我怎麼樣？

只見張伯飛身穿着羔皮襖，很闊氣、很舒服的樣子，他拱着手說：「韓兄弟久違了！我到了涼州的時候，你正走了，所以咱們沒有碰頭，不然我絕不會叫你跟吳元猛鬧得那樣。現在因為這裏的戴莊主跟解七爺，全是我的好友，我也是才來了兩天，沒想到就遇着了你這件事，真叫我很為難！我也沒法子叫他們放你，可是管保不能叫你受一點委屈就是了。"

鐵芳冷笑着不語。張伯飛當時就叫人給鐵芳送來了茶，端來了飯，還有酒，都放在鐵芳的面前。

張伯飛就又說："韓兄弟你還是放心些！有我在這裏，保你絕無性命之憂。你那個朋友安大勇更不要緊，他也是咱的弟兄。一半天戴莊主回來更好辦。他如不回來，我能送你到長安去見他，送安大勇去見高越兄。彼此見一個面，也就都說開了，本沒有什麼大事，你更不必發愁。只是春雪瓶現在在哪裏，頂好你實說。說真的，我們這些朋友都要見見的、鬥鬥的就是她，咱們兄弟並沒有什麼。雖有人說，她是你的貴相知，可是那也不要緊。老兄弟！我們拿去你的一個春雪瓶，將來能賠你十個、二十個比春雪瓶更標緻的娘們……"

他才說到這兒，鐵芳就忍不住抄起地上放着的一隻酒壺，驀然向他打了去。壺直飛到屋外，吧的落在地下，張伯飛卻已躲開。他把臉向下一沉，兩眼露出來兇光，但旋又假意地一笑，說："韓兄弟！不必急！自己的弟兄，話都好說，不用講打。你的性命已在……不是在我的手裏，而是在解七爺的手裏了！"鐵芳怒喊說："叫解七來殺我！"

張伯飛說："他現在還沒起來，咱們現在是背着他說話。沒別的，你耐些性兒就是了，不要叫我作難，到時護不住你。"鐵芳罵着說："渾蛋！"

老君牛張伯飛哈哈一笑，就走去了，這裏鐵芳又生了半天氣。

當日白晝無事。也許因為雪才住，路不好走，所以解七派往長安去的人還沒有趕回來，這裏還沒得到戴閻王的回信。這個莊院整個都是今年新蓋的，蓋的時候後面就分為兩個院落，同樣寬大的房屋，東面的院落是戴閻王住，西邊就是判官解七的家宅。

這解判官是生就一張大白臉，近半年來他的身體更是發福。他與戴閻王名義上雖是主僕，實則如兄弟一般。尤其是西路上的這些江湖好漢，多半是經他拉攏，才都與戴閻王相識。圖謀人家良家婦女之事，那更不用說，解七是絕對在行。戴閻王想要什麼樣的女人，他立時就能夠給弄來，可就是弄不來春雪瓶。

自從昨天用計捉來了安大勇跟韓鐵芳後，解七就一直拿不定主意。安大勇倒不足論，他是給從酒舖裏捆來的，至今仍然捆着，可是結果一定放。因為他們不願得罪了金霸王跟賽姜維。韓鐵芳的事倒叫他很為難，殺是容易，可是他不僅是戴閻王的仇人，還是黑山熊父子的對頭，鈎鐮槍焦衮也要得之而甘心。並且聽說鐵爪鯤鵬呂通海在祁連山中大約也沒有了性命，那麼灞陵鎮的呂慕岩老拳師，也絕對得要割下韓鐵芳的一塊肉才行。所以，解七倒不敢獨自做主意了。

當日晚間，在他的院子的北屋裏，他就找來老君牛張伯飛、黑頭鬼程三、扳倒山陶俊等人一起商議。並請來了假裝道士的銀霸王侯雄，還有鐵葫蘆居酒舖的那掌櫃的。那掌櫃的也是當地有名的人物，外號就叫鐵葫蘆，姓胡名虎。室中明燭輝耀，桌上酒肴並陳，倒是沒有女人伺候。因為解七平生有怪僻，他的女眷別人絕不能見着，所以只有三四個男僕在旁邊伺候。他們就商議了起來。依着老君牛是主張快下手，不然萬一春雪瓶來了，不但能把韓鐵芳救走，還能……

解七沒容他把話說完，就笑着說："老哥你也太膽小了！別的不要說，若說鎖韓鐵芳那小子的石樁、鐵鍊能夠被人切斷，那我可不信。除了我這把鑰匙……"說時他就向腰間去摸。他穿的是絳紫色的鍛面狐皮袍子，腰間繫着一條青綢繡花帶子，腰帶上就掛着一大串鑰匙，有銅的，有鐵的，有開銀櫃的，有開糧倉的，而有一把就是開那鎖着韓鐵芳的大鎖頭的。他微微地笑着，現出十分驕傲的樣子，又呼喚着旁邊伺候的人，給大家斟酒。

胡虎卻說："春雪瓶不來便罷，如若來，我就拿鐵葫蘆砸傷了她的臉，叫她變得比我還難看。"

扳倒山陶俊跟黑頭鬼程三也一齊說："應當趁着韓鐵芳在此，就撒出風去，叫江湖上南北東西全都知道這件事，就必能將春雪瓶給引了來。然後咱們仍然安排下羅網，把春雪瓶釣上了鈎，捉住她，細看她長得出色不出色？"

老君牛張伯飛在旁說："我見過她，果然是出色得很。還有一個哈薩克的女子，長得卻不及她。"

扳倒山就說："把她送給戴莊主，戴莊主還能不喜歡嗎？"

張伯飛卻連連搖頭說："我可覺得她不好制，她那對寶劍，那百發百中的連珠弩……"

銀霸王侯雄在旁又插言說："在沙漠裏長大的一個野丫頭，生身娘是黑山熊的小老婆，乾娘又是江湖的女魔玉嬌龍，那樣的丫頭哪能夠跟戴莊主在一塊？誰也不敢要她呀！我想還是叫她把她在新疆的萬貫家私賣了，都給咱們，咱們就不再跟她為難。不然就等到她來了，咱們一邊用計設埋伏，一邊就亂刀齊下！"

老君牛張伯飛可是又急又愁，他連連擺手說："你們都不知道！春雪瓶她們那裏人，不像是咱們。咱們的武藝是掄刀掄槍，她卻是……"

大家齊說："她的弩箭縱使是厲害萬分，可是咱們也不怕她！"

張伯飛就歎了口氣說："她還有一身鬼神不測，令人防不勝防的工夫呢！咱們此時在這裏飲酒談論她，說不定她就在窗外，或是就在桌底下了！"

說得胡虎跟侯雄都不由得打了一個冷戰，那扳倒山陶俊簡直都不敢往桌下伸腿了。

判官解七卻哈哈大笑，說："張老弟，你枉稱為老君牛了，你的膽子原是比小耗子的還小。春雪瓶一個小小的女子，就能將你嚇成了這樣？"

張伯飛說："可是咱兄弟仙人劍，跟隴山五虎、豹子崔七、吳元猛、呂通海，那些人有傷有死，有的也是凶多吉少，憑韓鐵芳的那點武藝，焉能做得了那些事？還不是春雪瓶一人所為……"

判官解七又是冷笑，說："你休要拿那些倒霉的傢伙來恐嚇我。我可不怕。我的時運正旺着，她邪鬼欺不了咱們正神。我願意她此刻就來，她如果來了，我先看她有沒有本事打開那個鎖？能不能救得了韓鐵芳？"他吧吧地連拍着胸脯，又說："看她見了咱能怎麼樣？"

大家都拿起來酒杯，獨有扳倒山陶俊還不肯拿，他皺着眉說："既是這樣，今夜可就得多防備着點，得多加兩個打更的人。侯雄大哥跟胡大哥也全在這裏住下得了，不必回去了。"

解七又擺手說："用不着這樣瞎擔心！現在使我發愁的就是韓鐵芳那個小子，咱們可把他交給誰去呢？怎麼處置呀？"

大家齊說："這件事只好等着戴莊主回來再定奪吧？"

解七點頭說："這辦法也好，明日我再叫人往長安去催催他。咱們先飲酒吧！"

扳倒山陶俊還是拿不起酒杯，他仍然說："咱們不但得防備着春雪瓶，還得防備着家裏邊。今天早晨，我在鎖韓鐵芳的那屋門外查看，就看見雪上有隱隱的腳印，還有用磕膝蓋跟手行走的印兒，那一定是那殘廢神手張。他跟韓鐵芳本就認識，那小子不怕死，又爬了去看他去了。"

眾人齊都一驚，黑頭鬼程三並且暗中用手直拉陶俊的袖子。他原是已查出了此事，但卻不願叫別人先知道了，他想獨自捉住那個殘廢，又能顯出來他的本事。此時銀霸王跟老君牛又都打聽神手張是誰。

判官解七卻噗哧地笑了，他手指着陶俊說："他的外號叫扳倒山，其實我看他也是個耗子膽，連個殘廢他都怕。"他就把神手張的來歷略略地說了一番，又說："那個人若不是戴大老爺的同鄉，這裏又有些靈寶縣來的人。都庇護着他，他又是個殘廢，不然我也早就一腳把他踢死了！不要緊，憑他一個隻會爬不能走，跟狗一般的人，他若是能夠把韓鐵芳放開，那我倒得佩服他！"他忽又沉下臉，向大家說："咱們飲酒吧！不許再談這些事了！"

除了陶俊與程三之外，眾人都一齊痛飲、大吃起來。屋中點的幾枝蠟燭都快要燒完了，僕人們又換了新蠟來點，屋裏就更亮了。判官解七卻不時發着怔在思索，因為他由神手張又想起那個馮老忠的媳婦荷姑來了。他也曾逼問過那神手張，但那殘廢只說不知荷姑的生死。他就想明天問問韓鐵芳，也許他能說得出那婦人的下落。那婦人花一般的容貌，在靈寶縣，在這鳳翔府，簡直都找不出來。現在戴閻王已忘了她，若能夠把她找來就好了……

這時屋外堆着殘雪，滿天迸着銀星，寒風呼呼地吹着。廚房就在這院裏，刀杓亂響，還正在給北房裏的人炒菜添菜。廚房裏有兩隻大水缸，一隻已經用盡，另一隻裏也只剩了少半缸水。

那又黑又矮的小伙子邢柱子，正在一擔一擔挑水，他由前院打了水，灌滿了兩隻木桶，就往這裏來挑。邢柱子聽見了北屋中解七等人的笑語之聲，划拳之聲，他的心中就冒火，他忘不了他家中所受的欺害，那全是判官解七給戴閻王出的主意。如今他就想着怎樣能了結判官的命，然後救了韓大爺一同逃走，那將來也就叫戴閻王活不了。

此時他穿的是很破的短棉襖、破夾褲，但在他的褲腰帶上永遠別着一把斧頭。這把斧頭的把兒不長，可是極為的鋒利，砍石頭都一下就能粉碎。他預備着這傢伙是要劈戴閻王和解判官的腦袋的，已經不是一日半日了。但他表面上絕不顯露出來，有時廚子們跟他說笑，他也照樣說笑，他也稱解判官是七爺，稱戴閻王是大老爺。

今天他的心裏更是緊張，因為他已經與神手張相商好了，要在今晚就豁了出去，幹上一番。所以他不想多挑水，因為他得顧惜自己的力氣。可是廚子又催促着他說：「倒滿了兩口缸才行！你不明白，今晚你要倒滿了，明天你就不用再往裏院挑水了。水多，我用着方便，你也能顯出勤快來。省得七太太洗澡、洗腳要水時，我說缸裏的水不多了，連婆子們都得罵你是個懶骨頭。」邢柱子倒也願意挑點水，因為他可以借着挑水到這院中來，而不使人生疑。

今晚這院裏特別地熱鬧，都快到三更天了，北屋裏還不散席，還在划拳呢。西院卻燈火黯淡，有人由屋裏把洗腳水潑了出來，潑在門前的雪堆上，霎時就結成了冰。接着屋裏的那點燈光也忽地滅了，可沒聽見開屋門的響聲。這是這位七太太在耍脾氣。

七太太是本城的一個破落戶的女兒，家中雖窮，可是說起來她的祖上還做過什麼都司呢。她年紀不大，又長得好看，是被解七爺連買帶欺壓才給弄到手裏的。解七的年歲比她大一半還多，長得又跟個大象似的，別處還有老婆，所以她總覺得配不過。只是解七對她倒還寵愛，衣服首飾給她置得也不少，這幾點她還滿意。不過今天她可又生了氣啦，因為解七在北屋裏宴客老是沒個完，也不回她的屋裏來。

她又不能叫婆子去催。她冷冷清清地坐着，由寂寞變成了怨恨，就心說：不定叫那幾個人灌了多少酒啦，醉烘烘地真討厭，喝死吧！去醉死吧！反正是我的命苦！

她把兩個僕婦都打發得各自回屋去了，可不叫關閉這屋裏的門。她一個人托着個小的銀水煙袋，一連抽了五六袋煙。北屋裏划拳的人依然喊着，仿佛越喊聲音倒越大了，笑聲也很雜亂。解七在那邊說話，這屋裏都聽得很清楚，能聽出他的舌頭都好像是短了。七太太就一生氣，把水煙袋往桌上一摔，吹滅了銀燈，她就和衣向床上倒去。

外面院子地下的雪是灰色的，天也是黑沉沉的。前院的更聲已敲了三下，馬馬虎虎地敲過了，之後就不敲了。扳倒山陶俊是這裏的護院老師，他這時正在跟解判官吃酒。前院的更夫、僕人們全都沒了，全都又湊在了一處賭上了，現在的外院就有兩處賭局。可是神手張卻並沒有加入，他此時卻由他的那間小屋子裏爬了出來。他殘廢了不過半年，可是他的雙手已很有力。他在冰涼漆黑的地方使勁地爬，只有挑着水的邢柱子看見了他，就悄悄地說了聲：「判官喝醉了，西屋裏滅了燈了，可是你也要小心點！」神手張沒答話，不多時，他就爬進了裏院，他並且大膽地爬進了西屋。

七太太這時在床裏似睡非睡，聽見了一點響聲，她就驚問：「是誰呀？」神手張一爬進屋來，就隨手把屋門關上了。七太太看見屋門並沒開，北屋中雖然不划拳了，可是還在大聲地說話，她恨恨地嘮叨了兩句，就又閉了眼睛迷迷糊糊地睡去了。

神手張先是在一條琴桌之下躲了一會兒，隨後又慢慢地爬了出來，鑽進了七太太躺着的床下。他用肚皮貼着地，歇息着，肚子被地冰得涼了，他就又翻了個身，仰八腳躺着。他的心中一點畏懼也沒有，只想得到解判官身上帶的鑰匙，至於自己的生死，早就置之於度外了。

　　此時床上的婆娘似乎已經睡熟了，可是北屋裏的談笑聲也漸稀了。又待了一會，就聽得院中腳步聲音雜沓，並聽有人瘋了似的說："不行！我今天不能走了，我要等着春雪瓶！她鬥得了鐵霸王，她可鬥不了我呀！我銀霸王，連戴閻王都沒放在眼裏，讓她打聽打聽我去……"原來這傢伙喝醉了，滿嘴胡說。程三跟老君牛就攙扶着他，一路歪斜地向前院去了。解七也步出了北屋，他站在於院中咳嗽着，為的是叫屋裏的太太知道點。

　　有僕人提醒着說："七爺慢着點走！"他的胖身子搖晃着，可是他絕不承認自己是喝醉，還是不肯回屋裏去。

　　仰面看見天上的星星，他都覺得很眼暈。他又向廚房裏喊着說："把火滅了吧！"廚房裏的廚子趕緊答應了。

　　解七忽又問說："廚房裏現在都有誰？"

　　廚子回答說："就是我們兩個人。還有邢柱子，他挑完水累了，在這兒先歇會兒！"

　　解七說："叫他出去告訴告訴前面的人，今夜都不要貪睡！"

　　邢柱子就在廚房裏說："前院的人還都沒有睡呢。"他便放了心。他打着嗝兒，自己都覺得氣味是又辣又臭。這時他想起他的七太太來了，遂向身後的那個男僕揮揮手，令他們都走了。解七醉步搖搖，手扶着門，帶着笑進了屋，一進去，就幾乎摔了個大馬趴。他在院子裏說話的時候，他的七太太早就醒了，但此時故意裝睡，不理他。

　　解七的心裏也大半明白了，反倒喜歡得嘿嘿地笑。他先解開了腰間繫着的綢帶子，往床旁邊扔去，那一串鑰匙便扔在地下了。解七就忽然一驚，想起了一件心事，酒就醒了一點啦。他剛要下床去拾鑰匙，忽見七太太的身子一動，他就哈哈地大笑着說："我早就知道你是裝睡呀！"七太太立時就推開了他，埋怨着他。

　　他又辯解說："我一點也沒有醉。我請那幾個王八蛋喝酒，也是沒法子，因為把韓鐵芳捉來了，春雪瓶也快要來了，我不能不跟他們商量商量。"這婦人雖不知韓鐵芳是個什麼樣的人，可是那春雪瓶她在前些日就聽解七跟戴閻王提說過，她曉得是一個女的，而且是個年輕美貌的女子。當下她就更氣了，就摔着胳膊說："好吧！只要她來了我就走！"

　　解七連連說："不是那麼回事，你聽我細說！"

　　他又着急、又打嗝、又要吐，可還得跟他的七太太極力解釋這誤會，一解釋，那婦人倒哭了。

　　解七卻哈哈大笑說："原來你真是傻呀！說實話，春雪瓶如果真來了，別說你要走，連我也得趕緊跑呀！你不要看我當着銀霸王那些人說大話，其實我也真不敢惹春雪瓶……"

　　這時，膽大的神手張已由床底下輕輕地爬出來了。他望着剛才解七把鑰匙扔下的那個地方，一伸手，鑰匙就被他摸着了。他的心裏緊張得不住突突地跳，可是手指卻一點也不敢動了，因為只要微動，就必定發出響聲，床上的人就必能聽見。

　　於是他就在地下趴了半天。那床上躺着的解七連打了幾個大嗝兒之後，反倒醉意消失，他就連哄帶勸，並誇耀自己，罵春雪瓶罵韓鐵芳，只是說天下的人，尤其是女人，誰也比不上他的七太太。

　　漸漸地，他的這個七太太由哭而轉為媚笑，解七也哈哈地笑了起來。神手張趁機由地下輕輕地抓起了那串鑰匙，就往屋外去爬。他已經爬到了門前，開了門，半個身子都爬到外面去了，門倒是沒有發出響聲，可是從門外吹進來了一股涼風。床上的判官解七忽覺得一陣冷，他就大驚，翻身坐了起來，七太太也說："哎喲！我可覺得是有人了！"

　　解七已望見了由門檻向外爬的人了，他立刻大吼道："好大膽的賊！"說時又就抄起床旁桌上的一個東西，向着賊飛去。吧"的一聲，沒有打着賊，卻掉在了地下還咕嘟咕嘟直往外冒水，原來他扔的是七太太的那個水煙袋。

　　神手張卻奔命似的向外去爬，那串鑰匙他是絕不放手。他已爬到了院中，並且將要爬出屏門外了，這時身後屋裏的七太太就尖聲呼叫起來："有賊啦……"解七也咆哮着追出屋來。他手提一杆棗木棒，追到屏門，看准了神手張，就罵說："原來是你這殘廢！我沒要你的命，你卻前來找死！"木棒就落了下來。可是神手張將雙腿一縮，兩隻手一用力，他又爬出了屏門。

後門的廚房裏也亂嚷嚷着，前院更有黑頭鬼程三、扳倒山陶俊率眾持着燈籠拿着棒棍，腳步雜沓地向着後院跑了來。

神手張越爬越急，鑰匙串撞在地上嘩啦嘩啦直響。解七又趕了上來，向他腰上就猛打了一棍。他忍着痛再往前去爬。解七又自後趕上來，用棍子吧吧地連打他那兩條殘廢的腿。神手張就潑口大罵，又向前院去爬。解七的嗓音兒雷一般地喊着、罵着，他又掄起木棒想向神手張的腦後去打。但他沒有提防，忽然有人自身後掄着鋼斧向他後腦就是一下子。他立時慘叫，疼得暈倒，正倒在了神手張的身上。神手張朝他的脖子上就咬了一口，又把他推在了一邊。那手持鋼斧的邢柱子急奔過來，要抱神手張起來把他救走。可是這時黑頭鬼、扳倒山等人已闖進院裏來了。邢柱子不得不趕忙驚慌慌地逃走。

神手張就急喊着說：「給你這個東西，你拿走吧！」他把那串鑰匙向着逃走的邢柱子投了去。可是邢柱子沒顧得拾起，就跑了。

扳倒山率眾家丁就向趴在地下的神手張刀棍齊下，打死了之後，他們才知道這個賊卻是那殘廢。可是他們的解七爺此時也臥於血泊之中，呻吟不絕。這院中越聚人越多，燈籠越亮。黑頭鬼程三先不管別的，他借着燈光去從牆根把那一串鑰匙找着了，就帶了起來。解七是已經半死了，眾人把他抬到了裏院，那個七太太就數數叨叨地大哭起來。全莊中充滿了緊張的氣氛。神手張的屍身也被幾個人抬走，並有人拿着鋤頭，悄悄地出了星辰堡，就那荒曠的地上掘了個深坑，把神手張的屍身掩埋了。

這幾個人回來後，見仍然沒人管事，他們又紛紛談論了一陣，就又賭起錢來，好像是已經忘了剛才的那件事。而老君牛、黑頭鬼、扳倒山都在裏院看着解七的傷勢，鐵葫蘆回西關去了，銀霸王還在另一間屋內醉倒大睡。

此時天色未明，北風越緊，逃到莊外的邢柱子喘了喘氣，擦了擦斧子上的血，他現在覺得挺痛快，算是給他的母親和兩個姐姐出了一口氣。但是他又替神手張的性命憂愁，為沒有得到那鑰匙而發恨。忽然看見那幾個莊丁掘坑埋人，他就藏在附近處看着。他也隱隱能聽見那幾個人的談話，有個人說：「這殘廢想不到這樣死了！」另一個說：「他該死！」又有一個說：「他大概是不願意活了，所以他才故意老鼠舔貓的鼻子找死。可是他的手裏並沒斧子，他怎會把解七爺給砍傷了呢？」

邢柱子在這邊聽了，就知道神手張已死，他的眼淚不禁汪然落下。等那些人走了之後，他就走到埋葬神手張之處，壓着聲音哭了一場，並叩了四個頭。他仍然去救韓鐵芳，雖然他沒有鑰匙，可是他有鋼斧。於是他又走進了村內。這星辰堡中雖然每家都養着大狗，可是都跟他熟，都不咬他，所以村中仍是一點聲音也沒有。只有那七太太的哀宛哭聲，時時由牆內隨着風兒飄蕩出來。

邢柱子心中很着急，他怕天光亮了，就不能再在這兒了。於是他用嘴咬着斧把，伸開雙臂，用手抓住了牆頭，他就翻了過去，又進了莊內。這裏的狗當然對他更是不咬了。雖然各處都沒有燈，可是路徑他都極熟，一霎時他就跑到了鎖着韓鐵芳的那屋前。

這屋門仍然是沒有關，且也沒有人看。原來那黑臉鬼程三既把鑰匙得到手裏來，他們就仍是非常地放心，他們認為縱使有天大的本領，也絕不能將韓鐵芳救走，他們用不着對這兒白操心。當下邢柱子悄悄走到屋中。

剛才那陣亂，鐵芳已聽見了，他正猜疑着，不知道是怎麼一回事，又想：莫非是雪瓶來了嗎？所以他正大睜着眼睛。忽見門兒一開，進來了一個人，他就立時問說：「誰，你是誰？」他的聲音也不敢太大。邢柱子往近走來，也低聲說：「是我！我是邢柱子……」他的聲音發悲、發顫，他說：「神手張大哥為救你，被他們殺死了！」他就將剛才的事用幾句話略略地說了，接着又恨恨地說：「判官解七那小子大概也活不了！我覺得我把他砍得很重。可是韓大爺，你再在這裏也准得死。我把你的鐵鍊砍開，你就趕緊跟着我逃吧！」

說時他就揪住了那纏在鐵芳腰間的鐵鍊，說：「韓大爺你別動！」他用足了力量掄起來他的鋼斧，向着鏈子噹噹噹連氣地猛砍，聲音能否叫人聽見他都顧不得了。他手急心緊，

　　並且腕子發酸，鐵芳的腰都被震疼了。而且雖沒有傷着了鐵芳，可是已誤將自己左手的一個指甲蓋都砍下來了。斧雖快也斬不斷這麼堅固的鎖鏈，他的力量更拔不起來那釘死在地裏的石樁。鐵芳倒急了，驀然就把邢柱子推開。邢柱子連退了幾步，喘着氣叫到：“韓大爺！”他就哭了。

　　鐵芳卻怒氣衝衝地說：“你還不快逃！你也要死嗎？我絕不走！我是堂堂的好漢，用不着你來救我！”

　　這時外面已傳來了腳步聲，邢柱子驚慌地往外就闖。外面來的是老君牛張伯飛，他拿着刀追着說：“哪裏來的賊？你要幹什麼？”

　　鐵芳在屋中大喊着：“邢柱子快跑！我用不着你救！”他往前去死力地掙，恨不得奔出去打傷老君牛，好救走那邢柱子。

　　可是在院中的老君牛張伯飛掄刀快要追上邢柱子時，那邢柱子忽然飛起鋼斧向着他砍來。老君牛不知是鏢還是旁的傢伙，他的身體又笨，就趕緊趴在了地下，那隻斧頭就吧的一聲落在遠處了。邢柱子卻趁此機會向偏院裏撲去，他爬上了牆，滾身又摔了下去，又爬起來向莊外就跑。

　　有幾條大狗追着他吠了幾聲，他就故意站住，讓狗聞了聞他。幾條狗就都不叫了，不住地向他搖尾巴。這時，莊中可有許多人打着燈籠火把，拿着棍棒刀槍，追出來了，邢柱子就迎着月色拼命地逃去。

　　而這時莊裏也比剛才還亂，那老君牛張伯飛已經爬了起來，他手持着鋼刀，乘亂又走入那房裏，他想結果了韓鐵芳的性命。

　　可是忽然黑頭鬼也提着刀，並帶着一個打着燈的人來了，他就把老君牛的胳膊揪住，說：“喂！張老大，你要幹什麼？”

　　老君牛就指着腰纏巨鏈、站在石樁之旁、面上毫無懼色、瞪着眼看着他們的韓鐵芳，說：“到了現在，還不趕快結束了這小子的性命，以絕後患嗎？”

　　黑頭鬼程三卻問說：“他跑得了嗎？”

　　張伯飛的臉漲得又黑又紫，說：“跑倒是跑不了，可是要再來一個人，咱們就都得像解七爺那樣了！”說完假意地哈哈一笑，提着刀走出屋去了。

　　黑頭鬼程三卻狠狠地瞪着他，兩人幾乎拼了起來。鐵芳倒很為驚異，以為這程三是有意護庇着他呢，可是看程三那兇惡的樣子，又不大像。當下黑頭鬼程三因為怕老君牛張伯飛再來殺韓鐵芳，又派了兩個人來這裏看守。

　　原來鐵芳乃是程三設計所擒獲的，這在江湖上是值得誇口的一件事。所以他覺得至少也得暫時留着韓鐵芳的活命，給戴閻王、給黑山熊、給一般跟韓鐵芳有仇的人都看看，然後要殺要剮，他就都不管了。那樣，他的名頭就能夠傳出去了。雖然以後更得提防着春雪瓶，可是究竟有不少的人得佩服他，得說他有本事。所以他現在倒把鐵芳看成寶貝一樣。

　　少時，追拿邢柱子的那些人都回來了，說是沒有追着。扳倒山陶俊又把平日與邢柱子、神手張二人要好的人都捆綁起來，他一一拷問，結果也沒問出什麼來。這樣又鬧了半夜，天光就大亮了，那判官解七就於此時因腦後的斧傷太重而死了。七太太哭得幾乎昏了過去。

　　銀霸王這時酒醉才醒，一聽了這些事，臉色全都變了。他也主張快快結果了鐵芳，以免把春雪瓶招來。可是黑頭鬼程三仍決然不肯，此時星辰堡裏的一切就都歸他做主，無論說什麼也是不行。扳倒山陶俊是聽他的，而全莊裏的人又都聽陶俊的，所以別的人也都不敢跟他們鬥。

　　昨夜的事使程三很煩惱，他本來已看出神手張是要救韓鐵芳了，但他沒有把這個殘廢放在眼裏，他沒想到一個殘廢竟那麼大膽，不等到人睡，就敢爬進屋去偷鑰匙，更沒想到邢柱子也敢拿斧頭砍解七。如今雖說鑰匙沒丟，韓鐵芳也沒被人救走，但解七死了，而且是叫個無名小輩給殺死的。對這件事他真覺着無顏，他想再辦一件漂亮的事，把這件事遮掩過去。

　　他於是就派了個人騎快馬再到長安去請戴閻王，叫戴閻王回來看看他捉住的韓鐵芳，再去弔祭那死判官。至於邢柱子倒犯不上自己去搜拿，因為拿住了那麼個小子也不能算是本領，也吹不到江湖上去。他只派了人出去查找，可是查了整整一天，也仍是沒有邢柱子的蹤影。

到了黃昏時候，他早晨派往長安的那個人並沒回來，因為那人跑到長安就累得躺下了。是另換了那邊的一個精壯的人，另換了一匹強健的馬跑了來了，那人跟馬身上的汗都跟水似的流。戴閻王還未歸，只捎來了一封信。於是在大客廳中，黑頭鬼程三、扳倒山陶俊、鐵葫蘆胡虎、銀霸王侯雄、連同土鱉老九等都聚在了一起。

程三是這些人裏惟一認識字的，他就拆開了信唸給大家聽。信上卻是戴閻王的親筆，他寫得非常明白，是說：「聞知解七弟身死，我心痛極。本擬急忙回來弔祭，但又不敢動身。因聞有西路來者，說是春雪瓶現在就在鳳翔、長安兩地之間，是有人親眼看見的。我非懼此人，但萬一在路上與彼相遇，就怕麻煩不小。故此我暫時不歸。黑山熊、小山神、金霸王及呂老俠客現均在此地，我尚無憂。汝等若來亦可，但韓鐵芳小賊則可殺不可留，留則……」

胡虎、侯雄聽說春雪瓶就在這條路上了，說不定還許就在鳳翔城的哪家店房裏住著，嚇得他們就都不禁變色，那土鱉老九渾身都哆嗦了起來。

老君牛張伯飛卻特別高興，他點頭說：「戴莊主真有見識！他跟我的想法一樣，韓鐵芳那小賊的性命是越快結果了越好！」但是黑頭鬼並不理他，把信的中間隔過了幾句，再往下唸，可是越唸他的聲音越小。原來閻王的信，後段說的是：「吳元猛、鮑坤、呂通海等人都確已死了，都是在祁連山死於韓鐵芳、春雪瓶二人之手的。所以韓鐵芳宜早除，春丫頭必須防備。安大勇既帶有賽姜維之信，可以放他。諸事可以聽程三弟辦理。如若府衙知道了，亦可由程三弟去見李文案，府台也得給我面子……」

張伯飛又有點發怔了，因為戴閻王把這裏的事都交給程三辦，他一個過路的客人當然也不能說什麼，於是他就問：「喂，程老三，你到底怎麼辦啊？戴大哥可也不想留著韓鐵芳。這個差使你交給我吧！我現在就能下手！」

黑臉程三卻撇著嘴冷笑，他心說：你還不配跟戴莊主稱兄喚弟呢！他把信揣在懷裏，就說：「諸位不用管了，我已有了主意啦。」

此時天色漸漸黑了，那銀霸王怕春雪瓶當時就能來到，他連程三的主意也顧不得聽了，趕緊就溜，回他的崇元觀去了。

這裏張伯飛又向程三問說：「老三！你的那主意到底是什麼呀？這可不是玩的事。咱們雖跟戴莊主的交情有遠近，可是說來全是一家人。又因為現在都是春雪瓶的對頭了，連戴莊主都怕春雪瓶，你跟我可也對她不能不怕。」

程三沉著一張黑臉，說：「誰怕她？」

張伯飛說：「你不怕，我可真怕！你們是不曉得春雪瓶的厲害！我弟弟仙人劍比我的武藝還好得多，可是死在她的手裏時……真是容易。春雪瓶雙劍弩弓，說結果誰立時就結果誰，所以咱們若能先依著戴大哥的話，把韓鐵芳……」

黑臉鬼程三攔住他的話，說：「你也不必發愁，反正韓鐵芳的性命遲早是要完的，必定能夠給你們老二仙人劍出氣。可是，趁著黑山熊，與那個救他出來的英雄小山神柳三喜，都已到了長安，我要把韓鐵芳送到長安去，給他們看看。」

張伯飛驚訝著說：「什麼，送到長安去？」

程三點頭，說：「譬如你在高山上拿網捉住了一隻豹子，豹子雖能吃人，可是現在咱們鎖住了，你能不抬出來給朋友們看看，就去弄死牠嗎？捉住了這麼個有名頭、仇人又多的小子，可不容易呀！」

鐵葫蘆胡虎就也點頭，說：「對！也得送去叫他們看看活的，才顯出咱們的本事。可是，難道把他押著送進長安城裏？」

程三說：「長安城是不必進，可是我在那城外不遠就有個熟地方，把韓鐵芳就送在那裏，只留他活一夜。只要把戴莊主、黑山熊、柳三喜、呂通海，凡是那小輩的仇人都請了去，聽憑大家處置，這樣才顯得咱們多麼夠朋友。若是偷偷摸摸叫韓鐵芳死在這裏，可是人家能相信嗎？人家能相信韓鐵芳那麼大的英雄，會叫咱們給捉住了？豈不疑惑是咱們這些人編的謊，吹牛皮嗎？」

這時連土鼈老九都直說：「對！對！對！」

老君牛氣得頓腳，說：「我看你怎麼把他送去？從這裏過岐山、扶風、武功、興平，三百里地才能到長安，春雪瓶就在這路上，能夠不出事？」

土鼈老九一聽了這話，嚇得又面如土色了。

黑臉鬼程三卻不慌也不忙地說：「在這裏也能出事。就是殺了韓鐵芳，也不是就完了，春雪瓶還是能夠來結果咱們。」

土鼈老九又止不住兩腿發抖，他所坐的凳兒都直搖晃。黑臉鬼程三又說：「怕春雪瓶是白怕，咱們得跟她鬥一鬥。我拿住韓鐵芳不是用的武藝，是用的計謀。春雪瓶雖然厲害，早晚我也得活拿住她！拿活的才算真本事！」他驕傲地笑着，又說：「戴閻王、黑山熊，他們都不敢順着那條路來，咱可偏要由那條路去，而且拿韓鐵芳做魚餌。招來春雪瓶，我就趁勢也拿住她，把他們兩人用一根鎖鏈拉着，送到長安去。」

老君牛張伯飛說：「你這簡直是做夢了！」

程三又沉下來那張黑臉說：「你不用管。我只要兩個人幫助我，一個是陶兄弟，另一個是……」

扳倒山陶俊猶豫了一下，就答應了。

程三又說：「另一個是土鼈老九。」

土鼈嚇得一屁股坐在了地下，他說：「噯喲！我可不能夠去！我怕在路上遇着春雪瓶，我怕把我這個鼈裝在瓶兒裏！」

程三忿怒地走了過來，一連幾腳，就把土鼈老九給踹出屋去了。老君牛張伯飛歎了口氣也走開了。這裏，程三接着又說他的辦法，陶俊跟鐵葫蘆胡虎等人倒都覺得很對，願意幫助他。於是程三就又到屋中去見韓鐵芳。他故意做出些笑容來，拱拱手說：「韓兄，你吃過飯了嗎？」

鐵芳坐在地下沒有理他。他就又說：「韓兄你不必發愁，你既跟賽姜維認識，想必與金霸王也有交情，我們絕不能夠錯待了你。再說你跟戴莊主也沒有了不起的深仇，國家又有王法，我們絕不能置你於死地，你放心吧！現在戴莊主人在長安，他被事情牽住了身，不能夠回來，想請你去見一見面。到時一說就開，彼此就全是一家人了。怎麼樣？你肯不肯給個面子，明天跟我們往長安去辛苦一趟？」

鐵芳一聽，倒覺得詫異了，因為聽神手張說過，這黑臉鬼確與別人不同，他很會行使詭計，如今不知又要出什麼惡毒的辦法了。但是自己被鎖在這裏，死既不能，活又不得，何妨將計就計。他在路上必想辦法害我，我也可以在路上想點辦法脫身呀！於是就點點頭說：「好！隨你們辦！」

程三就伸出大拇指來說：「夠交情！不過可是一樣，韓兄你得先受點委屈。在路上時，我們還得把你的手腳鎖住，不能跟平常一樣。這是沒法子的事，因為雖然韓兄的慷慨為人可欽，可是這不是我一個人的事情。他們怕你跑了，他們要那樣辦，我也攔不住。可是我不能不先告訴你，因為是有交情嘛！」

鐵芳就忿忿地問說：「莫非要鎖着我拉着在路上走嗎？」

程三搖頭說：「那不會！那成什麼樣子？莫說那樣對不起韓兄，就是於我們的臉上也難看，顯見不懂得交情。我們明天只想鎖上你的手腳，坐在車裏，叫外人看不着你。可是他們又說了，請你也不要在路上喊嚷，否則，他們說，他們可都預備了短刀！」

鐵芳覺得這個真是惡毒，倘能夠奔過去，自己一定要把他劈碎、砍爛。但是自己的性命現在他們的手裏，又不得不壓下一口氣，只說：「由着你們辦吧！」

黑臉鬼程三又拱了拱手，走了。有兩個人都持着刀來看守，他們把一盞燈放在屋裏，關上門，人卻都蹲在門外邊。

鐵芳此時並不憤怒了，只是傷心得要哭，想不到竟因一時的疏忽，落於這種結果。蕭仲遠、神手張都是殘廢的人了，都為救自己而捨了他們的性命。自己若真被這些盜賊殺了，其實沒有什麼，不過就覺得他們死得更冤了。況且母親臥在沙漠中豈能瞑目？春雪瓶也要傷心的。想到了春雪瓶他又不禁發急，心說：春雪瓶為什麼不來呢？

到了深夜，倒聽見門外有人說話了，並且拉開了門，探進來的是老君牛張伯飛的那副惡臉。他拿着明晃晃的刀，被兩個看守人給擋住，又幾乎打了起來，後來張伯飛才悻悻地走了。

寒風吹了一夜，次日清晨的時候，天氣更冷。黑臉鬼程三早已起來了，他穿上了一件平日不常穿的緞面羊皮襖、青綢棉馬褂，騎馬進城先去拜訪了知府衙門的李文案。等他回來時，扳倒山陶俊已命人將兩輛騾車備好。那個土鱉老九雖已收拾好行李，可是他又說痔瘡發了，坐不得車也騎不得馬。鐵葫蘆胡虎就踹了他一腳，說："你就是爬着走，也得跟我們到長安去。"

鐵葫蘆胡虎把他的酒店暫時叫別人經營，他也要跟着走這一趟，到長安還得玩幾天呢。這星辰堡，程三全託付了銀霸王。銀霸王不得不硬着頭皮說："沒有事沒有事，你們放心吧！"

程三卻拿着一串鑰匙，帶着幾個拿着繩子跟鐵鍊的壯丁，到了鎖韓鐵芳的那間屋內，他又拱手說："朋友！已到時候了！咱們該走了！給點面子吧！"

於是他令人將鐵芳的兩臂向後倒剪，用麻繩綁上。張伯飛也在旁邊了，還給出主意，嫌綁捆得不緊。又將鐵芳的雙腿用較輕的鎖鏈絆上。程三親自對準鑰匙，開了那連着石樁的大鎖頭，又給鎖在鐵芳的腳下，就跟帶着腳鐐似的。

鐵芳的臉色都氣白了，可是仍然不發一語，就憑着人連抬帶架地給弄到門外的車裏去了。

大家用畢飯，這才走。而他們走了之後不多時，老君牛張伯飛便騎着馬攜着刀也急追下去了，及至追上了前面的車馬，他可又隱藏起來。他不跟那些人在一起，因他是想專等他們疏忽之時，或是他們住在店裏睡熟之時，他再去結果了韓鐵芳的性命。

此時，雪後的大道，遍地都是冰跟泥水。程三率領着兩輛騾車，他就坐在頭一輛車上。他雖穿着便衣，可是車裏預備着一頂紅纓帽，平常不戴，非得用午飯和傍晚投店房時，他才戴在頭上。為的是叫人以為他是官人，押的韓鐵芳那是差事，以免使人注意。

至於韓鐵芳，就那麼捆着胳膊、鎖着腳，放在第二輛車上，由鐵葫蘆胡虎監守着。這個濃髯如戟的兇賊，手中永遠握着一把牛耳尖刀，他暗暗地比着鐵芳的肚子，悄聲說："你只要敢大聲喊叫，我可就是一下子，管叫你的肚子冒出血來！"

兩個趕車的也都是星辰堡戴家的惡奴，其中一個還是判官解七的族姪，雖然手裏都搖着長鞭子，可是身邊也都藏着短刀。

扳倒山陶俊那精悍的小伙子是騎馬帶刀，在後一箭之遠，好像跟兩輛車不是一路的。他是跟土鱉老九走在一起，並時時囑咐說："不要只回頭，留神看着前面。春雪瓶要是來了，也必是從對面來！"土鱉老九就咧着嘴說："咳！我的痔瘡可真難受呀！現在一騎上馬，簡直寸步難移了！"

陶俊便拿鞭子抽他，催着他快走。此時鐵芳困在車中，他咬定了牙關，不央求、不喊叫，也不畏懼，他只是想如何能掙斷了繩子踢開了鎖。

車走得很慢，行了兩日才到了扶風縣。他們來到這裏天色已晚，住的一家店倒還很寬大。黑臉鬼程三戴着紅纓帽，進到屋裏才摘下來。隨進來的一個店夥，帶着點畏懼之色說："幾位老爺們這就吃飯嗎？吃麵，還是炒幾樣菜就鍋餅吃？"他又扭頭看了看鐵芳，心說：這個犯人五花大綁還戴着腳鐐，可知犯的罪一定不小，但是看他年輕輕的，又斯文，不像是個強盜呀？

坐在炕頭的程三回答說："吃麵吧！"

店夥又指着鐵芳向他問說："這個人也是吃一樣的嗎？"

程三說：“吃一樣的！別費話！快去給拿去。”

這時店主人就從外面進來了，他推了店夥一下，令他出去。店夥出屋之時，還偷着回頭看了一眼，才帶上了門走了。

這個店主人年有四十多歲，身材很高，可有點駝背，他向着黑頭鬼點了點頭，悄聲問說：“三爺要往哪裏去？”

程三低聲說了，又問：“小陶跟土鱉老九在我們後邊，他們還沒有到嗎？”

店主人回答說：“到了，我給讓到南屋裏去了。”他向鐵芳了嘴，更悄聲地問說：“這個就是……”

程三驚訝地笑着說：“你這小子的耳風真快，怪不得你的買賣發財！”

店主人笑着說：“三爺莫開玩笑，發財是瞎話，吃喝是夠的。不過，近兩天咱們的朋友們沒有一個從這裏往來的，不知為什麼事？”

程三的黑臉就有些變白，又低聲問：“沒看見什麼岔眼的人嗎？娘們，騎着馬的？”

店主人連連搖頭說：“沒有！沒有！我也很留心，可是連一個江湖賣藝的毛丫頭也沒看見。咱們哥兒們也得……”說這話時更低聲，又說：“近日可常有眼生的衙門人路過此地，也不知道是從哪個州縣來的，也不知是要拿誰？”

黑頭鬼程三搖着頭笑道：“那倒不要緊！”

待了一會，店主人就出去了，少時就有店夥拿來了燈。他們談那些話時韓鐵芳根本沒聽清楚，他一心只想的是怎樣逃走。他只要能掙斷了繩子、踢開了鎖，他至少還得要了黑頭鬼這小子的性命。只是捆綁着他的雙臂的這條麻繩太難以掙斷了，想在牆壁上磨，但又都是土牆，莫說石頭棱兒，就連個釘子也沒有釘着。如今他看見了這盞燈，心中卻驀然省悟。就想等到夜間，他們都睡熟了之時，自己就悄悄地跳下炕去，就把這一盞燈推在地下。它裏邊的棉花撚子，只要能夠引着了油，就能夠燃燒。隨後，自己就是燒焦了胳膊，也得就着燈焰將身上這綁繩燒斷。那時腳底下的鎖鏈也就好辦了，可以先結果了黑頭鬼的性命，再由他的身上去搜鑰匙。

當下，決定了主意，他可不動一點聲色，並故意不看那盞燈。少時麵送來了，程三就端着碗用筷子挑着麵條，他一邊吃一邊跟鐵葫蘆胡虎說着閒話。待了會，那駝背的店掌櫃又進來了，跟他們又談了一陣話。這個開店的原來也是畏懼春雪瓶。

黑頭鬼程三卻連連搖着頭說：“不要緊！不要緊！我就專等着在路上把她生擒了，一塊兒帶到長安送禮去！”

他哈哈地笑着。店掌櫃出屋之後，程三就將門閉嚴，並且用桌子頂上。他又囑咐胡虎說：“你可別睡！你實在困極了的時候，你就先叫醒了我，你再睡！”

鐵葫蘆胡虎答應着。程三卻又向着鐵芳一笑，說：“朋友你也歇着吧！沒有什麼，等到了長安，我們大家請你吃酒！”說着，噗的一下吹滅了燈，這可叫鐵芳心中的計劃完全失敗了。

胡虎又拿刀拍了他的脊梁一下，說：“小子！今晚你可要老實一點！你沒看出來嗎？這家店可就是我們開的，後院有空地方，去年我們就在那裏埋過人。”

鐵芳一言也不發。胡虎將身子往窗戶那邊挪了挪。對面的黑頭鬼已呼嚕呼嚕的，不知是假睡還是真睡了。窗外各屋中的客人也都已就寢，靜靜的沒有一點聲音。可是這時隔壁的一家店中卻發生了一件事。

原來隔壁的店倒是一家正經的買賣，那裏的房子沒有這邊多，生意也不及這裏好，然而那裏住的倒都是真正的過往客商和各縣衙門的官差。前幾日，那店裏來了一個單身的官人。這個人很年輕，長得十分清秀，令人以為他是南幾省的人，可是他又說着官話。他牽來一匹白馬，養在棚下就沒有再牽出去。他大概還帶着很輕的行李跟寶劍，但也沒有什麼人去留心他。他不常出屋子，永遠在炕上躺着，每天夥計給他送去的菜飯，他也吃不下去多少，他的臉上通紅，原來他是得了病。

可是他也不請醫治療，只是有時向夥計討一碗開水，把他從別處帶來的丸藥服下去。

店裏都以為這是個辦差事的人，不幸在半途生了病，便也沒有人注意他。可是這時街上又新來了一個小伙子，說着一口河南省話，來到這裏就沒再走，並且今天也投到這個店的大屋子裏來了。

大屋子裏的人都向他問說：「小伙子！你是從哪兒來的？要幹什麼去呀？」

這人卻說：「我是來找我的叔父。我叔父在這一帶幫人做買賣，有五年沒回家了，我嬸娘想他把兩眼都哭瞎了，才叫我來找他。我也不知哪一天才能在街上碰見他。」

這小伙子只說了這些話，別的話他都不講。然而他的精神時時都很緊張，兩隻眼不斷地偷着看人。這裏住着一個正害着病的官人，他也知道了。剛才黃昏時，他偷偷看着那黑頭鬼程三戴着紅纓帽，將韓鐵芳押進了隔壁的店裏，他的心中就不禁燃起了義憤之火。

這小伙子就是邢柱子，他如今就想：這程三好狡猾，他竟假冒差官，把韓大爺來當人犯，這我非得想法子把他點破了不可！可是又想他自己也是在鳳翔府才殺傷了解七逃出來的，也不敢出頭去到衙門告狀。因知在這店的東屋就住着一位真的官人，雖然生着了病，可是只要他知道了這種事，人家必定願意管。真官差一出頭，那假官差黑頭鬼必定吃不住，這麼一來也就把韓大爺救了。

當下邢柱子就假作上茅房，出了這間大屋子。向東房看了看，那窗紙上還有點燈光，他知道那官人還沒有睡，遂就將腳步向那邊移去。他走得很慢很輕，因為他也是很怕見官人。不料他還沒走到窗前，就聽屋裏問了聲：「是誰？」倒把他嚇了一大跳。他就怯懦着說：「是，是我。我名叫邢柱子，也是這店裏住的客人，現在我為點要緊的事，要來跟老爺說說！」

裏邊就說了一聲：「進來吧！」

邢柱子的兩腿哆哆嗦嗦的，遂拉開了門，一進屋他就跪下了。炕上坐着的那位官人身掩着棉被，仿佛很怕冷的樣子，辮髮也是蓬蓬鬆鬆的，一頂紅纓帽就放在小桌上，地下擱着一雙青緞的薄底官靴。官人的身邊放着一口寶劍，並有一隻不很大的箭囊。

這位官人溫柔得跟一位大姑娘似的，可是顯出病體難支的樣子，先說：「你不用跪着！有什麼話站起來講。莫不是本地有什麼惡霸，欺辱了你嗎？」

邢柱子站起身來，搖頭說：「倒沒有什麼人欺辱我。可是剛才隔壁的店裏來了個人，也戴着官帽，押着一個人，用繩捆着，用鎖鏈拴着。其實那人不是壞人，是個好人，不過是跟他們有仇，就被他們用詭計擒住了。他們大概是要給送到長安去，然後結果他的性命。那個假官人是個保鏢的出身，他的名字叫黑頭鬼程三。現在求老爺做主，告訴本地的衙門，把他抓住吧！把人家那位好人放了吧！」

這位年輕的官人，的確是有點動怒，臉都沉下來了。可是待了一會，這官人便微歎了一聲，搖搖頭說：「我不能夠管！我是別處衙門的，從此路過，這地面上的事我管不着。你若想救那個好人，你應當去本地的衙門報告。」

邢柱子回答說：「我不敢去！」

這位官人立時瞪眼說：「有什麼不敢去的？你自管去。如果本地衙門也不管，那時你再來找我！」他又歎了口氣，說：「唉！現在我的身體很不舒服，我實在不能再管這些閒事了！」

邢柱子點了點頭，心中卻極為失望，眼裏的淚都快要流下來了。他可不敢再說一句話，就慢慢地退出屋去，並把屋門給帶好。卻聽得屋中的年輕官人又咳的一聲長歎。

這位年輕的官人原來就是春雪瓶化裝的，她也是個假官人，並且是個假男子，不過她此次卻是真的病。雪瓶生長在草原，馳騁於大漠，風沙冰雪也失不了她的嬌顏，秋月春花也搖動不了她的芳心，二十年來她就從來沒害過病。早先她的爹爹時常病，她都覺着很奇怪，常常不解：人要是得了病是一種什麼滋味呢？

如今她的病雖說不重，可是真得了病了。她不是因為這一路上飽經風塵，也不是在祁連山中與柳三喜等人惡鬥累的，而是她的生身母親金大娘把她的心給傷了，她真恨：為什麼我是她生的呢？她有多壞呀？從了強盜，又認了一個惡霸做義子。她愛錢，她蓄娼妓，她還虐待丫鬟，她是那麼壞，然而我卻是她生的……

這種怨恨的情緒就把雪瓶給折磨病了。她並且對於自己將金大娘由樓上推下去，及用弩箭往車中去射的事，也未嘗不後悔。她覺得無論如何，雖然她壞，雖然對我毫無育養之恩，但是一個做女兒的也不該如此。她很是傷心，並知道鐵芳對金大娘的來歷都知道了，她更覺得慚愧，覺得這一生真沒有臉再見鐵芳之面了。但是想起來爹爹早先的意思，以及鐵芳的可敬可愛之處，又怎能令她不難過呢？

她現在身慵體倦，意懶心灰，只想休息數日之後，就回新疆，永遠不再到東邊來，也不再與人爭鬥了。所以剛才邢柱子進屋告訴她那件事，她就不想管了，並且也沒往心裏放。

雪瓶又吃下半劑丸藥，就慢慢地下炕去關門。她覺着身子發軟，甚至於要扶着什麼才能邁步。她恐怕自己得的是跟爹爹一樣的病，她就又想：那也好！那就更得趕緊回新疆了，也去到沙漠裏，躺在那兒死了吧……

想到此處，她的眼淚就不住簌簌落下。她去插上門插閂，那門縫裏吹進來了一股寒風，她覺得有點受不住了，就趕緊又回到炕上去躺下。然後她抽出亮晃晃的寶劍，用劍尖把燈撚壓滅了。劍就置在身旁，弩弓和箭也就放在手邊，少時她就閉上眼睛睡着了。

這一夜，在大屋子裏住的邢柱子卻沒睡。他心裏盤算着，覺得他如果不救韓鐵芳，實在心裏不安，神手張已經是白死了，而且叫奸人得意。若說依着那年輕的官人給出的辦法，自己去告到扶風縣衙，這可也不敢，因為自己就是一個罪人。那判官解七雖然該死，可是知縣要是問出來，也得要辦自己。

他是又害怕，又着急，到了天明，人家都走了，他一個人還是不敢出屋。忽然聽見店夥在窗外說：「走啦！那個人看着倒不兇惡，也不知犯了什麼大罪？五花大綁的，腳下還帶着重鎖，押到什麼地方也不知道，反正是活不了啦！」

邢柱子一聽，忽然就站起身來了，他心說：這可怎麼辦？韓大爺是快沒有性命了，那夥賊，就許半路上要他的性命！沒法子，還得求求那位官人去。於是他急急地走出了屋，又到了那年輕官人住的屋門前。他推了推，屋門卻從裏面關着了。

春雪瓶已然醒了，就問說：「是誰？」

邢柱子急聲說：「是我！老爺！麻煩您，開開門叫我進去，我還有幾句話！」

裏面的春雪瓶卻有些生氣了，就說：「什麼話我也不聽，你快走吧！」

邢柱子連連搖着門，隔着門縫向裏悄聲說：「那個黑頭鬼已把人押走了，他們什麼事可都做得出來！」

雪瓶說：「我沒告訴你嗎？你可以到縣衙門去告狀。」

邢柱子說：「我不敢去！老爺你到縣衙門去一趟吧，你們官人見了官人，話總好說！」

屋裏的春雪瓶卻沒有言語。邢柱子又急急地說：「老爺！你快去救那個人吧！」又說：「那人真是個好人，是個俠客，他是洛陽人，名叫韓鐵芳……」

他的話還未說完，忽然聽得屋裏咕咚咕咚一陣響，好像是人已下了炕。待了會，屋門就開了，進去一看，他倒嚇一跳。原來這年輕的官人身穿一身青色的短衣褲，那頭髮、那臉兒、那手跟胳膊，不用細看，就顯然是一個女子，這人發着嬌細而緊急的聲音，問說：「剛才你說什麼？那人名叫韓鐵芳？」

邢柱子點頭說：「對啦！他也是玉嬌龍的女婿。他跟戴閻王、判官解七有仇，才被黑頭鬼所搶。」

春雪瓶此時竟也不覺得有病了，她就趕緊起來，揣起來弩弓和箭，掛上寶劍向外就走。到了馬棚下，她就匆匆地備好了她的那匹雪色的健馬。

邢柱子追出來到她的身畔，悄聲說：「他們是往東去了，兩輛車，兩匹馬……」

春雪瓶點了點頭，卻無力也無暇回答。此時店夥又跑過來說：「怎麼？老爺你這就要走嗎？」

春雪瓶掏出一錠銀子來交給店夥，店夥說：「這有富餘，找給您碎銀子，還是制錢？」

雪瓶說：「剩下的錢都給他吧！」他指了指邢柱子，就牽韁出店，扶馬上鞍，吧吧地揮動了皮鞭。她胯下的馬就如同一條白龍，飛一般地向東馳去了。

　　大地上刮動着寒風，白馬上的春雪瓶，身着青衣，紅纓帽掛在背後，腰間懸掛着雙股的寶劍，手搖皮鞭，向東疾馳。逢着車她就駐馬，便用鞭杆挑起人家的車簾向裏去看，別人見她帶着一頂紅纓帽，也不敢惱怒，可是車裏坐的除了老太太、小媳婦就是買賣人。

　　她並沒看見鐵芳，心中着急，策着馬又往東走。一連過了許多條鎮街，並且過了武功縣城，也沒看見鐵芳跟什麼黑頭鬼的蹤影。雪瓶連午飯也沒有用，病體覺得愈為憊倦，但她仍極力掙扎着，心想，騾車絕不會走得那麼快，我一定是把他們遺在後邊了。

第十六回　　馳曠野忍病救情人　　返家鄉磨劍尋宿恨

她於是撥馬又回來尋找。大道上車輛人馬本來很多，她雖然一個個細看，可也不能全看遍了，倒是沒有一個人不注意她的。她走着走着又快回到扶風縣城了，忽見對面來了個騎着馬、帶着刀、臉上有鬍子的黑大漢。她覺得很眼熟。這黑大漢一看見了她，當時就驚慌變色，可是還故意裝作不認識雪瓶的樣子。他嘴裏哼哼着也不知是什麼腔兒，慢慢策馬迎着面走來。

雪瓶就拿出弩箭來，喝了一聲：「站住！你別以為我不認識你！你是從天山上逃回來的。只要你動一動，我就用箭射穿你的咽喉！」

對面這人正是老君牛張伯飛，他不敢不把馬勒住，並且拱手說：「我是從天山來的，一點不錯，可是那時我是跟着朋友辦事，沒法子！我從那兒逃了命，就往東來要回家。我是規規矩矩的，一點事兒也沒惹。」

春雪瓶說：「你不用跟我裝傻，你要裝傻我也射殺你！你說半句假話，我立時就放箭。快告訴我！黑頭鬼鎖着鐵芳，現在哪裏了？說！」老君牛此時臉嚇得蒼白，身子連動也不敢動，就說：「韓鐵芳……」春雪瓶厲聲問說：「怎麼樣？他現在哪裏？」老君牛就愁眉苦臉地說：「他因為在鳳翔府中了黑頭鬼程三的詭計被擒。程三如今故意顯擺能幹，鎖着他，押着他，要往長安去。」

雪瓶一聽，知道這是實話，便逼問：「他們走過去了沒有？快告訴我！」

老君牛說：「哎喲小王爺！我本來是在後面跟着他們的，因為我要救韓鐵芳。剛才在西面，我的馬還緊緊跟着他們的車呢，後來，唉！小王爺，我可說的是實話，我真不知道他們往哪裏去了！」

雪瓶就要放箭。老君牛又哎喲一聲，連連拱手說：「春小王爺你聽我說！那個黑頭鬼程三頗有一些鬼心機，我想他必定是看見小王爺了，所以他們大概在前面不遠之處，找了地方藏起來了。」

雪瓶就說：「你帶着我去把他們找着！」老君牛張伯飛說：「咳！我怎能帶你去找他們呀？黑頭鬼那小子很容易認，他長得比我還黑，個子比我矮一點。他那個人最狠毒，見了我的面，一定得先殺了我！」雪瓶說：「你不要怕，我用弩箭保護着你，你去救韓鐵芳，我便饒你活命。」

老君牛張伯飛一聽救韓鐵芳這幾個字，真想抽出刀來與春雪瓶殺鬥一場，可是他明知憑自己，一萬個也抵不過人家一個，他只得忍着氣點頭。雪瓶又說：「你若是不聽我的話，我就當場把你射死在道旁。」

他打了個寒噤，只得苦着臉連連地答應。雪瓶便轉過身來隨着他走。其實老君牛曉得那黑頭程三的車輛去處，他先還是不肯實說，後來一發狠，暗道：程三你不聽我的話，你若早把韓鐵芳那小子結果了，何至於如此？現在我可顧不得你啦，我也要叫你這傢伙一生後悔，知道知道春雪瓶是怎樣的厲害。他遂就向前面的一條岔路去指，說：「他們大概是往那邊去了！」

於是春雪瓶就逼着他在前面走，他也就真催馬引路。那條岔道是曲折地通往北方，行人稀少，他們的兩匹馬就向着那邊飛馳了過去，蕩起來一丈多高的煙！春雪瓶一面走，一面低頭向地下看，就見這地下倒是有兩股車轍，可以通到極遠之處，土質都很松，蹄印卻看得不分明。

此時，天色已經不早了，雪瓶的心中更急，她的馬便越了過去，向前急奔。老君牛張伯飛故意勒着馬，做出走不動的樣子，遺在後邊。少時來到一座高原之上，老君牛已隱隱看見在北方的那黑頭鬼等人的車馬了，他尋着了一條下坡的路，便放馬馳了下去。

在前面的春雪瓶回頭一眼看見了，就怒聲說：「你敢跑？」說時發了一枝弩箭射去。老君牛雖然中了箭，可是忍着痛仍然加鞭逃命。他就由背後拔出弩箭來，咬在口中，催馬急行。他對於這裏的路徑是相當地熟，走的又是一條近便的路，所以不一會他的馬就踏過了一道乾河，追上了黑頭鬼的那兩輛車和車後的兩匹馬。

他將弩箭拿在手中，高高地舉着，一面鞭馬急奔，一面大聲喊着：「程老三！媽的你還不趕快打主意！春雪瓶可就從後面追來了，我幾乎被她射死。你看！這不是她的箭嗎？先快些把韓鐵芳小輩結果了吧……」

說到這裏，他已力盡精疲，傷勢疼痛，就咕咚一聲，摔下馬去了。

扳倒山陶俊就大聲驚喊說：「我說怎麼樣？幸虧我看出那身背紅纓帽的人是個女的，咱們這才向偏路裏來，不然被她抓住了，那還了得了？」土鼈老九已面如土色，說：「哎喲！這可怎麼好？」

鐵葫蘆胡虎卻忽然跳下了車，說：「給我馬騎上，我要迎上那個春丫頭鬥一鬥，看她個女流之輩，到底有多大的本領？」

黑頭鬼程三卻說：「你們都不必慌！她來了正好，咱們再往前去走！」

於是乘車的、騎馬的，又都聽他的吩咐，一齊緊緊地又往北去走。那個老君牛張伯飛也呻吟着，忍着傷爬了起來，抓回來他的馬騎上。他簡直是趴在馬背上了，跟着又往下去走。又行了三四里，便進了一處小村莊，黑頭鬼程三吩咐手下人跟這村裏的人要了許多柴草和乾樹皮，並硬搶了人家點燈用的一簍子豆油，都放在車上，出了村又往北去走。

眾人可都有些心驚力盡，恨不得散開了各自逃命才好。黑頭鬼又揮了一鞭子，把那土鼈老九的頭上都抽得流出血來了，土鼈老九就一手捂着腦袋上的傷，一手捂着屁股下的痔瘡，直叫哎喲哎喲。

程三又高聲說：「幾位弟兄們再賣點力氣！你們不要以為捉春雪瓶非常難，待一會兒我一定把她捉住，你們預備下繩子就得啦！捉住春雪瓶，可也別放走了她的馬。她在沙漠裏稱為小王爺，她手裏的銀子說不定有好幾千萬！她的馬上馱的一定有不少珍珠、翡翠、貓兒眼，得到了咱們大家分。先找個大地方去吃燕翅席，然後各人回家，媽的就是比不上戴閻王，咱們也得賽過解七去，至少一個人能娶兩個老婆。誰要是不幫忙，到時可沒有他的份兒！」

黑頭鬼的這番話，就刺激得陶俊等人無不興奮，土鼈老九的腦袋跟屁股也仿佛都止了痛。這時候就見那南首遙遙之處，有一匹白馬飛也似的奔了過來，土鼈老九嚇得連馬鞭子都扔下了，他張着兩隻手驚叫說：「哎喲不好！春雪瓶可追來了！我的媽呀！」

此時車中的鐵芳也知道了，他的心比任何人都興奮，他的精神也比任何人都緊張。他極力掙扎着，但是繩緊鎖重，休想掙得開。

鐵葫蘆胡虎又把刀尖挨近了他的肚腹，狠聲地說：「小輩你忍上一會吧！多活一會兒吧！待會我們捉住春雪瓶，叫她跟你再見一面，你那時死也不算冤，那也算是我們對得起你！」

這時趕車的跟胡虎一起把他夾攏起來，出了車一看，天色已濛濛的黑，車馬都停在一個大墳地上。他們就將鐵芳扔在一個已經斷了的大石碑的旁邊，就又聽着程三的指使，向南跑了去，用計伺伏着，擒捉春雪瓶去了。

鐵芳也挺不起身來，他只能在這滿是碎石、爛磚、荒荊的地上滾來滾去。他又將胳膊上的麻繩向着一塊大石頭的棱角之處去磨。費了半天的力氣，忽然覺得身上綁繩似是鬆了些了。他就先趴在地上緩了一口氣，然後就全身用力掙了一下，身上的麻繩就被掙斷了，可是他的臂上已流出了血。他急忙找了一塊石頭，再去砸腳下的鎖。可是把石頭都砸得粉碎，兩隻腳腕也都被砸得生疼，鐵鍊卻仍不斷。

鐵芳又爬了幾步，就扶着停放着的車輪站起身來，扳着一棵老樹上的枯枝，用力一扳，嘣的一聲，枝子就斷了，在他的手中拿着如同一杆木棍。他向前走了幾步，忽見從南邊有一匹馬來了，他便趕緊坐在地下，又爬了幾步，就爬到空車的後面去隱身。只見馬行得很慢，半天才來到了臨近，馬上的這個人就下來了，簡直就像是跌下來的。這人在地下趴了一會，方才站起，然而此人的手中卻持着刀。

鐵芳在暮色之下定眼去看這個人，他就看出此人正是老君牛張伯飛。見他滾得滿身是土，胡髮蓬亂。他帶傷呻吟着，然而他還要持刀來找鐵芳，要結果鐵芳的性命。

他跟蹌地走到停車的這邊來了，就狠狠地說：“韓鐵芳！你在哪兒啦？春姑娘叫我救你來啦！”

他一言未了，鐵芳已摸了一塊大石頭，驀地向他投擊而去。他沒有躲開，就啊的一聲怪叫倒在地下，再也起不來了。鐵芳拄着那根棍子又立了起來，他跳着過去，拾起來老君牛扔下的那口刀，遂就腳下拖着鎖，一手拄着棍子，一手提着刀，向南去找黑頭鬼等人。

原來黑鬼頭程三這時已在那邊設好了埋伏。他的埋伏也沒有什麼新奇，仍然是在鳳翔府擒捉鐵芳時候用的故技。他將乾柴、亂草擺了一片，每人的手中也都拿着蘸上了油的火把，每個人又都預備下了引火之物。黑鬼頭程三、鐵葫蘆胡虎、扳倒山陶俊、土鱉老九和兩個車夫，都趴伏在地下，專等春雪瓶前來。

天是越來越黑了，寒風也越刮越緊，鐵葫蘆胡虎就笑着說：“這回正好！咱們的燕翅席也快吃着了。”黑頭鬼卻說：“不要說話，留心去聽！”

這時從南邊傳來的馬蹄聲已越來越近，六個人的精神全都緊張起來。

黑頭鬼又說：“你們聽了我的話再點火。誰要是先點起火來，我的主意就算是白出啦，你們還都得死在箭下。”

土鱉老九說：“怎麼我那個點火兒的東西不知丟在哪兒去啦？”

黑頭鬼程三斥便說：“小聲！”

此時南邊一片煙塵，飛來了一騎白馬，馬上的人雖難以看清，但是春雪瓶無疑了。黑頭鬼程三就急喊了一聲：“點上！”

當時每個人就都把火點了起來，同時齊都躍起，大喊起來，火把迎風熊熊地抖起。春雪瓶果然沒有防備這一着。她胯下的白駒驀然見了火也實在害怕，就揚頭長嘶，前蹄都站立起來，後蹄直向後倒退，果然將春雪瓶摔下馬來了。然而雪瓶雖下了馬，但並沒跌倒，且抽出雙劍來。這夥人揚着火把向前撲來，雪瓶就舞動了雙劍，一枝劍專削火把，另一隻劍專削人。鐵葫蘆胡虎頭一個先喪了命，第二個是扳倒山陶俊飲劍身亡，土鱉老九嚇也嚇死了，何況也挨了一劍。那黑頭鬼程三仍然不跑，他用火燃起那遍地的亂草、乾柴，想先用火將春雪瓶阻擋住。不料這時鐵芳已來到他的身後了。鐵芳抄起了他們放在旁邊地上的那一簍豆油，就向他的身上一潑，黑頭鬼萬也沒有防備得到，嚇得叫了一聲。

鐵芳又向他的腿上擊了一刀，他的身子當時就撲仆火堆裏了。他還往起來爬，可是身上的油都已引着了火，就一下又跌在了火焰之中，火光愈盛。這時春雪瓶已找着了馬，牽着馬繞開了那着火之處，就向這邊走來。

鐵芳借着火光看見了她青衣的俏影，白馬的雄姿，就高聲叫着：“雪瓶！雪瓶！”他拖着鎖，拄着樹枝，向那邊跳去，然而心裏卻是十分慚愧。

雪瓶也看見他了，就趕過來叫着：“大哥！”又問說：“他們還有人嗎？”

鐵芳說：「大概沒有了。只是，咳！你看我腿底下被他們給絆的鎖鏈！」

春雪瓶蹲下了身去，摸了摸那鎖鏈，又站起身來。然而她一站起來卻有些身子發晃，忙扶住了馬這才站住。

鐵芳驚訝着問說：「姑娘你受傷了嗎？」

春雪瓶冷笑着說：「誰能傷得了我？」

鐵芳又問：「那麼，你是怎麼啦？」他借着那邊照過來的火光，看出春雪瓶較前已消瘦得多了，並且有些喘息的樣子。他再問，雪瓶就不言語了，並現出一種傷感之態。

待了一會，雪瓶才說：「大哥腳下的這鎖，非得找着鑰匙才行，要是硬砸，恐怕就太費事了我的這兩口劍雖然快，可是也不能夠削銅斷鐵。」

鐵芳說：「鑰匙多半就在黑頭鬼的身邊帶着了。」

雪瓶又問：「哪一個是黑頭鬼？」鐵芳說：「剛才跌在火中燒死的那個就是。」

雪瓶說：「這就好辦了，鑰匙絕不會燒壞的。等待一會兒我從火中找出那鑰匙來，我再給大哥開鎖。大哥先到旁邊找個地方歇一會去。」

鐵芳就仍然挂着那根樹枝，走到停車的那個地方。找着了一塊石頭就坐下了。雪瓶在他身旁倚馬而立。寒風呼呼，吹得他們都很冷。他們的心裏都存着許多話，可是相隔咫尺，卻無一言。

又待了會兒，雪瓶見那邊的火光已漸熄滅，她就說：「我要去找那鑰匙，大哥你給我看着馬吧！」她並交給了鐵芳一口劍，她就只提着一口寶劍，又往那邊走去。

這裏鐵芳長歎了口氣，就把剛才奪老君牛的那口刀，連同樹枝都扔在身旁。他的手裏只掂着這口劍，雖然覺得分量很輕，但這是春雪瓶持用過的，有誰能夠抵得過這口劍呢？自己的武藝是太差了！

他又想：錯還是錯在自己的母親玉嬌龍的身上，她怎可以遇見一個武藝平常的我，就要把我帶到新疆去，做她那親近的人的終身伴侶呢？那時我可也糊塗，怎麼還想不到她那親近的人就是她的義女呀？要知道是春雪瓶，我羞死、愧死也不能去見她。並且我早就該說實話，說我在洛陽那個地方，本來有妻呀……

待了不大的工夫，雪瓶就回來了，果然找着了鑰匙。她把鑰匙交在鐵芳的手裏，用嬌細的聲音說：「大哥你自己試着開吧！如若鑰匙不對，我就回去再找。」說着她轉身走了幾步，眼睛向着那四周黑莽莽的曠野望去。

這裏鐵芳又費了半天的事，才開了鎖。他的兩腿舒服了，就站起來走了幾步，他反倒不由仰天長歎了一聲。那邊的春雪瓶不禁噗哧笑了。

鐵芳述明了此番的遭遇，春雪瓶就忿然說：「既是黑山熊、柳三喜和什麼戴閻王全在長安，那我現在就要去剪除了他們。」

鐵芳卻說：「姑娘一定要去，我也不能攔阻。只是長安是一個大地方，那裏的惡人多半是武藝高強，柳三喜且是詭計多端。」

雪瓶說：「那我也不怕，我絕不能像大哥一樣，上了他們的這個大當。」

鐵芳的臉上又是一陣發熱，說：「還是我同着姑娘去吧？給姑娘做一個幫手。」雪瓶搖着頭說：「依着我這倒不必！你跟着我，並不能幫助我什麼。」鐵芳聽了，越發地慚愧，並且知道由今日起，雪瓶更得看不起自己了，自己也更不配與她接近了，遂點了點頭說：「那麼我就不跟隨姑娘了！我們現在就要分手嗎？」

雪瓶問說：「大哥現在還要往哪裏去？」鐵芳又歎了一聲，說：「我現在實已灰心於江湖爭鬥之事，我要先回到洛陽去看一看。自然那已不是我的家了，不過有幾個舊日的朋友，我還要去看一看，但住不了幾天，我也就離開那裏。」

春雪瓶又笑着問：「離開了那裏，你又打算往什麼地方去呢？」鐵芳遲疑了半天，才說：「我也不是對於人事灰心，我實是自覺得武藝太不如人！」

雪瓶說：「武藝如人又當怎麼樣？像我，我也不是恃武自驕，我的寶劍、弩弓，不過是為剪除那些江湖惡霸，假若江湖惡霸都沒有了，那我倒後悔我會這點武藝。」

鐵芳說：“我也不是要另投名師，更非想要棄武學文。”

雪瓶問說：“那麼大哥你的年紀還輕，你這一輩子難道就什麼事情也不做了嗎？”

鐵芳說：“我想離開了洛陽之後，就去找一座深山古洞……”他的話還沒有說完，雪瓶已經低下了頭去了。

鐵芳又說：“但我勸姑娘應當趕快回往尉犁城。”雪瓶就說：“尉犁城那個地方，我早就厭煩了！”

鐵芳說：“那麼我想姑娘應當到北京去。”雪瓶說：“我到北京去做什麼？那裏既沒有我的親人，又沒有我的故舊。我想大哥你倒是真應當去。”

鐵芳搖了搖頭，卻又問說：“不知玉欽差現在哪裏？”

春雪瓶說：“我想大概已經到了長安了。有那麼些官人保護着他，長安又是一個大城池，我想倒沒有什麼令咱們不放心的。不過，他實在是你的舅父，你應當去投他。”

鐵芳說：“我在洛陽住着的時候，就是放蕩不羈，早就有志遨遊江湖。如今地方我已走了不少了，外面的事情我也經歷過了，以後我隱身不出，已經違了我的素志，我若再去跟着做官的親戚去謀食，那我更得愧死了！於今我就是想先回到鳳翔府……”

雪瓶就問說：“你還回到那裏去做什麼？”

鐵芳說：“因為當我中計被擒時，我的那匹馬也落在了他們的手中。那匹馬，我斷不能夠相捨。”

雪瓶也沉吟着，待了會兒又問說：“那麼，只要將馬找回來，你就沒有別的事了吧？”

鐵芳點頭說：“再沒有別的事了，由那裏我就一直回洛陽去了，只是……”

他才說到這裏，雪瓶已從她馬上的行李中掏出了兩塊很沉重的東西，也不知是金還是銀，就塞在鐵芳的手中，說：“我給大哥這個作為路費。我願大哥到鳳翔後不用費力，就能將我爹爹的那匹馬找回來。然後那匹馬將大哥平平安安地送回洛陽！”

鐵芳又慚愧又傷心，收下了金銀，又說：“但我也願知道姑娘的准去處！”

雪瓶說：“我也沒有一定的去處。”鐵芳說：“不過姑娘到長安之後，是回新疆，還是往他處，我也願大概聽姑娘說一說。”

雪瓶說：“我是要往江南去。因為當年李慕白拿去了我爹爹的幾卷書，我要去把它索回來。然後我也許往北京去走走。我往北京，並不找誰，只因為我爹爹早先曾在那裏住過，所以我也想去看一看。由那裏我就再回新疆，看看我繡香姨姨，看看幼霞。將來我也去找一座深山古洞……”

她說到這裏，鐵芳的心裏難受極了，只見春雪瓶就上了馬，說一聲：“再見吧大哥！”她就揮鞭向北走去。一霎時，夜色已吞去了人馬的影子，寒風也遮住了蹄聲。

鐵芳卻仿佛連腳步都邁不開了。呆了半天他忽然想起，雪瓶留下的一口寶劍還在他的手中。他想叫雪瓶回來，但已經來不及。他只得拿着這口劍，心說：除非將來能夠有緣再見春雪瓶，自己再將這口劍還給她，不然這劍也如同那匹黑馬一般，自己永久不能相捨。

他轉頭去看了看，那邊的餘燼已經全都滅了，他就向西茫然地走去。

鐵芳走了半夜，到天色黎明之時，才找着了一個小村鎮。這裏有一家豆腐房，鐵芳就進去買了幾塊還熱着的豆腐，當飯吃了。吃完了，磨豆腐的人就都睡了，他就也就着人家鋪在地下的稻草睡了一個大覺。天色近午方醒，他看了看自己的衣袖都已磨破，並有幾處被綁繩勒過的痕跡，他覺得這樣在路上行走，一定會惹人注意。於是他就背着人掏出了雪瓶贈給他的路費看了看，見是一塊金，兩塊銀。他就拿着一塊分量輕的銀兩，到街上換了，並買了一件短棉襖、一條棉褲，還有一頂氈帽。他把自己打扮得倒像個鄉下人了。他又回來給了豆腐錢，然後就挾着一口寶劍，離開此地向西去走。他走的不是大道，可是到晚間也尋得着店房。宿了一夜，次晨再往下走，他心裏盤算着，到了鳳翔，怎樣去取回他的那匹馬。他覺得總是趁黑夜暗中取出來才好，不必白天硬去找那星辰堡，又得與那裏的惡奴們動手。

鐵芳步行得很慢，走了兩日方才又回到了鳳翔。他以舊衣服裹着那口劍，也不大能為人所注目。他來到這裏時，天色已晚，他索性不進城，一直往城北的星辰堡走去。黃昏暮色，路上沒有一個人。

他快走到星辰堡了，忽聽得前面有人嚷嚷。他趕緊往前面跑了幾步，就見前面走着兩個人。其中一個身着短衣，歪歪斜斜、搖搖地走着，同時大聲嚷嚷着說：「見不着韓鐵芳，我就不離開這地方，我們倆個既是一塊來的，就得一塊走。媽的你們跟我套交情，是因為我帶着賽姜維的信，韓鐵芳可叫你們他媽的捉住害死了！」

這是安大勇的聲音。跟着他的那個人卻是銀霸王侯雄，他說：「沒有的話，我們這裏的人，誰也沒看見韓鐵芳。」

安大勇又說：「小子你說話我絕不信，我看你絕不是個真老道，你說不定是個幹什麼的。前天我在鐵葫蘆那裏聽人說了，那天下雪的時候，你們先捉住了我，後捉住了韓鐵芳。媽的你們現在就把韓鐵芳交出來，才算沒事。要不然，打開解七的棺材叫我看看，我不信他是真死了，他一定是怕我，他藏起來了。」

銀霸王卻冷笑着說：「誰怕你？姓安的你要明白，連我全都不怕你。不過你既跟賽姜維和金霸王都有交情，我們才放開你，因為咱們是一家人。」

安大勇說：「媽的你別套近，我跟韓鐵芳才是一家人！」

銀霸王很嚴厲地說：「老安！你說這話時可要小心一點。幸虧你是跟我說，我跟金霸王的交情比別人深，衝着他，我不能把你怎麼樣。可是你這話要叫黑頭鬼程三他們聽見了，就能夠宰了你！」

安大勇罵着說：「黑頭鬼程三在哪裏？我要見一見他。你們不要淨拿他來嚇唬我，我不怕他！」

銀霸王說：「你看！你看！我好意帶着你到酒舖去喝酒，跟你套交情，不想你這傢伙喝醉了，反倒跟我鬧起來了！快走吧！快回去吧！這兩天莊子又有事，我一個人也照顧不到，你得幫我的忙。誰叫咱們兩人是朋友呢！」

此時在後面尾隨着的鐵芳，已經將寶劍亮了出來，他緊跑了幾步就追上了。那銀霸王侯雄覺得背後有腳步聲，就疾忙回頭問說：「是誰？」鐵芳說：「誰？你來看，我就是韓鐵芳！」

銀霸王嚇了一大跳，抽出短刀向鐵芳砍去，鐵芳也以劍去刺。

那安大勇就問說：「真是韓老弟嗎？」鐵芳說：「你還聽不出我的聲音來？」

安大勇自後一下抓住了銀霸王的脊梁，同時將刀奪了過去，只說了聲：「躺下吧！」又一腳，那銀霸王就躺在地下呻吟了起來。鐵芳可以說是一點力氣也沒費。他拉着安大勇向前走了幾步，就問說：「他們是怎麼把你放了的？」

安大勇說：「就是因為我懷裏還有一封賽姜維寫給金霸王的信，就是這小子放的我。他倒跟我直套交情。我看出來他是給戴閻王看家的，他一個人又不敢看，才叫我幫他的忙。可是我又不放心你，我到處打聽，誰也不知道你的下落。他們莊子裏的事情很怪，裏院停着一口棺材，據說是解七。大前天他們把我放開的時候，我還看見有個穿着孝的媳婦，是解七的老婆，在裏院燒紙，可是第二天就看不見了，都說是回娘家去了。昨夜裏他們馬圈裏又丟了一匹馬……」

鐵芳聽到這裏，就不禁一怔，問說：「丟的是什麼馬？」

安大勇說：「那咱可不知道，倒不是他們拐來的我那匹馬。他們那裏的莊丁，都是一句實話也不跟我說，每逢我要跟他們打聽，銀霸王那小子就趕緊把我拉到一邊，不叫我多問。可是我見他們今天都很驚慌，銀霸王拉我到街上喝酒，也是故意躲開點，他好像有點不敢回去的樣子。」

鐵芳又問：「昨夜他那莊裏，除去丟失了一匹馬，再沒有別的事嗎？」

安大勇說：「我想是沒有別的事，那些人不過是瞎疑惑，以為盜走馬的是什麼高人。我想，若是高人還能夠盜馬？他們也沒看見那個人，可是他們都很慌。」

鐵芳就說：「你帶着我到他們的莊裏去問問。你可要記住了，遇着人有我的寶劍應付，可不用你胡殺亂砍。”

　　安大勇笑着說：“諒他們也沒有人再跟你動手。他們莊子裏那幾個有本事的都沒在家，只剩下幾個賭鬼了。”他又自言自語地說：“我不該叫銀霸王那小子趴在那裏，因為剛才還是他出的錢，請我吃的酒呢！”鐵芳也不言語。

　　此時安大勇的酒意倒是沒有了，進了莊子，借着牆上的一盞油燈，他還細看了看鐵芳的模樣兒，然後拍着鐵芳的肩頭，大笑說：“哈哈！真是你！這些日你跑到哪兒去啦？幹什麼去啦？”

　　鐵芳卻搖頭說：“此時我沒有功夫告訴你，我們先進去吧！”

　　於是安大勇就上前打門。門裏面問說：“是誰？”

　　他說：“是我，是安大勇跟銀霸王侯雄回來了，你們把門打開吧！”

　　裏面將大門一開，安大勇就舉起了短刀，鐵芳晃起了寶劍，開門的人嚇得回身嚷着就跑。他們兩人向裏快走，院裏就噹噹響起了鑼聲，人亂嚷着，燈籠照耀着，刀棒也都拿出來了，但這裏統共還不到十五個人，而且都是莊丁，沒有一個會武藝的。

　　安大勇就大喊着說：“小子們別胡亂上前來討死！你們看，你們認得這個人嗎？這就是涼州府出過大名的韓鐵芳，他可比我還厲害！”

　　此時燈光都照到了鐵芳的身上跟臉上。這莊裏人誰不認識他？他在這裏鎖了好幾天，後來是捆着押着走了的，如今他怎麼會回來了呢？這個人的本事可真大！因此把一些人嚇得全都不敢近前。

　　鐵芳倒是很平和地說：“你們全都不要害怕，我跟你們並無什麼仇恨，現在黑頭鬼程三等人也都死了。我回到這裏來非為別事，就是來要回我的那匹馬。”

　　他的話才說出來，就有人稱呼他為韓大爺，並說：“你的那匹馬昨天就丟了！昨天夜裏馬圈裏進去了一個人，看圈的人都看見了，是一個女的，手拿着一口寶劍，她硬開了門，把那匹黑馬給牽走了。看圈的人今天才敢把話說出來，他怕那個女的就是春雪瓶，所以當時就嚇得連屋子都沒敢出。”

　　鐵芳一聽這話，就不禁發了半天愣。安大勇卻不相信，他嚷着說：“你們不要說謊，春雪瓶如果真來了，哪能夠只牽去一匹馬，就饒了你們這群小子？再說，她哪能夠不等着跟韓鐵芳見見面？你們就快說實話吧！馬在什麼地方？快些還給人家！”

　　這十幾個莊丁全都着急地說：“這是真話，我們說謊幹什麼？戴閻王連家都不敢回了，我們誰願意給他賣命呀？”

　　鐵芳便將安大勇勸住，他倒是很相信雪瓶已先自己而來此，將馬取走了。那本來是她爹爹遺留的馬，也應該由她取走。於是他就不再追問，只向安大勇說：“現在我可要走了。安兄，你是留在這裏呢？還是要往別處去？”

　　安大勇說：“我在這裏不走，就是為等着見你。如今我知道你還活着，媽的我還在這裏幹嗎？明天早晨我就到長安去，看看金霸王是個朋友不是。他若可交，咱就在那裏留下，為吃飯，沒法子；他若也是戴閻王、解七、黑頭鬼那樣的一類東西，咱就不但不給他做夥計，反得跟他鬥鬥！”

　　鐵芳就壓下點聲音說：“我托你一件事，到了長安，你千萬不要向人提起我。”

　　安大勇說：“這行，可是老兄弟你還要往哪裏去呢？”

　　鐵芳說：“我要回洛陽去。還是那句話，今後即使有人找着我跟我爭鬥，我也決定設法避免。安兄！你我後會有期吧！”說畢轉身就走。

　　安大勇追着他說：“喂！他們圈裏還有不少馬匹，我牽來一匹，你騎走好不好？他們這裏也有錢，拿他們點兒給你做盤纏好不好？”鐵芳又拱了拱手，就出門走去。離開星辰堡，他將那寶劍仍用舊衣服裹上，放在腋下，就又踏着夜色走了。

　　鐵芳如今可以說是萬念俱灰，他既不買馬，也不雇車，連大道都不走。他寧可遠點走那曲折的小徑，寧可中午在小村鎮買那粗劣的飯食吃。夜間投小店，或投人家，有時就在野地上，受着風霜躺臥一宵，就這樣走了七天，方才到了長安。

鐵芳的鬍子已長得很長了，衣服也顯得很破舊。他就住在城裏一家小店內。白天在街上閒遊，他看見了金霸王高越，並且後面還跟着那安大勇，由此可見那金霸王還"夠個朋友"。鐵芳卻避開了，沒叫安大勇看見。晚間住在店裏，他就聽人閒談，並且跟店夥打聽，知道欽差玉大人早已離開了長安，這時多半已經出了潼關，快回到北京了。又聽說戴閻王是回河南靈寶縣去了，呂慕岩仍在金霸王的鏢店裏住着。沒聽說出什麼事，也沒聽說小山神柳三喜跟黑山熊是否在這城內。春雪瓶的行蹤更是無人曉得，簡直就沒有一個人提說。

城內很安靜，雖然常有鏢頭及牽馬持刀的江湖人、武師們往來，但並沒有一件爭鬥之事。鐵芳在店裏住了四天，就離開長安往東去走。長安迤東，知道他的仇人更多，所以路上他更加小心，但竟未遇着什麼事情。走出潼關，沿路上已有了新年的景象。行至靈寶縣時也未停留，然而卻在此聽說戴閻王確實回來了，住在城中的宅子裏。

鐵芳也不多加打聽，只是履着一層層的黃土高原，傍着那行將解凍的黃河去走。向東又行了約有十日，這天在黃昏的時候，他就到了洛陽了。

這裏，他雖已不認作是他的家了，但確實是他生長之地。城門多半是已經關了，他也不想進城，只踏着荒原，直向着望山村去走。路過早先師父蕭仲遠所居的那個鬼洞子，那間破草屋已經沒有了，只剩下當年自己偷着學武藝的那片曠地。鐵芳想起了舊事，又想起蕭仲遠在祁連山中殉身的情景，真是不勝慨歎。

又向東去走，這條路，他早先常騎着烏煙豹或雪中霞走來走去。彼時他是一位花花公子，如今卻等於是落魄還家，他心中充滿着悲傷。眼看着快要走到村西口了，卻聽見打更的梆子聲，交的正是初更，他仿佛竟辨得出這打更的是誰。

他剛進了村，就見有幾條大狗汪汪地叫着，奔向他來了。他就拿着那衣裳裹着的劍動着，口裏斥着說："去！去！咬誰？"

這幾條狗撲到他的近前，卻忽然都不咬了，都圍着他亂聞。他心說：這些狗倒還能認得我！找着了他家的大門，吧吧打了幾下，裏面就有人很橫地問說："什麼人？天黑了還來打門！"

鐵芳就也帶氣地回答說："是我！"但心裏卻又一想，我是這裏的誰呢，我已經不應當姓韓了，家財我也早已分散了，我來此充什麼主人呢？遂就向裏邊又說："你開門吧，開門你就認得我了。"

裏邊的人說："這可不行！你不說明白了，我們不能夠開門，因為現在家裏沒有主子。"

鐵芳說："我就是鐵芳！"

裏邊想是沒聽清，更發橫了，說："什麼？街坊？我們這村裏可沒有你這樣不識事的街坊！你難道不知道我們的大相公在外邊啦？向來是一到天黑，就不開門了！"

鐵芳說："我就是你家的大相公呀，快開門吧！"

裏邊的人忽然不言語了。又待了半天，才聽見裏邊仿佛有兩三個人在說話，就聽見是那毛三的聲音，說："你既沒聽見馬蹄聲，那大概就不是咱們家的大相公。"燈光隔着門縫兒一閃一閃地，是毛三扒着門縫在向外看。

鐵芳就說："毛三你開門吧，是我。"裏面的毛三一聽，當時就喜歡得叫了聲："啊呀！"

趕緊就把外門開開了。燈光一照着鐵芳的這個穿着打扮跟模樣兒，他們三個人卻又都疑惑了起來。鐵芳就歎着氣邁步進了門檻。毛三高舉着燈籠，追着照着又細細地看，他就說："哎呀！真是大相公！我的老爺，您可回來啦！大相公可真瘦了，老了，您的馬呢？哪兒去啦？"

當時那兩個僕人也都趕了來行禮。有個老家人從屋中走了出來，說："我早就知道大相公快回來了。因為前幾天來了一個姓邢的年輕人，他說是大相公快回來了。"

鐵芳一怔，那毛三卻向那老家人埋怨，說："為什麼你不把這話告訴我呢？我連影兒都不知道，不然我也可以接迎接迎大相公去呀！"

老家人卻說：“因為你白天淨睡覺，我也見不着你。前幾天是有一個姓邢的人，牽來了一匹黑馬，他說是給大相公送來的……”

毛三問說：“不是大相公的那匹烏煙豹嗎？”

老家人搖頭說：“不是，所以我才沒敢收下。那姓邢的又說，是在陝西的扶風縣，有一位春姑娘交給他送來的。他說春姑娘是個什麼小王爺，我聽着更是摸不着頭腦，就也沒敢留他在這兒。他又說大相公在鳳翔府遭了一回難，可是現在也躲開那步難了，大概不多日子就可以回來了。我怕他是個騙子，就也沒敢信他的話。”

鐵芳聽到此處，就趕緊問說：“那個人以後就沒有再來嗎？”

老家人搖頭說：“沒再來！大概他見我們這裏不收馬也不理他，他一掃興，就離開洛陽走了。”

鐵芳站住身呆呆地發傻，毛三在旁就說：“一匹馬算得什麼？大相公明天你到圈裏去看，那幾匹馬我叫人給你餵得肥極了，就等着你回來騎呢。大相公你也別歎氣，錢花完了回到家裏來，不算什麼。您如今到了家，還是一家之主，少奶奶也正等着你回來呢！”

鐵芳占着想了半天，他一點也猜不透，春雪瓶由星辰堡取了馬，交給了那個邢柱子，又命他送到這裏來，是有什麼用意？如今聽人提到了少奶奶，他才想起了自己的妻子陳芸華，他就向裏院去走。隨着他進來的就是老家人，還有打着燈籠的毛三。

毛三就說：“大相公回來得正是時候。今天是臘月二十七，再過兩天就是大年三十了。您要是不回來，這個家可是真不得了！少奶奶是天天唸佛燒香，您走後托給陳家老爺管家，把四百萬兩銀子的財產都交給他管着。這半年多他可就摟足了。他在登封縣又添置了田產，又另娶了個小老婆！我可也別盡是這麼叫，那也得算是大相公的小丈母娘呢！可就把他的身子給墜住啦，一個多月他也不到這兒來一次。這兒就多虧城裏的李老爺，人家拿着你的那些錢，是筆筆有賬。到了月頭兒，人家就來開發我們的工錢，一個也不欠。白馬寺塔，人家用您的名字捐了一百兩，聽說動的是利錢，沒動本兒。城裏的幾號買賣的掌櫃的，也都有良心，都等着您回來算大賬。小姐是七月初四出的閣，因為是孝服成親，咱們這兒也沒大辦喜事。到了劉家還好，也常回娘家來看看嫂子。劉財主跟姑爺，也倒都很關照這兒的事。只是他媽的獨角牛，時常要想來咱們這兒訛錢，據他說大相公是死在新疆啦！拐子申飛倒還夠朋友。上個月咱們這兒鬧賊，據說是獨角牛勾來的。幸虧拐子申飛請了十幾個幫手，來到咱們這兒住了五天。人家盡義務，不要錢，連飯都是自己帶，白給咱們這兒護院，才算把賊嚇跑了。”

毛三說的活靈活現。這些事其實全是半年以來的事，那些人也都是早先跟鐵芳時常見面的人，然而鐵芳竟覺得仿佛是相隔的時間已經很久了，更不禁暗自唏噓。

毛三為顯功，並說：“我由靈寶縣一回來，就給大相公看着這份家。其實後來蕭三爺就走了，也沒有人能管着我，我要是把打更的差事交給別人，連晚上在哪睡覺都行，誰也不能辭掉我。可是我不能，我還是整夜打更，因為別人打更我不放心。尤其是神手張在這兒住的時候，他常招些個閒雜人來賭錢，後來幸虧他也走了！”這毛三的確是夜夜承更不輟的樣子，不然晚上他絕沒有這麼大的精神。

可是他哪裏知道，鐵芳聽他提到了瘦老鴉蕭仲遠跟那神手張，心裏是多麼難受。又往裏院去走，便聽見了梆梆的木魚之聲，鐵芳就驚愕地站住了。這就是正院，有點淡淡的燈光和香煙裊裊散漫而出的，就是妻子陳芸華的屋子。他們當年結婚時，這裏就是洞房，可是鐵芳並沒在這屋裏住過幾天。如今他卻胸中充滿着感情，臉上帶着慚愧。

那老家人跟毛三隻說了一聲：“大相公回來了！”卻都沒敢往那屋門前去挪步。

鐵芳把手中的破衣裳跟劍交給了毛三，他就邁步近前。一拉開了門，屋裏的濃煙刺得他兩眼發疼。屋中的一切都改變了。舊時條案上擺的是嫁奩，如今擺的卻是古佛；舊時壁上掛的是名人字畫，跟雙喜字的緞幛，如今卻掛着觀音大士的畫像；舊時八仙桌上擺的是名窰的瓷器，茶具花瓶等等，如今擺的卻是古銅的香爐，裏面插着九枝已燃成了半截的線香，兩邊是燈台，燒着光焰顛動的佛蠟。舊時妻子陳芸華雖然長得平常，但永遠是穿紅掛綠、鬢髮如雲，如今卻穿着一件粗布的道袍，頭髮挽得跟道士無異。

屋中也沒有丫鬟跟婆子侍候，只有一個也是身穿道袍，但絲髮整齊，戴着白銀簪釵的一個清秀的少婦，這正是靈寶縣馮老忠的妻子荷姑。

此時，毛三又在院中喊着說：“咱們大相公回來啦！咳！少奶奶，您就先別唸佛了！你把大相公已經給唸回來了，也就用不着再唸了。”但是陳芸華依然對着佛撚她手中的數珠，嘴裏暗暗地唸着。她並不是沒有看見她丈夫鐵芳，但她並不看，她索性跪在蒲團上了，把經卷誦得更緊，好像是沒有完了。荷姑站在桌旁替她敲着木魚，但一聲比一聲敲得緩，敲了幾下就不敲了，她放下了木魚槌兒，雙手合十向鐵芳打了個問訊。鐵芳也拱了拱手。他才邁到屋裏了一步，便又撤回腿去，因為鐵芳此時的心真如同冷灰了。他到院中就向老家人說：“打掃一間屋子來，叫我先歇息一晚吧！”

老家人說：“大相公住的那個跨院，雖是永遠鎖着，我們可天天去給您打掃收拾。”

於是鐵芳又隨着毛三的燈籠，到了他以前獨自居住的那跨院的屋裏。敢情已有僕人趕來給他重新打掃好了，紅木的桌椅擦得都發光。除了銀燈台之外，還點着兩隻蠟，鐵芳一進屋就把兩隻蠟吹熄了。

待了一會，院中站滿了僕人僕婦，都說：“要見見大相公，給大相公侯安。”

鐵芳站在門前，往外拱手說：“我走了這些日子，這裏多仗你們忠心照應，我實在是感謝。但是我這次回來也住不長，一半日便要走！”他這話說了出來，院中站的男女僕全都發呆了，全都顯得很憂愁。

有個上點年紀的男僕就說：“大相公可真不能再走了！若是再走，不到半年，這個家可就完了！家裏沒有個主子哪兒行呀？”

幾個年輕的莊丁也說：“大相公不能再走了！你回來歇兩天，得給那獨角牛一點臉色瞧瞧，不能叫他背地裏再罵大相公。他因為大相公沒在家，就欺負我們，弄得我們簡直不敢進城去啦！”

又有一個伺候過韓鐵芳養母秦氏的老僕婦，叫謝媽，她趕到台階上來忿忿地說：“大相公，你要再走，你就連死的帶活的全都對不起了！老善人當年立了這份家業可是不容易，老太太拉扯您這麼大也不容易。少奶奶自從過了門，雖說是沒缺過吃、沒短過喝，可也是處處見難，沒得過你的好臉兒。你又走了這麼些日子，少奶奶哭得眼睛直發疼。早先她可也好佛，但不像現在這個模樣。這裏的小姐出閣之後，有一次少奶奶進城去看親戚，其實回來的時候天還早，坐着咱們自己家裏的車，劉親家翁那兒還派了人送，半路上就遇着獨角牛帶着七八個地痞他們說了許多的壞話，還截住了車，強摘下少奶奶的一隻耳墜子。第二天拐子申飛就去找獨角牛打架，打了獨角牛手下的兩個人。衙門把拐子申飛監了半個多月。咱們少奶奶從那時起就像是嚇出了病來，就整天唸佛，家裏的什麼事情也不管。幸虧有瘦老鴉那次給送來的馮老嫂，人家不但天天得給她敲木魚，還得替她管家務。人家的男人是在別處叫賊給害死了，婆母來到這兒不到兩月就故去了，現在孤身一人，也很可憐……”

說到這裏，她略微喘了口氣，又說：“大相公你得想一想，這個家不是別人的。就是你一個人的，別的人都不姓韓，就是你一個人姓韓！你要是再把家拋了不管，你就是不仁、不孝、又不義，你走到什麼地方去，也沒有人能夠瞧得起你！”

這個僕婦以老賣老，簡直是把鐵芳卻給申斥了一頓，鐵芳只是不言語。倒是別的女僕，把這個老僕婦給拉走了。

毛三在旁說：“大相公你別生氣，謝媽說得也對。你要是再走，我可一定得跟你出去了！咱們只往近地方去，一兩天就能回來才好。再說也別再管閒事，什麼閻王、判官、小鬼、吊死鬼，咱們就是遇見了，也別再理他們。咱們倒是真得刺一刺獨角牛那小子，因為那小子太欺負人了！”他又笑着說：“大相公您看吧！您這一回來，明天少奶奶就得抹胭脂搽粉穿緞子衣裳，過一年准保你就有少爺了！慢慢地你也就是個老善人啦！還有呢，琵琶巷裏，這半年可真來了不少好的，有一個也是愛穿紅衣裳，比早先的蝴蝶紅可還年輕好看。只是不行啦，琵琶巷裏沒有什麼正經的人去了。那裏的老鴇、毛夥，連賣花兒的，都沒有一個不盼着大相公快些回來⋯⋯"

鐵芳推着他說："不要在此混說！快些走吧！你該打更去了！"

毛三說："二更已經過了，索性等到三更的時候一塊兒再打吧。還有，大相公既然回來了，我看什麼賊也不敢再來了，打更不打更也不要緊。今晚上我要早睡，明兒白天我好有精神，我要跟着大相公進城去，讓他們都看一看。喂！你們來看看呀！我毛三的大相公又回來了！"

鐵芳皺着眉說："我這就要休息，你快些去吧！"他推着，那毛三才走。他又令老家人也走開，自己將屋門閉上。

室中燈光閃閃，一切陳設全如昔時。圖書、文房四寶、成軸的古畫，壁間還掛着琵琶、月琴、笛、簫等等。剛才自己帶回來的那口春雪瓶的寶劍，也不知是被哪個僕人給配了一個不大合適的劍鞘，也給掛在壁上了。他忿恨地想着那個城中的惡鏢頭獨角牛，同時又感念拐子申飛的豪俠尚義，然而自己這次回來，一定要對恩者報恩，情者報情，禮者報禮，可就是不報仇，絕對不與人爭毆惹氣。只不過，他人雖在這裏，卻難忘高山大漠、草原長河。並且，這樣華麗的書房跟臥室，他倒不習慣了。

那穿衣鏡照着他風塵憔悴的身影，他更覺得自己不是這裏的主人。他想：我本來就不是這裏的主人，這原是柳穿魚韓文佩做強盜掙下來的家業，我卻是羅小虎跟玉嬌龍的兒子。他們人都已死，恩仇是都不算了，但我與這裏何干？在這裏有何權利？我若是回來再聲色犬馬，當我早先那個韓大相公，那不獨春雪瓶要鄙視我、笑話我，就是江湖上的一切人我也都沒臉見，我更無顏再見白龍堆中我母親的墳墓。走！明天去到城中拜訪那幾位有義氣的好朋友，然後我就一文不帶，我就走。再走，就絕不回來了！

呆了一會，毛三又來推門問說："大相公還沒有歇着吧？"

鐵芳不由得生了氣，心說：你一到夜裏就有精神，但我得休息，你知道我明天就許要走嗎？他本想發作，可是又一想：我既不是這裏的主人，毛三也不是我的奴僕，我怎可以跟他發怒呢？遂就問說："有什麼事？"

毛三在門外說："少奶奶來啦！要跟您說說話兒！"

鐵芳一聽，心中卻不禁有些為難，因為這家中的一切都可以說與自己無關，然而陳芸華，卻不能不說是自己的妻。當年無論自己是因年幼，還是因糊塗，但確實跟她拜過堂、成過親。她嫁的雖是韓大相公，但也就是嫁的我，我可以不承認姓韓，但怎能不承認是她的丈夫呢？況且她並無半點過錯，我卻有許多愧對於她之處！因此他就趕緊去開了門。室中的燈光射到了外邊，看見陳芸華已經來到了門前，她身上仍然穿着道服，並且向着他打了一個問訊。

鐵芳倒弄得直發怔，不知說什麼才好。院中有兩個僕婦跟毛三，但是全沒有進來，並且把門給關上了。陳芸華拖着長袍，抖着長袖子，進了屋。她長得本來就像個木頭人兒，平日的臉上就很少有表情，如今更是一點什麼悲哀、驚喜的表情都沒有。她並且一點也不憔悴，雖然是未擦着脂粉，而且眉毛都仿佛是被煙熏黃了，可是倒很胖、臉上也很紅潤。

她手裏還拿着一本善書，進來就像是道姑見了施主似的，那麼大大方方、客客氣氣的。她先請鐵芳在椅子上坐了，自己在下首凳兒上陪着，說一聲話打一個問訊，向鐵芳稱呼着大相公。燈光黯淡，顯出一種神秘的氣氛，這個已不能為鐵芳所理解的妻子，和他對面坐着，很慢地說："自從大相公你走後，我的凡心就漸漸沒啦。有一次我在路上遇見獨角牛，那個魔王，他可說了許多的真話！咱家的老善人原來不是個善人，當年做過惡事呀！怪不得遭那樣的報應，他把你也給逼走了。你也是天星下界，惡魔臨凡的呀！不然你哪能夠在靈寶縣遇着閻王跟判官呀！哎呀！從那以後，菩薩就時常給我托夢，後來在我的眼前竟顯出了金身⋯⋯"

鐵芳說："咳！你不要這樣胡說了！我也知道我早先很對不起你，以至把你弄成瘋瘋癲癲的。獨角牛是個惡人，咱家的老善人當年也是個惡人，這都一點也不假。但我此次在外面，卻敢說半點惡事也沒有做，一個惡人也沒有交結！"

陳芸華打着問訊說："阿彌陀佛！你可不要這麼說！毛三回來告訴過我，你在戴家莊殺過人，在菩薩廟放過火！"

鐵芳說："你胡說！我哪能做那些事？不過此番我西去，與一些江湖惡人殺殺鬥鬥倒是真的！"

陳芸華咕咚一聲跪下了，唸着佛說："哎呀！你可別再提殺！菩薩！阿彌陀佛！噬利哪巴……"她打着問訊，閉着眼睛直叩頭。

鐵芳歎着氣站了起來，過去要用手攙她，不料她趕緊起來，身子直向後退，且直抖袖子，仿佛怕鐵芳身上的惡煞沾着了她，又像是有點男女授受不親似的。韓鐵芳又怔了一怔，便說："你這是怎麼了？我並沒忘你是我的妻，但你竟不知我是你的丈夫了？"

陳芸華忽然流下淚來，說："菩薩在夢中告訴過我，說我在前生是個南山上的老比丘。本來都快要修成了，因為無意中踏死了一隻小蝴蝶，才叫我降臨凡世，還給了我個女身。我就應當由小時修行，不該聽了這一世的肉身父母的話，又嫁你為妻。這麼一來，我再有兩世也不能見着如來我佛之面。所以我才趕緊修行，一天要燒三天的香，一天要拜三天的佛，阿彌陀佛……"

鐵芳又發着怔，歎息了一聲，說："我這次回來，就專為看你。明日我就要走。可是因為你是我的妻，我不能再拋下你孤單無依。你信了佛，我也不能叫你不信了，我們可以走，找一座山，你去修行，我去種地，或是打獵，養活你一生。"

陳芸華又說："哎呀！哎呀！善哉！善哉！菩薩莫怪這句話，慢慢再度化他吧！"她又唸了一段經咒，這才像是常人似的歎了口氣，說："我知道你回來了，我來見見你，也只是為辦一件未了之事。因為我已入佛門，知道了前身之事，所以不能再與你重合夫婦之好了。可是你呢，也應當再置幾房妾，以便生兒養女，接續韓門的後代。我看荷姑她的塵心未斷，她敲木魚的時候還常流眼淚，她又是個小戶人家之女，年輕，不懂得什麼叫貞節，你應當納她為妾！"

鐵芳斥了一聲："胡說！你去吧！你既是修行，就不要混攬這事！"陳芸華說："我來見你，就是為這件事。你若答應了，荷姑就也有了着落，我心中的俗念也就都斷了！"

鐵芳說："你快些斷了吧！荷姑在這裏，反正有飯吃，有韓文佩的錢可以供給她。她可以敲木魚，也可以改嫁，但與我無關。我不是韓家的人，我更不是什麼三妻六妾的大相公，當初我救了荷姑，只為的是行俠仗義。如今，哼！我本來想不走江湖了，但因為獨角牛的兇惡，與這人世的強梁百出，我倒更要做一些俠義的事情！"

陳芸華卻說："哎呀！什麼叫義俠呀？義俠都是魔王轉世呀！"

鐵芳說："你快些到佛堂去給我唸幾遍經，免我的罪吧！"

陳芸華就連聲答應着，趕緊頭也不回地就走了。可是她留在了桌上一本善書，書籤上寫着七個字，是文昌帝君陰騭文。鐵芳看了，也不禁心中略動了一動，隨後就給放置在一邊。

那毛三又探頭進屋來，愣呵呵地說："大相公！少奶奶怎麼，又走了？"

鐵芳說："你不用管！沒有你的事，你快去打更吧！"

毛三說："今兒大相公一回來，我一喜歡，就歇了工啦！"

鐵芳說："那麼你就睡覺去吧！"遂即閉嚴了屋門，自己就將燈拿到裏屋，躺在床上去睡。這床真是個極舒服的床，被褥雖然還是他舊日用過的，但是都很新，綢的緞的，花的綠的。鐵芳半年以來簡直沒在這麼舒適的地方躺過，但現在卻覺得不慣了。

他心中就想：陳芸華信了佛，倒也很好，她脫去了俗念，我也免去個累贅。她娘家的人可以常來照應她，這裏又有錢供給她，我可以說是什麼也不掛念了。從此她是佛門弟子，我卻是個俗人，夫妻的情緣永絕，這倒乾淨！只是，我原想是找一所深山古洞去隱居，現在，芸華她未入山已修了道，以後我要再去入什麼古洞，那可真是笑話了。

看來早先的主張，現在得要改了，我還得再在風塵間遨遊上幾十年，再嘗一嘗人間的世味。我應當到京都去走走，並不是要投我的什麼舅父，而我是得去遊覽遊覽那個地方，順便打聽一下，那裏還有我母親的什麼遺聞故事沒有……他又歎息了一陣，便睡去了。

鐵芳的這一覺，可把他半載以來的風塵勞頓都歇息過來了，直到次日過午一點多鐘才醒。他開了屋門，就見院中站着個僕人跟一個挾着個包兒的剃頭匠。鐵芳並沒有叫人找剃頭的，可是不知道這是誰一時的聰明，竟把剃頭的給叫來了。鐵芳原想，何必還剃頭呢？今天自己就要走了，在江湖上漂泊着，還要什麼漂亮呢？但那僕人連洗頭的水什麼的，都隨着都給預備好了，鐵芳只得坐下叫人給剃頭。

這個剃頭的人還是城裏一家有名的剃頭舖子裏的，鐵芳並不認識他，他卻說：“早先我就認識韓大相公。”並且說：“知府大人都是由我給剃頭，獨角牛的頭也是我給剃。”

鐵芳就問他：“獨角牛現在混得怎麼樣？”自己很關心地往下聽。

這剃頭的人就說：“獨角牛自從叫大相公給傷了那條左腿，他就有點跛了，可是運氣倒變好了。群雄鏢店的買賣一天比一天旺，很發財，自己也不常出門保鏢了，在家裏做大掌櫃的。他在後街新蓋十幾間大瓦房，又娶了府衙門陶班頭的妹子為妻，上個月並由琵琶巷接出來那會唱大鼓書的小桃花做妾，真享起福來了。他現在出入也是騾子車，長袍馬褂，不像是早先那土棍地痞的樣子。白馬寺修塔，他也捐了錢；辛知府到任的時候，他也給隨了四盒子禮物；知府的大少爺完婚，他還親自去行人情，跟城裏的紳士一塊兒坐席。靈寶縣的老拳師劉昆，上次到洛陽來，也是住在他的家裏。他手下還用了幾個能幹的鏢頭，辛知府的夫人是每個月便要回一趟山西娘家去，每次全是由他派人保鏢。他鏢店裏還有一位女鏢頭，名字叫花三嫂。”

鐵芳又問：“拐子申飛呢？”

剃頭的人說：“申大爺可混得不見強，因為他跟獨角牛作了對，各地全都不許他保鏢。他又打過兩回官司，也沒有人請他護院了。他只在家裏招了幾個徒弟教教，可是徒弟們也都不給他錢。他的媳婦倒是進了府衙，伺候知府的夫人跟少奶奶去了。他有時也在街上練練拳棒，賣他那吃了倒瀉肚子的金剛大力丸，也沒有什麼人買。他還得時時提防着群雄鏢店裏的人給他起哄，時時得準備着跟獨角牛的人打架。”

鐵芳冷笑着說：“我離開洛陽才半年多，想不到都變了！”

剃頭的人一邊給刮臉，一邊說：“可不是！什麼都變了！大相公，如今您一回來，城裏城外一定有不少的人喜歡，至少也得把獨角牛鎮住一點。以後他就不敢再那麼吹牛皮了！也不能再那麼欺負人啦！可是大相公，話我可是不該說，因為我常到獨角牛的鏢店跟家裏去剃頭，我也常到府台衙門去剃頭，他們背地裏說話不避我。”

鐵芳驚訝着問說：“怎麼，這裏的知府也認得我？”

剃頭的人說：“他不認識大相公，大相公走了兩個月他才來上任的。可是他一來到衙門，就跟人打聽本地的紳士都有誰。自然，義佩公的大財東，望山村韓家，他是不能不知道了。尤其大相公，您是老善人才去世，就散盡了家財走的，誰能夠不提說您呢？有的說您是修道成仙去了；有的說您是在別處又置了大宅院；還有的說，您在靈寶縣……這多半是劉昆跟獨角牛給您造的謠。新近更有人說，您是在什麼西涼國招了附馬。”

鐵芳聽了，更為驚異，想不到自己離開洛陽已半年餘，此地的人還這樣注意着自己，並且靈寶跟新疆的事，雖然傳得變了樣子，可是究竟都已傳到了這裏。說不定，慢慢地連我在迪化、在涼州、在祁連山裏的那些事情，以及我是玉嬌龍之子的事，這裏也快有人知道了吧！可見江湖上的人都彼此通氣，那獨角牛尤其是留心着我的行蹤。少時，剃頭的人給他刮完了臉，又給他編辮子，就又說：“我可是一點也不撥弄是非。那獨角牛真跟您結下仇了。有一回我給他去剃頭，他還跟他的干下人提說着您呢。他們雖盼着您死在外面，可又都願意您回來，好看看他們是多麼發財，並想再跟您鬥一鬥。”

鐵芳氣得變了臉色，但是不言語。剃頭的人又說：“依我說，大相公您可不用跟他們一般見識，他們都是小人，得罪不得。大相公！我給您出一個主意，您現在回家來，先不用語言。歇兩天之後，再去到府衙，拜訪拜訪府台大人。然後在城裏大飯莊子裏擺一桌酒席，請一請獨角牛，也就和解了。以後您要是愛跟他交呢，就交一交；不愛跟他交呢，您是個君子，不必跟他小人一般見識！」

鐵芳冷笑着，點了點頭。待着剃頭的人把他的辮子也理好了，他站起來對着鏡子照看了一下，覺得自己真不像是走沙漠、歷風塵回來的。他用的那個小廝，已把他的衣服、鞋襪都準備了出來，請他更換。他正在猶豫，忽然有個僕婦從外面進來，說：「大相公，您還沒換衣裳呢？姑爺跟姑奶奶可早就都來啦，在正院裏坐了半天啦，就等着見您啦，您快去見一見吧！」

鐵芳就問說：「誰的主意，把我回來的事告訴了姑奶奶？」

這僕婦說：「哎喲！哪敢不去告訴呀？這麼大的一件事，我們要是去告訴遲了，姑奶奶將來回來，就一定要先罵我們。」

鐵芳想了一想，覺得自己和妹妹玉芳，雖然並非親兄妹，但也是一同長大了的，她知道她的哥哥回來了，同着她的丈夫趕了來看我，我哪可以不見她呢？並且為了免去廢話，免去叫這裏的人都疑惑自己出外回來，人就變了，所以他就換上了新衣和鞋襪，到正院的北屋裏去見妹妹和他的妹夫。那劉大少爺是一位文弱的書生，還不到十八歲，新近中的秀才，見了他就深深地打躬。

他的妹妹玉芳雖才結婚半載，可是滿頭的珠翠，緞衣緞裙，見了他，就流着淚說：「哥哥！你怎麼才回來呀？你看家裏成了什麼樣子？我嫂子變成個什麼人了？咱們家裏的買賣、田產，都沒有人管，還時時受人的欺負，我又不能常回來。哥哥，爸爸跟媽死後，家裏就留下了咱們兩個人，我現在又到了劉家去啦，你要是這次回來了再走，咱們的家可就完了！連我在婆家全都得受氣！」

鐵芳默然地看了看，陳芸華倒是沒在這屋裏，那荷姑青衣青裙，一半像是僕婦，一半像是陪客，倒是早在旁邊了。

姑奶奶又說：「家裏的事，多虧這位大姐給照應着，可是人家究竟是個客，用的人也都不聽她的指使。哥哥，我已經叫人到登封縣去找陳家的人去啦，他們那裏的人若來了，你們都得勸一勸我那個嫂子，叫她脫了那件道袍吧！」

鐵芳說：「我看，是很難勸她改回來的。」

旁邊有個多言的僕婦就說：「對啦！少奶奶好佛，總是因為來歷不凡，您要是強叫她脫下道袍來，得罪了神佛，倒許又出別的事。我們當下人的不敢說什麼，可是我們看少奶奶那個人，也不像命中該有子孫的。大相公既然回來了，別的人不能夠給出什麼主意，出了閣的姑奶奶可以說一句話，趕緊給大相公立一個二房吧。」

鐵芳正色說：「你們不要在旁邊多嘴，你們都出去吧！」

當時就連荷姑全都低着頭出屋去了。玉芳姑奶奶的目光直把那窈窕的荷姑的背影兒給送了出去，她又向她的哥哥道：「嫂子雖是整天唸佛燒香，可是在前些日，她也曾跟我提過一件事。不知哥哥願意不願意。就是那荷姑……」

鐵芳擺手說：「妹妹千萬不要提這件事。她是一個被難的女子，我因仗義救她，才請蕭三叔送她到這裏來……」

才說到這裏，他的妹丈劉大少爺就在旁邊搭言，說：「俗語云：君子成人之美，那荷姑如今雖住在這裏，但是孤苦無依！」

鐵芳說：「我只能將她安頓在這裏，至於她孤苦無依，那我可不能相助了！」玉芳姑奶奶向她丈夫使了個眼色，就說：「你就別說啦，哥哥他是不樂意。」又向鐵芳說：「那麼哥哥你自己拿主意吧！我想，要是說好人家的姑娘做二房，也一定有人爭着給。就是，哥哥別往家裏娶那沒來歷的人就行了。」

鐵芳搖頭說：「我跟你們說吧！我大概今天或者明天就要再走！」

玉芳姑奶奶詫異着說：「莫非……」

鐵芳說：「我在外面並沒立下了什麼家，外面也沒有什麼人使我牽掛。這半載以來，我由此地過長安走西涼，直至新疆沙漠之地，我還上過天山，但都是孑然一身。我覺得在外比在家好，行走江湖比在家看着家業爽快得多。」

劉大少爺又說："可是，我們還是應當以祖業為本。再說以我們這年歲，應當學聖人之大道，圖一個出身，博些功名。"

鐵芳說："這是你們唸書人的話，我卻不是個斯文的人。"

劉大少爺說："我知道，大哥所景慕的是那一種遊俠之士。然而太史公都說過：俠以武犯禁。遊俠之士，究竟不是正途，而況且朱家、郭解、劇孟者流，雖載於史傳，可是都鮮得善終！"

鐵芳真不明白他的這個妹丈怎麼這麼酸，便不願再惹他這種酸腐之氣，點了點頭就說："你說的也有道理，可是，若叫我去唸書、下科場，那我是絕幹不下去的！"

劉大少爺說："不唸書、不下科場，怎能夠顯身揚名、光宗耀祖呢？"

鐵芳不禁忿然說："春龍大王爺和秀樹奇峰之名，天下何人不曉？"

劉大少爺發着怔說："什麼？"

鐵芳又說："至於光宗耀祖的話，咳！這些事我又不能跟你們詳細說了！"

旁邊坐的玉芳姑奶奶急了，她又流着淚說："哥哥！我告訴你，你衝着爸爸媽媽的那兩座墳，你可也不能再離開家了！你若一定離家也行，不能一去就半年多。還有，知府那裏你得去拜一拜，不然以後若是有什麼事情，就不好辦。李老伯那兒你也得去給人家道一道謝。幾個櫃上的賬，你都得去查查算算。那幾個掌櫃的面上都很好，都說買賣很賺錢，他們說，雖然大相公把家業都交給別人了，他們還只認識大相公，不認識別的人，雖然大相公不在家，他們可也都一點也不屈心。其實，他們每個人全都發了財啦！這半年來他們都置起房子、地來了。他們還都已勾結着獨角牛，聯絡着官府！"

鐵芳詫異着問說："獨角牛怎麼能夠跟官府相提並論？"

玉芳姑奶奶說："咳！現在洛陽的人誰敢惹獨角牛呀？連我們都受他的欺負。因為他跟你有仇，我是你的胞妹，我連家門都不敢常出，每次回家來都得偷着，不敢叫人看見！"

鐵芳變了色，直立了半天，然後就斷然說："妹妹你放心吧！暫時我絕不走了！有什麼事，以後再慢慢商量，慢慢地你們再看！"

正說話間，忽然毛三站在院裏叫大相公，鐵芳就出屋說："有什麼事？"

毛三打着哈欠說："今兒一清早我都沒睡覺，我就進了城啦！幾個櫃上的人都知道大相公回家來啦，城裏的人也都知道啦。現在，老櫃上的侯掌櫃、西櫃上的彭掌櫃、北櫃上的李掌櫃、南櫃上的焦掌櫃、新櫃上的趙掌櫃，還有幾個分號的先生都來了，拿着賬都在前院等着啦，都要見大相公。"

鐵芳沉下臉來，正要怪他多事，毛三卻又說："還有大相公早先捨過錢的那些個要飯的花子跟瞎婆，也全都來了，在村子外趕都趕不開，打也打不走！"

鐵芳益是歡氣，就往外去走。外院的客房中就來了幾位掌櫃的，都帶笑迎着他，向他見禮問安。他拱了拱手，就說："半年以來，諸位是都辛苦啦！帳目我想絕不會有錯，我也不必看了，諸位就請回去吧！"

他一直走出大門，就見那些貧叟窮婦都趕到村裏來向他叩頭，有的叫着大相公，有的叫着善人。鐵芳忽然想起來，韓文佩所遺下的不義之財，我雖分散給別人了，可是如今我一回來，還都落在我的手裏，我何不把它都散給這些孤獨窮老之人呢？於是他命老家人到裏邊去取錢，並吩咐多取一些錢。然而家裏所存的現錢也有限，取出不過是幾百貫制錢，抖散了不過才裝了三大笸籮。他吩咐家中的男僕都當放賬的人，每人給五百大錢。

可是有人還在叩頭，並且哭着說："我不是來要錢呀！我也不是叫化子呀！我的老婆被獨角牛給逼死啦……"

又有一個老婆婆過來說："您瞧瞧打得我！你瞧瞧打得我！我本來只剩了兩個牙，都被獨角牛給打掉了，我臉上的青痕到現在還下不去。我兒子就因為一點小事得罪了獨角牛，到現在還在知府衙門押着！"

有一個少婦渾身穿着白孝衣，抱着個吃奶的孩子，哭啼抹淚地說："韓大相公呀！您快管管那獨角牛吧！您快到御史那兒給這個知府告一狀吧！我的男人是個趕大車的，有一回他把車停在東大街，沒留心就礙着了獨角牛的一點路。給獨角牛趕車的惡虎子，跳下車來就打他。他只還了一下手，這可了不得了啦！群雄鏢店就出來了一大群拿刀拿棒的人。有個女鏢頭花三嫂，穿着一雙鐵鞋，一腳就把我男人踢得爬不起來，在家裏病了十幾天就死了。獨角牛還派人到我家裏，要我改嫁給他們店裏的一個鏢頭，叫什麼千腿蜈蚣的。大相公呀！您快救救我吧！救救我這個孩子吧！"

鐵芳此時已氣得面色全變，就高聲說："好了，如今我回來了，你們就全都不要怕！可以到群雄鏢店去通知獨角牛，跟他手下那些作惡多端的鏢頭們，就說我已回來了，叫他們準備着，等候着我。今天或明天，我就去見他！"說完了就叫僕人們勸慰這些人，要錢的給錢，要飯的給飯。

此時村中的父老也都來見他，一些鄰居的大姑娘、小媳婦們也都趴在短牆上，露出頭來瞧他。他回身進到了門裏，那些掌櫃的先生們可都還沒走。他雖然不看賬，可是這些人都拿着帳本，翻着指着，請他來看。原來自從鐵芳走後，他家的那幾個買賣，每一處每月就要送給獨角牛十兩銀子。

鐵芳只點了點頭，說："不要緊！"他回到了裏院，竭力使自己不露聲色。待了一會，廚子就擺上了特做的洗塵筵席。

鐵芳和他的妹丈、妹妹，以及家中管賬的傅先生、老家人韓祿、老僕婦謝媽、荷姑，還有鄰居的幾位老人，就都在一起飲酒吃飯。特做的素菜，另外擺的桌子，幾次三番地去請少奶奶陳芸華，陳芸華可就是不來。

飯後，天還沒黑，鐵芳就趕緊派了幾個僕人把他的妹夫、妹妹送回城裏去了，直到送去的人回來，他才放下了心。

當日他就沒有出門，晚間便獨自在小院中閒步，又將春雪瓶給他的那口寶劍，擦得雪亮。毛三一頭躦進來，精精神神地要跟他聊天，卻被他給趕走了。

毛三打的更雖沒有準兒，可是此時大約也有二更了。鐵芳此刻的精神卻十分興奮，因為他料想自己回到洛陽的這件事，那獨角牛絕不能不知道，他既還銜記着前仇，他手下又多添了幾個鏢頭，就許要來殺害我，我不能不防備着。他換上了短衣，換了家裏存的軟底鞋，納得很結實，上房時是非常地便利。他將屋門大開，屋裏的燈可壓得很暗。他是怕有人從外面將屋內的情形看清楚了。並且萬一有事，也免得自己從燈光強烈的屋裏驀然走到昏黑的院中，眼睛不能視物。他雖然這樣嚴加防備着，但是他並不願如此，當初也沒想到一回來就被這些事墜掛着。他倒不能走了，不能不保護着這韓家，他真是無可奈何！

又過了些時，果然聽見瓦壟上發出了響聲，但這絕不會是貓，貓的身體不會這樣重，這必是個賊，可也是個笨賊。他將劍緊握着，還沒有動手，可就聽見房上有人說話了："大相公是在屋裏麼？"

鐵芳倒詫異了，就問說："誰？"

房上的人聽見了他的話聲，就咕咚一聲跳了下來。鐵芳返回身來，將油燈掛起來挑了挑，同時劍不離手。他扭頭望去，就見屋門外來了一個人，三十來歲，身體健壯，小辮盤在頭頂上，光着脊梁，穿着很破很短的一條褲子，原來正是拐子申飛。

鐵芳就抱拳帶笑說："哦，申師傅！請進來吧！我正要找你去，給你道謝去呢！"

拐子申飛進來，先把手中的一口刀放在門旁，說："我不帶着傢伙出來不行，半路上就許遇着群雄鏢店的那夥王八蛋！"

鐵芳說："我也是正在這裏等着獨角牛，我要再跟他會會面。"

申飛擺手說："大相公你放心！現在他絕不敢來，第一因為大相公此次闖到新疆，聲名震耳，他們摸不透你的武藝到底練得多麼無敵了；第二，說來我先得給大相公賀喜。現在江湖上誰人不知，你在玉嬌龍的門下招了駙馬，春龍小王爺春雪瓶時時在你的身畔，哪一個不要命的敢來惹你呢？"

鐵芳一聽，這件事他簡直沒有想到，就搖着頭說："不對！你怎麼也信了這些話？我跟春雪瓶雖在新疆相識，但哪裏談得到我做了駙馬？我們二人焉能是夫妻，這簡直是胡說八道！”

　　申飛說：“大相公你既這樣說，我就信，我也知道你為人慷慨好義，不幹那些不明不白的勾當。我信大相公你不能夠停妻再娶，可是我告訴你，大相公！你打我的嘴巴我也要說，你家的這位少奶奶人雖不錯，可是她真不配嫁你這好漢子。你還是就叫她唸佛吧！這樣她心裏倒高興，她跟你這樣的人絕合不來。大相公我告訴你，你回來得好，咱們就先剪除了獨角牛，後再管教管教那個知府。然後，我申飛一人去打官司，你快些拋下這個家去找春雪瓶。你們二人，結成美滿的良緣，一同雲遊天下、仗義行俠，那你才叫給咱們洛陽人增光！”他拍着胸脯，又挺起大拇指頭。

　　鐵芳笑着說：“即或有什麼事，也得我去出頭，哪能夠累朋友？尤其是申師傅，我都已聽說了，我走後，這裏多承你關照！”

　　申飛擺手說：“這話說不着！莫說大相公早已拿我當人看待，我應當以死相報，就是我跟你不認識，獨角牛那麼胡作非為，我也要管。只可惜我申飛早倒了楣，江湖上混不開了！也因為自幼沒遇見明師，本領學得太差，不然早就叫獨角牛滾出洛陽城了。可也難怪，連我的老婆都埋怨我，就因為我跟獨角牛作了對，連一碗飯都難吃上啦！不瞞大相公說，我為什麼白天不來呢？實在是窮得連一件破衣裳都沒有了，只除了刀跟那拐子我還沒賣。我也不能夠光着脊梁來進你的大門呀。”

　　鐵芳說：“不要緊！”趕緊到裏屋去取衣裳。拐子申飛卻追進來說：“不用！三九天我怎麼過來的？現在是大年底，明天除夕，後天是大年初一啦，天氣越來越暖，穿上衣服倒難受。咱這身子是鐵打的，石頭磨的，不知什麼叫冷熱。春天時為蝴蝶紅的事受的那點點傷，不知不覺也就好了，獨角牛倒成了個瘸牛啦！這話不提，我今天來還有別的事，邢柱子跟連枝徐四爺，現在都在東關的店裏等着你呢！”

　　鐵芳詫異着說：“徐四爺是我的師叔，他可以不必來見我，但邢柱子是我的朋友，他知道我已經回來了，他為什麼不來？”

　　申飛說：“邢柱子是奉了春雪瓶之命，來給送那匹馬的。可是他來的時候，你還沒回來，這裏的人又不肯將馬收下。我聽了這個信兒，就到店裏去把他找着了。他說春雪瓶是在扶風縣把馬交給他的，並給了他盤纏，叫他把馬送來。他還在這兒等你，說是你一定回來。現在他是不敢出頭，他知道獨角牛也留心上他了。獨角牛一個當鏢頭的，能夠發大財，成個大惡霸，全是靈寶縣的戴閻王幫助他的，而邢柱子最怕戴閻王，五六天沒敢出門了。他們兩人現在都等着要見見你。”

　　鐵芳說：“我若離開，家裏出了事可怎麼好？”申飛想了一想，就說：“大概不至於，他們要攪你的家，早就應該來了，何必要等着你在家的時候？他們要對付的就是你一人。今晚，咱們在一塊把事情商量好了，明天還許不容獨角牛來找咱們，咱們就去找他。徐四爺是我托朋友找了半天，才給請來的，來到洛陽還不到十天。也是因為知道你快回來了，人家等着你，連年也不打算過了！”

　　鐵芳點頭說：“好！咱們這就走！”

　　他先取了一件棉衣給申飛披上，然後吹滅了燈，帶上了門。鐵芳提着劍，申飛拿着刀，兩人就也不去驚動別人，一同由房上走到牆上，少時就離開了這座莊院。毛三的梆子就在不遠之處瞎敲亂打着，有時敲兩下，有時又敲三下，並且有板有眼的，仿佛是在鬧着玩，可見他這時候又有精神啦。大相公一回來，把他高興得別人都管不住了。

　　已經走出了村子，鐵芳回首望了望，還有一點不放心，但申飛在後面卻說：“大相公快走吧！”

　　鐵芳在前行着，申飛在後面還跟他不斷地說話，說的都是這半年以來的事情。原來獨角牛現在手下的幾個能幹的鏢頭，多半是戴閻王跟老劉昆給薦來的。戴閻王自從在靈寶縣吃了虧之後，逃往陝西，除了在鳳翔府星辰堡置了那所宅子，招了黑頭鬼程三那些人，並在這裏買下了獨角牛。因為他知道韓鐵芳是洛陽的人，早晚得回家來，所以他於前幾個月就都安排好了，專等着鐵芳回來，他們就下手對付。那老劉昆本來是靈寶縣有名的人，十餘年前在潼關裏外是頭等頭的好漢。不過聽說這個人是喜歡受人的尊敬，並恨江湖晚輩看不起他。那次鐵芳與玉嬌龍鬧靈寶縣，恰巧他是往別處去了，但他一回來，聽說了那件事，他就認為那是他一輩子都沒受過的侮辱。又因為戴閻王的調唆，獨角牛跑到靈寶縣給他叩頭，稱他為師爺爺，他便才發誓要鬥一鬥韓鐵芳，並且真把獨角牛看成了他的親孫子一樣。現在他回家度歲去了，過了年一定還來。

鐵芳一聽，就覺得江湖上真是險惡，這些會武藝的江湖人真是不可惹，只要一惹上了他們，就永遠沒個完。鐵芳一邊走着，一面仰望着沉沉長天，不禁暗自感慨。不過他又向申飛說：「劉昆與咱們無仇，也沒聽說他做過怎樣大惡之事，人又老了，即使他找到咱們的頭上，咱們也不必還手。我們只要懲戒懲戒獨角牛那東西，就是了！」

申飛卻說：「別看劉昆年老，性情可比誰都傲，做事也比別人全狠。他使的那口刀，簡直是七八個小伙子也敵他不過。他早就說了，他要結果了大相公的性命。並且說等到你回來的時候，他還有更厲害的，二十年來都沒有用過的手段，要使給你看呢！他薦給獨角牛的鏢頭，是他的徒弟小哪吒，跟他的乾女兒花三娘，還有個花豹子和賽青蛇，兩對狗男女，四個響馬賊！」

鐵芳一聽，想起花豹子跟賽青蛇曾在靈寶縣見過的，他們的武藝都很平常。但毛三認識他們呀！為什麼我回來時，他不對我說？噢！大概是毛三白天淨睡覺，他就不常進城。韓家畢竟是我的生長之地，我若再走的時候，無論如何也得給他們留下幾個能辦事的人。我以後雖不再以陳芸華為妻，更不能以荷姑做妾，但她們究竟是兩個柔弱的婦女，無論如何也得有人保護她們才行！

由此又想到了剛才申飛說的那些豪爽的話，令他心中對於春雪瓶的思念之情，又不禁重燃了起來，而且覺得，這本來也是父母之命，自己應當跟春雪瓶相配。只是，春雪瓶如今在哪裏呢？她的蹤跡總是飄忽不測，她那似有情若無情的態度，又真使人不敢冒昧。她連親娘都要給射死的性情，可又令人膽戰心寒。可是，她畢竟是個秀樹奇峰，如同明月、碧水、芳草、豔葩，叫鐵芳永不能忘，他總是在腦中盤旋，無法割除得開。

鐵芳如今雖然走在濃黑的夜色之中，空曠無人的道上，而且目前還有要緊的事情，他可想得又出神了，發呆，也不知走了有多遠，更不知拐子申飛在後面又跟他說了多少句話。

忽然聽得申飛啊呀大叫了一聲，才把他驚得魂歸夢醒，他急忙回身，見申飛已經倒在地下了。他要用手去攙扶，不料嗖的一聲，大約是一隻鋼鏢，就從他的臉邊飛了過去。

他就索性站定了身，冷笑着說：「獨角牛手下的小輩，快來出頭！我正要找你們呢！我這次回到洛陽來，打算住的日子不多，咱們在這幾天之中就得決出個生死。來吧！無論你們有多少人，藏藏躲躲那不叫好漢，使用暗器更不算英雄。用暗器也行！來吧！韓大爺的胸膛在這裏了！」他罵了一陣，四下裏全都無人答應，鏢也不飛來了。

此時，拐子申飛卻掙扎着起來了，急急地向鐵芳說：「快走吧！咱們快走吧！」

鐵芳問說：「傷在你什麼地方了？重不重？」

申飛仿佛也無暇說，只是冷笑着說：「這算得什麼？難道咱連這點鏢傷也吃不住嗎？大相公！咱們快走！」

走了不到二十步，忽然他的身子又往前一栽，幸有鐵芳將他扶住。他沒有跌倒，但是他的氣力已然不濟，站都好像站不住了，他仍緊咬着牙關，把牙磨得咯咯直響。

他勉強地忍着傷痛，並且大聲說：「韓大相公！咱們還是趕快走！見徐四爺去！媽的，今晚這一鏢之仇，明天咱們再報，我要叫他獨角牛還活到後天，我就不姓申！」

但是他卻非得鐵芳用力攙着，才能夠邁步了。幸虧又走了不遠，就到了東關了。東關的街道此時連個行人也沒有。路北就是一家店房，門前懸着一盞半明不滅的燈。申飛指着說：「就在這兒！」他越發地賣勁，不用鐵芳扶着他，就邁步向前去走。門是從裏面關着，他也有法子，不用拍門，只把刀尖插在門縫裏一撥，然後將身子一頂，兩扇大門當時就開了，他的身子卻又幾乎跌到裏邊去。兩個人都進來了，鐵芳就先將門關好，又攙着拐子申飛向院中去走，只見院子裏除了西邊的一間屋子，都沒有燈光。

申飛喘吁着，走到那窗前，就說了一聲：「來啦！」

裏邊當時就有人開了屋門。鐵芳一看，正是他的四師叔連枝徐廣梁。他也顧不得施禮，就先將申飛連抱帶拖，給救進屋來，放在炕上。那申飛卻也不躺下，他只雙手扶着炕，高拱着他的後腰，原來是一鏢打中了他的後背。幸虧他穿着鐵芳剛才給他的一件黑絨的、裝着很厚棉花的短襖，可是也已被打穿了，綻出的一團棉花上染滿了鮮血，鏢倒是早就掉了。

這屋裏的邢柱子嚇得面色慘白，低聲問說：「是誰打的呀？」

申飛又把牙咬得直響，說：「媽的！還能有誰？離不開群雄鏢店。明兒早晨再說，我申飛不把他們鏢店的房子都拆了，我就不是人！」

鐵芳勸他說：「你也不用嚷嚷，有什麼話明天再說。徐四叔的手邊有什麼藥沒有？」

問出這話之時，那徐廣梁已經打開了他的行李包兒，將刀創藥取出來了。徐廣梁真不愧是一位老江湖，辦起事來是又快又穩，少時他就將申飛的衣裳扒開，先背上灑了一種藥粉，然後就把一塊大膏藥用油燈給烤得化開了，就往申飛的傷處一按。燙得申飛直咧嘴，並笑着說：「好舒服！得啦！咱們就快商量事吧！」他趴在炕上，一邊養傷，一邊瞪大了兩眼看着，並聽着。

鐵芳這時才向師叔施禮，徐廣梁擺手說：「不用行禮！你的事情我也聽人說了不少，你總算是在西路上出了不小的名。韓文佩能有你這個兒子，他簡直不配！我並非恨他，他也死啦，他做的事情也都過去啦，可是不知道是為什麼，我一想了起來，心裏就不舒服。若不是我聽人說申飛找我，獨角牛欺侮韓家的人，我真一輩子也不想再到洛陽來。若不是獨角牛逼上你們家，我真不忍再進你們的那個村子。老姪你記着：走江湖的人絕落不着好結果！你蕭三叔可是又往西邊找你去啦，到如今你回來了，他可還沒回來。他那麼老了，又那麼瘦，本事跟我一樣，早先還在江湖上行得開，現在後起之輩個個都不好惹，我真怕他有了什麼舛錯。」

鐵芳聽到這裏，不禁流下了眼淚，就把瘦老鴉一提金蕭仲遠死在祁連山石洞裏的事，簡略地說了。

申飛聽了，卻是又驚訝，又欽佩，他說：「啊呀！想不到瘦老鴉竟是這樣一條好漢，大英雄！他要是活着，我真得給他叩頭。」

徐廣梁卻拿手擦了擦眼睛，歎息着說：「我們老兄弟四個，如今只剩下我啦！好！這些話都先不用提，咱們說眼前對付獨角牛的事，老姪你打算怎麼辦呢？」

鐵芳說：「我一回來，就聽說獨角牛在本地太是橫行了，剛才他的人在暗中又用鏢打傷了申師傅，這些事由不得人不生氣！」

徐廣梁問說：「你打算怎麼對付獨角牛呢？你快說！」

鐵芳說：「獨角牛雖然可惡，但我卻不願要他的性命。我想明天托出個人去找他，就用我的口氣，勸他改改行為，勸他以後要安守本分。他如果不聽，那麼就告訴他們，誰若是不服，儘管指出個地方來，我跟他們鬥一鬥！」

申飛說：「韓大相公！你明天去幹你的，我明天去幹我的吧！」

徐廣梁就向申飛說：「你也不用這麼急躁。事情是走一步，看一步。據我想，要想拿嘴勸獨角牛，那可真是對牛彈琴。不過韓老姪你這樣慎重，我是一點也不怪你，因為你有那麼大的家私。」鐵芳說：「這也說錯了！家私我早已不要了！這次，若不是因為獨角牛的事，我早就又走了。」

徐廣梁反問說：「那你可為什麼回來的呢？」鐵芳沒有言語。徐廣梁又說：「無論怎麼說，你跟獨角牛拼命是犯不着，他那點武藝，那條壞腿，我想邢柱子都能夠打得過他。他手下大概除了那兩個娘們還利害，可是好男又不跟女鬥。費斟酌的只是那老劉昆！」鐵芳說：「咱們跟劉昆更無仇恨了。」

徐廣梁說：「今天聽說獨角牛就派人請他去了，他來了就絕不會饒你。我聽邢柱子說過你在鳳翔星辰堡被困的事，我可就替着你發愁。也不是我故意拿這話激你，劉昆是個有名的人物，咱們這屋子裏的人合起來，怕也鬥不過他一個。依着我說，你想一想，春雪瓶這時大概是在什麼地方了？你或是邢柱子趕緊把她請了來，咱們都不必出頭，只請她一個人下手。我想這事若到她手中，根本就不費吹灰之力！」

徐廣梁原來是這麼個主意，躺着的拐子申飛不禁笑了說：「我的連枝徐四爺！你老人家過去的話是多麼硬？到如今怎麼忽然又軟啦？」

徐廣梁忿忿地說：「若是我一個人的事，我今夜就能去殺了獨角牛。老劉昆來了，至多我拼上一條命。當年同師學藝，對神叩頭，是我們弟兄四人。大爺柳穿魚韓文佩，被石樁壓死在家裏，二爺金剛跌趙華升跟三爺一提金蕭仲遠，都死在了祁連山，只剩下了我一個，活着又有什麼意思？我的老伴已死，兒子在外學買賣，也用不着我養活。我若是死在劉昆的手裏也不算本事弱。只是鐵芳，我顧忌的是他呀！」

鐵芳說：「我也沒有什麼可顧忌的，但四叔還是不要為這事出頭才好。如果老劉昆跟獨角牛都不再與我們為難，我在家裏也是住不長，因為別處還有些事情未辦。現在這裏的事，就都不必說了，我已有了主意，到明天我就看事做事。申師傅的這一鏢之仇也得報。劉昆找我來，我絕不能向他低頭服輸，但我也不會太魯莽。」

他笑了笑，又向邢柱子說：「為那匹馬，把你辛苦了一趟。但你也不必走了，由明天就到我那裏住着去好了，以後我若不在家，家中更得有你這樣的一個人給照應着。還有徐四叔，我盼望你老人家也別再離開這個地方了！韓文佩雖然做過錯事，但他後來也很懺悔！」

徐廣梁搖頭說：「我倒是不恨他了，他若活着可不行。如今他死了，他就還是我的老大哥！」

鐵芳說：「那麼韓文佩的家也就是你的家，他的兒媳就如同是你的兒媳，明天你也搬了去住，永遠不走才好！」

徐廣梁一聽，面上不禁顯出來了驚異之色。他知道韓鐵芳並不是韓文佩的親兒子，所以鐵芳才直叫韓文佩之名，而不稱什麼先父，這一點他並不怪。他怪且疑的是，這次鐵芳往祁連山去，一定是已見着了他的母親，所以他才趕快着回來，趕快又要走，即使在這裏闖下禍事，他也不顧。

徐廣梁如此一想，就也不再多問，反倒慨然點頭說：「好吧！你走後，家裏的事可以由我照應。我只吃韓家的飯，我可不能花韓家的錢。幾時你再回來，幾時我再走。不過老姪！我還告訴你一句話，無論打到什麼地步，傷人可以，但不可以出人命，落得即使能逃開，也成了一輩子的黑人，不敢再出頭露面，年輕的人，幹那事可合不着。還有一句話，韓家的財產都是你的，你們的親友又少，隨你把姨子、大媽、乾娘都接到家，或是分居供養，絕沒人攔阻你。再說了，你就是多娶幾房老婆，也沒人對你說閒話。我還是願意你將來看守着家業，因為江湖道上實在是太難行了！」

鐵芳漫然點了點頭，也沒有說什麼。當下屋中的幾個人全都沉默不語。拐子申飛聽鐵芳把以後的事都託付給人了，顯露出要跟獨角牛拼鬥的決心，他也就不說什麼了，並忍不住地發出了呻吟。

鐵芳就要回去，邢柱子先跑到馬棚去給他備馬。此時鐵芳已手提寶劍從屋中出來，借着燈光看出來，果然是這匹黑馬！第一次是在靈寶縣菩薩廟中，先見着牠，才見着的病俠，見着的母親。後來跟着她越潼關，走關中，過甘涼大道，出玉門關。到了白龍堆沙漠，母親逝世，只留下了這匹馬。自己寧將心愛的烏煙豹賣給人，也未忍賣牠。後來在草原上馳騁，在沙漠上飛躍，登天山，上祁連山，直到鳳翔被擒時才與牠離開。如今，一點也不錯，是那匹馬，牠低着頭直頂鐵芳的衣裳，如依故主。鐵芳卻不禁心如刀絞，將韁繩要到手中，向店夥說：「你跟着我，把門關上吧！」又向邢柱子說：「你不必出來了，快進屋去吧！」

說着，他就牽馬出門，騎上馬，慢慢地走出了東關，就衝着黑茫茫的夜色直回望山村。在路上，他恐怕再有鋼鏢打來，就時時在防備着，幸是回到村裏，並未遇見什麼事情。一進到村裏就聽犬吠之聲非常地緊急，不由使他愕然了一下，但又想：必定是這幾條狗聽見了馬蹄聲，所以才如此亂吠，不足為異。可是又聽見對門的鄰居趙老頭兒的家裏，有哭聲傳到了牆外，他就想着：莫非是趙老頭子死了？今天我在門前施錢的時候，還看見了他。他八十多歲了，拄着一根拐杖，還很硬朗，垂着一團雪似的白鬍子，還衝着我直笑，怎麼這半日之間他就故去了？老人的壽命也真是不可測呀！他一邊發着怔，一邊下了馬，可忽聽那短牆中卻是婦人的哭聲："我的天呀……"

鐵芳這可真驚訝了，心說：啊呀！莫非是趙老頭的孫子，趙大個兒死了嗎？那可是個鐵鑄一般的人！

原來趙老頭的兒子都早就死了，只仗着這個二十來歲的孫子，種着韓家的二十畝地，同着孫媳、重孫們度日。趙大個為人憨直，脾氣暴，又會幾手武藝。莊子中那些個年輕的人常聽他指使，自然地就保護着本村，使強人們對他都有點皺眉，而不敢來攪。平日他不贊成鐵芳常走琵琶巷，又覺着鐵芳連爸爸的孝也沒脫，胞妹也沒有聘出去，就拋下媳婦走了，他認為一定是鐵芳在旁處另置了田宅，跟妓女蝴蝶紅一塊過日子去啦。所以這次鐵芳回來，他也沒有趕着來見。

如今若不是聽見了哭聲，鐵芳也想不起來他。當下鐵芳非常納悶。下了馬向家門才走了兩步，忽覺地下有東西絆了他一下，拿腳踢了踢，卻覺着是一根棍子，他就更覺詫異了。上前吧吧打門，打了半天，裏面也無人應聲，他就撩衣跳上了牆，向着門房大喊着說："開門呀！"門房卻有人說着："哎喲不好！又來啦！"

鐵芳就連叫着："毛三！毛三！"

毛三倒是沒聽見，門房中卻有幾個僕人出來了，還有個拿着一口單刀的。

鐵芳說："你們快把門開開！"下面還有人向上高高地挑着燈籠，厲聲問說："你是誰？"鐵芳也氣了，說："連我的聲音，你們全聽不出來了？"

這時下面的僕人才說："哎呀！大相公！你這半天又上哪兒去啦？"

鐵芳說："外邊有我的一匹馬，你們開開門，給牽進來！"

僕人驚恐地說："大相公可別下來！你在牆上站着，我們才敢去開門！"

鐵芳心說：怎麼回事？於是他就持劍站在牆上。在這裏能把對門院裏的燈光看得很清楚，那裏的哭聲益為悲切。

鐵芳就問說："對門是誰死了？是趙老頭兒嗎？"

下邊打燈籠的僕人說："趙老頭兒那麼大年紀啦，若是死了倒還可說，這死的卻是他孫子呀！"

鐵芳就長歎說："咳！快叫傅先生拿十兩銀子給趙家送去，以後咱們再多多資助他家。"

僕人說："傅先生也早嚇暈了！大相公！等您下了牆我們再對您細講。剛才這麼一會兒的工夫，咱們家裏就出了事啦！"

鐵芳驚問說："什麼事？"僕人說："您還不知道呢？剛才有賊人進了村子，跳牆到了咱們家，又開了大門放進來一夥強盜，有的拿刀，有的拿棍，進來就把我們亂打，直闖進了裏院，差不多把各屋子全都闖遍了。東西大概倒沒拿走多少，可是毛三跟那馮大嫂全都沒有了影兒。少奶奶的道袍也叫他們給扯碎了，頭髮也給揪下去一大把，您放心！倒還沒叫他們搶走。那時村裏沒人敢出頭，只有趙大個子跳出牆來跟他們打，就完啦！趙大個子只拿着一根棍子，他哪打得過他們呀！您聽，這不是那媳婦哭？大個子一定是死啦！"

此時另有僕人把門開了，牽進來那匹黑馬，又將門上的三道杠子、兩道鎖都上好，還頂上了幾塊大石頭。

鐵芳已經跳到院裏，眾僕人就都把他圍住，悄聲說："剛才來的那些人，都是獨角牛派來的！"

鐵芳只點了點頭，什麼話也沒有說，然而他的臉色這時可是可怕極了。他叫一個僕人打着燈籠，帶着他到各院中、各屋中，全都查看遍了，見只是搗毀了一些東西，打壞了幾扇窗櫺，並沒有什麼大損失。當他查走到陳芸華的屋中時，見陳芸華的頭髮亂蓬蓬地如同蒿草，耳邊並且有血跡，袍子全都破了。她跪在蒲團上，如同一隻受了傷的母雞，木魚不住地哆哆直響。她並且緊誦經咒，悲聲地說：「阿彌陀佛！快救荷姑回來吧……」

鐵芳忿恨得把自己的嘴唇都咬破了，手中的寶劍被佛燭映得閃閃地發光。好幾個僕婦站在門外，向屋裏勸他，鐵芳也沒跟芸華說什麼話。

出了屋，他先吩咐僕婦們今夜要看守着陳芸華，以免她發生了什麼短見，然後又問：「剛才那群賊人是怎樣將荷姑搶走的？」

卻是沒有一個人看明白。因為賊人來的時候，家裏的男女僕人都沒敢出來。只有荷姑，她若不是搶着去救芸華，打了賊人的嘴巴，大概也不會被搶走。

鐵芳暗暗地歎了口氣，就又吩咐僕人說：「你們到後院的井邊，繫下燈籠去看一看，有沒有死屍？」說着他就叫大家安心，不要害怕，如若再聽見什麼動靜，就喊叫人。他回到了自己的院中屋內，才一進屋，又嚇了一跳，只見由桌子底下鑽出一個人來，正是毛三。他胳臂下挾着梆子，喘着氣說：「大相公！剛才的事可一點也別怪我！我不是沒敲梆子，我還打鑼了呢。我也不是沒來叫大相公，誰知道大相公出去了！」

鐵芳擺手說：「不用再說了！我只問你現在要不要去睡覺？」毛三搖着頭說：「不！我的精神很大！」

鐵芳就點頭說：「好，把房門關嚴，燈也吹滅。你在外屋，不要睡覺，如若聽見了響動，就趕緊敲梆子，可是要聽準確了再敲！」

毛三連聲答應着，就關門熄燈。鐵芳是想要睡一會兒，以便把精神養足了，到明天好去找獨角牛。他此時的怒氣已在胸中凝定了，倒不覺得忍耐不住。至於荷姑，沒有人來報信，可見後院井裏是沒有什麼屍身。荷姑大概是真被賊人搶走了，這卻是值得惋惜的，想那女人的命也太苦了，無論如何我也得將她的下落找着，救她出來。

他躺臥了一會，就漸漸地睡去，忽然聽見外屋的梆子梆的一聲，鐵芳趕緊就睜開了眼，從旁抄起了劍，正要起來，可是梆子就沒再響第二下。

卻聽毛三在外屋自言自語地說：「大概是沒有什麼響動兒，我聽錯了！」接着就低聲哼哼着小曲兒。

鐵芳長出了一口氣，又放下劍，閉上了眼。他真的太倦乏了，所以不知不覺就睡着了。及至醒來，見窗外的太陽已升得很高。他下床到了外屋，就見毛三把屋門開開，冷得站也站不穩，說：「大相公起來啦？我可要睡覺去了！」他就挾着梆子出屋去了。

鐵芳到了外院，知道大門還沒有開。聽僕人說外邊有人叫門，自稱姓徐，來找鐵芳，叫了已有一個鐘頭了，可是僕人都不敢去開。鐵芳自己去將門開了，見徐廣梁挾着個行李捲兒，帶着一口刀來了，問說：「怎麼都這時候了，還不開大門呢？」

鐵芳讓他進來，院裏的僕人們又都驚詫地互相低聲交談，有的人就說：「這個人在上半年來過一趟。他若不是他來，這兒的老善人還不至於死呢！」

鐵芳先將徐廣梁請到他的屋內，把昨夜這裏出的那事情都說了。徐廣梁就跳起腳來，說：「這可不能夠再忍了！不如由我進城去找獨角牛，跟他拼了吧！」

鐵芳將徐廣梁的身子抱住，才算給攔住了，同時又勸說：「四叔！你只替我照管着這個家，就得了！」隨後，他又召集來全家的男女僕人，叫來見了徐廣梁，吩咐說：「以後無論我在家或不在家，什麼都要聽徐四爺的話！」

鐵芳因確實知道後院井中沒有荷姑的屍身，他就派了幾個人分往附近各村去打聽荷姑的下落。他又給對門的趙家送去了三十兩銀子，給慘死的大個子治喪，並說以後他家裏人的生活，也由這裏給錢給米接濟。鐵芳又跟徐廣梁談了一會兒，就命人將他的那匹黑馬備上，自己收拾好了簡單的行李，連同寶劍，全都掛在鞍旁。

僕人們都很驚異，有的就忍不住問說：「大相公是又要出外嗎？」

鐵芳搖頭說：「不！我只進一趟城，今天還要回來的。」又由廚房要了幾個饅頭，也塞在包袱裏。他出了門，上馬揮鞭，就出了村口往西，直奔城內。一到了東關，就見正是一片新年的景象，真是熱鬧。

走到昨夜來過的那家店門前，就見有十多個人都迎了過來。其中有一個人鐵芳認得，是拐子申飛的徒弟銅頭李。

這銅頭李就搶先來說："大相公！我們可都把傢伙預備好啦！我師父在裏邊已吩咐我們啦，叫我們幫助大爺去拆群雄鏢店，殺死獨角牛！"

鐵芳也不下馬，只問說："你們看得起我嗎？"

銅頭李跟他的朋友都齊聲說："哪能看不起大相公呀？"

鐵芳就說："好！今天就請你們都看我一人的。誰要是上前幫助我，誰就是覺得我武藝不高，我可就要跟誰翻臉了！"銅頭李等人一聽了這話，全都不住發怔，鐵芳卻微笑着拱了拱手，就策馬進城去了。

城裏的東大街更是熱鬧，不過鐵芳卻覺得今天有兩件奇異之處，第一是，對面來了早先就熟識的人，一見了他，就都趕緊避開，誰也不敢來招呼他了。第二，一些叫化子明明見他的馬走了過去，可也不追着他要錢。可見無論認識他的或不認識他的，今天沒有一個人不是注意着他的，並且都留心地看他帶着的寶劍，每個人對他都是一臉的驚疑之色。

其實，鐵芳早就覺着有獨角牛的手下人在後邊跟着他了。他卻從容不迫，將韁繩勒得更緊，不令馬向前快走。他左顧右盼，神情自得，仿佛是逛街似的。但是他見群雄鏢店的大門附近，連一個賣年貨的攤子也沒有，人都躲開了，大概是想到這裏要有人拼命，要群毆，誰也不敢在這兒待着了。

鐵芳稍微一側目，就見群雄鏢店的買賣真是發達了，新刷的粉牆，上面寫着桌面大的黑字，是："以武會友，保客商"。門前插着的鏢旗，是白布上繡着一個綠色的犀牛腦袋，還繡着"牛角為記，各山讓路"八個字，鐵芳不禁倒笑了。

他下了馬，只見門前打掃得很乾淨，門前大板凳上也沒有一個人。院子裏面刀槍架子發着光，椿子上繫着十多匹備好了鞍子的馬，可是沒有一輛鏢車。鐵芳知道遠處已有很多的人在看着他，他就越發從容，牽着馬直到門前，就用鞭杆吧吧打了幾下大門。

那窗上鑲着大玻璃的櫃房中，就有人說："找誰呀？進來吧！"竟是婦人之聲。

鐵芳冷笑着，向門裏走，鞭繩仍不撒手。隔着玻璃向櫃房裏一看，見是裏外間，里間是垂着個棉門簾子。外間收拾得十分乾淨，滿牆上掛着刀劍鈎斧，卻只有一個身穿綠襖紅褲的婦人，在炭盆旁邊坐着做針線活。這婦人這時正仰着臉來看他。

鐵芳就問說："掌櫃的在哪裏？我要見見他。我叫韓鐵芳，找他有話說！"

婦人卻說："別說掌櫃的，連夥計都回家過年去了。有什麼話，等過了初六再說吧！"

鐵芳掄起來鞭杆，吧的一下就將一扇大玻璃給擊得粉碎，屋裏的婦人卻連言語也沒有言語。鐵芳又將門前掛的那牛頭鏢旗摘下，用手撕成了三段，又抽出劍來，到門前，將牆上的幾個大字全都砍爛了。

鐵芳將馬繫在門環上，進去又把兵器架子給踢翻了。只聽那婦人說："可了不得啦！"鐵芳一回身，卻見這婦人已經手提着一對雙刀出了櫃房。她的綠襖兒已經脫掉，裏邊是水綠的緊身小褂，下面的紅綢大褲子繫着很緊的腿帶，腳上穿的是一雙鐵尖兒的鞋，幫兒是紅布的，衲得很結實。

這婦人長得太難看了，翻鼻子、小眼睛、短眉毛，然而樣子卻很兇，她嚷嚷着說："怎麼回事呀？你欺負人嗎？"

鐵芳說："我跟獨角牛相違半年了，知道他對於舊日的朋友都很好，我特意來給他道道謝。"

他仰面一看，大門裏高高地掛着一隻大燈籠，鐵芳一縱身，離開了地有四五尺，同時揮劍，就把燈籠給削下來了，又用腳連踏，就給踏扁了。那婦人卻進到了櫃房裏，閉上了門，跑進那裏屋去了。門簾掀處，鐵芳見那里間藏着不少男子，還露出來刀光。鐵芳又將櫃房的門連踏了幾腳，裏邊的人和那婦人全都沒敢哼一聲。

鐵芳這可真氣了，他解下馬來，便提劍出門。卻見一些膽子大的好事的人，都擁擠到門前來了，都齊聲笑着叫說："好！好！韓大相公你幹得真好！"

鐵芳就問說：“獨角牛的家在哪裏？”

人群之中就有人高聲說：“就在後街。新蓋的房子，路北的門兒！”

鐵芳說：“請諸位朋友鄉親領着我去！打完了他，我再去打官司！”遂即上馬揮鞭走開。

後邊真有不少的人跟隨着，並且說：“他們鏢店裏住着二十多個人呢，全都沒走，也都預備着跟大相公拼了。可是大相公來得太猛了，就把他們全嚇得不敢出頭。剛才的那個娘兒們就是花三嫂，若不是大相公，別的人只要瞪她一眼，她就饒不了！”

說着，已到了後街，是很窄的一條小巷，那裏新蓋的十幾間新房，很是顯眼。可是那門前站着兩個戴紅纓帽的人，其中的一個，鐵芳認識他，正是府衙裏的班頭小雷公陶九。

鐵芳騎着馬一進巷口，他就迎了上來，笑着說：“韓大相公，你何必生這麼大的氣呢？千萬別聽拐子申飛的壞話。並不是獨角牛跟我做了親，我就護着他，是他真不能得罪大相公，因為早先彼此都是朋友嘛！”

鐵芳卻問說：“誰跟他是朋友？我早先就不認識他！不過如今我倒頗慕他的大名，特來拜會拜會他。”

陶九勉強笑着說：“大相公走了一趟新疆，真是會跟人開玩笑了！我跟我妹夫獨角牛昨天就想要到莊上去……”

鐵芳不容他說完，就瞪起眼睛來問：“昨夜到我家裏去的那些個人之中，就有你麼？”

陶九的面色不變，卻笑得更是厲害，他說：“大相公你把我看得也太不懂得規矩啦！難道十多年的官差我白當啦？你那裏是深宅大院，我就是拜會大相公去，也得是在白天，還得躲開你用午飯的時候。沒有現成的名帖，我們也得買一張紅紙寫上職名，到那兒先遞到門房……哈哈！那麼一來才像個拜客的，要是半夜裏去，那可就成了賊啦！大相公你說是不是？”

鐵芳也一笑，說：“陶班頭，你在府衙多年了，咱們的認識也非自今日始。”

陶九拱手說：“一向多承關照！”

鐵芳又說：“我跟獨角牛當日結仇，以及我走後，他對我家的百般欺辱……”

陶九故意詫異着說：“這可是，這可是……大概不至於吧？”

鐵芳又忿忿地說：“昨夜我們望山村中去了一群賊人，搶走了婦人，毆死了鄉人……”

陶九說：“哎喲！我怎麼不知道呀？”

鐵芳說：“你哪裏知道！你事先是不會知道！不過，班頭，你是當差應役的，你的兩眼也能看得出人來。我韓鐵芳早已將家財散盡，妻子早都不顧，我在這洛陽城若鬧出事來，至多以後不到這裏來。這還得說是白晝。若是夜間，我雖不是個賊，可是我仍可以到你家裏去拜會你！”

陶九的面色可真有點變了，但還笑着說：“大相公真會說笑話！其實我倒是不怕你半夜光臨，無論你什麼時候到我家裏，我就是沒有菜飯，也得有好酒。”

鐵芳突然跳下馬來說：“好！等我會完了獨角牛，我再去吃你的酒！”說着他就往門前走去。

但那另一個戴紅纓帽的人把手臂一伸，就攔住了他。這個官人可連陶九那點假客氣也沒有，就沉着臉說：“喂！你知道王法嗎？這是人家的宅子！”說時手按着腰刀，氣勢洶洶。

鐵芳卻冷笑着，將韁繩放了手，寶劍向鞋底上磨了磨。

陶九就跑過來，趕緊推開了那個人，說：“這是我的夥計小佟，他是新當差，不認識你，大相公莫要怪他。既是大相公今天一定要見我的妹夫……”

鐵芳說：“你放心！我驚嚇不着你的令妹！”

陶九說：“我妹夫真沒在家。”

鐵芳說：“他沒在家我也要進去。因為昨夜他到我家去了，今天我得來回拜！”說時上前咚咚地用腳踏門，那小佟已經抽出腰刀來了，但陶九又向他直擺手。

鐵芳見門閉得緊，踏不開，他就一縱跳到了牆頭。小佟揚着刀向他的腿就砍，但他卻早已跳到院裏，喝道：「獨角牛出來吧！我要會會你！」

此時兩個官人倒在外面咕咚咕咚地推門。鐵芳直走向裏院，口中連說着：「獨角牛出來吧！你出來吧！」

他手挺寶劍飛似的闖進了北屋，北屋中就有幾個女人驚叫着往裏屋擁擁擠擠地跑。鐵芳反倒止住了腳步，擺手說：「你們都不要跑！我只找的是獨角牛，不會傷你們女人！」

就有一個年輕艷妝的女人，由里間又畏畏縮縮地走了出來，說：「他真沒在家！韓大相公你改日再來找他吧！」又臉紅了一紅，說：「韓大相公大約不認識我了吧？你總還記得蝴蝶紅吧？我們是乾姐妹。我早先的名字叫小桃花，上個月才到了這兒來！」

鐵芳點了點頭，又問說：「獨角牛他往什麼地方去了？」小桃花說：「他到靈寶縣去啦！得過了年才能夠回來！」

見她說話時眼珠兒可是一轉，並且把嘴向里間一撇，鐵芳倒不大明白了。這時外邊的陶九等人也都爬牆。進到院裏。

陶九還嚷着說：「大相公！你要這麼辦可就不對啦！這不是叫我們為難嗎？」

他直追到了屋裏，拉着鐵芳的胳臂說：「不信我就領你到各屋中去看看。我陶九以後還要跟你大相公見面，哪能夠跟你說假話？」

說着，他就真拉着鐵芳進里間、進套間。全都看過了，真沒有獨角牛的蹤影，只是除了小桃花之外，還有一個三旬上下的婦人。陶九給引見了，原來這就是陶九之妹，獨角牛之妻。再有就是幾個僕婦樣子的女人了。

鐵芳倒覺得很難為情，向幾個婦人連道：「驚擾！驚擾！」身子便又退到了外屋。

陶九隨着他出來，笑着說：「怎麼樣？我沒有跟你說假話吧？我妹夫他真是前天走了，沒在家裏。要是他在家，有我在這裏，我想他也沒有什麼不敢見你大相公的！」

鐵芳又不住冷笑說：「獨角牛婆了你的令妹，可真是婆得值。你這個當舅爺的，不但能夠護庇着他，還能夠替他遮掩臉面。今天我到他鏢店裏，那裏只出來了一個女人；我來這裏來，又見到的是他的妻妾！」

陶九笑着說：「韓大相公你可看明白了一點，我可都快留鬍子啦！我可不是娘兒們！」他拍了拍鐵芳的肩膀，又說：「要說我護庇着他，還不如說我是護庇着大相公。真的，我不是願說明白啦！既然大相公你連我也疑惑了起來，那麼我這兒倒有一件東西，要請大相公看看！」說着，他由懷中掏出個小包兒來，從裏面取出一張紙來，展開叫鐵芳看。

原來是知府發給他的一張簽票，就是叫他捉拿在靈寶縣的殺人惡犯韓鐵芳到案。這是一張新紙，上面蓋的朱印也很鮮明，可是所填的日子卻是前幾個月。

陶九叫鐵芳看了一眼，就趕緊又收起來了，他悄聲說：「大相公你看！我倒底是護庇着誰？我護着獨角牛，不過是怕我的妹妹成了寡婦。我護着大相公，說老實話，可是為了我自己，以後我有什麼為難之處，還要求大相公在人財兩面兒幫忙。再說靈寶縣上半年死的那個余旺，外號兒叫做金刀太歲，本來就是強盜。那次跟他們鬥毆的人，老實說，是新疆來的春龍大王，也是個女強盜。強盜殺強盜，認真說，這種事我們不願管，與你也沒有相干。可是誰叫春龍大王沒處找了？你是當時在場中的人物，說你是兇犯，你可也無言分辯，這件官司只要打上就不能輕！」

鐵芳說：「這很容易！請你就把我帶到府衙去吧！我去見見知府。」

陶九說：「要是這麼辦，我還用稱呼你大相公嗎？你聽我說，大相公你這次回來的事，我們早就知道了，可是我們不但不到你莊上去，還沒去稟報知府。這不獨是我一個人，連我的夥伴們也都是睜一隻眼閉一隻眼，因為全想以後跟大相公交個朋友！」

鐵芳擺手說：「不必！你們就公事公辦好了！我不找着獨角牛絕不走，而且只要找着獨角牛，我還是就不能輕饒。你們自管捉我，只是不能擾亂韓家。我再同你們說，金刀太歲余旺實在是我殺的，我確實是靈寶縣要拿的兇犯！」說時，就邁步走出了屋。

只見院中的那個捕役小佟，手中仍然執着刀，要攔他。陶九卻追出來說：「不用攔！叫韓大相公走！只是，大相公！你出這門兒的時候，請想一想，我姓陶的真是很夠面子了，以後再有什麼事，我沒辦法的時候你可別怪我！"

鐵芳一聽，陶九的言語很厲害，便不由得氣往上頂。然而一想，自己的母親玉嬌龍，生前縱橫江湖二十年，從不與衙中的班頭、捕役動手，雪瓶也是幼承她的這個教訓，於今自己又怎可任意而為？便壓住了怒氣。他又隔着兩廂屋子的窗戶也都看了，也沒有獨角牛的蹤影。他料想獨角牛必是不敢在家中居住，便往前院去走。那陶九就追來替他開了門。他出門時，陶九還在他的身後說："依我的主意，還是無論誰出錢，擺一桌和解酒。今天韓大相公的氣兒也出了，以後跟獨角牛見了面，也就能夠客客氣氣地說話了！"

鐵芳沒有言語，見黑馬仍在門外，他就騎上去，走出了小巷。巷口外的一些人見他出來了。就都圍住了馬問他，鐵芳就說："獨角牛沒在家，但我想他必是藏在城中。誰要能夠將他藏的地方告訴我，我就先酬銀一百兩；若是能夠將我家中昨夜被獨角牛搶走的婦人找着，我更有重謝。"他說畢，將劍插入鞘內，就又馳馬到了大街。

第十七回　孤舟快語謝絕情絲　野店良宵撮成佳偶

　　今天的事讓鐵芳的心中更加不痛快了。想不到獨角牛竟躲避起來，而讓陶九出頭。陶九又是個厲害人，臉上和藹，說話卻很硬。他是要想讓鐵芳怕那一張簽票，反而去向獨角牛低頭賠罪，把韓家昨夜所遭的事，也都抹去不提了，以後鐵芳還得隨時供給陶九錢用。這口氣就堵在鐵芳的胸中，但卻沒有適當的辦法出氣。他想到酒樓中去飲幾盅酒，可是因為明天就是除夕了，酒樓飯舖也全都封了灶。他騎着馬直到西門，又由西門折了回來。對面遇見了城中的李富商，也就是他走後，最關照他家中人的那位李老伯。人家都命車停住了，在車裏叫着：「賢姪！賢姪！」他卻恍如沒有聽見，策馬疾疾地走過去，但心中是非常歉疚的。接着又遇見了拐子申飛的徒弟銅頭李等人，他們攔住了鐵芳的馬，說：「申師傅由店裏回他家裏去了，請大相公快去一趟！」

　　鐵芳點了點頭，就騎着馬隨着他們去走。出了東門，到了舉人巷裏申飛的家中，把馬交給申飛的徒弟在門外看着，他就和銅頭李進去見了申飛。只見申飛窮得連炕席也沒有，真是除了他的那根拐子跟一個賣野藥兒的木匣子，就別無它物。

　　申飛仍穿着鐵芳給他的那件帶着血跡的帛襖，趴在炕上不能夠起來。他面色蒼黃，可是卻笑着說：「韓大相公，你剛才辦的事真漂亮，獨角牛是塌了台啦！群雄鏢店的鏢以後是闖不開了！」

　　鐵芳說：「只是見不着獨角牛，我的氣真難出。」

　　申飛悄聲說：「我知道，剛才我的老婆回家來了，她告訴我說，獨角牛因為跟知府的少爺是拜把兄弟，他現在就藏在府台大人的宅子裏。聽說要在那兒過年了，今天大概就要把他的老婆跟小桃花都接了去。他們本來是想要叫陶九捉你，可是卻怕春雪瓶找來，因為聽說你的那位太太是來無蹤、去無影，慣於黑夜取人的首級，使得他們有點心驚膽顫。可是今天的這口氣他們也不是就忍下去了，前天小哪叱便去靈寶，請他的師父老劉昆去了，還許勾來戴閻王家中的打手，那時你望山村韓家莊可也就倒了楣，你大相公的命也要不保！」銅頭李也這樣地說。

　　申飛又說：「我老婆剛才回來，是嚇唬我，叫我在家裏養傷，別再出去胡鬧，並勸你大相公急速躲一躲！」

　　鐵芳冷笑了笑，說：「我若是怕他，剛才也不去砸他的鏢店了！」說畢這話，就坐在那冰涼的炕頭，不住地發怔。

　　他的心中更作難了，因為雖知道了獨角牛藏的地方，可是自己絕不能去攪鬧知府的家宅。尤其慚愧的是，知府跟陶九現在不敢捉自己，原來也是沾了春雪瓶的光。再有，若是不等着老劉昆來決個高低，那自己真成了個沒用的人，連春雪瓶的大名都得隨之而低落，家中還不定要遭什麼欺辱！

他想了半天，就說：「我等着劉昆來吧！可是你千萬囑咐你的朋友們，到時不要幫助我，以至為我受累。可是……」

他又把昨夜家中所出之事說了，關於荷姑的下落，他卻請申飛趕緊派人去尋找。

申飛聽了這件事，很更是生氣，就罵着說：「獨角牛一面藏避起來，一面卻又命人用鏢傷了我，還擾你的家，他算是個什麼東西？」

鐵芳卻說：「等着吧！過了年再說！」

銅頭李便說這就去同着朋友各處找那荷姑。鐵芳拱手拜託了，又給申飛留下幾兩銀子，他就騎着馬離開了這裏，直回望山村。回到家中一看，邢柱子也來了。徐廣梁挑選了莊中的壯丁，配了刀棍，教他們到夜間如何防賊。看毛三那樣子不行，徐廣梁就另派了四個打更的人，都預備着梆子，按着更數兒打，但是有賊人來的時候就緊敲不斷。同時給邢柱子預備了一面大鑼，梆子一緊敲，他的鑼也就緊敲，莊丁便全出來捉賊。又叫人將四圍的院牆上也都紮上了荊棘，賊若是想爬牆，就得先將兩隻手扎破。

鐵芳現在對於家中倒是放了心，只是胸懷悶悶，尤其是一聽見對面趙家媳婦的哭聲，或是聽見妻子陳芸華的木魚聲，他就更加急躁。最覺抱愧的是荷姑之事，他想：我若是不回來，荷姑倒是很平安，我回來了還不到三天，她就又重陷於盜賊之手了！

傍晚時分，出去找荷姑的人就回來了，都說是一點下落也沒有。這更使鐵芳氣憤、着急。當晚，也許因為徐廣梁防夜防得好，竟無事發生，鐵芳很安靜地睡了一夜。次日，他精神充足，從早晨起就騎着馬，往南走出了五六里，往北又直走到大道，往東涉着淺水過了洛河，逢人就詢問，結果也是沒有荷姑的下落。

回到家中用畢午飯，又歇了些時，他就又騎馬進了城。來到群雄鏢店的門首，卻見兩扇大門都關上了，牆上被劍砍的痕跡，也都用白灰給掩蓋住了。

街上是十分熱鬧，因為今天已是大年三十，今晚就是除夕。按照習俗來說，今晚家家都得開着門，為的是讓財神進去。人人都不能睡覺，名曰守歲。每個舖戶都得派夥計去討賬，到了子時三更才能閉門歇息，一直到明年元宵節的時候才能夠正式開張。

許多人都在街上走，買物件的、辦食品的、閒遊的，看上去每個人都十分高興。鐵芳一進城就下了馬，也在人叢中擠，所以沒有什麼人注意他。他忽然間想起應當往琵琶巷裏去走走，到那裏，也許能聽出點什麼事來。於是他就牽着馬轉過了十字大街，進了一條胡同，又轉了兩個彎兒，便來到了他的舊遊之地——琵琶巷。

這時，天色已經不早，巷裏愈覺得昏暗，也沒有那些閒漢在這兒徘徊了。一家家妓院，毫無管弦之聲，門燈也都沒點，顯得十分冷落。最裏邊的一家門前有幾個人正吵嚷着，原來是要賬的人，不知是跟妓女還是跟毛夥兒吵了起來，還好，倒是沒揪打起來。

要賬的人就氣惱着往這邊走來，嘴裏還罵着說：「春天夏天買花兒，冬天又買栗子，到了年底，可連一個錢也不還給我們。他媽啦個……這輩子當窰姐，下輩子還得讓你當窰姐！」

鐵芳迎近兩步去看這人，這人也就扭着臉直瞧鐵芳，忽然他大笑着說：「噯呀！原來是韓大相公呀！這個地方，你幹什麼還來呀？」

鐵芳認出來這人早先就在琵琶巷裏賣花。半年前，自己做主叫蝴蝶紅跟范彥仁從良，送別之時，自己還從他的籃子裏買了一枝榆葉梅給了蝴蝶紅。這舊事在鐵芳的腦裏一閃，他便也笑了笑，就說：「我因為沒有事兒，所以才來此散散悶。」

賣花的說：「大相公難道不知道，今兒是大年三十呀？闊老爺們都回家過年去啦，姑娘們也都到了領家兒的家裏去了。只有幾個窮窰姐兒沒處兒去，還在這兒窮膩着。剛才我來要賬，一個錢也沒要來，倒要來我一肚子的氣！」

鐵芳把他拉到一邊，問說：「我問你幾句話，獨角牛是不是有時還到這裏來逛？」

賣花的說：「他要是不來，怎麼能夠把小桃花接出去了呢？不但這，小桃花跟了他，他還是瘸着一條腿，坐着車，常來不斷。早先他是吃着這個地方，訛着這個地方的，現在他可真捨得往這兒花錢，人也稱呼他為老爺啦！你說早先誰瞧得起他？不想你的那一劍，倒把他砍得時運轉好啦！他常跟着知府的少爺一塊兒來逛。”

鐵芳就問說：“你知道他現今還在知府的家中住嗎？”

賣花的卻說：“知府可跟他沒有這麼大的交情。他雖巴結上了少爺，可還沒巴結上老爺呢！大年底的，人家府衙的內宅哪能容留閒人？他早就搬出去了！”

鐵芳趕緊問：“他是搬回家裏，還是搬到鏢店去了？”

賣花的說：“老劉昆還沒請來，他敢回家？鏢店裏他也不敢去住，因為惹不起那個花三嫂。他的那個鏢店，早晚得被花三嫂跟小哪叱奪了去！”

鐵芳就問：“那麼他到底在什麼地方住着？”

賣花的說：“韓大相公，你給我留着這條命罷！我也恨獨角牛，可是我不敢惹他！”

鐵芳說：“不是叫你去惹，只請你將他住的地方告訴我，我得見他的面去講講！”

賣花的說：“大相公，你可一定不能跟他去講呀！”

鐵芳說：“那也絕連累不着你。你告訴了我，我身邊有銀票，當時就給你五十兩做你的本錢！”

賣花的笑着說：“我哪敢挣大相公的錢呢？以後只求大相公常常照顧我就得啦！”遂悄聲說：“剛才有人來這兒的春風院，跟毛虎打聽金喜兒跟小順子的領家的地方，說是府衙的陶班頭要叫她們去陪酒。我想獨角牛多半就在那裏，還許有別的人，人必定還不少。”

鐵芳又問說：“陶九住在……”

賣花的指着說：“南邊，雷公巷，要不然他的外號兒為什麼叫小雷公呢！”

鐵芳忽又說：“我的這匹馬，你最好能夠找個地方替我存起來，可千萬不要叫人知道是我的馬，我再加給你二十兩。”

賣花的說：“這容易呀！西街上李家車店跟我最熟，他那裏有馬棚，有現成的草料。我就說這琵琶巷來了個外鄉客，在窯子裏住下了，他的馬沒地方存，叫我找個地方存這匹馬。這事我看也是很平常，誰能想得到是韓大相公的？”

鐵芳點頭說：“好！就這樣辦！可是這時天色都快黑了，城門恐怕要關上了，今晚你給我找個地方住才好。”

賣花的指着說：“春風院，那裏邊的人沒有一個人不認識你、不想你的。我帶着大相公去，叫他們把美鵑找來。美鵑那姑娘你還記得嗎？大相公不是先認識她，後來才認識蝴蝶紅嗎？她要是一聽說大相公叫她，她還不得趕忙地梳妝打扮，跑來陪着你過大年夜？”

鐵芳說：“我不是要這樣，我是想找個地方暫且待一會兒，天再黑些時，我就去找獨角牛。那個地方，須要沒人認識我，我可以多送給他錢。”

賣花的說：“那除非大相公到我的家裏去。我家裏只有個老娘，她又不認識大相公。院裏有一家鄰居，也是一個老娘，帶着個兒子，兒子又是個瞎子，整夜彈着一把弦子，在街上算命。今天除夕，他的買賣更得忙。我們那兩扇破門一夜不關，大相公你愛什麼時候出去都很方便。”

鐵芳說：“好！那麼我就到你家裏去打攪了。”

賣花的說：“可是屋子太窄，又太髒。”

鐵芳搖頭說：“都不要緊！”

於是，鐵芳就牽着馬，隨着賣花的離開了這裏。走到西街上的那李家店門首，鐵芳將馬上的一卷行李和一把寶劍解下，就叫賣花的將馬牽進去。少時賣花的出來，就帶着鐵芳到了他家。這賣花的家幾乎靠近西城根了，地方很僻靜。他家裏果如他所說的，只有他的老娘，還正在生着病。鐵芳先由身邊拿出銀票給了他，他就喜歡得嘴都閉不住了。他又跑出去一趟，買回來了饅頭、酒跟肉菜。

賣花的就跟鐵芳對坐炕頭吃吃喝喝。他先提說起蝴蝶紅。原來在兩個月之前，蝴蝶紅還來到洛陽一回。她的丈夫在汜水縣，大概是在那兒做了典史，她也是個官太太啦。兩口子是一塊來的，專來拜謝韓大相公，可是因為聽說大相公出外去了，他們就在城裏住了兩天，又走啦……然後，這賣花兒的又提到了獨角牛，他說：“大相公再把他的那條右腿砍折了，也就算出了氣了，不必非得要他的命不可！」

鐵芳卻說：「那都好辦，我的手下原也想留點情，不為已甚。只是他得把由我家中搶去的那人的下落說出來！」

賣花的人很詫異地說：「他們從大相公的家裏搶走了誰啦？」鐵芳只顯出來怒色，把頭搖了搖，話卻不暇細說。吃過了酒飯，差不多就有二更時分了，賣花的又東拉西扯地談閒話。鐵芳卻只是想怎樣到陶九的家中，怎麼對付獨角牛的事，以及萬一劍下傷了人，自己怎樣逃出此城。直過了三更，他就振作起精神，將長衣服、行李捲，全都寄放在這裏，又向賣花的詳細詢明由這裏往雷公巷怎樣走，以及陶九所住的那個門兒是什麼樣式，他就挾着寶劍走了。

洛陽的歲暮，已有些寒意。天黑如墨，繁星微少，連一線的殘月的微光也沒有。胡同跟大街上都很黑，沒有什麼人，也沒看見一隻燈籠，因為商家要賬的人也都回櫃了，而家家戶戶也正在做飯、守歲，或正在賭博。爆竹之聲可一陣陣地響，大概都是小孩子們燃放的。

鐵芳尋着路徑就往那雷公巷去走。不多時便找到了，並且找着了陶九的家門，雙門卻閉得很嚴。鐵芳此時精神極為興奮，就暗自冷笑着，心說：獨角牛，你萬也想不到我會來吧？他抽出寶劍，將劍鞘立在牆角，遂就爬上了牆。看院中無人，他就輕輕跳了進去。

陶九的這所房子很是窄小，院中還住着鄉人，正在咚咚咚剁着白菜，預備包餃子。正房當然是陶九居住了，一共是三間，東里間有孩子的哭啼聲，還有婦人哄着說：「別哭啦！再哭麻虎子可就來啦！」外間沒關着門，擺着供桌，當中掛着文武財神像，點着兩隻蠟燭。燈花已結得很長，把光壓得正很微弱。

桌子前還有一幅桌簾，繡着花，已經破舊了。那西屋里間卻有人在喊着：「么呀！、六呀！」，正在擲骰子賭錢，有喧笑聲，有談話聲，還有長歎聲，十分雜亂。屋裏至少也有六七個人，屋門可閉得很緊。由門縫還可以看見裏面插着插門。

鐵芳將身子一伏，就鑽進了供桌子底下，寶劍向前，準備着防禦，兩耳卻專一地向賭錢的屋裏去聽。那屋裏有人是在拼命地賭，輸的就直拍桌子，有的卻好像在旁邊看邊談，還有人在不住歎氣。

只聽分明是陶九的聲音，說：「來！你喝茶吧！愁什麼？明天劉老師不到，後天也一準來。又有這些朋友，一百個他也是不行，到那時不是就把你這口氣給出了嗎？」

好像那被勸的人就是獨角牛。又聽中間雜着婦人咯咯的笑聲，並說：「我怎麼淨擲么呀？」

旁邊有兩個漢子也都勸着，一個說：「掌櫃的！你自己來擲吧！我把你的錢可都快要輸光啦！」另一個也說：「你不必愁！明天大年初一，我要找一點彩氣。劉老師要是不來，我就陪你趕到望山村，把那韓鐵芳砍成肉醬，拿回來叫金喜兒給咱們包餃子吃！」

有婦人就說：「呀！那可就嚇死我了！因為你們的這句話，以後我真連餃子也不敢吃啦！還敢包嗎？」

忽然獨角牛又囑咐着說：「金喜兒！你聽了這些話，明天可不得到外面去說！」

旁邊陶九就代金喜兒說：「她不能夠！其實說出去也不要緊，咱們現在是誰也不怕！」

獨角牛就說：「我心裏不痛快也就是為這個。韓鐵芳我倒沒把他放在眼裏，劉老師來了，管包那小子得吃虧。」

陶九說：「劉老師要是不來也不要緊。大過年的，我的手可不願意摸鎖鏈，等到過完了初二，我祭完財神，我就立刻請他到監裏去坐坐。」

獨角牛說：「咱們怕的不就是春雪瓶嗎？」他一說出了春雪瓶這三個字，緊跟着就又歎了口氣，同時別的人也都不說話了，連擲骰子的聲音好像都小了。

室中沉默了一會兒，忽然那個妓女金喜兒，又笑着問道：「你們說的那個春雪瓶到底是誰呀？你們為什麼都怕他呀？她是一個怎麼了不起的人物呀？」

就有一個粗嗓音的漢子說：「春雪瓶跟你是做一樣生意的！」

這樣的話，灌到鐵芳的耳裏，他真比受了什麼欺侮還要生氣。他就鑽出了桌子，站在門外，又向裏去聽，就聽陶九說：「明後天劉師傅就是不來，也准能曉得春雪瓶的行蹤如何。假若長安以東沒有人看見過那丫頭，咱們就趁早兒收拾韓鐵芳。早晚也是這麼回事兒，光顧忌諱也是不行！」

這時鐵芳就用劍去撥那門插閂，屋裏的人發覺了，就驚問了一聲：「外邊是誰？」

鐵芳就抬腳猛力一端，只聽轟的一聲，兩扇門立時就被踢開了。他挺劍進去，只聽那金喜兒呀的一聲如殺了雞似的尖叫起來。

獨角牛驚得也站了起來，紫臉上發着光，腦門子上歪長着的那個肉瘤子，紫得像是一大顆葡萄似的，他說了聲：「啊！韓鐵芳你……」

陶九忙擺手說：「有話好說！」

鐵芳卻連半句話也不說，掄劍就向獨角牛砍去。獨角牛要跑，但屋子又太窄，他躲不及，慘叫了一聲就倒下了。還有三個大漢，就一齊去抽傢伙。

鐵芳卻向後退了一步，站在門外，向裏邊問說：「快告訴我，那荷姑被你們搶到哪裏去了？不然我還是不能夠跟你們甘休！」

這時，裏面已有人將一張八仙桌踢翻，擋住了門，不讓他再進來。同時一隻豆綠色的瓷骰盆子，又驀地向鐵芳打來。鐵芳閃開，骰盆子就落在磚地上，發出了吧的一聲巨響，摔了個粉碎。金喜兒也不停地哭着號叫。

那兩條漢子，都已找着了刀，齊喊聲：「韓鐵芳小輩休走！」

陶九也不知拿着個什麼銅東西噹噹噹地亂敲了起來。鐵芳卻已提劍走出了屋，見那鄰屋已把屋門關上，燈也吹滅了。

鐵芳跳出牆去，摸着了劍鞘，剛要走，就見裏面已有人提刀跳到牆上。鐵芳一縱身掄起劍，當時砍得那人咕咚又摔落到裏面。這時又有兩個人也上了牆，一同掄刀向鐵芳來砍，其中的一個還隨打隨說：「韓鐵芳小輩！你還認得我花豹子太爺嗎？」

鐵芳舞劍向上抵擋。那兩個人又先後都跳到了外邊，分左右與鐵芳殺。鐵芳以單劍削戳劈刺，身軀前後飛騰，一霎時又有一條漢子扔刀躺下。

那花豹子卻虛晃一刀跳上了牆，旋即又跳到院裏，他隔着牆卻又冷笑着說：「韓鐵芳小輩！你敢再到院裏來嗎？諒你也不敢！」

鐵芳卻不理他，提劍急急去走。轉過了兩條巷，倒未覺得身後有人追來，他就將劍收入鞘內，又回到了賣花的家中。

那賣花的正在炕上數銀子呢，一見了他，就直着眼睛問說：「韓大相公！怎麼樣啦？獨角牛是在那兒了嗎？你們見了面沒有？」

鐵芳當時並不回答，他坐下喘了口氣，才說：「明天你就能知道了。明天一清早我就要出城，隨着你就到車店裏取了我的馬，送出西門，走不遠，我必然就在那兒等着你。我將馬接到時，還要重重謝你！」

賣花的笑着說：「得啦！大相公別再賞我錢啦！大相公給我的這些錢，足夠我花兩年多的了，也夠給我老娘治病的啦！」說着他便把銀子跟錢收在了破被褥的裏邊。待了會，外面咚咚的傳來一陣撥弄絲弦之聲。

鐵芳不禁愕然，以為是誰在彈琵琶了，後來才聽出是彈弦子的聲音，又有竹杆嗒嗒地敲着，賣花的就說：「是我們鄰居那個算命的瞎子回來了。」

鐵芳說：「你去領他進門，順便把門關嚴些！」

賣花的下炕出去了。鐵芳就聽見他跟那個瞎子談話，瞎子倒還很客氣，鐵芳的心中不禁憫然。待了一會兒，賣花兒的回到了屋裏，鐵芳就又從懷中取出來一張銀票交給他。

賣花的詫異地問說：「怎麼大相公又要給我錢哪？」

鐵芳說：「這不是給你的，這是我給瞎子跟他的老娘的。但須等我離開這裏後，你再交給他，免得他們母子又來向我道謝。」賣花的都一一答應。

鐵芳略睡了一會兒，就醒了，天色才近黎明，可是就聽見外面有人打門，鐵芳就趕

　　緊推着賣花的出去看，並囑咐不要叫人進來。賣花的一出去，鐵芳就聽他與那打門的人，互相地大聲笑着道新禧，祝發財，可是越談兩人的說話聲就越小。

　　並聽賣花的人還直詫異地說：「是嗎？哎呀，活該，這算給咱洛陽城除了一害……韓大相公可真有本事。他這次回來就沒有往琵琶巷去，我也沒見着他……老娘病着，拉了一炕的屎，我也不讓你進來了。好！好！下午見！下午見吧！」又聽見關門聲，搬石頭頂門聲，腳步聲。

　　賣花的人回到了屋裏，嚇得他的臉色都白了，他說：「韓大相公，你那件事情辦得真痛快，可是你現在怎麼能夠出城呢？剛才來的那是我的表兄，他是個趕車的。他是趕着車來我這兒給我拜年的。他說陶九帶着十多個人站在十字大街上，知府也派了人分把住了四門，專要捉拿大相公你，這可怎麼好呢？」

　　鐵芳的神情倒依然平常，說：「不要緊！我還是這就走開才好。」說着就要起身出屋。

　　賣花的人卻把他抱住，急急地說：「天都快亮了，大相公你這時走，不是自投羅網嗎？給獨角牛抵了命你可真合不着。我想大相公索性在我這兒再待一天，到天快黑的時候再出城，容我些工夫，我也可以先出去細打聽打聽。

　　鐵芳卻說：「我在這裏，倘若被陶九找到，我實在對不起你們母子！」

　　賣花的人說：「不要緊！無論如何我也不能放大相公走。受人錢財，與人消災，再說大相公做的又是行俠仗義之事。我這個家，陶九絕尋不到，別人更不信大相公能在我這個破家裏藏身。除了我表兄，也不會再有人給我拜年來啦！瞎子今天出去算卦，大相公就在這兒安下心再待一天，等到天晚了，陶九那些人也疲倦啦，你再走！」

　　鐵芳想了一想，也就又坐下了，將寶劍也藏於被褥之內。賣花的就趕忙給做飯，做好了飯，與鐵芳一同吃了。他的那個犯了老病的母親，卻連一點飯也吃不下。

　　鐵芳卻很替這賣花的人憂慮，說：「我今天就應當走。我走了之後，你可以請大夫來給你老娘治病！」

　　賣花的說：「我老娘的病，也不是吃了藥就能夠好的，可也不能夠死。咳！韓大相公！你就別關心着我的事啦！現在還是你的事情要緊。我這就得出去打聽打聽！」說着他就把屋門鎖上了，是屋子裏沒有人，又把鑰匙交給了鐵芳，他就出去了。

　　鐵芳在屋中枯坐着，十分地煩悶，時時得去給地上的一隻黃泥的小火爐子添煤，為的是怕它滅了。賣花人的母親又呻吟着，說是要喝水，鐵芳就趕緊給倒了水，親自服侍着這位病勢很重的老婦人，就如同服侍自己的娘親一樣，眼淚忍不住在眼眶裏亂轉。那老婦人也沒看清他是誰，喝下去兩口水，就又把眼睛閉上了。

　　鐵芳在這裏直待了多半天，天色都過午了，仍不見那賣花的回來，他的心中倒不禁疑慮。又過了許多時，賣花的方歸，見他滿頭是汗，比早晨時更為驚慌。他隔着窗向鐵芳要過去鑰匙，開了鎖進屋來，又趕緊把門關上。

　　鐵芳就問說：「怎麼樣了？」

　　賣花的跺着腳說：「咳！還不如依着大相公的主意，早晨就走啦！現在是更不好辦了！老劉昆那些人剛才都由靈寶縣趕來了，現在都進了群雄鏢店裏去歇着。這次來的人很多，馬匹無數。我跟他們鏢店裏的一個小夥計熟識，我就都打聽了。這次來的除了老劉昆、小哪吒這些人不算，還有一位鈎俠呂慕岩老師傅。據說他的兒子是死於大相公跟什麼春雪瓶的手裏，他要順便來此報仇，他的武術不在劉昆之下。還有呢，托得塔李平、飛夜叉張保、鈎鐮槍焦袞，更有一位有名的人物，年紀不過二十來歲，名叫小山神柳三喜……」

　　鐵芳一聽，倒不禁冷笑，心說：說不定連黑山熊都來了，這倒好！這可都是西路聞名或會過面的人。

　　賣花的又說：「大相公你就是武藝好吧，可也絕敵不過他們那麼些人呀？我怕今天晚上你還是難以出城。等到明天一清早，許多人都要趕着往財神廟去燒第一股香，那時南城門口的人一定擁擠。大相公要是再換上我的衣裳，或許還能夠混得出去，你的寶劍跟馬可是全都不能帶着了。」

　　鐵芳說：“到時再設法。如今我是一點也不慌張，我本來就未把那些人放在眼裏。這也並非是我自誇武藝高強，實在是因為那些人都是我早日的對頭，我本應當在西路上就與他們拼鬥。如今他們趕到這裏來於我拼鬥和在西路上時是一樣，誰有本事誰就占上風。我若是武藝不濟，喪命在他們的手裏，也毫無怨恨！”

　　賣花的連連擺手說：“合不着！合不着！大相公你還是忍耐些氣，想法子離開這兒吧！回到你莊宅裏，那兒的房屋多，什麼地方都可以藏，他們大概也就不找你啦！”

　　鐵芳冷笑着又說：“你也不必替我憂心了！請你再出去替我打聽打聽，他們都在準備着幹什麼？”

　　賣花的說：“因為昨夜獨角牛跟他的保鏢都已身死，城中遍處都在捉拿大相公，誰都知道了，都連這大年初一也不能安心過。街上紛紛談說，要打聽點什麼倒也容易，可是我的心虛，我只能聽人談，卻不敢多嘴，更不敢跟人多打聽。”

　　鐵芳說：“你只要能夠聽些來告訴我就行。我關心的就是我的家中，不知道他們去擾亂了沒有？”

　　賣花的說：“對啦！那麼我就趕緊再去聽聽！”

　　鐵芳又囑咐着說：“可要快些去，快些回來。”

　　賣花的連聲答應着，就又走了。他這次去得時間更久。快到黃昏的時候他才回來，說：“陶九帶着人，到大相公的家裏連去了兩次。”

　　鐵芳問說：“他們胡攪了沒有？”

　　賣花的說：“他們在知府的跟前當差，去拿人可以，哪能去攪人的家宅呢？可是那老劉昆……”

　　鐵芳就急急又問說：“怎麼樣？”

　　賣花的說：“他們也到你莊裏去了，聽說倒也沒有什麼。不過大相公的家裏有一個姓徐的跟他們說翻了，打了起來，被老劉昆打傷了。”

　　鐵芳一聽，就不禁面現怒色，又問：“他們是同着官人，還是他們一夥人自己去的？”

　　賣花的說：“他們是分着去的。陶九那些人還好辦，只是他們太兇。我看見了他們的幾個人，全都橫眉豎目。簡直都是強盜。現在群雄鏢店的大門前可不得了啦，原來牆上的字不是被寶劍全給砍爛了嗎？今兒半天的工夫就又都寫好了。門前的鏢旗雖然不能掛上了，可是另拿白綢子寫了靈寶劉、灉陵李兩面大旗。門燈就掛了二隻，把大街都照得通亮。現在裏面是刀杓亂響，大罐子的酒，整條的豬全都抬了進去。那花三嫂打扮得簡直跟花蝴蝶兒似的，今兒一天就淨在門前站着。老劉昆快六十歲啦，可是瞪着兩隻大眼睛，在門前指手劃腳地罵着，那樣子可真是夠你惹的！”

　　鐵芳此時的心中是極度地氣忿，一因劉昆率眾攪亂了他的家宅，二因師叔連枝徐廣梁受了傷，還不知道重不重。並想着自己從來未得罪過老劉昆，而且頗為景仰他的名聲，只為戴閻王、獨角牛二人之故，他就前來尋隙，可知他必是個兇橫的老匹夫。尤其是柳三喜，也逼我太甚了，我更得去和他鬥一鬥！看了看屋外的天色還沒大黑，他就向賣花的說：“我這就要走！”

　　賣花的驚詫着說：“今兒你能夠走得了嗎？不如索性再住一天吧！”

　　鐵芳說：“那只怕永遠也不能夠走了。”說着，他就從從容容地將他的那個行李捲兒背在背後，手裏拿着連鞘的寶劍。

　　賣花的說：“大相公，你這個樣子可不能出城呀！”

　　鐵芳搖了搖頭說：“不要緊！”便囑咐說：“無論如何，你得把我的那匹馬送出城去。我人都可以死在這裏，馬卻不能留在這裏。”

　　賣花的也不知道他為什麼把那匹馬看得如此之重，就說：“城門可就快關了。今天初一，城門一定關得早，又有大相公鬧的這件事！”

　　鐵芳對此也很發愁，他就說：“你就將馬備好，牽着到那車店的門前等着我吧！別的你全不用管了！”說到這裏，他的面上顯出一種嚴厲之色。

　　賣花的只得連聲答應說："好！好！"

　　鐵芳又說："此次我如能得逃脫，我們將來還許能夠見面。我若逃脫不開，死在這裏，那我就謝謝你此番幫助我的美意了！"

　　賣花的說："咳！大相公怎麼說這句話呀？"

　　鐵芳又說："明天千萬請大夫給老伯母治病。"

　　說着他就走了出去，自己開了門，急急地走了。出了小巷，他就一直去奔東大街。這時天色又已薄暮了。城中的景象與昨夜大不相同，家家戶戶都關閉着門，店舖裏也沒有敲打慶祝新正的鑼鼓。街上冷冷清清，大概也是因為昨夜守歲，全都沒睡覺，今天又都忙着過年，明天早晨還得趕着上財神廟，所以此時人都睡了。

　　鐵芳直走到群雄鏢店的門首，竟連個打更的人也沒遇着。但鏢店之中卻燈光煥然，那櫃旁窗上的玻璃也換上整的了，裏面有人大聲地豁拳。鐵芳此時竟是一點也不細加考慮，他就將劍亮出來，劍鞘就扔於地下。他怒氣飛騰，直闖進了鏢店的大門，用腳將櫃房的門踢開，挺劍向裏邊高聲問說："我要見見哪一個是劉昆？"

　　他這一聲喊，將屋中的滿滿兩桌酒席上的，十七八個人，全都驚得止住了歡聲，一齊起身的起身，轉頭的轉頭，都直着眼向他來瞧。

　　那花三嫂就尖聲兒說："哈哈！韓鐵芳！你真是一條好漢子，你竟敢自己來了！"說時眾人一齊跳起來去抄刀拿棍。

　　那柳三喜手裏拿着酒杯，把眾人攔住，說："諸位沉住點兒氣！咱們要是一齊上手，那可就低了咱們的名氣啦！如今姓韓的朋友來了很好，但不知春雪瓶姑娘來了沒有？如果都來了，何妨就請進來坐一坐？我們酒還都熱，菜還沒有怎麼動，先敘敘交情，然後該怎樣說，該怎樣辦，都可以慢慢商量。我想他們既然大駕光臨了，也不能又想走！"

　　那些人也以為春雪瓶是跟來了，就都神色顯得發呆、吃驚，而不敢驀然就動手。

　　鐵芳卻說："這事與春雪瓶無關，她也沒在洛陽，我只是要看看哪一位是劉昆！"

　　話未說完，忽然那第一桌席的上首座位，有一人立起，拍着胸說："就是我！"

　　鐵芳一看，這個人身高體壯，面色紫黑，胸前飄灑着花白的長髯，確實是一位老英雄的樣子。鐵芳就說："久仰！久仰！我只是想來問你，我與你素不相識，更無仇恨，為什麼我不在家時，你就幫助獨角牛欺侮我家？如今又來找我拼鬥？"

　　老劉昆說："那只因為獨角牛是我的師孫子。"

　　鐵芳冷笑着說："你真收了個好師孫！你可知道他平日作惡多端，他並且由我的家中搶去了一個孤苦可憐的少婦嗎？"

　　劉昆說："那荷姑本是靈寶戴莊主的侍妾，上半年是被你搶來的，理應搶了回去。"

　　鐵芳嘿嘿冷笑，說："你說的話真公道！我再問你，你可知道戴閻王是個什麼人嗎？"

　　劉昆說："他……也不算壞人。"

　　鐵芳忿然說："老劉昆！原來你竟是這樣的一個人！好，好，什麼話我也不必跟你再說了，你快出來！咱們較一較高低吧！"

　　他原是想，無論如何劉昆也絕不能令眾人一齊上手，而壞了名聲。卻不料劉昆還沒有取刀，鈎鐮槍焦袞就挺着一杆鈎鐮槍就先奔了過來。

　　這焦袞去年因報他盟兄余旺之仇，在陝西楊橋鎮附近曾逼迫過鐵芳，那時被病俠玉嬌龍一枝弩箭射倒。鐵芳以為他在那時就已死了，不想他如今還活着，只是脖子歪了，說話也不清楚，大概就是那時被病俠的箭射的。可是他此時更兇，大聲喊着說："韓小子！今天大概是沒有玉嬌龍來幫助你了！"

　　那婦人花三嫂使着刀，白鬍子的呂慕岩抄起了雙鈎，一齊出了門外，與鐵芳殺砍起來。鐵芳奮力迎戰，但這時又從裏院擁出來持着刀棍的十幾名打手。鐵芳就哈哈笑了幾聲，回身就走。身後的家人齊追出來，吶喊着，刀光鈎影被燈籠照得閃閃亂動。

　　鐵芳卻喊了一聲："我真替你們害羞！"說完就往西飛跑。後面的人如狂潮洶湧似的追着他來，並有人喊着："截住他！"街上果真就有人打梆子擊鑼。

　　鐵芳向西飛奔，同時以劍光護身，所以也無人敢截他。他跑到了十字街，忽然就見由西邊有個人放過一匹馬來，正是那匹黑馬。他心中欣喜那賣花的人辦事敏捷，就將馬攔住，同時飛身跨上，這匹馬便繼續向東跑去。但焦袞等人已都跑過來，槍刀齊向馬上來遞。他跨在馬上，一刻也不敢緩，臂舒劍落，向四下迎殺。座下的馬也如飛躍着似的，一直向前飛奔。因為他所奔的方向是往東，就又到了群雄鏢店的門前。這裏的二十多個人將他圍住，各種兵刃全有，分四下近前。他在馬上將劍亂削飛砍，馬又向前去衝，但是剛衝過去，又被人把他圍住。這時忽然對手之中有一個人反掄刀來幫他，大概是砍倒了兩個人。

　　就聽有人大聲罵着說：「柳三喜！你這王八蛋瘋了麼？你反敢幫助韓鐵芳……」罵聲齊起，刀槍愈亂。鐵芳也劍不停揮。座下的黑馬真是好馬！聽見了亂喊之聲，看見了刀槍亂閃之光，牠就越發地飛奔，蹄聲如連珠一般地，一霎時就來到了東城。可是城門已經關閉了，並且對面有守門的人支着大燈籠，也閃動着刀光。鐵芳急忙撥馬又馳向正南。

　　這裏就靠近着城垣，空曠無人，他回頭看看，後面倒是無人追來，向前隨走隨望，卻隱隱看見了有往城上去走的一條道路。這路俗名就叫作馬道，本來有柵欄擋着，可是柵欄已經破了，鐵芳便催着馬走了上去。城上也很寬，一個個的雉蝶，多半都坍毀了。

　　這裏地高風寒，仰面一看，天仿佛更高，星星更密。他可忘了，凡是城牆都是從裏邊有道能夠上來，往外不但無路可下，並且還有一道護着城的河溝，雖然不寬也不深。洛陽這座古城，在歷史上經過了幾朝幾代的刀兵爭奪，可是如今因為是太平無事之時，城上也無有官兵駐守了。只有一間小破屋子，裏邊有一個年老的看城的人，聞着馬蹄聲就鑽出來問。鐵芳卻急忙撥馬又往北馳去了。向下去看，燈光卻很少。他心中十分急。暗想：我怎樣才能下去呢？他真恨自己沒有春雪瓶那樣高超的騰躍之術。可是此時他座下的馬卻跑得更急。這真不愧是一匹鐵騎，一隻神駒，不愧是春龍大王爺在新疆從成千上萬的馬群之中挑選出來的。牠曾載着過玉嬌龍涉遍了大沙漠，踏遍了草原，而且不知跳躍過了多少座高山峻嶺。可如今在這城牆上，牠哪裏走得慣呢？牠就不住地舉首長嘶，並且兩隻前蹄都高翹了起來，幾次都要跳下城去。

　　鐵芳嚇得都要叫了出來，連寶劍都幾乎撒了手，他雙手緊緊地勒住了韁繩，卻只勒住了兩次，第三次他索性一咬牙，心說：與其在城中被擒，與這馬生離，不如一同死在城下吧！

　　於是他死死地抱住了馬脖子。這匹馬就如同飛也似的，呼啦一下從城上躍下。鐵芳閉上眼睛，只覺得自己從馬上摔了下來，幸仗背後有個行李捲兒墊着，還沒有摔傷腰。這匹馬卻嚕嚕地直噴白氣，一點也沒有傷。鐵芳睜開了眼睛，隨即拾起了寶劍，爬了起來。他扶着馬，定了定神，喘息了一會，就又騎了上去，涉過了那已結着薄冰的護城河。他尋着了東關的大道，他的坐騎就又穩又快，蹄聲嗒嗒地跑了起來，霎時就闖出了東關。

　　踏上了大道，馬還要飛馳，他卻給勒住了，因為身後並無人追來。鐵芳騎着母親玉嬌龍遺下的神駿，手中卻持着春雪瓶贈給的鋼鋒，向前緩緩地走。他想回到家中去看看徐廣梁是否已受重傷，同時與妻子陳芸華做最後的離別。他此時的心中有些難受。這並非是不捨得陳芸華，更非不願離家，乃是他還想着這匹馬。由此神駿名駒，而想起了生身之母玉嬌龍，尤其悔不遵從母親之囑，如今落得與春雪瓶恐怕終身難見了，也不知她往什麼地方去了？他一面想，一面慨歎，不多時，就回到了望山村裏。只聽更聲打得很清楚，已交了二更。他跳進了牆，開了大門將馬牽了進來，這才有人出來。

　　他就吩咐人將大門暫閉，但都不許驚慌。他往裏院走着，見毛三從裏院跑了出來，幾乎與他撞了個滿懷，他便斥問道：「你現在又不打更，黑天還亂跑什麼？」

　　毛三說：「哎喲，大相公！城裏的事你都知道嗎？」

　　鐵芳說了聲：「少講！」便往裏院走去，卻聽見陳芸華在佛堂裏仍梆梆梆地敲着木魚。他到小院中去看，就見自己住的屋裏有燈光，徐廣梁正在屋裏來回地走着。他一進去，徐廣梁就要抄刀，一看見是他，反倒驚詫住了，趕過來低聲問說：「你是怎麼回來的？」

　　鐵芳說：「師叔也不必細問了！我只是聽說你被劉昆給打傷了！」

徐廣梁卻冷笑說："什麼傷！只是因為我攔他進來，他在我的肩膀上打了一拳。可是我也還了他一掌。我若不是為保護着你這個家，我就拿刀跟他拼了！"

鐵芳說："叔父還得暫時忍耐着點兒！"

徐廣梁說："不要緊！今天你妹夫來了，我也跟他說了：這個家交給我，錢我不管！鬧賊我可得管！今天我已收了邢柱子作為徒弟，以後我要教這莊子裏的人，至少也得學了我這身武藝！"

鐵芳說："叔父！我走了！再見吧！"徐廣梁送出屋來說："你走吧！這個家你放心吧！拐子申飛傷好了，我也叫他來幫助我。"

鐵芳又說："叔父！恐怕我此去，未必能再回來！"

徐廣梁又問："盤費呢？"

鐵芳說："盤費我已帶着了，足足夠用。"

徐廣梁又說："那你就放心去吧！記住了我的話，你快去找春雪瓶，跟她求親，結為夫婦。等你再回來，絕沒有人再敢找上門來，十個劉昆他也得望風而逃！"

鐵芳又說："師叔！叔叔！再見了！"耳邊仍能聽得見傳來的木魚聲，他卻急急地往馬圈走去。幸虧他走來得快，再遲一些，毛三就把他的馬鞍卸下來了，他趕緊跑過去給攔住。毛三見他手裏提着劍，身後還背着行李，就問說："大相公怎麼還要走呀？"

鐵芳就點了點頭。毛三又說："我跟着大相公去吧？有個我這樣的人，到夜裏大相公自管睡覺，我能夠替你防夜。"

鐵芳卻說："你就在家裏吧！"遂令毛三開了門，他就牽着馬走了出去。此時村中十分地靜寂，走出村子的西口，見夜更深，簡直看不見路徑。他走出不遠，就在一棵樹下停住了馬，將身後的行李解下，把劍也插在了行李捲內。他剛要用繩子向鞍旁去捆，忽聽有個人笑聲兒說："在這兒幹什麼？"

鐵芳一驚，就將劍又亮出，問說："是誰？"只見有個人從樹後轉出來，手中也提着一口白刃，說："自己人！自己人！不要着急！兄弟是柳三喜！"

鐵芳益為驚異，身子就急忙向旁閃去，他心中卻想：在祁連山中柳三喜是與我作對的，可是剛才在城裏，他又幫助我與劉昆那些人殺，惹得那些人直罵他。這個人反覆無常，可也真是奇怪。他還沒有發話，那小山神柳三喜又說："鐵芳兄！你不要疑惑我！你的丈母娘是玉嬌龍，我的師父是俞秀蓮，她們兩人乃是好朋友，如同姐妹一般。所以說起來，咱們是一家人，就說是親戚，也不算錯。"

鐵芳就說："這地方還清靜，咱們說話也不至有人聽見，我倒願柳兄將你的真實來歷詳細告訴我！"

柳三喜說："我說的可沒有半句假話！恕我冒昧，我要直說你老泰水的名字了！"鐵芳搖頭說："沒有什麼！"他就傾耳聽着自己母親的歷史。

柳三喜索性坐在地上說："在二十多年之前，京城的九門提督玉大人家中大辦喜事，將小姐玉嬌龍聘給翰林魯家。沒想到玉小姐在娶過去的那天，還沒與新郎官入洞房，她就忽然失了蹤影。她到哪裏去了呢？原來她扮做了一位大少爺，將一個叫繡香的丫鬟作為少奶奶，又有騾車又有馬，她們就離開了北京。玉嬌龍本來是在新疆生長大了的，自幼受過奇人的傳授，會一身飛簷走壁的本領，使一口神出鬼沒的寶劍。那時江湖上除了江南的大俠李慕白，與我們直隸省的俠女俞秀蓮恩師，敢說沒人能敵得過她。果不其然，她就在巨鹿縣附近與李慕白相遇了。她的武藝大概比李俠客還差一點，就被逼得逃至俞秀蓮恩師之家。她們原來有些交情，很好，可是後來不知為什麼說岔了，你的岳母玉小姐，搶了我師傅俞姑娘的一匹馬就跑。後邊當然有人追，不但是俞秀蓮追，李慕白追，還有個五爪鷹孫正禮也幫着追。四位奇俠又是一場惡鬥，那可比咱們在祁連山打的那場架又熱鬧好玩得多了！後來，畢竟玉嬌龍一人難敵六隻手，她就縱馬逃過了淦陽河……"

鐵芳聽到這裏，就問說："五爪鷹孫正禮又是個什麼樣的人物？"

柳三喜說："也是巨鹿縣的人。俞秀蓮呼他為師兄，我呼他為師伯父，現在已是一位老英雄了，在京城開着鏢店，名氣、武藝，江湖第一！”

鐵芳又問說：“李慕白與令師俞秀蓮又是什麼交情？”

柳三喜說：“恩如兄妹，義同手足。可是在他們年輕的時候，江湖上曾有種種的胡言亂語，說他二人有情。但是李慕白有十多年沒到北方來，早就在高山修道，我師父俞秀蓮卻於五年前就在家鄉病故，不然我也不會落到這般地步。”說到這裏，他的聲音很悲淒。

鐵芳倚馬站立，也不禁為江湖的前輩發着感慨。柳三喜又說：“那時候我才五歲，我父親務農為生，家道很是寒苦。那天我正生着病，我母親正在照看我，玉嬌龍就去了。那時她把馬也拋了，頭髮也亂了，還受了傷。但李慕白跟我恩師等人又都追了去，在我家裏搜尋了一番，沒有搜得着。原來玉嬌龍是又從我家的後牆跳了出去。待李慕白等人去後，她才爬出來，又回到我家裏。那時下雨，她已疲憊得不象樣子了，在我家裏洗了臉，攏了頭，吃完了飯，她才走。臨走的時候，我們借給她了一頭驢，她卻給了我們一錠金子。她走後，大概就是回到了北京，又做了魯家的少奶奶，但是夫婦仍是不睦。後來老夫人逝世之後，她就假作往妙峰山進香，投下了山崖。人都以為她死了，其實她卻跑到了新疆，成了春龍大王爺，又育養了尊夫人春雪瓶。”

鐵芳才要辯解，柳三喜又說：“我家裏自從遇見了那件事，我父親才覺得練武的人好。到我十三歲的時候，他就把我送到巨鹿縣俞秀蓮的門下。俞恩師倒真是認真教我，並且我父母之喪，也都是俞恩師資助葬埋的。俞恩師常跟我們提起玉嬌龍的故事，她非常欽佩玉嬌龍的武藝，並囑咐我們師兄弟五個人，以後在江湖上如遇着她，須要親如師長，不可觸犯。可惜我只見了春雪瓶，而未見過那位老人家，真是沒福氣！我因為好賭氣、好打架，恩師死後，我誰也不怕，就闖了許多禍事，以至流落江湖。我也無顏再返故鄉。四年前幸被黑山熊賞識，在祁連山他給我娶了一房妻，對待我如同弟兄一樣，因此，他雖是個老賊，但卻也是我的恩人。俗語說：士為知己者死，女為悅己者容，又說是桀犬吠堯，各為其主，因此，當你和春雪瓶到祁連山上要殺黑山熊的時候，我便把他救走，救到了陝西長安。”

鐵芳聽到這裏，便說：“三喜兄！過去的事我們都不必再提啦。你也可以叫黑山熊自管出頭。除了春雪瓶還許銜恨着他，但春雪瓶與我無關，我們更非夫婦。我對於黑山熊，也是往事都不提了！絕不會再去找他。”

柳三喜卻笑着說：“你此時想要找他也是找不着了！黑山熊已經埋在土裏邊了。”

鐵芳就問說：“怎麼？他已死了？”

柳三喜說：“是被你跟春雪瓶給嚇死的。我們先到了長安，與呂慕岩住在一處，他仍終日疑鬼疑神，怕你們兩人去了要他的命，他就病了。我又把他送到三原縣去調養，不幾天，他就死了。弄得我一個人更沒有着落。恰巧呂慕岩勾結了東路的好漢托得塔李平、飛夜叉張保、鈎鐮槍焦衷等人，一同往靈寶縣與戴閻王、劉昆合夥，專為對付你跟春雪瓶，以便報他們各自的仇恨，我就也跟來了。黑山熊已死，我跟他們已經一點交情也沒有啦，並且我一心想改邪歸正，因此，剛才我才幫助你，與他們倒相殺起來。我也敵不過他們那麼多的人，便也趕緊跑開。在城中也找不着你的影子，我就想，你藝高膽大馬又好，你一定已經出了城回來了，我這才也爬下城來找你。不但為跟你說明了這些話，我還要告訴你一件事……”

說到這裏，他就立起身來，說：“他們不是從你家裏搶走了一個婦人嗎？我聽他們說是什麼馮老忠的妻子？”

鐵芳說：“她名叫荷姑，是一個孤苦伶仃的孀婦，她的丈夫就是被戴閻王害死的。我若不是為她，也不至跟那些人結下這樣的仇恨。現在你知道她在什麼地方嗎？可否領着我去救她？”

柳三喜說：“搶去那個婦人，全都是賽青蛇跟花豹子那二人的主意。他們到你家裏去擾鬧時，偶然認出來那是戴閻王曾喜歡過的人，立時就給搶走了。後來他們告訴了獨角牛，並且後悔早不知荷姑是住在你家內，早知道也早就搶走了，可以省去許多的麻煩。依着獨角牛是想，一個婦人，又是個招災惹事的東西，把她結果了倒省事。無奈賽青蛇一定要把她帶回靈寶去送禮，說是戴閻王至今還沒忘了那婦人，因為那婦人生得太美了。」

鐵芳又問說：「這麼說，一定是又把荷姑送往靈寶縣去了？」

柳三喜說：「今天我聽他們那些人談起此事，知道還沒有到，現在黃河岸邊。那個地名叫做大王壩，賽青蛇就在那裏看守着她。他們是想等着把你跟春雪瓶剪除了之後，他再把那婦人往靈寶送。因為那婦人也很貞烈，被他們搶走之後，就天天哭啼，他們說被你聽見了還不要緊，怕的是叫春雪瓶知道了，或是遇上了，他們可受不了！乾脆一句話……」

鐵芳就問說：「什麼話？」

小山神柳三喜笑了笑說：「待會再細講，咱們先往黃河岸邊走吧！」

鐵芳說：「柳兄你且等一等，我進村裏去叫人備上一匹馬，送給你，我們一同騎馬走，好快些，你說好不好？」

柳三喜擺手笑說：「不用！不用！我來到洛陽才半天，可是我就知道你韓大相公有三多之名。」

鐵芳就問：「都是什麼多？」

柳三喜說：「第一是你的財多，我知道你在洛陽堪稱首富；第二是你的馬多。早先你一個人就養着十多匹好馬。可是我生平是最喜步行，一來因為窮，二來也是這兩隻腳踏慣了，你把高車大馬供給我用，我倒覺得不舒服了！」

於是鐵芳也只牽着馬，同他步行。向西走了不遠，借着星光尋着了向北去的路徑，就轉了過去。

鐵芳忽然想起韓家的墳墓就在旁邊，已死的韓文佩是不能使人怎樣悲悼他，但養秦氏長眠之所，可也就在這旁邊。那個婦人是個有良心的，她收藏那角紅羅也頗不容易，若沒有那角紅羅，我怎能知道玉嬌龍才是我的母親呢？尤其在當年，她以一僕婦之身，忍辱偷生，與韓文佩做了多年夫婦，她也未必是貪圖享受那些榮華，主要的還是為將我培養成人……

他便向柳三喜說：「柳兄在這裏稍待。因我家人的墳塋便在這裏，我要拜別一下。」

柳三喜遂就在旁站着，替他牽着馬，他跪在地上就叩了幾個頭。及至起來，他又將馬接過去，二人依然往北去走。

柳三喜就說：「韓兄！你是個禮義之人，我倒不好意思跟你開玩笑了。剛才我說的那三多，那第三件，就是我聽說你有很多的風流事兒。所以你跟春雪瓶的事情，連你自己也怕辯解不清。」

鐵芳就說：「玉嬌龍前輩確有使我二人結為婚配之言，只因為我家中本有妻子，所以我才沒有答應。」

柳三喜說：「其實也沒有什麼，連獨角牛手下的那些人，都沒把韓家那位少奶奶看做是你的妻，不然也許早就給搶走了，好出他們的胸中之氣。就因為你那太太是個好佛之人，而且不為你所喜，就是被人搶走，你也不會心痛，所以他們才沒有那麼辦。據我想，你如果知道春雪瓶現在什麼地方，就趕緊去找她拜花堂、入洞房吧！我們再把那荷姑救了，叫她也去跟你。哈哈！一夫二妻，都接到洛陽來，你就有了三房夫人，好大的豔福！」

鐵芳說：「我也不必辯白。到時你看我們救了荷姑，我對她怎樣，你就曉得了！」

柳三喜說：「既然你是個光明磊落的人，荷姑又是個貞烈的女子，我也不能滿口胡說。不過，你千萬得去和春雪瓶在一塊，不然，你縱有通身的本領，也敵不過劉昆、呂慕岩那些人。我聽說連死去的獨角牛都算上，他們全都沒把你看在眼裏。他們可真怕春雪瓶，他們知道春雪瓶比當年的玉嬌龍更為毒狠，劍法更高強，弩箭射得更准。並且玉嬌龍的行蹤還有人能夠找得着，春雪瓶即使在眼前，人也不能夠看得見……」

鐵芳不禁要笑，就聽柳三喜又說：「並且春雪瓶長得更美。可惜那夜在祁連山裏我也沒看清楚，可是她的弩箭，卻領教過了，險些就把我射死！」聽了這話，鐵芳的眼前又幻出了春雪瓶的美麗容貌和婀娜的嬌姿。望着天空上明亮的星星，更令他憶起了春雪瓶的那雙明媚的眸子。如今他的心中倒很高興，覺得所有的恩怨都已報完了，以後的心中就再也沒有什麼掛念了。於是他就決定要去尋找秀樹奇峰春雪瓶，與她結為恩愛的夫婦。

他心裏喜歡，腳步也更快。他又問柳三喜以後還要往哪裏去，柳三喜卻說：「回祁連山去接老婆，再把黑山熊留下的銀錢收拾收拾，我就要去北京找我的師伯五爪鷹孫正禮，幫他保鏢去了！」鐵芳點頭說：「這很好！」

二人隨走隨說，很是投機。雖然那次在祁連山中，若沒有小山神柳三喜將鐵芳困於石窟之中，瘦老鴉也不至於死，這樣一想，也得算是一件仇恨；但是仔細想想呢，可又不然。因為瘦老鴉在死之前曾經親口說過，若沒有這柳三喜護住了他，送到那石窟中養傷，他也就早被黑山熊手下的那些人給殺死了。所以如今，鐵芳對於那件事是絕不再提。但小山神卻頗帶着悔意，連聲地歎息，不但後悔那天他把鐵芳困在石窟裏，並後悔他前幾年不務正業，及所做的種種錯事，鐵芳反倒不住地勸他。

二人向北直走了半夜，身邊的夜色漸落，東方已現出了紫色，四周的景物也能夠隱隱看得出了，柳三喜就忽然喜歡地跳了起來，指着前面說：「快到黃河岸了！」

鐵芳說：「我想我們到了那裏，賽青蛇即使與我們爭鬥，我們能夠不傷她，便不傷她。」

柳三喜說：「好漢子的手下哪能對婦人也不留情！不過得看她怎麼樣了，她若是長得像那小哪叱的老婆花三嫂那麼難看，又那樣的潑辣討人嫌，我可要把她扔到黃河裏去。」

鐵芳又托咐說：「救了荷姑，我還要勞你的大駕，把她送回望山村去。行蹤還要詭秘些，不要叫劉昆那些人曉得！」

柳三喜說：「這可真難！好啦！咱先不必計議這個，先把她救出來再說。頂好叫她去投親靠友，不然叫她去另嫁人，或是找座廟出家為尼，反正你既不要她，我也有一個老婆就夠了！」

又走了些時，天色就發曉了。小山神柳三喜將他的那口撲刀也藏在了鐵芳的行李捲內。二人雖一夜未睡，可是精神都很好。柳三喜找着了一個行路的人去打聽那大王壩，原來這個唸着頗不受聽的地名，就在西面不遠，靠近着河邊。黃河在他們眼前不過二丈之遠，二人順着河岸又往西走，這時河裏靠南岸，還有一片堅冰未解，因為陽光很難照到這裏。北邊的冰卻都融解了，滾蕩着黃泥漿似的河水，中間且有一兩隻打魚的船。柳三喜就說：「以後真得改行業了！在河裏打魚也比在祁連山裏好得多。」鐵芳望着河水卻有些發愁，恐怕那可憐的荷姑真許已經不在人世了。

走了二里多地，小山神又向人打聽。此時陽光已經很高，曉煙都散，河水愈黃，前面有個高高的土台，上面有三五間小屋，連一棵樹也沒有，原來這個地方就叫做大王壩。土台下有一隻木船，就在冰上放着，也許是為打魚用的，也許是怕河水說不定什麼時候就漲上來，那時這人家好乘上船逃命。往土台上走，居然見這裏也有柴扉土垣，還養着一群雞，並有一條癩狗向着他們亂吠。

小山神柳三喜就向鐵芳問說：「你知道那賽青蛇姓什麼嗎？」

鐵芳搖搖頭說：「我不知道！」柳三喜說：「你是老實人，你不會耍無賴。讓我先去耍耍強盜的脾氣，抓賽青蛇那娘兒們出來！」

說着他抽出來那口撲刀，就向那邊跑去，他一掄刀，把那條狗跟那群雞全都嚇跑了。忽見那牆裏有個人探出頭來向外一看，倒把柳三喜嚇得止住了腳步。他回首向鐵芳說：「這傢伙是小哪叱，昨夜他還在城裏，怎麼倒比咱們先來了？咱們分頭辦事，小哪叱既是先趕到這裏來，他必是心懷不善。他的武藝是劉昆之外最高的一個，讓我小山神先跟他鬥一鬥。你就專管進裏邊去救荷姑，因為她認識你，我要去救她，她也一定不肯跟我走。你千萬先把她放在那隻船上，隨後就渡過河去，才能夠平安無事。不然，看這樣子，他們既是猜着了咱們要到這兒來，你就看吧！說不定劉昆那幫人也會趕來。咱們究竟只是兩個，人少力弱，顧得了跟他們鬥，可就救不了娘們啦！」

這時那個小哪叱已經又縮回了頭去，不知在牆裏邊又幹什麼去了。小山神柳三喜卻先隔着牆帶笑喊着說：「開開門呀！我們來啦！」

裏邊不應聲，柳三喜便提着撲刀嗖的一聲就跳上了牆頭。院子雖小，裏面可站着不少的人，兩個女的，三個男的。女的一個就是小哪吒的老婆花三嫂，長得那麼難看，穿得又那麼漂亮，鐵尖兒的小鞋，手拿着雙刀。還有一個長得倒不錯，有點兒媚氣，一身藍布褲褂，拿着口刀，站相兒還挺像樣，婀娜之中帶着兇狠，不用說啦，這正是花豹子的姘頭賽青蛇。花豹子也在這兒啦，大概是跟着小哪吒夫婦一塊兒來的，因為那邊的一棵棗木椿子上繫着三匹馬。此外還有兩個穿着破爛衣裳，滿臉的黃土泥，光着腳的人，像是打魚的，大概是這裏的主人。柳三喜一上牆頭，裏邊的花豹子就跳將起來，挺着長槍向他就扎。他卻掄刀一撥，嘭的一聲，將槍撥開，帶笑說：「都是熟人，不要這樣，講些面子！」

那花三嫂舞起雙刀來說：「還講面子哩？你假裝兒跟我們是朋友，到了要緊的時候你卻幫助韓鐵芳！」

柳三喜笑着說：「哈哈！你先說我幫助韓鐵芳一人，那還說得不大對，我衝的還是春雪瓶。我也不是故意嚇唬你們，韓鐵芳現在就在門外邊，他也不是不會跳牆，是他還要跟你們客氣客氣。春雪瓶是在後邊不遠，咱們再說半刻的話，她就許能來到。昨兒晚上若是沒有她，韓鐵芳連人帶馬也出不了洛陽城。現在沒有旁的話說，那個小寡婦她叫什麼荷姑，你們就快些把她送出來，這樣就萬事皆休，不然……」

賽青蛇瞪起眼睛來說：「不然就怎麼樣？」

柳三喜冷笑着說：「不然就要將你們這兩對狗男女的頭，通通割下來祭黃河！」

賽青蛇說：「好！」說話的時候，身子真如草上的飛蛇一般，就向柳三喜這邊撲來，以刀向柳三喜的腳下就跺。

柳三喜卻喊着說：「到外邊來打吧！院子裏窄，我怕你們幾個人的武藝施展不開！」說着，他又跳到了牆外。此時鐵芳已將馬牽到了那隻木船上，且將船借着冰的滑力推到了融化了的地方，讓船頭被浪頭擺打着，船尾卻仍在冰上。他提劍返身回來，又到了那土台上，只見柳三喜已經跟小哪吒、花豹子和賽青蛇三人打了起來。鐵芳就見那三人之中除了小哪吒的刀法還好，其餘的一男一女簡直都不敢近前與柳三喜交手。

柳三喜的刀真是精熟，他的身軀跳縱，忽而如虎踞猿蹲，忽而如鵬飛鷹落，遮前顧後，不但極為敏捷，左劈右戮亦特別地急快，他的武藝真不愧是俞秀蓮傳授出來的。

鐵芳想着分頭辦事的那一句話，他就不去幫助柳三喜，而直奔那人家。他飛身上牆，只見院裏還有三個人呢。那兩個漁夫都不會武藝，把刀掄了兩下，便都不敢近前。鐵芳向下探着身，以劍抵擋了幾下，就跳到了院裏。那花三嫂不但兩口刀向他來直砍，而且用那鐵尖的小鞋向他來踢。但究竟這婦人的武藝太差，四五個回合，便被鐵芳用劍砍倒。

鐵芳轉向那兩個人逼近，那兩個漁人想爬牆，卻連牆也爬不上去。鐵芳就用劍在一人的大腳上拍一下，這個人哎喲一聲就跪下了，另一個人也扔了刀求饒。

鐵芳說：「把藏在你們這裏的那個婦人，快交出來，不然我將你們都殺死！」兩個漁人全都戰戰兢兢，說：「不干我們的事！是賽青蛇給送來的，我們想不收下也是不行……」

鐵芳見一個漁人的手裏還提着刀，就驀然飛起一腳，將那人的刀也踢落了。他厲聲地喝喊着說：「你們也絕不是好人，不然為什麼賽青蛇單把搶來的人送到你們這裏？快交出來！」

兩個漁人更是恐懼，就去將一間小屋的門開了。小屋裏黑暗得如同個洞似的，裏面有一個婦人哄着孩子，不叫孩子哭，此外又有婦女的哭啼之聲。卻見那荷姑自己走了出來，她蓬頭垢面，淚滿雙頰，身上倒像沒受什麼傷，衣裳可都被人撕扯破了，連兩隻鞋也都被人扒下去了。她還沒走出屋來，就幾乎摔倒在地下，鐵芳趕緊過去攙扶，荷姑就哭了，叫了聲：「大相公！」她的哭聲真是淒慘。

事迫情急，鐵芳就伸手將荷姑背起，叫她抱住自己的雙肩，他一手持劍將兩個漁人全都驅開，就從躺在地上的花三嫂的頭上跳了過去。見屋角豎着兩根船篙，他就去綽起了一枝，將篙杆拄地，奮身又上了牆頭，那土牆都要被他踏塌了。他跳到外邊，差點連他帶荷姑全都摔倒下。這時見花豹子已經受傷，那小哪吒、賽青蛇二人卻仍在與柳三喜惡鬥。

鐵芳連話也顧不得說，就背着荷姑跳下了土台，他先將篙杆扔在地上，然後背着荷姑到了船上，輕輕地放下，又囑咐着說：“在這裏坐着！不要動！”

　　荷姑淚眼看看茫茫的蒼天，滾滾的黃河，又加上船頭被水激得直晃動，她當時就發暈了，趴伏在船板之上。鐵芳急忙回來取篙，他腳登着河邊的殘冰，但是腳底上的冰全都浮動了。雖然冰上粘着很厚的一層風吹來的沙土，但卻跟在船上似的，令人站立不住。好不容易他才過去將那篙杆拾起來。他一手持劍，一手提着篙杆，跑到岸上，要去呼喚柳三喜不要再跟那兩個人鬥了，快來上船，可是此際就見正南方向滾滾地來了一大片煙塵，分明是有一群馬往這邊來了。鐵芳大驚，剛要跑上土台去叫柳三喜，就見柳三喜已自土台上一躍而下。

　　鐵芳就急呼着：“快走吧！快上船來吧！”可是這時又自土台上躍下來了小哪吒與賽青蛇。那賽青蛇的刀法平常，但小哪吒卻越殺越勇，堪堪與柳三喜不分上下。

　　精悍勇猛的柳三喜，也毫無畏懼之色，他向鐵芳說了聲：“你就快上船走吧！”又與小哪吒殺了幾合，他就又說：“你管我幹嗎？”

　　鐵芳卻說：“那邊有他們的人來了！”柳三喜一面鬥，一面就哈哈地冷笑，說：“管他來多少？來多了，就更能夠顯出咱小山神的本事，咱們是為什麼來的？你若能救走荷姑，那才算是你韓大相公的能耐！我用不着你來幫！誰來幫我誰就是看不起我！”

　　鐵芳又說了聲：“柳兄！你也是快走為上！”他就提着篙跟劍又踏着浮冰上了船。那匹黑馬，簡直不知玉嬌龍是怎麼訓練出來的，牠在船上穩穩地站着，那荷姑的頭臉，就挨在牠後蹄的旁邊，牠的蹄子卻連抬也不抬。鐵芳又把荷姑抱起，把她放在一個靠中間的地方，免得這隻小小的漁船因左右的重量不勻，而把她傾落在河裏。鐵芳放下了劍，雙手擎篙，用力撐了幾下，船身就進到了水裏，小船被激流沖得益發飄蕩了起來。

　　鐵芳將篙插入河底，使船暫時不走，他又向柳三喜高聲呼喊：“快上船來吧！”

　　這時柳三喜已與小哪吒、賽青蛇二人打到了冰上，還相鬥着。那岸上的十多匹馬也全都趕到，為首的就是老劉昆，蒼髯被河風吹得飄動着。劉昆瞪着大眼，手掄大刀，喝道：“先殺柳三喜，後殺韓鐵芳！”

　　忽然岸上有人放了一鏢，柳三喜立時中了傷，摔倒在冰上。那小哪吒掄刀就砍，柳三喜一滾，冰就動了，他的身子就沒於水中。船上的鐵芳驚得啊呀叫了一聲，淚都要流出來了，但是要救已經來不及。那邊鈎鐮槍焦衮也跳到了冰上，小哪吒又掄刀撲近船來，岸上且有鏢跟弩箭一齊向着他射來。鐵芳便把篙拔出，順着急流向東去了。

　　船擺動得極為厲害，這竹篙鐵芳也使不靈便，本來他哪兒會撐船呀？並且連水都沒有看慣。看着看着，他的眼睛就發暈，就覺着天地都在旋轉，船也仿佛沒有走，只是在緊緊地轉着，兩腳在船板上也覺得立不穩。忽然嘭”的一聲，船頭就撞在冰上了，幸虧沒破也沒有翻。他吃了一驚，向岸上一看，劉昆那些人都騎着馬順着河岸向他追來，他就大笑，喊着說：“追吧！反正你們的馬不能到這河裏來！”

　　他將篙一點，船又走了起來。他心中的氣憤，加上他對於荷姑的憐憫，使得他精神奮發，周身仿佛都往外冒火。他倒不覺得暈了，就努力地使篙撐船，借着水往東流的波濤猛力，船就真如一枝似的，霎時間就走出了很遠。然而岸上的群馬也緊緊追隨，黃塵滾滾如同這黃色的河水一般。有的地方河道較窄，岸上的人就在馬上趁勢放箭，可也總沒射到船上。鐵芳益發奮勇，河水又益發流得緊，又向下走了不知有多少里，便看不見岸上的人馬了，也不見煙塵了。這時不用使篙，船也自然會往東走，鐵芳便把篙放在船板上，他坐在船尾，管着那個舵。飄飄搖搖地又走了一會，他的氣也喘過來了，身上的汗也乾了，兩岸卻益為空曠，連一棵樹，一間屋都看不見。此時忽然那伏在他腳下的荷姑又嗚嗚地哭了。

　　鐵芳本來是不言語，因為他對於荷姑也實在無話可說，只是救了。然而這個孤身的可憐的少婦，她又那麼柔弱，把她往哪裏去安置呢？鐵芳真還是一點辦法也沒有。可是荷姑哭得索性沒有完了，他就不得不安慰說：“不要哭了！如今那些人已經不追了。再走一會，我們就上岸，找地方再去用飯。以後我再慢慢地給你想法子。我的家裏你既不能回去了，我總得再給你找個家！”

　　忽然荷姑抬起頭來，滿臉是淚，說：“大相公，你要是說這話，我當時就跳下河去，你就白救我了。大相公……”她一頭又扎下去，臉貼在鐵芳那隻滿沾着黃泥的鞋上，痛哭着說：“我要……我要做大相公的妾，好報大相公的恩！”說時越發哭泣得厲害。

　　鐵芳此時反倒十分為難起來。他望着荷姑那粘滿了淚痕跟泥土，卻依舊十分美麗、年輕的臉，鐵芳心裏就想：這個年輕的孀婦，她若是在有錢人家，有田產，有兒女，她自然可以守節。但她是多麼可憐呀！她孤身無依，又時時還能遇見磨難，不但叫她去隨侍着陳芸華是不行的，送她去出家為尼也更不對。實在應當叫她嫁人，可是卻不應當嫁我。

　　於是他就歎了口氣，宛轉地說：“荷姑！你聽我告訴你！芸華，我的那妻子且不必說了，但我另外還有春雪瓶……”

　　荷姑卻說：“叫我做什麼都成，終身服侍大相公跟雪瓶我也樂意！韓大相公，不是我不知羞恥，是不這樣我真報不了韓大相公對我的大恩！”

　　鐵芳卻說：“君子施恩不望報！”他沉思了一會兒，又說：“何況對你有過好處的又不止是我一人。在靈寶縣救你離開戴家莊的是女俠玉嬌龍，由靈寶送你到洛陽的是蕭仲遠。你在望山村韓家居住，以及殯葬你的婆母，那都是韓文佩家裏的錢。此次救你，也多虧柳三喜。小山神柳三喜雖然入過歧途，做過錯事，但他已經改悔了。他的武藝足以保護你，我原想叫你做他的妻子，可是他在祁連山中有個老婆，我也就沒有同他說。如今……唉！他被傷落於河水之中，多半已經死了，這更不用再提了。至於我，假如沒有春雪瓶，我也可以娶你，但春雪瓶實在是我的父母給我訂下的。我那父母可不是韓家的人，這話我對任何人也不能夠說。在此四下無人，又只有你，不說出詳細的緣故，你一定以為我這個人不近情理，或是不願娶一孀婦，或是為什麼不能納妾呢？你聽我告訴你說……”

　　於是他就把二十年前在甘州城來安店發生的事，直到最近他與春雪瓶分劍相別，都詳細地說了，並且他說的聲音還很大，他怕水流的聲音太大，攪得荷姑聽不清楚。但荷姑乍一聽便現出了驚愕，繼之，她的臉便離開了鐵芳的腳，漸漸抬起了頭，坐起了身，並拿手理着她的頭髮。鐵芳便從行李內抽出來一條手巾遞給她。

　　荷姑的淚隨拭隨流，隨流又隨擦。她一陣抽搐着哭泣，又一陣發呆，聽得仿佛出了神。她歎息着，為着鐵芳的身世而難過，為着玉嬌龍的失子、尋子、見子卻不敢認而痛哭。她又驚訝、害怕，為玉嬌龍尊貴的出身、離奇的遭遇、驚人的行為，以及為所聽到的羅小虎的一生。末了聽到了春雪瓶，她卻又羨慕。

　　鐵芳說完了，自己也不禁歎息，他就指着船上的馬，說：“這就是我母親留下來的馬。”他又拿起那口寶劍彈了一彈，說：“春雪瓶使的是雙劍，她分給了我一口，臨別時她也沒有索回，不知她是有意還是無意。直說吧！就是春雪瓶如不願做我的妻子，我便永遠浪遊江湖，不娶；她如願意，我就與她成為夫婦，恢復我先父的原姓，我就得叫楊鐵芳！”

　　荷姑忽又仰着臉兒問說：“准能夠見得着那位春姑娘嗎？”

　　鐵芳說：“我想我們再走些路，便棄船上岸，以後我就向人稱你是我的義妹。我非要給你找一個年輕誠實的，或是有好武藝，或是做官的。總之，我非得給你找一個靠得住的人，眼看着你們過上了好日子，我才能離開，再往別處去！”

　　荷姑低着頭，淚依然滴滴地往下墜，雙頰也通紅了。她沒有再說什麼，可見她也是願意。鐵芳就又站起來撐船。船又行了多時，天空就有群鴉掠過了，可見得天色已經不早。鐵芳找着沿岸低的且沒有什麼冰的所在，就用力地撐篙，把船靠住了岸。

　　此時荷姑已經坐了起來，鐵芳就說：“你慢慢地起來，先到岸上去吧！”但荷姑卻低着頭，鐵芳才曉得她沒穿着鞋，簡直就不能夠走路。正在為難，突聽得呼啦”一聲，原來是那匹黑馬，沒等着人拉，牠就如活龍一般地跳到岸上去了。到岸上，牠抖了抖鬃毛，就跑了一個圈子。鐵芳便扔下篙，抄起了劍，又將荷姑負於背上。船可又直往後退。他一用力就躍到岸上，然後將荷姑放在地下。他向四下裏一看，見這地方是一片黃土，遙望無邊，簡直跟沙漠一般。

　　鐵芳先將鞍轡整了一整，然後就問荷姑說：“你歇息好了沒有？我扶你上馬吧，我們得快些走。天色已不早了，若是天黑了，找不着宿處，可就難辦了！”

荷姑手扶着地坐着，便點了點頭。鐵芳就又抱起荷姑，把她放在馬上，並囑咐她握定了韁繩，心不要慌。雖然這樣囑咐着，可是荷姑的手依然不禁發顫。鐵芳把劍也放進在行李捲內，就一手扶着荷姑，一手抓着馬韁，慢慢地向東南方向走去。

此時綺霞滿天，地下移動着一匹馬，馬上的少婦，馬下的英雄，兩個影子漸漸前進，也漸漸遠去，終於消失。而天空的雲霞也都向下墮，暮色裏又掠過了幾群寒鴉，遠方的已露出三兩點星光。此時他們離開黃河沿岸已經很遠，在這暮色之中，他們就進到了一處小市鎮，投了一家店房，找了間簡單的屋子歇下。

他們男女二人同宿於一室之中，連店家都以為他們是夫婦。鐵芳把自己所帶出來的行李鋪在炕上，讓荷姑去睡，他自己卻伏在桌上睡了一整夜，並把寶劍永遠壓在肘下。荷姑現在對於鐵芳更為尊敬，想到在船上自己因感激，表明自願委身為妾之事，又不禁慚愧。總之，她現在是越發地羞愧、為難，跟鐵芳好像一句話也沒有了。

次晨，鐵芳就帶上了錢，出去了半天才回來，替她買來一件棉衣，一身夾褲褂，一雙鞋，此外還有黑白布，針線等物。衣服全是半新的，鐵芳就是從鎮上的一家小押裏買來的。他帶上門又出來了，就在院中跟店夥閒談。原來這個地方名叫魯家集，屬孝義縣管轄，地方不是怎樣衝要，大幫的客人都不走這裏，所以這倒是一個很清靜的地方。

鐵芳在院中站立了多時，及至回來，卻見荷姑已經換好衣裳，穿上了鞋，頭髮也梳得很整齊，臉上尤其擦得乾淨，雖然未塗脂粉，可是風韻天生。她帶着點笑，向鐵芳問說：“今天咱們還往下走嗎？”鐵芳搖頭說：“不走了，索性在這裏再歇息一天！”

因此，晚間鐵芳就仍然與荷姑同宿於一室。他自然仍然趴在桌上睡，但是荷姑的心裏卻十分地過意不去，她輾轉反側，難以安寢。鐵芳也是睡不着，但二人卻不說一句話。

窗外寒風呼呼，大約是從黃河那裏吹來的，所以很是猛烈。更聲遲遲，可見打更的離這裏很遠，必是在街上了，而且必是一個年老體弱的更夫。室中也沒有燈，鐵芳就歎息了一聲，想着，柳三喜必是已經死了。這樣一個武藝高強，勇於改過的人，落得死於水中冰下，未免可惜！又想，自己帶着荷姑，應當往哪裏去呢？在這裏，離着洛陽還不算太遠，劉昆等人仍然能夠追來，究竟不大妥；可是要再往東邊走，究竟走到什麼地方為止呢？到了哪裏才算是荷姑的歸宿呢……

鐵芳愁了一夜，次晨荷姑起來了，他才去躺在炕上。連坐了兩夜，疲倦倒不太厲害，可是腰酸得真難受。他躺下了，就臉向着牆，仍然跟荷姑是一句話也不說。閉了一會眼睛，他就漸漸地要睡着了，而這時忽聽院中有車輪聲，有雜亂的腳步聲，還有好幾個人亂紛紛地在大聲說話，一個就說：“了不得！大年新正，想不到這時候大街上竟出了響馬！”

似乎是店家的聲音，問道：“怎麼啦？”來的客人回答說：“你到北邊的大街上看去吧！大概那個人還在道邊躺着啦，大腿上挨了一刀，流出的血，簡直怕人。可是他還倒明白，他說是一群響馬走過去了，砍了他一刀，把他的馬給奪走了……”

鐵芳聽到這裏，便立刻站了起來，從窗隙中往外去看。就見院中站立着五個客商，他們有車也有騾子，還滿載着貨物，倒是一點也不假，真是做買賣的人。

這些人都在抽打着衣裳上的塵土，個個面上餘驚未退。一個好像是掌櫃的人，說：“這麼些個貨，萬一被那群響馬看見了，那還了得？我們來到你們這店裏，明兒還得往東去，得打聽打聽，或是能遇見鏢車搭上伴兒，我們才敢再往下走呢！”

那店家又問：“受傷的人躺在路邊，莫非就沒有人去救嗎？”

一個客人就回答着說：“我們倒是想把他救到這兒來。可是他傷得那麼重，萬一要是死啦，我們給他買棺材倒不要緊，可是賠上打官司，就合不着了，因此我們就沒管他。”

鐵芳此時卻忍不住走出屋去，拱了拱手說：“剛才諸位說的話我已都聽明白了。那個人既是遇盜受傷，就很是可憐。我們去把他救了來，他還可能活；若是放在道邊不管，餓渴也能夠使他死了。咱們都是出門在外的人，應當做點好事，現在我就去把他救回來，以後如果有了麻煩，都由我承擔。只請諸位暫時不要出門，免得被那些強盜曉得了，反與咱們為仇。屋中的家眷，也請眾位關照。」又說：「我還得帶上件防身的東西，因為說不定就許與那夥強盜碰頭，我們就得打起來！」他急忙返身進到屋內，又拿了寶劍出來，就去牽馬。這裏的一些客商都猜着他必是位鏢頭。

店家便說：「這是一件善事，客官就快去吧！這鎮上也有好的刀傷大夫。」客商們也說：「錢可以由我們出。」

鐵芳已經出門上馬，直奔正北，走了有四五里地才到了大道之上。今天雖然風大天冷，可是太陽卻很高。這條大道上理應有不少的人來往，但是東西數裏之內，竟無一人。可見強盜傷人之事，已經有不少人都知道了，那些客商行旅之人便都嚇得趕緊找地方去躲避，不敢走了。那夥強盜，已被鐵芳猜出，必定是劉昆、焦袞、小哪叱那一夥，但受傷的人又是誰呢？

他在大道的兩旁馳馬尋找了半天，也沒有尋到，他就高聲叫着：「受傷的人在哪裏？誰被強盜殺傷了？我是來救你的，你不要怕！你快答應一聲吧！」

他的馬來回地走，連喊了許多聲，才聽見隱隱有人慘呼。他趕緊收住了馬，側耳去聽，就聽見有人叫道：「韓大相公……」

鐵芳更是驚愕了，他急忙下了馬，尋着聲音走去，走了約百餘步才找到。原來那個受傷的人已爬到了一個土坑裏，身上的血都已沾了土。

這人抬起頭來又叫了聲：「韓大爺！」鐵芳一看，就不禁叫了聲：「啊呀！」他趕緊扔了寶劍，下到坑裏輕輕地將這人扶了出來。原來這人正是邢柱子，鐵芳就驚問說：「你怎麼到這裏來了？」

邢柱子喘着氣，說：「大相公不用攙着我！我的傷倒是不太重，就是渴得厲害。」

鐵芳說：「不要緊！我帶着你找個地方喝水去！」遂就抱着邢柱子上了馬，自己一手扶着他，一手提着劍並牽着馬，就順着來時的路徑往回走去。

邢柱子趴伏在馬上，喘着氣，並用沙啞的嗓音一句一句地說着：「我在望山村，知道老劉昆那些人，在清早，城門剛一開的時候，他們都騎着馬，向北追趕你去了。我就急了，我怕你萬一被他們追上了，你就沒命啦！家裏的人連知道都不能夠知道。我就去求徐四爺趕緊去幫助你。徐四爺可是老江湖啦，他一點也不慌，只說，不要緊！無論怎樣鐵芳絕不能夠吃虧，因為他有好劍、好馬，又有好武藝，並且還有人在暗中幫助。又說，他托咱們給他看家，咱們就給他看家，旁的事不要管！」

鐵芳就點頭說：「這話本來也對！」

邢柱子又把頭抬起來，說：「大相公，你怎麼說他的話也對呀？我可不能夠眼瞧着你吃虧，我幾乎跟徐四爺頂起嘴來。我就帶上一柄斧頭，騎上了你的那一匹雪中霞，追下他們去了。可是我沒有追上，直到了黃河岸也沒看見他們的影兒。我又找了半天，才聽路上才有個人說，看見一大群人馬都往東去了。我就也往東來。昨夜他們宿在偃師縣，我就跟他們宿在一個店房裏。他們雖沒有認得我的，可是他們留心上我了，也許是因為我騎的那匹雪中霞，被他們看上了。今天又是五更天，他們就由偃師又往東來，一路上他們就罵大相公，並且罵春雪瓶。走在這兒，他們見我跟隨着他們，就將我揪下馬來了。先問我是幹什麼的，我不敢說與大相公相識，只說我也是個行路的，他們才算沒要我的命。只在我的右大腿上砍了一刀，把我的馬搶了去，他們就都又往東去了。我在道旁從天亮的時候直趴到現在，我喊着叫人救我，過了幾批客人，都停住車馬向我看了半天，還問我是為什麼受的傷，可是竟沒有一個人肯把我救走，人的心真冷！其實我的傷倒不太重，可是我太渴了，我就想爬到黃河邊上去喝那泥水，不料又滾在那個坑裏了。幸虧大相公前來救了我……」他的嗓音是越說越啞。

鐵芳就勸他不要再說了。少時就回到了魯家集裏，那家店裏的人全都說：「哎呀！真把人給救了來啦！」鐵芳卻向眾人說：「這不是外人，卻是我的內弟，幸虧我去把他救了來！」

眾人一聽，就更為詫異，有的就說：「這可真是湊巧，可見這人是命不該絕，冥冥中有神佛保佑，自然就能夠遇得着救星。"

鐵芳將邢柱子抱下馬來，就送到屋內。荷姑一見邢柱子渾身是血的淒慘樣子，不禁很害怕，鐵芳就小聲兒把邢柱子的身世、來歷都說了。原來他跟荷姑不僅是同鄉，而且同是為戴閻王、判官解七所害，害得家敗人亡，淪落苦境。因此鐵芳出去請醫買藥時，荷姑就趕緊過去殷勤地服侍邢柱子。鐵芳在旁邊看着，就不禁心裏喜歡，又想起了一個主意。

這天，鐵芳當然又不能動身了，而且決定在此多住幾日，索性等邢柱子把傷養好。到了晚間，因為一個小屋，三個人是絕睡不下的，他就囑咐荷姑，好生地服侍着邢柱子，他卻叫店家另給他找了一間屋子去住。

夜間，他就提着劍跟巡更似的，在荷姑與邢柱子的房前巡邏。如此，就在這小店裏連宿了五六日，倒是未見劉昆那些人找來。邢柱子的傷僅是皮肉之傷，雖然流的血不少，但並未傷着筋骨。鐵芳天天叫店家給他另做些好的菜飯調養，他的精神也就漸漸復原了，照舊是一條精悍的小伙子。

荷姑休息了這些日子，仿佛倒胖了一點，臉上紅潤潤的，不像是個孀婦，倒像是個新婚的小媳婦。然而她跟邢柱子雖是同鄉，但仍然有一些忸怩；邢柱子雖是管荷姑口口聲聲地叫着大姐，卻也非常拘束。

這天，鐵芳故意叫荷姑出屋去，他便坐在炕頭上對邢柱子說："兄弟！咱們兩人真是經過患難。在鳳翔府，扶風縣，你曾救過我，不是你報信與春雪瓶，我一定早已死了。前幾天我又救了你，咱們二人可稱是生死的弟兄。荷姑她雖嫁過人，但她的遭遇真是不幸，比你還不幸。你是個男子，還可以殺了判官解七報仇，她卻非仗人保護不可！兄弟！你年紀輕輕，有膽有為，將來一定前程遠大。我想你可能不願娶一個再婚的婦人，但是……"

鐵芳才說到了這裏，邢柱子的臉就紅了，說："韓大爺你不用說了。荷姑本來是馮老忠的童養媳，我也問過她啦，她比我還小一歲呢。叫她當一輩子的小寡婦，那真太可憐。說實話，讓她跟我倒也相當，我邢柱子要是有個准事兒，能夠安得起家，我一定能雇花紅轎子迎娶她。可是，咳！韓大爺，你看我有什麼本事呢？哪裏又錢娶親呢？洛陽城你的莊裏，倒是也能夠供給我們兩碗閑飯吃，可是那裏離着靈寶縣又近，被戴閻王知曉了，饒不了我，也饒不了她。天地之間倒是寬大，可是什麼地方能混得出一碗飯來？連我一個人都混不了，還能夠安得起家嗎？"

鐵芳卻笑着說："這個不要緊！此次我由韓家出來，所帶着的銀錢還很多，我可以資助你們到京都去，並給你們些銀子。你們到了那裏，可以做個買賣，我想必定能夠安家立業，過上好日子。我並且還可以送你們一程，以免路上再出事。"

邢柱子聽到這裏，便不言語了，然而可以看出，他的心裏是很喜歡的。鐵芳便又叫進來了荷姑，慷慷慨慨，把話又都對荷姑說了，並笑着說："我曾唸過些日書，我記得唐朝的白居易曾寫過兩句詩：'同是天涯淪落人，相逢何必曾相識？'以這一句詩可以說明你們的身世遭遇。今天我給你們做媒，願你們永遠好合。在這個店房裏，我也不便為你們辦喜事，等到明天我們離開這裏，再向東走一程，找一個地方再住兩日，那時我再給你們夫婦道喜！"

說着，他就轉身出屋，並給帶上了門。回到自己的屋內，他就收拾他自己的行李捲兒，由內中取出了兩封銀子，約有二百兩，並有一錠金子。這些錢交給邢柱子與荷姑，他們就是不謀生業，也足夠花上十年八年的；若是做個買賣，或是置十幾畝田產，便夠一生之用。這全是韓文佩留下來的，鐵芳覺得用的很是恰當。預備好了，次日他便交給了邢柱子跟荷姑，那兩個人想要道謝，他立時就給攔住了。鐵芳並算清了店賬，雇了一輛車，叫邢柱子與荷姑坐上，便離開魯家集往東去了。

當日，往東走了約四十里，便到了孝義縣城。這裏十分的熱鬧，新年的綺景未退，上元佳節將臨。鐵芳便在關廂找了一家店房，還特意為邢柱子與荷姑找了一個整潔的單間。他買了紅紙寫了兩個雙喜字，臨時貼在牆上。

店夥看見都笑了，說："這兒原來是要做新房呀！"

　　鐵芳也笑着，出去到新衣莊裏買來了一套很像樣的闊綽的男子的衣裳，還有鞋帽等等，並買了一身新婦穿戴的紅緞衣裙及絨花，都拿了回來。雖然還都有點肥大，可是荷姑立時就拿針線拆改，店裏的內掌櫃帶着一個十多歲的姑娘也拿着針線來幫忙縫。少時，那衣莊又把大紅布的衣褲送來，在飯莊叫來的酒菜也都送來了。店掌櫃也來道喜，並且送來一點禮物，幾個店夥都探頭探腦地來看，都很羨慕邢柱子。

　　鄰居婦女和店中住的女眷也都爭着來看新娘子，都誇新娘子長得美。荷姑此時已完全是新婦的打扮，她帶着些羞澀，招待着來看她的人。鐵芳更是非常高興。店裏的人都知道鐵芳姓楊，是新郎官的拜兄，如今是為盟弟在旅途中完婚，就要往別處做買賣去啦。但是這位新婦為什麼沒有娘家的人呀？可也有許多人在納悶兒。到了晚間，已圓的明月自東方升起，室中成對的紅燈也點着了，鐵芳就叫邢柱子荷姑拜了天地，自己也受了他們新夫新婦的一拜，然後就熱酒開筵，拉上店掌櫃的全家作為賀客。鐵芳正舉杯祝喜，忽然有一個店夥又送進來了一份禮物，似是一個梳頭匣兒，用紅緞包着，縫得很密，並寫着雙喜字。鐵芳接了過來，卻覺得很沉，不由得詫異，就問說：“這是哪位送來的？”

　　店夥說：“是剛才來了一位客官，放下這個東西，叫我送給新郎新娘，他就走了。”

　　鐵芳就問說：“這位賀喜的人，沒說他姓什麼叫什麼嗎？”

　　店夥搖頭說：“沒說！”店掌櫃就說：“別是誰開的玩笑吧？”邢柱子都變色生疑了。鐵芳又問說：“那個人是什麼模樣？”

　　店夥就說：“跟我一樣，也像個給什麼店裏當夥計的樣子，可是我不認識他。”

　　邢柱子就急了，說：“你這人真不會辦事！怎麼沒問明那個人跟我認識不認識，就收下他的禮物，若是一顆人頭在裏邊可怎麼辦？”

　　內掌櫃就嚇得說：“哎喲！大好日子，可千萬不要說這樣的話！”

　　荷姑也害了怕。鐵芳卻雙手捧着那木匣，現出來微笑，說：“其實不用現在打開，我已明白了裏邊的東西了！”店掌櫃便趕緊問道：“是什麼？”鐵芳說：“這是我們的一位朋友送來的金銀厚禮，給他們夫婦花用。”

　　此時荷姑已經把剪子取了來，鐵芳就叫她將包裹着的紅緞拆開，拆的時候，她的手兒有點發顫。鐵芳就說：“不要緊！你放心！這就是你的春大姐姐派人送來的！”

　　說時，紅緞掀開，就露出來裏面的物件，果真是一簇新的紅木的梳頭盒。打開一看是鏡子，下面有兩個瓷的粉缸兒，每個粉缸兒裏都有一張小小的紅紙，上面就壓着一塊黃澄澄的金錠子。梳頭匣的下面是兩扇小櫃門，裏面應當是放着木梳、抿子、簪子等物，可是現在簪子倒有一對，卻是純金的，此外還擺着四個金的小元寶，又有四個銀元寶，並有一張紅紙帖，鐵芳就先把紙帖拿到手裏。

　　這時，最驚訝的可就是那店掌櫃了，他都站起身來了。他瞪大了眼睛看着那八個小元寶，驚訝地說：“哎喲！這些東西在外邊可見不着！除了做大官的家裏才能有啊！”

　　此時鐵芳卻借着那紅燭的光焰，正在專心一意地看着那張紙帖，紙帖上除了簡單的幾句賀喜的話之外，並有幾句話最使鐵芳心中難過，卻是：“因病不能往賀，謹飭人送上菲儀，敬請收納……”

　　鐵芳現在才知道春雪瓶病了。他因此連喜酒也喝不下去了，就叫荷姑將木匣和金銀妥為收起，並向店掌櫃解釋着說：“送來這禮物的人，是我的一位好友。他是一個做官的人，本來與我有深厚的交情。可是我們都不過是做買賣的人，他如今必是有所顧忌，所以不能親身來給我們這位老弟賀喜。”

　　店掌櫃聽得連連點頭。他如今對鐵芳更加尊重了，並且說：“我想你這位朋友，官職必然還不能小了，不然也不能有這樣的金銀。本來做大官的人要是跟咱們做生意的人常來常往，叫御史老爺知道了，參奏一本，就不能夠輕啊！”

　　鐵芳也點點頭，當下便推開了酒杯，菜飯也都不吃了。掌櫃的還得去照應買賣，就先離席走了。鐵芳也就回到了他自己的屋內。他知道春雪瓶必定是在此地了，必定是病容削減，臥於一家旅店之內，也許真如同她的爹爹一樣，得的是同樣的不治之病吧？

　　想到這裏，他就十分不放心，恨不得立時就到關廂及城內的各店裏去尋找一番。邢柱子跟荷姑的那屋裏，賀客都已走了，他們新夫婦倆已經閉上了屋門，紅燈的光映在窗上更為豔麗。少時，光越來越微，那屋裏一點動靜也沒有了。然而安知道劉昆那些人沒在這附近住着，而趁夜前來驚破了他們的綺夢呢？因此鐵芳也不敢離開這店房。他不敢睡，同時心中憂急，睡也是睡不着。

第十八回　夜雨瀟瀟孤劍自倚　銀燈暗暗美人忽來

　　人家那屋裏恨夜短，鐵芳在這屋裏卻恨夜長。直到雞鳴了，天光已亮，店裏的旅客都趕早出了門，鐵芳這才穿上了長衣走出。他一家一家地挨着店房去找，不但打聽年輕的小差官，還打聽帶劍的俠女。東西南北的關廂都已找遍了，他又進城裏去找，可是無論什麼地方，也沒有春雪瓶的蹤影。他真灰心，真着急，又不住歎氣。

　　孝義縣城內，人煙也是很稠密的。又因為現在是上元佳節，耍龍燈的白天就出來了。鑼鼓喧天，圍着一大圈子人，都仰面看那蜿蜒如生的龍燈，鐵芳想走過這條街都很困難。

　　忽然聽見旁邊有兩個人在說話，其中有一個人正仰着脖子觀賞，另一個卻推他，說："走吧！走吧！這沒什麼大意思。你看人家老謝，已經上京裏看去了，那有多麼好。等他回來，你就聽他對咱們誇口的吧！"

　　那看的人被推到一邊，還有點發怔似的，站了半天，才說："哼！京裏的龍燈怕他也看不着，他走到京城還不得正月底。"

　　推他的那個卻說："喂！你哪裏知道？北京城的新年，是從正月一直熱鬧到二月二，天天放花炮，每晚間耍龍燈。"

　　這兩人都穿着便服長袍，足下蹬着青布的薄底官靴。說話撇着官腔兒，表示他到過北京的這人，是個重眉毛、大眼睛，年輕乾淨，像個小跟班的人。另一個還不住扭着脖子回頭看那龍燈的，卻有三十多歲，爛眼邊，酒糟鼻子，也像是個在衙門裏供役的。這兩人像是交情不淺，隨往南走隨談。

　　鐵芳也知道老謝上北京看龍燈是與春雪瓶病在店裏，一點也拉扯不上，可是就不由得注意。因為北京那地方就仿佛是自己的故鄉，而做官的要是往北京去，就仿佛與自己有着什麼親戚關係似的。這種心理使得他就跟隨着這兩個人。走了不遠，見道旁有一個元宵攤子，風匣拉得嗒嗒地響，大鐵鍋裏上下翻滾着無數元宵。旁邊擺着一條很矮的板凳，已經有兩個人坐在這兒吃了。鐵芳忽然覺得餓了，就坐下向着賣元宵的人說："來一碗！"

　　那個小跟班也拉着爛眼邊的走過來，說："坐下！吃碗元宵，我請客。"

　　鐵芳一見他們也要來坐，就趕緊挪動身子，讓出些地方來。那個小跟班的卻很覺着對不起，連連說："別客氣！你坐你的！我們只是兩個人，足夠坐的。"

　　於是小跟班的就挨着鐵芳坐下。賣元宵的就拿鐵勺子盛元宵，每一碗是六個。這種食物本是糯米做的，剛出鍋，元宵浸在半碗滾湯裏，熱氣騰騰的。假如要是個愣傢伙，像吃溜丸子似的，拿筷子挾起來驀然就放在嘴裏，那就非得把嘴燙腫了不可。

　　爛眼邊就真要如此去做，立時就被他的夥伴給攔住了，說："先涼一涼！"

　　這句話說得更是官腔十足。他又問賣元宵的人，說："你們這元宵都是什麼餡兒的？"

　　賣的人回答着說："白糖！"他又問："就是白糖？沒有別的餡兒的嗎？"

那賣元宵的人回答得也好，說：“啥也沒有，元宵裏還能夠放大蔥嗎？”

小跟班的說：“哈哈！你這個做買賣的，說話倒真和氣！告訴你！你大概活了這麼大也沒出過縣城，你沒見過別處的元宵都是什麼樣兒！”

賣的人說：“別的元宵還能是方的？”

小跟班的說：“元宵倒不是方的，裏邊的餡兒卻是切好了的小四方塊兒。把餡蘸上水，在放滿了糯米面的大筐籮裏，來回滾、來回搖，搖來搖去就搖成個白圓球兒了。然後在上面點了紅點，綠點，好分出來都是什麼餡兒。”賣的人就問說：“都有啥餡兒？”

這小跟班的就用手指頭數着說：“棗泥餡、豆沙餡、山楂餡、桂花餡、玫瑰白糖餡、瓜子紅糖餡、青絲核桃仁芝麻冰糖餡，還有火腿餡、豬油蔥花餡……”

賣的人搖頭說：“都沒啥好吃！”

小跟班的生了氣，問說：“你也得吃過呀？連見也沒見過，你怎麼知道好不好吃？”

這時鐵芳就歪頭來帶笑說：“這位大哥的官話說得真好！”

小跟班的趕緊拱手，笑着說：“不敢當！我本來是順天府良鄉縣的人，在京裏生長大了的。可惜跟官多年，南邊也去過，北邊也去過，口音都雜了。”

鐵芳又問：“現在大哥是在衙門裏……”小跟班的說：“不敢當！我是跟着本縣的常老爺去年從京裏來的。”

鐵芳進一步就問說：“京中有一位玉大人……”

小跟班把鐵芳打量了一番，就說：“京中的大官姓玉的不少，不知你問的是哪一位？”

鐵芳說：“做過九門提督。”小跟班的說：“那是玉老大人，早就故去了。兩位少大人，一位是現在的禮部侍郎，一位不是剛從迪化回去的欽差大人麼？”說到這裏，他忽然像想起來一件事似的，就問說：“怎麼？你跟玉府上有點認識嗎？”並顯出些驚訝的樣子。

鐵芳說：“因為我有個親戚，是從長安跟隨着玉欽差往北京去的，我也找不着事，很想去投奔他。”

小跟班點了點頭，就用筷子把碗裏的元宵夾開，露出餡兒，令它裏邊的熱氣冒出來，這才挾起來輕輕往嘴裏放。他用牙咬了咬，卻皺起皺眉，大概是嫌餡兒太不好吃。勉強咽了下去，他就又說：“你要是今兒早晨見着我就好了。”

鐵芳也吃了半個元宵，就放下筷子問：“為什麼？”

小跟班的說：“因為孫大人的官眷今天早晨才過去。我們衙門裏有一位老謝，就是跟着走了。跟着官眷走，不但不用花盤纏，還能得賞錢。這次路上還與眾不同，包管一點舛錯也沒有，無論哪一山的強盜也不敢瞪一眼，因為有一位超人出眾的保鏢的！”

鐵芳一聽這話，就吃了一驚，但是面上並不露出來，他趕緊問說：“是哪家鏢店的鏢頭？”

小跟班的就把嘴一撇，說：“鏢頭？保鏢的還行？這是真正的有名的俠客，而且是孫夫人的親戚。孫大人是才由漢中府調往北京裏的，升了官了！孫夫人是做過伊犁將軍的瑞大人的長女。你聽說過有一位天下聞名的大俠客叫玉嬌龍嗎？那就是孫夫人的表妹。乾脆！咱們剛才說的那位玉欽差，也就是今天才走的這位太太的姑母所生……”

鐵芳聽到這裏，簡直呆了。小跟班又說：“此次沿途保護這位夫人的，就是玉嬌龍之女，按親戚算也是外甥女。孫夫人這次所帶的行李箱櫳極多，前天走在黃河邊幾乎被一群強盜所劫，幸遇着一位俠女給救了。有人認識那位俠女就是玉嬌龍之女，因此孫夫人親身下車與那位俠女相認。俠女這才知道是她母親的表姐，因此同到我們縣衙。我們的老爺本是孫大人的門生，就在這裏住了兩天。我可看見那位小玉嬌龍啦！嘿！真是仙女一般！平常看她，也不過是個小娘們，可是別惹她，若是惹得她顯出本事來，那可就不得了啦！”說着又吃了一個元宵。

鐵芳卻連元宵也吃不下去了，他趕緊就掏錢付帳，並要給那兩個人會賬。

小跟班的卻拉住他連連說：“別讓！別讓！咱們兩便吧！”可是鐵芳把三碗元宵的錢已經扔下了。小跟班的站起來拱手道謝，並說：“你要是往京裏去，就趕緊往東去追，他們官眷的車絕不會走得太快，一定能追得上。你要是說有親戚在玉府當差，他們必能另眼看待。不然你就找孝義縣派了去跟着護送的老謝。老謝是個高身材，有力氣，好喝酒。你就提我，我叫馮仁善，他必能夠沿路關照你！」鐵芳也拱手說：「多謝！改日再見！」他就趕緊走了。

　　雖然龍燈還在那裏耍着，可是他想走過街去，就不顧一切地往人叢之中去擠。不想人太多，一時擠不出去，擠得他都喘不過氣來。他正往前擠着，突然覺得有個人揪了他的後腰一下，用的力氣還很大，可是他當時就脫開了身。扭頭去看，只見挨着的一個個頭臉全是陌生的人。他很覺得詫異，但緊接着就聽耳邊發出一聲怪厲的尖叫聲。當時人群就亂了，你擠我，我擠你，把許多人都擠得趴下了，還有的被踏得發出喊叫聲，又有婦人哭着呼叫孩子。鐵芳也不知道是怎麼回事，便趁着這混亂就跑過了街。他本想站在這裏看個詳細，但心中還有急事，也就腳步不停地回到了店房。他一直就去見邢柱子，問說：「你的腿傷怎麼樣了？」

　　邢柱子說：「好了有八成了，不用扶着什麼也能邁步兒了。」

　　鐵芳就笑着說：「這也是你夫人的福氣。」

　　那邊站立的荷姑立時臉兒又緋紅了。鐵芳就又急急地說：「你們夫婦真是時來運轉了！」遂把剛才在元宵攤子上聽來的話說了一遍，又說：「咱們今天就走，快些追上那位孫大人的官眷跟春雪瓶，你們就可以跟隨他們赴京，就不必我再送了。你們到了北京也不必做買賣了，孫大人必然能夠提拔你們。這是一件極好的事，快些！快些預備着，咱們現在就走！」邢柱子跟荷姑聽了，全都十分高興，夫妻二人立時就去收拾他們的行李。鐵芳趕緊又趕出屋去，說：「夥計！快給我備馬，再出去給我們找一輛車去，問他往東能給送到哪裏……」

　　他正嚷嚷着，店掌櫃忽由門外進來了，問說：「怎麼？這就要走嗎？」

　　鐵芳點頭說：「對了！因為昨天我說的那位做官的朋友，原來他是今天一早就往東去了。我們想趕上，有些事情還要拜託他給辦理。」

　　店掌櫃卻擺手說：「先不用忙！不用忙！我有幾句話還要跟你說。」遂就進到了鐵芳住的那屋內。這店掌櫃面帶驚慌之色，向鐵芳悄聲說：「你是才由外邊回來的不是？」

　　鐵芳就點了點頭。店掌櫃說：「你知不知道大街上因為看龍燈出了事？」鐵芳說：「剛才我見街上的人一陣亂，可是不知道是什麼事。」

　　店掌櫃就說：「殺了人啦！殺的是城裏的袁秀才。袁秀才是個才子，平常喜歡跟人開玩笑，可也不至於得罪人。剛才他在人群裏看龍燈，不知是被誰在後腰上扎了一刀！」

　　鐵芳聽了，也不禁一驚，因為記得剛才自己在人群裏也被人將後腰揪了一下。

　　店掌櫃又說：「袁秀才是城裏有名的人，平日又跟本縣的縣太爺常大人有交情。常大人辦事最認真，衙門的捕役也都個個厲害。現在起，就在各處查拿兇手了，待會兒就許查到我們這店裏來。倘或要知道你不早不遲單在這時候走，那可就許有人疑惑你了，本來你們在這兒辦喜事，就有不少人都在胡疑瞎猜。」

　　鐵芳一聽，覺着店掌櫃說的這話也對。同時又想，春雪瓶既然還能驅走了強盜救官眷，今天又隨着官眷走了，可見她的病不重，也沒有什麼不放心的。在這裏再停留一天，明天往東快些去走，也許還能夠追上她們，於是就點頭說：「好！現在我們就不走了，免得落嫌疑。明晨我們再走。多謝掌櫃的把這事告訴我，不然我真不知道。」

　　當下店掌櫃就出去了。鐵芳在屋中卻不住驚疑。他知道必是有仇人在這裏。剛才那人群中的仇人本來想要殺我，可是因為我一躲，他的刀才扎在那秀才的身上。今夜更得防備。

　　於是他又去到邢柱子的屋裏，告訴他們今天不走了，詳情也沒有說。當縣衙裏的捕役們氣勢洶洶地查到這店裏的時候，他反倒很自然地出屋去看，倒沒有人疑惑他跟剛才那件事有什麼關係。到晚間他就將一輛往東去的車訂好了，並付清了店賬。這一夜他劍不離手，又未得安睡。次日晨起，雇的車來了，馬也備好了，於是他同邢柱子夫婦才離開了這地方往東而去。

今天的天氣不大好，半空中飄着許多烏雲。走在大道上，也許因為元宵節才過，商家還不大交易之故，所以路上的人很是寥寥。鐵芳就催着趕車的快些趕，他騎着馬在車後邊也走得很急。風倒不大，可是很冷，天上的烏雲一片一片地往一處凝結，漸漸地四下無光，又像是要落雪的樣子。趕車的倒說："不要緊，快到正月底了，還能夠下雪嗎？"鐵芳卻看着這陰天就有些發愁。依着他是連午飯都不吃，就急速往下走，可是他多加錢趕車的也不幹。趕車的原來有規矩，是一天至多走八十里，像這天氣，能走七十里就算是很勉強了。

鐵芳雖然急，但趕車的卻不急，他照舊跨着車轅抽旱煙，還自言自語地說閒話兒。這條路上的每一棵樹，甚至每個墳頭、每塊石頭，他都熟悉極了，都數得出來。到了中午，他自然就趕到了一個村鎮上，這裏有他的熟飯攤，不容鐵芳不歇下來。他先跟鐵芳支錢，吃飯，吃完了飯還得喝茶，跟鎮上的熟人談天。

鐵芳沒有法子，只得與邢柱子夫婦也在這裏用了點鍋餅、稀粥之類。鐵芳就向這裏的人打聽那官眷車的去向，有人就說："你打聽的是陝西調到京都去的那孫大人的家眷嗎？昨兒比這還早的時候，就由這裏過去了，六輛車，七八匹馬。"

鐵芳就故作驚訝地問說："那麼許多的人呀？"

這裏的人就說："人家是知府，是四品官，調到京裏更得升一級，再說那位官太太娘家的官更大，又是丫鬟，又是婆子、奶媽，淨底下人就占了四輛車，跟隨保護的人更不計其數。饒這樣，聽說過黃河的時候還遇了劫啦！本來這一帶頗不平靜，西邊的道上有毛疙瘩，嘍囉有七八十，東邊有比毛疙瘩更厲害的呢！那官眷的車，拉着那麼許多隻大箱子，走在路上哪個賊不眼饞呀？恐怕還得出事！"

這才喝過茶的趕車的，卻說："大爺！我想咱們也不要再走了吧！天氣可不好呀！"

鐵芳生氣地說："天氣不好，你就不能夠趕車了嗎？"

趕車的說："我能夠趕，騾子也能夠走，我還不願意多耽誤一天，賠飯錢呢！可是走不了可怎麼辦呀？"

這裏賣飯的人也說："常出門的人都能夠知道，路上的人既少，又是這天氣，可真是不能夠走。這鎮上有店，現在就有人住下了。"

鐵芳確實也有一些猶豫。可是邢柱子因為是新娶的親，急着要找事做，他就不肯放過前面的官眷車輛。他在車上先着了急了，就嚷嚷着說："我看這是東來西往的大道，絕不至於出那些事，什麼打杠子套白狼的小毛賊，也絕不敢劫咱們；而成群結夥的強盜，可又不能把咱們看得上眼。據我說自管往前去吧！本來昨兒就已經耽誤了一天啦！"

於是鐵芳也決然說："走！趕車的！你若能夠再趕出五十里去，我就加給你五錢銀子。多走十里多加一錢。"

他懸出的這個賞額，不算是小，當時這趕車的也就振奮起了精神。鐵芳又連他所吃的飯錢、喝的茶錢，全都代給了，他更不能夠不多賣點力氣。於是一車一馬就離開了這鎮街，又向東緊緊地行去。趕車的只揮鞭抽着騾子，也不再說閒話了。天色越來越陰沉，又行下有二十餘里，竟然欻欻地落下冷雨來了。這個地方是四外遼曠，可以說是上不着村，下不着店"，又冷又荒涼。

鐵芳又想起來他丟在甘肅的那件老羊皮襖了，覺得若在手裏，穿上了也好。邢柱子在車裏縮着手腳，他的太太荷姑把新棉被也打開了，給他圍在身上。趕車的卻為了十里一錢銀子，倒沒有什麼怨言，反倒趕得更加起勁。

這時路前路後，簡直就再沒有別的人。又向下行了一會兒，忽聽身後蹄聲雜亂，自遠而近。鐵芳驚得一回頭，隔着煙雨望去，就見由西邊飛馳來了四匹馬。鐵芳開始還以為也是冒雨趕路的，他倒沒有十分介意。可是不一會兒，那四匹馬就越來越近，人身馬影已能看得出來。他就將胯下的劍柄按住，並吩咐車裏的邢柱子說："可能有強人來了！你們不要怕！保護住你的妻子就是了！"

這時趕車的也嚇呆了，幾乎將鞭杆兒都扔在了地下。鐵芳卻鏘然一聲亮出來那把寶劍，冷笑着說："用不着怕！你看我手裏拿的是什麼東西？難道還敵不過他們四個人嗎？"

說話之間，後邊的那四匹馬都已來了。四個人也都跟水耗子一般，連頭帶身全被雨淋濕了。鐵芳一看，其中就有鈎鐮槍焦袞，另兩個年輕人他不認識，但有一個老人，鬍鬚都向下垂水，鞍旁掛着雙鈎，不用問了，這老傢伙當然就是灞陵鎮著名的老俠客，人稱為鈎俠的呂慕岩。

鐵芳此時極為從容鎮定，他勒住了馬，持劍準備着，卻先冷笑着向焦袞說：「真想不到咱們又在這裏見了面啦！雨很大，你們追趕前來，是有什麼事？」

焦袞就從他的鞍旁摘下了鈎鐮槍，剛要上手，呂慕岩卻亮出來護手雙鈎趕過來，說：「焦袞你且退後！讓我來跟他說一說！」

他便指着鐵芳說：「你認得我嗎？我就是灞陵鎮的鈎俠，我的兒子便是被你跟春雪瓶害死在祁連山中的呂通海⋯⋯」

鐵芳說：「我久聞你是陝中有名的老英雄，你的令郎鐵爪鯤鵬也是一位好漢。我們是在涼州府遇着的，他死在祁連山中的詳情請你聽我說！」

呂慕岩卻暴躁地說：「你快不要說！我不願聽人提我兒子慘死之事，聽了我就要心痛。我諒你韓鐵芳的武藝也不是我兒子的對手，必是春雪瓶那女賊殺的他！」

鐵芳也忿然地說道：「你兒子若不幫助山賊，春雪瓶也不會把他射死，春雪瓶原是一位女俠！」

呂慕岩就哼哼地冷笑，說：「你也不必替她說好話，等我見着了她，我們再算帳。可是她現在什麼地方？你不但得告訴我，還得帶着我們去，見着了她，我才能放了你。你聽見了沒有？快些把手中的劍扔了，聽我的話！」

鐵芳冷笑着說：「你雖年老，倒真厲害！你說什麼，我就得依什麼？天下哪有這樣容易的事？我自從在黃河沿大王壩與你們分別之後，我就同着車上的這一對夫婦⋯⋯」

呂慕岩又擺着鈎說：「這件事你也用不着提！昨天，告訴你⋯⋯」他向旁邊一指說：「這就是我的徒弟飛夜叉張保。若不是你小子命不該絕，昨天你就死在孝義城的大街上了。」

鐵芳卻只是冷笑。呂慕岩又說：「後來我們都已知道了你住的那處店房。如果是你跟荷姑一同在那裏住，當夜我就去取了你的首級。可是聽人說，你給荷姑找了個女婿，那附近知道你的人都說你好，因這事，我看你還不愧是蕭仲遠的徒弟，還有點俠義之風。你既是如此，我也不做小人之事。荷姑的事都不提了，咱們的事與他夫婦無關。現在叫他們自管走，我管包沒人再尋找他們！」

鐵芳拱手說：「佩服！佩服！你說的話確實爽快，由此可見你鈎俠之名不虛！」

呂慕岩瞪眼說：「可是我們卻不能放走了你！若是尋不着春雪瓶，你就休想活命！」又喝一聲：「快些放下寶劍！」說話之間，他就以鈎向鐵芳的手上去鈎，但鐵芳將劍一抬，當時兩件兵刃交碰在一處，鏘然作聲。鐵芳不由將馬向後退了退，因覺得這老頭子腕力很大，鈎也很重。當下那鈎鐮槍焦袞，飛夜叉張保，也都怒目橫眉地要奔向前來。

呂慕岩倒是將他們全都攔住了，說：「這個地方雖沒有別的人，可是我若叫你們幫助，那就是壞了我在江湖上三十年的名氣！」

鐵芳說道：「呂慕岩！我可無意與你打鬥，因為你已經很老了！」

呂慕岩卻狠狠地說：「我雖然老，難道就怕你這個少的嗎？我知道你自恃走過天山，到過祁連，吳元猛都沒能夠將你奈何，你就也看不起我。好！咱們就在這裏鬥一鬥，除非你跪地求饒，乖乖地領着我去見春雪瓶，不然我就叫你屍橫道旁！」說時雙鈎齊來。

這種護手雙鈎，又名虎頭鈎，乃是兵刃之中最厲害的一種。兩面有刃，可以當做劍用；頭兒上又是鈎形，可以鈎壓對方的兵刃，還能鈎對方的腕臂。把子上是戟形的護手，刀劍都休想傷得着他。而把子的下端又很鋒銳，如同槍頭，更如短刀，可以反過來刺人。如今呂慕岩使的這對鈎又特別重、特別長，銀光閃閃，與鐵芳所見過的呂通海及飛虎鮑坤所用的不同，是分外的厲害。當下雨絲愈粗，天氣愈冷，路上更加泥濘，天也愈發昏暗。邢柱子的車已趕出百步之外去了，焦袞等人也都退後很遠，這裏的老鈎俠就在馬上展開了他的雙鈎，向着鐵芳鈎來。

鐵芳也在馬上撐劍刺去，呂慕岩以鈎就鎖，然而沒有鎖住。鐵芳的馬向前撞來，劍如飛鷹掠翅，側面砍來。呂慕岩急用雙鈎去架，趁勢擒拿。但鐵芳的劍忽而撩挑，忽而拋沖，總不令呂慕岩的雙鈎占勝。他的馬又極好，騰躍自如。呂慕岩就更怒了，又大喝一聲："下馬來打！"他雖老而腰軀卻非常伶俐，一躍就跳下馬來，舉着雙鈎，威風凜凜地說："小輩！你也下來吧！"韓鐵芳實在無心跟一個老頭兒賭這口氣，何況焦袞那三人又跑過來了，反正無論如何，今天自己一人也要敵他們八隻手。

此時邢柱子在那邊就要下車，喊着說："大相公不用跟他們鬥氣了！他們一定要拼，就叫他們衝着我來！"

鐵芳衝他擺了擺手，卻向這邊發出一聲冷笑，說："誰同你們一般見識？我要走了！看你們能夠奈何我？"

說時他就撥馬跟上了那邊的車，急吩咐趕車的快走。當時車更快，馬也更急，又冒雨向東面而去。可是那老鈎俠呂慕岩又上了馬，帶着焦袞等人都追趕了來。雨更大，究竟車輛不能走得太快，鐵芳的馬又不敢離開車，行了不遠，就被那四匹馬追趕上了。

四個人擰槍的刺，舞鈎的鈎，掄刀的砍，鐵芳回身以劍迎擋，同時馬往前走，車也向前奔馳。幸因雨落得太大了，那四個人勢雖眾多，可是馬全沒有鐵芳的坐騎好，所以不多時，就又將那四個人落在後邊。而眼前煙雨之中隱隱有一個小村，那四個人便不再追了，只能聽見模糊的喊罵之聲："韓鐵芳小輩！叫你再多活半日！"

鐵芳身雖未傷，而氣喘不勝，也無暇還言。馬又急進，車又快走，又不多時，便進到了村裏，那趕車的才哎喲了一聲，說："好險哪！"又望了望鐵芳，說："大爺！你可真行！"

這個村子真是不大，統算起來不過二十餘戶人家，而且是一個孤村，四面無靠。趕車的把車停住了，用袖子擦了擦臉上濺着的雨水，就說："大爺！咱們還能夠往下走嗎？"

鐵芳說："這裏有店房嗎？"

趕車的說："店房倒是沒有，這是百福莊，遠近的人也都叫這裏是白虎莊，因為這村口有一塊大石頭，遠看着就像趴着一隻白虎。這村裏的強大爺跟我最熟，他好交朋友，過路的人沒盤費了，可以跟他借錢，遇着雨更不算什麼。我帶着你幾位到他家中去歇一會。就憑你大爺這身武藝，他一定就得跟你交朋友！"

車裏的邢柱子這時就說："不行！我看這個地方也不妥，因為地名兒既叫白虎莊，又住着個姓強的人，咱們現在不是自己往白老虎的嘴裏鑽嗎？姓強的那個人，多半是強盜。"

趕車的當時就露出不大願意的神情，說："你怎麼這麼說話呀？強大爺是文武全材，論武藝，太極拳、八卦拳都打得很好，各處的保鏢的都來跟他學；論文的，人家去看病，脈氣看得好極啦！在鞏縣城裏開着百萬堂老藥店，每逢三六九進城去看病，人都擠着、等着、求着叫他老人家給看病，一看就得看一整天。"

鐵芳心裏本來也是跟邢柱子所想的一樣，覺得剛逃開仇人之手，卻又跑入了賊子的巢穴，現聽那趕車的說，那姓強的人是個看病的大夫，且在縣城裏開着藥舖，就想這個人大概還不是什麼橫行不法的人，遂就略略地放下了心。並想，那呂慕岩等人之所以沒有追到村裏來，未必不是因這村裏有個他們所顧忌的人。那麼如今正好去拜訪這個人，倘能得此人之助，只要容自己在此歇宿半日，那就可以緩過力氣來，再與呂慕岩等人殺。

於是他就向邢柱子說："你們不必多疑心了。"就向趕車的說："強家在哪裏？"

趕車的說："就在東邊。"

於是鐵芳就下了馬，牽轡相隨。那趕車的拉着驏子往東走了不遠，就在一個巷口停住。這條小巷裏邊只有一戶人家，是磚砌的門樓，黑門上油着紅漆的對聯，寫着："忠厚傳家久，詩書繼世長"。頗為文雅。這個門兒雖然並不怎樣顯赫，可是在這小村裏，恐怕是最整齊的一個門兒，也許就是本村的首富了。

雨中，雙門閉得很緊，裏面隱約傳出小哈巴狗的吠叫之聲。鐵芳就向趕車的說："你既是認識這位強莊主，你就去打門吧！你可以把話去實說。我是洛陽望山村的韓鐵芳，路過此地，沒有別的事，一來是為歇息半日，二來是慕他的名，拜訪他。我因為出門時倉猝，身邊沒有帶着名帖，但你一提起我韓鐵芳的名字，料想他也能夠知道。"

趕車的直着兩隻眼，不住地看着韓鐵芳，就說："哎呀！原來大爺你老人家就是韓大相公呀！"

鐵芳說："不必多說了！你就快去打門吧！可務必把剛才的事對他言明。他若是肯留我們歇歇，我們便進去；不然也請他不必客氣。因為我也看出來，這個村子太孤，又在雨天，我們也不願給人家多事。"

趕車的這時確實也有些作難，就答應着上前拍門去了。車裏的邢柱子就向鐵芳說："大相公不該告訴這趕車的實話。"

鐵芳卻微微笑着，搖頭說："不要緊！至多我再同那些人拼拼，或是他們把我捉住送往官府，叫我給獨角牛抵命，與你們夫婦絕不相干。我如今已經走到這個地方了，要藏名隱姓也是不行，只可惜我還沒有送你們追上前面的官眷！"

他暗暗慨歎着，就向巷口裏去看。那趕車的在那裏敲了半天門，裏面才把門開開，是一個男僕樣子的人，跟趕車的真是認識。趕車的又回首指了指鐵芳這邊，那男僕也不住直着眼睛注意地來看。邢柱子卻又疑了心，向鐵芳悄聲地說："我看這個人家不大妥！那趕車的說話也多半靠不住！"

荷姑也害怕地悄聲兒說："不好！咱們就把車停在這兒待一夜吧！大相公你也到車上來，省得在雨裏淋着。不用上他們家裏去啦！"

鐵芳笑着說："那還不是一樣嗎？"又把才收入行李捲中的寶劍拍了拍，說："有這口寶劍，我就不怕，你們也都不必怕！"

那趕車的在那裏跟僕人說了幾句話，這裏也聽不清楚，就見他們進院裏去了，並且把兩扇門闔上。雨聲更大，天空黑壓壓的，簡直跟夜裏一樣了。邢柱子又說："這趕車的一定靠不住。"鐵芳卻說："不要多疑！"

邢柱子又說："可恨我沒帶着斧頭，不然到時我也跟他們拼命！"

鐵芳連說："用不着！用不着！你們夫婦雖與我同行，但聽剛才呂慕岩說的話，已將咱們分開了。他們不與你們為難，專同我作對！"

邢柱子說："他們說的那話，咱們還能真信嗎？"鐵芳也沒再言語。

又待了一會，那兩扇門就又開了，只見趕車的跟那男僕又出來了。男僕的手中還高高舉着一把雨傘，傘下另有一個人。這人年約五旬上下，身材不高，但是滿臉的連鬢黑髯，簡直連模樣都遮住了，令人看不清。他穿的是長衣服，便用手提着袍襟。腳下是兩隻塗着油的黑布雨靴，靴底不知有多少釘子，走起路來直響。走到近處，他放下了衣襟，拱着雙手，哈哈大笑，說："韓大相公！久仰大名，只恨無緣拜會。如今這大的雨，你大駕來到敝村，光降寒舍，真是光榮之至！請！快請到裏面歇一歇吧！"

鐵芳也拱手說："強莊主！我們今天也非特意前來造訪，一是因雨，二是因被鈎俠呂慕岩等人給追來的。話得先說明白，不然我若到你府上給你惹出事情，那可實在對不起！"

這個強莊主就連說："哪裏的話！哪裏的話！兄弟在敝處還略有小小的名聲，再說又沒有得罪過人，我想無論何人，也不能不給我留點面子。請進來吧！只是不要笑話，寒舍太為狹窄！"

這些人說話很客氣，使得鐵芳更不疑惑，於是先看着邢柱子夫妻下車進內，他自己也就進了門。車是否終夜就停在巷口，這事他不管，只是他的黑馬絕不撒手，他就自己牽進了院中。院中有一棵枯樹，他就將馬繫在樹下。

這強家是三合房，東屋的門開了，出來了一個十六七歲的姑娘，強莊主就說："這是我的女兒！"

遂讓着荷姑進到那屋裏，他卻將鐵芳跟邢柱子讓進了北屋。這屋中陳設得很是古雅整潔，當中懸掛着一大幅畫，畫的是一隻吊睛白額的大老虎。邢柱子一看，立時就露出了驚疑的神色。可是鐵芳知道，這必定是藥王爺孫思邈真人的那隻老虎，由此更可知這位強莊主確實開着藥舖，確實是一位醫生。室中也有筆硯等陳設，還有按脈用的腕枕。強莊主先命人取來了乾衣裳，請鐵芳二人更衣、淨面，連襪子和鞋也都換了。茶也送上來了，燈也點上了，這強莊主就陪着鐵芳跟邢柱子談閒話。鐵芳只說邢柱子是他的盟弟，又把呂慕岩等人追迫之事，略略說了，並未細述原由。

這位強莊主名叫強永濟，號是子舟。他素聞洛陽韓老善人文佩、韓大相公鐵芳之名，可是鐵芳在洛陽所做的事，尤其是剪除了獨角牛之事，他並不知道。這強永濟會些拳術，也收過幾個徒弟，徒弟也有在外做鏢頭、做護院的，他自己可是沒有走過江湖，不認識什麼江湖上的人物。

鐵芳提起了鈎俠呂慕岩，他就搖頭說：「不大知曉。」又提起了靈寶縣老劉昆之名，他卻說：「劉老拳師跟我倒頗有幾面之識，因為我曾被人請到靈寶去看過幾次病。這可也是十幾年前的事了。據我看，那人雖是個練武藝的人，可是還不粗暴，頗知理。」

鐵芳就笑着說：「他如今老了，脾氣就變得暴躁了。也或許因為我有一點不對，才惹得他這樣處處與我為難。但也沒有什麼，我這人很懂得分寸，他們不逼我太甚，我也不會對他們怎樣。他們若是步步相逼，那我就不能再對劉昆、呂慕岩以老前輩對待了，我也就對他們不再客氣。不過我擔保絕對不會打擾貴府。今天如若無事，明天一早，不管雨住不住，我們就走。如果有事……」

正在說着，忽見那趕車的慌慌張張地進來說：「可不好啦！那四個人都進村裏來了。那個年老的拿雙鈎的叫我進來告訴你，說是他們在村外等候你，請你出去再較量較量！」

鐵芳聽了，不禁神色一變，冷笑一聲，點頭說：「好！你就出去告訴他們一聲，說我這就去再會他們，叫他們在村子的東口外邊等候着我！」

邢柱子忿怒地立起身來，說：「我出去見他們吧！」

鐵芳用手把他攔住。強永濟也站了起來，說：「這樣地逼人，簡直是強盜了！讓我去對他們理論理論！」

鐵芳也趕緊給攔住，說：「強老前輩，你出去若有一點好歹，那我更是對不起你家裏了。如今我既然身遭此事，我就自己出去對付，還免得旁人受我的連累！」

強永濟發愁地說：「你一個人怎能夠打得過他們四個人呀？」

鐵芳卻說：「不要緊！我不願傷人，或許也不至為他們四人所傷。並且，我能夠應付便應付，若是不能應付，我就脫身一走，到別處去請我的朋友來。只是……」

說到這裏，鐵芳更是言辭慷慨，態度昂然，就拱手說：「強老前輩，我們素昧平生，如今竟蒙你這樣款待，可見你熱心俠腸，至可欽佩。我這盟弟邢柱子與他的夫人，原是新婚，並且是一對患難的夫妻。我現在叫他們暫留在貴府上，尚請多加照應，等到天晴之後，再叫他們往東去走……」

強永濟就說：「這個你放心好了。我家也有兒媳和閨女，除非他們強盜結夥而來，連我家裏的人也都欺辱了，我才護不住你盟弟夫婦。不然，我也會幾拳，在外邊我也有弟子。這村子雖小，我若呼喚一聲，也能有三二十個壯丁。我絕不會叫他們夫婦受半點屈辱。」這強永濟說話的時候，連鬢的鬍子全都倒豎起來，簡直比畫兒上的那隻老虎還要厲害。

鐵芳就深深打了一躬，說：「既這樣，我就拜託了！」他就進去更換衣服。他們剛才脫下來的衣服攔在裏屋的火爐旁邊，這時烤得已快乾了。

他正在烤着，邢柱子就追進來，含着眼淚急急地問說：「難道你真要出村子跟他們再鬥嗎？」

鐵芳說：「我若不去，他們也能夠到這裏來，還顯得咱們不是大丈夫！」

邢柱子說：「你一個怎鬥得過他們四個？你這一出門，性命就難保呀！」

鐵芳卻嚴肅地說：「兄弟你千萬不必掛心，你只保護住你的妻子要緊！」又悄聲囑咐着他說：「這裏，我雖看出是十分可靠了，但你還須時時謹慎防備。」

鐵芳更小聲地說：「你可千萬不可冒昧地就出去幫助我，那無用！我也不與他們多鬥，我只要脫身走開，去追上雪瓶。」他歎了口氣又說：「我本想不必找她，因為她正在病着，但如今我一看，非藉她的力量不行了！」

邢柱子也無話可說了，但還是很愁煩、忿恨。鐵芳倒是神色自若，他急急地換了衣服，又到外面去收束好了馬匹，然後就拱手向強永濟作別。強永濟已取出兩口刀來，給了邢柱子一口，他自己拿着一口，衣服也挽了起來，袖頭更都挽起。依着他還要跟出村子去，但被鐵芳極力地攔住，鐵芳就牽着馬出了門。

那趕車的身披着油布的衣裳，在雨中淋得跟個落湯雞一樣，驚慌得又像是一隻兔子，他說：「那四個人都在東村口外了！」

鐵芳點點頭，很不在意，並且從容地由身邊取出來一塊銀子交給了趕車的。鐵芳上了馬，出了巷口，轉往東邊。一出村口他就又抽出了寶劍，只覺得雨更大，天更黑，在煙雨茫茫之中，對面都難以看得見人。他的馬蹚着泥水，徐徐地往前走，走了不遠，就被那四匹馬攔住了。他當時就將寶劍向前就扎，卻被呂慕岩以雙鉤壓住。呂慕岩大聲地說了許多話，在雨聲中，雖相離極近，卻也很不易聽得清楚。飛夜又張保又幫助他重說了一遍，鐵芳才明白。

原來那老劉昆和小哪叱那些人是跟他們分成了兩路，他們是在孝義縣，那些人現在卻是在鞏縣住着。如今呂慕岩說出三項辦法來，第一是當場決鬥，分出來個生死；第二就是叫鐵芳隨他們到鞏縣，去見老劉昆；第三就是他得帶着去找春雪瓶。

鐵芳卻大聲地說：「三件事我全依你們！若要鬥，現在就鬥；若要見劉昆，現在就去見；若要找春雪瓶，那也很容易，我一定能夠把她找了來。你們可是不能隨着我去，我也不能先告訴你們她現在何處！」

呂慕岩暴躁地說：「好！你就先隨着我們見劉昆去吧！」

鐵芳說：「且不要忙！你們得先發下誓才行，不能在我隨你們走後，你們又分出人去謀害荷姑跟她的丈夫。」

呂慕岩說：「你把我呂慕岩看成無信的小人了！我說了不准人去找荷姑，就絕不會再去，如果劉昆不聽我的話，我也能夠跟他們翻臉！況且強永濟也是有名的拳師，我們若打算攪他的家宅，也不必又叫你出來了！」

鐵芳點頭說：「好！我不怕你們。我自覺得你也是好漢，現在我就隨你們走吧！走！走！我在前！」當下他催馬緊走，那四匹馬在後緊隨。

雨聲籤籤，風聲淒淒，馬蹄踏着泥水，發出雜亂的聲音。鐵芳的馬快，他們那四匹簡直追不上，可是鐵芳絕不逃跑，還時時駐了馬等候着他們。如此向前緊行，行了又有二十多里地，便望見了鞏縣西關的幾點模糊的燈光了。更往前急走，少時就進了西關。

呂慕岩卻喝着說：「停住！停住！」

這時雖已有初更時分了，大街上倒還有打着傘的人往來，酒樓茶肆也都還沒有滅火。

鐵芳將馬勒住，就高聲地喝叫着說：「老劉昆現住在哪家店裏？你們現在就領着我去直接見他吧！」

呂慕岩連鬍子都往下垂水，他過來氣喘吁吁地說：「鐵芳老弟！」他這時忽又特別客氣了，說：「你敢同我們到此地來，可見你的膽子壯，夠朋友，是一條好漢！但是實不相瞞，我們跟劉老師傅他們分了手，雖言明是他們到鞏縣來等我們，可是我們也不知道他住的是哪家店房。好在一找便能夠找得着他。先叫這位焦兄弟跟張兄弟陪你去喝兩盅酒，我們去找他，然後再商量。」

接着，他又大聲說：「你既來到這裏，就都好辦了。我們的人多，絕不能欺負你單獨一個，你放心，絕不至於太難為你！」

鐵芳卻不住地哈哈大笑。鈎鐮槍焦衮指着街北說：「迎春樓酒飯館裏邊很寬敞，咱們進去吧？」鐵芳點頭說：「好！我們也應當用晚飯了。」

於是向呂慕岩拱拱手，他們三個人就下了馬，一齊攜帶着兵刃及隨身的東西。這裏的掌櫃本來已預備叫廚房封火了，可是見三人渾身都濕着，各亮着刀劍，樣子十分地兇。鈎鐮槍焦衮又說了一個人的名字，叫什麼黑呂布梁大爺，那多半是本地的一個有名有勢的人。掌櫃的一聽這三個人是他的朋友，就不敢怠慢。樓上並無別人，只有他們三個人占住了一張桌子，於是就要酒、要菜飯。一會兒，酒就先上來了。

外面的雨聲仍然籟籟地響着，鐵芳就笑道："好天氣！"斟了一杯往下飲去，各自誰也不讓誰。焦袞是時時預備着他的那杆鈎鐮槍，時時觀察鐵芳的神色，並不說一句話。

那飛夜叉張保倒是說："韓兄！他們最恨的還是春雪瓶！你帶着他們把春雪瓶找到，也就沒有你的事啦。若細說起來，咱們都是好朋友，都生在潼關裏外，跟同鄉是一樣，何必如此仇視呢？"

鐵芳笑得幾乎噴出酒來，說："張兄，你這個人倒是很老實。我知道你是好意勸我，我也就不必再說什麼了。"接着他把臉向下一沉，指着焦袞說："假如這話是他姓焦的說出來，我當時就提着他的腿把他扔下樓去。"

焦袞立刻驚慌，抄起了他的鈎鐮槍。鐵芳依然從容鎮定地說："我也是堂堂一條好漢，何況又一點也不怕你們，並且也沒太看得起你們，我用得着叫春雪瓶那樣的高人也出來嗎？"說着又是一陣哈哈大笑。

張保說："既是這樣，我就不能夠跟你再說話了。"

焦袞忽然用拳頭一擂桌子，說："你跟他廢什麼話？他還能夠活到明後天嗎？"

此時鐵芳突然踹了一腳，連凳子帶焦袞，還有酒杯，就全都摔倒在樓板上，嚇得端着盤子的茶倌直喊叫。鈎鐮槍焦袞惱羞成怒，擰槍向鐵芳就扎。鐵芳將槍揪住，用力一奪便奪了過去。焦袞不容鐵芳抽劍又掄雙拳直撲上去，二人相扭起來，把樓板震得亂響。張保上來勸，也勸解不開。

二人相扭了半天，鐵芳忽然將焦袞的身子揪了起來，就猛力向窗外去推。焦袞也是極力地掙扎，連窗櫺都給擠斷了，結果鐵芳硬把焦袞給扔出了樓窗。但窗外還有一層屋簷，焦袞並未摔落下去，他大聲地詬罵，掄着已劃破流出血來的拳頭向裏還打。鐵芳也隔着窗"砰砰"打了幾拳，有一拳很重地打在了焦袞的胸膛上，焦袞就跌下了樓去，下面就是大街，大概也得摔個半死。

鬧了這半天，飯館的人個個面如土色。張保也要走，卻被鐵芳把他揪住。鐵芳按他坐下，說："你不要走，沒有你什麼事。"他照舊以酒頻斟，談笑自若，並勸張保說："你不要跟他們在一起胡混。我倒不要緊，我向來是得不傷人便不傷人，能不得罪朋友，也就不得罪朋友。不過早晚春雪瓶是要來的。那時，她的劍下可實在沒有輕重。"

這個飛夜叉張保聽了此話，越發地渾身顫慄了，他簡直坐不住了。鐵芳就勸他說："我並不是怕我多一個對手，但我勸你還是趕快就離開此地，離開他們那些個人吧！"

張保點了點頭，立起，向他拱了拱手，挾着刀就下樓去了。這裏鐵芳照常地一個人吃菜用飯。掌櫃的貓着腰，帶着驚恐，露着笑容，走過來，好像是要勸鐵芳別再生氣，又像是要勸鐵芳也下樓，然而鐵芳不容他說話就掏出一錠銀子來給他，說："這還不夠賠償你這扇窗門的嗎？"

掌櫃的連連拱手說："這銀子我們可真不敢要，只請，只請……大爺顧念我們小買賣人！"

鐵芳也不禁歎了口氣，說："如今的事，大概你也看出來了，我實在是被他們逼迫到這裏來的。我等着他們，他們再來人時，我一定拉着他們到外面去理論，絕不能再在你這樓上鬧了。剛才的事，實在對不起，這銀子無論如何你也得收下，你不收就是看不起我。我姓韓，名叫鐵芳，今天咱們先交個朋友，將來我若再路過此地之時，再向你重謝！"說得這酒樓掌櫃倒有些受寵若驚了。可是他才道了謝，將銀子收了起來，就聽見樓梯又咚咚咚地直響。掌櫃的忙回身，他並不敢跑到樓梯口兒去看，卻躲進了那間放置傢伙、盤碗的屋子。由樓梯上來了五個人，鐵芳這時本不想再喝酒了，可是見他們來了，反倒又斟了一杯。來的這幾個人之中倒沒有老劉昆，仍然是呂慕岩為首，這呂老頭子連乾衣裳都沒有換，就提着雙鈎又來了，他先問說："飛夜叉張保往哪裏去了？"鐵芳說："他自己走了，我哪裏曉得？"

呂慕岩雖滿面怒容，卻並不發作，可見他是將氣忍了忍，他說："韓鐵芳！在我走了這一會的時間，你可又打傷了焦袞。我們本想是跟你客氣客氣，如今卻又客氣不得了！

剛才我們已見了劉昆老師傅，他說他要再會會你！」

鐵芳答應着說：「好！」說着提起劍來，霍地就站起身來，要跟着他們走。

呂慕岩又擺着手說：「不要太忙！今天天太晚了，雨又沒有住，再說鞏縣這個地方又沒有合式的場子，武藝怕施展不開。」

鐵芳說：「我倒是不在意，在屋裏我也敢跟他較量較量。」

呂慕岩說：「可是劉老師傅向來跟人比武都得挑地方，尤其這次跟你，總得光明正大，不能在小場子上動手，不能以老欺少，也不能夠以多勝寡。」

鐵芳說：「這些廢話你不用說。既然劉昆不願在雨天、夜間交手，那就是因為他年老，我可以等待他一二日都不要緊。」

呂慕岩點頭說：「好！這又算是你懂得交情，那麼，剛才焦衰的那件事也就不必提了。現在我們已經替你找了安身處，就是斜對面的宏興店。」鐵芳聽了這話，卻又不禁有些生疑。呂慕岩又說：「所有的店飯錢全都由我們給。」

鐵芳搖頭說：「那倒不必操心。」他拍了拍自己的行李捲，說：「我這次出來，攜帶的金銀倒很多。」

呂慕岩身後邊的四個人全都瞪着眼向他這包袱來看。呂慕岩又說：「那麼就請吧！明天雨若是住了，後天我們就一同往東，走幾十里地就是虎牢關。」

鐵芳似乎很感興趣地說：「哦！虎牢關。」

呂慕岩說：「那是三國時劉備、關公、張飛三戰呂布的地方。現在那個地方空曠無人，正好決一高低，況你韓鐵芳是少年英雄，不亞於當年的呂布。」

鐵芳笑着說：「你太過獎了！我哪裏敢比古人。不過當年劉關張三個人打一個，到後日在虎牢關，你們不要說是三個人，就是一齊上手，我也奉陪。現在，我還要吃飯，你們諸位就請便吧，待會兒我會自己去找那家店房去住。即使是一家賊店，我也要去住！」

呂慕岩說：「這是什麼話？你也太看我們不是朋友啦！」說時見鐵芳又坐下了飲酒吃菜，他便提鈎拱了拱手，遂與那四個人一同下樓梯去了。

這次並沒有再打再鬧，那掌櫃的就放心出來了。鐵芳就問他：「那宏興店是怎樣的一家店房？」

掌櫃的說：「還好，是一家大店，是本地的有名人物黑呂布開的。他那個店房倒不欺負人，只是不能欠他的店錢，若是欠了錢，剝下皮來也得還給他。」

鐵芳笑笑說：「我倒不至於欠他的店錢，因為已有人答應給錢了，不叫我花費一文錢。」

這掌櫃四下看了看，又悄聲說：「我勸大爺你還是快些走吧！」

鐵芳卻搖頭說：「不要緊。」

此時他已吃飽了。酒他本來是不大喝的，如今因為忿怒，才喝了兩杯，但已覺得有點暈了，就不敢再飲。同時他也不願再在這裏多耗功夫，使得這裏的掌櫃的不得安寧，夥計也把自己看成了不起的人似的。他就要算算酒飯錢。可是這裏的掌櫃的拉着他，扯着他，無論如何也是不肯再收錢。鐵芳只得拱了拱手，說：「那麼，就明天再說吧！」他提着行李包袱跟寶劍，就走下了樓梯。

樓下面只有一兩盞燈，十分的昏暗，迎着門，涼風兒吹到他的頭上，他更有些醉意了，腳都發軟。樓下已經有三個人在等着他，其中的兩個大概就是剛才跟着呂慕岩的，都握着刀，一句話也不發；還有一個卻提着個不怕雨淋的玻璃燈，裏邊點着燭，玻璃上用紅油漆着宏興老店四個字，原來正是來接他的。

這個店小二，遞着笑顏說：「韓大爺的馬我們已經叫人給牽過去啦，那邊的屋子也都收拾好啦，就請韓大爺過去歇着吧！」

鐵芳點了點頭，店小二打着燈就在前面走。出了這家酒樓，就見滿天陰雲，一街泥水，雨淋在店小二帶着的草帽上作出嘩嘩的響聲。鐵芳還時時地提防着身後提着刀的那兩個人，也不知那鈎鐮槍焦衰摔死了沒有，是在什麼時候被抬走了的。

到了斜對面的店中，他又不放心他那匹馬，就叫店小二領着他先到棚裏看了看，看見了那匹鐵騎，他才沒有說什麼。店小二又領着他到房裏，確實是間很乾淨的房子，有桌有椅，還掛着對聯，大概官眷才應當在這裏住。床上的半新被褥已經鋪好，一壺熱茶也放在這裏了。

店小二就說：“大爺把濕衣裳鞋襪都脫下來，我們拿去給烤一烤吧？明天你好穿。”

鐵芳說：“好。”遂都脫下來，順便就躺在被裏。店小二就出屋去了。依着鐵芳，身體既疲乏，且又有些醉意，他真願意大睡特睡，可是卻不敢。忽聽屋門又呀的一聲響，自己就開了，又把鐵芳嚇了一跳。他趕緊打開了行李，拿出來一身半濕的衣褲鞋襪都穿上，到門前去看，見院中也是一片昏黑，除了櫃房，簡直沒有燈光。別的屋中也不知有客人住沒有，雨還是不住地下着。

鐵芳就掩上了門，並搬了那張桌子頂上，在桌子上並放了一把椅子，然後才熄燈去睡。劍就放在枕邊。一時他卻又睡不着，實在，他對目前的事是非常發愁。虎牢關那個地方一定空曠，劉昆若是占上風便罷，他若是敵不過自己，那時呂慕岩等一干人必要齊都上來。除了自己能像春雪瓶那樣有暗器可用，否則只憑一刀一槍殺砍，實在難以敵擋他們這些人。真若是死在老劉昆的手裏，死在虎牢關，那實在是太冤枉了。但事已至此，自己若像那飛夜叉張保似的，一害怕就逃跑了，豈不惹人恥笑？

他不禁暗歎了口氣，也不知過了多少時候，就昏沉沉地睡去了。忽然覺得眼前一亮，他就驀然驚醒，睜開了眼睛一看，見已有人進到屋裏來了。卻是一個穿着鹿皮背心，背後插着寶劍的女子，正以纖手點那床旁邊放着的蠟台。雪瓶的雲髻上蒙着青紗帕，沾着雨水，側臉兒是那麼端莊而秀麗。

鐵芳就趕緊坐起身來。春雪瓶扭頭一看，就不讓他說話。他看出雪瓶的臉上仍有一層病容，就忍不住問說：“病還沒有好麼？”

春雪瓶卻沒有回答。鐵芳看見頂門的桌子跟椅子都跑到一邊去了，原來根本沒有用。門頂得雖那麼嚴，但春雪瓶進來，自己竟連一點聲音也沒有聽見，真是羞慚！

雪瓶把燈點上，這才站在床前正色地說：“我因為有病，這兩天又覺得重了，我才沒有跟着我爹爹的表姐她那輛車走。我是在西邊一個村子裏歇下的，歇了有兩天啦。那村子靠近大道，白天下雨的時候，就聽村裏的人說，看見有幾個騎着馬、帶着刀的人跑過去了。我怕的是有賊人又追上前面的官車，去打劫……”

鐵芳說：“村裏人看見的一定是我跟呂慕岩他們。我是負氣跟隨着他們來的，預備後天與老劉昆到東邊的虎牢關去決一雌雄。”

雪瓶卻不管他這話，只是仍然說：“我就十分不放心。剛才，我又聽見村中的狗叫，大道上有馬蹄聲。我想半夜裏在雨中騎着馬行走的，絕沒有好人，我出去就把他射下馬來，過去問了問他，他自己說名叫飛夜叉張保。”

鐵芳說：“咳！那人剛才是和我在這對面的酒樓上，因為我勸他不要幫助劉昆，我又提起你來，把他嚇跑了的，不想他又碰到了你的手裏！”

雪瓶說：“我射得他並不重，又放他走了。由他口中我才知道些韓大哥的事。我知道韓大哥被他們困在這裏的酒樓上，我才趕緊來救韓大哥。”

雪瓶口中一連說出了好幾個韓大哥，鐵芳倒覺得臉上直發熱。他此時很是作難，因為人家病着，又是深夜冒着雨前來，應當讓人家到床上來歇歇，自己得趕忙爬起來才是。而且雪瓶既然來了，還能再叫人回去嗎？只好明天叫店家詫異一下吧，屋子裏忽然多添了一位女客。再說，雪瓶此時的神態頗有些脈脈含情，自己又為什麼不依着父命母言，與她說明白了很想跟她成親呢。

他想到這兒，心弦不禁發緊，不單是不好意思，還有些害怕，怕碰個壁。怔了半天，方才問說：“現在姑娘是騎着馬來的嗎？”

雪瓶點點頭說：“對啦！我來的時候，那酒樓已經關了門。我把門叫開，向他們問明了你住在這裏，我就趕緊來了。馬還存放在酒樓的門外，我還要趕忙去取，不然……”

鐵芳卻下了床,擺手說:"不要忙!老劉昆並沒有多大的能耐,那酒樓中的夥計又都很老實,馬寄放在那裏絕不會丟。先請姑娘坐在床上歇息歇息,待會我還有話要對姑娘說。"

他用手拍着床布,拉展開了被褥,就請雪瓶登床去歇息。雪瓶身上的皮背心跟衣服本來也多半濕了,但她有點不願去挨着那被褥,就搖了搖頭,笑着,她這一笑更顯得美,但也更顯出病慵慵的樣子來。

鐵芳倒不由得歎了口氣,就正色說:"雪瓶!以後你不要跟我再客氣了,你也不要再叫我韓大哥。我的身世,惟你曉得,我不姓韓。在韓家的那陳芸華,她現在是佛門弟子了,也已經不是我的妻子。我如今只能說是你爹爹的兒子,是你的義兄!"一說到這裏,他忽然感慨流淚,接着又說:"以後,我們若做義兄妹也行,若……若遵依我父母之意,我們……"他把這話頓了半天,結果是把心一橫,爽直地說:"若做夫妻也對!"

這話一說出來,他料到雪瓶是要翻臉的,所以他簡直不敢向雪瓶的臉上去看。只見雪瓶忽然扭轉了身去,把個婷婷的背影對着他。那背後的寶劍沾着雨水珠,映着燈光閃閃地發亮,繡花的腰帶上還掛着個小皮口袋,裏面裝的就是那百發百中的箭。

鐵芳又說:"姑娘你不要惱,這是我心裏的話,我不能不對你說。你願意或不願意,都沒有什麼。現在還是你的病體最為要緊,你應當先養病……好!你就先躺在床上歇息一會去吧!我去把你那匹馬取來,牽到這店裏。"

雪瓶忽然回身,一把握住了他的腕子。鐵芳就覺得她的手指頭涼極了。雪瓶的面色慘然,淚已流下,但她的態度卻很是急躁,她搖着頭說:"不用去取馬,我這就要走!"

鐵芳吃了一驚,春雪瓶便把他一推,遂即開了門自己走出。鐵芳趕緊跟出去看,卻已經沒有了蹤影。

夜雨淒淒,四周寂靜,呆了半晌,聽街上隱隱有馬蹄之聲,少時也聽不見了。鐵芳這時的心裏簡直比雨水還要涼。只得回身進到屋中,懶懶地重又閉嚴了門,站立着對燈發呆,心說:原來如此呀!她並沒有半點意思要跟我成親呀!咳!我也太莽撞!他恨不得打自己幾下。他上了床,先是後悔、惆悵了半天,後來倒覺得心事皆無,正好明天去找老劉昆,跟他們拼出個生死。死了,爽快;活着,飄流四方,也倒悠閒。

當時他就吹滅了燈,重蓋上了被,可是翻來覆去地總是睡不着覺。不覺到了次日天明,他就振奮着精神,趕忙起來,整衣擦劍,付清店錢,並打聽出來本地的那個黑呂布的住址,他就自己去匆匆備馬。他剛一出門,就見門的那邊早站着四五個人,其中有一個就是呂慕岩的手下,昨天與自己交過手、拼過命的。

這人一副很兇橫的樣子,說道:"韓鐵芳你起來了?劉老師呂老師他們有話,今天叫你到虎牢關那邊等着他們,他們隨後就到,還叫你有什麼後事,快着點預備!"

鐵芳怒罵道:"渾蛋!虎牢關在哪裏?"

這個人傲然地指明了路徑,鐵芳就點頭說:"好!我立時就去。今天他們若不去,我等到明天,明天不去我等到後天,倒看他們是英雄還是鼠輩!"

他牽馬往門外就走,一腳向這人踹去,說:"快滾回去,將我的話告訴那老匹夫,叫他們人越去的多越好!"

這幾個人只是往後退,也都沒敢還手。鐵芳就出門上馬,忽然揮鞭,烏龍騰飛,泥漿亂濺,他就離了鞏縣,獨赴虎牢關。虎牢關是屬成皋縣所管的一個地方,北臨着黃河,東面是秦豫往來的要道。這個地方是歷代兵家必爭之地。當年漢劉邦與西楚霸王項羽也曾在這裏相持,最著名的就是後漢時的三雄戰呂布,至今故址猶存,令人想起當年騎赤兔馬,使方天畫戟的溫侯英姿。鐵芳如今放馬來到這裏,也不禁蒼涼而生懷古之情,且又慷慨奮發要以溫侯自命。

雨已住了,但天上仍飄着薄雲,地下更滿是泥水。附近有一座很大的市鎮,街上非常熱鬧,原來因為昨日那場雨,把過往的仕宦、行商都留在這裏了,到如今還不能走。因為路太難行,家家的客房都住滿了,車馬都占滿了街。有的人倚着店門,看雨後的街頭光景,有的人穿着釘子鞋、油布靴出來，或是到舖子去買東西，或是到酒店去消磨這半日無聊的光陰。這些人的形色不一，還有不少都是過往辦公差的官人。

這時已快到晌午了，鐵芳想要找一間店房用飯，但是一連問了三家店，都是住滿了，連插足的地方也沒有了。最後又來到了一家，他牽着馬擠進店門來就大聲叫着：“夥計夥計！”

店夥正在院裏，就愛理不理的樣子，說：“沒房子啦！上別處去吧！”鐵芳說：“別處我都問過了，也都說沒有房子。那麼，我先把這匹馬寄存在你們這裏吧！”

店夥又搖頭說：“不行！馬棚也沒有地方啦！誰叫你不早來呢？我們不能把別人的馬拉開，去喂你這匹馬。快上別處去吧！”

鐵芳這時的氣很盛，聽了這話，他就罵道：“渾蛋！你說的這是什麼話？”

店夥也扭轉頭來，瞪眼問說：“你這人，怎麼罵人呀？”

鐵芳說：“因為你說話不像個做買賣的。”店夥跳起來說：“我的話哪句說錯啦？本來店裏就沒有房子了，難道還能為你現蓋一間？”

旁邊有客人聽見，都說：“你怎麼這樣說話？”

店夥還是不服。忽聽東屋裏有女人的聲音驚慌着說：“哎喲！原來是韓大相公！”說話之間，屋門就開了，有夫婦二人同時趕着出來，又驚又喜，都深深地行禮，同時叫着：“韓大相公！”

鐵芳一看，原來是蝴蝶紅跟范彥仁。蝴蝶紅嬌豔如昔，衣服華麗，儼如命婦，范彥仁也不是那窮書生的樣子了，也發福了。鐵芳不再理那個店夥，就轉怒為喜，笑着說道：“想不到竟在這裏遇着故人，你們夫婦怎會來到此地？”

范彥仁跟蝴蝶紅這時都似乎手足失措了，因為是太喜歡了，趕緊就往他們的屋裏讓鐵芳。鐵芳看到人家夫婦的身份，想到自己的處境，本來不願進去，但范彥仁夫婦竟過來，每人拉着他的一條胳膊，執意往裏讓他。范彥仁並向那店夥說：“把韓老爺馬上的行李卸下來，拿到我屋裏來！”那店夥真是前倨而後恭，把腰彎得快到了地，連聲答應着：“是！是！”

鐵芳便被他們夫婦挽進了屋內。這間店房倒很乾淨，椅子上放着他們的行李，雖然無多，但是很可以表示出他們的生活是很寬裕了。據范彥仁說，原來他不僅是附近汜水縣衙的典史，最近已升為縣丞了，縣太爺之外，全縣就數他大了。鐵芳拱手向他們夫婦賀喜。

范彥仁又說：“上次回到洛陽，我們原是想給大相公叩頭謝恩，卻未料大相公那時還沒有回去。”

鐵芳又拱手說：“只要范兄步步高升，你們夫婦永久有畫眉之樂，一直白首到老，那我就欣喜極了。什麼叫做恩？又什麼叫做謝？范兄你若再提，那就是拿我沒當做朋友。我韓鐵芳離家已有一載，飄流各地，頗覺得閒適，故人之中，我只還沒有忘了你們夫婦，如今卻又在此萍水相遇，很好！我正好再請你們夫婦喝幾盅酒，再給你們恭賀。但我不能在此多待，我陪着你們吃兩杯酒之後，我就還要走，因為目前我還有要緊的事，不然我也不會來到這虎牢關！”

忽然見范彥仁神色驚慌，他先把屋門帶嚴了，然後才探着頭，悄聲地問說：“大相公到旁處去還有什麼事？莫非還是為那……獨角牛死了的事嗎？”

蝴蝶紅在旁也說：“當初大相公是為了我們，才跟獨角牛結的仇，如今害得大相公倒有家難歸！”說着，她覺着很對不住，竟自悲痛了起來。

鐵芳倒很覺得驚異，就笑着說：“原來這些事，你們夫婦都知曉了！”

范彥仁說：“因為大相公對我們有那樣大恩，所以大相公的事，我們不能不關心。只要遇見人，我們就常常設法打聽，因此關於大相公的事，我們知道的很多。我們還聽說大相公曾到新疆去過，在那裏另娶了一位婦人，武藝精通，乃是宦門之女，名叫春雪瓶！”

鐵芳搖頭笑着說：“這一件事，你們就打聽錯了！春雪瓶不過與我見過面，卻哪裏算得是夫婦呢？”說到這裏，不由得歎了口氣。

蝴蝶紅更顯得關心，就問說：“為什麼外邊的人，只要是知道大相公之名的，就都這樣說呢？莫非……大相公本來已經娶了那位小姐，後來又出了什麼變故嗎？”

鐵芳搖頭說：“也不是！”也遲疑了一下，才慨然地帶笑說道：“我也只能同你們說，因為我不願對故人說半句假話。我的妻子陳芸華在家裏已是一心拜佛，萬念皆空，她是佛門弟子，將來必能夠得道，不再是我這個俗人的妻室了。至於春雪瓶，不但是我的好友，且是與我有親。我遵依着父母之命，感念她多番救我、助我之恩情，也曾有意與她結為夫妻，誰料結果是落花空有意，流水本無情！”

這兩句話說了出來，那讀過五經四書的范彥仁倒是沒有聽明白，琵琶巷裏出身會唱小曲的蝴蝶紅，立時可就了解了這兩句話的意思。她就不再細問了，只說：“那位春小姐必是有本領的人，有本領的人就有脾氣！”

鐵芳搖着頭微笑說：“其實她也沒有什麼脾氣。我想，不是她嫌我的武藝不佳，就是不知我哪一句話說錯了，使她惱了。這本來是一件小事，我們也不必再多提了！如今你們既是盡知我的事，我可以告訴你們，我今天到虎牢關來，是為等候着跟人決鬥拼命。我們在這裏談着話，說不定待會就有一群強盜、拳師，連男帶女，三四十人，個個持着刀劍前來找我拼命，我就許死在這院中，那就把你們也連累了！”

范彥仁挺起腰來說：“這不能！我想他們誰也不敢。這地方雖不是我們的地面，可是我也能夠去見這裏的縣官，托他派了衙役來這裏，保護大相公！”

鐵芳又拱手一笑，說：“但是，范大老爺！你得想一想，我在洛陽殺死了獨角牛，是河南府正在緝拿的兇犯呀！”

范彥仁說：“這不要緊！至多我捨棄了這頂紅纓帽！”

蝴蝶紅也搖頭，決然地說：“這不要緊！我們倆為大相公受了什麼累，都是應當！”

鐵芳說：“我卻不願那樣，那就違了我的宿願，我原為你們夫婦好，豈能無故地牽累了你們？再說對我並無益處，我是孑然一身，有馬有劍，我哪裏不可以去逃？什麼人又能使我膽寒？”

蝴蝶紅又悄聲說：“我們這次本是才由孟津縣給陳太夫人上畢了壽回來，因雨才留在這裏。陳太夫人也是去年我們到南方去的時候才認識的，也是因為同住在一家店裏。陳太夫人很喜歡我，說我長得像她早先故去的小女兒，才把我收為義女，才給彥仁找的事。我們也多仗人家的栽培！”

鐵芳就問說：“這位陳太夫人家裏是做什麼大官的？”

范彥仁在旁說：“就是做過江南提督陳大人的太夫人。所以無論出了什麼事，我們都可以求那位大人給設法。”

鐵芳笑着說：“那就更不必了！如今我還要出去看看我那些個對頭來了沒有。少時，晚飯時，我若能回來便必定回來，必要做個東道，開筵置酒，那時我再與你們夫婦細談！”

說時，他拿起馬鞭子來，就走出了屋。只見那店夥抱着他那馬上解下來的行李包袱，正要往這屋裏來送，見他出來便笑着問說：“老爺！我給你騰出一間好屋子來啦，你不去看看嗎？”

鐵芳搖頭說：“暫時我不去看，行李你就放在那屋裏，但我要把這東西拿去。”說時，就由店夥的懷中鏘”的一聲將那口寶劍抽出。嚇得這個店夥哎喲”了一聲，幾乎坐在地上。鐵芳將馬鞭子插在腰帶上，他提劍就往外走，出了店門就先去找本地最大的酒舖。不想還未向裏邊去走，身後就有人猛力抓了他一把，他回頭去看，見又是呂慕岩、老劉昆手下的人，這人說：“我們也都來啦，走吧！趁着這時候天還早。”

鐵芳忿然說：“好！無論在什麼地方，我都隨着你們去，可是你先把我放開！我不許人揪着我！”說時奪開了手掄掌打去，這人的臉上就挨了一掌。那邊卻有許多人都大聲喊道：“韓鐵芳小輩！你就隨我們走吧！”

鐵芳一看，敢情他們全都來了。鎮上沒有店房，所以二十多個人的馬還都未卸鞍，還都擁在那店門的外邊。這些人個個眉騰氣傲，目露兇焰，劍出刀拔，棍揚鈎舉。那老劉昆和呂慕岩大概是才在店裏喝了茶，就一起走出來，向鐵芳點手說：“走吧！”

鐵芳疾忙回到范彥仁住的那店中將馬牽出，范彥仁和蝴蝶紅都驚慌慌地追了出來。此時街上已經十分亂了，但見鐵芳騎馬揚劍，被二十多人馬包圍着，就如一陣暴風似的，呼喇地一聲都往西去了。他們走後，街上立時顯得很清靜了。而西去的大道上卻群馬橫馳，泥漿飛濺。不一會，他們就到了虎牢關。

這個地方原來也不靠着大道，附近更無村莊，只是一片荒地，有斷斷續續的幾段土牆，但與其說是牆，不如說是土坡或土崗子，這個地方沙礫很多，所以泥水倒少。人一到了這古戰場，不由得就增加了幾倍的殺氣，這些人齊都下了馬，舞鈎動棍，掄刀揚劍，立時就將鐵芳圍住。剛要動手，但聽得一聲：“都閃開！不許亂上手！”

這聲音真如霹靂一般。那位棗紅馬上的老英雄劉昆一發話，眾人就都拉着馬紛紛向後去退，並且齊都扭着頭看他的神色。老劉昆這時與鐵芳全都沒有下馬，兩人都緊握轡繩怒目相視，真好似古代兩國的名將，就要走馬相殺一樣。但鐵芳從容鎮定，面色如常，老劉昆卻將臉沉得色如青鐵，配以那一部蓬亂的白鬍，顯得相貌古怪，神情十分兇狠。他用那霹靂一般的嗓音又喊道：“韓鐵芳，你找不來春雪瓶嗎？”

鐵芳卻似跟說平常話一樣，搖搖頭道：“我找不來她。”笑笑又說：“何必找她呢？你們要殺要鬧，就跟我來吧！”

劉昆卻說：“虎牢關這地方多麼有名？我若跟玉嬌龍，跟春雪瓶，倒還能夠殺個痛快，她們雖都是婦人，但還倒名聞天下。你韓鐵芳究竟是個無名的小輩！我跟着你鬥，實在覺得不值！”

鐵芳發怒罵道：“老匹夫你說這話，顯見你的見聞太窄！大概你在靈寶縣稱霸作惡，一生就沒有怎麼出過你的家門。你沒有到天山、祁連山、迪化、涼州府去打聽打聽，我韓鐵芳的名頭，包管比你的爹還大得多。”劉昆又大喊：“小輩你敢潑口傷人？”

鐵芳將劍平掄了一下，點手說：“來！來！來！就是你們齊上手，我也不懼！”

劉昆忽又冷笑，說：“還用得着一起上手嗎？我劉昆若是三刀砍下，要不了你的性命，我就……”鐵芳問道：“你就怎麼樣？”劉昆說：“那便算是你贏了。”

鐵芳說：“我可不願意那樣贏你，你聽我先把話言明。其實你這般大的年紀，我本不該與你較量，但戴閻王若不是因你護庇，他未必敢那樣為非作歹；獨角牛若不是拜了你這乾爺，他也不敢欺負我家。可見你必不是個好人。我有生以來專打的是不平，除的是強暴。”

劉昆狂笑道：“你統共才活了幾年，竟也稱有生以來，還敢以俠義自命，好大的口氣！小孩子！如今我不能夠可憐你了，你就招刀吧！”

老劉昆手中的刀是特別長，特別的沉重，他舉將起來向着鐵芳就砍。可是他的刀並未落下，只懸在半空中，待看得鐵芳的劍勢突出向他刺來之時，他就驀然落刀向劍擊去，其勢極快，不容鐵芳閃避，只聽噹的一聲響，就迸出了火星。鐵芳手中的這口劍，不但是雙劍的一口，而且是女劍，雖然鋒利，卻極輕極薄，幸虧是熟鐵，純鋼，不然不被擊斷，也得被打彎，又幸虧鐵芳將劍柄握得很緊，否則也就被磕飛了。

這是老劉昆的第一刀。第二刀緊接着就又砍了過來，但鐵芳急忙閃開，並且跳下了馬。劉昆就哈哈大笑：“小輩！原來你的馬戰不行呀！這也難怪，我看你這匹坐騎，就先不中用。好！這第二刀不算，咱們重新來！”

說時他的腳也離開了鐙，抬腿下了馬。兩匹馬都自行向旁邊退了去。兩旁的人也都瞪直了眼，要看着他們兩個人的步戰。只見劉昆的刀還沒有揚起，鐵芳的劍忽然勢如飛蛇，逼進前來，向劉昆當胸就刺。兩旁的人都驚呆了，劉昆也呀了一聲，急展刀法去推，同時身移步轉，而鐵芳便轉劍直取下部。

這是縱身追風伏地劍，劉昆跳躍了起來，幸未被傷，但他可不敢輕敵了，二目直視，大刀重掄。鐵芳卻一劍緊追一劍，劉昆是一刀接一刀，兩個人就殺在了一起，非但三合，九個往來也多了。鐵芳此時所運用的劍法，非只是瘦老鴉的真傳，還有向春雪瓶偷學來的，只弄得老劉昆手忙刀亂。

那邊的呂慕岩見勢不好，便舞着雙鈎飛奔過來，然而劉昆已肋部中劍，咕咚一聲，摔倒在地，兩旁的人全都急了。

呂慕岩仍然說：「大家都不要上手！」可是那些人哪裏肯聽，當時就兵刃齊上，要將鐵芳打爛剁碎在這裏。鐵芳已經上了馬，掄劍迎殺，但苦於是劍短力單，殺了幾合，他才殺出了重圍，可是旋即又被這二十幾個人追上。他的馬就跳上了虎牢關城垣的遺跡那高高的土崗上，四面卻被人圍住了。這些人裏又有人掏出鏢來向他就打。他最怕的就是暗器，當下便極力防躲。四周的暗器打來的並不多，可是遠處卻有暗器又枝枝射到了。

其實春雪瓶也早就來到這地方了，或許比他們來的還要早。在剛才鐵芳與老劉昆相鬥之時，她並未過來幫助鐵芳，一干人也都未留神到她。此時她卻催着白馬飛馳而來，她的小弩箭更是嗤嗤嗤」首先射到，她的箭頭是有粗有細，長短不一，所以被射中的人身上的傷也有重有輕。

總之，她是箭不虛發，射得二十幾個人倒有一半受傷伏倒，只剩下了呂慕岩，掄着雙鈎急叫說：「好個春雪瓶！我跟你拼了！」

突然一枝射中了他的左腕，他就扔下了一隻鈎；又一枝射中了他的右臂，他就成了兩手空空。春雪瓶的第三枝似是要射他的咽喉，鐵芳就趕緊催馬馳下了高崗，迎着春雪瓶喊叫着說：「不可！」

春雪瓶聽了鐵芳的話，立時就住了手，可是她並不下馬，也未來跟鐵芳說半句話。

鈎俠呂慕岩，如今的面上是老淚縱橫，樣子十分地可憐，他腕上的箭自己甩落了，臂上的箭也自己忍痛拔下，可是血已流出，滴在了地面的濕沙上。那老劉昆也沒有死，巨大的身軀在地下亂滾亂爬，又狂呼慘叫。

春雪瓶馬到近前，嚴厲叫道：「你們全都快些走，遲一步，我就要……」她把劍從背後抽出，嚇得受傷的忙爬着走，沒受傷的也拋馬扔刀，撒腿就跑。

雪瓶又厲聲喝着，叫他們回來，把老劉昆抬走。這些人現在是唯命是從，連抬頭看春雪瓶也不敢。忽然春雪瓶用劍指着，向鐵芳問說：「那邊來的是誰？」

鐵芳回頭去一看，就見土崗的南邊大道旁，停着一輛騾車，范彥仁、蝴蝶紅，還同着一個穿官衣的，好像是衙門中的班頭，都往這邊走來。

鐵芳就說：「不要緊！這是汜水縣的范縣丞，那婦人是他的妻子。早先我對他們夫婦曾有過一點兒好處，他們屢次說是要報我的恩，剛才在鎮上我也跟他們見了面。我在這裏與人毆鬥的事，他們也曉得，如今必是怕我吃虧，才帶了官人來排解。」

春雪瓶原本是不想跟鐵芳說一句話，撥馬就走，但如今一看見官人來到，她反倒連劍也不收，怒目向那邊望去。那邊的人是越走離着這裏越近，那位官員，高視闊步，氣派總是與旁的人不同，也直向春雪瓶這邊來看。鐵芳這時候倒擔着心，因為春雪瓶的脾氣是說變就變，她的弩箭發出來就不認人，倘若傷了官人實在不大好，所以他趕緊牽着馬迎了過去。那邊范彥仁就先止住腳步，給那官人引見。這位官人果然是成皋縣衙的大班頭，有個外號叫賽孟嘗，可見此人慷慨好交。他一見了鐵芳，就拱拱手，很爽快地問道：「怎麼樣啦？大相公你沒有吃他們的虧嗎？」

鐵芳搖頭說：「沒吃什麼虧，現在他們都已走了，又沒傷了人命，事情算是完了。」又拱手說：「多承關照！」

賽孟嘗也拱手說：「不要客氣，我久仰大相公之名，所以剛才范老爺一叫人去通知我，我就趕緊來了。我也知道，江湖上的人時常為一點小事就起紛爭，靈寶縣的劉老師傅跟大相公的事，近來我也聽說了。今天我來，雖沒顧得脫官衣，可是也沒帶着夥計來，我原是想以我這點面子，給你們雙方排解一下。」

鐵芳說：「現在也沒有什麼可排解的，累你老兄白跑了一趟。」

賽孟嘗搖頭說：「沒有什麼，都是自家人！」說着話，眼睛又斜向春雪瓶那裏望去。

這時蝴蝶紅在旁就悄聲問道：「那邊的那位姑娘是誰？」

鐵芳說：「那就是春雪瓶，我同着你們過去，給你們介紹介紹吧！」

　　他一說明了那邊就是大名鼎鼎的春雪瓶，這裏的三個人的眼睛都越發地直了，可是范彥仁的腳步似乎不肯再向前走。

　　賽孟嘗這人雖然好交，可是他也不敢過去攀談，他便向鐵芳拱拱手說：「既然沒有什麼事，我也就要走了。春小王爺我也是久仰大名，可是，我不便去冒犯人家，請你替我問個好兒吧！有什麼事再來找我，只要我能夠辦得到，我一定盡力幫忙！」

　　鐵芳也拱手說：「多謝多謝！再見再見！」賽孟嘗就走了，邊走他還不住地回頭。

　　那邊荒涼的土崗外，雨後的夕陽照着春雪瓶白馬青衣的俏影，可是那影子在俏麗之中又似乎有一種神威，令人都不敢趨前。倒是蝴蝶紅，如今雖然也是一位夫人了，可是畢竟出身妓女，大方而不知道什麼叫羞怯，她就姍姍地向前走去，笑着叫說：「春小姐！今天幸虧你來了，才叫韓大相公沒受什麼大驚。我是早就聽人說你是我們女流中的狀元，今兒，想不到能在這兒遇見你！」說着她就很恭謹地施禮。春雪瓶也在馬上拜了拜，抬頭見鐵芳跟范彥仁也談着隨向這邊走過來。

　　等到蝴蝶紅來到了臨近，春雪瓶就問說：「那邊就是你的丈夫范縣丞麼？」

　　蝴蝶紅一頭帶笑地說：「對啦！若沒有韓大少爺，我們也到不了今天。聽說韓大相公若不是有春小姐搭救，他也不能夠活到現在。」

　　春雪瓶只笑了笑，說：「這都是提不到的話。不過鐵芳原不姓韓，現在東邊不遠的官眷瑞大臣之女，那就是鐵芳的姨母。她們是正要往京裏去。好你們勸鐵芳就趕上那官眷的車輛，一稱名姓，她們就能曉得，就能夠認親。無論如何應當令鐵芳進京去，那裏又有他的舅父玉大人，都能給他博個出身。那才是他的正途，他也算是對得起他的母親，也不愧叫我爹爹撫養他一場！」

　　說到這裏，春雪瓶的語聲兒似乎很慘，她又說：「我可以在江湖上飄蕩，永遠飄蕩，他卻不成，他也不應該不走正路！」

　　說至此，鐵芳跟范彥仁也來近了，可是雪瓶撥馬就要走，鐵芳舉手着急地說：「雪瓶！千萬不要走！我還有幾句話要說！」

　　這邊蝴蝶紅也把馬給攔住了，她哀懇地說：「春小姐，我請你到我們的店裏去歇一歇，我跟你談談話兒。你要是答應，就賞我們個臉，別走。你要是一定走，我可就要在馬前給你跪下了，隨你的馬撞我，我也不躲開！」她仰着臉兒，誠懇地如此哀求。范彥仁也過來深深地打躬，說是請春小姐到那鎮上的店裏去歇一歇，他們要竭誠地招待一下。鐵芳倒沒再說什麼，春雪瓶卻又看了他一眼，面上就不由漸漸泛起了紅暈，顯出着急、為難而又無可奈何的樣子。她想了一下，忽然點了點頭，慷慨地說：「既是這樣，我也就隨你們到那鎮上去一趟吧，我也有幾句話要向你們說。不過，我可還是說完了話，我就走。」

　　蝴蝶紅一聽，她頭一個表示喜歡了。當下春雪瓶就收起來寶劍，同着他們走過去，范彥仁與蝴蝶紅都上了車，鐵芳也上了馬。

　　於是兩匹馬跟隨着一輛車，就同往那鎮上走去。春雪瓶與鐵芳雖幾乎是雙馬並行，二人所帶的劍又本是成雙的寶劍，但二人可談的話是太少了，都似乎有些悵然慚愧的樣子。惟有鐵芳的心裏明白，他是不該在那個雨夜中，在客店裏跟春雪瓶說出那個請求，未得遂願，倒生了隔膜。真是：身無彩鳳雙飛翼，心有靈犀一點通，劉郎已恨蓬山遠，更隔蓬山幾萬重。

　　車輪軋着泥土，馬蹄輕響，夕陽影裏，他們就回到了鎮上那家店內。賽孟嘗已經先回到這裏了，有他的照應，店中雖然是擠得沒有地方了，可是居然也能夠騰出兩個寬敞的單間來，請鐵芳、請春雪瓶去住。他們都各自在屋裏洗了臉，梳了頭，並換上了乾淨的衣服。

　　范彥仁在那屋裏已命夥計給叫來了菜飯，還預備下了酒。他又向賽孟嘗說明了，鐵芳和雪瓶與那位孫大人的官眷瑞大臣之女，及與新返京的玉欽差的關係，並要請賽孟嘗作陪。賽孟嘗卻笑了，說：「大哥！你這不是故意為難我嗎？按官面兒說，他們雖不是闊公子跟千金小姐，可畢竟都有闊親戚，我不過是個小縣衙門裏的皂隸，敢與人家同席？按私面兒說，他們一位是韓大相公，一位是春小王爺，我要是跟他們高攀起來，我的名頭可也就大啦，以後有人羨慕我，可也一定有人要找我麻煩，得了！」他又作了個大揖說：「就算是我已經叨了您的酒啦！我可不敢真個就去奉陪，現在我就告辭了。有什麼事兒，您再叫人去叫我吧！」

說畢，他又走了。這時薄暮已臨到了鎮上，天上已露出來幾點星光。鎮上，那老劉昆、呂慕岩等人根本就沒再回來，此時也不知都往哪裏去了，所以這裏是十分的安靜，一般客人也多半吃完了晚飯就早早地睡了，預備明天好趕路。

可是這家店中的幾間寬敞的房間裏卻是燈火熒熒。那位縣丞太太蝴蝶紅，一身紅緞的衣裙閃閃發光，臉上抹着紅胭脂跟大紅嘴唇，只有頭髮是黑的，首飾是金的。她的那兩隻紅繡鞋兒，東屋裏走走，西屋裏串串，臉上永遠帶着笑。她今天真忙，也是最興奮。她跟她的丈夫都已秘密地商定了，今晚，無論如何她要叫鐵芳點頭，同時勸得春雪瓶也得首肯，而使這一對訂成了終身的伴侶，永世的良緣，不變的駕盟。她不是要做這個媒婆，范彥仁更不敢自命為月老，不過他們夫婦總是想：「當初人家怎樣成全我們來的？如今既然有這機會，就得設法報恩。」同時又知道鐵芳是萬分地樂意跟春雪瓶訂親，而春雪瓶也並不是不樂意，而是有幾點難處，這也就是使得一位嶔奇磊落的俠女傷心成病的原因。

第十九回　冀北江南俠蹤遊遍　邊疆沙草儷影相依

　　春雪瓶不說她不願意跟鐵芳婚配，只說她有幾點傷心之處。在這屋內，對着明燈，對着蝴蝶紅，她把前後始末都低聲地說了。她發起怒來時比劍鋒還利害，她的心，外人若是不察，也會覺得比她的弩箭更狠，其實她也是很脆弱的。一位橫行大漠，腳踏草原，騰躍高山的春龍小王爺，如今竟宛轉地悲傷彈淚。蝴蝶紅覺得她一點也不可畏，而且十分地明白人情道理，簡直是一位聰敏賢慧的多情女子，只緣於她的身世太不幸了。

　　雪瓶對着蝴蝶紅如對着長姐似的傾訴她的衷情，原來她之所以病，之所以不能跟鐵芳婚配，就是因為她的生身母太令她傷心了，二十多年前她在甘州城來安店裏做的那事，太令人痛恨了……

　　雪瓶說：「若沒有我，哪能夠叫鐵芳才一生下來就受那苦難？就害得他們母子生離？所以，我若是鐵芳，我一定得恨當初那個壞婦人跟那個女孩！」

　　蝴蝶紅一聽，就說：「啊呀！春小姐您怎麼這樣想呀？當初，方太太是怎麼個心，我們現在不敢說，可是您那時也不過是才滿月，人事還不知，您能夠伸出小手兒來攔住您的媽，不叫她老人家把您換別人的男孩兒嗎？」

　　春雪瓶說：「你不知道，他們母子分離之後，二十年來，別人我不知道，我的爹爹確實很苦。她雖撫愛着我，如同她的親生，但她沒有一時一刻，不是在悲傷地想着她失去了的孩子。為此，後來她才得了病，病才永不好，後來才病死……」蝴蝶紅也有些黯然，半天，她才歎息着說：「這些事情都已過去了，我聽韓大相公說，您的爹爹在路上遇着他，把他帶到新疆去，也就是為叫您跟他結親。我並不是誇讚，您的爹爹玉三小姐，她不僅是本事高，還是一位頂明白的人，給自己親手撫養起來的女兒招位姑爺，正是自己親生的兒子，何況又是郎才女貌，正正地相配。這是多麼好，又多麼巧的一件事呀！大相公不該違背了她親娘的遺言，我想小姐您要是孝順，要是能體貼着那位故去的老人家的那片苦心，您，簡直說吧！您就不應該不答應！」

　　春雪瓶臉又紅了紅，說：「那，難道叫我也去跟鐵芳到北京？」

　　蝴蝶紅說：「那有什麼不可以呀？您別忘了，您的老太爺早先就是涼州知府，您生下來就是一位千金呀！現在說不定老太爺還許在世，官一定比早先更大。您要到北京去一打聽，就准能夠打聽得着。」

　　春雪瓶說：「我也不想去認他！」又忿然地說：「生我的那個老婦人是還活着，現在還在涼州府，只是，你也絕不會想到她是怎樣一個人。我跟鐵芳若是都不知道她，也好，我們不但都知道她，還都見過她，鐵芳對她的壞處比我知道得還多。為她，無論如何我都不能依你們的主意！這真把我恨死了……我要來跟你們說明的，也就是這幾句話，你去告訴鐵芳吧！我也許等不到明天，就走！」說時，她扭着臉低着頭坐在旁邊，顯出無限地愧恨、傷心之意。

蝴蝶紅急得連連跳腳，說：「咳！咳！我想這件事更算不了一回事！方太太在涼州府住着，將來您要是去認，也不能算就污辱了鐵芳大相公，別人更不會笑話他有那麼個丈母娘。不去認呢？也不能說是不孝。再說，我可護着方大媽，方大媽她也不能算是多壞的人。譬如再過二載，我連一個兒女也沒有，或是只有個女兒生不下男孩，我也說不定會跟人家去換，那種事兒我也能夠幹得出來！」她笑了笑，又說：「真的！要說到後來呢，方大媽處處也是不得已。就譬如我，我不瞞人，早先難道我是願意在琵琶巷裏混事？現在，我們彥仁做了官，就不嫌我的出身低。您也一定是不棄嫌我，若棄嫌我，我還能夠跟您說這些心腹話嗎？既然您連我都不棄嫌，又怎可以棄嫌您的那位不幸的親娘？我想鐵芳大相公，他也不至於娶了您，就嫌那位岳母呀？或是因為岳母不好，就看不起您呀？」

當下蝴蝶紅的話是翻來覆去地說，兩方面地解釋。她的口齒真伶俐，說得天花亂墜，講得動聽入耳，秀樹奇峰春雪瓶可真不如她，被她說得簡直無話可答了。

這時，忽聽門外的范彥仁說：「鐵芳大相公可來了！」

門一開，先進來了范彥仁，隨後又進來了鐵芳。鐵芳的臉很紅，且露出喜笑之色。春雪瓶卻仍然在那裏含羞不語地坐着，可沒有抬眼皮看他。

范彥仁說「我們在門外偷聽了半天啦！無論什麼事，都妨礙不了你們的金玉良緣！」

蝴蝶紅就拉住他的丈夫說：「得啦！咱們把話都說完了，現在就該讓人家兩人說啦！」遂就把范彥仁拉出了屋去，並給闔緊了門。

他們兩人就在屋外，並立含笑，望着那窗上豔豔的燈光和雙雙的人影。范彥仁還有點不放心，可是待了半天，那屋裏的談話聲音，卻越來越模糊，越來越小。蝴蝶紅就拍着手笑說：「成了！」又拉着她的丈夫回到了自己的屋裏。

范彥仁還發呆地問說：「你怎麼知道是成呢？」

蝴蝶紅笑着說：「一定成！」遂就叫店夥計趕緊熱酒擺菜。兩個店夥計在屋裏忙了一陣之後又出去了。蝴蝶紅這才笑着對范彥仁說明了原因，她說：「你想呀！他們的事兒要是不成，還能夠在屋裏那麼悄聲兒的說？早就得打起來了！」

范彥仁也笑了。於是夫婦兩個人就又過到那屋裏去請那兩人，果真一請就到這邊來了，范彥仁夫婦便雙雙地舉杯，與鐵芳和雪瓶賀喜，於是鐵芳與雪瓶的婚事已訂。晚間仍是各自回屋去就寢，一夜慢慢地過去。到了次日，天氣晴和，那位賽孟嘗大班頭大約是聽店夥說了，他買了一罐子酒，一大片子肉，就來給鐵芳賀喜了。

范彥仁就說：「今天就要請他們新訂親的一對夫婦到我們縣裏去。但是你得派個人騎着快馬趕緊往東，追上官眷的車輛，把這件喜信兒去告訴那裏的孫夫人。」

賽孟嘗就說：「讓別的人去，一定說不明白，還是我去跑這趟吧！」

當下他放下了酒，留下了肉，比辦他自己的事情還急，匆匆忙忙地就走了。早餐之後，范彥仁就同着蝴蝶紅，請鐵芳跟雪瓶和同着他們到了汜水縣。他們在那裏有私宅，但鐵芳不願去住，就仍與雪瓶住在一家客店裏，仍是分為兩間屋子。

在此住了兩日，邢柱子與荷姑就找來了。原來鐵芳與老劉昆在虎牢關惡鬥，與春雪瓶在那店中訂親之事，不知是什麼原因，已弄得外邊有不少的人都曉得了，也許是由那店裏的夥計跟居住的客人給傳出去的。他們夫婦聽說了就找到這裏。當下見了面，邢柱子就給鐵芳賀喜，荷姑是不但向雪瓶賀喜還道謝。雪瓶跟荷姑也很親熱，也頗為投緣。

鐵芳在旁發呆了半天，當晚，他就向雪瓶說：「我們是不覺得，我們在這條路上的名聲太大了，一點兒事情，外人都留心，都能夠向遠處去傳說。我在洛陽又有殺死獨角牛的事，他的大舅陶九更是個厲害的人，倘若他要找到這裏，那時就對范彥仁有許多不便了。」

雪瓶說：「明天或是後天，我們就走吧！

鐵芳皺眉說：「可是，你的病還沒有好啊！」

雪瓶卻嫵媚地笑着說：「你想，我這點病還能夠算是病嗎？這兩天，我覺得也差不多好了。」又說：「我告訴你吧！我也不是因為病才不願意跟着那官眷的車輛走，我是故意離開爹爹的表姐孫夫人。”

鐵芳問說：“為什麼呢？”

雪瓶臉紅着說：“就是因為她也主張，叫我跟你在一塊兒。”

鐵芳笑着悄聲問說：“現在呢？”

雪瓶哼了一聲，說：“現在……”她把她的那口劍跟鐵芳的那口放在一起，成了一雙，說：“都給你吧！從今以後，我也不再提武藝了。我真沒有想到我也像別人似的，要叫人娶！”

鐵芳聽了這話，以為雪瓶要發脾氣，可是待了一會兒，見雪瓶卻嫣然笑了。

他們因為等候着那賽孟嘗回來，所以暫時還是不能夠走。雪瓶住在店裏，有荷姑給她做伴，蝴蝶紅又天天找她來，她們在一起談談笑笑，倒很是快樂。同時她的病也好了，對人也更隨和了。又過了四五天，賽孟嘗才回來，同來的有兩位官人，都是孫夫人玉清小姐派來的，一個是原在孝義縣衙門當差的那個老謝，另一個卻有六十多歲了，已有了官職，是早先玉嬌龍的舅父的部下，名叫保善。

保善先是跟着瑞大臣，後來又跟着孫撫台，官升到了把總，可就沒往上再升。雖然是跟個老聽差的似的，可是連孫夫人玉清小姐都叫他保大叔，而不直呼其名。

這次他也是護送着孫夫人往京裏去，前些日曾跟雪瓶見過面，可是因為雪瓶病着，沒有怎麼詳細談過。如今他一來了，就向鐵芳說：“你叫我怎麼稱呼你呢？得啦，我就叫你大少爺吧！其實我就叫你的名字也叫得着，因為玉府的三姑奶奶嬌龍小姐，她出玉門關的時候，在涼州府，只有我一個人見着她了。若不是我見着了她，到現在，人家還都真以為她那次在北京妙峰山還願就死了呢！”提起了舊事，這位老官人就不禁感慨欷歔，並且直咳嗽。

鐵芳就請他在椅子上落座。春雪瓶親手給他敬茶，他也一點不客氣，他咳嗽完了，才說：“我是個三朝元老啦！玉家、瑞家、孫家，連方家，提起了我來，都得說我是老人兒啦。”

雪瓶聽他說到了方家，倒不由得有點詫異。這時屋裏只有她跟鐵芳陪着這位老前輩，保善就說：“玉嬌龍姑奶奶沒出閣的時候，到伊犁舅舅家裏住過，那時候我就見過她。誰可料得到她在那個時候，就已經學會了飛簷走壁之能呢？咳！”

他先把玉嬌龍的歷史說了一遍，然後又說，現在這位官眷孫夫人，也就是玉嬌龍的大表姐，姑爺孫大人有個表哥，姓方，做過涼州官，後來又做過幾任外官……

鐵芳趕緊就問：“現在呢？”

保善說：“早就故去了，現在家眷還在北京住着。方大人早先還有一位二太太，生過一位小姐，可是二十年前，那位二太太連小姐都在祁連山中不明生死。又有人傳說，那位二太太是早把那位小姐給換了出去啦。”看了看雪瓶，他就又說：“如今我才知道那位方小姐就是你！現在我可不能叫你為方小姐，我得叫你為少奶奶，還得叫你……叫你什麼呢？得讓我細想一想！”

想了半天，他又笑着說：“當着你們，我細說也不要緊。玉嬌龍姑奶奶本來嫁的是魯翰林，可是，簡直就算沒成親，鬧了一個亂七八糟。魯翰林得了痰氣病，也早就死啦。現在就得說那位小虎大爺，是玉欽差的妹夫。小虎大爺雖說是一位綠林好漢，可是後來有人一細打聽，聽說又是北京德五爺家大少奶奶的娘家胞兄，那是一點兒也不假。現在德五爺還在世，跟我的年紀差不多，在北京享清福，還好交朋友，好談天，有時還常提說這些個舊事。所以，如今我告訴你們吧！”

他指着鐵芳說：“你是楊大少爺！”又指着春雪瓶說：“你是楊少奶奶。孫家的這門親戚還遠，方府上又只留下了老太太的那一支，去認不去認，也不要緊。可是玉欽差實在是你們的親娘舅，德家的大少奶奶實在是你們的親姑母，這兩門親戚，你們是無論如何也應當去認一認。現在孫夫人在衛輝府等着你們呢，叫我來請你們，你們就一同上北京去吧！如今這總算是骨肉團圓，親上加親，喜上添喜了！”

此時雪瓶倒是默默無言，鐵芳卻十分感慨，他就說：“有勞你老人家來了這一趟。我們早晚是要到北京去的，可是現在還不能夠去。”

　　保善驚訝着說：“這為什麼呢？”鐵芳慨然地說：“我父親楊小虎一生漂泊江湖，沒有登過高親的門庭，沒有入過簪纓的行列。我母親雖是生長在宦門，是一位小姐，可是那位小姐玉嬌龍，也早就在妙峰山投崖盡孝身死了。後來生下我的、出玉門關去的那已不是她，那是龍錦春，是春龍大王！”

　　保善驚訝着說：“說來說去，前後還不是一個人嗎？總而言之，是我們那位姑奶奶與眾不同，才有後來這些事。我不該說，如今你們小夫婦可應當改向正途了。”

　　鐵芳說：“我覺得走江湖、歷風塵，行俠仗義，才是接續我父母的事業，才能夠稱為正途！”保善連聲歎着：“咳！咳！”

　　待了會兒，蝴蝶紅也來了，聽說了這事，趕忙就去叫范彥仁。范彥仁來了，便也勸鐵芳赴京，托親戚去在官場謀個前程。但鐵芳只是搖頭。他跟雪瓶都是意已堅決，寧願遨遊江湖，也不願去圖功受祿。

　　保善也明白，鐵芳若是去圖功名，那麼他的那個三代的帖子，實在難以下筆去寫。又知道玉嬌龍在尉犁城的草原有多少萬匹馬，產業無數，他們若回到新疆盡可以享福，比做個小官兒既隨便，還又闊得多，於是也就不勉強他們了。鐵芳寫了封書信，致謝孫夫人，並托將邢柱子夫婦帶了去，保善也都答應了。

　　這位老官人在這兒歇了一天半，就同着那邢柱子、荷姑，還有那老謝，一同走了。邢柱子、荷姑，與鐵芳、雪瓶臨別之時，倒不禁依依不捨。

　　鐵芳在此，與范彥仁、賽孟嘗又盤桓了一日，他們就走了。他們仍然是黑白兩匹馬，雌雄兩隻劍，就往江南去了。他們的目的是去九華山，事要去拜訪拜訪那三十年來在南北赫赫有名，從無一人的武藝名聲能夠蓋得過去的奇俠李慕白。同時春雪瓶還知道有幾本書存在那裏，那是她的爹爹，如今應當說是她婆母的舊有之物，此去是想向那位奇俠索要回來。

　　雪瓶跟鐵芳一路風塵，就離開了河南的平原，到了長江，從安慶府渡過了江。此時正是暮春之時，六朝人做的文章裏曾有幾句話是：“暮春三月，江南草長，雜花滿樹，群鶯亂飛。”然而這卻描不盡江南美景。只見處處是碧水汪洋的田地，其間插秧的人都是頭罩各色的首帕的婦女，她們在田間互相說笑，又一聲一聲嘹亮宛轉地唱着秧歌。

　　在傍近青山茶林的所在，又有一群群如穿花蝴蝶似的採茶女。處處是清澈見底的小溪，沒有帆篷的小船，家家有垂着綠絲的楊柳，林間的鳥語響如簧，水面的鵝鴨白如玉。這樣的風景與新疆那草原大漠、牛皮帳篷、駱駝隊，是迥然不同了。

　　雪瓶至此簡直有些目不暇接了，連馬都不願騎了，騎着她怕人家笑話，怕人家注意。他們一到了池州府就先歇了幾天，鐵芳跟雪瓶都做了新衣裳。新衣裳的式樣自然也很新，與在西路上所穿的完全不一樣。

　　春雪瓶的那件鹿皮坎肩早就收在包袱裏，同時她已脫去了素衣，而換上了鮮豔的濃妝。她的頭髮也不再梳辮子了，是仿照着這江南的妙齡婦女，梳成了一個好看的頭髻，金釵玉釧也都應有盡有。早先聽人家呼喚她為太太她還有些不高興，有時候還臉紅，如今她卻聽得習慣了。她愛聽，她覺得這太太兩個字，是比什麼小王爺還合她的身份。

　　她們先在池州打聽明白了往九華山去的路徑，又向人打聽李慕白，可是竟無人知曉。雪瓶覺得納悶，鐵芳倒以為這是理所當然，因為後來的李慕白必定是已成了一位道家，他專心修煉，不問外事，與玉嬌龍之在新疆，當然不同，難怪無人知曉。他們兩人也都未敢攜帶寶劍，這日就到了九華山上。山上有很大的廟宇，供奉着九華菩薩，據說是極有靈驗，山下各地來的香客天天絡繹不絕。他們只裝做遊山的旅客，幾乎每一座山峰他們全都去過了。

　　這座山跟那頂上永遠堆積着長年不化冰雪的天山，跟那峰巒層層不絕的祁連，自然都不能相比。但這裏的樹木常綠，白雲飄浮，卻十分秀麗可愛。他們寄宿在山中的人家裏，用了兩天的時間才打聽出來，原來在這山壑的幽僻之處，向來隱居着奇俠高人。六十年前曾有一位九華老人，墳墓現今仍在。五十年前有一位江南鶴，他的那些故事，至今附近的老年人還多能夠稱道。二十年前又來了一位大俠客李慕白。可是江南鶴與李慕白都不知往哪裏去了，多年他們也沒有回來，不知現今是否還在世間。在四五年前還有李慕白的徒弟猴兒手常到這裏來，近幾年也沒有人再看見他。總之，名俠的往事，偶然有人還能道及，但寶劍奇書卻無覓處。

鐵芳與雪瓶只得悵然下山。由此又渡江而北，直到了京師。他們可並不去見玉欽差，鐵芳更沒去見他的姑母楊麗芳。他們在京師住了半月之久，知道了邢柱子經那位孫大人提拔，已經在衙門裏有了個小差使，住在北城的什麼胡同裏，荷姑的日子當然過得很好。而且這京城是大地方，南城鏢行裏有名蓋南北的老英雄神槍楊健堂與五爪鷹孫正禮，北城又有那位街面上的好漢，專愛管閒事、打不平的一朵蓮花劉泰保。

這個地方不要說戴閻王，就是魔星惡煞，也絕不敢來此欺壓良家婦女，所以鐵芳與雪瓶也都沒有去看荷姑。他們終日遊玩，已將京城勝地覽遍，鐵芳不禁想起來當年他的父親羅小虎與母親玉嬌龍那段離奇的姻緣，不禁感慨。

雪瓶在京城也住得膩了，夫妻兩人就商量好了，還是回轉新疆去。於是在端午節將臨的時候，他們就出了京都。因為天熱，不願速行，雙馬只款款而走。本來可以出娘子關，走山西的那條路，這樣比較近便，但雪瓶偏想回洛陽去再看一看。鐵芳也不能不依她，同時可先說好了，到洛陽的時候他是絕不停留，並且絕不回望山村韓家裏去。春雪瓶也答應了他，可只是笑。然而等到他們到了洛陽的時候，她又叫鐵芳先走，在前面去等着她。雪瓶到了望山村，拜見了那個把家管得很好的徐廣梁，又愣去見了鐵芳的原配陳芸華。可是只聽見梆梆梆不斷的木魚之聲，她卻沒得機會說出來，自己已是鐵芳的妻子。她心中並沒有半點嫉妒之意，可是覺得陳芸華這位太太，也真不能同她們到新疆去了。她把話倒是對着徐廣梁都說了。那位連枝徐廣梁老英雄一聽，就把春雪瓶打量了半天，然後就笑着說："好極啦！好極啦！這事頂對。你去告訴鐵芳，叫他對這裏的事放心吧。我就在這兒養老啦，我不能叫他的原配受半點委屈。韓文佩遺留下來的錢，我也絕不多費一文。可是他無後代，我也不能永遠給他留着，我要儘量拿錢去做善事，好給我那位老哥哥的陰魂贖罪！"

春雪瓶當日就走了，往西卻沒有追上鐵芳。她很不放心，路過靈寶縣的時候，她特意進了城，也沒有遇見鐵芳。她倒打聽了出來，老劉昆自在虎牢關受了傷之後，如今在家中連門也不出了。

那戴閻王於兩月前的一個夜間，忽然被人殺死，這件事可不知是什麼人做的，使得雪瓶倒很是驚訝。她急急地策馬西去，直到了潼關，才與鐵芳會面，她就說了這件事。鐵芳對於望山村的事倒是漠不關心，他聽了靈寶縣的巨憨被人剪除之事，卻也不勝駭異。當下夫婦二人又並馬西去，過渭水，經長安時，也沒去訪安大勇，就直越隴西。沿途不曉得是因有春雪瓶的嬌姿鎮服住了這一路上的盜賊，還是另有其他緣故，竟然一點事兒也沒有遇見。

進了甘省，也未遇見熟人，又走，眼前便是涼州武威縣。這一路上，鐵芳是感慨萬端，因為這條路就是去歲夏天，他與他的母親相伴所走的路。那時病俠所說的在新疆的親近的人，自己還以為必是一個生番似的強悍小伙子，哪裏想到卻是身旁的這位美貌的妻子呢？他雖是喜，可也忍不住地陣陣惘然，尤其是永不能忘記瘦老鴉和神手張那兩位俠烈的人。

來到涼州，春雪瓶忿然地就要催馬走過去，鐵芳卻意殊不忍，他就勒住了馬，說："天色已經不早了！"雪瓶的臉上一點笑容兒也沒有，就說："天晚了，就能夠攔得住咱們嗎？難道咱們晚上沒行過路？"

鐵芳說："不是那樣說。咱們回到新疆，並沒有要緊的事，今天已經走了不少的路，這麼熱的天氣，何必還要連夜往下趕着走呢？"

雪瓶瞪了他一眼，冷笑着說："我也猜得出來你的心思，你絕不是因為天色快晚了，才想在這裏住下！"

鐵芳倒歎了口氣，說："這話直說也不要緊。我也並不是一定要去拜見那位方二太太，認她作為我的岳母，可是我跟她實在是有着一段感情，因為在早先，我始終以為她是我的母親。去年我自洛陽韓家出來，原意也是要上祁連山去救她，可沒有想到……"

　　雪瓶的臉上現出來了一些怨戚之態，但卻更急躁了，她說：「無論如何，我也不會再去見她！你僥幸，她不是你的親人，但我⋯⋯」

　　說到這裏，她傷心得要哭。鐵芳因為怕她因此又得了病，就也不敢再勉強她。兩人正要揮鞭走去，忽見有一個人飛跑了過來，高舉着一隻手說：「韓大哥！春小王爺！你們在這裏幹什麼啦？為什麼不到我那裏去歇一會兒呢？」

　　春雪瓶一看，原來這個人是祁連山裏的強盜、黑山熊的親信，自稱是女俠俞秀蓮門人的那個小山神柳三喜，不知他來此是好意還是惡意。

　　鐵芳更是詫異了，簡直就跟見了鬼一樣，因為他一直以為柳三喜已在黃河浮冰之下淹死了，怎會又在這裏出現了？並且現在柳三喜的衣服十分齊整，臉也發胖了。他就下了馬，帶笑說：「柳兄！不想我們又在此相遇。」

　　柳三喜笑着說：「你哪能夠想得到呢？黃河裏的那點水兒還真能淹得死我嗎？我猜你們二位在此商量，也就是想要去看看我。我托你們的福，在靈寶縣我替你們剪除了戴閻王，到現在大概還沒有人知道那事是我幹的。」

　　鐵芳說：「哦！那件事原來是你幹的？我們可實在沒有料及！」

　　柳三喜似乎很注意他這我們兩個字，把眼光從春雪瓶的頭上直掃到那雙踏在馬鐙上的繡花鞋，他已猜出來雪瓶是鐵芳的新娘子啦，可是還不敢冒昧地就說出來。

　　他就拉着鐵芳的胳膊說：「請吧！我又托你們的福，從靈寶縣平安地回到了祁連山，把黑山熊遺下的金銀，我給他的老婆留下了多一半，我拿了他少一半。我在涼州城裏開了一座鏢店，用的多一半是吳元猛手下的舊人。他們那些人也都不算壞，閒談起話來，他們不但不衛恨你，反倒欽佩你有膽氣，不愧是一條英雄好漢，難怪春小王爺能夠特別把你看得重。請吧！願意進城，就到我那裏去歇息；若是不願進城，這南關有遠悅棧，是新開張的一家大店房。我因為剛送走了一幫鏢車，到那店裏歇了會兒，一碗茶還沒有喝呢，就聽說有人看見了你們，我就趕緊來了。這裏的吳元猛雖然已死，可是沙老大、粉菊花、柳素蘭，那還都是你們的老朋友，雖說不必都見面，可也得叫他們全曉得你們又來了才對。還有一件要緊的事，就是金大娘，她現在那間樓上病得十分沉重。這兩三個月以來，她天天夜夜，口口聲聲，說是要見見她的女兒春雪瓶！」又向雪瓶拱手說：「小王爺您可不要怪我！」

　　鐵芳看着雪瓶的神色，只見這時候她並不急着要走了，並且已經下了馬。她的芳容上怒容早失，可是那種怨戚之態，也未因聽了柳三喜的這話就改變。

　　鐵芳可還是不放心，因為這涼州城裏有不少吳元猛的舊友，難免還有人尋事。萬一春雪瓶犯了脾氣，再在此地傷人，那就不對了。所以鐵芳只叫柳三喜領他們到了那遠悅棧，而沒有往城裏去。

　　遠悅棧是一家很大的店房，這裏的店夥都稱呼柳三喜為東家，可知這個店也有一半的錢是黑山熊的了。春雪瓶似乎沒想到這一點，鐵芳也沒敢跟她提，恐怕她當時發了怒又要走。柳三喜時時注意着他們兩人的神態，又向鐵芳問說：「你們二位是分屋子住呢？還是同住在一間屋裏呢？」鐵芳說：「找一間房子就得了。」

　　柳三喜便趁着春雪瓶沒有看見的時候，就拍了鐵芳的肩膀兒一下，笑着悄聲兒說：「待會兒，你到櫃房裏去，我得喝你的喜酒啊！」他遂就命夥計給鐵芳跟雪瓶找了一間很好的屋子，把黑白兩匹馬牽到了棚下去用好草料給喂。

　　他到櫃房裏候了片時，鐵芳就過來了，他就又拱手給鐵芳賀喜。鐵芳先叫他派個人去找沙漠鼠，然後就背着這裏的掌櫃的與夥計們，詢問金大娘的近況。

　　柳三喜就說：「她終日吐血哭啼，實在是要死了。她知道春雪瓶是她的女兒，她簡直是燒香唸佛地盼着能夠跟她再見一面。」又說：「她現在很是可憐。只有個使女，就是早先吳元猛用的那個玉芹，還忠心地伺候着她。那柳素蘭雖然還住在她的外院，可是現在也不像吳元猛活着的時候那樣畏懼金大娘了！她不但是那馬百萬，還有別的人都常往她那裏去。」

　　鐵芳聽了，不禁感慨唏噓。柳三喜又問他們在黃河岸邊分手以後的事情，鐵芳卻沒有細說，只說到江南九華山去了一趟，又往北京遊覽了一番。柳三喜聽說他到了九華山，便向鐵芳詢問李慕白的下落。

鐵芳惋惜地說：“我們去了，到處尋訪，竟沒有見着！也不曉得那人現今是否尚在人世？”

柳三喜聽了也顯出很難過的樣子，說：“實不相瞞，他是我那位女師父俞秀蓮的情人。他們可不像你跟雪瓶姑娘，你們是有情人終成眷屬，那李慕白與俞秀蓮是始終恩如兄妹，永遠相恭相敬，心裏卻各相愛慕。我的女師父原來有過男人，可沒等到成親，那人就死了，並且聽說還是為李慕白而死的。因此，李慕白永遠不能娶俞秀蓮，俞秀蓮也永遠不能跟李慕白怎樣接近，直到我師父死後，李慕白還到她的墳上去弔祭了一番。李慕白不是個老道，也是咱們這樣的平常人，可是與咱們又有不同之處，俠風俊骨，令人不敢小瞧。他確實是一個人物，只可惜沒有老哥你這樣的豔福。”

說到這裏，那個長得跟耗子般的沙漠鼠就來了。他現在還吃着粉菊花，生意倒還不惡。鐵芳並沒向他明提自己與羅小虎的父子關係，可是因他是羅小虎的老夥計，就向他詢問羅小虎生前的種種事情。沙漠鼠就把半天雲羅小虎的出身，說了個詳詳細細，又特別把半天雲與玉嬌龍的結合和分離，說了個詳詳細細。

鐵芳如聞一件旖旎哀怨可泣可歌的故事，而這個故事又與自己有着密切的關係。當日他是在櫃房裏跟柳三喜、沙漠鼠在一起用的酒飯，春雪瓶是自己在屋裏用的。到了二更以後，鐵芳才回到屋裏去，他就把他聽來的話又都幾乎一字不遺地向雪瓶說了一遍，直說到了四更。這夜，客房中的秀樹奇峰，可真悲哀極了，她便應允鐵芳，明天進城去看她的生身之母金大娘。

次日，六月的天氣，天色忽變，陰雲從祁連山那邊展開，直壓住了涼州府的城池，似為人掛上了一幅愁容。春雪瓶同着鐵芳到城裏進了那雙碑巷，就來到了金大娘的家。他們一進來，嚇得那柳素蘭就掩上了屋門，可又忍不住要扒着窗子偷眼看着。她看見了早先的王兄弟，就是那個韓鐵芳；又看見了那個曾經身帶着寶劍於深夜到這裏來的那人，早先她還以為是一個漂亮的小伙兒，現在卻打扮得比她自己還漂亮。她可真嫉妒，那人原來變成了鐵芳的太太了。

此時鐵芳同着雪瓶進了裏院上了樓。這座樓現在還有些活動，因為當初的那一場大鬧，吳元猛曾用鐵錘砸這樓柱，所以這座樓，若是金大娘死了，再沒人修，恐怕不久也就要坍倒了。

丫鬟玉芹跟杏花迎了出來，請他們進去。他們就去見着了金大娘，也就是二十年前甘州來安店以女換子的那個方二太太。她如今頭髮已白得跟雪一般，她瘦弱的身體蜷伏於床上，簡直連一隻瘦羊也不如。

室中除了濃烈的藥味，還有一種極難聞的血腥味。她也知道是她的女兒春雪瓶來看她了，便睜開了那兩隻長得和雪瓶很像的大眼睛。

雪瓶囁嚅了半天，才叫了一聲：“媽媽！”但是方二太太當時就說：“哎呀！哎呀！你可別叫我媽媽，我不是你的媽媽，我不是你的媽媽，我是當初貪心，害人反害了我自己！”

她聲啞力竭地勉強說出了這幾句話，就不言語了。半天，她才漸漸緩過來氣，睜開了眼睛，看看雪瓶又看看鐵芳，卻又現出來一種和悅的顏色。然而終因病入膏肓，所以她當天就死了。

鐵芳與雪瓶將方二太太就在此地葬埋了。他們兩人也無意在此多留，便別了柳三喜和沙漠鼠，而回往新疆。回到了新疆尉犁縣家裏的第一天，雪瓶就向她的姨姨繡香詳述了此次出外所遇的一切事情，以及與鐵芳訂婚的經過，並說了她自己生身母親方二太太之死，然後又說到自己的爹爹玉嬌龍，這時如果活着，可有多好呀！

繡香也點頭說：“真是的！姑爺是他的骨肉，你是吃她的奶長大了的，本來分不出親疏，現在我想她要是在世，她的病一定能夠全好了。可惜的就是鐵芳到新疆來得太遲了，你們倆成親也晚了二年，不然，你們的爹爹，我的那位小姐，咳！她一定還能夠多享幾年陽壽！”

　　說到這裏，她自己先又哭了，雪瓶更哭得厲害。而這時蕭千總就又進來，叫喊着說：“大喜的事兒，怎麼大家倒傷起心來啦？這可不對！我得快去給你們準備喜酒去！你們還是趕快擦擦眼淚吧！”

　　說着他慌慌地跑出去了。待了一會兒，他倒是沒有回來，可是玉嬌龍生前的女友美霞，及美霞的次女幼霞全都得了信趕來了。韓鐵芳一看那個一會兒要跟他成夫妻，一會兒又要殺他的那個小霞沒來，他就完全放心了。

　　這位哈薩克的貴婦人，見了面就管鐵芳叫姑爺。幼霞現在是梳着一條長辮子，穿着粉紅色緞子的旗袍，漆着金線的鞋，好似一位北京城裏的姑娘。她先笑着管鐵芳叫姐夫，又拍着雪瓶的肩膀兒，笑着說了幾句湊趣的話兒，然後她就追問雪瓶跟鐵芳在外邊是怎樣訂的婚。

　　雪瓶指着鐵芳說：“你們叫他說吧！”於是鐵芳就像是述說別人的事情似的，詳詳細細地說了出來，可是對於方二太太的事情卻說得極為簡略。

　　這時有幾位哈薩克的千戶長、百戶長，都來送禮賀喜，見了鐵芳，都深深地行禮，他們簡直把鐵芳當作是春龍大王爺的世子了。鐵芳跟他們卻是語言不通，只向他們拱手道謝。幼霞就替他，替雪瓶應酬着這幾位客人。

　　忽見蕭千總又回來了，並領來了一個人，站在院中高聲唱起喜歌，唱的是：“一進門來喜衝衝，來了金龍和玉龍。金龍馱的是金元寶，玉龍馱的是玉麒麟。兩條神龍盤在左右，龍生龍種龍門風。大王春龍晏了駕，小王馬走隴山東。招來了一位乘龍婿，又是人傑又是龍。白龍堆裏沙萬頃，銷魂嶺上劍雙鋒。沙平風定英魂笑，劍合鋒藏佳偶成。福祿貴喜全註定，還願你們鴛鴦永偕，白頭到老，好比北海水、南山松、永世無窮！”

　　屋中的人都不禁停止住了話，側耳向外去聽，聽完了大家都笑了。唱喜歌的人正是賽八仙，他最近又賣卜在此，恰好遇着這事。他這個人是經年飄泊於南疆北疆，又會說好幾族的語言，春雪瓶跟鐵芳的故事在他的肚子裏早就裝了不少，如今借着喜歌兒發表出來一二。

　　唱完了他就進屋來向鐵芳作大揖，說：“我唸了喜歌，不討賞錢，只要擾你們小倆口兒每人一杯喜酒！”

　　他又向雪瓶行禮，他的那種滑稽的神氣使得大家全都笑了。幼霞故意在他的腳前擋了個小凳兒，他直着兩隻眼指手劃腳地說着，不留神一邁步，就幾乎跌了一個大馬趴。他倒沒有趴下，可把離着他最近的蕭千總撞得坐在地下了，全屋中的人這時就更笑。

　　酒席也都送來了，幾位哈薩克的千戶長、百戶長和賽八仙是在一桌，美霞、幼霞母女跟鐵芳、雪瓶夫婦坐在一桌，蕭千總、繡香卻都沒有陪着吃酒，因為他們得帶着施媽，趕忙着給預備出來一間新房。到晚間席散，男客全都走了，女客美霞母女卻留在這裏。到了初更的時候，她們同着繡香就將鐵芳跟雪瓶送進了新房。這房內的木器都是紫檀木的，壁間掛着那一對寶劍，桌上有一對銀燈，成雙的紅燭正映着一隻燦爛的銀瓶。在收拾得極為乾淨，鋪展得十分華麗的床榻之旁，放着一隻漆着金邊兒的皮箱，上面有銅鎖，可是鑰匙就掛在鎖旁。

　　雪瓶悄聲地叫鐵芳把房門閉好，她就去打開了這隻皮箱。首先看見的是那件紅羅的內衣，那一角已經退了色的衣襟，已經用絲線細細地補綴上了。

　　這東西卻被雪瓶用雙手遮住，她不忍叫鐵芳再見。她回身向鐵芳倩然地笑着說：“你在那兒等着我，我取出好東西來給你看！”

　　鐵芳就依着她的話，果然不往近來走。雪瓶卻從箱中取來了那冊白綾釘成的書本。然後雪瓶又將箱子鎖上，雙手捧書來到了銀燈之旁，與鐵芳相並地坐着，翻閱着這本書。

　　這就是玉嬌龍二十年前的親筆，封面的四字一行，十幾行的草字，是玉嬌龍在失了鐵芳之後，懷揣着雪瓶，在將出玉門關之時，旅夜中寫的，專為訓誡雪瓶，言辭極為懇切。書裏邊卻都是武當派技擊的秘訣。這些功夫是由當年九華老俠傳給了弟子啞俠及江南鶴的，啞俠死後又落於高雲雁之手。

　　玉嬌龍因為得到這些真傳，才有了她那一生的奇遇，也可以說是才有了今日的鐵芳與雪瓶。此書雖非原本（原本在李慕白手內，未尋回來），但縱橫天下的俠女玉嬌龍一身武藝已盡在此中。當下，他們小夫婦直看了半夜，方才掩卷，熄燈就寢。

　　從此，這就是他們兩人的課業了，每天他們都要研究此書中的奧秘。

　　（全書完）

跋 - 尋找父親的足跡（Epilogue）

王宏

一、影壇驚世

2000 年，由臺灣著名導演李安執導，根據已故作家王度廬的武俠小說系列「鐵鶴五部」改編，由周潤發、楊紫瓊、章子怡、張震等主演，拍攝了《臥虎藏龍》電影。

該電影大獲成功，獲第 73 屆奧斯卡包括最佳影片在內的 10 項提名，獲 4 項獎（最佳外語片、最佳藝術指導、最佳原創配樂和最佳攝影）。獲 3 項金球獎提名，其中兩項獲獎（最佳導演獎和最佳外語片）。這是華語電影歷史上第一部榮獲奧斯卡金像獎最佳外語片的影片。《臥虎藏龍》電影在西方尤為受到廣泛好評。世界總票房為 2.1 億美元，其中美國為 1.3 億，打破了美國外國語電影票房的歷史記錄。

愛屋及烏，西方對該電影的喜愛甚至擴展到它的名字：Crouching Tiger, Hidden Dragon，以致創造了許多類似的用法，例如

Crouching Confusion, Hidden Hassles
Crouching Manager, Hidden Database
Crouching Impact,Hidden Attribution
Crouching Market,Hidden Value……

　　對中國的傳統理念和價值觀,特別是對來自於中國民間的俠義精神有所認識。這些自然應該歸功於李安先生的高超導演才能。然而,對於其原著的作者王度廬,國外一無所知,甚至國內也很少有人知道。

二、深隱市井

　　王度廬是我的父親,可是我以前並不十分了解他的過去。小時候,我就知道父親是一個普通的中學老師。不擅交際,朋友不多,家裏的裏裏外外,都是母親一人張羅。父母從來不過節,不慶生。年三十我只好跟別人家的孩子一起放鞭炮,到鄰居家吃年夜餃子。父親是老教師,初一,一大早校長就領着一大幫幹部和老師來拜年,父親基本上是年年被堵被窩,大家也見怪不怪。

　　父母工作都很努力,晚上父親還要到學校給學生輔導。母親負責學生的舍務,晚間回來更晚,有時甚至不回家住。有一天晚上,我跟着母親去學生宿舍樓,困了就睡在一個職工的床上,半夜被母親喚醒,發現我的兩隻耳朵都被臭蟲咬腫了。晚上常常是我一人在床上躺着,等父母回家。父親從來都是體弱多病,當他走到離家還很遠的地方時,我就會聽到他強烈的咳嗽聲,趕緊去給他開門。

　　六十年代困難時期,從來都吃食堂的家出現了食品危機,媽媽只好支起爐子,生火做飯。煤柴不夠,媽媽沒辦法,就打開了一個裝滿了書的大木箱,問爸爸:"燒不燒?"爸爸答道:"燒就燒吧,反正都交代了。"媽媽轉過頭來對我說:"這都是你爸過去寫的書,你看不看?"我一瞧,書的顏色都發黃了,封面上的畫也很怪,心想,一定不好看,就搖頭說不看。於是,媽媽就一本一本地,把這些書燒掉炊飯了。

　　初中時,團支部組織我們去撫順階級教育展覽館參觀學習,當我走到一個展示反動、黃色書籍的櫥窗時,霍然發現裏面有署名王度廬的書,嚇得我趕緊走開,沒對任何人講,把這件事埋在心裏。

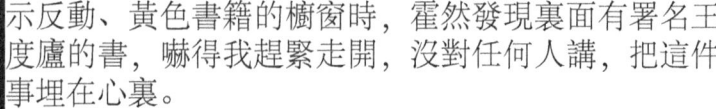

　　文革期間,父親受到了衝擊,遭到大字報揭發,可是缺少"罪證"(都燒了)。學校的紅衛兵對他還是比較客氣的,來抄家也只是翻翻書架,拿走了一個相冊。在批判會上一個學生指着相冊裏的一個照片,問:"王老師,你說你在舊社會的日子很窮,可是你們這張全家照都穿得挺好,這是怎麼回事?"父親笑了笑,答道:"李老師抱着的那個嬰兒是王宏,他是解放後出生的。"

　　每天早上,所有人必須到院子裏去跳忠字舞。我出去一看，這幫老師和家屬，一個個笨手笨腳，跳起來簡直就是群魔亂舞，心裏覺得好笑。母親讓父親也去，他就是不去。逼急了，他就說："不去，打死我也不去！"母親也沒辦法。父親在家裏對母親從來都是言聽計從，令行禁止，這次居然堅決"反抗"，使我感到很吃驚。

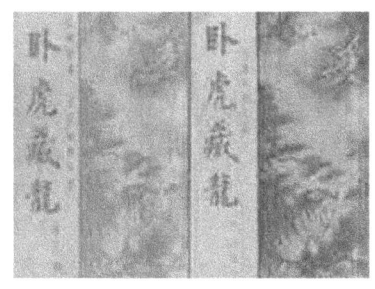  

1970年，母親被下放農村，"走五七道路"，父親被指令退休，作為家屬隨行。當時我已經在農村插隊。學校領導對父母說：現在是照顧你們，派你們到你兒子下鄉的縣裏，以後下放的還指不定要去哪呢。我雖然那時思想很左，決心扎根農村幹革命，可是當我得知父母也要被趕到農村時卻十分不理解。父母已經分別61和54歲了，而且父親體弱多病。我趕緊往家裏趕，要跟領導理論一番。沒想到一到家，看到家裏的東西已經全都被裝到了卡車上，就準備出發了！一路上，年邁的父母坐在裝滿物品的敞篷卡車上，隨着顛簸的汽車搖晃，痛苦不堪。爸爸半路下車解手時，站了半天也解不出來。媽媽暈車，走一路吐一路，膽汁都吐出來了。那情景，我現在回憶起來都止不住要流淚。

父母去的是一個窮困的小山村，借住在農民的半間屋裏。母親每天要去勞動，父親在家裏常常吃不上飯，生活上遇到了很多困難。唯獨可以慶幸的是，淳樸的農民並沒有歧視他們，並給了他們許多幫助。父親覺得像是躲開了喧囂的亂世，來到了世外桃源。尤其是後來姐姐把孩子送到了他們的身邊，使他們看到了希望，嘗到了天倫之樂。四年後，"五七戰士"陸續被調回安排工作，而母親卻被動員退休，無緣回城。所幸我當時已經畢業留校，他們便搬到了我這裏。1977年，父親因帕金森氏綜合症離世。

改革開放以後，海內外學者開始尋找父親王度廬，並研究他的作品。天津藝術研究所張贛生先生多方查詢作者的生平，詢問過不少津京老報人，但一無收穫。臺灣葉洪生先生批校的《近代中國武俠小說名著大係》收入了度廬的"鶴—鐵五部曲"等七部作品。他在文章一開始就說："王度廬之生平不詳。"

80年代初，葉洪生先生托小說家宮白羽之子宮以仁先生在大陸尋找王度廬。宮先生根據小說內容，推測王度廬可能是北方人，便與蘇州大學徐斯年教授聯係。徐先生回憶道：

"我所在的學科決定立項研究通俗文學，這一課題並被列為'七五'國家社科重點專案。不久，幾位研究通俗文學的朋友相繼來信，說起'武俠北派四大家'中，寫白羽、李壽民、鄭證因三人的生平，人們多已知曉，惟王度廬，至今不知何許人也，問我可有這方面的線索。經過他們的'強化刺激'，猛然想起母校的王度廬老師。

他是我高中同班同學王膺的父親，沒給我們上過課，也從未聽說他寫過武俠小說，但姓名倒一字不差，姑且問問看。很快就收到了母校回信，得知王老師已經逝世，但因此卻找到了王老師的夫人，我們當年的舍務老師李丹荃女士，並且確認了那位四十年代聞名全國的'俠情小說大師'果然就是王膺的爸爸。正是：踏破鐵鞋無覓處，得來全不費功夫！"

後來徐先生為《王度廬武俠言情小說集》寫的序言，就是以《尋找王度廬老師》為題

母親回憶道：

四十多年前，我和我的丈夫王度廬同在一所中學裏工作，那時，徐斯年是這所學校裏的一個朝氣蓬勃、多才多藝的學生。以後我們多年未見，再見面時他已成了一位學識淵博的學者。我和王度廬共同生活了四十多年。如今，我已是耄耋之年，以後的時間不會太多了，所以我願意將我能憶及的一些往事和想法寫下來，留給熱心的讀者和關注通俗文學及其發展的學人。

從此，母親便帶領姐姐和我，開始艱難地搜集、整理父親的作品，追尋他曾經走過的足跡。

三、出身寒門

父親生於 1909 年 9 月，他的青少年時代是在北京的皇城根下度過的。父親原名王葆祥，字霄羽，王度廬其實是他後來的筆名之一。爺爺曾是清宮管理車馬機構裏的一名職員。父親七歲時爺爺不幸病故，遺腹的弟弟葆瑞出生，一家人老的老，小的小，生活困頓。

父親 9 歲那年，姐弟三人又相繼患上傳染病。他昏迷了好幾天，慢慢地又蘇醒活過來了。當他睜開眼時，卻見屋裏全變了樣子，空蕩蕩的少了不少東西，桌子和炕頭上的櫃子也全不見了。奶奶坐在炕邊掉淚，為了給孩子們治病，把家中能賣的東西全都賣了。父親病癒後，由於長期營養不良，身體很不好。

儘管貧窮，奶奶還是支撐着讓父親斷斷續續地上了幾年學，讀完了舊制高等小學。父親十二、三歲時，家裏曾送他到眼鏡舖當學徒。原想這活兒較輕，三年出師，學門手藝，一個月也能掙幾塊錢養家。誰知幹了沒幾天，掌櫃的嫌他身體瘦弱，不會幹活，就打發他回家了。以後又送他去給一個獨身的小軍官當聽差，試工三天，人家嫌他太小，半天生不着一個煤爐，給了幾個銅板，就叫他捲舖蓋了。後來，父親在他寫的小說裏曾經一而再、再而三地寫及城市下層民眾生活的困苦景況和貧民青年求生之難，應該是來自他親身的感受。

父親讀書勤奮，人也聰明。當時有位姓李的小學教師很賞識他，經常借給他書籍，並且教他音律和詩詞格律。

他的學識主要來自於自學。北京大學一院當時離他家很近，所以他有時就到那裏去旁聽。那時的北京大學很開放，外邊的人進去聽課，也無人過問。若有名家來講課，常常是連窗外都站滿了旁聽的人。

父親也常去三座門的北京圖書館看書，一坐就是一天。那時候"鼓樓"那裏還有個民眾圖書閱覽室，可以進去任意翻閱書報雜誌，那裏也是他常去的地方。

父親在十幾歲時就常向報刊投稿，寫些小文章和舊體詩詞。

四、少年修箴

1924 年 6 月 5 日，父親在北京《平報》上發表了《座右箴並序》一文，署名"高小生王葆祥"，時年不足 15 周歲。他寫道：

人非聖賢，孰能無過？撼心意之常忽，故箴之以自警。吾本小子，將以致德，行之未嫻，故爾常忽，昭昭矣。效先人之法，作自修之箴，以於座右雲：

孔曰成仁，孟曰取義。惟其義盡，所以仁至。邪之將熾，正心以止；善之將萌，力之以成。公德急公，是心宜充；私欲利私，是心勿滋。合群守分，勤學好問。今也不修，後也為恨。義烈敢勇，愛眾直耿。茲彼二則，人其猛省。遇宜則為，見賢思齊。日則孜孜，夜則休息。食前運動，飯後步走。處恭禮儀，安命耐時。上述之德，人之要持。交友以信，待長以敬。賢者炙之，惡者感動。勿拘小節，見危授命。勿爭小奮，守真持性。思范淹之訓以先憂，三衛武之詩而謹語。樂然後笑，義然後取。盡己之謂忠，推己之謂恕。拳拳服膺之謂慎，己所獨知之謂獨。忠恕慎獨，聖賢之素。力行忠恕，再加慎獨。黽黽上者，難至極處。要哉要哉，要在勿忽。

接着，他又在平報上發表了《座右銘並敘》。從此，父親用這座右箴和座右銘激勵自己，成為指導自己行為的指南，開始了持續了 27 年寫作的生涯。

1925 年 2 月 1 日，父親（15 周歲）在《平報》上發表了第一部武俠小說《浮白快》，約二十萬字。

此書開頭有題詞：

勁梅獨逞歲寒姿，英沾玉碎落池硯。鴻孤天冷無聊趣，呵冰筆寫易水詞。劍光激目奸心悚，翩舞定跡遊俠兒。毫勞一時談千古，傳贊高著史遷遺。

少林外派武當門，薤歌俠士幾人存。冷劍抽出心驟悚，光斑猶具淚珠痕。惜哉未涉咸陽地，難賚薛家秦客門。德薄姑敗狂遊志，轉向烏毫快談論。

大都王葆祥避菲氏自題

舒翼和貿貿居士在他們所作的序和評注中對《浮白快》讚不絕口，有的地方也許有些過譽，如說《浮白快》堪比《水滸》和《紅樓夢》。但他們盛讚父親對情感描述的真切和深刻應該是恰當的。《浮白快》連載了九個多月，頗受歡迎，隨即被報社印行出版。

《浮白快》完成後，父親便一發不可收拾，接連不斷地發表小說、短文和詩詞。由於大量報紙缺失和有些發表過父親的文字的報刊，如《升報》就根本沒有找到，我們尚無法找到父親全部的作品。至 1933 年的八年內，我們發現父親在《平報》和《小小日報》上發表了四十餘部小說和一千多篇包括雜文、筆記小說和詩詞的短文。

五、長安定情

1933 年 6 月，父親去了西安，在那裏他做過《民意報》的編輯，在“戲劇與電影週刊”上發表了一些文章。他還做過陝西省教育廳編輯室的辦事員，編輯了《陝西謠諺初集》，撰寫了《民間歌謠之研究》。父親在西安工作得並不順利，他既無背景，又不會逢迎，而且物價飛漲，薪金低微。

但這些都算不得什麼，因為父親去西安的目的是追隨與他相愛的人
—— 母親，她在早些時候隨父母從北京遷往西安。1935 年父親與母親結婚。
根據母親的回憶，她在北京讀中學時，在一個同學家裏認識了做家庭教師的父親，從此彼此相愛。父親曾送給母親兩本書，一本是沈三白的《浮生六記》，另一本是納蘭性德的《納蘭詞》。母親不太喜歡《浮生六記》，卻很喜歡那本詞。《納蘭詞》中既有刻骨銘心的愛情詩，更有蒼涼悲愴的邊塞詩。

父母一起遊逛過許多北京的名勝古跡，北海、景山、中山公園、太廟、十刹海、陶然亭等地都去過，所以在父親的作品裏常會提到這些地方。陶然亭在永定門外，俗稱“南下窪子”，是明清時期文人騷客、落第舉子聚會賞景、飲酒賦詩之處，人稱“城市山林”。他們慕名前去遊覽，跑了許多路，結果大為掃興，看到的只是遍地荒草、成片污塘、一座破亭，和幾間坍屋。然而，父親曉得有關的典故，帶着母親找到了那座著名的“香塚”和“鸚鵡塚”，並去誦讀那香塚石碣上鑴刻的銘文（香塚毀於十年浩劫）。那銘文母親在晚年時仍能背出：

浩浩愁，茫茫劫。短歌終，明月缺。鬱鬱佳城，中有碧血。碧亦有時盡，血亦有時滅，一縷煙痕無斷絕。是耶非耶？化為蝴蝶。

後來，當父親撰寫俠情小說《寶劍金釵》時，便把書中的那位身後淒涼的“俠妓”謝翠纖的墓地設置在了此地。

父母在西安居住的時間雖然不長，但是那段經歷對父親後來的創作卻意義不小。西北地方，自然環境嚴峻，民風剽悍，加以窮困，乃多鋌而走險者。母親的父親因猝發心臟病，卒於三原縣。父親從西安前去接靈，途中就曾遭遇綠林強盜，衣物被洗劫一空，他只得返回西安，重新打點，再走一趟。後來父親在《鐵騎銀瓶》中寫韓鐵芳在那一帶被匪幫劫持，應是滲入了那時的切身體驗。

1936 年，父母回到了北京，接着在《平報》上連載了武俠小說《黃河遊俠傳》、《燕趙悲歌傳》和《八俠奪珠記》（未完成）。

六、開創先河

1937 年，父母去青島看望母親的伯父。父親的身體一直不好，青島的氣候很適合他養病，於是他決定"在此住一夏天，陪着閣人們避暑，休養我的身體，恢復我的健康，為預備我的衣食，繼續效力。但是我還需要回去……"

不久，叔叔與幾個北平青年同來青島。小住之後，父母送他們離開青島，去參加抗戰。叔叔是遺腹子，父親對他格外疼愛，甚至在小說裏也寫進了他的小名。母親回憶道："他們兄弟一向感情很好，分手時不無留戀。最後王度廬慨然說：'你就放心走吧，我們以後會團聚的，母親的生活，家裏的一切，有我呢。'他把自己的懷錶給了弟弟。"

後來的事情則是始料不及的，7 月 30 日，日寇佔領了北平。1938 年 1 月，青島也被日寇侵佔。父親一家只得滯留青島。父親給自己起了個新的筆名"度廬"，他說"度"就是"渡"，希望能夠度過這一段艱辛的日子。"廬"就是簡陋居室。

1938 年 6 月 2 日，他在《海濱憶寫》中寫下了這段經歷，署名"度廬"：

去年櫻花開的時節，我由北京初次來到青島，目的第一是看望多年未晤的戚友，其次便是因為我過了多年的寫作生活，把身體弄壞，需要覓一個適當的地方休養幾個月。……然而，命運，不久便發生時局的變化。

把避暑變成了避難，快樂休養變成了憂患戰亡，度了半載多的恐怖生活……自然，在我是僥幸的，然而我的身體卻因為一往的憂患，需要更長時期的休養了，換句話說：我需要更長時期地住在青島了……

"時局的變化"，當然是指"七七"事變和青島淪陷。父親雖然只是個文弱書生，可是愛恨分明、嫉惡如仇，可以想像得出，他的內心有多麼痛苦。但是為了養活家人，為了能在淪陷區不失尊嚴地生活下去，他只能賣文為生。

父親在青島的作品主要為俠情小說和社會言情小說，俠情小說多為清末故事，社會小說則多發生在上世紀二十年代至戰前，而地點多被設置在北京。北京是父親魂牽夢繞的地方，他熟悉那裏的地理環境、民風民俗，而且那裏還有他的母親。他只能在小說中寄託自己的鄉愁，通過小說裏的豪傑行俠仗義、除暴安良，以去心中之塊壘。想起父親在北京時寫的那些痛斥日本帝國主義的雜文，更能理解他此時內心的苦悶。儘管在日本人的鐵蹄下，他的作品仍保持了中國人的尊嚴，……沒有媚骨。

父親在青島寫了《臥虎藏龍》五部系列和《風雨雙龍劍》等二十餘部俠義、俠情小說和《落絮飄香》、《燕市俠伶》等八部社會言情小說，並將其創作成就推向了新的高峰。

　　臺灣學者葉洪生先生指出：

　　作者悲憫地將玉嬌龍這種對封建門第觀念視同'原罪'，並予以無情地揭露、鞭撻，正要世人認清其禍害本質所在。"而其震撼人心的力量，正是借玉嬌龍的悲劇性格和悲劇命運方得以顯示。在揭示人物內心上，作者甚得力於佛洛伊德的心理分析學說，運用較為成功。

張贛生先生曾寫道：

　　度廬先生是一位極富正義感的作家，這在他的社會言情小說中表現的格外鮮明。《風塵四傑》《香山俠女》中天橋藝人的血淚生活，《落絮飄香》《靈魂之鎖》中純真少女的落入陷阱，都是對黑暗社會的控訴，很能引起讀者的共鳴。度廬先生自幼生活在北京，熟知當地風土民情，常常在小說中對古都風光作動情的描寫，使他的作品更別具一種情趣。

　　度廬先生是經受過"五四"新文化運動洗禮的人，他內心深處所尊崇的實際上是新文藝小說，因而他本人或許更重視較貼近新文藝風格的言情小說和社會小說創作。但從中國文學史的全域來看，他的武俠言情小說大大超越了前人所達到的水準，而且對後起的港臺武俠小說有及深遠影響的，是他創造了武俠言情小說的完善形態，在這方面，他是開山立派的一代宗師。

七、留芳身後

　　父親是一個窮苦人家的孩子，從十幾歲起就開始寫作，從北京的皇城根一直寫到青島海濱，竟寫了上千萬字。我們不清楚他到底寫了多少，因為至今仍不時有新的作品發現，每每想到體弱多病的父親連續數年同時寫着幾部小說，想到他當時經歷的苦難、內心的苦悶，不禁淚目。

 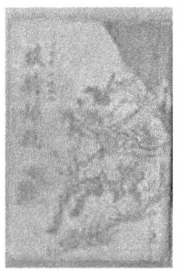  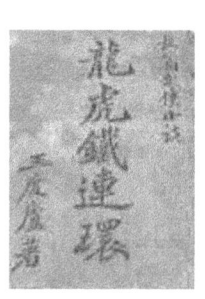

-480-

父親生前擱筆從教 27 年，寡言少語，絕口不提以前寫書的事。當別人問起時，他也只是敷衍作答。在長期左的思潮的影響下，我也誤以為父親過去寫的東西肯定不好，也從來沒想去問問父親。只是在改革開放以後，社會上開始「引進」，重新認識和接受我的父親早年的作品，學者、專家們開始研究和評價其文學價值和社會意義，這才使我們開始重新「發現」父親，了解父親，現在真是追悔莫及。

　　父親到底是如何看待他的作品的？我想父親或許對他的作品有不滿之處，因為那些畢竟是為了養家糊口，不打稿，不修改，一氣呵成，與有的武俠作家反復修改、精雕細琢、屢出新版的作品相比，難免時有粗糙。但細讀父親的作品，不但發現其才華橫溢、妙語連珠，更感受到充滿的激情、正義感、同情與憐憫及嫉惡如仇，是父親傾注全部心血甚至生命寫出的。所以，父親的內心，對他的作品應該又是喜愛的，珍惜的。

　　父親雖然已經去世幾十年了，但他的作品仍未被遺忘，他寫的故事被一版再版，被拍成了電影，被譯成了多國文字，還被收入了中學語文讀本。根據《臥虎藏龍》拍攝的同名電影對世界的震動遠遠大於其對中國大陸和華人社會的影響，這是一個很獨特的現象。這固然同李安先生的導演有關，但也說明了父親幾十年前的作品所表達的理念得到了西方現代文明的理解和認同。這一現象引起了海外許多學者的研究，及至於對中國的傳統文化和價值觀的興趣和重新認識。

　　英國曼徹斯特大學 Hubertus M.G.van Malssen 在他以《「俠」的重新定義：王度廬的鶴－鐵系列中的現實與虛構，1938－1944》（Redefining xia: Reality and Fictionin,Wang Dulu's Crane-Iron Series,1938-1944）為題的博士論文（2013）中指出：過去國外對「俠」(xia) 的定義通常是同暴力和武藝 (wu) 相關。通過對民國史、王度廬生平及他的小說的分析，認識到「俠」的含義是正面的，是一種包括善良，利他，忠誠、正義等特點的美德，這種美德與武藝的強弱無關。而「義」(yi) 即公正、正義，則是俠的一個道德方面的表現。把「俠」理解為歐洲中世紀騎士 (knight) 也是不恰當的。騎士只是男性，屬於特殊的社會階層，騎着馬，手執利劍和長矛到處遊逛，證實自己的勇氣，最後以贏得一個女人的芳心和美好的結局告終。而「俠」，既有男性也有女性，而且男女是平等的。俠士的愛情往往歷經波折並以悲劇告終。俠的道德往往高於盜匪、保鏢、捕頭、軍隊將領和朝廷官員。因此，他認為，對於「俠」，並沒有恰當的英語翻譯，應該引進新的詞彙 'xia'。

　　T.D. Sang 在《形體，代表性和中國文化所體現的現代性》（Embodied Modernities: Corporeality, Representation, and Chinese Cultures）一書中指出，雖然王度廬在中國文壇被忽視了幾十年，他其實是一個很有抱負的作家，他能在三、四十年代就能將中國的傳統同新思想結合起來。例如，他把中國長期以來就存在的俠女文學與現代的婦女平等、獨立、自主的思想聯係在一起，從而得到了推崇女權主義和人道主義現代文明的共鳴。

2011 年 9 月 14 日，我們在北京的八達嶺陵園為父親母親舉行了落葬儀式。墓地坐落於陵園的仙泰園內，這裏背依青山，松柏常綠，能聽到鳥鳴蟲叫，能遠眺巍巍長城，放眼望去，莽莽蒼蒼，群山峻拔，林木蔥籠。父親母親在外漂泊多年，終於魂歸故土，葉落歸根了，他們將在這裏，在八達嶺的蒼松翠柏之中，被後人長久垂念。想起父親 1930 年所寫的：

月上樹梢，晚風徐起，我也有些困倦了……

願他們安息！

已知王度廬著作目錄　（BIBLIOGRAPHY）

序號 (Order)	作品名稱 (Title)	始載年份 (Publication Year)	出版社 (Publisher)	筆名 (Pen Name)
1	浮白快	1925	平報	葆祥
2	夫妻殘殺記	1925	平報	霄羽
3	玻璃島	1926	平報	霄羽
4	血衫記	1926	平報	霄羽
5	草澤英雄傳	1926	平報	霄羽
6	半瓶香水	1926	小小日報	王霄羽
7	黃色粉筆	1926	小小日報	王霄羽
8	紅綾枕	1926	小小日報	王霄羽
9	殘陽碎夢	1926	小小日報	王霄羽
10	青衫劍客	1927	小小日報	王霄羽
11	俠義夫妻	1927	小小日報	王霄羽
12	琪花恨	1927	小小日報	王霄羽
13	孀母孤兒	1927	小小日報	王霄羽
14	風塵雙俠	1927	平報	葆祥
15	飄泊花	1927	平報	葆祥
16	甘肅響馬記	1927	平報	霄羽
17	紅手腕	1927	平報	霄羽
18	護花鈴	1927	小小日報	霄羽
19	怪皮鞋	1927	平報	王霄羽
20	江湖十六奇俠	1928	平報	王霄羽
21	獅子頭	1928	平報	土霄羽
22	蝶魂花骨	1928	平報	王霄羽
23	疑真疑假	1928	小小日報	葆祥
24	女刺客	1928	平報	王霄羽
25	雙鳳隨鴉錄	1928	小小日報	王霄羽
26	紅旗嶺	1929	平報	王霄羽
27	戰地情仇	1929	平報	王霄羽
28	脂粉英雄	1929	平報	王霄羽
29	塵海遊俠	1930	平報	王霄羽
30	自鳴鐘	1930	平報	王霄羽

(接上表)

31	驚人秘束	1930	平報	王霄羽
32	神獒捉鬼	1930	平報	王霄羽
33	空房怪事	1930	平報	王霄羽
34	繡簾垂	？	平報	王霄羽
35	玉藕愁絲	1930	小小日報	香波館主
36	煙靄紛紛	1930	小小日報	香波館主
37	鼉汉海盗	1930	小小日報	霄羽
38	燕北雙雄	1930	平報	王霄羽
39	深宮奇俠	1930	平報	霄羽
40	胭脂劍	1931	平報	王霄羽
41	舞女啼痕	1931	平報	霄羽
42	北平新鏡	1931	平報	霄羽
43	纏命絲	1931	小小日報	王霄羽
44	觸目驚心	1931	小小日報	王霄羽
45	燕燕鶯鶯	1931	小小日報	香波館主
46	寶劍明珠	1931	平報	王霄羽
47	滄海雙鷹	1932	平報	王霄羽
48	洛水蛟龍	1932	平報	王霄羽
49	湖海龍蛇	1932	平報	霄羽
50	鶯鳳戟	1933	平報	霄羽
51	黃河四俠	1933	平報	霄羽
52	鷂子高三	1933	平報	霄羽
53	紅衣飲劍錄	1934	平報	霄羽
54	黃河遊俠傳	1936	平報	霄羽
55	燕趙悲歌傳	1937	平報	霄羽
56	八俠奪珠記	1937	平報	霄羽
57	河岳遊俠傳	1938	青島新民報	王度廬
58	寶劍金釵記	1938	青島新民報	王度廬
59	落絮飄香	1939	青島新民報	霄羽
60	劍氣珠光錄	1939	青島新民報	王度廬
61	古城新月	1940	青島新民報	霄羽
62	舞鶴鳴鸞記	1940	青島新民報	王度廬
63	風雨雙龍劍	1940	京報（南京）	王度廬
64	臥虎藏龍傳	1941	青島新民報	王度廬
65	海上虹霞	1941	青島新民報	霄羽
66	彩鳳銀蛇傳	1941	京報（南京）	王度廬
67	虞美人	1941	青島新民報	霄羽
68	纖纖劍	1942	京報（南京）	王度廬
69	鐵騎銀瓶傳	1942	青島大新民報	王度廬
70	舞劍飛花錄	1943	京報（南京）	王度廬

（接上表）

71	寒梅曲	1943	青島大新民報	霄羽
72	大漠雙駕譜	1944	京報（南京）	王度廬
73	紫電青霜錄	1944	青島大新民報	王度廬
74	春明小俠	1944	京報（南京）	王度廬
75	瓊樓雙劍記	1945	京報（南京）	王度廬
76	錦繡豪雄傳	1945	民民民	王度廬
77	紫鳳鏢	1946	青島時報	魯雲
78	太平天國情俠傳	1947	民治報	魯雲
79	清末俠客傳	1947	大中報	魯雲
80	晚香玉	1947	青島時報	魯雲
81	雍正與年羹堯	1947	青島時報	魯雲
82	粉墨嬋娟	1948	青島時報	綠蕪
83	風塵四傑	1948	島聲旬刊	佩俠
84	寶刀飛	1948	青島時報	魯雲
85	燕市俠伶	1948	青島時報	綠蕪
86	金剛玉寶劍	1948	青島公報 聯青晚報	王度廬
87	龍虎鐵連環	1948	軍民晚報	王度廬
88	玉佩金刀記	1949	民治報	王度廬
89	香山俠女	1949	上海勵力出版社	王度廬
90	春秋戟	1949	上海勵力出版社	王度廬

www.ingramcontent.com/pod-product-compliance
Lightning Source LLC
Chambersburg PA
CBHW081324090726
47907CB00010B/2358